insel taschenbuch 5067

Abraham Verghese

Die Träumenden von Madras

Kerala, um 1900: Mariamma ist zwölf, als sie ihr Zuhause verlässt, um bei ihrem neuen Ehemann in Parambil zu leben, inmitten von Flüssen und Kanälen, Palmen und Jackfruchtbäumen. Sie vermisst ihre Mutter und ihr Mann scheint sich kaum für sie zu interessieren. Doch bald findet sie in ihrem fünfjährigen Stiefsohn Jojo einen Gefährten, der nicht von ihrer Seite weicht. Als er, der stets das Wasser gescheut hat, bei einem Unfall ertrinkt, kommt sie einem Geheimnis ihrer neuen Familie auf die Spur: Seit Generationen gibt es immer wieder Familienmitglieder, die unerklärliche Angst vor dem Wasser haben; viele von ihnen sind ertrunken. Doch was steckt hinter diesem rätselhaften »Fluch des Wassers«?

Abraham Verghese arbeitet als Arzt und hat eine Professur an der Stanford University School of Medicine inne. Er hat mehrere Romane verfasst, darunter den Weltbestseller *Rückkehr nach Missing*, der sich seit seinem Erscheinen in den USA 2009 dort mehr als 1,5 Millionen Mal verkauft hat und mehr als zwei Jahre auf der Bestsellerliste stand. Er erschien in über zwanzig Sprachen. An seinem neuen Roman, *Die Träumenden von Madras*, hat Verghese rund zehn Jahre gearbeitet. Zuletzt erschien von ihm im insel taschenbuch: *Rückkehr nach Missing*. Roman (it 4000).
www.abrahamverghese.org

Eike Schönfeld, geboren 1949, übersetzt u.a. Vladimir Nabokov, J. D. Salinger, Jeffrey Eugenides, Martin Amis, Richard Yates, Sherwood Anderson und Jonathan Franzen. Er wurde vielfach ausgezeichnet, u.a. mit dem Heinrich Maria Ledig-Rowohlt-Preis, dem Übersetzerpreis der Leipziger Buchmesse, dem Christoph-Martin-Wieland-Preis und dem Internationalen Hermann-Hesse-Preis.

Abraham Verghese

DIE TRÄUMENDEN VON MADRAS

Roman

Aus dem Englischen
von Eike Schönfeld

Insel Verlag

Die Originalausgabe erschien erstmals 2023 unter dem Titel
The Covenant of Water bei Grove Press,
einem Imprint von Grove Atlantic, New York.

3. Auflage 2025

Erste Auflage 2024
insel taschenbuch 5067

Umschlaggestaltung von Rothfos & Gabler, Hamburg,
unter Verwendung des Originalumschlags von Kelly Winton,
adaptiert von dem Aquarell Palmyrapalmen, H. Schlagintweit, 1855,
Wellcome Collection, London
Satz: Dörlemann Satz, Lemförde
Druck: CPI books GmbH, Leck
Printed in Germany
ISBN 978-3-458-68367-4

Insel Verlag Anton Kippenberg GmbH & Co. KG
Torstraße 44, 10119 Berlin
info@insel-verlag.de
www.insel-verlag.de

DIE TRÄUMENDEN VON MADRAS

Für Mariam Verghese
In Memoriam

Und es ging aus von Eden ein Strom, zu wässern den Garten.
– 1. Mose 2,10

Nicht Hammerschläge, sondern Tanz des Wassers singt
die Kiesel zur Vollendung.
– Rabindranath Tagore

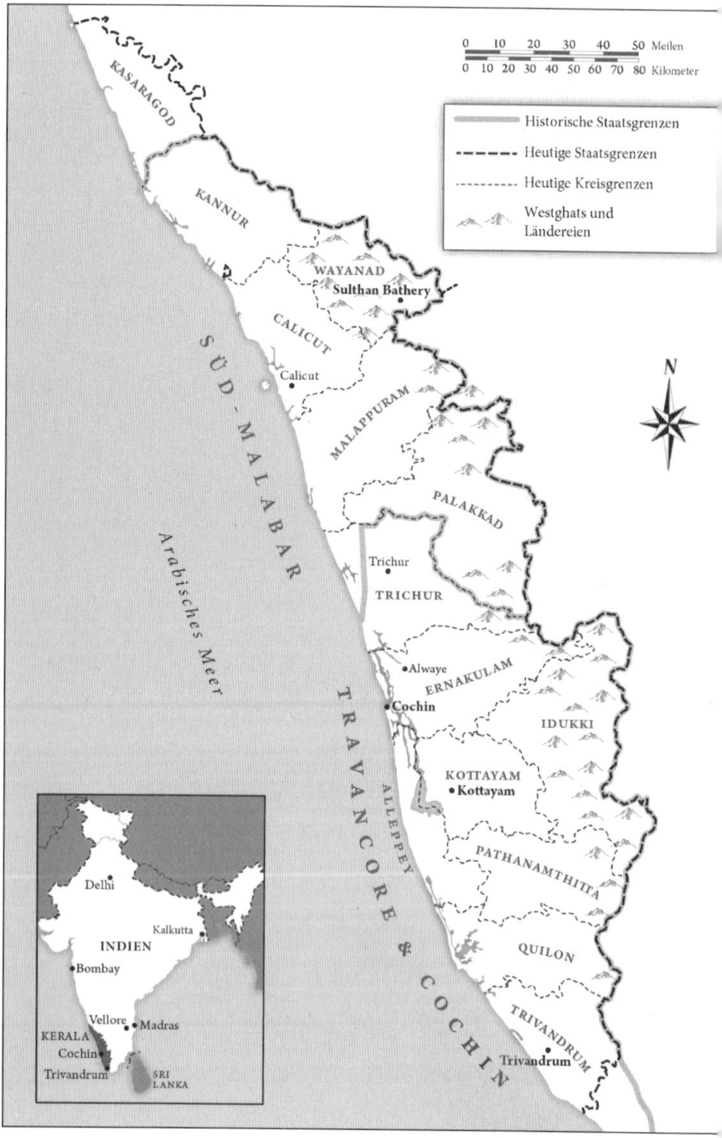
0 10 20 30 40 50 Meilen
0 10 20 30 40 50 60 70 80 Kilometer
Historische Staatsgrenzen
Heutige Staatsgrenzen
Heutige Kreisgrenzen
Westghats und Ländereien
N
KASARAGOD
KANNUR
WAYANAD
Sulthan Bathery
CALICUT
Calicut
MALAPPURAM
PALAKKAD
Trichur
TRICHUR
Alwaye
ERNAKULAM
Cochin
IDUKKI
KOTTAYAM
Kottayam
PATHANAMTHITTA
QUILON
TRIVANDRUM
Trivandrum
SÜD-MALABAR
Arabisches Meer
TRAVANCORE & COCHIN
ALLEPPEY
Delhi
Kalkutta
INDIEN
Bombay
Vellore
Madras
KERALA
Cochin
Trivandrum
SRI LANKA

I. TEIL

1. Kapitel

ALLE TAGE

1900, Travancore, Südindien

Sie ist zwölf Jahre alt, und am Morgen wird sie verheiratet. Mutter und Tochter liegen auf der Matte, die nassen Wangen fest aneinander.

»Der traurigste Tag im Leben eines Mädchens ist ihr Hochzeitstag«, sagt ihre Mutter. »Danach wird es, so Gott will, besser.«

Bald hört sie, wie das Schniefen ihrer Mutter zu regelmäßigem Atmen wird, dann zu ganz leisem Schnarchen, das die verstreuten Nachtgeräusche von den Holzwänden, welche die Hitze des Tages abgeben, bis hin zum Scharren des Hundes auf dem sandigen Hof für das Mädchen in eine Ordnung bringt.

Ein Wechselkuckuck schreit: *Kezhekketha? Kezhekketha? Wo ist Osten? Wo ist Osten?* Sie stellt sich vor, wie der Vogel auf die Lichtung hinabschaut, in der das rechteckige Strohdach auf ihrem Haus hockt. Er sieht die Lagune davor und den Bach und das Reisfeld dahinter. Das Geschrei des Vogels kann Stunden dauern, ihnen den Schlaf rauben … doch da bricht es abrupt ab, als hätte sich eine Kobra an ihn herangeschlichen. In der darauffolgenden Stille singt der Bach kein Schlaflied, er grollt nur über die glatt geschliffenen Kiesel.

Sie erwacht schon vor Morgengrauen; ihre Mutter schläft noch. Durchs Fenster schimmert das Wasser im Reisfeld wie Blattsilber. Vorn auf der Veranda steht der ornamentreiche *chary kasera*, also der Liegestuhl ihres Vaters, leer und verloren da. Sie hebt das Schreibbrett an, das quer über den langen Holzarmen liegt, und setzt sich. In dem Korbgeflecht spürt sie den geisterhaften Abdruck ihres Vaters bewahrt.

Am Ufer der Lagune wachsen schräg vier Kokospalmen, sie streifen das Wasser, als wollten sie sich noch in ihrem Spiegelbild putzen, bevor sie sich himmelwärts aufrichten. *Leb wohl, Lagune, leb wohl, Bach*.

»*Molay*?«, hatte der einzige Bruder ihres Vaters am Tag davor zu ihrer Überraschung gesagt. Zuletzt hatte er sie nicht mehr mit dem Kosewort *molay* – Tochter – angeredet. »Wir haben eine gute Partie für dich gefunden!« Sein Ton war ölig, als wäre sie vier und nicht zwölf. »Dein Bräutigam schätzt es, dass du aus einer guten Familie stammst, die Tochter eines Priesters bist.« Sie wusste, dass ihr Onkel schon seit einer Weile die Absicht hatte, sie zu verheiraten, dennoch fand sie, dass er es mit dem Arrangement dieser Partie zu eilig hatte. Doch was konnte sie sagen? Derlei Dinge wurden von den Erwachsenen entschieden. Die Hilflosigkeit auf dem Gesicht ihrer Mutter machte sie verlegen. Sie empfand Mitleid mit ihr, wo sie sie doch so sehr respektieren wollte. Als sie dann allein waren, sagte ihre Mutter: »*Molay*, das ist jetzt nicht mehr unser Haus. Dein Onkel …« Sie sagte es flehentlich, als hätte ihre Tochter protestiert. Ihre Worte verloren sich, sie warf nervöse Blicke umher. Die Eidechsen an den Wänden bargen Geschichten. »Wie anders als hier kann das Leben dort schon sein? Du wirst Weihnachten feiern, zur Bußzeit fasten … sonntags in die Kirche. Die gleiche Eucharistie, die gleichen Kokospalmen und Kaffeesträucher. Es ist eine gute Partie … er ist gut bemittelt.«

Warum wollte ein gut bemittelter Mann ein schlecht bemitteltes Mädchen heiraten, eines ohne Mitgift? Was halten sie vor ihr geheim? Was fehlt *ihm*? Erstens Jugend – er ist vierzig. Er hat schon ein Kind. Einige Tage davor, der Heiratsvermittler war gerade gegangen, hörte sie mit an, wie ihr Onkel ihre Mutter schalt: »Seine Tante ist ertrunken, na wenn schon? Ist das dasselbe wie Wahnsinn, der in der Familie liegt? Wer hat schon gehört, dass Ertrinken in der Familie liegt? Andere sind immer neidisch auf eine gute Partie und finden immer eine Sache, die sie aufbauschen können.«

Sie streicht über die glatt polierten Armlehnen des Stuhls, auf dem sie sitzt, und denkt kurz an die Unterarme ihres Vaters; wie die meisten Malayali-Männer war er ein liebenswerter Bär gewesen, Haare auf Armen, Brust und sogar dem Rücken, daher berührte man die Haut immer nur durch weiches Fell. Auf seinem Schoß, auf diesem Stuhl, lernte sie ihre Schriftzeichen. War sie in der Kirchenschule gut, sagte er: »Du hast einen guten Kopf. Noch wichtiger aber ist Neugier. Du gehst mal auf die Highschool. Und aufs College! Warum denn nicht? Ich lasse dich nicht jung wie deine Mutter heiraten.«

Der Bischof hatte ihren Vater an eine schwierige Kirche in der Nähe von Mundakayam versetzt, die keinen festen *achen* hatte, weil die mohammedanischen Händler Unfrieden gestiftet hatten. Es war kein Ort für eine Familie, wo der Morgennebel noch um Mittag an den Knien nagte und zum Abend bis ans Kinn gestiegen war und wo die Feuchtigkeit einem pfeifenden Atem, Rheuma und Fieber brachte. Kein Jahr später kehrte er von seiner Stellung mit Frostschauern zurück, dass ihm die Zähne klapperten, seine Haut war heiß, sein Urin schwarz. Noch bevor sie Hilfe holen konnten, hob sich seine Brust nicht mehr. Als ihre Mutter ihm einen Spiegel an den Mund hielt, beschlug er nicht. Der Atem ihres Vaters war nur noch Luft.

Das war der traurigste Tag ihres Lebens. Wie konnte da die Hochzeit schlimmer sein?

Ein letztes Mal erhebt sie sich von dem Korbsitz. Der Stuhl ihres Vaters und sein Teakbett drinnen sind ihr wie Heiligenreliquien, sie bewahren sein Wesen. Könnte sie sie doch nur in ihr neues Zuhause mitnehmen.

Das Haus erwacht.

Sie wischt sich die Augen, reckt die Schultern, hebt das Kinn, hebt es zu dem, was immer der Tag ihr bringen mag, zur Grausamkeit des Abschieds von ihrem Zuhause, das schon nicht mehr ihr Zuhause ist. Chaos und Schmerz in Gottes Welt sind unergründliche Mysterien, doch die Bibel zeigt ihr, dass darunter eine Ordnung liegt. Wie ihr Vater sagen würde: »Glauben heißt wissen, dass das Muster da ist, auch wenn keines sichtbar ist.«

»Das wird schon, Appa«, sagt sie und stellt sich seinen Kummer vor. Wäre er noch am Leben, dann würde sie heute nicht heiraten.

Sie stellt sich seine Antwort vor. *Die Sorgen des Vaters enden mit einem guten Ehemann. Ich bete, dass er einer ist. Eines aber weiß ich: Derselbe Gott, der hier über dich gewacht hat, wird auch dort bei dir sein, molay. Das verspricht er uns im Evangelium. »Ich bin bei euch alle Tage bis an der Welt Ende.«*

2. Kapitel
ZU LIEBEN UND ZU EHREN

1900, Travancore, Südindien

Die Reise zur Kirche des Bräutigams dauert fast einen halben Tag. Der Bootsführer steuert sie durch ein Labyrinth ihr unvertrauter Kanäle, über denen feuerroter Hibiskus hängt, die Häuser so dicht am Ufer, dass sie die kauernde Frau berühren könnte, die dort Reis in einem flachen Korb mit leichten Stößen worfelt. Sie hört, wie ein Junge einem blinden Alten aus der Zeitung *Manorama* vorliest und dieser sich am Kopf kratzt, als schmerzten ihn die Nachrichten. Haus um Haus, ein jedes ein kleines Universum, manche mit Kindern ihres Alters, die ihnen nachschauen. »Wohin fährst du?«, fragt ein nacktbrüstiger Wichtigtuer durch schwarze Zähne und hält den schwarzen Zeigefinger – seine Zahnbürste –, mit Kohlepulver bedeckt, starr in der Luft. Der Bootsführer funkelt ihn böse an.

Auf die Kanäle folgt ein Teppich aus Lotus und Lilien, der so dick ist, dass sie darauf gehen könnte. Die Blüten sind geöffnet, als wünschten sie ihr Gutes. Auf einen Impuls hin pflückt sie eine, indem sie den tief unten festsitzenden Stiel packt. Mit einem Spritzer löst er sich, ein pinkfarbener Edelstein, ein Wunder, dass etwas so Schönes aus so trübem Wasser kommen kann. Ihr Onkel schaut eindringlich auf ihre Mutter, die nichts sagt, obwohl sie besorgt ist, dass ihre Tochter ihre weiße Bluse und das *mundu* oder *kayani* mit mattgoldenem Besatz beschmutzt.

Ein fruchtiger Duft erfüllt das Boot. Sie zählt vierundzwanzig Blütenblätter. Durch den Lotusteppich hindurch gelangen sie auf einen See, so groß, dass das andere Ufer nicht mehr zu sehen ist, das Wasser ruhig und glatt. Sie fragt sich, ob so wohl der Ozean aussieht. Fast hat sie vergessen, dass sie bald heiratet. An einem betriebsamen Steg steigen sie in ein riesiges Kanu um, das ein schmaler, muskulöser Mann stakt, die Enden hochgebogen wie getrocknete Bohnenschoten. In der Mitte stehen zwei Dutzend Passagiere, Schirme gegen die Sonne gerichtet. Ihr wird bewusst, dass sie so weit wegfährt, dass ein Besuch zu Hause nicht leicht sein wird.

Der See verengt sich unmerklich zu einem breiten Fluss. Das Boot gerät in die Strömung und nimmt Fahrt auf. Endlich hält in der Ferne, auf einem Hügel, ein massives Steinkreuz Wache über eine kleine Kirche, seine Arme werfen ihren Schatten über den Fluss. Es ist eine der siebeneinhalb Kirchen, die der Apostel Thomas nach seiner Ankunft hier gegründet hat. Wie jedes Sonntagsschulkind kann sie ihre Namen herunterrasseln: Kodungallur, Paravur, Niranam, Palayoor, Nilackal, Kokkamangalam, Kollam und die winzige Halbkirche in Thiruvithamcode, aber dieser Anblick, ihr erster Blick darauf, raubt ihr den Atem.

Im Hof läuft der Heiratsvermittler aus Ranni hin und her. Feuchte Flecken auf den Achselhöhlen seiner *juba* verbinden sich auf seiner Brust. »Der Bräutigam müsste schon längst da sein«, sagt er. Die Haarsträhnen, die er quer über dem Schädel liegen hat, sind ihm übers Ohr gefallen wie die Federn eines Papageis. Er schluckt nervös, und in seinem Hals steigt ein Stein auf und nieder. Im Erdreich seines Dorfs wachsen bekanntermaßen der beste Reis und ebendiese Kröpfe.

Der Bräutigam hat lediglich seine Schwester mitgebracht, Thankamma. Diese stämmige, freundliche Frau nimmt die winzigen Hände ihrer künftigen Schwägerin in beide Hände und drückt sie liebevoll. »Er kommt gleich«, sagt sie. Der *achen* legt sich die zeremonielle Stola übers Gewand und zieht den bestickten Gürtel fest. Er streckt die Hand aus, Teller aufwärts gerichtet, womit er wortlos fragt: *Na?* Niemand antwortet.

Die Braut zittert, trotz der Schwüle. Sie ist es nicht gewohnt, *chatta* und *mundu* zu tragen. Von nun an kein langer Rock mehr, keine bunte Bluse. Sie wird wie ihre Mutter und ihre Tante nur noch diese Uniform der verheirateten Frauen in der Christenwelt von St. Thomas tragen, die einzige Farbe Weiß. Das *mundu* gleicht dem eines Mannes, ist aber aufwändiger gebunden, das lose Ende plissiert und dreimal gefaltet und dann hinten in eine Art Fächer gesteckt, um die Form des Gesäßes zu verhüllen. Verhüllung ist auch der Zweck der formlosen, kurzärmeligen Bluse mit V-Ausschnitt, der weißen *chatta*.

Aus den hohen Fenstern fällt Licht herein, wirft schräge Schatten. Das Räucherwerk kitzelt sie im Hals. Wie in ihrer Kirche gibt es auch hier keine Bänke, nur einen groben Coirteppich auf rotem Oxidboden, aber nur vorn. Ihr Onkel hustet. Das Geräusch hallt in dem leeren Raum.

Sie hatte gehofft, ihre Cousine ersten Grades – zugleich ihre beste Freundin – würde zur Hochzeit kommen. Die hatte im Jahr davor geheiratet, ebenfalls mit zwölf, einen zwölfjährigen Bräutigam aus einer guten Familie. Bei der Hochzeit hatte der junge Bräutigam völlig teilnahmslos gewirkt, sich mehr für den Inhalt seiner Nase interessiert als für die Zeremonie; der *achen* hatte die *kurbana* unterbrochen und ihn angezischt: »Hör auf zu bohren! Da gibt's kein Gold!« Ihre Cousine hatte geschrieben, sie schlafe in ihrem neuen Zuhause bei den anderen Mädchen der Großfamilie, spiele mit ihnen und sei froh, mit ihrem lästigen Ehemann nichts zu tun zu haben. Ihre Mutter hatte, nachdem sie den Brief gelesen hatte, wissend gesagt:

»Na, eines Tages wird sich das ändern.« Die Braut fragt sich, ob das inzwischen geschehen ist und was es bedeutet.

In die Luft kommt Bewegung. Ihre Mutter drückt sie nach vorn, tritt dann beiseite.

Neben ihr taucht der Bräutigam auf, und sogleich beginnt der *achen* mit dem Gottesdienst – *hat er in seinem Stall eine Kuh, die bald kalbt?* Sie blickt stur geradeaus.

In der verschmierten Brille des *achen* erblickt sie eine Spiegelung: eine große, vom Licht im Eingang konturierte Gestalt, neben ihr ein kleine – sie selbst.

Wie es wohl ist, vierzig Jahre alt zu sein? Er ist älter als ihre Mutter. Ihr kommt ein Gedanke: Wenn er verwitwet ist, warum heiratet er dann sie und nicht ihre Mutter? Doch sie kennt den Grund: Die Stellung einer Witwe ist nur wenig besser als die einer Aussätzigen.

Auf einmal stockt der Singsang des *achen*, weil ihr künftiger Ehemann sich zu ihr gewandt hat, um sie zu mustern, wobei er dem Priester – unwillentlich – den Rücken zudreht. Er schaut ihr ins Gesicht, schnauft dabei wie einer, der eine lange Strecke schnell gegangen ist. Sie wagt nicht aufzublicken, doch sie erhascht seinen erdigen Geruch. Sie kann ihr Zittern nicht beherrschen. Sie schließt die Augen.

»Aber das ist ja noch ein Kind!«, hört sie ihn rufen.

Als sie die Augen öffnet, sieht sie, wie ihr Großonkel eine Hand hebt, um den forteilenden Bräutigam aufzuhalten, doch sie wird ihm wie eine Ameise von einer Schlafmatte weggefegt.

Thankamma läuft dem fliehenden Bräutigam nach, ihr Bauchfettpolster schwingt trotz des Drucks ihrer Hände hin und her. Sie holt ihn bei einem Laststein ein – einer waagerechten Steinplatte auf Schulterhöhe, die auf zwei senkrechten, im Boden verankerten Steinsäulen ruht, ein Ort, wo Reisende eine Kopflast abstellen und verschnaufen können. Thankamma drückt ihrem Bruder mit beiden Händen gegen die massige Brust, versucht, ihn aufzuhalten, wobei sie vor ihm rückwärtsgeht. »*Monay*«, sagt sie, denn er ist viel jünger, eher wie ihr Sohn denn ihr Bruder. »*Monay*«, keucht sie. Was da geschieht, ist ernst, aber es ist auch komisch, wie ihr Bruder sie vor sich her schiebt, als wäre er ein Pflüger und sie der Pflug, sodass sie unwillkürlich lachen muss.

»Sieh mich an!«, befiehlt sie grinsend. Wie oft hat sie dieses bekümmerte Gesicht gesehen, sogar, als er noch ein kleines Kind war? Er war erst vier, als seine Mutter starb und Thankamma deren Rolle übernahm. Ihm vorzusingen und ihn zu halten half, die Runzeln auf seiner Stirn zu glätten. Viel später, als ihr ältester Bruder ihn um Haus und Besitz betrog, was doch ihm gehören sollte, trat nur Thankamma für ihn ein.

Er geht langsamer. Sie kennt ihn gut, diesen Schweiger. Würde Gott ihm auf wundersame Weise den Kiefer aufsperren, was würde er sagen? »*Chechi, als ich neben diesem zitternden Straßenkind stand, dachte ich: ›Das soll ich heiraten?‹ Hast du gesehen, wie sein Kinn bebt? Ich habe schon ein Kind zu Hause, um das ich mich kümmern muss. Noch eins brauche ich nicht.*«

»*Monay*, das verstehe ich«, sagt sie, als hätte er es ausgesprochen. »Ich weiß, wie das aussieht. Aber vergiss nicht, deine Mutter und deine Großmutter haben geheiratet, als sie erst neun waren. Ja, sie waren Kinder, und sie wurden als Kinder in einem anderen Haus aufgezogen, bis sie keine mehr waren. Führt das nicht zu den passendsten und besten Ehen? Doch vergiss das alles und denk einen Augenblick an dieses arme Mädchen. An ihrem Hochzeitstag vor dem Altar stehen gelassen? *Ayo*, welche Schande! Wer soll sie denn danach noch heiraten?«

Er geht weiter. »Sie ist ein gutes Mädchen«, sagt Thankamma.

»So eine gute Familie! Dein kleiner JoJo braucht jemand, der sich um ihn kümmert. Sie wird ihm das sein, was ich für dich war, als du klein warst. Lass sie bei dir aufwachsen. Sie braucht Parambil genauso wie Parambil sie.«

Sie stolpert. Er hält sie, und sie lacht. »Sogar Elefanten haben Mühe, rückwärtszugehen!« Nur sie kann die schwache Asymmetrie auf seinem Gesicht als Lächeln deuten. »Das Mädchen habe *ich* dir ausgesucht, *monay*. Schreib das nicht zu sehr diesem Makler zu. *Ich* bin zu der Mutter hin, *ich* habe das Mädchen gesehen, wobei sie das gar nicht wusste. Habe ich nicht auch beim ersten Mal gut gewählt? Deine selige erste Frau, Gott schenke ihr Ruhe, gibt ihre Billigung. Also vertrau deiner *chechi* noch einmal.«

Der Heiratsvermittler bespricht sich mit dem *achen*, der murmelt: »Was soll das denn?«

Der Herr ist mein Fels, meine Festung und mein Erlöser. Ihr Vater hatte die junge Braut gelehrt, das zu sagen, wenn sie sich fürchtet. *Mein Fels und meine Festung.* Der Altar verströmt eine mysteriöse Energie, die sie nun einhüllt wie ein Chorhemd und ihr tiefen Frieden bringt. Diese Kirche ist von einem der zwölf geweiht; er hat auf dem Boden gestanden, wo sie jetzt steht, derjenige Apostel, der Christi Wunden *berührt* hat. Sie spürt ein Einvernehmen jenseits aller Vorstellung, eine Stimme, die ohne Laut und Regung spricht. Sie sagt: *Ich bin stets bei dir.*

Dann treten des Bräutigams nackte Füße wieder neben sie. *Wie lieblich sind die Füße derer, die den Frieden verkündigen.* Die hier aber sind scheußlich, schwielig und immun gegen Dornen, imstande, einen modrigen Stumpf umzutreten und geübt darin, Ritzen im Stamm einer Palme zu entdecken, um daran hochzuklettern. Seine Füße verlagern sich; sie wissen, sie werden taxiert. Sie kann nicht anders: Sie schaut zu ihm hinauf.

Seine Nase ist scharf wie eine Axt, die Lippen voll, das Kinn gereckt. Die Haare pechschwarz, kein Grau darin, was sie überrascht. Er ist viel dunkler als sie, aber hübsch. Sie staunt über den intensiven Blick, mit dem er den Priester fixiert: Es ist der eines Mungos, der auf den Angriff der Schlange wartet, um ihm sogleich auszuweichen, herumzuschnellen und sie im Genick zu packen.

Der Gottesdienst ist offenbar schneller aus, als ihr bewusst war, denn schon hilft ihre Mutter dem Bräutigam dabei, ihren Kopf zu entblößen. Er tritt hinter sie. Er legt ihr die Hände auf die Schultern und bindet ihr das kleine goldene *minnu* um den Hals. Seine Finger auf ihrer Haut sind heiß wie Kohlen.

Der Bräutigam setzt sein grobes Zeichen ins Kirchenbuch, dann reicht er ihr den Federhalter weiter. Sie trägt ihren Namen sowie Tag, Monat und Jahr ein, 1900. Als sie aufblickt, verlässt er gerade die Kirche. Der Priester schaut ihm nach und sagt: »Was? Er hat den Reis auf dem Feuer stehen lassen?«

Ihr Mann ist nicht am Steg, wo ein Boot ungeduldig an seinem Liegeplatz wippt und zerrt.

»Seit dein Mann ein kleiner Junge war«, sagt ihre neue Schwägerin, »hat er sich lieber von seinen Füßen tragen lassen. Ich aber nicht! Warum gehen, wenn ich fahren kann?« Thankammas Lachen reizt alle, darin einzufallen. Nun aber müssen sich Mutter und Tochter dort am Ufer trennen. Sie klammern sich aneinander – wer weiß, wann sie sich wiedersehen? Sie hat nun einen neuen Hausnamen, ein neues, noch ungesehenes Zuhause, dem sie nun angehört. Das alte muss sie aufgeben.

Auch Thankammas Augen sind feucht. »Sorge dich nicht«, sagt sie zu der verzweifelten Mutter. »Ich nehme mich ihrer an, als wäre sie mein Eigen. Ich bleibe noch zwei, drei Wochen in Parambil. Bis dahin wird sie ihren Haushalt besser kennen als ihre Psalmen. Danke mir nicht. Meine Kinder sind alle erwachsen. Ich bleibe lange genug, dass mein Mann mich vermisst!«

Mit wackeligen Beinen löst sich die junge Braut von ihrer Mutter. Sie könnte zu Boden fallen, doch Thankamma schwingt sie wie ein Baby auf die Hüfte und steigt dann in das wartende Boot. Instinktiv schlingt sie die Beine um Thankammas kräftige Hüfte und presst ihre Wange an die fleischige Schulter. Von dort oben blickt sie zurück auf die verlorene Gestalt, die auf dem Steg winkt, so klein vor dem riesigen Steinkreuz hinter ihr.

Das Zuhause der jungen Braut und ihres verwitweten Bräutigams liegt in Travancore an der Südspitze Indiens, eingezwängt zwischen dem Arabischen Meer und den Westghats – dem langen Gebirgszug, der parallel zur Küste verläuft. Das Land ist geprägt vom Wasser, und seine Bewohner sind durch eine gemeinsame Sprache vereint: Malayalam. Wo das Meer auf weißen Strand trifft, schiebt es Finger ins Land, um sich mit den Flüssen zu vereinen, die sich die grün bedachten Hänge der Ghats hinabwinden. Es ist die Phantasiewelt eines Kindes aus Bächen und Kanälen, ein Gitterwerk aus Seen und Lagunen, ein Labyrinth aus Altwassern und flaschengrünen Lotusteichen: ein riesiger Kreislauf, denn wie ihr Vater immer sagte, alles Wasser ist verbunden. Es brachte ein Volk hervor – die Malayali –, so beweglich wie das flüssige Medium um sie herum, die Gesten fließend, ebenso die Haare, stets bereit, sich vor Lachen auszuschütten, wenn sie von diesen zu jenen Verwandten fahren, wie Blutkörperchen in einem Gefäßsystem pulsieren und schweifen, angetrieben vom großen schlagenden Herzen des Monsuns.

In diesem Land sind Kokos- und Palmyrapalmen so reichlich, dass ihre gerüschten Silhouetten des Nachts noch auf den

Innenseiten geschlossener Lider schwingen und schimmern. Träume, die von Gutem künden, brauchen grüne Wedel und Wasser, fehlen sie, muss es ein Albtraum sein. Wenn Malayalis »Land« sagen, meinen sie damit auch Wasser, denn es ist ebenso sinnlos, die beiden zu trennen, wie die Nase vom Mund. Auf Skiffs, Kanus, Kähnen und Fähren fahren die Malayalis und ihre Waren durch ganz Travancore, Cochin und Malabar, und das so schnell, wie die im Binnenland es sich nicht vorstellen können. Mangels ordentlicher Straßen, regelmäßigen Busverkehrs und Brücken ist die Landstraße das Wasser.

Zu der Zeit unserer jungen Braut stehen die Königsfamilien von Travancore und Cochin, deren Dynastien bis ins Mittelalter reichen, als »Fürstenstaaten« unter britischer Herrschaft. Über fünfhundert Fürstenstaaten sind unter dem britischen Joch – die Hälfte der indischen Landmasse –, die meisten jedoch klein und unbedeutend. Die Maharadschas der größeren, der »Salutstaaten« – Hyderabad, Mysore und Travancore –, haben Anspruch auf einen Kanonensalut von neun bis einundzwanzig Schüssen, wobei deren Zahl in den Augen der Briten die Bedeutung des Maharadschas anzeigt (und häufig auch der Anzahl der Rolls-Royce in der fürstlichen Garage entspricht). Als Gegenleistung für Paläste, Automobile, Status und die Erlaubnis, halbautonom zu regieren, führen die Maharadschas ein Zehntel der Steuern, die sie von ihren Untertanen eintreiben, an die Briten ab.

Unsere Braut hat in ihrem Dorf im Fürstenstaat Travancore noch nie einen britischen Soldaten oder Beamten gesehen; in den »Präsidentschaften« Madras oder Bombay dagegen – Territorien, die von den Briten direkt verwaltet wurden und daher von ihnen wimmelten – ist das ganz anders. Dereinst werden sich die Malayalam sprechenden Regionen Travancore, Cochin und Malabar zu dem Staat Kerala vereinen, einem fischförmigen Küstenterritorium an der Spitze Indiens, dessen Kopf nach Ceylon (dem heutigen Sri Lanka) und der Schwanz nach Goa zeigt, die Augen dagegen sehnsüchtig über den Ozean nach Dubai, Abu Dhabi, Kuwait und Riad blicken.

Stößt man an einer beliebigen Stelle in Kerala einen Spaten in die Erde, quillt rostrotes Wasser auf wie Blut unterm Skalpell, ein reichhaltiges Lateritelixir, das jedes Lebewesen nährt. Die Behauptung, in dieser Erde wüchsen abgetriebene, aber lebensfähige Feten zu wilden Menschen heran, kann man getrost verwerfen, doch steht außer Frage, dass hier Gewürze in einer Fülle wie nirgendwo sonst auf der Welt gedeihen. Schon Jahrhunderte vor Christus fingen Seeleute die Südwestwinde in den Trapezsegeln ihrer Daus, um zu der »Gewürzküste« zu fahren und Pfeffer, Nelken und Zimt zu kaufen. Kehrten sich die Passatwinde um, fuhren sie zurück nach Palästina und verkauften die Gewürze für ein kleines Vermögen an Händler aus Genua und Venedig.

Die Gier nach Gewürzen fegte über Europa ebenso hinweg wie die Syphilis oder die Pest, und mittels derselben Träger: Matrosen und Schiffe. Diese Ansteckung jedoch war gesund: Gewürze verlängerten das Leben der Nahrung sowie derjenigen, die sie verzehrten. Es gab noch weitere Vorteile. In Birmingham fand ein Priester, der Zimt kaute, um seinen weinhaltigen Atem zu überdecken, dass er für die weiblichen Gemeindemitglieder unwiderstehlich war, und verfasste anonym die beliebte Flugschrift *Newe Sauces Swete and Sharp: A Merrie Gallimaufry of Couplings Uncouthe and Pleasant for Man and his Wyf* [*Neue Soßen, süß und scharf: Ein fröhlich Gemisch von unfeinen und freudigen Paarungen für Mann und sin Fru*]. Apotheker priesen die Wunderheilung von Wassersucht, Gicht und Hexenschuss durch Trunke mit Kurkuma, Kokum und Pfeffer. Ein Marseiller

Arzt fand heraus, dass ein kleiner, schlaffer Penis, mit Ingwer eingerieben, beide Zustände in ihr Gegenteil verkehrte und der Partnerin »solche Freuden bereitet, dass sie sich weigert, ihn von sich zu lassen«. Eigenartigerweise ist es westlichen Köchen nie in den Sinn gekommen, Pfefferkörner, Fenchelsamen, Kardamom, Nelken und Zimt zu rösten und zu mahlen und diese Mischung sodann mit Senfsamen, Knoblauch, Zwiebeln und Öl zu einem *masala* zu verrühren, der Grundlage eines jeden Currygerichts.

Als Gewürze in Europa die Preise kostbarer Juwelen erzielten, hielten die arabischen Seeleute, die sie aus Indien holten, ihre Quelle natürlich über Jahrhunderte geheim. Um 1400 unternahmen die Portugiesen (und später die Holländer, die Franzosen und die Engländer) Expeditionen auf der Suche nach dem Land, wo diese unbezahlbaren Gewürze wuchsen; diese Suchenden waren wie geile Jugendliche, die eine lose Frau gewittert hatten. Wo war sie? Im Osten, immer irgendwo im Osten.

Doch Vasco da Gama fuhr von Portugal nicht nach Osten, sondern nach Westen. Er segelte die westafrikanische Küste entlang, umrundete Kap Hoorn und fuhr auf der anderen Seite wieder nordwärts. Irgendwo im Indischen Ozean nahm da Gama einen arabischen Lotsen gefangen und folterte ihn, bis der ihn an die Gewürzküste führte, dem heutigen Kerala, wo sie nahe der Stadt Calicut landeten; es war die längste Seereise, die jemals unternommen worden war.

Der Zamorin von Calicut war von da Gama und seinem Monarchen, der als Tribut Meereskorallen und Messing schickte, wenig beeindruckt, waren die Geschenke des Zamorin doch Rubine, Smaragde und Seide. Da Gamas erklärte Absicht, den Heiden die Liebe Christi zu bringen, fand er lächerlich. Wusste dieser Idiot denn nicht, dass schon vierhundert Jahre vor seiner

Ankunft in Indien, sogar noch vor der des heiligen Petrus in Rom, ein anderer der zwölf Jünger – Thomas – nur ein kleines Stück weiter an der Küste auf einer arabischen Handelsdhau gelandet war?

Der Legende nach traf Thomas im Jahr 52 n. Chr. ein, nahe dem heutigen Cochin. Dort begegnete er einem Jungen, der vom Tempel zurückkehrte. »Erhört dein Gott deine Gebete?«, fragte er. Der Junge sagte, das tue sein Gott gewiss. Da warf Thomas Wasser in die Luft; die Tröpfchen blieben in der Luft schweben. »Kann dein Gott das auch?« Durch solche Demonstrationen, waren sie nun Zauberei oder Wunder, bekehrte er einige brahmanische Familien zum Christentum; später wurde er in Madras zu Tode gemartert. Jene ersten Konvertiten – die Thomaschristen – blieben ihrem Glauben treu und heirateten nicht außerhalb ihrer Gemeinde. Im Lauf der Zeit wuchsen sie an, stets verbunden durch ihre Bräuche und Kirchen.

Fast zweitausend Jahre später haben zwei Nachfahren jener ersten indischen Konvertiten, eine zwölfjährige Braut und ein Witwer mittleren Alters, geheiratet.

»Passiert ist passiert«, wird unsere junge Braut sagen, als sie Großmutter wird und ihre Enkelin – und Namensvetterin – sie um eine Geschichte über ihre Ahnen bittet. Das kleine Mädchen hat gerüchteweise gehört, dass ihre Abstammung randvoll mit Geheimnissen ist und dass unter ihren Vorfahren Sklavenhalter, Mörder und ein verstoßener Bischof waren. »Kind, die Vergangenheit ist vergangen, und außerdem ist sie jedes Mal, wenn ich mich ihrer erinnere, anders. Ich werde dir von der Zukunft erzählen, derjenigen, die *du* einmal haben wirst.« Doch das Kind beharrt darauf.

Wo sollte die Geschichte beginnen? Mit dem »ungläubigen« Thomas, der unbedingt Christi Wunden sehen wollte, bevor er es glaubte? Mit anderen Glaubensmärtyrern? Wonach das Kind schreit, ist die Geschichte ihrer Familie, des Hauses des Witwers, in das ihre Großmutter eingeheiratet hat, eines landumschlossenen Gebäudes in einem Land des Wassers, eines Hauses voller Mysterien. Doch solche Erinnerungen sind aus Spinnfäden gewoben; die Zeit frisst Löcher in den Stoff, die sie dann mit Mythen und Fabeln stopfen muss.

Einiger Dinge ist sich die Großmutter gewiss: Eine Geschichte, die sich dem Zuhörer einprägt, erzählt die Wahrheit über das Leben der Welt, weswegen sie zwangsläufig von Familien handelt, von ihren Siegen und Wunden und ihren Verschiedenen, auch von den Geistern, die geblieben sind; sie muss Unterweisungen enthalten, wie man in Gottes Reich lebt, wo die Freude einem nie Leid erspart. Eine gute Geschichte geht über das hinaus, was ein nachsichtiger Gott gern tut: Sie versöhnt Familien und entbindet sie von Geheimnissen, deren Bande stärker sind als Blut. Doch indem sie gewahrt wie auch enthüllt werden, können Geheimnisse eine Familie auseinanderreißen.

3. Kapitel
UNERWÄHNTES

1900, Parambil

Die neue Braut träumt, sie plantsche mit ihren Cousinen in der Lagune, hangle sich auf das schmale Skiff, lasse es absichtlich kentern, klettere erneut darauf, ihr Gelächter schalle von den Ufern zurück.

Verwirrt erwacht sie.

Ein schnarchender Hügel neben ihr hebt und senkt sich. Thankamma. Ja. Ihre erste Nacht in Parambil. Der Name scharrt ihr befremdlich über die Zunge wie die Kante eines abgeschlagenen Zahns. Von nebenan, dem Zimmer ihres Mannes, hört sie nichts. Thankammas Körper verbirgt einen kleinen Jungen – sie sieht lediglich das schimmernde Haargewirr auf seinem Kopf und eine aufgedrehte Hand direkt dahinter.

Sie horcht. Etwas fehlt. Das Fehlen ist verstörend. Da kommt es ihr: Sie hört kein Wasser. Sie vermisst seine murmelnde, beruhigende Stimme, daher hat sie es im Traum selbst erzeugt.

Gestern hat das *vallum*, ein an den Seiten mit Planken bewehrter Einbaum, sie und Thankamma an einem kleinen Steg abgesetzt. Sie durchquerten ein langes Feld mit lauter turmhohen Kokospalmen voller Früchte. Vier Kühe grasten, jede an einem langen Strick. Sie liefen durch Reihen um Reihen Bananenstauden, deren schlaffe Blätter sich aneinanderschmiegten und rieben. Sie hingen voller Büschel roter Bananen. Die Luft war vom Parfum eines *chempaka*-Baums erfüllt. Drei abgetretene, glattgeschliffene Trittsteine führten durch einen flachen Bach, der sich weiter oben zu einem Teich verbreiterte, dessen Ufer mit Pandanussträuchern und kleinen, mit orangefarbenen Kokosnüssen beladenen *chenthengu*-Palmen überwuchert waren. Am Teichufer war ein Waschstein; Thankamma sagte, an der Stelle solle sie dann baden. Das Gurgeln des Bachs war vielversprechend. Als sie am Steg angelangt waren, hatte sie nach dem Haus Ausschau gehalten, doch es war nicht am Fluss, also musste es ja an dem Bach sein … doch sie sah nichts. »Dieses Land, über zweihundert Hektar«, sagte Thankamma stolz und zeigte nach links und rechts, »das alles ist Parambil. Das meiste ist wild, hügelig, nicht gerodet. Von dem grob gerodeten Abschnitt ist nur ein Teil kultiviert. Bevor dein Mann es gezähmt hat, war alles Dschungel, *molay*.«

Zweihundert Hektar. Was bis gestern ihr Zuhause gewesen war, lag gerade mal auf einem.

Sie waren weiter auf einem von Tapioka gesäumten Pfad gegangen. Endlich sah sie das Haus, hoch oben auf einer Anhöhe zeichnete es sich vor dem Licht ab. Sie starrte auf das, was für ihr restliches Leben ihr Zuhause sein würde. Der Dachfirst hing wie üblich in der Mitte durch, schwang sich zu den Enden hin auf; die tiefen, überhängenden Dachvorsprünge sperrten die Sonne aus und beschatteten die Veranda … sie aber konnte nur denken: *Warum dort oben? Warum nicht am Bach? Oder am Fluss, der Besuch, Neuigkeiten und alle guten Dinge bringt?*

Nun liegt sie auf dem Rücken und schaut sich im Zimmer um: die geölten, polierten Wände sind nicht aus wildem Jackwood, sondern aus Teak, und oben gibt es kruzifixförmige Öffnungen, durch welche die warme Luft entweichen kann. Auch die abgehängte Decke ist aus Teak, ein Puffer gegen die Hitze. Schmale Holzstäbe über den Fenstern lassen die Brise ungehindert durch, und natürlich führt eine geteilte Tür auf die Veranda; die obere Hälfte steht offen, um den Wind einzulassen, die untere ist geschlossen, um die Hühner wie auch die beinlosen Tiere draußen zu halten – im Grunde ist es wie das Haus, das sie zurückgelassen hat, nur größer. Jeder *thachan* oder Zimmermann befolgt dieselben alten *Vastu*-Regeln, von denen weder Hindu noch Christ abweichen. Für einen guten *thachan* ist das Haus der Bräutigam und das Land die Braut, und die beiden muss er ebenso sorgfältig passend machen wie der Astrologe seine Horoskope. Liegt eine Tragödie oder ein Spuk über einem Haus, dann werden die Leute sagen, das kommt davon, wenn das Gebäude unheilträchtig angelegt war. Daher fragt sie sich erneut: *Warum hier, weg vom Wasser?*

Blätterrascheln, ein Beben, das durch die Erde zu ihr dringt, lässt ihr Herz rasen. Etwas bei der Tür blockiert das Licht der Sterne. Will sich da ein Hausgeist bei ihr vorstellen? Als Nächstes scheint ein buschiger Strauch durch die obere Türhälfte ins Zimmer zu wachsen. Darum windet sich eine riesige Schlange. Sie kann sich weder regen noch schreien, obwohl sie weiß, dass gleich etwas Schreckliches mit ihr geschieht in diesem rätselhaften, landumschlossenen Haus ... aber riecht denn der Tod nach Jasmin?

Ein Büschel ausgerissenen Jasmins schwebt über ihr, gehalten vom Rüssel eines Elefanten. Die Blüten schwingen über den Schlafenden, verharren dann über ihr. Sie spürt einen warmen, feuchten, alten Atem auf dem Gesicht. Feine Erdkrümchen fallen ihr auf den Hals.

Ihre Angst legt sich. Zögernd greift sie nach der Gabe. Verblüfft stellt sie fest, dass die Nasenlöcher ganz menschlich aussehen, umrahmt von blasserer, gesprenkelter Haut, zart wie eine Lippe und dennoch so flink und geschickt wie zwei Finger; er schnüffelt an ihrer Brust, kitzelt sie am Ellbogen, fährt dann zu ihrem Gesicht hinauf. Sie unterdrückt ein Kichern. Heiße Ausdünstungen stoßen wie Segnungen auf sie nieder. Der Duft ist wie aus dem Alten Testament. Geräuschlos zieht sich der Rüssel zurück.

Als sie sich umdreht, sieht sie, dass sie einen verblüfften Zeugen hat. Der zweijährige JoJo sitzt da und starrt mit weit aufgerissenen Augen über Thankammas Taille. Grinsend erhebt sie sich, winkt ihn zu sich und hebt ihn an die Hüfte, dann gehen sie nach draußen, der Erscheinung hinterher.

Wie in jedem Haus spürt sie überall in Parambil Geister. Einer läuft draußen auf dem *muttam*. In der Finsternis flackern unsichtbare Seelen, massenhaft wie Glühwürmchen.

Auf einer Lichtung, neben einer aufragenden Palme schwingt, über einem Stapel Kokoswedel schwebend, der Netzhautschimmer eines Auges wie eine Lampe im Wind. Als sie genauer hinsieht, erscheint der Berg einer Stirn, dann träge schlagende Ohren … eine Skulptur, aus dem schwarzen Stein der Nacht gehauen. Der Elefant ist kein Geist, er ist real.

JoJo schlingt geistesabwesend einen Arm um ihren Hals, seine Finger fassen das Ohrläppchen; behaglich sitzt er auf ihrer Hüfte, als hätte er nie eine andere gekannt. Sie will lachen; erst gestern hat *sie* sich an Thankamma geklammert. Still stehen sie da, zwei Halbwaisen. Die Geister erhalten ihre Befehle von dem Jasminspender und ziehen sich in die Schatten zurück, die dem Morgengrauen weichen.

In ihrem kurzen Leben hat sie gesehen, wie Tempelelefanten verehrt und mit Leckereien verwöhnt wurden; sie hat Arbeitselefanten gesehen, wie sie auf dem Weg in den Wald durch Dörfer trampelten. Der Elefant da aber, der die Sterne blockiert, ist doch gewiss der größte Elefant der Welt. Zuzusehen, wie er gemächlich kaut, wie der Rüssel anmutig tanzt, indem er Blätter in ein grinsendes Maul faltet, beruhigt sie.

Jenseits des Elefanten, gleich hinter dem Schlammwall, der um jede Kokospalme einen kleinen Damm bildet, damit Wasser und Dung nicht ablaufen, schläft ein Mann auf einem Seilbett.

Ellbogen und Knie ihres Ehemanns ragen über den durchhängenden Holzrahmen hinaus. In der Haltung seines kräftigen linken Arms, eingebogen, um ein Kissen für die Wange zu bilden, die Finger zu einem Punkt gefasst, sieht sie ein Echo ihres Jasmin tragenden Besuchers.

4. Kapitel

INITIATION EINER HAUSHERRIN

1900, Parambil

Der gestampfte Lehmboden in der Küche ist kühl an ihren Füßen. Die Wände sind rauchgeschwärzt, sie bergen köstliche Düfte; sogleich fühlt sie sich in dieser schattigen Zuflucht zu Hause. Thankamma bläst, vorgebeugt, mit geblähten Backen durch ein dickes Metallrohr, um im *aduppu* die Glut vom Vorabend wieder anzufachen. Von den sechs Backsteinschlitzen in der erhöhten Feuerstelle stehen auf vieren Töpfe. Sie staunt, wie schnell sich Thankamma für eine dicke Frau bewegt, wie wirbelnde Hände trockene Kokosschalen unter die Pfanne mit den bratenden Zwiebeln stecken und damit die Glut niederdrücken, damit der Reis nun köcheln kann. Thankamma schenkt der Braut in Milch gebrühten und mit Palmzucker gesüßten Kaffee ein. »Ich hab *puttu* gemacht«, sagt sie und schiebt ihr einen schwammigen weißen Zylinder gekochtes Reismehl aus einer Holzform auf den Teller, ein Bananenblatt. Sie hat das gebratene Rindfleisch – *erechi olarthiyathu* — und das scharfe Fischcurry – *meen vevichathu* – vom Vorabend aufgewärmt. »Ist der Fisch morgens nicht schmackhafter? Das ist das Schöne an diesem Tontopf! Halte ihn in Ehren, indem du ihn ausschließlich für *meen vevichathu* benutzt, ja? Mit jedem Jahr wird das Curry dann besser. Brennt das Haus und ich muss mich zwischen meinem Mann und meinem Tontopf entscheiden … na, da kann ich nur sagen, er hat ein gutes Leben gehabt. Die Currys, die ich dann in meinem Topf mache, werden mir die Witwenschaft erleichtern!«

Thankamma lacht laut auf. Die Braut sitzt wie benommen da, im Schneidersitz, und betrachtet ihr erstes Frühstück in Parambil: Es ist üppig und nahrhafter als alles, was sie und ihre Mutter in einer Woche zu essen hatten.

»Dein Mann hat wie immer im Stehen gegessen. Er ist schon auf dem Feld.«

Thankamma beharrt darauf, dass eine Braut sich immer nur verwöhnen lassen soll. Sie versucht es, doch es geht gegen ihre Natur. Sie betrachtet Thankammas Finger, versucht, sich die Zutaten zu merken, die sie in die Currys werfen, doch das fällt schwer, wenn nie weniger als zwei Gerichte gleichzeitig gemacht werden. Thankammas Hände haben gewiss ihr eigenes Gedächtnis, denkt sie, denn ihre Besitzerin beachtet sie bei ihrem Geplauder gar nicht. JoJo zerrt sie weg, stolz darauf, ihr Führer zu sein, zeigt ihr jedes Zimmer, vergisst, dass er das gerade zwei Stunden davor schon einmal gemacht hat. Das Haus ist L-förmig; ein Glied ist das ältere, ursprüngliche Haus, das gut vom Boden weg auf einem hohen Sockel steht, in der Mitte der Tresorraum oder *ara*, in dem der Reichtum der Familie – Geld, Schmuck und Reis – lagern. Unter dem *ara* liegt ein Keller, und flankiert ist er von einem ungenutzten Schlafzimmer und einer großen Vorratskammer, an die sich die Küche anschließt. Das alles ist durch eine schmale äußere Veranda verbunden. Das neuere Glied steht dem Boden näher und ist an drei Seiten von einer breiteren, einladenden Veranda umgeben. Es enthält ein wenig genutztes Wohnzimmer, zwei große Schlafzimmer – das ihres Mannes und das, in dem sie, JoJo und Thankamma schlafen – sowie ein weiteres, das als Abstellraum genutzt wird.

Altes und neues Glied umfassen einen rechteckigen *muttam* oder Innenhof mit gelben, goldenen und weißen Kieseln, die aus einem Flussbett stammen. Jeden Morgen fegt Sara, eine *pulayi*-Frau, den *muttam* mit einem Besen, entfernt totes Laub und richtet die Kiesel zu einem fächerartigen Muster aus. Auf dem *muttam* werden auch Matten ausgerollt, auf denen dann gekochter Reis getrocknet wird, Kleider an die Leine gehängt, und JoJo kickt seinen Ball umher.

Nach dem Mittagessen halten sie, JoJo und Thankamma ein langes Schläfchen. Ihr Mann tut das nie, sondern verbringt die meiste Zeit draußen bei der Arbeit auf dem Land. Wenn sie ihn kurz auf den Feldern sieht, ist er stets in Begleitung einiger *pulayar*, von denen er sich durch seine Größe abhebt und auch, weil seine Haut im Vergleich zu der ihren hell wirkt. Abends sitzen sie zu dritt in dem Laufgang vor der Küche, und Thankamma erzählt, die Beine hochgelegt, endlose Geschichten und verwöhnt sie und JoJo dabei mit Leckereien aus dem Keller. Erst spät erkennt sie, dass Thankammas Geschichten eine Form von Unterweisung sind. Nachts, wenn sie sich schlafen legt, versucht sie, sich daran zu erinnern, aber da packt auch das Heimweh ihr Inneres, und alle ihre Gedanken wenden sich nach Hause. Thankammas Zuneigung erinnert sie so sehr an ihre Mutter, dass es ihre Traurigkeit manchmal noch verstärkt. Erst als sie sicher ist, dass alle schlafen, erlaubt sie sich zu weinen.

An ihrem zweiten Morgen hören sie von fern das Gejodel der Fischhändlerin, und Thankamma bittet die Braut, sie herzurufen. Fünf Minuten später steht die Frau vor der Küche, sie verströmt den Duft des Flusses. Thankamma hilft ihr, den schweren Korb vom Kopf abzunehmen.

»*Aah*, das ist also die Braut!«, sagt die Fischhändlerin, wischt sich Schuppen von den Unterarmen und hockt sich hin. »Speziell für sie habe ich heute *mathi* mitgebracht.« Sie schlägt das Sackleinen vom Korb zurück, als enthüllte sie kostbare Juwelen.

Thankamma schnüffelt an einer Sardine, drückt sie und klatscht sie wieder auf ihre Artgenossen. »Speziell für die Braut, wie? Wenn das speziell sein soll, behalten Sie's. Was ist denn unter dem Tuch da? *Aah*! Sieh mal an. Für wen ist denn dieser *mathi*? Gab's da noch eine Hochzeit, von der ich nichts wusste? Der bleibt hier! Kein Wort!«

Am nächsten Tag sieht sie Shamuel *pulayan* über den *muttam* gehen, er ächzt unter einer Kopflast Kokosnüsse in einem großen Korb. Thankamma hat ihn ihr als den Vorarbeiter in Parambil und den ständigen Begleiter ihres Mannes gezeigt; Sara, die den *muttam* fegt, ist seine Frau. Shamuels Familie arbeitet schon seit Generationen für sie, hat Thankamma gesagt; wahrscheinlich waren seine Vorfahren in vergangenen Zeiten vertraglich an die Familie gebunden worden, bevor das verboten wurde. Die *pulayar* sind in Travancore die unterste Kaste; sie besitzen kaum je eigenes Land, sogar ihre Hütten gehören dem Besitzer. Allein schon ihr Anblick genügt, um einen Brahmanen zu verunreinigen, der daraufhin ein rituelles Bad nehmen muss.

Unter dem Gewicht des Korbs sind Shamuels Hals- und Armmuskeln straffe Seile auf seiner kleinen, kompakten Gestalt. Seine nackte Brust hebt sich, die Rippen scheinen mehr außerhalb des Körpers als drin zu sein; bis auf ein paar Stoppeln auf den Wangen und über der Lippe sowie einem gestutzten Haarschopf auf dem Kopf, der an den Seiten schon ergraut, ist sein Körper völlig unbehaart. Er wirkt so alt wie ihr Mann, wenngleich Thankamma sagte, er sei jünger.

Als Shamuel sie erblickt, wandelt sich sein Gesicht zu einem breiten Lächeln, die Wangenknochen schimmern wie poliert, tiefschwarze Hügel, und die weißen, ebenmäßigen Zähne betonen noch seine feinen Züge. Seine Begeisterung, die Braut begrüßen zu können, hat etwas Kindliches. »*Aah*!«, sagt er – aber davor muss noch etwas Praktisches geregelt werden: »*Molay*, könntest du wohl Thankamma *chechi* bitten, herauszukommen? Der Korb hier könnte für dich zu schwer sein.«

Nachdem Thankamma ihm geholfen hat, den Korb abzusetzen, nimmt er das aufgewickelte *thorthu* vom Kopf, schüttelt es aus und wischt sich damit das Gesicht ab, wobei weder sein Lächeln noch seine Augen die Braut verlassen. »Kommen noch mehr Körbe. Wir sind den ganzen Vormittag geklettert, der *thamb'ran* und ich.« Er zeigt, und sie sieht ihren Mann, wie er, die Arme verschränkt, rittlings auf einer krummen Palme an einer Stelle hockt, wo der Stamm nahezu horizontal liegt. Er lässt die Beine achtlos baumeln, wirkt in Gedanken versunken. Bei dem Anblick erschauert sie unwillkürlich, er weckt ihre Höhenangst. Sie kann sich nicht vorstellen, wie ein Landbesitzer so sein Leben riskiert, wo es für diese Arbeit doch *pulayar* gibt.

»Wie kommt's, dass du den *thamb'ran* so kurz nach seiner Hochzeit da hinauflässt?«, fragt Thankamma, scheinbar unwirsch. »Sag die Wahrheit – wenn er klettert, hast du nur die halbe Arbeit.«

»*Aah*, halten Sie den mal auf. Er ist wie der kleine *thamb'ran* hier«, sagt er und stupst JoJo in den Bauch. »Glücklicher im Himmel als auf der Erde.« JoJo freut sich, dass er der kleine Herr genannt wird.

Shamuels nackte Brust ist mit Rinde gesprenkelt. Weiterhin die Frau des *thamb'ran* angrinsend, faltet er sein blaukariertes *thorthu* sorgfältig der Länge nach und legt es sich dann über die linke Schulter. Sie wendet sich schüchtern ab und senkt den Blick, wobei sie seinen verformten rechten großen Zeh bemerkt, der flach wie eine Münze und ohne Nagel ist.

Thankamma sagt: »*Aah*, Shamuel, schäl uns doch bitte drei Kokosnüsse. Danach spüle und komm was essen. Deine neue Herrin wird dir auftragen.«

Shamuel hat seinen eigenen Tonteller, er hängt an einem Haken unter dem überstehenden Dach hinten an der Küche, und dort wird er auch essen, auf der hinteren Treppe. Die *pulayar* betreten nie das Haus. Zu Hause kocht Sara für ihn, doch eine Mahlzeit im Haupthaus schont seinen Reisvorrat. Nachdem er seinen Teller ausgespült hat, füllt er ihn mit Wasser und trinkt es, dann hockt er sich auf die Stufen. Die Braut bringt ihm *kanji* – suppigen Reis in seinem Kochwasser – mit einem Stück Fisch und eingelegter Limone.

»Und? Gefällt's dir hier?«, fragt er; eine dicke Kugel Reis wölbt seine Wange. Sie steht schüchtern vor ihm und nickt. Gedankenverloren malt sie mit dem Finger ein ആ, den ersten Buchstaben in *āna*, also Elefant, ein Zeichen, das, wie sie findet, irgendwie doch dem Tier ähnelt. »Als ich nach Parambil kam, war ich jünger als du. Halt ein kleiner Junge«, sagt er. »Bevor es überhaupt ein Haus gab. Ich hatte Angst, wir würden im Schlaf zertrampelt. Ein Haus schützt einen. Das Geheimnis ist das Dach, weißt du? Was glaubst du, warum wir es immer so bauen?«

Für sie ist es ein Dach wie jedes andere. Nur der vordere Giebel – das Gesicht des Hauses mit seinem Muster geschnitzter Öffnungen im Holz – ist bei jedem individuell. Überall sonst fächern die strohgedeckten Vorsprünge aus, als hätte das Dach vor, das Gebäude zu verschlingen. Shamuel zeigt. »Wenn die Sparren so vorstehen, hat ein Elefant keine glatte Fläche, an die er sich lehnen kann. Oder dagegen stoßen.« In seinem Stolz, ihr etwas beizubringen, ist er wie JoJo. Sie findet Gefallen an ihm.

»Der Elefant ist in der ersten Nacht gekommen, um mich zu begrüßen«, sagt sie mit kleiner Stimme.

»Ach ja? Damodaran!«, sagt Shamuel und schüttelt lachend den Kopf. »Der Bursche kommt und geht, wie's ihm passt. Ich war schon am Einschlafen, als ich spürte, wie die Erde bebte. Ich wusste, dass er es war. Ich trat hinaus, und da saß Unni auf ihm und grummelte, weil Damo sich entschieden hatte, vom Holzlager herzukommen, wo's doch schon dunkel war. *Aah*, aber sehr hat sich Unni nicht beschwert. Jedes Mal wenn Damo hier ist, kriegt Unni die Nächte frei, um bei seiner Frau zu sein. Und der *thamb'ran* schläft neben Damo. Sie unterhalten sich.«

Einen Elefanten zu halten ist teuer, hat sie gehört. Nicht nur muss Unni, offenbar der Mahut, bezahlt werden, auch die Kosten fürs Futter fallen an.

»Gehört Damodaran uns?«

»Uns? Gehört die Sonne uns?« Shamuel wartet wie ein Schulmeister, dass sie verneinend den Kopf schüttelt. »*Aah, aah*, genau wie die Sonne ist Damodaran sein eigener Herr. Ich ziehe Unni damit auf, dass der wahre Mahut Damo ist, auch wenn er Unni oben sitzen und so tun lässt, als würde er ihn lenken. Von Damo hat dir noch niemand erzählt? *Aah*, dann lass es dir von Shamuel erzählen. Lange bevor es dieses Haus gegeben hat, als *thamb'ran* und mein Vater im Freien schliefen, hörten sie schreckliche Schreie. Trompeten. Die Erde bebte! Das Geräusch berstender Bäume war wie Donner. Mein Vater dachte, die Welt geht unter. Im Morgengrauen fanden sie dann den jungen Damodaran, gleich da drüben, er lag auf der Seite, ein Auge kaputt, es blutete, und zwischen den Rippen ragte ein abgebrochener Stoßzahn raus. Der Elefantenbulle, der ihn angegriffen hatte, war wohl in der Musth. Der *thamb'ran* band einen Strick um den Stoßzahn, trat weit zurück und zog ihn raus. Hast du ihn schon gesehen? Er steht im Zimmer des *thamb'ran*. Damodaran brüllte vor Schmerzen. Blasen und Blut quollen aus der Wunde. *Thamb'ran* – so mutig ist er – kletterte auf Damos Seite und verstopfte das Loch mit Laub und Schlamm. Sachte träufelte er Damodaran Wasser ins Maul und saß bei ihm und sprach mit ihm den ganzen Tag und noch die ganze Nacht. Zu Damo hat er mehr gesagt als zu allen Menschen im ganzen Leben zusammengenommen, sagt jedenfalls mein Vater. Nach drei Tagen stand Damodaran auf. Eine Woche später ging er fort.

Ein paar Tage danach – der *thamb'ran* und mein Vater hatten einen großen Teakbaum gefällt und versuchten gerade, ihn in die Lichtung zu schaffen – trat Damodaran aus dem Wald und schob ihn für sie, einfach so. Elefanten arbeiten gern. Er wurde richtig gut mit Stämmen. Jetzt arbeitet er in den Teakwäldern bei den Holzfällern, aber nur, wenn er Lust dazu hat. Wenn er sich dazu entscheidet, kommt er. Er ist gekommen, um sich die neue Frau des *thamb'ran* anzusehen. Glaub ich jedenfalls.«

Unter Thankammas Anleitung gewöhnt sie sich allmählich in ihr neues Leben in Parambil ein. Mit jedem weiteren Tag verblasst das Haus, das sie verlassen hat, was ihre Sehnsucht noch vertieft. Sie will es nicht vergessen. Nach dem Frühstück sagt Thankamma: »Heute können wir, dachte ich, zusammen Jackfrucht-*halwa* machen. Weil JoJo und ich ganz verrückt danach sind!« JoJo klatscht in die Hände. »*Molay*, die Süße des Lebens steckt sicher nur in zwei Dingen: Liebe und Zucker. »Kriegst du vom ersten nicht genug, dann nimm dir mehr vom zweiten!« Thankamma hat schon Jackfruchtstücke gekocht und vermischt sie nun mit geschmolzenem Palmzucker. »Dazu ein Geheimnis: Wenn du die Jackfrucht stampfst, denke an etwas, was du von deinem Mann willst.« Thankamma kneift die Augen zusammen, grinst von der Anstrengung und zeigt die Lücke zwischen ihren Schneidezähnen. »Nun noch eine Prise Kardamom und Salz und einen Teelöffel Ghee. Fertig! Es muss jetzt noch mehr abkühlen. Probier mal. Ist das nicht herrlich?« Sie senkt die Stimme. »Ganz ehrlich, *molay*. Das ist der Schlüssel zu einer glücklichen Ehe. Wünsch dir was, und dann gibst du deinem Mann das *halwa* zu essen. Was du dir auch wünschst, es wird wahr!«

So stolz sie ist, in den Rhythmus des Haushalts zu finden, ein paar Gerichte unter Thankammas wachsamem Blick zu kochen, es wird von dem Wissen gedämpft, dass Thankamma bald gehen muss. Wenn sie überschwänglich ihr Hühnercurry lobt, glüht sie vor Stolz, im nächsten Moment jedoch klammert sie sich an Thankamma und vergräbt das Gesicht in der gut gepolsterten Schulter, um ihre Tränen zu verbergen. *Bitte bleib! Geh nie weg!* Doch sie liebt ihre Tante schon zu sehr, um es auszusprechen. Thankamma muss ihren eigenen Haushalt führen, ein Ehemann erwartet sie. Sie murmelt: »Deine Freundlichkeit werde ich nie vergessen. Wie kann ich dir jemals danken?«

»*Aah*, wenn du mal eine Schwiegertochter hast, behandle sie wie ein Juwel. So kannst du mir danken.«

Am Tag vor ihrer Abreise tritt Thankamma aus der Küche und späht zur Sonne hinauf, die direkt über ihr steht. »*Molay*, schneide doch ein Bananenblatt ab und mach deinem Mann sein Mittagessen. Gib ihm dein Bohnen-*thoren* zu kosten und auch die *mathi*, die wir gebraten haben. Gib ordentlich Reis dazu. Bestimmt ist er irgendwo mit Shamuel draußen, immerzu begutachtet er sein Land. Siehst du die hohe Kokospalme dort? Irgendwo da wird er sein.« Die Braut lädt gehorsam das Essen auf ein Bananenblatt, faltet es zusammen und bindet eine Schnur darum; sie nimmt ein kleines Messinggefäß mit *jeera*-Wasser – mit Kreuzkümmelsamen aufgekochtes Wasser – und zieht los. Thankammas bevorstehende Abreise bereitet ihr Kummer. Am Morgen hat sie entdeckt, dass es in

Parambil weder Papier noch Federhalter gibt. Ihre Hoffnungen, sie könnte sich einige von Thankammas Rezepten notieren, sind zerschlagen. Und wenn sie sie nun vergisst?

Der Pfad ist von hohem Gras gesäumt, das ihr bis zur Schulter reicht. Thankamma hatte gesagt, früher sei es so überwuchert gewesen, dass weder Gott noch Licht es durchdrangen, und in dem Dickicht wimmle es von Skorpionen, Kobras, riesigen Ratten und bissigen Tausendfüßlern. »Welcher Hindu oder Christ wäre so verrückt, sich dort anzusiedeln?«, hatte Thankamma gesagt. »Dein Mann kam hierher, nachdem unser ältester Bruder ihn aus dem Familiensitz geschwindelt hat, indem er ihn auf ein Stück Papier ein Zeichen hat machen lassen.« Shamuels Vater, Yohannan *pulayan,* kam mit, da er es als seine Pflicht ansah, dem rechtmäßigen Erben zu dienen; später holte er dann seine Frau und seinen Sohn nach. Die beiden Männer bauten einen groben Schuppen. »Kannst du dir vorstellen, dass mein Bruder mit seinen *pulayar* unter einem Dach schlief? Mit ihnen aß? Sämtliche Kastengrenzen verschwinden, wenn du in die Hölle kommst, nicht? Nur die Heiligen hielten sie am Leben. In der ersten Woche trug ein Tiger ihre einzige Ziege davon. An den meisten Tagen litten sie Fieber. Dennoch gruben sie, entwässerten den Sumpf, rodeten ohne Pause. *Molay*, das erzähle ich dir nicht nur, weil ich stolz auf meinen kleinen Bruder bin, sondern auch, damit du weißt, dass er andere Gepflogenheiten hat als andere. Yohannan war wie ein Vater zu ihm. Und so wird auch Shamuel ein ganzes Leben lang für dich und deine Familie da sein.« Thankamma sagte, ihr Mann habe einen gelernten Hindu-*thachan* und einen Schmied hergelockt, indem er ihnen gerodete Flächen am Fluss anbot und dafür sorgte, dass die *pulayar*-Hütten flussab stehen würden, damit sie nicht über rituelle Verschmutzung zu klagen hätten. Der Töpfer, der Goldschmied und der Steinmetz kamen später. Als das Haus fertig gebaut war, gab ihr Mann etlichen Verwandten einen halben bis einen Hektar große Parzellen. Wenn sie dann ihr Land bestellt und die Ernte verkauft hätten, konnten diese Verwandten weiteres Land von ihm kaufen, wenn sie wollten. »Du verstehst, was ich dir damit sage, *molay*? Er hat ihnen das Land glattweg *geschenkt*! Sie können es ihren Kindern vererben. Er wollte, dass diese Gegend floriert. Aber er ist noch nicht fertig. Wer weiß, wenn ich das nächste Mal zu Besuch komme, gibt's womöglich auch eine richtige Straße, Kaufläden, eine Schule …«

»Eine Kirche?«, warf sie ein, doch darauf gab Thankamma keine Antwort.

Ihr Mann blickt, als sie ihn findet, einen Baum hinauf, die bloße Brust mit Rinde gefleckt, an der Hüfte hängt ein bedrohliches *vettukathi*, die Spitze zeigt nach hinten. Er ist überrascht, sie zu sehen. Er nimmt das Essen. »Diese Thankamma!« Das Lächeln liegt in seiner Stimme, nicht auf seinem Gesicht. Er setzt sich hin, lehnt sich an den Baum, aber nicht, ohne zuvor sein *thorthu* für sie ausgebreitet zu haben. Er schlingt das Essen hinunter. Sie sagt kein Wort. Verblüfft nimmt sie zur Kenntnis, dass er ebenso schüchtern ist wie sie.

Als er fertig gegessen hat, steht er auf und sagt: »Ich gehe mit dir zurück.«

Sie hört Schreie und Gelächter. Weit zu ihrer Linken liegt ein Baumstamm quer über einem Bach, den sie vorher nicht gesehen hat. Am anderen Ufer steht in einer Lichtung ein großer Laststein. Diese groben Gebilde stehen gleich primitiven Monumenten an stark frequentierten Feldwegen, damit die Leute ihre schwere Kopflast auf der horizontalen Platte ablegen und sich eine Weile ausruhen können. Sie sieht, wie ein junger Mann die Platte des Laststeins unter den Anfeuerungsrufen zweier Freunde ruckelnd wegschiebt. Alle drei haben Streifen Sandelholzpaste auf der Stirn. Der Schiebende ist von kräftiger Statur, sein Kopf ist bis auf ein geknotetes Haarbüschel vorn rasiert. Die horizontale Platte rutscht von ihren Stützen und knallt auf die Erde; eine rote Staubwolke steigt auf. Das Gesicht des Übeltäters ist vor Stolz und Begeisterung hochrot.

Sie stellt sich vor, wie Shamuel von der Mühle heimkehrt, einen schweren Sack gemahlenes Reismehl auf dem Kopf, in Erwartung des Laststeins, wo er die Knie ein wenig beugen muss, um den Sack auf die horizontale Platte zu schieben. Nun würde er gezwungen sein, weiterzugehen oder den Sack fallen zu lassen und zu warten, bis jemand kommt und ihm hilft, ihn wieder auf den Kopf zu heben. In einem Land, in dem fast alles auf diese Weise transportiert wird, wo Straßen regelmäßig fortgespült werden oder für Ochsenkarren zu zerfurcht sind und wo allein Feldwege verlässlich sind, ist eine solche Ruhestation ein Segen.

Die jungen Männer erblicken das Paar und verstummen. Sie wirken wohlgenährt und als müssten sie nie eine Last tragen oder einen Laststein nötig haben. An ihrer Kleidung und Erscheinung meint sie Nairs zu erkennen. Eine große Nair-Familie lebt am Westrand von Parambil. Die Nairs sind eine Kriegerkaste, seit Generationen im Dienst der Maharadschas von Travancore, um das Land gegen Eindringlinge zu verteidigen. Der Nair-Freund ihres Vaters hatte entsprechend ausgesehen mit seinem wilden Schnurrbart und der kräftigen Statur. Unter der britischen Herrschaft hatte der Maharadscha Schutz und brauchte keine Armee mehr. Govind Nair war verbittert gewesen. »Wie kann er sich da Herrscher von Travancore nennen? Er ist nur eine Marionette, die den Briten unsere Steuern weiterreicht. Wovor ›beschützen‹ ihn die Briten? Ist der Feind denn nicht schon im Land?«

Ihr Mann zieht sein *mundu* nur halb fest, wodurch seine Knie entblößt werden, als er zu der Holzbrücke marschiert, die er dann jedoch sehr vorsichtig überquert. Darüber kichern die Jugendlichen, dennoch machen sie sich für diesen älteren Elefantenbullen bereit. Ihr wird flau im Magen. Zu ihrer Verwunderung ignoriert ihr Mann sie und hockt sich vor den Stein hin. »Ihr seid also stark genug, um ihn runterzustoßen. Seid ihr auch stark genug, um ihn wieder draufzulegen?«

»Mach du's doch!«, sagt der Junge frech, allerdings mit einem Zittern in der Stimme.

Ihr Mann klemmt die Finger unter ein Ende der niedergefallenen Platte, hebt sie auf Hüfthöhe und stellt sie aufrecht. Dann legt er sie sich aufs Schultergelenk, balanciert sie aus. Seine bebenden Schenkel sind wie Baumstämme, seine Nackenmuskeln dicke Schnüre, als er erst das eine, dann das andere Ende zurück auf die vertikalen Säulen legt. Er lehnt sich gegen die wiederhergestellte Platte und verschnauft. Mit einer jähen Bewegung stößt er sie erneut von den Stützen. Sie prallt auf die Erde und rollt zu den Jugendlichen hin, die zurückspringen müssen. Mit einem Wippen der Brauen fordert er den langen Jugendlichen heraus. *Jetzt du*.

Eine unnatürliche Stille liegt über der Lichtung wie Wasser, das in der Luft hängt. Schließlich ruft ihr Mann ihr zu: »Die sind nur wie Männer gekleidet. Der Vater dieses Knaben und ich haben diesen Stein errichtet, bevor der überhaupt geboren war. In seinem Alter muss Kuttappan Nair noch hinter seinem Kalb herwischen, trotzdem hebt er diesen Stein, als wär's ein Zahnstocher.« Er dreht sich von ihnen weg und läuft zurück.

Der Haarknoten fällt nach vorn, als der junge Mann sich niederbeugt und versucht, den Stein anzuheben, das Gesicht verzerrt, die Adern auf der Stirn wie Schlangen. Als er ihn aufrecht hat, versagen ihm die Muskeln ihren Dienst, und seine

Freunde rennen hin, damit der Stein ihn nicht zerquetscht. Als er versucht, ihn auf die Schultern zu heben, schwankt er wild herum. Sie bekommen ihn wieder aufgesetzt, aber danach sind alle drei zerzaust und voller Schrammen, und bei dem Langen blutet die Schulter. Nichts davon sieht ihr Mann, als er zu ihr tritt, das Gesicht voller Zorn, was ihr Angst macht. Er neigt kurz den Kopf, womit er ihr Dank für das Essen sagt und dass er wieder an die Arbeit muss. Sie rennt nach Hause.

Thankamma wirft einen Blick auf sie und sagt, sie soll sich erst mal setzen. »Die Jungs hatten Glück, dass er seinen Zorn gezügelt hat«, sagt sie, nachdem sie erfahren hat, was war. Ihre Worte beruhigen die Braut nur wenig, und der Becher Wasser in ihrer Hand zittert. »*Molay*, hab keine Angst. Ohne Grund wird er nie zornig. Und auf dich niemals. Er würde dich nie schlecht behandeln.« Thankamma nimmt sie in den Arm. »Ich weiß, das ist alles neu und beängstigend. Als ich heiratete, waren mein Mann und ich erst zehn. Er war ein freches Bürschchen. Wir ignorierten einander. Wir waren ja bloß Kinder in einem großen Haus, und wir waren so viele. Die Jungen waren alle gemein. Einmal hat er auf einem Baumstamm gesessen und auf den Bach geschaut. Ich hab mich an ihn rangeschlichen und ihn reingeschubst!« Ihr Lachen ist ansteckend, und da muss die Braut nun doch lächeln. »Daran erinnert er mich noch heute gern! Ja, wir mochten einander überhaupt nicht. Aber weißt du, nichts bleibt, wie es ist. Mach dir mal keine Sorgen.« Thankamma mustert sie und fügt ernst hinzu: »Damit will ich sagen, dass mein Bruder wie eine Kokosnuss ist. Die Härte ist nur außen. Du bist seine Frau, und er hat dich so gern wie Thankamma. Verstehst du?« Sie versucht es. Thankamma, die nie um Worte verlegen ist, sieht aus, als hätte sie damit schon zu viel gesagt. »Du musst gar nichts tun. Keine Sorge. Mit der Zeit kommt das alles schon.«

5. Kapitel
HAUSWIRTSCHAFT

1900, Parambil

Nach Thankammas Abreise senkt sich Stille übers Haus, es ist wie unter Wasser, durch das zu wenig Licht dringt. JoJo ist unruhig, lässt seine Stiefmutter nicht aus den Augen; sogar im Schlaf krallen sich seine kleinen Finger in ihre Haare. In ihrer ersten Nacht allein liegt sie wach, aber nicht, weil ihr Mann im Schlafzimmer daneben schnarcht, sondern weil sie noch nie ohne einen Erwachsenen neben sich geschlafen hat. Sein Schnarchen, wenngleich fern, beruhigt sie; gelegentlich wird es von einem Husten und danach einem missmutigen Räuspern unterbrochen. Er redet im Schlaf, mehr Wörter, als er seit ihrer Ankunft zu ihr gesagt hat. Seit sie ihn so verspielt mit Damodaran gesehen hat, der ebenso mysteriös verschwunden ist, wie er gekommen war, weiß sie, dass er auch eine kindliche Seite hat. Dennoch wagt sie ihn nur anzusprechen, wenn sie ihm sagen will, dass das Essen fertig ist.

Shamuel kommt im Lauf des Tages mehrmals vorbei, um sie zu fragen, ob sie etwas braucht, und ist enttäuscht, wenn das nicht der Fall ist. Seine Sorge berührt sie.

»Shamuel, ich brauche doch etwas.«

»*Ooh-aah*, was auch immer!«

»Papier, Umschläge und einen Federhalter, um meiner Mutter zu schreiben.«

Das begierige Lächeln auf seinem Gesicht erstarrt. »*Aah.*« Mit solchen Gegenständen hat er offensichtlich keine Erfahrung. Dennoch überrascht er sie bei seiner Rückkehr vom Markt, indem er aus dem erschlafften Sack auf seinem Kopf stolz Umschläge, Papier und einen Federhalter hervorzieht.

Meine liebe Ammachi,
möge dieser Brief Dich bei bester Gesundheit erreichen. Thankamma war die ganze Zeit hier. Ich komme gut zurecht. Ich koche mehrere Gerichte.

Nicht lange nach dem Tod ihres Vaters verlor ihre Mutter die Herrschaft über die Küche; sie beklagte, dass sie ihrer Tochter nicht schon vor ihrer Hochzeit Kochen beigebracht hatte.

Jetzt sind nur noch JoJo und ich da. Er ist mein Schatten. Ohne ihn würde ich Dich wohl noch viel mehr vermissen. Den einzigen Ärger mit ihm habe ich nur, wenn ich ihn baden will.

Bei ihrem ersten Versuch wehrte JoJo sich gegen sie. Dennoch schüttete sie ihm Wasser über den Kopf, doch da wurde er blass, seine Lider flatterten wie Falterflügel, und seine Augen verdrehten sich in den Höhlen. Sie bekam große Angst, dass er einen Krampf bekam. Danach schüttete sie ihm nie wieder Wasser über den Kopf, sondern nahm für seine Haare und das Gesicht einen Waschlappen. Trotzdem ist es ein täglicher Kampf. Sie erkennt nun, dass zwischen den Männern von Parambil und den Gewässern Travancores Krieg herrscht. Das teilt sie ihrer armen Mutter aber nicht mit. Vielleicht weiß sie es ja schon?

Wie kann ich besser wirtschaften, eine bessere Hausherrin sein?

Diesen Satz würde sie gern wieder streichen, weil ihre Mutter nicht mehr die Wirtschafterin oder Herrin des Hauses ist. Ihre Drangsal in dem vereinten Familiensitz begann kurz nach dem Tod ihres Mannes, als sich das Wesen ihres Bruders und der Schwägerin veränderte. Wahrscheinlich schläft sie jetzt auf der Veranda und wird schikaniert und wie ein Hausmädchen behandelt. Während es ihrer Tochter in Parambil an nichts fehlt; das Getreide droht den *ara* zu sprengen, und der Schließkassette fehlt es nie an Münzen.

Wenn ich abends bete, sage ich mir: »Jetzt betet meine Ammachi auch.« So fühle ich mich Dir nahe. Ich vermisse Dich so sehr, aber ich weine nur nachts, wenn JoJo mich nicht sehen kann. Hätte ich doch nur meine Bibel mitgebracht. Hier gibt es keine. Ich weiß, Parambil ist weit, aber bitte, Ammachi, komm mich besuchen. Bleib ein paar Nächte. Mein Mann reist nicht gern mit dem Boot. Falls Du nicht kommen kannst, versuche ich vielleicht zu kommen. Dann werde ich JoJo mitnehmen müssen …

Sie stellt sich vor, wie ihre Mutter den Brief liest, wie deren Tränen das Blatt ebenso benetzen wie die ihren. Sie stellt sich vor, wie sie den Brief unter ihr Kissen legt, ihn dann mit ihren wenigen Besitztümern in ihrer Bettrolle aufbewahrt. Dann sieht sie in Gedanken eine Hand – die ihrer Tante –, die in der Bettrolle stöbert, als ihre Mutter gerade badet. Das hält sie davon ab, ihre Mutter zu fragen, ob sie jetzt besser isst, wo nun ein Mund weniger zu stopfen ist. Etwas in ihr *will*, dass diese neugierigen Augen diese Worte lesen und die Ungerechtigkeit in ihren Seelen erkennen. Doch das würde es für ihre Mutter nur noch schlimmer machen.

Drei Wochen später kommt eine Antwort, über den *achen*, der die Hochzeit durchgeführt hat und der alle zwei Wochen zur Diözese in Kottayam reist; dort versendet er Briefe und nimmt sie entgegen, falls welche da sind. Ein Junge bringt sie dann zum Haus. In ihrem Brief überschüttet ihre Mutter sie mit Liebe und Küssen und sagt, sie ist stolz auf sie, wenn sie sich vorstellt, wie ihre Tochter dank Thankammas Hilfe in die Rolle der Hausherrin hineinwächst. Am Ende des Briefs rät ihre Mutter ihr dringend davon ab, sie zu besuchen, ohne dies zu erklären, was ihr nicht ähnlich sieht. Und auf die vehemente Bitte ihrer Tochter, sie möge sie doch unbedingt in Parambil besuchen, reagiert sie gar nicht. Der Brief vergrößert ihre Sorgen um das Wohlergehen ihrer Mutter nur noch mehr.

Thankammas Predigten gehen ihr wie wild durch den Kopf, wie Zöpfe, die sich aufgelöst haben. *Die untere Reihe eines Bananenbüschels hat immer eine gerade Zahl, die darüber eine ungerade.* Sollte sich jemand auch nur mit einer davonschleichen, würde Thankamma es wissen; um das Muster zu bewahren, müsste eine Banane aus jeder Reihe weggenommen werden, und das würde auffallen. Andererseits, wer wollte schon stehlen? *Sei wachsam* – das wird Thankammas Lektion wohl gewesen sein. Doch an dem Morgen ist sie es nicht. Sie ignoriert das drängende Gackern einer gefleckten Henne und ihre wiederholten und entschlossenen Ausflüge in die Küche und scheucht sie weg.

»Sie ist kurz davor, ein Ei zu legen, Ammachi!«, sagt JoJo.

Hat JoJo sie gerade »Ammachi« genannt? *Kleine Mutter*? Ihre Brust schwillt vor Stolz. Sie umarmt ihn. »Was täte ich nur ohne dich, kleiner Mann?«

Sie packt die Henne und setzt sie auf einen Sack in der Speisekammer, dann stülpt sie einen Weidenkorb über sie. Die Henne zetert zornig in dem Dunkel. »Verzeih mir. Wenn du fertig bist, erhöre ich dich, versprochen.«

Es kommt wenig Besuch. Sie fühlt sich sehr allein. Sie hat Tagträume von ihrer Mutter, wie sie vom Anlegesteg heraufkommt, sie mit einem Besuch überrascht; so oft stellt sie sich das vor, dass sie sich dabei ertappt, wie sie mehrmals täglich zum Fluss hin schaut.

Die einzigen Besucher, die sie richtig kennengelernt hat, sind Georgie und Dolly aus dem winzigen Häuschen nächst Parambil an der Südseite. Sie wollten Thankamma besuchen, und sie waren auch nur einmal da. Georgie ist der Sohn des Bruders ihres Mannes, desjenigen, der ihn um sein Geburtsrecht betrogen hat. Deren Haus steht auf einem einen Hektar großen Grundstück, das ihr Mann seinem Neffen gab, weil Georgies Vater letztlich mittellos starb und Georgie und seinem Zwillingsbruder nichts als Schulden hinterlassen hatte. Sie mochte Dolly *Kochamma* auf Anhieb. (Da Dolly mindestens fünf Jahre älter ist, redet sie sie mit *Kochamma* an.) Dolly ist hellhäutig und hat Rehaugen, eine stille Frau, die sich nicht zum Sprechen gedrängt fühlt und den Gleichmut einer Heiligen verströmt. Georgie dagegen ist gesprächig und gesellig und überraschte die neue Braut, indem er sich gern mit den Frauen in der gemütlichen Küche aufhielt, was ihr Mann niemals täte. Sie überlegt sich, warum ihr Mann wohl seinen Neffen so großzügig unterstützt und doch so wenig mit ihm zu tun hat. Shamuel meint, Georgie ist kein besonders guter Bauer, nicht wie der *thamb'ran*, doch wenn ihr Mann der Maßstab ist, kann ihm ohnehin niemand das Wasser reichen. Vielleicht fühlt sich Georgie des Geschenks seines Onkels unwürdig.

JoJo lässt seine »Ammachi« niemals aus den Augen, außer sie geht zum Bach, um zu baden, oder zum Fluss beim Anlegesteg und springt hinein, was sie nur zu gern macht. JoJo wartet dann zu Hause angespannt auf ihre Rückkehr. Für JoJo ist »Bad« in jeder Form weiterhin ein täglicher Kampf. Sie liebt ihre Badestelle, wo der Bach breiter wird und einen Teich bildet und wo das Wasser so langsam und klar ist, dass sie winzig kleine Fische darin schwimmen sieht, und doch so tief, dass sie mit den Zehen kaum bis auf den Grund kommt. Der schräge Waschstein liegt am Ufer im Schatten eines Rambutanbaums, dessen behaarte rote Früchte wie Schmuck herabhängen.

Parambil platzt vor Mangos. Shamuel *pulayan* und seine Helfer bringen Korb um Korb, errichten in der Diele vor der Küche einen Berg. Selbst nachdem sie sie taschenweise zu den *pulayar*-Hütten gebracht haben, zu den Handwerkern und ihren Verwandten, sind es noch zu viele. Die süße, fleischige Sorte in ihren Gelb-, Orange- und Pinktönen erfüllt die Küche mit einem fruchtigen Parfum. Sie zerdrückt so viel sie kann für Sirup und Marmelade. Aus dem restlichen Fleisch macht sie *thera* – Mangojerky. Zunächst kocht sie es mit Zucker und geröstetem Reismehl. Diese Paste verteilt sie dann auf einer gewobenen Matte, die so lang und breit wie eine Tür ist, und legt sie in die Sonne. JoJos Aufgabe ist es, Vögel und Insekten zu verjagen. Nachdem alles getrocknet ist, breitet sie noch mehr Schichten aus und wartet jeweils, bis auch diese getrocknet sind. Dann trägt sie die nächste auf, bis die Masse drei Zentimeter dick ist und in Streifen geschnitten werden kann. Sie ist begeistert, als ihr Mann nach dem Frühstück und dem Mittagessen einen Brocken *thera* mitnimmt und bei der Arbeit darauf kaut.

Als besondere Leckerei für JoJo schneidet sie eine unreife Mango auf, spreizt sie wie eine Lotusfrucht – ein Kniff, den ihre Mutter ihr gezeigt hat –, und bestreut sie mit Salz und rotem Chilipulver. JoJo isst sie bis auf den letzten sauren und pikanten

Krümel auf, dann läuft er mit gespitztem Mund herum und saugt durch spitze Lippen Luft ein, da sein Mund wie Feuer brennt, und trotzdem will er mehr.

Der *ara* – der fensterlose Raum mitten im alten Teil des Hauses – ist gebaut wie eine Festung. Seine einteilige Tür ist dreimal so dick wie eine normale und mit einem mächtigen Schloss gesichert, für das sie den Schlüssel hat. Die Schwelle ist so hoch (um den Reis drin zu halten), dass ihr Mann zwar drübersteigen kann, sie aber drüberklettern muss. Drinnen versinken ihre Beine bis zu den Knien in den Körnern. Sie schließt den *ara* mindestens einmal wöchentlich auf, um Geld aus der Kassette zu nehmen, und weniger häufig, um Reis zu holen oder darin zu lagern. Unter dem *ara* und zugänglich über eine kleine Treppe in dem danebenliegenden ungenutzten Schlafzimmer ist ein dunkler, modriger Keller, wo sie ihr Eingemachtes in hohen Porzellankrügen aufbewahrt. Rasiermesserdünne Lichtschäfte dringen durch das Lüftungsgitter, das ins Holz geschnitten ist. Jedes Haus hat seine Innen- und Außengeister, und die im Parambil-Haus sind ihr noch neu. Sie beschließt, mit demjenigen zu sprechen, der im Keller haust, weil sie Grund zu der Annahme hat, dass er ein schlimmes Leckermaul ist. Sie spürt, dass er sich in einer Ecke versteckt, hinter den Spinnweben, ein sanfter und trauriger Geist, der sich vielleicht auch fürchtet, mehr vor ihr als sie sich vor ihm. »Bedien dich ruhig bei allem, was du magst. Es macht mir nichts, aber tu doch bitte auch den Deckel wieder fest drauf«, sagt sie, als sie tapfer vor ihm steht. Sie hatte eigentlich noch sagen wollen: *Bitte versuch nicht, mich zu ärgern*, doch da erschallt JoJos ungehaltene Stimme: »Ammachi? Wo bist du? Wenn du Verstecken spielen willst, musst du dich verstecken, wo ich dich sehen kann, sonst ist es gemein!« Sie muss unwillkürlich kichern. Eine jähe Helle in der stehenden Kellerluft sagt ihr, dass auch der Geist lacht.

Erst als sie wieder oben ist, fragt sie sich, ob es womöglich der Geist von JoJos verstorbener Mutter ist.

Wenn der Monsun kommt und die Wolken sich öffnen, gerät sie in Ekstase. Im väterlichen Haus rieben sie und ihre Cousine sich Öl in die Haare, liefen mit Seife und Kokosfaserbürste in den Regenguss und genossen den himmlischen Wasserfall. Sie erwarteten den Monsun genauso wie Weihnachten als eine Zeit, in der Körper und Seele gereinigt werden. Der Staub und die abgestreiften Insektenhäute, die an den Stielen festgebacken waren, werden weggeschwemmt, und zurück bleibt ein glänzender Schimmer auf dem Laub. Ohne den Monsun würde dieses Land, dessen Fahne grün ist und dessen Münze Wasser, aufhören zu existieren. Wenn die Leute über Hochwasser stöhnen, über Ausbrüche von Gicht und Rheuma, tun sie es mit einem Lächeln.

Der Regen hält niemanden zurück. Ihr Schirm wird zu einem Heiligenschein, der sie draußen überallhin begleitet, während ihre bloßen Füße fröhlich durch Pfützen platschen. Shamuel bastelt sich eine Mütze aus Palmyrarinde, auf der das Wasser von seinem Kopf rinnt. Ihren Mann dagegen schränkt der Regen in einer Weise ein, die sie verblüfft; sie hat nicht den Mut, dem nachzugehen. Allmählich gewöhnt sie sich an den Anblick, wie er stundenlang, manchmal auch den ganzen Tag, wie ein Flüchtling auf der Veranda sitzt, gedrückt, die Wolken böse anfunkelnd, als könnte sie das überzeugen, ihren Kurs zu wechseln. Dabei leistet JoJo ihm Gesellschaft, denn bei ihm ist es genauso. Einmal überraschte ein unerwarteter Schauer ihren Mann, als er gerade ohne Schirm zum Haus ging; fast schien es, als torkelte er unter den Tropfen, als er auf wackligen Beinen unters Dach rannte, so als wären ihm nicht Wasser, sondern Steine auf den Kopf gefallen. An einem anderen Abend sieht sie ihn am Brunnen sitzen, wo er seinen Körper abschnittweise einseift und abspült. Er sieht und hört sie nicht; sie ist versucht, fortzulaufen, ist aber zu gebannt vom Anblick seines Körpers, um sich zu regen. In ihr streiten Gefühle: Schuld, weil sie ihn heimlich beobachtet, ein schrecklicher Drang zu kichern, Verlegenheit, als wäre sie diejenige, die nackt ist, und eine Faszination von ihrem ganz enthüllten Mann. Nie hat er machtvoller und erschreckender gewirkt, selbst wenn dieses Baden in Raten ihm etwas Kindliches verleiht. Seiner Knauserigkeit mit Wasser eignet eine geübte Leichtigkeit und Eleganz, doch das Element, das seinen Bewegungen fehlt, ist Freude.

Jeden Morgen, wenn sie die Glut im Herd entfacht, begrüßt die Küche sie wie eine Schwester ohne Geheimnisse, und das macht sie froh. Sie ist zu der Ansicht gelangt, dass dies nur mit der gütigen Präsenz von JoJos Mutter zusammenhängt. Mag der Keller auch der bevorzugte Ort des Geistes sein und auch derjenige, wo das Amorphe einer physischen Gestalt am nächsten kommt, doch ihr Geist weht bis hier herauf, angezogen vom prasselnden Feuer im Herd oder auch von der Stimme ihres Kindes, das mit seiner neuen Ammachi spricht. Warum sonst übertreffen die Gerichte der Braut ihre kühnsten Erwartungen, wo doch Thankammas Rezepte in ihrem Kopf ein hoffnungsloses Durcheinander sind? An den bewährten Tontöpfen allein kann es doch nicht liegen. Nein, sie wird belohnt dafür, dass sie sich liebevoll um JoJo kümmert. Sie fühlt sich eins mit dem Rhythmus des Hauses und hat den Eindruck, dass sie es gut führt.

6. Kapitel

PAARE

1903, Parambil

In den drei Jahren seit ihrer Ankunft hat sie den überdachten Durchgang vor der Küche zu ihrem persönlichen Reich gemacht; dort hat sie ein *charpai*, auf dem sie und JoJo nach dem Mittagessen ein Schläfchen halten und sie den Fünfjährigen seine Schriftzeichen lehrt. Dort kann sie auch ihre Töpfe sowie den Reis, der im *muttam* auf Matten trocknet, im Auge behalten. Während JoJo schläft, sitzt sie auf dem Bett und liest zum wiederholten Mal das einzige Druckerzeugnis im Haus: eine alte Ausgabe der *Manorama*. Sie kann sich nicht überwinden, die Zeitung wegzuwerfen. Täte sie es, dann gäbe es nichts mehr, keine Wörter, auf denen ihr Blick ruhen könnte. Sie ist es leid, sich vorzuwerfen, dass sie ihre Bibel nicht mit nach Parambil genommen hat, sondern lenkt ihren Ärger auf JoJos Mutter. Für ein christliches Haus ist es doch undenkbar, keine Bibel zu haben.

JoJo regt sich gerade, als sie Shamuel vom Markt mit den Einkäufen zurückkommen sieht, einem Sack, den er auf dem Kopf balanciert. Er hockt sich vor sie hin und leert den Sack, um ihn sodann zusammenzufalten.

Shamuel tupft sich das Gesicht mit seinem *thorthu* ab, und sein Blick fällt auf die Zeitung. »Was steht da drin?«, fragt er und zeigt mit dem Kinn darauf, während er das *thorthu* glatt streicht und über die Schulter legt.

»Glaubst du denn, da ist was Neues reingekrochen, seit ich dir das letzte Mal draus vorgelesen habe, Shamuel?«

»*Aah, aah*«, sagt er. Seine fast schon grauen Brauen beschirmen Augen, die wie die eines Kindes die Enttäuschung nicht verbergen können.

Als Shamuel in der nächsten Woche vom Kaufladen zurückkehrt und seinen Sack ausleert, sagt er in seiner üblichen Art: »Streichhölzer. Zwei ist Kokosöl. Drei ist Bittergurke. Knoblauch, vier. *Malayala Manorama* –«, und legt die Zeitung hin, als wäre auch sie ein Gemüse. Er kann seine Freude kaum verbergen, als sie die Zeitung begeistert an sich drückt. »Kommt nun wöchentlich«, sagte er, stolz, ihr eine Freude gemacht zu haben. Sie weiß, dass nur ihr Mann das arrangiert haben kann.

Im weiteren Verlauf des Vormittags sieht sie ihren Mann nicht weit vom Haus, aber drei Meter über der Erde, in der Astgabel eines *plavu* oder Jackfruchtbaums sitzen, den Rücken an den Stamm gelehnt, die Beine auf dem Ast ausgestreckt, im Mundwinkel einen Zahnstocher. Sie ist versucht, mit der Zeitung zu winken, um ihm ihre Dankbarkeit zu zeigen. Noch immer wundert sie sich, dass er diese luftigen Plätzchen wählt, statt die Beine auf den langen Armen seines *charu kasera* hochzulegen; sein Stuhl hat eine enorme Größe, weil er speziell für ihn gebaut ist, und dennoch steht er ungenutzt auf der Veranda. Sie beobachtet ihn dort oben; sein Gesicht im Profil ist hübsch, findet sie. Ein *pulayan* unter ihm, den sie nicht sieht, sagt etwas, was ihren Mann veranlasst, den Zahnstocher herauszunehmen und zu grinsen, womit er kräftige, gleichmäßige Zähne zeigt. *Du solltest öfter lächeln*, denkt sie. Er gähnt und reckt sich, rückt sich zurecht, und da wird ihr ganz flau im Magen. Ein Sturz selbst aus dieser mäßigen Höhe wäre verheerend. Jedes Mal wenn sie ihn so hoch oben auf einem Baum in der

Ferne erblickt und er lediglich ein komischer Hubbel ist, der einen glatten Stamm verunstaltet, kann sie nicht hinsehen. Shamuel sagt, dass er von solchen Ausgucken das Land begutachtet, die Richtung von Bewässerungsgräben oder neue Reisfelder plant.

Abends, nachdem sie das Essen hingestellt hat, liest sie ihrem Mann, während er isst, aus der *Manorama* vor. Selbst nimmt er sie nie in die Hand. Die Zeitung heitert ihre Tage auf, richtet jedoch nichts gegen die tiefe Einsamkeit aus, die sie sich leider eingestehen muss. Thankamma, die versprochen hat, zurückzukehren, schreibt, dass ihr Mann krank geworden und bettlägerig sei, weswegen sie ihren Besuch auf unbestimmte Zeit verschoben habe. Und ihre Mutter – drei Monsune sind ins Land gezogen, und sie haben einander nicht gesehen! Ihre Mutter schrieb ihr, sie solle sie nicht besuchen. Selbst wenn sie es wollte, unternimmt eine junge Frau eine solche Reise nicht allein. JoJo, der an ihr hängt wie ein Armreif, setzt keinen Fuß auf den Anlegesteg, und ein Boot besteigt er erst recht nicht. Sie argwöhnt, dass es bei ihrem Mann genauso ist.

Nach ihrem förmlichen Abendgebet hält sie Zwiesprache mit dem Herrn. »Ich freue mich so sehr über die Zeitung. Mein Mann erfüllt mir wirklich meine Wünsche. Soll ich die andere Sache erwähnen? Ich will mich ja nicht beklagen, aber wenn das ein christliches Haus ist, warum gehen wir dann nicht in die Kirche? Ich weiß, das hast du schon einmal gehört. Könnte nur meine Mutter herkommen, dann würde ich dich nicht damit belästigen. Dann könnte ich es mit ihr besprechen.«

Vielleicht als Antwort auf ihre unablässigen Gebete kommt nach langen Monaten des Schweigens endlich ein Brief von ihr. Shamuel schaut auf seinem Weg zur Mühle in der Kirche vorbei, und diesmal kommt er ganz aufgeregt zurück; er hält den Brief in beiden Händen, denn er weiß, wie kostbar er ist. Seine Aufregung kommt der ihren nahezu gleich.

Meine liebste Tochter, mein Schatz, wie sehr Dein Brief mir doch das Herz erwärmt hat. Du weißt gar nicht, wie oft ich ihn geküsst habe. Deine Cousine Biji heiratet. Ich gehe täglich in die Kirche. Ich besuche das Grab Deines Vaters, und ich bete für Dich. Meine kostbarsten Erinnerungen sind bei ihm und dann bei Dir. Ich möchte Dir sagen, bitte schätze jeden Tag, den Du in Deiner Ehe hast. Ehefrau zu sein, einen Mann zu umsorgen, Kinder zu haben, gibt es etwas Wertvolleres? Schließe mich in Deine Gebete ein.

In den folgenden Tagen liest sie diesen Brief viele Male, küsst ihn jedes Mal wie etwas Heiliges. Doch gleich, wie oft sie ihn liest, mindert er doch nicht ihre Sorge. Sie widersteht der Wirklichkeit des Lebens: Eine verheiratete Frau gibt das Haus ihrer Kindheit für immer auf, und das Schicksal einer Witwe ist es, in dem Haus zu bleiben, in das sie eingeheiratet hat.

Der Kalender an der Wand – eine Beilage der Zeitung – sieht aus wie eine mathematische Tabelle und astronomische Karte zugleich. Er zeigt Mondphasen, die Zeiten eines jeden Tages, die günstig sind, um eine Reise zu unternehmen. Nun sagt er ihr, dies sei der Beginn der fünfzigtägigen Bußzeit, die am Karfreitag endet. Sie wird Fleisch, Fisch und Milch entsagen, doch am ersten Tag isst sie nicht einmal ein Krümchen.

Als er sich an jenem Abend zum Essen hinsetzt, stellt sie das frisch geschnittene Bananenblatt und das *jeera*-Wasser auf den Tisch. Er streicht das Blatt glatt. Sie formt schon die Worte, die sie geübt hat. Gerade will sie dazu den Mund aufmachen, als er den Grat des Bananenblatts mit der Faust flach drückt – *krach! krach!* –, wovon sie erschrickt. Er spritzt Wasser auf die grün gespiegelte Fläche und wischt das überschüssige in Richtung *muttam* weg. Der Augenblick ist verpasst. Stumm gibt sie den Reis aus, das Eingelegte, den Joghurt … dann hält sie ihm das Fleisch hin, um zu sehen, ob er es an diesem ersten Fastentag ablehnt. Nein, er greift ungeduldig danach. Wie kommt sie auf die Idee, dass es in diesem Jahr anders als in den vergangenen sein würde?

An den folgenden Tagen kommen ihr weder Fleisch noch Fisch über die Lippen; sie vermisst eine fastende Hausgemeinschaft, doch ihre Einsamkeit stärkt ihre Entschlossenheit nur noch.

»Du solltest mehr essen«, sagt Shamuel nach der Hälfte der Fastenzeit. »Du wirst zu dünn.« Es ist dreist von Shamuel, so zu sprechen. »Das hat der *thamb'ran* gesagt. Er macht sich Sorgen.« Sie kommt sich vor wie die Leute im Hungerstreik, die in der Zeitung abgebildet sind und die vor dem Sekretariat kampieren: schmaler werden, um gesehen zu werden.

»Wenn der *thamb'ran* das denkt, dann soll er's mir sagen.«

An dem Abend verschiebt sie ihre Gebete und werkelt mit anderen Sachen. Als sie endlich müde ist, bedeckt sie den Kopf und stellt sich vor das Kruzifix, das an der Ostwand ihres Zimmers hängt, womit sie der Tradition gehorcht, da sich der Messias Jerusalem von Osten her nähern würde. Kein Gebet, kein Wort will ihren Mund verlassen. Spürt Gott denn nicht ihre Enttäuschung? Schließlich sagt sie: »Herr, ich bitte jetzt nicht mehr weiter. Du siehst die Hindernisse auf meinem Weg. Wenn du willst, dass ich in die Kirche gehe, dann musst du mir schon helfen. Mehr sage ich jetzt nicht. Amen.«

Thankamma hatte gesagt, das Geheimnis, von seinem Mann zu bekommen, was man haben wolle, liege darin, es sich zu wünschen, während man eine Jackfrucht-*halwa* zubereitet. Bei ihr jedoch öffnet nicht die *halwa* die Tür, sondern ihr *erechi olarthiyathu*. Sie bereitet es schon am Vormittag vor, indem sie Koriander- und Fenchelsamen, Pfeffer, Nelken, Kardamom, Zimt und Sternanis röstet, in einem Mörser zerreibt und diese trockene Mischung zum Marinieren unter die Hammelstücke mischt. Nachmittags bräunt sie Zwiebeln mit frischen Kokosscheibchen, Senfkörnern, Ingwer, Knoblauch, grünen Chilis, Kurkuma und Curryblättern und noch etwas von der trockenen Gewürzmischung und tut dann das Fleisch dazu. Sie senkt das Feuer bis auf die Glut und nimmt den Deckel ab, damit die Soße eindickt, und umhüllt jeden Würfel Fleisch mit einer schweren, dunklen Schicht. Als sie dann am Abend JoJo mit der Nachricht »*choru vilambi*« – »der Reis ist serviert« – zu seinem Vater schickt, vollendet sie das Gericht, indem sie das Fleisch noch einmal zusammen mit frischen Curryblättern und Kokoswürfeln in Kokosöl anbrät. Das Öl speit noch zischend auf den geschwärzten Fleischwürfeln, als sie es aufträgt. Noch bevor sie ihm etwas auf das Bananenblatt legt, hat er sich schon ein Stück in den Mund gesteckt. Er kann nicht widerstehen.

Während er isst, stellt sie sich still zur Seite, aber näher als sonst. Die Zeitung hat sie ihm schon an den vergangenen Abenden vorgelesen, sie muss daher auf die neue Ausgabe warten. Auf einmal gibt Gott ihr den Mut zu sprechen.

»Ist das Fleisch gut so?«, fragt sie. Sie weiß, dass es nie besser geschmeckt hat.

Die Worte sind aus ihrem Mund geflossen wie Wasser aus der langen Tülle einer *kindi*, und sie beobachtet, wie sie in die Schälchen seiner Ohren treffen. Es ist, als hätte ein anderer Mensch gesprochen und nicht sie.

Als sie noch denkt, er sei über ihre Dreistigkeit verärgert, schwingt der große Kopf hin und her, womit er seine Zustimmung signalisiert. Ob der aufwallenden Freude in ihr will sie klatschen, tanzen. Ausnahmsweise bleibt er nach dem Essen sitzen, statt sich zu erheben und die Hände unterm *kindi* abzuspülen.

Hört er, wie ihr Herz hämmert?

JoJo, der hinter einer Säule hervorlugt, ist erstaunt, dass sie mit ihrem Vater spricht. Er flüstert viel zu laut: »*Ammachi*, sag's ihm nicht! Morgen bade ich, versprochen!«

Sie hält sich die Hände vor den Mund, aber erst nachdem ihm ein Kichern entwichen ist.

Eine schreckliche Pause entsteht, dann eine seltsame Explosion: Ein ungeheuer lautes, unerwartetes Lachen platzt aus ihrem Mann. Verwirrt tritt JoJo ins Licht. Als er merkt, dass sie über ihn lachen, rennt er weinend zu ihr hin, haut ihr wütend auf den Schenkel und saust fort, bevor sie ihn packen kann. Das verstärkt das Gelächter ihres Mannes nur noch, und er wirft sich gegen die Stuhllehne. Das Lachen verwandelt ihn, gibt eine Seite von ihm frei, die sie noch nicht gesehen hat.

Noch lächelnd, wischt er sich mit der Linken über die Augen.

Und da purzeln ihr die Wörter aus dem Mund. Sie erzählt ihm, als es an dem Nachmittag Zeit für JoJos Bad war, habe sie ihn überall gesucht und schließlich hoch droben in dem Jackfruchtbaum entdeckt, wo er festsaß. Das breite Lächeln ihres Mannes ist noch da. Sie fährt fort: JoJo lernt seine Zeichen und Zahlen, aber nur, wenn sie ihn mit einer rohen, mit Chilipulver bestreuten Mango besticht. Sie selbst zieht die Kochbananensorte vor, die Shamuel heute mitgebracht hat … Sie hört sich plappern und bricht ab. Die Grillen füllen die Leere, und nun stimmt ein Ochsenfrosch in den Chor mit ein.

Dann stellt ihr Mann ihr eine Frage, die er ihr schon vor langer, langer Zeit hätte stellen können: »*Sughamano?*« *Ist alles gut für dich?* Er blickt sie direkt an. Es ist das erste Mal, seit er vor ihr in der Kirche stand, dass er sie so eingehend mustert, fast drei Jahre ist es her.

Sie versucht, seinem Blick standzuhalten; in seinen Augen liegt eine so starke Kraft wie in dem Altar der Kirche, in der sie geheiratet haben. Sie erinnert sich an den Satz in ihrem Hochzeitsgottesdienst: *So wie Christus das Oberhaupt der Kirche ist, so ist der Ehemann das Oberhaupt des Hauses.*

Auf einmal versteht sie, warum er seit dem Tag ihrer Hochzeit so distanziert gewesen ist, wenig gesagt hat, aber von fern für ihre Bedürfnisse und ihr Wohlergehen gesorgt hat; es ist nicht Gleichgültigkeit, sondern das Gegenteil. Er erkennt, dass er einer ist, der sie sehr leicht ängstigen kann.

Sie senkt den Blick. Ihre Fähigkeit zu sprechen ist dahin. Doch sie wurde etwas gefragt. Er wartet.

Sie ist ein bisschen wacklig auf den Beinen. Sie spürt den seltsamen Drang, zu ihm zu gehen, mit den Fingern über diesen knotigen Unterarm zu streichen. Es ist ein Drang nach Zuneigung, nach menschlicher Berührung. Zu Hause hat es täglich Umarmungen und Küsse gegeben, der Körper ihrer Mutter hat sie nachts gewärmt. Hier würde sie ohne JoJo zu einem Nichts verdorren.

Sie hört seinen Stuhl nach hinten scharren; er hat ihre Antwort abgeschrieben. Sie sagt leise: »Ich vermisse meine Mutter.«

Er hebt die Brauen, vielleicht unsicher, ob er sich den Laut eingebildet hat.

»Und es wäre schön, zur Kirche zu gehen«, sagt sie mit unnatürlich lauter Stimme.

Er scheint darüber nachzudenken. Dann wäscht er sich unter der *kindi* die Hände, tritt zum *muttam* hinaus und ist weg. Ihr Herz zieht sich zusammen. *Dumm, wie dumm, um so viel gebeten zu haben!*

Spätabends dann, sobald JoJo schläft, geht sie noch einmal in die Küche, um aufzuräumen und um die Glut mit einer Kokosnussschale abzudecken, damit sie bis zum Morgen hält. Dann kehrt sie ins Zimmer zurück, wo sie bei JoJo schläft, das Herz schwer.

Zu ihrer Verblüffung sieht sie eine offene Truhe auf dem Fußboden. Der Stapel zusammengefalteter weißer Kleider darin gehört bestimmt JoJos Mutter. Alles, was sie nach Parambil mitgebracht hat, war ihre Hochzeits-*chatta* mit *mundu* und drei weitere Kleider, alle leuchtend weiß, das traditionelle thomaschristliche Frauengewand. Die bunten Halb-Saris und Röcke ihrer Kindheit hat sie zurückgelassen. Ihre *chattas* spannen an den Schultern und konturieren schwach ihre knospenden Brüste, wo das formlose Kleid doch andeuten soll, dass da gar nichts ist. Sie hat es sich angewöhnt, eine übergroße und abgewetzte *chatta* mit *mundu* zu tragen, die Thankamma dagelassen hat. Die *chattas* in der Truhe, die JoJos Mutter gehört haben müssen, passen perfekt. Sie mustert sich im Spiegel. Ihr Körper verändert sich; sie ist größer geworden und hat zugenommen. Vor über einem Jahr hat sie zum ersten Mal geblutet. Es hatte ihr Angst gemacht, obwohl ihre Mutter gesagt hatte, dass es passieren werde. Sie hatte sich gegen die Krämpfe Ingwertee gemacht und sich Menstruationstücher zurechtgeschnitten, wie sie sie auf der Wäscheleine hatte hängen sehen. Wenn sie ihre gewaschenen Menstruationstücher zum Trocknen aufhängte, überdeckte sie sie mit Handtüchern und Bettwäsche. Vier Tage lang fühlte sie sich unwohl, davon ganz abgelenkt und versuchte trotzdem, einfach weiterzumachen. Auch gab es niemanden, mit dem sie mitfühlen oder feiern konnte. Noch jetzt sind die vier, fünf Tage eine große Unannehmlichkeit.

Ganz unten in der Truhe entdeckt sie eine Bibel. *Du hattest die ganze Zeit eine Bibel und mir nichts davon gesagt?* Dieser Fund begeistert sie zu sehr, um sich noch lange zu ärgern, doch sie beschließt, es bei ihrem nächsten Besuch im Keller zu erwähnen.

Am kommenden Sonntag erscheint ihr Mann zu ihrer Überraschung in weißer *juba* und *mundu* – seiner Hochzeitskleidung. So sehr ist sie es gewohnt, ihn barbrüstig zu sehen, den *mundu* halb gerafft, ein *thorthu* über der linken Schulter, nicht zu unterscheiden von den *pulayar*, die für ihn arbeiten. Nur seine Größe und Breite heben ihn von ihnen ab, ein Zeichen dafür, dass er in einem Haus aufwuchs, wo es reichlich zu essen gab. Er ruft Shamuel zu: »Bitte Sara, bei JoJo zu bleiben, bis wir von der Kirche zurück sind.«

Rasch kleidet sie sich an. »Herr, ich danke dir gebührend, wenn wir in deinem Haus sind.«

Sie machen sich über Land auf, in die entgegengesetzte Richtung des Bootsstegs. Sie klammert die Bibel fest, hastet, um mit ihm mitzuhalten, macht zwei Schritte, wenn er einen geht. Sie ist so aufgeregt, dass ihre Füße kaum den Boden berühren. Nach einer Weile gelangen sie an den Bach mit dem Holzsteg; Moos macht ihn glitschig. »Geh du zuerst«, sagt er, und sie huscht darüber. Er folgt ihr mit zusammengebissenen Zähnen, setzt sorgfältig die Füße auf. Auf der anderen Seite stützt er sich mit der Hand auf den Laststein, sammelt sich, bevor sie weitergehen. Ihr Weg zur Kirche ist viel länger, als wenn sie ein Boot genommen hätten; schließlich überqueren sie den Fluss auf einer Brücke, die breit genug für Karren ist.

Der Anblick der Leute, die in die Kirche strömen, versetzt sie in Spannung, auch wenn sie keinen kennt. »Ich warte dann dort«, sagt er und zeigt auf einen wuchernden Pepulbaum, an dem Luftwurzeln wie Barthaare über dem Kirchhof hängen. Sie ist zu aufgeregt, um etwas anderes zu tun, als in die Kirche zu gehen und ihr *kavani* über den Kopf zu ziehen. Sie hat vergessen, wie es ist, so viele im Gottesdienst zu sehen, überall um sie herum Körper zu spüren, Teil des Stoffs zu sein statt nur ein Faden, der aus dem Gewebe gezogen worden ist.

Die Männer sind zur Linken, die Frauen rechts, getrennt durch eine imaginäre Linie. Sie genießt die vertrauten Sätze der Eucharistie. Als der *achen* den Schleier lüftet und ihn in seinen Händen zittern lässt, fühlt sie Gottes Gegenwart, fühlt, wie der Heilige Geist sie überspült, Welle um Welle, und sie von den Beinen hebt. Freudentränen verschlieren ihren Blick. »Hier bin ich, Herr! Hier bin ich!«, schreit sie stumm.

Als sie nach dem Gottesdienst hinaustritt, kommt ihr Mann gerade mit düsterer Miene vom Friedhof. Aufgeregte Gespräche und Gelächter vom Anleger und von den Fährbooten dringen an ihre Ohren. Schweigend gehen sie zurück.

»Fünf Jahre ist sie nun tot …«, sagt er plötzlich, die Stimme gefühlsschwer.

JoJos Mutter. Es ist merkwürdig, dass er mit solchen Gefühlen von ihr spricht. Spürt sie Eifersucht? Hofft sie, dass er eines Tages mit derselben Leidenschaft über sie spricht? Sie schweigt aus Angst, jedes Wort von ihr könne seinen Redefluss anhalten.

»Wie kann man einem Gott verzeihen«, sagt er, »der einem Kind die Mutter nimmt?«

Die Räume zwischen seinen Sätzen sind breit wie ein Fluss. Als sie diesmal den Holzsteg überqueren, geht er als Erster. Er wartet auf der anderen Seite, mustert seine junge Frau, die die Kleidung seiner verstorbenen trägt, als sähe er sie zum ersten Mal.

»Könnte sie uns doch nur sehen«, sagt er, noch stehend. »Könnte sie nur sehen, wie gut du für JoJo sorgst. Wie sehr er dich liebt. Das würde sie glücklich machen. Könnte sie es nur sehen.«

Von dem Lob wird ihr ganz schwindlig, sie klammert sich an die Bibel, die einmal der Frau gehörte, die er da anruft. Sie steht dicht vor ihm und reckt den Hals, um sein Gesicht zu sehen, meint, gleich hintüber zu fallen.

»Ich *weiß*, dass sie uns sehen kann«, sagt sie voller Überzeugung. Sie könnte ihm den Grund nennen, doch er braucht keine Erklärungen, nur die Wahrheit. »Sie wacht in allem über uns. Sie lenkt meine Hand, wenn ich noch Salz zugeben will. Sie erinnert mich, wenn der Reis überkochen will.«

Er runzelt die Stirn, dann entspannt sich sein Gesicht. Er seufzt. »JoJo hat keine Erinnerung an seine Mutter.«

»Das ist schon gut so«, sagt sie. »Mit ihrem Segen bin ich jetzt seine Mutter. Er braucht sich nicht zu erinnern und auch nicht zu trauern.«

Sie stehen reglos da. Unverwandt blickt er auf sie hinab. Sie zuckt nicht. Sie sieht, dass sich etwas in ihm löst, als wäre die Tür zu dem abgesperrten *ara*, der Festung seines Körpers, aufgeschwungen. Er wirkt nun zufrieden. Die Andeutung eines Lächelns scheint vom Ende einer langen Qual zu künden. Als sie dann losgehen, sind sie unbeschwerter, Mann und Frau im Gleichschritt.

Am folgenden Sonntag schlägt er ihr vor, mit dem Boot zur Kirche zu fahren, allein – da er nicht mitkomme, müsse sie auch nicht den weiten Weg gehen. Er begleitet sie zum Steg, wo schon andere Frauen und Paare warten. Als die Bootsleute das Boot vom Ufer stoßen, schaut sie zurück und sieht ihren Mann in einem Grüppchen Betelpalmen stehen, deren schmale, blasse Stämme mit seinem dicken, dunklen Leib kontrastieren. Er ist fester als jeder Baum in der Erde verwurzelt. Nicht einmal Damodaran könnte ihn verdrängen.

Ihre Blicke treffen sich. Als sich das Boot entfernt, erfasst sie seinen Ausdruck: Trauer und Neid. Sie fühlt mit ihm mit, einem Mann, der nicht auf dem Wasser reist, der vielleicht nie das Geräusch des Wassers gehört hat, das sich vor dem Bug teilt, nie das Hochgefühl empfunden, von der Strömung getragen zu werden, oder die Spritzer abbekommen, wenn die Stange des Bootsführers das Wasser verlässt. Nie wird er das belebende Gefühl eines Kopfsprungs in den Fluss kennen, das Tosen beim Eintauchen, gefolgt von umhüllender Stille. Alles Wasser ist verbunden, und ihre Welt ist grenzenlos. Er dagegen steht an der Grenze der seinen.

An ihrem sechzehnten Geburtstag hört sie vor der Küche Lärm und aufgeregte Kinderstimmen. Die Enten, die sich um die hintere Treppe scharen, quaken und flattern vergebens in die Luft; sie vergessen ihre gestutzten Flügel. Sie weiß, wer es ist, noch bevor sie das Klirren der schweren Kette hört, noch bevor sie sich dem alten Auge zudreht, das da zum Küchenfenster hereinlugt. Sie lacht. »Damo! Woher hast du das denn gewusst?« Eine neue Empfindung: das Auge ohne die Ablenkung durch den mächtigen Körper anzusehen. Sie bestaunt seine wirren Wimpern, die fein gemusterte, zimtfarbene Iris. Plötzlich blickt sie in Damos Seele … und er in ihre. Sie spürt seine Liebe, seine Teilnahme, so wie er sie in ihrer ersten Nacht als Braut begrüßt hat.

»Einen Augenblick. Ich habe was für dich.« Sie ist bei der Zubereitung von *meen vevichathu* in einer heiklen Phase. Sie legt die Seherfischfilets in die flammendrote Soße, die in dem Tontopf köchelt. Ihre satte Farbe verdankt sie dem Chilipulver, die schlammige Konsistenz den eingekochten Schalotten mit Ingwer und Gewürzen. Das Entscheidende für ihr typisches Aroma ist jedoch *kokum*, Malabar-Tamarinde. Sie muss unablässig kosten, herb mit salzig ausbalancieren, *kokum*-Wasser zugeben, wenn das Curry nicht sauer genug ist, und *kokum*-Stücke herausnehmen, wenn es zu sauer ist.

Der ungeduldige Riese stampft auf, wodurch er Staub von den Dachsparren löst.

»Lass das! Wenn mein Curry schlecht wird, sag ich dem *thamb'ran*, wer daran schuld ist.«

Sie tritt mit einem Eimer voller hastig mit Ghee vermischtem Reis hinaus. Damos Grinsen erinnert sie an JoJo, wenn er am ungezogensten ist. Der Straßenhund Caesar, der tanzt aufgeregt herum, hält sich aber wohlweislich von den Füßen des Riesen fern. Damodaran packt den Eimer am Rand, hebt ihn aus ihren Händen und leert sich den Inhalt ins Maul, als wäre er ein Fingerhut. Er wischt den Rand mit der Zunge aus, stellt den Eimer dann ab und tastet mit dem Rüssel nach möglichen Resten.

Unni, der auf Damos Hals hockt, die nackten Füße hinter die riesigen Ohren gestemmt, sieht aus wie eine Katze, die auf einem Baum festsitzt. Die gerunzelte Stirn des Mahut ist auf seinem dunklen pockennarbigen Gesicht kaum zu erkennen, doch die dicken Brauen kreuzen sich in der Mitte.

»Schau!«, sagt Unni und zeigt auf die Unordnung im *muttam*. »Ich wollte ihn zu seinem Platz am Baum lenken, aber nein, er musste erst noch zur Küche.«

Sie legt die Hand auf Damos Rüssel. »Er ist zu meinem Geburtstag gekommen. Den kennt keiner hier, er aber irgendwie doch. Gott segne dich, dass du gekommen bist, mein Damo.« Plötzlich wird sie ganz schüchtern – so liebevoll spricht sie gar nicht mit ihrem Mann. Damo rollt den Rüssel zum Gruß.

Als sie in der Küche fertig ist, geht sie zu Damo an seiner üblichen Stelle bei der ältesten Palme. Unni hat ein Hinterbein Damos an einen Stumpf gekettet, was aber eher Erinnerung als Hindernis ist. Damo kann die Kette ebenso leicht zerreißen, wie ein Kind einen Zweig zerbricht, was er auch häufig macht. Wie üblich ist jedes Kind in Parambil herbeigerannt, nachdem sich herumgesprochen hat, dass Damo zu Hause ist. Die kleinen tragen nur den glänzenden *aranjanam* um die Hüfte, sie sind ob ihrer Nacktheit nicht im Mindesten befangen, allerdings nehmen sie sich vor Damo in Acht, verstecken sich hinter den älteren. Sie entdeckt JoJo, der dem Sohn des Schmieds einen Arm um die Schulter gelegt hat; dieser ist ebenfalls sechs Jahre alt, aber JoJo ist einen Kopf größer. Sie hält sich zurück, beobachtet die Kinder ebenso fasziniert wie den Elefanten.

Damo taucht den Rüssel in den Eimer Wasser und besprüht seine Zuschauer. Die Kleinen rennen fröhlich kreischend weg. Als sie zurückkommen, macht er es erneut.

Damo ist pingelig. Anders als eine Kuh oder Ziege frisst er nicht, wenn seine Exkremente noch herumliegen. Will Unni, dass er an einer Stelle bleibt, muss er ständig wegschaufeln, was sich aus Damodarans Hinterteil drückt. Diese Arbeit hört für Unni nie auf, und für das junge Publikum ist es eine endlose Faszination.

»Was ist das?«, fragt die Tochter des Schmieds und zeigt auf den dicken, gebogenen Knüppel, der von Damos Bauch herabhängt, das stumpfe Ende moosgrün. Sie ist sieben Jahre alt. »Ist das auch ein Rüssel?«

»Nein, du Dummi«, sagt ihr Bruder gewichtig, obwohl er ein Jahr jünger ist als sie. »Das ist sein kleiner Thoma.«

Die Jungen lachen, am lautesten die ganz kleinen, die das nicht verstehen.

»Pah!«, sagt die Tochter des Schmieds gekränkt, »so klein ist das doch gar nicht. Wenn ihr mich fragt, sieht sein Rüssel viel eher wie ein kleiner Thoma aus als das komische Ding da.«

Es wird still, die Kinder sinnieren über die Frage nach. Der

Bruder wendet seine Aufmerksamkeit dem zweijährigen Enkel des Goldschmieds zu, einem krummbeinigen, verwirrten, dickbäuchigen Knirps, der einen Finger in der Nase stecken hat; nun betrachten alle den unbeschnittenen, angeschwollenen Penis des Kleinen mit der runzligen Tülle am Ende und vergleichen ihn mit Damodarans Rüssel.

»Da hast du wohl recht«, sagt der Sohn des Schmieds.

Damos schwingender Rüssel ist wie unabhängig von seinem Besitzer, die Bewegungen wirken eindeutig menschlich. Mit einem Vorderfuß drückt er einen Kokoszweig nieder, mit der Kneifspitze seines Rüssels streift Damo in einem eleganten Schwung die Blätter ab. Dann schlägt er das Blätterbündel gegen den Baum, um die Insekten abzuschütteln, und faltet es sich auf die Lippe. Während er kaut, schwingt der Rüssel wieder hinab, zupft wie ein wuseliger, verspielter Schuljunge Unni das Handtuch von der Schulter und schwenkt es wie eine Fahne, bevor Unni es ihm wegnehmen kann.

»Könnte nur *mein* kleiner Thoma, was der mit seinem Rüssel kann«, hört sie den Jungen des Schmieds sagen, »dann könnte ich damit sogar Mangos und Kokosnüsse pflücken.« Sie sieht, dass JoJo aufmerksam zuhört, eine Hand unauffällig zwischen den Beinen. Sie schleicht sich davon, die Hand auf dem Mund, und erst als sie außer Hörweite ist, lacht sie schallend.

Am Abend dann serviert sie ihrem Mann das *meen vevichathu*. Er kostet es und nickt beifällig. Bald werden es fünf Jahre sein, doch noch immer sorgt sie sich um ihre Kochkunst.

»Als ich es gemacht habe, ist Damo gekommen und hat ein Auge ans Küchenfenster gehalten.«

Lachend schüttelt er den Kopf. »Hast du Gheereis, den ich ihm heute Abend bringen kann?« Es sagt es genauso wie JoJo, wenn der um eine weitere rohe Mango bittet.

»Aber er hatte schon einen Eimer voll, als er kam«, sagt sie.

»Ach ja? Na dann …«

»Aber ich kann noch mehr machen.«

Er wirkt erfreut. Er räuspert sich. »Damo ist noch nie zur Küche gegangen. Das bedeutet, dass er dich mag«, sagt er und wirft ihr einen scheuen, neckenden Blick zu. Sie legt die Zeitung weg und geht in die Küche, um den Gheereis zu machen.

Ja, ich weiß, Damo mag mich. Er ist an meinem Geburtstag gekommen, um mich zu begrüßen. Ich weiß, was er denkt. Deine Gedanken dagegen kenne ich nicht.

Als sie mit dem Gheereis zurückkommt, ignoriert ihr Mann ihn. Mit den Brauen fordert er sie auf, sich zu setzen; er legt einen kleinen Stoffbeutel mit einer Ziehschnur vor sie auf den Tisch. Sie holt zwei große, schwere goldene Ohrringe heraus, die außen kompliziert gearbeitet, innen aber hohl sind, da ihr Gewicht sonst das Ohr aufreißen würde. Eine filigrane Mutter verbirgt Stift und Schraube. Ungläubig starrt sie darauf. Ist sie wirklich die Besitzerin dieser *kunukku*? Also deshalb hat sie den Goldschmied im letzten Monat so oft hin und her laufen sehen. Ihr ganzes Leben schon bewundert sie *kunukku*. Sie kommen nicht an den fleischigen Teil des Ohrs, sondern durch den runden Rand oben, wo er wie bei einer Seemuschel dünn wird. Sie wird den Knorpel durchstechen müssen und dann das Loch weiten, indem sie Betelblätter hineintut, bis es groß genug ist, um diesen dicken Stift mit der Schraube aufzunehmen. Viele Frauen tragen nur den Stift und die Schraube; bei besonderen Anlässen, wenn die Ringe verbunden werden, stehen sie vom Ohr ab wie eine hohle Hand.

Anders als viele Bräute, die Schmuck als Teil der Mitgift mitbringen, hat sie nur ihren Ehering, das kleine goldene *minnu*, das er ihr bei der Zeremonie um den Hals gebunden hat, sowie zwei goldene Stifte, die sie mit fünf bekam, als ihre Ohren zum ersten Mal durchstochen wurden.

Sie kann es nicht fassen, dass er an ihren Geburtstag gedacht hat, zum ersten Mal überhaupt. Jetzt ist sie diejenige, der die Worte fehlen. Ihr Mann nimmt nie die Zeitung zur Hand, doch als Bauer kennt er Daten und Jahreszeiten genau. In der Ferne hört sie Blätter gegen einen Baum schlagen, das Geräusch Damos, wenn er frisst. Nicht zum ersten Mal fragt sie sich, ob die beiden Riesen unter einer Decke stecken.

Als sie sich dazu überwindet, ihren Mann anzusehen, lächelt er. Wortlos geht er weg, nimmt den Eimer mit; er wird auf dem Feldbett neben Damo schlafen, solange Unni seine Frau zu Hause besucht.

Ist Damo in Parambil, bebt die Erde von seinen Bewegungen, und seine Fressgeräusche – das Knacken von Zweigen, das Zermalmen von Blättern –, beruhigen sie. Doch einige Tage später kehrt Damodaran ins Holzfällerlager zurück; wie der *thamb'ran* fühlt er sich bei der Arbeit am wohlsten. In seiner Abwesenheit wirkt die Stille von Parambil übersteigert.

In jener Nacht, sie ist gerade am Einschlafen, erscheint ihr Mann. Bestürzt setzt sie sich auf, fragt sich, ob etwas nicht stimmt. Seine Figur füllt den Türrahmen aus, sperrt das Licht aus. Er wirkt ruhig, beruhigend. Alles ist gut. In einer Hand hält er die kleine Öllampe, und nun streckt er die andere aus.

Sie löst sich sachte von dem schlafenden JoJo, nimmt die dargebotene Hand, worauf er sie mühelos auf die Füße zieht. Als sie hinaustreten, bleiben ihre Finger in das Nest seiner Hand geschmiegt. Es ist eine neue Empfindung, sich an der Hand zu halten; beide lassen nicht los. Doch wohin? Sie gehen in sein Zimmer.

Plötzlich hämmert ihr Herz so laut, dass sie sicher ist, es hallt von den Dachsparren zurück und weckt JoJo. Blut strömt in ihre Glieder, als wüsste ihr Körper schon, was gleich passiert, auch wenn ihr Geist fünf Schritte hinterherhinkt. In dem Moment kann sie noch nicht wissen, dass ihr die Nächte, in denen er lautlos kommt und sie fortführt, einmal so kostbar sein werden; sie weiß nicht, dass sie statt ihrer zitternden Lippen, ihres wie jetzt bebenden Körpers, statt dass es ihr im Innersten kalt wird und ihre Beine wegzuknicken drohen, dass sie eine Welle der Erregung und des Stolzes empfinden wird, ein Sehnen, wenn sie ihn dort stehen sieht, die Hand ausgestreckt, und er sie will.

Jetzt aber gerät sie in Panik. Sie ist sechzehn. Sie hat eine gewisse Ahnung, was wohl geschehen wird, selbst wenn dieses Wissen ungewollt ist und aus der Beobachtung anderer Geschöpfe Gottes in der Natur rührt … doch sie ist unvorbereitet. Wie genau geschieht es? Wenn sie sich zu dieser Frage hätte überwinden können, wem hätte sie sie stellen sollen? Selbst bei ihrer Mutter wäre es ganz peinlich gewesen.

Sanft bedeutet er ihr, sich neben ihm auf seinem erhöhten Teakbett auszustrecken; ihm entgeht nicht, dass sie sich fürchtet, zittert, den Tränen nahe ist und dass ihre Zähne klappern. Anstelle von gesprochenen Versicherungen zieht er sie an sich, einen Arm unter ihrem Kopf, umfasst sie, hält sie. Nichts weiter. So liegen sie lange da.

Schließlich wird ihr Atem langsamer. Die Wärme seines Körpers dämpft ihr Zittern. Hat die Bibel das gemeint? *Jakob* lag *bei Lea. David* lag *bei Bath-Sheba.* Die Nacht ist still. Erst hört sie nur das Summen der Sterne. Dann gurrt auf dem Dach eine Taube. Sie hört den dreitönigen Ruf eines Bülbül. Ein schwaches Schlurfen im *muttam* und leise Tappgeräusche – das ist bestimmt Caesar, der seinem Schwanz nachjagt. Auch ein wiederholtes Trommeln, das sie nicht orten kann. Dann wird ihr bewusst: Es ist sein Herzschlag, laut und nahezu synchron mit ihrem.

Das tiefe, gedämpfte Pochen beruhigt sie, erinnert sie daran, dass sie in den Armen des Mannes liegt, den sie vor fast fünf Jahren geheiratet hat. Sie denkt an die stille Art, in der er ihre Wünsche erfüllt hat, von dem Arrangement mit der Zeitung bis hin zum ersten Mal, als er sie zur Kirche begleitet hat und nun jeden Sonntag zum Bootssteg. Er drückt seine Zuneigung indirekt in dieser Fürsorglichkeit aus, darin, wie er sie voller Stolz betrachtet, wenn sie mit JoJo spricht oder ihm aus der Zeitung vorliest. Am heutigen Abend aber hat er seine Gefühle beim Essen direkt, wenngleich wortlos übermittelt, durch kostbare Ohrringe, dem Zeichen der reifen Frau, der weisen Ehefrau. Dieser Augenblick hätte zu jeder Zeit während der letzten Jahre kommen können, doch er hat gewartet.

Nach einer Weile hebt er den Kopf, um ihr ins Gesicht zu blicken; er zieht die Brauen hoch und neigt fragend den Kopf. Sie versteht, dass er fragt, ob sie bereit ist. Die Wahrheit ist, dass sie es nicht weiß. Dagegen weiß sie, dass sie ihm vertrauen kann, darin, dass er sie hierhergebracht hat, weil er weiß, dass sie bereit ist. Jetzt wendet sie nicht den Blick; sie hält dem seinen stand und schaut ihm in die Augen. Zum ersten Mal in den fünf Jahren, die sie seine Frau ist, blickt sie in seine Seele. Sie nickt.

Herr, ich bin bereit.

Er schwebt über ihr, leitet sie, ihn zu empfangen. Beim ersten scharfen Schmerz beißt sie sich auf die Lippen, erstickt den Schrei, der ihr entfährt. Besorgt hält er inne und zieht sich zurück, sie aber zieht ihn an sich, birgt das Gesicht in dem Tal zwischen seiner Schulter und der Brust, damit er ihren Schock nicht merkt, ihre Fassungslosigkeit darüber, was da geschieht. Bis zu dem Augenblick, da er sie an der Hand nahm und in sein Zimmer führte, haben sie sich nie berührt, nicht einmal zufällig. Weder seine Hand zu halten noch in seinen Armen zu liegen hat sie darauf vorbereitet. Sie findet sich dumm und schämt sich, nicht gewusst, sich nicht einmal vorgestellt zu haben, dass das, was sich »mit der Zeit von selbst enthüllt«, wie Thankamma einmal gesagt hat, diesen Einbruch in ihren Körper bedeutete, bedeutete, ihn vollständig in sich aufzunehmen. Sie fühlt sich betrogen von all den Frauen, die ihr dies Wissen vorenthalten haben, die sie besser darauf hätten vorbereiten können. Seine äußerste Sanftheit, seine Rücksicht paart sich ganz unnatürlich mit jenem ersten sengenden Schmerz, dann dem dumpfen Unbehagen, das darauf folgt. Seine wiederholten Stöße werden intensiver, das Tempo schneller. Wie wird das enden? Was muss sie tun? Gerade als sie fürchtet, er werde sie zerbrechen, gerade als sie aufschreien will, er soll aufhören, versteift sich sein Körper, wölbt sich sein Rücken, wird seine Miene unkenntlich, wie schmerzverzerrt – als hätte sie ihn unwillentlich gebrochen. Sie ist naive Teilnehmerin und entsetzte Beobachterin zugleich. Er versucht, ein gequältes Stöhnen zu unterdrücken, schafft es aber nicht ... und hält erschauernd inne. Er liegt auf ihr, erschöpft, ein Totgewicht, die Haut schweißnass.

Ihre Gedanken sind in Aufruhr, doch sie jubiliert, als es ihr dämmert, dass sie die Tortur überstanden hat. Sie verspürt den Drang zu kichern, darüber, dass sie derart aufgespießt ist, aber auch über seine jähe Hilflosigkeit. Verspätet erkennt sie, während sie langsam wieder ihre Fassung gewinnt, dass sie ins vollkommene Frausein gestolpert ist. Die Sekunden vergehen, und sein Gewicht liegt schwer auf ihr, sodass sie kaum atmen kann, und dennoch will sie nicht, dass er sie freigibt, will nicht, dass ihr Gefühl der Macht, des Stolzes und der Überlegenheit endet.

In den späteren Jahren bei den seltenen Malen, da ihr sein Erscheinen an der Tür mit ausgestreckter Hand ungelegen kommt, verweigert sie sich nie, denn in seiner zärtlichen Umarmung und in dem uneleganten Akt dessen, was darauf folgt, drückt er das aus, was er nicht sagen kann, was sie aber hören muss und was sie nun zum ersten Mal spürt, da sie unter ihm liegt: dass sie ein wesentlicher Bestandteil seiner Welt ist, so wie er die ihre *ist*. Noch kann sie sich nicht vorstellen, dass die Freude, die sie auf seinem Gesicht sieht, auch sie von Zeit zu Zeit erleben wird oder dass sie unauffällig Wege finden wird, ihn so zu dirigieren, dass es auch ihr gefällt. Einstweilen ist sie so erfüllt von ihm, dass sie den Eindruck hat, er habe sie gespalten, und dennoch ist sie zum ersten Mal seit ihrer Hochzeit eins, vollkommen.

Ganz allmählich spürt sie, wie sein Zugriff auf ihr Inneres sich lockert, erschlafft, und endlich rollt er sich zur Seite, nur ein kräftiger Schenkel verharrt auf den ihren. Nachdem er sich aus ihr zurückgezogen hat, brennt es dort, entblößt liegt sie da, zwischen ihren Beinen an der Stelle, die für die Welt zuvor verschlossen war, nun eine Leere. Sie ist sich dieses intimsten Teils ihrer selbst, das nun auf immer verändert wirkt, nicht mehr gewiss. Etwas Nasses läuft ihr am Bein hinab. Sie möchte gern baden, doch trotz des wunden, pochenden Schmerzes widerstrebt es ihr zu gehen; sie genießt die Empfindung, dass ihr Mann tief eingeschlafen ist, bewusstlos neben ihr, den Kopf an sie geschmiegt, eine Hand über ihrer Brust, ganz wie sein Sohn.

In den folgenden Tagen fühlt sie sich frei, ihm beim Essen viel mehr zu erzählen, nicht nur die Ereignisse des Haushalts, sondern auch ihre Gedanken, ihre Gefühle und sogar ihre Erinnerungen, ohne sich wegen seiner Reaktion zu sorgen. Für ihn ist Zuhören *Reden*; seine Aufmerksamkeit hat etwas Beredtes, sie ist selten, und dennoch geht er großzügig damit um. Er ist der Einzige von allen, die sie kennt, der seine zwei Ohren und den einen Mund in genau diesem Verhältnis benutzt. Sie liebt ihn auf eine Art, wie sie es zuvor nicht für möglich gehalten hat. Liebe, denkt sie, ist nicht Besitzen, sondern das Gefühl, dass das, wo ihr Körper früher endete, in ihm neu entsteht, ihren Radius, ihr Selbstvertrauen, ihre Kraft erweitert. Wie alles derart Seltene und Kostbare geht es mit einer neuen Angst einher: die Furcht, ihn zu verlieren, die Furcht, dass dieses Herz aufhört zu schlagen. Es würde auch ihr Ende bedeuten.

Parambil richtet sich in seinem Rhythmus ein: Münder ernähren, Mangos einlegen, Reis dreschen, Ostern, Onam, Weihnachten … ein Kreislauf, den sie so gut kennt und an dem sie ihre Tage misst. Für Außenstehende ist alles gleich. Doch nach jener Nacht verschwindet jegliche Distanz zwischen Mann und Frau.

»Herr, ich danke dir …«, sagt sie in ihren Gebeten. »Einzelheiten nenne ich keine. Denn was kennst du nicht von meinem Erdenleben? Eine Frage aber habe ich. Als mein Mann vor fünf Jahren vom Altar geflüchtet ist, hörte ich deine Stimme zu mir sagen: *Ich bin stets bei dir*. Hast du auch zu ihm gesprochen? Hast du gesagt: ›Geh zurück‹, hast du gesagt: ›Sie ist diejenige, die ich für dich gewählt habe‹?«

Sie wartet. »Denn das bin ich, Herr. Ich bin diejenige.«

7. Kapitel
EINE MUTTER WEISS DAS

1908, Parambil

Eines Morgens, in ihrem neunzehnten Jahr auf Erden, erwacht sie unausgeruht, sie kann nicht aufstehen, ist niedergedrückt von einer Decke der Melancholie. JoJo versucht, sie aufzuheitern, webt ihr aus Kokosfäden einen Ball. »Drüber-drunter, drüber-drunter, dann *drunter*-drüber, *drunter*-drüber, ja?«, sagt er und vergisst dabei ganz, wer es ihm beigebracht hat. Er ist zehn und schon größer als seine Ammachi, die bald doppelt so alt sein wird wie er, doch jedes Mal, wenn sie allein sind, benimmt er sich, als wäre er viel jünger. Ein besorgter JoJo hilft ihr in die Küche, doch schon von dem simplen Vorgang, in die Glut zu blasen, gerät sie außer Atem.

Nach dem Mittagessen zieht sie sich ins Schlafzimmer zurück und erwacht erst, als ihr die kühle Hand ihres Mannes über die Stirn streicht. Schockiert erkennt sie, dass die Sonne untergeht. Sie hat nichts fürs Abendessen vorbereitet, sie bricht in Tränen aus. Mit einem kurzen Blick schickt er JoJo weg.

Warum die Tränen?, fragt er mit den Brauen.

Sie schüttelt den Kopf. Er beharrt.

»Du musst mir verzeihen. Ich weiß nicht, was über mich gekommen ist.« Seine Miene sagt ihr, dass er weiß, dass mehr dahintersteckt.

Seit dem Vollzug ihrer Ehe vertraut sie sich ihrem Mann

offen an, außer beim Thema ihrer Mutter. Sie schämt sich, dass er weiß, wie ärmlich ihr Leben vor der Heirat war. Als sie sechzehn war, fand sie den Mut, Shamuel zu bitten, sie auf einer Reise zu ihrer Mutter zu begleiten; sie hatte Shamuel dazu gebracht, den *thamb'ran* um Erlaubnis zu bitten. Der *thamb'ran* gab sie. Sie hatte Shamuel benutzt, weil sie ihren Mann nicht in eine Lage bringen wollte, es ihr abzuschlagen. Sie schrieb ihrer Mutter das Datum ihres Besuchs. Sie hatte sich entschlossen, ihre Mutter, falls sie dort unglücklich wäre, nach Parambil zu holen. Sie konnte nur auf das Verständnis ihres Mannes hoffen; der Ehemann hatte nicht die Pflicht, für seine Schwiegermutter zu sorgen. Zwei Tage vor ihrer Abreise kam ein Brief ihrer Mutter, in dem sie ihr ausdrücklich verbot, sie zu besuchen, da dies alles nur noch schlimmer machen würde. Ihre Mutter fügte noch an, ihr Schwager habe ihr versprochen, sie würden alle sehr bald nach Parambil zu Besuch kommen. Natürlich geschah es nie.

»Ich mache mir Sorgen um meine Mutter«, sagt sie schließlich weinend, erleichtert darüber, ihm endlich zu gestehen, was sie ihm verschwiegen hat. »Ich weiß im Innersten, dass man sie schlecht behandelt, sogar schlecht ernährt. Nach dem Tod meines Vaters war mein Onkel nicht nett zu uns. In ihren Briefen spricht meine Mutter nie von sich. Ich spüre, dass sie leidet.«

Die ambossschwere Hand ihres Mannes bleibt auf ihrer Stirn, doch sein Gesicht ist sehr ruhig.

Als sie am nächsten Tag aufwacht, sind er und Shamuel schon fort. Den ganzen Tag gibt es kein Zeichen von ihnen, und auch bei Nachteinbruch sind sie nicht zurück.

Am folgenden Nachmittag rumpelt ein Ochsenkarren auf dem Weg vom Bootssteg heran, den wuchernden Maniok entlang. Vorn beim Fahrer sitzt Shamuel. Ihm über die Schulter schaut eine vertraute Gestalt.

Sie hat die hohe Stirn und schiefe Nase ihrer Mutter vergessen, beide übermäßig sichtbar, weil sie so dünn ist; die Haare sind weiß, die Wangen durch fehlende Backenzähne eingefallen. Es scheint, als wären nicht acht Jahre, sondern fünfzig vergangen. Ihre Mutter drückt ihre magere Habe an sich: eine Bibel, ein Silberbecher, ein Kleiderbündel, als sie steif vom Wagen steigt. Mutter und Tochter umarmen einander, die Rollen haben sich verkehrt: Jetzt kehrt die Mutter in die Geborgenheit der Arme ihrer Tochter zurück, weint in ihren Busen, verbirgt nicht mehr das Elend jener Zwischenjahre.

»*Molay*«, sagt ihre Mutter, als sie endlich sprechen kann, »Gott segne deinen Mann. Als ich ihn sah, dachte ich erst, dir sei etwas passiert. Er schaute sich um und verstand. ›Komm, gehen wir‹, sagte er. *Molay*, es war mir so peinlich, weil dein Onkel unfreundlich war – nicht einmal Wasser hat er angeboten. Dann meldet *sie* sich hinter ihm, sagt, ich würde ihnen Geld schulden für … fürs Atmen, nehme ich an. Dein Mann hob den Finger.« Und sie hält einen Finger hoch, als prüfte sie den Wind, »›Kein Wort weiter‹, sagte er. ›So sollte die Mutter meiner Frau nicht leben.‹ Ich habe den Staub von den Füßen geschüttelt und nicht mehr zurückgeblickt.«

Shamuel grinst, tadelt aber gleichwohl die Tochter. »Warum hast du das dem *thamb'ran* nicht schon früher gesagt? Sie hat wie die Frauen gelebt, die vor der Kirche um Almosen betteln! Nur ein kleiner Winkel auf der Veranda für ihre Schlafmatte.«

Beschämt senkt ihre Mutter den Kopf. Sie sagt: »Dein Mann hat uns ins Boot gesetzt. Er sagte, er nimmt einen anderen Weg.«

In dem Zimmer, das sie bald teilen werden, sieht sie zu, wie ihre Mutter den Teak-*almirah* betrachtet, in den sie ihre Kleider räumen kann, den Schreibtisch, die Kommode mit dem Spiegel. Ihre Mutter sieht sich darin und steckt sich verlegen weiße Strähnen hinter die Ohren. In der Küche bereitet sie ihrer Mutter Tee, reibt dann rasch Kokosnuss, holt Eier aus der Speisekammer, wärmt ein Fisch- und ein Hühnercurry auf, hackt Bohnen für ein *thoren*, sagt Shamuel, er soll ja nicht gehen, bevor er nicht gegessen hat. »Oh, mein Kind«, sagt ihre Mutter, als das Essen vor ihr steht, und Tränen rinnen ihr über die Wangen, »wann habe ich einmal Fleisch und Fisch und Ei zusammen auf einem Blatt gesehen?«

Später sitzt ihre Mutter auf dem Seilbett und betrachtet sie. Sie langt nach ihrer Tochter, die hin und her rennt. »Halt! Keine *halwa*, kein *laddu*, nichts. Ich will nichts mehr! Setz dich einfach hierher und lass mich dich ansehen, dich halten, mein Schatz.« An der Art, wie ihre Mutter sie betrachtet, erkennt sie, wie sehr sie selbst sich verändert hat, nicht mehr die Kindbraut ist, die ihre Mutter das letzte Mal gesehen hat, sondern die kompetente Mutter JoJos und die Herrin von Parambil. Ihre Mutter streicht ihrer Tochter durch die dichten Haare, die sie früher gekämmt und geflochten hat – wie hat sie es vermisst! Sie dreht das Gesicht ihrer Tochter vor der Lampe hin und her: »Mein kleines Mädchen ist jetzt eine Frau –« Da prallt ihre Mutter zurück, zieht die Brauen hoch, als sie die Verfärbung der Wangen und des Nasensattels wahrnimmt, gleich Fledermausflügeln. Mit großen Augen ruft sie aus: »Mein Gott, *molay*! Du bekommst ein Kind!«

Sie weiß sofort, dass ihre Mutter recht hat. Vielleicht ist es gar nicht so merkwürdig, dass sie nach ihrer Mutter gerufen hat, wo sie jetzt selbst eine wird.

Um Mitternacht läuft sie auf der Veranda auf und ab, allein, freut sich an dem Wiedersehen, das sie sich erträumt hat, doch sie betet und sorgt sich auch. Um ein Uhr morgens sieht sie in der Ferne den Schein einer Fackel aus getrockneten, fest zusammengebundenen Palmwedeln.

Sie rennt los, um ihren Mann zu begrüßen, als wäre er Jahre weg gewesen. Sie kann nicht anders, als ihm wie ein Kind in die Arme zu springen und die Beine um seinen Körper zu schlingen, der sich nach seinem zwei Tage langen Marsch wie ein überhitzter Backofen anfühlt. Er wirft die Fackel weg, sie sprüht auf der Erde Funken. Er hält sie fest. Sie presst den Kopf an ihn, von Erleichterung überwältigt. Stumm fleht sie: *Werde nie alt, stirb nie* und weiß doch, dass das zu viel verlangt ist. *Mein Fels, meine Festung, mein Erlöser.*

Er wäscht sich am Brunnen. Seine Lider sind schwer, als er zu Abend isst. Er beschreibt ihr seinen Weg, sie zeichnet seinen umständlichen Pfad auf ihrem Handteller nach. Er ist achtzehn Stunden lang und über fünfzig Meilen weit gelaufen.

Er schleicht zu seinem Bett, zu müde gar, um die Lampe zu halten. Sie folgt ihm über die Schwelle in sein Zimmer. Dort ist sie nur selten, ohne dass er sie hineinführt. Sie legt sich zu ihm. Sie nimmt seine Hand, legt sie sich auf den Bauch und lächelt ihn an. Er ist verwirrt. Dann zeigt sich ganz langsam Begreifen auf seinen abgespannten Zügen, und er lächelt. Sie hört einen leisen Ausruf. Er drückt sie an sich, stockt dann aber aus Angst, mit seiner Umarmung zu grob zu sein. Gäbe Gott ihr einen Augenblick in der Zeit, den sie bis an ihr Lebensende dehnen könnte, dann wäre es dieser.

Seine Atmung ist nun tiefer, regelmäßig. Noch im Schlaf ist seine Miene froh, und seine Hand bleibt auf ihrem Bauch, umfasst sein Kind. In dieser geschützten, heiligen Nische zwischen seinem Arm und seiner Brust findet sie Frieden. »Vergib mir, Herr.« Sie glaubte, ihre Gebete seien unerhört geblieben. Doch die Zeit Gottes ist nicht dieselbe wie ihre. Gottes Kalender ist nicht der, der in der Küche hängt. *Ein Jegliches hat seine Zeit, und alles Vornehmen unter dem Himmel hat seine Stunde*.

Es ist sinnlos, dass sie sich vorhält, ihre Mutter nicht früher gerettet zu haben. *Was passiert ist, ist passiert*, denkt sie. Die Vergangenheit ist unzuverlässig, nur die Zukunft ist gewiss, und sie muss mit Zuversicht zusehen, dass das Muster sich offenbart.

Das Mädchen, das am Altar zitterte, das nun neben ihrem Mann liegt, das nun schwanger ist, kann nicht sehen, dass es eines Tages die geachtete Matriarchin der Familie von Parambil sein wird. Sie weiß nicht, dass sie sich mit der Zeit den Beinamen verdienen wird, auf den JoJo sie getauft hat, das erste englische Wort, das der kleine Kerl gelernt und ihr sogleich angeboten hat, nicht um sie aufzuziehen, weil sie so klein ist, sondern als Ehre: Er nannte sie »Big Ammachi«. Sie weiß nicht, dass sie bald für alle die *Big* Ammachi sein wird.

8. Kapitel
BIS DASS DER TOD UNS SCHEIDET

1908, Parambil

Die Geburt ihrer Tochter hat ihr voriges Leben hinweggefegt. Ihr Körper ist nun einer geliebten Tyrannin ausgeliefert, die sie rüde aus dem Schlaf ruft, Zugang verlangt und mit schierer Gewalt Milch aus ihren Brüsten saugt, die so angeschwollen sind, dass sie Mühe hat, sie als die ihren zu erkennen.

Nur mit Mühe erinnert sie sich auch an jene Nächte, als es nur sie und JoJo gab und sie aneinander gekuschelt schliefen, seine Finger in ihren Haaren, damit sie ihn auch wirklich nicht seinem wiederkehrenden Albtraum, auf dem Fluss zu treiben, überlässt. Gab es wirklich eine Zeit, als sie drei Töpfe auf dem Feuer hatte, ein Ohr nach der Henne gespitzt, die gleich ihr Ei legen wollte, das andere nach dem Rauschen des Regens, um noch schnell den trocknenden Reis hereinzubringen? Und dabei JoJo immer den Tiger vorzuspielen? Jetzt dagegen verlässt sie kaum einmal das alte Schlafzimmer neben dem *ara*, das sie ihr für die Wehen zurechtgemacht hatten. Mit einer Tochter, die Parambil ihre Heimat nennen wird, jedenfalls bis sie heiratet, scheint ihre Bindung daran nun doppelt zementiert.

Während der letzten Stadien ihrer Niederkunft zog Dolly *Kochamma* bei ihnen ein, ohne gebeten worden zu sein, um im Haushalt und mit JoJo zu helfen. Still und umgänglich, erwähnt Dolly nie die Herausforderungen, vor denen sie und

Georgie stehen. Auf seiner kleinen Parzelle müsste der gesellige Georgie eigentlich genügend Kokosnüsse, Maniok und Bananen ernten, um davon leben zu können und sogar einen kleinen Profit zu machen, aber irgendwie kommen sie kaum über die Runden. Shamuel meint, das liege an schlechter Planung, dazu an seiner Schwäche für Maßnahmen wie Weizen statt Reis zu pflanzen, weil das weniger Arbeit mache, nur um dann festzustellen, dass der Weizen schlecht wächst und es kaum einen Markt dafür gibt. Georgie weiß wohl, dass er für seinen Onkel eine Enttäuschung ist, weswegen er sich fernhält, aber jeden Morgen, wenn das Baby nach dem Stillen um zehn Uhr einschläft, ölt Dolly *Kochamma* der neuen Mutter die Haare ein und massiert sie mit gewürztem Kokosöl. Als Big Ammachi ihr überschwänglich dankt, sagt Dolly: »Dein Mann hat uns gerettet, als wir nichts hatten und ich mit meinem ersten Kind schwanger war. Das hat JoJos Mutter für mich getan. Jetzt tust du mir einen Gefallen, indem du mir gestattest, mich nützlich zu machen.« Dolly ermuntert sie, zum Bach zu gehen und richtig zu baden. »Keine Sorge. Baby *Mol*« – vorerst hat das Kind keinen Namen, wird nur »Baby Girl« genannt – »hört schon nicht auf zu atmen, solange du weg bist.«

Unterdessen hat ihre Mutter die Küchenarbeit übernommen. Die hohlwangige graue Frau, die so verzagt von dem Ochsenkarren gestiegen ist, hat über ein Jahrzehnt lang angestaute Gedanken mitzuteilen, selbst wenn sie nicht mehr die Energie von einst besitzt.

JoJo versteht nicht, warum seine Big Ammachi so viel Zeit mit dem Baby verbringt oder warum er still sein muss, wenn es schläft. An einem Morgen treibt ihn seine Eifersucht dazu, den *plavu* hinaufzuklettern und um Hilfe zu schreien, als säße er auf dem Baum fest. Als man ihn ignoriert, wird er wütend und steigt herunter, wickelt seine Sachen in ein *thorthu* und verkündet seinen endgültigen Umzug zu Dolly *Kochamma*. Dolly und Georgie verwöhnen ihn; ihre Kinder breiten ihm neben ihnen eine Matte aus. So verbringt JoJo seine erste Nacht außerhalb von Parambil und betet, das Haus möge während seiner Abwesenheit zusammenbrechen.

Als er am nächsten Tag hört, dass seine Big Ammachi ihn vermisst, rennt JoJo zurück, macht aber vor der Schwelle langsam und tut so, als kehrte er nur unter Zwang zurück. Seine Mutter erstickt ihn mit Küssen, bis er seine Fassade fallenlassen muss. »Du bist doch mein kleiner Mann! Wie soll ich denn ohne dich in den Keller, Eingemachtes holen? Solange du dabei bist, heißt mich der Geist willkommen.« Ihr kleiner Mann lädt seine neuen Freunde ein, und schon bald ist der *muttam* erfüllt von den Geräuschen lachender und spielender Kinder. Die Kakophonie erinnert sie an ihre eigene Kindheit, als sie von dem ständigen Lärm von Cousinen und Nachbarn umgeben war. Dankenswerterweise schläft Baby Mol fast bei allem weiter. Gelegentlich hört sie, während sie Baby Mol stillt, eins der Kinder heulen. Früher wäre sie hinausgerannt, um nach ihm zu sehen, jetzt aber sagt sie sich: »Ein weinendes Kind ist ein atmendes Kind.«

Nach einem Monat zieht sie in ihr Schlafzimmer zurück; die Vertrautheit der Bambusmatte, die sie auf dem Fußboden ausrollt, ist ihr lieber als das erhöhte Bett im Zimmer ihrer Niederkunft. Baby Mol liegt neben ihr auf einem zusammengelegten Handtuch, auf der anderen Seite schlafen JoJo und ihre Mutter auf ihren Matten. Morgens werden dann die Matten um ihre Kissen herum aufgerollt und auf einem Hochbord gestapelt.

Jeden Abend erscheint ihr Mann nach seinem Bad auf der Schwelle zu ihrem Zimmer. Ihre Mutter schützt, falls sie da ist, Arbeit in der Küche vor und verschwindet. Dem Berg können Wörter entweichen, aber nur, wenn er mit seiner Frau allein ist. Seine Bizepse wölben sich, als er das Bündel aus Stoff und Fleisch, sein Kind, an die nackte Brust hebt, und die neue Mutter staunt, wie Baby Mol von seinen riesigen, schwieligen Händen verschluckt wird. »Isst du auch gut?«, fragt sie. »Ja, ›Big Ammachi‹«, sagt er neckend. »Aber das *erechi olarthiyathu* deiner Mutter ist nicht so gut wie deines.« Er merkt nicht, dass er ihr ein Kompliment gemacht hat, das sie schätzt.

Sie erinnert sich an Thankammas Wort, ihr Bruder sei wie eine Kokosnuss: außen faserig und abweisend, drinnen aber mit kostbaren Schichten: Ihr Wasser beruhigt Babys mit einer Kolik, das zarte Fleisch dagegen ist bei jedem Malayali-Gericht unabdingbar; dasselbe Fleisch ergibt, getrocknet und gepresst – *copra* – Kokosöl; der Abfall des gepressten *copra* ist Futter fürs Vieh, die harte Schale ergibt eine perfekte *thavi* oder Kelle und die dicke Außenhülle, getrocknet und gesponnen, die Kokosfaser. Ohne die Kokosnuss würde das Leben in Travancore so enden wie Parambil ohne ihren Mann. Und wenn er sagt, das *erechi olarthiyathu* ihrer Mutter sei »nicht so gut wie deins«, dann ist es seine Art zu sagen, dass er sie vermisst.

Wenn sie abends das Kind schlafen gelegt hat und ihre Bluse durchweicht ist und nach ihrer Milch riecht, fragt sie sich, ob ihr Mann sie in manchen Nächten auch aufsucht, wenn sie schläft. Fasst er sie dann an, versucht er, sie zu wecken? Oder hält ihn der Anblick ihrer Mutter und der beiden schlafenden Kinder an der Tür zurück? In Wahrheit aber ist sie für ihn nicht bereit. Die Tortur der Geburt ist noch frisch in ihrer Erinnerung. Sie hatte dabei einen Riss erlitten, der endlich nicht mehr sehr schmerzt, dennoch wartet ihr Körper weiterhin mit seltsamen neuen Peinlichkeiten auf, die Gott sei Dank nach und nach zu schwinden scheinen. Es wird noch eine Weile dauern, bis sie wieder vollständig geheilt ist. Jeden Monat erreicht sie die Geschichte von einer missglückten Geburt, von einer Frau, die verblutete, oder einem Baby, das stecken blieb, was dann für Mutter und Kind tödlich endete. »Danke, Herr, dass du mich unversehrt da durchgebracht hast.« Dem Herrn teilt sie jedoch nicht mit, dass sie die Innigkeit mit ihrem Mann vermisst, die Erregung, mit klopfendem Herzen auf sein Bett zu steigen und seines ebenso klopfen zu hören. »Na, du kannst das eine eben nicht ohne das andere haben«, sagt sie, aber nur zu sich selbst. Es gibt gewisse Dinge, die Gott nicht zu erfahren braucht.

Der Rhythmus von Parambil ist von Beständigkeit und beständigem Wandel geprägt. JoJo erzählt, dass Georgies Zwillingsbruder Ranjan zusammen mit seiner Frau und drei Kindern mitten in der Nacht mit Sack und Pack bei ihnen erschien. Big Ammachi kann sich Dollys Not mit so vielen in ihrem winzigen Haus kaum vorstellen. Ranjan hat ebenso wie Georgie von seinem Vater nichts hinterlassen bekommen. Er fand eine ordentliche Stelle als Direktionsassistent auf einem Teegut in Coorg. Die Bezahlung war gut, doch führten sie dort in den Pollibetta-Bergen ein einsames Leben. Da veranlasste die Frau ein Vorfall, ihren Mann mit Stricken zu fesseln, auf einen Karren zu werfen und die Familie vom Berg herabzubringen, worauf sie schließlich Georgie und Dolly *Kochamma* überfielen. Die Frau, ein stämmiges Wesen mit kantigem Kinn und der Angewohnheit, vor dem Sprechen die Augen zuzukneifen, schaut furchterregend aus, zumal sie ein großes Holzkreuz vor dem Busen baumeln hat, das sich besser an eine Wand genagelt ausnähme. Stets hält sie eine Bibel fest in der Hand, als fürchtete sie, jemand wolle sie ihr entreißen. Dollys Kinder nennen sie insgeheim »Anstand *Kochamma*«, weil für sie (JoJo zufolge) alles unanständig aussieht. Wettert sie gerade nicht gegen eine

Sünde, die die Kinder begangen haben, dann gegen eine, die sie gleich begehen werden.

Ein paar Tage später sieht Big Ammachi die Zwillinge kommen, um ihren Onkel zu besuchen; wie enge Freunde halten sie Händchen. Sie sehen identisch aus, doch Ranjan wirkt verbrauchter. Er hat die jungenhafte Zappeligkeit seines Bruders, als drehte sich in ihm ein exzentrisches Rad, was einen unruhigen Tanz seiner Lippen, Brauen, Augen und Glieder zeitigt und auch seinen Gang beeinflusst. Beide zeigen dieselbe Miene eines ungerechtfertigten Optimismus, angesichts ihrer Umstände ein bewundernswerter Zug. Bevor sie zu ihrem Mann hineingehen, bemühen sie sich um ein ernstes Verhalten, doch als sie herauskommen, sind sie begeistert und tollen herum wie Jungen nach Schulschluss. Später erfährt sie, dass ihr Mann Ranjan eine kleine, abfallende, nicht gerodete Parzelle überlassen hat, die neben Georgies liegt. Wahrscheinlich hatte er sich schon dazu entschlossen, als er von der Rückkehr seines Neffen erfuhr, womit er nun also für Ranjan wie auch für Georgie gesorgt hat. Sie bewundert die Großzügigkeit ihres Mannes, der aber Mühe hat, diese mit Wärme oder mit jener Art von weisem Rat zu verbinden, der seinen Neffen zu mehr Erfolg verhelfen könnte. Es ist nicht seine Art.

JoJo berichtet, dass die Zwillinge beschlossen haben, Georgie und Dollys kleines Haus abzureißen und gemeinsam ein neues zu bauen, mit dem besten Holz und guten Messinginstallationen – eben ein Haus, das die lang leidende Dolly *Kochamma* verdient hat, doch das kann nur geschehen, weil Ranjan und Anstand *Kochamma* ihre Ersparnisse dazugeben. Das neue Fundament wird mehr auf Georgies Parzelle liegen, die den Brunnen und die beste Drainage hat; auf dem Großteil von Ranjans Parzelle werden dann eine neue Zufahrtsstraße angelegt und *kappa* und Kochbananen angebaut. Die beiden Flügel des Hauses werden durch eine Gemeinschaftsküche verbunden sein. Big Ammachi macht sich um Dolly *Kochamma* große Sorgen.

JoJo ist dem Haus entwachsen. Da er Wasser meidet, kann er mit den anderen Kindern beim Tauchen oder Schwimmen nicht mithalten. Stattdessen beherrscht JoJo die Höhen. Seine Domäne sind Bäume, und an Wagemut und Leichtsinn übertrifft er alle anderen. Für einen Zehnjährigen stellt er in der Art, wie er einen hohen Ast entlangklettert, auf dessen Nachbarn hüpft oder sich an einer Liane hinabschwingt und mit einem Salto rückwärts dann auf dem toten Laub landet, selbst Affen in den Schatten. Dieses letzte Kunststück macht ihn bei den jüngeren Kindern zum Helden.

An einem Dienstag rennen die Kinder, nachdem sie an zwei Regentagen eingesperrt waren, hinaus, um im Fluss zu schwimmen. Daher bilden nur die ganz kleinen das Publikum, als JoJo auf einen Baum steigt, eine Liane packt und sich hinausschwingt. Doch seine Hände rutschen auf der nassen Liane ab, als er zu seinem Salto ansetzt. So bekommt er bei der Landung Übergewicht, und sein Schwung zwingt ihn, vorwärtszurennen, wodurch er mit dem Gesicht voraus in einen flachen Drainagegraben randvoll mit Regenwasser fällt. Die Kinder klatschen dieser Landung Beifall wie auch der zusätzlichen Komik, dass JoJo nicht gleich aufsteht, sondern im Wasser wie ein Fisch am Haken herumplanscht. Sie schütten sich aus vor Lachen, halten sich den Bauch. *Dieser JoJo! Was der alles kann!* Aber als JoJo nicht aufsteht, sind sie gelangweilt und trollen sich nach und nach.

»JoJo versteckt sich im Wasser, er will nicht spielen«, berichtet einer Big Ammachi.

Sie lächelt, eingelullt vom Stillen Baby Mols.

Sekunden später reißt sie das Kind von der Brust. Dessen Arme fliegen nach beiden Seiten, als wollten sie einen Sturz abbremsen. Sie legt das Kind ab. »Welches Wasser?«, schreit sie. »Zeig's mir! Wo?« Das Kind ist verblüfft, zeigt aber in Richtung des Drainagegrabens; sie rennt hin.

Sie sieht JoJos Schulterblätter und den Hinterkopf im Wasser, die Haare schimmern nass, Haare, die so mühsam zu waschen sind. Sie springt in den trüben Graben, staucht sich ob der unerwarteten Seichtheit den Rücken – das Wasser reicht ihr kaum bis zu den Knien – und zieht ihn aufs Land. Sie drückt auf seinen Bauch, Schlamm quillt aus seinem Mund. Sie schreit: »Atme, JoJo!« Dann kreischt sie: »*AYO*, JOJO, UM GOTTES WILLEN! ATME!« Der Schrei durchschneidet die Stille, er trägt eine Meile weit. Sie hört Schritte auf nasses Laub stampfen. Ihr Mann rutscht heran, auf den Knien. Er presst den Brustkorb seines Sohns, drückt auf den Bauch. Shamuel kommt atemlos heran, kniet sich gegenüber dem Paar hin, greift in JoJos Mund, um Schlamm herauszuschöpfen, immer noch mehr Schlamm, doch er atmet nicht. Georgie hält JoJo an den Knöcheln hoch, Ranjan zieht JoJos Arme hoch und nieder, worauf Wasser herausquillt, doch er atmet nicht. Ranjan legt den Mund auf JoJos und bläst in seine Lungen, indem JoJo kopfüber hängt, die Arme längs der Ohren, als würde ein Fisch gewogen … doch er atmet nicht. Sie legen ihn hin und beatmen abwechselnd seinen Mund, drücken ihn auf den Rücken, auf den Bauch. Sie läuft um ihn herum wie eine Verrückte, zerrt an ihren Haaren, schreit ungläubig auf, schreit sie an: »Nicht aufhören! Nicht aufhören!« Doch JoJo, schon stur im Leben, ist im Tod noch sturer, will nicht für sie atmen, nicht für seinen Vater oder Shamuel und alle anderen, die es versuchen; er will nicht atmen, damit ihnen nicht das Herz bricht. Ihre Anstrengungen scheinen den schlaffen Körper nur noch zu misshandeln. Schließlich stößt ihr Mann sie weg und presst seinen Sohn stöhnend, am ganzen Körper bebend, an sich.

Sie registriert ein fernes schrilles Wimmern, das winzige Lungen leert, dann ein Luftschnappen, dann wieder Wimmern. Sie hat Baby Mol völlig vergessen! *Wenn du weinst, dann heißt das, dass du lebst.* Sie tritt zurück, voller Angst, JoJo zu verlassen. Sie rennt zurück zu ihrem Zimmer und nimmt das Kind hoch. Sie hebt ihr *chatta* an, reckt dem Kind eine Brust hin, erschreckt es mit ihrer Schroffheit, wodurch es nur noch mehr weint. Sie mustert das Gesicht des Kindes, das entblößte Zahnfleisch, die hässliche Maske seiner Unzufriedenheit; sie verübelt ihm sein blindes Verlangen nach ihrer Brust. Endlich schnappt es zu.

Das Baby an der Brust, wankt sie hinaus zu ihrem JoJo, ihrem treuen Schatten und Begleiter in den acht seiner zehn Jahre, ihrem kleinen Mann, den sein Vater nun auf die Verandabank gelegt hat, der Bauch grotesk gebläht. Ihr tief erschütterter Mann dreht sich weg und stützt den erhobenen Arm an eine Säule, als wollte er sie umstoßen, doch die Säule ist das Einzige, was ihn aufrecht hält. JoJos Gesichtsausdruck ist voller Staunen. Sie hockt sich zu ihrem Sohn, die Hand auf seiner kalten Stirn, und sie wimmert. Baby Mol verdreht furchtsam die Augen und kneift sie heftig in die Brustwarze. *Herr*, denkt Big Ammachi, *ich tausche gern dies neue Leben, wenn du mir nur JoJo zurückgibst.* Dieser Gedanke beschämt sie so, dass ein gewisses Maß an Vernunft zurückkehrt. Sie legt den Arm um ihren Mann, der weiterhin an der Säule steht, im Kummer ebenso stumm wie in der Freude.

9. Kapitel
IM GERINGSTEN TREU

1908, Parambil

»An Land ertrunken«, so denkt sie darüber. Danach hat sie einen immer wiederkehrenden Albtraum: Sie trägt ihre Kinder, ihre Mutter und ihren Mann auf dem Kopf, wankt unter dem Gewicht, läuft Gefahr, in der Erde zu versinken, wenn sie stehen bleibt, und Schlamm füllt ihren Mund. Als sie den Laststein erreicht, liegt die waagrechte Platte auf der Erde, nutzlos. Sie blickt die Straße um Hilfe auf und ab, doch sie ist allein.

Irgendwie macht sie weiter, damit es mit Parambil weitergehen kann. Wäre ihr Vater da, dann würde er sie ermuntern, »im Geringsten treu« zu sein. Nichts hat ihn erschüttert, nicht einmal sein eigenes Leiden. Doch sie widersetzt sich diesem Vers. Sie ist wütend auf ihren Gott. »Wie kann ich im Geringsten treu sein, wenn du es nicht im Großen bist?«

Zu ihrer Überraschung ärgert sie sich über ihren trauernden Mann. Der Zorn baut sich in ihr auf. Anfangs ist er gleich einem Hornissennest lediglich ein Klumpen Schlamm an einem Holzbalken. Doch er wächst, Löcher entstehen, und schon bald ist von drinnen ein stetes Brummen zu vernehmen. Sie betet darum, dass ihre Wut endet. Sie betet, selbst wenn Gott sie im Stich gelassen hat, denn was bleibt den Menschen in einer solchen Lage anderes übrig? »Nie habe ich ihn Palmwein anrühren sehen. Niemand kann ihm Trägheit oder Geiz vorhalten.

Nie hat er mich geschlagen, würde es nie tun. Herr, er verdient meinen Zorn nicht. Auch er hat sein Kind verloren. Warum empfinde ich es so?«

Sie geht nach seinem Bad in sein Zimmer, nachdem sie das Baby ihrer Mutter anvertraut hat. Um diese Zeit, kurz vor dem Abendessen, ruht er häufig, die Hand über der Stirn, als erschöpfte ihn das Baden. Sie registriert seine Eigenheiten, weiß aber nie so recht, was sie bedeuten.

Zu ihrer Überraschung liegt er nicht auf dem Bett, sondern sitzt darauf, die Schultern zurück, den Kopf erhoben, als erwartete er sie und hätte sich für das gewappnet, was nun kommen muss.

»Ich muss es wissen«, sagt sie einfach, als sie vor ihm steht, ihre Gesichter auf einer Höhe. Er neigt das rechte Ohr zu ihr hin. Seit einer Weile schon ist ihr bewusst, dass er schlecht hört, was man aber durch sein Schweigen weniger merkt. Sie sagt es noch einmal. Er schaut auf ihren Mund, um zu sehen, ob noch mehr kommt.

Jeder andere Mann hätte gefragt: *Was*? Er nicht. Sie wartet nicht. »Ich muss es wissen« – verzweifelt ringt sie die Hände –, »das mit dem Zustand.«

Soeben hat sie es benannt. Das ist gewiss der erste Schritt. Sie hat die Sache benannt, die sie schon seit der Zeit des Heiratsantrags spürt: das Geflüster über Ertrunkene, das in der Familie kursiert; das Haus, vom Wasser entfernt gebaut, seine Abneigung gegen Regen, seine seltsame Art zu baden – genau die Dinge, die ihren Sohn belastet haben. *Der Zustand.* Man kann nicht fragen, wie man eine Schlange jagt, wenn man keinen Namen dafür hat.

Er gibt sich nicht unwissend, regt sich aber auch nicht. Im Sitzen ist er größer als sie, für sie aber ist ihr Altersabstand kleiner denn je.

»Um unserer Tochter willen«, sagt sie. »Damit ich sie beschützen kann. Und unserer anderer Kinder, die wir noch haben werden, so Gott will. Ich muss wissen, was du weißt. Warum hatte JoJo so große Angst vor Wasser? Warum steigst du, mein Mann, in kein Boot? Hat auch Baby Mol diesen Zustand?«

Er steht auf, überragt sie, und ihr Herz rast. Noch nie hat er sie auch nur annähernd bedroht. Sie spannt sich an. Doch er geht an ihr vorbei und langt nach einem Päckchen, das auf dem Bord unmittelbar unter der Decke liegt. Es ist mit Tuch umwickelt und mit einer Schnur zusammengebunden. Er hält es vor die Tür und schüttelt den Staub ab.

»Das hat ihr gehört«, sagt er, als wäre das Erklärung genug. Er setzt sich neben sie und wickelt das in Auflösung befindliche grobe Hanftuch ab. Die zweite Schicht ist das Tuch eines feinen *kavani*. Sie erhascht den Duft einer vergangenen Zeit, einer anderen Frau, denselben, der zuweilen im Keller hängt und auch in den gelagerten Kleidern war, die er ihr gab, als er sie zum ersten Mal zur Kirche brachte. JoJos Mutter. Oben auf dem Stapel liegt ein hauchdünner, durchsichtiger Baumwollbeutel, in dem sie einen Ehering und auch den *minnu* erkennt – den winzigen goldenen Anhänger in der Form eines *tulsi*-Blatts, auf dessen Oberfläche ein Kruzifix aus Goldperlen ist. Das hatte er seiner verstorbenen Frau bei der Hochzeit um den Hals gehängt, so wie ihr dann ihren eigenen *minnu* an ihrer Hochzeit.

Er legt den Beutel beiseite und reicht ihr ein kleines quadratisches Papier: JoJos Taufschein. Bei dessen Anblick ist sie von Schuld gequält, als überbrächte sie in dem Moment JoJos Mutter die Nachricht vom Tod ihres Sohns. Sie kämpft mit den Tränen. Sie wagt es nicht, ihren Mann anzusehen. Ihr Zorn ist verflogen.

Nun nimmt seine große Hand ein gefaltetes Bündel Papiere heraus, das an den Rändern zerknittert ist. Silberfischchen haben die Ecken angenagt, Papierkäfer halbmondförmige Fensterreihen hineingemacht. Vorsichtig zieht er das zerbrechliche Pergament auseinander. Es ist eine übergroße Karte oder ein Schaubild aus an den Längsseiten zusammengeklebten Papieren, doch der Reiskleister, den die Silberfischchen so sehr mögen, ist weitgehend weggefressen. Er breitet sie über ihren beiden Schößen aus. Die Schrift ist verblasst. Noch ein paar Jahre, und diese Papiere sind nur noch Staub.

Ein Baum. Der dicke, dunkle Stamm ist schief, und an den Ästen sind ein paar Blätter. Die Blätter tragen Namen, Daten, Anmerkungen. Sie erinnert sich an einen ähnlichen Stammbaum, den ihr Vater gezeichnet hat. Sie hatte bei ihm auf dem Schoß gesessen, er hatte erklärt. »Matthäus gibt uns den Stammbaum Christi, angefangen bei Abraham. Vierzehn Generationen bis David, dann vierzehn von David bis zur babylonischen Gefangenschaft und weitere vierzehn vom Exil bis zur Geburt Christi.« Ihr Vater war überzeugt, dass Matthäus zwei Generationen ausgelassen hat. »Er war Steuereintreiber. Er mochte es, wenn sich die Symmetrie der Vierzehn dreimal wiederholte. Aber das ist ungenau!«

Dem Baum auf ihrem Schoß fehlt jede Symmetrie, er ist verheerend genau. Sogleich versteht sie, dass es eine Chronik der Krankheit ist, welche die Familie in Parambil zerstört hat, doch anders als das Matthäus-Evangelium ist es ein geheimes Dokument, in den Dachbalken versteckt, nur einzusehen von Familienmitgliedern und auch nur, wenn sie es unbedingt sehen müssen. Brauchte es den Verlust ihres Sohnes, dass sie das Recht auf dieses Wissen erhielt? Sie hat ein Kind mit diesem Mann! Sie sind durch Blut verbunden, und dennoch hat er es ihr vorenthalten.

Sie hält die Lampe so nahe dran, wie sie es wagt. Die neuere Schrift da, die JoJos Geburt festhielt, muss doch von JoJos Mutter sein – warum durfte *sie* das sehen? Wusste sie schon von dem Zustand und hat gefragt? Auch andere Hände, manche alt und zittrig, was sich an den Häkchen in den Schlaufen, Kringeln und Senkrechten der malayalamischen Schrift zeigt, haben mühsam Einträge hingekritzelt. Vielleicht die Mutter ihres Mannes oder seine Großmutter? Und jemand anderes davor und noch davor. In der gefalteten Karte sind auch noch kleinere Zettel altes, grobes Papier.

Er schaut ihr über die Schulter, die Hände geballt.

Sie nimmt JoJos Namen auf einem Ast als Anker und sieht, dass der Parambil-Zweig mindestens sieben Generationen zurückreicht (die Zettel nicht mitgezählt) und zwei voraus. Sie gelangt in unvertraute Gewässer. Die Vergangenheit ist so trübe wie die schemenhafte Tinte, das bröckelnde Papier. Die Vorfahren weisen Sklavenhändler auf, zwei Mörder und den abtrünnigen Priester Pathrose – so steht es da. Neben einem Namen liest sie: »Genau wie sein Onkel, nur jünger« – nur mit Mühe kann sie die Zeichen entziffern, die so dicht an dicht stehen – »und hat daher nie geheiratet.« Eine Notiz neben einem »Pappachen« drei Generationen vor ihrem Mann lautet: »Sein Vater Zachariah, ebenfalls taub und entsetzt, als Augen sich ab vierzig Jahren schlossen.« Eine Einzelnotiz lautet: »Jungen leiden häufiger als Mädchen. Vorsicht bei übermütigen Kindern, furchtlos außer bei Wasser. Zu der Zeit, wenn man sie zum Fluss bringt, werdet ihr Mütter es alle wissen.«

Sie beschreiben JoJo. Welche Mutter hat diese Warnung geschrieben?

Sie wendet sich wieder zu dem Baum, zu einem Symbol, das auf manchen Ästen wiederkehrt.

»Was sind das für Schnörkel unter dem seltsamen Kruzifix?«, fragt sie.

»Sind das keine Wörter?«, sagt er leise.

Verblüfft sieht sie ihn an. So lange hat sie ihm am Esstisch aus der Zeitung vorgelesen, ihn aber nie selbst lesen sehen. Sie nahm an, dass es ihm nicht wichtig war. Er kann nicht lesen! Wie konnte sie das erst jetzt erfahren? Die Unschuld seiner Frage erinnert sie an JoJo bei ihrer ersten Begegnung, und sie kämpft mit den Tränen.

Sie schüttelt den Kopf. »Nein, das sind keine Wörter.« Er sagt: »Dann sieht es wie Wasser aus. Mit einem Kreuz.«

Ehrfürchtig betrachtet sie ihren Mann. Er kann nicht lesen, und dennoch sah er es als das, was es war, genau wie er eine Schimmelschicht auf einem Baumstamm sehen würde. »Richtig«, sagt sie leise. »Ein Kreuz über Wasser. Ein Zeichen, dass sie ertrunken sind.«

Er sagt: »Ist da Shanthama? Die ältere Schwester meines Vaters?« Sie findet sie und zeigt darauf: Das Kreuz über Wasser ist neben ihrem Namen. »Sie ist vor meiner Geburt ertrunken.«

Welche gramgebeugte Mutter hat sich das Symbol ausgedacht? Unter der tanzenden Flamme ihrer Lampe ähnelt das Kruzifix über den Wellenlinien auch einem entblößten Baum am Kopfende eines frischen Erdhügels: ein Grab.

»In jeder Generation gibt es einen Tod durch Ertrinken«, sagt sie, während sie mit dem Finger nachzeichnet. Ein paar der Kreuze haben Anmerkungen, und sie liest vor: »Im See … im Bach … im Fluss Pamba …«

Ihr Mann zeigt mit dem Kinn in Richtung ihres Kummers. »Drainagegraben.« Es wird ihre Aufgabe sein, das Wort zu schreiben.

Wie viel wusste der Heiratsvermittler von dem Zustand? Und ihre Mutter und ihr Onkel? Wussten sie davon und haben es ihr verheimlicht? Oder abgetan? Ihr Mann wusste es natürlich. Den Mann, den sie liebt, will sie nicht hassen. Aber sie muss es sich von der Seele reden.

»Du hättest mir sagen sollen, was du weißt«, sagt sie. »Dann hätten wir JoJo schützen können, ihm verbieten, an diesen Lianen zu schaukeln, auf Bäume zu klettern, damit –«

»Nein!«, sagt ihr Mann so heftig, dass ihr fast die Papiere aus der Hand fallen. Er steht auf. Einen derartigen Zorn hat sie schon gegen andere gerichtet gesehen, aber nie gegen sie. »Nein! Das hat meine Mutter getan. Hat mich auf dem Gelände gehalten, als Gefangenen, wo ich doch rennen, springen, klettern wollte. Und nach dem Tod meiner Mutter haben es Thankamma und meine Brüder genauso gemacht. Wenn ich auf das Blatt da schaue, sehe ich nur Schnörkel«, sagt er und sticht mit dem Finger auf die Papiere. »Weißt du auch, warum? Sie hat mich nie in die Kirchenschule gehen lassen, weil die auf der anderen Flussseite war. Ich durfte nicht einmal in seine Nähe kommen. Jetzt weiß ich immerhin, dass es stets einen Weg ans Ziel gibt, er ist nur länger. Meine Brüder und Schwestern haben mit Wasser kein Problem. Sie sind zur Schule gegangen. Einmal bin ich weggelaufen. Dann haben mich meine Brüder und Thankamma eingesperrt. Aus Liebe, haben sie behauptet! Doch es war aus Angst. Aus Unwissenheit!« Er wird leiser. »Meine Mutter und Thankamma haben es gut gemeint. Sie wollten mich beschützen, wie du es bei unserem JoJo wolltest. Aber das hat mich nur schwach gemacht. Meine Brüder haben mich betrogen, weil ich nicht lesen konnte.« Er läuft im Zimmer auf und ab. »Glaub mir, niemand musste mir oder JoJo sagen, uns vom Wasser fernzuhalten. Wir können zwar nicht schwimmen, dafür können wir alle möglichen andere Sachen. Wir laufen. Wir klettern. Glaubst du denn, ich trauere nicht um meinen einzigen Sohn? Aber hätte ich die Gelegenheit, es noch einmal zu machen, ich würde nichts ändern. JoJo war nicht an der Leine. Die wenigen Jahre, die er auf dieser Erde hatte, hat er gelebt wie ein Tiger. Er kletterte. Er rannte schnell. Damit hat er das Eine, das er nicht konnte, aufgewogen.« Seine Stimme bricht. Er fasst sich und fährt fort. »Ich habe es nicht versteckt. Ich dachte, du wüsstest es. Dein Onkel hat es auf jeden Fall gewusst. Es tut mir leid, dass du es nicht wusstest. Du hättest nur zu fragen brauchen. Aber ich laufe nicht herum wie ein Aussätziger mit einer Glocke und verkünde es. Es ist ein Teil von mir. So wie das Gesicht der Frau des Goldschmieds von Pocken zernarbt ist oder der Fuß des Sohns des Töpfers verdreht. Das bin ich. Ich bin der, der ich bin.«

Sie hat vergessen zu atmen. Er hat an einem Abend mehr bedeutungsvolle Worte gesagt als in ihren letzten acht gemeinsamen Jahren zusammen. Die Gruppe in ihm – kleiner Junge, Vater und Ehemann – wütet und trauert gemeinsam.

Seine Miene wird weicher. »Du hättest besser heiraten können.«

Sie langt nach seiner Hand, doch er zieht sie weg und verlässt das Zimmer.

In ihr dreht sich alles. Bislang deutet nichts darauf hin, dass sich Baby Mol vor Wasser fürchtet. Selbst wenn sie nicht den Zustand hat, wird sie als belastet gelten, fähig, diesen schlechten Samen weiterzugeben.

Mit zitternder Hand trägt sie das Jahr ein, in dem JoJos Mutter starb. Sie zeichnet einen neuen Ast, der vom Namen ihres Mannes aufsteigt. Dazu schreibt sie ihren Namen und ihr Hochzeitsdatum, dann malt sie ausgehend von ihrer Verbindung einen Ast und schreibt »Baby Mol« hin; sie wird Baby Mol taufen lassen, bevor sie sechs Monate alt ist, dann wird sie ihren richtigen Namen und ihr Geburtsdatum eintragen. Wie viele Äste werden von Baby Mol ausgehen, wenn sie einmal heiratet? »Ich bin jetzt eingeweiht, Herr«, sagt sie. »Der Zustand ist jetzt ebenso meiner wie seiner. Wie kann ich da Schuld geben?«

Unter JoJos Namen setzt sie das Jahr seines Todes. Sie zieht drei Wellenlinien, was mit ihren zitternden Fingern ganz leicht geht. Wie grausam, wie boshaft und ungerecht, dass JoJo durch dasjenige Element starb, das er so unbedingt meiden wollte. Über die Wellenlinien zeichnet sie das Kreuz, es sieht aus wie ein Baum auf dem Kalvarienberg, und die drei Enden laufen in Unterzweige aus, was an das Thomaskreuz erinnert, sie sehen aber auch aus wie Baumäste, die abgetrennt worden sind, sodass die spitzen Enden nach dem Himmel krallen. Jetzt trauert sie mit JoJos Mutter. *Ich weiß, er war der deine, aber er war auch der meine, und ich hatte ihn länger. Ich habe ihn so sehr geliebt.* Ihre Feder berührt das Papier, mit Mühe bekommt sie die Kringel, Schwänzchen und Rückstriche der Malayalam-Schrift in den kleinen Raum: »ERTRUNKEN IN DRAINAGEGRABEN«. In ihr wabern Bilder eines viel jüngeren JoJo, sein Lächeln voller Löcher – hätte sie doch nur seine Babyzähne aufgehoben, dann hätte sie jetzt noch etwas von ihm! Er wollte sie unbedingt einpflanzen, damit ein Stoßzahn wächst, und dann hatte er vergessen, wo.

Als sie fertig ist, starrt sie auf das Pergament; Wasserbaum könnte sie es nennen. Ist der Zustand ein Fluch? Oder eine Krankheit? Ist das wirklich ein Unterschied? Sie weiß von einer Familie, deren Kinder Knochen haben, die leicht brechen, und deren Weiß der Augen hellblau getönt ist. Dem entwachsen sie, und als Erwachsene wirken sie fast normal. Doch als ein Paar, Cousin und Cousine ersten Grades, ausriss und wegzog, erlitt ihr Kind bei seiner Reise aus der Gebärmutter Knochenbrüche, und im zweiten Lebensjahr waren seine Beine angezogen wie bei einem Frosch, die Brust eingedrückt und das Rückgrat verdreht. Es starb, bevor es drei wurde.

Sie rafft die Papiere zusammen, bindet statt einer Schnur ein Band darum. Sie nimmt den Wasserbaum mit auf ihr Zimmer. Er gehört jetzt ihr. Nun ist sie diejenige, die diesen Stammbaum instand setzen und bewahren, ihn weiterführen und weitergeben wird.

Beim Essen weicht er ihrem Blick aus, als sie ihm auflegt. Ihre Mutter hat ein Eiercurry in einer dicken roten Soße gemacht, die hartgekochten Eier mit drei Messerstichen versehen, damit die Soße einziehen kann. Ihre rotäugige Mutter hat nie wegen der erhobenen Stimmen im Schlafzimmer ihres Mannes hinter der verschlossenen Tür nachgefragt.

An jenem Abend beten Mutter und Tochter gemeinsam. »Mögen die Lebenden und die Verstorbenen gemeinsam rufen: ›Gesegnet ist Er, der gekommen ist und dereinst kommen wird, die Toten zum Leben zu erwecken‹.«

Nachdem sie den Kopf wieder entblößt hat und mit Baby Mol kuschelt, die Leere spürt, wo JoJo gewesen wäre, fühlt sie sich berechtigt, ein offenes Wort mit Gott zu sprechen.

»Herr, vielleicht willst du das ja nicht aus Gründen heilen, die ich nicht verstehe. Aber wenn du es nicht willst oder kannst, dann schick uns doch einen, der es kann.«

II. TEIL

10. Kapitel
EIN FISCH UNTERM TISCH

1919, Glasgow

Samstags geht Digbys Mutter mit ihm immer ins Gaiety, Glasgows bestes Varieté. Noch Jahre später, wenn er sich an diese Nachmittage erinnert, juckt ihm die Nase, als atmete er das Jeyes Fluid ein, dessen Geruch von den Sitzen aufwallt. Doch selbst dieser stechende Reiniger hatte es nie geschafft, den schalen Tabakgeruch zu dämpfen, den Boden und Wände verströmten.

Die Augen des Kartenverkäufers Johnny schauen jetzt anders als in seinen Preisboxertagen. Er merkt nicht mehr an, dass ein Zehnjähriger nicht in einem Varieté sein sollte. Die Vorführung beginnt mit den Tänzerinnen, und Digbys Mutter hält ihm bis zur zweiten Nummer, dem Zauberer, fest die Hand auf die Augen. Die fliegenden Mücken in Digbys Sichtfeld verflüchtigen sich erst bei der nächsten, was entweder der Schwertschlucker oder der Jongleur ist.

Nach der Pause ist das Publikum lauter und weniger nachsichtig, da haben die Leute schon ein paar Pints Starkbier intus. Der Dunst der Selbstgedrehten ist dichter als der Morgennebel auf dem Clyde. Die Komiker treten auf wie Gladiatoren, schwingen jedoch statt Keulen Zigaretten. Es dauert acht Minuten, bis ihnen die Glut die Finger verbrennt, so lange haben sie auf der Bühne. Die meisten werden schon nach weniger als fünf weggebuht.

Seine Mutter zeigt die ganze Zeit ein versteinertes Gesicht, sie ist mit den Gedanken ganz woanders, was Digby immer Sorgen macht. Erinnert sie sich an ihre eigene Zeit auf der Bühne? Weil sie mit ihm schwanger war, hat sie eine Theaterkarriere aufgegeben, vielleicht auch Ruhm. Oder denkt sie an den Mann, den sie dort kennenlernte und der ihr alles ruiniert hat? Digby mustert die Darsteller. Er hat seinen Vater nie kennengelernt, aber Archie Kilgour war aus diesem Metier, reiste von Stadt zu Stadt, trat in jeder immer in denselben Pubs (in Glasgow im Sarry Heid) auf, und die Gesichter der Wirte waren ihm vertrauter als die eigenen Blagen, schlief immer in denselben Theaterbuden wie der von Mrs. MacIntyre. Digbys Mutter sagte einmal, Archie Kilgour habe an die Unterseite des Esstischs einen Bückling genagelt, als Mrs. MacIntyre ihm Kredit verweigerte. »Überleg mal, Digs. Das ist doch die letzte Stelle, wo man nachsieht, wenn's stinkt. Typisch er. So niedrig, der könnte mit Zylinder unter einem Schlangenbauch durchkriechen.«

Manche sagen, Archie sei nach Kanada gefahren, andere, dass er nie weg ist. Archie Kilgours wahres Talent war am Schwinden. Eigentlich weiß Digby nur, dass er einer von denen ist, die einen Fisch unterm Küchentisch hinterlassen, und seiner Mutter hat er Digby im Bauch hinterlassen. Digby stellt sich Halbgeschwister vor, die er bestimmt noch in anderen Städten auf seiner Tour hat: Edinburgh, Stirling, Dundee, Dumfries, Aberdeen …

Das furiose Finale ist immer »There's a Girl for Every Soldier«, und es schrillt Digby noch beim Rausgehen in den Ohren. Er fühlt sich beschwingt, leichter als Luft, und wünscht sich nur, dass es für seine Ma genauso ist.

Digby kann sich keine aufregendere Zeit vorstellen. 1903 haben die Brüder Wright den ersten Schwerer-als-Luft-Flug unternommen, aber jeder schottische Schuljunge weiß, dass die Brüder Barnwell das wenig später in Causewayhead ebenfalls gemacht haben. Er träumt davon, einen Doppeldecker zu fliegen, leichter als Luft zu werden! Dann würde er mit seiner Ma über Glasgow fliegen und auf und davon. Dann würde sie lächeln. Dann wäre sie stolz auf ihn.

Mittwochs gönnen sich die beiden immer was Besonderes: Abendessen im Gallowgate. Dann wartet Digby vor »Singer«, bis sie und Tausende am Schichtende aus der Fabrik strömen. Als Erstes erscheinen die Proddies. Die Katholiken wie seine Mutter kommen danach; sie werden am schlechtesten bezahlt und machen die gröbste Arbeit. Ihr Vorarbeiter ist ein Proddy und natürlich für die Rangers. Wie die meisten schottischen Städte ist Glasgow heftig durch die Religion geteilt. Seine Großeltern waren mit der irischen Welle nach der Hungersnot gekommen, die hat das East End in eine katholische Bastion (und in die Heimat des Fußballclubs Celtic) verwandelt.

Digby schaut gern zu dem viereckigen Uhrenturm hinauf, der sechs Stockwerke hoch aufragt. Die Fabrikgebäude erstrecken sich zu beiden Seiten von ihm wie meilenlange Züge. Auf jeder Seite hat der Turm, Glasgows berühmtestes Wahrzeichen, eine massige Uhr, die zwei Tonnen wiegt, und über allen Zifferblättern steht in riesigen Lettern, die von überall in der Stadt zu sehen sind, SINGER. Digby konnte SINGER schon vor seinem eigenen Namen buchstabieren. Wenn er so dicht davorsteht und hinaufblickt, wähnt er sich in der Gegenwart Gottes, dessen Name SINGER ist. Gott hat seine eigenen Züge samt eigenem Bahnhof, die Teile von der Gießerei nach Helensburgh, Dumbarton oder Glasgow befördern. Gott stößt jährlich eine Million Nähmaschinen aus und beschäftigt fünfzehntausend Leute. Gott sorgt dafür, dass sich seine Mutter für Digbys Zeichenpapier und Wasserfarben in Unkosten stürzt. Gott hat seiner Mutter und ihm gestattet, bei Oma auszuziehen und in den eigenen vier Wänden zu wohnen und albern und laut zu sein und jeden Tag zum Tee Marmelade zu essen, wenn sie Lust dazu haben, und die haben sie.

Das Gedröhn von Hunderten Nagelschuhen ertönt, als sie die Fabriktreppe herabpoltern. Schon bald sieht er seine rothaarige, schöne Mutter. Männer beäugen sie auf eine Weise, die ihn wütend macht und seinen Beschützerinstinkt weckt. »Bloß weg! Mit Männern bin ich fertig, Digs«, sagte sie, nachdem sie einen Verehrer abgewiesen hatte. »Ein Mund zum Essen und zum Lügen, weiter nichts.«

Sie lächelt nicht, als sie zu ihm kommt. »Die haben die Monteure auf grade mal ein Dutzend zusammengestrichen, und wir Übrigen sollen bloß noch einspringen. Ich bin geplatzt – kaum Zeit zum Pinkeln. Und alles wegen ›industrieller Effizienz‹!« Heute werden sie nicht essen gehen. Stattdessen setzen sich ihre Kolleginnen an den Esstisch ihrer Mutter und planen einen Streik. Digby hört sie sagen, dass Gott – Mr. Isaac Singer – eigentlich der Teufel ist. Gott ist Polygamist und hat zwei Dutzend Kinder von verschiedenen Frauen und Mätressen. Gott klingt ganz wie Archie Kilgour. In der folgenden Woche ist seine Mutter jeden Abend auf Versammlungen, trommelt um Unterstützung, kommt spät nach Hause mit leuchtenden Augen, aber blass vor Müdigkeit.

Er schneidet gerade Brot fürs Abendessen, als er ihre Schritte auf der Treppe hört, es ist viel zu früh. Er hat eine schreckliche Vorahnung. »Die haben mich geschasst, Digs. Deine Ma rausgeschmissen. Haben einen Grund gefunden.« Wenn sie erwartet, dass ihre Freundinnen für sie streiken, wird sie enttäuscht. Da sie nicht mehr in Arbeit ist, bekommt sie auch nichts aus der Streikkasse.

Nun bleibt ihnen nichts übrig, als wieder zu Oma zu ziehen, einer blähsüchtigen Hypochonderin, die sich bekreuzigt, wenn sie Kirchenglocken hört, und von Digby als »der Bastard« redet. Digby und seine Mutter schlafen im vorderen Zimmer – keine Marmelade mehr, manchmal auch kein Brot. Wenn er zur Schule geht, hat seine Mutter die Decke überm Kopf, wenn er zurückkommt, noch immer. Ihre trüben Augen erinnern ihn an den Schellfisch, der am Fischmarkt Briggait auf Eis ausliegt. »Vom Gaiety ist noch nie Gutes gekommen«, sagt Oma voller Genugtuung zu ihrer Tochter.

So zerbröselt die Welt eines Jungen. Auf dem Rückweg von der Schule verfolgt ihn das vieräugige Ungeheuer im Turm, wohin er auch geht. In seinem Kopf spielen keine Varieté-Melodien mehr. Er und seine Mutter sind Eindringlinge in einem Haus mit den Sargausdünstungen einer »kleinlichen alten Pharisäerin von einer Frau«, wie seine Mutter gern sagt.

Der Arzt, der in die ärmliche kleine Wohnung kam, nannte seine Mutter »katatonisch«. Als es ihr besser ging, begleitete Digby sie von Fabrik zu Kontor zu Drogerie. Arbeit, irgendeine, wäre heilsam. Aber ebenso gut hätte sie ein Schild mit der Aufschrift ROTHAARIGE IRISCHE AGITATORIN tragen können. So hat sie der Fleischer genannt. Sie geht putzen, wenn sie kann, wird geholt, um Kranke zu pflegen, wo sie doch selbst krank ist.

Die Winter sind so kalt, dass Digby auch drinnen seine Mütze trägt, aber einen Handschuh muss er ausziehen, damit er seine Aufsätze schreiben kann. Oma hetzt ihre Tochter. »Raus mit dir! Wir haben keine Kohlen und kaum was zu essen. Wenn du betteln oder die Beine breit machen musst, dann tu's. So hast du dich ja auch in die Patsche geritten.«

Sieben Jahre nach ihrer Entlassung wohnen sie noch immer bei Oma. Nach der Schule passt er aus Gewohnheit auf seine Mutter auf, sitzt bei ihr, zeichnet auf wasserfleckigen Kontoblättern, die ihm ein Nachbar geschenkt hat. Mit Feder und Tinte entwirft er eine üppige, sinnliche Welt. Schöne Frauen auf hohen Absätzen, die ihre Waden in erotische Säulen verwandeln, schmalschultrige und breithüftige Frauen mit schicken Hüten und Pelzjäckchen. Hier und da lugt eine Brust aus der Bluse. Zeitungsannoncen sind gut, um die Form zu vervollkommnen. Die Augen, die er zeichnet, werden besser, das winzige Viereck reflektierten Lichts über der Iris erweckt seine Schöpfungen zum Leben, so können sie ihren Schöpfer sehen. Als Digby in der Clydebank Library in der Dumbarton Road ein Anatomiebuch entdeckt, haben die Frauen in seinen Zeichnungen schon bald eine transparente Haut, die ihre Knochen und Gelenke sichtbar macht. Ihn beruhigt der Gedanke, dass, egal wie enttäuschend Menschen sein können, die Knochen, Muskeln und Eingeweide konstant sind, eine unwandelbare innere Architektur ... bis auf die »äußeren Genitalien«. Die der Frau sind deutlich weniger, als er erwartet hatte: ein Fellhügel, eine Lippenpforte, die noch mehr verbirgt und weitere Fragen offenlässt.

Einst war seine Mutter die glamouröseste Frau, die er kannte. Nun aber, so viele Jahre nach ihrer Entlassung, gibt sie sich kaum noch Mühe, spricht gar nicht mehr und verbringt weiterhin Stunden im Bett. Dennoch steckt in der Art, wie ihr Arm über der Wange liegt, in dem Winkel von Unterarm und Handgelenk und auch dem von Handteller und Fingern eine natürliche Anmut. Ihre roten Haare sind nicht mehr wie in Flammen, und ihre graue Stirnlocke sieht aus, als wäre sie an frische Farbe geraten. Zuweilen starrt sie ihren Sohn an, bestraft ihn mit einem Blick, der ihn für alle ihre Nöte verantwortlich macht. Sie ist gealtert, dennoch kann er sich nicht vorstellen, dass sie einmal aussieht wie Oma mit ihren entzündeten Rissen an den Mundwinkeln, den Enden eines bösen Mundwerks.

Seine Mutter spricht überhaupt nur einmal mit Digby, als er verkündet, er wolle von der Schule abgehen, um zu arbeiten. »Mach das, und ich bin tot«, sagt sie wütend. »Das Einzige, was mich durch diese Hölle bringt, ist, dass du Klassenbester bist. Ich träum von deinem Erfolg. Enttäusch mich nicht.«

Am Ende enttäuscht sie ihn. Inzwischen ist er fast ein Mann geworden, hat allen Widrigkeiten zum Trotz ein Stipendium fürs Carnegie College erhalten. Er möchte Medizin studieren, so wie er sich vom Körper und seinen Funktionen angezogen fühlt.

An einem Sonntag nach einem ganztägigen Tutorat kommt er nach Hause. Über seinem Schreibtisch streckt ihm seine Mutter obszön die Zunge heraus, eine Zunge, die dreimal so lang wie normal ist und blau. Ihre Froschaugen verspotten ihn. Der Gestank im Zimmer sagt ihm, dass sie sich beschmutzt hat. Sie baumelt an einem Dachbalken, die Zehen kaum über der Platte. Seine Schulkrawatte beißt ins blaue Fleisch ihres Halses.

Digby prallt rückwärts gegen die Tür, lässt seine Bücher fallen. Deshalb hatte er über sie gewacht. Davor hatte er sich gefürchtet, auch wenn er es nie in Worte zu fassen wagte. Er ist zu entsetzt, um sich der Leiche zu nähern und sie abzunehmen.

Soll die Alte sie selbst entdecken. Oma kreischt, dann dringen ihre Schluchzer nach draußen. Die *Polizze* nimmt die Leiche ab. Die Nachbarn begaffen die Form im Sack. Die Seele seiner Mutter ist seit Jahren tot, nun ist ihr Körper ihr gefolgt.

Digby geht hinaus. Es ist der zweiundzwanzigste Mai, das Jahrhundert hat ein Viertel hinter sich, ein Jahrzehnt, nachdem ein Krieg ein schreckliches Gemetzel angerichtet hat. Da fällt ein weiterer Tod kaum ins Gewicht, für ihn aber sehr wohl. Seine Füße tragen ihn fort. Er will unter Leute, will Lichter, Gelächter. Bald ist er im Pub, da wird kräftig gefeiert. Er muss schreien, um bei der Barfrau seine zwei Pints zu bestellen. »Für den Opa und seinen Kumpel«, sagt er und nickt Richtung Hinterzimmer. Es schmeckt widerlich. Er denkt an Archie Kilgour. *Trinkst du heut Abend, du Penner? Bist Witwer, hast du das gewusst?* Für seine Mutter hat er keine Tränen übrig, nur wütende Worte. *Hast du auch an mich gedacht, Ma? Glaubst du, da, wo du jetzt bist, ist es* besser?

Man wirft ihn aus dem Pub, warum, weiß er nicht genau. Als Nächstes ist er in einem kleinen, dunklen Raum, es stinkt nach Bier, es wird ernst und stumm getrunken. Er drängt sich neben ein paar Burschen, die ihn böse ansehen. »Zwei Pints für den Opa«, sagt er wieder, geht aber nicht erst an einen Tisch, sondern leert das erste Glas gleich an der Theke. Da fällt ihm die blau-weiße Fahne an der Wand ihm gegenüber auf, und dieselben Farben haben auch die Schals mürrischer Männer. *Scheiße, ich bin in einem Rangers-Pub!* Er will ein Lachen unterdrücken, schafft es aber nicht. »Scheiß Rangers!« Er schüttelt den Kopf. Hat er das gerade laut gesagt?

Ein Mann sagt Digby, er soll nach draußen kommen. Digby hat eine bessere Idee: Er trinkt das zweite Pint da, wo er steht.

Eine Faust trifft ihn am Ohr. Eine Flasche wird zerschmettert, etwas Scharfes reißt ihm den Mundwinkel auf. Der Wirt kommt um die Theke mit den Bierlachen herum und zerrt ihn raus aufs Pflaster. »Verpiss dich, bevor sie dir das Lachen wegblasen und dich gleich mit!« Digby torkelt um die Ecke, ernüchtert von der Erkenntnis, dass diese stummen Männer es unterhaltsamer finden könnten, ihn umzubringen, als zu trinken.

Am Zeitungsstand an der Ecke verhöhnen ihn hundert identische hübsche Gesichter, sie triumphieren. LINDBERGHS KRÖNUNG, lautet die Schlagzeile. DER HELD AUS AMERIKA. Das Nasse, das in seinen Mund rinnt, schmeckt leicht süßlich, leicht metallisch. Sein Ärmel ist rot. Seine Augen wollen nicht scharf sehen. Kann ein Mann tatsächlich über den Atlantik geflogen sein? Ja! Steht da in Großbuchstaben. In einem Flugzeug namens *Spirit of St. Louis*. Lindbergh ist gelandet, seine Mutter ist weiterhin da droben. Er spürt nicht den geringsten Schmerz.

11. Kapitel

KASTE

1933, Madras

»Reisen erweitert den Horizont und erleichtert den Stuhlgang.« Das Lammkebab eines Straßenhändlers in Port Said ist zu viel für Digby, es sperrt ihn zwei Tage lang in seiner Kabine ein, genügend Zeit, um Professor Alan Elders Abschiedsworte in Glasgow zu würdigen. Als er wieder auf die Beine kommt, haben sie den Suezkanal hinter sich gelassen und passieren das Bab-el-Mandeb, das Tor der Tränen. Diese schmale Meerenge von kaum achtzehn Meilen Breite verbindet das Rote Meer mit dem Indischen Ozean. Steuerbord sieht er Dschibuti, backbord den Jemen. Bis auf eine dreimonatige Stelle in London hat er seine fünfundzwanzig Erdenjahre in Glasgow verbracht und wäre womöglich auch den Rest seines Lebens dort geblieben, hätte nie gesehen, wie die Gewässer ineinanderfließen, nie für sich entdeckt, dass der Ärmelkanal, das Mittelmeer, das Rote Meer und der Indische Ozean trotz ihrer jeweiligen Einzigartigkeit eins sind. Alles Wasser ist verbunden, nur Land und Menschen hängen nicht zusammen. Und sein Land ist ein Ort, an dem er nicht mehr bleiben kann.

Das Schiff unter seinen Füßen lebt, es stöhnt und seufzt. Er tigert mit einem breitkrempigen Hut übers Deck, der freilich nicht verhindern kann, dass die Sonnenstrahlen vom Wasser reflektiert werden und sein Gesicht bräunen, die blasse, gezackte Narbe hervorheben, die seine linke Wange vom Mundwinkel bis zum Ohr hin falzt. Die wechselnden Stimmungen und Farben des Arabischen Meers – Azur, Blau und Schwarz – spiegeln die Gezeiten seiner Gedanken. Der Horizont steigt an und senkt sich wieder, die Salzgischt kühlt sein Gesicht; er hat das Gefühl, stillzustehen und gleichzeitig seiner Zukunft entgegenzustürzen.

Er schaut in eine Kabine erster Klasse, schämt sich seiner Neugier und betrachtet doch staunend die Sofas und Plüschsessel, die dicken Brokatvorhänge und die Schiebetüren, mittels derer die Kammerdiener und -mädchen ihrem Dienstherrn aufwarten können. An Bord ist ein Maharadscha; er und sein Gefolge haben die gesamte erste Klasse gebucht. Digby ist eine Klasse tiefer, hat seine eigene winzige Kabine. Unter seiner gibt es weitere zwei Klassen, und die Trennung ist so vollkommen, dass er sie eher hört als sieht.

Eine raue See bewirkt etwas, was entweder Seekrankheit ist oder ein Rückfall der Leiden von dem Lammkebab. Als Arzt ist er bei seinen Symptomen nicht objektiv. Nachdem er bei zwei Mahlzeiten im Speisesaal gefehlt hat, schaut Banerjee, der einen Platz am selben Tisch hat, nach ihm.

Erschrocken darüber, dass Digby kaum den Kopf heben kann, bringt Banerjee ihm Fleischbrühe und Schmerzmittel. Der Kampfer-und-Anis-Geruch der Tinktur erfüllt die Kabine und beruhigt seinen Magen. Banerjee – oder Banny, wie Digby ihn nennen soll – ist Ende zwanzig, hat ein Babygesicht und den Teint eines Jungen, der mit Milch und Sahne großgezogen wurde und auf dessen Gaumen niemals Fleisch gekommen ist; seine braune Haut, die er gewissenhaft vor der Sonne schützt, ist heller als die des gebräunten Digby. Banny wirkt zu jung, um Anwalt zu sein, was er ist; nach vier Jahren Studium in London hat er die Zulassung erhalten. Der Weg, den er eingeschlagen hat, gleicht in vielem dem Gandhis am Ende des vorigen Jahrhunderts, was Banerjee dezent, aber voller Stolz anmerkt.

Als Digby wieder an den Tisch kommt, sagt Mrs. Ann Simmonds, die Frau eines Verwaltungsbeamten aus der Präsidentschaft Madras, »heute Abend Ente«, als wäre ihr Digbys vorige Abwesenheit gar nicht aufgefallen. Ihr breites Gesicht hat keine Ränder, keine Winkel; sie erinnert Digby an eine Bulldogge, sie hat ja auch die passenden feuchten, schlaffen Augen. Vom ersten Tag an übernahm sie das Kommando über ihren Tisch und führte sich auf wie eine Passagierin aus der ersten Klasse, die aus reiner Großzügigkeit mit den Massen speist. Ihre Vorträge, die sie jeden Abend hält, erinnern Digby an sein Vierteljahr am Saint Bart's Hospital in London – der Preis für eine Prüfung im dritten Jahr seines Medizinstudiums in Glasgow, die er als Bester bestand. Erst auf den Stationen des Bart wurde ihm bewusst, dass er einen Akzent hatte, der auch noch insinuierte, er sei provinziell und dumm. Es war ein böses Erwachen. Er konnte den Akzent nicht vollständig ablegen, aber immerhin mindern; er hatte hart daran gearbeitet, jene Worte, Wendungen oder die Aussprache, die ihn abstempelten, zu meiden. Nicht dass solche Bemühungen Mrs. Simmonds täuschen können; sie ignoriert ihn weitgehend. Jetzt hört er, wie sie zu dem Gast ihr gegenüber sagt: »Wir Engländer wissen, was für Indien das Beste ist. Wenn Sie dort sind, werden Sie es sehen.«

Später schlendert Digby noch mit Banny übers Deck. Obwohl sie sich inzwischen verbunden fühlen, haben sie noch nicht über Politik gesprochen. Digby gesteht seine Unkenntnis der Welt außerhalb Glasgows oder gar der Klinik. »Die letzten Jahre habe ich im Krankenhaus gelebt. Ich hatte keinen Anlass, eine Zeitung zu lesen, es sei denn, sie tauchte unter einem Wundverband auf oder in einem Bauch, den ich öffnete.« Das hat er nun wettgemacht, indem er die Zeitungen in der Schiffsbibliothek studierte. Die Schlagzeilen drehen sich um Deutschlands Absicht, sich trotz des Versailler Vertrags wiederzubewaffnen. Ein kriegslüsterner neuer Kanzler verspricht, das Land aus seiner wirtschaftlichen Verwüstung zu führen. Über Indien dagegen gibt es wenig Neues.

»Sie könnten Mrs. Simmonds fragen.«

»Nein, danke«, sagt Digby.

Banny lächelt, poliert seine Brillengläser und schielt Digby an. »Warum also Indien, Digby?«

Digby sieht in der Ferne Wolken wie mit dem Senkblei angeordnet. Er stellt sich Land dahinter vor. Sie fahren die Westküste Indiens entlang, vorbei an Calicut oder Cochin. »Leider eine lange Geschichte, Banny. Ich habe mich in die Chirurgie verliebt. Ich war ein guter Student und dann ein guter Assistenzarzt in der Chirurgie. Eifrig. Engagiert. Wenn ich keinen Dienst hatte, trieb ich mich in der Notaufnahme herum in der Hoffnung, bei Unfallopfern mitzuhelfen. Als es dann aber um eine Stelle in der Chirurgie in Glasgow ging, saß ich offenbar in der falschen Kirchenbank. Außerhalb von Glasgow war nichts zu holen. Also bin ich zum Indian Medical Service und hoffe, mich dort als Chirurg zu entwickeln.«

»Lag's daran, dass Sie katholisch sind? Woher wussten die es?«, fragt Banerjee. »An Ihrem Namen?«

»Nein. Meiner konnte protestantisch oder katholisch sein. Also, Patrick, Timothy oder David hätten mich gleich verraten. Aber ich war mit einem Stipendium am St. Aloysius' College. Eine jesuitische Einrichtung. Das ließ sich kaum verbergen. Aber selbst ohne das ist es, als würde ich Geheimsignale aussenden.« Digby sieht seinen Begleiter unsicher an. »Das ist bestimmt schwer zu verstehen.«

Banerjee lacht. »Überhaupt nicht. Ist mir ganz vertraut.«

Digby ist verlegen. Es war dumm, das zu einem Mann zu sagen, der von Geburt an unterm britischen Joch gelebt hat. Doch Banny kann britischer als Digby klingen und wirken. »Tut mir leid –«

»Warum denn, Digby? Sie sind das Opfer eines Kastensystems. Genau dasselbe haben wir einander in Indien jahrhundertelang zugefügt. Die unveräußerlichen Rechte der Brahmanen. Und das Fehlen jeglicher Rechte für die Unberührbaren. Und alle Schichten dazwischen. Jeder, auf den herabgesehen wird, kann auf einen anderen herabsehen. Bis auf die Untersten. Die Briten sind einfach dahergekommen und haben uns eine Stufe tiefer gesetzt.«

Das Schiff umrundet die Südspitze Indiens und fährt die Koromandelküste hinauf. Es ist Mitternacht, und Digby steht allein an Deck. Die schwarzen Wellen funkeln plötzlich grün und blau, als wütete tief im Ozean ein Feuer. Er ist der einzige Zeuge eines ungeheuer schönen, aber auch rätselhaften Schauspiels. (Erst am folgenden Tag sagt ihm der Steward, dass es phosphoreszierendes Plankton war, ein seltener Anblick.) Das scheint für Digby zu unterstreichen, dass er im Verlauf dieser Reise seine Vergangenheit wie einen schmutzigen Handschuh abgestreift hat. Mehr denn je hat er ein Glasgow hinter sich gelassen, das von der Großen Depression erschüttert wird, damit auch die dummen Sprüche und auch seine letzte lebende Verwandte, alles, bis auf die schwärende Wunde, die ihm das zugefügt hat. Die einzige Industrie, die in Glasgow florierte, war Gewalt. Sie brodelte in den Gorbals hinter der Klinik und auch überall sonst in der Stadt, sie zeigte sich Nacht für Nacht in der Notaufnahme. Als Assistenzarzt nähte Digby Gesichter, die von den einander bekriegenden Rasiermessergangs, den Billy Boys oder Norman Conks, gekonnt aufgeschlitzt worden waren, stets ein symmetrisches Paar Schlitze vom Mundwinkel bis zum Ohr, was das Opfer lebenslang mit einem Glasgower Grinsen zierte. Digby schätzt sich glücklich, dass seine Narbe nur einseitig ist; die zerschlagene Flasche war stumpfer als ein Rasiermesser und hinterließ bei ihm ein gezacktes Grübchen neben seinem natürlichen. Sie ist ein fahles Stigma eines Lebens, das er vergessen will. Er hätte Glasgow seine Narbe verzeihen können, seine Enttäuschungen, den Selbstmord seiner Mutter. Das war kaum ein Grund, wegzugehen; selbst das Elend hat, wenn es vertraut ist, seinen eigenen Trost. Nicht verzeihen konnte er, dass er nach all der Plackerei, nach seiner eigenartigen, fast schon manischen Hingabe an die Chirurgie an die bewachte Tür kam und die Losung nicht akzeptiert wurde. Sein Mentor, Professor Elder, ein Mann jenseits aller Kasten, wenngleich aus einer oberen Edinburghs, half ihm nach Kräften, schlug ihm einen Ausweg vor. »Ich wüsste etwas, da sammeln Sie unglaubliche Erfahrung und haben mit etwas Glück großartige Mentoren in der Chirurgie. Haben Sie schon den Indian Medical Service in Betracht gezogen?« *Was für dich ist, läuft dir nicht weg*, denkt Digby. Den Satz hatte immer seine Mutter gesagt: Was dir vorbestimmt ist, kommt auch zu dir, egal wie.

Als er in Madras von Bord geht, kommt es ihm vor, als würde er einen neuen Planeten betreten. Die Stadt hat eine Bevölkerung von sechshunderttausend, und die meisten tummeln sich am Kai, so scheint es Digby jedenfalls, wegen der Kakophonie, des Gewusels und der Hitze. Er saugt die Düfte von gebeiztem Leder auf, von Baumwolle, getrocknetem Fisch, Räucherwerk und Salzwasser, die hervorstechenden Noten des antiken Dufts dieser alten Zivilisation.

Schauerleute strömen aus dem Bauch des Schiffs wie eine

Kolonne Ameisen, gebeugt unter dem Gewicht der Leinensäcke, die sie mittels Enterhaken auf der Schulter halten; Schweiß schimmert auf ihrer schwarzen Haut. Frauen, die sich vor dem Zoll drängen, bilden einen Strauß aus hellgrünen, orangefarbenen und roten Saris mit ausdrucksvollen Mustern. Ihn verzückt der Akzent eines glitzernden Steins in der Nase, eines roten Punkts auf einer glänzenden Stirn, Gold, das an Ohren baumelt und die schweren Bordüren der Stoffe spiegelt. Die Rikschas und Kutschen, die davor aufgereiht sind, sind in allen Farben des Regenbogens bemalt. Die pulsierende, ungehemmte Palette von Madras ist eine Offenbarung. In ihm löst sich eine Anspannung.

Im Zollschuppen sieht er zu, wie Mrs. Simmonds einen kleinen, aber untersetzten Mann begrüßt, vermutlich ihren Mann, den Verwaltungsbeamten: beide Seiten bekunden nur wenig Freude ob dieses Wiedersehens. Sie marschiert zu einem kleinen Automobil, das Kinn gereckt, die Stupsnase gen Westminster gerichtet und einen königlichen Ausdruck im Gesicht.

»*Oi!* Ich habe nein gesagt! Du frecher *babu*! Willst du vielleicht Prügel haben?«

Digby fährt herum und sieht, wie sich ein rot angelaufener Engländer an seinem Zolltisch vor Banerjee aufbaut. Das Tableau fröstelt ihn, und ruckartig wird ihm bewusst, dass er kraft seiner Ankunft einer der Besatzer ist; es ist sein unveräußerliches Recht, als Erster die Gangway zu verlassen, einen raschen Stempel in seine Papiere zu bekommen und nicht derart angeschnauzt zu werden.

In dem stickigen Zollschuppen machen die Zeiger der Uhr Pause, um zu sehen, was als Nächstes passiert. In der Treibhausluft atmet Digby schneller, und reflexhaft geht er zwei Schritte, um zu intervenieren.

Doch da tritt schon ein weiterer Zollbeamter hinzu. Banerjee möchte nur für die zwölf Stunden an Land gehen, die das Schiff angedockt ist, um einen Freund in Madras zu besuchen, bevor er nach Kalkutta im Norden weiterfährt. Der vorgesetzte Beamte schaut seinen Untergebenen ungeduldig an, stempelt Banerjees Papiere und lässt ihn durch. Bannys Blick fällt auf Digby. Seine schwerlidrigen Augen sind steinhart geworden, sie drücken den zähen Groll und die standhafte Entschlossenheit einer unterdrückten Nation aus, die nur den rechten Augenblick abwartet. Dann verschwindet der Blick. Er schenkt Digby ein stoisches Lächeln und geht zu dem Ausgang für Nichtweiße. Er winkt nicht zum Abschied.

12. Kapitel
ZWEI GROSSE

1933, Madras

Der Bedienstete des Krankenhauses, der ihn am Hafen abholt, ist schockiert davon, dass Digby keinen Überseekoffer hat, nur eine schäbige Reisetasche. Sie fahren in einer Rikscha, die nicht von einem Arbeitstier, sondern von einem Mann gezogen wird. Von der Hitze und ein wenig *mal de débarquement* ist Digby orientierungslos, er registriert die Kuh, die mitten auf der breiten Allee steht, das Gewimmel dunkler Gesichter zu beiden Seiten, den werkelnden Flickschuster auf dem staubigen Trottoir, die niedrigen weiß getünchten Gebäude mit handgemalten Schildern und das Gewirr von Hütten am Rand eines Teichs. Sie halten vor einem Bungalow unweit des Hafens und nahe am Longmere Hospital, seinem neuen Arbeitsplatz.

Ein kleiner Mann in weißem Hemd, weißer Hose und nackten Füßen legt Digby ein Jasmingewinde über den Kopf und verbeugt sich, die Handflächen auf Kinnhöhe aneinander. Muthusamy wird Digbys Koch und Haushälter sein. Einer wie Digby, der als Frühstück, Mittag- und Abendessen eine Dose Sardinen gewöhnt ist, findet es unfassbar, einen eigenen Koch zu haben, dazu noch einen, der ihm eine Girlande um den Hals hängt. Muthus weiße Zähne sind in seinem kohlschwarzen Gesicht ein Leuchtfeuer; auf seiner Stirn sind drei horizontale Aschestreifen – ein *vibuthi*, wie Digby später erfährt, ein heiliges

Hindu-Zeichen, das er, wie Digby bald sehen wird, jeden Morgen aufs Neue aufträgt, nachdem er Kampfer entzündet und vor der kleinen Ikone eines Gottes, die auf einem Küchenbord steht, gebetet hat. Muthus grau melierte Haare sind in der Mitte gescheitelt und zurückgeölt; er strahlt Freundlichkeit aus. Digby nimmt ein Bad und setzt sich dann an das Mahl, das Muthu ihm zubereitet hat: Reis mit etwas, was Muthu als »Chicken Korma« bezeichnet – Huhn in einer orangefarbenen Soße. Digby ist halb verhungert, und das in den Reis gemischte Korma ist köstlich, ein Aufruhr vollkommen neuer Aromen auf seinem Gaumen. Erst als er das meiste gegessen hat, merkt er, dass sein Mund brennt und auf der Stirn der Schweiß ausgebrochen ist. Nachdem er die Flammen mit Eiswasser gelöscht hat, legt er sich auf sein Bett unter einem trägen Deckenventilator. Sein letzter Gedanke vor dem Einschlafen ist, dass er Muthu bitten muss, die brennenden Ingredienzen in seinen Gerichten abzumildern, bis er besser daran gewöhnt ist. Er schläft elf Stunden durch.

Am nächsten Morgen tritt Assistant Civil Surgeon Digby Kilgour in dem Grüppchen zweistöckiger weiß getünchter Gebäude, aus denen das Longmere Hospital besteht, seinen Dienst an. Es liegt noch so nahe am Hafen, dass die Teer- und Seegerüche in die Stationen wehen. Er meldet sich beim Civil Surgeon Claude Arnold, der, wie er feststellt, nicht allzu pünktlich ist. Eine Stunde vergeht, in der ihn Arnolds Büroleiter periodisch mit dem sonderbaren Satz »Doktor Arnold kommt nun gleich nur direkt jetzt, Sir« beruhigt. Der Büroleiter, die angloindische Sekretärin wie auch der barfüßige Bote lächeln Digby an. »Tee, Doktor? Oder lieber Degree Coffee?« Der »Degree Coffee« erweist sich als süß und köstlich; es ist in heißer, schäumender Milch gebrühter Kaffee. Er hat seinen Namen, wie man ihm erklärt, von den Gradstrichen am Hydrometer oder Laktometer, mittels derer sichergestellt wird, dass die Milch nicht zu sehr mit Wasser verdünnt wird.

Die Deckenventilatoren rascheln mit den losen Ecken von Papieren, die von Steinen niedergehalten werden. Sonst regt sich nichts. Die drei Angestellten beweisen eine schläfrige Fertigkeit in der Kunst, bei der drückenden Hitze keinen Muskel zu bewegen. Die hübsche Sekretärin flattert, jedes Mal wenn er zu ihr hinsieht, mit den Lidern, eine Art Morsecode, meint Digby. Ihre reizenden Arme sind dunkel, ihr dick gepudertes Gesicht hingegen ist kreideweiß und hebt sich stark von ihrem blutroten Lippenstift und den lasierten schwarzen Haaren ab. Sie erinnert an ein Revuegirl im Rampenlicht.

Gegen Mittag hantiert die Büromannschaft plötzlich mit Papieren; der Bote erhebt sich. Sie haben ein Geheimsignal empfangen. Minuten später erscheint ein blonder Engländer Mitte vierzig in einem schmucken weißen Leinenanzug und spiegelblank polierten braunen Schuhen in der Tür; der Bote nimmt ihm den Tropenhelm aus der hingestreckten Hand. Er quittiert Digbys Anwesenheit mit hochgezogenen Brauen. Seine breiten Schultern kennzeichnen den einstmaligen Sportsmann; er sieht gut aus, doch sein fahler Teint und die aufgequollenen, blutunterlaufenen Augen deuten auf Ausschweifungen hin. Der kleine Schnurrbart ist dunkler als die Haare, was Digby ein wenig lachhaft findet.

Senior Civil Surgeon Claude Arnold begutachtet seinen frisch vom Schiff eingetroffenen Untergebenen: Er sieht einen jungen Mann mit spitzem Ansatz seiner dichten Haare, einem seltsamen, unregelmäßigen Grübchen auf der linken Wange, einem zerknitterten Blazer überm Arm und einer Wollhose, die in Madras nur ein Masochist tragen würde. Digby erträgt diese Musterung nur schwer. Claude Arnold hat das Selbstbewusstsein eines Jungen von einem Eliteinternat, der einem gesellschaftlich unter ihm Stehenden begegnet. Er studiert Digbys Papiere, die leicht in seiner Hand zittern. Er bietet ihm eine Zigarette an; als Digby ablehnt, runzelt er die Stirn, als wäre der Neue bei einem weiteren Test durchgefallen. Schließlich erhebt sich Arnold, nachdem er noch einen Kaffee getrunken hat, und bedeutet Digby, ihm zu folgen.

»Sie werden für zwei chirurgische Stationen zuständig sein. Natürlich unter meiner Aufsicht«, sagt Arnold über die Schulter. »Beide sind für Einheimische. Für Ihre Sünden, alter Knabe. Ich leite die angloindische und die britische Station. Für Sie werden zwei LMPs arbeiten, Peter und Krishnan.« Genüsslich zieht er an seiner Zigarette, als wollte er Digby demonstrieren, was ihm entgeht. »Ich kann keine LMPs gebrauchen. Mir ist ein richtiger Arzt lieber als so eine *babu*-Imitation.« Digby weiß, dass Licentiate Medical Practitioners einen verkürzten zweijährigen Diplomkurs absolvieren und dann als Arzt praktizieren dürfen. »Aber wir sind hier ja in Indien. Ohne die geht's nicht, heißt es jedenfalls.«

Bei der Männerstation der Einheimischen bleibt Arnold stehen. »Wo ist Oberschwester Honorine?«, fragt er gereizt die braunhäutige Schwester, die mit einem prompten Lächeln herbeieilt, um ihn zu begrüßen. Die Oberschwester ist in der Apotheke.

Zu beiden Seiten eines langen, hohen Raums liegen Patienten in Betten, andere auf Matten dazwischen. Ein Mann mit einem grotesk angeschwollenen Bauch und hohlem Gesicht, das die Wangenknochen hervorhebt, sitzt auf der Bettkante, gestützt von dürren Armen. Als Digby ihn ansieht, lächelt er, doch sein Gesicht ist so verheert, dass es scheint, als entblößte er die Zähne. Digby nickt. Der Anblick von Leid ist ihm vertraut; dessen Sprache dringt durch alle Grenzen. Die Frauenstation für Einheimische ist gegenüber, auch sie ist voll.

Dr. Claude Arnolds angloindische Station ist gegenwärtig von einem Patienten belegt, dazu einer einsamen Lernschwester, die über ihn wacht. Die anderen sorgfältig gemachten Betten sind allesamt leer. Zur britischen Station nimmt Arnold Digby nicht mit. Diese ist, wie er später erfahren wird, eine Sammlung von sechs Privatzimmern im Obergeschoss, allesamt unbelegt. Britische und angloindische Patienten, die Bescheid wissen, wählen für ihre chirurgischen Probleme das General Hospital nahe dem Bahnhof oder das Royapettah Hospital.

Im zweiten Stock gehen vom Waschraum zwei OP-Säle ab. »Heute ist auf Ihren Stationen Operationstag«, sagt Arnold. »Für Sie immer dienstags und freitags. Die Einheimischen hatten schon eine Weile lang keinen Chirurgen mehr. Na ja, wir haben eben die LMPs. Die könnten eine größere Operation durchführen, wenn ich sie ließe. Aber dann machen sie, ehe man sich's versieht, in irgendeiner Kleinstadt ihren eigenen Laden auf und nennen sich Chirurg.« Arnold zeigt auf die Pinnwand. »Schauen Sie sich's an«, sagt er und verschwindet.

Die Operationsliste des Tages ist beeindruckend lang: zwei Amputationen, eine Reihe Hydrozelen und Hernien sowie vier I&Ds – Inzision und Drainage von tropischen Abszessen. Aber größere Operationen sieht Digby nicht angeschlagen. Claude Arnold kehrt mit einem Leuchten in den Augen zurück, das zuvor gefehlt hat. Digby nimmt an dem Chefchirurgen einen medizinischen Geruch wahr.

»Sie sind also Chirurg«, sagt Arnold plötzlich, indem er sich Digby mit unerwartetem Charme zuwendet und dabei fast lächelt.

»Also, nicht ganz, Dr. Arnold. Ich habe ein ganzes Jahr und ein –«

»Unsinn! Sie sind Chirurg! Nennen Sie mich übrigens

Claude.« Sein neuer leutseliger Tonfall ist der des Kapitäns einer Cricketmannschaft, der vom letzten Schlagmann noch zehn Läufe braucht. »Man lernt mit dem Schneiden. Bedenken Sie, Kilgour, diese Leute haben die Wahl zwischen Ihnen und gar nichts. Seien Sie kühn!« Claudes Mundwinkel weisen nach oben, als hätte er Digby in ein Betriebsgeheimnis eingeweiht, vielleicht auch in einen Witz. »Stürzen Sie sich nur rein«, sagt Claude. Dann zu dem wartenden OP-Helfer: »Besorg Doktor Kilgour einen Spind und was er sonst noch alles braucht.« Weitere Einweisungen gibt es nicht.

Ehe Digby es sich versieht, hat er sich die Hände geschrubbt und Kittel und Handschuhe übergezogen. Der Duft dieses OP-Saals, von Glasgow einen Kontinent entfernt, ist ihm vertraut: Äther, Chloroform, Phenol sowie der noch vage Kotgeruch von einem kürzlich drainierten Abszess. Da aber endet die Ähnlichkeit mit Glasgow schon. Digby starrt auf einen höchst verblüffenden Anblick zwischen chirurgischen Tüchern: Ein Hodensack, der, über die Größe einer Wassermelone aufgebläht, bis zu den Kniescheiben reicht. Der Penis liegt in der Schwellung begraben wie ein Nabel in einem fettleibigen Abdomen. Als er auf der Liste »Hydrozele« gelesen hatte, hatte er sich so etwas nicht ausgemalt. Er hat eine mäßige Ansammlung von Flüssigkeit in dem Raum erwartet, der von der *tunica vaginalis*, die die Hoden bedeckt, umschlossen wird. Einmal hatte er eine einseitige Hydrozele bei einem Kind operiert, eine einfache Geschichte. Doch jene sanfte zitronengroße Schwellung des Skrotums in seiner Erinnerung hat nichts mit diesem braunen, geriffelten Behemoth gemein. Im OP nebenan wird gerade amputiert. Es wird eine Weile dauern, bis ihm der LMP dort helfen kann. Claude ist verschwunden. Und Digby durchlebt den wiederkehrenden Albtraum eines jeden Chirurgen: Patient unter

Äther, Körperhöhle offen, Anatomie unkenntlich. Ihm werden die Beine schwach.

Die tamilische OP-Schwester ihm gegenüber lächelt hinter ihrer Maske.

»Die ist … aber groß«, stößt Digby hervor, die behandschuhten Hände in der Art eines Prälaten gefaltet.

»*Aah*, ja, Doktor … nur groß«, sagt die OP-Schwester freundlich, und ihr Ton impliziert, dass »nur groß« ein Anlass zum Feiern ist und klein ihres OP nicht würdig. Ihre Kopfbewegungen, ähnlich denen Muthus, verwirren ihn: Was in Schottland ein »nein« war, wird hier zu einem »ja«, solange ein kleiner Drall und Dreh dabei ist. »Aber nur bis zum Knie«, setzt die Schwester hinzu, worin ein klein wenig Enttäuschung mitschwingt. Digby braucht einen Augenblick, um zu begreifen, dass Hydrozelen (wie auch Leistenbrüche, was er noch erfahren soll) hier mit »bis zum Knie« oder »bis unters Knie« klassifiziert werden und es allein Letztere wahrhaft verdienen, »nur groß« genannt zu werden. Wäre das Exemplar ein Fisch, würde sie ihn womöglich wieder in den Fluss werfen.

Digby läuft der Schweiß herunter. Eine Hand tupft ihm die Stirn, bevor der Schweiß auf den Patienten tropft – es ist der barfüßige Pfleger, der auch für die Äthermaske zuständig ist. Die OP-Schwester deckt das Tablett mit den Instrumenten auf und wartet auf seine Anweisungen.

»Eigentlich habe ich noch nie so etwas Großes gesehen«, sagt Digby hinhaltend.

»Nur groß«, wiederholt sie, nun aber mit geringerer Begeisterung, verwirrt davon, dass der Arzt nicht loslegt. Ihre ergrauten Gegenstücke in Glasgow hätten vielleicht geantwortet: »Aye, das ist ja schon ein Trumm von Skrotum, und das haben Sie auch schon zweimal gesagt, aber mit Geplapper kriegen Sie den nicht geschrumpft, also los, rein mit dem Messer.«

13. Kapitel
VERGRÖSSERUNG

1933, Madras

Eine füllige Weiße kommt hereingewuselt, knorrige Finger drücken die OP-Maske aufs Gesicht, verzichten in der Eile auf die Schnüre. Graue Haare lugen an den Rändern einer schief sitzenden OP-Haube hervor. »Ich bin Oberschwester Honorine Charlton. Hab Sie grade auf der Station verpasst.« Sie ist außer Atem. »O je, wie ich seh, hat Claude sie gleich ins Getümmel geschmissen. Großer Gott! Er hätt Sie auch erst richtig ankommen lassen können«, sagt sie in einem breiten, vertrauten Akzent, der sie als aus Newcastle stammend ausweist.

Er tritt vom Tisch zurück. »Oberschwester, ich …« Ihre blauen Augen, die in einem Nest aus feinen Runzeln sitzen, saugen alles auf.

Sie läuft zu ihm herum und fragt flüsternd: »Ist denn alles in Ordnung?«

»Ja, ja! Danke … Also, eher nicht … ich stecke ein bisschen in der Zwickmühle«, flüstert er zurück. »Ich hätte den Patienten gern vorher untersucht. Hätte ich nur die Gelegenheit gehabt, mir die Operation zu überlegen, die Schritte zu bedenken … Ich habe ja schon Hydrozelen operiert, aber Oberschwester, das da – ich weiß gar nicht, wo ich anfangen soll.«

»Aye, sicher!«, sagt sie beruhigend. »Peter oder Krishnan hätten's Ihnen zeigen können, aber die sind beide beschäftigt. Ich sag Ihnen was – Sie *brauchen* doch keinen Assistenten, aber wo heut Ihr erster Tag ist, geh ich mal selber dran, wenn's Ihnen recht ist.«

Er könnte sie küssen, aber sie ist schon wieder weg. Digby löst die Hände und legt die Tücher anders um die braune Melone herum, um überhaupt etwas zu tun. Die OP-Schwester nickt beifällig. Eine derartige Ehrerbietung seitens des Personals ist Digby nicht gewohnt. In Glasgow wurde er von der OP-Schwester herumkommandiert, und für den Chefarzt oder den Facharzt war er nur ein Fußabtreter. Das hatte nichts mit Religion zu tun, nur mit Hierarchie, obwohl sie sich nicht zu gut dafür waren, ihn zu fragen: »Auf welcher Universität waren Sie?«, oder nach seinem Fußballclub: »Für welchen sind Sie?« Voller Scham erkennt er, dass er hier in Britisch-Indien als Weißer über allen steht, die nicht weiß sind. Die Schwester wird nichts tun, um seine Verlegenheit noch zu vergrößern.

Höflich fragt sie: »Zehnelffünfzehn, Doktor?«

»Er sagt, er hätte gern das Elfer-Messer, danke, Schwester«, sagt Oberschwester Honorine, die gerade rechtzeitig auf der anderen Seite auftaucht, um die Frage zu entziffern, und nun mit einem Akzent spricht, der der BBC würdig wäre.

Honorine nimmt das Skrotum in beide Hände, als stellte sie einen Rugbyball auf die Torlinie. »Wir haben in Madras so viele Filariosen. Das verstopft die Lymphgefäße. Alles sieht nur die geschwollenen Beine – die Elephantiasis –, aber auf jedes große Bein kommen fünfzig dieser Beautys.« Sie drückt, um die Haut zu straffen. »Ich würde erst mal hier einen langen vertikalen Schnitt in die Haut machen.« Sie zeigt unmittelbar rechts der Mittelraphe, den dunklen Streifen über der Scheidewand, die das Skrotum in zwei Sektionen aufteilt.

Die Haut teilt sich unter seinem Messer, an den Rändern quillt Blut auf. Digby findet seinen Rhythmus, als er Adern abbindet. Seine Herzfrequenz wird langsamer. Die Ordnung ist wiederhergestellt.

Auf ihren Rat hin wickelte er eine Mullbinde um den Zeigefinger und schiebt die Skrotalhaut von dem straffen Ballon weg, arbeitet rundherum, bis der mit Flüssigkeit angefüllte Sack, ein riesiges glänzendes Fabergé-Ei, auf dieser Hälfte des Skrotums ganz frei liegt.

»Jetzt können Sie drainieren. Ich hole eine Schale«, sagt sie und wendet sich zur Seite.

Doch da hat Digby schon den Ballon angestochen. Ein klarer gelber Strahl trifft ihn ins Gesicht, bevor er den Kopf wegreißen kann. Honorine packt das Skrotum und richtet den Strahl auf die Schale. »Na, da sind Sie ja jetzt getauft worden, mein Süßer«, lacht sie. Die Schwester wischt ihm die Augen frei.

Als der Ballon schlaff ist, schneidet Digby den überflüssigen Sack bis auf einen knappen Rand von den Hoden und vernäht dann die Schnittstelle. »Aus dem könnte man ja eine hübsche Bluse machen«, sagt Honorine, in der erhobenen Hand das schimmernde Gewebe.

Dann wiederholt er die Prozedur auf der anderen Seite des Skrotums und schließt beide Schnitte. »Bin Ihnen sehr dankbar, Oberschwester. Weiß nicht, was ich ohne Sie getan hätte.«

»Sagen Sie doch Honorine«, sagt sie. »Sie haben das klasse gemacht. Das war die gleiche Operation, die Sie in Schottland gemacht haben, bloß dass die Pathologie vergrößert war.«

Das Wort erfasst Digbys ersten Eindruck von Indien. Es ist ein Begriff, den er noch oft gebrauchen wird, wenn eine ihm vertraute Krankheit in den Tropen groteske Ausmaße annimmt: »vergrößert«.

Digby fährt täglich mit dem Fahrrad zur Arbeit, weil er es nicht erträgt, sich in einer Rikscha ziehen zu lassen, wenn er noch gesund und kräftig ist. Am Morgen ist auf der kleinen Straße vor seinem Bungalow ein Teppich aus gelben Blüten von dem aufragenden Flammenbaum. Er biegt auf die große staubige Makadamstraße und überholt einen Dhobi mit einem riesigen Wäschebündel auf dem Fahrradkorb. Der Banyanbaum auf Digbys Weg ist ein Bienenstock der Betriebsamkeit. Schon ist der Briefschreiber bei der Arbeit, er sitzt da im Schneidersitz mit einem Stück Pappe auf den Schenkeln, das ihm als Schreibtisch dient, und lässt sich gerade von einer Frau diktieren. Ein Straßenhändler legt seine Plastikarmreife auf einem Blatt auf der Erde aus, der Ohrenschmalzentferner wartet auf Kundschaft. Auf der anderen Baumseite fächelt sich der Wahrsager mit seinem Kartenspiel zu, wärmt sich auf fürs Geschäft, neben sich sein Vogelkäfig. Digby hat vorher schon gesehen, wie der Papagei herauskommt und die Karte zieht, die das Schicksal des Kunden offenbart; danach wirft der Vogel einen sehnsüchtigen Blick gen Himmel, bevor er wieder in seinen Käfig hüpft.

Als Digby an einem Teestand vorbeikommt, bemerkt er einen Kunden, der angestrengt durch milchweiße Hornhäute schaut. Digby betrachtet die vorstehende Stirn und die eingefallene, sattelförmige Nase – der Mann hat ganz eindeutig eine angeborene Syphilis. Hätte Digby jemanden zu Hause, dem er schreiben wollte, dann könnte er diese morgendlichen Beobachtungen auflisten, die schmalgliedrigen, hübschen Tamilen mit ihren scharfen römischen Zügen, den hell funkelnden Augen und dem raschen Lächeln beschreiben. Neben ihnen fühlt er sich blass, fleckig und viel zu empfindlich gegen die Sonne.

Digby versenkt sich in den Betrieb der Chirurgiestationen für die Einheimischen. Seine LMPs Peter und Krishnan sind Meister der kleinen Operationen: Hydrozelen, Beschneidungen, Amputationen, Harnröhrenverengungen, Abszessdrainagen, Entfernen von Lipomen und Zysten. Sie geben ihm ihre Fertigkeiten sehr großzügig weiter. Er eifert seinen LMPs auch auf andere Weise nach, trinkt literweise Wasser am Tag, dazu eine Salztablette oder ein Salzlassi. Hitze und Feuchtigkeit sind dauerhaft. Es gibt eine kurze Regenzeit, wie man ihm sagt, die in den meisten Jahren jedoch nicht den Namen verdient.

Bevor Digby da war, wurden einheimische Patienten, die einer größeren Operation bedurften – Thyreoidektomien, Mastektomien, Operation von Geschwüren am Zwölffingerdarm und Resektionen von Kopf- und Halstumoren – ins Madras Medical College und ins General Hospital geschickt. Jetzt macht Digby nur einige wenige große Operationen, bei denen er sich sicher fühlt, darunter die gängigste von Magengeschwüren. Es ist sinnlos, einem Patienten, der schon lange daran leidet und kaum so viel verdient, um sich zu ernähren, eine säurebindende Therapie für jeden Tag zu verschreiben. Bei der Operation lässt Digby das Geschwür in dem vernarbten Zwölffingerdarm in Ruhe und entfernt stattdessen ein Stück des Säure produzierenden Teils des Magens – eine Magenresektion. Dann verbindet er den Rest des Magens mit einer Schleife des Jejunum, wodurch er das Geschwür umgeht. Er spürt Professor Elders Blick auf sich, hört bei jedem Schritt seine Stimme, als er den Darm vernäht: »Sieht's gut aus, ist es zu eng, sieht's zu lose aus, ist es gut.« Das Ergebnis ist dramatisch, der Patient ist rasch schmerzfrei und kann wieder essen. An OP-Tagen saust er durch drei solcher Operationen, bevor er sich etwas anderem zuwendet.

Einer seiner Magengeschwür-Patienten hat noch am vierten Tag nach der Operation nicht seine Darmtätigkeit wiedererlangt. Digby sagt zu Krishnan: »Das verstehe ich nicht. Die Operation ist gut verlaufen, Puls und Temperatur sind gut, die Wunde sieht gut aus. Warum diese Darmträgheit?«

»Vielleicht müssen Sie ihn ja beruhigen, Sir. Es mit viel Gefühl sagen. Ich übersetze.«

Ein skeptischer Digby kauert am Bett. »Senthil, wir haben das Geschwür geheilt. In Ihnen drin sieht alles perfekt aus.« Die Augen des Mannes hängen an Digbys Lippen, ignorieren Krishnan, als käme das Tamil von Digbys Zunge. »Bald können Sie alles essen.« Senthil schaut erleichtert; seine Frau versucht, Digbys Füße zu berühren. Digby kommt sich ziemlich blöd vor.

Am Ende des Tages, Digby, Peter, Krishnan und Honorine trinken gerade in ihrem Büro Tee, streckt die Lernschwester den Kopf herein und sagt: »Oberschwester! Patient Senthil lässt nur Wind entweichen!«

»Gelobt sei Gott«, sagt Honorine. »Wer furzt, lebt!«

Digby hustet seinen Tee aus.

Arnold lässt sich kaum einmal blicken, seine Stationen sind weitgehend leer. Als Digby und die Oberschwester am Ende eines langen Tages allein in ihrem Zimmer sitzen und die Füße hochlegen, muss er sie doch fragen: »Honorine, Claude ist mir ein Rätsel. Ich meine ... ich versteh's nicht. Wie kommt es, dass seine Station ... ich meine, warum macht er keine ...? Was ich sagen will ...«

Honorine wartet, genießt seine Verlegenheit. »Na! Das hat ja gedauert, bis Sie fragen, Digby Kilgour, was? Ah, Sie werden's schon früh genug erfahren. Und dann könnt's übertrieben sein. Was das mit Claude Arnold ist? Aber wer, wenn nicht Claude, kann das schon sagen? Wussten Sie, dass er der älteste von drei Brüdern ist, alle in Indien? Der jüngste ist Gouverneur im Norden. Der mittlere Regierungschef des Vizekönigs. Mit anderen Worten, die sind beide ganz oben im ICS.« Der Indian Civil Service, also ICS, ist die Maschine, mittels derer ganze tausend britische Verwaltungsbeamte über dreihundert Millionen

Menschen herrschen, ein Verwaltungswunder. »Und warum Claude nicht auch in diese Höhen aufgestiegen ist, das fragen wir uns alle. Viel liegt am Alkohol, aber der könnte später dazugekommen sein. Alle drei Brüder waren Schüler in Eton oder Harrow – irgendwas Altes. Anders gesagt, ein Junge von der Eliteschule, ein rechter Schönling, bloß dass der nicht so vorankommt, wie er's sollte«, knurrt sie in ihrem Geordie-Akzent, in den sie nur zurückfällt, wenn sie zu zweit sind. »Die private Schulbildung ist Herz und Seele von Britisch-Indien. Waren Sie denn auch an so einer, Süßer?«

Digby lacht. »Wenn Sie das dächten, würden Sie gar nicht fragen.«

»Ob Sie's glauben oder nicht, ich war mal mit einem alten Knaben von Rugby fast verlobt. Die Privatschulen geben den Jungs drei Werkzeuge mit, Digby. Wissen, Zeremonie und Sport. Mein Hugh kannte seine Klassiker, sein Latein und seine *Geschichte des Peloponnesischen Krieges*. Aber der würde sich am Kopf kratzen, wenn er eine Landkarte zeichnen und unser Newcastle draufsetzen müsste! Da heißt's immer bloß ›Wir müssen streben und gewinnen‹. Deren Blagen wird beigebracht, dass es ihre Bestimmung ist, die Welt zu regieren. Schaun Sie sich doch bloß die großartigen Gebäude hier an. Oder wissen Sie noch, mit welchem Durbar sie Königin Viktoria als Kaiserin von Indien gefeiert haben – nicht dass sie deswegen gekommen wär, ha. Damit lassen sich die Einheimischen bestens kleinhalten. Aber das funktioniert bloß, weil diese ICS-Kerle bis auf den Letzten *glauben*, dass sie Gutes tun. Dass sie die Welt zivilisieren.«

Digby ist verblüfft über ihren atemlosen Zorn auf die Mission des British Empire. Als er den Vertrag unterschrieb, hatte er sich über diese Mission keine Gedanken gemacht. Aber von Anfang an war ihm bei seinen neuen Privilegien mulmig gewesen. Er fragt Honorine nicht weiter nach Hugh, und von sich aus sagt sie auch nichts mehr. Sie ist jetzt angesäuert.

Sie holt eine Flasche Sherry hervor und füllt ungeachtet Digbys gerunzelter Stirn zwei winzige Gläschen. Das nussige, karamellartige Aroma und die Süße sind eine Offenbarung. Sein Glas ist schnell leer.

»Tun wir denn hier nicht wenigstens *etwas* Gutes, Honorine?«, fragt er sanft.

Sie sieht ihn freundlich an. »Sie sind mir ja ein Lieber! Wir alle! Unser Krankenhaus, die Eisenbahn, die Telegrafen. Viele gute Sachen. Aber das ist *deren* Land, Digby, und wir nehmen und nehmen uns einfach. Wir nehmen Tee, Gummi, nehmen ihnen ihre Webstühle, damit sie unsere Baumwolle fürs Zehnfache der Kosten kaufen müssen …«

»Auf dem Schiff habe ich einen jungen indischen Anwalt kennengelernt«, sagt Digby. »Reizender Mann, er hat mich gepflegt, als ich krank war. Er hat gesagt, es ist unvermeidlich, dass wir Indien verlassen.«

Honorine starrt auf ihr Glas, als hätte sie ihn nicht gehört.

»Ah ja, da haben Sie's«, sagt sie nach einer Weile. »Und jetzt ab mit Ihnen«, fährt sie fort und nimmt ihm sein Glas weg. »Nein, keine Widerrede. Ich kann nicht gehn, solange Sie da sind. Sie haben einen langen Arbeitstag gehabt. Sein Sie mal ein guter Sahib und gehn Sie in den Club. Sie verdienen einen Drink – einen ordentlichen.«

14. Kapitel
DIE KUNST DES HANDWERKS

1934, Madras

Als Digby am Morgen die Einheimischenstation betritt, springt ein riesiger Kropf vor ihm auf. Er wölbt sich vom Schlüsselbein bis zum Kinn, verschluckt sämtliche Merkmale des Halses. Das Gesicht darüber sitzt wie eine Erbse auf einem Giftpilz. Aayudainayaki ist eine dünne Frau mit einem breiten Lächeln, das die Derbheit ihres Kropfs wettmacht. Die Hände zusammengelegt, begrüßt sie ihn: »*Vanakkam*, Herr Doktor!« Bei ihrem ersten Besuch verursachte ihr überaktiver Kropf noch Herzklopfen und Tremor, und sie konnte die Hitze nicht vertragen. Zwei Wochen oral verabreichte gesättigte Iod-Kaliumiodid-Lösung haben ihre Symptome geheilt, worüber sie begeistert ist. Doch gegen die riesige, knotige Schwellung wirkt diese Lösung nicht, die Haut überm Hals ist weiterhin straff und zeigt das Netzwerk angeschwollener Blutgefäße auf der Oberfläche des Kropfs.

»*Vanakkam*, Aayudainayaki!« Es ist ihm arg, dass er gegen ihren Kropf nichts ausrichten kann – oder nicht die Tollkühnheit dazu besitzt –, aber immerhin hat er sich bemüht, ihren eindrucksvollen Namen zu beherrschen. Für die Entfernung ihres Kropfs braucht er einen erfahrenen Chirurgen, der es ihm zeigt. Dasselbe trifft zu, wenn er etwas gegen den außerordentlich verbreiteten Krebs der Zunge oder des Kehlkopfs unternehmen soll, der mit der unansehnlichen Gewohnheit, *paan* zu kauen, zusammenhängt. Er hat Aayudainayaki ans Madras Medical College verwiesen, aber da wollte sie nicht hin. Niemand anderes als »Jigiby Doctor«, der ihr die Wundertropfen verabreicht hat, soll operieren. Krishnan hat ihre Gedanken übersetzt: »Sie sagt, sie vertraut nur Ihnen, und sie wartet, bis Sie einwilligen.«

»Honorine«, sagte Digby, als er die Station betritt, »hören Sie auf, den Kropf zu füttern. Der ist garantiert über Nacht gewachsen.«

»Von Ihrer Klagerei wird er nicht kleiner. Ich hab Ihre Sprechstunde am Dienstag gestrichen. Wir haben ein Treffen mit Ravi. Dr. V. V. Ravichandran vom General Hospital. Der ist brillant … Der erste richtige indische Chirurgieprofessor am Madras Medical College. Als der Gouverneur operiert werden musste, hat seine Frau still und leise Ravi kommen lassen. Jeder weiß, dass er der Beste ist, zudem ist er auch noch ein reizender Mann und guter Lehrer. Ich kenne ihn noch aus unserer gemeinsamen Zeit in Tanjore.«

»Na so was! Was haben wir denn da?« Ein Inder in weißer Hose und weißem kurzärmeligem Hemd kommt in sein Zimmer geschwebt, drei Assistenzärzte im Schlepptau, ihm voraus eilt eine hohe Lache, dann der Ausruf: »Claude Arnolds Assistent will lernen? Ein Wunder! Die meisten wollen nur vor Arnold flüchten!« Seine überdrehte Art ist die eines Mannes, der beständig auf der Schwelle zu hysterischem Gelächter steht, die Augen in runden, lächelnden Wangen vergraben. Digby merkt, dass er grinst. Dr. Ravichandran packt gleichzeitig Honorines und Digbys Hände. Sein vorzeitig ergrautes, fliehendes Haar ist nach hinten gestriegelt. Das *namam* auf seiner konvexen Stirn ist eine vertikale, dreizackige Gabel, der mittlere Streifen ist rot, flankiert von zwei weißen. Das zeigt an, dass er Vaishnavit ist, der Vishnu als den obersten Gott im Pantheon ansieht.

Ravichandran lässt Digbys Hand los, nicht aber Honorines; seine vollen Lippen sind zu einem entwaffnenden Grinsen zurückgezogen, ein Dauerzustand, wie Digby bald begreift. »Dr. Digby, ohne diese bemerkenswerte Dame hier wäre ich in Tanjore zusammengebrochen und kremiert worden, eine einzige Knochenarbeit, täglich, von morgens bis in die Nacht.« Sein singender Tonfall erinnert Digby an den karnatischen Musiklehrer neben seinem Bungalow, der seine Schüler in der Armee der Noten zwischen dem westlichen Do-re-mi drillt. »Aber da ist Madame Honorine eingeschritten, keine Frage. Sie hat einen Plan erstellt. Darunter auch täglich Tee um halb fünf, egal, was war. Dann musste ich nach Hause. Meine private Sprechstunde durfte erst abends um sieben beginnen. Nicht nur das, sie hat auch verfügt, dass sie nicht bei mir zu Hause sein durfte, damit ich Schlaf bekomme!«

»Das hat vielleicht was genützt, Ravi, wo Sie den Patienten doch ständig Ihre Privatadresse gegeben haben.«

Ravi lacht schallend über seine Hilflosigkeit. »*Ayo*, Honorine, die Patienten aus Tanjore kommen immer noch zu mir, zweihundertfünfzehn Meilen weit, obwohl ich versuche, sie davon abzubringen!« Seine Berufseitelkeit hat einen eigenartigen Charme.

Der Diener serviert Tee und Butterkekse, der Stenograph schiebt Ravi einen Stapel Formulare hin, die er, ohne hinzusehen, unterschreibt. Ein humpelnder barfüßiger Mann in blauer Uniform, Veerappan, Ravis ehemaliger Patient und Fahrer, wie Digby später erfährt, stellt einen kolossalen sechsstufigen Henkelmann auf Ravis vollen Schreibtisch. Er öffnet das Ganze, indem er den langen Löffelriegel aus seinen Ringen zieht, dann jeden Behälter herausnimmt und Ravi zur Begutachtung und

Beschnüffelung vorlegt, um dann alles wieder wegzupacken und zu verschwinden, nachdem er das Zimmer mit dem Duft von Koriander, Kumin und Linsen erfüllt hat.

»Manches hat sich ja nicht verändert, wie ich sehe«, sagt Honorine. »Wie geht's Ihrer Mutter?«

»Meiner Mutter geht es gut, dem Göttlichen sei Dank«, sagt Ravi. »Digby, keine andere Hand als die meiner Mutter bereitet mir mein Essen zu, schließlich bin ich ihr einziger Sprössling.« Er kichert spitzbübisch. »Wenn sie wüsste, dass ich es an Patienten auf der Sepsisstation weitergebe, müsste sie ihr Kochgeschirr vernichten, dreimal täglich im Tempel baden und sich fünf Tage nur von Gerste und Ghee ernähren. Doch sie ist misstrauisch. Wenn ich nach Hause komme, fragt sie: »Wie war die Bittergurke?«, wo sie doch genau weiß, dass keine Bittergurke dabei war! Veerappan hat einen zweiten Henkelmann im Auto, von dessen Existenz Mutter nichts weiß. Ich esse später, wenn ich Hausbesuche mache. Dann fröne ich meiner Schwäche für Hammelkorma mit Paratha. Die liebe Oberschwester Honorine war nur meine Versucherin und Verderberin. Ihr Erbspüree mit Schinken – damit hat mein fleischfressendes Leben begonnen. Eines Tages werde ich dafür büßen, indem ich meine gesamte Habe weggebe – Saffrangewänder trage, nach Benares fahre und von der Welt abtrete.«

Das alles, während ein Publikum aus Juniorärzten zuschaut und ein Bürojunge Ravi einen Stapel Rechnungen hinlegt, die er durchsieht, ohne seinen Gedankengang zu unterbrechen.

»Glasgow, wie? Ach, Digby, wie gern hätte ich es besucht. Glasgow! Edinburgh! Für Chirurgen heilige Namen, nicht? Wie herrlich wäre es doch gewesen, dort Examen zu machen. Das magische FRCS hinter meinen Namen zu setzen … Fellow of the Royal College of Surgeons! *Aya*, ich hatte sogar schon den Dampfer gebucht!«

»Was hat Sie aufgehalten?«, fragt Digby zögernd.

»Dreitausend Jahre Geschichte«, sagt Ravi ernst. »Wir Brahmanen glauben, dass der Ozean verschmutzt ist und die Seele auf der Überfahrt in ein fremdes Land verwest; man ist dann auf alle Zeit verdammt –«

»Sagen Sie ihm die Wahrheit, Ravi«, sagt Honorine. »Es war Ihre Mutter.«

Er lacht los. »Korrekt sagt das nur Honorine. *Ayo*, meine heilige Mutter ... es würde sie umbringen. Ginge ich nach Übersee, wäre das Muttermord. Würde sie dennoch überleben, dann kehrte ihr einziger Sprössling so verschmutzt zurück, dass sie, selbst wenn er ihr nicht unter die Augen träte, nie wieder mit ihm sprechen könnte. Nur deshalb bin ich geblieben. Aber sagen Sie, Digby, was hat *Sie* dazu gebracht, die ewige Verdammnis zu riskieren und übers Wasser zu fahren? Wovor laufen Sie weg? Oder wohin?«

Um Digbys Narbe herum schießt Blut ein. Ravichandrans grinsender Blick richtet sich mit Neugier und Anteilnahme darauf. Digby sucht nach Worten.

»Ein errötender Chirurg ist besser als die andere Art«, sagt Ravi zu Honorine. »Ich möchte die Unannehmlichkeiten eines Mannes, der schon Claude Arnold als Vorgesetzten hat, nicht noch steigern. Digby, wussten Sie, dass vor Claudes Haus ein Rolls-Royce steht? Warum er ihn gekauft hat? Weil ich einen habe! Mein Rolls war der erste in Madras und ist seitdem ein Stachel unter der Haut Ihrer Landsleute! ›Die Impertinenz dieses *babu*!‹«, sagt Ravi und ahmt einen englischen Oberschichtakzent nach. Sein Gelächter unterbricht seine Erzählung. »Der Gouverneur musste einen haben. Viel später auch Claude Arnold. Aber Claudes Karre fährt nicht. Er dekoriert das Haus wie das *pottu* auf der Stirn meiner Mutter. Digby, ich bin unverheiratet. Ich arbeite sehr hart. Für den Beruf gebe ich das Lebensnotwendige auf, aber soll ich dann auch noch den Luxus aufgeben? Darf ich in meinem eigenen Land nicht kommen und gehen, wie ich will?«

Plötzlich brüllt Ravi über Digbys Schulter hinweg jemanden in einem, wie es scheint, groben, vulgären Tamil an, und sein Lächeln schwindet. »Ungeduldiges Volk!«, sagt er, und sein Lächeln kehrt langsam zurück. »Immer in Eile. Ich bin so weit zurück, dass das Gestern das Morgen einholt. Aber Digby, wenn die heilige Honorine Sie mag, dann mag ich Sie auch. Kommen Sie. Mein erster Fall ist eine Magenresektion, vermutlich ein Magenkarzinom. Wenn es nicht schon zu weit fortgeschritten ist.«

Im OP assistiert Digby, er antizipiert Ravichandrans Bewegungen, achtet jedoch darauf, ihm nicht im Weg zu stehen. Im Antrum befindet sich eine steinharte Masse, dicht überm Pförtner, durch den der Magen sich entleert, eine Stelle, wo sich selbst ein kleiner Tumor dem Patienten rasch mitteilt, weil er sich schon nach wenigen Bissen satt fühlt. Ravi streicht mit der Hand über die Leber, zieht den Dünndarm heraus, die ganzen sieben Meter, lässt ihn auf der Suche nach Metastasen durch die Hände laufen. Dann untersucht er das Becken. »Keine Streuung. Wir machen eine distale Gastrektomie. Platztausch. Ich bin jetzt Ihr ergebener Diener.« Digby schneidet die Hälfte des Magens heraus. Mit Ravichandran als erfahrenem Assistenten, der seine Sicht- und Herangehensweise unmerklich verbessert, hat Digby das Gefühl, ein viel besserer Chirurg zu sein, als er in Wahrheit ist. Als er fertig ist, ist noch ein Stumpf des Zwölffingerdarms – in den Galle und Pankreassaft fließen – sowie der Stumpf des Restmagens geblieben.

»Und nun, mein junger Freund?«

»Ich nähe den Zwölffingerdarm ab, lasse ihn als blinden

Stumpf. Dann verbinde ich eine Schlaufe Jejunum mit dem Restmagen.« Es ist das ihm vertraute Verfahren, das er im Longmere bei Magengeschwüren anwendet.

»Aha, eine Gastrojejunostomie, ja? Warum den Magen nicht direkt mit dem Zwölffingerdarm verbinden? Eine Billroth eins? Warum nicht die normale Kontinuität beibehalten? Dann bliebe auch kein Zwölffingerstumpf zurück, der lecken könnte.«

Digby faltet die Hände, die Handschuhe bis hinter die Knöchel blutig, der offene Bauch erwartet seine Entscheidung. »Ehrlich gesagt«, stammelt er, »habe ich im Longmere viel mehr Gastrojejunostomien gemacht. Für mich wäre es kniffliger, den Magenrest mit dem vernarbten Zwölffingerdarm zu verbinden, als etwas zu machen, womit ich vertraut bin und was ich sicher kann. Gut, dann bliebe ein blinder Zwölffingerstumpf zurück, aber die Gefahr, dass er leckt, ist geringer, als wenn ich versuchen würde, den Magen direkt mit dem Zwölffingerdarm zu verbinden. Mit meinen Händen.«

»Gute Antwort! Die bestmögliche Operation ist nicht dasselbe wie die möglichst beste! Aber wenn der Krebs zurückkommt, ist das alles rein akademisch. Machen Sie.«

Wöchentlich im General Hospital mit Ravichandran zu operieren ist genau die chirurgische Ausbildung, die Digby suchte, als er nach Indien kam. Er saugt jede Perle auf, die der brillante Chirurg ihm bietet, und bleibt auch noch, um zuzusehen, wie Ravi mit anderen operiert. Unterdessen wartet Aayudainayaki, unerschütterlich in ihrer Entschlossenheit, darauf, dass »Jigiby Doctor« ihr den Kropf entfernt. Ihren Lebensunterhalt verdient sie auf den Stationen als willige Helferin der Oberschwester und der Schwestern sowie als Stütze für neue Patienten. Sie ist nun Teil der Familie.

Fünf Wochen nach seiner ersten Begegnung mit Ravichandran fährt Digby mit Aayudainayaki gleich morgens in einer Rikscha ins General Hospital. Ravi begrüßt sie herzlich auf Tamil. Nachdem er ihren Kropf abgetastet hat, muss sie die Arme anheben und oben lassen, sodass ihre Bizepse an den Wangen liegen. Schon bald wird ihr Gesicht dunkel und gestaut und ihr Atem schwer. »Sehen Sie das, Digby? Nennen Sie's ›Ravis Zeichen‹. Es bedeutet, dass der Kropf bis in die Brust reicht. Kommen wir nicht von oben an ihn ran, müssen wir durchs Brustbein sägen. Das ist keine Routine, kann ich Ihnen sagen.«

Die besorgte Patientin will Ravi unbedingt etwas auf Tamil übermitteln; er beruhigt sie. Trocken sagt er zu Digby: »Ich habe ihr versichert, dass nur der weiße Mann operiert. Ich assistiere dem großen Jigiby Doctor nur.«

Nachdem die Patientin unter Narkose ist, verlangt Ravi erregt erst einen größeren Sandsack zwischen den Schulterblättern, damit ihr Hals vorgewölbt wird, und dass das Fußende des Tischs weiter abgesenkt wird, damit die gestauten Halsvenen besser abfließen können. »Kleine Dinge, große Wirkung, Digby. Gott ist in den kleinen Dingen.«

Schon bald ist das Operationsfeld voller Gefäßklemmen, und sie halten inne, um alle blutenden Gefäße abzubinden. Wie von Ravi vorausgesagt, reicht der Kropf bis in die Brust; nicht einmal mit seinen langen Fingern kann er ihn ganz erreichen. »Ravichandrans Löffel bitte«, sagt er zur OP-Schwester. Das lange Instrument, das sie ihm hinhält, ist Digby neu. Ravi schiebt es vorsichtig unters Brustbein. Blind, allein durch Gefühl, hebt er den unteren Teil des Kropfs aus der Brust. »Sie erkennen mein Instrument, Digby? Es ist der Löffel, der durch die Seitenösen meines Henkelmanns geht und die gestapelten Gefäße zusammenhält. Meine Mutter beschuldigt den Fahrer, unsere Löffel zu verlieren. Ein wahres Mehrzweckgerät, nicht? Fischcurry essen oder einen Kropf rausfischen!« Als sie fertig sind, zeigt sich Ravi besorgt. »Die erste Nacht ist die gefährlichste. Wir brauchen bitte unbedingt eine Tracheotomieschale und eine Schwester am Bett.« Es gibt Grund zur Sorge: Normalerweise halten die Knorpelringe der Luftröhre den Luftgang offen, doch die Aayudainayakis sind durch den langen Druck von ihrem Kropf ausgedünnt. Durch die postoperative Schwellung besteht die echte Gefahr, dass die Ringe kollabieren.

Digby hat in der Klinik und bei seinen Runden im Longmere einen vollen Arbeitstag. Dennoch radelt er nach dem Abendessen wieder zum General Hospital. Aayudainayakis Lächeln hat ihn wochenlang jeden Morgen begrüßt. Wo sie so sehr dem Jigiby Doctor vertraut, hat er schreckliche Angst, dass es böse endet.

Nachts verfallen alle Krankenhäuser in eine Grabesstille, nur hier und da durchbrochen von einem Husten oder Stöhnen. Digbys Schritte hallen in den Fluren auf seinem Weg vorbei an den offenen Stationen. Unter einer matten Lampe sitzt eine Schwester; verblüfft blickt sie auf und lächelt schüchtern. Ihr Lächeln begleitet ihn. Er spürt das Verlangen nach der Nähe einer Frau.

Aayudainayaki schläft ruhig, am Bett die Tracheotomie-Utensilien, doch keine Schwester ist zu sehen. Nach einer Stunde kommt eine schmuddelige Lernschwester dahergeschlurft. Bei Digbys Anblick erschrickt sie. Er schickt sie weg. Er wird selbst bei ihr wachen. Um die Zeit totzuschlagen, versucht er, die einzelnen Stadien der Operation in seinem Skizzenbuch nachzuzeichnen.

Digby erwacht von einem hohen Wimmern – Aayudainayaki ringt verzweifelt nach Luft. Dieses beängstigende Geräusch –

Stridor – bedeutet eine Verstopfung der Atemwege. Er springt auf, beschämt, dass er eingeschlafen ist. Ihr entsetztes Gesicht zeigt keine Freude darüber, den Jigiby Doctor zu sehen, sie spürt ihren nahenden Tod. Digby reißt um Hilfe schreiend die Tracheotomie-Packung auf. Das ist sein schlimmster Albtraum: eine Tracheotomie bei schlechtem Licht und einer zappelnden Patientin. Er schneidet den Verband auf und sieht zu seiner Bestürzung, dass der Hals nicht mehr schlaff ist wie nach der Operation – sondern angeschwollen, als wäre der Kropf mit aller Macht zurückgekehrt! Er schneidet drei Hautnähte weg, worauf ihm ein riesiges Blutgerinnsel durch die Finger aufs Bettlaken rutscht, ein grienender, gallertartiger Klumpen. Sogleich ist Aayudainayakis Atemnot weg. Andere kommen, Taschenlampen leuchten auf die Wunde, die nicht aktiv blutet. Die Luftröhre ist offen, und er könnte nun leicht eine Tracheotomie durchführen. Doch er sieht keine frische Blutung, und Aayudainayaki atmet regelmäßig, ihr Gesicht ist ruhig. Sie versucht sogar zu lächeln.

Eigentlich müsste er mit ihr in den OP und die Wunde unter Narkose untersuchen, die blutende Stelle finden, falls sie denn noch blutet. Aber es ist vier Uhr morgens. Ein Außenseiter bräuchte, um den Saal um diese Zeit zu aktivieren, schon höhere Gewalt. Ravi würde er nur ungern anrufen. Er lässt die Haut wieder zurückfallen, ohne sie zu nähen, bedeckt die Stelle nur lose mit Mull. *Beim geringsten Anzeichen von frischem Blut bringe ich sie zurück.*

Am Morgen erscheint das OP-Team auf seiner Runde, Ravi voraus. Sein Blick fällt auf den zerrinnenden Klumpen in der Schale. Aayudainayaki lächelt wieder, Dr. V. V. Ravichandran hingegen nicht. Er untersucht die Wunde. Die Entourage aus Praktikanten und Assistenzchirurgen tritt nervös von einem Fuß auf den anderen. »Wer von Ihnen hat letzte Nacht nach dieser Patientin gesehen?« Schweigen. »Gut, dass Sie da waren, Digby. Aber als der Klumpen raus war, hätte sie in den OP gemusst. Sie hätten mich sofort rufen sollen.«

»Sie hat viel besser geatmet. Wenn …«

»Kein Wenn, kein Aber und *baingan bhartas*!«, schneidet Ravi ihm scharf das Wort ab. »Im Interesse eines Patienten dürfen Sie mich und Jesus Christus persönlich wecken. Um den Anästhesisten zu wecken, brauchen Sie göttlichen Beistand. Aber die Patientin muss in den OP. Keine Diskussionen!« Einige Sekunden lang funkelt er Digby an, dann wird er weicher. Er nimmt Digbys offenes Skizzenbuch. »*Aah*, nur hübsch. Diese chirurgischen Atlanten bluten nie, wie?«

Als Ravi und das Chirurgenteam sich zum Ausgang wenden, bleibt er stehen und wirbelt so jäh herum, dass sein Gefolge aufeinanderprallt. Seine Stimme erfüllt die Station. »Dr. Kilgour. Gute Chirurgen können jede Operation. Große Chirurgen achten auf ihre eigenen Komplikationen.«

Digby errötet von dem Lob.

15. Kapitel
EIN GUTER FANG

1934, Madras

»So viele Uniformen hab ich noch nie in der Stadt gesehn«, sagt Honorine. Sie und Digby sind im New Elphinstone Theatre, wo sie Zuflucht vor der sengenden Sonne suchen. Die Menge in der Sonntagsmatinee ist ein Meer aus Undercut und Khaki. »Hier hab ich gehofft, dass das Longmere meine letzte Station ist. Wenn wieder Krieg kommt, zerren sie mich vom zivilen Zweig zum Militär. Natürlich leiste ich meinen Beitrag. Aber wenn Sie mich fragen, die Welt ist verrückt geworden. Japan marschiert in China ein? Und wenn sie's als Nächstes auf Indien abgesehen haben? Gar nicht zu reden von den Deutschen, diesem neuen Kanzler. Dem trau ich nicht übern Weg.«

»Scheint ja unausweichlich, wenn man die Zeitungen liest – der Krieg, meine ich.« Digby erfuhr zu seinem Erstaunen, dass im Großen Krieg eine Million Inder kämpften und sogar hunderttausend starben. Die Leitartikel sagten, sollten Inder wieder zur Britisch-Indischen Armee eingezogen werden und müssten kämpfen, dann gäben sie sich mit nicht weniger als ihrer Freiheit zufrieden.

»Unausweichlich? Gott, bloß das nicht!« Sie kramt in ihrem großen Weidenkorb. Sie gibt auf, schnappt sich dann das Taschentuch, das Digby ihr hinhält und tupft sich die Augen ab. »Ich hab in dem Krieg meine älteren Brüder verloren. Das war für meine arme Mam der Tod. Die Politiker? Gauner einer wie der andere, Digby«, sagt sie bitter. »Wärn Frauen an der Macht, die würden die Jungs nicht in den Tod schicken.«

Falls Krieg kommt, wird Digby in eine Militäreinheit versetzt. Er erinnert sich, dass in Glasgow Professor Alan Elder sagte, der Krieg sei für Chirurgen die einzig wahre Schule. Das erzählt er Honorine aber nicht.

Die Dreifachvorstellung endet mit *Lichter der Großstadt*. Bei Chaplins Slapstick lachen sie Tränen. Die schwermütige Süße der Geschichte – ein Landstreicher verliebt sich in ein blindes Mädchen und sammelt Geld für eine Operation, damit sie wieder sehen kann – ist das ideale Gegengift für das Kriegsgerede.

Als sie herauskommen, scheint ein ganzes Leben vergangen. Obwohl es schon dämmert, ist es noch mörderisch heiß, die Luft steht. Sogleich bricht auf Digbys Lippe und Stirn Schweiß aus. Trotz der Gerüche von bratenden *vada* an einem Straßenstand hat ihm die Hitze den Appetit genommen.

»Marina Beach«, sagt Honorine entschieden zu einem *jatka*-Fahrer, dessen lange, von Betelnuss braune Zähne denen seines Kleppers ähneln; weder Mann noch Pferd sind begeistert, fahren zu müssen.

»Chaplin rehabilitiert alle Männer«, sagt Honorine, nun gehobener Stimmung. »Wahre Liebe siegt. Ich würd ihn mir nehmen, wenn ich könnt.«

»Ist aber kein großer Redner, wie?«

»Aber das wär ja der große Segen!«, sagt Honorine.

Auf der Wallajah Road beschleunigt das Pferd wiehernd die Schritte. Der Fahrer setzt sich auf. Honorine schließt die Augen und atmet tief ein. Digby verspürt erste Hungergefühle.

Durch solch subtile Anzeichen, ähnlich dem Stimmen eines Orchesters, kündigt sich jenes Ereignis des Tages an, das für das

Leben an der Koromandelküste wesentlich ist: die abendliche Brise. Die in Madras hat etwas Körperliches, dessen winzige Bestandteile zusammengenommen eine Substanz schaffen, die die Haut in der Art eines eiskalten Longdrinks oder eines Sprungs in eine Gebirgsquelle streichelt und kühlt. Sie stößt auf breiter Front vor, an der ganzen Küste; gemächlich, verlässlich, hält sie bis weit nach Mitternacht an, und bis dahin hat sie sie in einen schönen Schlaf gewiegt. Sie kennt weder Kasten noch Privilegien, sie beruhigt die Ausländer in ihren kleinen Villen, den Bediensteten, der ohne Hemd mit seiner Frau auf dem Dach seines Einzimmerhauses sitzt, ebenso die Asphaltbewohner am Straßenrand. Digby hat gesehen, wie der fröhliche Muthu fahrig wird, wie er knapp und mürrisch spricht, wenn er auf die Erleichterung wartet, die von Sumatra und Malaya her kommt, sich überm Golf von Bengalen sammelt und den Duft von Orchideen und Salz mitführt, ein Opiat in der Luft, das einen öffnet, löst und schließlich die brutale Hitze des Tages vergessen lässt. »Ja, ja, Sie haben Ihren Taj Mahal, Ihren Goldenen Tempel, Ihren Eiffelturm«, wird ein gebildeter Madrasi sagen, »aber kann das alles mit unserer Abendbrise mithalten?«

Der Sandstrand, der nun in den Blick kommt, ist so tief, dass das Blau des Ozeans lediglich ein schmaler Streifen ist, der mit dem Horizont verschmilzt. Sie gelangen an die Stelle, wo die Briten ihren ersten Brückenkopf in Indien in Gestalt eines kleinen Handelspostens hatten, des Vorläufers der East India Trading Company. Um 1600 benötigte das Lager ein militärisches Fort – Fort Saint George –, um die Gewürze, die Seide, den Schmuck und den Tee, die für die Heimat bestimmt waren, zu lagern und vor dem Zugriff lokaler Kriegsherrn, der Franzosen und Holländer zu schützen. Zu beiden Seiten des Forts erblühte die Stadt Madras. Digby wird die Stadt zusehends vertrauter, er erkundet sie mit dem Fahrrad, entwirrt ihre Viertel.

Die alte »Blacktown« nahe dem Fort änderte ihren Namen in Georgetown, als der Prince of Wales zu Besuch kam. Die Angloinder drängen sich in Purasawalkam und Vepery, die Ausländer bevorzugen Egmore oder die schickeren Vororte von Nungambakkam. Die Enklave der Brahmanen ist Mylapore, die muslimische Bevölkerung dagegen konzentriert sich um das Gosha Hospital und in Triplicane. Er und Honorine sind an der Madras Marina angelangt, von einem ehemaligen Gouverneur mit dem unfassbaren Namen Mountstuart Elphinstone Grant Duff gegründet. Die prächtige Promenade verläuft meilenweit in beide Richtungen.

Entlang der Marina, mit Blick zum Meer, steht eine Abfolge massiger Gebäude, für die Ewigkeit errichtet. Durch Entfernung von den Zwängen Whitehalls befreit, ließen die Architekten, so scheint es Digby, ihren orientalischen Phantasien freien Lauf und bauten diese Tempelskulpturen fürs Empire. Er und Honorine steigen am University Senate Building aus. Seine hohen Minarette haben sich offenbar gepaart und eine Brut kleiner Türmchen hervorgebracht, die allesamt mit Schneekrönchen bedeckt sind. Digby sieht Renaissance-, byzantinische, muslimische und gotische Elemente, die einander in einem einzigen Gebäude bekämpfen. Das soll die Einheimischen ehrfürchtig machen, denkt Digby. So wie der Uhrenturm von Singer.

»Eigentlich sollte ich diese Bauten *hassen*«, sagt Honorine. »Aber wenn ich geh, vermiss ich sie bestimmt.«

Digby staunt. Honorine hat länger in Indien als in England gelebt.

Honorine lacht über sein Gesicht. »Ach Digby, ich liebe diese Stadt. Leb zu gern hier. Aber bald wird das Land frei sein. Ich darf nicht drüber sprechen, weil das doch Häresie wäre, nicht? Aber wenn die Inder uns bleiben lassen, dann bleib ich natürlich.«

Sie sind ein seltsames Paar, wie sie da barfuß durch den Sand schlendern: die trampelige, grauhaarige Frau am Arm eines hageren, jüngeren Mannes, dessen dunkle Haare einen leichten Rotstich haben, als hätte er sich Henna hineingerieben. Seine Narbe macht ihn jungenhaft. Sie setzen sich hin und schauen aufs Meer. Drei Fischer hocken rauchend im Schatten eines Katamarans, dem Meer den Rücken zugekehrt.

»Es ist peinlich, wie wenig ich über Indien wusste, als ich unterschrieben habe«, sagt Digby unvermittelt. »Ich dachte nur daran, chirurgische Erfahrungen zu sammeln – als existierte der Indian Medical Service nur um meinetwillen.« Er muss die Stimme über das Tosen der krachenden Wellen heben. »Ich habe Zweifel, ob ich mich an die Privilegien gewöhne, die ich hier habe. Ich habe Angst, was passieren könnte, falls doch.«

Ein junges Paar schlendert eng umschlungen vorbei. Der Jasmin im Haar der Frau zieht eine parfümierte Spur. Die Oberschwester blickt ihnen seufzend nach. »Was laufen Sie denn da mit der alten Honorine rum, Digby? Sie wissen ja, dass alle meine Schwestern Sie im Auge haben.«

Er lacht befangen. »Für so was bin ich noch nicht bereit. Zu kompliziert.«

»Ah ja, na, bei mir sind Sie jedenfalls sicher.«

»Ich habe gemeint –«

»Das mit meinen angloindischen Mädchen, Digby, meinen Schwestern und den Sekretärinnen? Die sind immer die Dummen. Einige sehen vielleicht weißer aus als Sie oder ich, aber das nützt denen überhaupt nichts. Die stellen sich vor, wenn sie einen wie Sie heiraten, *werden* sie Britinnen. Aber die Wahrheit ist, dass es Ihnen schwerfallen dürfte, sie in den Madras Club mitzunehmen. Und Ihre Gören wären dann immer noch Angloinder und würden vor denselben Hindernissen stehen. Sie haben was Verwundetes, mein Süßer, und Sie sind ein besonnener Chirurg. Macht Sie attraktiv. Aber sehn Sie sich vor, mehr sag ich nicht.«

Digby lacht nervös und ist dankbar, dass sie in dem Dämmerlicht nicht sieht, wie er errötet.

»Keine Angst, Honorine. An den Zustand des Alleinseins habe ich mich gewöhnt. Das ist sicherer als …« Er bringt es nicht über sich, die Alternative auszusprechen.

Honorines Gesicht wirkt traurig, oder ist es Mitleid? »Verzeihen Sie ihr, Digs. Lassen Sie sie los.«

Einen Augenblick lang ist er ratlos. Sie ist der einzige Mensch in Madras, dem er die Geschichte vom Tod seiner Mutter erzählt hat, von den harten Jahren davor und danach. Heimlichkeit bewohnt dieselben Räume wie Einsamkeit. Sein Geheimnis – und sein Scheitern – ist, dass er nach dem Betrug seiner Mutter keine Liebe riskieren kann.

»Das habe ich, Honorine.«

»Ach, na ja«, sagt sie und schaut hinaus aufs Meer, von wo der Wind ihr die Haare zurückweht. »Mich müssen Sie nicht überzeugen, ja, mein Süßer?«

Vor Weihnachten, Digby will gerade nach Hause, kommt Honorine in die Station gestürmt, einen großen, stämmigen Weißen im Schlepptau. »Digby, kommen Sie. Das ist Franz Mylin. Vor zwei Tagen hat Doktor Arnold seine Frau aufgenommen. Ihr geht's nicht gut.«

Mylin ist mit seinem mächtigen Hals und Oberkörper wie fürs Rugby gebaut. Er ist ein Karottenkopf, und momentan ist auch sein wutverzerrtes Gesicht rot. Sie eilen nach oben, und auf dem Weg berichtet Honorine das Wesentliche, formuliert es für den Ehemann: Die Mylins sind gerade mit dem Dampfer aus England zurückgekehrt, und während der letzten drei Tage der Reise bekam Lena Mylin Bauchschmerzen und musste sich erbrechen, was immer schlimmer wurde. Gleich nach der Ankunft gingen sie ins Longmere. Claude Arnolds Eingangsdiagnose war Dyspepsie. »Das ist jetzt sechsunddreißig Stunden her«, sagt Honorine.

Mylin platzt los: »Als sie reinkam, hat er sie kaum angerührt. Seitdem war er nicht mehr zu sehen! Sie liegt einfach da, und es wird stündlich schlimmer.«

Die britische Station ist bis auf die vogelartige Gestalt Lena Mylins leer; sie liegt ganz ruhig im Bett, atmet schnell. Dunkle Locken kleben ihr an der Stirn. Voller Furcht betrachtet sie den nahenden Digby. Franz sagt: »Stoßen Sie bitte nicht an ihr Bett. Die leiseste Bewegung macht die Schmerzen schlimmer.«

Allein diese Bemerkung spricht für eine Peritonitis durch eine Gallenkolik, was Digbys Untersuchung bestätigt: Die rechte Bauchseite ist hart. Er registriert ihre trockene Zunge und die ausgedörrten Lippen, dazu den Gelbton in ihren Augen und die klamme Haut. Als er zu ihr sagt, sie soll tief einatmen, während er sie vorsichtig rechts unterhalb der Rippen abtastet, zuckt sie zusammen und kann es nicht mehr. Seine Finger sind an ihre entzündete Gallenblase geraten. Er nimmt kein Blatt vor den Mund. »Ich bin mir ziemlich sicher, dass ein Stein Ihre Gallenblase verstopft und diese nun mit Eiter aufgebläht ist.« Das Wort »gangränös« vermeidet er, um sie nicht noch mehr zu beunruhigen. »Wir müssen dringend operieren.«

»Dieses Arschloch hat Seekrankheit gesagt!«, sagt Franz bitter. »Wo ist er? Das ist kriminell!«

Im OP sieht Digby, sofort nachdem er den Bauch geöffnet hat, seine Befürchtungen bestätigt: eine aufgeblähte, zornig aussehende Gallenblase mit dunklen gangränösen Flecken. *Da hast du deine Dyspepsie, Claude*. Er sticht ein kleines Loch in den angeschwollenen Sack. Eine Schmiere aus gelbem Eiter, grüner

Galle und kleinen Pigmentsteinchen läuft auf die Mullkompressen und in das Sauggerät. Er trägt von der Gallenblase so viel ab, wie er kann, und lässt nur den Teil bestehen, der an der Leber klebt. Er meidet den Gallenblasengang, wo sich die Gallenblase entleert. Wegen der starken Entzündung ist das Sezieren gefährlich. Lenas Gewebe blutet stark. Bevor er den Magen schließt, lässt er beim Leberbett eine Gummidränage zurück. Nach der Operation ist Lena Mylin sehr blass und hat einen niedrigen Blutdruck. Digby eilt zur »Blutbank« – eigentlich eine Kammer mit einem Kühlschrank –, wo er mittels eines Serumtests feststellt, dass sie Blutgruppe B hat, eine seltene. Die Blutbank ist seine Neuerung, eins der Gebiete, auf dem sie den anderen Kliniken der Stadt voraus sind. Nach einem halben Liter Blut steigt Lenas Blutdruck, und ihr Gesicht nimmt wieder Farbe an.

»Wessen Blut war das?«, fragt Franz.

»Meins«, sagt Digby. Seine Blutgruppe macht ihn zum Universalspender. Zum Glück hat er immer zwei Einheiten seines Bluts auf Lager, eben für solche Fälle. »Ich gebe ihr noch eine zweite Flasche.«

Digby wacht mit Franz. Am Morgen geht es Lena deutlich besser. Er erfährt, dass die Mylins an der anderen Küste, bei Cochin, ein Gut haben. Franz' Gesicht entspannt sich, als er ihr Zuhause in den Westghats beschreibt, wo sie seit vielen Jahren wohnen und wo er Tee und Gewürze anbaut. »Sie müssen uns mal besuchen kommen, Dr. Kilgour.«

Als Digby gegen Mittag zurückkehrt, steht Claude Arnold am Fußende des Bettes und mustert Lenas Tafel; Franz steht daneben, die Arme verschränkt, mit finsterem Gesicht und kurz vorm Platzen. Lenas Gesicht ist abgewandt.

»Na«, sagt Claude, als er Digby bemerkt, »da hat Dr. Kilgour offenbar die Lage gerettet«, worauf er sich an Digby vorbeidrückt und hinausgeht, bevor sie noch reagieren können. Digby beruhigt einen schäumenden Franz.

Als Digby später die Station verlässt, taucht Claude hinter ihm auf. Offenbar hat er hinter einer Säule gewartet. Falls Digby geglaubt hat, Arnold sei eventuell kleinlaut oder seinem Junior gar dankbar, sieht er sich rasch getäuscht.

»Sie hätten einfach eine Dränage legen sollen und es gut sein lassen. Teile der Gallenblase abrubbeln? Nicht gerade Standardpraxis.« Claude steht mit dem Rücken zur Stationstür und sieht daher nicht, dass Franz Mylin direkt hinter ihm auftaucht. »Ich nenne das unverantwortlich und tollkühn, Digby.«

Bevor sich ein verblüffter Digby eine Erwiderung überlegen kann, wendet sich Claude schon wieder zum Gehen. Diesmal aber stürzt Franz mit einem Fluch hervor, rammt Claude eine fleischige Hand auf die Schulter und wirbelt ihn herum. Anstelle von Überheblichkeit zeigen sich nun Überraschung und Angst auf Claudes Gesicht. Franz holt aus, doch Digby springt dazwischen, sodass der Hieb auf Claudes Brust abgelenkt wird. Arnold flüchtet. Franz brüllt der weichenden Gestalt des Chefchirurgen vom Longmere hinterher: »Komm zurück, du dreckiger Feigling! Wer ist denn hier unverantwortlich? Du bist als Chirurg nicht halb so gut wie Kilgour!« Die Worte hallen durch Claudes leere Station. Solange Lena da ist, hält Claude sich nun fern.

Lena erweist sich als die geselligere und gesprächigere Hälfte des Paars. Sie kennt schon alle Lernschwestern mit Namen, und die können gar nicht genug für sie tun. Nach drei Tagen kommt die Dränage heraus, und zehn Tage nach ihrer Operation kann sie entlassen werden.

Beim Abschied fasst Franz Digby an den Schultern und drückt sie fest; der Hüne ist zu bewegt für Worte.

Lena nimmt Digbys Hand. »Digby«, sagt sie, indem sie ihn

zu seiner Überraschung mit Vornamen anredet. »Wie kann ich Ihnen das vergelten? Sie haben mir das Leben gerettet. Wir wären gekränkt, wenn Sie uns nicht auf dem Gut besuchen würden. Sie brauchen Urlaub. Bitte versprechen Sie, dass Sie kommen!« Digbys stotternde Antwort ist wenig überzeugend. »Digby«, sagt sie, »haben Sie in Indien Verwandte?«

»Nein.«

»O doch. Wir sind jetzt ein Blut.«

16. Kapitel
DAS HANDWERK DER KUNST

Weihnachten 1934, Madras

Nungambakkam, wo Claude Arnold residiert, ist eine auf die Leinwand Südindiens gemalte Vision von England. Baumgesäumte Alleen tragen Namen wie College Road, Sterling Road und Haddows Road. Der Formschnitt vor den umgärteten Häusern und Bungalows ist, wenig variiert, Vogel-auf-Pyramide, Ball-auf-Ball und Bunny Rabbit; Bunny Rabbit ist das Beliebteste. Digby hält es für die Arbeit eines fahrenden *maali*, wenn auch aus keinem anderen Grund, als dass jeder Bunny Rabbit ein wenig wie ein Mungo aussieht.

Diese Belgravia-Phantasie in Madras ignoriert gewiss die Realität des toten herrenlosen Hundes mitten auf der College Road, sie muss störrisch daran festhalten, dass dies tatsächlich der achte Tag von Weihnachten ist, trotz der Feuchtigkeit, die die acht melkenden Mägde von etwas Derartigem abbringen würde, und einer so erbarmungslosen Hitze, dass der herrenlose Hund, wie sich zeigt, gar nicht tot ist, sondern nur niedergestreckt von einem Sonnenstich. Er rappelt sich auf und zwingt Digby damit, auf seinem Fahrrad um ihn herumzufahren.

Claudes porzellanweißes Heim hebt sich von dem roten Ton der halbrunden Zufahrt ab, die voller Automobile steht. Zwischen den Balustraden aufgestellte Öllampen auf dem Balkon im zweiten Stock und zwischen den Kolonnaden im Erdgeschoß verleihen ihm ein ätherisches Leuchten, als die Sonne sich dem Horizont nähert. »Hättest du deiner Arbeit in der Klinik nur auch so viel Aufmerksamkeit fürs Detail geschenkt, Claude«, murmelt Digby. Er hat sich lange überlegt, ob er zu der Weihnachtsfeier gehen soll, fand dann aber, es würde ihre belastete Beziehung nur noch verschlimmern, wenn er ihr fernbliebe.

Unter dem Portikus steht ein hochglanzpolierter schwarzgrüner Rolls-Royce. Bevor Digby sein Fahrrad an die Wand lehnen kann, schnappt es sich ein Diener und versichert ihm mit einem Lächeln, dass es umgehend versteckt wird und niemand etwas davon erfährt.

Das Wohnzimmer ist zum Bersten gefüllt. Ein Weihnachtsbaum überragt die wogenden Köpfe; von seinen Zweigen fällt der Watteschnee in die schwüle Luft. Die Frauen tragen lange Gewänder, manche rückenfrei, alle ärmellos, über den Schultern Seidentücher.

Digby, von der Fahrt verschwitzt, täte nichts lieber, als sich des Blazers zu entledigen, den er kurz vorm Eintreten angezogen hat. Er geht hinter drei Frauen vorbei, ihr blumiges Parfum evoziert Paris oder London. Er hört Claudes Stimme, die Worte sind nur ein ganz klein wenig verschliert: »– der Rücksitz war der einzige Ort, wo die Maharani trinken konnte, hinter den Vorhängen, während ihr Fahrer auf dem Gut herumfuhr.« Eine Frau fragt etwas, was Digby nicht mitbekommt, dafür hört er Claudes Antwort: »Ein Rolls hat nie eine Panne, meine Liebe, und nur selten kann er nicht weiter.«

Digby passiert eine Vitrine voller Sporttrophäen und gerahmter Fotos zweier Jungen in verschiedenen Altersstufen, zuletzt als Teenager. Ein Diener bietet ihm Whisky an, stattdessen nimmt Digby eine Serviette. Er huscht ins Esszimmer, um sich diskret Gesicht und Hals abzutupfen; er fühlt sich ärmlich und fehl am Platz. Bei dem schweren Eichenesstisch, den Pokalen und metallenen Tellerständern muss er an die Ritter der Tafelrunde denken. Mit dem Rücken zu der Festlichkeit steht Digby, noch immer kräftig schwitzend, vor drei großen, gerahmten Landschaftsbildern. Er ärgert sich, dass er hergekommen ist.

Gut, Digs. In zwei Minuten stürzt du dich wieder unter sie, schüttelst dem Arschloch die Hand, wünschst ihm das froheste aller frohen Weihnachten, und da du ihn bis zu den Glocken von Hogmanay nicht mehr in der Klinik sehen wirst, rundest du das ab mit alles Gute für Auld Lang Syne und ein gutes Neues für ihn und die seine. Aber erst mal kühl dich ab, Digs, wisch dir die Stirn und auch den Kragen. Bewundere sein schickes Gemälde – Wiese, was, Claude? Sag »sehr hübsch« zu seinem lächerlichen kleinen See mit den Wildblumen. Nein, diese Kritik ist bisher noch keinem eingefallen. Und das letzte Bild da – ein dunkler Wald, sagt er? Ein dunkler Müll, sag ich. Die sind Mist, schönen Dank auch. Schicke Goldrahmen, die schreien: »Wir gehören ins Museum« … aber die sind Plunder, und Plunder werden sie auch bleiben. Egal, wie laut da einer schreit …

»Viel ist da nicht dran, wie?«, sagt eine heisere Frauenstimme. Er dreht sich um und steht unangenehm dicht vor einer Frau; sie ist umwerfend, einen Tick größer als er. Beide treten sie zurück. Ihre Moschusessenz mit Noten von Sandelholz und untergegangenen Zivilisationen ist das Gegenstück eines Pariser Dufts. Er fühlt sich ins Boudoir einer Maharani versetzt. »Der Kellner hat gesagt, Sie wollten keinen Whisky. Da habe ich Ihnen einen Granatapfelsaft gebracht. Ich bin Celeste«, sagt sie lächelnd.

O nein, bitte nicht! Nicht seine Frau.

»Ich bin Claudes Frau.« Sie hält in jeder Hand einen Becher. Ihr braunes Haar wird von einem silbernen Band zurückgehalten und ist überm Nacken zu einem Chignon gesteckt. Sie hat ein dreieckiges Gesicht und einen leichten Überbiss, wodurch ihr Mund zu schmollen scheint. Ihre Züge sind hübsch, leicht androgyn. Sie ist in Claudes Alter, Anfang vierzig. Über ihrem Brustbein schweben drei Rubine, das Kettchen kaum sichtbar über den Schlüsselbeinen.

»Digby Kilgour.« Er hält ihr die Hand hin, doch ihre Hände sind besetzt. Er nimmt seinen Becher.

»Claude sagt, Sie sind ein wahrer Künstler.«

Woher verdammt will der das wissen? Sie schaut erwartungsvoll.

»Eher ein Bewunderer der Kunst«, sagt er, und seine Wangen lodern. »Ich versuche nur zu begreifen, was ich sehe.«

Ihre großen kastanienbraunen Augen werden vom Schimmer der Rubine gewärmt. Sie ist das Gegenteil von Claudes distanzierter Abgehobenheit, direkt und neugierig. Doch um ihren Mund herum sieht er eine Härte, die verschwindet, wenn sie lächelt.

»Öl?«

»Aquarelle«, sagt er. Sie wartet. »Ich … äh, ich mag das Rätselhafte, das Unvorhersehbare dessen, was sich da ergibt.«

»Machen Sie auch Porträts?«, sagt sie und hält den Kopf schräg. Weiß sie, dass sie posiert? Sie will kein Unbehagen erzeugen, sondern es lindern.

»Manchmal schon. Ich … in Madras gibt's so viel zu sehen. Gesichter auf den Straßen, Frauen im Sari. Banyanbäume, Landschaften …?« Er zeigt auf die gerahmten Bilder. Er plappert.

Sie geht nahe an ihn heran und flüstert: »Digby, Ihre ehrliche Meinung zu den Bildern da?«

»Ach, na ja … gar nicht so schlecht.«

»Dann gefallen sie Ihnen also?« Die Kastanienaugen fixieren ihn. Er kann sie nicht belügen.

»Ach, so weit würde ich nun doch nicht gehen.«

Sie lacht froh. »Die haben Claudes Eltern gehört. Ich verabscheue sie – also, die Bilder.«

Zum ersten Mal an dem Abend ist er entspannt.

Wieder legt sie den Kopf schief. »Darf ich Ihnen etwas zeigen?« Sie geht weg, ohne eine Antwort abzuwarten. Er folgt ihr, den Blick auf ihrem Nacken, wo feine Härchen ein Spindelmuster bilden. Im Salon nahe der Treppe hängt ein einfaches Gemälde auf beigefarbener Leinwand. Es ist vielleicht vierzig mal fünfzig Zentimeter groß und steckt in einem Holzrahmen: eine sitzende Inderin, den Kopf in eine Richtung gedreht, die Schultern in eine andere. Es wirkt kindlich, schlicht und dennoch kunstvoll und farbenfroh. Es will gar nicht anatomisch korrekt oder realistisch sein, und dennoch ist es absolut überzeugend. Er lässt sich Zeit mit der Betrachtung.

»Ganz außerordentlich!«, sagt Digby. »Also, nur mit diesem Strich als Nase und den Ovalen als Augen … und den Kurven, die den Sari darstellen, der Körperhaltung« – mit einer Hand zeichnet er die Konturen in der Luft nach – »und nur mit drei Farben entsteht die Frau! Es ist unkompliziert und dennoch gekonnt gemacht. Haben Sie das gemalt?«

Wieder dieses helle Lachen. Im Schwung ihres Halses hallt das Bild wider. Der Eindruck von Größe, den sie vermittelt, liegt weitgehend in dieser Linie und in ihren langen, schmalen Armen. Ihre Anmut grenzt ans Linkische, was er sehr schön findet.

»Nein, gemalt habe ich es nicht. Aber es *gehört* mir. Ich musste darum kämpfen, es aufzuhängen. Es ist ein *kalighat*-Bild, ein Stil, den ich als junges Mädchen in Kalkutta gesehen habe, wo ich aufgewachsen bin. Die produzieren sie für die Pilger, die von weit her zu den Tempeln kommen. Typischerweise porträtieren sie eine Figur aus dem *Mahabharata* oder dem *Ramayana*.

Ging's nach mir, dann kämen diese alten Schinken in den Müll und solche würden da hängen.« Sie lachen beide. »Ja, ich hätte ein ganzes Zimmer voller *kalighats*.« Sie hebt den Arm; das Handgelenk zurückgebogen, spreizt sie die Finger, wirft *kalighats* über die Wände. Sein Blick entfernt sich vom Bogen ihres Trizeps, von der Neigung ihres Unterarms, dem pronierten Handgelenk, der Biegung ihrer Knöchel, von ihren polierten Fingernägeln und fällt auf die Wand. Vor seinem inneren Auge sieht er einen Raum voll mit diesen lebhaften, einzigartigen Porträts.

Er zwingt den Blick zurück auf das Gemälde. Mit einem Finger zeichnet er die Gestalt nach, versucht, sie sich einzuprägen.

»Da steckt was Lyrisches drin«, sagt er. »Selbst wenn der Künstler sie in Massen produziert. Ein einfaches und doch beredtes Vokabular.«

»Exakt! Ich finde so faszinierend, dass ein Dorfbewohner eine einmalige Pilgerfahrt unternimmt, dann sein sauer verdientes Geld für ein Souvenir ausgibt, das seine Wurzeln *in* seinem Dorf hat! Es ist ein dörfliches Handwerk wie Korbflechten, aber dieser Handwerker ist in die Stadt gezogen, um Geschäfte mit den Pilgern zu machen. Und so verkauft er seine Ware seinem ehemaligen Nachbarn, und dann hängt das Bild an einer Wand in dem Dorf, wo alles begonnen hat!«

»Oder es schmückt den Salon einer äußerst … scharfsichtigen Engländerin«, sagt Digby. Er errötet. Das Wort »schön« hängt lautlos im Raum.

»Ich glaube doch, Digby, dass Sie mir schmeicheln wollen«, sagt sie sanft. Sie scheint nicht unerfreut. Langes Schweigen folgt. »Ich habe noch weitere *kalighats*. Bei denen wären sie verschwendet. Für die wäre es affektiert.« Fröhlich winkt sie jemandem, doch um ihren Mund sammelt sich wieder die Härte. »Und? Mögen Sie Madras?«

Er denkt an Muthu, der ihn mit solcher Zuneigung umsorgt und wie stolz er noch auf die kleinsten Aufgaben ist, die er erledigt. Nach einigen Monaten hat Muthu schüchtern seine Frau und zwei kleine Kinder mitgebracht, um ihn zu begrüßen. Jetzt fühlen sie sich wie eine Familie.

»Digby, waren Sie schon in Mahabalipuram?«, sagt sie und mustert ihn hintergründig.

»Ich habe davon gehört. Küstentempel, nicht wahr?«

»Ach, das ist schwer zu beschreiben ...« Schwermütig wendet sie den Blick. »Es ist mein liebster Ort. Sie würden ihn bestimmt mögen, das weiß ich. Würden Sie mir da vertrauen?«

»Gewiss.«

»Stellen Sie sich einen schönen langen Sandstrand vor.« Wieder beschwören ihre Zauberhände Bilder. »Und auf einmal stehen Sie vor einer natürlichen Felsformation. Brocken, größer als dieses Zimmer, andere zwanzig Mal größer als dieses Haus. Manche unter Wasser, andere am Strand aufgereiht. Aus diesen haben in alten Zeiten Künstler Tempel geschlagen, manche klein wie ein Puppenhaus, andere groß wie ein Theater, komplett mit Sitzen. Aus dem Fels gehauen, können Sie sich das vorstellen? Es soll eine Ausbildungsstätte für Bildhauer gewesen sein. Mahabalipuram ist ein Wörterbuch der Tempelmetaphorik. Jede Geste hat eine Bedeutung. Und auch alle Götter sind da: die tanzende Shiva, Durga und Ganesha. Löwen, Stiere, Elefanten – mehr Tiere als in einem Zoo.«

Er wird an diesen Strand entrückt, schon sieht er, wie der Wind ihr die Haare vom Hals hebt, und hinter ihr die Silhouetten der alten Tempel in der Dämmerung; er spürt Salzgischt auf dem Gesicht, riecht den Duft des Ozeans, vermischt mit ihrem Parfum. Er atmet tief ein.

»Ich sehe es«, sagt er.

»Wirklich?« Der Finger zeigt. »Und nun blicken Sie fest darauf, wie sich die Brandung zurückzieht. Sehen Sie die dunkle Form unterm Wasser? Noch mehr Tempel, Digby! Eine ganze Kette. Vom Meer verborgen. Von der Zeit. Die Dinge haben eine Art, wiederzukehren, wenn wir glauben, sie sind auf immer weg.«

Brüllendes Gelächter holt sie auf die Erde zurück; Sand weicht Hartholzböden und einem überfüllten Wohnzimmer, wo die Raj um den Weihnachtsbaum herum fröhlich feiert, Whiskygläser werden von Dienern mit Turban nachgeschenkt, und niemand kann sich vorstellen, dass das Fest je endet.

»Das war eine schöne Reise, Mrs. Arnold.«

»Celeste. Bitte. Bei ›Mrs. Arnold‹ komme ich mir älter als ein Unterwassertempel vor. Wir müssen bald mit Ihnen hin. Diese Leute da, die würden nie nach Mahabalipuram fahren.« Sie wendet sich ihm zu, mustert sein Gesicht. »Ich freue mich so, dass es Ihnen hier gefällt. Das zu sagen ist nicht sehr beliebt, warum, weiß ich nicht. Eine ganze Weile dachte ich, dass unser Aufenthalt hier vorübergehend ist. Claude war sich sicher, dass er nach Kalkutta versetzt wird, wo ich aufgewachsen bin. Oder Delhi. Das hat lange verhindert, dass ich mich hier eingewöhnt habe.«

Das Haus wirkt mehr als eingewöhnt. Aber er findet nicht, dass es zu ihr passt. Er sieht sie eher in einem kleinen Chettinad-Palast: in der Mitte ein Hof mit flachem Zierteich, umgeben von steinernen Sitzgelegenheiten, drinnen eine Teakschaukel für zwei, Schlafzimmer, durch die der Wind weht …

»Bald sind es zwanzig Jahre, wissen Sie?«

»Bestimmt kommt bald die nächste Stellung«, stammelt er.

»Gott bewahre! Anfangs habe ich mir das wohl gewünscht. Aber ich finde es hier wunderbar. Für meine Kinder ist es ein Zuhause, selbst wenn sie nur jedes zweite Jahr kommen. Warum weg? Wenn wir weggehen, wird Claude immer noch

Claude sein und ich immer noch ...« Sie dreht sich weg, betrachtet wieder das Bild, als wäre sie der Gast, dem die Sammlung des Gastgebers gezeigt wird.

Er prägt sich ihre Silhouette ein: die Stirn, die Nase, die Rampe ihrer Oberlippe mit ihrem Amorbogen, der dem Zinnoberrot am Beginn der Unterlippe weicht, dann weiter zum Schilddrüsenknorpel, zum Krikoidknorpel, zu der sanften Höhlung überm Brustbein. Gern würde er die Kontur mit dem Finger nachzeichnen.

Celeste dreht sich rechtzeitig wieder um, um seine Röte zu sehen. Ihr Blick verweilt auf seinem Gesicht, ihr Ausdruck undurchdringlich. Dann schweift er durchs Wohnzimmer. Der Partylärm umbrandet sie, dringt jedoch nicht durch ihren Kokon. Sie erblickt Claude, das Gesicht gerötet, an den Lidern Gewichte.

»Warum erzähle ich Ihnen das alles, Sie junger Digby Kilgour?«, sagt sie, die raue Stimme fast unhörbar. Sie wendet sich ihm wieder zu, wartet, die Brauen hochgezogen.

»Weil Sie wussten«, sagt er einfach, »dass es mir wichtig ist.«

Eine lebhafte Erweiterung ihrer Pupillen. Die Rubine auf ihrem Brustbein heben sich. Ihre Augen schimmern. Nach langer Zeit sagt sie: »Sie werden meinen Fehler nicht wiederholen, ja?« Ihr Blick ist wieder sanft, sie lächelt, die Schwermut ist verflogen.

»Welchen Fehler meinen Sie ... Celeste?«

»Den Fehler, Digby, in Ihrer künftigen Partnerin mehr zu sehen, als schon sichtbar geworden ist.«

17. Kapitel

EINE RASSE FÜR SICH

1935, Madras

Owen und Jennifer Tuttleberry sind angloindische Freunde Honorines und nun auch Digbys – Jennifer arbeitet als Telefonistin, ihr Mann ist Lokomotivführer. Owen verbringt seine Tage im Führerstand von Bessie, seiner großen fauchenden »Dame«, vor sich die Fülle an Skalen und Hebeln, ein kleiner Junge, dessen Traum wahr geworden ist. Seine Route nach Shoranur gestattet ihm nur wenige Gelegenheiten, sich zu setzen. »Ich sehe die Sonne über der Bucht von Bengalen aufgehen«, sagt Owen, »dann sehe ich sie über dem Arabischen Meer untergehen. Bin ich nicht der glücklichste Mensch der Welt?«

Digby will seit Längerem ein besseres Fahrzeug. Ein Wagen ist zu teuer, ein gebrauchtes Motorrad aber vielleicht nicht. Owen hat ihm ausrichten lassen, dass er eines hat, zu einem Preis, der Digby gefallen würde. Digby und Honorine fahren mit der *jatka* zur Perambur Railway Colony. Diese angloindische ummauerte Enklave am Stadtrand ist wie ein Spielzeugdorf angelegt und besteht aus lauter identischen Häuschen. Auf dem Platz in der Mitte spielen kleine Jungen mit einem Tennisball Cricket. Teenager drängen sich unter den wachsamen Blicken der Erwachsenen um die Schaukeln. Weder Saris noch *mundus* sind zu sehen – alles trägt Kleid, Hose und Shorts.

Vor dem Haus der Tuttleberrys steht ein Auto von undefinierbarem Fabrikat, unlackiert, mit sichtbaren Schweißnähten. Während Honorine hineingeht, führt Owen Digby auf den Hof zu seiner Esmeralda, die, so Owen, für eine bescheidene Summe ihm gehören kann. Der Preis ist tatsächlich günstig, wobei Digby bezweifelt, ob es auch wirklich das »hundert Prozent zuverlässige Schmuckstück« ist, wie Owen behauptet. Owen hat versprochen, Digbys Wissen um mechanische Dinge zu erweitern – das Gegenstück zu seinem Wissen von der Arbeitsweise des Körpers. Esmeralda ist nominell eine Triumph, aber Owen räumt ein, dass der Benzintank, der Lenker, die vordere Gabel, die Motoraufhängung, das Chassis, der Auspuff und der hölzerne Beiwagen sämtlich im Schuppen der Perambur Railway gefertigt wurden und es daher streng genommen teils eine Lokomotive ist. Lediglich der Ein-Zylinder-Motor ist original. »Sie ist unnahbar, bis Sie sie kennenlernen«, räumt Owen ein. »Aber sie wird Ihnen treue Dienste leisten wie nichts sonst. Ich mag sie so sehr, dass ich lebenslang Ihr Mechaniker sein werde. Versprochen.« Owen setzt sich in den Beiwagen, dann lässt Digby Esmeralda an und umkreist entsprechend Owens Anweisungen die Enklave. Bei ihrer Rückkehr ist er begeistert. »Sie mag Familie, Digby. Hätte ich jetzt nicht den Wagen, ich würde sie behalten. Haben Sie ihn gesehen? Schön, nicht? Muss ihn noch lackieren.«

»Sie *müssen* zum Essen bleiben, gar keine Frage.« Honorine wird neben einen breitschultrigen jungen Mann in gebügelter schwarzer Hose und makellosem blauem Hemd platziert, die Ärmel sind so hoch über die Ellbogen gekrempelt, dass sich ein dicker Bizeps zeigt. Jennifer stellt ihn als ihren Bruder Jeb vor. Er ist heller als seine Schwester und hat hellbraune Haare. Er umschließt Digbys Hand mit einem kräftigen Griff und sagt: »Doc, mein Schwager muss Sie mögen, dass er sich von Esmeralda trennt.«

Owen sagt: »Doc, Sie schütteln gerade einem künftigen Olympioniken die Hand, passen Sie mal auf. Wenn Jeb es nicht in unsere Hockeymannschaft schafft, dann weiß ich auch nicht.«

»Nur nichts beschreien, Herrgott«, sagt Jeb.

Jennifer sagt: »Mein Bruder kann eine Fahrkarte nicht von einer Aubergine unterscheiden, aber angeblich ist er Fahrkartenkontrolleur.« Roter Lippenstift umrahmt ein breites Lächeln. »Sie füttern ihn jeden Morgen mit rohen Eiern, mittags mit Hammel, und den ganzen Tag spielt er Hockey. So lässt sich's leben, wie?«

Der Kontrast zwischen dem hellen Jeb und seinem dunklen Schwager ist auffallend. Owen, dessen Hände schwarz von der Sonne sind und dessen Fingernägel permanente Rußränder aufweisen, ist die schlichtere Seele der beiden.

Jeb wohnt bei seiner Mutter ein paar Häuser weiter. Bald kommt auch sie samt Owens Tante, den beiden Kindern der Tuttleberrys und einer Nichte. Die Familie drängt sich mit ihren Ehrengästen um den Esstisch. Digby ist eingenommen von diesem Tableau des Alltagslebens: Kinder sitzen auf Schößen, Onkel Jeb verteilt selbstgebrannten Schnaps, der mehr Feuer hat als jede Lokomotive, Jennifer teilt das Eintopfgericht aus, das sie »pish-pash« nennt: Reis, Hammel, Kartoffeln, Erbsen und Gewürze, alles zusammen gekocht, ein schmackhaftes Gericht.

Owen wirft seiner Frau einen stolzen Blick zu: »Sie ist ein echter Fang, wie, Doc? Wer hätte gedacht, dass sie einen schwarzen Kerl wie mich heiratet!«

Als sie die Bahnkolonie hinter sich gelassen haben, rollt Esmeralda vorbei an Grüppchen von Hütten und schäbigen, improvisierten Behausungen. Digby fällt der Kontrast auf: eine Enklave für Angloinder, die den Einheimischen verwehrt ist, deren Bewohner ihrerseits wieder von der herrschenden Rasse, mit der sie sich verbünden, ausgeschlossen sind. Dabei steckt er ja in derselben Klemme. Digby Kilgour: in Glasgow unterdrückt, hier Unterdrücker. Der Gedanke bedrückt ihn.

18. Kapitel
STEINERNE TEMPEL

1935, Madras

Celestes Fahrer hält vor Digbys Unterkunft. Im Haus nebenan singt eine zittrige volle Männerstimme mit kleinen Mädchen das »Suprabhatam«. Die karge Skala der Andacht, ihre Melodie und Synkopierung sind wie ein Teil von ihr. Janaki, ihre tamilische *ayah* aus der Zeit, als sie ein kleines Mädchen in Kalkutta war, hatte es gesungen, wenn sie Celeste die Haare bürstete. Die Andacht hat den Zweck, die Gottheit zu wecken, Venkateswara, in dem berühmten Tempel in Tirupati.

Nach dem Tod von Celestes Eltern war Janaki die einzige Familie, die ihr geblieben war. Jahre später, als Claude ungeachtet ihrer Proteste die kleinen Jungen nach England ins Internat schickte, war es für Celeste, als wäre das Leben aus dem Haus gewichen. Um sie aus ihrer Depression zu befreien, brachte Janaki sie nach Tirupati. Barfuß erstiegen sie zusammen mit Tausenden anderen den Berg auf Stufen, die Millionen früherer Pilger glatt getreten hatten, und da hörte sie das »Suprabhatam« erneut. Die Solidarität so vieler Gläubigen, alle mit ihrem eigenen Kummer, gab ihr Kraft. Als Janaki sich vom Barbier den Kopf rasieren ließ und ihre Haare dem Tempel opferte, tat Celeste es ihr nach. Als ihre Locken auf den Boden fielen, wich ihr Gram. Nach Stunden in der Schlange bekam sie, als sie schließlich Lord Venkateswara erblickte, auf den Armen Gänsehaut.

Das drei Meter große, über und über geschmückte friedliche Wesen war nicht lediglich ein Gott, keine bildliche Darstellung, sondern die Inkarnation Vishnus selbst, und er verströmte so viel Kraft, dass sie spürte, wie unter ihren Füßen der Berg grollte und ihr Leben sich veränderte.

Claude hätte bei seiner Rückkehr von ihrer Wandlung, ihrer Hingabe an *seva* wissen können, wenn er denn gefragt hätte. Stattdessen starrte er nur schweigend auf ihren geschorenen Kopf. *Seva* bedeutete, das Bewusstsein seiner selbst durch Dienst auszulöschen. Für sie nahm das viele Formen an, darunter an jedem Wochentag ehrenamtliche Arbeit im Madraser Waisenhaus.

Digby kommt mit einem Stoff-*sanji* über der Schulter heraus, einer Tasche, die nur wenige Briten tragen würden. Er ist nervös und aufgeregt, als er einsteigt. Wie ein Schuljunge vor einem Ausflug, findet Celeste.

Eine dunkle Hand reicht eine Dose durchs Wagenfenster. »Saar hat Samosas vergessen«, sagt Muthu.

»Darf ich?« Celeste öffnet die Dose. Sie beißt in ein Samosa, die Füllung dampft. »Unglaublich«, sagt sie und beugt sich vor, damit die Krümel nicht auf ihre orangefarbene Kurta fallen, »das sind die besten, die ich je gegessen habe.«

»Wenn Missy mögen, ich mach viel«, sagt Muthu.

Als sie losfahren, lacht Celeste. »Er hat mich Missy genannt. Als wäre ich ein Schulmädchen.« Digby grinst und schweigt.

Als sie am Rand von Adyar den Fluss überqueren und auf weites, offenes Marschland gelangen, stammelt Digby: »Ich muss gestehen, letzte Nacht habe ich nicht geschlafen.«

»Ach?«

»Ich hatte Sorge, dass ich Sie zu der irrigen Annahme veranlasst habe, ich verstünde etwas von Kunst. Ich hatte nicht die Erziehung, die Sie vermutlich hatten, war nie in den großen Museen Europas und so weiter. In den wenigen Monaten, in denen ich in London gearbeitet habe, habe ich die Klinik nie verlassen. So! Das musste ich doch loswerden.« Er errötet von dem Geständnis.

»Digby, ich werde Sie jetzt enttäuschen. Auch in meiner Jugendzeit gab's keine Museen, das verspreche ich Ihnen. Meine Eltern waren Missionare in Kalkutta. Wir hatten ein Haus mit zwei Zimmern. Wir hatten eine *ayah* und keine zehn Bediensstete wie andere, die ich kannte. Schauen Sie nicht so bekümmert. Es war ein Segen! Da sie zu arm waren, um mich nach England zu schicken, wurde mir der Schmerz erspart, mit fünf Jahren fortzumüssen. Das ist nämlich die Regel. Die Kleinen über den Ozean ins Internat verfrachten – das hat Claude mit meinen Jungen gemacht. Jedes zweite Jahr ist das Kind, das da vom Schiff kommt, schon wieder gewachsen. Völlig *unmöglich*, dass es Ihres ist. Der Junge schüttelt einem die Hand und sagt: ›Guten Tag, Mutter‹, weil seine Erinnerung an ›Mami‹ schon verblasst ist.«

Die weiche Federung des Modell T wiegt sie im selben Rhythmus, was Geständnissen förderlich ist. »Ich bin ja schon glücklich, dass sie überhaupt nach Hause kommen. Andere Kinder verbringen jeden Sommer bei ›Oma‹ Anderson oder ›Tante‹ Polly in Ealing oder Bayswater, die gegen Bezahlung Ihre Rolle einnehmen. Das ist unfassbar grausam.«

»Warum macht man es dann?«

»Warum? Weil es die geschätzte medizinische Meinung ist, dass die Kinder, wenn sie in Indien bleiben, Typhus, Lepra oder die Pocken kriegen. Sollten sie überleben, würden sie empfindlich, träge und verlogen. Dabei spielt es keine Rolle, dass unzählige von uns hervorragend überlebt haben. Sie finden es im

Handbuch der Beamtenschaft! ›Die Qualität des Blutes lässt nach‹, behauptet Sir Soundso, FRCS. Dabei gibt's hier richtig gute Schulen. Aber dort wären meine armen Söhne zusammen mit Angloindern erzogen worden. Dann hätten sie ja einen Chi-Chi-Akzent wie ihre Mutter und würden hinter ihrem Rücken als ›fifteen Annas‹ beschimpft werden, selbst wenn sie keine Angloinder sind.« Eine Rupie hatte den Wert von sechzehn Annas, und eine Celeste zu sein war einer zu wenig. Ihre Bitterkeit erschreckt ihn, überrascht sie aber auch selbst. Er hört ihr mit allen Fasern zu, denkt sie, bietet ihr für ihre Gedanken eine leere Leinwand. *Gott, er ist ja ganz berauscht. Sei sanft mit ihm.*

»Ich hatte ja keine Ahnung«, sagt er. »Eine Engländerin, die noch keinen Fuß auf englischen Boden gesetzt hat.«

Als Claude seinen neuen Assistenzchirurgen erwähnte, sagte er, der Mann sei Katholik und aus Glasgow. Das genügte Claude, um einen Menschen zu klassifizieren. Doch der Mann neben ihr ist viel mehr als das. Ohne zu überlegen, berührt sie die schartige Narbe auf seiner Wange. Er wechselt die Farbe, als hätte sie etwas Groteskes an ihm bloßgelegt, wo sie doch das genaue Gegenteil beabsichtigt hatte. Rasch spricht sie, um ihre Überraschung zu kaschieren.

»Ich habe das Mutterland sehr wohl gesehen. Ein Freund meiner Eltern finanzierte meine Passage, als ich die Schule abgeschlossen hatte. Ich war neugierig.« Sie erinnert sich, wie sie in den kalten, nebligen Hafen Tilbury einlief und ihren ersten Eindruck von der großen Stadt London bekam. Die prächtigen Gebäude, auf die sie sich gefreut hatte, waren grau und vom Rauch von Kohlenfeuern verrußt. In den schroffen Landstädtchen teilten sich winzige Häuser Wände und reihten sich aneinander wie *halwa* in einem Süßwarenladen. Sogar die Wäsche auf der Leine war grau. »Ich hatte ein Stipendium für eine

Schule, in der Mädchen zu Missionarinnen ausgebildet wurden. Ob Sie's glauben oder nicht, ich wollte eigentlich Medizin studieren. Aber dann sind meine Eltern ein paar Monate nach meiner Abreise aus Indien gestorben. Cholera«, sagt sie nüchtern.

Sie schaut auf den Ozean, der nun auf ihrer Linken in den Blick gerät. Ein entgegenkommender Wagen macht es nötig, dass beide Fahrzeuge vorsichtig an die Seite fahren müssen, damit sie nicht im Sand stecken bleiben.

Als sie sich wieder umdreht, sieht sie, dass Digby sie mustert wie ein Künstler ein Modell.

»Auch ich bin zur Waise geworden«, sagt er schüchtern.

In Mahabalipuram führt Celeste Digby durch die Dünen. Das milchweiße Band des Strands vor ihnen ist von dunklen Felsformationen gleich Schiffswracks durchsetzt. »Die fünf aus jeweils einem Felsbrocken gehauenen Skulpturen dort heißen *rathas*«, sagt Celeste, »weil sie die Form von Wagen haben. Ein Konvoi. Und –« Sie bricht ab. »Nichts schlimmer als ein Fremdenführer. Digby, erkunden Sie es selbst. Wir treffen uns dann beim fünften, wo auch der Steinelefant daneben ist. Sie werden ihn sehen.« Ohne zu zögern, zieht er los. Sie ist ein wenig enttäuscht, dass er nicht protestiert hat.

Vor dem ersten *ratha* stehen ein paar überlebensgroße kurvenreiche Frauenfiguren Wache. Ein Stoffband verhüllt nur notdürftig die Brustwarzen, ein weiteres den Schambereich. Sie sieht, wie Digby sein Notizbuch hervorzieht. Was hält dieses Waisenkind aus dem katholischen Glasgow – wie düster das klingt – von solch sinnlichen Skulpturen an einem heiligen Bauwerk?

Sie setzt sich in den Schatten des fünften *ratha*, nimmt die Sonnenbrille ab, um das apsidale Meisterwerk zu studieren. Nach ihrem ersten Besuch dort wollte sie alles nur Mögliche über Tempelkunst lernen. Der Ausflug veranlasste sie Jahre später, eine Ausstellung südindischer Maler zu organisieren. Der ungarische Händler, der viele Stücke kaufte, bewunderte ihre Arbeit. Er riet ihr »zu kaufen, was Sie lieben und was Sie sich leisten können«. So wurde sie zur Sammlerin. *Bin ich deshalb hier? Sammle ich Digby?*

Nach längerer Zeit sieht sie Digby aus dem vierten *ratha* auftauchen wie ein Kaninchen aus dem Zylinder. Er sieht sie auch, und jähe Sorge hemmt sein Lächeln – hat er sie warten lassen? Sie gehen Richtung Norden durch die Dünen, wo der Fahrer schon im Schatten eines Portiabaums mit einem Picknickkorb wartet. Sie breitet eine Decke aus. Ihnen gegenüber steht ein riesiger gelber Sandsteinbrocken, achtzehn Meter hoch und doppelt so lang, die Oberfläche eine weitläufige Erzählung von Göttern, Menschen und Tieren. Digby betrachtet das Relief, während er ihre Tomaten-Chutney-Sandwiches vertilgt, ausnahmsweise einmal unbefangen. »Und was stellt das dar?«, fragt er kauend.

»Den *Abstieg des Ganges*. Die Spalte da ist der Ganga, der als Antwort auf die Gebete des Königs hinabfließt, fiele er jedoch direkt auf die Erde, würde er sie zerstören, also lässt Shiva ihn durch sein Haar fallen – der da mit dem Dreizack, sehen Sie ihn? Die fliegenden Paare dort oben mag ich am liebsten. *Gandharvas*. Halbgötter. Ich mag es, wie sie so mühelos schweben. Und sehen Sie die Arbeiter, Zwerge, *sadhus* … Sehen Sie die Katze da, die auf den Hinterbeinen steht und sich als Weise ausgibt? Und die Mäuse, die sie anbeten? Da steckt Humor drin, Drama, jedes Mal etwas Neues.«

Digby isst eilig sein Sandwich auf und langt nach seinem Skizzenbuch. »Könnten wir wohl eine Weile hierbleiben?«

»Natürlich! Ich habe mein Buch dabei.« Sie lehnt sich an den Baum und schlägt ihren Roman auf.

Als sie erwacht, mustert Digby sie. Wann ist sie eingeschlafen? Sie setzt sich auf. Sie streckt eine Hand aus. »Darf ich?« Er zögert, gibt ihr dann das Skizzenbuch. Er hat rasche Impressionen festgehalten, drei, vier pro Seite. Sein künstlerisches Auge gepaart mit seinem anatomischen Wissen zeigt eine präzise Kurzschrift dessen, was er sieht.

»Holla, Sie waren aber, hm, fleißig –« Er hat ihre Brüste nicht übertriebener dargestellt als die Bildhauer, aber auf dem weißen Papier hat sein Bleistift sie dennoch betont. Auch hat er alle Handgesten eingefangen, die *mudras* – ein Vokabular für Tänzerinnen. »Digby, ich bin sprachlos. Welch ein Talent!«

Sie blättert weiter zu einer Frau mit getönter Brille und einem kaum wahrnehmbaren Spalt zwischen den Lippen, die im Schlaf Luft einsaugen. Sie kommt sich vor wie ein Voyeur, der eine ruhende Tempeldame beobachtet. Ihr Bildnis auf Papier und die in den Fels gehauenen Figuren haben die Jahrhunderte verknüpft. Sie betrachtet dieses andere Ich. Schmeichelei ist nicht das richtige Wort für das Porträt. Es ist Empathie – dieselbe Eigenschaft wie in den sie umgebenden Skulpturen. Die alten Künstler waren vor allem anderen Verehrer. Ohne Liebe zu ihrem Gegenstand würden sie einfach nur Steine hauen, erst ihre Verehrung erweckt sie zum Leben. Sie merkt, wie sie errötet. Digby ist unschuldig, doch versteht er sich auf die weibliche Form durch Stunden sorgfältiger Betrachtung, aber auch wegen der durch seinen Beruf gewährten makabren Intimität.

Digby betrachtet sie besorgt. »Das gefällt mir«, sagt sie und klingt dabei wie eine, die sie kaum kennt. »Sie haben die Gabe …« Hat Claude ihr jemals auch nur annähernd eine solche Achtung bezeugt? Sie wird von dem verzweifelten Drang überwältigt, aus ihrem gegenwärtigen Leben auszubrechen.

»Flucht«, hört sie Digby sagen, als läse er ihre Gedanken.

Erneut errötet sie. »Wie bitte?«

»Es ist Flucht. Keine Gabe. Als Junge habe ich Welten gezeichnet, die in meiner Vorstellung glücklicher waren als meine. Gesichter. Haltungen. Genau das, was ich hier sehe.«

Ging das Verlangen, etwas zu schaffen, mit dem Wunsch einher, etwas zu zerlegen? Um es wieder zusammenzusetzen? »Flucht wovor, Digby?«

Seine Züge werden starr wie Sandstein. Es ist, als hätte sie wieder seine Narbe berührt. Endlich sagt er mit einer zu fröhlichen Stimme, die weiteres Bohren abblockt: »Die waren beim Körperlichen nicht verschämt, wie? Das wird deutlich. Die haben sich wohlgefühlt in ihrer Haut.« Er schaut sie direkt an.

Sie nickt. »Sehr wahr. Ich habe die Khajuraho-Tempel im Norden mit meiner *ayah* besucht, mit Janaki. Erstaunliche Skulpturen intimer Paare, Kurtisanen … na, sagen wir, für die Phantasie bleibt da nichts übrig. Die dortigen Pilger wären empört gewesen, das auf einem Kinoplakat zu sehen. Aber an einer Tempelwand ist es heilig. Die Skulpturen sind lediglich ein Echo ihrer Schriften. ›Das ist Leben‹, lautet die Botschaft.«

»In der Hochkirche von Glasgow wär das jedenfalls auch nicht passend, so viel steht fest!«, sagt Digby, wobei er seinen Akzent bewusst an seiner sonstigen Wachsamkeit vorbeihuschen lässt. Gelächter belohnt ihn. »Im Ernst«, fährt er fort. »Es hat mir nie gefallen, dass das Christentum einem von vornherein einredet, dass man ein Sünder ist. Hätte ich für die Male, die mir meine Nana gesagt hat, alle Jungen seien diebische und verlogene Missetäter und ich sei da keine Ausnahme … Entschuldigen Sie, Celeste. Ich hoffe, was ich glaube oder nicht glaube, verletzt Sie nicht.«

Sie schüttelt den Kopf. Nach dem Tod ihrer Eltern, wie sollte sie da noch an deren Glauben festhalten? Sie und Digby sind von Geistern umgeben und nicht nur von denen der alten Bildhauer, die ihre Spuren im Stein hinterlassen haben.

»Digby, wie sind Ihre Eltern gestorben?« Ihre Frage schwebt in der Luft wie eine der *gandharvas*. Digbys Züge verfinstern sich; ein kleiner Junge versucht, angesichts des Unsagbaren stoisch zu sein. »Vergessen Sie, dass ich das gefragt habe«, sagt sie. »Vergessen Sie's.«

Digbys Mund öffnet sich, als wollte er etwas sagen. Doch dann schließt er ihn wieder fest.

Auf der Rückfahrt schweigen sie beide. Sie spürt das Nachglühen dieser Reise zurück in der Zeit, das Geschenk, das Mahabalipuram seinen Besuchern macht. Sie sorgt sich um ihren Begleiter. Sie sind beide aus dem Stoff des Verlusts geformt. Sie schaut ihn verstohlen an, das feste Kinn, die drahtigen, kräftigen Schultern. *Er ist nicht aus dünnem Porzellan, Herrgott. Der schafft das schon.*

»Celeste …«, sagt Digby, als sie vor seinem Haus halten, die Stimme rau von der Stille, die sich auf der Rückfahrt aufgestaut hat.

Sie nimmt seine Hand, bevor er mehr sagen kann. »Digby, ganz herzlichen Dank für diesen schönen Tag.«

»Das wollte ich doch gerade sagen!«, protestiert er.

Sie lächelt, obwohl sie Trauer und eine eigentümliche Sehnsucht überkommt. Sie drückt seine Finger, zügelt ihren Körper, bleibt aufrecht. Sie schaut auf ihrer beider Hände hinab.

»Sie sind ein guter Mann, Digby«, sagt sie. »Auf Wiedersehen. So, das habe ich für uns beide gesagt.«

19. Kapitel
PULSATIL

1935, Madras

Digby gelobt, nicht an sie zu denken. Er denkt die ganze Zeit an sie. Sie ist in sein Gedächtnis eingemeißelt wie eine Steinskulptur; seine Gedanken an sie überstehen eine Regenzeit, die den Namen nicht verdient hat, einen Taifun, der ihn verdient hat, und einen »Frühling«, der im Nu vorüber war. Er riecht noch immer die Brandung, schmeckt die Chutney-Sandwiches und sieht ihr Gesicht vor sich, als sie döste, ein Gesicht, das andeutet, was sie durchgemacht hat, selbst wenn die Narben weniger deutlich sind als seine.

Einen Trost hat er: Esmeralda. Bislang hat sie Owens Ankündigung, sie sei ein »hundertprozentig zuverlässiges Schmuckstück!«, bestätigt. Sie hat viele Eigenheiten, doch sie belohnt ihren geduldigen Besitzer. An den Wochenenden begleitet sie ihn zu neuen Ausblicken, erkundet mit ihm die Ausläufer der Stadt: Saint Thomas Mount, Adyar Beach und sogar Tambaram.

Zwar hat sich sein räumlicher Radius dadurch nun erweitert, der Kreis seiner Freunde dagegen nicht: Honorine, die Tuttleberrys und Ravichandran. Lena Mylin schreibt Digby plaudrige Briefe, sie erhole sich gut, und Franz lasse bestens grüßen. Sie schickt ein verlockendes Foto ihres Gästehauses in der AllSuch-Siedlung, wo Digby, wie sie sagt, malen und ausspannen könne. Er hat versprochen, die Reise im kommenden Sommer zu unternehmen, wenn Madras unerträglich wird.

Digby und Honorine sind Gäste der Tuttleberrys beim Herbstball des Railway Institute, einem Ereignis, das man, so Jennifer, »auf keinen Fall verpassen« darf – und es sieht ganz so aus, dass auch alle aus der angloindischen Gemeinde da sind. Die grauhaarigen Papas, die *nanas* und die Kinder dösen in irgendwelchen Ecken und nehmen Denzil and the Dukes auf der Bühne, die alles von Swing bis Polka spielen, gar nicht wahr. Eine glutvolle Sängerin singt mit ihnen »April Showers« und »Stardust«. Digby sieht einem Paar mittleren Alters zu, wie es über den drangvollen Tanzboden schiebt; sie sind schon so lange verheiratet, dass ihre Körper am anderen Abdrücke hinterlassen haben.

Jennifer zieht Digby ungeachtet seiner Proteste vom Stuhl. »Ich zeig's Ihnen, keine Sorge«, sagt sie. »So schwer wie Chirurgie kann das gar nicht sein.« Digby wäre eine Magenverkleinerung viel lieber. »Schwingen Sie die Hüften«, sagt sie aufmunternd.

Eine Unruhe entsteht, als ihr Bruder Jeb mit einer kleinen Entourage gutaussehender Kumpel eintrifft. »Heute Abend beehrt uns der Prinz von Perambur«, sagt Jennifer stirnrunzelnd. Sogleich schiebt eine junge Frau ihren Stuhl zurück und stolziert aus dem Saal, Eltern und Geschwister hinter ihr her, und alle funkeln Jeb beim Hinausgehen böse an. Jeb steht beiseite – bescheiden, höflich, Blick zum Betonboden gerichtet. Jennifer sagt kopfschüttelnd zu Digby: »Mary und Jeb hatten was damals, als sie beide in Unterhosen rumliefen. Er hat ihr sogar einen Ring geschenkt. Und diesen Monat macht mein Bruder mit ihr Schluss, einfach so. Ich bin immer noch wütend.«

Digby hat sich wieder gesetzt und beobachtet nun Jeb, wie

er durch den Raum streift wie einer, der sich um ein Amt bewirbt; huldvoll winkt er Denzil and the Dukes zu, die ihm wie einem Royal antworten. Er geht vorbei an Jennifer, die ihren Bruder schneidet, schleicht sich dann aber von hinten an sie heran, hebt sie hoch und führt sie auf die Tanzfläche. Denzil and the Dukes spielen einen Cha-Cha-Cha; aller Augen sind auf Bruder und Schwester gerichtet und wie Jeb mit dem leichtesten Druck der Fingerspitzen führt und die Hüften wiegt. Digby ist neidisch auf diese Fertigkeit, die er, wie er weiß, nie besitzen wird. Wieder fällt ihm der Kontrast zwischen Jebs blauen Augen und braunen Haaren sowie Jennifers tiefdunklen Augen und dem schwarzen Bob samt Locke auf der linken Seite auf. Mit Sari, rot gefärbtem Scheitel und einem *pottu* auf der Stirn könnte sie als tamilische Dame durchgehen, Jeb hingegen als gebräunter Engländer, der gerade von einem Sommer in Italien zurück ist.

Jeb entlässt seine grinsende Schwester, indem er sie auf ihren Stuhl wirbelt, nur um sogleich auf eine sittsame junge Schönheit in einem aparten weißen Kleid voller übergroßer roter Rosen und mit einem großzügigen Ausschnitt zuzuhalten. Doch nein – er hat es auf die übergroße Mutter des Mädchens abgesehen. In seiner hochtaillierten Hose und dem weißen Hemd mit Smokingrüschen gleicht Jeb einem Matador, der Tantchen gekonnt über die Fläche schiebt, beeindruckt von Tantchens verborgenen Talenten tut, die ihrerseits beweist, dass sie vor zwanzig Jahren eine heiße Nummer war ... derweil Tantchens sittsame Tochter nervös auf ihrem Stuhl herumrutscht, weil sie weiß, was Digby erst jetzt sieht: dass von dem Augenblick an, als Jeb hereingekommen ist, alles Irreführung war, alles Rauch und Spiegel, denn die Würfel waren schon gefallen, da es für ihn nur eine auf der Welt gab, und zwar Tantchens reizende Tochter in dem weißen Kleid mit den vielen Rosen, es war

Liebe-auf-den-ersten-Blick-mein-liebster-Schatz, und vergiss die Lügenmärchen, die du über mich gehört hast, purer Rufmord von dieser Chutney-Mary und ihren Charley-Billy-*po-po-gunda*-Brüdern, diesen Landeiern, bloß Geschichten, Blödsinn, Frösche, die in einem Eimer hocken und die kühne Seele runterziehen wollen, die die Welt sehen möchte …

Digby ist nur mäßig überrascht, als Owen ihm erzählt, dass Jebs Neue Rose heißt. Unwillkürlich muss er denken, wie sehr Celeste die Intrigen und das Spektakel gefallen würden. Doch Celeste ist ein Tagtraum, während Frauen aus Fleisch und Blut in Parfümwolken an ihm vorbeihuschen und ihn mit Blicken zu Abenteuern rufen. Eine Stunde später, als Digby und Honorine sich verabschieden, wird ausgelassen getanzt.

Digby fährt in ruhigem Tempo, dem einzigen, dessen Esmeralda mit einem Passagier im Beiwagen fähig ist, und das heißt, nur wenig schneller als ein Fahrrad. Der Wind vom Meer her ist nährend, reinigend. Digby schiebt sich die Schutzbrille auf die Stirn, und Honorine grinst, die Haare hinter ihr im Wind.

»Für Jeb gibt's wohl nur Rosen«, schreit Digby über die Schulter, das Bild des wirbelnden weißen Kleids mit den roten Blüten noch vor Augen. Er will über Celeste sprechen, aber natürlich hat er sie gar nicht erwähnt, auch nicht den Ausflug, nie auch nur ihren Namen anderen gegenüber.

Honorine lacht, schreit zurück: »Rosen wären ärgerliches Unkraut, wenn ihre Blüten nie welken und sterben würden. Schönheit liegt in dem Wissen, dass sie nicht von Dauer ist.«

Na, das weiß Jeb bestimmt, denkt Digby. *Aber weiß Rose es auch? Und wenn Schönheit im Ephemeren liegt, was ist mit den schönen Dingen, die man nicht haben kann? Diese Schönheit währt vielleicht doch ewig.*

Mit den Hundstagen des Sommers beginnt in Longmere ein weiteres Jahr; Muthu trägt es im Küchenkalender ein.

Als Digby durch den Vorraum des OP läuft und sich den stechenden Schweiß mit dem Taschentuch abtupft, liegt dort ein Patient auf einer Trage, den er kennt. Die blauen Augen und die schwach gebräunte Haut des Mannes weisen ihn als Briten aus, ein seltener Anblick, was Chirurgiepatienten im Longmere anbelangt.

Digby wirft einen Blick auf Claudes OP-Liste, und darauf steht nur ein Name: Jeb.

»Ist nichts weiter«, sagt Jeb, dem es peinlich ist, dass er Digby hier begegnet. »Ein blöder Abszess.« Er zeigt auf eine entzündete, rote Wölbung am Hals. »Hab gedacht, ich lass den mal von Dr. Arnold dränieren. Claude ist ja sportbegeistert. Kommt zu jedem Spiel von uns hier in der Stadt.«

»Wie lange haben Sie das schon?«, fragt Digby, wobei er viel lieber sagen würde: *Ich würde mir von Claude nicht mal eine Zecke vom Hintern nehmen lassen*. Er schaut es sich genau an.

»Ach, schon Monate. Aber jetzt macht das Ding Ärger.«

Als Claudes Pfleger kommt, um Jeb in den OP zu bringen, winkt Jeb ihm munter zum Abschied.

Schon Monate? Digby grübelt. Dann schrillen die Alarmglocken.

Er schickt eine Lernschwester zu Honorine, sie möge in den OP kommen, wenn sie kann. Er zieht seine OP-Sachen an und geht hinein, um es sich noch einmal anzusehen. Das Chloroform hat schon gewirkt, Jebs Augen sind geschlossen. Die Schwellung ist entzündet, rot – sieht wirklich ganz wie ein Abszess aus. *Vielleicht habe ich mich ja geirrt*, denkt Digby. Doch als er einen Finger darauflegt, ist es nicht warm, wie ein Abszess es wäre. Es ist, wie von ihm befürchtet, pulsatil, hebt sich mit jedem Herzschlag und drückt gegen seine Finger.

»Na, wenn das nicht Dr. Kilgour ist«, sagt Claude, der, gewaschen und im Kittel, hinter ihm erschienen ist, gerade als Honorine hereinschlüpft, die Maske ans Gesicht gedrückt. Es ist noch weit vor Mittag, dennoch glaubt Digby, Alkoholdunst zu riechen. »Geben wir Ihnen bei den Einheimischen da nicht genug Arbeit? Wollen Sie hier mal zusehen?« Falls Claude lächelt, wird es von seiner Chirurgiemaske verdeckt; den Augen sieht man es jedenfalls nicht an.

»Oh, entschuldigen Sie. Es ist nur so, ich kenne Jeb«, sagt Digby. »Der Bruder einer Freundin. Zufällig habe ich ihn hier im Vorraum gesehen.« Er senkt die Stimme. »Ich frage mich nur … es lässt mir keine Ruhe, Dr. Arnold. Könnte das vielleicht kein Abszess sein, sondern ein Aneurysma?«

Claudes Augen werden kalt. Der nackte Hass darin erschüttert Digby. Er fragt sich kurz, ob es wegen Celeste ist, doch die einzigen Sünden, die er begangen hat, haben in seinem Kopf stattgefunden.

Claude fasst sich wieder. »Unsinn, mein Junge«, sagt er. »Sie sind doch jetzt lange genug hier, um einen Abszess zu erkennen. Der ist voller Eiter. Die Gefäße dahinter übertragen ihr Pulsieren. Wir sind hier in den Tropen. Hier sind pyogene Abszesse häufiger als Akne.«

Er verschleift die Worte nicht, sondern artikuliert sie sorgfältig. Claude könnte recht haben.

»Es ist bloß, er ist nicht warm …«, sagt Digby. »Vielleicht erst mal eine kleine Nadel, das könnte klären, ob –«

»Das ist ein Abszess voller Eiter«, sagt Claude kategorisch. »Die Dinger habe ich schon geöffnet, als Sie noch Fingermalen gelernt haben! Treten Sie jetzt mal zurück und schauen Sie zu.«

Dr. Claude Arnold schneidet mit dem Skalpell in die Schwellung, bevor das Antiseptikum getrocknet ist. Eiter quillt heraus, dick und cremig, und Claude dreht sich zu Digby um, als wollte er sagen: »Sehen Sie?«, doch unmittelbar darauf trifft ihn ein Strahl helles arterielles Blut am Kopf. Er springt verblüfft zurück, aber nicht schnell genug, denn beim nächsten Schlag erwischt es ihn erneut, eine sprudelnde Fontäne, im Takt von Jebs Herzschlägen.

Beim Zurückweichen stößt Claude einen Hocker um. Digby geht hin, packt mit den unbehandschuhten Händen Tücher und presst sie auf das Aneurysma, denn genau das ist es ja: eine fokale Schwächung der Karotidenwand. Honorine lässt ihre Maske fallen und tritt hinzu, um zu helfen.

Claudes Schnitt ist so lang und tief, dass die Kompresse den Dammbruch nicht stillen kann. Die Tücher röten sich, ebenso Digbys Finger; Blut tropft vom Tisch und bildet auf dem Boden eine Lache. Digby ruft nach einem Faden auf einem Nadelhalter. Schon ist Jebs Gesicht gespenstisch weiß. Als Digby die Tücher wegzieht, dringt das Blut schon weniger stark durch den schartigen Riss. Grob näht er das Gefäß zu, doch da hat Jebs Herz schon aufgehört zu schlagen, weil es nicht mehr genug Blut zum Pumpen hat. Der Patient ist verblutet. Jebs Augen sind halb offen, und Digby spürt ihren Blick auf sich, als wollten sie fragen: *Warum haben Sie ihn das machen lassen?*

Das Poltern des Hockers hat alle in Hörweite herbeigerufen. Im OP steht ein kleines Grüppchen und betrachtet das grausige Tableau. »Also wirklich!«, sagt Claude in zwei Metern Entfernung, womit er die lange Stille im Raum durchbricht.

Claude ist fast so bleich wie Jeb, abgesehen von dem Blut auf einer Seite seines Gesichts. Alle Augen sind auf Claude gerichtet, ein Bild des Jammers.

»Das blöde Ding da hätte ihn sowieso umgebracht«, sagt Claude. »Nichts passiert«, murmelt er und taumelt hinaus.

20. Kapitel
IN GLASHÄUSERN

1935, Madras

Digby hat durchs Kirchenfenster einen Blick auf den angrenzenden Friedhof. *Claude, wie viele Seelen hast du da hingeschickt?* Am nächsten Tag war der Mann wieder bei der »Arbeit«, als wäre nichts geschehen. Digby erschauert, als ihn nun eine innere Stimme warnt: *Mal langsam, Digby. Kein Chirurg ist unfehlbar.*

Der Gottesdienst musste von Perambur in eine größere Kirche in Vepery verlegt werden. Die gesamte angloindische Gemeinde ist erschienen, die Frauen mit Hut und schwarzem Schleier. Durch die Kränze, die beim Sarg aufgeschichtet sind, kann er kaum den Altar erkennen. Eine gerahmte, an einem Hockeyschläger lehnende Fotografie eines blendend aussehenden Jeb erinnert Digby an Rudolph Valentino. In der Kirche ist es heiß, der Gottesdienst lang, die Luft erfüllt vom süßlichen Duft von Gardenien.

Als Jebs Teamkollegen, eine Phalanx von Männern in blauem Blazer und weißer Hose, den Sarg auf dem Mittelgang herantragen, durchstößt der Klagelaut einer Frau die Stille, worauf Schluchzen die Kirche erfüllt.

Draußen ruft jemand Digbys Namen. Owen nimmt seine Hand. Er wirkt unausgeschlafen, niedergedrückt. »Doc, wir wissen, was im OP passiert ist. Ganz genau. Ich weiß, dass Sie versucht haben, es zu verhindern.«

Digby hat außerhalb des Krankenhauses kein Wort darüber gesagt.

»Sie sollen wissen«, sagt Owen und richtet sich auf, »dass wir beim Klinikleiter waren. Ein zwielichtiger Kerl! Dem ging's nur darum, Arnold zu schützen. Der große Boss bei der Eisenbahn persönlich hat beim Gouverneur eine Bittschrift für die Familie eingereicht. Der Gouverneur hat den Direktor des Indian Medical Service angerufen. Er hat eine Untersuchung versprochen. Das lassen wir denen nicht durchgehen, Digby.« Er mustert Digbys Gesicht. »Ich weiß, er ist Ihr Boss und so weiter. Aber Doc, schützen Sie dieses Schwein nicht.«

»Owen, wenn man mich fragt, sage ich die Wahrheit«, sagt Digby einfach.

Owen nickt. Er sagt: »Jeb war kein Heiliger. Er hat noch Zeit gebraucht, um sich die Hörner abzustoßen. Aber das hat er nicht verdient.«

Digby fragt ihn etwas, was ihm noch auf der Seele brennt. »Owen, warum ist Jeb nicht ins Railway Hospital gegangen?«

Wie sich zeigt, war der Grund dafür seine neue Flamme, Rose. »Verdammt, Rose ist die Tochter des Klinikleiters. Jeb war ja ein bisschen ein Romeo. Jedenfalls wurde Rose ganz eifersüchtig-*jalebi*, als sie erfuhr, dass er hier und da auch noch anderen Frauen Anträge gemacht hat. Und auch ihr Vater hat sich eingeschaltet. Das Schlimmste ist, der Kerl wohnt uns gegenüber. Er kam zu uns und machte eine Szene, und dann hat sein Sohn rumerzählt, dass unsere Familie dies und jenes ist, und dann kam auch das große Gerangel mit Hockeystöcken, Steinen, Stangen und so weiter. Sogar meine Mutter hat ein paar Tritte ausgeteilt. Jetzt wissen Sie's, Doc. Deshalb kam das Railway Hospital für Jeb nicht in Frage.«

An den Herausgeber der Mail:

Der Tod Jeb Pellinghams, des Hoffnungsträgers der Hockeymannschaft für Olympia, ist eine nationale Tragödie. Aber wie seine Familie behandelt wird, ist eine nationale Schande. Mr. Pellingham ist wegen der Nachlässigkeit eines Chirurgen am Longmere Hospital gestorben, doch trotz des Versprechens des Gouverneurs, eine Untersuchung abzuhalten, sind nun zwei Monate vergangen, und es gibt noch immer keinen Termin für eine Anhörung. Und noch immer warten seine Familie und die Delegierten der angloindischen Gemeinde auf eine Abschrift des Berichts des Coroner.

Mr. Pellingham hatte das Pech, in den Händen eines Chirurgen zu sein, dessen Ruf so schlecht ist, dass man ihn im Government General Hospital entlassen hat. Kein Europäer begibt sich in seine Obhut. Dennoch ist er weiterhin am Longmere, gut bezahlt für wenig Arbeit, und das Wenige, was er tut, ist gefährlich. Der interessierte Bürger muss sich fragen: Ist der Grund dafür der, dass einer seiner Brüder der Regierungschef des Vizekönigs ist und der andere der Gouverneur einer Präsidentschaft im Norden? Warum sonst wird dieser mörderische Mann gedeckt?

Wir Angloinder waren einst stolze Söhne und Töchter von Briten und genossen alle bürgerlichen Privilegien. Vorbei. Sollte die indische Selbstverwaltung kommen, werden uns zweifellos noch mehr Rechte genommen. Dabei sind wir diejenigen, die ein reibungsloses Funktionieren des Landes gewährleisten. Es wird Zeit, dass die angloindische Gemeinde ihre vorbehaltlose Unterstützung der Regierung überdenkt, die zurückgeht auf die Meuterei von 1857, als die Burschen vom La Martinière College in Lucknow aushielten, oder auf Brendish und Pilkington im Telegraphenamt von Delhi, die unter großen Gefahren den Briten signalisierten, dass die Meuterer in die Stadt eingedrungen waren. Im Großen Weltkrieg dienten drei Viertel der tauglichen angloindischen Bevölkerung mit Auszeichnung. Wir können nicht länger warten.

Mit Jeb Pellingham hat Indien einen guten Mann verloren und vielleicht die größte Chance auf weiteres Hockey-Gold. Das Desinteresse an seinem Tod und das Ausbleiben einer Untersuchung trifft die angloindische Gemeinde ins Herz. Das lassen wir nicht auf sich beruhen.

Hochachtungsvoll,
Veritas

Celeste lässt die *Mail* auf den Tisch fallen. Plötzlich sitzt sie im Glashaus, und ganz Madras schaut herein. Die Leserbriefe an die *Mail* sind beliebter als die Titelseite. Im Vormonat waren die Leser fasziniert von einer Debatte über die Einstellung qualifizierter Inder in den Indian Civil Service. Diese Regeländerung sollte die Inder beschwichtigen, doch die alte Garde der britischen ICS-Beamten schäumte wegen dieser Verwässerung ihrer Reihen durch Einheimische. »Indien ohne das ›Stahlgerüst‹ eines britischen ICS wird kollabieren«, stand in einem Brief, in einem anderen: »Es ist allseits bekannt, dass die Brahmanen scheitern, wenn sie in die höchsten Stellungen zugelassen werden.« Es gab so viele Briefe von ICS-Beamten (die nur mit Initialen unterschrieben), dass schon von einer »Weißen Meuterei« die Rede war, was dem Vizekönig sehr missfiel.

Der Brief von »Veritas« trägt den Stempel der Wahrheit, auch wenn er ihren Mann nichts weniger als eines Mordes bezichtigt. Ein Mann, dem die Bitten seiner Frau gleichgültig sind und der kleine Kinder von ihrem Busen reißt, muss diese Gleichgültigkeit auch bei der Arbeit zeigen. Das Geheimnis der Versorgung eines Patienten liegt, das hat sie einmal gelesen, darin, dass man ihn auch *umsorgt*, und wenn das stimmt, dann musste Claude zwangsläufig scheitern. Auch er ist in Indien geboren, aber in eine Familie von Militärs. Eine ganze Weile dachte sie, seine Wunde rühre daher, dass er schon in jungen Jahren nach England geschickt, aus den Armen seiner ayah gerissen wurde. Das aber wurden auch Claudes Brüder, und die wurden achtsam, großzügig und erfolgreich. Als sie sich kennenlernten, versprach Claude, ebenso zu werden; sie war hin und weg von seinem Aussehen, seinem Selbstvertrauen und seiner Entschlossenheit, sie haben zu wollen. Es dauerte, bis sie erkannte, dass etwas an ihm fehlte, und dieses fehlende Glied kostete ihn eine glückliche Ehe und das berufliche Vorankommen.

An jenem Abend ist sie im Wohnzimmer, als Claude in seiner weißen Tenniskluft nach Hause kommt. Sein Blick fällt auf die *Mail* auf dem Tisch vor ihr. Er sieht sie nicht an. Er schenkt sich am Getränketablett einen Kleinen ein.

»Der Rasen ist sehr trocken. Sprichst du mal bitte mit dem *maali*, Schatz?«, sagt er in gewohnt heiterem Ton. Er geht mit dem Glas in sein Arbeitszimmer, ohne die Whiskykaraffe, die er sich vom Tablett geschnappt hat, besonders gut verbergen zu können.

Am nächsten Morgen beim Frühstück ist Claude stärker übernächtigt als sonst. Er köpft sein weich gekochtes Ei, steht dann aber abrupt auf und geht. Sie glaubt, dass ihn etwas in der *New India* neben seinem Teller aufgeregt hat. Doch nein, es war das Telegramm unter der Zeitung.

VERITAS BRIEF IN BOMBAY CHRONICLE STOP TOBY BEFRAGT STOP TOBY ODER MICH NICHT WIEDERHOLE NICHT IM BÜRO KONTAKTIEREN STOP

Es ist von Claudes Bruder Everett, dem Gouverneur der Präsidentschaft Bombay. Toby, der andere in dem Telegramm erwähnte Bruder, ist der Regierungschef des Vizekönigs.

In den folgenden Tagen bleibt das Thema von Jebs Tod in den Leserbriefen der *Mail* aktuell. Claude wird nicht erwähnt, dagegen der Vizekönig, sein Regierungschef und der Gouverneur der Präsidentschaft Bombay, worüber sie nicht froh sein können.

Zwei Wochen später kommt der Vizekönig zu einem geplanten Besuch nach Madras, den er lieber nicht im Terminkalender gehabt hätte. Als sein Sonderwaggon in den Hauptbahnhof einfährt, sieht der noch nicht ganz bekleidete Vizekönig zu seinem Schrecken, als er die Vorhänge seines Schlafabteils öffnet, eine Phalanx Hockeyspieler in Uniform, sie tragen schwarze Bänder und stehen schweigend da. Hinter ihnen hält eine Menge von nahezu hundert Menschen Plakate mit Jebs Namen hoch, darauf die Wörter AUTOPSIEBERICHT FREIGEBEN! Sie sind stumm wie Gespenster.

Wütend zieht der Vizekönig die Vorhänge zu. Genau davor hatte er sich gefürchtet und hatte deswegen angeordnet, dass sein Waggon weit vor dem Bahnsteig im Schuppen abgekuppelt wird. Auf rätselhafte Weise war die Nachricht nicht beim Lokomotivführer angekommen, und wie durch ein Wunder war er während der Nacht dank sämtlicher angloindischer Bahnhofsvorsteher auf der Strecke auch auf kein rotes Signal gestoßen. Weswegen der Zug um sechs Uhr morgens ankommt statt um acht. Die Polizeitruppe, die den Vizekönig begleiten soll, ist nicht zu sehen, außerdem würden sie auch am falschen Ort warten.

In der Menge sind auch Reporter und Fotografen aller indischen Zeitungen. Schließlich erscheint der rotgesichtige Vizekönig in der Waggontür, an einem Ohr hängt noch Rasierschaum; er beugt sich vor, sodass sein Kopf erscheint, tritt aber nicht heraus. Gnädig nimmt er die Petition von Jebs Mutter entgegen. Er räuspert sich, setzt zu einer Rede an, doch als er das Wort »gehört« sagt, brüllt hinten jemand: »*Chaa*! Das haben wir doch schon mal gehört, was, Jungs?« Eine Frau schreit »SCHANDE, SCHANDE, SCHANDE«, was nun auch die Menge skandiert. Blitzlichter flammen auf, der Vizekönig zieht sich nach drinnen zurück, nur um der Demütigung von Hockeystöcken ausgesetzt zu sein, die gegen den Waggon hämmern und die Fahrgäste drinnen betäuben. Die Zeitungen schildern die Szene in allen Einzelheiten und mit knackigen Fotos.

Zu Celestes Überraschung erscheint der Regierungschef des Vizekönigs an jenem Abend bei ihnen zu Hause. Toby sieht von den drei Brüdern am besten aus, ist aber kleiner als Claude. Ohne Claude zu beachten, küsst er Celeste und überreicht ihr ein Geschenk, das eingepackt ist und mit einem Band umwickelt. Sie macht es sogleich auf. Er sagt: »Das ist ein antikes Schmuckkästchen aus Elfenbein. Ich habe es in Jaipur gesehen und gleich gewusst, dass ich es meiner Lieblingsschwägerin schenken muss.«

»Deiner *einzigen* Schwägerin, Toby. Oh, das ist aber –«

»Celeste«, fällt Claude ihr ins Wort, »der Boy soll das Getränketablett bringen. Wir gehen ins Arbeitszimmer –«

»Wozu die Eile, Claude?«, sagt Toby etwas verärgert. »Und lass doch das Getränketablett.« Claudes Lächeln klebt auf seinem Gesicht wie Eigelb, doch er schweigt. Wenn die Brüder zusammenkommen, lassen sie Claude den älteren Bruder spielen. Sie fragt sich jetzt, ob das aus Mitleid geschieht, weil aus ihnen so viel mehr geworden ist.

Toby lässt ihre Hand nicht los. »Celeste? Grüß mir Janaki, ja?«

Offenbar hat Toby nicht den Wunsch, ins Arbeitszimmer zu gehen, denn noch als sie oben an der Treppe angelangt ist, hört sie ihn in einem Ton reden, der ganz anders ist als der, den er ihr gegenüber benutzt hat: »Von allen deinen Eseleien auch noch das, Claude! Glaubst du wirklich, dass der Vizekönig deine Version der Geschichte hören will? Hast du wirklich nicht kapiert, dass ihn das in noch größere Verlegenheit stürzt? Und mich auch?« Claudes Antwort ist nicht zu hören. »Nein, jetzt hörst *du* mal zu«, sagt Toby. »Nein! Genau das Gegenteil. Ich bin hier, um dir zu sagen, dass es auf Anweisung des Vizekönigs nun doch eine Untersuchung geben wird. Uns sind die Hände gebunden.« Sie kann Claudes gemurmelte Antwort nicht hören, nur dass Toby sie ihm abschneidet. »Stopp! Kein Wort weiter. Ich will schwören können, dass ich nur Celeste besuche und nicht mit dir über den Fall gesprochen habe. Weder der Vizekönig noch deine Brüder mischen sich da ein. Telegrafiere nicht und ruf auch nicht an. Krieg das endlich in deinen Kopf, Claude. Das ist keine Formalie. Der Vizekönig will die *Wahrheit*.« Danach ist lange Stille. Dann hört sie ihn freundlicher sagen: »Es tut mir leid, Claude. Das wird dich ins Rampenlicht stellen. Die Vergangenheit *wird* ans Licht kommen. Prüfe dich genau. Und lass um Gottes willen die Finger von dem Getränketablett, bis alles vorbei ist.«

Toby wirft einen Blick durch die Tür und sieht sie wie erstarrt am Treppenabsatz stehen. Sein Gesicht ist voller Schmerz und Trauer.

Die Zeitungen berichten, dass der Vizekönig der Familie Pellingham eine Entschädigungszahlung angewiesen und eine Kommission benannt hat, deren Vorsitz ein ehemaliger Gouverneur einnimmt und der zwei standhafte Vertreter der angloindischen Gemeinde, der Chef des Indian Medical Service sowie zwei angesehene Chirurgieprofessoren von den Medical Colleges Bombay und Kalkutta angehören sollen. Das Datum ist auf zwei Monate später angesetzt. Die Kommission kann Zeugen vorladen; ihr abschließendes Urteil wird bindend sein.

Während der nächsten Tage gehen sie sich aus dem Weg. Celeste ist angespannt, sie kann sich nur vorstellen, wie Claude zumute ist. Er verbringt lange Stunden im Club, obwohl dort über ihn geredet wird. Vielleicht ist es für ihn schlimmer, zu Hause zu bleiben und ihr zu begegnen; im Club findet er in einer dunklen Nische Zuflucht, wo er entweder allein trinkt oder mit Kumpels, die zu narkotisiert sind, um ihn hart zu beurteilen.

Als sie am Ende jener Woche spätnachmittags nach Hause kommt, ist Claude zu ihrer Überraschung da. Höflich steht er auf. Noch bevor sie ihren Hut abgenommen hat, lässt er ihr Tee bringen. Er ist gut mit dem Gin dabei.

»Darling«, sagt Claude, »bald ist ja diese Anhörung.« Sie sagt nichts, die Hände ruhig im Schoß. »Das ist nämlich was Politisches. In der Chirurgie passieren eben schlimme Sachen. Ich hoffe, ich überstehe das gut. Ich habe einen Plan.« Er lächelt breit. Man braucht Zuversicht. Man darf nie aufgeben.

Die Säcke unter seinen Augen sind neu. Das feine Kapillargeflecht auf den Wangen ist viel ausgeprägter. Würde er Reue zeigen oder nicht so stark versuchen, seine Furcht zu verbergen, könnte sie ihn vielleicht bedauern.

»Weißt du, Darling, das könnte jetzt *wirklich* schiefgehen. Das heißt, wenn dein *Freund* Digby beschließt, mich anzuschwärzen.«

»Er ist *dein* Kollege, Claude«, sagt sie verärgert. »Ich bin einmal vor einer Ewigkeit mit ihm nach Mahabalipuram gefahren, und das habe ich dir auch gesagt.«

»Na, was glaubst du wohl, wer diesen Brief geschrieben hat? Veritas? Das muss doch er sein.«

Sie macht große Augen. »Du bist verrückt. Warum sollte er sich als Angloinder ausgeben?« Jetzt sprechen sie zum ersten Mal über seine Schwierigkeiten. Vielleicht kocht ihre Wut deshalb jetzt hoch.

»Na ja, das ist es doch, Darling. Neid, was sonst? Er will meinen Posten. Er hat rein *zufällig* die Nase in den OP gesteckt, als das … als es diese Komplikation gab. Dann interpretiert er das, was er sieht, falsch, und die Gerüchteküche bringt eine falsche Geschichte in Umlauf. Dagegen muss ich mich wehren. Wenn er bei seiner Geschichte bleibt, könnte er unser Schiff versenken.«

Er wartet. Celeste will ihm am liebsten ins Gesicht lachen. Seine höfliche Fassade bekommt Risse.

»Herrgott noch mal, Celeste, was glaubst du wohl, wie ich das alles hier am Laufen halte? Die ganzen Jahre hast du ein bequemes Leben gehabt. Aber der Brunnen könnte flacher sein, als du glaubst …« Celeste sieht die Gesichter ihrer Jungen; sie stellt sich vor, wie sie aus England zurückkommen, weil Claude die Gebühren nicht mehr bezahlen kann. Ein schöner Gedanke und nicht das, was Claude beabsichtigt hat. »Wenn ich aus dem Indian Medical Service entlassen werde und meine Rente verliere – verdammt, Celeste, das wäre das Ende.«

Und wenn meine Kinder wieder hier sind, hätte ich nicht mehr den leisesten Grund, bei dir zu bleiben, Claude.

»Es ist so, Darling, ich muss sicher sein, dass der junge Digby keine Falschaussage macht.«

»Was willst du, Claude?«, sagt sie ganz leise. »Herrgott, sag es einfach.«

»Nichts! Ich … will gar nichts von dir, mein armer Darling. Aber ich muss dir sagen … ich werde Digby wissen lassen, dass ich ihn als Scheidungsgrund benennen werde.«

Zunächst begreift sie nicht, was er da sagt. Doch dann dämmert es ihr.

»Claude, wie kannst du es wagen, mich so zu benutzen? Als Einsatz in deinem schmutzigen kleinen Plan?«

»Aber hör doch, so weit kommt es doch gar nicht, Darling!

Digby wird seine Aussage ändern. Das soll ihn nur daran erinnern, wo sein Platz ist. Wer vertraut schon einem, der so weit geht, mit der Frau eines Vorgesetzten ins Bett zu steigen?«

»Ins Bett mit … mit *mir*?« Sie ist überrascht, wie beherrscht sie bleibt. Seine Worte sind so verachtenswert, dass ihn anschreien eine viel zu großzügige Reaktion wäre. Stattdessen betrachtet sie ihn lange, sieht zu, wie er sich windet. Sie lächelt, was ihn in seiner Verfassung mehr quält, als wenn sie ihn geschlagen hätte. »Claude, ich habe mir in all den Jahren so viel gefallen lassen. Jetzt willst du deine Haut mit einer Lüge retten, die mich zur Ehebrecherin macht? Mehr fällt dir nicht ein? Vergiss Digby mal einen Augenblick. Bin ich dir so wenig wert, dass du mich verleumdest? Oder dich zum Gehörnten machst? Oder meine Söhne durch den Dreck ziehst? Steckt unter deiner Fassade wirklich keine Ehre, kein Anstand, wenn man daran kratzt? Das ist das, was dir fehlt. Deine Brüder haben es, und das ist der große Unterschied, siehst du das denn nicht?«

Sie weiß, wie sehr es ihn treffen muss, dass sie seine Brüder als Maßstab anlegt. Es ist bezeichnend für seinen jämmerlichen Zustand, dass er nicht reagiert, keine Miene verzieht, sondern sie nur flehentlich anblickt.

»Aber ich sage dir doch, Celeste, so weit kommt es gar nicht. Es ist doch nur ein Trick«, sagt er kläglich. »Verdammt, Celeste, fällt dir denn was Besseres ein? Es geht mir doch um die Zukunft der Kinder. Um unsere …«

Sie betrachtet ihn voller Abscheu. »Als du mir das letzte Mal mit Scheidung gedroht hast, war es auch ›für die Kinder‹. Und ich war so dumm, sie mir durch deinen Druck wegnehmen zu lassen. Nie wieder.«

Sie steht auf und wendet sich zum Gehen. Er packt sie am Handgelenk. Sie reißt sich los und wirbelt zu ihm herum. Er weicht zurück.

Frühabends an einem Samstag erscheint in der Tür zu Digbys Schlafzimmer ein großäugiger Muthu. Digby sitzt auf dem Bett und liest. Er hat den Nachmittag eher lustlos mit Malen verbracht und dann lange geschlafen.

»*Saar*, Besuch! Missy, *Saar*«, sagt Muthu und eilt davon.

Welche Missy? Ein verdutzter Digby wäscht sich rasch und zieht sich ein frisches Hemd über. Vorn auf der Veranda sieht er ein Damenfahrrad stehen.

Als er im Wohnzimmer sieht, wer es ist, bereut er, dass er noch seine farbenfleckige Hose anhat. Er hat einen Adrenalinschub, jedes kleine Geräusch ist verstärkt, vom Klappern des Geschirrs in der Küche bis zum Zwitschern eines Bülbül draußen. Da steht sie, mit dem Rücken zu ihm. Wie sie wohl seine Einrichtung findet, fragt er sich, die Kavallerie der Terrakottapferde auf der Veranda, als sie hereingekommen ist? Er hat riesige Versionen davon gesehen, als er mit der Esmeralda durch Dörfer fuhr: Gaben für Aiyanar, den Beschützer vor Hunger und Seuchen. Auf dem Boden in seinem Wohnzimmer liegt eine handgewebte Seidengrasmatte aus Pattamadai. Doch natürlich liegt ihr Blick auf der einen Wand, die nach Fenstern schreit. Stattdessen ist sie vom Boden bis zur Decke mit *kalighat*-Bildern in groben Holzrahmen bedeckt, jedes nicht größer als eine Postkarte. Ein Dorf aus *kalighats* blickt sie an. Sie hat die Hände auf die Brust gelegt, erstarrt in jenem ersten Augenblick der Überraschung.

Nach langer Zeit dreht sie sich zu ihm um.

Er hält den Atem an. Sie ist noch reizender als in seiner Erinnerung. Der orangefarbene Schein der untergehenden Sonne bestrahlt die linke Seite ihres Gesichts wie eine Figur in einem Gemälde von Vermeer. Er denkt an ihren Abschied im Wagen vor so vielen Monaten, so endgültig.

Er spricht als Erster, um ihr diese Last abzunehmen. »Die

habe ich in Kalkutta gekauft.« Er tritt neben sie. »Ich musste die Frau des Gouverneurs von Bengalen begleiten, die hier krank wurde. Ich habe dort nur eine Nacht verbracht, aber ich bin zum Kali-Tempel am –«

»Am Flussufer gegangen«, flüstert sie. »Ganz in der Nähe bin ich aufgewachsen.«

»Die Händler haben sie den Pilgern verhökert. Ich war ja selbst ein Pilger.« *Ich wollte das Haus besuchen, in dem Sie aufgewachsen sind, Ihre alte Schule, das Grab Ihrer Eltern besuchen …*

Sie nickt, ihre Hände kneten ein besticktes Taschentuch.

In ihrer Gegenwart zu sein, ihre Essenz zu riechen, ist berauschend. »Ich habe die Künstlerwerkstätten besucht«, fährt er fort. »Ihr Repertoire geht über religiöse Bildnisse hinaus. Wie das da.« Er zeigt darauf. »Ein notorisches Verbrechen mit einem britischen Soldaten und seiner indischen Geliebten. Oder diese Theater-des-Lebens-Serie. Sehen Sie die Vorhänge eines westlichen Theaters? Nur dass dort Shiva tanzt. Okzident und Orient in wenigen Pinselstrichen.«

Sie sind an jener Schwelle angelangt, hinter der Worte ihren Nutzen verlieren. So nahe vor ihr zu stehen, in seinem Haus … er möchte keine Worte mehr sagen, nur noch ihren Namen. Er hat ihn im Dunkeln gesprochen, ihn von der Decke, den Wänden hallen lassen. *Celeste. Celeste*. Die letzte Silbe verharrt in den Ecken wie gefangenes Flüstern. Jetzt will er ihn laut sagen. Seine Hand bewegt sich wie von selbst, greift nach der ihren. Er kann nicht wissen, dass ihr Mann sie noch vor wenigen Stunden am Handgelenk gepackt und sie sich losgerissen hat. »Celeste«, sagt er, zieht ihren Namen in die Länge. »Celeste, es gibt noch mehr Bilder, die Sie sehen müssen.« Ihre Finger finden Zuflucht in den seinen.

Hand in Hand, so lässt sie sich von ihm ins nächste Zimmer führen, sein »Atelier« – ehemals das Esszimmer. Die Gemälde, fertige und unfertige, haben die bescheidene Größe der *kalighats*, das Sujet jedoch bleibt gleich: dieselbe Frau. Sparsame Linien und Farben erwecken sie zum Leben: kastanienbraune Augen, die Masse brauner Haare, der Schwung des langen Halses, der leichte Überbiss, dessen Beweis die schmollende Oberlippe ist, für Digby das Schönste auf der Welt. Celeste hat die Vorlage gesehen, als er sie im Schatten des großen Steins in Mahabalipuram zeichnete. Der Künstler sieht in dem Modell eine größere Schönheit als sie selbst.

Ihre Hand zuckt in seiner. Er führt sie ins Schlafzimmer.

In einem Land, in dem Papageien mit gestutzten Flügeln aus einem Kartenspiel die Zukunft sagen, in dem Ehen durch Horoskope bestimmt werden, ist Celeste durch ihr Vorwissen, wohin das führen wird – nicht nur in den folgenden Minuten, sondern in den kommenden Wochen und Monaten –, versucht, ihre Hand aus seiner zu lösen, doch es ist zu spät. Er zieht sie an sich, immer näher, und seufzend lässt sie sich an seinen Körper fallen.

Sie wissen beide nicht, dass sie jedes Mal wenn sie einander aufsuchen, verstohlen, in der Hitze des Spätnachmittags, so beginnen werden wie heute, vor der Wand mit den Dorfporträts, den gerahmten Figuren, die jede einen Ton aussendet, einen Raga, der allein ihnen gehört. Seine Zunge wird von ihren Lippen, ihrem Kinn die Mittellinie hinab vorbei an ihrer Schilddrüse, ihrem Ringknorpel weiter zu der kleinen Höhlung oberhalb des Brustbeins wandern. Wenn er sie ausgezogen hat, tritt er zurück und führt sie wie ein Tänzer, stellt sie in Positur, dreht sie wie auf einem Podest. Er wird die große, schmale Gestalt aufnehmen, die kleinen Brüste, den sanften Hügel unter ihrem Nabel, die Weite ihrer Beckenknochen, die gleich Flügeln über den langen, gazellengleichen Beinen schweben, den fragilen Rist und schließlich die Zehen, die vorwitzige Lücke zwischen dem großen Zeh und dem zweiten. Das alles wird er aufnehmen, sich jedes Detail einprägen …

Celeste hat bisher einen Ehemann und einen Geliebten gehabt, Letzterer wie sie ein Reisender im Ödland einer unglücklichen Ehe, und die Affäre verhalf beiden nicht zur Orientierung. Sie erliegt Digbys Mangel an Ironie oder Befangenheit, einer Unschuld und Reinheit, die ihm Autorität verleiht wie die kühnen Striche, die er zeichnet. Seine Leidenschaft für sie versengt ihre Haut, belebt sie. Wer wollte nicht so geliebt werden?

In dem Moment kann sie den Zweck ihres Besuchs nicht mehr zur Sprache bringen. Sie ist *nicht* gekommen, um ihn um sein Schweigen zu bitten, was Claude bestimmt gewollt hat, sondern um ihn vor einer perfiden und vollkommen falschen Anschuldigung zu warnen, die er bald hören würde: dass sie Liebende sind.

Wenn sie es ihm nicht sagt, wenn sie nicht aufhören … dann wird die Anschuldigung nicht mehr falsch sein. Warum sagt sie nichts? Warum fragt er nicht?

Sie muss es ihm sagen. Sie muss.

21. Kapitel
VORGEWARNT

1935, Madras

Vier Tage nachdem sie ihre Liebe entdeckt haben, fährt Celeste ein weiteres Mal zu Digby. Sie überquert die Bahngleise nach Kilpauk, umfährt so den Stadtkern. Sie weicht einer Kuh aus, überholt einen Arbeiter, der mühsam eine Karre zieht, auf der sich Alteisen türmt. Sie sieht Madras mit neuen Augen, ist nicht mehr die Celeste, die sie noch vor fünf Tagen war.

Eine Gruppe Inder mustert sie ernst. Sie stehen vor der Satkar Lodge, einem hohen, schmalen Bau in der Miller Road. Wahrscheinlich sind sie Angestellte oder Schüler, und sie tragen die »moderne« Kluft: weißer Dhoti zwischen den Beinen durchgezogen, dazu ein Tweed-Jackett – eine absurde Wahl bei dem Wetter, aber auch nicht absurder als die Leinenanzüge mit Krawatte der ICS-Beamten. Ihre Gandhi-Schiffchen, deren Spitzen nach vorn und hinten zeigen, stehen für ihren Wunsch nach Selbstverwaltung. Einer von ihnen ruft »*Vande Mataram*« – *Heil dir, Mutterland* –, ein Slogan, der durchs ganze Land schallt. Der schlafende Riese erwacht.

Auch euch Vande Mataram, will sie schreien. *Auch ich bin hier geboren. Es ist auch mein Mutterland.* Doch ist das eine Lüge? Spielt es eine Rolle, dass sie sich eher als Inderin denn als Britin fühlt, wo sie doch alle Privilegien der Letzteren hat? Die größte Lüge überhaupt ist das Leben mit Claude. Die Angst, ihre Kinder zu verlieren, hat sie gelähmt, davon abgehalten, ihn zu verlassen. Es hat sie zu einer gemacht, die sie gar nicht ist, und das hält sie nicht mehr aus. Aber irgendwie ist Claudes feige, widerwärtige Lüge, um seine Haut zu retten, wahr geworden – sie hat tatsächlich eine Affäre mit Digby. Warum? Kann der Körper es erklären? Kann der Geist im Nachhinein mit Gründen aufwarten? Sie ist Digby dankbar, dass er jenen Teil von ihr geweckt hat, der brachgelegen hat, ihren wahrhaftigsten Teil. Das tat er, indem er sie in seinen Porträts verehrt, wodurch sie sich wieder als Mensch fühlt, indem er sie *liebt*. Braucht sie seine Bestätigung oder überhaupt eine, um existieren zu können? Müsste sie wieder ganz von vorn anfangen und wäre sie jünger, dann wäre Digby gut und gern derjenige, den sie suchen würde. Aber nun? Liebe?

Sie tritt fester in die Pedale. Weg von oder hin zu? Als sie bei Digby ankommt, ist ihre Bluse schweißnass. Minuten später, als sie in seinem Körper versinkt, sich mit ihm wie eins bewegt, fragt sie sich, wie sie es so lange in einer Ehe ausgehalten hat, die diese Intimität nur kurz kannte. Digbys Berührungen sind eine Droge; seine Frische, seine Begierde machen alles nur noch stärker. Ihr eskalierendes Verlangen nach einander ist eine Sandskulptur, die sie gemeinsam formen. Sie erkennt sich nicht wieder in der schamlosen, fordernden Frau, die über ihren jungen Liebhaber verfügt, ihn nach Belieben dreht, ihn in ihrer Leidenschaft sogar beißt.

Doch nach dem Sex fällt die Skulptur zusammen. Die Welt und ihre Qualen bringen sich in Erinnerung. Früher oder später muss sie sich den Konsequenzen stellen. Ihre Beine sind aus Gummi, als sie aufsteht und sich anzieht. Digby liegt auf dem Bett, betrachtet sie, sein Blick bittet sie, nie mehr zu gehen, für immer zu bleiben. Der Name ihres Mannes fällt nicht. Sie sprechen kaum. Er fragt nicht, wann er sie wiedersieht.

Bald werden sie verwegen. An den Tagen, wo sie nicht kommen kann, glaubt er, verrückt zu werden. Seine Ruhelosigkeit treibt ihn zum Adyar Club, um Tennis zu spielen, seine neueste Obsession. Claude verkehrt im Madras Club. Im Adyar Club entdeckt er, von den Plätzen in den Umkleideraum gekommen, auch den Brief, den ihm jemand in seine Hose gesteckt hat.

—

Kilgour: Bitte verzeihen Sie, dass ich Ihnen gewisse Informationen auf diesem Weg zukommen lasse. Nehmen Sie sie, wie Sie wollen. Es ist allgemein bekannt, dass Ihre Aussage Claude Arnold vernichten würde, und der dies schreibt, würde ihm keine Träne nachweinen. Doch Sie sollten wissen, dass Arnold vorhat, die Scheidung einzureichen und Sie als Grund dafür anzugeben. Natürlich ist das absurd. Dennoch macht Arnold, indem er Sie nennt, Ihre Aussage fragwürdig. Es gibt keinen Grund zu der Annahme, dass Mrs. Arnold darin involviert ist. Diese Frau ist ein Juwel. Ich würde sagen, sie hat keine Ahnung, dass er das vorhat. Daraus ersehen Sie, was für ein Schuft der Mann ist. Arnolds Ziel ist es, dass Sie einknicken. Bleiben Sie standhaft, könnte der Mann so tief sinken, es zu tun. Ich möchte Sie warnen, dass er einer ist, der nicht zögert, Beweise zu erfinden. Werden Sie für schuldig erklärt, kann das Gericht Ihnen auferlegen, ihm eine erhebliche Entschädigung zu zahlen. Praemonitus, praemunitus.

Einer, der findet, dass Sie das wissen sollten.

Vorgewarnt ist vorbewaffnet, ja. Aber was soll er mit so einer Warnung anfangen? Und warum ein anonymer Brief? Welcher der flüchtigen Bekanntschaften, die er in dem Club geschlossen hat, hat das geschrieben?

Er faltet das Schreiben zusammen und steckt es in die Tasche. Seine Empörung, seine Wut ist gehemmt, weil Arnolds Anschuldigung ja wahr ist. Auf der Heimfahrt bedenkt er den

Brief aus allen Perspektiven. Nur sehr kurz überlegt er, ob womöglich Claude selbst ihn geschrieben und ihm hat zukommen lassen. Nein. Das wäre zu abwegig.

Als er sich seinem Haus nähert, sagt er laut, an den Briefschreiber gewandt: »Ich beabsichtige, auszusagen. Mir bleibt keine Wahl. Ich habe gesehen, was ich gesehen habe. Mein Name, meine Karriere oder was die Leute denken, interessiert mich nicht.« *Und wenn Claude sich von Celeste scheiden lässt, gehört sie allein mir.*

22. Kapitel
STILLLEBEN MIT MANGOS

1935, Madras

Um halb fünf, Celeste trinkt in der kühlen Bibliothek gleich neben dem Wohnzimmer gerade ihren Tee, fährt das Modell T vor. Claude torkelt heraus. Er stößt gegen den Rolls, dann auf dem Weg zur Haustür gegen den Jasminkübel. Er trinkt unbesonnener, schon gleich nach dem Aufstehen, vermutet sie. Als Claude sie sieht, ist er überrascht. Er versucht vergeblich, sich zusammenzunehmen, doch seine Augen schwimmen.

»Wie war's heute?«, sagt er mit überdeutlicher Artikulation, was ein Lallen dennoch nicht ganz verhindert. Sie kann ihren Abscheu nicht verbergen. »Was glotzt du mich denn so blöd an?«, sagt er endlich mit hässlicher Stimme, spiegelt auch keine Höflichkeit vor und wartet nicht, bis sich der Fahrer zurückgezogen hat.

Früher konnte sie immerhin auf seine Verbindlichkeit zählen, egal, was sonst war. Denn war das nicht das Zeichen einer *englischen* Erziehung im Gegensatz zu ihrer Chi-Chi? Er mochte vorhaben, sie zu vierteilen, doch bis dahin zog er ihr vor dem Abendessen immer noch den Stuhl vom Tisch.

»Hol mir was zu trinken, Celeste«, sagt er. Er baut sich vor ihr auf.

Dass er sie nicht »Darling« nennt, ist eine Erleichterung. Sie steht auf, um wegzukommen, angewidert von seiner körperlichen Nähe. Claude nimmt an, dass sie zum Getränkewagen geht, und sagt großzügig: »Nimm dir doch auch einen.«

»Nein, dafür ist es viel zu früh«, sagt sie. »Reiß dich mal zusammen, Claude. Du brauchst jetzt auch keinen.«

Ebenso gut hätte sie ihn schlagen können.

»Celeste!«, brüllt er, dreht sich zu ihr, zeigt mit dem Finger in ihre ungefähre Richtung. »Ich sag dir –« Doch er verliert das Gleichgewicht und stürzt, schlägt sich den Kopf am Couchtisch an. Er fasst sich an die Stirn; Blut ist an den Fingern. »O Gott!«, sagt er angstvoll und erbricht sich über den Tisch.

Er wirft ihr einen jammervollen Blick zu, ein Speichelfaden hängt vom Mund.

Sie lacht verbittert auf. »Claude, deine einzige echte Begabung war immer, dass du deinen Whisky halten konntest. Ich weiß nicht, warum ich so lange bei dir geblieben bin.« Und sie geht hinaus und steigt auf ihr Fahrrad. Sie muss einem andern gegenüber ehrlich sein.

Es dämmert schon, als sie in Digbys Wohnung tritt; er ist überrascht. Er ist in seinem Atelier, barbrüstig, reinigt gerade seine Pinsel mit Terpentin. Eine Paraffinkerze wirft ein gespenstisches Licht auf das Stillleben, das er arrangiert hat: einen ausgefallenen Tontopf und drei Mangos auf dem hölzernen Arbeitstisch. Neben dem Topf liegt ein smaragdgrüner Seidensari wie beiläufig auf den Tisch geworfen, sodass ein Teil davon wie ein Wasserfall das Tischbein entlang hinabfällt und die überreichen Falten ein achtloses Arrangement auf dem Fußboden bilden.

Sie leert ein Glas Wasser. Als sie Digbys Gesicht mustert, nimmt sie eine Veränderung wahr. *Haben sie ihm zugesetzt*? Sie schaut sich im Zimmer um, mit einem langen, schweifenden Blick, als wollte sie es sich einprägen, dann wendet sie sich Digby zu.

Digby sieht ihren Gesichtsausdruck und versteht sofort, dass sie sich von ihm verabschieden will. Er versteinert innerlich. Ihm ist, als hätte man ihm einen Spieß unterhalb des Brustkorbs in den Solarplexus gerammt: *Ist sie Teil des Komplotts?*

Endlich sagt sie: »Digby.« Ihre Augen sind tränennass. »Ich –«

»Nicht! Noch nicht. Warte … sag's mir nicht.« Er tritt zu ihr, atmet ihren Duft ein, sieht die Feuchtigkeit auf ihrer Stirn, die kreisförmige Rille, die ihr Hut hinterlassen hat. Im Medizinstudium hat er Harry the Alienist gesehen, wie er Leute aus dem Publikum geholt hat, ihnen die Schläfe betastet und verblüffende persönliche Details über sie enthüllt hat. »Du hast dich entschieden, bei Claude zu bleiben, nicht?«, sagt er, und er kann seine Verbitterung nicht verbergen.

»Nein. Genau das Gegenteil.«

Das bringt ihn aus dem Konzept. Sein Gesicht hellt sich auf.

»Digby, ich bin hier, um dir zu sagen, dass Claude die Scheidung will und dich als –«

»Ich weiß.« Jetzt ist sie überrascht.

»Was? Woher?«

»Ich habe einen anonymen Brief bekommen, in dem man mich davor warnt. Im Adyar Club. Von einem, der für deinen Mann nichts übrig hat. Aber *ich* wüsste doch gern, Celeste, woher Claude das weiß.«

Ihr Gelächter klingt wie ein Peitschenhieb. »Er *weiß* doch gar nichts von uns, Digby! Das ist nur ein Trick. Da er dich nicht direkt bedrohen kann, opfert er mich, um dich zu kriegen.«

»Moment … Bist du deshalb gekommen, als wir das erste Mal …? An dem Tag, als du unerwartet kamst? Bist du da für ihn gekommen, um mir zu sagen, ich soll nicht aussagen?«

»Gott, nein! Ich wollte dich *warnen*. Als er mir sagte, was er vorhat – mich für seine Zwecke zur Ehebrecherin zu machen –, war ich wütend. Ich habe mich aufs Fahrrad gesetzt, nur um wegzukommen. Und dann bin ich hier gelandet. Ja, ich wollte dich warnen.« Zorn färbt ihre Stimme. »Dazu bin ich dann aber nicht gekommen, wie du dich erinnerst.«

Digbys Worte sind voller Gift. »Und warum hast du nichts gesagt? Hast du dir gedacht, wenn schon, dann aber richtig? Hast du dir gesagt: ›Ich geh noch mal mit dem guten Digs ins Bett, bevor man ihn zum Schweigen bringt‹? Vielleicht arbeitest du ja *immer* noch für ihn –« Digby wird immer lauter.

»Hör auf, Digby!« Sie ist ruhig, beherrscht … und verletzt von seinen Worten. »Wenn du jetzt schreist, gehe ich. Für heute ist mein Bedarf danach gedeckt.« Sie steht aufrecht da, die Nagelbetten weiß, so fest hält sie ihre Handtasche, als garantierte sie ihr sicheres Geleit durch alles, was noch geschehen mag. Im Schein der Paraffinkerze wirkt sie wie das Modell eines Malers. Der Maler erwidert ihren Blick.

»Entschuldige bitte«, sagt er reumütig, kleinlaut.

»Claude wird alles unternehmen, um seine Haut zu retten, sogar mich opfern. *Alles*, um dich in ein schlechtes Licht zu rücken. Aber er glaubt, dass es gar nicht so weit kommt. Er denkt, wenn er dich als Scheidungsgrund nennt, knickst du ein – bitte tu's nicht. Vielleicht dachte er, dass *ich* einknicke und dich dann darum anflehe. Aber so läuft das nicht, nicht mit mir. Ich *will* die Scheidung …«

Darf er triumphieren? Warum spiegelt ihr Gesicht nicht seine Erregung?

»Celeste … Dann kann uns nichts mehr aufhalten … wir können zusammen sein.«

Sie schüttelt den Kopf.

»Celeste, das verstehe ich nicht … Ich liebe dich. Das habe ich noch zu keinem anderen Menschen außer meiner Mutter gesagt. Ich liebe dich.«

»Digby, ich würde sagen, ich liebe dich auch. Aber ich habe keine Ahnung, wer ›ich‹ ist. Das muss ich wissen. Ich will ein *eigenes* Leben, und das muss ich *allein* herausfinden.« Seine Augen sind wie die eines Kindes, flehentlich. Sie will ihm über die Wange streichen, doch er weicht zurück.

»Wo willst du denn hin?«

Sie seufzt. »Ich habe schon vorgeplant, auch wenn ich nicht wusste, dass mein Abschied diese Form annehmen würde. Ich habe ein bisschen Geld beiseitegelegt. Viel ist es nicht, aber nach fast zwanzig Jahren auch keine Kleinigkeit. Ich habe Schmuck, den er mir in den ersten Jahren geschenkt hat. Ich habe ein Lagerhaus voller Kunst, und ich weiß, welche Stücke jetzt einen Wert haben und welche in der Zukunft. Ich nehme mir ein Zimmer in der Theosophischen Gesellschaft. Janaki und ich können, auf uns selbst gestellt, ein sehr einfaches und glückliches Leben führen. Bisher hatte er mich nur wegen der Kinder in der Hand, aber die sind jetzt hoffentlich alt genug, um ihn zu durchschauen. Alt genug, um mich kennenlernen zu wollen. Wenn ich erst mal herausgefunden habe, wer ich bin.«

Digby lässt ihre Worte sacken. Sie braucht ihn nicht – will sie ihm das sagen? Er ärgert sich über sich, weil er seine Träume ihr so weit hat vorauseilen lassen.

Der Tür geht auf, und Muthu kommt herein, sichtlich überrascht, Celeste zu sehen und dass sie beide einander wie Feinde gegenüberstehen. Er legt die Hände zusammen. »Guten Abend, Missy, ich hab Sie gar nicht kommen hören.«

»Muthu«, sagt sie und nickt, ohne den Blick von Digby zu nehmen.

Muthu schaut vom einen zur anderen. »Digby *Saar* … ich geh zu meiner Sippe. Hab ich erwähnt? Bin bloß zwei Tage weg.« Digby starrt weiterhin Celeste an. Zu ihr sagt Muthu nun: »Missy wollen was essen, bevor ich geh? Soll ich Samosa machen?«

»Muthu«, seufzt sie, und ihre Stimme klingt plötzlich sehr müde, sehr rau. »Missy möchte gern einen doppelten Whisky, bitte. Und für ihn auch einen.«

»Ja, Missy!«, sagt Muthu automatisch, rührt sich aber nicht. Schließlich dreht sie sich stirnrunzelnd zu ihm.

»Muthu?«, sagt sie.

»Tut mir leid, Missy … Whisky haben wir nicht.«

»Dann Gin?«

Er schüttelt den Kopf. »Doktor *Saar* trinkt nicht –«

»Ach, *Herrgott*, Digby –«, sagt Celeste, in einer Weise laut, die alle erschreckt.

»Aber Whisky kommt bald, Missy!«, wirft Muthu hastig ein, zutiefst beschämt, dass er Digby Schwierigkeiten bereitet hat. Er läuft zur Hintertür hinaus.

Die beiden stehen einfach da. Sie hören laute Stimmen draußen, Muthu in zornigem Ton, der ihm gar nicht ähnlich sieht. Muthu kehrt zurück, ein wenig durcheinander, er bringt ein Tablett mit zwei Gläsern, einem Eiskübel, einem Sodaspender und einer Flasche Whisky, die zu drei Vierteln voll ist, als hätte sie gleich vor der Tür gewartet. Er stellt es hin, meidet Digbys erstaunten Blick.

»Guter Mann, Muthu«, sagt Celeste. Sie vermutet, dass Muthu zum Nachbarn gelaufen ist und dessen Getränketablett genommen hat.

»Ja, Missy«, sagt Muthu, wobei er hinter sie tritt und die Schublade öffnet, in der Digby Geld aufbewahrt; das hat Muthu noch nie gemacht. Er zählt ein paar Scheine ab, hält sie für Digby hoch. »*Saar*, ich erkläre später. Bitte lassen Tablett und alles darauf auf vordere Veranda, *Saar*. Ich bin in zwei Tagen zurück.«

Muthu geht zur Vordertür hinaus, und gleich darauf hören sie einen Mann auf Tamil schreien, auch eine laute Frauenstimme und einen beschwichtigenden Muthu. Das Gebrüll wird zu Gebrummel.

Celeste schenkt ein. Sie reicht Digby sein Glas. Die ganze Zeit schon stehen sie.

Verletzt, außerstande, sie anzuschauen, nimmt Digby sein Glas. Bis vor wenigen Minuten konnte er sich ein Leben ohne Celeste nicht vorstellen. Sie dagegen kann sich ein Leben ohne ihn gut vorstellen, eines, in dem er gar nicht existiert. Wie lässt sich ein Traum mit zwei Menschen darin von nur einem aufrechterhalten?

Verspätet stößt er sein Glas mit dem Rand an ihres. Er trinkt es leer. Der Whisky brennt. Wie seltsam, Schmerz mit Feuer ertränken zu wollen. Celestes linke Wange und Stirn sind von der Paraffinkerze erhellt, ein orangefarbener Schein wie von Musselinschichten gefiltert, was Ocker- und Senftöne erzeugt, die seitlich herankriechen, um sodann in ihren dunklen Augenhöhlen zu versinken. Sie scheint etwas sagen zu wollen. Doch er will es nicht hören. Er verschließt ihren Mund mit den Lippen.

Langsam knöpft er ihr Kleid auf, vor der Staffelei, als wollte er sie daran drücken. Angesichts ihrer nackten Schönheit brennt der Schmerz der Nachricht, die sie ihm bringt, weniger stark. Sie ist nicht nur Celeste, deren Worte ihn bekümmern, sie ist auch ein Wunder der Physiologie, ein prachtvoller Körper, der die Konstellation seiner Organe in der Umgrenzung ihrer Haut birgt. Verglichen mit ihren vertrackten, tosenden Gefühlen ist der Körper stets standhaft, beruhigend.

Er taucht den Zeigefinger in die unverdünnte Farbe auf seiner Palette: Rose Madder Genuine. Celeste hält den Atem an, als sein Finger über ihrer Brust schwebt. Ihre Augen weiten sich. Wird er es tun? Sie seufzt auf, als der Finger sie berührt. Ja, er tut es. Er wird ihre Organe nachzeichnen, langsam, um das Unausweichliche hinauszuzögern – dass sie ihn verlässt. Er zeichnet den linken Ventrikel nach, der hinterm Brustbein hervorlugt, erreicht die Brustwarze. Hätte er gelb nehmen sollen? Ihr Verräterherz? Nein, das wäre zu grob. Außerdem ist ein Herz, wie sehr auch metaphorisch befrachtet, ein äußerst phantasieloses Organ, zwei Pumpen in einer Reihe, die eine pumpt Blut durch die Lungen, die andere durch den übrigen Körper. Ihres ist da nicht anders als seins.

Sie könnte sich wehren, wenn sie wollte, doch das tut sie nicht, sie ist in seiner Verehrung gefangen, weiß um den Schmerz, den sie ihm bereitet, und ist erleichtert, dass sie über Worte hinausgehen. Sie nippt an ihrem Glas, betrachtet ihn. Er zieht den Bogen ihrer Aorta nach. Dann nimmt er ihr das Glas aus der Hand und legt sie sanft auf die Plane auf dem Boden; er lächelt. Er legt die Palette auf ihr Becken, auf den Mons veneris, wo sie prekär kippelt. Der Kerzenschein bebt über ihre Haut. Er hebt die Leber hervor, oben auf ihrer rechten Seite, überquert die Brustwarze beim fünften Zwischenrippenraum. Sie bekommt Gänsehaut, die Brustwarze wird hart. Ihr Atem beschleunigt sich. Dann die Milz, die Nieren.

Er blickt hinab auf das Meisterwerk ihres Körpers, den er jetzt verziert hat. Oder hat er ihn befleckt? Er hat ihr Inneres nach außen gekehrt. Er ist zu weit gegangen. War es der Whisky? Er ist Alkohol nicht gewohnt.

»Verzeih mir«, sagt er. »Der Gedanke, dass wir vielleicht kein gemeinsames Leben haben, tut weh. Aber deshalb liebe ich dich trotzdem.« Er schmeckt Tränen auf ihren Lippen, Tränen, die auch seine sein könnten.

Sie hebt den Kopf, um zu sehen, was er gemacht hat, die

Leinwand ihrer selbst. Erstaunt schüttelt sie den Kopf. Sie flüstert: »Du hast mir geholfen, mich zu finden, weißt du das?«

Warum willst du mich dann verlassen? Ich würde deinen Körper dein ganzes restliches Leben lang verehren. Er liebt sie genug, um es nicht zu sagen. Sie ist entschlossen. Es erregt und ärgert ihn zugleich, dass sie das, was sie haben, verlassen will. Sie erspürt seinen Zustand. Sie zieht ihn herab. Sie zieht ihn hinein.

Hinterher erschlaffen sie, ihre Erlösung wie eine Droge, die sie daran hindert, von der Plane auf dem harten Fußboden aufzustehen und sich auf sein Bett zu legen. Sie dämmern weg, ihre Körper nebeneinander, eine verschmierte Leinwand.

Warum verlasse ich ihn? Es gab einen Grund, doch der Schlaf überwältigt Celeste, bevor sie sich daran erinnern kann. Sie dreht sich auf die Seite, der Schweiß verdunstet, ihr wird kühl. Sie zieht den smaragdgrünen Sari vom Tisch – sein Stillleben jetzt unwichtig – und legt ihn über sich.

Als Digby erwacht, hämmert sein Kopf; nur mit größter Mühe kann er die Augen öffnen. Das Zimmer ist ungewöhnlich hell, ein tanzender ätherischer Dunst. Pigmente rasen über seinen nackten Körper mit verstörender Gewalt.

Er riecht Rauch. Er dreht den Kopf, und das Rätsel ist gelöst: Offenbar haben sie im Schlaf die Paraffinkerze umgestoßen. Er kriecht umher, um sie zu finden, doch dann bemerkt er, wie von weit weg, eine optische Täuschung: seine Hand ist blau, und die Haut hängt herunter wie Honig, der über eine Kante läuft. Alles ist blau: der Fußboden, die Plane, auf der er schläft, die Staffelei, die Leinwand darauf. Er will über diesen seltsamen Anblick lachen. Ungläubig lachen. Das geschmolzene Paraffin hat einen Berg aus terpentingetränkten Lappen gefunden, und blaue Flammen züngeln die Wände hinauf.

Er wendet sich zu einem noch eigenartigeren Anblick: Der Seidensari, den er als Hintergrund benutzt, liegt auf dem Boden, doch er lebt, windet sich. Er ist korallenrot, ingwergelb und olivgrün, und darunter liegt, wie er endlich bemerkt, Celeste, die sich davon freikämpfen will. Er packt den Sari, zieht ihn weg, obwohl sich die brennende, schmelzende Seide an sein Fleisch klebt, dennoch lässt er sie nicht los. Wenn er den schönen Stoff nur abschälen, ihn dahin zurücklegen kann, wo er neben dem Tontopf drapiert lag, wenn er ihn wieder so hinlegen kann, wie er war, wie er sein soll – *Stillleben mit Mangos* –, dann wird alles gut. Das weiß er genau.

III. TEIL

23. Kapitel

WAS GOTT SCHON VOR UNSERER GEBURT WUSSTE

1913, Parambil

Nach JoJos Tod fühlt sich Big Ammachi wie vom Rad des Lebens weggeschleudert, nur mit Mühe findet sie wieder in ihren Rhythmus. Jeden Morgen, noch wenn sie schläft, kräht der Hahn; der Barbier kommt zum Haus, bevor ihr einfällt, dass es ja der Monatserste ist. Würde ihre Mutter nicht die Küche besorgen, dann würden sie alle nach Nahrung suchen wie die Hühner draußen auf dem Hof.

Parambil hat seinen einzigen männlichen Erben verloren, das Kind, das sie noch immer für ihr Erstgeborenes hält, selbst wenn es nicht aus ihrer Gebärmutter kam. Doch es ist nicht nur ihr Verlust. Als sie zum ersten Mal in den Keller geht, fällt plötzlich ein leerer Krug für Eingemachtes von einem Bord über ihrem Kopf. Sie hat ihn im Augenwinkel fallen sehen und noch rechtzeitig den Kopf weggezogen, sodass er auf dem Boden vor ihren Füßen zerschellt. Sie rennt die Treppe hinauf, nur um dem Anblick ihres furchtlosen Mannes zu begegnen, der voller Angst an ihr vorbei in den Keller hinabschaut. *Dann wusstest du also die ganze Zeit, dass sie da ist?* Sein Gesichtsausdruck macht sie rasend. Wie kann dieser Geist, den sie so gastlich behandelt hat, es wagen, ihren Mann zu ängstigen? Big Ammachi stürmt die Treppe hinab, ohne auf die Scherben zu achten, die sie in die Sohlen stechen. Sie packt einen leeren Krug mit einer Kraft, die sie nicht in ihr erwartet hat, und schleudert ihn in die dunkle Kellerecke. »JoJo war auch mein Kind, weißt du?«, schreit sie. »Ich hatte ihn länger als du! Wenn du einen Krug auf mich fallen lassen kannst, warum hast du dann nicht JoJo hochgehoben, als er ins Wasser fiel?« Sie meint, ein schwaches Schluchzen zu hören. Ihr Zorn legt sich. Sie geht. Doch damit endet es nicht. Ein paar Tage später ist ein Krug mit Sirup umgekippt, und der Keller wimmelt von den großen roten Ameisen, deren Biss scheußlich schmerzhaft ist. Big Ammachi umwickelt ihre Füße mit Tüchern, entzündet eine Fackel aus getrockneten Palmwedeln und treibt die Ameisen mit den Flammen zurück, wobei sie fast den Keller in Brand setzt, dann aber gleich die Fackel in einem Eimer löscht. Sie wischt den Boden auf und geht auch noch mit Kerosin drüber. »Mach nur so weiter, dann rufe ich den *achen*. Möchtest du so in Erinnerung bleiben? Nicht als gute Mutter, sondern als Poltergeist, den wir vertreiben mussten?« Im Keller herrscht nun Waffenstillstand, doch in der Küche schmecken ihre Currys in ihren verlässlichen Tontöpfen merkwürdig. Die Milch, die sie jeden Abend für Yoghurt beimpft, wird schlecht. Sie erträgt diese Provokationen, die aber allmählich aufhören. Doch der Herzschlag von Parambil bleibt unregelmäßig. Weder Gebete noch Kirche noch Tränen stellen den Rhythmus wieder her.

In jener unruhigen Phase und viel zu früh nach ihrem Verlust erscheint ihr Mann nachts lautlos an ihrer Tür; ihre Mutter und das Baby schlafen tief. Sie spürt ihn und setzt sich überrascht auf. Sie ist nicht bereit. JoJos Geruch ist noch so stark im Zimmer, sein Abdruck auf der Matte neben ihr noch da. Auch ihr Mann scheint unsicher, er hält ihr nicht die Hand hin, sondern füllt einfach nur die Tür aus. Sie regt sich nicht. Seine Anwesenheit ist wie ein Sakrileg. Er zieht sich zurück.

Am folgenden Tag ignoriert er sie. Dann begreift sie: Es geht auch darum, dass Parambil einen männlichen Erben braucht. Dennoch braucht sie Zeit.

Trost und innere Ruhe findet sie im Garten hinter der Küche. Als sie nach Parambil kam, bemerkte sie, wie ihre junge Ziege die Beeren an einem kümmerlichen Busch bei der hinteren Treppe abzupfte und merklich lebhaft wurde. Sie forschte nach, und der Duft der Beere verriet es ihr. Durch sorgfältiges Beschneiden und Düngen überragt der Busch sie nun und versorgt Parambil mit Kaffee. Auf dem dunklen Gebräu liegt ein öliger Schimmer, und es hat eine unerwartete Schärfe; es erinnert sie daran, dass die Süße des Lebens mit Bitternis einhergeht. Doch ihre wahre Freude sind ihre Bananenbäume. Sie begann mit einem kleinen Schössling von einer *poovan*-Sorte von Dolly *Kochamma*. Jetzt hat sie ihr eigenes Wäldchen, das vom Abfluss des Küchendachs genährt wird. Das Laub hält die Nachmittagssonne ab und macht im Wind ein raschelndes, knackendes Geräusch, das sie beruhigt. Sie erntet die Büschel, solange sie noch grün sind, und lässt sie in der Kühle der Speisekammer reifen. Die kleinen *poovan* erfreuen ihre Tochter, der Vater des Kindes kann zehn auf einmal essen. Sie staunt, wie die Erde mit nichts als Wasser, Sonnenlicht und ihrer Liebe eine solch köstliche Fülle liefert. Für jeden Baum kommt der Tag, an dem sie ihn fällen muss; den Leichnam füttert sie den Kühen und Ziegen. Von der Brut der Schösslinge am Stamm schneidet sie alle bis auf einen glücklichen, und dann beginnt das Wunder wieder von Neuem und trägt die Erinnerung an seine Ahnen in sich.

Noch immer hat sie Baby Mol nicht getauft. In ihren Gesprächen mit Gott meidet sie das Thema, doch sie spürt dessen Missbilligung. Eines Abends spricht sie das Thema direkt an.

»Wie kannst du von mir erwarten, dass ich am Grab eines Kindes vorbeigehe und dann ein anderes taufen lasse?« Außerdem hat sie Zweifel bezüglich eines Rituals, das doch Gunst erweisen soll, worunter sie Gottes inhärente Liebe, Güte und Vergebung versteht. »Gunst hat JoJo nicht gerettet.« Gott schweigt.

Eines Nachts erwacht sie, und wieder steht ihr Mann am Fußende ihrer Matte, stumm, um ihre Mutter oder Baby Mol nicht zu wecken. Wie lange steht er schon da? Er hält ihr die Hand hin, und diesmal erhebt sie sich. Sie spürt die vertraute Schärfe des Hörens und Sehens, als er sie lautlos hochzieht. Ihr war nicht bewusst, wie sehr sie diese Nähe vermisst hat. Ihre Aufgabe ist ebenso zärtlich wie drängend.

Vierzehn Monate vergehen und ebenso viele Besuche im Zimmer ihres Mannes, bis endlich ihre Periode ausbleibt. Dann hat sie eine Fehlgeburt. Sie ist fassungslos. Diese Möglichkeit hatte sie nicht in Betracht gezogen. Sie hatte angenommen, ein weiteres Kind werde folgen, selbst wenn es Zeit brauchte, das jedoch nie. Es ist, als hätte ihr Körper sie verraten. Ihr Mann ist am Boden zerstört, auch wenn er nicht darüber spricht. »Nimm nichts für gegeben«, mahnt Gott sie, »es sei denn, du willst den Verlust spüren.« Was bleibt einem übrig, als weiterzumachen? Erneut hat sie eine Fehlgeburt. Als sie sich davon erholt hat, fragt sie nach dem Schuldigen: Könnte es der Geist im Keller gewesen sein? Könnte er derart gehässig sein? Sie geht in den Keller und setzt sich auf einen leeren Krug, zieht prüfend die Luft ein, sondiert. Zu ihrer Überraschung spürt sie, dass der Geist sie bedauert. Besänftigt geht sie wieder. Nur Gott weiß, warum Fehlgeburten geschehen. Nur Gott weiß es – will es aber nicht erklären.

Als Baby Mol fünf ist, verlieren sie sie beinahe durch Keuchhusten, der unmittelbar auf Masern folgt. Sobald sie wieder gesund ist, meldet Big Ammachi sie aus Angst um ihre Seele zur Taufe an. Sie bittet Dolly *Kochamma*, Patin zu sein. Dolly bewegt zustimmend den Kopf, das Gesicht erstrahlt vor Freude über diese Ehre, doch sie sagt nichts. Big Ammachi beschreibt ihrem Mann beim Essen diesen Austausch, sie sagt: »Du und Dolly, ihr seid gleich. Sparsam mit Worten, aber auch kein Tratsch, kein schlechtes Wort über andere.« Er grunzt als Antwort. Sie sagt: »Natürlich wird Dollys Schwägerin murren, weil ich sie nicht darum gebeten habe.« In den Jahren seit dem unangekündigten Eintreffen ihrer Familie in Parambil hat Anstand *Kochammas* Prüderie ihren Spitznamen mehr als gerechtfertigt, Völlerei dagegen ist für diese Frau keine Sünde, denn sie hat nun ihre Leibesfülle verdoppelt, ihr Gesicht geht direkt in den Hals über, und sie ist ein unförmiges Fass geworden. Das große Kruzifix, das einst vorwurfsvoll auf denjenigen zeigte, mit dem sie sprach, weist nun auf ihrem ausladenden Busen gen Himmel. Dolly *Kochamma* bewahrt sich trotz der Drangsale mit ihrer unmöglichen Schwägerin und Hausgenossin ihre jugendliche Figur, das Gesicht weiterhin ohne Kummerfalten, und auch ihr freundliches Benehmen ist unverändert, was alles auf Anstand *Kochamma* wie eine Missachtung wirken muss. Big Ammachi setzt hinzu: »Bestimmt hält sich Anstand *Kochamma* für die Heiligere der beiden.« Ihr Mann murmelt etwas, was sie erst begreift, als er den Tisch verlassen hat. »Nur wenn man Heiligkeit in Tonnen misst.« Ihr dämmert, dass ihr Mann gerade einen Scherz gemacht hat!

Bei der Taufe findet Baby Mol es herrlich, Wasser über den Kopf gegossen zu bekommen, etwas, was JoJo nie geduldet hätte. Big Ammachi hört den *achen* den Taufnamen wiederholen, den sie ausgesucht hat, und Dolly *Kochamma* wiederholt ihn pflichtgemäß. Doch der Name klingt für Big Ammachi holprig, und auf der Zunge wirkt er spröde wie ungekochter Reis.

Als sie von der Kirche zurückkehren, wartet ihr Mann schon. Er wirft seine Tochter in die Luft, wovon das Kind einen heiseren Freudenschrei ausstößt. »Also, wie heißt du?«, fragt er.

»Baby Mol!«, sagt die Kleine. Fragend schaut er seine Frau an.

»Es stimmt. Den anderen Namen habe ich im Geburtsregister gelassen, und dort bleibt er auch.«

Fünf Jahre später lebt sie mit dem Schmerz über JoJos Tod, wie man mit durch grauen Star getrübtem Sehvermögen oder dem Schmerz einer arthritischen Hüfte lebt. Doch die frisch getaufte Baby Mol ist ihre Rettung. Selbst der Vater des kleinen Mädchens, der schon lange Gott abgeschworen hat, muss in ihrem willigen Lächeln und großzügigen Wesen das Göttliche sehen. Sie ist der Liebling aller. Als Kleinkind hat sie sich gern tragen lassen und ebenso gern in ihrer kleinen Hängematte gelegen. Älter nun, sitzt sie stundenlang auf einer bestimmten Verandabank, die sie zu der ihren erklärt hat. Dort offenbart sie die eigenartige Fähigkeit, Besuch anzukündigen, noch bevor er zu sehen ist. »Da kommt Shamuel!«, sagt sie etwa, obwohl niemand in Sicht ist, doch drei Minuten später kommt er. Ihrer Mutter fällt auf, dass Baby Mol kaum einmal weint. Sie kann sich nur an ein Mal erinnern, es war an dem schrecklichen Tag, als sie wehklagte, bis sie blau wurde, an dem Tag, als Big Ammachi wünschte … Es ist das Beste, sich nicht daran zu erinnern, was sie wünschte. Sie versteht, dass gewaltsamer Verlust nur mehr Gewalt gebiert.

Während des Monsuns in diesem Jahr bekommen alle Fieber. Der Herd bleibt einen ganzen Tag kalt, weil niemand sich um das Feuer kümmern kann. Ihre Mutter erholt sich als Letzte: Sie ist immer müde, schläft früh und steht erst auf, wenn die Sonne schon hoch am Himmel ist. Von der Matte aufzustehen ist mühsam, und ihre Haare sind unordentlich, weil ihre Arme beim Kämmen schnell ermüden. Als ihre Mutter schließlich doch in der Küche erscheint, ist sie apathisch, zu schwach, um zu helfen. Am beunruhigendsten ist, dass der Redestrom ihrer Mutter versiegt ist. Sie schicken nach dem *vaidyan*, er misst ihrer Mutter den Puls, untersucht ihre Zunge und verschreibt ihr dann die üblichen Massageöle und Stärkungsmittel, doch die helfen nicht. Es geht ihr immer schlechter. Und nun hat ihre Tochter alle Hände voll zu tun, sie muss sie pflegen und auch noch den Haushalt führen.

Segnungen kommen in vielerlei Gestalt und Größe, diejenige aber, die um das Onam-Fest kommt, hat O-Beine. Baby Mol verkündet ihr Eintreffen – »es kommt eine alte Dame« –, Minuten bevor die O-beinige Odat *Kochamma* hereinwatschelt, als hätte sie einen stummen Hilferuf gehört. Die grauhaarige, hakennasige Frau kann dastehen, die Füße beieinander, und Baby Mol käme trotzdem zwischen ihren Beinen hindurch. Sie ist eine entfernte Cousine von »Big Appachen«, wie Baby Mol ihren Vater nennt (ein Name, den nach und nach alle benutzen, wenn sie von ihm in der dritten Person sprechen). Später entdeckt Big Ammachi, dass die alte Dame reihum ihre Kinder besucht, bei einem ein paar Monate bleibt, dann bei einem anderen und schließlich weiterzieht. In Parambil aber wird sie bleiben.

»Wo bewahrt ihr die Zwiebeln auf?«, fragt Odat *Kochamma*, als sie in die Küche kommt, wobei sie aus dem Mundwinkel spricht, damit ihr der Kautabak nicht herausfällt. »Und reich mir doch das Messer. Seit Jahren schon bete ich darum, dass die Zwiebeln sich selbst schneiden und in den Topf klettern, aber was passiert?« Sie wirft beiden einen todernsten Seitenblick zu. »Bisher rein gar nichts.« Worauf ihre ernste Miene aufbricht, ihr Gesicht sich zu Myriaden Runzeln verzieht und ihr entwaffnendes Grinsen derart unerwartet und unbeschwert zu einem Lachen wird, dass es die dunklen Wolken aus der Küche vertreibt. Baby Mol klatscht begeistert in die Hände und lacht mit.

»Gütiger Gott«, sagt Odat *Kochamma*, als der Reis überkocht, und hebt die Hände himmelwärts, versucht es jedenfalls, denn ihr Buckel lässt dies nur bis auf Gesichtshöhe zu. »Passt hier überhaupt jemand auf die Küche auf?« Die Ermahnung wird durch ein Augenzwinkern und ihren Ton gemildert. »Wer ist dafür zuständig – die Katze?« Sie reißt sich das *thorthu* von der Schulter und zieht damit den Topf vom Feuer, streckt dann den Kopf zur Hintertür hinaus, legt zwei Finger an die zugepressten Lippen und schießt einen Strahl Tabaksaft ab. Sie kehrt gerade rechtzeitig zurück, um zu sehen, wie die Katze an den gebratenen Fisch heranschleicht. Ertappt, erstarrt die Katze. Odat *Kochammas* Oberlippe stülpt sich langsam vor, dann erscheinen grob gehauene Holzzähne wie schmutzige Fänge, ihr vorgeschobenes Gebiss. Das ist zu viel für die Katze, sie ergreift die Flucht. Das Gebiss zieht sich zurück, und wieder lacht die alte Dame schallend. »Übrigens«, sagt sie, laut flüsternd, wobei sie sich umschaut, ob auch wirklich kein Fremder zuhört, »das sind nicht meine Zähne. Dieser *appooppan* hat sie auf einem Fenstersims gelassen.«

»Welcher alte Mann?«, fragt Big Ammachi.

»Ha! Der elende Vater meiner Schwiegertochter! Wer sonst? Dort bin ich weg, als sie mich eine alte Ziege nannte. Da habe ich die Zähne gesehen und gedacht: *Aah*, wenn ich die alte Ziege bin, brauche ich die dann nicht mehr als er? Wenn er sie da hingelegt hat, dann heißt das doch, dass er sie nicht braucht, *illay*?« Sie bemüht sich um einen unschuldigen Blick, doch in ihren Augen sitzt der Schalk. Big Ammachi kann gar nicht aufhören zu lachen, und für einen Moment verschwinden alle ihre Sorgen.

Odat *Kochamma* ist genau die Stärkung, die Parambil braucht. Die alte Dame rackert unermüdlich. Binnen einer Woche hat Big Ammachi sich daran gewöhnt, dass sie bemuttert wird, dass man ihr sagt, sie soll sich jetzt mal ausruhen, oder sie so sehr zum Lachen bringt, dass sie pinkeln muss. Das Einzige, das sie nicht mag, ist, dass Odat *Kochamma* nach dem Bad immer dasselbe mit Kurkuma bekleckerte *mundu* anzieht, obwohl sie es heftig bestreitet. »Aber ich habe es doch erst gestern gewechselt!« Mitten in der Nacht begreift Big Ammachi dann und ist wütend auf sich: Odat *Kochamma* hat nur eine Kleidung zum Wechseln. Am folgenden Tag überreicht sie ihr zwei neue Teile und sagt: »Letztes Onam habe ich dich nicht gesehen, die haben daher auf dich gewartet.«

Odat *Kochamma* tut indigniert, furcht die Stirn, befühlt den weißen Stoff, der nie wieder so weiß sein wird wie jetzt. Doch ihre Augen verraten sie. »*Oho*! Was ist das denn? Willst du mich etwa noch verheiraten, in meinem Alter? *Aah, aah*. Hätte ich das gewusst, wäre ich nie zu Besuch gekommen. Schick meinen Freier weg! Ich will ihn nicht sehen. Mit dem stimmt was nicht, und du sagst es mir nicht. Ist er blind? Hat er Anfälle? Mit Männern bin ich fertig. Der Topf hier ist klüger als ein Mann!« Dabei stößt sie die Kleider zu Big Ammachi zurück, hält sie aber dennoch fest gepackt.

Jedes Mal wenn Baby Mol ihren Vater sieht, rennt sie zu ihm. Mit ihr ist er geduldiger als damals mit JoJo, der ohnehin von seiner Größe und seiner Schweigsamkeit eingeschüchtert war. Baby Mol ist es nicht. Sie zeigt ihrem Big Appachen ihre Bänder und Puppen. An einem Regennachmittag, als der Guss ihn einsperrt, unterbricht Baby Mol das gereizte Hin und Her ihres Vaters auf der Veranda und zieht ihn auf die Bank, die inzwischen *ihre* ist. »Setz dich hin!« Er gehorcht ihr. »Warum fällt der Regen auf den Boden und nicht hinauf zum Himmel? Warum –« Verwirrt hört er sich das Bombardement ihrer Fragen an. Baby Mol wartet nicht auf Antworten. Sie stellt sich auf die Bank, um ihren Vater mit einem Hut zu krönen, den sie mit Odat *Kochammas* Hilfe aus grünen Kokoswedeln geflochten hat. »Jetzt kannst du gehen«, sagt sie. »Mit diesem Hut bleibst du trocken.« Er wackelt dankbar mit dem Kopf. Big Ammachi muss sich auf die Lippen beißen, um beim Anblick ihres riesenhaften Manns, versengt von Jahrzehnten in der Sonne, gekrönt von einem komisch kleinen, unförmigen Hut, nicht in Lachen auszubrechen. Als er außer Sichtweite seiner Tochter ist, sieht sie, wie er ihn abnimmt und betrachtet.

»Ich hätte nie gedacht, dass ich noch einmal so etwas sehe«, sagt Big Ammachi zu Odat *Kochamma*.

»*Aah*. Warum denn nicht? Für eine Tochter steht die Tür zum Herzen ihres Vaters immer offen.«

Ich habe auch einen kleinen Anteil daran, denkt sie. *Ich habe ihn auch ein wenig gemildert. Ich habe mitgeholfen, ihn von seinen Geheimnissen zu entlasten.*

Der *chemachen*, der eines Morgens wegen des Beitrags kommt, ist lediglich ein Junge, der Wuchs auf seiner Oberlippe ist so spärlich, dass jedes Haar nach einem Apostel benannt werden könnte. Er hat gerade den Stimmbruch hinter sich. In seinem weißen Gewand, das viel zu groß für ihn ist, und der schwarzen Kappe, die seine Stirn verschluckt, wirkt er wie für den Priester in einer Schulaufführung kostümiert. Zweifellos hat ihn seine Familie der Kirche »gewidmet«, als er noch kurze Hosen trug, um dann vom Seminar erzogen (und ernährt) zu werden, ein Glücksfall, wenn der Reis knapp ist. Solche Jungen werden alle einmal geweiht, aber Big Ammachi hat Zweifel an ihrer wahren Gesinnung.

Der dumme *chemachen* hatte minutenlang Damo angestarrt, bis Unni ihn verscheuchte. Jetzt ist er zu beschäftigt damit, Baby Mol anzuglotzen, um sich zu erinnern, warum er da ist, bis Big Ammachi ihn nach dem Kassenbuch fragt. Seine kindlichen Augen schauen sie verständnislos an.

»Das Ding da in deiner verschwitzten Achsel«, sagt sie und zeigt hin.

Er reicht es ihr. »Was ist denn mit der Kleinen?«, fragt er besorgt.

Sie fährt hoch, folgt seinem Blick auf Baby Mol, die wie immer auf ihrer Bank sitzt, Stunden täglich, mit den Beinen den Takt schlägt.

»Wie meinst du das, was mit ihr ist? Nichts ist mit ihr!«

Mehrere Sekunden vergehen, bis er begreift, dass er etwas schrecklich Dummes gesagt hat. Er tritt zurück, erinnert sich dann aber an das Kassenbuch, greift vorsichtig danach, voller Sorge, dass sie ihn damit schlägt, bevor er fliehen kann.

Eine wütende Big Ammachi mustert ihre lächelnde Tochter. Was hat der dumme Junge gesehen? Die Zunge ihrer Tochter? Die Familie kennt Baby Mols Angewohnheit, die Zunge auf der Unterlippe abzulegen, als wäre in ihrem Mund kein Platz für sie. Ihr Gesicht ist breit, vielleicht wirkt es auch nur wegen der vorstehenden Stirn so. Die weiche Raute, die Babys vorn auf dem Kopf haben, ist unter Baby Mols Haut noch immer sichtbar, obwohl sie schon bald sechs ist. Gut, ihre Züge sind stumpf. Anders als ihre Eltern hat sie eine Stupsnase, die auf ihrem Gesicht wie eine Beere auf einer Untertasse sitzt.

Big Ammachi spürt, wie der *muttam* unter ihr nachgibt, sie muss sich an einem Verandapfosten abstützen. Baby Mol konnte erst mit drei gehen, ohne sich an etwas festzuhalten, und erst mit vier konnte sie Wörter aneinanderreihen. Big Ammachi war viel zu erleichtert, ein Kind zu haben, das nicht an Lianen schwingen wollte, um sich etwas daraus zu machen.

Sie geht zu Odat *Kochamma*. »Sei ehrlich – was meinst du?« Die alte Dame betrachtet Baby Mol eine Weile. »Könnte sein, dass da was nicht stimmt. Ihre Stimme ist so rau. Und die Haut ist anders, aufgedunsen.« Es schmerzt die alte Dame, das zu sagen, aber Big Ammachi weiß, dass sie recht hat. »Aber was macht das schon?«, setzt Odat *Kochamma* hinzu. »Sie ist ein Engel.«

Big Ammachi ruft den *vaidyan*, der zieht nach einem flüchtigen Blick auf die Patientin eine Flasche Stärkungsmittel hervor. »Geben Sie ihr das«, sagt er in seiner priesterlichen Art, »dreimal täglich, danach warmes Wasser.«

»Halt! Was glauben Sie, was mit ihr nicht stimmt?«, sagt sie, die hingehaltene Flasche ignorierend.

»*Aah, aah*, das sollte was nützen«, sagt er, ohne sie beide anzusehen, weiterhin die Flasche ausstreckend.

»Das ist doch das gleiche Mittel, das Sie ihr gegen ihren Keuchhusten gegeben haben.«

»Warum auch nicht? Der Husten ist doch weg, oder?«

Big Ammachi schickt ihn weg und spricht ein ernstes Wort mit ihrem Mann. Der wird sehr still. Nach einer Weile nickt er.

Am selben Abend ruft der Patriarch von Parambil Ranjan, um ihn zu bitten, Big Ammachi und Baby Mol nach Cochin zu begleiten; er ist der Erfahrenere der Zwillinge und kennt die Stadt. Dolly erzählt, dass Anstand *Kochamma* wegen des offensichtlichen Vergnügens ihres Mannes an einem Auftrag, bei dem sie ihn nicht überwachen kann, einen Anfall hatte. Er muss sich niederknien, dann betet sie über ihm, salbt ihn mit heiligem Öl und droht, ihn lebendig zu häuten, wenn er sich schlecht benimmt.

Big Ammachi bittet ihre Mutter mitzukommen; sie hofft, dass der Ausflug sie aus ihrer Lethargie reißt. Noch vor Sonnenaufgang brechen sie auf, die Frauen in ihrem besten Staat und mit Schirmen und Lunchpaketen. Baby Mols Begeisterung bewirkt bei allen gute Laune. Ein Bootsmann bringt sie den Fluss hinab und dann durch das Gewirr der Kanäle und stehenden Gewässer, bis sie zum Vembanad-See gelangen, dessen eines Ende Big Ammachi zuletzt als zwölfjährige Braut am zweittraurigsten Tag ihres Lebens gesehen hat. Ein größeres Boot bringt sie über den See.

Es wird schon Abend, als sie Cochin erreichen und die Stadt zu einer Pension durchqueren. Ihre Mutter legt sich sogleich ins Bett, Big Ammachi und Baby Mol gehen aber auf Ranjans Drängen hinaus, um zum ersten Mal auf den Ozean zu blicken. Er leckt geräuschvoll am Ufer und klingt dabei genauso wie Caesar, der aus seinem Eimer trinkt, aber in tausendfacher Intensität; daneben ist der Vembanad-See winzig. Auf Reede liegt ein Schiff, das so groß ist, dass sie es nicht fassen kann, wie es schwimmt. Die Straßen sind voller Leute, und in den großen Geschäften ist durch das elektrische Licht noch heller Tag. In der Nacht sagt Big Ammachi in ihren Gebeten: »Herr, vergib mir, aber manchmal denke ich, dass du der Gott meines kleinen Parambil allein bist. Ich vergesse, wie riesig die Welt ist, die du geschaffen hast und über die du wachst.« Nach JoJos Tod hat sie das Buch Hiob intensiv studiert, nach einer Bedeutung ihres sinnlosen Verlusts gesucht, doch die hatte sich ihr entzogen. Jetzt erinnert sie sich, wie Hiob trotz seines Leidens den

Gott lobte, »der große Dinge tut, die nicht zu erforschen sind, und Wunder, die nicht zu zählen sind«.

Am nächsten Morgen besuchen sie, ihnen voraus ein übernächtigter und verkaterter Ranjan, den riesigen Gewürzmarkt, beten in der portugiesischen Basilika, suchen Geschäfte auf, schlendern an Palästen vorbei und verbringen Stunden am Ozean, wo sie zusehen, wie die Fischer ihre merkwürdigen Netze mittels Hebeln vom Ufer auswerfen. Als sie spätnachmittags zu der Pension zurückkehren, haben sie so viele weiße Männer – *sa'ippus* – und sogar weiße Frauen gesehen, dass Baby Mol sie nicht mehr anfassen möchte, um zu sehen, ob die Farbe abgeht. Sie baden und gehen sodann zu der Klinik in Mattancherry; Big Ammachi sagt Ranjan, sie würden allein zurückfinden. Er verzieht sich freudig. Big Ammachi, ihre Mutter und Baby Mol stellen sich in die Schlange vor der Klinik des Mannes, der angeblich der scharfsinnigste Arzt in Travancore und Cochin ist. Big Ammachi versucht, den Namen des Arztes auf dem Schild auszusprechen, doch davon bekommt sie einen Knoten in die Zunge.

Dr. Rune Orqvist gelangte nach Fort Cochin im Jahr 1910, an Land gespült wie Ask und Embla. Wie jene ersten Menschen der nordischen Mythologie fand Rune rasch seine Beine, die ihn sodann zu Nahrung, Obdach, Getränken, Frauen und lärmender Gesellschaft trugen. Mit seinem gewaltigen Umfang und dem dröhnenden Bariton war der erste Eindruck dieses frisch angelandeten blonden, bärtigen Ausländers der eines Orakels, eines Mannes, der in apostolischen Gewändern, einen Stab in der Hand, von einem Dhau neben jenem anderen Apostel, dem heiligen Thomas, gestiegen sein konnte. Seine Ankunft ist fast ebenso sehr in Mythos gehüllt wie die des heiligen Thomas. Bekannt ist, dass Südindien die letzte Station auf einer Reise war, die in Stockholm begann. Dem guten Arzt zufolge wurde er eines Nachts, angefüllt mit Aquavit »und laut singend auf dem Stora Nygatan entführt. Als ich aufwachte, war ich Schiffsarzt auf einem Dampfer Richtung Kapstadt!« Diese Tätigkeit führte ihn zu allen wichtigen Häfen des Orients und Afrikas. Mitte dreißig aber ging er in Cochin an Land. Die Schönheit der Inselgruppe, die am Zusammenfluss von Myriaden von Wasserwegen eine Stadt bildete, die Wärme der Menschen, die Tempel, die Kirchen, Basiliken und Synagogen, dazu das Kopfsteinpflaster der holländischen Kolonialstraßen und Häuser veranlassten den großen Schweden, endgültig vor Anker zu gehen. Schon bald, nachdem er sich eingerichtet hatte, begann er, mithilfe eines Lehrers Malayalam und mit einem anderen die *Vedas*, das *Ramayana* und die *Bhagavad Gita* zu lernen. Sein Wissensdurst entsprach seinem Verlangen nach Toddy und weiblicher Gesellschaft, ein Cocktail von Wünschen, der die meisten Ärzte ruinieren würde.

Bei den meisten Westlern schabt das rollende »*rhha*« des Malayalam die Schleimhaut vom Vordergaumen, und dann verkrampft die Zunge. Nicht jedoch bei Rune. Er kann mit den Kindern vor der Klinik albern, die sich über den skandinavischen Singsang seines Malayalam amüsieren; bei den eingewanderten Paradesi-Juden bringt er sogar ein paar Sätze auf Judäo-Malayalam zustande. (Nachdem er die Frau des Rabbi von einer riesigen Zyste an den Eierstöcken befreit hat, gingen die Paradesi – die in der großen sephardischen Diaspora von der iberischen Halbinsel gekommen waren – zu keinem anderen mehr.) Die alten Damen unter den Thomaschristen suchen seine Klinik ebenso treu wie die Kirche auf und präsentieren ihm ihre Schmerzen und Wehen, oftmals Surrogate chronischen Ehekummers, und er bietet ihnen Placebos und mitfühlende Homilien wie »*Mullu elayil vinallum, ela mullel vinallum, elakka nashttam*«. Ob nun der Dorn auf das Blatt fällt oder das Blatt auf den Dorn, immer leidet das Blatt. »*Aah, aah*, Herr Doktor, Sie haben ja so recht. Mein Mann ist nur ein Dorn, was mache ich da?«

1912 wendete sich das Schicksal des Arztes mit Mrs. Eleanor Shaw, einer Frau mittleren Alters mit Divertikulitis, Säurereflux und einer Gallenkolik – eine Konstellation unverbundener Leiden, die er als »Orqvists Triade« sieht, weil sie zusammen offenbar immer bei Frauen wie ihr auftreten: weiß, perimenopausal und übergewichtig. Rune entfernte ihr die Gallenblase, behandelte ihren Reflux und normalisierte ihre Darmtätigkeit, doch Eleanor Shaw verspürte keine Besserung. In einem Augenblick göttlicher Eingebung stellte ihr Rune eine delikate Frage, die er nie an die Armen hatte richten müssen, deren Geschlechtsleben trotz Krankheit und Entbehrungen nie litt: »Mrs. Shaw? Womöglich ist das Ehebett nach all den Jahren nicht mehr ganz so reizvoll? Oder gar schmerzhaft?« Sein schwedischer Singsang machte es ihr schwer, gekränkt zu sein. »Eleanor – ich darf doch –, diese Organe sind wesentlich, und wenn sie rosten, hat es Auswirkungen.« Rune ahnte, dass es nicht an Libido, sondern an Lubrikation mangelte. Er bereitete ihr zweiunddreißig Unzen einer trägen, öligen Salbe zu und verschrieb ihr sechzehn Unzen frischen Toddys, der achtzehn Stunden stehen sollte, damit er fast unerträglich stark war, wobei er ihr genauestens erklärte, welche Medizin für welche Körperöffnung war. Eleanors Mann, Mr. Benedict Shaw, war Berater des Maharadschas von Cochin und Chef einer bedeutenden britischen Handelsgesellschaft. Runes Behandlung seiner Frau war so erfolgreich, dass der dankbare Benedict Shaw sein Handelshaus anwies, eine alte holländische Villa für Rune in ein elegantes Pflegeheim umzubauen, einschließlich Operationssaal, zehn Betten und vorn einer Klinik. Mrs. Shaws Fall war der Beweis, dass eine kluge Behandlung eine heilsame Wirkung auf die Familie hat und dass eine einzige Patientin die Geschicke eines Arztes ändern kann.

An jenem Abend 1913 treffen Big Ammachi, ihre Mutter und Baby Mol in der Klinik ein; die Wartebank ist schon voll besetzt, sie müssen stehen. Rune Orqvist kommt geschäftig herein, unterm Arm einen unfassbar großen Stapel frisch erworbener Bücher, und grinst den versammelten Patienten zu. Runes Honorare sind für die Armen symbolisch und für die Reichen schmerzhaft. Ein Paradesi-Paar – er im weißen Anzug, auf dem Kopf eine bestickte Kippa, sie in einer hochgeschlossenen Chemise – sitzen beklommen neben zwei barbrüstigen »schwarzen Juden«, deren Gemeinde sich in Cochin zu Zeiten Salomos niederließ, und als Gruppe ärgern sie sich über die Paradesi-»Neuankömmlinge« wegen deren Überheblichkeit ihren dunkleren Verwandten gegenüber. Ebenso auf der Bank sitzen ein Schauermann, der eine parotische Schwellung massiert, ein zappeliger Polizist, ein dyspeptischer Engländer sowie eine Brahmanendame mit Goldketten, die stämmig genug ist, um ein Schiff zu vertäuen.

Als sie schließlich an der Reihe sind, begrüßt sie Dr. Rune Orqvist mit einem Lächeln, das Big Ammachi entwaffnet. Der *sa'ippu*-Arzt hat ein Stethoskop um den Hals hängen. Ein polierter Stein als Briefbeschwerer liegt auf einem Stapel Papiere vor ihm. Schon mit einem Blick auf Baby Mol scheint er etwas zu erkennen. Als er ihr seine riesige Hand hinhält, ergreift sie sie freudig, obwohl sie noch niemandem die Hand gegeben hat. »Und wer ist diese schöne junge Dame?«, sagt er in perfektem, aber nicht ganz akzentfreiem Malayalam.

»Ich bin Baby Mol!«

»Für dich habe ich ein rotes oder ein grünes Bonbon. Welches möchtest du?«

»Beide!«, sagt Baby Mol. »Eins auch für Kunju *Mol*«, sagt sie und hält ihm ihre Puppe hin.

Sein Gelächter erfüllt das Sprechzimmer. Er reicht ihr die Süßigkeiten.

Dann wendet er sich an Big Ammachi, die noch immer schockiert darüber ist, dass er Malayalam spricht. Zögernd beginnt sie mit dem Zustand, JoJos Tod durch Ertrinken, der Genealogie – sie ist überzeugt, dass das alles wichtig ist – und kommt erst dann auf Baby Mol zu sprechen. Er hört aufmerksam zu.

Als sie geendet hat, sagt der Arzt: »Sehr ungewöhnlich. Ich weiß nicht, wie ich diese Tode durch Ertrinken in der Familie erklären soll. Aber«, und damit beugt er sich vor und streicht Baby Mol über die Wange, »ich glaube nicht, dass dieses schöne Mädchen etwas damit zu tun hat –«

»Gott sei Dank! Mein Mann glaubt es auch nicht.«

»Hingegen weiß ich, was mit Baby Mol los ist.«

»Wirklich?«, sagt Big Ammachi aufgeregt.

»Ja. Wissen Sie, ich habe sie gleich erkannt.«

»Wie meinen Sie das? Haben Sie sie schon einmal gesehen?«

»So könnte man es sagen.« Er untersucht Baby Mols Hände. »Ich nehme an, sie hat eine Schwellung, eine Hernie am Nabel, stimmt's?« Er zieht Baby Mols Hemdchen hoch, und es ist so, wie er es gesagt hat, eine Wölbung, bei der sich Big Ammachi nichts gedacht hat, da sie ihr kleines Mädchen nie gestört hat. Der Arzt lässt sie ein paar Schritte gehen, die Zunge herausstrecken.

Er legt die mächtigen Unterarme auf den Schreibtisch und beugt sich vor. »Was Baby Mol hat, ist ein bekanntes Leiden. Man nennt es ›Kretinismus‹ – aber der Name ist nicht wichtig.« Er sagt Big Ammachi ohnehin nichts. »Da im Hals ist eine Drüse. Die Schilddrüse. Bestimmt haben Sie sie bei manchen Leuten zu einem Kropf angeschwollen gesehen.« Das hat sie.

»Diese Drüse produziert eine wichtige Substanz, damit der Körper wachsen und das Gehirn sich entwickeln kann. Manchmal arbeitet die Drüse bei der Geburt nicht. Dann werden die Kinder wie Baby Mol. Die Zunge. Das breite Gesicht. Die raue Stimme. Die verdickte Haut. Sie ist ein kluges Kind, aber sie kann das, was andere in ihrem Alter wissen, nur langsam lernen.« Er zählt all das an ihrer Tochter auf, was sie nicht hat sehen wollen.

»Das alles erkennen Sie, nur wenn Sie sie ansehen?«, fragte Big Ammachi, noch immer voller Zweifel.

Er tritt an sein Bücherregal und zieht, ohne zu zögern, einen Band heraus. Er blättert darin so, wie ihr Vater es bei der Bibel konnte, vertraut mit Kapitel und Vers. Er dreht das Buch zu ihr hin, zeigt auf eine Abbildung. Es stimmt: Baby Mol gleicht diesem Kind mehr als ihren Blutsverwandten. Baby Mol legt den breiten Finger auf die Seite und kichert, weil sie sich erkennt.

»Gibt es dafür eine Medizin?«

Seufzend schüttelt er den großen Kopf. »Ja und nein. Es gibt einen Extrakt der Schilddrüse, aber der ist in Indien nicht erhältlich. Und selbst wenn, hätte er gleich bei der Geburt verabreicht werden müssen. Zum jetzigen Zeitpunkt könnte noch so viel von diesem Extrakt das, was Sie sehen, nicht mehr rückgängig machen.«

Big Ammachi betrachtet diesen Mann, dessen Haar und Bart wie gesponnenes Gold sind und dessen Augen die Farbe des Ozeans haben. Viele Malayalis haben helle Augen, der Einfluss der vormaligen arabischen und persischen Besucher, aber nicht solche wie dieser Arzt. Mehr als ihre Farbe beeindruckt sie die Freundlichkeit darin; sie macht seine Worte für sie nur noch schmerzhafter. Die Tür zur Zukunft ihrer Tochter ist nun aufgestoßen. Der Blick hindurch ist niederschmetternd. Sie will widersprechen. Er liest ihre Gedanken. »Sie wird immer ein

Kind bleiben. Das muss ich Ihnen sagen. Sie wird leider nie groß werden.« Er lächelt Baby Mol an. »Aber so ein glückliches Kind! Ein Kind Gottes. Ein gesegnetes Kind. Ich wünschte, ich hätte andere Nachrichten für Sie. Wirklich«, sagt er, das Gesicht ernst, die freundlichen Augen nun voller Kummer.

Big Ammachis Mutter schaut ihn an, die Augen feucht, eine Hand auf der Schulter ihrer Tochter. Baby Mol ist weiterhin glücklich, zu gebannt von dem Arzt, seinem Bart und den Instrumenten auf dem Tisch, um von dem Gespräch berührt zu sein.

»Gott segne Sie«, sagt Big Ammachi mit erstickter Stimme. Sie hat dem Mann gedankt, der ihr diese furchtbare Nachricht überbracht hat, die Gewohnheit ist so stark.

»Bitte verstehen Sie. Das ist schon *vor* der Geburt passiert. Sie ist so geboren. Es ist durch nichts eingetreten, was Sie oder sonst jemand verursacht hat. Verstehen Sie? Es ist nicht Ihre Schuld. Sagt Gott in Jeremia nicht: ›Ich kannte dich, ehe denn ich dich im Mutterleibe bereitete, und sonderte dich aus, ehe denn du von der Mutter geboren wurdest‹?«

»Ja richtig!«, sagt sie, schockiert, von diesem weltlichen Mann einen Bibelvers zu hören.

Er öffnet die Hände, als wollte er sagen: *Gottes Werk ist uns ein Rätsel.*

Sie kann nichts gegen ihre Tränen machen. Er legt die Hand auf ihre, und sie ergreift sie, neigt den Kopf. *Nichts kann mich lossprechen*, will sie sagen. Nach einer Weile schaut sie auf. »Aber was ist mit dem Zustand, den Toden durch Ertrinken, von denen ich Ihnen erzählt habe? Wenn ich noch andere Kinder bekomme. Werden sie es haben? Werden sie wie Baby Mol sein?«

Rune sagt: »Diese Tode … das weiß ich wirklich nicht. Da wird offenbar etwas von einer Generation zur anderen weitergegeben. Ich kann mir nur nicht vorstellen, was das ist. Aber was mit Baby Mol passiert ist, wird dem nächsten Kind nicht passieren. Das verspreche ich Ihnen.«

Sie sind schon an der Tür, als der Arzt sagt: »Einen Moment noch, *Kochamma*.«

Seine Aufmerksamkeit gilt jetzt nicht Baby Mol, sondern ihrer Großmutter. Sie hat mit ihnen in dem Zimmer gesessen, geistesabwesend, aber nicht gleichgültig. »Darf ich?« Er legt ihr die Finger auf den Hals und tastet nachdenklich. Als er die Hand wegnimmt, sieht Big Ammachi den Knoten, den er an ihrer Mutter entdeckt hat. Nimmt es in diesem Zimmer denn kein Ende mit den schlechten Nachrichten? Er sagt: »Ihre Augen sind ein wenig gelb.«

»Sie ist schon seit Monaten schwach«, sagt Big Ammachi. »Es fällt ihr schwer, die Arme zu heben und, wenn sie sitzt, aufzustehen.«

Er führt ihre Mutter zum Behandlungstisch. Er tastet ihren Bauch ab. Big Ammachi fällt auf, dass er angeschwollen wirkt, obwohl sie abgenommen hat. Ihre Mutter scheint verwirrt, protestiert aber nicht. Der Arzt ist merklich verhalten. »*Kochamma*«, sagt er zu ihrer Mutter. »Ich habe für Sie ein Medikament. Würden Sie sich mit Baby Mol den Garten ansehen, während ich es fertig mache? Ich gebe es dann Ihrer Tochter.«

Als sich das Boot dem Steg nähert, sieht Big Ammachi hoch oben in einer Kokospalme eine vertraute Gestalt hocken. Als die rote Heimaterde schließlich ihre Füße berührt, wartet ihr Mann schon. Baby Mol berichtet ihrem Vater die Wunder, die sie gesehen hat: den Ozean, die elektrischen Lichter, den Arzt, dessen Haut weiß gestrichen ist – eine Geschichte, die sie ihr restliches Leben lang wiederholen wird.

Als Mann und Frau allein in seinem Zimmer auf der Bettkante sitzen, erzählt sie ihm alles. »Baby Mols Geist und Körper sind fest in der Zeit gebunden. Sie wird immer so sein, wie sie letztes Jahr war. Und vorletztes.«

Die große Brust hebt sich. Er seufzt, lässt den Kopf hängen. Nach einer langen, langen Weile spricht er, die Stimme heiser. »Wenn du sagst, sie wird immer Baby Mol sein, ein Kind, ein glückliches Kind ... das ist doch gar nicht so schlimm.«

»Nein«, sagt sie durch Tränen. »Nicht so schlimm. Auf immer ein Engel.«

Er legt den Arm um sie, zieht sie an sich.

»Und noch etwas«, sagt sie schluchzend. Sie erzählt ihm von dem Gelb, das der *sa'ippu*-Arzt bei ihrer Mutter in den Augen entdeckt hat, dem steinharten Knubbel, den er in ihrem Hals ertastet hat, ihrer vergrößerten Leber – das erklärt ihre Mattigkeit. Vertraulich hat der Arzt Big Ammachi gesagt, dass ein Krebs im Magen auf die Leber und die Drüsen im Hals übergegriffen hat. Er ist für eine Operation zu weit fortgeschritten. Es gibt keine Behandlung mehr für sie, nur Linderung. »Mir war, als hätte mich das Maultier, das mich vor zehn Minuten getreten hat, noch mal getreten«, sagt sie.

»Hat sie Schmerzen?«

»Nein. Aber sie werden kommen, sagt er. Wir müssen Opiumtabletten kaufen, damit sie zum Ende hin nicht leidet. Er hat gesagt: ›Manche Christen meinen, dass Schmerz Würde verleiht, dass im Schmerz die christliche Erlösung liegt. Ich finde das nicht.‹ Dieser Arzt ist ein Heiliger.«

Nachts dann sagt sie in ihren Gebeten: »Du kennst das alles, Herr. Was soll ich dir da noch sagen? Bevor meine Mutter und auch bevor Baby Mol geboren wurden, hast du schon gewusst, was ihnen auf der Stirn geschrieben steht.« Sie weiß, dass sie Gott für die wenigen guten Jahre danken muss, die sie mit ihrer Mutter gehabt hat. Aber nicht an diesem Abend. Das käme nicht von Herzen. »Ich bitte dich, erspare ihr Leiden. Davon hat sie in diesem Leben schon genug gehabt.«

Auch für den freundlichen Arzt betet sie. Wie begabt er ist, dass er im Nu weiß, was Baby Mol hat, und dann auch noch sieht, dass es um ihre Mutter ganz schlecht steht. Aber obwohl er diesen Zustand benennen konnte, hatte er doch keine Behandlung anzubieten. So gesehen konnte der ärgerliche *vaidyan* mit seinem einen Mittel gegen jede Krankheit sagen, dass er auch nicht schlechter ist. Doch der *vaidyan* weiß nichts. »Herr, dieser Arzt wusste alles … aber über den Zustand wusste er nichts. Ich flehe dich noch einmal an: Wenn du den Zustand nicht heilen kannst, dann schick uns jemand, der es kann.«

24. Kapitel
EIN SINNESWANDEL

1922, Cochin

Um Mitternacht schließt Rune die Klinik ab. Erst am späten Abend war er wegen zweier Notoperationen hintereinander dazu gekommen, ambulante Patienten zu empfangen. Zehn Jahre ist es nun her, dass Mrs. Eleanor Shaw seine Geschicke geändert hat. Auf seinem gemächlichen Heimweg die felsige Küste von Fort Cochin entlang, zumeist mit einem Buch unterm Arm, raucht er wie üblich, so das Wetter es zulässt, eine letzte Pfeife auf einer Zementbank, die aufs Meer hinausblickt, und genießt die Brise. Die Wellen feiern ihre lange Reise mit einem letzten Klatsch gegen die Steine. Der Mond hängt tief wie eine Laterne, erhellt die eckigen Gestänge der chinesischen Fischernetze, über ein Dutzend die Wasserlinie entlang. Die Pfähle ragen übers Wasser wie langhalsige Küstenvögel, die Netze bauschen sich wie die Segel der Dhaus.

Rune betrachtet sich als glücklichen Menschen. Jeder Tag ist anders. Ihm fehlt es an nichts, er hat gute Freunde und viele Interessen abseits der Medizin. Warum ist er dann in mancher Nacht, wenn er auf dieser Bank sitzt, unruhig? Diese Unbeständigkeit kommt ebenso unfehlbar wie der alte Moslem, der am Monatsende mit seinem zerschlissenen Mietbuch und seiner Tut-mir-sehr-leid-Sie-zu-stören-Miene erscheint. Doch diese Ruhelosigkeit ist eine andere als diejenige, die ihn von einem

Hafen zum anderen trieb, bis er in Cochin eine Heimat fand – mit der Suche nach einem Ort hat sie nichts zu tun. Er ist da, wo er hingehört. Was also ist es?

Ein Pochen wird lauter. Rune sieht eine Gestalt dahinschlurfen, in der Hand einen Stock, vom Mondschein umrissen. Das flache Profil, die fehlende Nase sind sofort erkennbar: eine lepröse Fazies. Keine Finger, sondern Stümpfe umfassen den Stock. Münzen rappeln in einer Blechdose, der ihm vom Hals baumelt. Die Gestalt spricht leise vor sich hin, vielleicht eine Andacht. Das Gesicht zum Himmel erhoben, wiegt sie sich hin und her, sucht das Firmament ab, das sie nicht sieht. Die Erscheinung bleibt stehen, der Kopf stellt das Pendeln ein, als hätte sie den tiefhängenden Mond gespürt. Sie ist eine Statue, reglos bis auf die Schultern, die sich bei jedem Atemzug heben und senken.

In einem verwirrenden Perspektivwechsel hat Rune plötzlich das Gefühl, *selbst* der Aussätzige geworden zu sein; nun blickt Rune durch vernarbte, opake Netzhäute, sieht verschwommene, verschlierte Bilder ohne Ränder, kann zwar Licht und Schatten unterscheiden, hat aber nur noch die Erinnerung daran, wie es war, als noch Mondlicht auf sein Gesicht fiel; es sind Runes verkrümmte Füße voller Geschwüre, umwickelt von blutigen Jutesäcken, mit Schnüren festgebunden … Der Augenblick vergeht. Er hat keine Erklärung dafür, was gerade passiert ist, für das Gefühl, vorübergehend im Körper eines anderen zu stecken.

Die Gestalt geht weiter, wird von der Nacht verschluckt, das Tappen des Stocks auf Stein wird leiser. In jäher Klarheit sieht Rune all das, was der Aussätzige nicht sehen konnte: den fernen Horizont, wo Meer auf Himmel trifft, den Himmel, an dem der Mond hängt, den Mond mit dem Schal aus Sternen um sich geschlungen … Er fühlt, wie er selbst in der Weite des Universums verschwindet. Er ist das durchhängende Netz geworden, der blinde Bettler, der unter den Sternen schlafen muss … In der Unermesslichkeit des Kosmos spürt Rune, dass er ein Nichts ist, eine Illusion. Der Unterschied zwischen ihm und dem Aussätzigen existiert gar nicht, sie sind beide lediglich Manifestationen der allumfassenden Bewusstheit.

In diesem neuen Bewusstsein bricht das ruhelose Geplapper in seinem Kopf abrupt ab. So wie der Ozean sich als eine Welle oder Brandung manifestiert, aber weder Welle noch Brandung der Ozean *sind*, so generiert auch der Schöpfer – Gott oder Brahma – den Eindruck eines Universums, das die Form eines schwedischen Arztes oder eines blinden Aussätzigen annimmt. Rune ist real. Der Aussätzige ist real. Das Fischernetz ist real. Und dennoch ist alles Maya, ihr Getrenntsein eine Illusion. Alles ist eins. Das Universum ist lediglich ein Tröpfchen Schaum auf einem unendlichen Ozean, welcher der Schöpfer ist. Er fühlt sich euphorisch und unbelastet – *der Frieden Gottes, welcher höher ist denn alle Vernunft*.

In den frühen Morgenstunden macht sich sein besorgter Wachmann auf die Suche nach ihm. In vergangenen Zeiten hat er seinen Herrn aus dem Toddyladen geschleppt, wo der gute Doktor über dem Tisch hingesackt ist. In dieser Nacht hingegen findet er ihn verzückt wie ein *Sadhu,* der aus versunkenen Augen schaut. Der Wachmann rüttelt ihn sanft. Rune tritt lächelnd wieder in die Illusion ein, welche die Welt ist.

Am Ende der Woche hat er dann sein gesamtes Mobiliar verschenkt und seine Instrumente und den Sterilisator im Depot von Salomon Halevi eingelagert, dem jüdischen Kaufmann und Bankier. In Cochin gibt es jetzt viele Ärzte frisch von den medizinischen Fakultäten von Madras und Hyderabad, und es verfügt nun über ein ausgedehntes Netz öffentlicher Kliniken.

Er wird seine Patienten vermissen, doch sie werden auch ohne ihn zurechtkommen.

Zwei Wochen später reist er, ohne sich förmlich verabschiedet zu haben, zum Bethel Ashram in Travancore. Dieses Kloster wurde von einem Priester gegründet, BeeYay *achen*, der sich von den Schriften des heiligen Basil über das Streben nach manueller Arbeit, Schweigen und Gebet leiten lässt, um dem Schöpfer näherzukommen. Er war einer der ersten Priester, die einen B.A. hatten, und niemand kennt ihn unter einem anderen Namen als BeeYay *achen*. Er ermuntert Rune durch stilles Beispiel: Dienst, Gebet und Schweigen. Nach sieben Monaten schlüpft ein schmalerer, kaum noch wiederzuerkennender Rune wie ein Schmetterling aus dem Kokon, seiner Bestimmung sicher, auch wenn der Flug noch erratisch ist. Bart, Freude und dröhnendes Lachen sind intakt, doch in ihm brennt eine mystische Entschlossenheit. Als Rune geht, segnet ihn BeeYay. »Ich glaube, Gott hat dich hergeführt und dir deine Lebensaufgabe offenbart. Wichtig aber ist, dass du sie angenommen hast. Bedenke, Gott hat nicht nur zu Jesaja gesprochen, sondern zu *jedermann*, als er sagte: ›Wen soll ich senden? Wer will unser Bote sein?‹ Jesaja sagte: ›Hier bin ich; sende mich!‹«

Rune beschwatzt den geschäftstüchtigen Bootsmann, der das Kloster mit Fisch, Kerosin, Kerzen und weiteren Vorräten beliefert, ihn bis zum Ende seiner Fahrt mitzunehmen. »Wohin? Dorthin? Was! Warum?«, entgegnet der Bootsmann ungläubig. »Hast du dort etwas vergessen?« Als er merkt, dass es Rune ernst ist, sagt er: »Wer weiß, ob mein Boot da durchkommt? Wer weiß, ob die Kanäle trocken sind? Wer weiß, ob dort überhaupt noch etwas ist?«

Die beiden machen sich im Morgengrauen auf den Weg in die stehenden Gewässer, der Weiße viel größer als sein dunkler Begleiter. Das Kanu gleitet durch eine Abfolge von Kanälen, deren Ufer mit Steinen und Schlamm befestigt sind. Am Nachmittag durchqueren sie einen großen See und gelangen in einen weiteren schmalen Kanal, der sie zu ihrem Ziel führen müsste. Sie rufen zu einem Toddyzapfer hoch oben auf einer Palme hinauf, der ihnen die letzten Hinweise gibt. »Immer geradeaus – schaut nicht nach links oder rechts! Nach einem Furlong mündet ein Kanal ein. Fahrt dort hinein. Dann werdet ihr zehn oder hundert Stufen sehen.«

Die »zehn oder hundert Stufen« sind vierzehn und so mit Moos überwachsen, dass sie beinahe daran vorbeigefahren wären. Der Bootsmann hilft Rune, seinen Sack zu einem Hintertor zu tragen, das aus seinen rostigen Angeln gefallen ist, weigert sich aber, weiter hineinzugehen. »Noch einen Gefallen«, sagt Rune und zählt mehr Scheine ab, als der Bootsmann je auf einmal gesehen hat. »Verkauf mir dein Boot.«

Die erste Nacht verbringt er im einzigen der sechs zerfallenden Backsteinhäuser, das noch zwei intakte Wände und einen Streifen Stroh als Dach hat. Als die Sonne untergeht, sieht er, wie sich ein Stein bewegt – eine Schlange hat sich dort gesonnt. Auf dem Rücken ausgestreckt, den huschenden Mäusen lauschend, betrachtet er das Sternenzelt und stellt seinen Verstand in Frage. Das Wort »Lazaretto« hat einmal eine Quarantänestation bezeichnet, wo infizierte Patienten isoliert werden konnten, mit der Zeit erhielt es jedoch die Bedeutung einer Lepraklinik. Dieses Lazaretto steht versteckt am hintersten Ausläufer der stehenden Gewässer. Es wurde errichtet und wieder verlassen von den Portugiesen, wieder aufgebaut und verlassen von den Holländern, dann erneut aufgebaut von einer protestantischen Mission von Schotten. Das Stigma der einst dort untergebrachten Unglücklichen ist so stark, dass während der

Jahrzehnte, seit die letzte Mission fortzog, niemand mehr das Land in Besitz genommen hat.

Am nächsten Morgen erkundet Rune, mit einem kräftigen Stock bewehrt, das große Anwesen. Er kartiert das Gelände, erforscht jede Gebäuderuine, lotet den Brunnen aus und prüft das intakte, aber rostige Eingangstor. Davor findet er eine gut erhaltene Schotterstraße vor, die direkt am Lazaretto vorbeigeht; in der einen Richtung führt sie zu den Hütten und Häusern eines kleinen Dorfs, an dessen Kanalseite er am Vortag entlangfuhr, als sie auf den Zapfer stießen. In der anderen verläuft sie schnurgerade wie ein Scheitel durch die weite, staubige Ebene, um dann leicht anzusteigen und, sich jäh in Serpentinen schlängelnd, zu einer Ghatstraße zu werden; dann sieht sie aus wie eine gewundene Narbe am Fuß des geisterhaften, fernen, mammutartigen, von Nebel eingehüllten Bergzugs, der Westghats.

Zurück auf dem Gelände, verlässt Rune der Mut, als er sich die vor ihm liegende Aufgabe vergegenwärtigt. »Die Wirklichkeit ist immer schmutzig, Rune«, sagt er laut. »Hat man den Bauch geöffnet, ist es nie so sauber, wie's im Lehrbuch aussieht.«

Beim Eingangstor schimmert etwas Weißes. Es sind, vom hohen Gras verborgen, die ausgebleichten Gebeine eines menschlichen Skeletts, von Tieren herumgezerrt. Schädel und Becken sind einigermaßen intakt, von Kriechpflanzen an den Boden genäht. Dem Becken nach eine Frau und eindeutig leprös, den Erosionen oberhalb der Backenknochen nach zu urteilen. Er hat die Vision, wie sie hierherkommt, schwach, vielleicht fiebrig, in der Hoffnung auf Linderung, stattdessen findet sie nur Trümmer vor. Unbehandelt, ohne Nahrung und Wasser, legte sie sich nieder. Sie starb. Die blanken Knochen machen ihn schrecklich traurig. »Das ist doch ein Zeichen, nicht wahr, Herr?«

In jener Nacht träumt er von Schwester Birgitta im Waisenhaus von Malmö, wo er aufgewachsen ist. Sie hat ihm immer leidgetan, wie sie ihr Leben einem Ort weihte, von dem er so schnell wie möglich wegwollte. Jetzt versteht er sie. In seinem Traum strickt Birgitta, sie sitzt nah an der Lampe, die immer heller wird und ihn blendet.

Als er erwacht, schaut er in zwei Gesichter, nur wenige Zentimeter von ihm, die Züge verzerrt vom Schein der Kerze, die sie unterm Kinn halten. Voller Angst schreit er auf. Auch sie schreien, prallen zurück. Die beiden Gestalten weichen in eine Ecke zurück. Rune zündet seine Lampe an. »Ich wollte Sie nicht erschrecken«, sagt Rune auf Malayalam, womit er ihren Schock noch verstärkt.

»Wir dachten, Sie sind tot«, sagt ein Mann mit einem Loch als Nase. Er heißt Sankar, die Frau Bhaya. Sie sind auf dem Rückweg von einem Tempelfest. Sie suchen solche Veranstaltungen wegen Almosen auf. »Der Weg hierher ist weit«, sagt Sankar, »aber hier gibt es Wände und ein Dach, unter dem man schlafen kann.«

»Nur zwei Wände und nicht viel Dach«, sagt Rune.

»Besser als im Freien, wo wilde Hunde auf uns lauern«, sagt Bhaya und macht beim nächsten Atemzug ein zischendes Geräusch. Rune vermutet, dass ihr Kehlkopf mit leprösen Läsionen durchsetzt ist. »Die Leute wollen nicht einmal, dass wir uns an einen Viehstall lehnen.«

»Sie haben keine Lepra«, bemerkt Sankar. »Warum sind Sie hier?«

»Der Brunnen ist verschlammt«, sagt Rune. »Das muss als Erstes gemacht werden. Danach bauen wir sukzessive den Rest auf.« Er zeigt auf das überwucherte Land, die Schutthaufen, die einstmals Gebäude waren.

»Sie und wer noch?«, fragt Sankar.

Rune zeigt zum sternfunkelnden Himmel hinauf.

Am nächsten Morgen wünschen die Aussätzigen Rune alles Gute und schlurfen in der kühlen Morgendämmerung davon. Die zerbeulten Blechgefäße, die ihnen am Hals baumeln und für Nahrung und Münzen bestimmt sind, enthalten nun den Kaffee, den Rune ihnen gekocht hat.

Eine Stunde später, Rune stapelt noch nutzbare Ziegel auf, kommen sie zurückgehumpelt.

»Wir haben uns gesagt, dass Sie Hilfe brauchen könnten«, sagt Sankar. Lachend zeigt er Rune seine Hände. »Ich war einmal Zimmermann.« An der rechten Hand fehlen zwei Finger, die verbliebenen sind Klauen. Das Fleisch des Handtellers ist verkümmert, was der Hand etwas Affenartiges verleiht. An der linken sind noch alle Finger dran, aber Zeige- und Mittelfinger ragen hervor wie eine päpstliche Segnung. Dennoch klaubt er einen Backstein auf und drückt ihn an den Körper. Bhaya, deren Hände in einem nur wenig besseren Zustand sind, tut es ihm nach. Diese beiden sind, wie Rune erkennt, Engel, die ihm geschickt worden sind. *Also ward vollendet Himmel und Erde mit ihrem ganzen Heer.*

Am Abend kocht Rune ihnen Reis und Linsen und hört sich ihre Geschichten an. Sankar war gerade Vater geworden, als er einen Fleck im Gesicht entdeckte, im Lauf der Monate dann immer mehr. Seine Hände wurden taub. »Ich konnte nicht mehr meinen Zimmermannsstift halten. Der Bruder meiner Frau warf mich hinaus. Das ganze Dorf hat mich mit Steinen beworfen. Meine Frau hat nur zugesehen.« Sankars erregte Stimme straft sein Gesicht, das zu einem ewigen Knurren erstarrt ist, Lügen. Bhayas Gesicht wurde zunehmend dicker, unnatürlich weich, dann fielen ihr die Brauen aus. Ihr Mann ließ sie nicht mehr aus dem Haus. »›Sogar die Hunde laufen vor dir weg‹, sagte mein Mann. *Aah*, aber das hat ihn nicht daran gehindert, mich nachts zu besteigen. ›Im Dunkeln bist du noch immer hübsch‹, hat er gesagt.« Als sich ihre Finger einrollten, jagte ihr Mann sie davon, bevor sie sich noch von ihren Kindern verabschieden konnte. Bei dieser Erinnerung kichert sie, in ihrem Mund blitzt ein einzelner Zahn auf wie ein einsamer Baum auf einem Friedhof. Sankar lacht ebenfalls.

Rune wundert sich über ihr seltsames Lachen. Derart verstoßen zu werden, muss den Geist doch vernarbt haben. Die beiden sind für ihre Verwandten und für die Gesellschaft gestorben, und diese Wunde ist größer als die eingefallene Nase, das abstoßende Gesicht oder die fehlenden Finger. Lepra tötet die Nerven ab und ist daher schmerzlos; ihre wahre Wunde, der einzige Schmerz, den sie spüren, ist das Exil.

Das ist Sinn und Zweck eines Lazaretto, denkt Rune. *Eine Heimstatt am Ende der Welt. Ein Ort, wo die Toten mit ihresgleichen leben und vielleicht wieder Mut schöpfen können.* Er starrt auf seine blasigen Hände. Allein der Daumen würde die Existenz Gottes beweisen. Eine funktionierende Hand ist ein Wunder; seine sind fähig, eine Niere zu entfernen oder Backsteine zu stapeln. *Herr, und wenn ich nun ihren Gebrauch verliere?* Rune hat gelernt, dass Lepra selten ansteckend ist. Das auslösende Bakterium lebt in der Umwelt, zumeist in einer schmutzigen Umgebung, aber nur solche mit einer besonderen Empfänglichkeit erkranken daran. Er erinnert sich an Professor Mehr in Malmö, der ungestraft lepröse Wunden versorgte und dazu sagte: »Machen Sie sich Gedanken wegen anderer Krankheiten, die Sie von Ihren Patienten bekommen könnten, aber nicht wegen Lepra.« Tatsächlich hatte Rune einen Kommilitonen durch Tuberkulose verloren, einen weiteren durch eine Sepsis von einem Schnitt mit dem Skalpell. Nun debattiert Rune im Kopf mit Professor Mehr. *Und was ist mit Pater Damien, der all die Jahre auf Molokai Leprakranke gepflegt hat? Er hat sie bekommen und ist daran gestorben!* Er stellt sich Mehrs Antwort vor: *Aber denken Sie an*

Schwester Marianne, die Pater Damien gepflegt hat, denken Sie an all die anderen Nonnen, die auf Molokai gearbeitet haben – die sind gesund geblieben. Rune beschließt, dass er sich einfach keine Gedanken über eine Ansteckung macht. *Verlass dich nicht auf dein Wissen.* Überlass es Gott.

Einen Monat später hängt eine zweisprachige Tafel am Tor: SAINT BRIDGET'S LEPROSARIUM. Der Name ehrt seine geliebte Schwester Birgitta von seinem Waisenhaus in Malmö. Zufällig ist es auch der Name von Schwedens Schutzheiliger, was vielleicht auch beitragen könnte, von einer schwedischen Mission Unterstützung zu erhalten. Sie erneuern zwei Gebäude und entschlammen den Brunnen. Rune kauft in Mudalalis Laden im Dorf Vorräte. Mathachen, der Toddyzapfer, der seinem Bootsführer die Richtung wies, ist ein effizienter Mittelsmann, der andere Einkäufe – Stroh, Holz, Werkzeug, Kokosbast – vor dem Eingangstor oder auf den Stufen zum Kanal abstellt. Bei allen Bedenken wegen Runes Arbeit haben die Dorfbewohner doch nichts gegen sein Geld einzuwenden. Bald hat er neben dem Boot auch noch ein Fahrrad. Zu seinen beiden Engeln stoßen noch Thambi, Esau, Mohan, Rahel, Ahmed, Nambiar, Nair und Pathros. Wie ein Teakwald mit seinen Bodenwurzeln haben die Aussätzigen ein Netzwerk; die Nachricht von der Wiederauferstehung des Lazaretto verbreitet sich rasch.

Eine halbe Meile von Saint Bridget's entfernt liegt ein von Mauern umgebenes Anwesen. Darin ist an ein traditionelles strohgedecktes Haus mit geschnitzten Giebeln und Holzwänden geschmackvoll ein größeres, modernes angebaut, mit weiß getünchten Wänden, einem roten Ziegeldach, hohen Fenstern, einer breiten umlaufenden Veranda, einem Vordach, das weit über die Eingangstür hinausreicht und unter dem ein Wagen steht, sowie einer backsteingesäumten Kieszufahrt. Auf der Steinsäule am Tor steht die Inschrift THETANATT – der Name des Hauses – und darunter der Name des Besitzers: T. CHANDY. Als Rune einmal mit seinem Fahrrad daran vorbeigefahren ist, hat er flüchtig einen schwerlidrigen Mann auf einer Schaukelbank auf der Veranda rauchen sehen, am Handgelenk eine goldene Uhr. Ein andermal hat er ihn am Tor von Saint Bridget's vorbeifahren sehen, bei ihm eine Frau, als er gerade hinaustrat. Rune winkte, das Paar winkte lächelnd zurück. Jedes Mal wenn er vorbeifuhr, wollte er eigentlich hineinschauen, doch zum ersten Mal in seiner Laufbahn konnte sein Arztberuf Leute beklommen machen. Mathachen, der Zapfer, erzählt ihm, dass Chandy Bauunternehmer für die britische Armee in Aden war – »Geld gedruckt hat«. Nach seiner Rückkehr erwarb Chandy ein mehrere tausend Hektar großes Gut in den fernen Bergen, die Rune von Saint Bridget's aus sehen kann. Unter der Woche ist Chandy dort im Bungalow des Guts, wo er das Pflanzen und Ernten beaufsichtigt, und wochenends unternimmt er wieder die dreistündige Fahrt herab zum Haus seiner Vorfahren, wo seine Frau und ihre alternde Mutter wohnen.

Ein Vierteljahr nach Runes Eintreffen im Lazaretto ist Unruhe am Tor – jemand schreit »Doctor-ay! Doctor-ay!« Der aufgeregte Diener übermittelt die Nachricht zehn Fuß vom Tor entfernt: Chandys Frau bittet ihn, sofort zu kommen, da Mr. Chandy zusammengebrochen ist. Rune rast mit dem Fahrrad hin. Auf der Veranda liegen Männerpantoffeln. Aus einem Aschenbecher neben einer Dose State Express 555 steigt träge Rauch. Von drinnen hört er Gepolter von Möbeln. Auf dem Fußboden windet sich Chandy, er schlägt mit Händen und Füßen um sich, sein *mundu* schief. Seine entsetzte Frau ist über die liegende Gestalt gebeugt. Sie trägt einen Sari, schimmernde

Ohrringe und an den Händen Ringe – das Paar scheint zum Ausgehen gekleidet.

Rune kniet sich hin, prüft Chandys Atemwege und misst ihm den Puls, der rast. »Was ist passiert? Sagen Sie's mir.«

»Danke, Doctor«, sagt die in Tränen aufgelöste Frau auf Englisch. »Er hat sich heute anders verhalten. Er hat mir nicht erlaubt, ihn ins Krankenhaus zu bringen. Und jetzt eben hat er aufgeschrien und ist einfach so zu Boden gestürzt. Dann war er steif – ganz steif – und bewusstlos. Fahrer ist nicht da. Ich wusste nicht, was ich tun sollte. Da habe ich unseren Boy zu Ihnen geschickt. Und seit Kurzem zittert er, zittert nur.«

Aus den Augenwinkeln sieht Rune eine alte Frau in *chatta* und *mundu* und gewaltigen goldenen Dornen in den Ohren; sie ist blass, die Hände blutleer, wie sie dasteht und sich am Türrahmen festhält, die Unterlippe bebend. Er ruft ihr auf Malayalam zu. »*Ammachi*, keine Angst, das ist nur ein Anfall, er wird sich gleich wieder erholen.« Noch während er das sagt, schlägt Chandy schon nicht mehr um sich. »Aber setzen Sie sich bitte hin, denn wenn Sie ohnmächtig werden, nützt es auch nichts.« Sie gehorcht.

Rune registriert Chandys geschwollene Ohrspeicheldrüsen, die roten Handflächen, seine weibliche Brust und geplatzte neue Blutgefäße auf Brust und Wangen. Er hat den Eindruck, dass Chandy mehr Schnaps gekippt hat als die meisten Männer in ihrem ganzen Leben. Der Ammoniakgeruch von Urin geht dem gelben Fleck voraus, der sich auf dem makellosen weißen *mundu* ausbreitet.

»Ist das schon einmal passiert?«, fragt er.

»Noch nie! Er war wie immer, als er gestern Abend von dem Gut zurückkam. Müde von der Herfahrt.« Sie hat ins Malayalam gewechselt.

»Nein, er war *nicht* wie sonst«, sagt die alte Dame, als sie die

Stimme wiederfindet. »Es war, als hätte ihn eine Ameise gebissen. *Aah*, streitet mit allen.« Die verlegene Frau funkelt sie böse an, doch die bleibt dabei. »*Molay*, das ist die Wahrheit, die muss der Arzt wissen.«

»Zu Beginn der Fastenzeit wird er immer gereizt«, räumt die Ehefrau ein.

»Ah«, sagt Rune. »Dann lässt er vierzig Tage lang den Whisky sein?«

»Fünfzig Tage. Ja. Er lässt seinen Brandy sein. Das tut er für mich«, sagt sie schüchtern. »Im ersten Jahr nach unserer Heirat hat er einen Eid geschworen.«

Die Fastenzeit hat am Vortag begonnen. Chandys abrupte Abstinenz hat möglicherweise einen »Rum-Anfall« beschleunigt, einen Anfall bei Alkoholentzug. Rune erhebt sich. »Machen Sie sich keine Sorgen.« Chandy atmet geräuschvoll, aber regelmäßig. »Er wacht bald auf, aber er wird sehr verwirrt sein. Ich komme gleich mit einem Medikament wieder.«

Mathachen, der Zapfer, braut auch illegalen Arrak – nicht den mit Anis gewürzten in Nordafrika, den Rune kennt, sondern ein geschmackloses Destillat, das Rune als Antiseptikum verwendet. Wieder in Saint Bridget's, mischt Rune in einer Apothekerflasche eine Tinktur aus Opium, Arrak, Zitrone und Zucker und eilt zurück.

Chandy liegt noch auf dem Boden, ist aber wach, ein Kissen unterm Kopf, das befleckte *mundu* ist ersetzt. Er ist wirr, schluckt die Medizin jedoch gehorsam wie ein Kind.

»Geben Sie ihm noch vier Mal vor Mitternacht je einen Esslöffel voll«, sagt Rune zu Leelamma – so heißt Chandys Frau. »Morgen dreimal täglich. Am Tag darauf dann zweimal und schließlich einmal. Ich hab's Ihnen aufgeschrieben.«

Am Abend schaut er noch einmal vorbei, und da ist Chandy wieder klar im Kopf, wenn auch schläfrig. Rune sagt ihnen, in

Zukunft solle Chandy seinen Brandykonsum bis zum Aschermittwoch nach und nach reduzieren.

Eine Woche später hupt ein Wagen am Tor. Chandy kommt hereingefahren. Außer Rune ist er der erste Nicht-Aussätzige, der das Grundstück betritt, seit Rune dort ist. Chandy erweist sich, nun da er aufrecht ist und genesen, als untersetzter Mann mit mächtiger Brust und kräftigen Unterarmen, der um die Taille herum recht dickleibig ist. Er ist der seltene Malayali ohne Schnauzbart, und er trägt die Haare in der Mitte gescheitelt und zurückpomadiert. In seiner gelben Seidenjuba und dem eierschalenfarbenen *mundu* wirkt er wie ein Mann, der sich überall wohlfühlt, sogar im Saint Bridget's. Seine Dankbarkeit hat die Form einer Flasche Johnny-Walker-Whisky. Er sagt: »Es wäre uns eine Ehre, wenn Sie am Ostersonntag zu uns auf einen späten Lunch kommen würden. Wir würden Sie ja früher einladen, aber Leelamma will Ihnen keinen Reis mit grünen Bohnen vorsetzen. Und ich würde Ihnen gern ein Gläschen anbieten können.« Rune nimmt die Einladung an.

Chandy blickt sich voller Interesse um; die merkwürdigen Bewohner, die sich zeigen, erschüttern ihn nicht. Rune bietet ihm eine Führung an, und Chandy willigt gern ein. Sie gehen durch die Gebäude, die gerade wiederhergestellt werden. Rune hatte gehofft, Holzbalken aus einem der alten Gebäude wiederverwenden zu können, doch Sankar glaubt, sie seien durch Termiten geschädigt. Chandy hockt sich hin, um sorgfältig einen Balken zu betrachten, dann sagt er: »Ihr Mann hat recht. Termiten ebenso wie Wasserschäden. Sehen Sie, wie sich die Farbe auf halber Höhe verändert?« Chandy kennt sich mit Beton und diversen Dachziegeln aus. Auf den Feldern bückt er sich mehrmals, nimmt Erde und zerbröselt sie zwischen den Fingern. »Ich hoffe, das alles wird eines Tages autark«, sagt Rune. Chandy kommentiert das nicht weiter, aber ein paar Tage später kommt er mit seinem Fahrer in einem Wagen wieder, dessen Rückbank herausgenommen ist; zudem wurde am Heck eine Plattform angeschweißt. Der Fahrer lädt Töpfe mit Mango-, Pflaumen- und Kochbananensetzlingen ab, ebenso Jutesäcke mit einer Knochen-Dungmischung. Chandy entfaltet eine selbst gezeichnete schematische Darstellung des Grundstücks, auf der er seine Empfehlungen für die beste Stelle, die für einen Obstgarten gerodet werden sollte, angekreuzt hat. Eine tiefer liegende, feuchtere Fläche am Kanal ist für Kochbananen ideal. »Der Dünger da ist übrigens für Ihre bestehenden Kokos- und Dattelpalmen. Sieht mir nicht so aus, als hätte jemand in den letzten Jahren so was gemacht. Das Land zwischen den Kokospalmen lassen Sie als Weidefläche frei, das ernährt zwei Kühe. Auch ein Hühnerstall würde sich gut machen.«

Ostern im Thetanatt-Haus ist der Beginn einer dauerhaften Freundschaft. Sonntags wird Rune regelmäßig Tischgast, dann genießt er Leelammas üppiges Festmahl und Chandys Brandy. Im Sommer, wenn die Hitze drückend ist, verzieht sich die Familie für zwei Monate in den Bungalow auf dem Gut. Manchmal laden sie Rune auf ein Wochenende in den Bergen ein.

Salomon Halevi schickt Rune seine eingelagerten chirurgischen Instrumente, sodass er nun eine Klinik und einen rudimentären OP hat. Nun kann er mehr als nur Wunden versorgen und Abszesse drainieren. Selektiv operiert er Hände, versucht, ihre Funktion zu bewahren oder sie zurückzugeben, indem er Kontrakturen löst. Um Geld aufzutreiben, schreibt Rune viele Briefe. Die Paradesi-Juden finanzieren den Backsteinofen, eine lutherische Mission in Malmö bezahlt die Sägemühle und eine kleine Schreinerei. Zu Weihnachten verpflichtet sich dieselbe lutherische Mission zu einem Jahreszuschuss für das Leprosarium; Runes wortreiche Briefe auf Schwedisch werden in ihrem Rundschreiben abgedruckt. Mr. Shaw, dessen Ehefrau Eleanor Runes Patientin war, arrangiert die Spende zweier Milchkühe und einer Ladung Holz.

Fünfzig Jahre nachdem Armauer Hansen unterm Mikroskop die stabartigen Bazillen – *mycobacterium leprae* – im Gewebe von Leprakranken entdeckt hat, gibt es noch immer kein Medikament gegen Lepra. Rune stellt Unterkunft und sinnvolle Arbeit bereit, doch er ist frustriert, dass er die fortschreitende Schädigung von Händen und Füßen kaum verhindern kann. Am Tag nach der Eröffnung der Sägemühle entdeckt er unter den Spänen einen abgetrennten Finger. Sein Besitzer, der weiterhin arbeitet, bemerkt den fehlenden Zeigefinger erst, als Rune ihn auf den blutenden Stumpf hinweist. Das bringt Rune dazu, eine wöchentliche Fragestunde zur Vermeidung von Verletzungen abzuhalten. Er teilt die Bewohner paarweise zur täglichen gegenseitigen Beobachtung ihrer Hände und Füße ein; er versorgt frische Wunden. Er ist schnell dabei, einen Finger oder Fuß in Gips zu legen, um weiteren Schaden abzuwehren und die Wunde heilen zu lassen. Jedes Werkzeug in Saint Bridget's hat einen wattierten Riemen als Ersatz für Finger, die nicht greifen können, und um die Haut zu schützen. Eimer und Schubkarren sind mit Gurten versehen, die man sich auch um den Hals hängen kann.

Im ersten Jahr des Lazaretto marschiert ein grinsender Neuankömmling herein, der gar nicht merkt, dass sein Knöchel grotesk verrenkt ist und ein Knochen aus der Haut ragt. Jeder außer einem Leprakranken würde schreien vor Schmerz, wohingegen dieser geschwätzige Bursche stolz darauf ist, den ganzen Tag zu diesem neuen Lazaretto gelaufen zu sein. Bei seinen Bewohnern ist Rune derselbe perverse Stolz aufgefallen:

Ihr »Vorteil« gegenüber denen, die sie weggeschickt haben, ist der, dass sie endlos gehen und auch stundenlang wie Statuen stehen können, da sie nicht die Notwendigkeit verspüren, ihr Gewicht von einem Bein aufs andere zu verlagern, weil sie ja keine Beschwerden haben. Das kumulative Trauma, auf verletzten Füßen zu gehen und zu lange zu stehen, entzündet, dehnt und reißt letztlich die Bänder, welche die Fußknochen zusammenhalten. Bricht der Talus – der sattelförmige Knochen unterhalb des Schienbeins, der das Gewicht des Körpers auf die Ferse lenkt – schließlich durch, wird das Fußgewölbe flach wie ein *appam*, dann konvex wie die Unterseite eines Schaukelstuhls. Das Körpergewicht wird nicht mehr auf den gesamten Fuß verteilt, sondern auf eine Stelle gebündelt, was dann zu einem Druckgeschwür führt. Bleibt das Geschwür unbehandelt, wächst es und wird schließlich brandig, was Rune zur Amputation zwingt. Aber weh tut es nie.

25. Kapitel
EIN FREMDER IM HAUS

1923, Parambil

Als sie fünfunddreißig ist – es ist das Jahr des Herrn 1923 –, wird sie wieder schwanger. Es ist wie ein Wunder. Ihr erster Hinweis darauf ist ein metallischer Geschmack im Mund, gefolgt von schwindendem Appetit. Als sie es ihrem Mann sagt, ist der verblüfft. Sie ist versucht zu sagen: *Erzähl mir nicht, dass du keine Ahnung hast, wie das geschehen ist!* Doch seine besorgte Miene bremst sie; in den langen Jahren seit Baby Mols Geburt hat es drei Fehlgeburten gegeben, eine jede verbunden mit tiefer Trauer und dem Gefühl, dass sie für JoJo bestraft wird. Über die Ängste ihres Mannes wird nie gesprochen, aber sie weiß, wie sehr er einen Sohn will, dem er dann das Parambil, das er geschaffen hat, hinterlassen kann, einen Sohn, der für seine Eltern im Alter sorgt. Während er voller Sorge ist, ist sie ruhig, zuversichtlich, dass diese Schwangerschaft glücken wird. Ihre Gewissheit muss von Gott kommen. Ist es wirklich schon fünfzehn Jahre her, dass sie ein Kind zur Welt gebracht hat? Sie ist nur traurig, dass ihre Mutter nicht mehr bei ihr ist. Der Krebs hat sie binnen zwei Monaten nach ihrem Besuch in Cochin geholt.

Einmal, sie ist im siebten Monat, ihr Schwerpunkt hat sich gesenkt, die Füße gehen beim Laufen weit auseinander, trifft sie ihren Mann nach dem Abendessen auf der Veranda an, wie er auf den mondbeschienenen Hof schaut. Er wirkt verträumt, ein seltener Anblick. Im Profil ist er alterslos, obwohl die Haare zurückweichen und überwiegend grau geworden sind und er schlecht hört. Mit dreiundsechzig packt er immer noch mit an, wenn ein Damm repariert oder ein Bewässerungskanal gegraben werden muss. Lächelnd rückt er beiseite. In letzter Zeit bekommt er häufig Kopfschmerzen, doch er klagt nie; sie erkennt es nur an seiner Kieferstellung, der gefurchten Stirn und weil er mit einem nassen Tuch über den Augen still zu Bett geht.

Sie setzt sich neben ihn, ihr schmerzt der Rücken, das Kind drückt sie. Sie macht eine Bemerkung zu ihren geschwollenen Füßen und dass sie sich nicht vorstellen kann, wie Odat *Kochamma* zehn Kinder bekommen konnte … Sehnsüchtig hat sie Shamuel und seine Frau Sara in ihren unbekümmerten Augenblicken beobachtet, ihren Austausch, wie sie sich besprechen – sogar im Streit wirken sie intim. Sie dagegen muss für sich und ihren Mann reden.

Er schaut auf ihre Lippen, um nur kein Wort zu verpassen. Seine Füße schwingen fast unmerklich im Takt mit seinem Herzschlag. »Warum sprichst du so wenig, mein Mann?«, fragt sie nach einer Weile. Er antwortet wortlos, indem er Brauen wie auch Schultern hebt und langsam wieder sinken lässt. *Wer weiß?* Verärgert schüttelt sie ihn. Es ist, als schüttelte sie den Stamm eines Banyanbaums.

Er sagt: »Da du die Räume füllst, in denen ich Worte fallen lassen könnte … schweige ich.«

Gekränkt will sie aufstehen, doch er lacht lautlos und zieht sie an sich. Sein Lachen, still oder nicht, ist noch seltener, als dass er spricht, und besonders liebt sie es, wenn es unbedacht und dröhnend seinen Körper verlässt. Seine Arme umschlingen sie. Sie lacht mit ihm. Warum sollte sie befangen sein, falls jemand sie in der Umarmung sieht? Seine Neffen – die Zwillinge – gehen Hand in Hand (selbst wenn ihre Frauen einander an die Gurgel gehen); auf dem Weg zur Kirche sieht sie Frauen Hand in Hand. Verheiratete Paare aber wahren auffallend Distanz, als wollten sie leugnen, dass sie sich im Dunkeln anfassen und noch mehr.

Er lässt sie los, doch seine Schulter ist weiterhin an ihre gedrückt. Sie wartet. Es ist zu einfach zu ersticken, was er sagen könnte, indem sie als Erste spricht. »Ich habe nie lesen gelernt«, sagt er schließlich. »Aber ich habe gelernt, dass sich Unwissenheit nie offenbart, wenn man den Mund hält. Sprechen räumt alle Zweifel beiseite.« *Du bist nicht unwissend! Du bist weise, mein Mann.* In der freundlichen Dämmerung sitzt sein Geständnis zwischen ihnen. Sie legt die Arme um ihn, wie um ihn einzuhüllen, doch das kann sie ebenso wenig, wie sie es bei Damodaran könnte.

In den Wehen schreit sie ihre Wut heraus, dass Männern erspart bleibt, was sie verursacht haben, so wie sie auch wütend ist auf dieses undankbare Kind, das sie in sich hat wachsen lassen und das sie nun dafür entzweireißen will. Als dann aber der winzige Mund an ihrer Brustwarze andockt, spürt sie, wie Kolostralmilch und Vergebung einschießen und Letztere eine Art Amnesie bewirkt. Warum sonst einwilligen, mit dem Mann, der diese Schmerzen verursacht hat, noch einmal zu schlafen?

Nach seinem ersten Atemkrächzen schaut sich ihr kleiner Junge mit wacher, ernster Miene in der Welt von Parambil um, die Stirn kraus vor Konzentration. Sie hat schon beschlossen (mit dem Segen ihres Mannes), dass sie ihn nach ihrem Vater nennt, Philip. Doch der gelehrtenhafte Gesichtsausdruck ihres Neugeborenen veranlasst sie, seinen Taufnamen als Philipose festzuhalten. Sie hätte auch »Peelipose«, »Pothen« oder »Poonan« nehmen können – alles lokale Varianten von »Philip«. Doch ihr gefällt »Philipose«, weil es an das alte Galiläa erinnert und die beruhigende letzte Silbe wie fließendes Wasser klingt. Sie betet darum, dass er das Vergnügen erfahren wird, von einer Strömung getragen zu werden und dann ans Ufer zurückzuschwimmen.

Sein Taufname wird in der Schule und bei allem Amtlichen benutzt werden. Sie betet darum, dass er davor nicht zu einem Diminutiv verändert wird. Zu viele Kinder bekommen schon früh einen Kosenamen, den sie dann nie mehr ablegen können: »Reji«, »Biju«, »Sajan«, »Renju«, »Tara« or »Libni«, woran dann ein Schwänzchen angehängt werden könnte: »*mon*« (kleiner Junge), »*mol*« (kleines Mädchen) oder das geschlechtslose »baby« oder »*kutty*« (Kind). Baby Mol hat statt eines Vornamens, der verlassen im Geburtsregister steht, zwei Schwänzchen. Wenn Philipose einmal im mittleren Alter ist, werden Jüngere ihn mit einem respektvollen Suffix ansprechen: Philipose *Achayen* oder *Philipochayen* (und bei einer Frau könnte es *Kochamma*, *Chechi* oder *Chedethi* sein). Ist er dann Vater, wird er für seine Kinder *Appachen* oder *Appa* sein, so wie er seine Mutter bald *Ammachi* oder *Amma* nennen wird. Da bleibt ein Durcheinander nicht aus. Sie hat von einem Mann gehört, der für seine Familie *Baby Kutty* ist und für seine erwachsenen Freunde *Goodyear Baby*, obwohl er diese Gesellschaft nach seiner Heirat hinter sich gelassen und dann im Finanzamt von Jaipur gearbeitet hat. Die Verwandten seiner Frau kannten ihn als Jaipur Baby. Der füllige Onkel seiner Frau traf nach einer langen Reise in Jaipur ein und ging ihn im Finanzamt besuchen, wo man ihm zu seiner Empörung sagte, ein Jaipur Baby arbeite dort nicht; man rief die Polizei. Als George Cherian Kurian (alias Jaipur Baby) davon hörte und eine Kaution hinterlegen wollte, konnte er den Onkel nicht finden, weil er ihn nur als *Thadiyan Baby* (dickes Baby) kannte, nicht aber mit dem Namen, unter dem er verhaftet worden war, Joseph Chirayaparamb George.

Wenige Wochen nachdem sie Philipose zur Welt gebracht hat, bekommt ihr Mann starke Kopfschmerzen und liegt fünf Tage im Bett, zudem muss er sich noch stoßweise erbrechen. Sie ist außer sich vor Sorge, versucht, das Kind zu stillen, gleichzeitig ihrem Mann die Stirn mit Öl einzureiben und Baby Mol zu beruhigen, die vom Zustand ihres Vaters außer sich ist. Shamuel kampiert vor dem Zimmer des *thamb'ran* und weigert sich, nach Hause zu gehen. Die Tabletten und Wickel des *vaidyan* helfen nicht. Sie will mit ihrem Mann nach Cochin zu dem *sa'ippu*-Arzt Rune, doch er weigert sich, mit dem Boot zu fahren. Dann legen sich die Kopfschmerzen ebenso mysteriös, wie sie begonnen haben, danach aber wird die linke Gesichtshälfte schlaff, er kann das linke Auge nicht ganz schließen und sabbert aus dem Mundwinkel. Das verstört sie mehr als ihn. Er geht wieder aufs Feld. Shamuel berichtet, dass der *thamb'ran* so hart arbeitet wie immer, auch wenn er nun auf dem linken Ohr stocktaub ist.

Jedes Mal wenn ihr Mann seinen neugeborenen Sohn sieht, strahlt er übers ganze Gesicht, doch sein Lächeln ist schief; sie lernt, seinen wahren Ausdruck an der rechten Gesichtshälfte abzulesen. In seinen Augen liegt etwas Neues; anfangs glaubt sie, eine Traurigkeit. Erinnert er sich an das Schicksal seines ersten Sohnes? Nein, es ist nicht Traurigkeit, sondern Besorgnis, und zwar eine, die sie an nichts Bestimmtem festmachen kann, und das treibt sie um. Auch Baby Mol ist beunruhigt, sie verlässt ihre Bank, um ihrem Vater hinterherzulaufen, wenn er im Haus ist, oder sich stumm auf sein Bett zu setzen und dort zu bleiben, bis ihre Mutter sie in ihres bringt.

Als Philipose ein Jahr alt ist, kann Big Ammachi eine Wahrheit über ihren kleinen Jungen nicht bestreiten: Er badet bereitwillig, erschreckt sie aber immer, wenn sie ihm den Eimer überm Kopf ausleert: dann kneift er die Augen zu, und wenn er sie wieder öffnet, sind sie verdreht, und oft werden seine Gliedmaßen schlaff. Trotzdem und anders als JoJo lacht er dabei, als begrüßte er diese Orientierungslosigkeit. Er hält es für ein Spiel. Seine verschwommenen Augen drängen sie, es zu wiederholen. Als er groß genug ist, dass sie ihn in das flache *uruli* setzen kann, das riesige, ungenutzte Gefäß, in dem bei Festlichkeiten *payasam* gekocht wird, plantscht er vor Vergnügen und lacht, wenn ihm schwindelig wird und er aus dem *uruli* auf den *muttam* purzelt. Wie ein betrunkener Matrose rappelt er sich dann wieder auf und krabbelt hinein. Seine schockierten Eltern schauen ungläubig zu.

Big Ammachi sagt zu ihrem Mann: »Ich kann dieses schöne Kind nicht verlieren.«

»Dann lass es leben. Sperr es nicht ein«, sagt er nachdrücklich. »Denn nur dadurch konnte mein älterer Bruder mich ausnutzen. Weil meine Mutter mich nirgendwohin ließ. Habe ich dir diese Geschichte erzählt?« *Hat er das wirklich vergessen?* »Ich verstehe nur nicht, warum es meinen Sohn zum Wasser zieht, wo es doch nicht sein Freund ist«, meint er noch.

Ein paar Monate später, es ist abends, Odat *Kochamma* passt auf Philipose auf, läuft Big Ammachi zum Fluss und springt hinein. Anders als ihren Mann und ihren Sohn erfrischt und erneuert sie nichts so sehr wie das. Als sie sich danach dem Haus nähert, hört sie ein regelmäßiges Scharren. Sie sieht, wie ihr Mann am Rand des *muttam* kauert und halbherzig mit einem Stock gräbt. Erst hat sie den Eindruck, sie sehe einem Kind beim Spielen zu, doch sein Gesicht ist ernst.

»Was gräbst du denn da? Und dazu noch *nach* deinem Bad!« Er blickt auf. Ganz kurz wirkt es, als hätte er keine Ahnung, wer sie ist. Schwankend erhebt er sich. Ein paar staksige Schritte verhindern, dass er umfällt. Ihr fährt das Herz zum Mund. Sie blickt in die Zukunft.

In den folgenden Wochen passiert es wieder: Sie sieht ihn in der Erde scharren, doch er sagt nicht, warum. Daraufhin sagt sie zu Shamuel: »Behalte deinen *thamb'ran* gut im Auge.«

Er ist verblüfft. »Was ist passiert? Warum sagst du das?« Sie antwortet nicht, schaut ihn nur an. »Mit ihm ist alles gut«, sagt Shamuel vehement. »Sein Gesicht ist auf einer Seite müde, aber wer braucht schon zwei? Das sag ich ihm immer. Eins reicht doch.«

»Nun, er ist kein junger Mann mehr. Wie alt bist du, Shamuel?« Shamuels Haare sind ergraut, sein Schnauzbart ist, wo er von den Beedis nicht gelb ist, weiß. Die Runzeln um seine Augen sind so zahlreich wie bei Damodaran.

Shamuel macht mit dem Handgelenk eine Drehbewegung. »Mindestens dreißig Jahre, vielleicht mehr«, sagt er. Sie lacht laut auf, dann auch er – bei beiden dieser Tage ein seltenes Geräusch.

Sie beschließt, Shamuel von dem Graben zu erzählen. Er wirkt, als hätte sie ihn geschlagen.

Als er die Sprache wiederfindet, sagt er: »Vielleicht sucht der *thamb'ran* nach Münzen, die er vergraben hat. Bevor wir den *ara* gebaut haben, haben wir das gemacht. Es könnten eine oder auch hundert sein. Gold, Silber, Messing«, sagt er, wobei er sich in Substantive flüchtet, die er Zahlen vorzieht.

»Du glaubst wirklich, es gibt da einen vergrabenen Schatz?«, fragt sie.

Er weicht ihrem Blick aus, seine Stimme zittert. »Wozu fragen, was ich glaube? Ich glaube nur, was der *thamb'ran* glaubt.«

Seine Angst ist mit Händen zu greifen. Seine Vorfahren hatten bei Unterkunft und Nahrung nie Gewissheit. Sie waren abhängige Arbeiter eines Haushalts, trugen damit immerzu Schulden ihrer Ahnen ab, doch diese Praxis ist heute illegal. Shamuel wird für seine Arbeit bezahlt, und das Grundstück mit seinem Haus darauf gehört ihm. Er könnte überall arbeiten. Aber er kann sich nicht vorstellen, für jemand anderen zu arbeiten. Ihr bricht das Herz für diesen Mann, der sein ganzes Leben lang an der Seite ihres Mannes, sein Schatten war. Sie spürt Shamuels ungeheure Liebe für ihren Mann. Was wird ohne den *thamb'ran* aus dem Schatten? Wenn er sich nicht auf den *thamb'ran* verlassen kann, muss er sich auf sie verlassen.

Ein paar Tage später steht sie, Philipose auf dem Arm, spätnachmittags auf der Veranda; sie schauen Damo zu. Plötzlich stellen sich ihr die Nackenhaare auf – sie spürt eine große Masse hinter ihr. Damo kann es nicht sein, und dennoch ist es dasselbe Gefühl einer ungeheuren Form, die einen Schatten über sie wirft. Sie dreht sich um und sieht ihren Mann. Er schaut über ihre Schulter auf Damodaran, der geräuschvoll frisst, seinen Blätterhaufen herumwirft. Neben ihrem Vater steht Baby Mol und tupft sich mit beiden Händen das Gesicht. Baby Mol, die nie weint, versteht die Natur von Tränen nicht, warum sie salzig sind und nicht aufhören wollen.

Damo wird ganz still und beäugt den *thamb'ran*. Die beiden alten Riesen fixieren einander, ausdruckslos, und einen Augenblick lang stellt sich Big Ammachi vor, wie sie lostrampeln und ihre Stoßzähne ineinander verhaken. Ihr Mann legt eine Hand auf sie – nicht als Stütze, sondern um Besitz anzuzeigen.

»Was will er?«, sagt er leise, und in einem Mundwinkel schimmert Speichel.

»Was meinst du damit, ›will‹? Das ist unser Damodaran!«

»Nein. Das ist ein anderer Elefant. Schick ihn weg.« Er geht weg, mäandert ein wenig, bis er den Weg zu seinem Zimmer findet – dank Baby Mol.

Zur Abendessenszeit stapft Damodaran zum Haus, ohne die frischen Kokoswedel zu beachten, die Unni für ihn gesammelt hat. Es scheint, als wartete er darauf, dass der *thamb'ran* herauskommt, vielleicht um sich zu beschweren, dass er als Schwindler beschimpft wurde. Big Ammachi bringt Damo einen Eimer Reis mit Ghee. Er beachtet ihn nicht.

Sie macht das Leibgericht ihres Mannes, *erechi olarthiyathu*. Als er sich zum Essen an den Tisch auf der Veranda des alten Teils des Hauses setzt, scheint er nicht zu bemerken, dass Damo dorthin gegangen ist, wo der doch kaum zu übersehen ist. Wie immer kann ihr Mann nicht widerstehen, das brutzelnde Fleisch zu kosten, kaum dass es auf dem Bananenblatt liegt, noch bevor sie den Reis servieren kann. Doch zu ihrer äußersten Verblüffung spuckt er es gleich wieder aus. Da sich seine Lippen nicht mehr richtig schließen, ist sein Kinn beschmutzt. Er schleudert das, was auf dem Blatt liegt, auf den *muttam*.

»Das taugt nicht mal für Hunde!«

Caesar, ihr neuester Straßenköter, ist anderer Meinung und leckt sogleich die Fleischwürfel von den Kieseln. Damodaran kommt näher.

»*Ayo!* Warum hast du das gemacht?« Noch nie hat sie bei ihrem Mann die Stimme erhoben. Sie probiert das Fleisch. »Herrgott, das ist doch vollkommen in Ordnung! Was ist denn in dich gefahren? Seit fast einem Vierteljahrhundert brate ich dieses Gericht immer so!«

»*Aah*, das sage ich doch! So lange machst du das Gericht nun schon. Du glaubst, dass du inzwischen keinen Leichtsinnsfehler machst. Es muss also Absicht gewesen sein.«

Sie schaut ihn ungläubig an. Dieser Mann, der kaum etwas

sagt und wenn, dann nie grob, durchbohrt sie nun mit solchen Worten. »All die Jahre wollte ich, dass du mehr sprichst! Ich hätte für dein Schweigen dankbar sein sollen.« Sie dreht sich um und geht schäumend weg, auch das ein erstes Mal. Sie merkt, wie Damo sie anblickt, den Rüssel zum Maul hin eingerollt. *Vergib deinem Mann, er weiß nicht, was er tut.* Das hört sie so deutlich, als hätte sie eine menschliche Stimme vernommen.

Auf diese Mahnung hin kehrt sie mit Gemüse und Eingemachtem aus der Küche wieder. Er isst kaum etwas. Sie hält ihm die *kindi*, hält den Strahl über seine Finger, die er so abspült. Er geht steif in sein Zimmer, läuft dabei an Baby Mol vorbei. Big Ammachi fällt auf, dass Baby Mol beim Essen nicht neben ihrem Vater war, sondern sich auf ihre Bank zurückgezogen hat. Ihre Tränen sind versiegt, und sie ist glücklich, plappert mit ihren Puppen, statt obsessiv ihrem Vater hinterherzulaufen. Er bleibt stehen, blickt auf Baby Mol hinab, erwartet, dass seine Tochter sich wie in den letzten Tagen an ihn hängt. Doch Baby Mol sieht durch ihn hindurch.

Big Ammachi schaut nach ihrem Mann, nachdem sie in der Küche die Glut abgedeckt hat. Seine Worte von vorhin schmerzen noch immer. Er liegt im Bett, starrt an die Decke. Sie setzt sich zu ihm. Er sieht sie an und bittet um Wasser. Das Glas steht neben ihm. Sie hält es ihm hin. Er richtet sich auf und legt wie ein Kind beide Hände um ihre Finger auf dem Glas. Seine Hände sind kräftig, aber vom Alter knorrig und gegerbt, schwielig von den Bäumen, die er erklommen, und den Seilen, Äxten und Schaufeln, die er geschwungen hat. Gemeinsam führen sie ihm das Glas zum Mund, er trinkt. Ihre Hand, winzig unter seinen, ist nicht mehr die des Mädchens, das vor einer Lebenszeit nach Parambil gekommen ist; sie trägt Narben von den Funken zahlloser Holzfeuer und von spritzendem Öl. Ihre knubbeligen Finger verraten die Abnutzung durch endloses

Hacken, Mahlen, Schälen, Zerkleinern, Einlegen ... Beider überlappende Hände umschließen ihre vielen gemeinsamen Jahre als Mann und Frau. Als kein Tropfen mehr da ist, lässt er los, sinkt zurück, seufzt und schließt die Augen.

Nach einer Weile geht sie. Sie wird noch einmal nach ihm sehen, nachdem sie Baby Mol und Philipose ins Bett gebracht hat. Doch trotz bester Absichten schläft sie mit ihren Kindern ein. Mitten in der Nacht erwacht sie und sieht nach ihrem Mann, wie sie es schon seit einigen Monaten tut. Seine dunkle Gestalt ist sehr still. Als sie ihn berührt, ist seine Haut kalt. Noch bevor sie die Lampe entzündet, weiß sie, dass er gestorben ist.

Sein Gesicht ist ruhig, seine Miene bekümmert und reuevoll. In der Stille fühlt sie ihr Herz wütend rasen, spürt, wie es an seinen Verankerungen zerrt, versucht, aus ihrer Brust auszubrechen und für ihn zu schlagen, da das Herz von Parambil, das so viele Jahre lang geschuftet hat, es nicht mehr kann.

Leise weinend steigt sie aufs Bett und legt sich neben ihren Mann, schaut auf sein Gesicht, das sie zum ersten Mal am Altar gesehen und sich davor gefürchtet, dann aber so wild geliebt hat, ihren stillen Mann, der in seiner Liebe zu ihr so standhaft war. Die Geräusche des Landes um sie herum, das er zu seinem gemacht und auf dem er sein Leben gelebt hat, wirken nun schärfer und übersteigert: das Zirpen der Grillen, das Quaken der Frösche, das Rascheln des Laubs. Dann hört sie ein langgezogenes Trompeten, Damos Klage um den Mann, der ihn gerettet hat, als er verwundet war, um einen guten Mann, der nicht mehr ist.

Ihr Mann wäre froh, dass er die vielen Trauernden, die nun ins Haus strömen, nicht empfangen und sich mit ihnen unterhalten muss, all die Verwandten und die Handwerker, deren Leben und Geschick er so tiefgreifend verändert hat. Die Nairs vom *tharavad* am Rand von Parambil erweisen ihm die letzte Ehre. Auch alle *pulayar* sind da, von jedem Haus, stehen schweigend auf dem *muttam*, die Gesichter von Trauer verdüstert. Der Erste unter ihnen ist Shamuel, erschüttert weint er – Shamuel, den sie ungeachtet seines Protests hinein ins Schlafzimmer führte, damit er sich von dem *thamb'ran*, den er verehrt hat, verabschieden konnte. Ihr Mann wäre mit dem Begräbnis ungeduldig gewesen, hätte nichts mehr gewollt, als in der Erde zu sein, die er so sehr liebte, und neben seiner ersten Frau und seinem erstgeborenen Sohn zu liegen.

Einige Wochen nachdem sie ihn begraben haben, als das Leben in Parambil um eine neue Normalität kämpft, hört sie kurz vorm Einschlafen im Hof Grab- und Scharrgeräusche. Sie hören auf. In der folgenden Nacht hört sie sie wieder. Sie geht hinaus und setzt sich auf die Veranda, gegenüber dem Geräusch. »Hör zu«, sagt sie, »du musst mir verzeihen. Ich schelte mich, dass ich nicht zu dir gekommen bin, nachdem ich die Kinder ins Bett gebracht habe. Es tut mir leid, dass wir uns beim Abendessen gestritten haben. Ich habe überreagiert. Ja, auch ich wünschte, es wäre anders gewesen. Aber es war doch nur ein Abend von so vielen, die vollkommen waren, nicht? Ich habe auf viele weitere vollkommene Abende gehofft, aber ein jeder war ein Segen. Und höre: Ich verzeihe dir. Nach einem gemeinsamen guten Leben hattest du mehr als ein Recht auf einen Wutanfall. Ruhe also in Frieden!«

Sie horcht. Sie weiß, dass er sie gehört hat. Denn wie immer drückt er seine Liebe zu ihr in der einzigen Weise aus, die er kennt: durch sein Schweigen.

26. Kapitel
UNSICHTBARE WÄNDE

1926, Parambil

Als ihr Sohn fast drei ist, nimmt sie ihn mit dem Boot zur Parumala-Kirche mit, wo Mar Gregorios, der einzige Heilige der Thomaschristen, bestattet ist. Philipose ist über seine erste Bootsfahrt hocherfreut, aber sie hat ein waches Auge auf ihn. Weder ihr Mann noch JoJo konnten je bewegt werden, ein Boot zu besteigen, während er jetzt kein Wasser sehen kann, ohne gleich hinein zu wollen. Seine Freunde schnellen wie Fische im Teich herum. Er versteht nicht, warum er das nicht auch darf. Es macht ihn gleich einer Feuerameise wild entschlossen, das Hindernis zu überwinden. Bei seinen vielen »Schwimm«versuchen wird seiner Mutter angst und bange; sein Scheitern ist immer ein Bild des Jammers.

Das Grab des Heiligen befindet sich an einer Seite des Hauptschiffs der Parumala-Kirche. Darüber hängt eine lebensgroße Fotografie von Mar Gregorios; dieses Bild (oder das weithin reproduzierte Porträt des Künstlers Raja Ravi Varma) ist in jedem thomaschristlichen Haus auf Kalendern und gerahmten Plakaten zu sehen. Mar Gregorios' Bart umschließt feine Lippen, und die weißen Schläfenlocken umranden ein hübsches, freundliches Gesicht mit Augen, die überraschend jugendlich wirken. Er allein ist dafür eingetreten, dass die *pulayar* bekehrt und in ihren Kirchen aufgenommen werden, doch das geschah nicht zu seinen Lebzeiten. Sie glaubt nicht, dass sie es noch erleben wird.

Ihr kleiner Junge ist von der Kirche beeindruckt und mehr noch vom Grab des Heiligen mit den Hunderten Kerzen davor. Er zupft am *mundu* seiner Mutter: »Ammachi, bitte ihn, mir beim Schwimmen zu helfen.« Seine Mutter hört ihn nicht; sie steht da mit bedecktem Haupt, den Blick auf dem Gesicht des Heiligen. Sie ist in Trance.

Mar Gregorios blickt ihr in die Augen und lächelt. *Wirklich? Du hast den weiten Weg unternommen, damit ich den Jungen mit einem Zauber belege?*

Sie ist baff. Sie hat seine Stimme gehört, doch als sie sich umschaut, sieht sie, dass niemand sonst sie gehört hat.

Mar Gregorios hat in sie hineingesehen. »Ja«, sagt sie, »es ist wahr. Du hast gehört, was der Junge gesagt hat. Er ist so entschlossen. Was soll ich nur tun? Der Junge hat seinen Vater verloren. Ich bin verzweifelt!«

Eine der Legenden um Mar Gregorios besagt, dass er den Fluss überqueren wollte, der an ebendieser Kirche vorbeifließt, um ein Gemeindemitglied am anderen Ufer zu besuchen. Doch beim Bootssteg badeten drei Frauen ausgelassen im Flachen, ihre nassen Kleider klebten an ihnen, und ihr Geschrei und ihr Gelächter schwebten in der Luft wie festliche Bänder. Aus Sittsamkeit zog er sich in die Kirche zurück. Eine halbe Stunde später waren sie noch immer da. Er gab auf und murmelte bei sich: »Dann bleibt eben im Wasser. Ich gehe morgen.« Am Abend berichtete ihm sein Diakon, dass die drei Frauen offenbar außerstande seien, den Fluss zu verlassen. Mar Gregorios bereute seine dahingesagten Worte. Er fiel auf die Knie und betete, dann sagte er zu dem Diakon: »Sag ihnen, sie können jetzt heraus.« Was sie taten.

Big Ammachi nun bittet schamlos um das Gegenteil: dass Mar Gregorios ihren einzigen Sohn daran hindert, in den Fluss zu steigen. »Ich bin Witwe und muss zwei Kleine aufziehen. Zudem muss ich mich um diesen Jungen sorgen, der genau wie sein Vater am Wasser in Gefahr ist. Dieser Zustand ist ihnen angeboren. Ich habe schon einen Sohn ans Wasser verloren. Dieser aber will unbedingt schwimmen. Bitte, ich flehe dich an. Was wäre, wenn vier Wörter, ›Bleib vom Wasser *fern*‹ bedeuten, dass er lange lebt und Gott rühmt?«

Sie hört keine Antwort.

Philipose macht es Angst, wie seine Mutter, ihr Gesicht von den Kerzenreihen an dem Grab gespenstisch erhellt, mit der Fotografie des Heiligen spricht.

Auf dem Heimweg sagt sie zu Philipose: »Mar Gregorios wacht jeden Tag über dich, *monay*. Du hast gehört, wie ich vor seinem Grab ein Gelübde abgelegt habe? Ich habe gelobt, dass ich dich niemals ohne Begleitung ins Wasser gehen lasse. Tust du es doch, wird deine Mutter Schaden nehmen.« Dieser Teil stimmt. Sie würde sterben, wenn ihm etwas zustieße. »Wirst du mir helfen, mein Gelübde zu halten? Und nie allein hineingehen?«

»Sogar, wenn ich schon schwimmen kann?«

»Ja, sogar dann. Auf immer. Schwimm niemals allein. Ein Gelübde kann nicht gebrochen werden.«

Die Vorstellung, seine Mutter könnte Schaden nehmen, erschüttert ihn. »Ich verspreche es, Ammachi«, sagt er ernst. Sie wird ihn oft an ihren Besuch und ihr und sein Gelübde erinnern.

Als ihr kleiner Junge fünf wird, geht er für drei Stunden täglich auf ihre neue »Schule«; sie ist lediglich ein Schuppen mit Strohdach und an drei Seiten offen. An ihrem ersten Tag bringen Philipose und die fünf weiteren neuen Schüler dem *kaniyan* Betelblätter, Arecanuss und eine Münze. Der nimmt die Gaben entgegen, dann nimmt er den rechten Zeigefinger eines jeden Kindes und zeichnet damit in einem *thali* voller Reiskörner den ersten Buchstaben des Alphabets nach. Die Schule hat Big Ammachi gegründet, damit die Kinder ein paar Stunden lang vor Ärger bewahrt bleiben und man ihnen die Buchstaben beibringt. Die Schüler – die Kinder und Enkel der Parambil-Familien wie auch des *ashari*, des Töpfers, des Schmieds und des Goldschmieds – werden dort ihr Abc lernen.

Der *kaniyan* ist ein kleiner, penibler Mann mit Glatze und einem schimmernden Grützbeutel mitten auf seiner Platte, den Baby Mol als »Babygott« bezeichnet. Der *kanjyan* schlägt sich mit Horoskopen durch, die er potenziellen Bräuten und Bräutigamen liest. Das Unterrichten verschafft ihm ein willkommenes Nebeneinkommen. Manche Brahmanen halten die *kaniyan*-Kaste der Astrologen und Lehrer für Heuchler oder Pseudo-Brahmanen, dieser *kaniyan* aber lässt sich von derlei Vorurteilen nicht stören.

Kaum ist Big Ammachi nicht mehr zu sehen, tritt Joppan, Shamuel *pulayans* Sohn, aus dem Kochbananenhain, in dem er sich versteckt hat. Er zwinkert Philipose zu und geht ins Klassenzimmer. Die beiden sind Spielgefährten und beste Freunde. Da Joppan vier Jahre älter ist, ist er auch Philipose' offizieller Aufpasser. Immer wenn sie zusammen herumlaufen, die Arme einander über die Schulter gelegt, sehen sie aus wie Zwillinge, zumal von fern, da Joppan klein für sein Alter ist.

Joppan hat ein Blatt dabei, das eigentlich kein Betelblatt ist, einen Stein, der eine Arecanuss darstellen soll, und eine Münze, die er aus Holz geschnitzt hat. Barbrüstig tritt er ins Klassenzimmer, hält seine Gaben hin, zeigt seine kräftigen Zähne. Die

Haare hat er mit Wasser nach hinten gestriegelt, doch schon richten sie sich auf wie niedergetretenes Gras.

Der *kaniyan* sagt: »*Ah ha! Du* willst also lernen, wie?« Sein Lächeln ist unnatürlich, der Grützbeutel auf seinem Kopf schwillt an. »Ich will's dich lehren. Stell dich da hinter die Schwelle. *Aah*, gut.« Der *kaniyan* dreht sich weg, um gleich darauf herumzuwirbeln und Joppan seinen Bambusstock auf die Schenkel zu knallen. Philipose' Protestgeschrei geht im Gebrüll des *kaniyan* unter: »Emporkömmling! *Pulayan*! Abschaum! Dreckiger Hund! Weißt du nicht, wo du hingehörst? Was denn noch? Willst du etwa auch im Tempelbecken baden?« Joppan rennt weg, dreht sich dann aber ungläubig um, Schmerz im Gesicht, beschämt. Die anderen sehen es bestürzt mit an. Joppan ist ihr Held. Kein anderer Junge hat ein solches Selbstbewusstsein, kann durch den Fluss und wieder zurück schwimmen oder furchtlos eine Kobra töten. Einige der Kinder (die ja kleine Erwachsene im Werden sind) freuen sich insgeheim über Joppans Demütigung.

Joppan schwillt die Brust, und er brüllt mit seiner weithin bekannten Lautsprecherstimme: »ISS DU DOCH DAS EI DA AUF DEINEM KOPF! WER WILL SCHON VON EINEM IDIOTEN WIE DIR LERNEN?« Diese Blasphemie ist bis zum Reisfeld zu hören, wo Shamuel den Kopf hebt. Der *kaniyan* rennt ihm nach, den Stock schwingend. Joppan täuscht eine Richtung an und saust in die andere, sodass der *kaniyan* stolpert. Joppan stolziert davon, und die anderen Kinder grinsen über sein verstärktes Gelächter. Nun kommen dem Lehrer Zweifel: Könnte Big Ammachi dieses *pulayan*-Kind geschickt haben? Man weiß, dass Parambil seinen *pulayar* Land schenkt, doch geht diese Exzentrik so weit, dass man sie auch bilden muss? *Soll sie mir doch meinen Lohn auszahlen, aber lieber hungere ich, als Kinder aus dem Dreck zu ziehen.*

Zu Hause erzählt Philipose seiner Mutter alles und vergießt dabei wütende Tränen. Die Heuchelei der Welt brennt auf seinem Gesicht. Big Ammachi nimmt ihren kleinen Jungen in die Arme und wiegt ihn. Sie schämt sich. Die Ungerechtigkeit, die er mit angesehen hat, ist nicht allein die Schuld des *kaniyan*. Ihre Wurzeln reichen tief und sind so alt, dass es fast wie ein Naturgesetz ist, wie Flüsse, die zum Meer fließen. Doch der Schmerz in diesen unschuldigen Augen gemahnt sie an etwas, was so leicht vergessen wird: Das Kastensystem ist eine Schande. Es steht gegen alles in der Bibel. Jesus wählte arme Fischer und einen Steuereintreiber als seine Jünger. Und Paulus sagte: »Hier ist kein Jude noch Grieche, hier ist kein Knecht noch Freier, hier ist kein Mann noch Weib; denn ihr seid allzumal einer in Christo Jesu.« Sie sind weit entfernt davon, allzumal einer zu sein.

Sie versucht, Philipose in einfachen Worten das Kastensystem zu erklären, wohl wissend, wie absurd es klingen muss: Die Brahmanen – oder Nambudiris, wie sie in Travancore heißen – sind die oberste Kaste, die Priesterkaste, und wie die europäischen Monarchen besaßen sie durch göttliche Rechtfertigung einen Großteil des Landes. Der Maharadscha ist natürlich Brahmane. Ein Nambudiri hat in jedem Tempel das Recht auf ein kostenloses Mahl, weil es ehrenvoll ist, einen Brahmanen zu speisen; sie wohnen kostenfrei in Gasthäusern, die vom Staat betrieben werden. Nur der älteste Sohn in einem gemeinschaftlichen Nambudiri-Haus oder *illam* darf heiraten und den Besitz erben; er allein darf sich mehrere Frauen nehmen und tut dies auch oft bis ins hohe Alter. Söhnen, die *keine* erstgeborenen sind, sind lediglich informelle Verbindungen mit Nairs gestattet, der Kriegerkaste, die dicht unterhalb den Nambudiris steht. Kinder aus solchen Verbindungen sind Nairs. Die Nairs sind eine Oberkaste und betrachten sich wie die Nambudiris durch

Kontakt mit unteren Kasten als beschmutzt; sie sind die Aufseher der großen Nambudiri-Besitztümer, neuerdings aber auch selbst Grundbesitzer. Auf einer Sprosse unterhalb der Nambudiris und Nairs stehen die Ezhava – die Handwerker, die traditionell Toddyzapfer waren, zunehmend aber auch im Kokosgeschäft oder Grundbesitzer sind. Die unterste Kaste sind die landlosen Arbeiter: die *pulayar* und die *cheruman* (auch *adivasis* genannt, *parayar* oder »Unberührbare«). Die »Stämme« in den Bergen stehen außerhalb jeder Kastenhierarchie; ihre traditionelle Verbindung mit dem Land, auf dem sie lebten, jagten und das sie bewirtschafteten, wurde nie schriftlich festgehalten, was die Neuankömmlinge von den Ebenen leicht ausnutzten.

»Wir Christen, *monay*«, sagt Big Ammachi, bevor er fragt, »wir stehen zwischen diesen Schichten.« Der Legende nach waren die ersten Familien, die vom heiligen Thomas bekehrt wurden, Brahmanen. In den christlichen Ritualen sind weiterhin hinduistische eingebettet, so in dem kleinen Gold-*minnu* in der Form eines Tulsiblatts, das ihr Mann ihr bei der Hochzeit um den Hals gebunden hat, oder die *Vastu*-Prinzipien, nach denen man ihre Häuser baut. Die Christen haben das Kastenwesen nicht abgelegt. In Parambil wie in jedem anderen christlichen Haushalt betritt ein *pulayan* niemals das Haus; Big Ammachi serviert Shamuel das Essen in getrennten Gefäßen – aber das bemerkt Philipose bestimmt schon.

Dabei sagt sie ihm aber nicht, dass die Thomaschristen nie versucht haben, ihre *pulayar* zu bekehren. Die englischen Missionare, die Jahrhunderte nach Thomas ankamen, kannten in Indien nur eine Kaste – die Heiden, die vor der Verdammnis bewahrt werden mussten. Die *pulayar* konvertierten bereitwillig, vielleicht in der Hoffnung, dass sie, indem sie Christus annahmen, mit Hausgemeinschaften wie Parambil, in denen sie angestellt oder an die sie gebunden waren, auf eine Stufe kamen. Doch das geschah nie. Sie mussten ihre eigenen Kirchen mit anglikanischen Riten oder denen der Church of South India (CSI) erbauen. »Der Kastengedanke ist jahrhundertealt, so schwer zu ändern«, sagt sie.

Auf dem Gesicht ihres Sohnes steht die Enttäuschung von seiner Mutter geschrieben, seine Desillusionierung mit der Welt. Er geht weg. Sie will ihm nachrufen. *Du kannst nicht über einen See laufen, nur weil du seinen Namen zu »Land« änderst. Bezeichnungen sind wichtig.* Doch er ist zu jung, um das zu verstehen. Sie glaubt, ihr bricht das Herz.

Der *ashari*, der Töpfer, und der Goldschmied rufen Shamuel aus seiner Hütte. »Dein Sohn braucht eine Tracht Prügel«, sagt der Töpfer. »Wie kommt er auf die Idee, dass er zur Schule gehen kann? Bringst du ihm denn gar nichts bei?« Shamuel ist zutiefst beschämt. Er bittet um Verzeihung, kreuzt die Arme, um an beiden Ohrläppchen zu ziehen, und beugt dabei die Knie, eine Geste der Ehrerbietung, damit die Baby Ganesh lächeln. Später schlägt Shamuel Joppan noch härter als der *kaniyan*, brüllt, Joppan habe Schande über seine Familie gebracht – er will, dass diejenigen, die flussaufwärts wohnen, es auch hören. Doch nur das Weinen der Mutter des Jungen ist zu hören; der Neunjährige steckt die Prügel lautlos ein und ist nicht im Mindesten reuig. Er verzieht sich wie ein verletzter Tiger ins Gebüsch. Joppans verbitterter Blick bereitet Shamuel Angst. Er fürchtet sich nicht *vor* seinem Sohn, er fürchtet *um* ihn.

Big Ammachi könnte darauf bestehen, dass der *kaniyan* Joppan als Schüler annimmt. Aber sie weiß auch, dass er dann kündigt, und selbst wenn er sich dazu bereit erklärte, würden die anderen Eltern ihre Kinder herausnehmen. Am nächsten Tag beginnen die Lektionen des *kaniyan* ernsthaft, als Tafel dient der

Sandboden. Big Ammachi schickt nach Joppan, doch Shamuel meint, der Junge schwimme wahrscheinlich irgendwo. Als Philipose nach Hause kommt, zeigt er seiner Mutter das »Buch« aus Palmenblättern, in das der Lehrer mit einem spitzen Nagel die ersten Buchstaben geschrieben hat – *a* und *aa*, *e* und *ee* (അ und ആ, ഇ und ഈ). Am nächsten Tag wird dann ein weiteres Blatt mit einer Schnur an die vorigen gebunden.

Später sieht sie Philipose mit Joppan, sie fädeln Blätter zu Joppans eigenem Buch auf, und er zeichnet Buchstaben in den Sand, damit sein Freund sie abschreiben kann. Ihr vergeht die Freude, als sie die Striemen auf Joppans Rücken sieht, die Shamuel verursacht hat. Warum wird Joppan für ein System bestraft, das er nicht geschaffen hat? Sie sagt Joppan, sie werde ihn selbst unterrichten, während die anderen in der Schule sind. Das Übel des Kastenwesens kann sie nicht beheben, das aber kann sie. In einem Jahr werden die Kinder so weit sein, die neue staatliche Grundschule bei der Kirche zu besuchen, und dort sind *alle* zugelassen. Dahinter entsteht eine Oberschule, sie wird für mehrere umliegende Städte und Dörfer im Bezirk zuständig sein.

Joppan ist pünktlich, er lernt schnell und ist dankbar. Trotz der Schläge ist sein Draufgängertum unvermindert. Doch sie spürt, dass er sich danach sehnt, mit seinen Spielgefährten in einer Klasse zu sein. Für ihren Sohn wie auch für Joppan wird der Tag kommen, an dem ihre Lernzeit endet, dann werden sie sich der Welt mit ihrer ganzen Falschheit stellen müssen.

27. Kapitel
HOCH IST GUT

1932, Parambil

Sechs Jahre nachdem Philipose seine ersten Buchstaben beim *kaniyan* gemalt hat, muss er noch eine Sache meistern, die ihm wichtiger ist: Schwimmen. Er weigert sich, seine Niederlage zu akzeptieren. Jedes Jahr, wenn die Überflutungen zurückgehen, versucht er es erneut. Joppan, der sich im Wasser wohler fühlt als an Land, ist sein unermüdlichster Lehrer. Doch dann kommt der Tag, an dem Joppan sich weigert, ihn zum Fluss zu begleiten, nicht nur, weil er den ganzen Tag arbeitet. Es ist der erste Streit zwischen den beiden Freunden. Philipose überredet Shamuel, ihn zu begleiten, denn er hat ja geschworen, nicht allein zu gehen.

Als Philipose an die Grundschule kam, meldete sich Joppan mit ihm an. Shamuel war nicht einverstanden, aber das konnte er Big Ammachi nicht sagen. Was brauchte ein *pulayan*-Junge schon Buchstaben? Dann, nach der dritten Stufe, sah Joppan in dem neuen Kanal bei Parambil einen treibenden Kahn. Er verkeilte sich und lief voll Wasser. Der Bootsführer war vom Alkohol bewusstlos. Irgendwie bekam Joppan ihn frei und stakte ihn ganz allein zum Fluss und weiter zum Bootssteg vor dem Lagerhaus seines Besitzers Iqbal. Dieser bot Joppan aus Dankbarkeit eine Stelle an, die er annahm. Big Ammachi war wütend auf Shamuel, als wäre es seine Schuld gewesen!

Die Arbeit ist gut. Dennoch wäre es Shamuel lieber, der Junge würde einfach in Parambil arbeiten. Wenn Shamuels Zeit um ist, könnte Joppan ihm nachfolgen. Wäre das nicht der natürliche Lauf der Dinge?

»Meinst du, dieses Jahr lerne ich's, Shamuel?«, fragt Philipose, als die beiden zum Fluss gehen, wobei der Neunjährige mit den Armen rudert, einen neuen Stil übt, der ihn bestimmt über Wasser halten wird. Shamuel antwortet nicht, er läuft hinter dem »kleinen *thamb'ran*« her, so wie er einst mit dem Vater des Jungen nur mit Mühe Schritt gehalten hat.

Am Steg zählen die zwei Bootsführer Fliegen. Bei einem der Burschen stehen die Schneidezähne hervor wie der Bug seines Kanus, die Oberlippe schmiegt sich darum. Als Philipose das Hemd auszieht, erwachen die Männer aus ihrer Lethargie. »*Adada!* Sieh mal, wer da wieder kommt!«, sagt der Zahnige, seine Geste so träge wie der Fluss. »Der Schwimmmeister!« Philipose hört sie nicht. Die Augen weit aufgerissen, die Nase zukneifend, holt er tief Luft und springt hinein. So viel beherrscht er schon: Mit vollen Lungen kommt er immer wieder nach oben, aber das probiert er nur im Flachen. Und er taucht tatsächlich wieder auf, die schimmernden Haare wie ein schwarzes Tuch über den Augen. Jetzt schlägt er wild mit den Armen um sich: sein Versuch zu »schwimmen«.

»Augen auf!«, ruft Shamuel, denn er weiß noch von den Jahren mit dem *thamb'ran*, dass diese Konfusion im Wasser mit geschlossenen Augen stets schlimmer ist. Doch der Junge hört ihn nicht. Joppan glaubt, dass Philipose schwerhörig ist, Shamuel dagegen meint, dass der kleine *thamb'ran*, anders als der große, nur das hört, was er hören will.

»Es ist flach, *monay*«, ruft der zahnige Bootsführer. »Kannst einfach stehen!« Das hektische Schlagen wirbelt Schlamm auf und dreht Philipose im Kreis, erst auf den Bauch, dann auf den Rücken, dann taucht er ab, und weiße Sohlen blitzen. Shamuel hat genug gesehen. Er springt hinein und stellt ihn aufrecht hin wie einen Krug, der umgestoßen wurde.

Die Bootsführer klatschen, was Philipose gefällt. Obwohl seine Augäpfel getrennte Wege gehen, grinst er wie ein Sieger, unterbricht aber die Feierstunde, um den Schlamm hervorzuwürgen, den er vom Fluss geliehen hat. »Ich glaube, diesmal war ich fast halb drüben, oder?«, sprudelt er.

»*Ooh, aah*, mehr als halb!«, sagt der Zahnige. Der andere Bootsführer lacht so heftig, dass ihm sein Beedi herunterfällt.

Philipose macht ein langes Gesicht. Shamuel führt ihn nach Hause und ruft über die Schulter zurück: »Wozu braucht ihr beiden noch Ruder, wo das auch eure Zungen erledigen können?« Nervös betrachtet er den Jungen, der ungewöhnlich still ist. Er hat das wortkarge Wesen seines Vaters nicht geerbt. Könnte es sein, dass der kleine *thamb'ran* entmutigt ist?

»Ich mache etwas falsch, Shamuel.«

»Falsch ist, dass du überhaupt ins Wasser gehst, *monay*«, sagt er streng. Er wird fest sein, selbst wenn Big Ammachi es nicht ist. »Dein Vater schwimmt nicht gern. Siehst du ihn denn am Wasser? Sei wie er.«

Ohne sich dessen bewusst zu sein, spricht Shamuel vom großen *thamb'ran*, als arbeitete der gleich auf dem nächsten Feld. Schließlich sind die Artefakte seines Herrn noch alle da und rufen nach ihm: das Gestell, der Pickel, der Pflug, die Zäune, deren Pfähle ihre Hände gemeinsam eingegraben haben, jedes Feld, das sie gepflügt haben, jeder Baum … Wie konnte der *thamb'ran* da nicht gegenwärtig sein?

Philipose löst sich von ihm, um halbherzig gegen einen *ola*-Ball zu treten. Shamuel geht Richtung Küche.

»Ist er heute weitergekommen?«, fragt Big Ammachi.

»Weiter in den Schlamm. Er hat den Kopf im Flussbett vergraben wie ein *karimeen*. Ich hab ihm Schlamm aus Ohren und Nase geholt.«

Big Ammachi seufzt. »Weißt du, wie schwer es für mich ist, ihn zum Fluss gehen zu lassen?«

»Dann verbieten Sie's ihm!«

»Das kann ich nicht. Ich musste es meinem Mann versprechen. Ich kann ihn nur an sein Versprechen binden, nicht allein zu gehen.«

Später sieht sie Philipose mit seinem Ball im Schatten ihrer ältesten Kokospalme sitzen und mit einem Zweig in einem verlassenen Ameisenhaufen stochern. Er ist niedergeschlagen. Sie setzt sich zu ihm, wuschelt ihm durch die Haare.

»Vielleicht versuch ich mal, da *hoch* zu gehen«, sagt er leise und zeigt zum Baumwipfel hinauf, »statt immer ...«

Was ist das mit den Männern, dass sie immer hinauf oder hinab wollen, Vogel oder Fisch werden wollen? Warum nicht einfach auf der Erde bleiben? Er sieht sie so durchdringend an, dass sie erschauert. *Er glaubt, ich kenne alle Antworten. Dass ich ihn vor den Enttäuschungen des Lebens beschützen kann.* »Hoch ist gut«, sagt sie.

Nach einer Weile sagt der Junge: »Hast du gewusst, dass mein Vater, eine Woche bevor er gestorben ist, diesen Baum hinaufgeklettert ist? Shamuel hat gesagt, er hat an dem Tag weiche Kokosnüsse geschnitten, damit wir alle davon trinken können!« Die Lebendigkeit in seiner Stimme kehrt zurück, so wie ein verdorrter Strauch sich nach dem Regen entfaltet. *Gott sei Dank hat er nicht die Schweigsamkeit seines Vaters geerbt.*

»*Aah.* Also ... fast ist er heruntergefallen –«

»Trotzdem hat er den ganzen Weg bis zum Himmel geschafft«, sagt der Junge, steht auf und steckt einen Fuß in die

Kerbe, die auf dieser Seite in die Rinde geschnitten ist, blickt hinauf, um sich die Leistung vorzustellen, schaut, wo der Baum endet und das Firmament beginnt.

»*Aah*, das stimmt …«, sagt sie.

Aber so ist es nicht. Offensichtlich hat Shamuel Philipose nicht gesagt, was wirklich passiert ist. In seinem letzten Lebensjahr ist ihr Mann gar nicht mehr geklettert. Aber eine Woche vor seinem Tod hat ihn ein Impuls hinaufgeschickt. Der Baum war ihm so vertraut wie die Körper der beiden Frauen, die ihm Kinder geschenkt haben. Jahrzehnte davor hatte er die Kerben geschnitten, die als Kletterhalt dienen. Nicht der Baum hat ihn verraten, sondern seine Kraft, und nach einem Viertel des Aufstiegs konnte er nicht mehr. Shamuel kletterte ihm hinterher, zwischen den Füßen eine Schlinge aus Kokosbast, so stieg er hinauf, bis er den *thamb'ran* erreichte. Shamuel berührte seinen Fuß und veranlasste ihn, zur nächsten Kerbe herabzusteigen. »*Aah*, *aah*, gut so. Ist doch ein Klacks, nicht? Jetzt den anderen … und rutschen Sie mit den Händen nach.« Sie konnte erst atmen, als er wieder auf der Erde stand, dem einzigen Ort, wohin seine Füße nun gehörten. »Ich habe für euch weiche Kokosnüsse geschnitten«, sagte ihr Mann zu ihr und zeigte vage hinter sich, doch da waren keine. »*Aah*, darüber freue ich mich sehr«, erwiderte sie. Hand in Hand gingen sie zurück ins Haus, ohne sich Gedanken zu machen, wer es sah.

Philipose bringt sie auf die Erde zurück. »Vielleicht will ich jetzt doch noch nicht auf den Baum steigen. Er ist doch ein bisschen hoch für mich, oder?« Sie entdeckt in der Stimme ihres Sohnes eine seltene Vorsicht.

»Vorerst, ja.«

»Ammachi, wenn er kräftig genug war, um auf den Baum da zu klettern … warum ist er dann gestorben?«

Damit erwischt er sie unvorbereitet. Zu ihren Füßen tragen

rote Ameisen ein Blatt davon, vertieft in ihre Arbeit. Wenn sie jetzt einen Kiesel auf sie fallen ließe, würden sie es als natürliches Unheil ansehen? Sprachen sie mit Gott oder beantworteten unmögliche Fragen ihrer Kinder?

»Die Bibel sagt, unser Leben währet siebzig Jahre, wenn wir Glück haben. Dein Vater war nahe dran. Fünfundsechzig. Ich bin viel jünger als er. Als er starb, war ich sechsunddreißig.« Sie sieht sein besorgtes Gesicht und weiß, dass er jetzt rechnet. »Jetzt bin ich fünfundvierzig, *monay*.«

Ihr Sohn legt einen dünnen Arm um sie und schmiegt sich an sie. So verharren sie eine ganze Weile.

Auf einmal schaut er zu ihr hoch. »Es gibt einen Grund, dass ich nie werde schwimmen können, das ist doch so! Auch bei meinem Vater gab es einen Grund, dass er nicht schwimmen konnte.« Sein Gesicht ist nicht mehr das ihres Neunjährigen. Indem er seine Niederlage akzeptiert, wirkt er älter, weiser. »Was ist der Grund, Ammachi?«

Sie seufzt. Sie *kennt* den Grund ja nicht. Vielleicht könnte *er* ihn ja herausfinden. Wie wunderbar, sollte aus seiner hartnäckigen Entschlossenheit eine Suche nach einem Mittel gegen den Zustand werden! Er könnte der Erlöser künftiger Generationen werden. Er könnte *seinen* Kindern ersparen, woran er leidet. Bislang kann sie ihm die Verheerungen, die er in dieser Familie seit unvordenklichen Zeiten angerichtet hat, nur benennen, nur beschreiben. Vielleicht wird sie damit warten, ihm den Stammbaum zu zeigen – den Wasserbaum –, um ihm mit Visionen eines frühen Todes keine Angst zu machen. Sie holt tief Luft. »Ich will dir sagen, was ich weiß.«

28. Kapitel
DIE GROSSE LÜGE

1933, Parambil

Ein zehnjähriger Junge, der mit Wasser nicht zurechtkommt, wendet sich umso leidenschaftlicher dem Land zu. Der Töpfer giert nach dem blauen Lehmschlick an den Flussufern, der Ziegler taucht in flache Zuflüsse, in der Hand einen Korb, füllt sein Boot mit Flussschlamm und lässt alles andere unbeachtet. Philipose' Geschmack ist eklektisch, mit seinen Greifzehen schätzt er die Anteile von Sand, Ton und Schlick. Um mit den Füßen zu tasten, übertrifft nichts den kissenartigen Sandboden bei der Kirche, ein Kontrast zu dem unnachgiebigen roten Laterit beim Parambiler Brunnen. Die granitreiche Sode bei seiner Schule hat die Farbe von verändertem Blut und ist so kalt wie der Händedruck des Schulleiters, dennoch hinterlässt diese Sorte, einmal gemahlen, gefiltert und auf Papier getrocknet, chromatische Flecken. Tüftelnd wie ein Alchemist, gelangt er zu einer Tintenformel, die auf dem Blatt wie eine Handelsmarke schimmert und das Schreiben zum Vergnügen macht. Das endgültige Rezept beinhaltet noch zerstoßene Käferschale, Stachelbeeren und ein paar Tropfen aus einer Flasche, in der ein Kupferdraht in menschlichem Urin (dem eigenen) hängt.

Wie sein Vater ist er jetzt ein ungeheurer Geher. Sollen andere zur Schule gestakt, gerudert oder mit der Fähre gebracht werden. Er geht. Ja, dann ist es eben eine Fehde mit dem Wasser. Seinen

Hunger, die Welt zu sehen, hat er nicht verloren. Doch die sieben Meere lässt er aus. Ein Geher sieht mehr und weiß auch mehr, sagt er sich. Nur ein Geher könnte sich mit dem legendären »Sultan« *Pattar* anfreunden, der stets vor dem großen Nair *tharavad* auf einem Durchlass sitzt. *Pattar* ist der Begriff für Tamil-Brahmanen, die aus Madras nach Kerala eingewandert sind. Sein Spitzname »Sultan« rührt von der besonderen Art, wie er sein *thorthu* um den Kopf wickelt, sodass ein kleiner Pfauenschweif hochsteht. Zur Legende macht ihn sein *jalebi*. Hochzeitsgäste vergessen bald, ob die Braut schön war oder der Bräutigam hässlich, doch niemand vergisst das Dessert von Sultan *Pattar*, das das Festmahl krönt. Manchmal schenkt *Pattar* dem jungen Geher ein Stück *jalebi*, das von den Festlichkeiten des Vorabends übriggeblieben ist. Über ein Jahr lang hat Philipose *Pattar* um das Geheimrezept gebeten. Eines Tages dann, ohne Vorankündigung, bevor Philipose es aufschreiben oder sich einprägen konnte, rasselte *Pattar* die Formel herunter wie ein Priester einen Sanskrit-*shloka*. Es war aussichtslos, weil *Pattars* Maßeinheiten für Kichererbsenmehl, Kardamom, Zucker, Ghee und was noch alles Eimer, Fässer und Ochsenkarrenladungen waren.

Eines Nachmittags, der Geher ist auf dem Heimweg von der Schule, ruft eine Stimme voller Panik hinter ihm: »Aus dem Weg!« Ein Fahrrad scheppert vorbei, holpert über die Furchen, die von Wagenrädern gekerbt und nun festgebacken sind. Der weißhaarige Fahrer springt ab, kurz bevor das Rad gegen ein unbewegliches Objekt prallt: die Böschung. Philipose hilft dem alten Mann auf. Seine Brille sitzt schief, und das *mundu* ist voller Matsch, doch zu seinem Trost steckt der Füllfederhalter noch in der Hemdtasche. Der buschige graue Schnauzbart des Radlers reicht bis auf die Unterlippe. »Keine Bremsen!«, sagt er. Alkoholdämpfe begleiten diese Aussage. Er fasst sich und sein

Fahrrad und rückt den Lenker gerade. Er tappt auf den Füllfederhalter, der an Philipose' Tasche klemmt, und fragt, allerdings auf Englisch: »Was ist das für einer? Ein Sheaffer? Ein Parker?«

Philipose antwortet auf Malayalam: »Nichts so Edles. Abgesehen davon kommt es aber auf die Tinte an, und diese nenne ich Parambil-Kupferfluss. Ich stelle sie eigenhändig her, sie ist ein Filtrat aus Lateriterde, Kupfer und Harnstoff.« Die Quelle des Harnstoffs nennt er nicht. Zur Demonstration zeichnet er in sein Notizbuch. Die Brauen des Alten, die seinem Schnurrbart entsprechen, schießen hoch. »Hrrm!«, sagt er und flattert mit allen dreien.

Eine halbe Meile weiter sieht Philipose den Alten wieder, der nun ohne Hemd ist und oben an einer steilen Treppe steht, die von der Straße zu einem baufälligen Haus führt. Er deklamiert mit lauter Stimme auf Englisch, als wendete er sich an eine große Menge, obwohl doch außer Philipose niemand da ist. »Kanone links von ihnen, Kanone hinter ihnen« – mehr versteht Philipose nicht. Doch für den Jungen ist dieses Englisch melodiös und klingt wahr, nicht wie das des Kuruvilla-Meisters, das dessen Malayalam verdächtig ähnlich ist und wo die Wörter einander auf den Schwanz treten – »DerHundfolgtstetsdemHerrn« oder »NapoleonsNiederlagebeiWaterloo« –, dazwischen »*nayinte mone*« (Hundesohn) und andere malayalamische Wendungen, als hätten die Schüler Kokosnussschalen als Gehirn. Philipose denkt, dass das Englisch des Alten das echte ist, die Sprache des Fortschritts, der höheren Bildung, selbst wenn es die der Kolonialherrn ist.

»Tintenjunge!«, ruft der Mann auf Englisch herab, wobei er sein *mundu* unmittelbar unterhalb der Brustwarzen neu wickelt. »Guter Samariter! Nun gib dich doch zu erkennen, mein Guter!«

»Spricht *Saar* zu mir?«, sagt Philipose auf Malayalam.

»ENGLISCH!«, brüllt der Alte. »Wir wollen nur Englisch sprechen. Wie lautet dein guter Name?«

»MeinNameistPhilipose, *Saar*.« Er hofft, es ist derselbe wie sein guter Name.

»*Sir!* Nicht *Saar*.«

Philipose wiederholt es. Der Schnauzbart flattert. »Gut, dann komm rauf. Fangen wir an.«

»Ammachi!«, sagt Philipose, als er aufgeregt in die Küche platzt. »Koshy *Saar* hat an allen Wänden Regale, die voller Bücher sind. Und auf dem Fußboden so hohe Bücherstapel!«

Big Ammachi nimmt es zur Kenntnis. Ihre »Bücherei« besteht aus zwei Bibeln, einem Gebetbuch und Stapeln alter *Manoramas*. Sie weiß von Koshy *Saar*, weil der frische Fang des Fischhändlers auch den neuesten Klatsch einschließt. Koshy hat die College-Vorbereitung in Kalkutta abgeschlossen und dann viele Jahre als Buchhalter gearbeitet. Während des Großen Krieges aber hat er sich, angelockt von der Prämie bei der Registrierung und dem Sold, freiwillig gemeldet. Er ist als anderer Mann zurückgekehrt. Er hat das Madras Christian College besucht und ist dort als Dozent geblieben. Jetzt ist er mit einer kleinen Pension wieder da und lebt im Haus seiner Ahnen auf einem winzigen Grundstück, das gerade für ein Tapiokafeld und wenig mehr reicht.

»Hast du auch seine Frau gesehen, *monay*?«, meldet sich Odat *Kochamma*, die hinter ihm steht. Philipose hört die alte Dame nicht, sie muss ihm auf die Schulter klopfen und es wiederholen.

»*Ooh-aah*. Hab sie gesehen. *Saar* hat mich in die Küche Tee holen geschickt. Sie hat mich gefragt, woher ich bin, welche Familie und so weiter. *Saar* hat aus seinem Zimmer auf Englisch geschrien: ›Hält *diese Frau* dich als Gefangenen?‹ Sie hat auf

Malayalam zurückgeschrien« – Philipose macht sie nach –, ›du alter Nasenbeutler, wenn du mit mir Englisch sprichst, kannst du dir deinen Tee selber machen!‹«

»Der alte Nasenbeutler!«, ruft Baby Mol und lacht los.

»Die arme Frau«, sagt Big Ammachi.

»Das stimmt so nicht«, wirft Odat *Kochamma* ein. »Ich kannte Koshy, als wir jung waren. So schlau ... *Ayo*, und hat auch so gut ausgesehen in seiner Uniform, bevor er nach Übersee ist. Glänzende Stiefel und Gürtel und *athum ithuk okke*«, sagt sie und zeigt dabei mit flatternden Händen überm ganzen Körper die Riesenmasse aus Knöpfen, Orden und Epauletten an. Sie wirft sich wie eine Taube in die Brust und steht still, was mit ihren O-Beinen und dem Witwenbuckel aber nur komisch wirkt. Baby Mol macht sie nach, und gemeinsam salutieren sie. Odat *Kochamma* seufzt. »Als er noch jung war, gab's für ihn bessere Partien ... Warum er die geheiratet hat, ist mir ein Rätsel.« Auf dem Dach schreit eine Krähe. »Vielleicht versteht's Gott, ich jedenfalls nicht.«

Sie merkt, wie sie sie ansehen, und blafft: »Was? ... Ich sag bloß, wenn Hirn Öl wär, dann hätte die nicht genug gehabt, um die kleinste Lampe brennen zu lassen.«

»Kennst du sie denn?«, sagt Philipose verblüfft.

»*Aah, aah*. Das ist völlig unnötig. Manches weiß ich einfach.«

Philipose sagt: »Die britische Armee hat ihm das Fahrrad überlassen. Er sagt, es ist mehr wert als eine Mitgift. Er hat in Flandern gekämpft. Es hat ihn geärgert, dass ich nie davon gehört habe. Oh, und dann hat er mir das Buch da geliehen. Er hat gesagt, darin ist das ganze Leben zusammengefasst.«

Baby Mol, Odat *Kochamma* und Big Ammachi betrachten es. »Das sieht aber nicht wie eine Bibel aus«, sagt Big Ammachi argwöhnisch. Der Text ist dicht und hat Illustrationen, aber die Verse sind nicht nummeriert.

»Es ist eine Geschichte über einen Riesenfisch. Bis nächste Woche muss ich zehn Seiten lesen. Ich muss alle Wörter aufschreiben, die ich nicht kenne. Er hat mir das Wörterbuch da geliehen. *Saar* sagt, dadurch wird mein Englisch besser, und ich erfahre alles über die Welt. Beim nächsten Mal muss ich darüber sprechen können, was ich gelesen habe.«

Big Ammachi wird unwillkürlich eifersüchtig. Als ihr Sohn seine Schwimmbemühungen aufgab, wurde er desto neugieriger darauf, alles andere über die Welt zu erfahren. Sein Wissensdurst überstieg schon vor langer Zeit alles, was Parambil ihm bieten konnte. Die Schule genügte nicht mehr. Koshy *Saar* ist zweifellos gelehrter, weltläufiger als Philipose' Lehrer. Sie sieht mit an, wie ihr dürstender Sohn getränkt wird, aber nicht von ihren Händen.

»Erwartet er eine Bezahlung?«

»Mit einem regelmäßigen Vorrat meiner Parambil-Kupferfluss-Tinte«, sagt er stolz.

Odat *Kochamma* sagt: »*Aah*. Erzähl ihm nur ja nicht, was du alles in die Tinte tust, mehr sag ich gar nicht.«

In der Woche darauf kommt Philipose sogar noch lebhafter nach Hause. »Ammachi, er kann ganze Seiten aus diesem Buch auswendig hersagen! ›Denke nicht, ist mein elftes Gebot, und schlafe, wann du kannst, mein zwölftes.‹«

Ein solches Wissen bereitet ihr Sorgen. »Und wenn er sich das Buch da merken kann. Odat *Kochamma* kann das ganze Johannesevangelium hersagen, und sie kann gar nicht lesen. So haben sie es früher gelehrt, nicht wahr?«, sagt sie zu der alten Dame in dem Versuch, das eine Buch zu verteidigen, das Philipose auswendig lernen soll. Doch die alte Dame ist zu begierig darauf, was der Junge noch alles berichten könnte.

»*Saar* hat mich nur eines gefragt. ›Wer erzählt die Geschichte?‹

Die Antwort ist Ismael! Das steht schon in der ersten Zeile. Ismael ist der ›Erzähler‹. Ich weiß, dass mein Englisch besser wird, weil er mich kein Wort Malayalam benutzen lässt.«

In den kommenden Wochen schart sich die Familie um Philipose, um ihm zuzuhören, wie er die aufgegebenen Seiten dieses *Moby-Dick* übersetzt oder auch zusammenfasst. Als er sagt: »Lieber mit einem nüchternen Kannibalen schlafen als mit einem betrunkenen Christen«, brüllen sie vor Lachen. Big Ammachi ist von der Geschichte schockiert, aber auch gebannt. Eines Morgens, Philipose ist gerade zur Schule gegangen, will sie sich die Illustration des tätowierten Wilden, Queequeg, noch einmal genauer ansehen. Sie geht in sein Zimmer, wo aber schon Odat *Kochamma* und Baby Mol über dem aufgeschlagenen Buch kauern.

»Das ist ein *pulayan*, dieser Kweek-*achine*!«, sagt Odat *Kochamma*. »Wer sonst sieht sein Schicksal schon in Würfeln? Wer sonst baut sich seinen eigenen Sarg? Wisst ihr noch, als Paulos *pulayan* überzeugt war, dass ihm ein Teufel auf dem Rücken hockt? Er konnte nichts machen, um sich zu befreien. Schließlich kroch er in eine Felsspalte, die so schmal war, dass der Teufel ihm nicht folgen konnte –«

»Und hat dabei die halbe Haut verloren und wäre von Ameisenbissen fast gestorben«, sagt Big Ammachi.

»*Aah*, aber er ist mit einem Lächeln herausgekommen! Der Teufel war weg.«

Bis dahin waren in Parambil das Maß der Jahre Ostern und Weihnachten, Geburten und Todesfälle, Überflutungen und Dürren. 1933 aber ist das Jahr von *Moby-Dick*. Nach der Hälfte des Buchs sagt Big Ammachi zu Philipose, er soll Koshy *Saar* fragen, ob dieses *Moby-Dick* nicht ganz erfunden ist. »Es ist unterhaltsam. Aber ist es nicht eine einzige große Lüge? Frag ihn.«

Koshy *Saars* Antwort ist empört: »Das ist Literatur! Literatur ist die große Lüge, die die Wahrheit darüber spricht, wie die Welt lebt!«

Passenderweise kommt in dem Moment, als die *Pequod* sinkt, der Monsun nach Travancore. In Parambil nehmen sie den prasselnden Regen gar nicht wahr, weil Queequegs Sarg für Ismael zum Rettungsring geworden ist und Queequeg zuletzt gesehen wird, wie er den Mast umklammert. Vier Köpfe drängen sich unter der Lampe über einem Buch, das nur einer lesen kann. »Gott sei ihrer Seelen gnädig«, sagt Odat *Kochamma*, als es zu Ende ist; Baby Mol ist niedergeschlagen, und Big Ammachi bekreuzigt sich. Sie hat Queequeg lieb gewonnen. Sie denkt an Shamuel und wie das Wort *»pulayan«* ihn mindert, wo er doch wie Queequeg fast jedem Menschen, den sie kennt, überlegen ist. Die Güte in Shamuels Herz, sein Fleiß und seine Hingabe, alles gut zu machen, wären beispielsweise für die Zwillinge – Georgie und Ranjan – gute Eigenschaften. Sie hat kein schlechtes Gewissen mehr, dass sie im Bann dieser Lüge-welche-die-Wahrheit-erzählt steht, diesem *Moby-Dick*.

»Koshy *Saar* glaubt nicht an Gott«, gesteht Philipose an dem Abend, als er mit einem neuen Buch von seiner Stunde zurückkehrt. Es ist offensichtlich, dass er den Atheismus seines Mentors verschwiegen hat, bis sie *Moby-Dick* ausgelesen haben. Er schaut schuldbewusst drein, voller Angst, dass seine Mutter den Besuchen ein Ende setzt, aber froh, dass er sein Gewissen erleichtert hat.

Gierig beäugt sie das neue Buch in seiner Hand – *Große Erwartungen* –, den Roman, der 1934 definieren wird, so wie *Moby-Dick* 1933 definiert hat. »Na, Koshy *Saar* glaubt vielleicht nicht an Gott, aber es ist doch gut, dass Gott an den alten Mann glaubt. Warum sonst hat er ihn in dein Leben geschickt?«

29. Kapitel
MORGENWUNDER

1936, Parambil

An einem stürmischen Wochentag ist Big Ammachi voller Bedenken, als ihr Teenager in der morgendlichen Dunkelheit zur Schule zockelt. In seinen verschlafenen Schultern entdeckt sie keinen Hinweis auf seinen Vater. Der Sohn ist empfindlicher – weniger Baumstamm, mehr Jungbaum. Sie unterdrückt das Bedürfnis, ihn zurückzurufen, weil er beim Gehen zuerst den *linken* Fuß über die Schwelle gesetzt hat – wozu das Pech herausfordern? Doch jemanden zurückzurufen, nachdem er schon zu einer Reise aufgebrochen ist, ist noch größeres Pech.

»Ammachi?«, hört sie hinter sich, als ihre Tochter sich regt. Sie wartet bang darauf, was Baby Mol als Nächstes sagt. Die Gabe ihrer Tochter, Besucher noch vor ihrem Eintreffen anzukündigen, erstreckt sich auch auf die Vorhersage von schlechtem Wetter, Katastrophen und Todesfällen. »Ammachi, die Sonne geht auf!« Big Ammachi atmet erleichtert auf. In den achtundzwanzig Jahren von Baby Mols Leben ist die Sonne immer aufgegangen, und dennoch gerät sie darüber jeden Morgen in Ekstase. Im Gewöhnlichen das Wunderbare zu sehen ist eine kostbarere Gabe als die Prophetie.

Nach dem Frühstück hält Baby Mol Big Ammachi ihre breite offene Hand hin, und diese legt drei Beedis hinein. Keine Christin mit Selbstachtung raucht, wenngleich manche Tabak kauen und alte Frauen ihre kleinen Opiumkästchen hüten. Niemand weiß, woher Baby Mol die Angewohnheit hat, Beedis zu rauchen, und Baby Mol will es nicht sagen. Doch die Freude, die sie daran hat, macht es schwer, etwas gegen ihre tägliche Ration aus drei Beedi*s* einzuwenden. Eine Welt, in der ihre Tochter, ein Lächeln auf dem schrumpeligen Gesicht, nicht auf der Bank sitzt und ihren Stoffpuppen vorsingt, kann sich Big Ammachi nicht vorstellen. Liegt vorgekochter Reis zum Trocknen draußen, kommt keine Vogelscheuche Baby Mol an Wachsamkeit gleich.

»Wo ist denn mein hübsches Kind?«, fragt Baby Mol. Ihre Mutter erinnert sie, dass er zur Schule gegangen ist. »Was ist er nur für ein hübsches Kind!«, sagt Baby Mol kichernd.

»Stimmt. Aber nicht so hübsch wie du.«

Baby Mol lacht laut, ein rauer Freudenlaut. »Ich weiß«, sagt sie bescheiden.

Doch dann fällt wie aus dem Nichts ein Schatten über Baby Mols Gesicht. Sie sagt: »Etwas ist unserem Kind zugestoßen!«

Der Himmel ist tief und schwer wie nasse Laken an einer durchhängenden Wäscheleine, als Philipose zur Schule geht. Die hohen, moosigen Böschungen zu beiden Seiten bilden einen dunklen Tunnel. Ein Blitzschlag konturiert ein sehniges, seilartiges Ding vor ihm auf der Erde. Er erstarrt, bis er sich überzeugt hat, dass es nicht lebt. Bloß ein Stock.

Sein dreizehn Jahre altes Gehirn birgt noch immer die Erinnerung daran, wie er sieben war und mit Caesar durch die Gummibäume lief. (»Caesar« und »Jimmy« sind in Travancore die einzigen Hundenamen, ungeachtet des Geschlechts.) Der kleine Straßenhund wirbelte herum, stemmte sich auf die Vorderpfoten und forderte Philipose grinsend auf, ihn zu verfolgen, wobei sein Schwanz so heftig wackelte, dass sein Hinterteil Gefahr lief, sich abzulösen, bevor er, außer sich vor Freude, weiter rannte. Plötzlich schoss das Kerlchen in die Luft, als wäre er auf eine Feder getreten, und da war's aus mit Eden. Philipose erhaschte noch kurz eine Brillenzeichnung und hörte im Unterholz ein Rascheln. Es war eine *ettadi moorkhan* oder »Acht-Schritte-Schlange«. War man gebissen worden, blieben einem nur acht, aber nur, wenn man nicht trödelte. Caesar schaffte vier. »Hunde haben Namen«, sagt er bitter; er spürt den Schmerz über Caesars Tod noch so, als wäre er gestern erst geschehen, und setzt einen früheren Dialog mit der Katze fort, die in die Küche gelaufen war und den *karimeen* beäugte, den seine Mutter ihm als Mittagessen eingepackt hatte. »Ein Hund lebt *für* dich. Eine Katze nur mit dir.«

Sein Kragen ist feucht, sein Hemd klebt, als er parallel zu der angeschwollenen Wasserstraße läuft. Er fühlt etwas hinter sich; Gänsehaut läuft ihm die Arme hoch. *Lass Satan nicht deinen Willen besteigen, denn sonst reitet er dich ins Verderben.* Laut sagt er, was seine Mutter ihm beigebracht hat: »Gott hat das Sagen!« Er dreht sich um und sieht eine düstere Form auf dem Wasser, die den Himmel verdeckt. Ein riesiger Reiskahn, der da anhält. Er legt an. Joppan zufolge haben die liederlichen Schiffer, die er beaufsichtigt, geheime Anlegestellen, wo Frauen ihnen Gesellschaft und Bauernschnaps verkaufen, sie um ihre Einkünfte bringen und von der Ladung stehlen. Er beneidet Joppan, der statt der Plackerei in der Schule Sonnenuntergänge auf dem Lake Vembanad und Filme in Cochin und Quilon genießt. Joppan träumt davon, die Kähne zu motorisieren und so den Warentransport zu revolutionieren; er sagt, das hat noch niemand erwogen, weil die Kanäle flach sind und die Kähne alt, doch Joppan hat genau aufgezeichnet, wie ein Motor dranmontiert werden könnte.

Der Wasserweg wird breiter und gabelt sich um eine kleine

Insel; das Wasser reicht an die Stufen der beiden neuen Kirchen, die darauf erbaut sind. Die einstige Pfingstgemeinde teilte sich in zwei, als plötzlich die Wut wie Feuer auf einem Strohdach aufflammte. Nach einem Handgemenge baute die abtrünnige Gruppe ihre eigene Kirche auf ihrem Anteil Land. Die Kirchen stehen so nahe beieinander, dass der Sonntagsgottesdienst in der einen den anderen zu übertönen sucht.

Jetzt hört er das Rauschen des Hauptflusses vor ihm, in den dieser Kanal mündet; er spürt ein Grollen in der Erde. Er erinnert sich, dass Shamuel sagte, Flutwellen hätten die Flussufer weggenagt. Das erklärt, warum der Kahn angelegt hat. Fette Regentropfen schlagen in die rote Erde Krater wie Geschosse und trommeln auf seinen Schirm, den ihm der Wind zu entreißen droht. Er sucht in einem Grüppchen Palmen Schutz. Er wird zu spät zur Schule kommen. Er hat zwei Möglichkeiten: Er kann trocken bleiben und wegen Säumigkeit den Stock bekommen oder pünktlich sein und durchnässt bis auf die Haut. So oder so wird ihm Saaji *Saar*, der Mathematiklehrer und Fußballtrainer an der St. George's Boys High School, auf die Knöchel schlagen. *Saars* Athletik zeigt sich in der Kraft und Genauigkeit, mit der er Kreide wirft oder auf Köpfe haut. Wie Philipose bezeugen kann, da er schon Leidtragender war, sieht man es nicht kommen. »Ich *war* gar nicht unaufmerksam«, sagt er zu Big Ammachi. »*Saar* nuschelt! Wenn er mit dem Gesicht zur Tafel steht, wer weiß da schon, was er sagt?« Big Ammachi ging zu *Saar* und bestand darauf, dass Philipose vorn sitzen darf, weil er Mühe hat, hinten zu hören. Seine Noten stiegen, übertrafen sogar die Kurups, der meistens überall Erster ist, doch nun ist er ein leichtes Ziel für Papierkügelchen von hinten und für *Saars* Frontalangriffe. Er wird bekannt in der Schule, aber nicht aus den besten Gründen.

Es gibt noch eine dritte Möglichkeit. »Schlag dir den Bauch voll, dann entscheide!« Er wickelt sein Mittagessen aus. »Ich wurde in Versuchung geführt«, sagt er laut zu seiner Mutter. Er meditiert über die köstliche geschwärzte Kruste und die Aromen von Pfeffer, Ingwer, Knoblauch und rotem Chili. Seine Zunge tastet nach den feinen Knochen des *karimeen*, durch welche die Natur sagt: *Mach langsam und genieße.*

Ein schrecklicher, aber menschlicher Laut dringt an seine Ohren. Der Bissen auf seiner Zunge wird zu Ton. Die Haare stehen ihm zu Berge. Es ist eine Männerstimme, eine klagende.

Eine Gestalt in einem Lendenschurz schlägt sich auf die Brust und schreit gen Himmel. Philipose erkennt den Scherenbiss der vorderen Schneidezähne, welche die Oberlippe wie eine Zeltstange anheben. Es ist der Bootsführer vom Anleger, der Philipose noch immer aufzieht, ihn »Schwimmmeister« nennt. Zögernd läuft er zu ihm hin. Sein Einbaum, ein ausgehöhltes Streichholz, ist auf die Böschung gezogen. Damit verdient er sich einen kargen Lebensunterhalt, fährt nur Einzelpassagiere wie die Fischhändlerin und ihren Korb. Doch wenn der Fluss wie jetzt ist, dürfte es dem Mann schwerfallen, sich den Bauch zu füllen – Moment, was ist das Bündel Lumpen zu Füßen des Mannes? Ein Baby! Philipose sieht das winzige, aufgedunsene, reglose Gesicht, die Augen genau wie die des sterbenden Caesar. Wurde das Baby von einer *ettadi* gebissen?

Der schreiende Bootsführer hämmert den Kopf gegen eine Palme, bis Philipose ihn zurückhält. Er wirbelt herum, das schwarze Gesicht voller Furcht, die irren Augen blutrot wie die eines Mungos, als er die Gestalt anblickt, die ihn überragt, ein Junge, halb so alt wie er. Allmählich erkennt er ihn.

»Eine Schlange, wie?«, sagt Philipose sanft.

Der Bootsführer schüttelt den Kopf und heult weiter. »*Monay* … bitte tu was! Du hast Bildung … rette ihn!«

Philipose hockt sich hin, um besser sehen zu können, und wünscht, der Mann würde endlich aufhören zu schreien. Bildung? Was nützt hier wohl das, was er in der Schule gelernt hat? Vorsichtig berührt er die Brust des Kindes. Schockiert spürt er, wie sie sich mühsam hebt. Dennoch gelangt offenbar keine Luft über die Lippen. Der Hals ist seltsam geschwollen. Etwas Weißes wie geronnener Latex von einem Gummibaum lugt hinter dem Speichelschaum hervor.

»Hör auf! Bitte!«, befiehlt er dem jammernden Bootsführer. Philipose überwindet seinen Ekel und steckt den Zeigefinger in den Mund des Babys. Die weiße gummiartige Schale ist an den Rändern blutig. Er zieht, und anfangs löst sie sich noch leicht, das letzte Stück muss er herausreißen. Die winzige Brust hebt sich, und nun rasselt Luft – der Laut des Lebens! Das war keine Bildung, nur gesunder Menschenverstand. Es musste nur etwas entfernt werden, was den Mund verstopfte. Doch nach nur wenigen Atemzügen macht das Baby ein Würgegeräusch, die Brust hebt sich schwer, der Mund geht auf und zu wie der eines Fischs, aber es dringt keine Luft hinein. Der Anblick ist quälend, erschreckend – Philipose' eigene Atmung scheint schmerzhaft. Diesmal langt er tiefer hinein und zieht eine große, dicke, blutige Gummischale heraus. Hupend wie der Schrei eines Gänserichs tritt Luft ein, rasselt auf dem Weg, als wären Kiesel in der Luftröhre.

»*Saar!* Ich hab's gewusst! Ich hab gewusst, dass du mein Kind retten kannst!«

Ab jetzt nicht mehr »Schwimmmeister«? Ich bin jetzt Saar? Er sagt zum Bootsführer: »Hör zu. Das Baby muss ins Krankenhaus.«

»Wie, bei so einem Fluss?« Der Bootsführer fängt wieder an zu klagen. »Und ohne Geld und –«

»Schluss jetzt!«, schreit Philipose. »Bei deinem Gebrüll kann ich nicht nachdenken.« Doch der Bootsführer hört nicht auf. Das unerträgliche Geräusch und das verzweifelte Ringen des Kindes um Luft machen Philipose rasend. Und da vergisst Philipose seine Fehde mit dem Wasser; er nimmt das Kind auf den Arm und stößt den Bootsführer so kräftig, dass er in seinen Einbaum fällt. Bevor er sich aufrappeln kann, legt er das Kind dem Vater auf den Schoß und schiebt das Boot auf den Fluss. Im letzten Moment springt er selbst hinein. »Los!«, schreit Philipose. »Paddle!«

»Mein Gott! Was hast du getan?«, brüllt der Bootsführer. Philipose nimmt ihm das Baby ab, worauf der Bootsführer automatisch nach dem Paddel auf dem Boden des Kanus greift; die kräftige Strömung schüttelt das Boot und droht es umzustoßen. Reflexhaft macht der Bootsführer das Einzige, was er kann, um das zu verhindern: Er lenkt den Bug in den Strom. So sind sie im Griff des Flusses und fahren mit halsbrecherischem Tempo mittendrin. Mit einem Seitenblick sieht Philipose, wie der Fluss an den Ufern weiß schäumt und ein weiteres Stück Ufer wegreißt. »Wir sind verloren!«, jammert der Bootsführer.

Philipose schreit: »Paddeln, paddeln!« Wasser prasselt vom Himmel. Das Rauschen des Flusses ist unfassbar laut und stöhnt menschlich. Das Kanu steigt und fällt hinab, und Philipose ragt der Magen in den Mund, und er muss das Baby festklammern, damit es ihm nicht wegfliegt. Kann man wirklich in einem solchen Tempo fahren? An einer Seite erhebt sich eine breite Wasserwand, die Welle schwappt wie beiläufig ins Kanu. Aus dem Rauschen ist ein noch lauteres Zischen geworden, als lachte der Fluss über ihre Torheit. Zum ersten Mal im Leben erlebt Philipose wahres Entsetzen.

»Shiva, Shiva!«, kreischt der Bootsführer. »Wir werden sterben!«

Ammachi, ich habe mein Versprechen gebrochen. Gut, er ist

nicht allein aufs Wasser gegangen, aber ein nutzloser Bootsführer zählt nicht. *Aber ich bin ja nicht* im *Wasser, nur* darauf. Der nutzlose Bootsführer paddelt gar nicht mehr, er lässt das Boot treiben und sich drehen und überallhin fahren, wo der Fluss es haben will. Der Anblick des Mannes macht Philipose wütend. Er ist zu stolz, um seine Furcht oder seinen Fehler einzugestehen. Er schlägt dem Bootsführer mit aller Kraft ins Gesicht. »Zeig endlich mal echten Mut, du Idiot! Halt uns gerade! Taugst du denn bloß dazu, dich über mein Schwimmen lustig zu machen? Willst du dein Kind nicht retten? Paddle.«

Der Bootsführer taucht das Paddel ins Wasser, das dick und zornig ist wie kochender Reis. Philipose schöpft hektisch mit einer Hand. Er blickt auf das Baby, das wieder nicht mehr atmet. Blind steckt er zwei Finger in die kleine Kehle, Milchzähne scharren an seinen Knöcheln. Er zerrt an etwas Gummiartigem, bis er spürt, wie Luft an seinen Fingern vorbeiströmt. Die Brust hebt sich wieder.

Das müsste nun jeden Moment vorbei sein, doch irgendwie schießen sie Moment um Moment weiter. Sie sausen an den stehenden Bäumen vorbei, schneller als ein rasender Zug. Er schöpft um sein Leben. Wie lange geht das denn noch so? Wie lange sind sie schon auf dem Fluss? Wann kentern sie?

Es ist, als wollte der Albtraum niemals enden, aber dann wird der Einbaum in einer scharfen Kurve aus der Mitte des Flusses gewirbelt und schießt rückwärts in einen mahlenden, randvollen Kanal. Holz splittert, sie knallen gegen ein verborgenes Hindernis – ein überfluteter Anleger, der unterhalb von Steinstufen liegt. Philipose springt hinaus, das japsende Baby hoch in den gereckten Händen. In letzter Sekunde springt auch der benommene Bootsführer an Land, wobei der Rückstoß seines Sprungs das Kanu wie einen Pfeil in die Wasserstraße stößt und weiter in den brodelnden Zusammenfluss, wo es sofort hinuntergezogen wird. Bei diesem Anblick zittert Philipose unbeherrschbar. Nicht vor Kälte, sondern vor Wut über seine Dummheit. Er hätte sterben können! Ihm fällt Queequegs schwimmender Sarg ein: Er hielt Leben über Wasser. Nur nicht Queequegs.

Das Baby fest im Griff, die Beine teigig, hastet Philipose die steilen, glitschigen Lateritstufen hinauf, die in die Böschung geschnitten sind, der Bootsführer keuchend hinterher. Die Stufen enden vor einem Holztor.

IV. TEIL

30. Kapitel
DINOSAURIER UND BERGSTATIONEN

1936, AllSuch Estates, Travancore-Cochin

Digbys Erinnerung an das Inferno, an Celeste, wie sie sich in dem lodernden Seidensari windet wie ein Kind, das sich verkleidet, an den Rauch, der ihm die Luftröhre versengt, als er nach ihr schreit, an das Geräusch der berstenden Tür, die eingetreten wird, an die Hände, die ihn herausziehen, das alles fließt ineinander zu den Qualen seines Krankenlagers. Er ist dick verbunden und sediert, dennoch wütet das Feuer weiter durch den Morphiumdunst, fünf Tage brennt es noch. Er sieht Celestes Gesicht, mit schmelzendem Stoff maskiert, angstverzerrt, während er sich zu ihr kämpft. Seine Nase ist vom Gestank einer Fleischerei erfüllt, von den versengten Haaren eines Tierkadavers. Wenn er hustet, würgt er Rußpartikel hervor, die heisere Stimme, die ihren Namen brüllt, ist nicht mehr seine. Geist und Körper haben sich geschieden. Der schreckliche Schmerz ist immer noch weniger, als was er verdient. Vom Ausmaß seiner Verbrennungen weiß er nichts. Die schwere, lebensbedrohliche Verletzung ist für seinen Geist, der wie zerschelltes Porzellan verstreut liegt, nicht mehr als Digby aus Glasgow zu erkennen, nicht mehr als Digby, der treue Sohn, Digby, der zielstrebige Medizinstudent, Digby, der Chirurg mit den guten Händen.

Jedes Gesicht, das über seinem Bett auftaucht – Honorines,

Ravis, Muthus und das der Lernschwester, deren Lippenspalte er in einem früheren Leben gerichtet hat –, durchbohrt ihn mit Scham. Scham darüber, sie enttäuscht zu haben. Scham, weil er nun Digby, der Ehebrecher, ist, Digby, der Mörder. Scham quält ihn im Wachsein. Am liebsten würde er sich in einer Höhle verkriechen, wo kein Licht hinkommt, wo ihm die Blicke anderer erspart bleiben, zumal die seiner nachsichtigen Freunde. Könnte er doch nur die Menschenrasse abschütteln und der Wurm werden, der zu sein er verdient. Seine Freunde verzweifeln an seinem Geisteszustand.

Am sechsten Tag nach dem Brand, es ist noch dunkel draußen, steht er auf. Unter Schmerzen nimmt er die Verbände ab. Im Schein einer Glühbirne, welche die ganze Nacht hindurch brennt, erfasst er seine Wunden. Der rechte Handrücken macht ihm Angst: Vom Handgelenk bis zu den Knöcheln liegt sein Inneres frei, die schimmernden Bänder der Sehnen sind da, umrahmt von geschwärztem Fleisch. Wäre nicht der dunkle Schorf, der sich darauf bildet, es sähe aus wie eine Abbildung in *Gray's Anatomy*. Die Verbrennung ist schmerzlos, muss daher vierten Grades sein – der schlimmste – und die Hautnerven zerstört haben. In den Flammen hat er wohl reflexhaft eine Faust gemacht, wodurch er den Handrücken entblößte und Handteller und Finger schützte. Die linke hat innen und außen Verbrennungen, die Haut ist feuerwehrrot, sie nässt und wirft Blasen, die Finger sind wie Würste, doppelt so groß wie sonst. Die müssen ersten und zweiten Grades sein, die Nerven sind intakt, und somit unerträglich schmerzhaft. Dort wird sich die Haut irgendwann regeneriert haben, wenn auch mit Narben. Für die rechte lässt sich das nicht sagen.

Er ist nackt. Sein Rücken schmerzt. Auch dort muss er Verbrennungen haben. Stockend schlurft er zum Spiegel, das Zimmer dreht sich, er versucht, vor Schmerz nicht aufzuschreien.

Wer ist diese versengte Gestalt ohne Wimpern, Brauen, Haare, die Ohren angeschwollen wie die eines Faustkämpfers? Ein Wesen, halb Mensch, halb Stegosaurus, kahläugig, starrt ihn an. Es spricht: *Bist eh schon halb gegrillt, kannst dich auch gleich ganz alle machen. Für dich kann's keine gerechte Aussage geben, nicht mit ihrem Blut an deinen Händen. Kein Mitleid, du lächerlicher Narr. Für den armen verwitweten Claude werden Herzen bluten, aber nicht für dich. Fort mit dir! Weg!*

Der Himmel wird hell. Er blickt auf die Gestalt, die bäuchlings auf der Matte in der Ecke liegt. »Muthu«, flüstert Digby, worauf sich Muthu sogleich erhebt. »Muthu, bitte, ich flehe dich an. Ich kann hier nicht bleiben.«

Barfüßig, statt der Verbände in ein Laken gewickelt, schleicht er mit Muthu hinaus. Die Fahrt mit der Rikscha ist höllisch schmerzhaft. In einer billigen Absteige beim Hauptbahnhof begafft der Mann am Empfang den gespenstischen Gast, der möglicherweise weiß ist. Muthu läuft los, Digbys Aufträge erledigen.

Am Abend liegt Digby in frischen Verbänden, einem weiten Hemd und *mundu* ausgestreckt im Gepäckwagen des Shoranur Express. Auf dieser Strecke ist Owen Tuttleberry nicht Lokomotivführer, sondern Zugbegleiter, und er schluckt sein Unbehagen hinunter. Ein tränenreicher Muthu steht verloren auf dem Bahnsteig. Owen sagt: »Wenn meine Alte erfährt, dass ich sie beschwindelt habe, verpasst sie mir eine ordentliche *jhaap* auf die Backe. Bestimmt wird sie glauben, dass ich eine nebenher habe.« Owen verbirgt seine Enttäuschung; Claude Arnold, der Jeb getötet hat, wird davonkommen, weil der verflixte Kronzeuge etwas mit der Frau dieses Metzgers hatte.

Franz und Lena Mylin sowie Cromwell, ihr Fahrer, warten im Morgengrauen auf den Zug, nachdem sie in der Nacht von AllSuch hergefahren sind. Sie legen den betäubten, empfindungslosen Flüchtling auf den Rücksitz, seine Tasche mit Verbandszeug, Salben und Opium kommt auf den Boden. Auf der dreistündigen Fahrt die gewundene Ghat-Straße hinauf spricht er nicht, stöhnt nur. In AllSuch gibt es ein separates Gästehaus. Vorsichtig legen sie Digby aufs Bett. Er schläft den ganzen Tag.

Am Spätnachmittag klopfen Franz und Lena. Digby öffnet, ein Bettlaken über Kopf und Körper, und starrt mit Knopfaugen auf den Mann in Khakishorts, Hemd und Pantoffeln, der hinter dem Paar steht.

»Das ist Cromwell«, sagt Lena. »Er wird Ihnen bei allem helfen, was Sie –«

»Ich komm schon zurecht!«, bellt Digby. Er merkt, dass er grob war, sagt: »Verzeihen Sie«, und lässt den Kopf hängen. Er schuldet ihnen eine Erklärung. Die Scham, sagt er einfach, sei schmerzhafter als die Verbrennungen. Er habe aus Madras flüchten müssen. Ihre Gastfreundschaft sei ein Geschenk Gottes. Er bittet sie, niemandem zu sagen, dass er hier ist. »Eines Tages zahle ich Ihnen das zurück. Ich brauche ein paar Sachen. Eine Pinzette – die feinste, die Sie finden können. Und eine feine Schere. Spiritus zum Desinfizieren. Whisky für die Seele. Mehr Verbandsrollen wie die da. Vaseline. Und Rasierklingen.«

Dort oben in den Bergen ohne Gesichter, die seine Scham spiegeln, kann er nachdenken. Schon hat sich auf dem rechten Handrücken eine dicke schwarze Kruste gebildet. Wenn er diesen Schorf nicht entfernt, wird er steinhart, bis er schließlich abfällt, dann wird der Körper das Loch mit Granulationsgewebe füllen und eine dicke, ledrige Narbe daraus machen, welche die Sehnen auf immer einsperrt. Kaum ist die Pinzette da, macht er sich an die Arbeit, zupft an dem Schorf, setzt, wenn nötig, auch das Rasiermesser ein, bis Sehnen und Muskeln sauber frei liegen. Die abgetöteten Nerven machen es nur bis zu einem gewissen Punkt schmerzlos: An den Rändern blutet das Gewebe, da wird der Schmerz stark.

Um den nächsten Schritt zu tun, verrückt er Möbel, wenn er noch hoffen will, die Funktion seiner rechten Hand zu erhalten. Er lässt seine Dosis Opium weg, um wach zu bleiben; seine linke Hand muss seinen Befehlen gehorchen. Er klemmt die Vorderseite des rechten Schenkels zwischen Kommode und Tischkante, wodurch er einen Hautkamm aufwölbt – seine »Entnahmestelle«. Nachdem er sie mit Spiritus gereinigt hat, schabt er ein hauchdünnes, knopfgroßes Stück Haut ab. Er schreit, als die Klinge schneidet. Der Schmerz ist brutal, unerträglich. Er trinkt einen Schluck Whisky. Die Pinzette zittert in seinen Fingern, als er die Hautoblate aufnimmt, auf die offene Fläche des rechten Handrückens legt und glattzieht. Während der nächsten Stunde hören seine Gastgeber seine wiederkehrenden Schreie, als würde ihn ein langsam rotierendes Folterrad bei jeder Drehung weiter aufschlitzen. Wenn sie ihn rufen, lehnt er Hilfe ab. Sie stellen ihm Essen vor die Tür, und Cromwell hält Wache. Digby hofft, dass diese Verpflanzungen von Hautinseln gleich einem winzigen Archipel Wurzeln schlagen, anwachsen und die Fläche ausfüllen. Das ist nicht gerade eine Operation wie aus dem Lehrbuch. Ein Chirurg sollte nie sein eigener Patient sein und Whisky auch nicht den Äther ersetzen.

Am nächsten Tag humpelt Digby aus der Hütte. Cromwell folgt ihm wie ein Schatten. »Ich muss laufen«, sagt Digby. Jeden Tag steigert er die Länge seines Ausflugs, bleibt auf flachen Wegen durch schattige Gummibaumwälder; die Natur beruhigt Digby. Er hält Franz und Lena auf Abstand, schämt sich, mit ihnen über jenes erste Geständnis hinaus zu reden. Cromwell duldet er. Bei ihm hat er keine Geschichte, muss keinen Erwartungen gerecht werden. Unauffällig lenkt Cromwell die täglichen zwei Gänge, führt Digby jedes Mal in andere Bereiche des Guts.

Drei Wochen nach Digbys Ankunft sagt Cromwell zu Lena: »Doktor sehr traurig. Regt sich nicht.« Lena trifft Digby ohne Hemd auf den Stufen vor dem Gästehaus an. Beim Anblick seiner tiefen Verzweiflung fröstelt es sie. Stumm hält er ihr den rechten Handrücken hin: eine dunkle, fleckige Lavagrube. Sie weiß nicht, was sie davon halten soll, nur dass sein Besitzer die Hand am liebsten abschneiden würde.

»Lena«, sagt er nach einer Weile, »ich habe nichts erreicht. Meine Sehnen sind weiterhin eingesperrt.« Unwillkürlich muss sie ihn anfassen. Sie wählt seine Schulter, wo die Haut normal wirkt. Er erschauert, weicht aber nicht zurück. »Ach Lena, was ist nur aus meinem Leben geworden?«

Sie bleibt bei ihm, drückt ihn an sich, ist einfach da, damit er spürt, dass er nicht allein ist. Schließlich sagt sie: »Digby, sehen Sie mich an. Sie haben gesagt, kein Besuch. Dass Sie gehen würden, wenn jemand Sie besuchen will. Bitte, ich muss Ihnen von einem Freund erzählen, der an den Wochenenden oft aus der Ebene zu uns in die Berge kommt. Er ist Chirurg. Und auf Hände spezialisiert.«

31. Kapitel
DIE GRÖSSERE WUNDE

1936, Saint Bridget's

St. Bridget's leidet in den letzten Sommertagen, das Wasser im Brunnen steht nur noch Zentimeter überm Schlick. Rune fährt die Ghat-Straße hinauf zu Chandys Gut in den Bergen, eine Staubwolke hinter sich. In den vierzehn Jahren seit seiner Ankunft in St. Bridget's ist er Teil ihrer Familie geworden. Wenn sie über den Sommer vom Thetanatt-Haus in den geräumigen Bungalow auf dem Gut ausweichen, fährt Rune oft übers Wochenende hin. Innerhalb von drei Jahren haben Chandy und Leelamma einen Sohn und dann eine Tochter bekommen. Der Junge war schon bei der Geburt temperamentvoll, und mit zwölf erscheint er Rune noch immer so. Das kleine Mädchen, Elsie, ist das genaue Gegenteil, und sie hat ihren bärtigen »Onkel Rune« sogleich adoptiert. Erst vor fünf Monaten hat sich das Leben für die Kinder drastisch verändert, als Leelamma Typhus bekam. Das Fieber schien zu sinken, dann aber brach sie urplötzlich mit heftigen Bauchschmerzen zusammen. Chandy raste mit ihr nach Cochin, wo die Chirurgen entdeckten, dass ein Typhusgeschwür den Darm durchbrochen hatte; sie starb noch auf dem Tisch. Für die Kinder war es, als hätte die Sense, die einen Monat davor durchs Haus gesaust war und ihre geliebte Großmutter mitgenommen hatte, beim Rückschwung ihre Mutter gefällt. Rune schwor, während des Sommers die dreistündige Fahrt jedes Wochenende zu unternehmen, um die Familie im Blick zu behalten. Sie kommen nur mühsam zurecht.

Verglichen damit sind die Jahre zu Rune freundlicher gewesen. Er hat sich nahe der vorderen Mauer am Rand des Grundstücks einen kleinen Bungalow mit eigenem Eingang gebaut, genügend weit vom Leprosarium entfernt, damit seine auswärtigen Freunde ihn leicht besuchen können. Saint Bridget's verfügt über ein eigenes Automobil, eine Spende der schwedischen Mission, eine Ergänzung des altertümlichen Humber, den Rune fährt. Dank ihres Geflügels, der kleinen Molkerei, des Gemüsegartens und des Obstgartens – allesamt von der Gemeinde betrieben – sind sie autark und können noch Überschüsse verkaufen oder verschenken. Doch nicht einmal ein hungernder Bettler würde anrühren, was von einem Leprosarium kommt. Die Ausnahme bildet dank Chandy der Pflaumenwein von Saint Bridget's. Am ersten Fastentag merkte Chandy – er war allein auf dem Gut –, wie er wieder zitterte; das Risiko einer Konvulsion bestand. Um die Versuchung gering zu halten, hatte Leelamma sämtliche Spirituosen aus dem Bungalow entfernt. Doch ein paar verstaubte Flaschen Saint Bridget's Pflaumenwein hatte sie übersehen; ein Glas kurierte Chandys Zittern. Da fand Chandy dann, dass man ihn aufgrund seines heiligen Ursprungs auch während der Fastenzeit verzehren konnte. Nun kaufte er ihn kartonweise. Er kam bei den Besuchern des Guts an, besonders bei den Damen, denn er war mild, köstlich und (wie Chandy schwor) »medizinisch«. Auf dieser Fahrt nun hat Rune vier Kartons dabei.

Die Kinder schlafen schon, als Rune beim Thetanatt-Bungalow eintrifft, doch Chandy hat auf ihn gewartet. Chandy sagt, Lena Mylin habe für ihn eine Nachricht hinterlassen, sie und Franz wollten Rune gleich am folgenden Abend sprechen – es sei dringend. Die Pflanzer und ihre Familien in der Gegend – Chandys Freunde – sind auch Runes Freunde geworden.

Bevor Rune schlafen geht, raucht er auf der Veranda noch eine letzte Pfeife und lauscht den Geräuschen der Nacht. Der Nebelschleier über ihm reißt auf und enthüllt Sterne, der Himmel hängt so tief, dass er meint, er kann mit ausgestreckter Hand Gottes Rock berühren. Er hat seinen Frieden gefunden. Die lästigen Schmerzen in der Brust sind bestimmt Angina, meint er, doch er akzeptiert sie gleichmütig. Er lebt seinen Glauben, sein Amalgam aus Christentum und Hindu-Philosophie. Seine wahre Priesterschaft ist die Medizin, ein Amt der Heilung des Körpers und der Seele seiner Herde. Solange er kann, wird er weitermachen.

Nach einem ganzen Vormittag mit den Kindern und Bridge am Nachmittag fährt Rune bei Sonnenuntergang nach AllSuch. Als er in die meilenlange Zufahrt der Mylins einbiegt, sieht er eine Erscheinung: ein Weißer in einem karierten Lungi, an den Händen Verbände, er läuft schnell. Rune ist verblüfft: Es ist wie der Anblick eines Leoparden, der sich in eine menschliche Enklave verlaufen hat.

Im Wohnzimmer erzählt Lena eine Geschichte, in der erst ein Chirurg ihr in Madras mit einer Notoperation das Leben gerettet hat und die damit endet, dass sie und Franz ebenjenen Chirurgen in ihrem Gästehaus aufgenommen haben. Sie hatten geschworen, seine Anwesenheit geheim zu halten – bis jetzt. Franz schweigt dazu.

Rune geht mit einer Flasche Pflaumenwein zum Gästehaus. Er trifft dessen Bewohner – die Erscheinung von eben – in der abgeschirmten Glasveranda an, einen Kaschmirschal über Kopf und Schultern, die Hände entblößt. Der Anblick des jungen

Chirurgen – er ist vielleicht Ende zwanzig – berührt Rune. Er sieht ihn als Waffenbruder, einen auf dem Schlachtfeld gefallenen Kameraden. Was Rune sich auch zurechtgelegt hat, es verflüchtigt sich. Wortlos holt Rune drinnen zwei Gläser, schenkt ein und setzt sich neben den stummen Fremden. Die Veranda ragt über einen steilen Hang hinaus. Beim Blick hinab spürt Rune ein Ungleichgewicht, als stünde er am Rand eines Abgrunds. Die Teesträucher unter ihm verlaufen in sauberen Parallelen, als wäre ein Riesenkamm über die Berghänge gezogen worden.

Nach einer Weile schiebt Rune die Lampe beiseite, dreht seinen Stuhl dem Fremden zu und setzt die Brille auf. Er nimmt die Unterarme des jüngeren Mannes. Der Anblick dieser ruinierten Werkzeuge, der Lebensgrundlage des Chirurgen, erfüllen Rune mit Trauer. Schließlich ist das sein Albtraum, auch wenn die Schuldige in seinem Traum immer Lepra ist. Er ist überwältigt. Er holt tief Luft. Die Reise, die sie beide nun gemeinsam antreten, muss mit Liebe beginnen, denkt Rune. Die Kranken zu lieben – ist das nicht stets der erste Schritt?

Er hält Digbys Unterarme bedeutungsvoll gedrückt und schaut ihm dabei in die Augen. Der junge Mann ist verblüfft. Er ist wie ein wildes Tier, denkt Rune; seinem Instinkt gemäß sollte er jetzt knurren, zurückweichen … doch Rune hält seinem Blick stand, die Unterarme fest. Er hofft, der Mann sieht in Runes Augen nicht Mitleid, sondern erkennt sie beide darin als Krieger, die Schulter an Schulter einen gemeinsamen Feind bekämpfen. Die Sekunden vergehen. Der junge Mann blinzelt wütend, bis er schließlich den Blick senken muss. Der ansonsten redselige Rune hat es geschafft – durch sein Schweigen, seine Berührung, seine Präsenz –, eine Botschaft zu übermitteln: *Bevor wir das Fleisch behandeln, müssen wir die größere Wunde anerkennen, diejenige des Geistes.*

Rune versucht zu verarbeiten, was er sieht. Der rechte Handrücken ist ein Mosaik aus Inseln papierdünner, runzliger Haut, die eine dicke Narbe sprenkeln, die sich zusammengezogen hat und das Handgelenk zurückzieht. Rune drückt daran, doch da dehnt sich wenig. Die Finger sind gekrümmte, eingesperrte Klauen, weil die Sehnen erstarrt sind. Sachte schiebt Rune Digbys Lungi vom Schienbein aufwärts und entblößt den rechten Schenkel, womit er münzgroße Krusten bloßlegt – er hat richtig getippt. Sie zeugen von einem verzweifelten Chirurgen, der sich selbst behandeln will. Was, wenn nicht Scham, konnte ihn dazu veranlasst haben?

Die linke Hand ist in besserem Zustand, der Schaden auf den Handteller beschränkt, über den eine dicke, ledrige Narbe wie ein Streifen verläuft; ihre Ränder sind wie mit dem Lineal gezogen – Digby hat eindeutig einen stark erhitzten Gegenstand gepackt. Die Narbe wellt den Handteller, zieht die Finger zu einem Schnabel zusammen. Digbys Ohren und Wangen zeigen von oberflächlichen Verbrennungen entfärbte, abblätternde Haut. Die gerade Narbe am Mundwinkel muss eine alte Geschichte sein, die mit der jetzigen nichts zu tun hat.

Rune reicht Digby seinen Wein, dann stopft und entzündet er meditativ seine Pfeife.

»Werde ich je wieder operieren?« Die Stimme ist wie trockene Zweige, die zertreten werden.

Aha, denkt Rune, *wir können also sprechen.* Er verengt die Augen. Paffend überlegt er seine Antwort. »Ihre linke Hand mache ich gleich. Ich kenne einen Trick, mit dem ich die Narbe auf Ihrem Handteller löse. Die werden Sie wieder gebrauchen können. Die rechte …? Immerhin ein guter Versuch, sie mit den Transplantaten da zu bedecken.«

»Und …?«

»Und, mein Freund …« Rune schenkt sich nach, bedeutet

Digby, seinen zu probieren. Er trinkt. »Digby – darf ich Sie so nennen? Haben Sie von Cowasjees Nase gehört?«

Digby starrt Rune an, als wäre er verrückt. Dann nickt er. »Ja.«

Rune ist beeindruckt. Cowasjee war ein Ochsentreiber der Briten. In einer Schlacht gegen die Armee von Tipu Sultan im achtzehnten Jahrhundert geriet er in Gefangenschaft. Tipus Leute schnitten Cowasjee eine Hand und die Nase ab und ließen ihn laufen. Ohne Hand kann man leben, aber nichts ist entstellender oder schändlicher als ein Loch im Gesicht. Da die britischen Wundärzte sein Aussehen nicht ändern konnten, verschwand Cowasjee, nur um ein paar Monate später seine neue Nase vorzuführen. Er war von den Maurern von Poona operiert worden, die eine Technik aus dem siebten Jahrhundert praktizierten, überliefert von Sushruta, dem »Vater der Chirurgie«. Die Maurer machten eine Wachsnase – eine hohle Pyramide –, die sie auf das Loch in Cowasjees Gesicht anpassten. Sie nahmen die Form wieder weg, flachten sie ab und steckten sie Cowasjee als Schablone verkehrt herum mitten auf die Stirn. Mit einem Skalpell schnitten sie um diese Schablone herum in die Stirn außer an der unteren Fläche zwischen den Brauen. Sie legten die Schablone weg, unterhöhlten die Stirnhaut und hoben sie als Lappen ab, der zwischen den Brauen hing. Sie klappten sie herunter und nähten sie an den Rändern des Nasenlochs fest, wobei sie mittels kleiner Stäbe die Nasenlöcher offen hielten. Der Lappen verheilte gut, da er eine intakte Blutversorgung hatte, denn er hing ja noch oben zwischen den Brauen fest. Da keine Knorpel vorhanden waren, schlackerte die Nase zwar ein wenig, doch konnte die Luft hindurch und, wichtiger noch, das Aussehen war wiederhergestellt. Diese Technik wurde von einem britischen Chirurgen in einer Zeitschrift beschrieben.

»Haben Sie das mit mir vor? Ein Lappen?«, fragt Digby.

Rune pariert es mit eigenen Fragen. »Warum haben wir im Westen so lange gebraucht, um etwas zu lernen, was vor unserer Nase lag? Was wissen wir sonst nicht, hm, Digby? Was noch?«

»Dr. Orqvist, bitte. Was schlagen Sie vor?«

»Sagen Sie doch bitte Rune. *Homo proponit, sed Deus disponit*«, sagt Rune und zeigt dabei gen Himmel. »Ich schlage Ihnen vor, sie kommen mit zum Saint Bridget's. Morgen früh fahren wir los. Aber unter einer Bedingung.«

Digby macht ein besorgtes Gesicht. »Die wäre?«

»Sagen Sie mir, dass Sie unseren Pflaumenwein mögen.«

32. Kapitel
DER VERWUNDETE KRIEGER

1936, Saint Bridget's

Digby ist auf einem fremden Planeten gelandet. Nach Wochen in großer Höhe in AllSuch tragen Hitze und Luftfeuchtigkeit des Tieflands noch zusätzlich zu seiner Verwirrung bei. Er ist Gast in Runes behaglichem Bungalow. Rune führt ihn durch gut gepflegte Gärten zu seiner Klinik, plaudert unterwegs auf Malayalam mit Bewohnern. Digby führt steif die Hände zusammen, um ihren Gruß zu erwidern. Seine Erfahrung mit Lepra beschränkt sich auf den Anblick von Straßenbettlern in Madras. Er hat zu viele andere Sorgen, um sich wegen einer Ansteckung mit Lepra Gedanken zu machen; Runes Unbekümmertheit hilft ihm dabei.

In einer Art orthopädischem Gipsraum massiert und dehnt der große Schwede heftig Digbys Hände, misst das Ausmaß der Kontraktur. Die Bewohner von Saint Bridget's scharen sich um das offene Fenster wie faszinierte Gaffer bei einem Monstrositätenkabinett auf einem Jahrmarkt. Wenn Digby vor Schmerzen aufschreit, bricht im Publikum erregtes Gemurmel aus. »Immerhin haben Sie sie davon überzeugt, dass Sie nicht leprakrank sind«, sagt Rune. »Die schreien aus allen möglichen Gründen, aber nie vor Schmerz.« Rune bereitet eine Spritze vor. »Ihre rechte Hand muss am Gelenk erheblich flexibler werden, bevor ich an eine Operation denken kann. Aber die linke?

Die machen wir heute fertig, ja?« Er ist wie ein großes Kind, denkt Digby und muss unwillkürlich lachen. Rune skizziert für Digby auf einem Blatt Papier, was er vorhat. »Ich dachte, *ich* hätte das erfunden. Aber ein Franzose war vor mir da. Er nannte es die *méthode de pivotement*. Ich nenne sie das Zeichen des Zorro. Dabei wird aus dieser horizontalen Narbe eine vertikale, was Platz schafft. Ja?«

Ohne eine Antwort abzuwarten, injiziert Rune die örtliche Betäubung der Nerven an zwei Stellen in Digbys Handgelenk wie auch direkt in die dicke horizontale Narbe. Er reibt den Handteller mit einem Antiseptikum ein und malt dann mit einem Markierungsstift mithilfe eines Winkelmessers und eines Lineals darauf. Als Rune Digby dann durch einen Flur zu dem kleinen OP führt, ist jede Empfindung aus dem Handteller gewichen. Rune legt Handschuhe und Maske an und führt dann den langen, horizontalen Schnitt entlang der markierten Linie aus, mitten durch die Narbe. Von den Enden dieses langen Schnitts aus macht er zwei kleinere Schnitte bei sechzig Grad, was ein  ergibt. Digby schaut wie von außerhalb seines Körpers zu. Mit Pinzette und Skalpell hebt Rune von den beiden Ecken dreieckige Lappen ab, indem er sie von der Haut abschabt. Sodann überträgt er sie, indem er den unteren Keil hoch- und den oberen hinabzieht, und näht sie fest. Das  ist nun zu einem  geworden, wodurch die Spannung aus der Narbe genommen ist. Digby sieht, wie seine Finger sich schon strecken.

»Voilà!«, sagt Rune und zieht die Handschuhe ab. »Das Zeichen des Zorro!«

Jeden Morgen und Abend arbeitet Rune daran, Digbys rechtes Handgelenk zu lockern, quälende Sitzungen, bei denen Digby der Schweiß ausbricht. Der Schwede scheint es zu genießen, einen Hausgast zu haben, mit dem er reden kann, selbst wenn die Gespräche einseitig sind. Als Rune eines Abends ins Haus kommt, ist sein Gesicht aschfahl, er lehnt sich an den Türrahmen, die rechte Hand auf der Brust. Digby erhebt sich automatisch, um zu ihm zu laufen, doch Rune wedelt ihn weg. »Ich muss nur kurz verschnaufen … Manchmal habe ich diese … Plage in der Brust. Wenn's heiß ist und ich von der Klinik den Berg hinauf nach Hause laufe. Das geht schon wieder weg.« Was es auch tut.

Zehn Tage nach Digbys Ankunft sagt Rune: »Heute Abend kriegen Sie kein Essen, Digby. Morgen operieren wir Ihre rechte Hand. Dann betäuben wir Sie aber.« Digby staunt, als Rune ihm beschreibt, was er vorhat.

Als der Äther wirkt, präpariert und reinigt Rune Digbys Hand, ebenso die Haut über Digbys linker Brust. Mittels Skalpell und Pinzette zupft er mühselig auf Digbys rechtem Handrücken Digbys Transplantate wie auch die Narbe dazwischen weg. »Ärgere dich nur nicht, mein Freund«, murmelt Rune. »Deine Transplantate haben schon ein wenig geholfen. Ohne sie wären deine Sehnen in Zement fixiert. So werden sie nur von Unkraut gewürgt.« Es dauert über eine Stunde, bis der Handrücken vom Handgelenk bis zu den Knöcheln als offene und blutende Wunde frei liegt, die Sehnen frei sind, sich aber bewegen können. Das angewinkelte Handgelenk wird flach, als Rune es niederdrückt.

Rune legt Digbys rechte Hand mit dem Teller auf die linke Brust. Dann zeichnet er mit einem Markierungsstift ihren Umriss nach, die Spitze taucht immer wieder zwischen die gespreizten Finger ein.

Er legt die Hand wieder weg, bedeckt sie mit sterilen Tüchern und macht sodann einen vertikalen Einschnitt unmittelbar links von Digbys Brustbein, der dem Handgelenk des

Umrisses seiner Hand entspricht. Durch diesen Einschnitt führt er eine geschlossene Schere, deren Klinge er dann so weit öffnet, bis er eine genügend breite Tasche für die Hand hat. Mit dem Tintenabdruck der Hand als Anhaltspunkt, macht er fünf Stichinzisionen auf der Brust, die der Basis jedes Fingers entsprechen. Nun führt er Digbys bloßgelegte Hand in die Hauttasche ein, wobei er die Finger durch die jeweilige Stichinzision steckt. Als er fertig ist, sitzt Digbys Hand in einem Hautbeutel auf der Brust, nur die intakten Finger stehen wie aus einem fingerlosen Handschuh hervor. *Mein junger Bonaparte*, denkt Rune. Daraufhin fertigt er einen Gips von oberhalb der Schulter bis zum Ellbogen an, der um den ganzen Rumpf herumläuft, damit eine Bewegung unmöglich ist.

Am Tag darauf trottet ein benommener Digby übers Gelände, die Hand in seine eigene Beuteltasche gesperrt, der Ellbogen steht eingegipst heraus. Als er die Holzwerkstatt passiert, ruht alle Arbeit, als die Bewohner ihn erblicken. Sie treten heraus, und ihr schiefes Grinsen und Kopfschütteln sagt: *Den Kniff kennen wir schon*. Nicht jedoch Digby. Er steht in keinem Lehrbuch. Sie bitten ihn herein und plappern auf Malayalam, seine humpelnden Begleiter zeigen ihm die Drehbank, den Bohrer, die Säge und den unlackierten Stuhl und Tisch, die sie in ihrer Schreinerei gefertigt haben; sie halten Hände und Füße hoch, um ihm Runes Schreinerarbeit an ihrem Fleisch zu zeigen. Der offenherzige Empfang beeindruckt ihn. Das ist nicht Respekt vor seinem Beruf, denn er hat ja keinen mehr. Liegt es daran, dass er Runes Gast ist? Dass er ein Weißer ist? Nein – er ist einer von ihnen, verwundet, geflügelt und entstellt. Und sie wollen, dass er ihre Nützlichkeit erkennt, selbst wenn die Welt keine Verwendung für sie hat. Mittels Mimik und Gesten der linken Hand bekundet er seine Ehrfurcht, seine Bewunderung. Er ist überwältigt von ihren zernarbten, verzerrten Gesichtern, ihren steifen, verformten Gliedmaßen; er grübelt über seine eigene Lage nach. Er fragt sich, ob er seinem Schicksal entgangen ist oder es gefunden hat.

Während der folgenden Tage nimmt er eine Aufgabe in Angriff, der er sich davor nicht stellen konnte: Er schreibt an Honorine mit Botschaften für Muthu und Ravi. Der Akt, mit der linken Hand in Druckbuchstaben zu schreiben, ist nicht annähernd so schwer, wie seine Zerknirschung auszudrücken.

Zwanzig Tage nach der ersten Operation entscheidet Rune, dass die Blutgefäße in der Haut von Digbys Brust nun genug Zeit gehabt haben, in dem Garten, der seine bloßgelegte Hand ist, Wurzeln zu schlagen. Als der Patient anästhetisiert ist, schneidet Rune die Haut um die gefangene Hand herum so weit auf, bis sie abgelöst ist, diese nun aber ihren neuen, geschwollenen, lebenden Hautmantel trägt. Die offene Wunde auf der Brust bedeckt er sodann mit dünnen, abgetragenen Hautrechtecken von seiner Seite. Anders als die Transplantate, mit denen Digby es versucht hat, schrumpfen diese längeren Streifen nicht so stark, da sie den schildförmigen Schaden auf der Brust überdecken.

Als Digby aufwacht, würgt er von der Narkose. Über ihm schwebt ein Gesicht, eine warme Hand stützt seinen Kopf, die Stimme ist vertraut. Er glaubt zu träumen. Er hat einen sengenden Schmerz in der Seite, spürt aber, dass seine rechte Hand aus ihrem Gefängnis befreit ist. Er driftet weg. Als er ganz wach ist, dämmert es schon. Honorine schaut zärtlich zu ihm herab. Mit der linken Hand berührt er ihr Gesicht, um sich zu vergewissern, dass sie real ist. Dann rinnen ihm nicht für möglich gehaltene Tränen in die Ohren. Er schließt die Augen, zu beschämt, um sie anzusehen.

»Na, na. Pscht, halt. Sehen Sie mich an! Alles gut, mein

Lieber. Alles ist gut.« Sie drückt seinen Kopf an ihren Busen, bis er sich beruhigt hat. »Digby, wir gehen mit Ihnen nun zu Rune; mit Ihren Beinen ist alles gut. Dann können Sie schlafen. Wir haben genügend Zeit, um alles nachzuholen.«

Am Morgen ist er noch benommen, aber wiederhergestellt. Der Anblick seiner rechten Hand mit ihrer neuen Hautdecke begeistert ihn, er macht den stechenden Schmerz auf Brust und Seite erträglich.

»Ah, wir sind also wach, wie?«, sagt Honorine, die mit einem Tablett hereinkommt. »Geht also gut, mein Lieber, wie?« Er will eine Entschuldigung stammeln. »Nein, nur still jetzt. Ja, wir haben uns schreckliche Sorgen gemacht. Haben schon gedacht, Sie stellen noch Dummheiten mit sich an. Nur gut, dass Ihr Muthu mir nichts verschweigen konnte. Ich wusste, dass Sie sich melden, sobald Sie bereit sind. Nun essen Sie aber was.«

Er schlingt das Omelett hinunter, dazu noch zwei Stücke von Runes selbstgebackenem Brot mit Butter und Marmelade. Honorine sitzt neben ihm am Bett und streicht ihm über die Stoppelhaare.

»Lieber Digby. Welche Mühe Sie sich mit diesem Brief gemacht haben! Mir sind wirklich die Tränen gekommen. Da musste ich Sie doch mit eigenen Augen sehen. Ich hatte ja keine Ahnung von Ihrer Operation.«

»Ich bin ja so ein Idiot, Honorine – nein, bitte, lassen Sie mich ausreden. Es wird mir guttun. Celeste und ich wurden erst nach Jebs Tod ein Paar. Das ist die Wahrheit. Davor war ich ihr zweimal begegnet, in Gesellschaft. Gleich beim ersten Mal habe ich mich in sie verliebt. Vielleicht weil ich wusste, dass nichts draus werden kann.« Er lacht bitter auf. »Und es wäre ja auch nichts draus geworden, aber dann kam sie, um mich zu warnen, dass Claude vorhat, mich in dem Scheidungsprozess zu nennen. Es war ihm gleich, dass es nicht stimmte oder dass es ihren Namen beschmutzte!« Ihm wird die Heuchelei seiner Empörung bewusst. Er errötet. »Na ja, bei dem Besuch wurde Claudes Lüge dann zur Wahrheit.«

Honorine ist immer hibbeliger geworden und unterbricht ihn nun. »Digby, warum das alles aufwühlen? Ja, Sie haben einen schrecklichen Fehler begangen. Mit tragischen Folgen. Ja, wir waren sauer auf Sie. Enttäuscht. Ich red da auch gar nicht drum rum. Aber darüber war ich schon weg, lange bevor ihr Brief gekommen ist. Sie sind doch ein Mensch! Mit Fehlern. Sie glauben, Sie sind allein. Sie verdienen, dass man Ihnen verzeiht. Wie wir alle. Ich weiß nicht, ob Sie sich das je selber verzeihen werden, aber Sie müssen es versuchen. Ich wollte, dass Sie das von mir hören.«

Digby will von Celestes Kindern erfahren, doch von denen hat Honorine nur wenig gehört. Sie hatten keine Zeit, zur Beerdigung zu kommen. Digby fragt sich, was er sich davon erhofft hat. Dass sie geschworen haben, ihren Tod zu rächen? Wussten sie, wie unglücklich ihre Mutter in der Ehe war? Würden sie sie nur im Lichte ihrer Affäre mit ihm beurteilen? Celestes Geist ist stets bei ihm, aber nie mehr als jetzt.

Honorine ist überrascht, dass er von der Untersuchung von Jebs Tod nichts gehört hat. Doch Digby hat sich vor der Welt versteckt.

»Ich hab mir nach alldem schon gedacht, dass es eine Farce wird«, sagt Honorine. »Claude hat schlimm ausgesehen, eher vom Alkohol als von der Trauer. Aye, das ist jetzt nicht freundlich. Er hat gelogen, Digs. Das war nicht nett. Er hat Ihnen die Schuld gegeben. Hat gesagt, Sie hätten ihn mit ihr betrogen, seit Sie da waren. Und das mit Jeb, da hätten Sie versucht, ihn beruflich zu sabotieren, trotz der vielen Stunden, in denen er sich abgemüht hat, Ihnen das Operieren beizubringen!

Ja.« Digby lacht bitter. »Hat gesagt, Jebs Tod sei bedauerlich, aber eine bekannte Komplikation eines Abszesses, der die Arterie schwächen kann. Der Pathologe von außerhalb hat das zerpflückt, hat gesagt, da war kein Abszess, sondern Nekrose über dem Aneurysma. Hat gesagt, dass Claude das Aneurysma aufgeschnitten hat, das hätte Jeb getötet. Dass das Aneurysma vielleicht auch ohne Behandlung geplatzt wär, aber nicht an dem Tag.« Ihre Stimme strafft sich. »Dann war ich an der Reihe. Ich hab gesagt, Sie haben uns in den Saal gerufen, weil wir Jeb kannten und auch weil Sie nicht glaubten, es ist ein Abszess, und dass Arnold Ihre Meinung nicht akzeptiert hat. Ich hab beschrieben, was ich gesehen hab. Und dass Sie keineswegs bei Claude was gelernt haben, der ja kaum operiert, sondern bei Ravichandran vom General Hospital. Ravi war da, und alles hat auf ihn geschaut. Ravi steht unaufgefordert auf und bestätigt es und dass er Ihnen vertraut hätte, ihn oder jeden anderen aus seiner Familie zu operieren, so gut seien Sie. Und das sind Sie auch, Digby.«

Der belastende Teil von Honorines Aussage war gewesen, dass Claude angesichts des heftigen Blutstroms wie gelähmt war. Dass Digby und sie eingegriffen und ihr Bestes versucht hätten.

Der Krankenhausleiter musste dann die OP- und Stationslisten von Claude holen. Sie und ich, wir haben's ja gewusst. Trotzdem war es ein Schock, die ganzen leeren Seiten zu sehen. Das endgültige Urteil des Komitees steht noch aus. Nur Gott weiß, warum das so lange dauert. Immerhin haben sie Claudes sofortige Suspendierung empfohlen. Nicht Freistellung aus gesundheitlichen Gründen, sondern eine Suspendierung. Sie sind übrigens auch auf unbestimmte Zeit freigestellt. Das kam automatisch, als Sie mit den Verbrennungen eingeliefert wurden.«

Am nächsten Abend reist Honorine wieder ab. In den Tagen

darauf sind Digbys Hände lediglich für ganz sanfte Massagen und Dehnungen bereit. Er muss die Zeit arbeiten lassen, das Einzige, wovon er reichlich hat.

Seit über einem Monat ist Digby nun bei Rune. Er sorgt sich um den Schweden, der mehr als doppelt so alt ist wie er. Wie oft hat er gesehen, dass er beim Gehen innehält und darauf wartet, dass sich ein »Haken« in seiner Brust löst. Als die beiden Männer eines Abends im Wohnzimmer beisammensitzen, schneidet Digby das Thema an, doch Rune lenkt ab. Daher schweigt Digby und schaut nur zu, wie Rune seine Pfeife reinigt, stopft, den Tabak festdrückt und schließlich die beiden Streichhölzer um den Pfeifenkopf herum kreisen lässt. Die Leichtigkeit dieser koordinierten, komplexen und weitgehend automatischen Bewegungen, denkt Digby, könnten auf immer jenseits seiner Möglichkeiten sein. Süße Tabakwolken füllen den Raum.

Rune mustert seinen jungen Kollegen, der bald dreißig wird, also kurz vor dem Großen Krieg geboren wurde. Als Rune in Indien ankam, war er schon Ende dreißig. Er hat väterliche Gefühle für den jungen Schotten, der bei ihrer ersten Begegnung von Schweigen eingemauert war. Allmählich sind die Mauern niedriger geworden. Man kann eine seelische Heilung beobachten, denkt Rune, genauso wie man eine Wunde heilen sehen kann.

»Na, Digby, gefällt Ihnen unser Saint Bridget's?«

»Ja, sehr.« Digby hatte Saint Bridget's als eine Zwischenstation auf seiner Reise betrachtet, nicht jedoch als Ziel. Unerklärlicherweise ist es in der Zeit, seit er dort ist, wo er die Operationen und die nachfolgenden Schmerzen ertragen und auf seine Heilung gewartet hat, allmählich wie ein Zuhause geworden. Er ist ein Paria in einer Gemeinschaft von Parias. »Ich glaube, ich bin hier bei meinem Stamm, Rune.«

»Was! Sie sind Schwede und haben es nicht gesagt?«

Digbys Lachen klingt schon menschlicher.

»Ich bin Glasgower. Aus dem falschen Viertel.«

»Ich war schon mal in Glasgow. Gibt's dort überhaupt ein richtiges?«

Digby schenkt ihnen mit beiden Händen nach. »Sie verstehen, was ich meine. Jede Hand, die ich hier sehe, ist mit meiner verwandt. Die ›Herde‹, wie Sie sie nennen, das sind ... meine Brüder und Schwestern.« Verlegen bricht er ab.

»Ja, Digby. Meine auch.« Rune leert sein Glas und schmatzt mit den Lippen. »Die Hände sind eine Manifestation des Göttlichen«, sagt Rune. »Aber man muss sie auch gebrauchen. Man kann sie nicht faul herumsitzen lassen wie ein Buchhalter im Grundbuchamt, Gott steh uns bei. Unsere Hände haben vierunddreißig individuelle Muskeln – ich habe nachgezählt. Doch die Bewegungen sind nie isoliert. Es ist stets eine kollektive Handlung. Die Hand weiß es noch vor dem Geist. Wir müssen Ihre Hände befreien, Digby, indem wir ihnen wieder natürliche Alltagsbewegungen beibringen – besonders der rechten. Was machen Sie denn gern mit den Händen?«

»Operieren.« Digby klingt bitter, ohne es zu wollen.

»Ja. Und was noch? Sticken?«

»Also ... in einem früheren Leben habe ich gern gezeichnet, gemalt.«

»Hervorragend! Weiß Gott, die Wände und Türen hier müssten mal wieder nachgestrichen werden.«

»Aquarelle. Kohle.«

»Ah, wunderbar! Das werden wir machen. Die beste Rehabilitation ist das, womit Gehirn und Hände vertraut sind; es ist für beide gut. Und da habe ich genau den richtigen Lehrer für Sie.«

33. Kapitel
HÄNDE SCHREIBEN

1936, Saint Bridget's

Digbys neue Therapeutin kommt am Nachmittag vom Thetanatt-Haus, ihre kohlschwarzen Zöpfe wippen auf ihren Schultern, in ihrer Schultasche hat sie Malsachen. Das Hausmädchen, das die Neunjährige begleitet, hockt sich auf Runes Veranda und lässt das *thorthu* über der Nase; ihre Blicke schießen umher wie bei einem Wachposten. Rune stellt den jungen Chirurgen seiner noch jüngeren Therapeutin vor; zu seiner Belustigung ist Digby der Schüchternere der beiden.

Rune verwöhnt Elsie mit heißer Schokolade, Toast und Pflaumenmarmelade. Leelammas Tod hat dem verspielten, extrovertierten Mädchen die Unschuld genommen, die sie noch ein paar Jahre hätte genießen sollen, dachte Rune. Sie war verloren, eine Blume, deren Blütenblätter sich nach innen wandten. In ihrem Kummer entdeckte sie einen Trost und eine Begabung, alles dank Runes Geschenk, eines Zeichenblocks, Kohlestifts und Wasserfarben. Elsie fand es nicht nötig, es besonders kundzutun, dass sie einmal Künstlerin sein würde.

Elsie verteilt Papier, reicht Digby einen Kohlestift, setzt sich neben ihn und legt los. Schon bald bevölkern Figuren ihr Blatt. Das erinnert Digby daran, wie er selbst zwanghaft zeichnete, als er auf seine depressive Mutter aufpasste. Elsie hat Rune im

Gehen eingefangen, sein Bart voraus, der bauschige Schweif seiner *juba* gleich einem Segel hinterher. Die Zeichnung ist ob ihrer Geschwindigkeit und Genauigkeit erstaunlich. Sein Blatt bleibt leer.

Elsie legt sich ein neues Blatt hin. Sie zieht ein dickes Buch aus Runes Regal. Digby erkennt Henry Vandyke Carters charakteristische Illustrationen, die *Gray's Anatomy* zu einem solchen Klassiker gemacht haben, indem er Klarheit mit künstlerischem Können vereinte. Der Text ist in Digbys Erinnerung verblasst, die Abbildungen aber sind geblieben. Weiß Elsie, dass der Londoner Henry Gray Henry Vandyke Carter um Tantiemen und Anerkennung brachte? Verbittert trat Vandyke Carter in den Indian Medical Service ein, wo er den Rest seiner Karriere verbrachte und mit ansehen musste, wie sein Name aus späteren Auflagen des ikonischen Lehrbuchs verschwand, wenngleich seine Illustrationen blieben. Henry Gray starb mit dreiundvierzig an den Pocken, sein Name aber ist durch sein gleichnamiges Buch unsterblich geworden. Welcher Henry hatte das schlimmere Schicksal, fragt sich Digby: Jung, aber berühmt sterben? Oder ein erfülltes Leben führen, dessen beste Arbeit ohne Anerkennung bleibt?

Als Elsie geht, zeigt Digbys Blatt ein paar Striche und viele Dellen, wo der Kohlestift, ungeschickt von der rechten Hand geführt, zu tief eingedrungen ist. Das Bild, das er im Sinn hatte, ein von Vandyke Carter inspiriertes Profil der Kopf- und Halsmuskeln, stießen auf ihrem Weg vom Gehirn zu den Fingern auf eine Sperre.

Digby nimmt die Zeichnung, die Elsie dagelassen hat. Zunächst denkt er, sie hat eine lepröse Hand gezeichnet. Doch diese eckigen Nägel, die geschwollene, verfärbte Haut auf dem Rücken, die Nahtspuren – es ist *seine*. Entsetzt und fasziniert zugleich starrt er darauf. Das steife, bleierne, knochige Anhängsel, das einen Kohlestift gepackt hält, ist die Verkehrung der Hände in Michelangelos *Erschaffung Adams*. Elsies Begabung ist atemberaubend. Die junge Künstlerin zeigt keine Abscheu, keinen Ekel vor ihrem Sujet – ganz im Gegenteil. Mit verheerender Genauigkeit und urteilsfrei hat sie Digbys Hand so wiedergegeben, wie sie aussieht, und sie als das akzeptiert, was sie ist. Ihm bleibt das noch zu tun.

Am selben Abend trifft ein Brief von Honorine ein; sein tollpatschiges Hantieren mit dem Brieföffner reißt ihn schließlich mitten durch. Die Kommission hat entschieden, dass Claude Arnold aus dem Indian Medical Service entlassen wird. Jebs Familie wird für dessen widerrechtlichen Tod großzügig entschädigt. »Nur Gott weiß, was Claude als Nächstes anstellt«, schreibt sie.

Ein geringer Trost. Claude könnte in einer Privatpraxis irgendwo auf der Welt weiter operieren. Ein mörderisch inkompetenter Chirurg kann weiter töten. *Und was bist du, Digby? Nicht etwa auch ein Mörder?* Die zerrissenen Hälften des Briefs erinnern ihn daran, dass seine Hände besser als alles andere zerstören können. Gedanken an Celeste, die nie ganz fern sind, umhüllen ihn. Wäre sie an dem Tag nicht gekommen, wäre … So viele »wäre«. Seine Schuld ist ihm ebenso dauerhaft eingeritzt wie sein Glasgower Grinsen.

Als Elsie am nächsten Tag kommt, zeigt Digby auf ihre Zeichnung. »Die ist unglaublich gut!«

»Herzlichen Dank«, sagt sie in förmlichem Schulenglisch und lächelt dabei ganz leicht. Digby spürt, dass er lediglich ausgesprochen hat, was sie ohnehin schon weiß. Sie legt Digby ein frisches Blatt hin, sagt dann aber: »Darf ich bitte …?« Sie klemmt den Kohlestift zwischen seinen steifen Daumen und die Finger, wo er jedoch wackelt. Er müht sich, das richtige Maß Druck zu finden, das den Stift nicht durchbricht und ihn dennoch fest auf dem Blatt hält, was einstmals mühelos und unbewusst geschah. Elsie zieht ein Band aus ihrem Zopf und bindet, vor Konzentration sich auf die Lippe beißend, den Stift mit ein paar Schleifen fest. Vorsichtig senkt sie die Hand auf das Blatt gleich einer Grammophonnadel auf die Platte. »Jetzt bitte versuchen?« Ein dunkler, gezackter Strich zeigt sich. Die Bewegung geht offenbar von der Schulter aus. Die Spitze trifft aufs Blatt, hält dann inne. Sie stupst seinen Unterarm an, als Starthilfe, wie sie hofft. Ein weiterer stotternder Strich erscheint, doch der Kohlestift dreht sich weg – die Grammophonnadel ist verbogen. Er blickt auf, in ihre grauen Augen, die an den Winkeln schräg stehen, die Iris blasser als die der meisten Inder, denen er begegnet ist. Mitgefühl liegt darin, aber kein Mitleid. Sie wird nicht aufgeben.

Sie bindet das Band los, zögert, legt dann die Hand auf seine und bindet beide zusammen; ihre Finger stützen den Kohlestift. Sie macht eine »Jetzt versuchen«-Geste mit dem Kinn, dann das Kopfwiegen. Er versteht Malayalam nicht, diese Kurzform aber immer besser.

Die Bewegung seiner Hand (oder ist es ihre?) über dem Papier wirkt glatter, die Maschinerie gleitet auf neuen Lagern. Seine Hand trägt die ihre huckepack auf ihrem Weg übers Blatt, sie vollführt große, befreiende Kreise – eine Aufwärmübung, unbekümmert, ausgelassen. Sie legt ein neues Blatt hin, und darauf sausen sie unangestrengt herum, die Reifen warm nun, machen sie das Blatt mit Schleifen und geschmeidigen *S* dunkel, dann, wieder auf einem neuen, Dreiecke, Vierecke, Würfel und schraffierte Pyramiden.

Wie gebannt schaut er auf seine Hand, wie sie über das Blatt gleitet, auf die flüssigen Bewegungen, zu denen sie nun offenbar imstande ist. Dieser Anblick belebt sein Gehirn, stößt Bilder aus, Erinnerungen, Töne: eine Kalischote, die im Wald auf dem Gelände der Mylins platzt, eine Schar Mynah-Vögel, die sich aufgeschreckt zerstreut, das Geräusch der Brandung auf nassem Sand, Haut, die sich unter einem Elferskalpell teilt.

Ein Lichtstrahl fällt vom Fenster aufs Papier. War er schon die ganze Zeit da? Stäubchen wirbeln darin wie Akrobaten im Scheinwerferlicht, von der Schwerkraft befreit, ein derart schöner Anblick, dass etwas in seiner Brust stockt. Frische Blätter ersetzen benutzte, als erkennte Elsie, dass Bewegung heilsam ist und nicht aufhören darf, und tatsächlich überwinden die fließenden Kohlestriche den Spasmus in Handgelenk und Hand, tauen einen eingefrorenen Teil seines Gehirns auf, erzeugen einen Schwall Ideen, der über seinen Arm hinab aufs Papier fährt. Er lacht, ein Geräusch, das ihn überrascht, als sich seine Hand – *ihre beiden* Hände – nun mit Bedacht, Finesse und Ziel bewegt.

Unerklärlicherweise entsteht auf dem Papier das Gesicht einer Frau. Es ist nicht Celeste – ihr Gesicht hat er Hunderte Male gezeichnet. Nein, es ist seine Mutter, ihre schönen Züge treten hervor: die schläfrigen Augen, die lange Nase, der kecke Schmollmund – die Triade, die ihr Markenzeichen war. Um den Haaransatz anzudeuten, erzeugt der Kohlestift an der Stirn einen Bausch, eine Rauchfahne und dann lange, gewellte Locken, die die Wangenknochen einrahmen.

Es ist seine Mutter in freudvolleren Zeiten, seine Mama, als sie in Gallowgate Tee tranken. Die Zeichnung hätte ihr gefallen. Sie hätte gesagt: »Schön geworden, Digs. Ein hübsches kleines Geschenk hast du da gemacht!« Die Alchemie gemeinsamer Hände, dieser Pas de deux, reicht über die Finger in seine Nerven, wo sie ein Porträt aus seinem Okzipitalkortex befreit, es der Erinnerung entreißt, es mit Liebe und Gelächter aufs Papier setzt.

Im Medizinstudium hat er sich die diagnostischen Gesichtsausdrücke oder Fazies der Krankheit eingeprägt: die maskenartige von Parkinson, die hippokratische des Krebses im Endstadium mit den hageren, hohlen Wangen und Schläfen; den *risus sardonicus* – das sardonische Lächeln – vom Tetanus. An dieses junge Mädchen gebunden, hat seine Hand Funktion und Form erzeugt, ein liebevolles Porträt. Er blickt zu seiner Partnerin auf. *Elsie, du kleines Kitz, das ebenfalls den Verlust einer Mutter erlitten hat, weißt du, dass wir irgendwie etwas geschafft haben, was die Zeit nicht konnte? All die Jahre war das einzige Bild meiner Mutter, das in mir war, die Fazies, die alle anderen überlagert hat, ihre obszöne, monströse Totenmaske.*

Seine Mutter erhebt sich von dem Blatt. Er riecht den Lavendel, den sie immer zwischen ihre zusammengelegten Strickjacken legte, er fühlt sich wieder in ihren Armen. *Verzeih ihr*, hört er eine Stimme sagen. »Ja«, sagt er laut. »Ja.« Hilflose Tränen rinnen ihm über die Wangen. Elsie presst bestürzt die Lippen zusammen … die lebende, sich bewegende Skulptur ihrer Hände stockt, hält inne. Mit seiner ungeschickten linken Hand löst Digby das Band und gibt sie frei; er versucht, ihr beruhigend zuzulächeln.

An einem Tag, den niemand im Saint Bridget's vergessen wird, erhebt sich Runes Stimme über dem Gelände wie jeden Morgen, sie kommt von der Badeplattform hinter seinem Bungalow, wo der massige Mann »Helan Går« donnert, ein schwungvolles schwedisches Trinklied, wie er erklärt hatte. Im Obstgarten ist Digby überrascht, dass seine drei Arbeitskameraden mitsingen. Sie kennen die Bedeutung nicht, erkennen aber die Botschaft darin: ein Ruf zur Arbeit des Tages. Die Melodie wird begleitet von einem Wasserschwall, als Rune seinen Eimer in das Becken taucht und ihn sich überm Kopf ausleert.

Doch mittendrin bricht das Lied ab, gefolgt von einem metallischen Poltern. Auf dem ganzen Gelände hält die Herde inne. Digby lässt die Hacke fallen und rennt los. Die Badeplattform ist an drei Seiten von Strohzäunen eingerahmt. Rune liegt auf dem Rücken, reglos auf dem Beton, eine Hand in die Brust gekrallt, in den Fingern noch eine im Saint Bridget's hergestellte Seife. Das Herz des gestrandeten Goliaths, das große nordische Herz, ist stehengeblieben. Trotz Digbys Bemühungen springt es nicht mehr an.

Für gewöhnlich ist das Leprosarium nach Sonnenuntergang ein dunkler, stiller Ort, an dem Abend aber ist es taghell von Lampen, die Tore stehen weit offen. Der Zapfer, der Mudalali und andere aus dem Dorf, die den schwedischen Riesen kannten und liebten, kommen, um ihm die letzte Ehre zu erweisen, selbst wenn das bedeutet, zum ersten Mal die Schwelle zum Leprosarium zu überschreiten. Von den Gütern fahren Autos heran: Franz und Lena Mylin, die Thatchers, die Kariappas, die gesamte Forbes-Mannschaft, der Clubsekretär, dessen Koch und zwei Träger – alles Runes Freunde –, sind stundenlang gefahren, um da zu sein. Die Besucher stehen respektvoll vor der kleinen Kapelle, die handgefertigten Bänke dagegen sind von der weinenden Herde besetzt, einer der ihren leitet den Gottesdienst. Die Kapelle ist erfüllt vom Duft von frisch geschnittenem Jackwood, aus dem sie in ihrer eigenen Sägemühle den Sarg gefertigt haben.

Runes Sargträger sind aus seiner Herde, Sankar und Bhava vorn, humpelnd, auf Krücken, schwankend, in ungelenker Prozession voranschlurfend, so tragen sie ihn zum Friedhof auf der Lichtung innen an der vorderen Mauer. Hände mit fehlenden Fingern, zu Klauen verzogene Hände, Hände, die gar keine sind, sondern Fleischkeulen, lassen die Stricke hinab und bestatten so die sterblichen Überreste des Heiligen, der sein Leben der Verbesserung des ihren geweiht hat. Die Klage der Herde zerrt am Firmament und bricht den Zuschauern, die zum ersten Mal an den grotesk entstellten Gesichtern vorbeisehen und sich selbst erkennen können, das Herz.

In den folgenden Tagen wenden sich die verstörten Bewohner wie einst an Rune nun an Digby, während der sich auf Sankar und Bhava stützt. Digby ermuntert sie mithilfe von Basu, der ein wenig Englisch kann, als Dolmetscher, so weiterzumachen wie bisher, die Ernte zu bestellen, den Obstgarten zu pflegen und das Vieh. Nachts kommt in der Abgeschiedenheit des Bungalows Digbys Trauer heraus. Rune war nicht nur sein Chirurg, sondern sein Retter, sein Beichtvater und überhaupt das, was einem Vater am nächsten kam.

Vielleicht hatte Rune eine Vorahnung seines Endes gehabt. Er muss besser als jeder andere gewusst haben, dass er Angina hatte, weil er sein Testament erst kurz vorher geschrieben hat. Die beträchtliche Summe auf seinem Sparkonto geht an die schwedische Mission mit Anweisungen, dass das Kapital bleibt und die Zinsen das Leprosarium erhalten soll.

Digby informiert die India Swedish Mission per Telegramm. Die Antwort kommt umgehend.

TIEFSTE TRAUER STOP EIN BESSERER MANN HAT NIE GELEBT STOP UNSERE GEBETE GEHEN WEITER STOP ERWARTEN ANWEISUNGEN VON UPPSALA

Als Nächstes schreibt er einen Brief an den indischen Bischof in Trichinopoly, der der Mission vorsteht, und fügt eine Abschrift des wichtigen Teils von Runes Testament bei. Er endet mit:

Ich bin Chirurg und gegenwärtig wegen Handverletzungen ohne Bezug zu Lepra vom IMS auf unbestimmte Zeit freigestellt. Dr. Orqvist hat an mir zwei Operationen durchgeführt. Er hat mir außerordentlich viel bedeutet, und viel bedeuten mir auch die Bewohner hier. Ich tue, was ich kann, um Saint Bridget's weiterzuführen und die wichtigste medizinische Betreuung zu gewährleisten. Falls es Ihren Erfordernissen entspricht, kann ich hier weitermachen. Meine Hände werden jedoch nie mehr Operationen durchführen können, wie Rune sie vorgenommen hat.

Zehn Tage später ist die Antwort da. Die Mission schickt zwei Nonnen, die Saint Bridget's leiten sollen; sie hoffen, in Bälde einen Arzt einstellen zu können. Digby lacht ironisch auf und zerknüllt das Papier. »Ihr habt Erkundigungen angestellt, ja?«

Vorerst bleibt Digbys Beurlaubung unbefristet. Was wird der Indian Medical Service tun, wenn diese Zeit um ist? Ihn zurück zu einer Art medizinischer Aufgabe zwingen? Ihn ohne Bezahlung entlassen?

Gibt es denn auf der Welt kein Zuhause für ihn? Nicht einmal in einem Leprosarium?

34. Kapitel

HAND IN HAND

1936, Saint Bridget's

Philipose steht, das Baby in den Armen, völlig durchnässt vor einem Schild und fragt sich, ob er wirklich nicht ertrunken ist. Hat der Fluss sie nicht doch alle verschlungen? Auf dem Schild steht:

സെന്റ് ബ്രിജിറ്റ് കുഷ്ഠരോഗ
ചികിത്സാ / ശരണ കേന്ദ്രം

Im Kopf übersetzt er es mit *Saint Bridget's Behandlungszentrum/ Asyl für jene, welche an Lepra leiden*, wobei die englischen Wörter darunter prägnanter sind: SAINT BRIDGET'S LEPROSARIUM. Ist das nun das Tor zu einem Leprosarium oder zur Hölle? Gibt's da einen Unterschied?

Seine Lungen brennen, aber immerhin saugt er Luft ein und nicht Flusswasser. Das Baby ist schwer wie ein Laststein, sein puterrotes Gesicht ebenso reglos. Gibt's in einem Leprosarium nicht einen Arzt oder eine Krankenschwester? Leprakranke schon, so viel weiß er. Dort einzutreten erscheint ihm ebenso waghalsig wie den Einbaum in den Fluss zu stoßen. Wie sollte er Big Ammachi erklären, dass er sein Leben für das Kind des Bootsführers riskiert hat? *Ammachi, ich hatte das Gefühl, dass ich das Kind bin. Ich dachte, ich ertrinke, ich hab nach Luft gerungen, wollte nach oben, hab ums Überleben gekämpft. Ich hatte doch gar keine Wahl!*

Er hat noch immer keine Wahl. Er stößt das Tor auf und rennt mit seiner Last hinein. Der Bootsführer hat keine Ahnung, wo sie sind. Der Himmel ist dunkel, aber hier und da schimmert ein Licht durch die Risse im himmlischen Stoff. Vor ihm steht ein ziegelgedecktes Hauptgebäude, darum herum kleinere wie Ableger, alle weiß getüncht, wenngleich zum Boden hin schmutzig rot befleckt. Falls das die Hölle ist, dann ist sie sauber und ordentlich. Er läuft zum Hauptgebäude.

»Was ist da los? Keine Kinder hier! Warum bist du gekommen?« Ein dünner Mann in blauem Hemd und *mundu* versperrt ihnen den Weg. Auf Philipose wirkt er mit seinem glatten, ausdruckslosen Gesicht, ohne Brauen und Haare, wie ein Ei. Ein Auge ist weiß, die Nase platt. Der Bootsführer prallt zurück.

»Das Kind hier stirbt«, sagt Philipose. »Hol euren Arzt.«

»*Ayo!* Unser Arzt ist gestorben!«, schreit der Mann. »Hast du das nicht gewusst? Er kann dir nicht helfen.«

Aus dem Zimmer dahinter kommt ein Mann heraus, er hat den Lärm gehört. Er ist vielleicht dreißig, groß, sieht gut aus. Doch die vernarbten Hände, die an seinen Knöpfen fummeln, gehören eher einem alten Mann; seine Augen sitzen in dunklen Höhlen.

Der Bootsführer schreit: »Wenn er gestorben ist, wer ist dann der weiße Mann da? Sag ihm, er soll uns helfen, um der Liebe Gottes willen!«

»Von dem Arzt da rede ich nicht. Von dem anderen, dem großen Arzt. Jetzt aber weg hier! Keine Kinder, hab ich doch gesagt.«

Der weiße Mann verzieht ob der erhobenen Stimmen das Gesicht. Er mustert die triefnassen, atemlosen Fremden: einer dunkel, klein, ohne Hemd und dünn, der andere ein Junge in durchweichter Schuluniform, Haarsträhnen in der Stirn. Der Junge hat ein moribundes Kind mit den glasigen Augen einer Makrele auf einem Fischstand im Arm.

»Gowon, gebt Frieden!«, sagt der weiße Mann streng auf Englisch zu den schreienden Männern und winkt Philipose ins Licht. Was er meint, wird in jeder Sprache klar. »Was in aller Welt haben wir denn da?«, sagt der Arzt bei sich und beugt sich über das Kind.

»Das Baby atmet nicht mehr«, sagt Philipose. Er errötet, als der Arzt verblüfft aufblickt. So nahe ist Philipose noch nie einem Weißen gekommen, hat noch nie auf Englisch mit einem Muttersprachler geredet. Er hatte sogar Zweifel, ob es auch wirklich eine Welt gibt, in der die Leute die Sprache von *Moby-Dick* sprechen. »Baby hat viel weiße ... Krebse in Mund und Hals. Wie Walspeck. Aber fest ... wie Leder. Ich hab ein paar harpuniert, und er hat ein bisschen geatmet. Dann hat es jetzt wieder aufgehört, Sir.«

Der Arzt starrt den Jungen an, verblüfft über die merkwürdige Ausdrucksweise. Mit ungeschickten Händen und steifen, ungelenken Bewegungen, die eher aus dem Ellbogen als aus dem Handgelenk kommen, drückt er dem Baby den Mund auf. Er bedeutet Philipose, das Kind auf den Tisch zu legen, wobei er mit lautem Geschepper ein Instrumententablett umkippt und nach etwas kramt.

»Wirklich, Rune, kein Trachealtubus?«, murmelt der Weiße. Die Wunderlichkeit des Arztes passt zu diesem Ort, als hätte er sich wie die weißen Gebäude mit ihren schlammroten Röcken aus dem Boden gestoßen, die Hände noch nicht voll ausgeformt, noch immer voller Erde.

»Du! Mein Harpunier! Ich brauche deine Hilfe«, sagt der Arzt. Er tupft den Hals des Babys mit einer stechenden Flüssigkeit ab. »Dann seid ihr wohl verwandt, wie?«, fragt er und nickt dabei zu dem Bootsführer hin.

»Nicht verwandt, Sir. Ich schritt geradewegs zur Schule und ward offenbar zu diesem Ziel bestimmt.« Er kann nicht anders als so zu rezitieren, auch wenn es nicht seine Stimme ist, sondern die Ismaels. Melville ist musikalisch, Dickens weniger, und Philipose' Englisch bedient sich stark bei langen Passagen ihrer Prosa, die sich ihm im Gedächtnis eingeprägt haben. »Die Kompassnadel gestattete mir, den Schrei zu vernehmen, und da sah ich das Kind. Der Vater hier, er fürchtete den Fluss ... ich aber, es neigte mich zu dem Entschluss, und so trieben wir hierhin und dorthin mit dem Boot.«

»Warum hierher?«

Der Junge schaut verwirrt. »Gottes Gnade?«

Der Arzt verzieht das Gesicht. Er beugt eine Lampe nahe an den Hals des Kindes. Er versucht, ein Instrument zu ergreifen, schafft es aber nicht. Er zeigt darauf, und Philipose nimmt das Skalpell und reicht es ihm.

»Wie heißt du?«

»Nennt mich Philipose.«

Der Arzt bewegt den Mund, wie um die Laute zu üben. »Hör zu, das machst du«, sagt er und hält ihm wieder das Messer hin, Griff voraus.

»Nein!« Das wird lauter, als er es gewollt hat.

»Das Kind ist so gut wie tot«, zischt der Arzt. »Verstehst du? Du hast nichts zu verlieren. Schon jetzt stirbt das Gehirn. Komm schon. Du hast ihm schon einmal das Leben gerettet.«

»Aber ich bin ein Schuljunge und kein ...«

»Sieh mal, mit meinen Händen kann ich das nicht. Die wurden operiert. Ich übe immer noch ihren Gebrauch. Und nein, ich habe keine Lepra. Ich sage dir genau, was du tun musst.«

Die blauen Augen lassen ihm keine Wahl. Mit einem steif

gekrümmten Finger fährt der Arzt die vertikale Linie nach, auf der Philipose schneiden soll, am untersten Teil des Halses, wo er ans Brustbein stößt. »Die Luftröhre. Da wollen wir hin. Schnell! Schneide!«

Er hat gesehen, wie Shamuel einem Huhn den Hals durchgeschnitten hat, aber nie, um das Huhn zu retten. Er zieht das Skalpell die imaginäre Linie entlang und weicht entsetzt zurück, erwartet einen Blutschwall, erwartet, dass das Baby mit den Armen flattert und durchs Zimmer fliegt. Doch es zuckt nicht einmal.

»Zu flach. Halt es wie einen Stift. Drück fester. Bis du siehst, dass die Haut sich teilt. Los!«

Er macht es, und nun erscheint da, wo das Messer war, eine blasse Linie, auf der nach und nach dunkles Blut erblüht und herausquillt wie ein Fluss, der über die Ufer tritt. Das Zimmer kreist um ihn, ihm dreht sich der Magen um. Der Arzt ignoriert das Blut und schiebt mit Mull auf den Fingerspitzen die Haut zu beiden Seiten des Schnitts weg, womit er ein Spinnennetz aus blassem Gewebe freilegt.

Er reicht Philipose ein stumpfes Instrument gleich einer Schere, nur ohne Schneiden. »Steck das da drunter und spreize es«, sagt er, wobei er die Bewegung mit zwei Fingern nachahmt. Philipose schiebt das geschlossene Instrument unter den Wundrand und öffnet es. Er ist zu zögerlich, weil die steife Klaue des Arztes seine Hand festhält und sie auf die richtige Ebene lenkt. »Spreizen. Ganz weit.« Er spürt, wie das Gewebe reißt. Mehr Blut quillt heraus, es ist dunkel und bedrohlich.

»Und das Blut?«

»Das heißt, dass er noch lebt, Junge«, sagt er und tupft mit dem Mull wie ein Ameisenbär, bis er einen blassen, gewellten Zylinder freilegt, nicht dicker als ein Trinkhalm.

»Das ist die Luftröhre. Jetzt machen wir bloß mit der Skalpellspitze vorn einen kleinen vertikalen Schnitt hinein. Aber schneide nicht zu tief. Wir brauchen nur eine kleine Öffnung.« Als Philipose zurückscheut, schließt sich die Pfote über seiner schmalen Hand, hält sie ruhig. Gemeinsam sprechen sie ein Stoßgebet, als sie die Spitze des Skalpells in die Luftröhre drücken, wo sie dann wie eine Axt in einem Baum steckt. Der Bootsführer schleicht heran und späht entsetzt auf die Wunde im Hals seines Sohnes.

»Halt. Nicht tiefer«, sagt der Arzt. »Jetzt sägen wir ganz vorsichtig nach unten.«

Die Klingenspitze schneidet wie durch Balsaholz. In Philipose' Kehle steigt die Galle hoch. Er schaut auf und fragt stumm: *Was nun?*

In dem Moment ertönt ein nasses Sauggeräusch, das nicht aus dem Mund kommt, auch nicht aus der Nase, sondern aus dem blutigen Hals, ein blasiges Einatmen um die Messerspitze herum. Die Brust des Kleinen weitet sich. Beim Ausatmen schießt ein feiner Sprühnebel aus der Wunde und landet, bevor sich Philipose regen kann, auf seinen Wangen.

Der Arzt zieht das Skalpell heraus, wendet es, schiebt das stumpfe Ende in den Schlitz, den sie gemacht haben, und dreht es um neunzig Grad, um ihn zu weiten. In der hohlen Luftröhre rangelt ein dickes Gerinnsel mit der blasigen Luft um Platz. Der Arzt zieht ein langes gummiartiges Stück heraus, es ist wie ein Streifen Leinen. Sogleich rasselt Atem durch die kleine Öffnung hin und her, ein rohes, gieriges Geräusch.

»Das ist die diphtherische Membran. Griechisch für ›Leder‹. Das Wort kennst du ja schon, nicht? ›Leder‹? Als du das gesagt hast, hast du auch schon die Diagnose gestellt. Das ist der tote Belag der Kehle, der sich absetzt und voller Eiterzellen ist. Hast du schon mal von Diphtherie gehört? Also, die ist ganz verbreitet. Inzwischen gibt es einen Impfstoff dagegen. Vor allem die Kleinen sterben daran.«

Er sieht Blutflecken auf dem Gesicht des Arztes, so wie bestimmt auch welche auf seinem sind.

»Können wir das kriegen?«

»Wahrscheinlich hatten wir es als Kind, vielleicht ohne dass wir es wussten, also sind wir dagegen immun. Das Baby hier ist unterernährt, konnte sich daher nicht gut dagegen wehren. Wenn wir's als Erwachsene bekommen, ist es nicht so schlimm, weil unsere Atemwege weiter sind.«

Der Arzt nimmt einen metallenen Trinkhalm und führt ihn vorsichtig in den Luftröhrenschlitz in Richtung der Füße ein. Atem fließt durch das Röhrchen, raue Aspirationen. Farbe schwillt in das Gesicht des Babys. Dann bewegt es die Glieder.

Philipose ist von dieser Wiederauferstehung überwältigt. Seine Hände sind vom Blut eines Fremden gezeichnet, und dieser Anblick löst eine weitere Welle Übelkeit aus. Der Augenblick ist ebenso übernatürlich wie abstoßend; er fühlt sich über dieses Zimmer mit seinem beißenden antiseptischen Geruch hinausgehoben und schaut auf das Kind hinab, auf den Vater, den Arzt und auf seine Hände. Metall, Blut, Wasser, Erde, Fleisch, Sehne, weiße und braune Haut – alles ist eins. Er empfindet keinen Triumph, nur den Wunsch, wegzulaufen. Doch da reicht ihm der Arzt eine Zange mit einer krummen Nadel, durch die schon ein Faden läuft, und die weiße Pfote packt seine Finger. Die Bewegungen gehen nicht von Philipose aus, dennoch führt er sie aus, die Vernähung der Röhre mit der Haut, das Schließen der Wunde. »Du bist mein Famulus«, sagt der Arzt zu seinem Assistenten, der keine Ahnung hat, was damit gemeint ist.

Die Augen des Kindes richten sich auf sie, sie sind wach, wollen sprechen. Als es dann das Gesicht seines Vaters erblickt, reckt es die Hände hoch und zieht die Mundwinkel herab. Es füllt die Lungen mit Luft und verzerrt das Gesicht zu einem kräftigen Geheul ... doch es kommt kein Ton, nur Luft durch die Röhre. Das Baby ist verblüfft.

»Deine Stimmbänder sind überbrückt, mein Kleiner«, sagt der Arzt. »Da bist du wieder in der beschissenen Welt. Vielleicht kannst du sie ja ändern.«

35. Kapitel
DAS MITTEL GEGEN DEINE PLAGEN

1936, Saint Bridget's

Philipose rennt auf die Veranda, da sein Magen seinen Inhalt abstößt. Gewürze und Säure brennen in seiner Kehle. Unter einem Fallrohr der Dachrinne wäscht er sich die Hände und spült den Mund aus. Seine Fingernägel haben schwarze Blutränder. Wie rasend putzt er sie weg.

Als er aufblickt, grinst ihn ein monströses Gesicht nur wenige Zoll von ihm entfernt an. Die Erscheinung hat als Nase nur Löcher und Augen, die nichts sehen, dennoch hält sie den Kopf schief, als hörte sie seine Atmung. Philipose' Schrei ist lediglich ein ersticktes Gurgeln. Bei dem Geräusch prallt der Ghul zurück, er hat noch größere Angst als der Junge.

Er muss weg hier. Er muss zurück nach Hause. Nur wo genau ist er?

Der Aussätzige oder Wachmann, dem sie als Erstes begegnet sind und der sie wegschicken wollte, gibt ihm die Antwort, aber die nimmt Philipose ihm nicht ab – auf keinen Fall. Ein anderer Aussätziger taucht neben ihnen auf und bestätigt sie. Auf Philipose' Überraschung hin, wie gut sie die Straßen kennen, sagt er: »Wir gehen überallhin zu Fuß! Glaubst du, wir nehmen den Bus? Oder die Fähre?« Ihr Gelächter ist makaber. Seine bis dahin einzigen Begegnungen mit Aussätzigen bestanden darin, Münzen in Blechdosen zu werfen; wer konnte schon ahnen, dass sie intelligent sind und sprechen können? Er wird weite Umwege gehen müssen, da die wichtigste Pulath-Brücke unterspült ist. Es sind zusätzliche fünf Meilen in die falsche Richtung, dann muss er womöglich noch zehn zurücklaufen. Zum Leprosarium kommen keine Busse. Ihm wird flau. Und er hatte Angst gehabt, zu spät zur Schule zu kommen! Es könnte sehr spät werden, bis er zu Hause ist.

Der Arzt kommt ihn suchen. »Philipose, ja? Ich heiße übrigens Digby Kilgour. Kannst du für mich übersetzen?« Sie gehen wieder hinein zum Bootsführer, der sein stummes und trotzdem weinendes Kind beruhigt. »Sag ihm, dass ich Hoffnung habe, dass wir die Röhre in vierundzwanzig Stunden herausnehmen können. Am besten bleibt er bis dahin hier.«

Der Bootsführer sagt: »Was bleibt mir schon übrig? Ich hab mein Boot verloren. Meinen Lebensunterhalt. Na und? Ich habe doch meinen Sohn!«

Dr. Kilgour bemerkt Philipose' Ruhelosigkeit, seine Anspannung. Auf Philipose' Erklärung hin sagt Digby: »Wir bringen dich nach Hause. Du hast heute jemandem das Leben gerettet.« Er sagt, am Nachmittag erwarte er die Rückkehr eines Freundes namens Chandy von seinem Gut in den Bergen – mit dem Auto. Der Arzt versichert ihm, dass Chandys Fahrer ihn zurückfährt.

Er muss lange warten, zumal er Digbys Angebote zu essen oder zu trinken aus Angst vor einer Ansteckung ablehnt. Die Sonne ist herausgekommen, der Himmel wolkenlos, als wäre der morgendliche Wolkenbruch ein schlechter Scherz gewesen. Er setzt sich im Obstgarten in den Schatten, und als er es nicht mehr aushält, zieht er aus dem Brunnen Wasser und schöpft es sich schluckweise aus dem Eimer, wobei er darauf achtet, nicht den Rand zu berühren. Die Hitze backt die Matschkringel und -grate auf der Einfahrt zu einer harten Kruste.

Am Nachmittag fährt endlich ein Wagen heran. Der füllige, offensichtlich begüterte Mann am Steuer steigt aus und geht zum Bungalow, in dem Digby verschwunden ist. Philipose liest laut den Namen auf dem Wappen des Wagens: »Chey-ro-Lett«. Das Wort kommt ihm bekannt vor. Es hat etwas von Bewegung und am Ende schnappt es. Es klingt genau so, wie er sich Amerika vorstellt: als ein Land mit hart arbeitenden, ehrgeizigen Menschen wie die Bewohner von Tisbury oder Vineyard von Martha. Der Wagen da ist wie ein reicher Mann, der seine schönen Sachen abgelegt hat, um neben seinen *pulayar* im Matsch zu arbeiten. Die Kotflügel sind weg, wodurch die Reifen und seine Innereien offen liegen, und er ist so voller Matsch wie Coconut Kurians Ochsenkarren. Am Bug ragt ein Haken hervor. Auf dem Beifahrersitz wird eine Art Motor transportiert, der auf einer Plane sitzt. Ans Heck des Wagens ist eine Metallplattform geschweißt, auf der Benzinkanister, Seile und ein Flaschenzug liegen … auch eine dunkle Gestalt hockt darauf, die ihn gleichgültig betrachtet. Ohne das Weiß in seinen Augen, das beim Blinzeln blitzt, hätte Philipose ihn gar nicht bemerkt.

Digby kommt mit Chandy heraus, der Philipose auf Malayalam fragt, wo er wohnt. »Ist gut, keine Sorge, *monay*, wir bringen dich nach Hause. Warte hier. Ich bin gleich wieder da.«

Doch als Chandy endlich kommt, frisch gebadet, mit schimmernder beigefarbener Seidenjuba, das gestärkte *mundu* blendend weiß, ist es schon fünf. Eine goldene Uhr hängt locker um sein Handgelenk, die Farbe passt zu der Schachtel State Express 555 in seiner Hand. Philipose setzt sich auf die Rückbank neben ein Mädchen in weiß-blauer Schuluniform. Ihre leuchtend schwarzen Haare sind in der Mitte geteilt, Zöpfe hängen ihr über die Ohren. Bestimmt Chandys Tochter. Sie lächelt Dr. Kilgour an, der ihr zuwinkt. Sie ist ein paar Jahre jünger als Philipose, doch durch ihre direkte Art und die Offenheit, mit der sie ihn mustert, wirkt sie älter. Das macht ihn noch befangener: Noch nie hatte er die Gelegenheit, so nahe bei einem Mädchen zu sitzen, von Baby Mol einmal abgesehen.

Das Grollen des Motors erinnert Philipose an das Rauschen des Flusses. Als sie fahren, die Fenster weit offen, streckt er den Kopf hinaus. Der Wind weht ihm die Haare aus der Stirn und zieht seine Wangen zu einem Lächeln zurück. Es ist seine allererste Autofahrt.

Chandys Stimme entspricht dem Motor. »Also, *monay*«, sagt er über die Schulter. »Der Arzt sagt, du hast diesem *kutty* das Leben gerettet. Bist du denn eine Art getarnter Heiliger?« Er grinst Philipose zu, unter dem buschigen Schnauzbart blitzt ein Goldzahn.

»Die Hände des Arztes waren auf meiner und haben mir gezeigt, was ich tun soll.«

Die Finger der Tochter gleiten über die Weite der Sitzbank zwischen ihnen. Philipose schaut ungläubig zu, wie sie sich nähern. Dann sind sie auf seinen, drücken sie nacheinander nieder, als spielte sie auf einem Harmonium. Bevor er reagieren kann, zieht sie ihre Hand zurück, das Experiment ist abgeschlossen. Sie greift nach einem Schulheft.

»*Monay*?«, sagt Chandy. Philipose erstarrt. Denkt Chandy, er hat nach der Hand seiner Tochter gelangt? »Ist das Baby geheilt?«

»Noch nicht. Der Doktor sagt, die Diphtherie macht ein Gift, das die Nerven und das Herz angreift. Aber er hat gesagt, mit etwas Glück wird das Baby gesund.«

»Elsie hatte auch Diphtherie. Weißt du noch, *molay*?« Sie blickt interessiert auf. »Da warst du sechs. Du hattest nur Halsweh. Erst in der Woche darauf wussten wir, dass es Diphtherie war, als wir mit dir zum Arzt gingen, denn jedes Mal, wenn du Wasser getrunken hast, ist es dir wieder zur Nase herausgekommen.« Er lacht, ein fetter, feister Laut, worauf Elsie Philipose anlächelt. »Hat sich gezeigt, dass dein Gaumen nicht zugehen konnte. Der Nerv war eine Weile lang geschädigt. Wie ein verklemmtes Ventil.«

Philipose nimmt Elsies Präsenz intensiv wahr. Es drängt ihn, ihre dichten, schimmernden Haare zu berühren. Davon errötet er. Er spürt, wie sie ihn mustert, was ihn noch befangener macht. Er konzentriert sich auf die vorbeifliegenden Häuser und auf den Eindruck von Geschwindigkeit, der unmittelbarer ist als in einem Bus. *Chev-Ro-LETT*.

Als Parambils vertraute Dächer in Sicht kommen, ringt er um Fassung, denn der Anblick rührt ihn unerwartet. Seit zwei Jahren juckt es ihn nach Abenteuern, er will umherstreifen wie Joppan, nur weiter weg. Dieser Vormittag aber wäre fast sein letzter auf der Welt gewesen. Im Grunde hätte er ertrinken müssen. Nicht einmal Lepra oder Diphtherie reichen an die Gefahr der Fahrt auf dem angeschwollenen Fluss heran. In dem Moment, als er aus dem Einbaum sprang und seine Füße auf festen Boden trafen, wusste er, dass er dem Tod ein Schnippchen geschlagen hatte. Aber *sicher* fühlt er sich erst, als er Parambil sieht. Er hat sich immer vorgestellt, dass er als Erwachsener in einer fernen, wuseligen Stadt lebt, einem Ort voller Leben. Erst jetzt begreift er, wie wichtig Parambil für ihn ist, so notwendig wie sein Herz und seine Lungen. Man verlässt sein Zuhause auf eigene Gefahr.

Ochsenkarren, Pferdefuhrwerke, Handwagen und ein Elefant sind schon auf dieser Zufahrt gewesen, aber noch nie ein Motorfahrzeug. Philipose sieht viele Gestalten auf der Veranda. Offenbar hat sich die Großfamilie versammelt, weil man das Schlimmste befürchtet hat. Als sie den Wagen sehen, erstarren sie wie eine Familie Lippenbären, die im Wald überrascht wird. Er sieht die Silhouetten der Zwillinge, Georgie und Ranjan, die sich an der Hand halten, sowie die schmale Gestalt von Dolly *Kochamma* neben der kleineren seiner Mutter und der viel kleineren von Baby Mol. Etwas abseits steht die größere, fülligere Anstand *Kochamma*. Eine einzelne Gestalt hält auf dem *muttam* Wacht. Shamuel.

Big Ammachi sieht, wie ihr Sohn vom Trittbrett steigt, doch sie kann sich nicht bewegen. Erst als er zu ihr hinrennt, vermag sie ihre Lähmung zu durchbrechen. Sie umarmt ihn, befühlt sein Fleisch. »*Monay, monay*, bist du's wirklich? Bist du verletzt? Was ist passiert?« Sie fasst sich an den Hals, um ihre Qual zu verdeutlichen, und sagt: »Ammachi *thee thinnu poyi*!« *Ich habe Feuer geschluckt!*

Baby Mol, die Hände in den Hüften, funkelt ihn böse an und tritt ihn ans Bein. Dann aber springt sie ihm in die Arme, streckt die Zunge heraus und lacht. Sogar Anstand *Kochamma* quetscht ihn an ihren Busen, wo er fast erstickt von Cuticura-Puder, vermischt mit Schweiß, und ihr Kruzifix sich ihm in die Wange drückt. Shamuel steht nur da, Glückstränen laufen ihm übers Gesicht. Philipose legt einen Arm um ihn. »Shamuel, mir geht's gut.«

Er erfährt, dass sie seinen Schulweg abgelaufen sind, dass Shamuel den Schirm und das weggeworfene Bananenblatt gefunden hat. Sie suchten die Ufer der Wasserstraße ab und fürchteten das Schlimmste. Seine Mutter sagt: »Morgen gehen wir in die Parumala-Kirche. Ich habe geschworen, dort Gott zu danken, wenn er dich zurückbringt.«

Philipose sorgt sich, dass Parambil auf einen wie Chandy, der einen Chevrolet fährt, schäbig wirken muss. Doch Chandy fühlt sich wie zu Hause, als wäre er ein verloren geglaubter Vetter und nicht der Bote Gottes, der den vermissten Sohn zurückgebracht hat. »*Ayo, kochamma*«, sagt er mit seiner dröhnenden Stimme, an Big Ammachi gewandt, »Ihr Junge da, das ist ein echter Held, haben Sie das gewusst?« Er ergötzt die versammelte Familie mit einer stark ausgeschmückten Geschichte und spricht dabei mit solchem Nachdruck, dass sogar Philipose, der ja dabei war, seine Version allmählich glaubt. Doch Chandys wahres Genie besteht darin, dass er es schafft, die Aussätzigen dabei herauszuhalten. Am Ende sagt er: »*Kochamma*, das ist ein Zeichen des Allmächtigen, dass Ihr Sohn Arzt werden muss, meinen Sie nicht? Welche Begabung.«

Philipose spürt alle Blicke auf sich. Er bemüht sich um ein höfliches Lächeln, innerlich aber schaudert es ihn. Er hat nie auch nur den leisesten Wunsch verspürt, Arzt zu sein. Falls doch, dann haben ihn die heutigen Ereignisse von einer solchen Regung geheilt.

Die Frauen helfen Big Ammachi in der Küche, Erfrischungen bereitzustellen. In ihrer Abwesenheit deutet Georgie mit Daumen und Zeigefinger einen »Kurzen« an und neigt dabei den Kopf, was Chandy erwidert, indem er selbst unmerklich den Kopf neigt und mit den Brauen zuckt. Die Zwillinge verschwinden und kehren mit Morgen-Toddy zurück, der zu dieser späten Stunde schon hinreichend fermentiert ist, um einen Wumms wie eine Ziege zu haben. Philipose ist überrascht über das Festmahl, das aus der Küche kommt: *appam* direkt von der Platte, geschmortes Fleisch, frisch gebratene *ooperi* – Kochbananenchips –, Mango-*thera*, Bratfisch und Brathähnchen. Ihm wird klar, dass das Essen aus den umliegenden Häusern kommen muss, in Erwartung einer langen Nachtwache und der Möglichkeit einer schlimmen Nachricht.

Als es für die Besucher Zeit zu gehen wird, ruft Chandy: »Elsie, wo bist du?« Baby Mol antwortet von der Veranda: »Sie ist bei mir!«

Sie finden Elsie auf Baby Mols Bank, die Beine unter ihrem blauen Faltenrock; sie zeichnet und hinter ihr auf der Bank steht Baby Mol und bindet mit ihren Pummelhänden Bänder an Elsies Zöpfe. Um sie herum verstreut liegen Zeichnungen, um die Baby Mol gebeten hat: ein Beedi-Dreher, ein Elefant, eine ihrer Puppen … die Figuren sind kunstvoll wiedergegeben. Elsie rollt alle Zeichnungen zusammen und bindet eins von Baby Mols Bändern darum.

»*Chechi*«, sagt Baby Mol, als wäre Elsie die ältere Schwester, wo doch Baby Mol alt genug ist, um ihre Mutter zu sein. »*Povu aano*?«

»Ja«, sagt Elsie. »Ich muss gehen.«

»Kommst du denn bald wieder?«

Elsies wiegendes Kopfschütteln zeigt ihre Zustimmung an.

Baby Mol antwortet in gleicher Weise und sagt: »*Poyeete yah*.« *Dann geh und komm wieder.*

Später löst Philipose auf Baby Mols Bitte das Band von der Rolle. Das erste Blatt ist das Porträt von einem, der ihm bekannt vorkommt: ein Junge im Profil, das Gesicht im Wind, die Augen halb geschlossen, die Haare aus der Stirn geweht, nach hinten flatternd. Er hat sich noch nie durch die Augen eines anderen gesehen, das Bild unterscheidet sich so von der Person, die ihm aus dem Spiegel entgegenblickt. Er bestaunt die sparsamen Striche um seine Nasenlöcher und Lippen, sie überlassen die Vollendung der Schattierung der Phantasie des Betrachters. Elsie hat die Bewegung, die Geschwindigkeit eingefangen. Darin, wie sie seine Augen, die Neigung der Brauen, die Sorgenfalte in der Stirn wiedergegeben hat, hat sie den Irrsinn und Schrecken eines Tages wie kein anderer festgehalten, eines Tages, der auch sein letzter hätte sein können. Und obwohl sie es nicht weiß, hat sie doch sein brennendes, sein nacktes Verlangen eingefangen, zu Hause zu sein.

36. Kapitel
IM GRAB KEINE WEISHEIT

1936, Saint Bridget's

Als die Nonnen von der schwedischen Mission eintreffen, verabschiedet sich Digby von Bhava und Sankar. Die anderen macht er in der Destillerie ausfindig, im Getreideschuppen, im Obstgarten und in den Gemüsebeeten. Als er nach Saint Bridget's kam, konnte er die Bewohner kaum auseinanderhalten, so ähnlich waren sie einander in ihrer Entstellung. Nun aber kennt er sie und nimmt sie als Individuen mit ihrem je eigenen Charakter wahr: den Spaßmacher, den Friedensstifter, den Stoiker, den Miesepeter – jeder Persönlichkeitstypus ist vertreten. Insgesamt jedoch haftet ihnen allen etwas Schalkhaftes, Spielerisches an. Jedenfalls war es so, als Rune noch lebte.

Er dankt ihnen allen reihum, dass sie ihn in ihrer Mitte aufgenommen haben; das, wie auch seine Trauer darüber, dass er fortmuss, übermittelt er ihnen, indem er die Handflächen zusammenlegt und ihnen in die Augen schaut. In dieser verkehrten Welt ist Knurren Lächeln, hässlich schön, und die Verkrüppelten arbeiten besser als die Gesunden, ihre Tränen sind jedoch gleich. Als Antwort lassen sie ihr Werkzeug fallen, um die Hände, so gut sie können, aneinanderzulegen. Ihre asymmetrischen »Namastes« mit Klauen oder fehlenden Fingern oder Händen rühren ihn. *Unvollkommenheit ist das Merkmal unseres Stammes, unser geheimes Zeichen.* Rune sagte, das Göttliche sei für ihn nirgends sichtbarer gewesen als in Saint Bridget's, eben *wegen* der Unvollkommenheiten. »Gott sagt: ›Lass dir an meiner Gnade genügen; denn meine Kraft ist in den Schwachen mächtig.‹« Es wäre für Digby ein tröstlicher Gedanke, würde er nur glauben.

Digby ist mit nichts nach Saint Bridget's gekommen. Allein in Runes Bungalow, erinnert er sich an ihre Abende, gewürzt mit Pflaumenwein und dem Tabakdunst mit seinem schweren Waldaroma. An einem solchen Abend wenige Tage vor Runes Tod hatte Digby ihm die Frage gestellt, die seine erste gewesen war, als sie sich auf Mylins Gut kennengelernt hatten: »Werde ich wieder operieren können?« Rune hatte eine Weile überlegt, der Rauch stieg auf wie noch inhaltsleere Sprechblasen. Dann tippte er sich mit dem Pfeifenstiel an die Stirn. »Digby, was uns von anderen Tieren unterscheidet, ist nicht der opponierbare Daumen. Es ist unser Gehirn. *Das* macht uns zur dominanten Spezies. Nicht die Hände, sondern das, was wir mit den Händen machen wollen. Sie kennen unser Motto in Saint Bridget's? Es ist aus Prediger. ›Alles, was dir vor Handen kommt zu tun, das tue frisch; denn bei den Toten, dahin du fährst, ist weder Werk, Kunst, Vernunft noch Weisheit.‹«

Ein Abschied steht ihm noch bevor. Chandy und sein Sohn sind unterwegs, etwas erledigen, nur Elsie und das Hausmädchen sind im Thetanatt. Er sitzt Elsie gegenüber auf der Veranda, überrascht, wie wenig er in ihrer Gegenwart herausbringt, als wäre *er* neun Jahre alt und sie achtundzwanzig. Sie wartet ruhig, in den Augen eine Reife, eine Weisheit und Gleichmut weit über ihr Alter hinaus.

»Ich wollte mich verabschieden. Ich … Du weißt ja, Runes Operation hat mir meine Hände wiederhergestellt. Du aber, Elsie, hast der hier wieder Leben eingehaucht.« Er hält die rechte hoch. Ihre Eingebung, ihrer beider Hände zu verbinden, ihr Handteller auf der neuen Haut seiner Hand, hauchte seinen festsitzenden Fingern wieder Leben ein, durchbrach Barrieren aus Rost und Nichtgebrauch, schuf eine neue Verbindung zwischen Hirn und Hand. Er will, dass sie weiß, dass er, indem er das schöne Gesicht seiner Mutter auf dem Blatt gesehen hat, die groteske Totenmaske, die seinem Gehirn eingeätzt war, ausgelöscht hat, dieses Bild, das jede andere Erinnerung an sie blockiert hat. Doch nun steigt ihm das Blut ins Gesicht und er merkt, dass er zu befangen ist, um ihr dieses intime Geständnis zu machen. Vielleicht, wenn Elsie einmal älter ist. Falls sich ihre Pfade noch einmal kreuzen. Er reicht seiner jungen Therapeutin das Geschenk, das er ihr mitgebracht hat.

Elsie wickelt das Päckchen aus. Ihre Augen weiten sich vor Freude, als sie Runes *Gray's Anatomy* sieht. Digby glaubt, sie habe Henry Vandyke Carters besondere Gabe: einen Gegenstand so wiederzugeben, wie er ist, und ihn dann für sich selbst sprechen zu lassen.

Elsies Lippen lesen lautlos die Widmung, über der Digby geschwitzt hat. Die erste Zeile ist von dem großen Schotten Robert Burns, die folgenden von einem Schotten, der keine Spur in der Geschichte zurücklassen wird.

»Some books are lies from end to end, and some great lies were never penned.« Du aber hast mein Wort, dass dieses Buch wahr ist, denn ich kenne es durch und durch.
Für Elsie, die mir geholfen hat zu verstehen, dass Vergangenheit und Gegenwart Hand in Hand gehen.
In ewiger Dankbarkeit,
Digby Kilgour
1936. St. Bridget's Leprosarium

Sie drückt den Band an die Brust, senkt den Kopf darüber, so wie ein Kind eine Puppe umarmen würde. Als sie aufblickt, ersetzt ihr Ausdruck Dankesworte.

Er steht auf, um zu gehen. Sie legt das Buch hin und geht mit ihm hinaus. Sie legt die Hand in seine, als wäre es das Natürlichste der Welt. Draußen lässt sie ihn los.

Er merkt, wie seine Seele ihrem Ankerplatz entgleitet, ihn ohne Segel oder Karte treiben lässt.

37. Kapitel
VERHEISSUNGSVOLLES ZEICHEN

1937, AllSuch

Franz und Lena geben ein Silvesteressen für ihren engsten Kreis; der Anlass ist bittersüß, da es auch Runes Geburtstag ist. Chandy ist in der Ebene festgehalten, die Üblichen aber – die Kariappas, die Cherians, Gracie Cartwright (aber nicht Llewellyn), Bee und Roger Dutton, die Isaacs, die Singhs – sitzen an Lenas Esstisch, Unterarme auf Damast, die Kerzenhalter erhellen ihre Gesichter wie auf einem Gemälde von Rembrandt. Sie stoßen mit Pflaumenwein auf Rune an und gedenken seiner mit Tränen und Lachen.

Auch Digby ist da; drei Wochen zuvor ist er eingetroffen und bewohnt erneut das Gästehaus von AllSuch. Er hat keine Ähnlichkeit mehr mit dem verhüllten, verkohlten Wesen, das sich dort von allen bis auf Cromwell abgekapselt hat, bis Rune ihn mitnahm. Diesmal nimmt er jede Mahlzeit mit Franz und Lena ein, er ist mit Franz übers ganze Anwesen gefahren, hat ihm im Teeproberaum zugesehen und ihn zu der wöchentlichen Teeauktion begleitet. Manchmal ist er auch mit Cromwell umhergeritten, hat die Feinheiten des Teepflückens gelernt, des Erntens von Kardamom und Kaffee. Jeden Morgen zeichnet er diszipliniert eine Stunde lang, versucht, seinen Fingern das Fließende, wenn schon nicht Elegante zurückzugeben. Er hat vor, nach Madras zurückzukehren und bei Honorine zu wohnen – doch die Mylins bestehen darauf, dass er bis zu Runes Geburtstag bleibt. Er hat keine Ahnung, wie es weitergeht, wenn seine medizinische Freistellung ausläuft.

Jetzt, beim Silvesteressen, ermuntert von den Bitten der Gäste, die Hemmungen vom Wein gelockert, zeigt ein schüchterner Digby ihnen die Seite Runes, die nur er kennt. Er erzählt von Runes chirurgischem Genie, und seine Hände sind selbst ein Zeugnis der Fertigkeiten des Schweden. Verschämt öffnet er sogar sein Hemd, um ihnen die schimmernde schildförmige Narbe auf der linken Brust zu zeigen. (»Das heilige Herz Jesu!«, ruft Gracie aus und presst sich die Hand auf den Busen.) »Er ist singend gestorben«, sagt Digby, »dabei so lebendig, wie er zu jedem Zeitpunkt war …« Er schluckt und kann nicht weiter.

Die darauffolgende Stille wird auch nicht von Franz durchbrochen, als er eine Runde Brandy ausschenkt, worauf sie erneut wortlos das Glas auf Rune heben. Um sie herum pulsiert die Stille der Nacht. Betty Kariappa hält ein Streichholz an den goldenen Rest in ihrem Glas. Ein blaues Flämmchen, ein Geist, läuft über die Brandyfläche und die Wände auf und ab, bis es erlischt.

In den ersten Stunden des neuen Jahres, 1937, sitzen sie weiterhin am Tisch, die Stimmung wechselt vom Nostalgischen zu Feierlaune und schließlich zum Numinosen, als hätte das Niveau ihres Blutalkohols die Schwelle zu ihrer mystischen Seite überschritten. Und da, in den frühen Morgenstunden, kommen die Pflanzer auf das Thema, in dem sie sich am besten auskennen: die Berghänge, auf denen sie ihr Leben verbringen, der fruchtbare Boden und seine Freigiebigkeit. Sanjay erwähnt *Müller's Madness* und die goldene Gelegenheit, die der Verkauf dieses fernen Gutes darstellt – aber nur, wenn auch der Preis stimmt. Dann haben sie – und keiner wird sich später genau daran erinnern, wie es dazu kam – ein Konsortium gebildet, ihre Satzung auf einer Serviette skizziert und ihre erste Resolution einstimmig verabschiedet: Digby und Cromwell sollen wie Lewis und Clark mit ihrer Expedition als Abgesandte des Konsortiums zu Müller gehen und Müller's Madness erkunden.

Am zweiten Tag des neuen Jahres brechen Cromwell und Digby mit Ersatzreifen, Benzin und Campingausrüstung in Mylins Chevy auf. Die Westghats verlaufen über vierhundert Meilen parallel zur Küste, überwiegend unberührter, dichter Wald, bis auf ein Dutzend abgetrennter Siedlungsregionen, die im vorigen Jahrhundert von kühnen Abenteurern gegründet wurden. Dorthin gelangten diese Pioniere auf alten Elefantenpfaden, die nur die Indigenen kannten, den sogenannten *tribals*, und steckten auf den fruchtbaren Hängen bestes Land ab. Doch wenn sie nicht auch bald eine Ghatstraße bauten, sich dafür durch Gestein sprengten, Tunnel und Serpentinen gruben, war ihr Land wertlos – sie mussten eine Möglichkeit finden, Arbeitskräfte aus der Ebene zu den Siedlungen zu holen, die auf fünftausend Fuß oder höher lagen, und Tee, Kaffee oder Gewürze zu den Märkten hinabzuschaffen. Die ersten Besitzer verkauften Land zu einem Nominalpreis oder verschenkten einfach weite Flächen, um Partner zu bekommen, mit denen sie die Kosten von Bau und Unterhalt der Ghatstraße teilen konnten. Die größten etablierten Siedlungsregionen sind Wayanad, die Highwavys, Anaimalais, Nilgiris und die Zimtberge – wo die Mylins und ihre Freunde Anwesen haben.

Ihr Start ist wenig verheißungsvoll, schon bald streikt der Motor, was Cromwell jedoch in den Griff bekommt, indem er unter einem Baum den Vergaser auseinandernimmt, reinigt und wieder zusammensetzt. Cromwell gehört den Badagas an – einem indigenen Stamm in den Nilgiribergen, die in verschworenen Gemeinschaften leben, als Kollektiv ihr Land bewirtschaften und stolz darauf sind, niemals in Knechtschaft gelebt zu haben. Diejenigen Badagas, die die Gemeinschaft verlassen haben, gelten als geschickte Schweißer, Schreiner, Mechaniker und Ladenbesitzer. Digby erlebt Cromwell als umgänglich. Ein ehemaliger Arbeitgeber nannte ihn einen »wahren Cromwell«, als er ebenso kühn wie klug eine brisante Situation mit dem Sohn des Arbeitgebers, einer verheirateten Frau und einem erzürnten Ehemann entschärfte – Digby hat die Geschichte von Lena gehört. Kariabetta zog, nachdem er die Bedeutung des Vergleichs erkannt hatte, »Cromwell« seinem richtigen Vornamen vor. Jetzt nennt ihn sogar seine Mutter so.

Sie verbringen die Nacht im Zelt an einem Bach. Am folgenden Mittag erreichen sie den Fuß einer Bergkette, deren gezackte Konturen Digby an die schartigen Gipfel des Càrn Mòr Dearg oder Lochnagar erinnern. Irgendwo dort in den Wolken liegt Müller's Madness. Gerhard Müller war ein früher Pionier, der nie eine Ghatstraße anlegte. Er hockte auf einem riesigen Anwesen, das er nicht ausbauen konnte – weswegen ihn alle für irrsinnig hielten und sein Gut entsprechend nannten –, und er und seine Frau predigten den Einheimischen das Evangelium und führten ein karges Leben. Sein Sohn Bernard machte es kaum besser, indem er zwar potenzielle Partner suchte, sie aber mit dem Preis, den er für Land verlangte, wieder vertrieb. Er legte eine klägliche Ghatstraße an, die in jeder Regenzeit weggespült wurde. Und nun verkauft Bernard Müller plötzlich alles, weil er nach Berlin zurückwill, in eine Heimat, die er nie gesehen hat. Seine Preisforderung ist dreimal in ebenso vielen Monaten gefallen, ein Zeichen seiner Verzweiflung.

Müllers Anwesen zu erreichen, erweist sich als äußerst schwierig, und nach einer Reifenpanne gehen sie weiter zu Fuß durch den Nebel. *Was mache ich hier nur?*, fragt sich Digby. Er weiß, dass er nicht mehr als Chirurg wird arbeiten können. Er hat sich nun so lange auf die Chirurgie festgelegt, dass er sich einfach nicht mehr vorstellen kann, etwas anderes Medizinisches zu tun. Pflanzer zu sein ist reizvoller als die Vorstellung, praktischer Arzt zu sein, Salben und Digitalis auszugeben und täglich hundert Leute zu sehen. Wenn er schon vor seiner Vergangenheit davonläuft, dann sind diese Berge ein ebenso gutes Versteck wie jedes andere. Er stapft weiter hinter Cromwell her, wird kurzatmig. Sollte Müller das Angebot des Konsortiums annehmen, dann wird Digby das Anwesen leiten, mit Cromwell als rechter Hand, und mit der Zeit ein Stück Land für seine Arbeit erhalten. Nimmt Müller das Angebot an, wird Digby es als Zeichen nehmen, dass genau das seine Bestimmung ist. *Rune würde dem zustimmen. Alles, was dir vor Handen kommt zu tun, das tue frisch.*

Unten das Tal, unter ihm der Fels und vor ihm der Berg werden ihn überleben. Im Vergleich zu diesem Land ist er ein Nichts; Worte wie »Scham« und »Schuld« bedeuten hier wenig, und der Ruf ist nicht mehr als ein flüchtiges blaues Flämmchen, ein vergänglicher Geist in einem Brandyglas.

V. TEIL

38. Kapitel
POSTAMT PARAMBIL

1938-1941, Parambil

Die Ankunft jenes Mannes, der als »Aufschwungmeister« bekannt werden sollte, sowie seiner Frau Shoshamma in Parambil ist unangekündigt. Hätte denn jemand ahnen können, dass ein Einzelner ihrer Gemeinschaft einen derartigen Aufschwung bringen könnte? Bald kann sich niemand mehr an seinen Taufnamen erinnern. Das Paar lebte glücklich in Madras, als Shoshammas Bruder plötzlich starb – am Alkohol. Er war unverheiratet und auch kinderlos, weswegen Shoshamma ganz unerwartet den Besitz erbte. Die Hausparzelle samt dem einen Hektar darum herum liegt am Westrand von Parambil, ein gutes Stück vom Fluss entfernt, eine von einem Dutzend, die Philipose' Vater im letzten Jahrzehnt seines Lebens Verwandten verkauft oder verschenkt hat.

Big Ammachis Meinung nach hatte Shoshammas verstorbener Bruder weniger Initiative als ein Waschstein gezeigt. Das Haus, das er hinterlässt, ist in schlechtem Zustand, das Holz und die Kokospalmen auf dem Land sind jedoch gut. Bei seinem ersten Besuch bei Big Ammachi ist diese beeindruckt von ihren beiden wohlerzogenen kleinen Kindern, einem Jungen und einem Mädchen, sieben und neun. Shoshamma hat ein angenehmes Gesicht, lacht gern und scheint voller Energie. Ihr Mann ist, obwohl er jahrelang in einem namhaften britischen

Unternehmen gearbeitet hat, bescheiden und anspruchslos. Big Ammachi stellt Philipose vor und sagt dabei, ihr Traum sei es, dass er einmal in Madras Medizin studiert. Aufschwungmeister sagt: »Großartig! Das Madras Medical College ist das älteste des Landes. Ich war einmal dort. Ich habe einen britischen Professor und die Arztstudenten um ein Bett versammelt gesehen ...« Er verstummt, weil ihm etwas an dem gezwungenen Lächeln des Jungen sagt, dass der kein Verlangen hat, Medizin zu studieren, aber zu höflich ist, um seiner Mutter zu widersprechen.

Bald nach ihrer Rückkehr erhält Aufschwungmeister ein Darlehen vom Entwicklungsministerium – wer wusste schon, dass so etwas überhaupt möglich ist? Er erwirbt eine Kuh, legt eine neue Zufahrtsstraße an und erneuert das Haus. Seine Einladung an seine Nachbarn, sich seinem Einspruch gegen die Veranlagung der Grunderwerbssteuer anzuschließen, trifft auf Gelächter; Anstand *Kochamma* sagt: »Der hat vielleicht Nerven! Der Kerl kommt von Madras und glaubt, die Regierung soll weniger Steuern von ihm verlangen!« Nur Big Ammachi unterstützte seine Eingabe, teilt mit ihm die Kosten für das Gutachten und die Stempelmarken. Der Einspruch hat Erfolg. Als die Neinsager begreifen, wie viel Geld sie gespart hätten, schreien sie nach Unterstützung durch Aufschwungmeister. »Mit Vergnügen«, sagt er. »Die nächste Veranlagung ist in zwei Jahren, wir haben also jede Menge Zeit.«

Die Ankunft von Aufschwungmeister und Shoshamma fällt mit einem Wandel der festgefügten Haltungen der guten Leute von Travancore zusammen. Man kann unter mehr Zeitungen wählen, es gibt mehr Leser. Die Analphabeten finden immer einen Teeladen, wo die Zeitung vorgelesen wird. Nachrichten vom wachsenden Widerstand gegen die britische Herrschaft und von einer Welt am Rand eines Krieges sickern noch in das kleinste Dorf. Die Alphabetisierung verändert Lebensmuster, die zuvor über Generationen ungestört waren. Der Beweis dafür ist, wie Aufschwungmeister Shoshamma erzählt, eine Begegnung im Teeladen. »Ein Bursche ohne Hemd auf der Bank sagt, nur um mich zu beeindrucken, glaube ich: ›Der Maharadscha ist ein Handlanger der Briten. Ich bin für Gandhi! Als Gandhi letzte Woche zum Meer marschiert ist, warum hat mir das niemand gesagt? Ich wäre mit ihm gegangen! Warum für Salz Steuern zahlen, wo es doch für jeden da ist?‹ Der Ärmste. Ich brachte es nicht über mich, ihm zu sagen, dass Gandhis Salzmarsch schon vor acht Jahren war. Aber dass er von dem Marsch überhaupt *weiß*, das ist Fortschritt!«

Als Aufschwungmeister erfährt, dass Philipose ein unersättlicher Leser ist, beglückwünscht er ihn und erklärt ihm seine Leidenschaft für die Alphabetisierung: »Lesen ist die Tür zum Wissen. Wissen steigert den Reisertrag. Wissen bekämpft Armut. Wissen rettet Leben. Gibt es denn hier eine Familie, die keines seiner Mitglieder an Gelbsucht oder Typhus verloren hat? Leider verstehen nur wenige, dass die Kontamination von Nahrung und Wasser deren Ursache ist und dass eine bessere Gesundheitspflege es verhindern könnte!«

Die Begeisterung des Meisters für solche sozialen Themen macht ihn zum Magneten für Philipose und seinesgleichen. Die Teenager übernehmen das Motto Aufschwungmeisters: *Jeder muss einen unterrichten*. Der Neuling ermuntert sie, einen YMCA oder YWCA zu organisieren sowie die Leihbücherei Parambil samt Leseraum, und alle treffen sie sich in einer Hälfte einer Scheune auf seinem Anwesen, an der nun ein Schild hängt, das die Existenz aller drei verkündet. Der nun dreizehnjährige Philipose leitet seine Gefährten vom YMCA an, für jedes Haus Latrinengruben zu bohren, um so Fäkalien und damit auch den Befall mit Hakenwürmern zu eliminieren. Die

Mädchen vom YWCA unterrichten die Leute in Behandlung und Lagerung von Nahrung.

Die andere Hälfte der Scheune ist das Büro des Aufschwungmeisters. Neben einem hohen Aktenschrank steht ein kleiner Tisch, auf dem gleich einer Gottheit seine kostbare Schreibmaschine steht. Mit diesem Apparat bombardiert er die Zweigstellen der Regierung mit Petitionen für Straßen, Gesundheitsfürsorge und -erzieher, eine Bushaltestelle und weitere Verbesserungen, allesamt im offiziösesten Raj-Englisch. »*Monay*«, erklärt Aufschwungmeister Philipose, seinem eifrigsten Jünger, »um gesellschaftliche Veränderungen zu bewirken, muss man das erste Prinzip des Geldes verstehen: Niemand möchte sich davon trennen. Ob der Mann es seiner Frau gibt oder man den Barbier bezahlt oder ob der Maharadscha seinen Zehnten den Briten gibt oder seine Regierung uns Geld – wer gibt es schon bereitwillig? Mein Wort dafür ist ›Widerstand‹. Unsere Dörfler verstehen nicht, dass unsere Regierung Gemeindeprojekte finanzieren *soll*, um unser Leben zu verbessern. Warum sonst bezahlt man Steuern? Das Geld ist im Haushaltsplan! Doch der Schreiber im Sekretariat zeigt Widerstand, wenn er unseren Förderungsantrag sieht. Der Kerl denkt: ›*Aah*, diese Familien in Parambil sind doch die ganze Zeit auch ohne eine Brücke ausgekommen. Wenn mein Vetter diese Förderung bekommt und die Brücke in meinem Dorf gebaut wird, erhöht das dann nicht den Wert *unseres* Besitzes?‹ *Monay*, deshalb tippe ich auf alle meine Schreiben auch immer ›Zur Kenntnis Seine Exzellenz der Maharadscha‹. Und ›Zur Kenntnis‹ für jeden anderen Funktionär, der über der Person ist, an den das Schreiben gerichtet ist. Da überlegt es sich der Bursche doch zweimal, ja?‹ Philipose ist fasziniert und fragt den Meister, ob er die Durchschläge auch abschickt. »*Aah*«, sagt der Meister, und seine Augen funkeln: »Eigentlich gibt es gar keine. Aber das wissen *die* ja nicht.«

Als Aufschwungmeister den Maharadscha zur Eröffnung der »Ersten jährlichen Ausstellung in Parambil über neue Fortschritte in Düngung, Bewässerung und Tierhaltung« einlädt (und diesmal echte Durchschläge an eine Vielzahl von Beamten schickt), fragte sich sogar Big Ammachi, ob er damit nicht zu weit gegangen ist. Der Meister versichert ihr, er glaube nicht einen Moment lang, dass der Maharadscha tatsächlich kommt – es gehe ihm nur um die Mitarbeit der Beamten, denen er die Durchschläge über die Ausstellung geschickt hat.

Niemand ist überraschter als Aufschwungmeister, als der Maharadscha sie annimmt! An diesem unvergesslichen Tag kommen die Menschen aus der ganzen Umgebung in ihrem Sonntagsstaat; Gebrechliche kriechen aus dem Bett, um diesen einmaligen königlichen Besuch Seiner Exzellenz Sree Chithira Thirunal zu erleben. Alle erwarten sie, dass der Maharadscha genauso aussieht wie auf der allgegenwärtigen getönten Fotografie, die in Schulen, Geschäften und Regierungsstellen hängt: ein mildes Gesicht mit Ghee-genährten Wangen, der Kopf klein unter dem mit Edelsteinen besetzten Turban, die Brust voller Orden, über der schräg eine Schärpe verläuft. Dann aber sind sie schockiert darüber, einen smarten, selbstbewussten, turbanlosen jungen Mann Mitte zwanzig zu sehen, der aus dem königlichen Automobil springt, gekleidet in ein makelloses schwarzes Jackett mit Stehkragen, Khaki-Jodhpurs und polierten braunen Schuhen. Seine echte Neugier und sein Interesse an allen Einzelheiten eines jeden Ausstellungsstücks beschämt das Publikum, sodass sie sich ebenfalls alle Gegenstände ansehen. Die Zuneigung des Maharadschas für sein Volk zeigt sich in seinen sanften, freundlichen Augen und seinem schüchternen Lächeln. Ebendieser Maharadscha hat nur zwei Jahre zuvor seinen Verwandten und Beratern getrotzt, als er tapfer die Proklamation zum Betreten der Tempel verkündet hat, die dies *allen* Hindus *aller* Kasten gestattet. Diese revolutionäre Tat hat die Brahmanen verärgert und Gandhi zu dem Satz veranlasst, nicht er, sondern der Maharadscha verdiene den Titel »Mahatma«, Große Seele.

Der junge Maharadscha sorgt dafür, dass Aufschwungmeister während des ganzen Besuchs an seiner Seite ist und es den Bezirksfunktionären überlässt, mit spitzen Ellbogen um größere Nähe zu rangeln; Seine Exzellenz nennt den Meister in seiner Rede mit Namen und begrüßt den progressiven Geist Parambils und des dörflichen Aufschwungs als »Modell für Travancore«. Das Foto Seiner Exzellenz mit Aufschwungmeister, das in der Zeitung erscheint, wird gerahmt in der Leihbücherei bzw. dem Vereinshaus aufgehängt. An jenem Tag erhält der Mann, der die Idee hatte, der alle harte Arbeit geleistet und den Maharadscha in ihren kleinen Winkel der Welt geholt hat, den Namen Aufschwungmeister. Heute kann sich niemand mehr an seinen wirklichen Namen erinnern.

Vier Jahre nach seiner Ankunft in Parambil und drei Jahre nach dem historischen Besuch des Maharadschas eröffnet Aufschwungmeister Big Ammachi seine kühnste Idee: Wenn sie eine Zählung sämtlicher Familien einschließlich der *pulayar* und der Handwerker durchführen und die Reismühle, die Sägemühle, die Einklassen-Vorschule, die Teeläden, Schneider sowie die anderen Betriebe auflisten und wenn sie die Gesamtzahl des Viehs anführen, dann könnte Parambil sich gerade so als »Bezirksdorf« qualifizieren. Er erklärt ihr die Vorteile dieser Bezeichnung. Big Ammachi gibt sofort ihren Segen. Sie sieht in Aufschwungmeister den Menschen, der die Vision ihres Mannes für das Land, das er besiedelt hat, weiterführt. Der Meister erhält von allen Familien die erforderliche Unterschrift, wobei er sich auf Big Ammachi beruft, wenn sie sich sträuben. Die Skeptiker sagen: »Wozu? Wird der Hahn pünktlich krähen, wenn wir ein Bezirksdorf sind? Wird sich der Reis selbst ernten?«

Es bedarf eines ganzen Waldes an Papier, vieler Busfahrten des Meisters zum Sekretariat in Trivandrum und sieben Monate und sechs Tage, bis Parambil den Titel »Bezirksdorf« erhält und damit eine Finanzspritze aus der Kasse des Maharadschas für »Aufschwung Dörfer«. Die Zweifler sind verstummt. Von der Regierung bezahlte Arbeiter bauen Durchlässe und Entwässerungen, damit die neuen Fahrbahnen nicht weggespült werden. Der nahe gelegene Kanal wird erweitert, verbreitert, entschlammt und mit neuem Mauerwerk befestigt, was den Bootsverkehr steigert. Der neue Titel bringt ein Anchal-Postamt sowie einen von der Regierung bezahlten Postmeister mit sich. Über Generationen verschickten die Maharadschas von Travancore ihre Post mit dem Anchal-System: Der Bote, der einen Stab mit Glocken daran trägt, hat durch königlichen Erlass das Wegerecht, wobei die Boten nun auch Bus, Bahn und Fähre benutzen. Ein Anchal-Amt verbindet sie nun auch mit dem British Indian Postal Service; ein Bewohner Parambils kann Briefe überallhin in Indien oder nach Übersee verschicken – er muss nicht mehr den *achen* bemühen, die Post zur Kottayam-Diözese hin – oder zurückzutragen.

Dann kommt der Tag, an dem das kleine Dienstgebäude eingeweiht wird; auf dem Schild steht POSTAMT PARAMBIL. Aufschwungmeister besteht darauf, dass Big Ammachi als die Matriarchin von Parambil das Band durchschneidet. Am nächsten Tag erscheint das einzige jemals von Big Ammachi gemachte Foto in der Zeitung. Auf den ersten Blick steht da in der Mitte des Fotos ein lächelndes Mädchen mit einer Schere, ganz klein vor den viel größeren Erwachsenen hinter ihr. Doch es ist niemand anderes als Big Ammachi, und der Stolz, der ihr Gesicht erhellt, ist nicht zu übersehen.

An dem Abend dann hält sie die Fotografie in der Hand, als sie mit Gott spricht. »Mein verstorbener Mann konnte weder lesen noch schreiben, aber er hatte eine Vision, nicht wahr? Und die trägt nun Früchte in einer Weise, wie er es sich nie vorgestellt hat.« Ihr kommen die Tränen. »Ich wünschte so sehr, er könnte es sehen.«

Zumeist schweigt Gott, doch an diesem Abend hört sie ihn so deutlich zu ihr sprechen, wie er es zu Paul auf dem Weg nach Damaskus getan hat. *Dein Mann* sieht *es. Er sieht dich. Er lächelt.*

39. Kapitel
GEOGRAPHIE UND EHESCHICKSAL

1943, Cochin

Für den Krieg näht jeder Schneider in Cochin Uniformen, daher weisen sie Aufschwungmeister und Philipose ab, als die beiden sich um seine Collegekleidung bemühen. Ein Schneider meint, sie sollten es doch in Jew Town versuchen. Und so gehen sie durch den Gewürzmarkt, bestaunen die Berge von Pfeffer, Nelken und Kardamom in den hohen Lagerhäusern. Sie bleiben stehen, um einem alten Ritual zuzusehen: Ein Käufer hockt sich vor einen Verkäufer hin und nimmt seine Hand; der Verkäufer wirft sein *thorthu* über ihre Hände. Mit lautlosen, jahrhundertealten Fingerzeichen, die keine gemeinsame Sprache erfordern, flitzen Gebot und Gegengebot unter dem zuckenden *thorthu* hin und her, vor den anderen Käufern verborgen.

Ein Schneider in Jew Town hat die benötigte Kleidung schon fertig, und in einer Kurzwarenhandlung kaufen sie einen Metallkoffer, Schlafsack und Bettzeug, Ledersandalen, blaue Wäscheseife, weiße Körperseife und Zahnpasta. »Schluss mit Shampoo aus Mungobohnen oder Zahnpasta aus Kohlepulver, mein Freund!«, sagt Aufschwungmeister fröhlich; er versucht, so gut er kann, den jungen Mann aufzuheitern.

Es war Big Ammachis glühender Wunsch gewesen, dass ihr Sohn Medizin studiert; indem er dem Baby des Bootsführers das Leben gerettet hat, hat Gott ihm doch seine Berufung gezeigt. Doch für Philipose hat Gott ihm das genaue Gegenteil gezeigt: dass er Krankheiten aller Art nicht ertragen kann. Schon davor war er zimperlich gewesen, aber seitdem wurde er beim Anblick von Blut ohnmächtig, wenn er sich nicht schnell hinsetzte. Es stützte Big Ammachis Argumentation nicht gerade, dass das Kind des Bootsführers ein halbes Jahr danach an einer Durchfallerkrankung starb. Wenn ihr Sohn denn eine Berufung hatte, eine Leidenschaft, dann für Wörter auf Papier und die magische Art und Weise, wie sie ihn und seine Zuhörer in ferne Länder bringen konnten. »Ammachi, wenn ich ans Ende eines Buches komme und wieder aufblicke, sind nur vier Tage vergangen. Aber in der Zeit habe ich drei Generationen durchlebt und mehr über die Welt und mich erfahren als in einem ganzen Schuljahr. Ahab, Queequeg, Ophelia und andere Figuren sterben auf dem Papier, damit wir ein besseres Leben haben.« Es grenzte an Blasphemie, dennoch gab sie ihren Segen, dass er Literatur studierte. Er hatte sich am renommierten Madras Christian College beworben – wo Koshy *Saar* studiert und gelehrt hatte –, und er hatte die Empfehlungsschreiben des alten Mannes. Er war überglücklich, als seine Zulassung kam. Doch in den zwei Wochen vor seiner Abreise fiel Big Ammachi und Aufschwungmeister auf, dass Philipose' Aufregung Furcht wich; er wirkte verschlossen. Aufschwungmeister hatte alles versucht, ihn zu beruhigen.

Um drei Uhr nachmittags fahren Aufschwungmeister und Philipose mit der Rikscha von ihrer Unterkunft zum Bahnhof. Die Hitze und die Luftfeuchtigkeit von Cochin sind so lähmend, dass die Stubenfliegen an Höhe verlieren und zu Boden trudeln. Ladenjungen sitzen nach dem Mittagessen schwerlidrig da, reglos wie die Zementbarrieren im Hafen. Erst am Abend, wenn es kühler ist, erwacht die Stadt wieder zum Leben.

Doch auf dem Bahnsteig des neuen Bahnhofs Ernakulam South bewirkt die unmittelbare Abfahrt des Postzugs ihren eigenen Wirbelsturm. Gepäckträger wanken umher, Gepäck auf den Kopf, die Gesichter angestrengt. Ein Romeo, Blumenkranz in der Hand, springt über eine Karre, um sich noch schnell zu verabschieden. Der angloindische Lokführer lehnt sich, einen Zeh auf dem Führerstand, hinaus, um die Rauchfahne mit dem Blick des Malers, der seine Farben mischt, zu begutachten, und um gleich die Kette zur Abfahrt zu ziehen.

»Erst der Pfiff«, sagt ein fröhlicher Aufschwungmeister. Er steht auf dem Bahnsteig vor dem Waggon und blickt sehnsüchtig durch die Gitterstäbe des Schlafwagens dritter Klasse. Philipose sitzt drinnen am Fenster, war als Erster in seinem Abteil; nach und nach gesellen sich die anderen sieben Fahrgäste dazu.

Aufschwungmeister flüstert: »Wenn ihr dann morgen früh in Madras ankommt, seid ihr eine große glückliche Familie, glaub mir.« Philipose hört ihn nicht und hebt fragend die Brauen. Der Meister spricht lauter. »Ich sagte, ich würde einiges geben, um die ganze Strecke mitzufahren. Big Ammachi hat's mir angeboten … aber Shoshamma …« Er wischt die Erinnerung an ihre Missbilligung beiseite. »Du wirst so viel Freude haben!« Er haut auf die Waggonwand, als wäre sie ein geschätzter Ochse. »Weißt du, ich schlafe nie besser als im Zug.«

Aufschwungmeister ist in Hose und Hemd mit Kragen – noch nie hat Philipose ihn in solch formeller Kleidung gesehen. Er hat ein Taschentuch zu einem Rechteck gefaltet und in den Kragen gesteckt, um diesen vor Schweiß zu schützen. »Die zweite Pfeife ist verspätet«, sagt der Ältere mit einem Blick auf die Uhr. In dem Moment hören sie das Stampfen von Hunderten Stiefeln, und schon bald marschieren auf dem Bahnsteig indische Soldaten vorbei, in den Händen ihr Gewehr und Gepäck. Die stummen, gebräunten, grimmig dreinschauenden

Männer nehmen ihre Umgebung kaum wahr. Ein Drittel sind bärtige Sikhs mit Turban. Auf den Koffern in den Karren, die ihnen folgen, sind die Insignien der Vierten Infanterie »Red Eagle« schabloniert. »*Aah*, kein Wunder«, sagt Aufschwungmeister. Diese Männer waren in Britisch-Sudan gewesen, wo sie für die Befreiung Abessiniens von den Italienern gekämpft haben; sie haben den Tod gesehen und verursacht. Die Vierte wird nach Burma verlegt, wo die Japaner vorrücken. Der Krieg, der in Parambil so abstrakt erschien, ist plötzlich allzu real, ist in die Gesichter dieser tapferen Männer eingeätzt.

Aufschwungmeister streicht sich mit dem Daumennagel über den Schnauzbart. Er sieht, wie Philipose ihn unbewusst nachahmt, wenngleich er findet, dass der Flaumschatten des Neunzehnjährigen eher noch abrasiert denn geformt werden sollte. Doch wer kann es ihm verdenken? Ein Mann ohne Schnauzbart ist entblößt und verletzlich wie ein ungetauftes Kind, die Seele noch in Gefahr.

»Übrigens«, sagt Aufschwungmeister, »verwende diesen Brief nur im Notfall. Er ist für meinen Freund Mohan Nair. Zu ihm gehst du, wenn du in Schwierigkeiten bist. Er führt die Satkar Lodge nahe der Egmore Station.« Philipose steckt ihn ein. Aufschwungmeister seufzt. »Ach Madras ... wie sehr ich es vermisse! Marina Beach, Moore Market ...«

Dass er dem so nachtrauert, hat Philipose gar nicht gewusst. »Warum sind Sie dann weggegangen?«

»Ja, warum? Ich hatte eine gute Arbeit, einen Rentenfonds ... Aber träumt nicht jeder Malayali davon, nach Hause zu kommen? Mein Vater konnte mir kein Land geben. Als Shoshamma das Anwesen in Parambil erbte, ist unser Traum wahr geworden. Ein Segen.«

»Auch für uns«, sagt Philipose leise. »Das sagt meine Mutter immer.«

Aufschwungmeister wischt es weg, dennoch freut er sich. Der Waggon ruckt an. Aufschwungmeister greift hinein und drückt Philipose die Schulter. »Wir sind alle so stolz! Jemand aus Parambil geht ans Madras Christian College. Du wirst der Erste aus unserer Familie mit einem Collegeabschluss sein! Das ist, als würden wir alle mit dir in diesem Zug fahren. Gott segne dich, *monay*!«

Meister läuft noch mit; der Waggon fährt im Schneckentempo; ihn bekümmert Philipose' furchtsame Miene. »Mach dir keine Sorgen, *monay*. Alles wird gut, das verspreche ich!« Er winkt noch lange nachdem die Hand seines Schutzbefohlenen nicht mehr zu sehen ist.

Aufschwungmeister will weinen, will dem Zug hinterherlaufen. Es ist, als wäre seine Existenz entzweigebrochen, was nichts mit Philipose zu tun hat. Eine Hälfte, die bessere, sehnt sich danach, auf den Zug aufzuspringen und sein Leben als Buchhalter in der vormaligen alten East India Company wiederaufzunehmen. Die andere Hälfte, eine einsame Gestalt mit hängenden Schultern und einer Hose, die sie nicht mehr zuknöpfen kann, steht bedrückt auf dem verlassenen Bahnsteig, ein Wesen, dem nur ein streunender Hund Gesellschaft leistet und das sich nicht mehr vorstellen kann, nach Hause zu gehen.

Als er die Augen schließt, riecht er den Ledereinband der Hauptbücher der vormaligen alten East India Company (ein Name, den er »Postlethwaite & Sons« vorzieht, was ihm einen Knoten in die Zunge macht). Für einen armen Fischersohn, der nur auf der Oberschule war, eine überragende Leistung, dort Buchhalter gewesen zu sein. Er und Shoshamma waren in Madras glücklich. Wie alle Malayalis träumten sie davon, in Gottes eigenem Land einmal ein Anwesen zu kaufen und in das üppige grüne Land ihrer Geburt zurückzukehren, in dessen Garten Kochbananen und *kappa* wucherten. Freitags gingen er und Shoshamma immer zum Marina Beach, setzten sich auf den Sand, aneinandergelehnt, und hielten sogar Händchen. Wenn der Lotterieverkäufer mit seiner Karre kam, kauften sie ein Los und sprachen ein Gebet dazu. Wenn sie dann nach Hause kamen, liebten sie sich unausweichlich, und Shoshammas Haare dufteten nach der Salzluft und nach Jasmin.

Als Shoshamma das Anwesen erbte, gab es keine Diskussionen, was sie tun würden. Sie hatten das große Los gezogen. Er kündigte, sie verabschiedeten sich von ihren Freunden und zogen nach Parambil. Der Auftrieb des Dorfs hält ihn auf Trab, dennoch vermisst er das geschäftige Treiben des Büros in Madras, vermisst die Händler und Agenten – Briten und Einheimische –, die ständig kamen und gingen. Er war ein Rädchen in der Maschine des Welthandels, und er erzählte einer gespannten Shoshamma die Geschichten des Tages. Natürlich erwähnte er dabei nie Blossom, die angloindische Stenographin mit den geblümten Kleidern und den engen Miedern, die immer ein besonderes Lächeln für ihn hatte. Blossom öffnete eine Tür in seiner Phantasie. Oh, was er sich nicht alles vorstellte! War er mit Shoshamma intim, stellte er sich manchmal vor, wie Blossom ihm schlüpfrige Worte ins Ohr flüsterte, denn mit Shoshamma vollzogen sich ihre Intimitäten in Grabesstille. Jetzt, in Parambil, war selbst Blossom verblasst. Eine weit von ihrem Ursprung entfernte Phantasie ist schwer aufrechtzuerhalten, so wie ein Lottogewinn kein ewiges Glück bringt.

»Geographie ist Schicksal«, sagte sein Chef, J.J. Gilbert, immer gern. Aufschwungmeister findet, es sollte »Geographie ist Persönlichkeit« heißen. Denn die Madras-Shoshamma, die badete, eine Nelke kaute, einen frischen Sari anzog und sich Jasmin ins Haar steckte, bevor er vom Büro heimkehrte, wich der Parambil-Shoshamma, die die unförmigen *chatta* und *mundu* trug. Vorbei der Anblick ihrer nackten Taille, die zwischen Sari und Bluse hervorlugte, vorbei auch, wie diese Kleidung bei ihr Brüste und Gesäß betonte. In Madras gingen sie nur gelegentlich in die Kirche, nun aber bestand Shoshamma darauf, dass sie jeden Sonntag hingingen, und sie führte das Abendgebet ein. Sie war so liebevoll und neckisch wie eh, nun aber mischte sie sich in geschäftliche Dinge ein, die sie zuvor stets ihm überlassen hatte. Anfangs waren es nur Kleinigkeiten, wie dass sie seine Anweisungen an ihre *pulayan* rückgängig machte. Dann aber, es ist noch nicht lange her, kam er aus Trivandrum zurück, nur um festzustellen, dass sie ihre gesamte Kokosernte dem Händler Coconut Kurian verkauft hatte. Aufschwungmeister war verblüfft, verletzt und wütend, doch er hielt den Mund. Er beschloss, sie mit Schweigen zu bestrafen. Gleich am nächsten Tag gab es einen Erlass gegen das Horten, worauf die Kokosnusspreise fielen, was Coconut Kurian und andere unvorbereitet traf, während sie dank Shoshamma hervorragend dastanden. Das war Glück und entschuldigte ihr Vorgehen nicht. In jener Nacht im Bett blieb er zwar weiterhin stumm, näherte sich ihr aber dennoch aus Gewohnheit. In vielen Nächten, ja, den meisten, in jedem Fall immer samstags und sonntags, waren sie intim. Sie hatte immer die übliche Position eingenommen, und er hatte dem ihre Bereitschaft entnommen, wenn schon nicht ihre Lust. Als er jedoch in jener Nacht sanft an ihrer Hüfte zog, drehte sie sich nicht zu ihm. Wieder zog er. »Denkst du denn an nichts anderes?«, sagte sie mit ihrer neckischen, schläfrigen Stimme, mit dem Rücken zu ihm. »Nach zwei Kindern muss das doch sicher nicht mehr sein.«

Er setzte sich auf, getroffen von Worten, die nicht Vorspiel waren, sondern gar kein Spiel! Meinte sie damit, dass sie seine Liebkosungen immer nur erduldet hatte? Da brach er sein Schweigen und sagte empört zu ihrem Rücken: »Was? All die

Jahre habe ich die Initiative ergriffen, um meinen ehelichen Pflichten nachzukommen, wie es bei den Korinthern steht, und zum Lohn dafür werde ich als Lüstling hingestellt?« Sie regte sich nicht, was ihn wütend machte. »Wenn du's so siehst, dann lass es dir gesagt sein, Shoshamma, ab sofort werde ich im Bett nicht mehr den Anstoß geben!« Langsam drehte sie sich zu ihm um, bestürzt von seiner Drohung – wie er sich jedenfalls einbildete. »Jawohl, ich schwöre bei Mar Gregorios, dass ich nie mehr den Anstoß gebe. Von nun an, Shoshamma, musst du es tun.« Sie machte ein erstauntes Gesicht, dann lächelte sie reizend und sagte: »*Aah. Valare, valare* thanks.« *Vielen, vielen Dank*. Dass sie das englische Wort »thanks« benutzte, machte ihren Sarkasmus nur noch verletzender. Sie drehte ihm wieder den Rücken zu und schlief ein.

Sofort wusste er, dass er einen schrecklichen Fehler begangen hatte: Shoshamma hatte nie den Anfang gemacht. Mit ihrer neuen christlichen Schicklichkeit würde sie das nie tun! Er schlief kaum, wohingegen sie den Schlaf der Sündenfreien schlief. Am Morgen brachte sie ihm lächelnd Kaffee. Falls sie Reue empfand, merkte er nichts davon. Sein selbstverschuldeter Zölibat, der nun seit einem Jahr anhält, ist wie eine Vorausschau auf den Tod. Zunehmend verhärten sich seine Gefühle für sie, doch sein Begehren bleibt bestehen. Im Schlaf gelangt er auf fleischliche Pfade. Ist er wach, geht seine ganze Energie in den Aufschwung des Dorfs.

Als der Zug nun mitsamt einem Teil von ihm davonfährt, fühlt sich Aufschwungmeister in Auflösung begriffen, und ihm wird das Herz schwer. Kann der Aufschwung des Dorfs allein seinen Lebensmut aufrechterhalten? Selbst wenn der Maharadscha ihm eines Tages einen offiziellen Titel verleiht, wird das den Schmerz lindern? Ist der beste Teil seines Lebens schon vorbei?

Vor dem Bahnhof fällt sein Blick auf ein Schild, das an eine Palme bei einem Kanal genagelt ist. Ein grober Pfeil ist unter den handgeschriebenen Lettern: കള്ള്. *Kall-uh*. Toddy. Er folgt dem Pfeil den Kanal entlang, das Wasser schimmert grün, bis er die Hütte im hohen Schilf sieht, daran das gleiche Schild wie ein *pottu* auf der Stirn. In dem dunklen Innenraum trinkt er allein, ein Novum. Ein Mann, der zu Hause Erfüllung hat, hat keinen Grund, in einen Toddy-Laden zu gehen. Er trinkt einen langen Zug aus dem Bambusgefäß. Am Toddy ist nichts Neues. Doch zu seiner Überraschung verwandelt sich die milchig-weiße Flüssigkeit an dem Nachmittag in ein magisches Elixier, das ihm seine Ausgeglichenheit wiedergibt und seinen Kummer lindert. Es ist, als hätte seit jener bedauerlichen Nacht mit Shoshamma ein Stein von der Größe eines Elefanten auf seiner Brust gelegen. Jetzt, in dem trüben Laden, weicht durch den Toddy der Stein von ihm. In dem Moment merkt er, dass er sich verliebt hat und dass nicht jede Liebesgeschichte einer zweiten Person bedarf.

40. Kapitel
ETIKETTEN, DIE SCHMÄLERN

1943, Madras

Als Philipose die Augen aufschlägt, ist es Morgen, und sie rumpeln lärmend vorbei an wuseligen Bahnübergängen am Stadtrand von Madras, vorbei an geteerten Straßen und niedrigen Häusern. Himmel und Horizont sind in jeder Richtung zu sehen, keine einzige Kokospalme ist in Sicht. Die Palette von Madras enthält nur einen Farbton: die Erde ist braun, die Teerstraßen sind von braunem Staub überzogen, die weiß getünchten Gebäude sind braun getönt. Offenbar gibt es keinerlei Bäche oder Flüsse. Die Lokomotive donnert durch einen Stadttunnel, die Pfeife ist verstärkt, dann kriechen sie in den hangarartigen Raum des Hauptbahnhofs, eine Stadt für sich. An der Bahnsteigkante kauern Gepäckträger mit rotem Turban, die Nase dicht an den Personenwaggons, reglos. Auf einen Pfiff hin springen sie wie Affen in die Abteile, stürzen sich, die Passagiere ignorierend, auf das Gepäck, zeigen einander die Krallen.

Der weiße Schnauzbart seines Trägers ragt wie der Kuhfänger einer Lok hervor, wie er sich mit Philipose' Riesenkoffer und der Bettrolle auf dem Kopf durch die Menge drängt. Lärm schlägt auf Philipose' Trommelfelle: das Kreischen von Karren mit Metallrädern, deren Achsen um Öl betteln, schrille Pfiffe, brüllende Händler, quengelnde Kinder, freche, übergroße Krähen, die sich lärmend um Reisreste auf weggeworfenen Bananenblättern zanken, die unablässigen Schreie der Gepäckträger: »*Vazhi, vazhi!*« – *Weg da, weg da!* – das alles übertönt von einer donnernden Stimme aus Lautsprechern über ihm, die eine Ankunft auf irgendeinem Bahnsteig ankündigt. Philipose schwirrt der Kopf von diesem Anschlag auf die Sinne.

Die Bahnsteige treffen sich in einer großen Eingangshalle mit Zementboden, die größer ist als drei Fußballfelder und von einem fünf Stockwerke hohen Metalldach auf Stahlstreben überdeckt. Hier sind mehr Soldaten als auf dem Bahnsteig in Cochin. Die brodelnde Menschheit wuselt wie Ameisen auf einem Kadaver, bewegt sich in Strömen und Strudeln um Inseln aus Reisenden, die auf ihrem Gepäck kampieren. Eine solche Insel ist eine Familie mit rasierten Köpfen, die dasitzen wie von Saffrantuch umhüllte Eier – Pilger aus Tirupati oder Rameswaram. Sein Gepäckträger umrundet eine weitere statische Traube aus bunt gekleideten Roma, wovon eine Frau in einem feuerroten Sari Philipose aus dunklen, kajalumrahmten Augen mustert. Sie sitzt auf einer Kiste, Knie angezogen, Beine breit, als säße sie auf einem Plüschkissen, eine verlotterte Maharani. Er kann nicht wegsehen. Bewusst zieht sie ihren Sari hoch und streckt ihm die Zunge heraus; das fleischig rote Organ fährt über sehr weiße Zähne, dann lacht sie über seine schockierte Miene. *Das ist erst der Bahnhof, du Landjunge. Warte mal, bis du draußen bist.* In ihrem Blick wirkt sein Ehrgeiz, Literat zu sein, wie ein Witz. Was seine Nase, die Augen, Ohren und sein Körper hier erleben, lässt sich nicht in Worte fassen. Könnte er umkehren, auf der Stelle einen Zug zurück besteigen, er täte es.

»OY! OY! OY!«, schreit jemand, und als er sich umdreht, sieht er einen rotgesichtigen, untersetzten Weißen, einen Strohhut auf dem Kopf, das Gesicht in heller Aufregung. Weiter schreiend zeigt der Mann auf etwas. Die Knöpfe seines Leinenanzugs spannen über seinem fassartigen Leib. Philipose fragt sich, ob

Weiße kaltblütige Wesen sind – wie kann er nur so viele Schichten tragen? Der Mann reißt Philipose zur Seite, als eine Karre mit Metallkisten darauf vorbeirauscht, eine scharfe Kante reißt sein Hemd auf. Die Gepäckträger, die ihn schieben, schreien Philipose auf Tamil an, was Malayalam so weit ähnelt, dass er erahnt, dass er den Kopf aus dem Hintern nehmen soll, damit die Geräusche seine Ohren erreichen. Anscheinend hatten sie ihn schon längere Zeit angeschrien, doch wie sollte er das bei dem Lärm, der von allen Seiten an ihn brandet, gehört haben?

Der weiße Mann zeigt emphatisch auf seine Ohren, als wollte er sagen: *Benutze sie!*

Ein verwirrter Philipose trottet hinter seinem Gepäckträger her durch eine Lücke in einem dreistöckigen Gebirge aus in Jute eingenähten Paketen, auf deren Seite etwas in Purpurrot steht. Der Schweiß von Maschinerie, die Ausdünstung von Lokomotiven, der Dampf komprimierter Menschheit verletzt seine Lungen. Endlich draußen, blickt er zurück auf das Backsteintreibhaus des Gebäudes, dem er entronnen ist. Der Uhrturm des Hauptbahnhofs ist das größte von Menschenhand erbaute Ding, das er je gesehen hat. Lieber würde er nach Hause laufen, als dort noch einen Schritt hinein zu tun.

Per Rikscha und elektrischer Bahn fährt er in den Vorort Tambaram zum Madras Christian College, wo er sich vor der Quästur unter die neuen Studenten mischt, um seine Gebühren zu entrichten. Die anderen Studenten fürchten etwas, woran er nicht gedacht hat: das einen Monat währende Schikanieren oder *ragging* durch die älteren Semester. Aufschwungmeister hatte ihm davon erzählt. Er hatte es vergessen.

Und so führt denn auch eine Phalanx Älterer die Neuen in seinem zugewiesenen Wohnheim, Saint Thomas Hall, zu den *bogs* – den Gemeinschaftswaschräumen –, wo sie sich den

Schnurrbart abrasieren und die Koteletten bis auf einen Zoll oberhalb der Ohrläppchen stutzen müssen, sodass sie aussehen wie ein gerupftes Huhn und damit leicht zu erkennen sind. Dann bringen sie ihnen brüllend wie Feldwebel den Frischlingsgruß bei, der einem Älteren gegenüber Pflicht ist: Dazu muss man sich an die Hoden fassen und in die Luft springen. Philipose findet das alles schockierend und auch ein wenig komisch. Einige seiner Kommilitonen zittern vor Angst, einer wird ohnmächtig. Stunden nach seinem Einzug in das Wohnheim erledigt er Aufträge für die Älteren in seinem Flügel: für Thangavelu kauft er Zigaretten, Richard Baptist D'Lima III wäscht er die Unterwäsche.

Sonntagmorgens rasieren die Frischlinge die Älteren, die auf einer Reihe Stühle auf der Veranda Platz genommen haben. Philipose schwingt das Rasiermesser, eine heikle Aufgabe, da Richard Baptist D'Lima III nie still sitzt und sein Adamsapfel auf und nieder hüpft, wenn er anderen Älteren Grüße zuschreit. Philipose und die anderen Frischlinge sind die unterste Kaste, unsichtbar, solange sie die niederen Aufgaben ihrer Herren erledigen.

»Also, Brüder, wer kommt mit zu Madam Florie's in Saint Thomas Mount?«, fragt D'Lima. »Rabatt für Jungfrauen. Du, Thambi, fang mal das Jahr richtig an!« Thambi und die anderen Älteren ignorieren ihn. Philipose hat Mühe, das Rasiermesser ruhig zu halten. D'Lima merkt es und lacht. »Hey, Philipose. Welchen Sinn hat Bildung, wenn man keine praktischen Dinge kann?«

»Sir, jawohl, Sir«, stammelt Philipose. Er spürt, wie er errötet.

D'Lima schaut ihn mit fast so etwas wie Mitgefühl an. Er senkt die Stimme. »Hör mal, Kleiner, wenn du nicht bei Florie's warst, hast du nicht gelebt. Wenn schon sonst nichts, weißt du dann wenigstens, was du in der Hochzeitsnacht zu tun hast.

Spaß beiseite, ich mein's ernst. Ich nehm dich mit. Auf meine Kosten. Was meinst du?« Philipose bekommt kein Wort heraus. D'Lima wartet, dann steht er auf, gekränkt. weil er abgewiesen worden ist. »Vor zwei Wochen hat ein japanisches Flugzeug Ceylon bombardiert, hast du das gewusst, Philipose? Bloß um uns zu zeigen, dass sie so weit kommen. Wenn sie uns heute Nacht bombardieren, stirbst du als Jungfrau, deinen Schwengel in der einen Hand, die Wichsvorlage in der anderen, so wichst du dich dann ins Jenseits. Du Idiot, du bringst dich um deine Chance.«

Philipose betrachtet im Rasierspiegel sein Gesicht. Er sieht, was die Romni auf der Kiste im Bahnhof sah, als sie ihm die Zunge herausstreckte: einen verwirrten Jungen, nun mit nackter Oberlippe und geschorenen Schläfen, einen Jungen, der dazu bestimmt ist, als Jungfrau zu sterben.

Ihr erster Kurs »Englische Grammatik und Rhetorik« ist für alle Erstsemester Pflicht, gleich, ob in Natur- oder Geisteswissenschaften. Er findet in einem alten, dunklen Hörsaal mit Holzsitzen in einem Halbrund statt, das bis zu den Dachbalken hinaufreicht. Laut Lehrplan ist der Dozent A.J. Gopal, aber erst kommt eine kurze Begrüßung durch den Rektor, Professor Brattlestone. In der ersten Reihe sitzt eine Handvoll Frauen, die Männer hinter ihnen haben eine Reihe freigelassen, als wären sie ansteckend. Philipose setzt sich ganz oben in die letzte Reihe. Zwei Männer kommen herein – ein großer, schmaler Inder, offenbar Gopal, der andere ein Weißer, den Philipose sogleich erkennt: Es ist der Mann vom Bahnhof, der verhindert hat, dass er über den Haufen gerannt wird. Derjenige, der ihm sagte, er solle seine Ohren gebrauchen. Wie Gopal trägt er nun einen schwarzen Dozentenumhang überm Anzug. Philipose versucht, sich unsichtbar zu machen.

Seine Kommilitonen schreiben alle etwas hin, was Gopal offenbar gesagt hat. Aber was? Er linst auf das Notizbuch seines Nachbarn. »Erste Überprüfungsstunde Freitag, 14.00.« Während er es hinschreibt, stupst ihn dieser Student an und zeigt. »He! Bist du das nicht? Du bist doch Philipose?« Philipose blickt auf und sieht, dass jedes einzelne Augenpaar im Raum auf ihn gerichtet ist. Offenbar hat Gopal seine Namen genannt. Philipose springt auf und sagt: »Ja, Sir?«

»Sag einfach ›anwesend‹«, sagt Gopal streng. »Kannst du das?«

»Anwesend, Sir.«

Professor Brattlestone betrachtet Philipose lange. Als der Mann den Blick abwendet, flüstert ein hochroter Philipose seinem Nachbarn zu: »Ich hab Gopal gar nicht gehört!«

»Ist nicht weiter wichtig, keine Sorge«, erwidert der Bursche, doch seine Miene aus Mitleid und leichter Belustigung sagt das genaue Gegenteil. Es war durchaus wichtig. Als alle auf ihn gestarrt haben – auch Brattlestone –, hat Philipose sich gewünscht, eine Falltür möge sich unter seinem Stuhl auftun. Der Unterricht hat noch nicht richtig begonnen, und schon fühlt er sich markiert wie einer mit einem Krähenschiss auf dem Kopf.

Brattlestones Begrüßungsrede ist lang. Sie muss wohl lustig sein, weil die anderen an mehreren Stellen kichern. Philipose hört ihn, aber merkwürdigerweise versteht er nicht richtig, was er sagt, nur hier und da ein Wort. Nachdem Brattlestone gegangen ist, rückt Gopal seinen Stuhl zurecht, zieht sein Skript hervor und sagt: »Mitschreiben!« Sie sitzen erwartungsvoll da. Dann schaut Gopal auf sein Skript, sodass Philipose von dort oben nur seinen Kahlkopf sieht. Gopal beginnt seinen Vortrag, wobei er immer wieder aufblickt, um mit dem Kopf zu wackeln oder einen Punkt zu betonen. Alle um Philipose herum schreiben mit, nur er sitzt reglos da. Der nächste Kurs, »Lyrik,

Einführung«, findet im selben Hörsaal statt. Unauffällig setzt er sich in die erste Männerreihe, die freilich die dritte ist. Der Dozent, K.F. Kurian, scheint seine Ausführungen zu genießen, er marschiert immer vor ihnen auf und ab und reißt Witze. Philipose hört ihn sehr gut, aber nur, wenn Kurian ihn anschaut.

Er übersteht die Schikanen im Wohnheim in der ersten Woche; sie stören ihn nicht so sehr wie seine Verwirrung im Unterricht. Er läuft mit dem Gefühl herum, in einem Land zu sein, wo eine andere Sprache gesprochen wird. Er leiht sich Mitschriften und schreibt sie ab. Die Lehrbücher, die er auf dem Moore Market kauft – *Elisabethanische Dichter* und *Englische Literatur des Mittelalters* die dicksten –, sind wenig anregend. Außer *Shakespeare: Eine Einführung* gibt es kein einziges Buch, das er richtig gern lesen wollte.

In der dritten Woche sucht ihn ein Bote auf. Professor Brattlestone will ihn sprechen. Philipose wartet im Foyer, bis Brattlestone ihn hereinwinkt. Er bietet Philipose einen Stuhl an. »Wie läuft's im Unterricht?«, fragt Brattlestone noch im Stehen, dann geht er langsam zu seinem Schreibtisch.

»Sehr gut, Sir.«

»Verzeihen Sie die Frage, aber haben Sie … Schwierigkeiten, den Dozenten zu hören?«

Philipose ist überrascht, sagt automatisch: »Nein, Sir!« Ein Schauer überläuft ihn. Ein alter Teil von ihm spürt, dass er in Gefahr ist, in die Enge getrieben; er blinzelt den Fragesteller an. Brattlestone mustert ihn mit nüchterner Neugier, wenn nicht Empathie.

Brattlestone dreht sich um und stupst im Regal ein Buch an, damit es bündig mit den anderen steht. Er wendet sich wieder Philipose zu und schaut ihn erwartungsvoll an. »Haben Sie gehört, was ich gerade gesagt habe?«

Er spürt, wie er niedersinkt. Er ist der Junge, der immerzu

versucht zu schwimmen, aber unweigerlich auf den Grund sinkt und herausgefischt werden muss und Schlamm spuckt, während die Bootsleute sich vor Lachen biegen. »Nein«, sagt er leise. »Ich habe es nicht gehört.«

»Mr. Philipose, im Hauptbahnhof habe ich gesehen, wie Sie in Gefahr geraten sind. Einigen, aber nicht allen Dozenten von Ihnen ist aufgefallen, dass Sie Mühe haben. Dass Sie, wenn man Ihnen eine Frage stellt, diese entweder nicht gehört haben oder dass Ihre Antwort unzureichend ist, weil Sie die Frage missverstanden haben. Leider könnte Ihre Taubheit so schwer sein, dass Sie hier nicht mehr weitermachen können.«

»Taubheit.« Das Wort ist wie ein Schlag mit dem Knüppel auf den Hinterkopf. Soll man ihn unaufmerksam nennen, ungeeignet, unmotiviert, aber nicht das. *Ich bin nicht taub*. Das Problem ist die Lautstärke. Die Leute murmeln, sprechen in Halbsätzen oder flüstern. Dieses schreckliche Wort hat er sich vom Leib gehalten. Er verachtet Etiketten, die schmälern. *Kann nicht schwimmen. Kann nicht hören. Kann nicht …*

In der darauffolgenden Stille kann er doch so viel hören: das Ticken der großen Uhr, das Knarren eines Stuhls, als der Rektor sich setzt. Bestimmt ist es auch ihm unangenehm.

Schließlich sagt Brattlestone: »Es tut mir leid. Ich schicke Sie zum Collegearzt. Er könnte Sie an einen Spezialisten überweisen. Ich kann nicht erkennen, wie Sie hier weitermachen, ohne dass Sie besser hören. Machen Sie sich bereit.«

41. Kapitel
DER VORTEIL DES NACHTEILS

1943, Madras

Doch er ist nicht bereit. Er ist nicht bereit für die Erleichterung, die ihn überkommt – Erleichterung vermischt mit Demütigung. Erleichterung, weil sein Körper gewusst haben muss, dass das College ein Kampf werden würde, und inzwischen sehnt sich seine Seele auch nach Parambil. Seine romantische Vorstellung vom Studium der englischen Literatur ist von trockenen Texten und noch trockeneren Vorlesungen – nach den Notizen seiner Kommilitonen zu urteilen, die er sich leiht – grausam enttäuscht worden. Insgeheim hat er sich gewünscht, dass ihn ein Wunder befreit, doch auf diesen entwürdigenden Abgang ist er nicht vorbereitet.

Ebenso wenig auf die Schlange, die sich aus der HNO-Klinik im General Hospital, gleich gegenüber vom Bahnhof, windet. Die Patienten stehen dicht an dicht bis hin zum Untersuchungsstuhl bei Dr. Seshaya, und auf diesem Stuhl sitzt kein Patient länger als eine Minute. Dr. Seshaya hat Wangen wie eine Bulldogge, auch knurrt und schnauft er wie eine. Er dreht Philipose seitwärts auf dem Drehstuhl, packt sein Ohrläppchen wie ein Mastiff, richtet dann seinen Kopfspiegel aus, um ihm in den Hörkanal zu spähen und darin zu stochern, um ihn sogleich in die andere Richtung zu drehen und das andere Ohr zu piesacken.

Seshaya hält die Faust an Philipose' Ohr und sagt: »Sagen Sie mir, was Sie hören.« *Was hören?* »Egal.« Er wiederholt es am anderen Ohr. Seshaya öffnet die Faust und bindet sich seine Armbanduhr wieder um. Dann drückt er eine Stimmgabel hierhin und dann dahin und sagt gelangweilt: »Sagen Sie mir, wann das Geräusch aufhört« und »Hören Sie es auf beiden Seiten gleich?«, ohne auf Philipose' Antworten zu achten. Nach der Untersuchung schreibt Seshaya etwas auf ein Blatt Papier. »Ihre Trommelfelle sind in Ordnung. Auch das Mittelohr. Zeigen Sie den Zettel dem Boten. Er bringt Sie dann zu Gurumurthy wegen formaler Audiologietests.«

»Dann ist also alles in Ordnung, Sir?«

»Nein«, sagt Seshaya, ohne aufzublicken. »Ich sage, dass es kein Problem der Ohrtrommel oder der Knöchelchen ist – ihrer Knochen im Ohr. Das könnten wir heilen. Das Problem liegt in dem Nerv, der das Geräusch ins Gehirn leitet. Sie haben eine Nerventaubheit. Sehr verbreitet. Liegt in der Familie. Sie sind noch jung, aber das kommt vor.«

»Sir, gibt es eine Behandlung der Nerven–«

»Der Nächste!«

Der nächste Patient, eine Frau, bei der eine pilzartige Wucherung aus dem Nasenloch ragt, stößt Philipose mit der Hüfte vom Stuhl, worauf der Bote ihn wegführt.

Vadivel Kanakaraj Gurumurthy B.A. (durchgefallen) hört sie nicht klopfen, eintreten oder seinen Namen rufen, und er schreibt eifrig mit tintenfleckigen Fingern, Papiere vor sich ausgebreitet, alle dicht vollgeschrieben. Schließlich schreit der Bote: »GURUMURTHY, *SAAR*!«

»Ja? … Ja, willkommen, ja! Hastig räumt er die Papiere weg und betrachtet den Zettel. »Student, *aah*? Oh … Tut mir sehr leid.« Und anders als Seshaya, der seine Existenz kaum wahrgenommen hat, tut es ihm wirklich leid. Gurumurthys Patienten müssen sehr taub sein, denn seine Stimme ist unnatürlich laut. »Keine Sorge! Wir machen Tescht! Auditiv und vestibulär. Ein vollumfänglicher Tescht!«

Gurumurthys Tests sind raffinierter als Seshayas. Mit dem Tongenerator hört Philipose Töne, die Gurumurthy nicht hören kann – das Gehör des Audiologen ist noch schlechter als das des Patienten. Er benutzt zwei verschiedene Stimmgabeln, macht Gleichgewichtstests und injiziert schließlich noch kaltes Wasser in beide Ohren, wobei er Philipose' Augenbewegungen beobachtet.

»Doktor Seshaya hat leider recht«, sagt Gurumurthy schließlich. »Es tut mir leid, mein Freund. Es ist eine Nerventaubheit. Wie bei mir! Nicht Kanal, nicht Ohrenknochen, nur Nerven.«

»Kann man da nichts machen?« Philipose hört, wie sein Mund reflexhaft diese Frage stellt. Sein Gehirn steht weiterhin unter Schock.

»*Alles* kann man machen! Sie machen es, Sie wissen es nur nicht! Gesichtlesen, nicht wahr? Dem Lippenlesen vorzuziehen, weil wir lernen müssen, das ganze Gesicht zu lesen. Ich zeige Ihnen, wie Sie die Welt lesen, mein Freund, keine Sorge! Ich gebe Ihnen Tipps und einige persönliche Beobachtungen in einer Broschüre. Sehen Sie, ich bin zwar kein Arzt, aber Audiologe. Und auch Physiker. Nur B.A.! Universität Madras!«

»Ja, das habe ich an der Tür gesehen.«

»*Aah* ja. ›Durchgefallen‹, aber eines Tages *wird* es ›Mit Auszeichnung‹ sein.« Er zeigt das Lächeln eines Mannes, der sich immer wieder selbst motivieren muss. »Sehen Sie, die schriftliche Prüfung bestehe ich immer!«, sagt er, als hätte Philipose ihn gefragt. Das strahlende Lächeln bröckelt an den Enden. »Aber jedes Jahr lässt Professor Venkatacharya mich durchfallen. Er flüstert – wer kann da seine Fragen hören? Jedenfalls werde ich, wenn nicht vor seinem Tod, ganz gewiss aber danach das Mündliche bestehen.«

Die nächsten zwei Stunden verbringt Philipose mit Gurumurthy. Offenbar schickt ihm Seshaya nicht allzu viele Patienten, daher hat Gurumurthy jede Menge Zeit und teilt sein Wissen auch begierig.

Im Wohnheim dann packt Philipose seinen Koffer, schnürt seinen Schlafsack zusammen und nimmt das »Bild« ab, das Baby Mol ihm geschenkt hat. Ihr Selbstporträt enthält das Wichtigste: ein Lächeln, das sich bis an die Ränder der Scheibe dehnt, die ihr Gesicht darstellt, und ein rotes Band, das aus ihren Haaren ragt. Er wartet, bis keine Stimmen mehr vom Flur kommen; alle sind zum Unterricht gegangen. Er zieht den Brief heraus, den Aufschwungmeister ihm am Bahnhof gegeben hat.

Die Satkar Lodge erweist sich als ein schmales fünfstöckiges Gebäude in einem Labyrinth ähnlicher Häuser, jedes nur wenige Zoll von seinem Nachbarn entfernt. Mohan Nair, der »Mann für den Notfall«, ist nicht zu sehen. Er ruft. Ein Gesicht, knitterig wie eine alte Landkarte, späht aus dem mit einem Vorhang abgetrennten Bereich hinter dem Empfang hervor. Mohan Nairs Augen sind verschlafen und blutunterlaufen, aber er lächelt lässig wie ein Wirt. »Wie geht's dem alten Ziegenbock?«, sagt er, nachdem er Meisters Empfehlungsschreiben gelesen hat. »Trägt er noch die Favre-Leuba-Uhr? Frag nicht, wie ich sie ihm besorgt habe. Und zu dem Preis!«

Philipose sagt, er brauche ein Zimmer für zwei Nächte »und bitte ein Bahnticket nach Cochin in drei Tagen, falls das möglich ist«. Er versucht zu klingen wie einer, der weiß, was er will, und nicht wie einer, dem man die Beine abgehackt hat.

»*Aah, aah!*«, sagt Nair. »Ticket in drei Tagen? Sonst noch was? Einen fliegenden Teppich? *Monay*, wenn du dich am Bahnhof in die Schlange stellst, kriegst du ein Ticket frühestens in zwei Monaten.« Philipose verlässt der Mut. Nair läutet mit einer Glocke. »Aber … mal sehen, was ich tun kann.« Er zwinkert und lässt ein Lächeln funkeln, das sagt: *In einem krummen Haus ist es sinnlos, durch die Haustür zu gehen.*

Am nächsten Tag bricht er mit den unlängst erworbenen Lehrbüchern auf. Der Moore Market ist eine riesige viereckige Halle aus rotem Backstein, er erinnert stark an eine Moschee, drinnen aber ist ein Labyrinth aus mit Ständen gesäumten Gassen. Eine schrille Stimme schreit ihm ins Ohr: »Hierher, Madam, beste Preise!« Zwei Mynah-Vögel in einem Käfig geben ihm das Rätsel auf, welcher der beiden gesprochen hat. Er wendet den Blick von den jungen Hunden, Kätzchen, Kaninchen, Hasen, Schildkröten und selbst kleinen Schakalen, die zum Verkauf stehen. Dieser streng riechende Bereich mit seinem Ammoniakgeruch geht über in einen Abschnitt, wo es nach Zeitungspapier und Bucheinbänden duftet. Es ist, als käme er nach Hause.

Die Regale und vollgestapelten Tische bei JANAKIRAM BÜCHER GEBRAUCHT UND NEU sind in die Fächer Jura, Medizin, Naturwissenschaften, Buchhaltung und Geisteswissenschaften unterteilt. Janakiram thront auf einem Podest, der Deckenventilator nur Zentimeter über seinem Kopf. Seiner Brille mit den Halbmondgläsern fehlen die Bügel, sie findet aber Halt auf halber Höhe des Nasenrückens. »J.B. Thorpe ist Gita und Veda der Kostenrechnung«, sagt er zu einem jungen Mann. »Warum für Priestley bezahlen, wenn Thorpe Sie durchs Examen bringt?« Sein Blick fällt auf Philipose, dann auf dessen Bücher. Er steigt von seinem Podest herab, seine spinnengleichen Finger streichen sanft über die Lehrbücher, die Philipose erst kürzlich in braunes Papier geschlagen hat. Er schickt einen Jungen Tee holen, dann bittet er Philipose in einen Alkoven –

seinen *puja*-Raum. »*Thambi*, ich vergüte voll, keine Sorge. Aber *Ayo*, erzähl mir, was passiert ist!«, sagt er, als sie einander im Schneidersitz gegenübersitzen.

Philipose hatte nicht vorgehabt, ihm die Geschichte zu erzählen, doch die Freundlichkeit des legendären Buchhändlers, des Freunds eines jeden Studenten in Madras, stimmt ihn um. Janas Miene wechselt von Besorgnis über Empörung zu Trauer. Angehört werden heißt Heilung, genau wie der ziegelrote, stark gesüßte Tee mit ordentlich Milch und dicken Kardamomschoten, die auf der Oberfläche treiben.

»Guter Tee, so viel will ich sagen«, ruft Jana endlich aus und schmatzt. »Genauso ist das Leben. Es gibt Niederlagen, aber auch Erfolge. Nie *nur* Erfolg.« Er macht eine bedeutungsvolle Pause. »Ich wollte studieren. Vater gestorben. Niederlage! Was also? Ich arbeite! Kaufe erst alte Zeitungen und verkaufe sie wieder, zweitens dann alte Bücher. Und nun? Ich sitze auf Wissen! Ich lese alles und jedes. *Besser* als Ausbildung. Ich sage, du *wirst* erfolgreich sein! Niemals aufgeben!«

Niederlagen hat Philipose reichlich erlebt. Er wollte wie Ismael die Meere befahren, doch der Zustand vereitelte diesen Plan früh. Er sagte sich, er werde die Welt über Land erforschen, doch da ist er nun in Madras und will schon wieder nach Hause. Niederlagen hatte er. Wie mag der Erfolg nun aussehen? Janakiram hat die Antwort. »Erfolg ist nicht gleich Geld! Erfolg ist, wenn man gänzlich liebt, was man tut. Nur das ist Erfolg!«

In der Pension hat Mohan Nair Philipose tatsächlich ein Ticket für einen Zug in etwas über einer Woche beschafft. »Es ist ein Wunder. Alle sorgen sich wegen des japanischen Bombardements von Ceylon. Alle Züge sind nur überbucht. Da fällt mir ein, ich möchte dir was zeigen.« Er geht mit ihm in den durch den Vorhang abgeteilten Bereich hinterm Empfangstisch, wo zu Philipose' Überraschung nicht nur *ein* Radio steht, sondern über ein Dutzend. »Die verkaufe ich ohne jede Lizenz. Bis letzte Woche wollte niemand eine Lizenz sehen, bis zu dieser Angst vor den Japanern. Jeder ist misstrauisch. Oh, und Lizenzen gibt's keine.« Nair dreht an der Senderwahl, eine englische Stimme ertönt. Instinktiv legt Philipose die Hand auf das Radio. Sogleich ist er *an* dem Ort, von wo der Ton seinen Ausgang nimmt, er hört mit dem ganzen Körper. Der Sender wechselt zu Orchestermusik. »Mit einem Radio«, sagt Nair, »kommt die Welt ins Haus. Billiger kriegst du keins.«

Am nächsten Tag schüttet es, ein seltsamer, willkommener Anblick. Straßen werden überflutet. Am Abend ist in ganz Madras der Strom ausgefallen. Der Moore Market ist innen nur trüb durch Kerzen und Lampen erhellt. Philipose ist dort, weil ihm bei Nairs Satz »die Welt kommt ins Haus« eine Idee gekommen ist. *Ich bin zwar auf dem Heimweg, aber nicht exiliert. Solange ich meine Augen habe, können Romane, die großen Lügen, die die Wahrheit sagen, die Welt in ihrer heroischsten und anzüglichsten Form, immer mir gehören.* Selbst nachdem er für das Radio bezahlt hat, hat er von der Rückzahlung der Studiengebühren noch Geld übrig. Es ist das, was seine Mutter für seine Ausbildung angespart hat; er hofft, es ist ihr recht, dass er es für diesen Zweck ausgibt.

»Großartig, mein Freund!«, sagt Janakiram, nachdem er ihm zugehört hat. »Aber Sie sind nicht der Erste mit dieser Idee!« Er führt Philipose zu einer Reihe blau gebundener Bände mit eingeprägten Goldlettern, die säuberlich in einem passenden, dreistufigen Pappschuber eingepackt sind – ein wunderschöner Anblick. Auf jeden Buchrücken ist *THE HARVARD CLASSICS* aufgedruckt. Jana liest aus dem Einführungsband. »Ein fünf Fuß hohes Regal würde genügend Bücher aufnehmen, damit jeder, der sie mit Hingabe liest, selbst wenn er nur fünfzehn Minuten täglich dafür Zeit hat, einen guten Ersatz für eine freisinnige Bildung erhält.«

Philipose erschrickt über den Preis. »Keine Sorge«, beruhigt Jana ihn. »Ich habe dieselben Schriftsteller, nur gebraucht. Aber ich protestiere gegen Harvards Auswahl. Nicht genug Russen! Zu viel Emerson ... Wollen Sie Jana vertrauen, dass er *echte* Klassiker empfiehlt?« Philipose vertraut ihm.

Er kauft einen weiteren Koffer für seine Schätze: Thackeray, aber nicht Darwin, Cervantes und Dickens, aber nicht Emerson. Hardy, Flaubert, Fielding, Gibbons, Dostojewski, Tolstoi, Gogol ... Auch wenn er *Moby-Dick* und *Tom Jones. Die Geschichte eines Findlings* gelesen hat, will er seine eigenen Exemplare. *Tom Jones* ist das Gewagteste, was er in seinem ganzen Leben gelesen hat. Zum Abschied gibt Jana ihm noch die Bände 14, 17 und 19 der *Encyclopaedia Britannica* dazu: HUS bis ITA, LOR bis MEC und MUN bis ODD. Die gebrauchten Bände verströmen den Geruch von weißen Leuten, Mehltau und Katzen.

Die beiden Bücherkoffer sowie ein verschnürter Karton mit dem polierten Mahagoni-Radio mit den Drehknöpfen aus Elfenbeinimitat füllen nun den Fußboden seines Zimmers aus. Seine Erwerbungen sind das Einzige, was ihm die Rückkehr nach Hause mit einem Gefühl von Sinnhaftigkeit statt bitterer Niederlage gestattet. Er weicht nicht zum Postamt Parambil zurück oder flüchtet vor der größeren Welt. Er bringt sie mit nach Hause.

42. Kapitel
ALLE KOMMEN MITEINANDER AUS

1943, Madras nach Parambil

Die anderen Fahrgäste im Abteil haben schon längst ihr Gepäck verstaut, sitzen und haben ihre Kissen herausgeholt oder spielen Karten, als ein durchnässter und verdreckter Philipose zusteigt. Seine Gepäckträger schieben das Gepäck der anderen Fahrgäste herum, versuchen, unter den beiden Bänken für seine zwei Riesenkoffer und den Karton mit dem Radio Platz zu schaffen. Eine füllige Frau in einem gelben Sari, ein Baby auf dem Schoß, ist erzürnt, als ein Träger ihren Koffer umstößt, sie beschimpft ihn in ausgesuchtem Tamil und erhält eine nicht weniger deftige Antwort. Eine junge Frau mit Sonnenbrille und einem Tuch über den Haaren entschärft die Lage, indem sie dem Gepäckträger sagt, er solle den Karton und einen Koffer auf die oberste Liege – ihre – legen, und da fährt der Zug auch schon ruckend an.

Zehn Abteile pro Waggon, sechs Fahrgäste pro Abteil, je drei auf den gegenüberliegenden Sitzbänken. Nachts werden zwei Liegen über jeder Bank abgeklappt, dann werden auch die Bänke zu Liegen. Aus Nachbarabteilen hört Philipose Gelächter und fröhliche Stimmen. In seinem aber bleibt ihnen die Geselligkeit einer gemeinsamen Reise versagt; es liegt an ihm.

Er zieht sein Notizbuch heraus. Auf der ersten Seite hat er Axiome von Gurumurthy aufgeschrieben. »Man schreibt, um zu wissen, was man denkt.« »Ist das Gehör behindert, stellt man sicher, dass Geruch und Gesicht hyperscharf werden.«

Am Rand seines Blickfelds nimmt Philipose den hüpfenden Adamsapfel des dünnen Burschen neben ihm wahr; die flattrigen Finger des Mannes, mit denen er die Brille zurechtrückt, sind sichere Anzeichen dafür, dass er gleich spricht. Er verströmt einen rätselhaften Geruch aus Kampfer, Menthol und Tabak.

»Der nächste Halt ist Jolarpet«, platzt der Mann hervor. »*Angeblich* die verkehrsreichste Kreuzung Asiens!« Philipose findet, dass sein Gehör im Zug verbessert ist, wie Gurumurthy es vorhergesagt hat, da die Leute an geräuschvollen Orten Lautstärke und Tonlage heben.

»Ach, wirklich?« Dankbar dafür, angesprochen zu werden, schraubt Philipose seinen Füller zu.

»Zweifellos! Streng genommen ist es keine Kreuzung. Kreuzung heißt doch vier Strecken, nicht? Aber Jolarpet hat nur drei! Salem, Bangalore und Madras!«

Philipose zeigt sich beeindruckt. Sein Sitznachbar strahlt und hält ihm eine knochige Hand hin. »Arjun-Kumar-Railways.« Er öffnet eine kleine, gravierte Metalldose, die den merkwürdigen Geruch erklärt, nimmt eine Prise, schnupft und unterdrückt gekonnt das sofortige Doppelniesen. Merklich ruhiger nun, lehnt er sich zurück.

Die junge Frau mit dem Tuch, die neben Arjun sitzt und die den Gepäckträgern gestattet hat, sein Gepäck auf ihrer Liege zu deponieren, nimmt die Sonnenbrille ab und beugt sich herüber. »Darf ich mal sehen?«, fragt sie höflich. Mit dem Fingernagel fährt sie das eingravierte Blatt-und-Blüten-Muster nach. Es ist ungewöhnlich, dass eine unbegleitete Frau ein Gespräch beginnt. Philipose ist angetan von der feinen Ader, die ihr über den Handrücken läuft, und den Zuflüssen, die aus den

Zwischenräumen ihrer Knöchel strömen. Ihre Hände wirken geschickt, wie die eines Schneiders oder Uhrmachers.

»Das ist ja so eine feine Gravur!« Ihre Stimme ist markant wegen ihrer Tiefe. Die Frau dreht die Dose um und betrachtet die Inschrift, die vom Gebrauch abgewetzt ist. »Wissen Sie, was da steht?«

»Ja, das weiß ich, junge Miss!« Arjun-Kumar-Railways kichert und schluckt, die Augäpfel von den Brillengläsern vergrößert. Sie wartet.

»Und … können Sie es mir sagen?«

»Das kann ich zweifellos!«

Sie und Philipose wechseln Blicke und gelangen zur selben Erkenntnis: Für Arjun-Kumar-Railways ist alles andere als eine Antwort, die sich exakt auf die Frage bezieht, ebenso ungeheuerlich wie etwas eine »Kreuzung« zu nennen, wenn es keine ist. Sie lächelt. Ihr Duft ist frisch, ein leiser Hauch von parfümierter Seife, die Gurumurthy nicht gutheißen würde (weil Parfüme den Geruchssinn überwältigen), Philipose aber findet ihn wunderbar.

»Würden Sie mir dann bitte auch *sagen*, was da steht?«

»Gewiss! Da steht: ›Nicht fluchen, hier ist es.‹«

Eine Pause entsteht, dann lacht sie, ein heller, herrlicher Klang.

Arjun-Kumar-Railways ist mehr als erfreut. »Sehen Sie, junge Miss, Schnupfen ist große Ungeduld! Angenommen, es wird Zeit, und angenommen, Sie wollen Ihre Prise, und wenn Sie sie nicht bekommen, wird es Fluchen geben, nicht wahr?« Seine erregbare, hohe Stimme steht in Kontrast zu ihrer. »Zu Hause habe ich eine ganze Sammlung Schnupftabakdosen«, sagt Arjun-Railways stolz. »Mein Hobby. Die hier ist nur für Reisen. Aber gerade in Madras habe ich eine neue erworben. Einen Augenblick, junge Miss.«

Während er kramt, reißt die junge Miss ein Blatt aus ihrem Notizbuch, legt es auf die Dose und reibt mit einem Bleistift darüber, wodurch sie ein feines Blattmuster enthüllt. Arjun reicht ihr seine neueste Erwerbung, eine mit Edelsteinen besetzte Dose, handbemalt mit feinem Pinsel, die Reiter mit Turban auf ihrem Ritt durch eine Perlmuttwüste zeigt.

»Kunst auf einer Schnupftabaksdose!«, sagt die junge Miss, fast zu sich selbst; vollkommen fasziniert fährt sie die Umrisse mit dem Fingernagel nach.

»Korrekt gesprochen, Miss! Jede schlechte Angewohnheit des Menschen erzeugt Kunst! Zigarettenetuis, Whiskyflaschen, Opiumpfeifen, nicht wahr?«

»Ich lese, dass diese die ›anatomische Schnupftabaksdose‹ heißt«, sagt die junge Miss und spreizt den Daumen ab, um die flache, dreieckige Höhlung auf dem Handrücken zwischen den beiden Sehnen, die vom Daumenansatz zum Handgelenk verlaufen, noch weiter zu vertiefen. Philipose ist fasziniert von der Eleganz dieses gebogenen Fingers, der einem Schwanenhals gleicht, wie auch von den feinen, durchscheinenden Härchen auf ihrem Unterarm. Sie betrachtet die beiden Männer fragend. Ihre eng sitzenden Augen heben sich an den Außenseiten in einem Winkel, den die Brauen wiederholen, was ihr ein exotisches Aussehen verleiht, wie eine ägyptische Königin. Ihre Nase ist scharf, entspricht so ihrem schmalen Gesicht. Die junge Miss radiert in Philipose' Kopf jede andere Frau auf Erden aus, so wie in Shakespeares Stück Julia Rosalinde verdrängt.

Arjun runzelt die Stirn. »Zweifellos tun manche nur *podi* hinein und schnupfen-schnüffeln! Prise ist vorzuziehen.«

Die junge Miss wirkt groß, sogar im Sitzen, sie hat die straffe Haltung einer Tänzerin. Ihr Tuch ist nach hinten gerutscht und enthüllt so dichte schwarze Haare, die zu einem schlichten Zopf geflochten sind, den sie nun über die linke Schulter legt, eine unbewusste Bewegung, bei der das spitz zulaufende Ende wie eine Peitsche tanzt und ihr bis zur Taille reicht. Ihre Schönheit ist nicht leicht zu fassen, denkt Philipose. (Später wird er in sein Notizbuch schreiben: »Eine Frau von unkonventioneller Schönheit weckt im Betrachter die Hoffnung, er möge der Einzige sein, der sie sieht, dass er allein, indem er sie erkennt und würdigt, ihre Schönheit erst ans Licht gebracht hat.«)

Die junge Miss sagt: »Also, ich finde, jetzt müssen wir ihn auch probieren.« Ihre Mundwinkel heben sich. In ihren Augen liegt ein Schalk. Sie schaut Philipose direkt an. »Was meinen Sie?«

Wenn es der jungen Miss gefällt, wird meine Wenigkeit auch Skorpionbabys schnupfen und schnüffeln. Die junge Miss und Philipose nehmen eine Prise und beachten Arjuns Warnung: »Nur schnupfen! Nicht einatmen. Nur bisschen schnuuuupfffen, nur ganz vorn am Nasenloch! Gefälligst die hinteren Teile vermeiden. Gefälligst beachten.« Arjun macht es vor, und sogleich niest er doppelt wie der Rückstoß einer Flinte, wonach sich sein Gesicht entspannt. »Es wird *exakt* zweimal geniest. Außer es werden mehr.«

Die junge Miss und Philipose schnuuuupfffen ... dann niesen sie unisono, zweimal. In ihren aufgesperrten Mündern hängen weitere Nieser. Sie niesen weitere vier Mal. Ein Duett. Mrs. Gelber Sari bricht in lautes Gelächter aus, die anderen tun es ihr nach. Das Eis ist gebrochen.

Hinter Jolarpet wiegt Philipose das Kind in den Schlaf, während Meena – Mrs. Gelber Sari – sich zur Toilette begibt und ihr Mann ihre Liegen bereit macht. Arjun gibt Karten aus, zeigt der jungen Miss, wie Twenty-Eight geht. Bei Sonnenuntergang werden Henkelmänner und Esspakete hervorgeholt. In der dritten Klasse, Abteil C, sind sämtliche Klassenunterschiede verflogen.

Philipose bekommt von allen Seiten Essen zugesteckt, wofür er dankbar ist, da er nichts dabeihat. Der wortkarge Brahmane mit den funkelnden Diamanten in den Ohren und den abgewetzten Slippern ist natürlich Vegetarier und bietet seinen *thayir sadam* (in Yoghurt und Salz getränkten Reis) gegen eine Kostprobe von Meenas Brathuhn an. »Nicht Frau sagen. Warum sie einfach beunruhigen?« Meenas achtstöckiger Henkelmann hat die Größe eines Artilleriegeschosses. Der Beitrag der jungen Miss ist eine Dose mit köstlichen, in rosa Taschentücher eingewickelten Spencer-Keksen.

Um zehn Uhr schlafen Meenas Mann und ihr Baby auf der mittleren Liege, darüber schnarcht der Brahmane. Meena, der Mund rot von *paan*, beugt sich vor, um der jungen Miss (und damit auch Arjun und Philipose) anzuvertrauen, dass der Schnarchende auf der mittleren Liege »nur mein Cousin« ist. Drei Jahre lang haben sie als Mann und Frau in Madras gelebt. »Wie das kam, fragen Sie?« Die junge Miss hat nicht gefragt. »Wir haben bis zur fünften Stufe zusammen studiert. Ich ihn gemocht und er mich auch. Aber Cousin und Cousine? Was macht man da? Meine Eltern haben mich verheiratet. Erst am Hochzeitstag seh ich meinen Mann. Sieht gut aus, heller Teint, wie Sie. Aber nach Hochzeit merke ich, er ist nur Kind. Nach außen sieht normal aus. Innen ist zehn Jahre alt. Nach zwei Jahren bin ich noch immer unschuldig. Er hat nicht gewusst, wie!« Ihre Schwiegereltern gaben Meena die Schuld. Als ihr Cousin, der es in Madras zu etwas gebracht hatte, zu Besuch kam, haben sie sich verliebt und sind durchgebrannt.

Die Anonymität einer Bahnfahrt gestattet Fremden solch intime Offenbarungen, findet Philipose. Oder die Freiheit, welche zu erfinden. *Fragt man mich wer, wo und warum, denke ich mir etwas aus. Wenn sie eine Geschichte wollen, bekommen sie eine. Aber was ist nur meine Geschichte?*

»Ich? Ich bin wohl auch durchgebrannt«, sagt die junge Miss, als Meena sie fragt. Das verblüfft ihre Zuhörer. Es ist nicht überraschend, dass eine junge Frau im College-Alter unbegleitet reist. Die gemeinschaftliche Atmosphäre im Liegewagen dritter Klasse ist sicherer als in der ersten (eine zweite Klasse gibt es nicht), wo die Einzelabteile abschließbare Türen haben und damit Frauen für alle, die sich Zutritt verschaffen, verletzlich machen. »Den Nonnen am College war ich egal«, sagt sie. »Vielleicht, weil sie mir egal waren.«

»Und Ihr guter Vater und Ihre Mutter?«

»Meine Mutter lebt nicht mehr. Mein Vater wird nicht sehr glücklich sein.«

Philipose ist begeistert zu hören, dass sie beide in einer ähnlichen Zwangslage stecken. Ihr Geständnis mindert den Schmerz seines Rückzugs nach Parambil. Doch die junge Miss nimmt ihre Rückkehr leichter. Er bemerkt das Kreuz an ihrem Kettchen. Offenbar ist sie Thomaschristin, obwohl in diesem Abteil alle Gespräche mit den Fahrgästen aus Madras, Mangalore, Vijayawada, Bombay und Travancore bislang auf Englisch gelaufen sind.

Meena ist voller Anteilnahme. »Warum überhaupt College? Reine Verschwendung. Nach der Heirat spielt das keine Rolle mehr.«

»Hoffentlich sieht mein Vater das auch so. Aber für die Heirat bin ich noch nicht bereit, Meena. Noch nicht.«

Bald legt Meena sich hin, dann sind nur noch die drei Schnupf-Schnüffler wach. Philipose' Liege ist die Bank, auf der sie sitzen; er kann sich erst hinlegen, wenn sie es tun. Der Bleistift der jungen Miss fliegt über die cremefarbenen Seiten eines Notizbuchs, das doppelt so groß wie seines ist. Philipose hätte gern, dass Arjun sich auf seine Liege legt, doch der macht Berechnungen auf einem Wettschein fürs Pferderennen. Aber wenn Arjun sich zurückgezogen hat, müsste Philipose natürlich den Mut aufbringen, mit der jungen Miss zu sprechen. Sein Füller fliegt mit seiner schimmernden Tinte, gibt einem inneren Dialog, der vielleicht schon immer da gewesen ist, eine Stimme. Es ist aufregend. Warum hat »Tintenjunge«, wie Koshy *Saar* ihn nennt, das erst so spät entdeckt? Wie viele Einsichten sind in den Äther verschwunden, weil sie nicht aufgeschrieben wurden?

Aus seinem Notizbuch fällt ein loses, gefaltetes Kanzleipapier. Es ist eine handschriftliche Liste möglicher Berufe, die er erwogen hat, Berufe, die keinen Hörsaal und auch kein normales Gehör erfordern. Sie weckt eine schmerzliche Erinnerung daran, wie sich seine Kommilitonen alle zu ihm umdrehen: *Wach auf! Wird da nicht dein Name aufgerufen?* Mutlos steckt er das Blatt weg. Außerdem hat er jeden darin aufgeführten Beruf durchgestrichen. Ja, schon vorher hatte er gewusst, dass sein Gehör nicht so gut wie das anderer war, doch in der isolierten Welt der Sekundarschule, wo er vorn gesessen hatte, so nah an den Lehrern, dass er ihren Speichelregen spürte, war er zurechtgekommen. Er hatte immer gemeint, dass es in der Verantwortung der anderen lag, sich ihm verständlich zu machen. Bis dahin hatte er sein ganzes Leben lang nur die Fehde mit dem Wasser – den Zustand – als sein wahres Handicap empfunden. Nie aber sein Gehör.

Die junge Miss geht sich waschen. Arjun steigt auf die mittlere Liege und schnarcht schon bald. Philipose muss sein Gepäck von der Liege der jungen Miss nehmen, damit sie sich hinlegen kann. Den sperrigen Pappkarton mit dem Radio darin stellt er auf seine Bank. Danach nimmt er den Koffer mit den Büchern in Angriff, er zieht ihn an die Kante und kippt ihn auf die Hände, wo er aber droht, ihn umzuwerfen. Ein Paar kräftiger Hände – die der jungen Miss! – kommt ihm zu Hilfe, und gemeinsam legen sie ihn auf die Bank. Sie grinst, als hätten sie zusammen etwas Übermenschliches geleistet. Sie wartet.

»Keine Ursache«, sagt sie und schaut ihn dabei direkt an.

Er hat sich nicht bei ihr bedankt! Und das nur, weil sie so nahe an ihm war. Er war umhüllt vom Duft ihrer minzigen Zahncreme und hatte darüber seine Manieren und überhaupt alles vergessen.

»Entschuldigung! – Vielmehr, danke. Und danke auch dafür, dass Sie den Gepäckträger …« Es wirkt intim, ihr in die Pupillen zu schauen. Noch nie hat er so lange Augenkontakt mit einer Frau gehabt, die nicht zur Familie gehört. Es ist, als schwebte der Zug im Raum.

»Sind da Backsteine in dem Koffer?«, fragt sie sachlich.

»Na ja, eigentlich Bücher, so viel ich mir leisten konnte. Und in dem da sind noch mehr«, sagt er und zeigt auf den unterm Sitz, der Meenas Koffer umgestoßen hat.

Sie schaut auf den Karton. »Und in dem da? Auch Bücher?«

»Ein Radio. Ich fahre nämlich wieder nach Hause. Aus ähnlichen Gründen wie Sie«, plappert er. Was ist aus seinem Plan geworden, eine Geschichte zu basteln? »Keine Nonnen, aber auch mich haben sie vom College weggeschickt. Probleme mit meinem Gehör … behaupten sie. Aber das ist in Ordnung. Vielleicht sogar ein Segen.« Er ist schockiert über sein Geständnis.

Sie nickt. »Für mich auch. Ich habe Hauswirtschaft studiert.« Sie lacht trocken auf. »Was man ja wohl auch zu Hause studieren kann. Trotzdem, ich wäre am College geblieben. Aber an mir hat's nicht gelegen.«

»Das tut mir leid.«

»Nicht nötig. Wie Sie schon sagten, es ist ein Segen.«

»Also … Für das, was ich lernen wollte – Literatur –, muss ich nicht in Madras sein. Davon lasse ich mich nicht aufhalten. Eins weiß ich, ich lerne gern. Ich liebe Literatur. Mit diesen

Büchern kann ich auf den sieben Meeren segeln, einen weißen Wal jagen …«

Sie schaut hinab. »Anders als Ahab haben Sie zwei Beine.«

Sie kennt sein Lieblingsbuch! Hilflos folgt er ihrem Blick, wie um zu bestätigen, dass er tatsächlich beide Beine hat. Er lacht. »Ja«, sagt er mit einiger Wärme. »Da habe ich mehr Glück als Ahab. Man hat mich gebogen und gebrochen, aber hoffentlich in eine bessere Form.«

Sie denkt darüber nach. »Gut für Sie«, sagt sie schließlich. »Und mit einem Radio kommt die Welt ja zu einem ins Haus, wie?«

Mehr Worte hat er noch nie mit einer Frau seines Alters gewechselt. Sein Blick liegt auf ihren Lippen. Sie hat ihn etwas gefragt. Er hat schon Ahab genannt. Und Dickens. Er hat Angst, dass er aufgeblasen klingt. Er sollte einen Witz machen. Aber wenn der blöd klingt? Außerdem fällt ihm eh keiner ein. Er öffnet den Mund, um zu sprechen, um etwas zu sagen … aber bei Gott, sie ist so schön, ihre Augen so ein Hellgrau … Sie kann alle seine Gedanken sehen, wie sie ihm im Kopf herumsausen. Sein Gehirn läuft heiß, verkantet sich, wo er doch nur ja zu sagen braucht.

»Na dann, gute Nacht«, sagt sie leise. Sie geht zur Leiter, setzt einen Fuß auf die erste Sprosse, hält inne. »War das nicht aus *Große Erwartungen*?«

»Ja! Ja, genau. Estella!«

»Könnten Sie das noch mal sagen?«

»Das kann ich zweifellos.«

Nach einem kurzen Stocken lacht sie los. Schuldbewusst schauen sie auf den schlafenden Arjun, dann beugt sie sich zu ihm und sagt leise: »Also, würden Sie das *bitte* noch mal sagen?«

»*Man hat mich gebogen und gebrochen, aber hoffentlich in eine bessere Form*.«

Sie lächelt ihm dankbar zu. Sie nickt langsam. Dann verschwindet ihr Gesicht.

Er betrachtet ihre fahlen Sohlen, so cremig, so weich, wie sie die Leiter hinaufschweben, gefolgt vom Saum ihres Baumwollsaris und von dem schimmernden Unterrock darunter. Sie verschwindet, doch ihr Bild bleibt – der flüchtige Blick auf ihren Fußballen, die Unterseite ihres großen Zehs und der anderen Zehen, die hinterherhuschen, Babys, die ihrer Mutter folgen. Langsam strömt eine Wärme von seinem Bauch aus in alle Gliedmaßen. Er lässt sich schwer auf seine Bank fallen, schlägt dann den Kopf gegen die Fenstergitter – aber leise. *Du Idiot! Warum hast du dich nicht länger mit ihr unterhalten? Hast du sie denn gefragt, wie sie heißt? Ich wollte nicht neugierig sein. Was meinst du mit »neugierig«? Man nennt es Konversation!* Verspätet fällt ihm ein Witz ein: Wie nennt man einen Malayali, der dich nicht nach deinem Familiennamen fragt, wo du wohnst, wie viel du verdienst und was du in deiner Tasche hast? Einen Taubstummen. *Das bist du.*

Er richtet sich, so gut er kann, zwischen seinen Gepäckstücken ein; ausstrecken kann er sich nicht. Er legt das lose Kanzleipapier mit der Liste der durchgestrichenen Berufe weg, dann rast sein Füller in seinem gebundenen Notizbuch hin und her.

Sie muss doch denken, ich bin einer von denen, die schnüffeln, wenn andere schnüffeln, essen, wenn andere essen, und sprechen, wenn andere sprechen. Aber so einer bin ich nicht! Bitte beurteilen Sie mich nicht nach meinem Zögern, junge Miss. Und war es denn fair, dass er sie so beurteilt hatte, so selbstsicher, dass sie gern nach Dingen fragte, die sie interessierten, aber auch zufrieden damit, Ruhe zu geben, wenn jemand nicht antwortet? Er ist sich sehr bewusst, dass sie über ihm liegt, nur mit Arjun-Railways dazwischen.

Als er erwacht, ist es gleißend hell und draußen eine schockierend grüne Landschaft: geflutete Reisfelder, zwischen denen sich schmale Erdwälle winden, die kaum das Wasser eindämmen können, dessen glatte Fläche den Himmel spiegelt; Kokospalmen wie Grashalme, verschlungene Gurkenreben an einem Kanalufer, ein See, darauf dicht an dicht Kanus und ein prächtiges Schiff, das zwischen den kleineren Fahrzeugen wie eine Kirchenprozession dahinzieht. Seine Nase registriert Jackfruit, getrockneten Fisch, Mango und Wasser.

Noch bevor sein Gehirn diesen Anblick erfasst hat, erkennt sein Körper – Haut, Nervenenden, Lungen, Herz – die Geographie seiner Geburt. Er hat nie verstanden, wie wichtig das war. Jedes Stück dieses üppigen Landes ist seins, jedes Atom enthält ihn. An diesem gesegneten Küstenstreifen, wo Malayalam gesprochen wird, sind Fleisch und Knochen seiner Ahnen ins Erdreich abgesunken, haben ihren Weg in die Bäume gefunden, ins schillernde Gefieder der Papageien auf schwankenden Zweigen und sich im Wind verstreut. Er kennt die Namen der zweiundvierzig Flüsse, die aus den Bergen herabfließen, der zwölfhundert Meilen Wasserwege, die das fruchtbare Erdreich dazwischen nähren, und er ist eins mit jedem Atom davon. *Ich bin der Setzling in deiner Hand*, denkt er, als er Muslimas in farbenfrohen langärmligen Hemden und *mundus* betrachtet, die sich, lose Tücher über den Haaren, an der Hüfte beugen wie Papier, das in der Mitte gefaltet ist, die sich wie eine Linie durch die Reisfelder bewegen und neues Leben in die Erde stecken. *Gleich, was mich noch erwartet, was die Geschichte meines Lebens ist, die Wurzeln, die es nähren müssen, sind hier.* Er fühlt sich wie durch ein religiöses Erlebnis verwandelt, doch mit Religion hat es nichts zu tun.

Die junge Miss kehrt vom Waschraum zurück und hält Philipose auf, der gerade seinen Koffer und den Karton von der Bank nehmen will; sie zwängt sich zwischen ihn und Arjun. Sie setzt ihre Sonnenbrille mit den Katzenaugenecken auf und legt sich den Schal um den Hals, als wappnete sie sich gegen das, was vor ihr liegt. Arjun ist frisch rasiert, er trägt ein gestärktes Hemd und ein Vishnu-*namam* auf der Stirn, dessen dreizinkige Gabel einen Kontrast zu dem des ältlichen Brahmanen bildet, ein horizontaler Pinselstrich, der seine Verbundenheit mit Shiva anzeigt. Da sind Grenzen gezogen – Shaiviten gegen Vaishnaviten –, dennoch lächeln beide Männer. Arjun vertraut Philipose an: »Ich verbringe mein halbes Leben in Zügen. In einem Abteil kommen Fremde aller Religionen, aller Kasten so gut miteinander aus. Warum nicht auch außerhalb von Zügen? Warum kommen nicht einfach alle gut miteinander aus?« Arjun schaut aus dem Fenster und schluckt schwer.

Philipose bleibt keine Zeit zu antworten, denn sie sind in Cochin angekommen. Ein Gepäckträger schnappt sich einen seiner Koffer, Meenas Träger hätte beinahe sein Radio mitgenommen. In dem Wirrwarr tippt ihm die junge Miss auf die Schulter und reicht ihm sein gefaltetes Kanzleiblatt. Offenbar ist es ihm aus dem Notizbuch gerutscht. Wortlos, nur mit einem knappen Nicken und einem Lächeln, verabschiedet sie sich von ihm. *Viel Glück*, sagen ihre Augen. Dann ist sie weg.

Als er schließlich im Bus nach Changanacherry sitzt und sein ganzes Gepäck verstaut ist, kann er entspannen. Doch er ist wütend auf sich, dass er die junge Miss nicht nach ihrem Namen gefragt hat. »Ich Idiot!« Er rammt die Stirn gegen den Sitz vor ihm. Der Mann, der darauf sitzt, dreht sich um und funkelt ihn böse an. Philipose holt sein Kanzleipapier heraus, peinlich berührt davon, dass die junge Miss seine Berufsliste gelesen haben könnte. Aber darin liegt ein weiteres Blatt. Es ist eins von ihr – ein Porträt. Es zeigt ihn im Schlaf, sein Kopf liegt am Zugfenster, sein Körper seitlich gebeugt, der Karton mit dem Radio drückt ihm in die Rippen. Sein Mund ist geschlossen, das Philtrum ein Einbaum im Fleisch über der zinnoberroten Grenze seiner Oberlippe.

Wir haben keine Übung darin, denkt er, unser wahres Ich zu sehen. Selbst vor dem Spiegel richten wir unser Gesicht nach unseren Erwartungen aus. Doch die junge Miss hat ihn vollständig erfasst: seine durchkreuzten Ambitionen, seine Sorge, was wohl als Nächstes kommt. Aber auch seine Entschlossenheit hat sie eingefangen. Das macht ihm Mut, und noch mehr begeistert ihn, wie sie seine Hände gezeichnet hat, die eine auf dem Radio, die andere auf dem Koffer voller Bücher. Ihre Ruhestellung sagt etwas über seinen alten Mut, seine Zuversicht, es sind die Hände eines entschlossenen Mannes. *Mein Vater hat einen Dschungel gerodet; er hat getan, was andere für unmöglich hielten. Ich werde nichts weniger tun.*

Wie kann es sein, dass sie das alles mit nur wenigen Bleistiftstrichen eingefangen hat, sogar die kühle Brise, die frühmorgens hereingeweht ist und eine Seite seines Gesichts betäubt hat? Gott sei Dank hat er nicht irgendeine Geschichte für sie erfunden, sondern ihr die Wahrheit erzählt. Denn sie hätte das alles durchschaut.

An den unteren Rand hat sie geschrieben:

Gebogen und gebrochen, aber in bessere Form. Viel Glück.
Stets,
E.

Vor einer Lebenszeit hat ihn ein Schulmädchen namens Elsie gezeichnet, als er seine allererste Autofahrt im Chevrolet ihres Vaters machte. Damals war er ganz in Gedanken, war krank vor Sorgen, da er wusste, dass seine Mutter wegen der Flutwelle das Schlimmste befürchtete. Eine viel jüngere Miss hatte neben ihm auf der Rückbank gesessen und mit den Fingern seine Hand berührt, die irgendwie einem Baby zum Leben verholfen hatten. Jenes frühe Porträt von ihm hatte er innen in seinen Schrank gehängt: Es war ein genaueres Abbild als das im Spiegel außen.

Sollte die junge Miss niemand anderes als Chandys Tochter sein, erwachsen und mit Bleistiften noch geschickter, dann hat sie bestimmt das Schicksal zusammengeführt. Er lässt ihren Austausch im Zug noch einmal Revue passieren und wie sie aussah … ihren wortlosen Abschied, ihr Abschiedslächeln unauslöschlich in seinem Gedächtnis.

Der Bus kommt schlingernd zum Stehen, der Fahrer flitzt hinter ein paar Büsche. »Muss wohl mal, wie?«, murrt eine Frau. »Wenn die Männer nur wüssten, wie die Frauen leiden! ›Muss mal‹ heißt: Du wartest!« Der Duft der Mitreisenden – Kokosöl, Holzrauch, Schweiß, Betelblatt und Tabakprieme – erstickt ihn und holt ihn in die Wirklichkeit zurück. Die Thomaschristen sind eine relativ kleine Gemeinde, sie heiraten nur selten außerhalb ihres Kreises. Trotzdem hat Chandy mit seinem Chevrolet, seinem riesigen Teegut und seinem Lifestyle à la State-Express-555-Zigaretten jede Menge Kandidaten für seine einzige Tochter, allesamt Jungen, die einmal extrem reich und unglaublich perfekt sein werden, mindestens aber extrem reich. In Parambil sind sie recht wohlhabend, dennoch kein Vergleich mit Leuten wie den Thetanatts.

Der Bus fährt weiter, und die Bewegung löst einen Wandel in seiner Haltung aus, ein neuer Entschluss setzt sich fest. *Die gebe ich nicht auf.* Elsie ist schön, talentiert, eigenwillig. Bestimmt hat auch sie ihre Verbindung gespürt und dass sie mehr als nur Schnupftabak teilten. Sie muss ihn sogleich erkannt haben, auch wenn sie sich erst am Ende der Reise offenbart hat. *Elsie, ich werde mir einen Namen machen. Ich werde deiner wert sein*, denkt er. *Und dann muss Big Ammachi sich an Vermittler* Aniyan *wenden, um eine eheliche Verbindung vorzuschlagen. Das Schlimmste, was passieren kann, ist die Ablehnung von deiner Seite. Aber dann habe ich es wenigstens versucht, und du wirst es wissen.* »Ach Elsie, warte doch bitte noch. Gib mir wenigstens ein paar Jahre.« Das Paar auf den Sitzen vor ihm dreht sich um und funkelt ihn böse an – anscheinend hat er es laut gesagt. Der Mann sagt zu seiner Frau: *»Avaneu vatta.«*

Ja, ich bin verrückt. Ohne ein bisschen Verrücktheit kannst du deine Ziele nicht erreichen.

43. Kapitel
IN DEIN EIGEN HAUS

1943, Parambil

Während Philipose' Abwesenheit gerät in Parambil einiges durcheinander. Shamuel stürzt von einer Palme, auf der er eigentlich nichts verloren hat; sein Knöchel hat den Umfang einer Kokosnuss. Der ergrauende Kellergeist stößt einen Krug um und lässt immer wieder ein Stöhnen hören. Big Ammachi, ohnehin schon gereizt, steigt hinab, bereit zum Kampf, falls nötig. Dann aber sieht sie in dem stickigen Raum voller Spinnweben, dass kein Schaden entstanden ist: der Krug war leer, und sie ist unversehrt. Sie hat die starke Empfindung, dass der Geist schlicht einsam ist. Sie setzt sich auf den umgestürzten Krug und beschreibt den Ausbruch jüngster Katastrophen, fast im Plauderton der Fischhändlerin. »Seit seiner Ankunft aus Cochin ist Aufschwungmeister tagsüber die Verlässlichkeit in Person, doch wenn die Sonne untergeht, trinkt er bis zum Vollrausch. Und unsere Anstand *Kochamma* ist in der Küche ausgerutscht und hat sich das Handgelenk gebrochen, dabei hat sie die Schuld Dolly *Kochamma* gegeben, weil der Fußboden schmierig war. Dolly sagte in ihrer ruhigen, friedfertigen Art: ›Das nächste Mal könntest du dir, so Gott will, den Hals brechen.‹« Big Ammachi geht, aber nicht ohne versprochen zu haben, häufiger zu kommen.

Nachmittags merkt sie, wie sie aus reiner Gewohnheit Philipose' Ruf »Ammachio!« erwartet, wenn er von der Schule heimkommt. »Ammachio!« bedeutet, dass neue Ideen in seinem Kopf schwimmen wie Kaulquappen in einem Teich. Wie viel sie doch von ihrem Sohn über die Welt erfahren hat! Seine von Hand gezeichnete Karte bedeckt eine Wand in seinem Zimmer, darauf ist zu sehen, wo indische Truppen kämpfen und sterben. Tripolis, El Alamein – allein die Namen faszinieren sie. Sie, Baby Mol und Odat *Kochamma* vermissen seine abendlichen Lesungen, wenn sie zu dritt auf dem Seilbett wie Mynahvögel auf der Wäscheleine sitzen, die Augen auf ihn geheftet, während er auf und ab schreitet. In jenem Jahr las er zwei Kurzgeschichten von M.R. Bhattathiripad in Malayalam. Und ein unvergessliches englisches Drama, in dem er jede Rolle übernahm: den ermordeten König, dessen Bruder, der die Frau des Königs heiratete, den Geist des verstorbenen Königs. Als die schöne Ophelia verrückt wurde und Kränze flocht und sie an Zweige hängte, dann in den Bach fiel, klammerten sich die Frauen von Parambil fest aneinander. Ihr Kleid, auf dem Wasser ausgebreitet wie ein Sari, schloss Luft ein und hielt sie eine Weile an der Oberfläche. Doch trotz der verzweifelten Gebete von Parambil ertrank sie dann. Nachdem Philipose gegangen war, erklärte Odat *Kochamma*: »Ich werde meinen Sohn besuchen. Ohne unseren Jungen ist es langweilig hier.« Länger als eine Woche hält sie es nicht aus.

An einem sonnenhellen Morgen, kaum einen Monat nach Philipose' Abreise, studiert sie die *Manorama*.

JAPANISCHES FLUGZEUG BOMBARDIERT MADRAS. MASSENFLUCHT AUS STADT.

Die Schlagzeile kratzt sie in den Augen, mit einem Mal fühlt sich ihr Hals an, als hätte sie Lauge geschluckt. Sie steht auf, will zu ihrem Sohn laufen.

Auch Baby Mol steht auf und ruft: »Unser Baby kommt!«

Die Zeitung schreibt, die Bombardierung sei drei Tage zuvor geschehen. Ein einzelner japanischer Aufklärungsflieger sei über der Stadt geflogen, die schon von einem Stromausfall aufgrund von Regenfällen verdunkelt gewesen sei. Er habe drei Bomben nahe dem Strand abgeworfen. Es gab keinen Fliegeralarm, niemand konnte die Explosionen erklären: Zwei Tage lang wussten die Einwohner nichts von der Bombardierung, weil die Rundfunksender keinen Strom hatten und das Militär keine Panik auslösen wollte. Als es sich herumsprach, löste die Furcht vor einer japanischen Invasion einen hektischen Exodus aus.

Gott helfe mir, wie soll ich da meinen Sohn finden?

Baby Mol springt aufgeregt auf und ab, was Big Ammachi ablenkt und ärgert. Zudem kommt auch noch ein Ochsenkarren zum Haus gerumpelt. Was nun? Die gedrückte Miene des Tiers spiegelt die des einsamen Passagiers, der nun absteigt und gedämpft »Ammachio ...« sagt.

Sie presst sich die Handballen auf die Augen. Halluziniert sie? Dann rennen sie und Baby Mol hinaus und umklammern ihn, als wollten sie verhindern, dass er wieder weggeht. Er hat abgenommen und sieht ganz abgezehrt aus.

Philipose ist erleichtert, aber auch verwirrt. »Wollt ihr denn nicht wissen, warum ich wieder hier bin?«

Big Ammachi schlägt ihm die Zeitung, die sie noch in der Hand hält, an die Brust, wie um die Wirklichkeit mit dem darin Gedruckten zu vergleichen. »Eben habe ich das gesehen und bin fast gestorben. Gott hat dich nach Hause geführt, um dich zu retten und mich zu verschonen.« Er liest. Er hatte keine Ahnung.

An jenem Abend – Baby Mol und Odat *Kochamma* schlafen schon – geht Big Ammachi mit heißem *jeera*-Wasser in zwei Gläsern auf sein Zimmer. Sie setzen sich wie gewohnt aufs Bett. Ohne jede Einleitung erzählt er ihr, dass man ihn des Colleges verwiesen hat. Er lässt nichts aus: Die Begegnung mit seinem Professor im Hauptbahnhof – ein Omen. Dann, dass er im Hörsaal seinen Namen nicht hört. Sie leidet mit ihm, wünscht, sie hätte ihm einen solchen Kummer ersparen können. »Ammachi«, sagt er, »es tut mir leid, dass ich dich enttäusche.«

»*Monay*, du kannst mich nie enttäuschen. Ich bin so froh, dass du wieder da bist. Du warst nicht dazu bestimmt, dort zu sein.«

Zögernd zeigt er ihr den Inhalt seiner beiden Koffer mit den vielen Büchern – er kann seine Begeisterung nicht verbergen. Und dann das Radio, das nun ausgepackt in einer Ecke steht. Er will seine Käufe rechtfertigen. »Um uns herum sind überall Radiowellen, Ammachi, und nun haben wir das Gerät, mit dem wir sie einfangen und die Welt zu uns holen können. Wir brauchen nur noch Elektrizität.«

»Schon gut, *monay*. Du hast das Geld gut angelegt.«

Schweigend sitzen sie im warmen Schein der Lampe. Sie hält seine Hand, die so anders ist als die ihres Mannes, die Finger langgezogen, eher wie ihre. Es ist, als wäre er nie weg gewesen.

»Ammachi, da ist noch was.«

Mein Gott, was denn noch? Doch er wirkt wundersam erregt, genau wie an dem Tag, als er mit *Moby-Dick* nach Hause kam und »Ammachio!« rief.

Er erzählt ihr von der jungen Frau, die in seinem Abteil mitgereist ist.

»Chandys Tochter?«, sagt sie. »Meine Güte! Ich kenne sie noch als kleines Mädchen, das mit Baby Mol gezeichnet hat. So ein Zufall. Wie geht es ihr?«

»Ammachi, sie ist wunderschön!«, sagt er mit großer Wärme und schaut seine Mutter mit geweiteten Pupillen an. Er erzählt ihr ihre Begegnung in allen Einzelheiten, als rezitierte er ein mythisches Märchen, von dem Augenblick, als er einstieg, bis zu dem, als sie ihm die Zeichnung in die Hand gab. Er zeigt ihr das Porträt. Es bricht ihr das Herz: Ihr Sohn kommt zurück nach Hause voller Sorgen, um ihn herum lauter Kisten.

»Ammachi, eines Tages heirate ich sie«, sagt er leise. »So Gott will. Ja, ich weiß. Wo ich nun keinen College-Abschluss habe, sind meine Aussichten nicht sehr gut. Von meinem Gehör und dem Zustand ganz zu schweigen.« Er wehrt ihre Proteste ab. »Aber ich mache was aus mir. Ich werde nicht versagen. Ich bete nur, dass sie nicht heiratet, bevor ich diese Chance habe.«

Ihr Herz ist voller Sorgen. »Du hast ihr aber nichts dergleichen gesagt, oder? Vom Heiraten?«

Er schüttelt den Kopf.

Nachdem seine Mutter zu Bett gegangen ist, ist Philipose noch hellwach. Er hatte keine Ahnung gehabt, wer die bezaubernde junge Miss war, und hatte die Gelegenheit verpasst, sie zu fragen. Doch Elsie sorgte dafür, dass er es erfuhr. Seine Phantasie, seine Hoffnung, sein Gebet ist, dass er heute Nacht in ihrem Bewusstsein bleibt, so wie sie in seinem lebt.

Vielleicht denkt sie ja gerade an ihn und fragt sich, wie seine Rückkehr war, so wie er versucht, sich auszumalen, wie ihr Vater sie aufgenommen hat. Wenn zwei Menschen zur selben Zeit Visionen voneinander haben, dann verschmelzen vielleicht Atome zu unsichtbaren Formen wie Radiowellen und verbinden sie. Ihr schönes Gesicht ist vor ihm, als er in einen friedlichen Schlummer fällt, einen Schlaf, wie er nur in seinem Bett kommen kann, in seinem Haus, auf dem Grund und Boden von Parambil und in Gottes eigenem Land.

44. Kapitel

IN EINEM REICHEN LAND

1943, Parambil

Philipose hatte Glück, so früh aus Madras herausgekommen zu sein. In der Zeitung steht, dass Busbahnhöfe und Bahnhöfe von Flüchtenden verstopft sind. Er fragt sich, ob auch seine Kommilitonen gegangen sind. Ganz Madras steht still. *Er* steht still.

Er hatte sich davor gefürchtet, allen erklären zu müssen, warum er wieder da ist, nun aber ist keine Erklärung nötig. In Travancore geht die Angst vor einer japanischen Invasion um. Über Nacht ist der Preis für Reis durch die Decke geschossen. Der südindische Reis ist so geschätzt, dass er zumeist ganz in den Export geht, für die Verbraucher in Indien bleibt billiger Importreis aus Burma. Doch mit dem Fall von Rangun wird kein Reis mehr importiert, und unterdessen haben die Briten den heimischen Reis requiriert und horten ihn für ihre Truppen. So löst man eine Hungersnot aus.

Schon bald rutscht der Krieg aus den Seiten der *Manorama* und humpelt zum Haus heran; er nimmt die Gestalt eines ordentlich gekleideten Mannes mit einem sardonischen Lächeln an, eine Folge dessen, dass die Wangen aufgrund starken Fettmangels an den Knochen kleben. Die Schulterspitzen des Mannes stehen heraus wie Areca-Nüsse, und über den Schlüsselbeinen sitzen tiefe Gruben. Seine Frau wartet mit dem Kind im Schatten. Die Stimme des Mannes bebt. Aus Singapur von den Japanern vertrieben, ist er mit nichts nach Hause gekommen. »Verzeihen Sie. Heute Morgen habe ich gesagt: ›Soll mein Kind sterben, weil mein Stolz mich nicht betteln lässt?‹ Also bettle ich, aber nicht um Geld. Nur um ein bisschen Reis oder um das Reiswasser, das vom Kochen übrig ist. Bislang haben wir von Spreu gelebt, aber jetzt ist auch sie alle. Die Brüste meiner Frau sind geschrumpft wie bei einer alten. Sie ist erst zweiundzwanzig.«

An einem anderen Tag spricht ein hagerer Mann für seinen stummen Bruder. Die Frau des Bruders hat sich und ihre Kinder in einen Brunnen gestürzt, das hat sie als ein gnädigeres Schicksal als langsames Verhungern angesehen. Ein Mädchen konnte sich absetzen, da steht es nun und hält die Hand ihres Vaters fest, während ihr Onkel diese Geschichte erzählt und um Nahrung bittet. Philipose identifiziert einen neuen Geruch: den fruchtigen Azetongeruch eines Körpers, der sich selbst verzehrt, den Geruch des Hungertodes.

Von diesen Anblicken gequält, zerrt Philipose den großen Messingtopf, der an Onam und Weihnachten benutzt wird, in den *muttam* heraus und stellt ihn auf Backsteine. Mit Shamuels Hilfe kocht er Reis und *kappa*-Brei, mischt Bananen und Kokosöl statt Ghee hinein. Er bereitet Päckchen in Bananenblättern vor, die diskret an ausgewählte Bittsteller abgegeben werden können. Wenn das bekannt wird, gibt es einen Ansturm.

Einige Wochen nach Philipose' Rückkehr versammeln sich in Parambil nach der Kirche bedrückte Verwandte und trinken Tee. Philipose hört Lippen lesend zu, folgt so den düsteren Gesprächen. Die Besucher, denen es eigentlich nicht an Nahrung mangelt, reden nur davon, wie die gegenwärtige Not ihnen zusetzt. Gewiss, auch zu ihnen sind Hungernde gekommen und haben gebettelt.

»Habt ihr von unserem Philipose gehört?«, sagt Manager Kora in seinem üblichen scherzhaften Ton, als wollte er sie alle aufheitern. Er keucht chronisch und zerhackt seine Sätze, um zu atmen. Er spricht, als wäre Philipose gar nicht da, und grinst ihm dennoch zu. »Philipose hat ein Radio mitgebracht! Problem ist aber, Radio braucht Elektrizität. *Aah!* Wenn es in Travancore keine Elektrizität gibt, wie kann sie da nach Parambil kommen?«

Seine Worte bringen ihn auf die Palme. Koras Vater hatte den ehrenvollen »Manager« wegen seiner ehrenamtlichen Tätigkeit, als er in Trivandrum lebte, vom Maharadscha verliehen bekommen. Der Vater verdiente den Titel, auch wenn es dessen einziges Privileg war, mit »Manager« angeredet zu werden. Der Titel ist nicht erblich, dennoch beharrt Kora darauf. Der arme Vater war Mitunterzeichner eines Darlehens, das Kora für ein Geschäft aufnahm, das jedoch scheiterte, worauf der Vater sein Anwesen in Trivandrum verlor. Er wäre obdachlos geworden, wenn ihm sein Cousin dritten Grades – Philipose' Vater – nicht eine Hausparzelle in Parambil geschenkt hätte. Nach dem Tod von Koras Vater tauchte Kora sogleich samt seiner Braut auf, um sein Erbe zu verlangen. Es war das Jahr, in dem Aufschwungmeister und Shoshamma herzogen. Kora war jünger und schien der kontaktfreudigere der beiden Männer zu sein; Philipose hätte vermutet, dass eher Kora Erfolg haben würde. Er irrte sich gewaltig. Kora ist voller Pläne, aber nie wird etwas daraus.

Alle schwärmen für Koras Frau Lizziamma oder Lizzi, wie die meisten sie nennen. Lizzi ist Waise, war bis zur Hochschulreife in einem Kloster. Sie ist gutmütig, schön und der Göttin Lakshmi auf dem Gemälde von Raja Ravi Varma, das sich auf so vielen Kalendern findet, wie aus dem Gesicht geschnitten. Varma stammte aus der Königsfamilie von Travancore. Er war so weitsichtig, sich eine eigene Druckerpresse zuzulegen, was ihm gestattete, Drucke seiner Gemälde weithin zu vertreiben. Er verlieh seiner Lakshmi deutliche Malayali-Züge: ein breites Cherubsgesicht, dichte, dunkle Brauen, die sich über Rehaugen wölben, und langes geschwungenes Haar, das bis über die Hüften reicht. Durch Varmas Beliebtheit und ausgeprägten Geschäftssinn hat sich seine Malayali-Lakshmi im Bewusstsein der Hindus in ganz Indien eingegraben. Philipose glaubt, dass Lizzi keine Ahnung hat, wie hübsch sie ist; sie ist bescheiden und das genaue Gegenteil ihres großspurigen Mannes. Big Ammachi bewundert Lizzi und behandelt sie wie eine Tochter. Lizzi hält sich viel in Ammachis Küche auf, und wenn Kora wegen eines neuen »Geschäfts« über Nacht wegbleibt, schläft Lizzi bei Big Ammachi und Baby Mol. Das einzig Gute, was sich über Kora sagen lässt, ist, dass er seine Frau vergöttert; bei allen seinen Fehlern muss man widerwillig seine Hingabe an sie bewundern.

»Kora«, sagt Aufschwungmeister, »hast du bei deinen Beziehungen zum Maharadscha nicht gewusst, dass es in Travancore durchaus Elektrizität gibt? Der Dewan plant eine Kampagne, mit der er ganz Travancore elektrifizieren will.« Der Dewan ist der Regierungschef des Maharadschas.

»Wer sagt das?« Kora klingt herausfordernd, aber es ist ihm eindeutig neu.

»*Chaa!* In Kollam und Kottayam gibt's schon Thermogeneratoren! Und ich dachte, du hast die Finger am Puls von Trivandrum.«

Georgie, der neben seinem Zwillingsbruder sitzt, sagt: »Koras Finger waren nicht am Puls, sondern in den Taschen von Trivandrum.«

Koras Lächeln ist wie weggewischt. Er entschuldigt sich und geht. Philipose weiß nicht, ob er sich freuen soll, dass Kora zurechtgestutzt wurde, oder ob er ihn bedauern soll. Dennoch nagt Koras »Witz« weiterhin an ihm, da er weiß, dass das Geld für das Radio, das allmählich Staub ansammelt, so viele hätte ernähren können.

Ihm gehen die Gesichter der Hungernden nach, die täglich bei ihnen erscheinen. Die Päckchen mit dem Brei, die er ausgibt, sind lediglich eine Salbe auf der Wunde. *Wir müssen mehr tun. Aber was?* Er schmiedet einen Plan und macht sich mit Aufschwungmeister an seine Umsetzung.

Sie errichten am Bootssteg einen strohgedeckten Schuppen, leihen sich dann in Parambil-Häusern große Kessel, wie sie jeder für Hochzeiten bereithält. Sie besuchen den alten Sultan *Pattar*, den legendären Hochzeitskoch, der nur zögert, bis er den Schuppen, das aufgeschichtete Holz, die vier Feuergruben und die polierten Kessel sieht. Das Blut des Alten regt sich. *Pattar* stellt eine billige, nahrhafte Mahlzeit mit *kappa* als Grundlage zusammen, denn jeder Haushalt kann ein paar Tapiokaknollen spenden.

Bald öffnet das »Speisezentrum«. Jeder Gast erhält ein Häufchen *kappa*, einen Klacks *thoren* mit Mungbohnen, ein Häppchen Limonenpickles sowie einen Teelöffel Salz auf sein Bananenblatt. Der lebhafte Sultan *Pattar* ist nicht wiederzuerkennen: glattrasiert, ohne Hemd, auf den Zehen wippend, Befehle für *Pattars* Armee bellend – die begeisterten Kinder von Parambil, die dazu verdonnert worden sind, zu hacken, zu schaben, zu schöpfen und zu putzen. *Pattar* unterhält sie, indem er mit affektierten Schritten tanzt, die Brüste wackeln lässt und Lieder mit schlüpfrigen Texten grölt.

Am ersten Tag sättigen sie fast zweihundert, dann geht ihnen das Essen aus. Nach zwei Wochen kommt ein Reporter. Er beschreibt *Pattars* einfaches Mahl als das beste seit Menschengedenken und nennt Philipose als Gründer des Speisezentrums; er beschreibt ihn als jungen Mann, der es schwer fand, bei so viel Leid nicht zu handeln. Philipose zitiert Gandhi: »Auf der Welt gibt es Hungernde, denen Gott nur in Gestalt von Nahrung erscheinen kann.« Das Begleitfoto zeigt Sultan *Pattar*, Aufschwungmeister und Philipose, wie sie hinter *Pattars* Armee stehen, das jüngste Kind gerade fünf, das älteste fünfzehn. Der Artikel löst Spenden aus, bringt Freiwillige ... und noch mehr Hungrige. Angeregt von diesem Beispiel öffnen weitere Speisezentren überall in Travancore.

Am Ende eines jeden Tages schreibt Philipose in seine Notizbücher, versucht, die Gespräche einzufangen, die er im Speisezentrum mithört, die Geschichten von Elend und Opfertum, aber auch von Heldenmut und Großzügigkeit. Ihn überrascht die Fähigkeit der Leute zum Humor angesichts des Leids. Das Schreiben ist Übung, kein journalistischer Bericht, weswegen er Figuren verschmelzen kann, Elemente hinzufügen, die nicht in der ursprünglichen Erzählung waren, und sein eigenes Ende erfinden – »Unfiktionen« nennt er dieses Genre. Beim Schreiben denkt er oft an Elsie – macht sie das gerade mit ihrem Kohlestift, um in diesen unsicheren Zeiten einen Sinn zu finden? Er studiert die Geschichten und Essays, die er im Wochenmagazin der *Manorama* bewundert, sehr genau. Was er schreibt, ist irgendwie anders. Er beschließt, eine seiner Unfiktionen bei einem Kurzgeschichtenwettbewerb der *Manorama* einzureichen.

SAMSTAGSKOLUMNE: DER PLAVUMANN
von V. Philipose

Ist es möglich, einen Mann für einen Jackfruchtbaum zu halten – einen plavu? Ja. Mir ist es passiert. Ich bin ein normaler Mensch, kein Geschichtenerzähler, daher nenne ich Ihnen das Ende schon am Anfang. (Warum beginnen wir nicht jede Geschichte mit dem Ende? Warum Genesis, Zephania und so weiter, wo wir doch mit den Evangelien beginnen können?) Diese Geschichte jedenfalls beginnt mit unserem Speisezentrum. Nennen wir es nur nicht Hungerzentrum, da es der Regierung zufolge keinen Hunger gibt, gleich, was Ihre Augen Ihnen sagen. Nachdem alle gegangen waren, kam ein bleistiftdünner Mann mit einer riesigen chakka, die größer war als er. Das ist für Sie, damit Sie morgen die Kinder speisen können, sagte er. Wenn Sie einen ordentlichen Koch haben, können Sie ein gutes puzhukku daraus machen. Bruder, sagte ich, entschuldige, aber du siehst selbst aus, als wärst du am Verhungern, warum verschenkst du also deine chakka? Ha, sagte er, die verschenke nicht ich. Der plavu verschenkt sie! Die Natur ist großzügig. Ich wollte sagen: Wenn das so ist, dann soll der plavu auch Eingemachtes und Reis schicken. Am nächsten Tag brachte er eine noch größere chakka. Von weitem sah er aus wie eine Ameise, die eine Kokosnuss trägt. Ich sagte: Bruder, iss puzhukku, bevor du gehst. Er weigerte sich. Wer verweigert in diesen Zeiten eine Mahlzeit? Ich sagte: Bruder, wie kommt es, dass ein dünner alter Mann so schwere Sachen tragen kann? Worin liegt das Geheimnis? Er sagte: Geheimnisse sind an den offensichtlichsten Orten verborgen.

An jenem Tag kam ich an unserem berühmten Ammachiplavu vorbei – der Mutter aller Jackfruchtbäume –, ebendem, in dessen Höhlung sich unser Maharadscha Marthanda Varma vor Feinden versteckte, Jahrhunderte ist das her. Ja, euer Dorf behauptet, der legendäre Baum stehe bei euch, aber das stimmt nicht. Er steht hier, streiten wir uns also nicht. Wie auch immer, ich hörte eine Stimme sagen: Bist du gekommen, um mein Geheimnis zu suchen? Ich erkannte die Stimme des alten Mannes. Aber ich sah niemanden. Zeige dich, sagte ich. Er sagte: Du siehst mich vor dir.

Würde ich euch sagen, dass er an dem Baum lehnte, würdet ihr es falsch verstehen. Nein, er lehnte in dem Baum. Seine Haut war Rinde, seine Augen waren Äste im Holz. Er sagte: Am Beginn der Hungersnot hatte ich keinen Reis mehr. Ich setzte mich an diesen plavu *und wartete auf den Tod. Die Rinde war rau, aber ich dachte, wozu klagen? Ich verlasse diese Welt doch bald. Nach einigen Stunden sank ich in den Baum. Es war bequem, als läge ich am Busen meiner Ammachi. Ich sagte: Oh, mächtiger* plavu, *wenn du selbst in einer Dürre riesige Früchte machen kannst, kannst du mich da nicht speisen? Der* plavu *sagte: Warum nicht? Und so bin ich hier. Der* plavu *versorgt mich mit allem. Die Natur ist großzügig. Ich sagte: Alter Mann, wenn die Natur großzügig ist, warum dann die Hungersnot? Er sagte: Gib die Schuld der menschlichen Natur, die Kaufleute horten und Churchill unseren Reis für seine Truppen nehmen lässt, während wir hungern. Ich sagte: Vermisst du keine Gesellschaft, wo du doch so allein lebst? Er lächelte. Wer sagt denn, dass ich allein bin? Schau auf den kleinen* plavu *da – siehst du Kochu Cherian? Und hier neben mir, siehst du Ponnamma? Komm nur, setz dich auf meine andere Seite. Die Natur versorgt.*

Freunde, ich rannte um mein Leben. Wo liegt die Scham, das zu sagen? Lieber Leser, die Moral ist, gib so großzügig wie die Natur. Und schau dir deinen plavu *genau an, denn Geheimnisse sind oft an den offensichtlichsten Stellen verborgen.*

»Der Plavumann« erhält den ersten Preis und ist die einzige Geschichte der drei Sieger, die veröffentlicht wird. Philipose nimmt das als Zeichen. Binnen weniger Monate wurde er in der *Manorama* als Gründer des Speisezentrums erwähnt, und jetzt erscheint sein Text darin. Vielleicht ist seine wahre Berufung ja, für die Zeitung zu schreiben. Sein Erfolg lässt die abfälligen Bemerkungen Manager Koras, dass er nicht nach Madras zurückgegangen ist, nicht verstummen, auch findet »Der Plavumann« nicht bei allen Gefallen – Anstand *Kochamma* findet es blasphemisch. Doch Philipose ist nur die Meinung einer Leserin wichtig, derjenigen, für die er schreibt. Er betet darum, dass Elsie es gesehen hat; er hofft, dass sie sieht, dass er gebogen, aber nicht gebrochen ist.

Seit seiner Rückkehr aus Madras ist ein Jahr vergangen, dennoch ist die Wunde jenes kurzen Aufenthalts nicht verheilt. Nach seiner ersten veröffentlichten Geschichte möchte der Redakteur der *Manorama* gern mehr davon, dennoch lehnt er drei Geschichten hintereinander ab, bis er schließlich die vierte unter dem Titel »Die Kolumne des einfachen Mannes« bringt. Dem entnimmt Philipose, dass er vielleicht regelmäßig schreiben könnte, wenngleich ihm der Titel, den der Redakteur gewähnt hat, nicht sehr zusagt – wer will sich schon »einfach« nennen lassen?

In diesem Jahr und dem nächsten erscheinen noch weitere seiner Unfiktionen. Den Leserbriefen nach zu urteilen, kommen sie gut an, wobei die Malayali immer etwas zu kritteln haben und es auch tun. Trotzdem bereitet ihn oder die Zeitung nichts auf den Aufschrei vor, den die Veröffentlichung eines Stücks mit dem Titel »Warum keine Ratte mit Selbstachtung in einer Behörde arbeitet«. Der Erzähler ist eine verletzte Ratte, die sich nachts in ein prachtvolles Regierungsgebäude schleppt und zu ihrer Freude keine andere entdeckt, die ihr gleichkommt. Am Morgen erscheinen dann die Angestellten der Behörde:

> *Dieser riesige offene Raum muss ein Gotteshaus sein, folgerte ich. Gott ist hoch oben, unsichtbar. Die Deckenventilatoren sind Manifestationen Gottes, weil sie direkt über den Hohepriestern hän-*

gen (die Bürovorsteher genannt werden). Je niedriger die Kaste, desto weiter sitzt man vom Ventilator weg. Was ist die Arbeit? Aah, *es hat Stunden gedauert, bis ich das verstand, obwohl sie direkt vor meiner Nase war: die Arbeit ist Sitzen. Man kommt morgens, dann sitzt man da und starrt auf die Akten vor einem und macht ein langes Gesicht. Schließlich greift man zum Federhalter. Sieht der Bürovorsteher zu einem her, nimmt man die erste Akte und entfernt die Schnur, mit der die Papiere zusammengehalten werden. Aber jedes Mal wenn der Bürovorsteher hinausgeht, springt man wie alle anderen auf, stellt sich an seinen Schreibtisch, unter den Ventilator, und erzählt Witze. Das ist die Arbeit.*

Die Angestelltengewerkschaft nimmt an Philipose' Stück großen Anstoß und fordert den Kopf des »Einfachen Mannes«, doch der Aufschrei bringt seiner Kolumne nur noch mehr Leser. Die allgemeine Stimmung (auch die Gewerkschaft der Journalisten und Reporter) ist auf Seiten des Autors, denn jeder Bürger von Travancore hat schon einmal in den Mühlen der Bürokratie gesteckt und die Behörde entmutigt verlassen. Aufschwungmeister ist der seltene Fall eines Mannes mit der Geduld und dem Geschick, um sich mit der Bürokratie anzulegen, er genießt die Schlacht sogar.

Ein Leser kündigt sich spätabends mit dem Ruf einer Palmtaube an, einem Crescendo, einem Kichern wie eine Frau, die gekitzelt wird. Philipose kommt heraus und begrüßt Joppan mit einem kräftigen Schlag gegen die Schulter. »Der ist dafür, dass du mich so lange nicht mehr besucht hast.«

»*Aah*, geht's dir damit besser?« Joppan ist so stämmig wie eh, wenn auch recht untersetzt, die Schultern so breit wie sein Grinsen. In einer Hand hat er eine Flasche Toddy, mit der anderen haut er Philipose seinerseits auf den Rücken. »Und *das* ist dafür, dass ich der Letzte bin, der erfährt, dass du schon die ganze Zeit Kommunist bist.«

»Bin ich das?« Philipose reibt sich die schmerzende Schulter.

»Hast du denn nicht das Speisezentrum gegründet? Du sorgst dich so sehr, dass du tatsächlich etwas tust. Ich bin stolz auf dich. Wladimir Lenin hat gesagt: ›Die Presse sollte nicht nur ein kollektiver Agitator sein, sondern auch ein kollektiver Organisator der Massen.‹ Du siehst also, deine Taten, deine Worte – du bist ein Revolutionär!«

»*Aah*, na gut. Jetzt kann ich besser schlafen. Aber wie geht's dir, Joppan?«

Joppan zuckt die Achseln. Iqbals Schiffsgeschäft ist wie jedes andere in der Gegend auf Grund gelaufen. Iqbal kann ihn nicht bezahlen, aber da Joppan für ihn wie ein Sohn ist, gibt er ihm zu essen. Joppan sagt: »Schau mich an. Ich spreche und schreibe Malayalam und kann Englisch lesen. Ich kann Buchhaltung. Ich kenne die Gewässer hier wie meine Westentasche. Und jetzt kann ich von Glück sagen, wenn ich ab und an als Tagelöhner arbeiten kann. Abends gehe ich zu Parteiversammlungen. Das nährt mein Hirn, wenn schon nicht meinen Bauch. Ich schlafe auf dem Kahn, denn wenn ich nach Hause käme, würde ich mich doch nur mit meinem Vater streiten.«

Philipose sagt: »Du kannst nicht erwarten, dass er sich ändert.«

Joppan seufzt. »Er und Amma wollen, dass ich heirate, ist das zu fassen? Ich kann mich ja kaum selbst ernähren!« Er lacht. »Vielleicht tu ich's ja, nur um sie glücklich zu machen. Sonst passt ihnen nichts, was ich mache.«

Sie unterhalten sich wie in alten Zeiten, bis Joppan weit nach Mitternacht aufsteht, um zu gehen; er glüht von dem Toddy, wovon er den Löwenanteil getrunken hat. »Wegen des Speisezentrums. Das war mein Ernst, Philipose – ich bin stolz auf dich. Du rettest Leben. Aber bedenke, Philipose: Wenn sich nichts ändert, wenn die Leute keine Möglichkeit haben, der Armut zu entrinnen, wenn die *pulayar* nie Land besitzen oder Reichtum an ihre Kinder weitergeben können, dann stehen bei der nächsten Hungersnot wieder die gleichen Leute Schlange. Und Leute wie du müssen ihnen zu essen geben.«

Dieser Gedanke erschwert es Philipose, Schlaf zu finden.

Einige Wochen später verkündet Big Ammachi, dass Joppan am nächsten Tag heiratet.

»Was? Das kann nicht sein! Er hat mir gar nichts gesagt. Hat er uns eingeladen?«

»Einzuladen ist nicht Joppans Aufgabe. Shamuel hat uns heute eingeladen. Und jetzt sage ich es dir.« Auf sein enttäuschtes Gesicht hin sagt sie: »Hör zu, das ist keine Heirat, die sie monatelang geplant haben. Es muss erst kürzlich passiert sein.«

»Wo ist die Hochzeit? In der CSI-Kirche? Ich gehe hin.«

»Red keinen Unsinn. So läuft das nicht.«

»Ich gehe trotzdem«, sagt er gereizt. »Joppan wird sich freuen, mich zu sehen.

»Nein, du gehst nicht«, sagt seine Mutter fest. »Diese Familie bedeutet uns zu viel. Bring sie nicht in Verlegenheit, nur weil du nicht kapierst, was sich schickt.«

Nach der Hochzeit kommen das neue Paar und die Eltern des Bräutigams zu Besuch, mit Jaggery-Gebäck. Joppan grinst verschämt, als er Philipose die Hand drückt. Er murmelt: »Ich hab's dir ja gesagt.«

»Du hast gesagt, vielleicht!«

Seine Braut Ammini ist schüchtern und hält den Kopf bedeckt, sodass Philipose sie gar nicht richtig sieht. Shamuel strahlt, als wäre es das Ende seiner Sorgen, er hält seinen Sohn liebevoll an der Hand. Big Ammachi überreicht dem Paar drei Ballen Baumwolle, einen schimmernden neuen Satz Messingtöpfe sowie einen dicken Umschlag. Joppan legt die Hände aneinander und beugt sich nieder, um ihre Füße zu berühren, doch das lässt sie nicht zu. Shamuel und Sara streichen wie aufgeregte Kinder über die Geschenke. Philipose staunt über die Voraussicht seiner Mutter. Als sie gegangen sind, sagt sie ihm, sie habe Shamuel eine rechteckige Hausparzelle hinter der seinen geschenkt, damit er dort ein separates Haus für Joppan und seine neue Schwiegertochter bauen kann, falls er das möchte, oder um es dem Paar gleich weiterzugeben.

Ein Jahr und vier Monate nachdem Aufschwungmeister mit seiner Petitionskampagne begann, kommt die Elektrizität von einem zwei Meilen entfernten Umspannwerk zum Postamt Parambil. Nur vier Familien waren bereit, sich an den Kosten für die Erweiterung zu beteiligen. Aufschwungmeister sagt: »Wenn die anderen nun doch Elektrizität wollen, müssen sie einen Anteil unserer Gestehungskosten bezahlen samt Anpassung an Preiserhöhungen. Da könnten wir sogar unsere Investition zurückbekommen.«

Im Schein von Zwanzig-Watt-Birnen feiern die elektrifizierten Häuser, und die Nachbarn grummeln. Für Philipose hat sich das alles allein schon wegen des Gesichtsausdrucks von Baby Mol gelohnt, wenn sie die »kleine Sonne« anknipst. Insekten fliegen aus dem Dunkel herein und umschwärmen die Birne, als wäre der wirbellose Messias angekommen. Philipose dreht das Radio an, das so lange ungenutzt dagestanden hat. Eine Männerstimme erfüllt den Raum, sie liest die Nachrichten auf Englisch, und in dem Augenblick fühlt sich Philipose, die Hand auf dem Gehäuse, bestätigt. Er hat die Welt zu sich ins Haus geholt. Odat *Kochamma* kommt sogleich, als sie die körperlose fremdländische Stimme hört, schnappt sich das Erste, was sie auf der Wäscheleine zu fassen kriegt, und bedeckt sich damit den Kopf – zufällig ist es Baby Mols Unterkleid. Noch in der Tür schlägt sie ein Kreuz, das merkwürdige Tuch vorn überm Kopf. »Steh auf, *monay*«, sagt sie streng zu Philipose. »Eine Stimme aus dem Nichts ist die Stimme Gottes!« Seine Erklärungen überzeugen sie nicht ganz. Er stellt Musik ein, wozu Baby Mol tanzt, bis sie ins Bett muss. Stunden später ist er noch immer übers Radio gebeugt, er kommt sich vor wie Odysseus, der seine Galeere über knisternde Kurzwellenozeane steuert. Er gerät in eine Theateraufführung und wird von Parambil auf eine ferne Bühne verpflanzt, wo Worte ertönen, die er auswendig kennt: »Geschieht es jetzt, so geschieht es nicht in Zukunft; geschieht es nicht in Zukunft, so geschieht es jetzt; geschieht es jetzt nicht, so geschieht es doch einmal in Zukunft. In Bereitschaft sein ist alles.«

Big Ammachi lehnt eine elektrische Birne in ihrem Schlafzimmer wie auch in der Küche ab. Ihr genügt die Öllampe, ihre alte treue Freundin, deren Sockel abgewetzt ist und die Form ihres Handtellers und ihrer Finger angenommen hat; sie findet Trost in ihrem goldenen Schein, den fließenden Schatten, die sie auf Boden und Wände wirft, und im Geruch des brennenden Dochts. Diese schwimmenden Elemente ihrer Nacht sollen genauso bleiben, wie sie sind.

Bevor sie zu Bett geht, bringt Big Ammachi ihrem Sohn noch heißes *jeera*-Wasser. Der ätherische Schein der Skala illuminiert sein Gesicht. Die Welt verdient seine Neugier, sein gutes Herz und seine Artikel, denkt sie. Früher einmal strebte er nach einer größeren Welt, als sie sich je vorstellen konnte. Stattdessen begnügt er sich nun mit seinen Büchern und seinem Radio. Sie hofft, dass ihm das reicht. *Herr*, betet sie, *sag mir, dass es dies nun ist, wofür mein Sohn bestimmt ist.*

Philipose spürt, dass sie in der Tür steht, dreht sich um und sagt: »Ammachio!« Er winkt sie herein und schaltet zum ersten Mal nach vielen Stunden das Radio ab. Sein Gesicht ist gerötet vor Erregung, und er wirkt ein wenig nervös. Schon macht sie sich auf seine neue Leidenschaft gefasst, was es auch sei.

»Ammachi«, sagt er. Schick bitte nach dem Vermittler *Aniyan*. Ich bin bereit.«

45. Kapitel
DIE VERLOBUNG

1944, Parambil

Vermittler *Aniyan* ist ein würdiger Mann, seine pechschwarzen Haare schießen von den Schläfen nach hinten, was ihm etwas Schnittiges, Aerodynamisches verleiht, obwohl er von gemächlichem Wesen ist. *Aniyan* bedeutet »jüngerer Bruder«; die Kose- oder Taufnamen, die er hatte, sind schon längst verschwunden. Als Philipose ihm die Geschichte seiner Begegnung mit Elsie im Zug erzählt, lächelt er nicht und wirkt auch nicht überrascht, allerdings schaut er auch nicht zu Big Ammachi hin.

Zu Philipose' Überraschung weiß er genau, wer Elsie ist und dass sie bislang nicht geheiratet hat, »Stand vorgestern«. Die Thomasgemeinde ist winzig verglichen mit den Hindus und Moslems in Travancore und Cochin, dennoch zählt sie Hunderttausende und ist über die ganze Welt verstreut. Vermittler wie *Aniyan* müssen wandelnde Archive von Hausnamen und Stammbäumen sein, die bis zu den ursprünglichen Konvertiten zurückgehen.

»Nun gut«, sagt *Aniyan*, »ich werde die Thetanatt-Seite ansprechen – also Chandy. Falls er interessiert ist und da Sie das Mädchen schon gesehen haben, ist ein *pennu kaanal* nicht nötig.« Er meint damit die »Besichtigung des Mädchens« durch die potenziellen Schwiegerleute, ein Vorgang, dem der Junge nicht immer beiwohnt.

»Ich will trotzdem ein *pennu kaanal*«, sagt Philipose.

Aniyans Miene bleibt unverändert. Bei seiner Arbeit darf sein Gesicht nichts verraten, gleich, wie es provoziert wird.

»Falls Chandy den Eindruck hat, dass Sie sie schon sehen sollen, dann ... ist es möglich.«

»Und ich möchte mit ihr sprechen«, setzt Philipose hinzu.

»Nicht möglich.«

»Ich bestehe darauf.«

Die Schlangenadern auf *Aniyans* Schläfen schwellen leicht an. Er lächelt schwach und erhebt sich. »Lassen Sie mich Chandy mal den Antrag vorstellen. Das ist der erste Schritt.«

»Hören Sie, *Anichayan*. Ich werde sie heiraten. Betrachten Sie es als das *pennu kaanal* plus die Verlobung. Dann ist es doch sicher in Ordnung, ein paar Worte zu wechseln.«

»Die Verlobung soll die Heirat festsetzen. Sie ist nicht dazu da, mit dem Mädchen zu sprechen.«

Ende der Woche meldet sich *Aniyan* wieder: Chandy hat Interesse. Sie können zum *pennu kaanal* weitergehen.

Da hat aber Big Ammachi eine Frage. »Haben sie wegen JoJo gefragt? Oder Baby Mol? Wegen des Wassers –?«

Aniyan hebt eine Braue. »Was gibt's da zu fragen? Ein tragischer Unfall, der zum Ertrinken geführt hat. Das ist nicht wie Wahnsinn in der Familie. Oder Anfälle. Das würde ich niemals verbergen. Und Ammachi, ob Sie's glauben oder nicht, in unserer Gemeinde gibt es mehr Baby Mols, als Sie sich vielleicht vorstellen. Für eine eheliche Verbindung ist das kein Hindernis.«

Big Ammachi sagt zu Philipose: »Sollte es zu dieser Heirat kommen, sagst du Elsie alles, hörst du? Keine Geheimnisse.«

Aniyan hört sich den Wortwechsel an, dann sagt er: »Also ... Ammachi, Sie und eine oder zwei ältere Verwandte gehen zum

Thetanatt-Haus. *Ah*, und Sie dürfen auch mitkommen, *monay*«, setzt er nach einigem Nachdenken hinzu. »Vorausgesetzt, es gibt keine Hindernisse, kann an dem Tag auch die Verlobung stattfinden, dann setzen wir auch das Hochzeitsdatum und die Mitgift fest –«

»Ich möchte etwas Zeit, um mit Elsie vertraulich zu sprechen«, sagt Philipose.

Aniyan schaut auf Big Ammachi, sieht aber, dass er von dort keine Hilfe erwarten kann. »Nun, vielleicht nach den Gebeten und dem Tee …«

»Vertraulich?«

»*Aah, aah*, vertraulich, gewiss. Aber alle müssen dabei sein.«

Big Ammachi sitzt im Thetanatt-Haus auf einem unfassbar langen weißen Sofa, in der Hand eine Tasse und Untertasse mit Goldrand. Hoch an der Wand hängen abgewinkelt nebeneinander gerahmte Fotografien der Verstorbenen. Sie findet diesen Trend morbid. Chandys verstorbene Frau schaut herab. Daneben hängt das beruhigende Porträt Mar Gregorios' von Ravi Varma. Sie wendet sich an den Heiligen: *Sag mir, dass es richtig ist, was wir hier tun.*

»*Ena-di*? Was murmelst du da?«, sagt Odat *Kochamma* verärgert. »Trink deinen Tee.« Die alte Dame ist begeistert, neben Aufschwungmeister als eine der Älteren eingeladen worden zu sein. Das Haus und der Anlass schüchtern sie nicht im Mindesten ein; sie gießt den dampfenden Tee in die Porzellanuntertasse (»Wofür sonst ist sie da?«) und bläst darauf. »*Aah*, guter Tee, so viel kann ich sagen!«

Vermittler *Aniyan* isst und trinkt nichts, das Gesicht still wie ein stehendes Gewässer, doch seine Augen schweifen durch den Raum, listen künftige Kandidaten auf, auch wenn sie noch im Kleinkindalter sind.

Big Ammachi mustert Chandy, ihren geselligen Gastgeber, der mit Aufschwungmeister spricht. *Warum mein Philipose?* Natürlich ist ihr Sohn ein Schmuckstück, ein höchst geeigneter Bräutigam, und er wird einmal Parambil erben, was einst nahezu zweihundert Hektar umfasste. Doch mit Chandys Besitz lässt es sich nicht vergleichen, der, wie man ihr sagte, einige Stunden entfernt liegt und angeblich mehrere tausend Hektar Tee- und Kautschukplantagen umfasst, dazu kämen dann noch das Stammhaus und weitere Anwesen anderswo. Sein Reichtum zeigt sich in der Möblierung des Hauses wie auch in den beiden Autos davor, wovon eines schnittig ist, eine lange Schnauze und Heckflossen hat und schimmert wie ein Saphir unterm Portikus, während das andere, das an der Seite steht, dasjenige ist, in dem Chandy Philipose vor Jahren nach Hause gebracht hat, ein bis aufs Skelett ausgeweidetes Fahrzeug, an dessen Ende eine Plattform heraussteht. Chandy hätte sich für Elsie auch den Sprössling eines anderen Gutsbesitzers, eines Arztes oder Verwaltungsbeamten nehmen können. Vielleicht hat er bei ihrer ersten Begegnung auch einfach Gefallen an dem Schuljungen Philipose gefunden – er hatte ihn einen Helden genannt. Der Schuljunge hat sich nun mit seinen Artikeln einen Namen gemacht. Oder Elsie (die noch nicht erschienen ist) hat ebenso nachdrücklich wie Philipose auf dieser Verbindung beharrt. Seufzend betrachtet sie ihren Sohn, der trotz seiner Nervosität so gut aussieht, so aufrecht dasitzt, dessen dichte Haare in Wellen vom Mittelscheitel ausgehen und dessen weiße *juba* seinen hellen Teint noch unterstreicht.

Nach den Gebeten werden von einem jungen Mädchen im Sari weiterer Tee und *palaharam* gebracht; es ist Elsies Cousine, und sie geleitet Philipose auch hinaus zu einer der beiden Bänke auf der breiten Veranda, wo er für alle Gäste durch die offenen Türen im Blick bleibt. Sogleich erheben sich drei alte *ammachis* von der Thetanatt-Seite, die Ohren schwer mit Gold behängt, und folgen ihm. Jede Falte des hinteren Bauschs ihrer *mundus* ist messerscharf gebügelt, was die Krümmung ihres Rückgrats verbirgt, und ihre *chattas* sind vom Reiswasser so steif gestärkt, dass sie fast brechen, als sich die Alten auf der zweiten Bank niederlassen. Sie rücken ihre golddurchwirkten *kavanis* zurecht, um den Busen doppelt zu verhüllen.

Stirnrunzelnd stellt Odat *Kochamma* ihre Untertasse scheppernd hin und marschiert hinaus; ihr krummbeiniger Gang lässt ihren Leib hin- und herschwingen. Die *ammachis* beäugen sie bestürzt. Unter Einsatz des Ellbogens quetscht sie sich mit der Bemerkung »Viel Platz. Rücken Sie mal« auf die Bank. Odat *Kochamma* nimmt sich von dem Teller, den das kleine Mädchen herumreicht, eine *halwa*, riecht daran, rümpft die Nase, legt sie zurück und wedelt das Mädchen emphatisch weg, womit sie sie auch für die anderen ablehnt. Die *ammachis* sperren protestierend den Mund auf, doch Odat *Kochamma* ignoriert sie und klackt laut mit ihren Holzzähnen. Die *ammachis* müssen nun an ihrem grauen Star und an Odat *Kochamma* vorbeispähen, um Philipose zu sehen. Ihre Stimmen sind unnatürlich laut, weil sie schwerhörig sind.

»Mit dem Mädchen sprechen will er, soso! Wozu das? Bloß zur Hochzeit erscheinen – mehr muss er doch nicht!«

»*Aah, aah*! Was er da auch sagen will, dazu hat er doch noch sein ganzes Leben lang Zeit, wie?«

»*Ooh-aah*. Warum spart er sich nicht ein paar Worte fürs Alter auf? Worte wird er ja noch haben, wenn alles andere nicht mehr funktioniert!«

Ihre Schultern beben vor Lachen; knorrige Hände bedecken zahnloses Grinsen. Odat *Kochamma* tut so, als hörte sie sie nicht. Sie zwinkert Philipose zu, lässt einen fahren und funkelt ihre Bankgenossinnen vorwurfsvoll an.

Philipose spürt aller Augen auf sich. Die Luft ist so dick, er kann mit den Fingern Buchstaben darin malen. Drinnen wirkt seine Mutter beklommen, ganz klein auf dem langen Sofa, wo ihre Beine nicht bis auf den Boden reichen. Er sieht, wie sich Köpfe und Augen drehen: Elsie muss erschienen sein. Er steht auf, wischt sich ein letztes Mal das Gesicht mit dem Taschentuch. Sein Herz hämmert so laut, dass Elsie das Geräusch zu seinem Ursprung verfolgen kann.

Sie ist sogar noch schöner als die Frau, die er von dem Zugabteil in Erinnerung hat. Es verschlägt ihm die Sprache, nicht einmal Hallo kann er sagen. Sie sitzen nebeneinander. Ihr Sari, korallenrot und blau, bildet eine heitere Kulisse für ihre Hände, die schmucklos sind, sogar ohne Armreif. Ihre Finger erstrecken sich in langen Linien von den Knöcheln wie die Pinsel und Stifte, die sie schwingen. Der Duft der Gardenie in ihren Haaren berauscht ihn.

Er räuspert sich, um etwas zu sagen, doch dann sieht er ihre Zehen, die unter dem Saum des Saris hervorlugen, und ihm entwischen die Worte. Er sitzt wieder in dem Zug, und ihre Sohlen blitzen vor ihm auf, als sie auf ihre Liege steigt.

Seine Stimmbänder sind wie eingefroren. *O Herr, fühlt sich so ein Schlaganfall an?* Er langt nach einem Taschentuch, greift aber in die falsche Tasche; seine Finger fördern eine Ein-Chakram-Münze zutage, darauf das Bild Bala Rama Varmas. Er hält sie ihr hin, und da verschwindet die Münze. Er zeigt seine Hände, Außenseite, Innenseite. *Bitte prüfen Sie genau, meine Damen und Herren, überzeugen Sie sich, dass nichts verborgen ist.* Er langt nach ihrem Ohr, zaubert die Münze herbei und legt sie ihr in die Hand.

Eine der alten *ammachis* schlägt die Hand vor den Mund, als hätte sie gerade eine Vergewaltigung gesehen. »Habt ihr das gesehen?« Nein, die anderen nicht.

»*Aah*, er hat etwas gemacht! Dieses Hier-dort!«

»Das war Zauberei«, sagt Philipose endlich, als er die Sprache wiedererlangt hat. Seine Worte kommen auf Englisch heraus, keine bewusste Wahl, aber eine gute, wie sich zeigt, wenn sie für sich sein wollen. Elsie nimmt Philipose' Hand und dreht sie um.

»Du hast hübsche Hände. Hände interessieren mich«, sagt sie auf Englisch. Auch im Zug haben sie Englisch gesprochen. Er erinnert sich an ihre Stimme. Ihr langsames, verführerisches Timbre verlangt, dass er genau auf ihre Lippen schaut. »Die sind mir gleich beim ersten Mal aufgefallen.«

»Und mir deine, als du über die Schnupftabaksdose gestrichen hast«, sagt er.

Er bemerkt einen Fleck grüne Farbe auf ihrem Handteller. Seine Haut kribbelt, wo sie ihn berührt hat.

»Ich habe ganze Notizbücher voller Handzeichnungen«, sagt Elsie. Er fragt, warum. »Wahrscheinlich weil alles, was ich zeichne oder male, bei den Händen anfängt. Manchmal habe ich das Gefühl, dass meine Hand führt und mein Geist folgt. Ohne eine Hand hätte ich nichts.«

»Ich habe ein Notizbuch über Füße«, sagt er. »Füße offenbaren den Charakter. Du könntest König oder Bischof sein und deine Hände mit Edelsteinen schmücken. Deine Füße aber sind dein ungeschmücktes Ich, egal für wen du dich ausgibst.«

Sie beugt sich vor, um auf ihrer beider nackten Füße zu schauen. Sie legt einen Fuß neben seinen. Ihr zweiter Zeh, der ein Stück über den großen hinausragt, ihre klaren, leuchtenden Nägel und die geschwungenen Rundungen der Gelenke – das alles verweist auf ihr künstlerisches Wesen, denkt er. Neben seinem Fuß ist ihrer klein. Er streift an seinen.

Die beobachtenden *ammachis* stehen kurz vor einem Anfall.

Hätten sie eine Pfeife, sie hätten hineingeblasen. »*Ayo!* Erst die Hände. Und nun berühren sich die Füße! Hat das denn nicht Zeit?«

Elsie unterdrückt ein Kichern. »Hörst du sie?«

Er zögert. »Ich verstehe nicht jedes Wort. Aber ich kann's mir gut vorstellen.« Englisch war eine hervorragende Idee.

»Philipose?«, sagt sie, als probierte sie seinen Namen aus, und schaut ihn direkt an. Der Klang erregt ihn. »Du hast darum gebeten, mit mir zu sprechen?« Sie lächelt.

Er verliert sich in ihrem Lächeln und braucht einen Moment, bis er antworten kann. »Ja, ja! Damit habe ich alle möglichen Regeln gebrochen. Ja, ich wollte reden. Ganz ehrlich, darf ich dir sagen, warum?«

»Ehrlich ist besser als unehrlich.«

»Nachdem wir … Nach dem Zug … da habe ich gehofft. Also, es war wie Schicksal, dass wir nach all den Jahren im selben Zug waren, im selben Abteil, auf derselben Bank, demselben … Wir haben uns zu früh getrennt. Seitdem habe ich … davon geträumt, dich zu heiraten. Aber ich habe doch das College nicht abgeschlossen. Gebogen und gebrochen. Ich habe hart gearbeitet, und nun bin ich nicht mehr gebogen und auch nicht gebrochen, und da habe ich dann um Vermittler *Aniyan* gebeten. Aber ich habe mich erinnert, dass du im Zug zu Meena gesagt hast, du seist für die Ehe nicht bereit. Elsie, *ich* will es. Ich wollte sichergehen, dass … dass *du* es auch willst. Dass es dir nicht aufgezwungen wird.«

Sie überlegt. Dann wendet sie sich ihm zu und lächelt, sagte ihm wortlos: *Ja, ich will es.*

»Oh, Gott sei Dank! Ich hatte Angst, dein Vater wollte einen wie … einen, der mehr –«

»*Ich* wollte es. Dich.« Es ist, als hätte sie ihn geküsst. Ihm ist, als taumelte er in ihren Blick, in die Explosion aus Braun,

Grau und sogar Blau ihrer Iris. Er will jubelnd aufspringen. Er grinst Odat *Kochamma* zu, die ihm zurückzwinkert. Sie rutscht von der Bank, wirft sich dabei die Schleppe ihres *kavani* über die Schulter und über die Gesichter der *ammachis*. Erhobenen Hauptes setzt sie sich wieder zu Big Ammachi und schnappt sich unterwegs noch ein Stück *halwa*.

Er sagt: »Ich habe so ein Glück. Warum ich?« Jetzt ist sie die Stumme, untypisch zurückhaltend. »Ist es ein Geheimnis?«

Sie sagt: »Geheimnisse sind oft an den offensichtlichsten Stellen verborgen.« Er ist geschmeichelt. Es ist die letzte Zeile seiner ersten Unfiktion »Der Plavumann.« »Willst du es wirklich wissen, Philipose? Soll ich es dir sagen, *ehrlich*?« Sie neckt ihn, wird dann aber ernst. »Weil ich Künstlerin bin«, sagt sie einfach. Er versteht nicht ganz.

»Du meinst, wie Michelangelo? Oder Ravi Varma?«

»Na ja, schon ... Aber auch nicht wie Ravi Varma.«

»Wie wer dann?«

»Wie ich.« Sie ist ernst. »Wäre Ravi Varma als Mädchen geboren worden, meinst du, er hätte nach der Heirat die Freiheit gehabt, bei einem holländischen Lehrer zu studieren? Oder in Wien auszustellen? Oder ganz Indien zu bereisen? Er hat in Bombay eine Druckerpresse gekauft. Ein schlauer Zug. Deshalb sind seine Drucke auch überall zu finden. Er ist allen berühmten Schönheiten seiner Zeit begegnet, den Maharanis und Mätressen, und hat sie gemalt. Ist der einen oder anderen auch nähergekommen.« *Gibt es denn nichts, was sie nicht sagt?*, denkt Philipose voller Bewunderung. »Was ich sagen will, Philipose, wäre Ravi Varma eine Frau gewesen, dann gäbe es keine Ravi Varma.«

Er versteht, was sie sagen will, aber nicht, was das mit ihm zu tun hat.

»Philipose, du bist auch ein Künstler.« Es schmeichelt ihm,

das zu hören. »Du kannst die meiste Zeit des Tages deiner Kunst widmen. Niemand kann dir sagen, nicht zu schreiben oder wann du schreiben sollst. Die Ehe wird das nicht ändern.«

Dagegen kann er nichts sagen.

»Mein Vater hatte schon gleich nach meiner Rückkehr andere im Kopf. Ein Junge von einem Gut … einen, der Textilfabriken in Coimbatore besitzt. Ich habe abgelehnt. Ich dachte, dass von allen Männern, die ich heiraten könnte, du derjenige bist, der meine Kunst, meine Ambitionen ernst nehmen würde.« Das alles sagt sie mit sehr ernster Miene. »Ich bin gut versorgt. Mein Vater schmeißt mich nicht raus. Aber wenn ihm etwas zustößt, geht bis auf meine Mitgift alles, wirklich *alles* an meinen Bruder. So ist es eben in unserer Gemeinde, nicht? Es ist unfair, aber so ist es nun mal. Wäre ich unverheiratet, dann hätte ich nichts, wo ich hingehöre. Deshalb war er so darauf bedacht, mich zu verheiraten. Für meine Zukunft.«

»Auch Männer stehen unter Heiratsdruck. Um die Familie zufriedenzustellen.« Dabei denkt er an Joppan.

»Schon, aber nach der Heirat wird niemand sagen: ›Philipose, leg mal dein Schreibzeug weg. Du hast die Pflicht, dich für den Rest deines Lebens um deine Frau und ihre Eltern zu kümmern. Die Küche führen, die Kinder großziehen.‹« Mit einem Hauch Bitterkeit fügt sie hinzu: »Mein Bruder wird das Leben haben, das ich hätte haben sollen. Ich hoffe, er nutzt es gut.«

Sie schauen zu dem Bruder hin. Sein Bauch wölbt sich unter einem prächtigen doppelten *mundu*, sein Gesicht ist aufgedunsen, die dunklen Ringe unter den Augen werden bald dauerhaft sein. Er könnte als die gefräßige Zweitbesetzung seines Vaters durchgehen, nur in einem jüngeren Alter: Zigaretten und zu viel Brandy. Doch dem Gesicht fehlt Chandys Humor, seine Menschlichkeit und Lebendigkeit. Ihr Bruder spürt ihre

Blicke und erwidert sie mit stumpfen, unbeseelten Augen. *Die Geschwister haben nichts füreinander übrig*, denkt Philipose.

Elsie neigt den Kopf näher zu ihm. »Das erzähle ich dir nur, weil du gefragt hast. Es ist schwer zu erklären, wie sehr ein Mädchen seinen Vater liebt. Heiraten ist das beste Geschenk, das ich ihm machen kann. Dann werde ich zu deiner Sorge. Ich dachte, wenn ich schon heiraten muss, wer wird mich als Künstlerin respektieren und mich das sein lassen, was, wie ich glaube, meine Bestimmung ist? Du, dachte ich.«

Er ist geschmeichelt. Doch ihre Worte sind auch ein kleiner Dämpfer. Wo bleibt da die *Liebe*? Wo das Begehren in ihrer Erklärung? Sie liest seine Gedanken. »Hör zu, wenn dich das, was ich gesagt habe, enttäuscht, dann tut es mir leid. Das ist nur das *pennu kaanal*. Du kannst sagen, du kamst und sahst, und es ist nichts für dich. Du kannst es abblasen. Oder ich. Du hast gefragt. Also sage ich es dir ehrlich.«

So eine brutale Ehrlichkeit! Hätte er je den Mut gehabt zu sagen, was sie gerade gesagt hat?

»Elsie, das abzublasen ist das Letzte, was ich will –«

»Als ich dich an dem Morgen im Zug gezeichnet habe, dachte ich, ich schaue in dein Herz. Ich war nicht mehr das Schulmädchen, das mit dir im Auto fuhr. Und du nicht mehr der tapfere Junge, der das Kind gerettet hat. Ich habe einen Mann gesehen, der seinen Weg sucht. Du hast ihn gefunden – das sehe ich in deinen Geschichten. Als der Antrag kam, war ich glücklich. Ich dachte, da ist einer, der die Welt genauso sieht wie ich. Der danach lechzt, sie so zu interpretieren, wie ich es versuche. Sag mir, dass ich damit nicht Unrecht hatte.«

»Nein. Das hast du richtig gesehen. Und damit du's weißt, ich will nicht heiraten, nur um verheiratet zu sein. Ich will *dich* heiraten. Und wenn wir verheiratet sind, tue ich alles, um deine Kunst zu unterstützen. Wie könnte ich das nicht?«

Sie freut sich. »Ganz sicher? Deine liebe Mutter hofft, dass ich die Küche übernehme, die Schlüssel zum *ara* verwahre, ein gutes Fischcurry mache. Sie wird schockiert sein, wenn der Fischhändler kommt und ich einen *mathi* nicht von einem *vaala* unterscheiden kann –«

»Moment, das willst du nicht? Ja, wenn das so ist –« Er tut, als wollte er aufstehen. Ihre flügelgleichen Brauen schießen hoch, dann lacht sie laut auf, ein hübscher, glockenheller Klang. Die vollkommene Zahnreihe, der Anblick ihrer Zunge, des Rachens machen ihn schwindlig. »Elsie, solange du so lachst, ist mir das egal. Das verspreche ich. Du wirst dieselbe Zeit und Gelegenheit für deine Kunst haben wie ich fürs Schreiben. Du kennst meine Mutter noch nicht, sie ist ein Schatz. Sie wird es verstehen.«

»Philipose …«, sagt sie leise, dankbar, senkt den Kopf, lässt sich an ihn sacken. Er lehnt sich ebenfalls an sie, stützt ihr Gewicht, die alten *ammachis* können ihn mal. Sein Arm brennt, wo er sie berührt. Sein Herz hüpft, sein Puls hämmert, nicht aus Angst oder Panik, sondern wegen der Erkenntnis, dass es das, was es gesucht, gefunden hat. Er ist stolz auf sich. Der Einfache Mann hat etwas Schwieriges geschafft.

46. Kapitel
HOCHZEITSNACHT

1945, Parambil

Nach sechs Jahren steht der Krieg kurz vor dem Ende. Zweieinhalb Millionen indische Soldaten werden demobilisiert, darunter erstmals Hunderte indischer Offiziere. Im Großen Krieg machten die Briten Inder nie zu Offizieren, da sie fürchteten, künftige Rebellenführer auszubilden. Womit sie recht hatten. Jetzt sind die heimkehrenden indischen Offiziere Männer, die für ihre Tapferkeit ausgezeichnet wurden, Männer, die erlebten, wie Soldaten unter ihrem Kommando starben, um die Abessinier zu befreien, die Franzosen, Europa von Hitlers Joch. Sie werden sich mit nichts weniger als Freiheit für Indien zufriedengeben. Die Briten sind so dumm zu verkünden, dass diejenigen indischen Soldaten, die von den Japanern gefangengenommen und dann vor die Wahl gestellt wurden, der Indian National Army Subhas Chandra Boses beizutreten oder geköpft zu werden, als »Verräter« angeklagt werden. Die Wut aller indischen Soldaten und der indischen Öffentlichkeit macht den Briten Angst. Sollte auch nur eine Garnison meutern, wird nichts den Fall der Dominosteine verhindern. Zweihunderttausend britische Zivilisten in Indien könnten über Nacht von dreihundert Millionen Einheimischen massakriert werden.

In Travancore ist ein angehender Bräutigam Nacht für Nacht im Äther unterwegs, erlebt vom Postamt Parambil aus die Befreiung von Leningrad und Rom, Rangun und Paris. Er erweitert seine Wandkarte mit frischen Blättern, doch der Krieg im Pazifik ist in keinem Maßstab zu verzeichnen. Er schreibt die Namen neben Punkte: Guadalcanal, Makin-Atoll, Morotai, Peleliu. Auf diesen winzigen Inseln sind massenweise Männer gestorben. Es ist alles so sinnlos. Und persönlich: einer der Enkel des Töpfers hat sich aus keinem anderen Grund als dem Handgeld und dem Sold verpflichtet. Der arme Kerl ist in Nordafrika umgekommen.

Er und Aufschwungmeister beschließen, das Speisezentrum zu schließen, da die Versorgungslage sich stetig gebessert hat. Philipose spürt unwillkürlich, dass die Wende im Kriegsverlauf, der Optimismus in Indien bezüglich der bevorstehenden Freiheit mit dem Wechsel seines eigenen Geschicks verbunden ist.

Sie heiraten in der Kirche, in der Big Ammachi verheiratet und Philipose getauft wurde. Als Elsie hereinkommt, zieht sie sich den *pallu* ihres Saris über die Haare, senkt den Blick wie vorgeschrieben, setzt erst den rechten Fuß über die Schwelle. Ein kollektives Ächzen ob der schönen Braut ertönt, vielleicht die erste, die in dieser Kirche im Sari heiratet. Philipose meint, eine goldene Aura umhüllte sie wie eine dünne Schicht Zimt. Statt sich mit dem Schmuck ihrer Mutter zu beschweren, trägt sie an jedem Handgelenk nur einen Reif, eine feine Goldkette mit Anhänger sowie goldene Ohrringe. Mit neunzehn hat sie die Haltung, die Sicherheit einer Frau, die doppelt so lang gelebt hat. Als Philipose sich ein letztes Mal vor der Kirche im Spiegel musterte, hatte er den gegenteiligen Eindruck von sich: ein Zwölfjähriger, der als zweiundzwanzig durchgehen will.

Joppan steht stolz in seinem besten *mundu* und seiner *juba* bei Aufschwungmeister und den Parambil-Verwandten auf der Männerseite ganz vorn. Doch trotz allen Drängens von Philipose weigert sich Shamuel, die Kirche zu betreten. Er sieht durch ein Fenster zu.

Chandys langer, schnittiger Ford mit den Heckflossen, mit Rosen bedeckt, fährt das Paar nach Hause. Sie nähern sich Parambil auf der neu verbreiterten Zufahrt, an deren einer Seite schon viele Gäste in dem riesigen weißen *pandal* sitzen. Auf der anderen Seite steht der massige Damodaran, der sich der Bedeutung des Anlasses bewusst ist. Als sie aus dem Wagen steigen, beschnüffelt Damo Big Ammachi, sie tätschelt ihn. Er wiederum zerrt Philipose zum Schrecken der Leute von Thetanatt grob an sich und zerwuschelt ihm die Haare. Unni gibt ihm eine Jasminkette, die er der Braut um den Hals legt. Sein Rüssel verharrt bei ihr, beschnüffelt ihre Wangen und den Hals, worüber Elsie fröhlich lacht. Sie revanchiert sich mit dem Eimer voll palmzuckergesüßtem Reis, den Big Ammachi ihr reicht.

Träger laufen mit dampfenden Platten mit Sultan *Pattars* köstlichem Hammelbiryani durchs Zelt. Man hört das schockierende Geräusch von Anstand *Kochammas* hemmungslosem Lachen, ein schönes, hohes Klingeln, das niemand bei ihr vermutet hätte. Chandys spezieller Punsch, ein nach einem Heiligen benannter Pflaumenwein, ist besonders bei den Frauen beliebt.

Auf einem Podest empfangen Philipose und Elsie eine schwindelerregend lange Schlange von Gästen, darunter Chandys Gutsfreunde, auch mehrere weiße Paare. Philipose erblickt Shamuel vor dem *pandal*; in der leuchtend senffarbenen Seidenjuba, die Philipose ihm gekauft hat, und einem blendend weißen *mundu* sieht er geradezu hoheitsvoll aus. Er macht ein mürrisches Gesicht und rührt sich nicht, als Philipose ihn herwinkt. Seine Miene sagt, dass der *thamb'ran* es eigentlich wissen müsste. Also schleppt Philipose Elsie nach draußen und legt die Arme um den alten Mann, nicht nur aus Zuneigung, sondern weil der schon flüchten wollte.

»Elsie, das ist Shamuel, der einzige Vater, den ich richtig gekannt habe.« Shamuels Schock darüber, dass sie zu ihm gekommen sind, weicht Bestürzung über die Blasphemie des kleinen *thamb'ran*. Er kann Elsie kaum in die Augen schauen, als er die Hände unterm Kinn zusammenlegt. Sie tut es ihm nach und bückt sich dann, um seine Füße zu berühren. Mit einem Aufschrei sieht sich Shamuel gezwungen, sie daran zu hindern, indem er sie an den Händen fasst. Sie hält seine fest, neigt den Kopf und murmelt: »Geben Sie uns Ihren Segen.« Wortlos, mit bebenden Lippen, außerstande, es ihr abzuschlagen, hebt er seine zitternden, wettergegerbten Hände über ihre Köpfe. Philipose will ihn noch umarmen, doch Shamuel stößt ihn mit gespieltem Ärger grob von sich. Er zeigt aufs Podium, um ihnen zu bedeuten, dass sie zurückmüssen, und wendet sich ab, damit sie seine Tränen nicht sehen.

Es ist fast Mitternacht, als die beiden endlich allein in Philipose' Zimmer sind. In den Briefen, die sie vor der Hochzeit gewechselt haben, hat er Odat *Kochammas* Anweisung erwähnt, dass seine Karte weg muss, damit das Zimmer für seine neue Braut bereit ist. Das hatte ein Telegramm von Elsie nach sich gezogen, das erste am Postamt Parambil.

LASS KARTE STOP VERÄNDERE NICHTS STOP WILL DICH SEHEN WIE DU BIST STOP

Elsie lächelt, als sie ihr Telegramm an dem mit reichlich Kommentaren versehenen Wandteppich der Nationen, Armeen, Marinen und der Torheit der Menschheit gepinnt sieht, nun ein Teil davon. Mit Elsies Truhen wirkt der Raum kleiner. An ihr Schlafzimmer grenzt ein neu gebautes Badezimmer, ein großer Außentank muss jeden Morgen von der Quelle gefüllt werden, damit Wasser aus den Hähnen fließt, wobei Philipose den baldigen Einbau einer elektrischen Pumpe vorsieht. Elsie verschwindet mit ihren Toilettensachen, als hätte sie das schon jahrelang in Parambil gemacht. Gott sei Dank muss sie nicht zur Außentoilette oder zu der eingefriedeten Badestelle laufen; dort nimmt Philipose sein Bad und eilt zurück.

Als sie zurückkommt, hat er schon die Öllampe angezündet; ihr weicher Schein ist nicht so grell wie die nackte Birne an der Wand. Elsie trägt nun ein weißes Nachthemd mit blassen Rosen darauf, während er bloß in seinem *mundu* ist, die Brust nackt. Sie liegen nebeneinander, schauen an die Decke. Während der ganzen Zeremonie ist ihm jedes Mal, wenn sich ihre Hände streiften, ein Schock den ganzen Arm hinaufgefahren. Im Wagen nach Hause hatten sie sich aneinandergelehnt und gegrinst wie kleine Kinder, als wollten sie sagen: *Wir haben's getan!*

Er dreht den Docht herunter. Lange liegen sie still da, horchen auf den Wind im Baldachin der Palmen, eine Taube gurrt, von fern klirrt die Kette an Damos Bein. Das Zimmer ist dunkel, doch ganz allmählich schälen sich die zwei fahlen Rechtecke des Fensters in der gegenüberliegenden Wand heraus, dessen Vorhang nur die untere Hälfte bedeckt. Die hohen Äste des *plavu* zeichnen sich vor dem Himmel ab. Die drei sich ausbildenden Früchte, die an den Gabeln baumeln, sind wie kleine Kinder, die im Baum spielen.

Er wendet sich zu ihr, sie sich auch zu ihm, als hätte sie darauf gewartet. Ihre Knie stoßen ungelenk zusammen. Er legt ein Bein über ihre, sie schiebt eins zwischen seine, ihre Füße finden einander. Er sieht ihr Gesicht nur vage, spürt ihren Atem auf den Wangen, nimmt den Geruch von Zahncreme und Seife wahr, auch den natürlichen ihrer Haut. Behutsam streicht sie ihm über die Schläfe, den Kiefer, den Hals – eine Bildhauerin nimmt Maß. Seine Finger streichen ihr über die Haare. Ihre Körper sind aneinandergepresst, ihre Brust leicht an seiner. Sie kann ein Gähnen nicht unterdrücken, dann gähnt auch er, noch bevor sie den Mund wieder schließt. Sie unterdrücken ihr Lachen. Seufzend schmiegt sie sich an ihn. Ihr Kopf liegt in der Kuhle aus seinen Schultern und dem Rumpf, ihren langen Finger gespreizt auf seiner Brust.

Nach seinem schmachvollen Rückzug aus Madras hat er sich unvollkommen gefühlt, die Fäden seines Wesens wirr, Teile fehlten. Nun aber ist er, Elsie fest bei sich, ganz. Ihr Bauch drückt gegen seinen, zieht sich mit jedem Atemzug zurück, die Züge zunehmend langsamer. Er betrachtet dieses Wunder. Und trotz der herzhämmernden Erregung, diese schöne Frau – seine Frau – an seinem Körper zu halten, schläft auch er ein.

Als er weit nach Mitternacht erwacht, sind ihre Beine weiterhin verschlungen, doch ihr Nachthemd und sein *mundu* sind verrutscht, sodass ihr nackter Schenkel an seinem liegt. Mit einem Mal ist er hellwach wie von einem Schwall Wasser. Die Flächen, wo ihre Haut an seiner liegt, brennen. Sachte drückt er sich an sie, zu seiner Verblüffung erwidert sie den Druck. Sie schlägt die Augen auf. Er weiß nicht recht, wie genau er nun weitermachen soll. Sein Kopf neigt sich zu ihr. Sie drückt gegen seine neue Härte, die in der zärtlichen Umarmung vor dem Schlaf noch nicht da war.

Ihre Lippen begegnen sich, ein linkisches Streichen – erregend, aber trocken. Nicht das, was er sich vorgestellt hat. Sie versuchen es erneut, forschen nun entschlossener, und da berühren sich ihre Zungen, ein elektrisierendes Gefühl und eine derart tiefgreifende Intimität, dass es ihn am ganzen Körper kribbelt. Er öffnet ihr Nachthemd, und auf einmal liegen ihre Brüste bloß. Nichts, gar nichts in seinem Leben wird diesen ersten Augenblick übertreffen, da er sie sieht, sie berührt, ihre

Reaktion spürt. Seine Hand geht zaghaft nach unten, während ihr Handrücken und dann die Finger vorsichtig jenen Teil von ihm berühren, der nicht unbeachtet bleiben kann. Ihrer beider Unsicherheit und Unbeholfenheit sind so erotisch wie alles, was dem vorausgegangen ist. Er stützt sich auf und lehnt sich über sie. Er ist wie ein Blinder, der in eine Ecke gestrauchelt ist und nun mit seinem Stock umhertastet, doch sie führt ihn mit einer Hand, die andere als Bremse auf seiner Brust. Ganz langsam führt sie ihn hinein. Sie zuckt, hält ihn aber weiter. Erst als er merkt, wie sie sich entspannt, bewegt er sich ganz sachte. *Herr*, denkt er, *wenn man das entdeckt hat, wie kann man da noch etwas anderes tun?* Er hat sich aufgelöst im Körper seiner neuen Braut, beider Atem, beider Saft und Stärke eins. Keine Selbstversuche, nichts in *Fanny Hill* oder *Tom Jones* haben ihn auf die Erregung und Zartheit dessen vorbereitet, was gerade geschehen ist.

Sie erliegen einem rätselhaften anästhetischen Schleier, der sich, erfüllt von ihren vermischten Düften, über sie senkt. Er erwacht, erinnert sich an das eben Geschehene, und von der Erinnerung versteift er sich erneut, schmerzhaft, will alles gleich wieder. Er will, dass sie die Augen öffnet, und aus dem Schlafnebel tut sie es auch bald, versucht einen Augenblick lang zu begreifen, wo sie ist. Auf einmal wirkt sie verletzlich, da sie in diesem neuen Haus erwacht. Er erkennt es, nimmt sie sanft in die Arme und hält sie so. Er fragt sich, ob sie Schmerzen hat. An der Art, wie sie sich an ihn schmiegt, merkt er, dass es richtig war, sie in die Arme zu nehmen. Nach einer langen Zeit zieht sie den Kopf zurück, schaut ihn an und küsst ihn; ihr Atem schmeckt nach ihm und nach Schlaf. Sie flüstert etwas, doch er sieht ihre Lippen nicht gut. »Elsie, ich habe Mühe, dein Flüstern zu verstehen. Entschuldige.« Sie geht mit dem Mund näher an sein Ohr. »Ich habe gesagt: ›Ich glaube nicht, dass ich mich, wenn ich einen anderen geheiratet hätte, da so sicher wie bei dir gefühlt hätte.‹ Das habe ich gesagt.« Sie schmiegt sich wieder an ihn, dann schlafen sie erneut ein.

Sie erwachen gleichzeitig. Licht strömt durch die kreuzförmigen Lüftungsschlitze und Fenster. Der träge Hahn kräht *Die-Sonne-ist-vor-mir-aufgegangen-Ayo-ayo-adoo*. In der Ferne scheppert ein Eimer gegen den Brunnenrand, dann das Knarren und Sirren von Seil und Rolle. Das Haus erwacht.

Schweiß schimmert in der Höhlung hinter ihrem Schlüsselbein. Ihrer beider Geruch ist so schwer, so fleischlich. Er will ihr sagen, wie unfassbar ihre nächtliche Vereinigung war, wie … Doch Worte könnten es nur mindern. Stattdessen küsst er sie auf die Lider, die Stirn, auf jeden Zoll ihres Gesichts. »Ich will, dass du hier glücklich bist, Elsie«, flüstert er. »Jeder Wunsch, den ich dir erfüllen kann, sag ihn nur … Alles.«

Die Worte erscheinen sogar ihm selbst bedeutsam. Sie adeln ihn. Der gütige, berauschte Souverän betrachtet liebevoll seine Königin, ihre gerade Nase, die Augen, die, so lang und schmal, ihre Gesichtsform spiegeln. In den vielen Monaten nach ihrer Zugfahrt hatte er ihre Augen als eng stehend in Erinnerung, doch das lag an der Art, wie sie sich zu ihrer Nase hin senkten, seine Nofretete. Und die Erinnerung hatte den Amorbogen ihrer Oberlippe nicht annähend festgehalten. Er ist trunken, so trunken von seiner schönen Braut, dass er platzt vor Großzügigkeit, so wie der Kaiser Shah Jahan seiner Geliebten anbot, ihr einen Palast zu bauen.

»Alles?«, sagt sie träumerisch, die Arme gerade neben sich wie Flügel, die Lippen fast reglos, die Augen halb geöffnet. »Wie der Geist in Aladdins Wunderlampe? Bist du dir auch sicher?«

»Ja, alles«, sagt er.

Sie stützt sich auf eine Hand, wendet sich ihm zu, ihr Busen auf seiner Brust, bei Tag ein so erstaunlicher Anblick, dass er, würde sie ihn bitten, sich den Kopf abzuschneiden, um sich weiter daran zu weiden, einverstanden wäre. Sie ist von seiner Aufmerksamkeit erfreut und belustigt, nicht befangen, verharrt in ihrer Haltung, damit er weiter schauen kann. Die Haut ist unnatürlich weich, cremig, blasser als ihre sonstige, um dann abrupt in den dunkleren Warzenhof überzugehen. Ihre Lust auf des anderen Körper, erst jüngst entdeckt, überwindet die Schüchternheit. Das Schulmädchen im Auto, die junge Miss, die mit ihm im Zug geschnupft hat, sie ist nun seine Braut, und ihre Augen sagen: *Na los, schau, küss, fass mich an ...*

»Alles«, sagt er, und seine Worte verschleifen von Liebe und gesättigter Lust. »Und ich meine nicht, ein Atelier bauen. Das machen wir sowieso. Ich habe schon einen Plan gezeichnet – wir erweitern die südliche Veranda und legen ein Dach darüber. Das wird gut Licht haben, aber das sollst du entscheiden. Nein, ich meine alles andere. Das Heilige Land zurückerobern? Den Drachen erschlagen?« Er streichelt ihr Gesicht.

Sie mustert ihn, lächelt zögernd. Dann sieht sie zum Fenster hin – ohne zu zögern. Er folgt ihrem Blick, versucht, die ihm vertraute Welt durch ihre Augen zu sehen.

»Ich liebe das Morgenlicht. Der *plavu* da«, sagt sie und zeigt auf den Baum, wo die ihnen nächste Jackfrucht, groß wie ein Kinderkopf, sie anstarrt. »Der macht das Zimmer dunkel. Du kannst ihn fällen. Das ist mein Wunsch.«

Den *plavu* fällen? Den Baum, der über seinen Schlaf wacht, seit er ein kleiner Junge war?

Sie sagt: »Dahinter ist der Blick bestimmt herrlich.«

47. Kapitel
FÜRCHTE DEN BAUM

1945, Parambil

Am Abend ist er weg, Darling! Das sollte er sagen. Stattdessen zögert er so lange, dass der Hahn noch einmal kräht. »Der Baum da?«, sagt er. Der falsche Ton in seiner Stimme widert ihn an.

Ihr Blick weicht zurück. Ihr Lächeln verdorrt wie bei einem Kind, dem ein Bonbon hingehalten und gleich wieder weggenommen wird. In einer Welt, die sich aufteilt zwischen denen, die ihr Wort halten, und denen, die nur Wörter sagen, hat sie sich einem der Letzteren hingegeben.

»Ist schon gut, Philipose –«

»Nein, nein, bitte, liebe Elsie, ich will's dir erklären. Ich fälle ihn. Ich versprech's dir, ja. Aber lässt du mir etwas Zeit?«

»Natürlich«, sagt sie. Doch da spürte er schon den Riss, die Naht in ihrer Verbindung. Könnte er doch nur einen Schritt zurückgehen. Oder hätte sie sich nur etwas anderes gewünscht.

»Danke, liebe Elsie. Es ist nämlich so …«

Seine Geschichte »Der Plavumann« hat manche Leser in besonderer Weise berührt. Einige unternehmen eine Pilgerfahrt zu diesem *plavu*, sie glauben, die Geschichte sei wahr und dies sei der beschriebene Baum; Philipose kann sagen, was er will, sie begreifen es nicht. Andere schreiben ihm über die Zeitung, bitten ihn, ihren Brief in den Baum zu stecken, in seine Höhlung – ihre Worte richten sich an die verstorbene Seele, der sie nachspüren wollen. Das alles hat seinen Redakteur veranlasst, ein Foto von Philipose vor dem Baum zu bestellen.

»Der Fotograf kommt bald. Und ich will mir auch Shamuels Segen holen. Weißt du, er hat mir oft die Geschichte erzählt, wie sein Vater und meiner diesen Baum gepflanzt haben, als sie das Land rodeten. Das war der erste. Als ich ein Junge war, hat Shamuel es mir gezeigt. Wir haben ein Loch gegraben und eine riesige, unversehrte *chakka* reingesetzt. Aus den hundert Samen in dieser Krokodilhaut sind zwanzig Triebe gewachsen. Ein jeder hätte selbst ein Baum werden können. Aber wir haben sie alle ineinandergeschlungen, sie gezwungen, ein einziger mächtiger *plavu* zu werden.« Er hat zu viel gesagt, das weiß er.

In der Küche scheppern Töpfe. Eine heisere Krähe ruft ihrer Gefährtin zu: *Schau nur, unser idiotischer Freund, öffnet den Mund, wo er ihn hätte zu lassen sollen.*

»Keine Sorge. Bitte Shamuel nicht. Du brauchst nicht –«

»Elsie, nein! Betrachte ihn als gefällt und deinen Wunsch als erfüllt. Bitte mich um etwas, was ich jetzt gleich machen kann, bitte mich –«

»Ist schon gut«, sagt sie sanfter, als er es verdient, zieht die Schultern unterm Nachthemd hoch und rafft es vor den Brüsten zusammen. »Sonst brauche ich nichts.« Sie erhebt sich, groß und stolz, schließt die Knöpfe von oben bis unten, bis das dunkle Dreieck ihres Frauseins und der Schimmer ihrer Schenkel nur noch Erinnerung sind.

In der Tür hält sie inne. Gefiltert von den *plavu*-Blättern, fällt das Licht durchs Fenster auf ihre graublauen Iris, die wie Graphit funkeln.

»Aber, Philipose? Bitte … hältst du bitte Wort bei meiner Kunst?«

Er hört sie draußen leise mit Baby Mol plaudern, dann mit

Big Ammachi und Lizzi, deren Stimmen hell, fröhlich sind, ihre tiefer, leichter zu erkennen.

Der Fotograf war da, Wochen und Monate sind vergangen. Jede Nacht in den schläfrigen Momenten nach ihrem Liebesspiel sagt sich Philipose, er wolle mit Shamuel eine heimliche Abmachung treffen, damit seine schöne Frau morgens in strahlendem Licht aufwacht und sieht, dass ihr Mann zu seinem Wort steht. Elsie scheint gar nicht mehr an den Baum zu denken. Sie spricht ihn nie an. Doch Philipose bekommt ihn nicht aus dem Kopf.

Im Radio läuft Jazz von einem Duke aus Amerika namens Ellington. Philipose sitzt dicht davor, Elsie zeichnet neben ihm. Er schaut kurz hin, was auf dem Blatt entsteht: Es ist er, übers Radio gebeugt, die Haare fallen ihm in die Augen. Ihn überläuft ein Schauder – Stolz auf sie, aber auch eine Unruhe, die er nur mühsam benennen kann. Die Zeichnung schmeichelt ihm – kräftige Striche für die Kieferpartie, leichte für die Lippen, die voll und sinnlich sind. Doch ob sie es weiß oder nicht, sie hat seine Verwirrung eingefangen, seine geheimen Ängste. Er, ein Sterblicher mit Fehlern – eben doch kein Kaiser Shah Jahan oder ein Genie –, erscheint neben ihrem Talent klein; er ist nicht mehr so selbstgewiss, er sucht nach der rechten Form, um mit ihr zu leben, ihrer würdig zu sein.

Von ihr angeregt, arbeitet Philipose härter denn je. Doch für sie ist Arbeit ein Ruhezustand, so unbewusst wie atmen, während er verglichen damit die Feder zu selektiv schwingt, wo doch sein Thema – das Leben – immer da ist. Seine Kunst besteht darin, sagt er sich, dem Einfachen in unvergesslicher Weise eine Stimme zu verleihen und damit Licht auf das menschliche Verhalten, auf Unrecht zu werfen. Trotzdem schafft er einfach nichts so wie sie.

Bei ihrem Liebesspiel überrascht sie ihn manchmal, indem sie seine Gliedmaßen zurechtrückt und sich darin so vollständig behauptet, dass er sich vorkommt wie eine von Baby Mols Puppen. Es ist ungeheuer erregend. Ist ihr Drang gestillt, dann fällt sie aus der Welt, und er entwindet sich nur noch atmendem Fleisch. Betrachtet er dann ihre bewusstlose Gestalt, steigt wieder die Unruhe auf: War er das Papier, der Stein, der Kohlestift, der ihre Vision vom Begehren jener Nacht befriedigt hat? Nimmt er jedoch das Heft in die Hand, gibt sie sich so vollkommen hin, dass seine Zweifel schwinden … nur um danach wieder aufzutauchen als nagender Verdacht, dass seinem Blick etwas von ihr entzogen ist, ein verschlossener *ara*, dessen Schlüssel ihm nicht anvertraut ist. Bildet er sich das ein? Falls nicht, dann ist es allein seine Schuld: Die Ursache ist sein impulsives Versprechen wegen des dummen Baums. Jeder Gedanke daran lässt ihn erschauern, schwärt in ihm weiter. Er sollte einfach zur Axt greifen.

Big Ammachi ist ganz hingerissen von ihrer Schwiegertochter. Sie ist froh, dass das Paar so glücklich ist, ihr Sohn von seiner Braut so eingenommen. Schon vor der Hochzeit hatte er seiner Mutter deutlich gemacht, was nun offensichtlich ist: Elsie wird den Haushalt nicht übernehmen. Sie ist eine echte Künstlerin. Big Ammachi hatte verärgert getan. »Wer sagt denn, dass das jemand machen muss? Was soll ich denn tun, wenn ich alles übergebe? Wie oft kann ich deine Kolumne lesen, ohne ein Loch in die Zeitung zu brennen?« Es ist ihr ganz recht, dass Elsie macht, was sie möchte. Elsie möchte gern oft in der Küche sein, auf dem Hocker sitzen und einfach nur den Reis nach Steinchen absuchen, über Odat *Kochammas* Geplapper lachen und Big Ammachis Geschichten zuhören. Deren Zuneigung für Elsie wächst mit jedem Tag. Da Elsies Mutter früh gestorben ist, wer hätte ihr schon solche Geschichten erzählen können, sie *molay* nennen, ihr die Haare kämmen oder sie in ihr Ölbad schicken? Das alles macht Big Ammachi und noch mehr. Wohin Elsie auch geht, wird sie von ihrem Schatten Baby Mol begleitet. Lizzi, Manager Koras Frau, ist auch oft da, und sie und Elsie verschwistern sich rasch.

Elsie ist mit den Plänen des *ashari* einverstanden. Der Bau beginnt. Ihr Schlafzimmer (einst das seines Vaters) wird auf die dreifache Größe erweitert. Ein Drittel davon wird Philipose' Arbeitsbereich mit Bücherregalen an zwei Wänden und hinten einem Alkoven für das Radio, die verbleibenden zwei Drittel bilden das erweiterte Schlafzimmer. Für Elsies Atelier wird Zement für eine Veranda gegossen, die sich acht Meter vom erweiterten Schlafzimmer aus erstreckt. Schlafzimmer, Arbeitsbereich und Veranda werden dann von einem Spitzdach überdeckt, nicht aus Stroh, sondern aus Ziegeln. Die Veranda wird von einer kniehohen Mauer aus Backsteinen und Zement umschlossen, sie wird Kühe und Ziegen abhalten, aber viel Licht einlassen. Am hinteren Ende wird ein breites Tor sein, das an Scharnieren hängt. An allen drei Verandaseiten wird es Jalousien aus Kokosmatten geben, die vor Sonne oder Regen schützen sollen. Der Fahrer von Thetanatt bringt Elsies Sachen: gespannte Leinwände, Stapel halb fertiger Gemälde, Behälter mit Pinseln, Stiften und Federn, Holzkisten mit Farbe in Tuben und Töpfen, Staffeleien, Schreinerwerkzeug und Fässer mit Terpentin, Leinöl und Firnis. Bald sind die Gerüche von Farbe und Terpentin in Parambil ebenso vertraut wie das Aroma röstender Senfsamen.

Big Ammachi hört mit, wie Anstand *Kochamma* Elsie bittet, ihr Porträt zu malen (»in Öl, wie Raja Ravi Varma«). Elsie hat Bedenken. Vielleicht später einmal. Höflich setzt sie hinzu, dass Anstand *Kochamma*, wie sie hofft, drei Dinge versteht: Die Künstlerin ist frei darin, sie so darzustellen, wie sie möchte; das Modell sieht das Werk erst, wenn es fertig ist; das Porträt gehört Elsie, außer es ist eine Auftragsarbeit. Mit jedem Wort sinken Anstand *Kochammas* Mundwinkel tiefer. Nur Big Ammachis Anwesenheit verhindert, dass die Frau etwas Verletzendes sagt. Rot angelaufen stolziert sie davon.

Die langen Gespräche zwischen Lizzi und Elsie führen dazu, ob geplant oder durch Zufall, dass Lizzi ihr erstes Modell wird. Philipose würde ihre ausgedehnten Gespräche zu gern mithören. Ihm fällt auf, dass Lizzi nun schon seit zwei Wochen in Parambil schläft, aber er hat sich nichts dabei gedacht, bis ihm Aufschwungmeister erzählt, dass Kora sich aus dem Staub gemacht hat. Ein Gläubiger hat herausgefunden, dass Kora Dokumente über sein Grundstück gefälscht hat, die er für ein Darlehen nutzte; die Originale liegen bei einem anderen Verleiher, und auch bei diesem Darlehen ist Kora in Verzug. »Vielleicht war Türmen doch der beste Plan«, sagt Aufschwungmeister. Philipose wundert sich, dass Lizzis Gesicht nichts davon verrät. Sie hat kein Wort darüber verloren, niemandem gegenüber, und niemand spricht sie darauf an. Gerade als sich die Nachricht von Koras Verschwinden ausbreitet, darf sich Philipose das *Porträt von Lizzi* vorab anschauen: Lizzis Gefasstheit wird deutlich, ebenso ihr Gefühl der Geborgenheit, der Zugehörigkeit zu Parambil. Zu seiner Verblüffung entdeckt er in dem Porträt, was er am Modell vermisst hat: Lizzis Zorn, zweifellos auf das Schlamassel zurückzuführen, in dem Kora steckt. Philipose ist dabei, als Lizzi das fertige Werk sehen darf; sie rührt sich so lange nicht, dass Philipose sich schon Sorgen macht. Er und Elsie ziehen sich zurück. Als Lizzi schließlich herauskommt, zeigt ihr Gesicht eine neue Entschlossenheit. Stumm schließt sie Elsie liebevoll in die Arme, nickt Philipose zu und geht nach Hause.

Die Familie wird sie nie wiedersehen. Am nächsten Morgen erfahren sie, dass Lizzi in der Nacht verschwunden ist. Big Ammachi ist außer sich, sie hat eine Tochter verloren. »Ich habe ihr gesagt, sie kann für immer bei uns bleiben. Das ist ihr Zuhause. Sie hat sich nicht von mir verabschiedet, weil sie mich nicht anlügen konnte, wohin sie geht. Wahrscheinlich hat sie es für ihre Pflicht gehalten, bei ihm zu sein, wo immer er sich auch versteckt.«

Elsie ist in Tränen aufgelöst, sie glaubt, dass sie mit ihrem Porträt Lizzis Weggang bewirkt hat. Philipose sagt: »Falls das so ist, dann aus dem besten Grund. Ich glaube, Lizzi hat sich in deiner Arbeit zum ersten Mal selbst gesehen, ihre Kraft erkannt. Sie weiß seit einiger Zeit, dass Kora mit seinem Leben nicht zurechtkommt und nicht verlässlich für sie sorgen kann. Ja, sie hätte hierbleiben können. Aber sie hat sich *entschlossen*, zu Kora zu gehen, und das aus einem einzigen Grund: Nicht um die pflichtgetreue Ehefrau zu sein, sondern um das Heft in die Hand zu nehmen, um Haushaltsvorstand zu sein. Kora wird ihr zutiefst dankbar sein, und er wird ihre Bedingungen annehmen oder für immer verloren sein, alles dank deines Porträts.«

Elsie hört ihm mit großen Augen zu. »Ist das eine deiner Unfiktionen?«

»Nein. Es ist einfach die Wahrheit, die du eingefangen hast. Siehst du's denn nicht? Also, ich schon. Du vergisst, dass ich es erlebt habe, von dir gezeichnet zu werden. Glaub mir, das gibt dem Modell einen tiefen Einblick in sein wahres Ich.«

Bald nach ihrem Verschwinden kommen die Verwandten, um sich das *Porträt von Lizzi* anzusehen. Philipose sieht, dass sie genau wie Big Ammachi lange darauf starren, in einen stummen Dialog mit sich wie mit dem Porträt gefangen und anschließend verhalten sind. Vielleicht hilft das Porträt allen Betrachtern, mit Lizzis Verschwinden zurechtzukommen. Doch sie verstehen dadurch auch etwas, was Philipose schon weiß: Elsie ist eine Künstlerin ersten Ranges. Nicht *wie* Raja Ravi Varma, sondern viel besser, eine Malerin mit einer eigenen Vision. Neben Elsies Porträts wirken Ravi Varmas Arbeiten flach und leblos, trotz der Theatralik seiner Komposition.

Im Juni jenes Jahres zerreißt Philipose die abendliche Ruhe mit einem Jubelschrei, der alle ans Radio holt. »Nehru ist frei! Nach neunhundertdreiundsechzig Tagen im Gefängnis! Damit haben die Briten anerkannt, dass es vorbei ist.«

Philipose hängt bis spät in die Nacht am Radio. In der Vergangenheit haben sich Amerika, Irland und Neuseeland von den Briten befreit. Er stellt sich vor, wie die Brits in ihren verbliebenen Kolonien – Nigeria, Burma, Kenia, Ghana, Sudan, Malaya, Jamaika – nervös am Radio sitzen, weil Großbritannien bald das Juwel in seiner Krone verlieren wird und weil die Sonne, die im British Empire doch nie untergeht, dies bald tut. Schon laufen Verhandlungen über ein freies Indien. Der Weg dahin ist tückisch, weil Jinnah und die Muslim League eine separate Heimat für die Muslime wollen, die fast ein Drittel der indischen Bevölkerung stellen. Jinnah traut der Hindu-dominierten Kongresspartei nicht.

Elsie liest, als er ins Bett kommt. Er sagt: »Wie kam es dazu, dass eine kleine Insel die halbe Erdkugel beherrscht? Das würde ich gern mal wissen.«

Sie legt seinen zerlesenen *Tom Jones* beiseite. Er nimmt sie seit Tagen zur Bettzeit in Anspruch. »*Ich* würde gern mal wissen«, sagt sie, »welchen Einfluss dieser Schlingel Tom auf den Jungen hatte, der das Buch da gelesen hat.«

»Tja«, sagt Philipose, »also –«, doch sie bringt ihn zum Schweigen, indem sie seinen Mund mit dem ihren verschließt. Er tastet nach dem Lichtschalter.

Im August machen Atombomben innerhalb von drei Tagen Hiroshima und Nagasaki dem Erdboden gleich. Auf einen Schlag sterben hunderttausend Menschen. In Parambil versammelt sich die Familie um die Zeitung und starrt auf eine Montage von Fotografien beider Städte. Von allen grausigen Kriegsbildern, die man in Parambil schon gesehen hat, kommt keines diesen gleich.

Später sieht Philipose, wie Odat *Kochamma* allein auf die Zeitung starrt und ihr Tränen über die Wangen laufen. Er legt den Arm um sie. Sie tut so, als wollte sie ihn wegstoßen, dabei lehnt sie sich müde an ihn. »Ich kann vielleicht nicht lesen, aber ich verstehe mehr, als du glaubst, *monay*. Du glaubst, ich bin traurig? Falsch! Das sind Freudentränen. Ich bin froh, dass ich so alt bin, damit mir das Kommende erspart bleibt. Wenn wir einander so leicht töten können, dann ist das doch das Ende der Welt, oder?«

Er nimmt die Kartenmontage ab, die eine ganze Wand bedeckt. Der Krieg ist ein heimliches Hobby geworden, aber nun erträgt er nicht mehr, wie das menschliche Leid auf dieser Karte katalogisiert ist. Elsie sieht ihm stumm zu. »Es gibt aus den vergangenen Jahren Besseres, was ich in Erinnerung behalten möchte«, sagt er. »Ich bin nach Parambil heimgekehrt, wohin ich gehöre. Ich bin Autor geworden. Vor allem aber bist du in mein Leben getreten. Das sind die Dinge, die ich mir einprägen will.«

Von Chandy kommt ein Brief, in dem er schreibt, er werde für den Sommer vom Thetanatt-Haus in der Ebene hinauf in den Bungalow ziehen, und er lädt sie zu einem Besuch ein. Elsie ist aufgeregt. »Hier ist es dann so schwül, dort oben hat man aber Frühnebel überm Garten … Dort kannst du schreiben und ich malen. Wir können Spaziergänge machen, Tennis oder Federball spielen. Am Wochenende gibt's auch Pferderennen, wenn du magst. Du musst das Gut sehen. Alle wollen dich unbedingt kennenlernen.«

»Na ... das klingt doch großartig.« In Wahrheit aber macht ihn jedes ihrer Worte angespannt. Ihm wird schwindelig, er hat einen Schweißausbruch.

»Wir bestimmen ein Datum, dann bitte ich meinen Vater, uns den Wagen zu schicken, und –«

»Nein!«, sagt er. Elsies schockierter Ausdruck ist ihm unangenehm. »Vielmehr, lassen wir's uns doch noch durch den Kopf gehen, ja?«

Spuren ihres vorigen Lächelns hängen noch an ihren Lippen, wollen die Hoffnung nicht aufgeben. Einer, der sich beim Radiohören wie wild Notizen macht, der sogar am Esstisch liest, der mehr Bücher bestellt, als die Regale tragen können, so einer müsste doch begierig sein, neue Territorien zu erkunden, neue Dinge zu erleben.

»Philipose ... Es tut uns doch gut, Parambil hin und wieder zu verlassen. Ein bisschen von der Welt zu sehen.« Dann setzt sie noch hinzu: »Gut für unsere Kunst.«

»Ich weiß.« Aber wenn er es weiß, warum hämmert dann sein Herz, und was sind das für schreckliche Beklemmungen, als bekäme er keine Luft? Der Aufenthalt in Madras, so kurz er auch war, hat ihn erschöpft. Er war heimgekehrt, um zu regenerieren, um sein Ich wieder aufzubauen. Doch erst als Elsie von Weggehen sprach, entdeckte er, dass allein der Gedanke daran bei ihm eine Angst auslöste ähnlich der, als würde er ertrinken. Parambil ist sein fester Boden, sein Gleichgewicht, alles andere ist wie Wasser. Und es ist nicht nur die Reise in ferne Berge; die Rituale von Clubs, Partys, Rennen werden für sein Gehör eine schwere Prüfung sein. Leute, die Elsie von klein auf kennen, werden ihn beurteilen, was seine Furcht nur noch verstärkt.

Elsie steht da und wartet auf eine Erklärung. Seine Ängste sind irrational, er schämt sich deswegen. Er kann sie ihr gegenüber einfach nicht zugeben, ohne sich dabei kleinzumachen, ohne als Schwächling dazustehen, als vollständiger Versager als Mann und Ehemann. Seine Gedanken springen im Hirn herum, tun ihm im Kopf weh.

»Lass doch die Welt zu uns kommen«, hört er sich schließlich sagen, und es klingt hochmütig und harsch. Elsie fährt zusammen. Es war dumm, das zu sagen, und das weiß er auch. Doch nun hat er es gesagt und ist in die Ecke getrieben. Es gibt kein Zurück mehr. »Hier habe ich alles, was ich brauche. Du nicht? Ich besuche jeden Ort der weiten Welt durchs Radio.«

Die Frau, die er verehrt, starrt ihn an, als würde sie ihn nicht erkennen.

»Philipose«, sagt sie nach einer Weile leise, sodass er auf ihre Lippen schauen muss. Sie streckt zögernd die Hand aus wie ein Kind, das einen geliebten Hund streicheln will, der sich merkwürdig verhält. »Philipose, es ist gut. Wir würden mit dem Auto fahren. Kein Boot, keine Flüsse, die –«

Die Anspielung auf seine andere Behinderung beschämt sein schrumpfendes, zurückweichendes, ängstliches Ich noch mehr, und bevor er einen Rückzieher machen kann, platzt reflexhaft eine hässliche abwehrende Reaktion heraus. »Elsie, ich verbiete es«, sagt da einer, den er nicht erkennt, einer, der seinen Mund und seine Stimme benutzt. Die Worte klingen furchtbar, als sie seine Zunge verlassen. »Ich verbiete dir zu fahren.« So. Er hat es getan.

Ihre Hand zuckt zurück. Ihre Züge werden ruhig. Er sieht zu, wie sie an den Ort zurückweicht, der ihm verschlossen ist. Sie wendet sich ab und sagt dabei etwas, was er nicht hört. »Elsie, was war das?«

Erhobenen Hauptes baut sie sich vor ihm auf. Die Worte, die

er von ihren Lippen abliest, die auch seine Ohren erreichen, sind ohne Bosheit, ohne Groll, lediglich voll Trauer. »Ich habe gesagt, ich werde meinen Vater besuchen.«

In jener Nacht kommt seine Frau nicht ins Bett. Als er nach ihr sucht, findet er sie schlafend auf den Matten bei den drei anderen, was sie sonst nur macht, wenn sich Baby Mol nicht wohl fühlt und sie darum bittet. Sein Stolz lässt nicht zu, dass er sie weckt oder riskiert, seine Mutter zu wecken. Als Big Ammachi ihn beim Abendessen gefragt hat, was los sei, tat er, als hörte er sie nicht.

Die folgenden Tage sind schwierig. Aber Schweigen scheint immer noch besser als Gestehen. Und wie erklärt man irrationale Ängste überhaupt rational? Jedes Mal wenn er in ihrer Nähe ist, probiert er es mit einer anderen Persona, so wie man ein neues Hemd anprobieren oder sich einen Schnurrbart wachsen lassen würde in der Hoffnung, die Welt (und Gott) sähen einen dann anders. Doch nichts funktioniert. Jeden Augenblick, den sie zusammen sind, liegt ihm auf der Zunge zu sagen: »Verzeih mir, ich war ein Idiot.« Doch eine streitlustige Stimme in ihm warnt ihn davor, weil er sonst sein ganzes weiteres Eheleben lang Zugeständnisse machen würde. Wie lange kann diese Fehde noch dauern?

Nicht sehr viel länger, wie sich zeigt, denn Baby Mol, die auf ihrer Bank sitzt, kündigt einen Wagen an. Eine halbe Stunde später fährt der Kombi vor. Offenbar hat Elsie nach Hause geschrieben. Sie übergibt dem Fahrer einen Stapel Leinwände und holt weitere aus ihrem Zimmer. Philipose läuft ihr hinterher, wütend, ungläubig, im Zwiespalt, das Blut pocht ihm in den Ohren. Sie steckt sich gerade eine Haarnadel in die Locken, den Blick durchs Fenster auf den *plavu* gerichtet –

Das greift er auf. »Hör mal«, sagt er. »Das ist alles bloß wegen dieses verdammten Baums, ja? Ich kümmere mich drum, habe ich gesagt. Aber falls du's vergessen hast, ich habe dir verboten, wegzugehen.« Sie dreht sich ihm ruhig zu, scheint von seinen Worten aber weder überrascht noch berührt zu sein. Er wartet. Sie sammelt schweigsam ihre Bürsten und Kämme zusammen. Ihre Reaktion verschlägt ihm die Sprache. Er steht nur da und kommt sich sekündlich blöder vor.

»Dann bleib in diesem Zimmer, bis du es dir anders überlegt hast«, sagt er mit zu lauter Stimme und stürmt hinaus. Er knallt die untere Hälfte der geteilten Tür zu, doch da der Riegel innen ist, muss er hinübergreifen und ihn vorschieben. So wirkt er nur noch dümmer: Der Schließer, der den Schlüssel auf der Innenseite lässt. Schwer atmend steht er da, und als er sich umdreht, hat er seine Mutter vor sich. Sie ist vom Geräusch der knallenden Tür und seiner lauten Stimme herbeigerannt. Er will an ihr vorbei, doch Big Ammachi weicht erst, nachdem er es erklärt hat. Er murmelt wirr etwas von dem Baum …

»So ein Unsinn! Fäll den dummen Baum, diesen Schandfleck«, sagt sie. Sie schiebt ihn beiseite, greift über die Tür und öffnet sie. Bevor sie hineingeht, sagt sie noch leise zu ihm: »Und siehst du denn nicht, dass sie schwanger ist? Was bist du doch dumm, dass du nicht mitgehst!«

Hilflos sieht er zu, wie seine Frau davongefahren wird.

Während der folgenden Woche hat er Zeit, sich an den Schock zu gewöhnen, dass Elsie schwanger ist, dass sie nicht da ist und wie idiotisch er sich benommen hat. Baby Mol weigert sich, mit ihm zu sprechen. Big Ammachis Zorn vergeht, als sie ihn trübsinnig durchs Haus schleichen sieht. »Es ist gut, dass sie ihre Familie sieht. Ich wünschte, ich hätte das als junge Braut auch gehabt. So gern du auch zu Hause bist, du musst mehr rausgehen, ihr zuliebe.«

Er will zu seiner Frau, aber er hat keine Ahnung, ob sie in Thetanatt ist oder oben im Bungalow auf dem Gut – wo er nie gewesen ist. Er schreibt lange Bußbriefe an beide Adressen und wartet. Zwei Wochen später trifft eine kurze, förmliche Antwort ein, die keinen Bezug auf seine Briefe nimmt. Sie teilt ihm mit, dass sie im Bungalow des Gutes in den Bergen ist und vorhat, noch eine Woche dort zu bleiben, um danach mit ihrem Vater ins Thetanatt-Haus in der Ebene zurückzukehren. Sonst nichts.

Eine Woche und einen Tag später reist er zum ersten Mal seit der Verlobung zum Thetanatt-Haus. Zum Glück sagt der Diener, dass Chandy und sein Sohn weg sind. Er setzt sich in dem luftigen Wohnzimmer auf ein kleines Sofa, ihm gegenüber die zu lange weiße Couch, die mehr Beine hat als ein Tausendfüßler. Eines der gerahmten Fotos hoch oben an der Wand ist ein Memento mori: die Familie um einen offenen Sarg gruppiert. Eine sechs oder sieben Jahre alte Elsie steht mit glasigem Blick neben ihrem Bruder – wie konnte er das übersehen haben? Es verschlimmert seine Reue noch.

Als Elsie herauskommt, raubt ihre Schönheit, ihr Anblick ihm den Atem. Sie setzt sich ihm gegenüber auf die Couch. War er während dieser kurzen Trennung schlaflos und angespannt, wirkt sie ausgeruht, als hätte ihr das Wegsein gutgetan. Die Schwangerschaft verleiht ihrem Gesicht etwas Reifes, und ihre Wangenknochen und der Nasenrücken sind tief gebräunt. Sie trägt den korallenroten und blauen Sari, den sie bei der Verlobung anhatte – ein gutes Zeichen? Sie schaut ihn ohne Groll an, ohne irgendwas, so wie sie einen Gecko an der Wand betrachten und sich fragen würde, was er wohl als Nächstes macht.

»Elsie, es tut mir leid.« Sie sagt nichts. Die Erinnerung daran, dass er bei der Verlobung mit ihr auf der Veranda saß und ihr versprach, er verstehe sie und werde ihren Wunsch, Künstlerin zu sein, respektieren, beschämt ihn zutiefst. Das hat er doch getan! Wirklich. Und immer noch. Doch nun sitzt er hier.

Er versucht es erneut. »Und wir bekommen ein Kind! Hätte ich das bloß gewusst!« Sie antwortet nicht. Er seufzt. »Elsie, es war falsch, dass ich mich so benommen habe. Wie ein Bulle, der eine beladene Karre umstößt.« Seine Worte machen sie offenbar traurig und womöglich auch ihre Züge weicher. »Elsie, geht's dir gut?«

Sie zuckt die Achseln und presst die Lippen aufeinander. Er will zu ihr eilen und sie in die Arme nehmen.

Sie blickt hinab auf ihre Taille. Nichts zeigt sich da. »Ich habe Magenkrämpfe … ich ertrage den Geruch von Farbe nicht. Ich mache Kohlezeichnungen. Aber es hat mir gutgetan, bei meinem Vater im Bungalow zu sein. Und alte Freundinnen zu sehen.«

»Elsie, du solltest nur das Atelier sehen. Der *ashari* hat die schönen Teakschränke für deine Sachen fertiggestellt. Ich habe alles eingeräumt. Es sieht so gut aus.«

Er sagt nicht, dass er dabei überhaupt erst begriffen hat, wie produktiv sie war. Daneben kommt er sich wie ein Heuchler vor. Seine paar Zoll Gedanken erscheinen in einem Regionalblatt in einer Regionalsprache, auch wenn die Auflage hoch ist. »Elsie, bitte versteh, nach Madras … da machen mich Sachen, die mich aus meiner Routine rausreißen, unsicher, ängstlich, besonders, wenn ich viele neue Leute sehen und dabei fürchten muss, dass ich nicht höre, was sie sagen. Als du mir von der Einladung deines Vaters erzählt hast, fing mein Herz gleich an zu rasen. Ich wurde richtig schwach. Aber das Schlimmste ist, ich habe mich so geschämt, zu sehr geschämt, um dir die Wahrheit zu sagen, also –«

»Schon gut, Philipose«, sagt sie. Sie schaut ihn mitleidig und vielleicht auch mit Zuneigung an. Er hat sich vor ihr entblößt. Sein Durcheinander, seine Verwirrung sind das Aufrichtigste an ihm. Er hatte sich vorgestellt, dass sie, wenn er sich erst erklärt hätte, wieder zurück nach Parambil käme. Nun aber erkennt er, dass er, wenn er sie liebt, jede Entscheidung von ihr akzeptieren muss. Dennoch, würde sie ihn doch nur neben ihr sitzen, ihn ihre Hand halten lassen.

Das Hausmädchen bringt zwei Gläser Limonensaft auf einem Tablett, das sie vor Elsie hinstellt. Die Frau schaut Philipose eigenartig an. Elsie nimmt die zwei Gläser und setzt sich neben ihn. Er seufzt auf, seine Erleichterung ist so deutlich, dass es sie doch rühren muss. Jedes Mal wenn sie so eng beieinander saßen, gab es eine magnetische Anziehung, sodass sie sich unwillkürlich berühren mussten. Vielleicht spürt sie es, denn sie lehnt sich lächelnd an ihn. Er greift nach ihrer Hand, ihre Finger verhaken sich. Ein Stöhnen bricht aus ihm hervor, indem sich die Qualen des vergangenen Monats lösen.

»Elsie, verzeih mir«, sagt er. »Ich liebe dich so sehr. Was soll ich denn tun?«

Sie sieht ihn voller Zuneigung an, aber weiterhin skeptisch, distanziert. »Philipose … Du kannst mich ja ein kleines bisschen weniger lieben.«

48. Kapitel
REGENGÖTTER

1946-1949, Parambil

Baby Ninan kommt im Jahr des Herrn 1946 wie ein Sommergewitter aus heiterem Himmel, ohne alle Vorzeichen von Blätterrauschen oder flatternder Wäsche auf der Leine.

An dem Tag sind Big Ammachi und Odat *Kochamma* in der Küche, auf der roten Glut knistern Palmenspatha und getrocknete Kokosnussschalen, und Rauch wallt unter dem Strohdach hervor wie aus behaarten Nasenlöchern. »*Yeshu maha magenay nennaku*« – *Für dich, Herr Jesus, Gottes Sohn*, singt Odat *Kochamma*, während sie im Topf rührt. Philipose ist zur Post gegangen.

»AMMACHI!«

Der Frieden des gesegneten Morgens ist dahin. Das Entsetzen in Elsies Stimme aus dem Haupthaus bringt alles zum Erliegen. Sie treffen sie in der Tür zu ihrem Zimmer an, die weißen Hände gegen den Rahmen gestemmt, wie um ihn abzustützen. Die Haare hängen ihr schlaff herab, umrahmen ein Gesicht, das totenbleich ist. Das Licht, das das Haus bestrahlt, ist an dem Tag so schön, so massiv, dass man sich daran anlehnen könnte; Big Ammachi wird es nie vergessen.

Durch zusammengebissene Zähne sagt Elsie: »*Ammay*! Aber es ist doch viel zu früh!« Eine Welle des Schmerzes krümmt sie zusammen, sie greift nach Big Ammachi. Diese spürt etwas

Nasses an den Füßen und erblickt eine klare, spiegelnde Pfütze: Elsies Fruchtblase ist geplatzt.

Mit übernatürlich ruhiger Stimme sagt Big Ammachi: »*Saaran illa, molay, Veshamikanda.*« *Alles gut. Mach dir keine Sorgen.* Doch es ist nicht gut. Big Ammachi und Odat *Kochamma* wechseln Blicke, worauf die alte Dame wortlos Nadel und Faden holen geht, und Gott sei Dank kocht in einem Topf in der Küche Wasser. Big Ammachi geleitet Elsie zum Bett, als führte sie ein verschlafenes kleines Mädchen und nicht die erwachsene Frau, die sie überragt.

Während Big Ammachi sich die Hände wäscht, hört sie Elsie vom Bett aus rufen: »*Ammay!*« Nicht »Ammachi«, sondern »*Ammay*«, zum zweiten Mal. Big Ammachi zerfließt das Herz. *Ja, ich bin jetzt ihre Mutter. Wer ist denn sonst da?* Sie rennt hin und sieht sogleich ein winziges Stück Kopf. Odat *Kochamma* kommt keuchend mit dem Topf Wasser.

Doch da landet auch schon, fast ohne jede Anstrengung, das kleinste Baby, das beide Frauen je gesehen haben, auf Big Ammachis Händen, ein nasser, blauer, schlaffer Hügel.

Die beiden älteren Frauen starren ungläubig auf das winzige Etwas, diesen schönen Miniaturjungen, dessen Lebensgeschichte noch ungeschrieben ist … Nur ist er zu früh für die Welt da. Das Baby ist wie eine Wachspuppe, die Brust reglos. Wieder wechseln Big Ammachi und Odat *Kochamma* Blicke, dann beugt sich diese hüftsteif vor, die Hände zur Balance nach hinten gereckt, die O-Beine weiter auseinander als sonst, und richtet ein raues Flüstern an den winzigen Kringel, der ein Ohr sein soll: »*Maron Yesu Mishiha.*« *Jesus ist der Herr.*

Ganz plötzlich schreit das Baby, wirft die Arme auf. Oh, das süße, süße, schrille Wimmern des Neugeborenen, der Laut, der sagt, dass es doch einen Gott gibt und dass er, ja, noch immer Wunder vollbringt. Doch es ist ein unendlich schwacher

Schrei, kaum vernehmbar. Das Kind nimmt kaum mehr Farbe an.

Odat *Kochamma* verknotet die Schnur und durchtrennt sie. Die Plazenta rutscht heraus. Elsie stützt sich auf die Ellbogen und schaut bang nach dem Kind, woraufhin Odat *Kochamma* verärgert sagt: »Jungs! Die haben's ja immer eilig!« Big Ammachi wischt das Baby sachte ab – für ein rituelles Bad ist keine Zeit. Es wiegt weniger als eine kleine Kokosnuss. Mit Fasern. Sie streift Elsies Bluse beiseite und legt ihr das nackte Kind auf die bloße Brust, weit oben, dort wirkt er nicht größer als ein großer Anhänger, breitet dann ein Tuch über Mutter und Kind. Vorsichtig umfasst Elsie ihren Sohn und betrachtet ihn voller Staunen, voller Angst; Tränen rollen ihr übers Gesicht. »O *Ammay*! Wie kann er denn überleben? Sein Körper ist so kalt!«

»Er wird an dir warm werden, *molay*, keine Sorge«, sagt Big Ammachi, obwohl sie zutiefst besorgt ist. Sie wirft einen Blick auf Baby Mol, die auf ihrer Bank vor sich hin plappert – oder mit den unsichtbaren Geistern, die sie in das Kommende schauen lassen. Baby Mols Ruhe ist ein gutes oder auch ein schlimmes Zeichen.

Baby Ninan – den Namen hatte Elsie für den Jungen vorgesehen – sieht aus wie ein neugeborenes Kaninchen, die Nägel kaum ausgebildet, blau, die Augen zugekniffen, die Haut fahl auf der nackten Haut seiner Mutter. Da stimmt alles nicht, denkt Big Ammachi. Zu früh, zu klein, zu blau, zu kalt, und auch der Vater ist nicht da. Die Worte »*Maron Yesu Mishika*« sollen dem Kind von einem Verwandten oder einem Priester ins Ohr geflüstert werden. Sie staunt über Odat *Kochammas* Gedankenschnelle: Die Zeit war entscheidend, und sie waren beide sicher gewesen, dass dieses Kind schon auf dem Weg zurück zu seinem himmlischen Vater war, bevor sein irdischer vom Postamt zurück war.

Elsies Lippen beben, ängstlich schaut sie auf die älteren Frauen nach einem Zeichen dessen, was nun kommen mag. Big Ammachi sagt: »Er wird dein Herz schlagen hören, *molay*. Er wird bald warm.« Odat *Kochamma* zieht Elsie wortlos den Ehering ab, kratzt an der Innenseite ein Flöckchen Gold ab, legt es auf einen Tropfen Honig und tupft ihn dem Kind mit der Fingerspitze auf den Mund, denn jedes Kind in der Gemeinde der Thomaschristen muss das Glück schmecken, wenn auch nur kurz.

Odat *Kochamma* passt Philipose ab, bevor er das Haus betritt. Er hört aufmerksam zu, dann sagt er: »Weiß Elsie, dass das Kind sterben könnte?« Odat *Kochamma* tut, als hörte sie ihn nicht.

Elsie weiß es. Das erkennt er daran, wie ihr Gesicht bei seinem Eintreten zusammenfällt. Er drückt die Wange an ihre. Er schaut auf seinen Sohn. Ihn verlässt die Kraft in den Beinen.

Drei Stunden später ist Baby Ninan weiterhin von dieser Welt, die Fingerspitzen sind an Elsies Körper nicht mehr so blau, seine Atmung ist regelmäßig, wenngleich schnell. Sie versucht, ihn an die Brust zu legen, doch vor ihrem Warzenhof ist das Gesicht noch winziger, und der Nippel für den Schlitz des kleinen Munds zu viel. Big Ammachi hilft Elsie, die erste, dicke, gelbliche Milch in eine Tasse zu pressen. »Das ist die konzentrierte Essenz von dir. So gut für ihn.« Elsie taucht die Fingerspitze hinein und legt sie auf Ninans Mund; ein Tröpfchen rinnt hinein.

Big Ammachi bietet Elsie an, ihn ihr abzunehmen. »Nein!«, erwidert diese scharf. »Nein. Seit Monaten kennt er meinen Herzschlag. Er bleibt hier und hört ihn weiter.« Ihn zu tragen kostet nicht mehr Mühe, als eine Mango an der Brust zu halten. Dennoch ist eine Schlinge aus weichem Musselin um Elsie und unter dem Kind hilfreich. Big Ammachi setzt dem Baby auch eine Musselinhaube auf den Kopf.

In der folgenden Nacht halten sie zu dritt Wache, Elsie aufrecht auf dem Bett, Big Ammachi neben ihr, Philipose auf einer Matte auf dem Boden. Elsie nimmt den Blick nicht von ihrem Sohn. »Mein Körper hält ihn warm, so wie er auch in mir drin war. Seine Temperatur ist auch meine. Er hört meine Stimme, meinen Herzschlag, meine Atmung, so wie die ganze Zeit davor. Das ist seine beste Chance, es doch noch zu schaffen.« Die Öllampe beleuchtet das werdende Leben in der Gebärmutter außerhalb von ihr.

Während der nächsten zwei Monate sondert sich Elsie von Besuchern ab. Sie unternimmt Gänge auf der Veranda, Philipose ist ihr Schatten. Sie will nicht lesen oder vorgelesen bekommen, auch nicht zeichnen, sondern richtet ihre gesamte Konzentration auf ihrer beider fragiles Meisterwerk. Drängt ein Neugeborenes den Vater im Machtbereich des Haushalts normalerweise an den Rand, so zieht dieses Philipose mitten ins Herz der Familie.

Eines Abends, Mutter und Großmutter füttern Ninan mit der mühseligen Methode der Fingerspitze, öffnet er die Augen, die Lider trennen sich weit genug, dass er hindurchblicken und zum ersten Mal von ihnen gesehen werden kann. Big Ammachi findet die Augen ihres Enkels so klar, so strahlend.

Nach zehn Wochen signalisiert Baby Ninan, dass er seinem Nest entwachsen ist, indem er die Gliedmaßen regt, mit den Füßen tritt; wenn er wach ist, sind seine Augen nun mehr offen als geschlossen. Er kann sogar an der Brustwarze saugen, wenn auch nur für kurze Zeiten. Eines Tages schmiegt sich Baby Ninan zum ersten Mal an einen Körper, der nicht der seiner Mutter ist, sondern der seines Vaters mit der wollig behaarten Brust.

Rasch ölen und massieren sie Elsie und schrubben sie mit Kokosfasern ab, wonach sie sich in den Bach setzt, das fließende Wasser genießt. Wiederhergestellt und erneuert nach Wochen, in denen man ihren Körper nur abschnittweise gewaschen hat, eilt sie zurück.

Big Ammachi bereitet Baby Ninan sein erstes Bad, dann trocknen sie ihn ab, wickeln ihn und legen ihn zum ersten Mal aufs Bett. Er schläft. Vater und Mutter legen sich zu beiden Seiten ihres Sohnes, gewöhnen sich an den Anblick, dass er vom Körper seiner Mutter getrennt ist. Plötzlich streckt er die Arme aus, als fiele er im Traum. Dann bleiben die Zeigefinger ausgestreckt, eine Segnung seiner Eltern. Glücklich grinsen sie einander an.

Durch ihre rückhaltlose Liebe zu Baby Ninan erneuern die Eltern auch ihre Liebe zueinander. Philipose ist begeistert, dass Elsie, jedes Mal wenn er hereinkommt, einen besonderen Blick für den Vater ihres Kindes hat. Ihre Hände suchen einander, und wenn niemand da ist, küsst er sie. Die feinen Berührungen der Lippen hatten sie beide immer wahnsinnig gemacht, nun aber zeigen sie eine neue Bindung an und stehen für die Geduld, jenen anderen Zustand aufzuschieben.

Mit Schaudern erinnert sich Philipose zuweilen daran, wie grob er auf Elsies Wunsch reagierte, ihren Vater zu besuchen. »Das war nicht ich«, sagt er eines Tages und ohne jeden Anlass, als Ninan in den Armen seiner Großmutter liegt und die beiden allein sind. Er schlägt sich an den Kopf. »Das war ein anderer, Elsie. Ein dummes, ängstliches Kind, das meinen Körper und meine Sinne in seine Gewalt gebracht hat. Das ist die einzige Erklärung, die ich habe.« Sie betrachtet ihn nachsichtig.

Hin und wieder schaut Philipose aus dem Schlafzimmerfenster, was ihn an sein gebrochenes Versprechen erinnert. Der Fotograf war da, und die Kolumne des Einfachen Mannes ziert nun ein körniges Foto von Philipose vor seinem Baum; Shamuel hatte keinerlei Einwände dagegen, den Baum zu fällen. Aber irgendwie steht der *plavu* immer noch. Zum Glück hat Elsie ihn offenbar vergessen.

Das blaue Lehmklümpchen, das auf die Welt kam, holt die verlorene Zeit rasend schnell auf. Seine ständigen Bewegungen und die frühreife Malayali-Neugier überzeugen sie alle davon, dass er seine vorzeitige Ankunft selbst veranlasst hat; gewiss hat er die Wände seines nassen Gefängnisses erklommen und nach dem Ausgang gesucht. Nun draußen, setzt er seine Forschungen fort. Baby Ninans Mission im Leben ist ganz einfach: HINAUF! Haben sie ihn auf dem Arm, will er auf Schulter oder Hals klettern, wozu er Ohren, Haare, Lippen oder Nase als Halt benutzt. Bereitwillig springt er jedem Verehrer auf die Hände, tatsächlich aber will er sich fortbewegen und immer hoch hinaus. Die Brust seiner Mutter ist sein Zuhause, doch selbst der Halt der Brustwarze wird von der Begeisterung übertrumpft, hochgeworfen, geschwungen oder geschleudert zu werden, selbst wenn er dabei japst und die Luft anhält. Lachend strampelt er, wie um zu sagen: »Noch mal!«

Eines Tages betritt Elsie ohne großes Aufheben wieder ihr Atelier, und wann immer das Kind es zulässt, steht sie an der Staffelei. Philipose sieht, dass ihr letztes Landschaftsbild den Bezug zur Wirklichkeit verliert: Wie kann das Wasser im Reisfeld fuchsrot sein oder der Himmel lindgrün? Spielzeugwolken reihen sich auf wie Güterwagen. Dieser übertrieben primitive Stil ist irgendwie angenehm. Auch beugt sie sich nun Anstand *Kochammas* Bitten und ihrem Versprechen, die Bedingungen der Künstlerin zu akzeptieren, und nimmt ihr Porträt in Angriff. Jedes Mal wenn Philipose die stattliche Dame vor ihr sitzen sieht, ist er überzeugt, dass sie sich als eine Mar Gregorios betrachtet, der nur Hirtenstab, Ornat und Heiligkeit fehlen.

Ninan interessiert sich fürs Gehen nur als Mittel zum Klettern. *Wozu zwei Gliedmaßen benutzen, wo man doch vier hat?*, ist seine Philosophie. Mit vieren kann man steigen. Bald ist der dumpfe Aufprall eines kleinen Körpers auf einen unnachgiebigen Fußboden ein allzu gängiges Geräusch. Kurzer Stille folgt dann ein kurzlebiges Heulen, weniger Schmerz als Empörung, dann macht sich der Kletterer erneut an den Aufstieg. Shamuel sagt: »Er ist wie sein Großvater, teils Leopard.«

Big Ammachi weiß, dass er auch noch auf andere Weise wie sein Großvater und Vater ist: Gießt man ihm Wasser über den Kopf, verliert Ninan die Orientierung, und seine Augen schießen zur Seite und wieder zurück auf die Mitte, nur um gleich wieder zurückzusausen. Er hat den Zustand.

Big Ammachi ruft beide Eltern zu sich aufs Zimmer, und mit den Bewegungen ihres verstorbenen Mannes zieht sie den »Wasserbaum« hervor, wie sie den Stammbaum nennt, und breitet ihn vor ihnen aus. Bei ihrer Heirat hat Philipose Elsie von dem Zustand erzählt. Es hatte ihr keine Sorgen bereitet, außerdem hatte sie schon vorher ein wenig darüber erfahren. »Irgendwas hat jede Familie«, hatte Elsie gesagt. Was hatte ihre Familie? »Alkohol. Mein Großvater. Mein Vater. Seine Brüder. Sogar mein Bruder.«

Nun führt Big Ammachi Elsie durch den Stammbaum. »Du musst bei Ninan und Wasser einfach vorsichtig sein. Du wirst ihm nicht beibringen müssen, es zu meiden. Er wird sowieso nichts damit zu tun haben wollen. Außer er ist wie dein Mann, der immerzu versucht hat zu schwimmen – Gott sei Dank hat er's irgendwann aufgegeben.« Philipose sagt nichts dazu. Er sorgt sich um die Sicherheit seines Sohnes wie früher nie um seine eigene.

Am 14. August 1947 kurz vor Mitternacht ertönt die Stimme von Premierminister Jawaharlal Nehru im Radio, und es sind die erregendsten Worte, die das Gerät seit dessen Anschaffung sendet. Davor, am selben Tag, wurde Pakistan geboren. »Vor langen Jahren«, sagt Nehru im Englisch eines Engländers, »hatten wir ein Rendezvous mit dem Schicksal. Um Punkt Mitternacht, wenn die Welt schläft, wird Indien zum Leben und zur Freiheit erwachen.«

Doch Indiens Erwachen erweist sich als blutig. Zwanzig Millionen Hindus, Moslems und Sikhs werden gezwungen, sich von dem Land wegzureißen, auf dem ihre Familien seit Generationen gelebt haben. Moslems strömen in die neu geschaffene Nation Pakistan, Hindus und Sikhs dagegen, die nun nicht mehr in Indien sind, brechen in die Gegenrichtung auf. Züge voller Flüchtlinge werden von Banden der jeweils anderen Religion überfallen. Blutrünstige Mobs zerschmettern Kinderschädel, vergewaltigen Frauen, verstümmeln Männer, bevor sie sie umbringen. Leben oder Tod eines Mannes und seiner Familie hängt vom Vorhandensein oder Fehlen einer Vorhaut ab. Philipose erinnert sich an seine Zugfahrt zurück von Madras und an Arjun-Kumar-Railways, den Schnupfer, der darüber staunte, wie alle Religionen, alle Kasten in einem Zugabteil so gut miteinander auskamen. »Warum nicht auch so außerhalb des Zugs? Warum vertragen wir uns nicht einfach alle?«

In Südindien, zumal in Travancore, Cochin und Malabar, vertragen sich wirklich alle. Die Gewalt im Norden ist, als fände sie auf einem anderen Kontinent statt. Malayali-Moslems, deren Blutlinie bis auf die arabischen Kaufleute zurückreicht, die in ihren Dhaus an die Gewürzküste fuhren, haben von ihren nichtmuslimischen Nachbarn nichts zu fürchten. Geographie ist Schicksal, und die gemeinsame Geographie der Gewürzküste sowie das Mayalam vereinen alle Glaubensrichtungen.

Auch hier erspart ihnen die Festung der Westghats, die über Jahrhunderte Eindringlinge und falsche Propheten abgehalten hat, jenen Wahnsinn, der zum Völkermord führt. Philipose schreibt in sein Notizbuch: »Malayali sein ist selbst eine Religion.«

Kurz vor Baby Ninans zweitem Geburtstag kommt ein mit Wachs versiegelter Umschlag für Elsie, weitergeleitet von der Villa in Thetanatt. *Porträt von Lizzi* wurde von der Ausstellung des National Trust in Madras angenommen. Ihre Augen strahlen voller Stolz.

Philipose sagt: »Ich wusste gar nicht, dass du dich beworben hast.«

»Es war sinnlos, es zu erwähnen. Seit ich vierzehn war, habe ich Arbeiten eingereicht. Der Teehändler und Freund meines Vaters in Madras macht das für mich – er mag meine Arbeit. »Aber bis jetzt haben sie alle abgelehnt.« Sie schaut ihn spitzbübisch an. »Dieses Jahr habe ich ihn gebeten, es statt unter ›T. Elsiamma‹ unter ›E. Thetanatt‹ einzureichen.«

»Das hat es bewirkt?«

Sie zuckt die Achseln. »Die Jury besteht nur aus Männern. Sie glauben, ich bin ein Mann. Jedenfalls muss ich zusätzlich zum *Porträt von Lizzi* weitere Sachen mitschicken. Ich habe nicht viel Zeit.«

»Also … Elsie, das ist ja großartig. Ich bin so stolz auf dich«, bringt Philipose heraus.

Sie umarmt ihn, drückt ihn so fest, dass ihm die Luft wegbleibt. Zu spät geht ihm auf, dass er sie zuerst hätte umarmen sollen.

Er freut sich für sie, muss aber zu seiner Scham erkennen, dass diese Nachricht ihn verstört. Weil sie ihren Mädchennamen benutzt hat? Nein, das ist es nicht. Er denkt an die vielen abgelehnten Manuskripte, derentwegen er bei ihr gejammert hat, und wie er tagelang Trübsal blies. Elsie dagegen findet ihre Ablehnungen keiner Erwähnung wert.

Er sieht, wie sie ihn weiterhin verträumt ansieht, mit den Gedanken weit weg. Wenig liebevoll sagt er sich, dass sie sich ihre Arbeit in der Ausstellung vorstellt und den ersten Preis dafür bekommt. Doch er hat Unrecht.

»Philipose, die Aussteller müssen nicht anwesend sein. Aber wie wär's, wenn wir zur Eröffnung zusammen nach Madras führen? Eine Weile dort sind, nur wir beide? Big Ammachi kann ja auf Ninan aufpassen. Wäre es nicht herrlich, den Zug in die andere Richtung zu nehmen?«

Er erbleicht sichtlich, kann seine Verzweiflung nicht verbergen. Auf seiner Stirn bilden sich Schweißperlen. Sie sieht es. Er offenbart sich. »Elsie, ich habe dir versprochen, mit dir zum Gut zu fahren. Jederzeit. Oder in jede andere Stadt. Sag's einfach. Aber Madras? Allein schon vom Namen kriege ich Herzrasen. Es nimmt mich körperlich mit. Es ist die Stadt meiner Niederlage, meiner Demütigung, dort hat man mich rausgeschmissen.«

»Mich auch, Philipose. Deshalb war ich ja in dem Zug. Aber diesmal sind wir doch zusammen.«

»Mein Schatz«, sagt Philipose. Er will ihr gefallen, aber ihm schnürt sich die Kehle zusammen, Schweiß läuft ihm übers Gesicht. »Ich bin so stolz auf dich. Aber bitte versteh, ich gehe überallhin mit dir. Kanpur. Jabalpur, Jedes-Pur. Bloß nicht Madras.«

»War nur so ein Gedanke«, sagt sie. Doch der traurige Ton in ihrer rauen Stimme dringt in ihn wie ein Angelhaken und beschämt ihn. Das Gegengift für Scham ist Empörung, rechtschaffener Zorn. Zum Glück unterdrückt er ihn diesmal, er weiß, dass diese Gefühle nicht gerechtfertigt sind. Er fürchtet sich davor, wieder nach Madras zu fahren, und er kann es nicht verbergen. Noch mehr fürchtet er sich aber davor, sie zu verlieren, davor, dass sie ihm entwächst.

In jener Nacht klettert Ninan ausnahmsweise einmal auf die Brust seiner Mutter und bleibt dort wie festgeklebt, die Beine angezogen, bis er eingeschlafen ist; damit erinnert er seine Eltern an die Zeit, als er an diese Stelle gebunden lebte. Elsie sagt: »Es wäre ein Schock für ihn gewesen, wenn ich auch nur eine Nacht von ihm weggewesen wäre. Ich hätte ihn auch vermisst.« Sie schaut Philipose schelmisch an. »Hättest du mich auch vermisst, wenn ich allein gefahren wäre?«

»Schrecklich! Und ich hätte mich mit Eifersucht gequält bei der Vorstellung, dass du mit einem Fremden schnupfst. Wahrscheinlich wäre ich in den nächsten Zug gesprungen, um bei dir zu sein.«

Sie lächelt. Sie schaut auf Ninan. »Na, wenn wir gefahren wären, hätten wir ihn wenigstens gemeinsam vermisst. Und wir hätten schmerzliche Erinnerungen in dieser Stadt durch neue ersetzen können.«

Philipose sagt: »Das stimmt. Aber fahren wir doch erst mal in eine andere Stadt. Sparen wir uns Madras auf, bis ich robuster bin.«

Als er sechs Wochen später ins Bett kommt und das Licht ausmacht, sagt Elsie: »Als du heute mit Aufschwungmeister unterwegs warst, hat der Fahrer meines Vaters einen Brief gebracht. Das *Porträt von Lizzi* hat in der Ausstellung in Madras die Goldmedaille bekommen. Und das Porträt von Anstand *Kochamma* eine besondere Erwähnung.«

Er fährt hoch. »Was? Das sagst du mir erst jetzt? Ich muss Ammachi wecken, ich muss –« Sie legt ihm einen Finger auf den Mund. Sie besteht darauf, dass es auch noch bis zum Morgen Zeit hat.

Am nächsten Tag steht es im *Indian Express*. Der Reporter des *Express* fragt, warum es so lange gedauert hat, bis die Fähigkeiten des Künstlers erkannt wurden. Indem sie einen Namen benutzte, der das Geschlecht nicht verriet, erhielt sie die Goldmedaille. Aber wurden nicht dieselbe Elisamma und einige derselben Werke von derselben Jury abgelehnt? (Die Quelle des Reporters ist Chandys Freund und Elsies leidenschaftlicher Förderer, der Leiter des Teehandels in Madras, derjenige, der ihre Arbeit eingereicht hat.) Drei von Elsies Gemälden wurden gleich am Eröffnungstag verkauft. Das *Porträt von Lizzi* erzielte bei der Auktion den besten Preis. Am folgenden Tag zitieren die Zeitungen von Malayalam die Geschichte aus dem *Express*.

Als Ninan drei ist, spekuliert Aufschwungmeister, dass der Junge ein werdender Politiker der Kongresspartei ist, weil er regelmäßig jedes Haus in Parambil besucht. Er liebt eingelegte Mangos, isst aber alles, was ihm angeboten wird, und sein Appetit ist so erstaunlich, dass manche sich schon fragen, ob sie ihn zu Hause hungern lassen. Zum Glück hat er keinerlei Bedürfnis zu schwimmen. Sein Blick gilt den Höhen: hinauf auf Kleiderschränke, Heuschober, den mittleren Dachpfosten. Sein bislang höchster Aufstieg ist Damodarans Rücken, auf den ihn Damodaran selbst gehoben hat, um ihn dann dem wartenden Unni zu reichen. Der Heilige Gral aller Anstiege ist dem Prinzen verboten: die Frucht tragende Spitze der Palme, wo der Kautschukzapfer seinen Lebensunterhalt bestreitet. Er eifert seinen Helden nach, indem er einen Tuchgürtel trägt, in dem als Messer ein vertrockneter Knochen und ein Zweig stecken. Er hat eine junge *pulayi* im Schlepptau, deren einzige Aufgabe es ist, ihn so nah auf Meereshöhe zu halten wie möglich. Eines denkwürdigen Abends sitzt die Familie auf der Veranda und schaut erstaunt zu, wie Ninan den Verandapfosten erklimmt, die Fußsohlen flach auf der glatten Fläche wie Eidechsenfüße, wobei die Hände, die die Rückseite des Pfostens umfassen, Gegendruck liefern. Bevor sie etwas tun können, grinst er von den Dachbalken auf sie herab.

Eines Morgens, Philipose kehrt vom Postamt zurück, liegt Elsie mit angstvoller Miene im Bett, ihre Haut glüht. Er tupft sie mit kalten Tüchern ab, um die Temperatur zu senken. Während der folgenden Tage legt sich das hohe Fieber nicht, was die Familie zu der Annahme führt, dass sie Typhus hat. Mit einigen Kosten mietet Philipose einen Wagen und holt einen eine Fahrstunde entfernten Arzt nach Parambil; er bestätigt den Typhusverdacht. Es gebe keine spezielle Behandlung, sagt er, und versichert ihnen, Elsie werde es bald besser gehen.

Philipose pflegt seine Frau allein, er lehnt jede Hilfe ab. Er entdeckt, dass es für ihn am besten ist – für *sie beide* am besten ist –, wenn sie so wie jetzt auf ihn angewiesen ist. Sollte die Liebe nicht immer so sein, wie die beiden Balken des Buchstabens *A*? Wenn sie in ihrer Arbeit versunken ist und sich nicht an ihn lehnt, ist er aus dem Gleichgewicht, instabil.

In der dritten Krankheitswoche geht es ihr allmählich besser. Philipose hilft ihr mit einem ordentlichen Bad, wonach sie so schwach ist, dass er sie ins Bett trägt. Sie nimmt seine Hand, lässt sie nicht los. Dabei gerät ein Finger in die Senke hinterm Daumen zwischen den Sehnen des Handgelenks. Ihr Mund verzieht sich zu einem albernen Grinsen. »Bloß *schnuuupfen*«, sagt sie und streichelt die Höhlung der »anatomischen Schnupftabaksdose«.

»Genau zwei Prisen sind da drin«, sagt er. »Außer es sind mehr.« Sie lacht stumm. Er küsst sie auf die Stirn. Zärtliche Gefühle steigen in ihm auf und der starke Drang, seine unausgereiften Gefühle zu artikulieren. Dabei aber ist er, wie er weiß, selbst die größte Gefahr für sich.

Sie fragt nach Ninan, den sie zur Vorsicht von ihr ferngehalten haben. »Er ist auf Anstand *Kochammas* Ziegenstall geklettert und hat ihr Mangos gepflückt«, berichtet Philipose. »Sie war nicht glücklich. Sie hat gesagt, er ist von der Taille aufwärts eine Ziege und abwärts ein Affe. Für uns beide nicht schmeichelhaft.« Elsie lacht, verzieht dann das Gesicht. Ihr Bauch ist empfindlich. Sie schlägt die Augen auf und sieht ihn an. Er lehnt den Kopf an ihren, sodass sie einander anschielen, und sie grinsen wie alberne Kinder.

Wie kann er diese Energie benennen, die im Zimmer wirbelt und sie zusammenbindet? Könnte er das Elixier, das die Krankheit so stark gemacht hat, doch nur in Flaschen abfüllen. Ist es möglich, sie noch mehr zu lieben? Oder von ihr so geschätzt zu werden wie jetzt? Wie anders als Liebe soll man das nennen? Etwas später treten ihr Tränen in die Augen. Denkt sie an ihre Mutter, die derselben Krankheit erlag, als Elsie nicht viel älter als Ninan war? Er spürt das starke Bedürfnis, sie zu trösten.

»Was ist? Was kann ich für dich tun, Elsiamma? Sag's mir. Alles –«

Du Idiot! Du hast es schon wieder gesagt! Er ist verlegen. Sie will etwas sagen, lässt es dann aber. Er wartet. Die Vitalität, die im Zimmer war, verweht und hinterlässt nur Traurigkeit.

Sie schaut aus dem Fenster.

»Okay.« Er seufzt theatralisch. »Ich versprech's. Der Baum kommt weg. Keine Ausreden mehr.« Sie schließt die Augen. Wollte ihr Blick durchs Fenster das sagen? Wie auch immer, er hat etwas versprochen. Wieder. Er wird sie nicht enttäuschen.

Am ersten Juni jenes Jahres 1949 ist die Stimmung im Haus gereizt. Blanke Nerven sind ein Symptom der Tage vor dem

Monsun, das die ganze indische Westküste befällt. Kolumnisten schreiben übellaunige Variationen früherer übellauniger Stücke über diese Gereiztheit, deren einziges Heilmittel der Regen ist. Der Monsun kommt stets am ersten Juni, und jetzt ist schon der fünfte. Die Bauern schreien, dass die Regierung handeln soll. Massengebete werden organisiert. In Mavelikara hackt eine Frau ihrem Mann nach fünfundzwanzig Jahren Ehe den Kopf ab. Sie sagte, sie habe sein fröhliches Gequatsche so unerträglich gefunden, dass etwas in ihr zerbrochen sei.

Während dieser Zeit, in der die *pulayar* wenig Arbeit haben, gibt Philipose Shamuel den Auftrag, den Baum zu fällen. Der alte Mann hört sich die Anweisungen an und geht rätselnd von dannen.

Philipose sieht Shamuel mit ein paar *pulayar*-Leuten wiederkehren, darunter Joppan, ein seltener Anblick. Philipose sieht Joppans Frau Ammini häufig neben Sara arbeiten, Joppan aber nur selten. Er hat gehört, dass Joppan sein Haus umgebaut hat, die Strohwände durch Holz ersetzt und einen Zementboden gegossen hat, der zu einer Veranda werden soll. Das Bootsgeschäft floriert wieder. Ammini arbeitet neben ihrer Schwiegermutter, flicht Strohpaneele, auch hat sie das Fegen des *muttam* übernommen, wofür sie bezahlt wird.

»Holt als Erstes die Früchte herunter. Ihr könnt jeder eine haben«, sagt Shamuel zu den Männern. Er hockt sich hin und schaut zu. Sara kommt und kauert sich neben ihn. Die Männer lassen die schweren, stacheligen Kugeln herab. »Nur gut, dass die Früchte so dicht am Stamm wachsen«, sagt Shamuel nach einer Weile zu seiner Frau. »Die sind ja wie Steine! Fallende Kokosnüsse sind schon gefährlich, aber eine herabfallende *chakka* erschlägt dich. Sieh dir meinen Zeh an, wenn du glaubst, ich mache Witze! Das weißt du ja, nicht?«

Sara tut so, als hätte sie ihn nicht gehört, und geht wortlos weg. Shamuel hatte hinter einem Jackfruchtbaum uriniert, musste sich zurückziehen, da Frauen da waren. Er fischte seinen Penis heraus – seinen »Klein-Thoma« – und blickte hinab. In seinem Alter musste Shamuel, damit es lief, husten, spucken, sich einen Wasserfall vorstellen, sich mit der Hand an etwas lehnen oder nach oben schauen. Seine Geschichte endet stets mit: »Hätte ich auf meinen Klein-Thoma geschaut, wäre das mein Ende gewesen. Hätte ich nicht aufgeblickt, würde ich jetzt nicht mit dir sprechen!« Er hatte noch die Zeit, den Kopf zurückzuziehen, bevor die Jackfrucht auf seinem Zeh landete.

Als Sara weggeht, denkt sie: *Warum schauen die Männer immer hinab? Ist das nicht immer da? Das läuft doch nicht weg. Einfach zielen und schießen!* Sie geht wieder zu Ammini, um ein Strohpaneel zu beenden. Sie sagt zu ihrer Schwiegertochter: »Dieser Mann ist mein Leben. Aber wenn er seine Geschichte von der *chakka*, die auf seinem Fuß gelandet ist, heute wieder erzählt hätte, dann hätte ich vollendet, was die *chakka* nicht getan hat.«

Als alle Früchte unten sind, weist Shamuel die Männer an, jeden Ast am Ansatz zu amputieren, »einfach hinter den Schultern«. Sie sind verblüfft. Sein Neffe Yohannan fragt: »Warum nicht gleich den ganzen Baum fällen?«

»*Eda Vayinokki!*«, sagt Shamuel. *Du Wichtigtuer!* »Was fragst du da? ›Warum‹ ist, weil der *thamb'ran* darum gebeten hat. Genügt das nicht?«

Was hat Yohannan denn?, denkt Shamuel verärgert. *Hat er denn beim Aufwachen vergessen, was es heißt, einer von uns zu sein?* In Wahrheit versteht er selbst nicht, warum der Baum so gefällt werden soll. Na und? Wie viel hat er schon gemacht, weil der *thamb'ran* es gesagt hat? Was ist denn sonst wichtig?

Die Männer hacken jeden Ast ab, indem sie mit ihren scharfen *yakkathis* an zwei Seiten eine Kerbe schlagen, bis er schwach wird und abbricht und einen spitzen Speer, einen scharfen Stumpf zurücklässt. An den Schnitten quillt Saft hervor, den die Männer rasch in Kalebassen sammeln. Die Kinder benutzen den Saft als Vogelleim, eine grausame Praxis, wie Shamuel findet. Aber er ergibt auch einen hervorragenden Leim, mit dem er sein altes Kanu abdichtet. Aber wer denkt schon, dass man noch so spät im Juni ein Kanu abdichten kann? Weiße Saftflecken sprenkeln die Haut der Männer und haften an ihren *yakkathis*. Nur mit Öl und Kokosnussfasern lassen sie sich von den Klingen und Griffen ihrer Macheten abschaben.

»Das ist gutes Holz«, ruft Shamuel. »Hebt mir nur einen Ast auf, daraus mache ich mir ein Ruder. Leicht ist das Holz nicht, aber wenn man's richtig anstellt, glänzt es schön. Nehmt euch, was ihr wollt, und macht damit, was ihr wollt. Verkauft's dem *ashari*, wenn ihr zu faul seid, ist mir gleich.«

Schon bald ist die Luft erfüllt vom widerlichen, klebrigen Geruch reifer Jackfrucht. Als die anderen weg sind, starren Shamuel und Joppan auf das, was stehengeblieben ist: einen dicken, hohen Stamm mit dolchartigen Armen und Fingern. Ein böser Gott. Joppan sagt verbittert: »Das ist doch dumm. Leute, die nicht wissen, was sie mit dem Land anfangen wollen, dürften gar keins haben.« Er geht weg, bevor sein erstaunter Vater reagieren kann.

Vom Schlafzimmer aus sieht Philipose den Männern zu, wie sie ihre Arbeit beenden. Vielleicht betrachtet Elsie den Baumrest als Skulptur, als Kandelaber mit einem Dutzend aufwärts gereckter Glieder. Doch er betrügt sich selbst, und er weiß es auch. Was da noch steht, ist eine unansehnliche Vogelscheuche, die in den Himmel krallt. Dieser Kompromiss sollte ihr ein helles Zimmer verschaffen und gleichzeitig seinen Talisman bewahren, doch das Ergebnis ist hässlich und peinlich, wie die Nacktheit eines alten Mannes. Sie sollten den Baum ganz einfach fällen. Shamuel steht allein da, und Philipose will ihm schon zurufen: »*O'Shamuel'O!* Sie sollen das ganze Ding umhauen!«, als er Joppan neben seinem Vater sieht. Stolz verhindert, dass die Worte seinen Mund verlassen. Damit stünde er nur noch dümmer da.

Das Schlafzimmer ist jetzt wirklich heller, das Licht offenbart in einer Ecke ein Spinnennetz. Elsie hatte recht: Der Baum hat den Blick versperrt. Und was sieht er da nun? Er beugt sich vor, um besser zu sehen. Eine Veränderung am Himmel? Keine Wolken, doch der blaue Stoff hat eine andere Textur. Auch ein neuer Geruch in der Luft. Kann das sein?

Philipose geht hinaus. Caesar bellt. Eine Bö weht ihm das *mundu* zwischen die Beine. Eine Schar Vögel schwenkt verwirrt herum. Wäre er am Strand von Kanyakumari, dann hätte er sehen können, wie der große Südwestmonsun am Vortag hereinkam und einen Weg verfolgte, der die alten Römer, Ägypter und die Syrer an diese Küste brachte.

Er wendet den Blick ab, als er an dem amputierten *plavu* vorbeigeht. Er überquert die Weide, bis er den hohen Damm am Rand des Reisfelds erreicht, das sich in die Ferne erstreckt und einen unverstellten Blick auf Himmel und palmengesäumten Horizont gewährt. Aus den Hütten in der Nähe stellen sich andere zu ihm, die Gesichter gespannt, erwartungsvoll. Sie haben vergessen, dass der Monsun sie auf Monate einsperren, die ausgetrockneten Reisfelder überfluten, durchs Strohdach dringen und ihre Getreidevorräte mindern wird; sie wissen nur, dass ihre Körper so wie das ausgedörrte Erdreich und ihre schuppige Haut danach dürsten. So wie die Felder brach liegen werden, muss auch der Körper ruhen, um sich zu erneuern, wieder geölt und geschmeidig gemacht zu werden.

Hoch am Himmel steht reglos auf ausgebreiteten Schwingen ein Greifvogel, er nutzt den steten Wind. In der Ferne ist der Himmel rötlich, wird dunkler. Ein Lichtblitz lässt die Beobachter vor Aufregung erschauern. Sie genießen diese Minuten vor dem Guss und vergessen darüber, dass sie sich bald danach sehnen werden, dass die Kleider gut trocknen und nicht jenen schimmeligen, modrigen Geruch vom letzten Jahrhundert verströmen; sie werden Türen und Schubladen verfluchen, die wie Steißgeburten klemmen. Vorerst sind diese Erinnerungen vergraben. Die Böen kommen nun stoßweise, Philipose hat Mühe, sich aufrecht zu halten. Ein orientierungsloser Vogel versucht, gegen den Wind zu fliegen, doch die Bö hebt eine Flügelspitze und lässt ihn Räder schlagen.

Nun steht Shamuel neben ihm, die Haut fleckig von dem weißen Saft, er grinst zum Himmel hinauf. Schließlich zieht ein dunkles Wolkengebirge heran, ein schwarzer Gott – o wankelmütige Gläubige, warum habt ihr an seiner Ankunft gezweifelt? Es scheint noch meilenweit entfernt, ist aber auch schon über ihnen, denn es regnet, gesegneter Regen, Regen von der Seite, Regen von unten, neuer Regen, keiner, vor dem man fortlaufen, auch keiner, den man mit dem Schirm abwehren kann. Philipose reckt das Gesicht empor, auch noch, als Shamuel ihn beobachtet, lächelnd, und murmelt: »Augen auf!«

Ja, alter Mann, Augen auf für dieses kostbare Land und seine Bewohner, für den Wasserbund, Wasser, das die Sünden der Welt wegwäscht, Wasser, das sich zu Bächen sammelt, zu Teichen und Flüssen, Flüssen, die zum Meer fließen, Wasser, in das ich nie eintauchen werde.

Er eilt zum Haus zurück, Shamuel dicht hinter ihm, denn sie erwartet ein noch wichtigeres Ritual. Auch von den anderen Häusern kommen sie. Gerade noch rechtzeitig.

Baby Mol watschelt nach einem letzten kurzen Blick in den Spiegel auf die vordere Veranda, ein kleines Kind, die Schultern gerade trotz eines Rückgrats, das mit jedem Jahr gebeugter wird, ihr Rumpf schwankt hin und her wie ein Gegengewicht zu ihren Beinen. Als sie den Regen rochen, flocht Big Ammachi Baby Mol eilends Jasmin und frische Bänder ins Haar und steckte sie in ihr spezielles Kleid: den blau schimmernden Rock mit dem Goldsaum, darüber einen seidenen Halbsari, der über ihrer goldenen Bluse liegt und an deren Schulter festgesteckt ist. Elsie hat Baby Mol mitten auf die Stirn ein großes rotes *pothu* gemalt und ihr Kajal aufgetragen, wodurch sie ganz erwachsen aussieht.

Baby Mol lächelt schüchtern, als sie das versammelte Publikum sieht, ihre Verwandten und Bekannten, die ihren Monsuntanz sehen wollen. Sie spürt die Verantwortung auf ihr lasten, denn ob der Regen anhält, hängt ganz allein von ihr ab. Diese Tradition begann, als Baby Mol ein Kind war, und da sie immer eines bleiben wird, wird die Tradition unbeirrt fortgeführt. Baby Mol steht auf dem *muttam*, die Zuschauer dicht gedrängt auf der Veranda oder lehnen, im Fall der *pulayar*, an der Verandawand, gerade noch unterm Dach.

Sie fängt an, sich zu wiegen, klatscht in die Hände in einem Rhythmus, der dem ihrer Füße entspricht. Indem sie sich warm tanzt, geschieht das Wunder: Die uneleganten, tapsigen Schritte werden flüssig, und bald sind alle Beschränkungen – das krumme Rückgrat, der kurze Wuchs, die breiten Hände und Füße – wie weggeblasen. Zwanzig Paar Hände klatschen mit ihr und treiben sie an. Sie reckt die Arme himmelwärts, winkt den Wolken zu, ächzt von der Anstrengung, und ihre

Augen zucken hin und her. Es ist Baby Mols eigener *mohiniyattam*, und sie ist die *mohini* – die Zauberin –, die die Hüften schwingt, mit den Augen, ihrem Mienenspiel, ihren Handzeichen und der Haltung ihrer Gliedmaßen eine Geschichte übermittelt. Ihr *mohiniyattam* ist derb, tiefer am Boden, ungeschult und authentisch. In die Ernsthaftigkeit ihres Tanzes mischen sich Schweiß- und Regentropfen. Dessen Botschaft wird sich jeder Betrachter selbst erschließen, die Themen jedoch sind harte Arbeit, Leiden, Lohn und Dankbarkeit. *Glückliches Leben*, sagt sie für Philipose, indem der Regen niederprasselt. *Glückliches, glückliches Leben! Ein Glück, dass du dich in diesem Wasser selbst beurteilen kannst. Ein Glück, dass du immer wieder gereinigt werden kannst …* Als ihr Tanz zu Ende ist, hat sie ihren Pakt bestätigt, der Monsun hat seine Treue gelobt, die Familie ist sicher, und alles ist gut mit der Welt.

49. Kapitel
DER BLICK

1949, Parambil

Doch am Tag nach dem Beginn des Monsuns ist Baby Mol unerklärlich unruhig und unglücklich, sie sitzt nicht auf ihrer Bank, sondern läuft herum, genießt den Guss nicht wie sonst immer. Sie fürchten, dass sie krank ist, dass ihre Lungen und das überlastete Herz ihr Schwierigkeiten machen. Sie legt sich zu Elsie, die ihr die Beine massiert, während Big Ammachi ihren Kopf hält. Niemand kann sich vorstellen, dass Baby Mol jetzt einundvierzig Jahre alt ist, längst kein Baby mehr und dennoch eins auf immer. Big Ammachi fleht: »Sag mir, was dir fehlt«, doch Baby Mol stöhnt nur und weint untröstlich, gibt dem, was irgendein Phantasma ihr ins Ohr flüstert, scharfe Widerworte.

Nachts horchen Mann und Frau, wie der Himmel sich über Parambil entleert, Ninan im Schlaf neben Elsie, Philipose seine Frau fest umschlungen haltend, beide voller Sorge, was Baby Mol wohl plagt.

Am nächsten Morgen legt der Regen eine seltsame Pause ein, der Himmel ist klar, die Sonne kommt heraus. Die Menschen wagen sich vorsichtig vor die Tür, unsicher, wie lange die Unterbrechung anhält. Aufschwungmeister läuft rasch zu Big Ammachi, um sie um eine Unterschrift auf einem Steuerformular zu bitten. Georgie und Ranjan beschließen, dass das ein guter Zeitpunkt ist, um mit Philipose über eine Landpacht mit gestundeter Zahlung zu sprechen. Auch haben sich Shamuel und andere hinter der Küche versammelt, um, wie am Beginn des Monsuns üblich, ihren Lohn und eingelagerten Reis in Empfang zu nehmen. Joppan schlendert von seiner Hütte herüber. Odat *Kochamma* hängt draußen Wäsche auf, ohne große Hoffnung, dass etwas trocknet. Kaum ist sie damit fertig, nieselt es wie mit winzigen Nadeln. Sie grummelt zum Himmel hinauf, sagt, er solle sich endlich entscheiden.

Ein Schrei zerschlägt die Stille, ein derart schrecklicher Laut, dass sogar das Nieseln aufhört. Philipose an seinem Schreibtisch weiß sofort, dass er aus dem Nebenzimmer kommt, aus Elsies Mund, obwohl er einen solchen Laut noch nie gehört hat, einen Entsetzensschrei aus voller Kehle, der ihm das Blut gefrieren lässt. Er rennt zu ihr.

Elsie hält die Stäbe am Fenster gepackt, weiter kreischend. Philipose glaubt, sie sei von einer Schlange gebissen worden, sieht aber keine. Er folgt ihrem Blick auf den nackten *plavu*. Was er dort sieht, treibt ihm die Galle in den Mund.

Baby Ninan. Er hängt da, den Kopf nach unten, das Gesicht weiß, blutleer, erstarrt in einem Ausdruck des Erstaunens, der Körper gekrümmt in einer Weise, die die Sinne überfordert.

Aus seiner Brust wächst ein spitzer Aststumpf des Baums, um den schartigen Austritt herum geronnenes Blut.

Philipose stürmt schreiend hin, will den Baum hinauf, seine Beine rutschen auf der feuchten Rinde ab, der regennasse Stamm schürft ihm die Schienbeine auf, die Hände, die daran krallen – wie ist Ninan da überhaupt hinaufgekommen? –, findet aber endlich an einem scharfen Stumpf Halt. Von Adrenalin und Verzweiflung angetrieben, erreicht er Tritt um Tritt seinen Sohn. Mit einer Hand versucht er, ihn freizubekommen.

Shamuel, der vor Philipose' Zimmer stand, als er den Schrei hörte, klettert nun trotz seines Alters mit aller Willenskraft dem *thamb'ran* hinterher. Der Körper des Alten, er hat die Farbe der Rinde, drückt sich gegen Philipose. Er riecht Shamuels heißen Atem, gewürzt mit Betelnuss und Beedi-Rauch, während sie gemeinsam – und es bedarf beider Kräfte – ächzend an Ninan ziehen; als Erstes müssen sie ihn von dem Ast heben. Endlich kommt der Leib mit einem scheußlich saugenden Geräusch von dem spitzen Stumpf frei.

Sie lassen seinen schlaffen Körper hinab zu Joppan und den vielen Händen gleiten, die darunter warten, dann wird Ninan auf die Erde gelegt, das Rückgrat schief gewinkelt, Regen fällt nun auf seinen reglosen Körper, auf sie alle. Shamuel klettert hinab, und als er unten ist, stößt sich Philipose aus dieser Höhe vom Stamm ab, Klettern dauert ihm zu lang, und landet hart, schreit von dem rasenden Schmerz in beiden Knöcheln auf, als er mit den Fersen aufkommt, beugt sich aber im nächsten Moment schon über seinen Sohn, und seine Stimme schallt weit über die Felder und durch die Bäume. »*Ayo! Ayo! Ente ponnu monay!*« *Mein kostbares Kind!* Er brüllt: »*Monay*! Ninan! Sprich mit mir!«, weigert sich zu akzeptieren, was ihm seine Augen zeigen, taub für Elsies und Big Ammachis Schreie und die aller anderen über ihm, taub für das Klagen, das Schlagen auf Brüste, die würgenden Geräusche. Nichts davon hört er, weil Ninans Bauchgegend die eingestürzte Welt ist, eine dunkle Horrorgrube, das Zentrum eines Universums, das ein Kind verraten hat, die Mutter, den Vater, die Großmutter verraten und alle, die ihn geliebt haben. Alles, was zu dem kleinen Körper gehört hat – Atem, Puls, Stimme, Denken –, ist tot, jenseits von tot.

Er hebt seinen leblosen Jungen hoch. Hände, die ihn aufhalten wollen, wehrt Philipose ab, schlägt sie weg. Er wiegt seinen Sohn in den Armen, ein Wahnsinniger, der vorhat, in die aufziehende Finsternis der Monsunwolken zu rennen. Und wenn nicht in diese heilenden Wolken, wohin dann? Für einen auf gebrochenen, verkrümmten Knöcheln, der Hilfe für seinen Erstgeborenen sucht, ist das nächste Krankenhaus weiter weg als die Sonne.

Shamuel und Joppan trotten hinter dieser irren Gestalt her, Joppans Hand um die Taille seines Kindheitsfreundes, um das humpelnde Wesen, das schreit, als könnten steigende Dezibel das wecken, was nie mehr geweckt werden kann. »*Monay*, verlass uns nicht! *Monay, ayo Ninanay*! Halt! Warte! Hör mir zu! *Monay*, es tut mir so leid!«

Die Männer von Parambil – Onkel, Neffen, Cousins, Arbeiter – folgen, von den Klagen herbeigerufen, dem blutigen Pfad, sammeln sich hinter Vater und verstorbenem Sohn. Kaum hundert Meter auf der Straße, torkelt Philipose noch immer wie ein Betrunkener auf wackligen Knöcheln, der linke Fuß grotesk nach innen gebogen, schluchzend, und auch die Männer weinen, erwachsene Männer, die um ihn sind, jedoch nicht wagen, ihn aufzuhalten, ein bedachtsamer Marsch an der Seite eines Vaters, der glaubt, er renne, wo er doch kaum schlurft, und schließlich einfach stehen bleibt, wankend wie ein Greis.

Seine Knöchel knicken weg, man fängt ihn auf, die kräftigen Arme Parambils lassen ihren Bruder hinab, sachte auf die Erde, auf die Knie, wobei er weiterhin die schreckliche Last auf den Armen hat. Philipose brüllt, das Gesicht zum Himmel gerichtet, beschwört seinen Gott, irgendeinen. Doch Gott schweigt. Mehr als Regen kann der Himmel nicht leisten.

Shamuel, der älteste und edelste dieser Männer, kauert liebevoll bei Philipose; er allein besitzt den Mut und die Autorität, die blutigen Hände des Vaters sanft zu lösen. Shamuel bedeckt den kleinen Jungen mit seinem ausgebreiteten *thorthu*, und irgendwie verwandelt sich dieses verschossene Alltagstuch in ein heiliges Leichentuch, in die Verkörperung der Liebe des alten Mannes. Shamuel nimmt den Leichnam des kleinen *thamb'ran* auf die Arme, wiegt ihn sorgsam, innig. Seine alten Knochen knirschen, als er sich erheben will; Ranjan, Georgie, Aufschwungmeister und zehn weitere Hände helfen dem Alten auf, sie alle nun Brüder, jede Barriere von Kaste und Sitte in dieser vom Tod verhängten schrecklichen Solidarität verwischt, während allein Joppan sich des am Boden zerstörten Vaters annimmt, ihn auf die Beine zieht, den Kopf unter Philipose' Arm klemmt, ihn um die Taille fasst, ihn stützt, fast trägt, ihn, der auf sichtlich gebrochenen Knöcheln hinkt.

Die klagenden Frauen haben sich auf die Veranda von Parambil zurückgezogen, heulen, jammern oder weinen leise, ein Tuch auf den Mund gepresst. Elsie ist auf den Knien, die Hände auf der Brust, Big Ammachi umklammert eine Säule, und Odat *Kochamma* schlägt sich rhythmisch erst mit einer, dann mit der anderen Faust auf die Brust, stöhnend, das Gesicht aufwärts gerichtet, und alle warten sie. Als Letztes haben sie noch Philipose gesehen, wie er auf unnatürlich verbogenen Füßen die Straße entlanggetaumelt ist, die schlaffe Gestalt seines Sohnes auf den Armen; die Frauen hatten wider alle Hoffnung gehofft, der Vater, Gott oder beide könnten, als er außer Sicht war, irgendwie ein Wunder bewirken, den versehrten Jungen wieder heil, das Krumme gerade machen.

Dann ist für die Frauen alle Hoffnung dahin, als sie die zurückkehrende Phalanx aus Vätern und Söhnen sehen, eine Wand aus schnurrbärtigen, wilden Männern, die Arme einander über die Schultern gelegt, Brüder im Schmerz, wie ein Mann schreitend, schluchzend oder kläräugig, doch jedes Gesicht verzerrt von Trauer und Wut, Schock und Zorn. Unter ihnen der gebrochene Vater, ein Wahnsinniger, ein Arm über Joppans Schultern, von seinem Kindheitsfreund gestützt, dessen Muskeln unter der Last straff angespannt, bis Yohannan Philipose' anderen Arm über sich legt.

Mitten in dieser Phalanx ist Shamuel, nahezu nackt, nur noch in seinem schlammfarbenen Lendentuch, seinen *mundu* hat er auf dem verfluchten Baum verloren. Shamuel, mit großer Würde schreitend, die Augen geradeaus, das Gesicht als Einziger gefasst, der nackte Oberkörper über das Grauen dessen gebeugt, was er auf den Armen trägt und was sein *thorthu* nicht ganz verbergen kann, geht er langsam auf die wartenden Frauen zu, sein Gang gemessen, als hätte jede Minute der harten Arbeit seines langen Lebens, das Land mit seinem *thamb'ran* zu roden, die nie enden wollende Mühsal, welche die sehnigen Bizepse und tafelartigen Brustmuskeln formte, zu diesem einen Augenblick, dieser leidvollen Pflicht geführt: auf seinen Armen mit tiefem Ernst das Erstgeborene des Letztgeborenen seines verstorbenen *thamb'ran* zu tragen, der sich nun zu seinen Ahnen in dem gesegneten Jenseits gesellt.

Nach dem Begräbnis schaut Philipose, schwer auf Krücken gestützt, aus dem Fenster, wo einst der *plavu* stand. Ohne zu fragen, hat Shamuel dessen Reste umgehackt. Shamuel hatte seiner Wut und seinem Kummer freien Lauf gelassen, war mit seiner Axt über den Baum hergefallen, und Philipose wünscht nur, er hätte den Platz des Baumes einnehmen können, damit die Axt des Alten in sein Fleisch gefahren wäre. Joppan kam ungebeten, um seinem Vater zu helfen – ja, ihm die Axt aus den Händen zu nehmen, als dessen Hiebe zunehmend wild und unbesonnen wurden, und bald kam auch Yohannan mit anderen dazu, und diesmal verschonten sie nichts, gingen wütend auf ihn los, gruben noch die letzte Wurzel aus und füllten dann den Krater auf, damit nicht einmal die Narbe seiner Existenz zu sehen war, die brutale Hinrichtung eines verfluchten Baums.

Philipose wünscht, sie hätten auch ihm ein Ende gemacht, ihn an der Stelle begraben, in der matschigen Erde, wo schon das von Blut und Monsunregen genährte Moos wächst, um jede Spur eines Baumes zu verbergen, der einst in Parambil stand.

Später sagt Shamuel Philipose, dass sie auf dem zweitobersten Ast, doppelt so hoch wie der, der Ninan aufgespießt hat, einen Fetzen von dessen Hemd fanden. Mehr sagt er nicht, aber beide Männer stellen sich vor, wie sich das Hemd an dem hohen Ast verhakte und er noch kurz daran baumelte, bis der Stoff riss und er auf den spitzen, aufwärts ragenden Speer des Astes drei Meter tiefer stürzte. Philipose war in seinem Arbeitszimmer und arbeitete. Den Sturz hatte er nicht gehört, nur den darauffolgenden Schrei von Ninans Mutter.

In diesem Schlafzimmer ist jetzt viel zu viel Licht – obszönes, hassenswertes Licht. Philipose schäumt vor Wut auf sich. Weil er nicht gesehen hat, wie Ninan losgeklettert ist. Weil er seinen Sohn nicht hat schreien hören. Weil er den Baum nicht ganz gefällt hat. Oder ihn hat stehen lassen. Es ist alles seine Schuld. Aber … wenn Elsie sich nicht an dem Baum, *seinem* Baum gestört, wenn sie seine Arbeit so wie er ihre respektiert hätte, dann würde sein Ninan, sein Erstgeborener, noch leben. Als Elsie ihren Wunsch vor so vielen Monden geäußert hat, hätte er da nur »Nein!« gesagt. Oder eben »Ja«. In seinem Leben sind die Zwischendinge fatal; Unschlüssigkeit hat seinen Sohn getötet. Doch in seinem Kummer, seiner Verbitterung in dem Augenblick denkt er, dass alles mit Elsies schicksalhaftem Wunsch begann: »Du kannst den Baum da fällen.«

Warum war alles so schwierig? Er hat sie doch immer nur lieben wollen. Ist er seit dem Augenblick seiner Verlobung nicht endlos zuvorkommend gewesen? Hat er nicht seine Gewohnheiten geändert, damit ihre gedeihen konnten? Das nämlich hat den kleinen Ninan getötet – *ihre* Sturheit. Etwas in ihm muss wissen, noch während er dies denkt, dass es unvernünftig ist. Doch im Innern kann er die Alternative nicht akzeptieren. Wenn alles seine Schuld ist, welche Ausrede hat er dann überhaupt noch, dass er weiterhin atmet?

Er hört Schritte hinter sich, und er weiß, ohne sich umzudrehen, dass sie hereingekommen ist. Seit dem Tod sind er und Elsie nicht mehr allein gewesen. Er dreht sich zu ihr um, humpelt an seinen Krücken, ignoriert den Schmerz, sein Zorn bleibt kaum verborgen.

Er begegnet einem Zorn, der seinem gleichkommt, ihn noch übertrifft. In ihren Augen ist Wut und etwas noch Schlimmeres, das er nicht erträgt: Vorwurf. Ihr Gesicht ist hart wie die Eisenstäbe in dem Fenster und zerfurcht von getrockneten Tränen, die die Haut salzen.

Die Luft zwischen ihnen ist erfüllt von der Galle aus Schuldzuweisungen und Verachtung. Sie sagt, er soll sie ja nicht beschuldigen, er kontert, sie soll doch in Worte fassen, was sie denkt.

Dann blickt sie über seine Schultern und sieht, dass der tödliche, mörderische Rest des Baums weg ist … aber es ist ja viel zu spät. Ihr Blick schwenkt wieder auf ihn. Solange er lebt, wird er den Ausdruck darin nicht mehr vergessen. Es ist der einer Rachegöttin.

Er spürt ihren archaischen Drang, sich auf ihn zu stürzen, ihn zu schlagen, ihm die Augen auszukratzen, die Wangen mit den Nägeln zu zerpflügen. Vor seinem inneren Auge sieht er die Bahn dieses Angriffs und wie er selbst wild losspringt, um ihn mit den Händen abzuwehren, um sie wegzustoßen, sie zu verwünschen, weil sie etwas wollte, was sie niemals hätte wollen sollen, sie zu beschuldigen, seinen Sohn getötet zu haben, sie zu verurteilen, dass sie in sein Leben getreten ist und nur eine Tragödie über ihn gebracht hat.

Im nächsten Augenblick sieht sie durch ihn hindurch, so wie sie jahrelang durch diesen *plavu* hindurchgesehen, so getan hat, als gäbe es diesen Schandfleck gar nicht und als wäre ihr Blick unverstellt. In dem Moment hat sie ihn verschwinden lassen, ihn von ihrer Leinwand gewischt, sodass nur noch eine verschmierte Fläche bleibt, die falsche Linien enthält, die Figur, die nicht richtig geworden ist, die irrigen Striche einer Heirat und einer Welt, die verpfuscht ist, nicht mehr wiederherzustellen und nicht das, was sie sich jemals vorgestellt hat. Sie stürmt an ihm vorbei, rempelt ihn mit der Schulter weg – diesen hohlen, unsichtbaren, weniger als einfachen Mann, den Ehemann, der nicht da ist – und rafft ein paar Sachen zusammen.

Er hört Schubladen auf- und zugehen. Dann hört er sie zu jemandem sagen: »Gehen wir.«

VI. TEIL

50. Kapitel
GEFAHREN IN DEN BERGEN

1950, Gwendolyn Gardens

Mit dem Scharren von Cromwells Knöcheln an der Küchentür und dem nassen Klatschen abgestreifter Gummistiefel beginnt ihr abendliches Ritual. Digbys getreuer Gefährte tappt barfuß ins Arbeitszimmer, stets in Khakishorts und kurzen Ärmeln. Und immer lächelt er.

»Für mich einen doppelten«, sagt Digby, als Cromwell einschenkt. Cromwells Grinsen wird breiter.

Ein Glas und nie allein, ist Digbys Regel. »Aus Gründen der Selbsterhaltung. Eine Gefahr für das Gut«, könnte er auf eine Frage antworten. Es ist vierzehn Jahre her, seit er Müllers Gut für das Konsortium erworben hat, das aus den Freunden bestand, die sich an Silvester um Mylins Esstisch versammelt hatten. Dreizehn, seit er sich einen Teil davon verdient hat, den er dann nach seiner Mutter Gwendolyn Gardens nannte. Im Lauf der Zeit hat er den Absturz von drei Managerassistenten der benachbarten Perry & Co. erlebt, junger Männer, die sich zu Hause ihre Pints genehmigten. Anfangs war es ein großes Abenteuer: Bungalow, Bedienstete, Firmenmotorrad und Herren über mehr Tee, Kaffee und Gummi, als sie je erahnt hätten. Doch sie hatten die Einsamkeit und Abgeschiedenheit beim ersten Monsun unterschätzt und das Gegengift in der Flasche gefunden.

Digby bedauert nur die Ferne von Franz und Lena. Selbst bei

gutem Wetter ist es eine ganze Tagesreise nach Süden, vorbei an Trichur und Cochin, um in die Gegend von Saint Bridget's zu gelangen, und dann noch ein mehrstündiger Anstieg nach AllSuch. Seine Familie besteht nun aus Cromwell, den Mylins und Honorine, die jeden Sommer für zwei Monate kommt. Wenn sie wieder geht, senkt sich Melancholie über ihn. Ohne Cromwell, ohne dieses abendliche Ritual während des Monsuns wäre er womöglich verloren.

Cromwell verschmäht Stühle, er hockt sich lieber an den Kamin, das Glas unter der Nase, der Whisky wird ebenso inhaliert wie getrunken. Diese Mischung aus Bedacht und Vergnügen steckt in allem, was er tut. Digby sieht ihn als alterslos, daher bereitet es ihm eine gehässige Freude, als er über die Schläfen seines Freundes Grau kriechen sieht. Digby hält seine Haare immer kurz, was deren Ergrauen weniger deutlich zeigt. Er ist zweiundvierzig, wirkt aber beträchtlich jünger. Cromwell ist seiner Schätzung nach einen Tick älter.

Bei diesem abendlichen Ritual »gehen« sie durch die dreihundertfünfzig Hektar von Gwendolyn Gardens. Wäre alles nur Kaffee, dann wäre es einfach, da Kaffee wenig Arbeit benötigt – noch weniger, seit sie auf Robusta umgestellt haben, als Blattrost sämtliche Arabica-Pflanzen vernichtete. An einem magischen Morgen im März sind vierzig Hektar von Gwendolyn Gardens nach einer nächtlichen Explosion von herrlichen weißen Kaffeeblüten wie schneebedeckt. Doch die Konkurrenz aus Brasilien hat die Preise gesenkt. Tee ist sehr profitabel, er bildet die Hauptmasse des Gutes, doch er ist ein empfindliches Kind und fordert die meisten Arbeiter. Da sie näher am Äquator sind, kann der Tee das ganze Jahr über gepflückt werden, anders als Assam und Darjeeling. Die Nachfrage ist unstillbar. In den wärmeren, untersten Bereichen des Gutes stehen auf vielen Hektar Gummibäume.

»An der elften Haarnadel. Erdrutsch. Selbe Stelle wie letztes Mal«, sagt Cromwell am Ende seines Berichts.

Ich hab gewusst, warum ich einen Doppelten wollte. Ein Erdrutsch an der elften Spitzkehre ist eine Katastrophe. Nach einer Woche wird ihr Reisvorrat aufgebraucht sein; für ihre Arbeiter ist die Versorgung mit Reis wichtiger als ihr Lohn. Digby stellt sich die Stelle vor, wie die Straße abrupt vor einem Damm aus Schlamm, Steinbrocken und entwurzelten Bäumen endet. Unmittelbar darüber schießt rätselhafterweise Wasser aus der glatten Bergwand. Ein Stigma. Die Stammesleute häufen dort Steinhügel auf, Opfergaben an Varuna oder Ganga, doch die Götter lassen sich nicht besänftigen. Die Behandlung ist schmerzhaft: Sie müssen sich parallel zu dem Bergrutsch durch dichten Wald hacken, bis sie zu einer Stelle darunter vorgedrungen sind, dann längs weiter und wieder hinauf zur Ghatstraße. Jedes Gut wird mithelfen. Auf dieser U-förmigen Umgehung werden Arbeiter Kopflasten tragen, bis die Straße wieder instandgesetzt ist. Die Umgehung könnte die neue Straße werden.

Am nächsten Morgen hört der Monsun auf, als wäre ein Schalter umgelegt, das unaufhörliche Trommeln des Regens auf dem Dach verstummt. So viele Wochen bestand Digbys Blick aus waberndem Nebel oder er starrte die wenigen Male, wo sich die Wolken im Tal festsetzten, wie Zeus von oben auf Cumulus und Gewitterzellen. Als er hinaustritt, ist es sonnenhell; die Verarbeitungsschuppen und das Strohdach des kleinen Krankenhauses bieten den durchnässten, schmuddeligen Anblick eines Straßenköters, den der Regen im Freien erwischt hat. Trotz des Erdrutschs fasst Digby Mut.

Skaria, der für die Medikamente zuständig ist, läuft zum Krankenhaus in seinem Pullover von der Farbe erbrochener Galle. Tabakrauch quillt ihm aus der Nase, verdichtet sich in der kühlen Luft. Der Mann ist derart nikotinsüchtig, dass er an üblen Stumpen saugt, als wären es Beedis. Als er Digby sieht, hält er den Atem an, um beim Grüßen den Rauch zu verbergen. Mit einer routinemäßigen Krankmeldung kann der schreckhafte Skaria umgehen, bei einem Notfall aber ist er schlimmer als nutzlos, ein Hindernis.

Cromwell bringt die Pferde. Er ist noch verschlafen, grinst aber schon. Irgendwie hat er sich den Erdrutsch schon angesehen und jeden arbeitsfähigen Mann mitgenommen, um mit der Umgehung anzufangen. Er berichtet, dass eine Kuh bald kalbt und dass die polydaktile Katze in derselben Scheune Junge bekommen hat. »Auch Babys sechs Finger! Bringt nur Glück!«

Digby besteigt Billroth. Die Erdwälle, die den Fahrweg einfassen, sind grün von Rühr-mich-nicht-an und zucken als Antwort auf eine jähe Brise genau wie die Haut seines Fohlens. Bei dem Anblick bekommt er Gänsehaut. In diese Sode könnte er einen Zahnstocher fallen lassen, aus dem würde dann bald ein Schössling. Vom Stadtjungen zum Chirurgen zum Pflanzer. Ihn hält das fruchtbare Erdreich dort, es ist die Salbe für Wunden, die sich nicht mehr schließen.

Plötzlich legt Billroth die Ohren an und wiehert, lange bevor das Geräusch Digby erreicht: Das Scheppern eines Ochsenkarrens in halsbrecherischem Tempo und entgegen der Physik von Holzrädern, fragilen Achsen, zerfurchten Straßen und Rindern. Dann kommt er in Sicht, die Bullen mit weit aufgerissenen Augen und fliegenden Speichelfäden, und der Fahrer peitscht auf sie ein, als wäre der Teufel hinter ihm her.

Cromwell trabt dem Gefährt entgegen. Nach einem kurzen Gespräch zeigt er auf den Saumpfad. Dieser endet vor einem gedrungenen Bau, dessen Strohdach ihm wie eine Haube über die Ohren gezogen ist. Das Krankenhaus.

»Sie kommen von anderer Seite von Berg«, sagt er. »Auch

dort Erdrutsch. Drehen um und kommen hier lang. Jemand hat gesagt, Arzt ist hier. Nicht gut.«

Digby erlebt nur die Angst, nicht aber die flirrende Erregung, die er einst in der Notaufnahme bei der Arbeit an menschlichem Leben empfand, das auf seine Kernelemente reduziert war – Atmung, ein schlagendes Herz – oder deren Fehlen. Bei den meisten Notfällen weiß er, was getan werden *müsste*, doch ihm fehlen die entsprechenden Mittel. Bei Dingen, die *keine* Notfälle sind … nun, mehr als nur einige Gutsverwalter mussten erkennen, dass Digby, wenn sie nach dem freundlichen Hausarzt suchten, der kommt, weil Mary oder Meena ihr Porridge verweigert, nicht der Passende ist. Er hat die Apotheke so weit ausgestattet, dass sie für die Versorgung seiner Arbeiter ausreicht, aber zuallererst ist er Pflanzer. Bei einem Notfall tut er, was er kann, dennoch ist er angesichts dessen, was er da sehen könnte, angespannt und beklommen.

»SIR, DIGBY, SIR!«, schreit Skaria vom Krankenhaus her, er rudert in seinem grässlichen Pullover mit den Armen. Billroth trabt zu ihm hin; das Fohlen weiß, wo die Pflicht wartet, selbst wenn sein Herr im Zwiespalt liegt.

Eine Babyfaust ragt in die Luft.

Digbys Sinne verwirrt, dass sie aus einer schlitzartigen Wunde im Bauch von der hochschwangeren, panischen Mutter kommt.

Die winzige geballte Hand wirkt intakt, unverletzt. Die Mutter, Mitte zwanzig, liegt auf dem Tisch, ist bei Bewusstsein – überhaupt hellwach. Sie ist markant, schwarze Locken umrahmen ein helles, ovales Gesicht. Ihre Bluse ist grün, Sari und seidenes Unterhemd sind weiß. Das ist keine Arbeiterin vom Gut. Der kleine Anhänger an ihrem Hals – ein Blatt mit erhabenen Punkten, die ein Kruzifix bilden – weist sie als Thomaschristin aus. Ihr Gesicht ist ihm verstörend vertraut, auf exemplarische Weise schön, findet Digby. Vielleicht liegt es daran, dass sie dem Kalenderbild von Lakshmi ähnelt, das in den Unterkünften der Arbeiter und in Läden allgegenwärtig ist, ein Druck des Gemäldes von Raja Ravi Varma. Unwillentlich registriert er folgende Details: Ehering, dunkle Ringe der Übermüdung um die Augen sowie ihre bewundernswerte Gefasstheit, als wäre sie klug genug, um zu wissen, dass die Alternative nicht hilfreich ist. Hinter dieser Fassade ist diese reizende Frau voller Angst. Und verlegen.

Die Haut über ihrem prallen Bauch ist straff. Der zwei Zoll lange schräge Schnitt verläuft unmittelbar links vom Nabel, zu sauber, um von etwas anderem als einem Messer oder Skalpell zu sein. Langsam sickert aus einem Ende Blut; sie läuft nicht Gefahr zu verbluten. Digby stellt sich vor, wie die Klinge durch Haut geht, dann durch den geraden Bauchmuskel … und hinein in den Uterus, der, da kurz vor der Austragung, aus dem Becken herausgewachsen ist, auf dem Weg zu den Rippen Gedärm und Blase beiseitegedrückt hat und das Abdomen nun vollkommen ausfüllt. Nur deshalb ist ihr ein Darmriss erspart geblieben: Die Klinge hat einfach nur Bauchhaut und -muskel durchstoßen und ist auf einen größeren, dickeren und kräftigeren Muskel getroffen: den Uterus. Es machte einen Schlitz, ein Bullauge in die Gebärmutter, worauf das Kind wie jeder Gefangene reagiert hat: Es hat nach Tageslicht gegriffen.

Seine Finger sind zur Faust gekrümmt, die hauchzarten Nägel schimmern wie Glas. Während Digby diese Beobachtungen macht, tupft er Wunde und Faust mit einem Antiseptikum ab. Das Jod brennt die Mutter, scheint das Kind aber nicht zu stören. Wäre sie ins Krankenhaus gegangen, hätten die bestimmt einen Kaiserschnitt gemacht. Theoretisch könnte Digby das auch. Irgendwo hat er noch Chloroform, wenn es nicht schon verdunstet ist. Da er aber weder gute Bauchhaken noch einen fähigen Assistenten hat, könnte ein Kaiserschnitt in seinen Händen leicht Mutter ebenso wie Kind gefährden.

Er durchdenkt seine Möglichkeiten. Dabei irritiert ihn ein Gestank wie ein Komposthaufen oder billiger Tabak, er weckt Erinnerungen an das Gaiety in Glasgow, die lieber vergraben blieben. Als er sich danach umdreht, sieht er Skaria am Fenstersims, den üblen Stumpen zwischen den Lippen. Der Mann weiß eigentlich, dass er drinnen oder in Gegenwart von Digby nicht rauchen soll. Doch der nervöse Kerl brauchte das glitschige Ding wie ein Baby, das nach der Brustwarze sucht.

Digbys linke Hand, nun die dominierende, bewegt sich mit der Präzision eines Taschendiebs auf dem Bahnsteig von Saint Enoch. Er zupft Skaria den Stumpen vom Mund und führt in derselben Bewegung das glimmende Ende an die Fingerknöchel des Kindes, die rot glühende Spitze nur das Zehntel eines Zolls von seiner Haut entfernt.

Das Universum ist zutiefst unschlüssig. Dann zieht sich die winzige Faust als Reaktion auf die giftige Beleidigung in seine Wasserwelt zurück. Der Raum, in dem die Faust schwebte, ist jetzt nur schimmernde Luft, aufgeladen von dem nun nicht mehr Vorhandenen. In seiner kurzen Chirurgenlaufbahn hat Digby Spulwürmer aus Gallenblasen kriechen sehen, Tumore mit Keimbahnen gesehen, die Haare, Zähne und rudimentäre Ohren enthielten, aber so etwas nie.

Digby schnippt Skaria den Stumpen zurück und presst eine sterile Binde auf die Wunde. »Obacht auf die Hände«, sagt er laut, an den Fetus gerichtet. (Er stellt sich vor, wie der Kleine in der Gebärmutter tobt, auf versengte Knöchel bläst, Digby verflucht und eine Revolution plant.) *Obacht auf die Hände*. In seiner Glasgower Schulzeit unterstrich Schwester Evangeline diese Worte mit einem Lineal auf die Knöchel.

»Eines Tages wird die Faust das Kind in Schwierigkeiten bringen«, murmelt Digby. Skaria ist geflüchtet, daher nimmt er die Hand der Mutter und legt sie auf den Verband, sagt ihr, sie soll fest drücken.

Draußen hört er einen Mann stöhnen, brummeln, dann einen schrillen Schrei ausstoßen; wer immer das ist, er klingt betrunken oder wie im Delirium. Er hört Cromwell einschreiten.

Digby steckt die krumme Nadel samt Faden auf einen langen Halter und bedeutet der Mutter, die Hand von der Wunde zu nehmen, wobei er darum betet, dass das Kind keinen weiteren Fluchtversuch unternimmt. Er spreizt die Wundränder gerade so weit, bis er die Uteruswand sieht. Zum Glück ist der Uterus mit seiner viszeralen Nervenversorgung nicht so empfindlich wie die Haut. So schnell er kann, steckt er die Nadel an einer Seite des Risses durch die Gebärmutterwand und dann durch die andere, macht den Knoten und schneidet den Faden ab. Die Mutter zuckt nicht. Er setzt zwei weitere uterine Nähte. Jetzt kann das Baby nur noch zur vorderen Tür hinaus. Er schließt die Haut mit zwei Nähten. Sie verzieht einmal das Gesicht, sagt aber nichts. Würde er bei jeder Hautwunde, die er vernäht, eine örtliche Betäubung machen, dann wäre sein kostbares Tetracain nach einer Woche aufgebraucht.

»Also. Alles fertig«, sagt er und sieht sich nach Cromwell als Dolmetscher um. Die Mutter ist blass und erschöpft, aber weiterhin ruhig.

»Vielen Dank, Herr Doktor«, sagt sie auf Englisch, was ihn verblüfft. Er mustert sie von Neuem: die goldenen Ohrringe, die sorgfältig gepflegten Fingernägel. Er fragt sie nach ihrem Namen. Lizzi. Er stellt sich vor.

»Haben Sie schon Wehen, Lizzi?« Sie schüttelt den Kopf. »Wann soll's denn kommen?«

»Ich glaube, in zwei Wochen.«

»Schön. Ich hoffe, die Entbindung verläuft normal. Aber seien Sie möglichst in einem Krankenhaus, wenn die Wehen anfangen, ja?« Mit einer ernsten, kindlichen Kinnbewegung signalisiert sie Ja. Das Geschrei draußen lenkt ab. Wer mag schon so früh betrunken sein? »Sie bleiben vorerst hier. Es könnte ein paar Tage dauern, bis die Straße wieder frei ist.«

Er macht sich an den Verband. »Herr Doktor«, sagt sie. »Es war ein Unfall.«

Wie viele Frauen haben das schon gesagt? Und wie viele Ärzte, Polizisten, Krankenschwestern und Kinder haben diese Worte gehört und gewusst, dass es anders war? Es ist ihm ein Rätsel, warum eine Frau einen Mann schützt, der das gar nicht wert ist. Celestes Gesicht blitzt vor ihm auf.

»Das ist mein Mann. Er heißt Kora«, sagt sie und zeigt in Richtung des Lärms. »Er ist Gutsschreiber.« Solche Männer sind Makler, die Arrangements mit dem Dorfvorsteher in der Ebene über Gutsarbeiter treffen; die Bezeichnung stammt daher, dass der Makler jeden Arbeiter in ein Hauptbuch einträgt. Skrupellose Vorsteher unterschreiben häufig bei mehreren Schreibern, sodass ein Gut bei Saisonbeginn dann in die Röhre guckt. Digby hat das Glück, dass er Arbeiter hat, die jedes Jahr getreulich wiederkommen, weil er bestrebt war, ihnen die beste Unterkunft zukommen zu lassen, ebenso medizinische Versorgung, eine Zwergschule sowie einen Kindergarten. »Mein Mann hat gestern plötzlich den Verstand verloren, Herr Doktor. Er dachte, ich bin der Teufel.«

»Sie meinen, davor war alles in Ordnung?«

»Ja. Aber er hat schweres Asthma. Hier in den Bergen ist sein Asthma ganz schlimm. Meistens raucht er Asthmazigaretten, aber drei Tage lang haben sie nicht geholfen. Gestern hat er eine Zigarette gegessen. Vielleicht sogar mehr. Seine Augen wurden dann groß. Er kann nicht sitzen, er hört Stimmen. Ihn wollen Teufel holen, sagt er. Als ich ihm Essen brachte, hat er sich hinter der Tür versteckt und mich angegriffen. Danach hat es ihm sehr leidgetan.«

Digbys Großmutter rauchte vorgedrehte Stramonium-Zigaretten. In Indien kennt er Asthmatiker, die sie sich mit getrockneten Stramonium- bzw. Stechapfelblättern selbst drehen. Das Atropin in den Blättern erweitert die Bronchien, im Übermaß genossen bewirkt es jedoch eine charakteristische Vergiftung mit erweiterten Pupillen, trockenem Mund und trockener Haut, Fieber und Unruhe. Jeder Medizinstudent kennt die Eselsbrücke für die Anzeichen: »Blind wie eine Fledermaus, heiß wie ein Hase, trocken wie ein Knochen, rot wie eine Bete und verrückt wie ein nasses Huhn.«

»Es könnte eine Atropinvergiftung sein. Ich seh ihn mir mal an. Wenn es sich verflüchtigt, müsste es ihm besser gehen. Sind Sie hier aus der Gegend?«

Die Frage scheint sie traurig zu stimmen. »Nein. Wir sind mitten aus Travancore. Wir hatten mal ein Haus mit Grundstück und eine liebevolle Familie. Aber er … wir haben alles verloren. Er hat sich Geld von gefährlichen Leuten geliehen. Viel Ärger. Er ist fortgelaufen. Ich hätte bleiben können. Manchmal denke ich, hätte ich's bloß gemacht.«

Das ist mehr Information, als Digby wollte. Er vergisst, dass sie ihn nicht als Pflanzer sieht, sondern als Arzt, als einen, dem sie vertrauen kann. Nach ihrer Tortur ist es für sie eine Katharsis, darüber sprechen zu können. Es kostet ihn keine Mühe, einfach dazustehen und ihre klassischen Züge zu betrachten, die der idealisierten Malayali-Schönheit.

Beide schweigen. Dann, zum ersten Mal seit sie da ist, gerät ihre Fassung ins Wanken. Ihre Lippen beben. »Herr Doktor, wird mein Kind gesund sein?«

Er schaut in ihr hübsches Gesicht, ihre Augen, die ihn so

ernst anblicken. Seine Gedanken werden von einem weiteren wilden Schrei ihres Mannes draußen unterbrochen. In dem Moment erhascht Digby einen kurzen Blick in ihre Zukunft, die verstörende Vorahnung eines Verhängnisses – etwas, was er noch nie erlebt hat. »Das Kind wird gesund sein«, versichert er ihr. Erleichterung erhellt ihre Züge. »Ganz sicher.« Er hofft, dass es stimmt. »Ihr Kind hat hervorragende Reflexe – so viel wissen wir. Es hat die Faust gereckt wie Lenin«, sagt er in dem Versuch, die Stimmung aufzuheitern. Wie als seelsorgerische Segnung hält er die Hand flach über ihren Bauch. Er beugt sich vor, um das Baby direkt anzusprechen: »Hiermit erkläre ich dich zum Lenin, immerdar. Das heißt, falls du ein Junge bist.« Er grinst, wenngleich ihm seine Narbe dabei noch immer etwas leicht Knurriges verleiht.

»Lenin Immerdar«, wiederholt die schöne Lizzi mit einem seitlichen Kopfwackeln und betont jede Silbe einzeln, wie um sich den Namen einzuprägen. »Ja, Herr Doktor.«

51. Kapitel
BEREIT, VERLETZT ZU WERDEN

1950, Parambil

Ninan ist seit einem halben Jahr tot und Elsie nach einem Streit mit Philipose genauso lang von Parambil weg, als Big Ammachi und Aufschwungmeister in ihrem besten Trauerstaat zum Thetanatt-Haus reisen. Das letzte Mal war Big Ammachi vor sechs Jahren anlässlich der Verlobung bei Chandy. Bei dem Besuch war das Haus von Chandys dröhnendem Gelächter erfüllt gewesen. Jetzt liegt der arme Mann mitten im Zimmer in einem Sarg aufgebahrt, umgeben von Jasmin- und Gardenienkränzen. Seine Ohrläppchen und die Nasenspitze werden schon dunkel. Würde er noch leben, dann hätte er sich gegen den erstickenden Duft der Blumen gewehrt und auch dagegen, diskret mit Kölnischwasser besprengt zu werden, um die Gerüche zu überdecken. Big Ammachi sitzt erneut auf dem langen weißen Sofa, die Füße baumeln genant überm Fußboden; sie wünschte, Odat *Kochamma* säße wieder wie beim letzten Mal neben ihr.

Herr, zu wie vielen Begräbnissen hast du mich im letzten halben Jahr geschickt? Soll noch eins kommen, dann lass es meines sein. Erst hast du Baby Ninan zu dir geholt. Darüber wollen wir jetzt schweigen. Dann Odat Kochamma. *Ja, sie war alt. Neunundsechzig oder sechsundneunzig. »Such's dir aus«, würde sie sagen. »Das eine oder das andere eben. Warum muss ich das wissen?« Aber musste sie denn auf einem Besuch bei ihrem Sohn sterben? Wir haben mehr Nächte im selben Zimmer gebetet und geschlafen als ich mit jeder anderen Seele außer Baby Mol. Du hättest sie bei mir sein lassen sollen, als du sie zu dir nahmst. Danach hast du dir Shamuels Frau geholt, eines Tages hat sie sich den Bauch gehalten und war tot, bevor wir sie ins Krankenhaus bringen konnten. Genug, Herr. Du bist allmächtig, kannst alles, das wissen wir. Setz dich doch einfach mal hin und tu nichts. Tu während der nächsten Jahre mal so, als wäre es der siebte Tag.*

Ach, das ist ja pure Blasphemie, aber es ist ihr gleich. Sie ist wie ein gealterter Kautschukbaum, der nach dem Schnitt der Zapferklinge nichts mehr hergibt, tränenleer, aber nicht gefühlsleer – denkt sie jedenfalls. Dennoch kommen ihr die Tränen, als die Frauen »Samayamaam Radhathil« singen. *Auf dem Wagen der Zeit*. Das Klagelied verbindet sich mit der Erinnerung an den Tod ihres Vaters – dem schlimmsten Tag ihres Lebens – und wurde verstärkt durch jeden folgenden Verlust. Die Räder dieses Wagens drehen sich unablässig, sie bringen uns dem Ende der Reise näher, unserem lieben Haus, den Armen des Herrn ... *Aber, Herr, manche wie JoJo und Ninan sind doch gerade erst zugestiegen. Wozu diese Eile?*

Als sie im Thetanatt-Haus angekommen war, flog Elsie ihr in die Arme, ihr ganzer Körper erschüttert von Schluchzern, die nicht aufhören wollten. Sie konnte der jungen Frau lediglich die Tränen abwischen, sie küssen und in den Armen halten. »*Molay, molay*, Ammachi fühlt deinen Schmerz.« Ein halbes Jahr ist vergangen, seit Big Ammachi ihre Schwiegertochter zuletzt gesehen hat – Elsie war unmittelbar nach dem Begräbnis weggegangen. Big Ammachi war schockiert darüber, wie dünn sie geworden war, die Haare an den Schläfen plötzlich weiß, bei einer so jungen Frau ein verstörender Anblick.

Big Ammachi hätte so gern gesagt: *Wo warst du denn*, molay?

Weißt du, wie sehr Baby Mol und ich uns nach dir gesehnt haben? Sie hatte ihrer Schwiegertochter so viel zu erzählen, Dinge, die Elsie vielleicht gern gewusst hätte, etwa, dass Lizzi endlich geschrieben hat, aber ohne ihre Adresse, um zu sagen, dass sie einen Jungen bekommen hat … aber das war natürlich nicht der richtige Zeitpunkt. Stattdessen hatte Big Ammachi sie im Arm gehalten und mindestens zwei Stunden lang mit ihr auf dem Sofa gesessen, weil Elsie ihre Hand nicht loslassen wollte; die arme Frau sah aus wie ein gehetztes Kind, das nach einem Ort suchte, wo das Leben ihr nicht noch mehr Schmerzen bereiten konnte. Daher bot Big Ammachi sich selbst an, ihre Arme, Hände, Küsse … und ihre Bereitschaft, verletzt zu werden. Taten das Mütter nicht für ihre Kinder? Was sonst blieb Eltern zu tun?

Noch auf dem Friedhof, der Sarg ist gerade ins Grab abgesenkt, sagt Aufschwungmeister: »Wir müssen gehen, Ammachi, wenn wir heute Abend zu Hause sein wollen.« Elsie greift nach der Hand ihrer Schwiegermutter, sie weint, will nicht, dass sie geht. Big Ammachi sagt: »*Molay*, ich würde ja bleiben, aber Baby Mol …« Sie will noch sagen: *Möchtest du nicht mit mir zurückkommen? Parambil ist dein Zuhause. Lass dich dort von deiner Ammachi umsorgen* … Aber bei so vielen Gästen in Thetanatt muss Elsie natürlich bleiben; sie zu bitten wäre lieblos. Zudem ist der Riss zwischen Elsie und ihrem Sohn so tief, da wäre es unwahrscheinlich, dass ihr Flehen etwas ändern würde.

Im Bus nach Hause blickt sie staunend auf die endlosen Reisfelder, sieht einen Aussätzigen auf einem Durchlass sitzen, blickt in Häuser, in deren Düsternis ein alter Mann liest, zwei Mädchen spielen, eine Frau kocht … Familien, die ihr Leben leben, und keine wird von Schmerz verschont. Alle diese Leute werden einmal Schatten sein, so wie auch sie begraben und vergessen sein wird. So selten verlässt sie Parambil, dass sie vergisst, dass sie in Gottes Universum nur ein winziges Stäubchen ist. Das Leben kommt von Gott, und es ist kostbar, eben weil es so kurz ist. Gottes Gabe ist Zeit. Wie viel oder wie wenig man davon auch hat, sie kommt von ihm. *Verzeih mir, Herr, was ich gesagt habe. Was weiß ich schon? Verzeih mir, dass ich gedacht habe, wichtig sei nur meine kleine Welt.*

Nach einer kurzen Bootsfahrt gehen sie vom Anleger nach Hause. Sie dankt Aufschwungmeister. Sie sieht von Weitem Parambil, eine schwache Silhouette vor dem Himmel, so wie sie es ein halbes Jahrhundert davor als Braut gesehen hat. Keine Lampe brennt, keine Birne ist angeknipst, was ihren Zorn auf Philipose nur noch verstärkt.

Als der Bote mit der Nachricht, Chandy sei ganz plötzlich auf seinem Gut verstorben, gekommen war, hatte sie es Philipose sogleich erzählt. »Da musst du hin, bei deiner Frau sein«, hatte sie gesagt. »Vielleicht kannst du sie ja nach ein paar Tagen nach Hause holen.« Er hatte im Bett gelesen, seine Pupillen winzige Nadelstiche. Er hatte gelacht. »Hin? Wie denn? Ich kann nicht lange stehen, schon gar nicht auch nur eine kurze Strecke gehen. Und warum soll ich mit meinen Krücken gehen und dort sitzen wie ein Pickel auf ihrer Stirn, den sie nicht will? Sie gibt mir die Schuld. Und ich *bin* auch schuldig.« Er war jetzt so von Schuld zerfressen, dass er den Hagel ihrer Vorwürfe begrüßte. Sie hatte es aufgegeben und Aufschwungmeister gebeten, sie zu begleiten. »Mein Sohn ist zu einem Messer geworden, das nicht mehr schneidet, zu einem Feuer, das keinen Topf Kaffee mehr erhitzen kann.«

Baby Mol hat schon geahnt, dass ihre Mutter ohne Elsie zurückkehrt. Sie verzieht sich von der Bank auf ihre Matte. Big Ammachi hört sie schniefen. Baby Mol weint so selten.

Big Ammachi macht die Lampe an. Philipose kommt aus seinem dunklen Zimmer gehumpelt, schielt wie eine Zibetkatze. Er braucht nur noch eine Krücke. Der rechte Knöchel ist verheilt, die zerschmetterte linke Ferse aber schmerzt weiterhin. Wie schwer er sich bei dem Sprung vom *plavu*, nachdem er Ninans Leichnam geborgen hatte, verletzt hatte, erkannte man erst am nächsten Tag, als seine Knöchel wie die Damos aussahen, sogar die gleiche Farbe hatten, jedoch verdreht waren. Der unerträgliche Schmerz, Ninan zu verlieren, hatte sich mit dem körperlichen vermengt.

Er sackt auf Baby Mols Bank. Big Ammachi setzt sich zu ihm, möchte ihm von Elsie erzählen. Stattdessen kramt er geistesabwesend in dem hineingestopften Schoß seines *mundu* wie ein Affe, der nach Läusen sucht, bis er das kleine Holzkästchen findet. Als er den Deckel über der Opiumoblate aufklappt, fällt ihr auf, dass seine Nägel geschnitten werden müssten. Ein solches Kästchen gibt es in jedem Haus, das Allheilmittel der Alten gegen Rückenschmerzen, Schlaflosigkeit und Arthritis. Big Ammachi hat es gegen die Kopfschmerzen ihres Mannes benutzt. Sie wünscht, sie hätte es Philipose nie gegeben. Ihr Sohn ist zum Opiumesser geworden.

Er ist damit beschäftigt, mit einem Zahnstocher aus Bambus einen Kringel Opium herauszukratzen, um ihn dann zwischen den Fingern zu rollen, ein ärgerliches Hin und Her, um die glänzende schwarze Perle zu formen. Als Kind fand sie diese Perle schön, wenn ihre Großmutter sie aß. Einmal hatte sie sie ihren Finger ablecken lassen, der scheußliche, bittere Geschmack würgte sie. Sie ist versucht, sie ihrem einstmals hübschen Sohn aus der Hand zu schlagen, doch er hat sie schon in den Mund gesteckt. Er sagt: »Ammachi, kannst du mir ein bisschen Joghurt mit Honig bringen?« Sie steht auf, bevor sie etwas Schlimmes sagt. Soll er sich seinen Joghurt doch selber holen.

Einige Wochen nach Chandys Beerdigung schreibt sie Elsie wieder. Ihre Briefe sind bislang unbeantwortet geblieben, doch sie muss Elsie mitteilen, dass ihre geliebte Baby Mol schlechter denn je atmet. Baby Mols wahre Krankheit ist ihre verletzte Seele. Sie isst kaum etwas, sagt, sie werde essen, wenn Elsie wieder da ist. Big Ammachi schreibt: »Wenn Menschen gehen, die sie liebt, ist es wie ein Tod. Bitte besuche uns.« Sie lässt in dem Brief so viel unerwähnt. Lizzi hat wieder geschrieben, aber erneut ohne ihre Adresse – anscheinend will sie nicht, dass man weiß, wo sie jetzt wohnt. Lizzi schreibt, bei ihrer Schwangerschaft habe es einen Zwischenfall gegeben, die Hand des Babys sei aus ihrem Körper entwichen. Wie durch ein Wunder sei es aber gesund zur Welt gekommen, es heiße Lenin. Auch erwähnt Big Ammachi nicht, dass Philipose eines Tages verschwand und mit einem neuen Fahrrad zurückkehrte, nachdem er sich beim Fahrenlernen Kinn, Knie und Ellbogen aufgeschürft hat. Den Kauf hatte Joppan veranlasst, der sich weigerte, das Opium für ihn zu besorgen, und ihm sagte, er müsse damit aufhören. Nach Ninans Tod hatte Joppan ein paar Wochen bei Philipose gewohnt und bei ihm im selben Zimmer geschlafen. Jetzt haben sie sich wegen des Opiums zerstritten. Big Ammachi vermutet als den einzigen Zweck des Fahrrads, dass ihr Sohn sich sein Opium in dem Regierungsladen bei der Kirche selbst kaufen kann. Nichts davon erwähnt sie in ihrem Brief an Elsie.

Baby Mols Zustand verschlechtert sich zusehends. Verzweifelt schreibt Big Ammachi einen letzten Brief, einen kurzen – es scheint vergeblich, Elsie weiterhin zu schreiben.

Liebste Elsie,
ich bete darum, dass dies Dich erreicht. Baby Mol wird sterben. Sei es durch Hunger oder gebrochenes Herz, es ist ja doch dasselbe.

Von Mutter zu Mutter bitte ich Dich, uns zu besuchen. Baby Mol sagt immer nur: »Wo ist Elsie?« Wenn Du kommst, wird sie essen. Dann könnte sie überleben.
Deine Dich liebende Ammachi.

Philipose sitzt auf der Veranda und rasiert sich, den Spiegel hat er auf das Sims gestellt. Die Sonne scheint. Der vermeintliche Monsun hat sich gleich nach Beginn wieder aufgelöst, sich als Hochstapler erwiesen. Im Spiegel sieht Philipose eine Gestalt auf dem Weg herannahen. Ein Bettler, denkt er. Nein, es ist eine Frau in einem weißen Sari, sie trägt nicht einmal einen Schirm. Sie ist groß, bleich, hager und schön. Sein Herz macht einen Satz. Gänsehaut kriecht ihm über die Arme.

Halluziniert er? Falls das Elsie ist, warum kommt sie nicht im Wagen von Thetanatt? Im Nebel seiner Erinnerung hört er Shamuel sagen, dass ein Durchlass eingebrochen ist, was die Straße in einen reißenden Strom verwandelt hat. Nur zu Fuß kommt man noch durch, indem man über einen fünfzig Meter hohen Baumstamm läuft.

Mit offenem Mund, das Gesicht eingeseift, starrt Philipose auf seine Frau, die er ein Jahr lang nicht gesehen hat. Manchmal hat er sich vorgestellt, es gebe sie gar nicht, dass ihr gemeinsames Leben ein Traum gewesen sei. Jetzt schlagen Erinnerungen über ihm zusammen: das Schulmädchen, die Braut, die er nach Hause geführt hat, ihre erste Nacht, der verfluchte Baum … Wie gelähmt, wie eine Steinskulptur sitzt er da. Es ist noch keine zehn Minuten her, da erschien Baby Mol, die ihre Matte seit Tagen nicht verlassen hatte, plötzlich neben ihm und sagte: »Besuch kommt!« Hätte er es beachtet, dann hätte er baden, ein Unterhemd und einen frischen *mundu* anziehen können.

Elsie steht da wie die Göttin Durga, die opalgrauen Augen

auf Philipose gerichtet. Er sorgt sich wegen seines Äußeren: die platte Stelle auf der Nasenbrücke von einem Sturz vom Fahrrad, das verunzierte Ohr von einem anderen. Der Boden lockt unfairerweise seine linke Seite. Ihr schwacher Blumenduft erreicht ihn, er ist so anders als der in seiner Erinnerung.

»Elsie!«, sagt er, das Rasiermesser in der Hand. *El-sie*. Zwei Silben, die für seine Freude stehen, für ihr geteiltes Leid und die Vergebung, die er wünscht, die er sich selbst nicht geben kann. Der Sprache beraubt zu sein ist jetzt ein Segen – Worte waren ihm bei ihr nie eine Hilfe.

»Philipose«, sagt sie. Sie schaut an ihm vorbei, und ihr ausgemergeltes Gesicht hellt sich erst auf, als Baby Mol ihrer *chechi* glucksend in die Arme wackelt. Elsie setzt sie ab, schockiert über Wangenknochen, die vorher nie zu sehen waren, und wie Baby Mols Bluse über den Schlüsselbeinen hängt. Big Ammachi hat verheißungsvolle Geräusche gehört und kommt heraus; sie umarmt Elsie und sagt einfach: »*Molay*!«

Philipose sieht es neidisch mit an. Die wichtigsten Frauen in seinem Leben sind ein einziges Fries aus schwarzen Zöpfen, weißem Sari, grauen Haaren, bunten Bändern und einer *chatta* voller Kurkumaflecken. Sie verschwinden in der Küche. Im Spiegel sieht er den Einfachen Mann, dem der Mund klaffend offen steht.

52. Kapitel

WIE ES EINMAL WAR

1950, Parambil

Gleich einem rachsüchtigen Gott kommt der echte Monsun schon bald nach Elsie; er bestraft sie, weil sie sich von dem Angeber haben täuschen lassen. Sintflutartige Regenfälle und Winde in Taifunstärke biegen die Palmwedel zu Pfauenschwänzen, um sie anschließend zu brechen. Der Wind rauscht durch die Fenster mit einem unheimlichen Geräusch, als bliese jemand über die Öffnung einer Amphore. Der Strommast stürzt um, sodass das Radio verstummt. Shamuel wagt sich hinaus und kehrt schockiert zurück: Hinterm Laststein ist ein neuer See entstanden, dessen anderes Ufer nicht zu sehen ist. Die legendären Überschwemmungen von 1924 richteten in ganz Travancore Zerstörungen an, ohne jedoch Parambil zu erreichen. Nun aber bedroht der angeschwollene Bach, in dem Big Ammachi sonst immer badet, die Hütten der Handwerker und der *pulayar*. Der Fluss tritt über die Ufer, reißt den Anleger mit sich, und zum ersten Mal in Big Ammachis Erinnerung kann man ihn vom Haus aus sehen, wie er sich heranschleicht, wo ihr Mann doch glaubte, es sei für das Wasser unerreichbar. In der fünften Woche weicht ihre Ehrfurcht vor den Naturgewalten tiefer Niedergeschlagenheit. Das Land bittet um Gnade. Es gibt keine Worte für ihr wachsendes Gefühl der Isolation. Seit Beginn des Monsuns ist die Zeitung nicht mehr zum Haus gelangt.

Big Ammachi sorgt sich um Elsie, die stundenlang auf der Veranda auf und ab läuft, sogar nachts, den Himmel beobachtet, verzweifelt wirkt wie eine Mutter, die ihr Kind jenseits des Flusses allein gelassen hat. Dabei gab es einmal eine Zeit, als Elsie sich so sehr in ihr Zeichnen versenken konnte, dass sie nicht gemerkt hätte, wenn das Dach wegfliegt. Elsie hat zwar nur einen Kurzbesuch geplant, dennoch, wozu die Eile, abzureisen?

Als Philipose klar wurde, dass Elsie nur Baby Mol besuchen wollte und nicht vorhatte zu bleiben, zog er sich zurück und gab jeden Versuch auf, mit ihr zu kommunizieren. Er sieht sie nur selten, durch seine kleine Perle verschwimmt der Unterschied von Tag und Nacht, er wird zunehmend zum Nachtwesen. Ein paarmal sieht er sie auf der Veranda herumtigern und in den Regen starren, als würde der aufhören, wenn sie es nur lange genug tut. Fast lacht er, als er hört, wie sie vor seinem Fenster Shamuel fragt, ob es eine Möglichkeit gibt, einen Brief zu verschicken. Der alte Mann erwidert, das Postamt stehe unter Wasser. Am liebsten möchte Philipose rufen: *Du kannst doch gut schwimmen, Elsie. Warum bringst du ihn nicht selbst?*

Eines Nachts erwacht er kurz vor Mitternacht, zieht aus Gewohnheit den Vorhang beiseite und schaut hinaus. Er sieht eine Gestalt auf der Verandakante hocken, die Beine an die Brust gezogen, eine Steinfrau, vielleicht eine Erscheinung, die auf die Regenwand starrt. Sein Magen krampft sich zusammen, doch da erkennt er Elsie. Ihr verschattetes Gesicht wirkt so verändert, so beladen. Als er sieht, wie sie weint, hat er unwillentlich Mitleid mit ihr. Er setzt sich auf, um zu ihr zu gehen … hält dann aber inne. Er könnte ihr keinen Trost bieten, es vielmehr schlimmer machen. Sie ist eine Fremde geworden. Er weiß nichts von ihrem Leben im vergangenen Jahr. Dennoch ist er verblüfft. *Warum diese Angst? Warum ist es so wichtig zu gehen? Was ist los, Elsie?* Mit Ninan hat das sicher nichts zu tun.

Er muss eingenickt sein, denn als er die Augen öffnet, ist der Himmel heller. Hat er sich Elsie nur eingebildet? Er schaut hinaus, sie ist noch da, mit dem Rücken zu ihm, über die niedrige Mauer gebeugt, würgend. Diesmal eilt er hinaus. Als sie ihn sieht, richtet sie sich auf, schwankt, doch er stützt sie rechtzeitig, bevor sie fällt. Er führt sie zu Baby Mols Bank. Sie ist vornübergebeugt, hält sich den Bauch. Er bringt ihr Wasser. »Elsie, meine Elsiamma, sag doch. Was hast du?«

Ihre Miene ist, als sie ihn ansieht, so voller Leiden, so gequält, dass er erschauert. Instinktiv drückt er sie an sich, tröstet sie, bis sich der Krampf legt. Einen kurzen Augenblick lang ist er sich sicher, dass sie sich ihm anvertrauen, sich offenbaren will. Er wartet … Er sieht, wie sie es sich anders überlegt. Sie senkt den Blick. »Vielleicht war es das Eingelegte …«, murmelt sie.

Er lässt sie los. Einen solchen Kummer hat noch kein Eingelegtes erzeugt. Er sagt: »Mir hat es nichts gemacht.«

»Du hast ja kaum einmal mit uns gegessen«, sagt sie, die Stimme rau.

»Ich weiß, ja … Ich arbeite und schlafe zu komischen Zeiten.«

Unbewusst ahmt er ihre Haltung nach: vorgebeugt, Blick gesenkt. Sein rechter Knöchel ist geschwollen, der linke schief, auf Dauer. Ihre Füße sind so, wie er sie in Erinnerung hat, vielleicht gebräunter, die Zehen gekrümmter. Vor ihm erscheint das Bild ihrer Füße nebeneinander bei ihrer Verlobung. Ein Abgrund trennt diese Erinnerung vom jetzigen Augenblick. Er atmet ihren neuen Duft ein, er ist ihm vollkommen fremd. Einst teilten ihre Körper dasselbe Aroma, ein Resultat von Parambils Wasser, Erde und Nahrung. Baby Ninans Haare hatten, das weiß er noch jetzt, zusätzlich zu ihrem Familienduft einen schwach süßlichen, hündchenartigen Geruch.

Elsies Blick zeigt die Hoffnungslosigkeit einer verurteilten Gefangenen. Sie schüttelt den Kopf. Hätte er nicht auf ihre Lippen geschaut, dann wäre ihm entgangen, was sie sagte: »Ich hatte gar nicht vor, so lange zu bleiben.« Wieder werden ihre Augen feucht.

Ihre Worte verletzen ihn. Der Regen wird stärker, als artikulierte er seine Frustration über sie. Wie können sie genesen, wenn nicht gemeinsam? Endlich sagt er: »Nicht nur Baby Mol bräuchte dich hier.« Unwillkürlich zuckt sein verformter Fuß.

Seine Worte geben ihr zu denken. Sie schaut ihn erneut an. »Es tut mir leid«, sagt sie und wischt sich über die Augen. »Es war schwer, nach Ninan hierzubleiben …« Vielleicht wird ihr bewusst, dass er diese Wahl gar nicht hatte, denn sie fährt fort: »Aber ich bin dem nicht entkommen. Es war immerzu bei mir. In jedem Augenblick. Wie bestimmt auch bei dir. Ich wusste, dass Baby Mol mich braucht. Auch Big Ammachi …« Ihre Stimme wird zu einem Flüstern. »Du hast mich gebraucht. Aber ich konnte nicht.« Sie stellt das Glas ab. »Ich lege mich jetzt hin, ja?« Ihre Hand streicht ihm über die Schulter, entschuldigend, wenn schon nicht liebevoll.

Zwei Tage später sieht Philipose die Sonne durch orange Wolken brechen, was dem Land einen ätherischen Glanz verleiht. Binnen Sekunden ist sie wieder verschwunden, doch da ist er schon in heller Aufregung, besteigt sein Fahrrad und tritt wie ein Rasender in die Pedale. Er nähert sich dem Ende der Zufahrt, umkurvt beschwingt Pfützen, nimmt Tempo auf –

Als er die Augen aufschlägt, ist ihm der Blick versperrt. Selbst ein Freund der Erde steckt das Gesicht nicht freiwillig hinein. Wie lange war er bewusstlos? Regen prasselt nieder. Er dreht sich auf die Seite. Ein Paar nackte Füße nähert sich, an den Knöcheln hell, darunter von Matsch gebräunt. Elsie hilft ihm aufzustehen. »Ich weiß es nicht«, sagt sie auf seine Frage, was passiert sei. »Ich habe gerade hinausgeschaut und etwas auf der Erde liegen sehen. Dann hast du dich bewegt.« An seinem Ellbogen ist die Haut weggeschabt. Sein linkes Knie pocht. Die Schulter schmerzt. Schweigend machen sie sich auf den Rückweg, er schwer auf das verbogene Fahrrad gestützt, beide durchweicht. Er tastet nach der Dose in der Tasche seines *mundu*, zu seiner Erleichterung ist sie noch da. Er braucht sie dringend, aber nicht in ihrem Beisein. Plötzlich bricht es aus ihm heraus: »Elsie, wir können doch ganz von vorn anfangen. Irgendwo anders auf dem Anwesen ein neues Haus bauen. Oder wegziehen.« Sie sieht ihn nicht an und antwortet auch nicht. Nach einer Weile sagt er, weniger zu ihr als zu sich selbst: »Wie ist es nur so gekommen? Es ist alles meine Schuld.« Regen, Tränen oder beides rinnen ihr übers Gesicht.

In seinem Zimmer – einst ihr gemeinsames – rollt er sich eilends eine besonders große Perle, wegen der Schmerzen im Knie, in der Schulter, den Knöcheln, im Kopf – und im Herzen. Nach einem Bad driftet er weg, schwimmt in einer Gebärmutter, prallt sachte gegen wattierte Wände. Er regt sich, als er das Knarren des Schranks eher spürt als hört. Es ist Elsie, sie holt, ihm den Rücken zugewandt, nach dem Bad ihre alten Kleider heraus. Normalerweise lässt sie das Baby Mol machen, doch die fühlt sich, das weiß er, gerade nicht wohl. Ein *thorthu* bändigt Elsies nasse Haare, und das feuchte *mundu*, das sie um sich gewickelt hat, lässt Schultern und Beine frei. Sie will mit ihrem Bündel auf Zehenspitzen hinaus, als Philipose sie jäh an einer Hand packt. Sie erschrickt, eine Maus, die in der Falle steckt. Er lässt sie los.

»Elsie … bitte. Ich bitte dich. Setz dich doch kurz hin.« Sie zögert. Sie kommt heran, setzt sich behutsam aufs Bett. »Ich möchte dir danken«, sagt er und nimmt wieder ihre Hand. Ihr Blick ist weiterhin gesenkt. Einfach so ihre Finger zu halten tröstet ihn. »Ohne dich hätte mich vielleicht ein Ochsenwagen überfahren. Ohne dich …« Seine Stimme bricht. »Es ist meine Schuld. Habe ich das schon gesagt?« Sachte fasst er sie am Kinn und hebt ihr Gesicht. »Elsie. Vergib mir.« Ihre Miene verblüfft ihn. Die Maus sieht ihren Fänger, der sie um Vergebung bittet, verständnislos an. Begreift sie, was er sagt? Sie dreht das Gesicht weg, ihre Lippen bewegen sich. »Elsie, ich kann dich nicht hören.«

»Ich habe gesagt, mir muss vergeben werden.«

Er lacht, ein merkwürdiger Laut. »Nein, nein, meine Elsie! Nein. Alle Welt weiß, dass meine Würde dahin ist. Meine Beine sind dahin. Mein Sohn ist dahin. Meine Frau ist dahin. Aber wer hier Unrecht getan hat, das bin ich. Nimm mir nicht das Einzige, was ich besitze.« Er setzt sich unter Schmerzen auf und legt den Arm mit dem aufgeschürften Ellbogen um sie. Der Schmerz ist ohne Bedeutung. Scherzend sagt er: »Elsie, dir wurde schon bei der Geburt vergeben. Können wir zurück zu diesem Schuft hier? Er braucht Vergebung, Gnade.«

Er merkt nicht, dass sie auf seinen Versuch, es humorvoll anzugehen, nicht reagiert. Die Verzweiflung, die er neulich Nacht gesehen hat, hat sich dauerhaft in ihre Züge eingeprägt, und das verletzt ihn. Wenn es ihn heilt, ihre Hand zu halten, dann doch gewiss auch sie? Der Knoten des *mundu* über ihrer Brust löst sich. Er kann den Blick nicht abwenden. Das schwellende Blut in seinem Becken ist ihm peinlich. *Nein, das war überhaupt nicht meine Absicht, als ich dich bat, dich herzusetzen, das schwöre ich beim Monsungott.* Doch das Begehren hat sein eigenes Vokabular, ein zwingenderes, als seine Zunge formen könnte; gegen seinen Willen fordert es sein Recht.

Zärtlichkeit überschwemmt ihn, er umarmt sie. Sie lässt es zu. Das *thorthu* rutscht ihr von den Haaren, der Knoten des *mundu* löst sich endgültig. *Ich habe das nicht bewirkt, es war das Universum, das Schicksal oder der Gott der* mundus *oder* thorthus, *der Gott des Missverständnisses, der Gott, an den ich nicht glaube.* Sie will das *mundu* hochziehen, doch er hält ihre Hand sachte auf. Er küsst sie auf die Wange, dann auf die Lider. Sie zittert, ihr Gesicht so kummervoll, dass es ihn zerreißt. Er will sie nur trösten, aber er ist auch von einer vertrauten Ehrfurcht überwältigt, der alten Verwunderung, dass diese unfassbare Frau die seine ist. *Herr der Enttäuschungen, Herr der Leiden, sag mir, warum segnest du mich, nur um sie mir wieder wegzunehmen?* Er spürt, wie sich ihr Körper vor ihm weitet, auch seiner – macht das die schwarze Perle? Ihr Mund ist voller, die Kuhle in ihrem Hals, die er so liebt, ist breiter, die dunklen Warzenhöfe größer – alle ihre sinnlichsten Charakteristika sind vor seinen Augen übersteigert, wachsen an.

Wie viel Freude ihre Körper einander einmal gaben! Gleich, was sonst geschah, das blieb ihnen immer. Das könnte der Balsam sein, der das Unerträgliche erträglich macht. Nach ihrem Verlust haben sie einander nie die Gelegenheit gegeben, sich an des anderen Schulter auszuweinen. Stattdessen waren sie grausam zueinander. Er sieht es alles, sieht, was sie hätten tun sollen. Er streicht ihr mit den Fingern durch die nassen Haare, die so dicht sind, dass sie fast ein Eigenleben hatten, das von ihr getrennt war. Sanft zieht er sie aufs Bett. Zwingt sie nicht. Er sieht, dass die Tür weit offen ist, also steht er langsam, unter Schmerzen auf und humpelt hin, um sie zu verriegeln. Sie hat den Kopf von ihm abgewandt, als hätte sie schon vergessen, dass er da ist, doch als er zurückkommt, betrachtet sie ihn, mustert seinen verschorften, vernarbten Körper, es ist der Blick der Künstlerin, dabei nicht frei von Neugier und Sorge.

Er steigt aufs Bett. Ihre Pupillen sind das Gegenteil der seinen: groß und abgrundtief. Ihre Füße fühlen sich an seinen rau und schwielig an, nicht cremig und zart, wie er sie in Erinnerung hat. Sie ist barfuß gelaufen, ein sicheres Zeichen von Vernachlässigung durch ihren Mann. Er küsst die Hand, die ihre Brüste schützt, und sein Mund trifft seitlich an ihrem Zeigefinger auf einen harten Grat. Er kann sich vorstellen, dass sie in ihrem Schmerz die Finger bis zum Knochen abgenutzt hat, die Pinsel Tag und Nacht geführt, um eine krumm gewordene Welt neu zu gestalten. Ihr Teint ist blass und fleckig. Weitere Anzeichen von Vernachlässigung steigern seine Reue noch. »Ach Elsie, Elsie«, sagt er, und ihm bricht das Herz. »Ich muss das wieder richtigstellen, heil machen.« Sie scheint ihn nicht zu verstehen, aber das macht nichts, solange er es nur tut. Sie sind wie gemacht füreinander, denkt er, beide von Gram und Zeit gegerbt. Und was ist Zeit anderes als angesammelter Verlust?

Sein Mund liegt auf ihrem, aber nur zögernd. Er will sich ihr nicht aufdrängen. Er will aufhören, wenn es sie quält. Aber haben nicht gerade Küsse sie immer wieder aufgerichtet? Ein Kuss kann nie etwas Falsches sagen. Bei der Erinnerung an ihre ersten linkischen Küsse, als sie die Lippen aufeinanderdrückten, als klebten sie Laschen eines Umschlags zu, will er lachen. Dann wurden sie Experten. Doch das hat sie vergessen. *Es liegt an mir, sie daran zu erinnern. Es ist meine Pflicht, diesen Mund zu neuem Leben zu erwecken und unsere Herzen zu öffnen.* Er tut es zärtlich und meint, sie reagiere darauf. Ja, sagt er sich, ihr Mund hat sich bewegt – nicht leidenschaftlich, aber das braucht Zeit.

Er umfasst ihre Brüste, umkreist die Warzen mit den Fingern. Er kann sich kaum beherrschen. Ihre Augen sind geschlossen, Tränen sickern aus den Winkeln, und er versteht, denn wie kann sie das nicht an Ninan erinnern? Sie wehrt sich nicht, geht aber auch nicht so wie früher auf ihn zu. *Es ist gut, mein Liebes. Alles gut. Ich mache das alles. Brauchen wir das denn nicht? Die Salbe Gileads, die Heilung von allem, was uns schmerzt.*

Früher, wenn ihre Körper in Bewegung waren, wurden sie wie die ekstatischen Tempelschnitzereien von Khajurabo, drehten sich hierhin und dorthin, Laken fielen auf den Boden. *Aber das alles hat noch Zeit*, denkt er, als er sich auf sie legt. Es geht hier nicht um sein Bedürfnis, nur um seinen Wunsch, sie seine Liebe, seine Fürsorge spüren zu lassen. Langsam, sanft tastet, forscht, berührt er, und als er ihre Bereitschaft fühlt, geht er in sie. Nun sind sie ein Körper. Er bewegt sich für sie beide. Und trotz bester Absichten erlebt er sogleich das Aufbranden, den Schwall, das selbstsüchtige Bedürfnis, das Gefühl der Wiedergeburt, und er hört ihren Namen in der Kehle aufsteigen, spricht ihn so dringlich, dass sie zum ersten Mal die Augen aufschlägt, und aus den schwarzen Löchern ihrer Pupillen blickt ihn eine namenlose Andere an – doch er ist schon zu weit, und er sinkt über ihr zusammen, in ihr, der einzigen Frau, bei der er jemals war und jemals sein wird. Gibt es eine bessere Erwiderung auf den Tod? Das ist Vergebung, das Ende einsamen Trauerns. Freude und Kummer, Triumph und Tragödie sind Unkraut und Blumen ihrer beider Eden, und es wird die sterblichen Blüten dieser Erde überdauern.

Nach einiger Zeit, wie lange, weiß er nicht, bebt ihr stiller, vertraulicher Obstgarten, und sie zieht sich unter ihm weg. Seine Lider sind schwer wie Ruderboote, als sie sich aufsetzt und nach ihrem *mundu* langt. Er treibt fort, gestillt, sein Herz ist ruhig, die Barriere zwischen ihnen hat sich aufgelöst. Er hat ein Déjà-vu, als er sie da auf der Bettkante sitzen sieht, mit dem Rücken zu ihm, die Arme erhoben, um sich die Haare zu bändigen, sie um die Hand zu einem Knoten bindet, die

Ellbogen die Spitzen eines Dreiecks, das ihren Kopf umrahmt, die Perlenkurve ihrer Wirbelsäule, ein Echo der Innenkurve ihrer Taille, der Außenkurve ihres Pos. Sie dreht sich zu ihm um, blickt ihn nicht an, sondern legt ihm eine Hand auf die Brust, die Augen geschlossen, den Kopf gesenkt, als betete sie über ihm, und verharrt so einen langen Augenblick. Sie steht auf, und er weiß, dass sie sich gleich mit dem feuchten *mundu* sachte zwischen den Beinen wischt …

Doch das tut sie nicht. Sie zieht das *mundu* fest und nimmt die gefalteten Kleider, die sie bereitgelegt hat. Vor dem Spiegel hält sie kurz inne, um sich zu überzeugen, dass sie bedeckt ist. Ihre gespiegelten Blicke treffen sich, und er lächelt verschlafen, auch dies eine Wiederaufnahme ihres alten Rituals. Doch eine Fremde starrt ihn an, eine Seele, die schon von dieser Welt gegangen ist, aber noch einen Blick zurück auf ihr früheres Leben gewährt bekommen hat. Ohne ein Wort tritt sie hinaus.

53. Kapitel
STEINFRAU

1951, Parambil

Ohne die nächtlichen körperlosen Radiostimmen, ohne eine Zeitung, selbst ohne die Nachrichten, die der Fischhändler bringt, kommen sie sich wie die letzten Menschen auf der Erde vor. Eine verängstigte Anstand *Kochamma* watet von Haus zu Haus, schreit den Bewohnern zu, sie sollen bereuen, wenn das Dorf überleben soll. Ein barbrüstiger Philipose hält sie auf der Schwelle seines Hauses auf. Er teilt ihr mit, dass alle Familien übereingekommen sind, das Ausmaß ihrer Sünden sei derart groß, dass Gott, sollte sie sich allein dem Fluss opfern, schon dadurch besänftigt wäre.

Als sie alle fast aufgegeben haben, versiegt der Monsun allmählich. Dennoch dauert es noch zwei Wochen, bis die Zeitung wieder ausgeliefert wird. Sie erfahren, dass Hunderte ertrunken sind, Tausende obdachlos und Cholera und Ruhr um sich greifen.

Als das Postamt wieder öffnet, wird Philipose nervös, weil das bedeutet, dass Elsie bald gehen könnte. Sein Stolz lässt nicht zu, dass er sie fragt, zudem ist er ohnehin nicht mehr allein mit ihr. Spätabends scharrt sein Bambuslöffel über den Boden seiner Opiumdose. Das Geräusch ist ebenso beängstigend, wie wenn ein Schiffskiel auf Fels trifft. Nachts reibt er seinen Körper mit Mentholsalbe ein, er stöhnt vor Schmerzen.

Am nächsten Morgen fährt er mit dem Fahrrad zum Opiumladen, schiebt es durch glitschige Schlammfelder, würgt vom Gestank toter Fische, die das ablaufende Wasser zurückgelassen hat. Vor dem Opiumladen warten drei zappelige alte Männer, sie schniefen, kratzen sich unablässig. *So wie die bin ich aber nicht*. Philipose hat Mühe, seine ruhelosen Hände zu bändigen. Krishnankutty öffnet spät und entschuldigt sich nicht einmal dafür. Der einzige Opiumhändler in der Gegend hat nummuläre Ekzemnarben auf den Wangen, auch seine Knollennase ist davon gesprenkelt. Ein Auge driftet ab, der Kunde muss selbst entscheiden, an welches er sich wendet. Krishnankutty zeigt ihnen seinen Schatz – einen schimmernden Klumpen von der Größe eines Männerkopfs, die feuchte Oberfläche wie der schweißglänzende Rücken eines Arbeiters, verströmt er einen muffigen, abstoßenden Gestank – und schneidet einen Keil heraus … merkt dann aber, dass er gleich niesen muss. Er reibt sich heftig über der Oberlippe, wobei die kugelförmige Nasenspitze heftig hin und her fliegt, bis der Ausbruch abgewendet ist. Die Nadel an seiner Waage ist kaum zur Ruhe gekommen, als er das Stück schon in Zeitungspapier wickelt und seinem Kunden zuwirft. Philipose beißt sich auf die Zunge, verachtet sich dafür, dass er solche Demütigungen schluckt. Kaum draußen, rollt er sich eine Pille, das Dreifache seiner üblichen Dosis. Es würgt ihn, so bitter ist das Zeug, doch seine schrillenden Nerven kommen rasch zur Ruhe.

Bald sind die nagenden Schmerzen am ganzen Körper und die Bauchkrämpfe vorbei. Die geballte Faust, die sein Herz war, öffnet sich. Er lächelt Fremden zu, die ihn misstrauisch beäugen. Schon bilden sich in seinem Kopf ganze Bände, die unbedingt geschrieben werden wollen. Manche meinen wohl, die schwarze Perle sei der Ursprung solcher Eingebungen, aber das ist absurd. Die Ideen sind immer da! Doch Schmerz ist die verriegelte Tür, der strenge Torwächter, der sie eingesperrt hält. Die kleine Perle befreit sie lediglich, und seine Feder erledigt den Rest.

Als er sich dem Haus nähert, hört er ein merkwürdiges Hämmern. Elsie in ihrem Kittel, die Unterarme voller Staub, haut in ihrem Atelier auf einen Stein. Aber was für einen! Er ist groß wie ein Stier, am einen Ende breit, am anderen spitz zulaufend. Woher hatte er die Beine, um dorthin zu kommen? Shamuel und seine Helfer müssen ihn von draußen hineingeschleift haben. Und diese Werkzeuge: Holzhammer, großer Meißel und die Raspel? Bestimmt der Schmied. Es tut ihm weh, dass sie mehr mit Shamuel und dem Schmied spricht als mit ihm. Doch das Gefühl verschwindet, als ihm bewusst wird, dass die Zielsetzung des Ganzen bedeutet, dass sie bleibt! Gebannt sieht er zu, wie sie den schweren Hammer mit geübten, männlichen Schlägen schwingt und ihre Hüften sich im Rhythmus wiegen. So versunken ist sie in ihre Arbeit, dass nicht einmal eine rasende Herde Elefanten sie ablenken würde. Angeregt von ihrem Beispiel geht er auf sein Zimmer und arbeitet.

Eigentlich hat er vor, mit der Familie zu Mittag zu essen, wenn möglich auch zu Abend … doch er döst ein. Als er aufwacht, ist es Mitternacht. Das Haus ist still. Wahllos schlägt er eine Seite seiner Bibel auf, *Die Brüder Karamasow*. Selbst wenn er nicht aufmerksam liest, beruhigt ihn das Gefühl der Wörter, der Kadenzen, das Wiedereintauchen in den Traum in Dostojewskis Kopf. Er liest: *Gott bewahre dich davor, mein lieber Junge, eine Frau, die du liebst, jemals um Verzeihung für einen Fehler bitten zu müssen.* »*Chaa*!«, sagt er und legt das Buch beiseite. Ausnahmsweise einmal steht Dostojewskis Ton im Widerspruch zu seiner Stimmung.

Am nächsten Morgen ist Elsie weder in der Küche noch an ihrem Arbeitsplatz. Als er in das Zimmer will, wo die drei Frauen schlafen, stellt sich ihm Baby Mol in den Weg, den Finger auf dem Mund. »Da kannst du nicht rein.«

»Was? Es ist doch schon fast zehn. Geht's ihr nicht gut?«

Seine Mutter läuft vorbei und macht »Pscht!«. Sind denn alle verrückt geworden? Wenn Elsie stundenlang einen Stein behämmert, ist das irgendwie in Ordnung, aber jetzt ist *er* zu laut? Er will protestieren, doch Big Ammachi legt den Finger auf den Mund. »Sprich leise«, sagt sie lächelnd. »Sie braucht Schlaf für zwei. So war es auch, als ich dich getragen habe.«

Verständnislos starrt er sie an.

»*Chaa*! Männer! Merken es immer als Letzte«, sagt sie und kneift ihn in die Wange, um sodann mit einem Elan, den sie seit Ewigkeiten nicht gezeigt hat, zur Küche zu marschieren. Er bekommt weiche Knie. Seit jener einen Nacht, in der sie intim gewesen waren, hofft er, dass Elsie zu ihm kommt, wenn die anderen eingeschlafen sind, den Mund zu dem begehrlichen Lächeln einer Tempeltänzerin geformt. Doch das ist nicht geschehen. Und dennoch hat Gott – ihrer *beider* Gott, nicht seiner – verfügt, dass einmal genügt hat! Ein Kind! Eine zweite Chance! Sie werden von vorn anfangen. Warum hat sie ihm nichts gesagt? Er geht in sein Zimmer und wartet, dass seine Frau erwacht.

Er schläft ein und wird vom Geräusch von Meißel auf Stein geweckt. Als er in der Tür zu ihrer Werkstatt steht, sieht er die feinen Härchen auf ihren Unterarmen von Staub gezeichnet, sie schimmern in dem Licht wie Silberdrähte, auch auf der Stirn eine Staubpatina. Sie vollführt einen langsamen Tanz um den Stein, verlagert das Gewicht von einer Hüfte auf die andere. Dabei denkt er: *Der Gott, der uns im Stich gelassen hat, macht es wieder gut, macht Avancen, nachdem er uns auf die Köpfe uriniert hat*. Er fühlt eine solche Leichtigkeit. Das Gewicht der Enttäuschung ist von ihm genommen und –

Dem folgt ein neuer Gedanke, eine so erregende Idee, so unerhört, so voller Freude und Erlösung ... Nein, er darf sie nicht laut aussprechen. Noch nicht.

Zu aller Überraschung erscheint er zum Abendessen. Elsie will ihm einen Teller bringen, doch er wehrt ab. »Ich habe schon gegessen.« Was nicht stimmt. Big Ammachi geht seufzend in die Küche, um ihm seinen Joghurt mit Honig zu holen. Als er mit Elsie allein ist, sagt er: »Ich hab's gehört!«

Sie müht sich um ein Lächeln. Dann zerfällt ihr Gesicht abrupt, und sie kämpft gegen Tränen. Das versteht er natürlich: Der Segen eines neuen Kindes ist auch eine Erinnerung an den Verlust des vorigen.

Zwei Tage später verkündet Baby Mol auf der übervollen Bank, auf der sich die Frauen nun rituell einfinden: »Baby Gott kommt.« Elsie, frisch gebadet, flicht Baby Mol Zöpfe. Big Ammachi wartet, bis sie damit fertig ist, sie hält für Elsie eine Tasse heiße Milch bereit.

Zehn Minuten später kommt Philipose' allererster Lehrer, der *kaniyan*, auf dem Weg heran, er schwitzt von seinem Marsch, die *sanji* über der Brust. »Wer hat denn nach dem geschickt?«, sagt Big Ammachi und schießt einen Strahl Tabaksaft in seine Richtung, womit sie unwillentlich die schlechte Angewohnheit zeigt, die sie vorgibt nicht zu haben.

»Ich«, sagt Philipose.

Die glänzenden Schultern des *kaniyan* sind Miniaturen seines Kahlkopfs, zusammen bilden sie eine Dreieinigkeit, die von lebenslanger Vermeidung körperlicher Arbeit kündet. Ein Schelm hatte Baby Mol gesagt, der Grützbeutel sei ein Babygott, der auf dem Kopf des *kaniyan* lebt.

»An einem Mittwoch?«, grummelt Big Ammachi. »Gerade er weiß doch, dass das ein schlechtes Omen ist. Nicht mal ein Leopardenjunges würde den Leib seiner Mutter an einem Mittwoch verlassen.« Sie verzieht sich in die Küche. Der *kaniyan* folgt ihr, legt die Hand auf den Türrahmen, verschnauft erst einmal und bittet Big Ammachi dann um »etwas« gegen seinen Durst, er hofft auf Buttermilch oder Tee. Mürrisch gibt sie ihm Wasser.

Der *kaniyan* hockt sich auf den *muttam* vor Baby Mols Bank und zieht seine Pergamente aus der *sanji*. Big Ammachi kommt zurückgeschlendert. Der *kaniyan* malt mit einem Stock ein Viereck in den Sand, unterteilt es in Säulen und Reihen und murmelt dabei: »*Om hari sri ganapathaye namah*.«

Big Ammachi verdreht das Kruzifix an ihrem Hals und funkelt Philipose böse an; er ignoriert sie und legt in eines der Felder eine Münze. Er weiß nicht, worüber sich seine Mutter ärgert; ist das denn nicht der Mann, dem sie den Schreibunterricht ihres Sohnes anvertraut hat? Jetzt tut sie so, als wäre seine vedische Weissagung Unsinn, dabei hat sie doch eben noch ein schlechtes Omen beschworen. Shamuel will losziehen, einen gefalteten Sack überm Kopf, hockt sich aber hin, um zuzusehen.

Der *kaniyan* leiert die Namen der Eltern, rezitiert ihre Sterne und Geburtsdaten aus dem Gedächtnis und fragt dann indirekt nach Elsies letzter Regel. Sie ist verblüfft. Ungerührt von ihrem Schweigen murmelt er auf Sanskrit, zählt etwas an den Fingern ab und wirft einen kurzen Blick auf Elsies Bauch; ein Finger wandert über astrologische Tabellen, dann kritzelt er mit einem Metallgriffel auf den winzigen Streifen eines Papyrusblatts. Er lässt ihn zu einem engen Zylinder zurückrollen, bindet einen roten Faden darum und rezitiert ein *slokum*, um ihn dann Philipose zu überreichen, der ihn in seiner Ungeduld fast schon aufreißt. Dort steht:

»Ich hab's gewusst! Hab ich's nicht gesagt? Dein Herr sei gelobt«, sagt Philipose unnatürlich laut, was sogar ihm selbst auffällt. »Unser Ninan wird wiedergeboren!«

Fünf Augenpaare schauen ihn entsetzt an. Elsie stöhnt auf. Big Ammachi sagt *»Deivame!« Allmächtiger Gott!,* und bekreuzigt sich. Shamuel greift sich an den Kopf, um sich zu überzeugen, dass der Sack noch da ist, und geht. Baby Mol schaut böse auf Baby Gott. »Komm«, sagt Big Ammachi zu Elsie. »Nur weg von diesem Unsinn.«

Philipose' Hochgefühl wird von der Unhöflichkeit der Frauen gedämpft. Begreifen sie denn nicht, dass sie gerade eine großartige Prophezeiung miterlebt haben? Seine Überzeugung ist unerschüttert: Das Kind in Elsies Gebärmutter ist der reinkarnierte Ninan. Es ist Rechtfertigung der Qualen, die er durchlitten hat, des wiederkehrenden Albtraums, in dem er einen leblosen Körper von dem Ast hebt und auf gebrochenen Knöcheln läuft, ins Nirgendwo. Das Vergessen durch das Opium kann nicht verhindern, dass die Hunde der Erinnerung ihn weiterhin hetzen. Jetzt aber müssen die Hunde den Schwanz einziehen und sich davonmachen. Baby Ninan kommt zurück!

Wochen und Monate vergehen, Elsie arbeitet stetig an ihrem großen Stein. Das breiteste und schwerste Ende lässt sie unberührt, aber gleich dahinter bildet sich ein Hals heraus, dann der Rosenkranz der Wirbelsäule, flankiert von Schulterblättern. Nach und nach erkennt Philipose, dass es eine Frau auf Händen und Knien wird. Vielleicht dreht sie den Kopf, um über die Schulter zu blicken, aber genau sieht er es noch nicht, weil das Gesicht im breiten Ende des Steins verborgen ist. Ihre vollen

Brüste hängen herab, ihr Bauch ist sanft zur Erde hin gewölbt. Eine Hand steht auf der Erde. Der andere Arm verschwindet gleich hinter der Schulter im Stein. Deutet der Arm Trotz an? Kapitulation? Greift er nach etwas?

In einer Nacht, die er später gern auslöschen würde, geht er, als alles im Haus schläft, in Elsies Atelier, um die Steinfrau zu untersuchen. Er streicht mit der Hand darüber. Das hat er schon in zahllosen Nächten gemacht. Im Geist stochert er daran herum wie an einem Rätsel. In der vorigen Woche hat er mit einem Bandmaß nachgemessen und seinen Verdacht bestätigt: Sie ist um ein Viertel überlebensgroß. Gewiss eine bewusste Entscheidung. Paradoxerweise macht sie das Verhältnis vier zu fünf *lebensähnlicher*. Kniet sie auf einer Matte und sucht Reis nach Steinchen ab? Er hat Elsie schon in so einer Haltung auf allen vieren gesehen, wenn sie mit Ninan spielte und ihn neckte, indem sie die Haare über sein Gesicht fallen ließ. Genauso hat auch Ammini, Joppans Frau, mit ihrer neuen Tochter gespielt. Doch der Drehpunkt am Hals der Steinfrau, die Lage dessen, was doch bestimmt das werdende Kinn ist, zeigt an, dass sie nach hinten schauen könnte. Eine Einladung? Könnte sich der noch verborgene Arm, der nach vorn greift, am Kopfbrett festhalten, den Körper straffen, wenn ihr Liebhaber in sie stößt? Wann wird Elsie das Gesicht fertigstellen? Das Warten ist unerträglich und macht ihn nervös.

Er läuft in sein Zimmer, holt seinen Federhalter, rollt sich aber erst eine Perle, um sich zu beruhigen. Kaum hat er sie geschluckt, fällt ihm ein, dass er erst wenige Minuten davor eine genommen hat.

Elsie, heute Nacht habe ich Deine Steinfrau umkreist, ganz wie der achen *den Altar. Sein Limit ist dreimal, doch seine Hexenrituale beschränken mich nicht. Elsie, bitte, wer ist diese Göttin, die da aus einer steinernen Gebärmutter rückwärts kriecht? Bist Du es? Wenn es eine Geburt ist, dann ist auch die Natur der Meinung, dass es mit dem Kopf voraus am besten geht. Welche Wahrheit wird ihr Gesicht über Dich enthüllen, mein Liebling, oder über uns? Ich habe wochenlang gewartet, bis Du das Gesicht beendet hast! Jede Nacht gehe ich hin in der Hoffnung, dass es so weit ist. In der alten Zeit, als unsere Seelen ebenso wie unsere Körper verbunden waren, konnte ich Dich einfach fragen. Elsie, Ninan kommt. Ninan kehrt zurück. Als Eltern sollten wir uns wirklich näher sein …*

Den Füllhalter in der Hand, schließt er die Augen, um nachzudenken. Er legt den Kopf auf den Schreibtisch und döst ein, nimmt den Gewitterregen draußen gar nicht wahr. Es ist weder ein kleiner Schauer noch der Monsun, nur eine Laune des Wetters. Eine halbe Stunde später erwacht er jäh und ist schrecklich aufgewühlt. Er hatte einen ganz lebhaften Traum! So einen sinnlichen, herrlichen und bedeutungsvollen Traum. Er blickt hinab, und er ist erregt! In dem Traum drehte ihm die Steinfrau den Kopf zu. Sie winkte ihm zu. Er sah deutlich ihr Gesicht! Ihr Ausdruck offenbarte eine tiefe Wahrheit über … über … er schlägt sich gegen den Kopf. Eine Wahrheit über *was*? Es schwebt vor ihm, fast unwiederbringlich. Stöhnend schabt er sich eine weitere Perle.

Seine Beine tragen ihn zu Elsies Atelier, doch er hat seine Pantoffeln vergessen. Scharfe Sandsteinsplitter stechen ihn in die Füße. Er spricht die Skulptur an. »Hör mal, ich habe dein Gesicht schon im Traum gesehen. Ich frage dich nur noch einmal … warum versteckst du es? Hast du Angst? Was ist das nur?«

Die Steinfrau schweigt. Ein Blitz erhellt sie. Von der Regengischt, die nun hereinweht, wirkt ihre Haut feucht und lebendig. Weitere Blitze erwecken ihre Arme und Beine zum Leben. Sie windet sich, will ihren Kopf befreien! Oder träumt er noch? Sie steckt wie in einem steinernen Schraubstock fest. Ist Elsie ihre grausame Wärterin? Oder ist die Steinfrau doch keine andere als Elsie?

Der nächste Blitzschlag, dem ein Donner folgt, macht ihr Entsetzen unmissverständlich. Er muss handeln! *Halte aus, mein Liebling! Ich befreie dich. Ich komme!* Schon hat er den größten Hammer in der Hand und schwingt ihn. Er ist schwerer, als er dachte, unausgewogen, kopflastig. Er fährt mit viel mehr Wucht herab, als er beabsichtigt, prallt von dem Stein zurück, Funken stieben hinterher, eine Schockwelle rast in seinen Ellbogen. Der Hammer trifft ihn wie aus eigenem Antrieb am Schlüsselbein, er hört Knochen knirschen. Ein Schmerz hüllt Hals und Schultern ein, er schreit auf. Der Hammer fällt scheppernd zu Boden. Seine linke Hand packt unwillkürlich die rechte und drückt sie an die Brust, denn die leiseste Bewegung von Arm oder Schulter bereitet ihm unerträgliche Schmerzen im Schlüsselbein. Er leidet Qualen. Sein pochendes Herz ist lauter als der Regen. *Ich bin*, denkt er in dem Schmerznebel, *ganz sicher wach.* Er ist überzeugt, dass seine Schreie und der fallende Hammer das Haus geweckt haben. Eine Minute vergeht. Niemand kommt.

Entsetzt erkennt er, dass er die Steinfrau nicht nur nicht befreit, sondern auch dafür gesorgt hat, dass daraus nie mehr ein Gesicht werden kann. Statt des Keils, den er abgeschlagen hat, ist dort, wo Augen, Stirn, Nase und Oberlippe hätten sein können, nur noch ein Krater.

Er wankt in sein Zimmer, sein pochendes Schlüsselbein lässt bei jeder Bewegung des rechten Arms, selbst wenn er nur mit den Fingern wackelt, Schmerzblitze los. Er kann sie nur halbwegs mindern, indem er den rechten Arm mit der linken

Hand auf die Brust presst. Im Spiegel sieht er die entzündete Schwellung und die anormalen Umrisse des Knochens. Man kann durchs Leben gehen, ohne sich der Schulterblätter als etwas anderes als eines Kleiderbügels oberhalb der Brust bewusst zu sein. Und dann lenkt eine Dummheit schmerzlich die Aufmerksamkeit auf sie. Mit großen Schwierigkeiten knüpft er sich eine Schlinge. Von der Anstrengung ist er schweißgebadet.

Bald wird der Morgen dämmern. Elsie darf nicht sehen, was er getan hat. Wie kann er von ihr erwarten, etwas zu verstehen, was er selbst kaum begreift? Wenn es schon kein Mord ist, so doch Totschlag, in jedem Fall aber gilt es, einen Leichnam zu beseitigen. Er kehrt auf den Patio zurück und versteckt Elsies Sammlung von Hämmern und Meißeln hinter den Regalen in seinem Zimmer.

Noch vor der Dämmerung wartet er auf der Veranda auf Shamuel. Der Sturm der vorigen Nacht hat den *muttam* mit toten Blättern und Palmwedeln übersät. Endlich erscheint der Alte, er steht da wie ein dunkles Totem, von der Taille aufwärts nackt. Der Beedi-Geruch, den Philipose mit ihm assoziiert, haftet ebenso an ihm wie das abgewetzte karierte *thorthu*, das er beim Herlaufen noch um den Kopf gewickelt trug, das jetzt aber aus Respekt vor dem *thamb'ran* über den Schultern liegt. Shamuels *mundu* ist halb hochgezogen, und seine Kniescheiben sind blasse Untertassen. Er ist nun ganz ergraut, sogar die Brauen, Grau liegt auch in den Tiefen seiner Pupillen.

»Heftiger Regen gestern Nacht«, sagt Philipose. Er weiß, er ist für diesen Mann, der ihn seit seiner Geburt liebt und ihm dient, eine Enttäuschung. Der alte Mann blickt auf seine Schlinge, sieht die Verletzung. »Also, Shamuel ... heute ... denk dran, dass du Reis zum Mahlen in die Mühle bringst.«

»*Aah, aah*«, sagt Shamuel automatisch, obwohl er den Reis schon in der Vorwoche gemahlen hat.

»Und sag dem *vaidyan*, er soll vorbeikommen.« Noch bevor Shamuel nach dem Grund fragen kann, setzt er hinzu: »Aber erst hol dir noch Hilfe und bring den Stein weg, an dem Elsie arbeitet.«

»*Aah, a*–«, Shamuel fängt sich rasch. »Du meinst die große Frau?« Dann hat also auch er ihr Werk gesehen.

»Ja. Bitte bringt sie gleich als Erstes weg. Warte nicht damit«, sagt Philipose bemüht beiläufig und steht dabei von seinem Stuhl auf. »Zieht sie weg, damit man sie nicht sieht, vielleicht zur Tamarinde. Aber bitte bald. Wenn das Kind da ist, wird sie weiter daran arbeiten.«

Philipose geht sogleich hinein, lässt Shamuel auf dem *muttam* stehen; der kratzt sich die Brust.

Eine halbe Stunde später ist Shamuel mit zwei Helfern da, Seilrollen in der Hand. Philipose ist dankbar, dass Joppan nicht dabei ist. Sie treten von außen auf den halb umschlossenen Patio, Elsies Atelier. Sie laufen um die Steinfrau herum, ihre Füße sind unempfindlich gegen die Steinsplitter. Philipose schaut diskret zu. Was sie wohl von der Figur halten? Ist Kunst für sie ein schrecklicher Luxus? Erst recht, wo Kunst jetzt eine große Mühe für sie ist. Sie zerren den entstellten Stein fort.

Später kommt der *vaidyan*. Philipose traut seinen Toniken und Pillen nicht, aber bei Brüchen weiß der Mann Bescheid. Wie sich zeigt, ist die Schlinge, die sich Philipose angefertigt hat, tatsächlich auch die Behandlung dafür. Er muss sie mindestens drei Wochen tragen.

Elsie frühstückt dicke, gedämpfte *idli*, weiß wie Wolken. Dann trägt sie unter Big Ammachis aufmerksamen Blicken auf dem ganzen Körper angewärmte *dhanwantharam kuzhambu* auf. Jeder *vaidyan* hat seine eigene Formel, die Basis besteht aber immer aus Sesam und Rizinusöl sowie Nachtschattenwurzeln.

Eine Stunde später badet sie, schrubbt das Öl mit grünem Kichererbsenmehl ab. Bevor ihre Schwiegermutter sie gehen lässt, trinkt sie noch heiße Milch, in der *brahmi-* und *shatavari*-Wurzeln gezogen haben. Als Elsie schließlich auf den Patio tritt, sich dabei eine Schürze über den Sari bindet, ist es elf Uhr. Philipose wartet schon. Er schwankt vor Müdigkeit, Schlafmangel und Opium.

Langsam wendet sie den Blick von der Leere auf dem Patio zu ihm.

»Elsie, ich kann's erklären. Ich habe deine Statue in Sicherheit bringen lassen. Nur bis unser Sohn geboren ist.«

Eine Fliege surrt vor seinem Gesicht herum, und allein schon der Gedanke, nach ihr zu schlagen, bereitet ihm Schmerzen.

Sie betrachtet seine Schlinge, die hässliche blaue Schwellung und den verformten Knochen neugierig und sogar besorgt. Dann wendet sie sich wieder dem zu, was nicht mehr da ist. Sie bückt sich und hebt das Stück auf, das unter den Hammerschlägen abbrach. Er möchte sich ohrfeigen, dass er es da hat liegen lassen. Sie hält es auf Armeslänge von sich und dreht es, versucht, seine Herkunft zu bestimmen. Am liebsten wäre es ihm, dass sie ihn einfach anschreit, ihm sagt, was er verdient.

»Es war ein Unfall, Elsie«, bricht es aus ihm heraus. »Ich hatte einen schrecklichen Albtraum.« Das hat er auf keinen Fall sagen wollen! »Ich war überzeugt, sie wollte weglaufen. Ich glaube, ich habe noch geträumt, als ich hierherkam. Ich wollte sie befreien.« Er wartet, erwartet das Schlimmste.

»Du hast es also gut gemeint.« Ihre Stimme ist matt. Nicht sarkastisch. Auch sonst nichts.

Sie versteht es! Gott sei Dank. »Ja. Ja. Es tut mir leid. Elsie, wenn unser Sohn geboren ist, bringe ich sie zurück. Oder zehn andere Steine, wenn du willst«, sagt er.

»Unser Sohn?«, sagt Elsie endlich.

Er ist erleichtert, dass sie nicht mehr über die Steinfrau sprechen will. »Ja, unser Sohn! Er hat sich beschwert«, sagt er, indem er sich um einen humorigen Ton bemüht. »Er hat gesagt: ›Appa, ich freue mich darauf, wieder auf die Welt zu kommen, aber dieses ganze Hämmern macht mich verrückt!‹«

Elsie sagt: »Du bist dir sicher, dass es ein Sohn ist.«

Das sagt sie nicht als Frage. Er lacht nervös.

»Hast du denn den Besuch des *kaniyan* vergessen? Das ist Ninan, er kommt zu uns zurück!« Seine Stimme bricht, als er den Namen sagt, ihr Gesicht erzittert. Ein Geist ist zwischen sie getreten.

»Gott bereut, Elsie. Gott bittet um Verzeihung. Gott will uns einen Grund bieten, wieder zu glauben. Gott gibt uns Ninan zurück, damit wir genesen können.«

Sie schaut auf das Steinfragment in ihrer Hand, als wüsste sie nicht recht, was sie damit anfangen soll, dann legt sie es sorgsam auf die Erde wie etwas Heiliges. Plötzlich wirkt sie müde. Als sie spricht, ist es ohne Groll, vielleicht hat sie sogar Mitleid mit dem Mann, den sie geheiratet hat.

»Philipose, ach Philipose, was ist nur mit dir geschehen?« Er meint, vor ihrem Blick zu schrumpfen, klein wie das Stück Stein zu werden. »Ich wollte doch nur«, sagt sie, »deine Unterstützung, damit ich meine Arbeit machen kann. Aber irgendwie glaubst du immer, du gibst sie mir, selbst wenn du sie mir entziehst.«

DIE KOLUMNE EINFACHER MANN: DIE UNHEILUNG
von V. Philipose

Sie können jeden auf der Straße anhalten, und er wird Ihnen, sobald klar ist, dass Sie kein Geld oder seinen letzten Priem wollen, bereitwillig die Legende seines Lebens erzählen. Wer will denn nicht das schlechte Karma loswerden, den Verrat, der zwischen ihm und Größe stand, ihn daran hinderte, ein vertrauter Name wie Gandhi oder Sarojini Naidu zu werden? Oder unfassbar reich wie die Tatas oder Birlas? Jeder Malayali hat so eine persönliche Legende, und ich versichere Ihnen, sie ist pure Fiktion. Unweigerlich verfügt ein Malayali auch über zwei weitere Geschichten, die so konstant sind wie sein Bauchnabel: die eine ist eine Geistergeschichte, die andere ein Mittel gegen Warzen. Lieber Leser, ich sammle Warzenmittel. Ich habe Hunderte. Wenn Sie sich mit der Sammlung von Geistergeschichten gruseln wollen, ist das Ihre Sache, nicht wahr? Was immer Sie also davon halten mögen, dass ich Warzenmittel sammle, behalten Sie es doch bitte für sich.

Warum Warzenmittel, werden Sie fragen? Bin ich übersät von Warzen? Nein. Aber eine hatte ich, als ich ein kleiner Junge war, am Finger. Natürlich dachte ich, ich hätte sie, weil ich eine Sünde begangen hatte. Statt es meiner Mutter zu sagen, lief ich zu meinem Kindheitsfreund, einem älteren, selbstgewissen Burschen, meinem Helden. Er verriet mir sein Geheimrezept: frischer Ziegenurin, bevor er auf die Erde trifft, kurz vor Sonnenaufgang aufgetragen. Bruder, versuch nur einmal, Ziegenpisse zu finden, die nicht auf der Erde ist. Schwester, deine Ziege mag die ganze Zeit pissen und dich frech ansehen, während sie es dir ans Bein spritzt, aber versuch nur mal, etwas davon nachts in einer Kokosnussschale aufzufangen, ohne eine Kopfnuss oder einen Tritt in die unteren Regionen zu erhalten. Immerhin, ich hab's geschafft. Das ist eine Geschichte für sich, aber ich hab's geschafft … und die Warze ist abgefallen! Als ich es meinem Freund erzählte, kugelte sich der Kerl vor Lachen. Er hatte es sich ausgedacht! Aber ich lachte zuletzt, nicht? Das Mittel wirkte.

In Familien werden Warzenmittel wie Geheimrezepte weitergegeben. »Schneide einem Aal den Kopf ab und begrabe ihn. In-

dem er verrottet, verrottet auch die Warze.« »Geh zu einer Totenwache und reibe die Warze diskret an der Leiche.« »Gehe drei Minuten im Schatten von einem, dessen Gesicht voller Pockennarben ist.«

Deshalb habe ich DOKTOR X aufgesucht. (Das ist nicht sein Name, es bedeutet vielmehr, dass ich ihn nicht nennen will.) Seine Spezialität sind Warzen. Sein Name stand auf seinem Schild, gefolgt von den Buchstaben MD(h) (USA), MRVR. Man würde erwarten, dass ein solches Schild an ein stattliches, ziegelgedecktes Gebäude angenagelt ist, nicht aber an eine Hütte neben einer Werkstatt für Reifenpannen, davor eine Gosse mit übelriechendem Wasser. Vor dem Schuppen stand ein Mann ohne Hemd in einem schmutzigen mundu *und einem Grinsen im Gesicht. Ich fragte ihn: Wo ist Dr. X? Er sagte: Das bin ich. Natürlich fragte ich ihn, wofür die vielen Buchstaben hinter seinem Namen stünden. Er sagte, das MD(h) stehe für Medical Doctor Homeopathy. Ich sagte:* Aah, *dann waren Sie also an einem homöopathischen College? (Unter uns, ich war misstrauisch.) Er sagte: O ja! Hier in meinem Haus habe ich die* British Pharmacopeia, 1930, *studiert. Ich kann sie auswendig. Fragen Sie mich, was sie wollen! Ich wollte sagen: Bestimmt wissen Sie, dass es eine neuere Ausgabe davon gibt. Stattdessen sagte ich: Wie hängt das Studium der* Pharmacopeia *mit Homöopathie zusammen? Er sagte: Wenn man mit einer Verdünnung arbeitet, warum nicht? Die Verdünnung ist entscheidend!* Aah, *sagte ich. Und das USA nach dem MD(h)? (Er sah mir nicht wie einer aus, der sich von der erwähnten übelriechenden Gosse weit entfernt hat.) Ach das, sagte er, das steht für Unani, Siddha und Ayurveda. Alle drei sind medizinische Systeme, für die ich mich sehr interessiere, sagte er. Man könnte sagen, ich bin darauf spezialisiert.*

Der hatte vielleicht Nerven! Bruder, sagte ich … Er fiel mir ins Wort. Bitte nennen Sie mich Doktor. Aah, *dann eben Dok-*

tor. Meinen Sie nicht, dass manche diese Buchstaben mit United States of America verwechseln könnten? Stopp!, sagte er und hielt die Hand hoch wie ein Polizist. Ich möchte Sie daran erinnern, dass Unani, Siddha und Ayurveda sehr alte Praktiken sind, die es schon vor Amerika gegeben hat. Da mag Churchill oder wer auch immer sagen, was er will. Aah, *sagte ich, na gut, aber das MRVR? Er sagte: Das steht für das lateinische Medicus Regius Vel Regis, also königlicher Leibarzt. Ich sagte: Moment! Behandeln Sie Leute im Buckingham Palace? Nein, sagte er. Ich habe einem stark verstopften Mann, dem Vetter sechsten Grades des vorigen Maharadscha von Travancore, mit Erfolg ein Abführmittel verschrieben – alle anderen Behandlungen hatten versagt. Statt auf Verdünnung setzte ich auf Konzentration. Ich nahm Cascara, Senna, Mineralöl, Magnesiamilch plus meine Geheimingredienz. Ich sagte: Und das wirkt? (Ich hatte ein persönliches Interesse daran, denn wer von uns hat nicht mit Verstopfung zu kämpfen?)* Aah*! Mein Freund, sagte er, lachte unangenehm und senkte die Stimme. Ob das wirkt, fragen Sie? Sagen wir so: Sollten Sie zufällig ein Buch lesen, während Sie diese Medizin einnehmen, wird sie die Seiten aus dem Einband reißen! Mein Patient war jedenfalls sehr dankbar. Daher habe ich das Malayalam-Lateinisch-Wörterbuch befragt und meinem Namen MRVR angehängt.*

Aah, *sagte ich. Genug davon. Ich bin nicht hier, um über Ihr Schild zu sprechen. Ich sammle Warzenmittel, wovon es ja unzählige gibt. Ja, ja, sagte er äußerst einnehmend, und überdies, setzte er hinzu, ist die Ingredienz, die allen solchen Mitteln gemein ist, der Glaube daran. Wirkt ein Mittel, dann deshalb, weil der Patient daran glaubt. Ist das Mittel aufwändig herzustellen, fällt das Glauben leichter. So ist die menschliche Natur. Schön und gut, sagte ich, denn hier war ich seiner Meinung. Also, sagte ich, was machen Sie mit Ihren Warzenpatienten? Er hielt mir die Hand hin. Ich fragte, was bedeutet das? Legen Sie bitte Geld hinein. Wenn es einem Patienten so wichtig ist, dass er mir Geld in die Hand legt, dann bedeutet das, dass er Vertrauen hat. Dann wirkt mein Mittel garantiert.*

Ich nahm mein Fahrrad vom Ständer und schickte mich an zu gehen. Ich habe keine Warzen, sagte ich, ich frage als Journalist. Er sagte: Da irren Sie sich leider – ich habe bei Ihnen Warzen auf den ersten Blick diagnostiziert. Wo? Zeigen Sie sie mir! Aah, *Ihre Warzen sind alle innerlich, wie Sie bestimmt wissen. Noch immer hielt er mir die Hand hin.*

Lieber Leser, urteilen Sie nicht allzu hart über mich. Tränen des Verstehens traten mir in die Augen. Ich tat Geld in des Doktors Hand. Herr Doktor, sagte ich, ich bin verzweifelt. Und ich glaube.

54. Kapitel
EIN PRÄNATALER ENGEL

1951, Parambil

Während des weiteren Verlaufs von Elsies Schwangerschaft herrscht beklommene Waffenruhe. Big Ammachi sieht, dass sie ihren Mann meidet. Wer kann es ihr verdenken? Seit dem Besuch des *kaniyan* ist Philipose' Verhalten immer rätselhafter geworden.

In Elsies siebtem Monat schickt Big Ammachi nach Anna, einer jungen Frau, die sie wegen ihrer schönen Singstimme von der Kirche her kennt. Sie hat gehört, dass Annas Mann verschwunden ist und sie und ihre Tochter sich nur mühsam über Wasser halten. Big Ammachi ist dreiundsechzig und spürt ihr Alter. Da nun das neue Kind unterwegs ist, könnte sie Hilfe gebrauchen, und wenn Anna dazu bereit ist, könnte das Arrangement beiden nützen. Sie vermisst Odat *Kochamma* schrecklich; die unerschütterliche Ruhe der alten Dame wäre bei Elsies Entbindung ein Segen gewesen. Sie hat kein Foto von ihrer geliebten Begleiterin, weswegen sie Odat *Kochammas* Holzgebiss in einem Glas in der Küche aufbewahrt. Die alte Dame hatte es vom Vater ihrer Schwiegertochter »geliehen« und immer eingesetzt, wenn ihr danach war. Jedes Mal wenn ihr Blick auf die grienenden Zähne fällt, muss Big Ammachi lächeln. Wenn sie bei ihrem abendlichen Gebet für die Verstorbenen zu Odat *Kochamma* kommt, muss sie immer weinen.

Anna erscheint nach dem Mittagessen, als Big Ammachi gerade mit Zeitung und ihrem Priem auf dem Seilbett sitzt; mit Ausnahme der Fliegen im Durchgang ist niemand da, der sie wegen dieser Angewohnheit schilt. Anna ist Ende zwanzig, hat eine breite Stirn, breite Hüften und ein Lächeln, das breiter als die beiden zusammen wirkt. Für eine füllige Frau scheinen Annas Wangen unnatürlich hager, seit Big Ammachi sie das letzte Mal in der Kirche gesehen hat. Hinter ihr verbirgt sich ein zerbrechliches kleines Mädchen in übergroßen, mit einem Schnürsenkel zusammengehaltenen Shorts; ihre Augen sind größer als ihr ganzes Gesicht.

»Na, wer ist denn dein kleiner Fratz da?«

»Das ist meine Hannah!«, sagt ihre Mutter stolz und zeigt mehr Zähne, als ein Mund fassen sollte. Die getrockneten Flecken in einem konzentrischen Muster auf Annas *chatta* entgehen Big Ammachis Aufmerksamkeit nicht. Dann bewahrt den kleinen glupschäugigen Engel also die Muttermilch vor dem Hungern.

»*Aah*, ich glaube, Hannah möchte vielleicht etwas essen«, sagt Big Ammachi und tritt in die Küche, wobei sie Annas Proteste abwehrt. Während die beiden essen, fragt Big Ammachi nach dem verschwundenen Ehemann.

»Ammachi, das Pech ist meinem armen Mann gefolgt wie Katzen dem Fischhändler. Er ist unter einer Palme eingeschlafen, nachdem er Toddy getrunken hat, und dann hat ihm eine Kokosnuss die Rippen gebrochen. So ein Pech.« Big Ammachi grübelt über Annas Nachsicht gegenüber ihrem Mann. »Dann hat er seine Arbeit verloren und keine neue gefunden. Er war frustriert. Eines Morgens hat er dann beschlossen, sich in einen Zug zu stehlen, der nach Madras, Delhi oder Bombay fährt, und dort Arbeit zu suchen. Das war vor einem Vierteljahr. Wir haben keinen Reis im Haus«, sagt Anna, weiterhin grinsend, als beschriebe sie nur eine neuerliche komische Wendung in ihrem Eheabenteuer, wo sich doch ihre Augen mit Tränen füllen. »Ich will ihn suchen, nur wie?« Sie tupft sich die Wangen ab. »Wenn Hannah groß ist und mich fragt, ob ich alles getan habe, um ihren *Appachen* zu finden …«

Big Ammachi tut ungehalten, drückt Anna aber die Hand. »Du kannst ja nicht das ganze Land absuchen!«

Vom ersten Augenblick an ist Anna wie vier zusätzliche Paar Hände. Big Ammachi fragt sich, wie sie vor Anna *Chedethi* zurechtgekommen ist. Dieses Suffix verleiht Anna den Status einer Verwandten statt einer angestellten Dienerin. Hannah läuft Big Ammachi genauso hinterher wie früher JoJo. *Herr, ich bin ja selbst als Kind hierhergekommen, habe meine Mutter vermisst und war ohne Vater. Jetzt bin ich Mutter für so viele*. Hannah sieht aus wie drei, hält aber fünf Finger hoch, wenn man sie nach ihrem Alter fragt. Es dauert nicht lange, bis ihre Wangen wie Hefeteig aufgehen. Big Ammachi hilft Hannah Lesen lernen, nimmt dabei die Bibel als Text. Das kleine Mädchen vertieft sich noch lange nach ihrer Stunde darin.

Big Ammachi und Anna *Chedethi* bereiten das Schlafzimmer im alten Teil des Hauses für Elsies Entbindung vor. Es liegt neben dem *ara*, über dem Keller, man konnte die Schätze des Hauses also gut im Auge behalten. Das erhabene Podestbett mit den Eckpfosten, die wie Kirchtürme aufragen, liegt voller Tuchballen. In diesem Bett hat auch Big Ammachi ihre Kinder entbunden. Ihre Mutter war in den letzten Monaten ihres Lebens in diesem Zimmer, als es ihr schwerfiel, von der Matte auf dem Fußboden aufzustehen. An den Wänden sind Messingbeschläge und Teak-Paneele, die Decke ist dekorativ abgehängt. Es ist ein Museum alter Artefakte von Parambil, ein jedes mit seiner eigenen Geschichte, und Big Ammachi bringt es nicht über sich, auch nur eines davon wegzugeben. Darunter ist eine

Familie von Messing-*kindis* mit langen Tüllen sowie schmuckvolle Öl- und Kerosin-Lampen, die seit dem Einzug der Elektrizität allmählich anlaufen. In einer Ecke des Zimmers steht eine zeremonielle siebenstufige Öllampe, so groß wie Big Ammachi selbst. Bis auf das Bett räumen sie fast alles aus. Anna *Chedethi* wischt Wände und Decke ab und poliert den roten Oxidboden, bis sie sich darin spiegeln kann. In diesem Zimmer der Erinnerungen, Zeremonien und Übergänge wird Elsie entbinden.

In der Küche hört Big Ammachi Gepolter und rennt ins alte Schlafzimmer, wo Philipose auf einer Leiter steht und Gegenstände aus der Zwischendecke überm *ara* zieht, zu dem man vom alten Schlafzimmer aus gelangt.

»Ich suche Ninans Holzfahrrad«, sagt er. »Das ohne Pedale. Ist das nicht hier oben?«

»Bist du wahnsinnig? Raus hier!«

Später hört sie, wie er Shamuel anweist: »Elsie wird am sechsten niederkommen. Sultan *Pattar* soll Biryani machen –«

Big Ammachi stürzt wütend hinzu. »So ein Unsinn! Ist das etwa eine Hochzeit? Der Mond hält sich an solche Zeitpläne, aber doch kein Baby. Shamuel, du kannst gehen. Kein Sultan *Pattar*, nichts.« Shamuel zieht sich zurück, langsam, damit er auch den Rest hört. »Was ist denn los mit dir, Philipose? So ein unheilvolles Benehmen! Gefeiert wird erst, wenn ein gesundes Baby da ist.«

Seine Augen sind die eines Mannes bar jeder Vernunft. Vielleicht hätte sie ihm von ihrer Besorgnis wegen Elsies Schwangerschaft erzählt, aber dieses Gespenst würde nichts verstehen. Welcher Wahnsinn hat ihn ergriffen, dass er Elsies Stein hat wegschaffen lassen? Big Ammachi hatte ihre Schwiegertochter bedauert, aber Elsie hatte gesagt: »Schon gut. Die Ideen in meinem Kopf sind unerschöpflich. Die kann niemand einfach woandershin schleifen.«

Big Ammachi weiß etwas, was Philipose nicht weiß: Elsie arbeitet an einer anderen Skulptur, draußen an ihrer alten Badestelle, wo ihr Mann nie hinkommt. Es begann mit einem Bündel Zweige, wuchs sich zu einer geschwungenen Wand aus und wurde langsam zu einem riesigen Vogelnest. Elsie durchstreift unermüdlich das ganze Anwesen, bricht grüne, biegsame Zweige ab, auch trockene, und webt sie mit Fundsachen wie einem Lumpen, Strängen aus dem Sitz eines alten Stuhls, Bändern, einem rostigen Flaschenzug, einem Kokosseil, einem Türknauf in das Nest. Nach dem Besuch eines Kirchenmannes entdeckt Big Ammachi dessen Gebetsperlen in das Nest geflochten. Elsie ist wie ein Schneidervogel, sie dreht den Kopf hierhin und dorthin, sucht auf ihrem Weg barfuß durch Gebüsch und Unterholz den Boden ab. Ihre Hände sind von der Arbeit blasig. Big Ammachi fragt sich: *Ist ein Nest tatsächlich Kunst? Hat die Schwangerschaft ihre Urteilskraft beeinträchtigt?*

Eines Morgens bemerkt sie, dass Elsie ganz steif läuft, wie auf Stelzen. Sie zwingt sie, sich hinzulegen. »Schau dir nur mal deine Füße an! Die sind bald wie Damodarans! Schluss mit Gehen.« Elsies Knöchel sind verschwunden. Ihre Zehennägel sind matt und die Fersen rissig wie ein trockenes Flussbett. Gelbe Schwielen krönen die Fußballen. »Warum trägst du nicht deine Pantoffeln? Ich hätte aufpassen müssen.« Doch Big Ammachi hat sich auf die Form von Elsies Bauch konzentriert, auf den Schwund an Höhe geachtet, der ihr sagt, dass der Kopf des Babys ins Becken gelangt ist – diese Veränderung hat sie jetzt gesehen. Sie hofft, sie irrt sich, weil es zu früh käme. »Ich lasse dich nicht aus den Augen«, sagt sie streng. »Setz dich zu mir. Zeichne oder male, statt lauter *kara-bura* zu sammeln«, sagt sie und erfindet dabei ein neues Wort.

Sie und Elsie ziehen ins alte Schlafzimmer, Elsie schläft im Bett, Big Ammachi auf einer Bodenmatte. In der ersten Nacht hört sie, wie Elsie sich immerzu herumwälzt, ihre Unruhe kündigt die Wehen an. Das Warten hat ein Ende, auch wenn es früher als vorausgesehen ist. Kurz vor Tagesanbruch schlägt Big Ammachi die Augen auf und sieht, dass Elsie sie anstarrt. Einen unheimlichen Augenblick lang hat sie das Gefühl, dass ein anderer Mensch Elsies Körper besetzt hält und Big Ammachi etwas sagen will, das sie nicht hören wollte.

»*Molay*, was ist?«

Elsie schüttelt den Kopf. Sie gibt zu, dass sie zeitweilig Wehenkrämpfe hat. Als dann die Sonne scheint, sagt Elsie: »Ammachi, begleite mich bitte zu meinem Nest.« Sie ziehen los, Elsie mit einem Arm auf den Schultern der kleineren Frau. Sie schlüpfen durch den verhängten Eingang zu dem Nest, der auf den ersten Blick gar nicht zu erkennen ist. Das Nest reicht Big Ammachi bis zur Brust. »Ich hoffe, ich kann noch mehr große Stücke wie das machen. Draußen. Das heißt, wenn ich die Wehen überlebe.«

»Was ist das denn für ein Unsinn? ›Wenn ich überlebe?‹«, sagt Big Ammachi in vorgeblichem Ärger.

Elsie starrt die ältere Frau an, scheint sich offenbaren zu wollen. Dann wendet sie sich seufzend ab.

»Was ist los, *molay*?«

»Nichts. Ammachi, sollte mir etwas zustoßen, kümmere dich bitte um das Kind. Versprichst du mir das?«

»*Chaa*! Red nicht so. Dir stößt nichts zu. Aber warum fragst du überhaupt? Natürlich würde ich das machen.«

»Wenn es ein Mädchen wird, soll es deinen Namen haben.«

Statt einer Antwort umarmt sie Elsie, die sich fest an sie schmiegt. Als sie sich voneinander lösen, sieht Ammachi voller Bestürzung Elsies kummervolle Miene. Sie beruhigt sie mit Worten, mit Berührungen. Sie erinnert sich an die Stärke ihrer eigenen Gefühle, ihrer Angst, als die Wehen nahe waren, und

Elsie stehen sie nun bevor. Diese Zerbrechlichkeit ist ein Zeichen.

Big Ammachi geht zu Philipose. »Nun hör mir mal zu. Elsie will unbedingt im Haus entbinden. Aber was ich da sehe, gefällt mir nicht. Ich kann es nicht erklären. Es wird jeden Moment kommen. Besorge uns ein Auto –«

Bestürzt springt er vom Bett auf. »Jetzt? Aber mein Kalender –«

»Was habe ich dir zu deinem Kalender gesagt? Wir können zu dem Missionskrankenhaus in Chalakad fahren. Ich hatte wirklich geglaubt, wir hätten mehr Zeit. Lieber Gott, wäre doch nur ein Krankenhaus hier in der Nähe.«

Doch da ruft Anna *Chedethi* sie in einem Ton, der ihre Besorgnis nicht verbergen kann.

»Schon gut«, sagt Big Ammachi. Elsies Fruchtblase muss geplatzt sein.

Anna *Chedethi* hat die untere Hälfte der Fenster des alten Schlafzimmers mit weißen Bettlaken verhängt. Philipose steht draußen und starrt verständnislos darauf. Er hält Shamuel fest, der gerade vorbeigeht, und sagt: »Sieht ja ganz so aus, als hätte es unser Ninan eilig mit dem Landen, genau wie letztes Mal. Wir müssen eine Ziege schlachten. Und Toddy bereitstellen –« Seine Mutter, die drin bei Elsie ist, hört es und will schon hinaus und mit ihm schimpfen, als sie Shamuels Stimme hört, die so gar nicht nach Shamuel klingt.

»*Chaa*! Halt! Sei einfach still. Sprich nicht mit mir. Wenn du helfen willst, geh in die Kirche und bete. Versprich feierlich, dass du nicht in Krishnankuttys Laden gehst. Das kannst du machen.«

Darauf Stille.

Elsie stöhnt rhythmisch. Big Ammachi macht sich bereit, bindet vor dem Spiegel die Haare zu einem dicken Knoten. Ihre Locken sind dünner geworden und eher grau als schwarz. Noch gestern war sie die junge Braut, die sich in diesem Raum vor Schmerzen von ihrem ersten Kind gekrümmt hat. Doch das war nicht gestern. Es war das Jahr des Herrn 1906. Es ist, als hätte sie gerade erst von diesem Spiegel weggeschaut … doch es ist 1951, und sie ist in ihrem siebten Jahrzehnt! Ihre Ohrläppchen sind jetzt so gedehnt. Doch das Aussehen, nach dem sie sich als junge Frau gesehnt hat, bedeutet ihr nichts mehr. Sie drückt den Rücken gerade; wenn sie nicht aufpasst, schweben ihr noch die Schultern bis zu den Ohren. Schon jetzt hält sie sich wie eine schräge Palme von den Jahren, in denen sie JoJo, dann Baby Mol, dann Philipose, dann Ninan getragen hat, stets auf der linken Seite, damit sie mit der rechten Hand den Topf umrühren oder das Anmachholz herrichten konnte. Seufzend bekreuzigt sie sich. »Herr, mein Fels, meine Festung und mein Erlöser … sei jetzt mit uns.«

Elsie schreit auf: »*Ammay*–?« Bestimmt kommt eine Kontraktion.

»Schon gut, *molay*, keine Angst«, sagt sie reflexhaft, die letzte Haarnadel zwischen den Zähnen. »Ich komme.«

Anna *Chedethi* zieht Laken straff, die das gar nicht nötig haben. Die Kontraktion ist wie eine ferne Wolke, die über Baumwipfeln steht, dann ihren Schatten auf Elsies Gesicht wirft, als krampfender Schmerz ihren Körper krümmt, ihn wie einen Putzlappen auswringt. Elsie packt Big Ammachis Hand so fest, dass ihre Knöchel zu Pulver bröckeln könnten. »Na, na … Einfach atmen. Das hast du ja schon mal durchgemacht«, sagt sie. Doch das hat Elsie gar nicht. Baby Ninan war herausgerutscht wie ein Kätzchen, das sich durch Fenstergitter zwängt.

Die Kontraktion vergeht, Elsie holt verzweifelt Luft. Big Ammachi sieht in Elsies Blick zu ihrer Verblüffung nicht Angst, was nur natürlich wäre, sondern wieder diese schreckliche Traurigkeit. »Ammachi, bring mich zum Nest.«

»Aber da waren wir doch erst vor einer Stunde, weißt du noch? Gehen wir im Zimmer umher, wenn du magst.«

Sie streichelt Elsie, wartet, durchlebt erneut ihre eigene selige und schreckliche Gebärtortur. Sie weiß noch, dass sie aufgehört hatte zu existieren, außer in diesem Zimmer. Wer anders als eine Frau würde das verstehen? Gerade wenn man dachte, die Schmerzen könnten nicht schlimmer werden, wurden sie es. Der Faden zwischen ihr und der Welt war gerissen, und sie war absolut und vollständig allein gewesen, hatte gegen Gott, gegen die wunderbare Schöpfung gekämpft, der Er in ihr zu wachsen gestattet hatte und die sie – ebenfalls seine Schöpfung – nun entzweiriss. Die Männer denken gern, dass die Frauen den Schmerz vergessen, sobald sie das Kind sehen. Nein. Eine Frau vergibt dem Kind, vielleicht sogar dem Vater. Aber sie vergisst nie.

Bei der nächsten Kontraktion presst Elsie schon. »Halte Anna *Chedethis* Hände.« Big Ammachi geht zum Fußende des Bettes, spreizt Elsies Beine und schiebt die Knie zum Bauch hin.

Sie versteht nicht, was sie dort sieht. Statt der dunklen, glänzenden Haare auf dem Kopf des Babys, eingerahmt von dem Oval, sieht sie blasses Fleisch. Und ein Grübchen. Es ist der Po des Kindes! Und das Grübchen ist der Anus. Sie hört ein Pochen, es lenkt sie ab, sie fragt sich, wer da an der Tür hämmert, bis sie merkt, es ist ihr eigenes Herz. Das Kind liegt verkehrt herum. Das ist schlimm. Die Kontraktion vergeht, der Po zieht sich zurück, findet keinen Halt. Vielleicht ist der Geburtskanal noch nicht ganz weich, wenn sie ihm also Zeit lassen –

Plötzlich strecken sich Elsies Beine gerade, als zögen unsichtbare Flaschenzüge daran. »Elsie, nicht! Beug die Knie wieder!«

Doch Elsie hört schon nichts mehr, die Beine sind starr, die Zehen zeigen zur Tür, die Arme sind seltsam vor der Brust gekrümmt. Durch ihre zusammengebissenen Zähne dringt ein atavistisches Grunzen, dazu schäumt blutiger Speichel. »Sie hat sich auf die Zunge gebissen!«, ruft Anna *Chedethi*. Elsie verdreht die Augen, man sieht nur noch das Weiß. Und dann krampft sie, schleudert die Gliedmaßen umher, ihr Körper lässt das Bett rappeln. Big Ammachi drückt Elsies Kopf an ihren Busen, wie um den Geist, der sie ergriffen hat, daran zu hindern, Elsie herumzuschleudern. Nach einer Ewigkeit weicht der Eindringling zurück. Doch er hat Elsie mitgenommen: Sie ist schlaff, atmet rau, die Augen halb offen, nach links stierend. Sie ist bewusstlos.

Big Ammachi beugt Elsies Beine erneut, sodass die Fersen an den Hinterbacken liegen. Zu ihrer Bestürzung hat sich der Anblick nicht verändert. Sie wäscht die Hände in heißem Wasser und überlegt, was sie nun tun soll. Sie zieht ihren Ring ab und schmiert sich Kokosöl auf die rechte Hand, bis übers Handgelenk.

»Anna *Chedethi*, knie dich aufs Bett. Leg ihr die Hand hier auf den Bauch und drück, wenn ich es sage. Herr, mein Fels, meine Festung, meine – na, das kennst du ja schon«, sagt sie mit derselben strengen Stimme wie zu Anna *Chedethi*. Doch ohne den Krampf hätten sie warten können, bis die Natur ihren Lauf nimmt, dass der Po des Kindes den Kanal weitet, dass Elsie presst … doch der Kanal scheint schon so weit zu sein, wie es eben geht, und eine bewusstlose Elsie kann nicht mehr pressen.

Sie formt ihre knotigen Finger zu einem Vogelschnabel und führt sie in den Geburtskanal ein. Die Fingerspitzen passieren behutsam den Babypo, spreizen sich, schieben sich weiter in dem Raum, der so eng ist, dass ihre Gelenke kreischen. Sie schließt die Augen, wie um im Dunkel der Gebärmutter besser sehen zu können. Sie tastet weiter, stößt an weiche Stummel. Zehen! Und die Rückseite eines Knöchels? Ja! Mit einer Fingerspitze zieht sie an dem Fuß, lässt dabei den Winkel zum Schienbein, wie er war. Gerade als sie meint, er könnte brechen, rutscht der Fuß an den Pobacken vorbei ins Freie. Den anderen Fuß findet sie etwas weiter oben, sachte zieht sie ihn heraus, und da folgen auch schon die Pobacken ohne Weiteres und mit ihnen eine Schlinge der Nabelschnur. Anna *Chedethi* schaut mit offenem Mund zu.

Nass und schleimig hängen die Beine aus dem Geburtskanal, ein Knie gebeugt, das andere gerade, als unternähme das Kind den Versuch, wieder hineinzuklettern. Es zeigt ihnen die Wirbelsäule, eine Reihe winziger Perlen unter der Haut. Sie legt ein Handtuch um den schlaffen Kinderleib und zieht. Der Rumpf kommt nicht weiter heraus, dreht sich jedoch in Zeitlupe, wie ein Wasserrad. Noch einmal geht sie mit den Fingern hinein und angelt eine Ellbogenbeuge, und als Belohnung erscheinen beide Schultern. Jetzt ist nur noch der Kopf vom Gebärmutterausgang umschlossen. Sie schaut nach Elsie, die hat sich nicht geregt. Der Schaum auf ihrem Mund brodelt im Rhythmus ihrer schnellen, flachen Atmung.

Sie zieht, doch der Kopf sitzt fest wie in Stein. Sie hat die Phantasievorstellung, sie riefe das Baby und es antwortete: »Ja, Ammachi?«, und käme zu ihr wie so viele Kleine schon zuvor. Schweiß läuft ihr in die Augen, blendet sie. Anna *Chedethi* wischt ihr das Gesicht ab und wedelt mit dem Bambusfächer. Die Nabelschnur baumelt unter dem Kind wie eine weiße Schlange, sie pocht und zuckt im Takt mit Elsies Herzschlägen, die Aderknoten unter der gallertigen Oberfläche gebläht und wund. Das Kind so ohne Kopf zu sehen, erinnert sie an Elsies Statue. Bevor Philipose sie entstellt hat.

»Anna, drück, wenn ich's sage«, sagt sie gereizt, wo sie doch ihre eigenen schweifenden Gedanken ärgern. Als die nächste Kontraktion einsetzt, kauert sie sich mit knarrenden Knien hin. Anna *Chedethi* drückt auf den angeschwollenen Bauch, Big Ammachi zieht Richtung Fußboden. Doch der fürchterliche Winkel zwischen Hals und Körper macht ihr Angst. »Halt! Hochziehen, nicht runter«, sagt eine Stimme deutlich. Das war nicht Anna *Chedethi*. Aber wer dann? Will etwa der langjährige Bewohner des Kellers unter ihnen Ratschläge geben? Sie steckt einen Finger hinein, stochert nach dem Mund des Kindes, steht dann bei der nächsten Kontraktion auf, hält dabei den Kopf geneigt und zieht den Torso des Kindes nach oben, hin zu Elsies Bauch, weil etwas oder jemand es ihr so gesagt hat. »Drücken, Anna!« Der Kopf kommt gurgelnd frei, es ist der Laut der Unterwerfung von Mutter und Kind unter die Naturregel, dass keine Seele in einem Zwischenreich bleiben kann, nicht, wenn sie in dieser Welt Halt finden will.

Anna *Chedethi* verschnürt und durchschneidet gekonnt die Schnur, das Neugeborene liegt blau und leblos in Big Ammachis Armen. Sanft bläst sie auf die winzigen Nasenlöcher. »Na komm, Süßer! Du hast's geschafft, du bist in Parambil!« Nichts geschieht. Sie hat eine deutliche Erinnerung an Odat *Kochamma*, wie sie sich auf ihren O-Beinen vorbeugt, die Arme fürs Gleichgewicht nach hinten gereckt, und Ninan in die winzigen Ohren sagt: »*Maron Yesu Mishiha*.« *Jesus ist der Herr.* Sie blickt zur abgehängten Decke hinauf und fleht ihre langjährige Begleiterin an in der Gewissheit, dass sie herabschaut. *Sag es, Kochamma! Soll ich denn alles allein machen?*

Und da füllt das Kind die Lungen und schreit, ein herrlicher Laut, eine Universalsprache, die erste Äußerung eines neuen Lebens. Big Ammachis Kleider sind schweißnass, sämtliche Knochen tun ihr weh, die Augen brennen, doch ihre Freude ist grenzenlos.

Vor der Tür erheben sich frohe Geräusche: Die Wartenden haben das Kind schreien hören.

Big Ammachi kauert sich zu dem Kind. Sie fühlt sich wiedergeboren. So ein vollkommenes Kind! Sie genießt den eigentümlich schrillen, hohen Schrei des Neugeborenen, ein Laut, der das Ende der Einsamkeit anzeigt, die Rückkehr der Mutter in die Welt, die vorübergegangene Todesgefahr. Was drin war, ist nun draußen, noch genauso fragil, genauso mit der Mutter verbunden, doch zum ersten Mal getrennt.

»Bist du ein großes Kind, ja? Gelobt sei Gott. Ich hatte schon Sorge, du bist so ein winziges Kätzchen.« Sie ist es gewöhnt, dass Neugeborene wegen der ungewohnten Helle die Augen zukneifen, sie kaum öffnen und wenn, dann nur, um ins Leere zu blicken. Dieses Kind aber schaut seine Großmutter mit großen, ernsten Augen an.

Elsie atmet regelmäßig, ihre Augen wieder im Fokus. Sie ist noch bewusstlos, aber am Leben. Die Nachgeburt erscheint, glitschig und schwer, ihre Aufgabe ist erfüllt. Anna *Chedethi* wechselt das verschmutzte Laken unter Elsie gegen ein dickes weißes Handtuch aus. Sie schlägt die Nachgeburt in Zeitungspapier ein.

Anna *Chedethi* hockt sich zu Big Ammachi, mit dem Rücken zu Elsie, beide grinsen breit über den Neuankömmling. Unter ihnen erschallt ein lautes Scheppern. Im Keller. Es erschreckt sie, sie schauen hinab, drehen sich dann um. Sie sehen es beide gleichzeitig: Kirschrotes Blut strömt aus dem Geburtskanal, durchweicht das weiße Handtuch und tropft auf den Boden. Rasch wickelt Big Ammachi das Kind ein und legt es vorsichtig auf die Matte. Anna *Chedethi* spreizt Elsies Beine erneut, Big Ammachi wischt das Gerinnsel an der Öffnung weg, nur um gleich ein weiteres, schlimmes zu sehen – das Gesicht Satans –, mitgerissen von einem stetig rinnenden roten Fluss, der sich in den Blutsee unter Elsies Pobacken ergießt.

Etwas Derartiges hat Big Ammachi nie gesehen, aber davon gehört. *So viele Arten, wie wir Frauen sterben, Herr. Ist es keine stockende Wehe, die Mutter und Kind tötet, dann ist es das. Das ist ungerecht!* Sie massiert den Bauch, weil sie gehört hat, dass der schlaffe Uterus so wieder an Tonus gewinnt, sich zusammenzieht und so die Blutung stoppt. Doch davon wird der Blutfluss eher noch stärker. Big Ammachi taumelt zurück, geschlagen, sieht mit an, wie Elsies Leben schwindet.

Philipose ruft von draußen: »Was ist los? Geht's meinem Sohn gut?«

Sie hören ihn nicht. Hilflos starren sie auf das Blut. Anna *Chedethi* sagt: »Ammachi, ich möchte was probieren.«

Sie ölt ihre breite Hand ein und schiebt die Finger langsam in den Geburtskanal. Drinnen in der Gebärmutter macht sie eine Faust und stößt weiter. Ihre andere Hand drückt auf den Bauch, sodass sie die schlaffe Gebärmutter zwischen der Faust drin und der Handfläche draußen einzwängt und zusammenpresst. Blut läuft ihr am Arm entlang, wird aber allmählich langsamer ... und versiegt.

In kurzen Stößen, das Gesicht von der Anstrengung verzerrt und doch irgendwie grinsend, sagt Anna *Chedethi*: »Eine weiße Nonne ... da hinter Ranni ... die war Krankenschwester ... Die hat eine *pulayi* gerettet, die geblutet hat wie ein Fluss ... hat die Gebärmutter zugekniffen.«

»Warst du dabei?«

»Nein ...«, sagt sie und schaut Big Ammachi an. »Aber ich hab davon gehört ... und gerade ist's mir eingefallen.«

Anna *Chedethis* Arme beben, die Adern auf den Schläfen sehen aus, als wollten sie gleich platzen. Ein Segen, dass Elsie nichts spürt. Doch ihr Gesicht ist weiß wie ein gebleichtes *mundu*. Big Ammachi schaut auf das gewickelte Kind, es sieht zu, wie seine Mutter um ihr Leben kämpft.

»Ammachi«, sagt Anna *Chedethi*, »was war das für ein Geräusch … da unten?«

»Wahrscheinlich ist ein Glas Eingemachtes runtergefallen«, sagt Big Ammachi. »Die alten Regalbretter sind schief.«

Doch Big Ammachi weiß, wer es war, und sie ist dankbar. Hätten sie weiter dem Baby zugeflüstert, wäre Elsie schon tot gewesen, wenn sie irgendwann nach ihr gesehen hätten. »Anna, und wenn du jetzt loslässt?« Sie hat Angst, dass Anna *Chedethi* von der Anspannung ohnmächtig wird.

Zunächst scheint Anna *Chedethi* sie nicht gehört zu haben. Eine weitere Minute vergeht. Dann lockert sie langsam den Druck auf den Bauch, lässt die geballte Faust aber drin. Sie halten den Atem an. Es rinnt nicht erneut. Nach einer weiteren Minute zieht Anna *Chedethi* die Hand ganz sachte zurück, der Arm ist von den Fingerspitzen bis zum Ellbogen dunkelrot umhüllt. Die Lippen bewegen sich, beide Frauen beten stumm, die Blicke auf die Stelle zwischen Elsies Beinen geheftet. Fünf Minuten. Zehn. Weitere zehn. Allmählich findet Big Ammachi, dass sie wieder atmen kann.

Sie ruft Elsies Namen. Die liegt in einem tiefen, unnatürlichen Schlaf. Aber sie lebt. Lieber Gott, kann das arme Mädchen überleben, nachdem es so viel Blut verloren hat? Die Frauen warten weiter. Und noch weiter, das Kind nun in den Armen seiner Großmutter. Schließlich legt Big Ammachi Anna eine Hand auf den Kopf und segnet sie, den Blick gen Himmel. »Danke, Herr«, sagt sie. »Du hast es kommen sehen. Du hast mir diesen Engel geschickt.«

Big Ammachi kommt aus dem Schlafzimmer, sie ist kaum wiederzuerkennen, ausgelaugt, gerötet und dennoch blass, als hätte nicht Elsie, sondern sie diese Tortur durchgemacht. Ihre Hände sind sauber, die Ellbogen jedoch blutig, ihr *chatta* und *mundu* vorn blutgetränkt, auf der Wange ein Blutstreifen. Doch sie lächelt verträumt, das neue Kind auf den Armen. Verblüfft sieht sie, wie sich eine kleine Menge erhoben hat. Baby Mol, Dolly *Kochamma*, Aufschwungmeister, Shoshamma und der Vater des Kindes, Philipose.

»Fast hätten wir Elsie verloren. Dem Herrn sei Dank, dass er uns hindurchgeleitet hat. So eine schwierige Geburt«, sagt sie zu den Versammelten mit heiserer Stimme. »Das Kind ist mit dem Po voraus gekommen. Dann hatte Elsie einen Krampf. Irgendwie haben wir das Kind rausgekriegt. Aber dann hat Elsie plötzlich geblutet, so stark geblutet … Fast hätten wir sie verloren. Es könnte immer noch passieren. Sie ist sehr schwach. Bitte betet, dass sie nicht wieder blutet. Aber dem Kind geht es gut. Lobet Gott, lobet Gott, lobet Gott …«

Mit kleinen, müden Schritten geht sie zu ihrem Sohn. Sie lächelt. Während sie gesprochen hat, war er wie benommen, jetzt aber, als sie sich ihm nähert, erhellt sich sein Gesicht, und er streckt die Arme aus. Big Ammachi sagt: »Wir haben auch schon einen Namen für deine Tochter.«

Er blinzelt, lässt die Arme sinken.

»Deine Tochter«, sagt Big Ammachi.

Er taumelt zurück. Shamuel rückt ihm einen Stuhl hin. Philipose kann seine Mutter nur anstarren, ungläubig, der Mund offen, konsterniert. Er murmelt: »Wieder hat Gott uns im Stich gelassen.«

Sie lässt sich Zeit. Sie tritt vor seinen Stuhl, stellt sich vor ihn. Als sie spricht, sprühen die Worte von ihrer Zunge, fallen auf ihn wie heißes Öl auf Wasser: »Nach den Qualen, die Elsie erduldet hat … Nach allem, was Anna *Chedethi* und ich durchgemacht haben, sagst du so etwas? ›Gott hat uns im Stich gelassen?‹« Sie wird lauter. »Eine Frau riskiert ihr Leben, um zu gebären, und am Ende sagt ein Mann, der neun Monate lang *nichts* getan hat – weniger als nichts: ›Gott hat uns im Stich gelassen?‹« Ginge es nach Big Ammachi, müsste jeder Mann, der sagt, was ihr Sohn gerade gesagt hat, von Rechts wegen geprügelt werden. »Ja, Gott hat uns im Stich gelassen«, sagt sie. »Als er gesunden Menschenverstand verteilte, hat er dich übersehen. Schäm dich!«

Nichts regt sich in Parambil, als ihre Worte über seinem Kopf schweben. Philipose blickt auf, verwirrt, aus Enttäuschung wird nun Verletztheit. Doch er wagt nicht zu sprechen.

Big Ammachi funkelt ihren Sohn an. Auch er war einst ein Baby wie das Kind auf ihren Armen. Ist sie nicht auch ein wenig verantwortlich für das, was aus ihm geworden ist? »Hör mal, vor einer Stunde hätte ich herauskommen und dir sagen können, dass Elsie Krämpfe hatte und gestorben ist. Vor vierzig Minuten hätte ich dir sagen können, dass das Kind verkehrt herum feststeckte und Mutter und Kind gestorben sind. Und vor zehn Minuten, dass Elsie verblutet ist. Verstehst du das? Aber nichts davon habe ich gesagt. Ich habe gesagt, deine Frau lebt, wenn auch knapp. Und was du hier siehst, ist Gottes Gnade, die sich in diesem vollkommenen, vollkommenen Kind zeigt.«

Philipose sagt kein Wort. Er schaut das Kind nicht an. Sein Gesicht ist so zerquält, als wäre Baby Ninan ein weiteres Mal gestorben, der blutige Körper mit seinen grauenvollen Eingeweiden noch auf seinen Armen.

»Mariamma«, verkündet Big Ammachi mit kräftiger Stimme. Den Namen wollte Elsie. Sie wartet nicht ab, dass ihr Sohn eine Meinung äußert. »Das Kind heißt Mariamma.«

Ja, es ist Big Ammachis Vorname. *Mariamma*. Ein Name, mit dem niemand sie, soweit sich die Anwesenden erinnern, je angeredet hat, ein Name, der nicht mehr ausgesprochen wurde, seit sie als zwölfjährige Braut hierhergekommen ist.

Mariamma.

55. Kapitel
DAS PROBLEM IST EIN MÄDCHEN

1951, Parambil

Elsie ist bei Bewusstsein, aber verwirrt und von ihrem Blutverlust äußerst schwach. Erst nach drei Tagen kann sie sich aufsetzen, ohne dass ihr schwummrig wird. Ihre Genesung dauert schmerzlich lange. Sie ist außerstande, das Kind zu stillen. Das übernimmt die lächelnde Anna *Chedethi* mit den weiten Zahnlücken, was für Big Ammachi der Beweis ist, dass Hannah weiterhin nachts aus Bequemlichkeit saugt. Hätte Big Ammachi das gewusst, sie hätte beide ausgeschimpft. So aber spricht sie ein Dankgebet.

Erst am fünften Tag bringt Big Ammachi Mariamma zu ihrer Mutter. Zu ihrer Verblüffung sieht sie denselben gehetzten, elenden Ausdruck auf Elsies Gesicht, über den sie vor ihrer Geburt gerätselt hat. Elsie betrachtet ihre Tochter mit viel Zärtlichkeit, doch ist dieses Gefühl von einem unerklärlichen Kummer überschattet, überdeckt. Ihre Hände sind wie schlaffe Blätter, und sie unternimmt nicht den Versuch, das Kind zu halten. Nach einer Ewigkeit schließt Elsie die Augen, als könnte sie den Anblick nicht länger ertragen, und Tränen strömen ihr unter den Lidern hervor. Sie wendet sich ab, die Schultern zittern, sie schluchzt untröstlich.

Der Vater des Kindes schließt sich in seinem Zimmer ein, ausgesetzt im eigenen Haus, außerstande, mehr als nur das

Kommen und Gehen durchs Fenster des alten Schlafzimmers zu verfolgen. Er kommt nicht heraus, es sei denn, wenn alle im Haus fest schlafen.

Erneut wird Parambil von einem Neugeborenen und dem davon ausgelösten Treiben verwandelt. Stoffwindeln flattern an der Leine, Baby Mol patrouilliert davor, bedeutet jedem, der vorbeikommt, still zu sein. Big Ammachi freut sich an ihrer Enkelin, ihrer Namensvetterin. Aber ein Neugeborenes soll seinen Eltern doch Freude bereiten. Dieses nun hat genau das Gegenteil bewirkt.

Big Ammachi bündelt ihre Energie auf Elsie, flößt ihr Brühe ein, dann Fisch und Fleisch, damit sie wieder mehr Blut bekommt, dazu auch die Kräftigungsmittel des *vaidyan*. Nach einer Woche kann Elsie gehen. Auf Big Ammachi gestützt, laufen sie im Tandem im Zimmer auf und ab. In der dritten Woche zeigt Elsie Farbe auf den Wangen, unternimmt immer längere Gänge allein, badet sogar im Bach. Zwar schaut sie bei dem Kind herein, nimmt es aber nicht auf den Arm, betrachtet es nur auf Anna *Chedethis* Armen. Das versteht Big Ammachi nicht, sie wird das ungute Gefühl nicht los, dass nach allem, was sie schon durchgemacht haben, noch etwas auf sie wartet.

Drei Wochen nach der Geburt geht Elsie frühabends, in der Dämmerung, hinaus, um im Bach zu baden. Davor bittet sie Big Ammachi noch, ihr noch einmal in Bananenblättern gedämpfte Sardinen zu machen, so wie am Tag davor, ohne Gewürze, nur mit ein bisschen Salz.

Erst fast zwei Stunden später merkt man, dass sie nicht zurückgekommen ist.

56. Kapitel
VERMISST

1951, Parambil

Sie suchen das Haus und die Umgebung ab. Shamuel geht den Bach und den Kanal entlang; er ruft den Familien des Schmieds, des Goldschmieds und des Töpfers zu, ob sie Elsie gesehen haben. Joppan radelt die dunklen Straßen auf und ab und fragt in allen Nachbarhäusern. Andere gehen am Flussufer entlang. Um Mitternacht drängen sich Mitglieder der Großfamilie auf der Veranda, die hohen Stimmen der Frauen ein Kontrast zum tiefen Gemurmel der Männer. Caesar rennt bellend herum. Joppan späht diskret mittels eines brennenden Palmwedels in jeden Brunnenschacht.

Am nächsten Tag fährt Georgie, sobald es hell wird, mit dem Bus zum Thetanatt-Haus in der Ebene. Sollten weder Elsie noch ihr Bruder dort sein, wird er ein Auto mieten und zum Gut hinauffahren. Aufschwungmeister weist Sektoren zu, um so das Gelände von Parambil im Radius von einer Meile vom Haus systematisch abzusuchen. Shamuel befragt alle Bootsleute und erhält die Versicherung, dass niemand Elsie am Vorabend befördert hat. Joppan stapft, tapfer mit einem langen Stock stochernd, durch das hohe Gras des *sarpa kavu* am Rand des Anwesens, eines Orts, wo große, von Menschenhand aufgestellte Steine auf einen alten Tempel hindeuten, welcher dem Schlangengott geweiht war und den sonst niemand betritt. Joppan stellt fest, dass dort massenhaft schlängelnde Wesen sind, aber keine Elsie.

Nur Baby Mol ist von Elsies Fehlen nicht verstört. Als Big Ammachi sie fragt, ob sie weiß, wo Elsie ist, sagt sie nur: »Meine Puppen haben Hunger.« Big Ammachi schnürt sich der Hals zusammen.

Am frühen Nachmittag kehrt Georgie zurück: Elsie ist nicht im Familienhaus, und ihr Bruder war erst eine Stunde davor aus den Bergen zurückgekehrt. Er war sich sicher, dass Elsie nicht dort im Bungalow war. Georgie sagte, Elsies Bruder habe ihn nicht gerade freundlich behandelt, eher wie einen Diener und nicht wie einen Älteren von Parambil. Außerdem habe der Bruder betrunken gewirkt und üble Dinge über Philipose gesagt.

Die Suche nach Elsie wird eingestellt. Nur Shamuel macht weiter, geht noch einmal über Bereiche, die schon abgesucht worden sind. Vierundzwanzig Stunden nach Elsies Verschwinden kommt Shamuel auf der Zufahrt zur Veranda, wo Big Ammachi, Philipose und Aufschwungmeister sind. Sein düsterer, fast schon zeremonieller Gang weckt ihre Aufmerksamkeit, ebenso das, was er wie eine Opfergabe in Händen hält. »Vom Bootssteg aus bin ich den Fluss entlanggelaufen. Ich kam an die Stelle, wo die dicken Schraubenpalmen stehen. Mir fiel eine Stelle auf, wo eine zurückgebogen und ganz abgeflacht ist. Da bin ich durch, und dahinter war eine kleine Lichtung. Groß genug, dass eine Person drin stehen kann.« Seine Stimme bricht. »Dort habe ich nur das gefunden.« Er hält es ihnen hin. Es ist ein säuberlich gefaltetes *thorthu*, eine Bluse und ein *mundu*, darunter Elsies Pantoffeln.

Aufschwungmeister meldet es beim Polizeiposten. Am ehesten können sie nun darauf hoffen, dass eine Leiche weiter flussabwärts entdeckt worden ist.

Während Anna *Chedethi* das Kind stillt, macht sich eine schlaflose Big Ammachi allein zu der Stelle auf, wo Shamuel Elsies Sachen gefunden hat. Sie steht einfach da, fühlt die Erde zwischen den Zehen, wie Elsie sie gefühlt haben muss. Sie starrt auf die gewellte braune Fläche des Flusses, dessen viele Stimmungen sie so genau von einem Leben kennt, in dem sie sich seinen Armen überlassen hat. Die vertäuten Kanus schaukeln höher am Anleger, ein Zeichen, dass es in den Bergen regnet, sanft wippend zieht ein Ast vorbei. Sie erschauert bei der Vorstellung, dass Elsie sich in ihrem geschwächten Zustand hier ausgezogen hat und hineingegangen ist. Was ist nur in das Mädchen gefahren? Wollte sie eine Verbundenheit mit Wasser, hatte sie das Verlangen nach Reinigung, nach Erneuerung? Elsie ist eine kräftige Schwimmerin, vielmehr war es, bevor sie beinahe verblutet ist. Der Fluss kennt mit denen, die ihn unterschätzen, keine Gnade und ist nie zweimal derselbe. Wie sie so dasteht, spürt Big Ammachi einen ungeheuren Druck in der Brust. Nach einer langen, langen Weile reißt sie sich los, doch nicht, ohne davor die Erde geküsst zu haben, auf der Elsie zuletzt stand.

Ihre Füße tragen sie zu Elsies Nest. Ihr ist, als näherte sie sich einem Schrein, einem von der Welt abgeschirmten Sanktuar. Das Moos an der Außenseite ist dick, und die in die Wand gewobenen Fundsachen scheinen wie seit Jahrzehnten darin gefangen.

Beim Eintreten sieht sie auf dem Boden ein weißes, rechteckiges Papier, das von einem glatt geschliffenen ovalen Stein festgehalten wird, einem Flussstein, wie Elsie sie als Gewichte auf ihrem Arbeitstisch hatte. Ihr Herz hämmert. Wer hier auch gesucht hat, er hat nach einem Menschen gesucht, nicht nach einem Stück Papier und es übersehen. Sie bückt sich, um es aufzuheben. Es ist ein dickes, körniges Blatt, wie Elsie es zum

Zeichnen und Malen benutzt hat. Es gab eine Zeit, vor Ninans Tod, als solche Papiere sich überall im Haus vermehrten, von Baby Mols Bank bis in die Küche flatterten. Seit ihrer Rückkehr hatten Elsies kräftige Hände Kohlestift und Pinsel gegen Hammer und Meißel eingetauscht, bis sie sich dann dem Nest zuwandte. Tau hat die Ränder des Papiers eingerollt – es hat dort die Nacht über gelegen, aber nicht länger, denn es ist noch makellos weiß. Mit zitternden Fingern faltet sie es auseinander. Big Ammachi sieht eine schlichte Zeichnung, die mit einem Minimum an Strichen ein vertrautes Thema darstellt: Mutter und Kind. Die Gesichter und Figuren sind nicht sehr ausgearbeitet, doch mit einer Kurve hier und einem Strich da lassen sie durchaus Brauen, Nase, Mund erkennen …

»Das ist wichtig, nicht wahr, *molay*?« Das Papier zittert in ihrer Hand. Sie mustert es. Da ist natürlich das Kind. Die Mutter dagegen ist alles andere als jung, sie ist leicht gebeugt, der Hals nach vorn gereckt. »*Molay, molay*«, ruft sie aus, und ihr Herz krampft sich zusammen. »*Ayo, molay*, was willlst du damit sagen? Das bin doch *ich*, nicht? Wärst du es, dann wäre sie doch größer, jünger, und auf der Stirn wäre keine Runzel. Sagst du mir damit, dass ich mich um das Kind kümmern soll? Das hast du mich ja schon gefragt. Du weißt, dass ich es mache. Aber ich bin dreiundsechzig! Väter mögen entbehrlich sein, aber ein Kind braucht seine Mutter. Ach Elsie, was hast du nur getan? Soll das ein Abschiedsgruß sein?« Sie ist so überwältigt, dass sie sich setzen muss.

Ihr Körper sagt ihr mit Gewissheit, dass Elsie nie mehr wiederkommen wird, dass Elsie sich bewusst dem Fluss hingegeben hat. Die Vorstellung, dass Elsie kurz bevor sie in den Fluss ging und sich das Leben nahm, diese Botschaft hinterlassen hat, zerreißt ihr das Herz. Sie presst das Papier an den Busen und überlässt sich ihrem Kummer.

Sie hört von Weitem Anna *Chedethi* aus der Küche rufen. »Big Ammachi-*o*?« An dem aufsteigenden, musikalischen *o* am Ende erkennt sie, dass das, was immer Anna will, nicht dringend ist. Doch der melodische Ruf wirkt wie ein Abschluss. Er mahnt sie, dass es in Parambil weitergehen muss. Ein Haushaltsvorstand, eine Mutter, eine Großmutter hat kostbare Pflichten, die nicht enden, die bis zum Tag ihres Todes bestehen bleiben.

Sie erzählt niemandem von ihrem Fund. Sie hütet ihn eifersüchtig; er ist eine persönliche Nachricht ihrer Tochter an sie. Sie legt das Papier zu dem Stammbaum im selben Schrank, in dem sie den schneeweißen *kavani* mit dem Saum aus echtem Gold aufbewahrt, den sie bei Hochzeiten und Begräbnissen trägt.

In den folgenden Jahren wird sie an Mariammas Geburtstag und bei anderen Gelegenheiten, wenn ihr Elsie in den Sinn kommt, die Zeichnung hervorholen, aber immer nur nachts im weichen Licht ihrer Lampe. Jedes Mal wenn sie sie betrachtet, verblüfft sie die Ökonomie der Linien aufs Neue. Es könnte die Jungfrau Maria mit Kind sein. Es könnte so vieles sein. Doch sie weiß, dass sie selbst es sein soll, wie sie ihre Namensvetterin wiegt. Nie sieht sie Elsie darin.

Das rechteckige Blatt Papier enthält die runde Welt und ihre imaginären Ecken, die Erinnerung an die Verschwundenen und die Toten und an die schlagenden Herzen der Gläubigen, die jeden Abend beten, dass Gottes Wille geschehe, ohne zu wissen, was er ist.

VII. TEIL

57. Kapitel
INVICTUS

1959, Managervilla im Dorf M___

Lenin Immerdar steht eine Woche vor seinem neunten Geburtstag, als die Seuche über die Einzimmerhütte kommt, die ihr Zuhause ist. Sie kommt mit der Geschwindigkeit einer Eidechse, die von den Dachsparren herabfällt. Als seine Mutter Lizzi eines Morgens sagte, die Schule sei geschlossen, jubilierte er, zu froh, um nach dem Grund zu fragen. Am nächsten Morgen erwacht er nicht von den Geräuschen seiner Mutter, die in der Küche werkelt, vielmehr ist alles still. Seine Eltern liegen noch auf ihren Matten, zwischen ihnen seine kleine Schwester. Ihre Gesichter glänzen von Schweiß. Er erinnert sich, dass sie sich am Vorabend unwohl fühlten.

Die Haut seiner Mutter ist heiß. Als Lenin sein Schwesterchen Shyla berührt, gerade fünf Monate ist sie alt, schreit sie auf, als hätte er sie mit einer Nadel gestochen. Der Schrei weckt seinen Vater, er fasst sich an die Stirn, verzieht das Gesicht. Kora richtet sich mühsam auf, torkelt aber. Lenin fragt sich, ob sein Vater einen Kater hat. Doch am Vorabend war Kora nüchtern heimgekehrt, er hatte nichts zu essen finden können. Sie hatten sich den Bauch mit *kanji*-Wasser gefüllt, mit nur einem bisschen Reis darin, und waren dann zu Bett gegangen.

»Ich muss die Kuh füttern«, sagt Kora, keuchender als sonst und rau wie Stein, der an Stein reibt. Er kann nicht stehen bleiben. Er rüttelt seine Frau an der Schulter, doch die stöhnt nur. Vater und Sohn schauen einander an. Lizzi ist das Rückgrat der Familie.

»Hast du auch Fieber, *monay*?« Lenin schüttelt den Kopf. »Dann hol uns Wasser. Und gib der Kuh Heu und Wasser. Bitte.« Dann sagt er noch: »Alles wird gut.« Sein Vater versucht sich an einem optimistischen Lächeln, wie wenn »Manager« Kora einen Vorarbeiter zu überzeugen sucht, dass Milch und Honig fließen werden, wenn die Dörfler nur bei ihm unterschreiben, und *nein, nein, auf dem Gut gibt's keine Malaria – wer hat das behauptet?, nur feudale Unterkünfte und Milch und Honig – habe ich das erwähnt?* Doch an dem Morgen hält sich sein Lächeln nicht. »Das kenne ich schon«, sagt sein Vater und reibt die Beulen auf seiner Haut. »Wenn die Leute wissen, dass wir es haben, hilft uns keiner. Dann kommen sie nicht näher.« Er legt seiner Frau die Hand auf die Wange, die ebenfalls Beulen aufweist. »Deine gesegnete Mutter. Was habe ich ihr nur alles zugemutet.« Lenin ist überrascht; so ein Eingeständnis sieht ihm gar nicht ähnlich. Dann sagt sein Vater: »Alles wird gut.«

Richtig Angst bekam Lenin erst, als sein Vater diese Versicherung wiederholte. Das hieß doch, dass eben *nicht* alles gut war. Dass wegen etwas, was sein Vater gemacht hatte, gleich etwas Schlimmes passieren würde. Vor Lenins Geburt hatten sie einmal ein Haus in Parambil gehabt, einem Ort, den Lenin nie gesehen hat, den er sich aber durch die Erzählungen seiner Mutter als ein Eden vorstellt, wo alle eine liebevolle große Familie sind. Aus mitgehörten Gesprächen seiner Eltern weiß er, dass Kora Ärger bekam, weswegen sie aus Parambil fliehen mussten. Danach hat seine Mutter das Heft in die Hand genommen. Sie hat ihrem Mann zu einer Stelle als Gutsschreiber in Wayanad in Malabar verholfen. Lenin hat vage Erinnerungen an diese Zeit. Doch als er vier oder fünf war, geriet sein

Vater erneut in Schwierigkeiten. Lizzi verkaufte ihren letzten Schmuck und erwarb davon eine Hütte auf einem winzigen Stück Land, damit sie nie wieder obdachlos sein würden. Sie verbot Kora, sich Geld zu leihen, auch dürfe er nur gegen Lohn arbeiten. Seitdem leben sie in dieser Hütte, die sein Vater »Managervilla« nennt.

Lenin füttert die Kuh und bringt der Familie Wasser. Er will seiner Mutter beim Trinken helfen, doch sie kann es nicht. Seine Mutter lebt nach der Devise »Die Wahrheit sagen, und zwar gleich«, nicht »Alles wird gut«. Ihr Mann findet keine Arbeit und wenn, dann nie für lange. Geld oder Fleisch und Fisch bringt ihnen einzig Lizzis Geschick als Hebamme ein. Sie hat es bei einer Frau auf den Gütern von Wayanad gelernt. Vor zwei Wochen ist Kora spätabends mit der Kuh nach Hause gekommen und hat behauptet, er habe sie bei einem Glücksspiel gewonnen. Noch nie hat Lenin seine Mutter so wütend erlebt. Sie bestand darauf, dass er sie zurückbringt. Sein Vater bekam es mit der Angst; wenn er das täte, würden sie ihn verprügeln, sagte er. Die Kuh muss immer in der Nähe der Hütte bleiben. Und daraufhin sind ihre Euter leer.

Lenin bleibt den größten Teil des Tages draußen, weil der Anblick der Familie ihn verstört. Gegen Abend durchstöbert er die Küche, findet aber lediglich Gewürze; er kaut auf einer Nelke. Er versucht, eine Beedi zu rauchen, die in der Dose mit den Asthmazigaretten seines Vaters liegt. Bevor Lenin einschläft, versucht er noch, allen Wasser zu geben. Seine Mutter kann er immer noch nicht wecken. Ihr schönes Gesicht ist von kleinen Schwellungen entstellt. Ihre Locken kleben auf der Stirn. Sein Vater kann den Kopf nicht heben; er trinkt einen Schluck, verzieht dann unter Schmerzen das Gesicht. Er sieht seinen Sohn durchdringend an, drückt ihm die Schulter. Das Entsetzen auf seinem Gesicht ist anders als alles, was Lenin bisher gesehen hat. »Hör zu!«, flüstert er. »Mach's nicht so wie ich. Folge dem geraden Weg.« Das sind seine letzten sinnvollen Worte.

Folge dem geraden Weg. Es hat Zeiten gegeben, da hat Lenin seinen Vater gehasst, ihm schreckliche Dinge gewünscht. Jetzt aber nicht. Die lastende Hand seines Vaters auf der Schulter macht ihn traurig. Jetzt fürchtet er sich sehr. Er würde die Schule klaglos erdulden, wenn davon nur alle wieder gesund würden.

Am nächsten Morgen, noch bevor er die Augen aufschlägt, denkt er: *Lass das alles einen bösen Traum sein. Lass mich sehen, wie meine Mutter herumläuft und mein Vater das Baby hält.* Doch die Haut seines Vaters ist kalt wie Stein. Er hat vergessen zu atmen. Seine Züge sind von den Blasen entstellt, sein starres Gesicht wirkt erstaunt. Seine Schwester bewegt den Mund wie ein Fisch auf dem Trockenen, ihre Brust hebt sich sporadisch, und während er noch hinsieht, hört es auf. Lenin hat noch nie eine Leiche gesehen, dennoch weiß er, dass er auf zwei blickt. Seine Mutter atmet noch. Etwas in ihm bricht. Er schleudert das leere Wassergefäß an die Wand. Er rüttelt heftig seine Mutter. »Was soll ich denn tun, wenn sich niemand um mich kümmert?« Weinend wirft er sich auf sie. »Ich bin doch dein Baby. Bitte, Amma, verlass mich nicht.« Ihre Augen sind verdreht, sie sieht nichts. Sie hört auch nichts mehr.

Draußen ist es heiß, dennoch zittert er vor Hunger und Angst. *Folge dem geraden Weg* – das waren die letzten Worte seines Vaters. Er wird es tun. Er wird immer geradeaus gehen, bis er Nahrung findet oder tot umfällt. Nichts wird ihn aufhalten. Wenn er an ein Wasser kommt … nun, dann ertrinkt er eben.

Die gerade Linie führt ihn über einen Zaun, vorbei an einem bedrohlichen Bullen, durch ein Feld, und bald kommt ein großes weiß getünchtes Haus in den Blick. Die christliche

Familie, die dort wohnt, besitzt einen Großteil der Gegend. Sie wollten nichts mit Kora und Lizzi zu tun haben. Ihr Haus wirkt auf Lenin anders. Weil alle Türen und Fenster verrammelt sind. Drinnen brüllt eine Männerstimme: »KOMM JA NICHT NÄHER! HAU AB, ODER ICH LASSE DEN HUND LOS!«

Lenin bleibt schockiert stehen. Diese Familie hat Kokospalmen, *kappa*, Hühner und viele Kühe. Können sie nicht teilen? Haben sie kein Mitleid? Tränen rinnen ihm übers Gesicht. Er ist entschlossen. *Folge dem geraden Weg.* Er stolpert weiter. *Schick eben den Hund. Wenn er mich nicht frisst, vielleicht kann ich ihn ja essen. Entweder er tötet mich oder er gibt mir Nahrung.*

Aus den Binsen rechts von ihm schießt ein Gesicht hervor, erschreckt ihn. Es ist eine dünne *pulayi*-Frau, im Alter seiner Mutter, ein *thorthu* bedeckt ihre Brüste. Will sie ihm Böses?

»*Monay*, komm hier rein, wo sie dich nicht sehen«, sagt sie. Die Binsen verbergen sie vor dem großen Haus. Er tut, was sie sagt. »Ich bin Acca, von dort drüben«, sagt sie und zeigt auf eine kleine Hütte, die er nun sieht. »Du bist doch Lenin, nicht?« Mit einem Blick diagnostiziert sie seinen Zustand. »Warte hier. Ich bring dir was zu essen.«

Er zittert vor Vorfreude. Sie kommt mit einem Päckchen aus Bananenblättern und zwei Bananen wieder, legt alles ein kleines Stück vor ihm hin und hockt sich dann zwanzig Schritt weiter weg ins Gras. Gebratener Fisch! Reis! Er schlingt alles hinunter, zum Schluss die Bananen.

»*Monay*«, sagt sie, »du hast keine wunden Stellen?« Als er sie *monay* sagen hört, treten ihm Tränen in die Augen. Er will in ihre Arme stürzen. Er hebt seine, um ihr zu zeigen, dass er nichts hat. »Und die anderen?«, fragt sie.

Er wischt sich über die nassen Wangen. »Appa und das Baby sind tot. Amma kann mich nicht sehen und auch nicht hören.«

Sie zieht scharf die Luft ein. »Deine Mutter … du kannst

viele Leben haben und doch keine finden, die so anständig ist wie Lizzi *Chedethi*. Ein Herz aus Gold. Und dazu noch schön.« Sie tupft sich mit dem Tuch die Augen ab. »*Monay*«, sagt sie, »das sind die Pocken. Es ist schlimm. Deshalb sagen alle: ›Zähl deine Kinder erst, wenn die Pocken vorbei sind.‹ Mein Mann und ich hatten sie. Wir können sie nicht noch einmal kriegen. Viele hier sind gestorben.«

»Hätte ich sie nur gekriegt«, sagt Lenin. »Wenn dann meine Mutter geht, kann ich mit ihr gehen.« Seine Tränen fallen auf die Erde.

Sie schnieft. »Nein. Sag das nicht. Gott hat dich nicht ohne Grund verschont.« Sie steht auf. »Ich lasse dir Hilfe bringen.«

»Acca! Warte.« Sie dreht sich um. Dass eine *pulayi* ihm Fisch und Reis gebracht hat, wo sie selbst von *kanji* und Eingemachtem leben, ist unfassbar großzügig. »Acca, du hast mich gerettet. Ich verspreche dir, wenn ich das überlebe, finde ich eine Möglichkeit, dir das, was du mir gegeben hast, um ein Vielfaches zurückzugeben. Die Leute in dem Haus da wollten den Hund auf mich hetzen. Sind das keine Christen?«

Ihr Lachen hat etwas Unangenehmes. »Christen, wie? *Aah*. Mein Großvater ist Christ geworden, also sind wir es auch. Mein Großvater dachte, bestimmt lädt sein Grundbesitzer ihn nun zu sich ins Haus ein, um mit ihm zu essen! Niemand hat ihm gesagt, dass der *pulayar* Jesus an einem anderen Kreuz gestorben ist. Es war das kurze, dunkle hinter der Küche!« Wieder lacht sie.

Er weiß nicht, was er sagen soll. »Ich glaube, du bist eine Heilige.«

»Hör zu, wenn's dir damit besser geht – *die* haben mich bloß vor zwei Tagen zum Markt geschickt, Fisch und Hammel kaufen. Als ich zurückkam, hatten sie Angst, dass ich ihnen zu nahe komme. Wenn ich nun die Pocken hatte? Oder wenn sie im Essen waren? Sie haben gesagt, ich soll's behalten. Also haben wir's gekocht und ein Festmahl gemacht! Du hattest Glück, dass noch was übrig war.« Sie schaut ernst. »Nein, ich bin keine Heilige, *monay*.« Sie steht auf. »Und ich hab bloß Spaß gemacht. Es ist *dasselbe* Kreuz. *Derselbe* Jesus. Es ist bloß so, dass die Leute uns nicht gleich behandeln. Du betest doch, hoffe ich? Ich schick dir jemanden.«

Auf dem Heimweg wird ihm bewusst, dass er die ganze Zeit nicht ein Mal gebetet hat. Es ist ihm gar nicht in den Sinn gekommen! Hätte es denn etwas geändert?

Der ranzige Geruch erreicht ihn, noch bevor er die Tür öffnet. Seine Mutter atmet geräuschvoll. Das Gesicht seines Vaters ist eingesunken, kaum noch erkennbar. Seine Schwester ist steif wie eine Holzpuppe.

Er zerrt seine Mutter auf der Matte an die Tür, hin zur frischen Luft. Er legt sich neben sie. Ihr Atem ist unangenehm. Die Mutter, die er kennt, ist fort, dennoch möchte er dem, was von ihr übrig ist, nahe sein. *Ein letztes Mal, Amma, halte mich*. Er legt ihren Arm über sich. Dabei wird ihr Bauch entblößt, und er sieht die Narbe, wo sein Vater, verrückt nach Asthmazigaretten, sie gestochen hat und wo Lenins Hand herausgestoßen ist. Doktor Digby hat sie zurückgetan und ihn Lenin Immerdar getauft.

Als er so neben seiner Mutter liegt, versucht er zu beten. Accas Gesicht erscheint ihm. Es beruhigt ihn. Vielleicht war sie seine Maria. Eine *pulayi*-Maria. »Gott, bitte schick noch einen Engel, der Amma rettet. Wenn nicht, dann hol auch mich, wenn du Amma holst.«

Am Morgen kommt der Engel, er trägt ein weißes Gewand mit einem Gürtel um die Taille und die schwarze Kappe eines

Priesters. Seine Füße stecken in Sandalen, sie sind bis zu den Knöcheln weiß von Staub. Er ist spindeldürr, hat einen durchdringenden, freundlichen Blick und einen wallenden grauen Bart. Der Engel schaut sich bekümmert in der Hütte um. Der Geruch ist fast greifbar. Als er auf Lenins Mutter blickt, sieht Lenin an seiner Miene, dass sie tot ist. Als er einschlief, war ihr Körper warm. Jetzt ist sie so kalt.

»Lenin Immerdar? So heißt du?« Der Engel hält ihm die Arme hin.

58. Kapitel

ENTZÜNDE DIE LAMPE

1959, Parambil

Big Ammachi sitzt im Schein der Öllampe auf der Veranda vor dem *ara* und füttert ihre achtjährige Enkelin.

Die Lampe wirft ihre Schatten auf die Teakwand hinter ihnen, zwei Ovale, eines größer als das andere. Die Kiesel auf dem *muttam* glitzern nach dem Abendschauer, und hier und da scheint sich ein Stein zu bewegen. Großmutter und Enkelin hören Philipose rufen: »Zeit zu beten!«

»*Chaa!* Dein Vater wieder!«, sagt Big Ammachi. »Früher musste *ich* ihn ans Beten erinnern.«

»Mein Vater sagt, Frösche kommen von Kieseln.« Mariamma sitzt auf der Stuhlkante und lässt die Beine schwingen, als wieder ein Kiesel, der Schwerkraft trotzend, springt.

»*Aah*. Das heißt, er hat den Kopf noch voller Kiesel. Ich dachte, ich hätte die meisten rausgeschüttelt.« Das Mädchen lacht und zeigt dabei ihre Zahnlücken; Big Ammachi schiebt ihr eine Reiskugel in den Mund. »Vielleicht hat er das ja von den englischen Büchern, die er nur dir vorliest«, sagt sie mit gespielter Eifersucht. Philipose spricht mit Mariamma sogar Englisch, das Malayalam überlässt er den anderen. »Liest er dir das mit dem großen weißen Fisch vor?«

Mariamma schüttelt den Kopf und wird ernst. »Nein. Ein anderes. Der Junge Oliver hat keine Mutter und keinen Vater.

Er hat immer Hunger. Die anderen Kinder sind gemein und schicken ihn um Essen betteln. Der Mann wird wütend und verkauft Oliver einem anderen Mann, der Begräbnisse macht.«

Big Ammachi hätte gern, dass ihr Sohn Geschichten ohne tote Eltern oder verkaufte Kinder aussucht. »*Molay*, vielleicht war es ja nur das Schicksal des armen Jungen. Vielleicht war es ihm auf den Kopf geschrieben.«

»So wie meine ›Besonderheit‹?«, sagt ihre Enkelin und fasst sich an die weiße Haarsträhne an der rechten Schläfe.

»Nein, deine Besonderheit ist nur das. Besonders! Ein Merkmal deines Glücks.« Big Ammachi glaubt, es verleiht allem, was die kleine Mariamma sagt, etwas Gewichtiges. »Ich habe damit gemeint, dass der Junge das Pech hatte, am falschen Tag in die falsche Familie hineingeboren worden zu sein.«

»An was für einem Tag bin ich geboren?«

»*Aah!* Habe ich dir nicht von dem Tag erzählt, an dem du geboren wurdest?« Mariamma schüttelt den Kopf und versucht, nicht zu kichern. »Die Geschichte habe ich dir doch erst gestern erzählt. Und vorgestern auch, glaube ich. Aber gut, dann erzähle ich sie dir noch einmal, weil es *deine* Geschichte ist, deshalb ist sie besser als die von diesem Oli oder Olamadel.« Mariamma lacht. »An dem Tag, an dem du geboren wurdest, habe ich Anna *Chedethi* gesagt, sie soll die große Messinglampe holen. In allen meinen Jahren in Parambil habe ich diese *velakku* nie brennen sehen. Weil dein Großvater schon einen erstgeborenen Sohn hatte. Jedes Mal wenn ich in das Zimmer gegangen bin, hab ich mir den Zeh an der Lampe gestoßen. Aber an dem Tag, als *du* geboren wurdest, habe ich gesagt: ›Wer sagt denn, dass wir diese Lampe immer nur für einen erstgeborenen Sohn entzünden? Warum nicht auch für die erste Mariamma?‹ Da siehst du mal, ich *wusste* schon, dass du besonders bist!«

Philipose erscheint stumm, die Haare nach hinten geschniegelt. Big Ammachi staunt noch immer, dass der neue Philipose so pünktlich wie das Läuten seiner BBC-Nachrichten ist. Er hat einen rigiden Tagesablauf, schreibt morgens um fünf, läuft um neun mit Shamuel übers Anwesen, rasiert sich und badet um zehn, um elf dann ab zum Postamt – vor dem Abendessen noch ein Bad, dann Beten. Sie ist nicht vollkommen frei von der Angst, dass seine Routine eines Tages einstürzt wie eine Hütte in einem Wolkenbruch und er wieder zurück in die elende Holzkiste und zu seinen schwarzen Perlen geht. Es ist nicht allein der Glaube, der ihn zu Abendgebeten oder in die Kirche führt; er hat solche Rituale gebraucht, um seinen Glauben an sich selbst wieder aufzubauen. Gäbe es keinen Gott, ihr Sohn müsste einen erfinden.

»War die *velakku* die Idee meines Vaters?«

»*Chaa!*«, sagt Big Ammachi, als stünde er gar nicht da. Mariamma lacht. »Also, dein Vater hat viele schlaue Ideen … Vielleicht war's ja seine Idee. Ich weiß es nicht mehr.« Philipose lächelt weiter, den Blick auf Mariamma.

Big Ammachi wird von Erinnerungen an die entsetzliche Geburt und die lieblose Reaktion ihres Sohnes gepackt. Daran, dass der *kaniyan* die Dreistigkeit besaß, bei ihr aufzutauchen, sobald er wusste, dass das Kind ein Mädchen war. Unter dem Küchenüberhang zog er dann ein kleines aufgerolltes Pergament hervor und reichte es Philipose. Darauf stand: »DAS PROBLEM WIRD EIN MÄDCHEN SEIN«. Er sagte, er habe es bei seinem letzten Besuch dorthin gesteckt, weil er den starken Verdacht gehabt habe, es werde ein Mädchen sein, Philipose aber nicht habe enttäuschen wollen. Big Ammachi hatte sich das Pergament geschnappt, es dem *kaniyan* hingeworfen und gesagt: »Versuch nicht, uns für dumm zu verkaufen! Gott hat uns ein schönes Mädchen geschenkt, und das ist gut, weil wir nicht noch mehr dumme Männer brauchen. Davon stehen hier schon zu viele herum.« Sie erinnert sich an einen weiteren Beobachter, einen schweigsamen Alten, der vor dem Zimmer, in dem Elsie gebar, Wache hielt und später zusah, wie die Frauen die Lampe anzündeten; Shamuel pochte sehr auf Traditionen, trotzdem glaubte sie, er stimme dem Entzünden dieser *velakku* zu.

Abrupt wird sie in die Gegenwart zurückgeholt, als ihre Enkelin sie an der Schulter rüttelt und sagt: »Ammachi! Erzähl's mir! Die Lampe in der Nacht, als ich geboren wurde … Was ist da passiert? Erzähl's mir!«

»*Aah*, die Lampe …«, sagt sie. Philipose hört mit der Würde eines Mannes zu, der mit seiner Vergangenheit im Reinen ist. Er weiß genau, wohin die Gedanken seiner Mutter sie geführt hatten. »Ich habe Anna *Chedethi* gesagt, sie soll die *velakku* polieren, bis wir unsere Gesichter darin sehen konnten. Zu dritt mussten wir sie herbringen, zwischen die zwei Säulen. Sie hat Öl eingefüllt, frische Dochte hineingesteckt – vier oben, dann sechs, acht, zehn, zwölf, vierzehn, dann sechzehn. Ich habe dich getragen und zu den Damen gesagt: ›Das ist unsere Nacht!‹ Aus den Parambil-Häusern und von weiter weg, aus allen Richtungen, kamen Frauen, weil sie davon gehört hatten und weil sie die Lampe schon von Weitem sahen. Sie brachten Süßigkeiten, Kokosnüsse. Es war deine Nacht, aber auch unsere. Im gesamten Christentum hat noch niemand die Geburt eines Mädchens so gefeiert wie wir an dem Tag, als du geboren wurdest. Ich sagte zu ihnen: ›Nie wird es wieder eine wie meine Mariamma geben, und ihr habt überhaupt keine Vorstellung, was sie noch tun wird.‹«

»Was werde ich denn tun, Ammachi?«

»Gott sagt in Jeremia: ›Ich kannte dich, ehe du geboren wurdest.‹ Gott liebt Geschichten. Gott lässt jeden von uns mit unserem Leben die eigene Geschichte machen. Die deine wird wie keine andere sein. Denk immer daran. Weil du aus Parambil bist und weil du eine Frau bist, kannst du alles tun, was du dir vorstellen kannst.«

Das kleine Mädchen grübelt über diese Worte, die sie so gut kennt. An dem Abend aber stellt sie eine Frage, die ihre Großmutter überrascht. »Ammachi, als du ein kleines Mädchen warst, was hast du dir da vorgestellt?«

»Ich? Das waren alte Zeiten. Heute ist alles so anders. Wahrscheinlich habe ich mir das vorgestellt, was die Zeit erlaubt hat. Weißt du, ich habe mir genau das hier vorgestellt: ein Heim, einen guten Mann, liebevolle Kinder, eine schöne Enkelin –«

»Aber, aber, aber … wenn du durch Zauberei jetzt im Moment wieder acht wärst, was würdest du dir vorstellen?«

»Durch Zauberei, wie?« Sie muss nicht lange nachdenken. »Wäre ich tatsächlich heute acht, dann wüsste ich, was ich mir vorstelle. Ich wollte Ärztin werden. Ich würde hier ein Krankenhaus bauen.« Jahrelang hatte sie Aufschwungmeister damit in den Ohren gelegen: Wenn Parambil ein Postamt und eine Bank haben kann, warum dann nicht auch eine Klinik oder ein Krankenhaus?

»Warum?«

»Damit ich für andere nützlicher sein könnte. Weißt du denn, wie viel Leid ich gesehen habe und nicht helfen konnte? Aber zu meiner Zeit, *molay*, da konnte man als Mädchen so nicht träumen. *Du* aber, meine Namensvetterin, du kannst Ärztin werden oder Anwältin oder Journalistin – alles, was du dir vorstellen kannst. Wir haben die Lampe entzündet, um dir *deinen* Weg zu beleuchten.«

»Ich könnte Bischof sein«, sagt Mariamma.

Big Ammachi ist zu verblüfft, um zu antworten.

Philipose sagt: »*Aah*, apropos Bischof. Es ist Zeit zu beten.«

59. Kapitel

FREUNDLICHE UNTERDRÜCKER UND DIE DANKBAREN UNTERDRÜCKTEN

1960, Parambil

Ohne Vorankündigung gelangt ein junger Besucher nach Parambil. Der zehnjährige Junge, der da auf die Veranda tritt und ihnen allen in die Augen schaut, trägt einen Namen, der seiner frühreifen Selbstgewissheit entspricht: Lenin Immerdar. Ein Jahr ist es her, seit BeeYay *Achen* Big Ammachi die schockierende Nachricht schrieb, dass Lizzi, Manager Kora und ihre kleine Tochter an den Pocken gestorben sind. Dass nur Lenin überlebt hat. Big Ammachi antwortete umgehend, sie wolle Lenin gern als ihr eigenes Kind großziehen und dass er zur Familie gehöre: der Vater des Jungen und Philipose seien Vettern vierten Grades. Dann aber schrieb BeeYay *Achen*, Lenin glaube, Gott habe ihn nur aus einem Grund verschont: Er solle Priester werden. BeeYay wollte ihn ans Seminar Kottayam schicken, wo er dann auch eine Schule in der Nähe besuchen könne, bis er alt genug sei, um Seminarist zu sein. Die Sommerferien könne er dann aber in Parambil verbringen. Big Ammachi war überglücklich, dass Lizzis Sohn einmal Priester wird. Sie freute sich auf seine ersten Ferien.

Als Big Ammachi nun Lenin leibhaftig sieht, ist sie so begeistert, dass ihr gar nicht auffällt, dass noch lange keine Ferien sind, sondern noch Schule ist. Sie schließt Lenin in die Arme.

Der hübsche Junge hat das Beste von Lizzi mitbekommen. Die Nachricht, dass »Lizzis Junge da ist, der Baby-*Achen*«, dringt zu den anderen Häusern. Alle wollen ihn sehen und über seine Mutter sprechen; niemand erwähnt Kora.

Lenin muss nicht lange überredet werden, um die Geschichte von der Seuche zu erzählen, die über die Managervilla gekommen ist und seine Familie hinweggerafft hat. Seine kraftvolle Stimme und lebhafte Bildersprache werden seiner Berufung zum Priester nützlich sein. Lenin sagt, während die Tage vergingen und nur seine Mutter sich ans Leben klammerte, sei er überzeugt gewesen, er werde sterben, aber nicht an den Pocken, sondern vor Hunger. Die letzten Worte seines Vaters auf Erden seien gewesen: »Folge dem geraden Weg.« Sein Publikum ist bewegt von Koras Reue und Buße, als er vor seinen Schöpfer trat. Mariamma ist ein wenig eifersüchtig auf diesen Neuling, ihren Vetter fünften Grades, von seinen Schilderungen aber ebenso gefesselt wie die anderen. In seiner Verzweiflung, sagt Lenin, habe er beschlossen, sich auf den Weg zu machen, schnurgerade, egal wohin er ihn führe. Ein Grundbesitzer in dem großen Haus, dem er sich näherte, habe ihm gesagt, er solle nicht weitergehen, sonst werde er den Hund loslassen. In dem Moment sei eine Frau erschienen. »Ich glaube, es war die gesegnete Maria in Gestalt einer *pulayi*. So wie es in Matthäus fünfundzwanzig steht, hat sie mich gespeist, als ich hungrig war.« Ein weiterer Seufzer von den Zuhörern, denn wer kannte diese Parabel nicht? »Sie benachrichtigte BeeYay *Achen* und seine Mönche. Die kümmerten sich um die im Dorf mit Pocken. Warum Gott mich verschont hat, weiß ich nicht. BeeYay *Achen* sagt, das *muss* ich auch nicht wissen. Er sagt, für alles gibt es einen Grund und eine Zeit. Gott hat mich gerettet. Ich soll Gott dienen. So viel weiß ich.« Anstand *Kochamma* ist überwältigt von seinem Zeugnis und drückt Lenin an ihren ansehnlichen Busen.

Jemand fragt Lenin, wie es ihm in dem Seminar gefällt. Zum ersten Mal gerät die Selbstsicherheit des Jungen ins Stocken. »Im Ashram bei BeeYay *Achen* gefällt es mir besser. Das Seminar mag ich nicht. Da hat es … Missverständnisse gegeben.« Aufschwungmeister fragt, ob jetzt nicht noch Schule sei. »Ja. In der Schule hat es Missverständnisse gegeben. Der Rektor des Seminars hat gesagt, es wäre besser, wenn ich hier lebe und hier zur Schule gehe. Er hat mich nur hergeschickt.«

»Allein?«, fragt Big Ammachi.

»Ein *achen* hat mich begleitet. Wir hatten … Missverständnisse«, sagt Lenin zögernd. Und fährt dann fort: »Als wir im Bus waren, habe ich gesehen, dass wir zwei Meilen von der Managervilla vorbeifahren würden. Ich wollte sie sehen. Der *achen* hat es abgelehnt …« Lenins Gesicht verfinstert sich. »Also bin ich ausgestiegen und hingelaufen. Dann bin ich hierhergelaufen. Ich bin den ganzen Tag gelaufen.«

Wo die Hütte seiner Familie gewesen sei, sei nun ein *kappa*-Feld, berichtet Lenin. Der Grundbesitzer aus dem großen Haus – derjenige, der gedroht hatte, den Hund auf ihn loszulassen –, kam mit einem Stock. Er hielt Lenin für einen Dieb, bis dieser ihm erklärte, wer er war. Der Grundbesitzer sagte, das Land gehöre nun ihm, weil Kora von ihm etwas geliehen und das Land als Sicherheit benutzt habe. Lenin widersprach, er sagte, es sei sein Erbe. Der Mann sagte, Lenin könne ihn ja verklagen, wenn er wolle. Lenin sagte, er wolle Acca sehen, die *pulayi*, die ihm zu essen gegeben habe, er wolle ihr das Kruzifix geben, das er um den Hals trage, der BeeYay *Achen* habe es selbst gesegnet. Der Grundbesitzer sagte zu Lenin, er solle das Kreuz behalten, er sagte, Acca und ihr Mann hätten von Parteiversammlungen Rosinen in den Kopf bekommen, sie meinten, da sie das Land bestellten, hätten sie auch ein Recht darauf. Er sagte, sie hätten wohl vergessen, dass der Reis in ihren Bäuchen und das Dach über ihren Köpfen das Ergebnis seiner Großzügigkeit seien; er sagte, er habe das Paar von seinem Land gejagt und ihre Hütte niedergebrannt. Lenins Gesicht ist wutverzerrt, als er das erzählt.

Philipose stellt die Frage, die allen auf der Zunge liegt. Lenin sagt: »Was konnte ich schon tun? Wäre ich groß wie er, hätte ich ihn mit seinem Stock verprügelt. Also sagte ich: ›Eines Tages werde ich die gesegnete Acca finden und ihr Ihr ganzes Land und Ihr großes Haus geben, denn Sie sind ein Dieb, und eine wie Acca ist besser als hundert wie Sie.‹ Er ist mir nachgerannt. Aber mit seinem Bauch hatte er keine Chance.«

Einige Tage später kommt ein Brief von dem *achen*, der Lenin nach Parambil begleiten sollte. Lenin hatte gewartet, bis der *achen* eingeschlafen war, und ihm dann die Sandalen zusammengebunden. Als der Bus anhielt, um Lenin aussteigen zu lassen, wachte der *achen* auf. Er stand auf, um Lenin nachzulaufen, fiel aber auf die Nase. Lenin schrie, der *achen* habe ihn entführt. Der *achen* schließt: »Bestimmt hat Lenin es nach Parambil geschafft. Nach zwei Wochen werden Sie sich nach etwas umsehen, wohin Sie Lenin schicken können, aber seien Sie so nett und schicken Sie den Teufel nicht ins Seminar zurück.«

Lenin lebt sich sehr schnell in Parambil und in der Schule ein. Doch als er sieht, dass Anstand *Kochamma* »unanständige« Seiten aus seinem Lieblingscomic *Mandra, der Zauberer* in der Leihbücherei geschnitten hat, ersetzt Lenin die fehlenden Seiten durch Zeichnungen von nackten Männern und Frauen und schreibt darunter: ECHTE SCHMUTZIGE BILDER IN DER SAMMLUNG VON ANSTAND *KOCHAMMA*. Als die arthritische, füllige, nun fast siebzigjährige Frau dahinterkommt, rennt sie ihm schneller nach, als jedermann für möglich hielt. Der Anblick der nahenden Frau ist für Lenin Auslöser genug, um »dem geraden Weg zu folgen«. Er pflügt durch Reis, der auf Matten trocknet, trampelt durch ein Reisfeld, läuft durch Nesseln und in die Hütte des jungen Goldschmieds, wo er versucht, durch den Hinterausgang hinauszukommen. Der vorige Goldschmied ist verstorben und der Sohn schon in den mittleren Jahren, dennoch nennt man ihn weiterhin den »jungen« Goldschmied. Wie Lenin später erklärt, endet seine zwanghafte gerade Linie, einmal aktiviert, erst, wenn er auf ein unüberwindliches Hindernis trifft oder ein Zeichen von Gott erhält. Der junge Goldschmied ist beides, weil er Lenin ordentlich verprügelt. Er zerrt Lenin an seinem geschwollenen Ohr zu Big Ammachi zurück. Lenin hat am ganzen Körper einen Ausschlag. Der junge Goldschmied sagt: »Der ist genauso hinterhältig wie sein Vater.« Mariamma hat ihre eigene Beobachtung gemacht: Lenins Hinterhältigkeit tritt zumeist am Tag auf; nachts verliert er seine Großspurigkeit, seine Schritte werden unsicher, und sie hat ihn sogar schon wie betrunken torkeln sehen. Während sie oft bittet, noch aufbleiben zu dürfen, kann Lenin es nicht erwarten, auf seine Matte zu kommen.

Zur Strafe für diese letzte Eskapade erhält Lenin zwei Wochen Hausarrest. Mariamma sagt: »Möchtest du nicht mal klettern, statt immer geradeaus zu wollen? Dabei könntest du dir zwar den Hals brechen, aber du zerstörst nicht die Sachen anderer Leute.«

»*Aah*, aber das Dumme am Hochklettern ist, dass man zu früh oben ist.«

Lenin ist erst ein paar Tage in seinem Arrest, als ein heftiges Gewitter über Parambil hereinbricht. Die Wände erzittern, als die himmlischen Blitze ihre Beute jagen. Inmitten all dessen wird der »gesegnete Junge« vermisst. Sie entdecken ihn auf dem Dach des Kuhstalls. Es ist ein beängstigender Anblick: Das Gesicht zum Himmel gereckt, die Arme erhoben, die Haare zurückgeklatscht, sieht Lenin aus wie Christus auf dem Golgatha, taub gegen ihre Schreie und schwankend von Sturm und Regen. Donner erschüttert das Haus, die Wolken funkeln und glühen. Ein Blitz schlägt zwanzig Fuß von ihm in eine Palme ein, der Donner folgt unmittelbar darauf. Der Baum zersplittert, ein Wedel fegt Lenin um. Der gesegnete Junge trägt den Gips am Handgelenk wie einen Orden. Er sagt zu Big Ammachi, er habe auf dem Dach nach »Gnade« gesucht, Mariamma gegenüber gibt er aber zu, er habe gewollt, dass Donnerschläge in seinen Körper dringen und ihm die Macht verleihen, genau wie Lothar in *Mandra* mit den Fingern Blitze zu schleudern.

Einen Monat ist Lenin erst in Parambil, und schon fällt es Mariamma und Podi schwer, sich das Leben vor ihm vorzustellen. Podi ist Mariammas beste Freundin und ungefähr so alt wie sie. Podis Vater Joppan und Philipose waren als Jungen ebenfalls beste Freunde. Podi bedeutet »winzig« oder »Staub«. Sie und Podi waren fast in allem einer Meinung, aber dann kam Lenin. Mariamma verübelt es Lenin, dass er »gesegnet« ist und furchtlos und für alle Kinder in der Gegend, auch für Podi, der Held ist – obwohl Podi das bestreitet. Lenin interessiert Mariammas Meinung nicht, was es noch schlimmer macht. Sie kann gegenüber niemandem zugeben, dass es für sie, obwohl sie ihn verabscheut, wie ein Zwang ist, ihn ständig im Blick zu behalten, um ja nicht zu verpassen, was er als Nächstes tut.

Mariamma hört, wie ihr Vater zu Big Ammachi sagt: »Die Schule hat mich wieder kommen lassen. Wieder geprügelt. Weil Lenin eine Ortsgruppe der kommunistischen Partei gründen wollte. Er ist zehn! Keine Widerrede, Ammachi. Er muss ins Internat.« Mariamma sollte sich eigentlich darüber freuen, doch irgendwie tut sie es nicht.

In jener Nacht träumt sie von Shamuel. Er sagt: »Gehorche deinem Vater! Er weiß, dass du seine Regeln brichst. Du bist nicht anders als Lenin, und es könnte sein, dass er dich wegschicken muss.« Verstört wacht sie auf. Was hatte das zu bedeuten? Würde sie doch nur noch das Bett mit Hannah teilen, dann bekäme sie eine Antwort. Für Hannah hatte jeder Traum eine Bedeutung, genau wie für Josef in der Genesis. Doch Hannah ist mit einem Stipendium an eine Klosterschule gegangen. Anna *Chedethi* weiß nicht, dass Hannah Nonne werden möchte und daher lieber fastet als isst; Anna *Chedethi* wäre geschockt, wenn sie wüsste, dass ihre Tochter ihr Fleisch mit einem Gürtel aus geknotetem Seil unter den Kleidern »kasteit«. Hannah sagte, so etwas täten Nonnen. Mariamma hat keinerlei Verlangen, Nonne zu sein.

Ohne Hannah muss Mariamma allein über ihren Traum rätseln. Warum kam Shamuel darin vor? Alle sprechen über Shamuel im Präsens. Kann ein Mensch wirklich tot sein, wenn über ihn gesprochen wird, als lebte er? Sie erinnert sich an den Tag, als Shamuel vermisst wurde. Er war zum Kaufladen gegangen, und als er lange nach dem Mittagessen nicht zurück war, ging ihr Vater ihn suchen. Er lief auf Shamuels Weg zurück. Zu seiner Erleichterung sah er Shamuel am Laststein hocken, an eine der Stützen gelehnt, und sein Sack lag auf der waagrechten Platte. Sein Kinn ruhte auf der Brust, als schliefe er. Doch als er ihn anfasste, war er kalt. Shamuels Herz hatte aufgehört zu schlagen.

Es war der erste Tod in Mariammas jungem Leben. Sie weiß noch, wie ihr Vater mit dem Fahrrad zu Iqbals Lagerhaus fuhr und mit Joppan im Damensitz auf der Längsstange zurückkehrte. Bis zu jenem Tag hatte sie auf den Gesichtern erwachsener Männer nie Tränen gesehen. Sie legten Shamuels Leichnam vor seiner Hütte in einen Sarg, der auf dem alten Gestell lag, das er so geliebt hatte. So viele kamen, um ihm Respekt zu erweisen – es war, als wäre ein Maharadscha gestorben. Big Ammachis Trauer hatte Mariamma geängstigt; ihre Großmutter weinte am Sarg und berührte die Stirn jenes Mannes, der, wie sie sagte, seit dem Tag ihrer Ankunft in Parambil sechzig Jahre zuvor über sie gewacht habe. Sie begruben Shamuel neben seiner Frau auf dem Friedhof der CSI-Kirche. Viel später ließen ihr Vater und Big Ammachi in die horizontale Platte des Laststeins ein Messingschild einsetzen. Mariamma hat die großen Lettern mit Holzkohle auf ein Papier gepaust. Auf Malayalam steht da:

> *»KOMMET HER ZU MIR ALLE, DIE IHR MÜHSELIG UND BELADEN SEID; ICH WILL EUCH ERQUICKEN.«*
> *ZUM GEDENKEN AN SHAMUEL VON PARAMBIL*

Der Morgen dämmert schon, und sie ist der Bedeutung des Traums nicht nähergekommen. Sie schlüpft aus ihrem Zimmer, duckt sich unterm Fenster ihres Vaters hindurch. Er wird sie nicht hören, aber er darf nicht ihren Schatten sehen. In sicherer Entfernung vom Haus rennt sie zum Bach und weiter zum Kanal. Sie hört Schritte hinter sich: Podi. Sie sind eines Geistes: Wenn Mariamma das Bett verlässt, weiß Podi es irgendwie. Es gilt die Regel, dass sie ohne Erwachsene in der Nähe nicht schwimmen dürfen. Regeln taugen für Stickereien und für Nonnen. Sie springt hinein, das Wasser rauscht ihr um die Ohren. Augenblicke später gibt es neben ihr eine Explosion; Podi ist hineingesprungen. Im Kanal zu schwimmen ist beider größtes Geheimnis und größtes Vergnügen, trotz der Folgen, die es hat, wenn sie erwischt werden … aber an Folgen mag sie nicht denken.

Mariamma muss sich für die Schule fertigmachen, aber Podi trödelt, weil Joppan unterwegs ist. Wenn ihr Vater weg ist, schwänzt Podi die Schule und macht, wozu sie Lust hat. Wenn

Joppan es herauskriegt, was meistens der Fall ist, setzt es Prügel. Mariamma hört, wie er Podi anschreit: »Mich haben sie weggejagt, als ich lernen wollte! Dich nehmen sie jetzt auf, und du bist zu faul, um hinzugehen?« Joppan fasziniert Mariamma. Sie kennt nur diesen einen Kanal, er dagegen kennt *alle*. Manche Leute wirken einfach größer, bedeutsamer, zuversichtlicher als andere, egal was sie tun. Joppan ist so einer. Lenin auch. Sie ist neidisch.

Als sie ihren Vater beim Frühstück sieht, überfällt es sie: der Traum. Shamuel hat ihr gesagt, dass ihr Vater das mit dem Kanal weiß! Vielleicht hat er's ja schon immer gewusst. Bevor sie zur Schule aufbricht, geht sie in sein Zimmer, wo er murmelnd Rechnungen abgleicht. Als er sie sieht, schiebt er lächelnd das Hauptbuch beiseite. Sie steht an seinem Schreibtisch, richtet seine Bleistifte aus, bereit zur Beichte. Sie hat eine Regel: Sie sagt immer die Wahrheit … wenn sie danach gefragt wird. Sie öffnet den Mund … doch *un*gefragt mit der Wahrheit herauszukommen, ist schwer. Etwas muss sie aber sagen. Sie ist dazu verpflichtet. »Appa, ich habe von Shamuel geträumt«, sagt sie schließlich.

»Ja?«

Sie nickt. »Appa? Joppan ist viel weg.«

»Und?«

»Also gut, dann bis später.« *Nicht* zu beichten ist viel einfacher, als zu beichten.

Shamuel? Joppan? Philipose ist etwas verwirrt, dann kichert er kopfschüttelnd vor sich hin. Joppan ist wirklich viel weg. Wäre Mariamma noch zehn Sekunden länger geblieben und hätte sie es wirklich wissen wollen, dann hätte er ihr vielleicht gesagt, dass es einen Moment gab, da er glaubte, er habe Joppan überredet, *immer* da zu sein. Das war kurz nach Shamuels Begräbnis.

Seine Mutter hatte Joppan zu sich gerufen. Er weiß noch, dass sie mit geröteten Augen auf dem Seilbett vor der Küche saß, er und Joppan ihr gegenüber auf den niedrigen Hockern wie Schuljungen. Big Ammachi sagte, jedes Mal, wenn sie Shamuel seinen Lohn zahlte, habe er sich genommen, was er brauchte, und sie gebeten, den Rest für ihn in die Schatulle im *ara* zu tun. Als die Bank dann aufmachte, habe sie seine Ersparnisse auf ein Gemeinschaftskonto eingezahlt. »Das gehört nun dir, Joppan«, sagte sie und reichte ihm das Sparbuch. Auch Shamuels Haus und Parzelle gehörten ihm, zusätzlich zu seiner eigenen Parzelle. Auch sagte sie zu Joppan, sie wolle ihm den langen, schmalen Streifen Land hinter seiner Parzelle überschreiben, die an die Straße grenzte. Damit könne er machen, was er wolle. Sie segnete Joppan und sagte unter Tränen, Shamuel habe zur Familie gehört, und Joppan, Ammini und Podi gehörten auch dazu.

Anschließend fragte Philipose Joppan, ob er noch kurz Zeit für ihn habe. Sie setzten sich in Elsies altes Atelier. Joppan zündete sich eine Beedi an und studierte das Sparbuch. Nach einer Weile grinste Joppan und sagte: »Was meinst du, wie viele Kühe sind da drauf?« Philipose war verblüfft. »Jedes Mal wenn ich meinem Vater einen Betrag nannte, der höher als ein paar Rupien war, fragte er: ›Wie viele Kühe sind das?‹ Er wusste, was eine Kuh wert war – das war seine Währung.« Joppans Lächeln schwand. »Mein Vater hätte mir das Sparbuch auch vorher zeigen können. Man sollte doch meinen, dass er es wertschätzt, dass ich die Zahlen kenne und Buch führen kann. Wenn er mich lesen sah, runzelte er die Stirn. Es machte ihm Angst, dass ich dieses Wissen hatte. Er war ein guter Mann. Aber er wollte, dass ich er bin. Der nächste Shamuel *pulayan* von Parambil.«

Als Philipose das hörte, bekam er ein schlechtes Gewissen, weil Shamuel so stolz auf ihn gewesen war, dass er die Oberschule absolviert hatte und aufs College ging. Es belastete ihn, dass Shamuel bei ihm, Philipose, einen anderen Maßstab anlegte als bei seinem Sohn. Vater und Sohn lagen oft über Kreuz. Doch gemeinsam hatten sie Philipose gerettet, als sein Opiumnebel am schlimmsten war. Eines Morgens, bald nachdem Elsie ertrunken war, trugen sie Philipose mit Big Ammachis Segen und nachdem sie Unni und Damo dazugeholt hatten, aus seinem Zimmer. Damo hatte ihn mit dem Rüssel hochgehoben und auf den Rücken geschwungen, wo Unni ihn festhielt, und da saß er dann eingekeilt zwischen Shamuel und Unni, während Joppan auf Philipose' Fahrrad nebenher fuhr. Sie gingen zu Damos Holzfällerlager, und auf dem ganzen Weg hatte Philipose gebrüllt und gebettelt. Von dort aus stapfte Damo weiter einen Pfad entlang zu der Hütte, wo Unni seine Töpfe mit scharfer Salbe, riesige Metallfeilen und Sicheln für Damos Nägel und Fußballen aufbewahrte, damit sie nicht auswucherten. Jedes Mal wenn Damodaran beschloss, frei durch den Dschungel zu streifen, wartete Unni in dieser Hütte und betrank sich dabei oft. Während der nächsten sechs Wochen kam und ging Joppan, Shamuel dagegen blieb die ganze Zeit in der Hütte bei Philipose, ließ dessen Vorwürfe und Flüche über sich ergehen, pflegte ihn bei seinen Krämpfen, Halluzinationen und Fieberanfällen, bis sein Körper sich nach zwei Wochen vom Griff des Opiums befreit hatte. Trotzdem behielten sie ihn noch dort. Er schämte sich. Lange und aufrichtige Gespräche mit Shamuel ließen ihn erkennen, wie sehr das kleine Holzkästchen sein Leben ruiniert hatte. Die Versuchung verschwand nie ganz, aber mehr als alles andere hielt ihn die Angst, Shamuel, Joppan und seine Mutter zu enttäuschen, auf dem rechten Weg.

»Joppan, meine Mutter und ich möchten dir ein Angebot machen, das du aber nach dem, was du gerade gesagt hast, wahrscheinlich ablehnst. Aber lass es mich dir erklären.« Philipose sagte, er und Big Ammachi verdankten Shamuel so viel.

Shamuel habe ihn bei der Führung Parambils in jeder Hinsicht angeleitet. Ohne Shamuel sei er sowohl als Mensch als auch als der Leiter ihrer Ländereien aufgeschmissen gewesen und könne nicht annähernd in Shamuels Fußstapfen treten. »Es ist ein rein geschäftlicher Vorschlag. Damit trete ich *nicht* in Shamuels Fußstapfen. Wir möchten gern, dass du Manager von Parambil wirst und alle Entscheidungen triffst. Dafür erhältst du zwanzig Prozent der Ernteerträge. Auch würden wir dir ein kleines Monatsgehalt zahlen, damit du auch in einem schlechten Jahr ein Einkommen hast. Solltest du brachliegendes Land urbar machen wollen, wäre das für dich mehr Arbeit, aber auch mehr Profit.« Joppan schwieg. »Zwanzig Prozent der Einkünfte ist beträchtlich«, setzte Philipose hinzu, »aber das ist es mir wert. Dann könnte ich auch mehr schreiben. Für so eine Arbeit bin ich nicht gemacht.«

Das Schweigen wurde zunehmend beklommen. Joppan schien zu zögern, bevor er sprach. »Philipose, was ich dir gleich sagen werde, könnte ich zu Big Ammachi nicht sagen. Dazu respektiere ich sie zu sehr für die Liebe, die sie meinem Vater und mir entgegengebracht hat. Das zu verstehen wird ihr oder dir schwerfallen, aber ich sage es trotzdem. Das Geld in diesem Sparbuch …?« Er hielt inne und musterte Philipose.

»Die vielen Kühe?«

Joppan nickte. »Ja. Aber … auch viel weniger Kühe, als mein Vater verdient hat. Wenn du dir vorstellst, wie mein *Großvater* deinem Vater geholfen hat, diese vielen Hektar zu erschließen. Dann überleg mal, wie mein Vater hier geschuftet hat, von Kindesbeinen an bis zum Tod. *Sein ganzes Leben lang!* Und am Ende, was hat er dann? Ja, viele Kühe. Und seine eigene Parzelle für seine Hütte – für einen *pulayan* eine Seltenheit. Aber überleg nur mal, wenn er *kein pulayan* gewesen wäre. Sondern vielleicht der Cousin deines Vaters. Oder er hätte Seite an Seite mit deinem Vater gearbeitet. Und sagen wir, er hätte nach der Zeit deines Vaters weiter selbstlos für Big Ammachi und für dich weitere dreißig Jahre gearbeitet. Jeden einzelnen Tag! Was wäre für diesen Cousin der Lohn für seine lebenslange Arbeit? Wäre es nicht mehr, als das, was in diesem Sparbuch steht? Es könnte doch eigentlich die Hälfte dieses ganzen Landes sein.«

In Philipose' Mund wurde der Speichel sauer, er klebte die Zunge an die Zähne. »Bittest du darum?«

Joppan sah Philipose verärgert an, oder war es voller Mitleid? »Ich *bitte* um überhaupt nichts. Deine Mutter hat mich kommen lassen. Nur so weiß ich von diesem Sparbuch. Und dann hast *du* mich um ein Gespräch gebeten, weißt du noch? Ich habe dich gewarnt, dass es schwer für dich würde, es zu hören. Deine Mutter und du, ihr *beide* habt gesagt, wie viel ihr meinem Vater *schuldet*. Er war Teil der Familie. Ich sage dir etwas als meinem besten Freund, als einem, der für den Einfachen Mann spricht. Ich dachte, du könntest die Wahrheit *wirklich* verstehen wollen. Und die Wahrheit ist, dass nicht jeder es so sieht wie Big Ammachi oder du. Gäbst du diesem Verwandten, der sein ganzes Leben lang hier gearbeitet hat, diese Belohnung – eine Parzelle für eine Hütte und seinen angesammelten Lohn –, dann würden hier alle sagen, er sei ausgebeutet worden. Ist es jedoch für Shamuel *pulayan* … dann ist es großzügig. Was du als großzügig oder als ausbeuterisch ansiehst, hängt allein davon ab, wem du es gibst. Dabei war es hilfreich, dass mein Vater glaubte, es sei sein Schicksal, *pulayan* zu sein. Er hat sich *glücklich* geschätzt, für Parambil zu arbeiten! Am Ende seines Lebens hat er sich als reich betrachtet, mit seinem angesammelten Lohn, einer Parzelle für seine Hütte, eine für seinen Sohn und nun noch eine dazu.«

Philipose war, als wäre er gegen einen verborgenen Baumstamm gelaufen. Das Wort »Ausbeutung« tat ihm weh. Der Eindruck, er hätte Shamuel ausgenutzt, einen Mann, für den er bereitwillig gestorben wäre, schmerzte ihn. Er hatte sich und Parambil als kastenfrei gesehen, als über solchen Überlegungen stehend. Doch brauchte er nur in das Gesicht ihm gegenüber zu schauen und sich an den Schlag von *kaniyans* Stock auf Joppans Fleisch zu erinnern, an die Demütigung des Jungen, der in so großem Ernst in der Schule für die Kinder von Parambil erschienen war.

»Weil du meinen Vater geliebt hast, fällt es dir schwerer, das zu begreifen«, sagt Joppan. »Du siehst dich als freundlich und großzügig ihm gegenüber. Die ›freundlichen‹ Sklavenhalter in Indien und überall sonst waren stets diejenigen, die die größten Schwierigkeiten hatten, das Unrecht der Sklaverei einzusehen. Ihre Freundlichkeit, ihre Großzügigkeit verglichen mit den grausamen Sklavenhaltern machte sie blind gegenüber der Ungerechtigkeit des Systems der Sklaverei, das sie selbst geschaffen und aufrechterhalten hatten und das sie begünstigte. Das ist so, wie wenn die Briten mit der Eisenbahn, den Colleges, den Krankenhäusern prahlen, die sie uns hinterlassen haben – mit ihrer ›Freundlichkeit‹! Als würde das rechtfertigen, dass sie uns zweihundert Jahre lang das Recht auf Selbstverwaltung genommen haben! Als müssten wir ihnen dankbar sein für das, was sie uns gestohlen haben! Wären Großbritannien oder Holland, Spanien, Portugal oder Frankreich das, was sie heute sind, ohne das Vermögen, das sie verdienten, indem sie andere versklavten? Während des Krieges erzählten uns die Briten immer gern, wie gut sie uns behandelten, verglichen damit, wie die Japaner uns behandeln würden, wenn sie bei uns einmarschierten. Aber sollte denn überhaupt ein Land über ein anderes herrschen? Etwas Derartiges geschieht nur, wenn eine Gruppe glaubt, die andere sei durch Geburt, durch die Hautfarbe, durch die Geschichte minderwertig. Minderwertig, weswegen sie auch weniger verdient. Mein Vater war kein Sklave. Er wurde hier geliebt. Aber er war *nie* deinesgleichen, und daher wurde er auch nicht als solcher belohnt.« Joppan schüttelte den Kopf. »Einige deiner Verwandten, ja sogar viele, bekamen großzügige Parzellen von einem oder zwei Hektar *geschenkt*, mehr, als ein *pulayan* für eine Hütte bekommt. Es war genug Land, um damit zurechtzukommen. Aber mal ehrlich, von Aufschwungmeister und einigen wenigen anderen abgesehen, wer hat denn wirklich etwas daraus gemacht? Stell dir mal vor, wenn mein Vater auch nur einen *halben* Hektar zum Bewirtschaften bekommen hätte. Stell dir nur vor, wie gut er es gemacht hätte.«

Die Klugheit von Joppans Ausführungen überraschte Philipose. Doch schon Joppans Ausführungen für »klug« zu halten, war genau jene Blindheit, von der Joppan sprach. »Klug« implizierte, dass Leute wie Joppan oder Shamuel nicht berechtigt waren, die Geschichte, die Vernunft oder ihren Verstand zu benutzen.

Philipose sagte: »Dann dürfte die Antwort wohl Nein sein.«

Joppan sagte: »Ich liebe Parambil. Es gibt hier kein Feld, auf dem du und ich nicht gespielt haben oder ich meinem Vater nicht irgendwann einmal bei der Ernte geholfen habe. Aber ich kann es nicht so lieben, wie er es geliebt hat. Weil es mir nicht gehört. Aber es gibt noch etwas Wichtigeres. Nenn mich Manager, belohne mich gut, aber für deine Verwandten werde ich immer noch Shamuel *pulayans* Sohn sein, Joppan *pulayan*. Der, dessen *pulayi*-Frau *ola* webt und den *muttam* von Parambil fegt. Ich kann nicht viel dagegen tun, ein *pulayan* genannt zu werden. Aber ich kann wählen, ob ich wie einer *leben* will.«

Bald nach ihrem ersten Gespräch hatte Philipose Joppan mit einem zweiten Angebot aufgesucht: Sie würden ihm acht Hektar grob gerodetes Land geben, das nie bewirtschaftet wurde,

Land, das ihm allein gehören würde. Der Vertrag würde zehn Jahre lang treuhänderisch hinterlegt sein, und in der Zeit würde er alle Ländereien Parambils verwalten und zwanzig Prozent des Ertrags erhalten, aber keinen Monatslohn. Nach zehn Jahren könnte er sich dann verändern, oder sie könnten einen neuen Vertrag über noch mehr Land aushandeln. Joppan war schockiert. Philipose' Großvater, Big Appachen, hatte über zweihundert Hektar beansprucht, über die Hälfte davon steinig und steil oder tiefliegende Sümpfe. Davon hatte er dreißig, die dem Fluss am nächsten liegen, grob gerodet, und die Hälfte davon wurde gerade kultiviert. Joppan würde damit mehr Land als jeder von Philipose' Verwandten besitzen.

Joppan zeigte sein berühmtes Lächeln. »Philipose, könnte mein Vater das hören, er würde dich für verrückt erklären.« Joppan sagte, er brauche jetzt einen Schluck, und zog eine Flasche Arrak hervor. »Dein Angebot zeigt, dass du zugehört hast. Du hast verstanden, so schmerzhaft es auch gewesen sein muss. Das ist sehr großzügig. Ich könnte es bereuen, trotzdem sage ich Nein.« Er trank einen großen Schluck. »Ich habe so viele Jahre mit Iqbal gearbeitet, schwere Zeiten durchgemacht. Unzählige Nächte auf dem Kahn geschlafen, zu den Sternen hinaufgeschaut und von einer Flotte geträumt, die viermal so schnell wie heute ist. Ja, wir haben mit dem motorisierten Kahn einen Rückschlag erlitten. Es waren keine Wasserhyazinthen, in der sich die Schraube verfangen hatte, vielmehr stockte das ganze Unternehmen in der Bürokratie. Aber es geht voran. Selbst wenn ich scheitere, ich muss es probieren. Gebe ich meinen Traum auf, dann stirbt etwas in mir.«

Philipose hatte das Gefühl zu schrumpfen, er erinnerte sich an *seine* Träume, bevor er nach Madras ging, seine Träume, als er Elsie begegnete, als sie heirateten, als sie ging und wieder zurückkam. Er kippte den Arrak, um den Schmerz zu betäuben. Er hörte lustlos zu, wie sich Joppan über »die Partei« ausließ – was immer die kommunistische eigentlich wollte. Das Wort »kommunistisch« mochte vielerorts Anathema sein und für Verrat stehen, doch in Travancore-Cochin-Malabar, in Bengalen und in weiteren Staaten Indiens waren die Kommunisten eine legale Partei und echte Herausforderer. In den Malayalam sprechenden Territorien waren die Anhänger der Partei junge ehemalige Mitglieder der Kongresspartei, die sich betrogen fühlten, als diese an die Macht kam und sich den Interessen von Großgrundbesitzern und Industrie beugten. Mitglieder der Partei waren nicht nur die Entrechteten und Armen, sondern auch Intellektuelle und idealistische Studenten (häufig aus der oberen Kaste), welche die Partei als die einzige Gruppierung betrachteten, die willens war, die etablierten Kastenprivilegien abzuschaffen. In dem Jahr, als Shamuel starb – 1952 –, erhielt die Partei fünfundzwanzig Sitze gegenüber vierundvierzig der Kongresspartei. Die Vereinigung von Malabar mit Travancore-Cochin zum Staat Kerala stand kurz bevor, was zu Neuwahlen führen würde.

»Das Eine sag ich dir«, hatte Joppan gesagt, als sie an dem Abend auseinandergingen, »eines Tages wird Kerala das erste Land der Welt sein, in dem eine kommunistische Regierung nicht durch eine blutige Revolution an die Macht kommt, sondern durch eine demokratische Wahl.«

Als Philipose sich an dieses Gespräch vor fast zehn Jahren erinnert, muss er demütig feststellen, dass Joppan recht hatte: Nur wenige Jahre danach gewann die Partei in Kerala die Mehrheit der Sitze und bildete die erste demokratisch gewählte kommunistische Regierung der Welt.

60. Kapitel
DIE OFFENBARUNG DES KRANKENHAUSES

1964, die Maramon Convention

Die Malayalis aller Religionen ziehen alles in Zweifel, nur nicht ihren Glauben. Jahr für Jahr lockt das Bedürfnis, ihn zu erneuern, wiedergeboren zu werden, erneut an der Quelle zu trinken, die malayalischen Christen zu dem großen Revival-Treffen im Februar, der Maramon Convention. Die Familie von Parambil bildet da keine Ausnahme.

Seit der ersten Versammlung 1895, die in einem Zelt auf dem ausgetrockneten Flussbett des Pamba abgehalten wurde, wächst die Teilnehmerzahl mit jedem Jahr. Erst 1936 erhielt man dort ein Mikrophon, ein Geschenk des Missionars E. Stanley Jones aus Amerika. Davor standen »Übertragungsmeister« wie Zeltstangen in größeren Abständen bis hinein in die Satellitenzelte und die Massen an den Flussufern und wiederholten, was der Redner sagte. Es liegt jedoch in der Natur der Malayalis, dass die Übertrager es als ihre Christenpflicht ansahen, die übersetzte Botschaft zu hinterfragen und zu verbessern. E. Stanley Jones' Mahnung, »Sorgen und Furcht sind Sand in der Maschinerie des Lebens, der Glaube ist Öl«, kam bei den Geschirrständen als »O ihr geringen Glaubens, euer Kopf ist voller Sand, und in eurer Lampe ist kein Öl« an. Das führte beinahe zu Krawallen.

Von der menschlichen Übertragung gelangte die Maramon Convention zum verstärkten Exzess, so erscheint es jedenfalls dem Reverend Rory McGillicutty aus Corpus Christi in den Vereinigten Staaten von Amerika, da Männer Palmen hinaufklettern, um weitere Lautsprecher anzubringen. Während er hinter der Bühne wartet, werden seine Trommelfelle von höllischen Rückkoppelungen wie Gewehrschüssen gequält, sodass die Straßenhunde flüchten, im Sand Urinspuren hinterlassend. Der Elektriker lispelt: »Teschting onetwothree, *kekamo*?« Ja, er ist hinten zu hören und sogar noch jenseits der Palkstraße in Ceylon.

Reverend Rory McGilliguttys Augen sind ebenso überwältigt wie seine Ohren. Es begann mit seinem ersten Blick auf die Menschenmassen und die riesige Zeltstadt. Er fühlte sich wie eine einzelne Heuschrecke in einer Plage, nur mit Mühe kam er dem ernsten *chemachen*, seiner Begleitperson, hinterher. Diese Massen stellten alles in den Schatten, was er auf dem Tulsa State Fair, selbst dem State Fair of Texas gesehen hatte. Sie drückten sich ihre Bibel an die weißen Gewänder und waren so ernst wie die Mündung einer .45er. Sie waren gekommen, um das Wort zu hören, und die Mehrheit ließ sich weder von den Essens- und Armreifständen, den Zaubervorführungen noch von der »Todesschüssel« ablenken – eine riesige, in die Erde gegrabene Halbkugel mit geglätteten Wänden, in der zwei Motorradfahrer mit Kajal um die Augen einander in beängstigendem Tempo jagten, mit ihren Maschinen, der Schwerkraft trotzend, bis an den Rand der Schüssel stiegen, fast parallel zu dem Boden liegend, von dem aus die Zuschauer hineinschauten.

Der größte Schock für McGillicutty aber war die Ehrenwache aus Krüppeln, die den Zugang säumte. Auf der einen Seite standen die Aussätzigen, auf der anderen die Nichtaussätzigen. Letztere hatten als gemeinsamen Nenner lediglich ihr Elend. Er sah Kinder, die als solche kaum erkennbar waren: Eines hatte zusammengewachsene Finger, ein Gesicht wie ein

Pfannkuchen und Augen da, wo die Ohren sein sollten, wie ein exotischer Fisch. Der *chemachen* sagte, diese Kinder seien schon sehr früh von ihren Aufpassern verstümmelt worden, und nun stellten sie sie in ganz Indien zur Schau. »Aber«, sagte er beruhigend, »das sind *Nord*inder«, als könnte das das Grauen mindern. McGillicutty wartet nun also hinter der Bühne und ist nervös wie eine Fliege im Leimtopf. Dabei ist es nicht von Vorteil, dass er in letzter Minute für den Reverend William Franklin (»Billy«) Graham einsprang ist, dessen Ruf bis zur Maramon Convention gedrungen ist; seine Gastgeber sind über den Ersatz nicht eben glücklich. Wie auch immer, Rory McGillicuttys größte Sorge ist sein Übersetzer.

Seine Sorge ist berechtigt. Ist das Maß für die fließende Beherrschung des Englischen die Fähigkeit, mit einer schlecht erinnerten Wendung aus einer Fibel für Drittklässler aufzuwarten wie *Why ees the doug fallowing the mushter?* (»Warum folgt der Hund seinem Herrn?«), dann fühlen sich viele qualifiziert. Denn schließlich (behaupten sie) müsse man zum Übersetzen nur Malayalam fließend beherrschen und nicht Englisch. Selbst der an der Yale Divinity School ausgebildete *achen* erwies sich als katastrophaler Übersetzer, denn er tat so, als entsprächen die Worte des Sprechers nicht seiner Übersetzung.

Rory sorgte sich umsonst; die Convention hat einen bewährten Übersetzer, den der Bischof Mar Paulos vor Jahren bei einer Dorfauftrieb-Veranstaltung entdeckte, wo er ihn für einen Getreideexperten aus Coralville, Iowa, in Amerika, dolmetschen sah. Er übersetzte einfach das, was der Sprecher sagte, ohne sich in den Vordergrund zu spielen.

Am Morgen der Convention saß dieser bewährte Übersetzer vor dem Spiegel, trimmte den Raupenschnurrbart, der unter seiner Nase und einen Dreiviertelzentimeter über der Oberlippe kroch, keiner der beiden Treue schuldend, von beiden emanzipiert. Für einen männlichen Malayali jenseits der Pubertät ist es unmännlich, keinen zu tragen. Die Formen, die man wählen kann, sind Legion: Flaschenbürste, aufwärts gedrehter Hauptfeldwebel, abwärts gedrehter Brigadegeneral, buschiger Faschistenschnauz … Das Geheimnis der Raupe des Übersetzers liegt darin, sich beim Spiegel einzuschmeicheln, die Oberlippe auszustülpen und die von rechtem Daumen und Zeigefinger gehaltene nackte Rasierklinge zu führen, wobei die linke Hand die Haut straff zieht. Mit winzigen Abwärtsstrichen wird der obere Rand und dann – äußerst kritisch – der untere konturiert. Wollte der Übersetzer ein Handbuch schreiben, so würde er sagen, der Schlüssel ist der Streifen rasierter Haut *unter* dem Schnurrbart sowie die Trennung von dem zinnoberroten Saum der Oberlippe.

Shoshamma beobachtete das minuziöse Schaben ihres Mannes. Neckend sagte sie: »Der Schnurrbart Aufschwungmeisters hat links einen Abschwung« – wodurch er sich schnitt.

»Frau, warum verspottest du mich? Sieh nur, was du getan hast!« Kichernd entschuldigte sie sich. Er schlug sich auf die Brust. »Du hast ja keine Ahnung, welche Leidenschaft hier drin lodert! *Leidenschaft*!« Mit bebenden Schultern verzog sie sich. *Leidenschaft ohne das normale eheliche Ventil wegen deiner Sturheit!* Das war seine Schuld. Er hatte sich geschworen, so lange zu warten, bis sie den ersten Schritt machte. Er wartete noch immer.

Der Bus, den sie nahmen, war so voll, dass er an seinen üblichen Haltestellen einfach vorbeifuhr. Bei Chenganur machte eine vertraute Gestalt einen todesmutigen Sprung aufs Trittbrett und drängte sich ins Innere mit den Worten: »Mein Ticket ist so gut wie eures! Hier gibt's kein Kastensystem!« Lenin war vierzehn. Mit zehn hatten sie ihn in ein streng religiöses

Internat gesteckt. Sie hatten ihn in den vorigen Ferien gesehen, aber da war er schon größer, hatte einen schwachen Schnauzbart, und der Adamsapfel ragte so weit vor wie sein Kinn. Sein Kopf sah hingegen aus, als hätte eine Ziege darauf gegrast, und sein Gesicht war verschrammt. Er war begeistert, sie zu sehen.

»Ein Missverständnis mit meinen Klassenkameraden«, erklärte er. »Ich bin der Messesekretär des Wohnheims. Ich hatte entschieden, unser Sonntagsbiryani den Hungernden vor der Kirche zu geben.«

»*Aah*. Und deine Klassenkameraden waren nicht bereit zu fasten?«

»Die Sonntagspredigt war Matthäus fünfundzwanzig. ›Ich bin hungrig gewesen, und ihr habt mich gespeist.‹ Für mich sehr bedeutungsvoll. In der Bibelstunde haben meine frommen Klassenkameraden dann geschworen, gemäß dieser Prinzipien zu leben. Daher …«

Shoshamma sagte: »*Monay*, du kennst das Sprichwort *Aanaye pidichunirtham, aseye othukkinirthaan prayasam*.« *Leichter, einen Elefanten zu beherrschen als das Begehren!*

Aufschwungmeister starrte sie an. Galt das ihm?

»Stimmt, *Kochamma*. Trotzdem, das sind solche Heuchler! Was würde Jesus sagen, wenn es im einen Haus Essen gibt und die Nachbarn darben. Falls Jesus zurückkehrt, meinst du nicht, er würde die Kommunisten wählen?«

Ein Mann hinter Lenin schrie: »So eine Blasphemie! Christus würde die Kommunisten wählen?« Die Partei hatte Geschichte gemacht und viele Wähler, aber nur wenige davon säßen in einem Bus, der zur Maramon Convention fährt. In dem darauffolgenden Handgemenge kam der Bus ruckartig zum Stehen, und Lenin entwich durch die Fahrertür. Er lachte, schwenkte Arme und Hüften wie ein Bollywood-Held, bevor er die Beine in die Hand nahm.

Rory McGillicuttys Gesicht ist von der Akne in seiner Jugend zerklüftet wie eine Jackfrucht, und er ist so stämmig wie eine *plavu*. Er hat einen dichten Haarschopf, wobei jedes Follikel aussieht, als wäre es wie ein Schienennagel hineingehämmert, doch noch hat ihn niemand mit Jayboy's Brahmi Oil bekannt gemacht, weswegen die Haare wild und ungebärdig sind. Es ist ein Wunder, dass ein Mann, der als Fischer im Watt von Aransas Bay anfing, schließlich zum Menschenfischer in dem Dorf Maramon, Kerala, Indien, werden konnte.

Aufschwungmeister, der Rory hinter der Bühne begegnet, ist besorgt: Der Mann hat keine schriftliche Rede, keine Notizen, keine markierten Bibelstellen. Rory drückt eine andere Sorge. Er hat gerade einen Bischof eine monotone Rede halten hören, und dessen einzige Geste war, zögernd einen Finger zu heben wie ein Kind, das einer Dogge an die Nase fasst, doch das störte das ernste Publikum nicht. Rorys Stil ist, wie er seinem Übersetzer nun erklärt, das Gegenteil. »Ich will, dass meine Zuhörer das versengte Haar riechen, die Hitze des ewigen Feuers der Verdammnis spüren. Erst dann kann man die Erlösung wertschätzen – verstehen Sie?«

Aufschwungmeister runzelt bestürzt die Stirn, wobei seine Kopfbewegung – wie ein Ei, das auf einem Ladentisch wackelt – Ja oder Nein bedeuten konnte. Oder keins von beiden.

»Ich kann das alles bezeugen«, sagt McGillicutty, »denn ich war dort. Wäre ich nicht vom Blut des Lamms gerettet worden, läge ich heute noch in der Gosse.« McGillicuttys Feuer-und-Schwefel-Stil kommt in den Südstaaten bis hinauf nach Cincinnati gut an. Auch in Cornwall, England, war er ein Knaller und die Basis für die Einladung nach Indien auf den letzten Drücker. Rory hat keinen Plan B: Sein Stil *ist* seine Botschaft. Er packt Aufschwungmeister an den Schultern und blickt ihm ernst ins Gesicht. »Mein Freund, beim Übersetzen müssen Sie meine Leidenschaft *körperlich* vermitteln. Sonst bin ich verloren.«

Meister hat Bedenken. »Reverend, bitte bedenken Sie, wir sind hier in Kerala. Auf der Maramon Convention reden wir nicht in Zungen. Das machen nur die Pfingstkirchler. Wir hier sind … ernst.«

McGillicuttys Gesicht fällt ein. Er gehört nicht zu denen, die in Zungen reden, doch wenn der Heilige Geist so zündend brabbelt, was hat er dagegen einzuwenden? Ein solcher Anblick kann ein ganzes Zelt voller Sünder verwandeln.

»Also … geben Sie Ihr Bestes? *Versuchen* Sie, Ihren Ton, Ihre Gebärden den meinen anzupassen. Leidenschaft! Ich will Leidenschaft!«

Ein *chemachen* bedeutet ihnen, dass sie nach dem Chor dran sind. McGillicutty verzieht sich in eine Ecke.

Aufschwungmeister sieht ihm nach. *Die Hybris dieses Jackfrucht-Gesichts ohne Manuskript!* Dann aber sieht er beschämt, wie Rory auf die Knie geht und den Kopf zum Gebet neigt. Das sollte ihn weder überraschen noch sein Herz erweichen, doch beides geschieht. Er kommt sich vor wie ein Heuchler – hat er Shoshamma nicht gerade noch einen Vortrag über Leidenschaft gehalten? Als sich McGillicutty erhebt, legt Aufschwungmeister dem weißen Mann die Hand auf die Schulter – so etwas hat er in seinem ganzen Leben nicht gemacht. »Keine Sorge. Nur mein Bestes will ich geben. Leidenschaft wird da sein. Überwiegend. Nach Möglichkeit wird sie da sein.« McGillicuttys Erleichterung gibt Meister das Gefühl, das Christliche getan zu haben. McGillicutty klopft ihm auf den Rücken, dann gießt der Reverend etwas aus einem stählernen Flachmann in dessen Becher und hält ihn dem Übersetzer hin. Aufschwungmeister nippt daran und gelangt zu einer neuen Einsicht in den

Besucher, der ihn auffordert, auszutrinken. Danach leert Rory selbst einen Becher und saugt die Luft durch die Zähne. Aufschwungmeister spürt, wie das brennende Zeug ihm die Brust entfacht. Die Leidenschaft darin schwillt an. Ehrlich gesagt, ist er ein wenig verkatert, und der Flachmann des Reverends ist ein göttlicher Eingriff. Sie trinken jeder noch einen Becher. Aufschwungmeister geht es nun besser als gut. Ja, es ist ihm nie besser gegangen. Seine anfängliche Beklommenheit ist weg. Er lockert die Schultern. Er sagt sich: *Sollte McGillicutty scheitern, dann nicht mangels eines guten Übersetzers.*

Die Menge murmelt erwartungsvoll: Ein weißer Priester von weit her ist immer interessant, selbst wenn er nicht Billy Graham ist. *Wir sind versklavt, noch nachdem wir frei sind*, denkt Aufschwungmeister. *Wir glauben, die Botschaft eines weißen Mannes ist besser als das, was unsere eigenen Leute sagen könnten.*

McGillicutty wird angekündigt, und beide betreten sie die Bühne. Man könnte eine Stecknadel fallen hören.

Der Reverend beginnt mit einem langen, umständlichen Witz. Als er zur Pointe kommt, schreit er sie heraus, eine Hand zum Himmel gereckt, und schaut erwartungsvoll in die Menge. Mehrere tausend glatte, ausdruckslose Gesichter blicken auf ihn zurück. Eine Röte steigt über seinem Kragen auf. Flehenden Blicks wendet er sich an seinen Übersetzer.

Aufschwungmeister streicht mit der flachen Hand die geölten Haare glatt. Zuversichtlich, gar verachtungsvoll lässt er den Blick über die Menge schweifen, hält lange ihr Starren aus. Dann redet er sie wie Vertraute an.

»Meine leidgeprüften Freunde. Wollt ihr wissen, was gerade passiert ist? Reverend Sahib Meister-Rory *Kutty* hat soeben einen Witz gerissen. Ganz ehrlich, ich war so überrascht, dass ich ihn euch gar in nicht allen Einzelheiten wiedergeben kann. Wer erwartet auf der Maramon Convention schon einen Witz? Ich möchte einfach nur sagen, es kamen ein Hund, eine alte Dame, ein Bischof und eine Handtasche darin vor …« Jemand auf der Frauenseite kichert, ein hoher, spitzer Schrei. Schockierte Stille folgt, die Kinder lachen. Dann breitet sich langsam Gelächter über Aufschwungmeisters Kühnheit aus.

»Der Witz ist nicht so lustig, wie der Reverend meint. Davon abgesehen, haben alte Damen in Kerala eine Handtasche dabei? Allerhöchstens doch ein paar Münzen, in ein Tuch gewickelt, so ist es doch! Aber bitte, enttäuschen wir nicht einen Gast von weit, weit her. Gesegnet sind jene, welche über die Witze des Gastes lachen. Ist das nicht aus den Seligpreisungen? *Aah*. Wenn ich nun also bis drei zähle, dann lacht bitte alle – und besonders wende ich mich an euch lärmende Kinder hier vorn, ihr Meister der Tücke und Scheinfrömmigkeit euren Eltern gegenüber, denn hier kommt eure von Gott gesandte Gelegenheit. Macht es jetzt mit dem Segen des Herrn. Eins, zwei … drei!«

McGillicutty ist begeistert. Die alte Dame, der Bischof und die Handtasche, die haben überall von McAllen bis Murfreesboro gezündet – und jetzt auch in Maramon. Und *besser* auf Malayalam als auf Englisch!

Der Reverend wird ernst und hebt die Hand um Schweigen. Aufschwungmeister, sein dunkler Schatten, imitiert die Gebärde.

McGillicutty senkt den Kopf, die Hand weiterhin erhoben. »Meine Brüder und Schwestern, ich stehe vor euch als Sünder …«

Aufschwungmeister übersetzt: »Das Scherzen ist nun vorbei, gelobt sei der Herr. Er sagt: Ich stehe vor euch als Sünder.«

Beifälliges Gemurmel läuft in Wellen durch die Menge.

»Ich stehe vor euch als Ehebrecher … als Hurenbock.«

»Ich stehe vor –« Aufschwungmeisters Stimme stockt. Sein Magen fühlt sich genauso an wie damals in Madras, als er Dysenterie hatte. Wenn er das Pronomen der ersten Person nimmt, um zu übersetzen, was McGillicutty gesagt hat, werden dann nicht alle denken, *er* sei der Hurenbock, der Ehebrecher? Er sucht die Menge nach Shoshamma ab.

Der Reverend wirft einen bangen Blick auf seinen stummen Übersetzer und sagt: »Freunde, ich gehöre nicht zu denen, die ein Blatt vor den Mund nehmen. Ein Hurenbock, sage ich. Ein Mann, der mit jeder verkommenen Frau geschlafen hat und auch noch mit solchen, die ich erst dazu gemacht habe. So einer war ich.«

Die Bischöfe und Priester in den ersten Reihen, die Englisch allzu gut verstehen, werfen einander nervöse Blicke zu.

Aufschwungmeister wirft McGillicutty ein falsches Lächeln zu, dann der Menge und versucht verzweifelt, seine Gedanken zu ordnen. »Der Reverend sagt: Freunde, meine Kirche jenseits des Meeres ist groß. Sie ist riesig. Dennoch habe ich noch nie so viele gläubige Menschen gesehen wie heute hier. Und ich bin stolz, dass Aufschwungmeister für mich übersetzt. Sein Ruf reicht von Maramon bis in meine Heimatstadt. Um ihn habe ich gebeten. Danke, Aufschwungmeister.«

Aufschwungmeister senkt bescheiden den Kopf. Dann schaut er McGillicutty bang an, versucht zu erahnen, was als Nächstes kommen könnte. Als der Mann weiterspricht, öffnet er den Mund so weit, dass er seinen eigenen Kopf verschlucken könnte.

»Die Anzahl der Menschen, bei denen ich etwas wiedergutzumachen habe, die Anzahl der Menschen, die ich fehlgeleitet habe«, sagt McGillicutty und lässt die Hand schweifen, »erstreckt sich von dieser Seite der Menge bis zu jener.«

Aufschwungmeisters Blick folgt der Hand des Reverend,

und da sieht er eine Frau in der dritten Reihe umkippen, von der Luftfeuchtigkeit und der Hitze übermannt; die Erste, die sich um sie kümmert, ist, wie er sieht, Big Ammachi. Sie legt sie sachte auf den Boden, fächelt ihr mit ihrem Programmheft Luft zu. Und unmittelbar vor dem Zelt hat offenbar ein Kind einen Anfall. Erwachsene scharen sich um das Kind.

Aufschwungmeister schwenkt die Hand wie Rory: »Wenn ich von jener Seite des Flusses auf diese Seite des Flusses blicke, denke ich an all die Menschen hier in diesem schönen Land, die an einer seltenen Krankheit leiden oder an Krebs oder eine Herzoperation brauchen und nicht wissen, wohin … Nun, das belastet mich, und ich muss offen darüber sprechen.«

»Ich brach meiner Mutter das Herz, als ich mit meinem eigenen Kindermädchen in fleischlicher Sünde lag!«, sagt der Reverend und fasst sich an die Brust. »Eine unschuldige Frau vom Lande. Ich schmiegte mich an ihre Brust, und doch habe ich sie mit dreizehn Jahren missbraucht.«

Aufschwungmeister wartet kaum ab, bis Rory ausgeredet hat, fasst sich ebenfalls an die Brust und sagt: »Wird ein Kind mit einem Loch im Herzen geboren wie das Kleine unseres Papi und muss operiert werden, wo können sie hin?« Papi und Kind erfindet er, doch es ist ja im Dienste des Herrn. »Jener arme Junge war zehn und blauer, als er braun war, bevor Papi das Geld aufbrachte, um ihn in einen anderen Staat zu bringen, bis ganz nach Vellore ins Christian Medical College … Doch da war es zu spät!«

Nun aber überrumpelt McGillicutty seinen Übersetzer, indem er von der niedrigen Bühne tritt und zu den Kindern geht, die alle im Schneidersitz dasitzen. Er greift nach einem Kind. Der schlaksige Bursche, den er hochzieht, besteht nur aus Ohren, Knien und Ellbogen und hat eine Lücke in den Zähnen, die groß genug ist, um einen Zelthering hindurchzustecken.

Aufschwungmeister erkennt ihn als einen Unglücklichen, einen *potten* – taubstumm geboren –, der immer einen besonderen Platz ganz vorn erhält. Vorher hatte dieser Junge am lautesten gelacht und als Letzter aufgehört. Aufschwungmeister sieht ihn Jahr um Jahr auf der Convention, weil seine Eltern auf ein Wunder hoffen. Dieses Kind hat nie ein verständliches Wort geäußert. Welches Pech für den Reverend, dass er sich unter allen Kindern ausgerechnet den *potten* ausgesucht hat!

»Als ich Vater war«, sagt der Reverend, nun wieder mit dem grinsenden *potten* auf der Bühne, »habe ich meinen Jungen verlassen, er war nicht größer als dieser Engel hier. Er hungerte. Meine Schwiegereltern mussten ihm Essen bringen, weil ich meinen Lohn für Glücksspiel und Frauen ausgab!«

Die ohnmächtige Frau wird hinausgetragen. Aufschwungmeister sieht, dass Big Ammachi ihn ganz aufgeregt und erwartungsvoll anschaut. Er sagt: »Wie kommt es, dass ein schwer krankes Kind nach Madras und noch weiter reisen muss, um behandelt zu werden? Und wenn Hilfe hier verfügbar wäre? Ich rede nicht von einer Einzimmerklinik mit einem Arzt und einer Kuh am Tor. Ich meine ein *echtes* Krankenhaus mit vielen Stockwerken, mit Spezialisten für den Kopf ebenso wie für den Fuß und alle Teile dazwischen. Ein Krankenhaus, das so gut ist wie nur eines auf der Welt. Wenn eine weiße Missionarin, Ida Scudder, Gott segne ihre Seele, in Vellore ein Weltklassehaus bauen konnte, können wir Christen in diesem Land von Milch und Honig es nicht genauso gut?«

»Nur ein Teufel kann ein solches Kind für Whisky und Huren vernachlässigen«, sagt der Reverend mit brechender Stimme. »Aber dann, eines Tages, ich lag in Corpus Christi, Texas, in der Gosse, rief der Herr nach mir. Er sagte: ›Sprich meinen Namen!‹, und ich sagte: ›Jesus, Jesus, Jesus!‹«

Aufschwungmeister übersetzt: »Freunde, das ist nicht die

Botschaft, die ich predigen wollte, aber anscheinend hat der Herr mich den ganzen Weg von Leib Christi in Texas bis hierher geführt und mir diese Worte in den Mund gelegt, um sie euch zu übermitteln. Er sagt: Schauet die Leidenden um euch herum! Er sagt: Ist es nicht Zeit, dies zu ändern? Er fragt: Braucht ihr wirklich noch eine neue Kirche? Er sagt: Preiset meinen Namen mit einem Krankenhaus, das meiner würdig ist. Ich höre seine Stimme genau wie damals vor so vielen Jahren, als ich ein gebrochener, sündiger Mann war und in der Gosse lag und der Herr mir erschien und rief: ›Sprich meinen Namen!‹. Und ich sagte: ›Yesu, Yesu, Yesu!‹«

Die Menge ist totenstill. Das einzige Geräusch ist das Geschrei der Krähen bei den Essensbuden. Rory McGillicutty und Aufschwungmeister warten, beide in der Hoffnung, dass das Publikum mit »Jesus, Jesus, Jesus« antwortet. Doch Call and Response ist einfach nicht der Malayali-Stil. Aufschwungmeister findet, dass die Menge ihn ohne Anteilnahme anblickt. *Die wollen, dass ich versage. Shoshamma wird das ganz lustig finden.* Nur Big Ammachi schaut ihn hoffnungsfroh an und nickt ihm aufmunternd zu. *Ich versuche mein Bestes, Ammachi!* Er hat schreckliche Angst, sie zu enttäuschen.

Auf einmal durchbricht der *potten* die Stille: Er sagt mit der lauten, unmodulierten Stimme der Tauben: »Yesu! Yesu! Yesu!«

Blitzschnell hält McGillicutty dem Jungen das Mikrofon vor den Mund, sodass dessen »Yesu« im ganzen Zelt und darüberhinaus erschallt. Rory beugt sich zu dem *potten* nieder, was den Übersetzer überflüssig macht. »Sage es noch einmal, mein Sohn, sage ›Yesu, Yesu, Yesu!‹«, schreit er.

»Yesu, Yesu, Yesu!«, schreit der *potten*, begeistert darüber, dass seine Worte zu Schallwellen werden, die seinen Körper erschüttern. Er hört! Er spricht! Er tanzt vor Freude.

In der Menge schwillt ein Murmeln an, als sich die Kunde

von vorn nach hinten, dann weiter durch die Satellitenzelte bis zu den Draußenstehenden ausbreitet, zu den Armreifverkäufern, den Bettlern und den tollkühnen Motorradfahrern: *Ein* potten *hat gerade zum ersten Mal gesprochen! Ein Wunder!*

»Sagt es mit ihm, meine Freunde«, brüllt McGillicutty, das Gesicht rot vor Anstrengung von dem Versuch, der lahmen Menge Leben einzuprügeln. »SCHREIT es von den Dächern: Jesus! Jesus! Jesus!« Doch nur der *potten* beachtet ihn, er schreit »Yesu, Yesu, Yesu!«

»*Aah*«, sagt Aufschwungmeister, wütend auf die malayalische Zurückhaltung. »Dann hat Gott also gerade dem Stummen die Stimme geschenkt. Ein Wunder! Und nun bittet euch Gott durch seinen Boten, diesen *plavu*-Klotz aus Leib Christi, Texas, um ein Zeichen eurer Aufmerksamkeit. Er fragt: Hört ihr denn auch zu? Seid ihr gekommen, um den Heiligen Geist zu empfangen? Gereinigt und im Glauben erneuert zu werden? Oder ist es euch peinlich, den Namen des Herrn zu rufen? Seid ihr nur da, um zu schauen und zu tratschen und zu sehen, wer schwanger ist und für welchen jungen Mann gerade welcher jungen Dame ein Antrag gemacht wird?« Im Kinderbereich wird gekichert. Aufschwungmeister wittert seine Chance und wendet sich an sie. »Ihr sitzt also nur da. Lasst euch von euren Kindern zeigen, wie Glaube und Mut aussehen. Gesegnete Kinder, bitte zeigt diesen Erwachsenen, wie es geht. Ihr habt den Mut eines unter euch gesehen, der hier vor euch steht. Gebt ihm eure Unterstützung! Sagt: ›Yesu, Yesu, Yesu!‹«

Und wahrhaft gesegnet sind die Kinder, denn sie lassen nie eine sanktionierte Aufforderung aus, um ihre Eltern zu blamieren. Sie springen auf, und Hunderte junge Stimmen schreien: »Yesu, Yesu, Yesu!«, ein Laut, der direkt in Gottes Ohren dringt. Aufschwungmeister zeigt mit der Hand, Fläche nach oben, auf die Kinder und starrt dabei bedeutungsvoll auf die Erwachsenen. *Seht ihr?* Dann sagt er: »Deshalb hat Christus gesagt, lasset die Kindlein zu mir kommen und wehret ihnen nicht. Könnt ihr es jetzt sagen? Yesu, Yesu, Yesu!«

Die Frauen, die Mütter, sie erheben sich und leihen ihre Stimme: »Yesu, Yesu, Yesu!« Welche Wahl bleibt da den Ehemännern? Die Männer erheben sich: »Yesu, Yesu, Yesu!« Die Bischöfe und Priester, Muster an christlicher Zurückhaltung und Schicklichkeit, stecken in der Zwickmühle, denn eine solch hemmungslose Leidenschaft, ganz zu schweigen von der bizarren Übersetzung, hat etwas Unheiliges. Doch wie können sie stumm bleiben, wenn der Name ihres Erlösers erklingt? Sie stimmen mit ein. »Yesu, Yesu, Yesu!«

Ein derartiges Skandieren hat man bei der Convention in all den Jahren nie vernommen. Die Menge ist schalltrunken und kann nicht aufhören. Aufschwungmeister stellen sich die Haare auf dem Rücken auf. Ruhm, Ruhm, Ruhm! Gewiss doch ist der Heilige Geist anwesend. Er sucht die Menge nach Shoshammas Gesicht ab. *Siehst du jetzt die Leidenschaft?!* Rory zwinkert ihm zu.

Nach langer Zeit weicht das Skandieren schließlich einem donnernden Klatschen; die Menge applaudiert sich selbst. Der *potten* wird von den anderen Kindern empfangen wie Jesus beim Einzug in Jerusalem, seine jubelnden Freunde heben ihn hoch. Das Publikum setzt sich wieder, alle lächeln einander an, schockiert darüber, dass sie ihre selbst auferlegte Schicklichkeit gebrochen haben.

»Meine Freunde, meine Freunde«, sagt McGillicutty. Er blättert zu Matthäus 25:33, weist Aufschwungmeister darauf hin. »Der Herr wird unser Leben am Jüngsten Tag bewerten, und, meine lieben Freunde …« McGillicutty hält sich die offene Bibel an die Brust und tritt an den Bühnenrand; fast scheint es, als wollte er gleich weinen. Er fällt auf ein Knie und zeigt mit zitterndem Finger himmelwärts. »Wahrlich, ich sage euch, wir müssen ihm ANTWORTEN!«

Für Aufschwungmeister ist das der Beweis, dass der Heilige Geist wirklich anwesend ist, da McGillicutty denselben Vers wie Lenin zitiert hat. Meister fällt, ebenfalls die Bibel in der Hand, auf ein Knie, zieht zuvor jedoch geschickt den *mundu* hoch. Er übersetzt: »Gott sitzt auf einem goldenen *kasera* wie dem auf eurer Veranda, nur hundert Mal größer. Er wird unser Leben am Jüngsten Gericht bemessen. Wenn der Herr euch in sein Reich einlässt, wird es an allen euren Tagen *kappa* und *meen*-Curry geben. Wenn aber nicht, so werdet ihr an den anderen Ort gehen. Erinnert ihr euch an den aufgegebenen Brunnen auf dem Grundstück, in den Wiehießernoch hineingefallen ist und kein Seil lang genug war, um zu ihm zu reichen?« (Er geht davon aus, dass jeder eine Version dieser Tragödie kennt.) »Diese Tiefen sind nichts gegen das, wohin ihr gehen werdet. Die Schlangen, die dort unten leben, haben sich so lange mit herabgefallenen Menschen vermehrt, dass dort nun lauter Wesen mit Fängen, menschlichen Händen mit Klauen an den Enden und einem Schlangenleib leben.«

Er hat keine Ahnung, woher diese Worte kommen könnten, wenn nicht vom Heiligen Geist selbst. Er entdeckt in der Menge Coconut Kurian, der ihn, die Arme vor der Brust verschränkt, wütend anfunkelt, und Meister fährt fort, bevor McGillicutty weiterreden kann: »Sagen wir, ihr seid dort, weil ihr Kokosnüsse gehortet und den Preis in die Höhe getrieben habt, bedenket nun, wie es sein wird, bis in alle Ewigkeit mit diesen Wesen zu leben, die euch beißen und kratzen und sich um euch schlingen.«

Es wird geächzt – er ist zu weit gegangen. Noch niemand hat bei der Maramon Convention derart drastische Worte gebraucht. Andererseits hat kaum jemand etwas für solche Leute übrig.

»Lasst ihn ein, meine Brüder. Er klopft an«, ruft McGillicutty leidenschaftlich aus, Tränen in den Augen. »Öffnet dem Herrn euer Herz. Kleidet euren Nachbarn. Tröstet ihn, wenn er Kummer hat. Denkt an Matthäus: ›Ich bin krank gewesen, und ihr habt mich besucht, ich bin hungrig gewesen, und ihr habt mich gespeist …‹«

Das übersetzt Aufschwungmeister ausnahmsweise Wort für Wort, dann setzt er hinzu: »Jahr um Jahr, wenn unsere Lieben erkrankt sind, fahren wir mit ihnen um Hilfe mit Bus und Bahn weit, weit weg, und das auch nur, wenn wir das nötige Geld haben. Jahr um Jahr geben unsere Lieben mangels eines Krankenhauses wie Vellore hier in Kerala den Geist auf! Gemeinsam könnten wir zehn erstklassige Krankenhäuser bauen, wir aber geben das Geld für die Erweiterung unserer Kuhställe aus! Der Herr sagt: ›Baut mein Krankenhaus!‹ Habt ihr es nicht gehört? Habt ihr nicht seinen Namen gerufen? Machen wir doch Geschichte. Jeder Einzelne von euch ziehe Scheine aus der Tasche.« Aufschwungmeister zieht ein Bündel Geldscheine aus der Taschenfalte seines *mundu*. Es ist das Geld vom Verkauf ihres Reises, Geld, das er eigentlich einzahlen sollte. »Meine Frau hat mir aufgetragen, großzügig zu spenden!«

Einen nach dem anderen legt er die Scheine in den Spendenkorb auf der Bühne, sodass die Leute die Farbe sehen können. Irgendwo in der Menge hört er Shoshamma ächzen, da ist er sich sicher. Die Ordner erwachen zum Leben, lassen links und rechts Körbe herumgehen, und sogar die Gläubigen vor dem Zelt an den Flussufern merken, dass sie nicht ausweichen können, da ihnen Ordner mit Korb den Weg versperren.

»Worauf warten wir?«, sagt McGillicutty, der diese Phase in einer Versammlung allzu gut kennt, wenngleich er staunt, wie sein Übersetzer ihm vorausgeeilt ist. »Bedenkt Lukas 6:38. ›Gebet, so wird euch gegeben. Ein voll, gedrückt, gerüttelt und überflüssig Maß wird man euch in euren Schoß geben.‹«

Aufschwungmeister übersetzt den Vers, während McGillicutty selbst Scheine aus der Tasche zieht und in den Korb legt.

Aufschwungmeister kann schon hören, wie es in den Hirnen der Menge arbeitet, den Einfluss des ungläubigen Thomas. Aah, *wo wird wohl so ein Krankenhaus stehen?* Aah, *wozu die Eile? Warum macht das nicht die Regierung? Warum nicht?*

Die Eltern des *potten* kommen mit ihrem Sohn auf die Bühne. Die Frau nimmt ihre Armreife ab, dann die Goldkette vom Hals und legt sie in den Korb, den Rory ihnen hinhält. Der Vater gibt seine Kette dazu. McGillicutty schreit: »Gott segne euch!«

Dann kommt zu Aufschwungmeisters Erstaunen Big Ammachi, ganz allein, womit sie ihre Familie überrascht, die noch auf ihren Plätzen sitzt. Da steht sie, eine winzige Gestalt auf der Bühne, und schraubt ihre *kunukku* von beiden Ohrläppchen ab. Dann löst sie ihre Kette. Nun eilen auch ihre dreizehnjährige Enkelin Mariamma ebenso wie Anna *Chedethi* hinzu und streifen Armreife und Halsketten ab.

Aufschwungmeister sagt: »Denn mit dem Maß, das ihr benutzt, werdet ihr selbst gemessen werden. Versteht ihr? Der Heilige Geist schaut zu! Gebt jetzt nichts und erntet auf immer nichts. Nichts!«

Nun bildet sich eine Schlange vor der Bühne, als würde Gold aus- und nicht abgegeben. Zum Erstaunen der Geistlichen schälen sich Männer und Frauen Gold von Ohren, Fingern, Handgelenken … Es ist ein Tag, an dem niemand sich zurückhält. Denn wenn die Malayalis eines fürchten, dann das, eine Ernte zu verpassen.

61. Kapitel
DIE BERUFUNG

1964, Parambil

»Ein Wunder!«, sagt Big Ammachi, als sie auf den Bus nach Hause warten. Ihre Hände flattern unbewusst zu den Ohrläppchen, zu deren ungewohnter Gewichtslosigkeit. »Seit Jahren bete ich für eine Klinik in Parambil. Heute hat der Herr durch unseren Aufschwungmeister eingegriffen. Nicht nur eine Klinik, sogar ein Krankenhaus wird in Parambil entstehen. Wie das in Vellore!«

Philipose ist unsicher. »Aber Ammachi, wenn sie ein Krankenhaus bauen, dann heißt das doch nicht, dass es in Parambil –«

»O *doch*!« Sie wirbelt derart überzeugt und entschlossen zu ihm herum, dass er verstummt. »Wir müssen alles dafür tun, dass es kommt! In *Parambil*!«

Mariamma mustert ihre Großmutter im Bus voller Stolz und Verwunderung, so aufgeregt hat sie sie noch nie erlebt. Sie kann kaum glauben, was sich auf der Bühne abgespielt hat und wie sehr sie selbst davon bewegt, davon mitgerissen war. Diese Gefühle vermengen sich mit der Freude darüber, Lenin zu sehen, der über Nacht vom Jungen zum Mann geworden ist, wenngleich einem geschorenen. Er ist nun fast vierzehn. Sie hat gesehen, wie er sie begutachtet hat. Auch ihr dreizehnjähriger Körper hat sich verändert, und er bekam kein Wort heraus, als er zu ihr trat, um sie noch vor den Reden zu begrüßen. Sie fragt sich, ob Big Ammachi oder ihr Vater es bemerkt haben.

Doch auch aus einem anderen Grund, einem verstörenden, wirkte die Convention dieses Jahr anders als sonst. Als sie sich das erste Mal den Zelten genähert hatten und an der üblichen langen Schlange der Bettler entlanggegangen waren, hatte sie der Anblick verunsichert. Ihre Beklommenheit wegen der Krüppel und Verstümmelten hatte sich noch lange gehalten, als sie schon saß. Jetzt im Bus vertraut sie es ihrer Großmutter an.

»Früher waren die Bettler einfach *da*. Ein unangenehmer Anblick, ein bisschen furchterregend, aber nicht schlimmer als andere unangenehme Sachen, die man sehen muss.«

»*Aya!* Das sind *Leute*, Mariamma, keine Sachen.«

»Genau das meine ich wohl. Dieses Jahr habe ich sie als Leute *gesehen*. Früher war ich unreif. Zum ersten Mal habe ich jetzt verstanden, dass sie nicht *immer* blind oder *immer* lahm waren. Vielleicht sind sie ja normal wie ich geboren worden, bis sie dann eine Krankheit befallen hat. Da habe ich gedacht: Das kann auch mir passieren! Danach hatte ich Angst und war erschüttert, noch lange nachdem wir uns hingesetzt haben.«

»Ich habe deine Unruhe bemerkt. Aber ich dachte, es ist wegen unserem Lenin.« Mariamma errötet. Big Ammachi legt den Arm um ihre Namensvetterin. Mariamma ist so viel größer als ihre Großmutter, aber sie hat gern ihren Arm um sich. »*Molay*, man muss ein besonderer Mensch sein, um diese armen Bettler als Menschen zu sehen. Vielen fallen sie gar nicht auf. Als wären sie unsichtbar. Das spricht für deine Reife. Wir *sollen* doch auch Angst haben und unsere Gesundheit nie als gegeben nehmen. Wir müssen jeden Tag für unsere Gesundheit beten und uns dafür bedanken.«

»Ammachi, als die Frau da in der Nähe von uns zusammenbrach, hatte ich schreckliche Angst. Ich bekam kaum Luft. Ich wollte wegrennen. Aber du … du bist gleich zu ihr hin. Ich schäme mich.«

»*Chaa!* Was habe ich denn schon gemacht? Sie hingelegt, ihr Luft zugefächelt? Schäm dich nicht.« Eine Weile fahren sie schweigend. Dann sagt Big Ammachi: »Ich habe in meinem Leben ein Gutteil Leid und Tragik erlebt, *molay*. Ich war immer hilflos. Als dein Großvater krank war, konnte ich nichts tun. Als wir JoJo aus dem Wasser zogen, wenn da ein Krankenhaus in der Nähe gewesen wäre … wer weiß? Wenn Baby Mol krank wird, weißt du ja, wie weit wir es zum nächsten Arzt haben. *Deshalb* bin ich auf die Bühne, Mariamma. Weil ich nicht will, dass wir hilflos oder furchtsam sind. Die Ärzte wissen, was zu tun ist. Ein Krankenhaus kann die Kranken versorgen. Deshalb will ich, dass ein Krankenhaus näher bei unseren Leuten ist. Ich bin jetzt alt, mehr kann ich nicht tun.«

»Vielleicht war's ja besser, als mir die Bettler noch nicht aufgefallen sind«, sagt Mariamma. »Jetzt bin ich ständig voller Angst, dass ich blind werde, Anfälle kriege oder zusammenbreche wie diese Frau.«

»Hör mal, sie ist ohnmächtig geworden, weiter nichts. Es war heiß, vielleicht hat sie nicht genug Wasser getrunken. So was passiert ständig. Dein Vater sieht Blut und fällt in Ohnmacht. Ich lebe nun schon lang genug, um eine Ohnmacht zu erkennen.« Nach einer Weile fährt ihre Großmutter fort. »Mariamma, manchmal, wenn du am meisten Angst hast, wenn du dich ganz hilflos fühlst, weist dir Gott einen Weg.«

»Du meinst, wie ein Krankenhaus in der Nähe haben zu wollen?«

»Nein, ich spreche von dir. Von *deinen* Ängsten. Angst kommt von Unwissenheit. Wenn du *weißt*, was du siehst, wenn du *weißt*, was du tun musst, dann hast du auch keine Angst. Wenn …« Ihre Großmutter verstummt.

»Du meinst, als wäre man Arzt?«

»Also, manche Leute sind vielleicht nicht dafür gemacht. Es ist unnatürlich für sie. Ich kann dir nicht sagen, was du tun sollst. Aber wenn ich noch einmal von vorn anfangen könnte, dann wollte ich das sein. Wegen meiner Angst, wegen meiner Hilflosigkeit. Damit ich weniger Angst habe und *richtig* helfen kann. Du solltest dafür beten. Nur du kannst es wissen.« Big Ammachi zögert. »Falls Gott dich dahin führt, dann wäre deine Großmutter sehr glücklich, das kann ich dir sagen.«

Mariamma schmiegt sich an die vertraute Schulter und denkt über das Gehörte nach. In anderthalb Jahren wird sie ans Alwaye College gehen, um die Zulassung fürs Studium zu bekommen. Sie hatte eigentlich Zoologie studieren wollen. Aber wenn sie von *menschlichen* Leiden und Krankheiten bewegt und geängstigt wird, warum dann Weberameisen und Kaulquappen studieren? Warum nicht Medizin? Sollte Gott sie in eine Richtung weisen, dann hätte sie gern, dass Gott ihr ein deutlicheres Zeichen gibt. Wenn man sich *vorstellt*, dass Gott etwas sagt, ist es dann genauso, wie wenn Gott tatsächlich spricht?

Als sie zu Hause ankommen, fühlt sie sich verändert. Das Gespräch mit Big Ammachi, in dem sie ihre Ängste benannte, hat ihr Trost gebracht und eine merkwürdige Ruhe des Geistes, ein anhaltendes Gefühl. Könnte es sein, dass Gott gerade durch ihre Großmutter gesprochen hat? Es drängt sie nicht, weiter darüber zu sprechen, nicht mit Big Ammachi und auch nicht mit ihrem Vater. Sie wird auch beten, vor allem aber wird sie versuchen, an diesem Gefühl der Ruhe festzuhalten. Ob Gott nun gesprochen hat oder noch sprechen muss, sie hat Frieden gefunden.

Der Krankenhausfonds, der im Anschluss an die Maramon Convention eingerichtet wurde, trägt die Hoffnungen und

Erwartungen der Tausenden, die der unvergesslichen Predigt von Rory McGillicutty (und Aufschwungmeister) beigewohnt haben. Diesem Ereignis, das heute als »Offenbarung des Krankenhauses« bezeichnet wird, folgt ein noch größeres Wunder: eine großzügige Spende von sechzig Hektar Land in Parambil im Herzen des alten Travancore. Das macht es schwer, Gründe zu finden, das Krankenhaus woanders zu bauen.

Über ein Jahr später, als für Mariamma die Zeit kommt, zum Alwaye College zu reisen, ist sie sich sicher: Sie wird sich das Medizinstudium zum Ziel setzen. Als sie ihre Entscheidung der Familie mitteilt, ist die Freude ihrer Großmutter unbeschreiblich. Ihr Vater könnte glücklicher nicht sein. Er sagt: »Meine Mutter wollte, dass ich das mache, aber ich war dafür einfach nicht gemacht. Du bist dazu bestimmt.«

Big Ammachi nimmt Mariamma beiseite, um ihr eine goldene Halskette mit Kreuz zu geben. »Vor Jahren, als JoJo starb, ist mir das Herz gebrochen. In meinem Kummer habe ich zu Gott gebetet. Ich habe gesagt: ›Bitte heile das oder schick uns jemanden, der es kann.‹ *Molay*, ich sage dir jetzt etwas, was ich dir noch nie gesagt habe, etwas, was ich immer verschwiegen habe, wenn du die Geschichte des Tages deiner Geburt hören wolltest und wie wir die *velakku* angezündet haben. Die Wahrheit ist, dass ich gebetet habe, Gott möge dich zur Medizin weisen. Aber ich wollte dich nicht mit meiner Erwartung belasten. Ich bin froh, dass es dir offenbart wurde. Weißt du, ich bete jeden Abend für dich und werde es auch immer tun. Ich bin zu alt, um mit dir zu gehen, und außerdem kann ich Baby Mol nicht zurücklassen, aber deine Big Ammachi wird auf jedem deiner Schritte bei dir sein. Selbst wenn ich lange tot bin, trägst du doch meinen Namen. Vergiss nie: *Ich bin stets bei dir.*«

62. Kapitel

HEUTE ABEND

1967, Parambil

Nicht lange nach Mariammas Abreise erwacht Baby Mol aus einem traumlosen Schlaf und setzt sich ruckartig auf, die Pummelhände umklammern die Fensterstäbe. Als Big Ammachi das angstvolle Gesicht ihrer Tochter sieht, wie sie nach Luft schnappt, ihr der Schweiß übers Gesicht läuft, schlägt sie Alarm, sicher, dass ihr kostbares Baby gleich stirbt. Philipose und Anna *Chedethi* kommen angerannt. Die Adern auf Baby Mols Stirn und Hals weiten sich zu Seilen, und als sie versucht zu husten, quillt ihr blasiger Schaum aus dem Mund. Am schockierendsten für ihre Mutter ist aber die Furcht auf dem Gesicht ihres furchtlosen Kindes. Ganz allmählich saugt Baby Mol die frische Nachtluft ein, sie erholt sich wieder. Sie schläft auf einem Stuhl am Fenster ein, von Kissen gestützt.

Am Morgen sind sie nach anderthalb Stunden Fahrt mit einem gemieteten Auto in der staatlichen Klinik. Wäre doch nur das neue Krankenhaus schon fertig! Die Ärztin gibt Baby Mol eine Spritze, damit die Flüssigkeit aus ihren angeschwollenen Beinen weggeht, und verschreibt ein tägliches Diuretikum und Digitalis. Sie glaubt, dass Baby Mols gehemmtes Wachstum und das krumme Rückgrat die Lungen eingeengt haben, was im Lauf der Zeit das Herz belastet hat, und sich nun Flüssigkeit dahinter staut.

Nach dem Besuch pinkelt Baby Mol viele Male, und in der folgenden Nacht schläft sie gut. Nur Big Ammachi liegt wach und beobachtet den Atem ihres kleinen Mädchens. Das Haus schläft, also spricht sie mit demjenigen, der mit ihr Wache hält. »Wir haben nie gehungert, Herr, uns hat es an nichts gefehlt. Ich habe meine Segnungen nicht für selbstverständlich genommen. Aber immer ist irgendwas, Herr, nicht wahr? Jedes Jahr kommt eine neue Sorge. Aber ich beklage mich nicht! Ich hatte mir nur vorgestellt, es würde eine Zeit kommen, in der ich mir um *nichts* mehr Sorgen machen müsste.« Sie lacht. »Ich weiß ja, es war töricht, so etwas zu erhoffen. So ist das Leben nun mal, nicht? Genau so, wie du es geschehen lassen wolltest. Gäbe es *keine* Probleme, dann wäre ich wohl im Himmel und nicht in Parambil. Also, Parambil ist mir lieber. Das Krankenhaus, das hier entsteht, ist allein dein Werk – glaube nicht, dass ich nicht dankbar bin. Trotzdem könnte ich, Herr, hier und da doch ein wenig Frieden gebrauchen. Ein bisschen Himmel auf Erden, mehr will ich nicht.«

Baby Mol erholt sich wieder, aber nach Mariammas Abreise wirkt Parambil irgendwie komisch, so wie damals, als Philipose in Madras war. Als ginge die Sonne auf der falschen Seite des Hauses auf und der Bach hätte seinen Lauf geändert. Alles erinnert an sie: Das unglaublich fein gestickte Porträt ihres Helden Gregor Mendel, die Zeichnungen, die sie vom menschlichen Körper nach dem Anatomiebuch ihrer Mutter angefertigt hat. Philipose vermisst sogar die unverwechselbaren feinen Erschütterungen, die er frühmorgens spürte, wenn seine Tochter an seinem Fenster vorbeischlich, um in den Kanal zu springen, auch wenn er es dabei immer mit der Angst bekam. Sie dachte, er bemerke es nicht. Big Ammachi sieht ihren Sohn jeden Abend aus einem Roman vorlesen, wenngleich leise, obwohl niemand da ist, der es hört.

Podi überrascht ihre Eltern damit, dass sie sich bereit zur Ehe erklärt, als wäre sie mit Mariammas Abreise ebenfalls bereit, Parambil zu verlassen. Joseph, ihr Bräutigam, gehört derselben Kaste an, er arbeitet in einem Lagerhaus. Joppan war ihm als Erster begegnet, er mochte die Zuversicht und den Ehrgeiz des Jungen, was ihn vielleicht an seine eigene Jugend erinnerte. Joseph ist entschlossen, zum Golf zu gehen, auch hat er über einen Vermittler ein kostbares »No Objection Certificate« erhalten, ein NOC. Um es abzubezahlen, wird sein ganzer erster Jahreslohn draufgehen. Die Heirat hat schon stattgefunden, als Philipose' Brief Mariamma am Alwaye College erreicht. Ihre gereizte Antwort, in der sie fragt, warum sie nicht eingeladen war, erinnert ihn an seine eigenen Gefühle, als Joppan heiratete.

Wenn Big Ammachi am Kanal steht, sieht sie neuerdings in die Zukunft. Am anderen Ufer sieht sie statt Bäumen und Sträuchern provisorische Schuppen mit großen Stapeln Backsteinen, Bambus und Sand darin. Der Kanal wird verbreitert, um größere Kähne aufzunehmen. Damo ist überfällig. Was wird er von diesen Aktivitäten halten? Sie wünscht sich sehr, er käme jetzt, und das aus keinem anderen Grund, als dass sie ihn vermisst; es gibt so viel zu erzählen.

An einem Donnerstagabend Ende Februar ist das Wetter so perfekt, wie es nur sein kann; eine sanfte Brise bewegt die Wäsche auf der Leine. Big Ammachi sitzt mit Baby Mol auf ihrer Bank, sie teilt mit ihrer Tochter den Blick auf den *muttam*, der sich nie verändert. »Du trinkst das heiße *jeera*-Wasser und nimmst deine Medizin, dann wirst du gut schlafen.«

»Ja, Ammachi. Werde ich denn schnarchen?«

»Wie ein Wasserbüffel!« Baby Mol lacht laut auf. »Aber ich *mag* es doch, wenn du schnarchst, *molay*. Dann weiß ich, dass mein kleines Mädchen tief schläft und alles auf der Welt gut ist.«

»Alles ist gut auf der Welt, Ammachi«, wiederholt Baby Mol.

»Ja, mein Schatz. Du hast keine Sorgen, nicht wahr?«

»Keine Sorgen, Ammachi.«

Was sind Sorgen anderes als Angst davor, was die Zukunft bereithält? Baby Mol lebt vollkommen in der Gegenwart und bleibt daher von allen Sorgen verschont. Anders als ihre Tochter lebt Big Ammachi, inzwischen neunundsiebzig, zunehmend in der Vergangenheit, in den Erinnerungen an ihre Jahre in diesem Haus. Ihr Leben vor Parambil, jene flüchtige Kindheit, ist wie ein Traum, der im Tageslicht zerbröckelt; sie klammert sich an seine Ränder, während das Mittlere verschwindet.

Diese Dämmerstunde, bevor sie zu Bett gehen, ist ihr die liebste Zeit. Baby Mol sitzt schräg da, und Big Ammachi löst ihre Bänder und kämmt ihr die zunehmend dünnen Haare aus. Ihre Tochter lässt ein Bein von der Bank baumeln. Ihre vormals niedlichen Puppenfüße sind nun von Flüssigkeit geschwollen, was die Sprunggelenke verdeckt, die Haut darüber ist dünn und glänzt.

Baby Mol sagt: »Ich mag Hochzeiten!«

Ihre Mutter sucht nach einer Verbindung mit den Ereignissen des Tages, findet jedoch keine. »Ich auch, Baby Mol. Eines Tages wird unsere Mariamma auch heiraten.«

»Warum nicht jetzt?«

»Das weißt du doch! Sie ist am College, bereitet sich aufs Medizinstudium vor.«

»Medi*zin*studium«, sagt Baby Mol, sie mag den Klang.

»Dann wird sie studieren und Ärztin sein. So eine wie die, die dir geholfen hat. *Danach* kann sie dann heiraten.«

»Das wird eine große Hochzeit. Dann tanze ich!«

»Das musst du auch! Aber halt … wir brauchen doch noch einen guten Bräutigam, nicht? Nicht irgendeinen dummen Jungen, der in der Nase bohrt. Keinen Baumstumpf, der sich nicht regt und sagt: ›Bring mir dies, bring mir das.‹«

Baby Mol sagt: »Keinen Baumstumpf!«, und lacht so heftig, dass sie einen Hustenanfall bekommt. »Was für einen Ehemann wollen wir denn haben, Big Ammachi?«

»Ich weiß nicht. Was meinst du?«

»Also, er muss mindestens so groß sein wie ich«, sagt Baby Mol. »Und so gut aussehen wie unser kostbares Baby.« Damit meint sie Philipose. »Und er muss einen guten *Gang* haben.« Sie rutscht mühsam von der Bank, will es aber unbedingt vormachen. Der Gang, den sie zeigt, erinnert so sehr an das breite Schreiten ihres Vaters, die Füße leicht nach außen gedreht, dass Big Ammachi der Atem stockt.

»*Aah!* So einen tapferen, furchtlosen Burschen?« Baby Mol nickt, geht aber weiter, weil es noch mehr auszudrücken gibt. »Oh, verstehe. Ein selbstbewusster Bursche, aber nicht *zu* selbstbewusst, ja? Er muss auch bescheiden sein, wie?«

»Und nett«, sagt Baby Mol. »Und er muss Bänder mögen. Und Beedis!«

»*Chaa!* Wenn er keine Bänder mag, vergiss es. Aber Beedis, ich weiß nicht …«

»Ammachi, Beedis nur zum Ansehen! Aber kein Kästchen, keine schwarzen Perlen!«

Vielleicht ist ihr Publikum ja schon länger da: Philipose reckt den Kopf aus seinem Zimmer, die Brille auf der Nasenspitze, ein Buch in der Hand, und Anna *Chedethi* kommt aus der Küche, unterdrückt mit der Hand ein Lachen, wie Baby Mol so hin und her stolziert, neuerdings ein seltener Anblick.

»He, he! Was glotzt ihr denn so?«, schimpft Big Ammachi und droht ihrem Publikum scherzhaft mit dem Finger. »Können Baby Mol und ich denn nicht einmal für uns sein? Hat es in der *Manorama* denn geheißen, wir geben allen Affen Bananen gratis?«

»Keine Bananen gratis für Affen!«, skandiert Baby Mol begeistert. Das klingt so freudig, dass ihr »kostbares Baby«, nun ergraut und größer als sie, den Refrain rhythmisch aufnimmt. »Keine Bananen gratis für Affen! Keine Bananen gratis für Affen!«

Bei diesem Anblick wird Big Ammachi das Herz vor Freude weit: ihr Baby Mol von früher, Baby Mol mit dem Monsuntanz, ihre kostbare, kostbare Tochter, auf immer fünf Jahre alt. *Solch ein Geschenk, Herr. Danke, danke.*

Zur Schlafenszeit dauert es eine Weile, Baby Mol in ihrem Kissenberg einzurichten. Von ihrer Pantomime ist sie noch außer Atem. Ihre Mutter massiert ihr die Knöchel, in der Hoffnung, dass die Schwellung bis zum Morgen zurückgeht.

Draußen melden sich die Frösche, und Caesar heult den Mond an. In der Küche entzündet Anna *Chedethi* die Lampe, gleich umtanzt sie eine Motte. In Philipose' Zimmer knistert das Radio, eine Frau spricht, wird aber abgeschnitten, als er mit dem Wählknopf auf eine andere Stimme wechselt. Solche in der Abenddämmerung plappernden Ausländer waren in Parambil einst ganz fremde Laute. Wenn Big Ammachi sie jetzt nicht hören würde, würde ihr etwas fehlen. Die Welt verändert sich rapide, dennoch wirkt das Haus genau wie Baby Mol: unangetastet von der Zeit.

Big Ammachi legt sich zu ihrer Tochter auf die Matte, Baby Mols Pummelfinger umfassen den Oberarm ihrer Mutter wie ein Amulett, ein Ritual aus der Zeit, als sie ein Baby war. Big Ammachi summt ein Kirchenlied, sie hört ein melodisches Echo von Anna *Chedethi*, die gerade die Küche ausfegt. Baby Mols Atmung wird langsamer.

Big Ammachi stellt Baby Mol *die* Frage, diejenige, die sie ihr seit nunmehr über zehn Jahren jeden Abend stellt, eine Frage, die auf Baby Mols seherische Gabe zählt. Sie stellt sie teils im Scherz und stets im Flüsterton.

»Baby Mol? Ist das meine Nacht?«

In all den Jahren ist die Antwort immer dieselbe geblieben: »Nein, Ammachi. Das kann nicht sein. Wer soll sich denn dann um Baby Mol kümmern?« Es hat keinen einzigen Abend gegeben, an dem das nicht Baby Mols Antwort war.

An dem Abend aber schweigt Baby Mol. Ihre Augen bleiben geschlossen, ein Lächeln umspielt ihre Mundwinkel.

Zunächst denkt Big Ammachi, sie hat es nicht gehört. »Baby Mol?«

Ihre Tochter drückt ihrer Mutter den Arm, ihr Lächeln bleibt. Baby Mol hat es gehört. Doch sie antwortet nicht. Big Ammachi wartet noch lange, während Baby Mols Atmung langsamer wird und die Finger um den Arm ihrer Mutter sich lösen. Big Ammachi küsst ihre Tochter auf die Stirn.

Was habe ich mir nur eingebildet? Dass ich ewig weiterlebe?

Sie spürt eine Trauer wie damals als Zwölfjährige am Abend vor ihrer Reise zur Heirat eines Witwers, den sie nie gesehen hat, als sie ihre geliebte Mutter und ihr Zuhause zurücklassen musste. Das war der zweittraurigste Tag ihres Lebens. Jetzt aber ist ihre Trauer mit einer gewissen Erregung vermischt.

Sachte befreit sie ihren Arm. Nein, ihretwegen ist sie nicht traurig oder ängstlich. Sie sorgt sich nur um Baby Mol. Doch sie weiß, sie kann auf Philipose und Anna *Chedethi* und sogar Mariamma zählen, dass sie sich um dieses kostbare Kind kümmern. Es ist arrogant zu glauben, dass nur sie das kann. Trotzdem, kann denn jemand ganz eine Mutter ersetzen? *Gibt's denn nichts mehr, was ich tun kann, Herr? Wenn die Zeit für mich gekommen ist, dann soll es so sein.* Das *ist doch der Augenblick, an dem meine Sorgen enden, nicht? So sei es.*

Und wenn es so ist, dann muss sie noch einmal zwei Gesichter sehen. Sie steht auf.

In der Küche setzt Anna *Chedethi* gerade die übrig gebliebene Milch mit einem Spritzer Joghurt vom Tag an, deckt ein Tuch darüber und stellt sie kühl. Big Ammachis Blick streicht über die dunklen Wände. Vor langer Zeit ist sie mehr als eine Küche geworden, ein geheiligter Ort, eine treue Begleiterin, die sie mit ihrer warmen, duftenden Umarmung hätschelte. Sie bedankt sich bei ihr.

Anna hat gerade das *jeera*-Wasser gemacht. Big Ammachi gibt noch einen zusätzlichen Löffel Honig in die heißen Becher, etwas Besonderes für sie und ihren Sohn. Wie sie nun zum letzten Mal in der Küche steht, wallt Liebe zu Anna *Chedethi* in ihr auf, dem Engel, der kam, als sie sie am dringendsten brauchten, und die ihr so viele Jahre ihre Begleiterin war. Als Anna *Chedethi* bemerkt, dass Big Ammachi immer noch da steht, die Becher in der Hand und sie zärtlich anschaut, bricht ihr Lächeln aus wie die Sonne durch schwere Wolken.

»Was ist?«, fragt Anna *Chedethi*.

»Nichts, Liebes. Hab dich nur angeschaut, mehr nicht. Du warst so tief in Gedanken.«

»*Aah, aah* … Ach ja?« Anna *Chedethi* lacht befangen, ein solch fröhlicher, musikalischer Laut. Nur Big Ammachi hört die traurigen Untertöne. Hannahs Entscheidung, ins Kloster zu gehen, hat die Lampe der immerwährenden Freude, die Anna *Chedethis* Gesicht erhellt, verdüstert. Doch hat es ihre Hingabe an die Familie, deren nahtloser Teil sie nun ist, und ihre Zuneigung für sie nur noch gefestigt.

»Du und dein Lachen, ihr habt euch in letzter Zeit rar gemacht.«

»Ist es Zeit fürs Gebet?«, fragt Anna *Chedethi* verlegen. »Hast du auf mich gewartet?«

»Wir haben doch schon gebetet! Weißt du nicht mehr? Ihr habt so hübsch gesungen.«

»Meine Güte! Ja!«, sagt Anna *Chedethi* und lacht verschämt.

»Ich habe für dich gebetet, wie jeden Abend. Und auch für Hannah. Schlaf gut, mein Liebes. Schlaf gut. Gott segne dich.« Sie traut sich nicht, sich umzudrehen und Anna *Chedethis* Reaktion zu sehen.

Vor dem *ara* bleibt sie stehen. Sie schaut in das alte Schlafzimmer, in dem sie niedergekommen ist, wo ihre Mutter ihre letzten Tage verbracht hat und wo Mariamma geboren wurde – seit Jahren ist das nun Anna *Chedethis* Zimmer. Ihr Blick schweift liebevoll über die hohe *velakku*, die sie nach Mariammas Geburt entzündet hat, wieder versteckt in ihrer Ecke. Im Keller darunter ist es seit vielen Jahren ruhig, der Geist darin hat Frieden gefunden.

Sie setzt sich kurz auf Baby Mols geliebte Bank, weiterhin die beiden Becher in der Hand, betrachtet alles zum letzten Mal, die Augen feucht. Dann steht sie auf und geht zu Philipose. Das Radio ist stumm, er schreibt emsig an dem kleinen Tisch in seinem Schlafzimmer. Er blickt auf und legt lächelnd den Federhalter weg. Sie setzt sich aufs Bett, er setzt sich zu ihr, sie reicht ihm seinen Becher. Sie traut sich nicht zu sprechen, schaut ihn nur an. Sie liebt ihren Sohn so sehr, hat ihn sogar in den Zeiten geliebt, als er, im Griff des Opiums, gar nicht liebenswert war. Auch Elsie hatte sie geliebt wie eine Tochter. Wie schrecklich das Paar gelitten hatte. Sie seufzt. *Wenn ich bis jetzt nicht gesagt habe, was ich sagen muss, dann kann es das auch nicht wert sein.* Sie lacht, beschwört ihren Mann und sein Schweigen. *Ich werde immer mehr wie du, mein Alter. Lasse die Räume zwischen den Worten für mich sprechen. Bald sehen wir uns wieder.*

Philipose sagt: »Was ist, Ammachi?«, und drückt seiner Mutter die freie Hand.

»Nichts, *monay*«, sagt sie und nippt an ihrem Becher. Doch

es ist nicht *nichts*. Sie denkt an Elsie, an die Zeichnung, die Elsie dagelassen hat: ein Neugeborenes und eine ältere Frau – sie selbst. Zufällig ertrinken ist schrecklich, sich aber bewusst zu ertränken ist eine Todsünde. Die Zeichnung war Elsies Art, Mariamma in Big Ammachis Obhut zu geben. Nie hat sie sie ihrem Sohn gezeigt. Hat ihm nie ihre Bedenken mitgeteilt. Er wird sie in ihren Habseligkeiten finden und davon halten, was er will.

Anders als Baby Mol, die Dinge voraussieht, sieht sie Dinge manchmal nur in der Rückschau ... aber meistens ist die Vergangenheit doch unzuverlässig. Sie denkt an den Tag, als bei Elsie die Wehen einsetzten, viel früher als erwartet, und als *zwei* Leben an einem seidenen Faden hingen. An jenem Tag gab Gott ihr in seiner unendlichen Gnade die beiden Dinge, um die sie gebetet hatte: Elsies und Mariammas Leben. Es hätten so leicht auch zwei Begräbnisse an einem Tag werden können. Und dann ist Elsie ertrunken.

»Vergib mir«, sagt sie jetzt.

»Was denn?«

»Alles. Manchmal können wir einander in einer Weise verletzen, die wir nicht beabsichtigen.«

Philipose betrachtet seine Mutter besorgt, wartet auf eine Erklärung. Als keine kommt, sagt er: »Ammachi. Ich habe dir so viel zugemutet. Und du hast mir schon vor langer Zeit vergeben. Warum sollte ich nicht dasselbe tun? Also, was es auch sei, ich vergebe dir.«

Sie erhebt sich, streicht ihn über die Wange, küsst ihn auf die Stirn, lässt die Lippen lange dort verweilen. In der Tür dreht sie sich um, lächelt, blinzelt ihm stumm ihre Liebe zu und macht sich auf zu ihrem Bad.

Sie ist froh über den Luxus eines Badezimmers im Haus, aber wenn es nicht schon dunkel wäre, würde sie ihre Badestelle aufsuchen oder ein letztes Mal zum Abschied im Fluss schwimmen. Sie wird diese Rituale vermissen, so wie auch den Monsun und die Art, wie er, so wie das Land, Körper und Seele nährt. Sie entkleidet sich und gießt sich Wasser über den Kopf, genießt japsend das Gefühl, wie es an ihr herabrinnt. *Solch kostbares, kostbares Wasser, Herr, Wasser aus unserem eigenen Brunnen; dieses Wasser, das unser Bund mit dir ist, mit dieser Erde, mit dem Leben, das du uns gewährt hast. In diesem Wasser werden wir geboren und getauft, werden wir voller Stolz, sündigen wir, werden wir gebrochen, leiden wir, doch vom Wasser werden wir von unseren Übertretungen gereinigt, wird uns vergeben und werden wir wiedergeboren, Tag um Tag, bis ans Ende unserer Tage.*

Ihre Matte nimmt ihr Gewicht freundlich auf, lindert die Rückenschmerzen, als sie sich ausstreckt. Sie stellt sich Mariamma vor, ihre Namensvetterin, weit weg in Alwaye, wie sie unter einer Lampe studiert, vor sich ihre Bücher. Big Ammachi schickt ihr einen Segen und ein Gebet. Vielleicht könnte ja eine andere Matriarchin, die ihren bevorstehenden Abschied vorausahnt, die Familie von nah und fern zusammenrufen. *Wozu? Mein ganzes Leben lang habe ich ihnen gesagt: »Macht weiter! Bleibt zuversichtlich!«* Sie küsst die schlafende Baby Mol, ihr ewiges Kind, und hofft, dass sie unter der Abwesenheit ihrer Mutter nicht zu sehr leidet. Ihre Lippen verweilen auf ihrer Tochter so wie auf ihrem Sohn. Baby Mol legt die Finger im Schlaf automatisch wieder um den Arm ihrer Mutter.

Sie spricht für alle ein Gebet. Für ihre Kinder und ihr Enkelkind. Für Anna *Chedethi* und Hannah. Sie bittet Gott, Joppan, Ammini und Podi zu segnen. Sie denkt an Shamuel, an den Laststein. *Jetzt bin ich dran, mein lieber alter Freund. Auch ich kann jetzt meine Last ablegen.* Sie betet für Lenin, das unverbesserliche Kind, den künftigen Priester. Sie denkt an Odat

Kochamma und lächelt – vielleicht können sie ja noch einmal abends gemeinsam beten. Sie betet für Damo, der zunehmend seine Hochwaldwege und die Gesellschaft anderer Elefanten vorzieht. Sie hätte ihn gern noch einmal gesehen, die Hand auf seine runzlige Haut gelegt. Ihren Mann hebt sie sich für den Schluss auf. Seit über vier Jahrzehnten sind sie nun getrennt, wenngleich er, wie Shamuel, in jedem Partikel Parambils präsent ist. Wenn sie wieder vereint sind, wird sie ihm alles, was er verpasst hat, haarklein erzählen, selbst wenn es länger dauert als die langen Jahre, die er gelebt hat. Sie wird eine Ewigkeit nachholen müssen.

Als am nächsten Morgen die Sonne aufgeht, sind die Herdfeuer niedergebrannt. Draußen stöbern Hühner herum. Caesar rennt nach hinten in die Küche und wartet begierig.

Philipose ist es dann, der, nachdem er den Federhalter weggelegt hat, um nachzusehen, warum das Haus so still ist, Big Ammachi und Baby Mol fest umschlungen vorfindet, reglos, die Gesichter friedlich.

Er schlägt nicht Alarm, sondern setzt sich im Schneidersitz neben sie, vollkommen still, in stummer Wacht. Unter Tränen lässt er das Leben seiner Mutter vorüberziehen, was sie und andere ihm davon erzählt haben und was er selbst in ihren Jahren auf Erden gesehen hat: ihre Güte, ihre Stärke, obwohl sie so klein war, ihre Geduld und Toleranz, vor allem aber ihre Güte. Er erinnert sich an ihr Gespräch am Vorabend. *Was gab es da zu vergeben? Du hättest doch nie etwas tun können, was nicht in meinem Interesse lag.* Er denkt an seine liebevolle Schwester und ihr schmales, beschränktes Leben, als das es ihr selbst nie erschien, und wie sehr es das ihre bereichert hat. Er war ihr »kostbares Baby«, ist für sie nie gealtert, so wenig wie sie selbst. Fremde konnten Baby Mol bedauern, doch wenn sie verstanden hätten, wie glücklich sie war, wie erfüllt ihr Leben in der Gegenwart, jede einzelne Sekunde, dann hätten sie sie beneidet. Es wird Zeit brauchen, das weiß er, um auch nur ansatzweise die Konturen des tiefen Risses in seinem Leben zu erfassen, in dem all jener, welche die Matriarchin von Parambil kannten und auch Baby Mol. Einstweilen ist er zu groß, um ihn zu begreifen, und er neigt den Kopf.

VIII. TEIL

63. Kapitel
DIE VERKÖRPERTEN UND DIE KÖRPERLOSEN

1968, Madras

An ihrem ersten Tag gehen Mariamma und ihre Kommilitonen zum Roten Fort, das abseits vom übrigen Medizincollege liegt, wie die bucklige Verwandtschaft, für die man sich schämt, in dem Fall freilich hinter den Cricketplätzen. Dicke, muskulöse graue Reben bilden ein Exoskelett, das den bröckelnden roten Backstein aufrecht hält. Die moscheeartigen Türmchen und Wasserspeier, die von den Friesen herabstarren, erinnern sie an *Der Glöckner von Notre-Dame*.

Madras hat sich verändert seit der kurzen Studentenzeit ihres Vaters, als die Briten überall waren, ihre Tropenhelme zum Straßenbild gehörten und in den meisten Autos nur Weiße fuhren. Jetzt steckt lediglich noch ihr Geist in Gebäuden von furchterregenden Ausmaßen wie dem Hauptbahnhof und dem Senatsgebäude der Universität. Und dem Roten Fort. Ihr Vater sagte, diese Bauten hätten ihn eingeschüchtert, er sei wütend auf sie gewesen, weil ihretwegen die Webstühle der Weber in den Dörfern zerstört worden seien, damit die indische Baumwolle nur zu englischen Spinnereien transportiert und das Tuch dann wieder den Indern verkauft werden konnte. Er sagte, jede Meile der Bahngleise, die sie bauten, habe nur dem einen Zweck gedient: ihre Beute zu den Häfen zu schaffen. Doch Mariamma empfindet keine Wut. Jetzt ist alles indisch – ihres –, was immer der Ursprung war. Die einzigen weißen Gesichter um sie herum gehören gammeligen Touristen mit Rucksäcken, die dringend mal wieder baden müssten.

Sie wirft einen letzten Blick nach draußen wie Jean Valjean, als er sich von der Freiheit verabschiedet, und geht mit den anderen durch den Bogen mit der Inschrift MORTUI VIVOS DOCENT. Im Roten Fort ist es unnatürlich kühl. Die gelb schimmernden Leuchten, die an den hohen Decken hängen, sorgen dafür, dass es so trübe ist wie in einem Verlies. Die flankierenden Glasschreine am Portal sind wie Wachposten; im einen steht ein verdrahtetes menschliches Skelett, der andere ist leer, als wäre der Insasse kurz spazieren gegangen.

Zwei unrasierte, barfüßige Tagelöhner in Khaki, die »Diener«, sehen ihnen nach. Einer ist groß und ausgezehrt, sein Mund ein Schlitz, die Augen leer, er wirkt wie ein Arbeiter im Schlachthof, der die Herde betrachtet, wie sie der Rutsche entgegengeht. Der andere ist klein, sein Mund von Betelnuss blutrot, und er sabbert lüstern. Von den hundertzwei Studenten sind ein Drittel weiblich; der zweite Diener hat nur Augen für die Frauen; Mariamma fühlt sich beschmutzt von seinem Blick auf ihrem Gesicht und dann auf ihren Brüsten. Die älteren Studenten haben ihnen schon gesagt, dass diese beiden, die wie die niedrigsten der Niedrigen wirken, bei den Professoren Einfluss haben und über das Schicksal einer Studentin entscheiden können.

»Bleib mir nah, Ammachi«, sagt Mariamma lautlos bei sich. In der Nacht, in der Ammachi starb, saß Mariamma am Alwaye College am Schreibtisch vor ihren Botaniknotizen. Sie hatte das seltsame Gefühl, dass ihre Großmutter im Zimmer war, als könnte sie, wenn sie sich umdrehte, die alte Dame lächelnd in der Tür stehen sehen. Das Gefühl war noch da, als sie aufwachte, und auch noch, als ihr Vater mit einem Mietwagen auftauchte, um sie nach Hause zu holen. Ihre Trauer über den Tod von Baby Mol und Big Ammachi ist noch frisch. Sie bezweifelt, dass sie je wieder weggeht. Trotz allem hält sich das Gefühl, dass Big Ammachi sie begleitet, dass sie in ihr weiterhin verkörpert ist – das ist ihr Trost. Ihre Großmutter hatte die *velakku* in der Nacht ihrer Geburt in der Hoffnung entzündet, dass ihre Namensvetterin ein Licht auf den Tod von JoJo, Ninan und Big Appachen wie auch auf die Kämpfe jener wie ihr Vater und Lenin, die mit dem Zustand leben, werfen und gar ein Mittel dagegen finden könnte. Hier nun beginnt die Reise, aber sie ist nicht allein.

Der beißende Geruch von Formalin mit einem Nachhall von Schlachthaus überfällt ihre Nasen, noch bevor sie den Sezierraum betreten haben. Der höhlenartige Raum ist dank der Milchglasfenster, die bis an die Decke gehen, und der Oberlichter, die ihr Licht auf die Reihen der Marmortische werfen, überraschend hell. Auf den Tischen verdecken fleckige rote Gummiplanen statische Formen, die einmal gelebt haben. Mariamma senkt den Blick auf den gefliesten Fußboden. Das Formalin kratzt sie in der Nase, ihre Augen tränen.

»WER IST EUER LEHRER?«

Sie bleiben abrupt stehen, eine verwirrte Herde, von dem gebrüllten Satz in Panik. Jemand tritt ihr in die Ferse.

Die Stimme bellt erneut, wiederholt die Frage. Sie kommt aus dicken Lippen, die unter geblähten Nasenlöchern wabern. Feucht schimmernde, blutunterlaufene Augen spähen aus einem festungsartigen Gesicht unter der überhängenden Platte hervor, welche die Stirn bildet; die Wangen ähneln verwittertem, pockennarbigem Beton. Dieser lebende, atmende Bruder der Wasserspeier oben am Roten Fort ist Professor P.K. Krishnamurthy oder »Wasserspeiermurthy«, wie die Älteren ihn nennen.

Seine Haare sind weder gescheitelt noch gekämmt, sondern stehen hoch wie Eberborsten. Doch sein langer Laborkittel ist strahlend weiß und aus feinster, gebügelter Baumwolle, was ihre kurzen, kratzigen Leinenkittel grau erscheinen lässt.

Wasserspeiermurthys Finger legen sich um den Arm eines bedauernswerten Burschen mit Babygesicht, dessen prägnanter Adamsapfel aussieht, als hätte er eine Kokosnuss verschluckt. Dichte, gewellte Haare fallen ihm ins Gesicht, sodass er reflexhaft den Kopf zurückwirft, was frech wirkt.

»Name?«, fragt Wasserspeiermurthy.

»Chinnaswamy Arcot Gajapathy, Sir«, sagt er selbstbewusst. Mariamma ist beeindruckt – an seiner Stelle hätte sie gestammelt oder wäre ganz verstummt.

»Chinn-*ah*!« Der Wasserspeier ist amüsiert und bleckt lange, gelbe Zähne. »Arcot Gajapathy-*ah*?« Wasserspeiermurthy grinst die anderen an, die den Namen doch sicher ebenso lustig finden wie er. Wie Judasse tun sie ihm den Gefallen. »Also, ich weiß jetzt, wer *Sie* sind. Aber Chinnah, ich frage noch einmal: *Weeer ist Iiihr Leeehrer*?«

»Sir … Sie sind unser Lehrer? Professor –«

»FALSCH!«

Seine Finger spannen sich fester um Chinnahs Arm, eine Python, die ihren Griff ändert. »Chinnah?«, sagt er, doch er schaut dabei nicht auf Chinnah, sondern auf die Herde. »Sind dir beim Hereinkommen vielleicht zufällig die Worte über dem Eingang aufgefallen?«

»Sir … ja, da ist mir etwas aufgefallen.«

»Etwas, *aah*?« Wasserspeiermurthy gibt sich verärgert.

»Das war in einer anderen Sprache, Sir. Also, das hab ich … ignoriert –« Chinnah versucht hastig, sich zu verbessern: »Ich glaube, da steht ›*Macku*‹ … oder so was.«

Alles ächzt. »*Macku*« bedeutet Idiot. Dummkopf.

»*Macku*?« Die Brauen ziehen sich zusammen wie Gewitterwolken. Der dicke Hals zieht sich in die Brust zurück. Die Augen bohren sich in Chinnah. »Ein *macku*, das bist du. Diese ›andere Sprache‹ ist Latein, *macku*!« Wasserspeiermurthy fasst sich. Er füllt die Brust. Er brüllt: »Da steht: ›*MORTUI VIVOS DOCENT*!‹ Das heißt: ›Die Toten lehren die Lebenden!‹«

Er zerrt Chinnah zum nächsten Tisch, zieht die Gummiplane von dem weg, wovor sie sich gefürchtet haben. Da ist es nun … Ein umgefallener Stamm, ein versteinerter, ledriger Gegenstand in der Gestalt einer Frau, doch das Gesicht ist platt, kaum noch als menschlich zu erkennen. Anita, Mariammas Zimmergenossin, lehnt sich wimmernd an sie. Mariamma betet, sie möge nicht in Ohnmacht fallen. Letzten Abend hatte Anita sie vor lauter Heimweh gefragt, ob sie ihre Betten zusammenschieben könnten, und sich dann, ohne eine Antwort abzuwarten, an Mariamma geschmiegt wie Mariamma damals an Hannah, Big Ammachi oder Anna *Chedethi*. Dann schliefen beide tief.

Wasserspeiermurthy legt Chinnahs Hand in die Hand der Leiche wie ein Priester, der Braut und Bräutigam vereint. »Das, *macku*, ist dein Lehrer!« Ein Lächeln bricht seine Züge auf. »Chinnah, gib deiner Professorin die Hand! *Die Toten lehren die Lebenden*. Nicht *ich* bin dein Lehrer. Sondern *sie*.«

Chinnah gibt seiner neuen Lehrerin bereitwillig die Hand, lieber als Wasserspeiermurthy.

Mariamma und ihre fünf Sezierkollegen sitzen wie Geier auf Hockern um den Tisch herum, darauf »ihre« Leiche. Sie alle haben ihre jeweils eigene »Knochenbox« bekommen, einen langen, rechteckigen Pappkarton, den sie mit nach Hause nehmen können. Er enthält einen Schädel, dessen Teile zusammengeklebt sind, das Dach ist abnehmbar wie der Deckel eines Wasserkessels, die Mandibel hängt an Scharnieren, Wirbel sind mit einem Draht durch den Nervenkanal verbunden, was sie zu einer Halskette macht; ein Schläfenbein, eine Auswahl loser Rippen, ein halbseitiges Becken mit Femur, Tibia und Ulna von derselben Seite, ein Sakrum, ein Schulterblatt mit passendem Oberarmknochen, Speiche und Elle, eine Hand und ein Fuß, die Gelenke mit Draht verbunden, dazu noch lose Knochen von Hand- und Fußgelenk in zwei Tuchsäckchen.

Wasserspeiermurthy stellt Chinnah in die »anatomische Position«: stehend, die Hände an den Seiten, Handflächen nach vorn, was entfernt an da Vincis vitruvianischen Menschen erinnert.

Er sagt: »Wir sind mobile, flexible Wesen. Aber zu anatomischen, deskriptiven Zwecken müssen wir so tun, als wäre der Körper in Chinnahs stehender Haltung fixiert, versteht ihr? Erst dann kann man eine Struktur im Körper anhand seiner Lage in Relation zu angrenzenden Strukturen beschreiben.«

Er dreht Chinnah herum und legt ihm das Schulterblatt aufs Schulterblatt. Dann definiert er ihnen dessen mittlere (näher an der Mittellinie), seitliche (weiter von der Mittellinie weg) und hintere (oder ventrale und dorsale) Ausprägungen. Alles dem Zentrum oder dem Ansatzpunkt Nähere ist »proximal« (das Knie ist proximal zum Knöchel), wohingegen Dinge weiter draußen »distal« sind (der Knöchel liegt distal zum Knie). Dieses Grundvokabular brauchen sie, um anfangen zu können. Auf dem Moore Market hat der alte Freund ihres Vaters Janakiram ihr am Tag davor eine gebrauchte, aber noch nicht alte Ausgabe von *Gray's* geschenkt. »Pauk das, *ma*!«, sagte er. »Das Mantra ist ›Auswendiglernen und Aufsagen‹!« Beim Durchblättern hörte sie wieder dasselbe Mantra, das in den minuziösen Unterstreichungen und Randnotizen des Vorbesitzers widerhallte, Hinweisschilder, die ihr den Weg wiesen. *Gray's*

Anatomy war ihr vertraut. An der Oberschule hatte sie, nachdem sie Medizin anvisiert hatte, viele Stunden über dem Band ihrer Mutter verbracht. Es war eine alte Ausgabe, wenngleich die Illustrationen weitgehend dieselben waren. Die Anatomie hatte sich nicht verändert, die Terminologie dagegen schon. Die lateinischen Namen sind Gott sei Dank verschwunden; die *»arteria iliaca communis«* ist jetzt die »gemeinsame Darmbeinarterie«. Sie ist fasziniert von den Illustrationen in ihrem *Gray's*, aber nicht nur, weil sie ihrer Mutter nützlich gewesen sein dürften. Sie war nicht so künstlerisch veranlagt wie ihre Mutter, war aber dennoch auf etwas gestoßen, das sie besaß. Wenn sie eine Illustration betrachtet hatte, konnte sie das Buch zuklappen und die Abbildung genau (wenngleich nicht künstlerisch) wiedergeben, rein aus der Erinnerung. Sie dachte sich nichts dabei, doch ihr staunender Vater versicherte ihr, es sei eine Begabung. Wenn das stimmte, dann war ihre Begabung, eine zweidimensionale Abbildung auf dem Papier in eine dreidimensionale im Kopf zu übersetzen. Dann reproduzierte sie die Abbildung wie ein Kind, das Klötzchen aufeinanderlegt, indem sie von der inneren Schicht nach außen ging, bis sie das Ganze hatte. Es war unterhaltsam gewesen, ein Partytrick. Nun wird sie die Namen einer jeden Struktur kennen müssen und die seitenlangen Texte, die jede Abbildung begleiten, auswendig lernen.

Zwei Stunden später gehen sie wieder hinaus, alle hundertzwei, in einen Hörsaal am anderen Ende des Roten Forts. Wie im College nehmen die Frauen die vorderen beiden der abfallenden Sitzreihen ein. Die Männer die dahinter. Von den Wänden glotzen sie ehemalige Direktoren der Anatomie an – DDA –, sämtlich weiß, backenbärtig, kahlköpfig, finster und verstorben, in den Porträts jedoch bewahrt.

Dr. Cowper tritt leise ein, der erste und einzige indische DDA, nach der Unabhängigkeit ernannt, ein glattrasierter Parsi. Cowper ist schmalknochig, seine Züge sind fein, angenehm. Wenn sein Porträt dereinst dazukommt, wird er auch der Einzige mit einem dichten Haarschopf sein. Die beiden barfüßigen Diener und der Assistenzprofessor umflattern Cowper, doch der braucht oder erwartet ihr Geschwänzel nicht. Während der Assistent ihre Namen aufruft, steht Cowper beiseite und betrachtet jedes Gesicht mit väterlichem Interesse. Als Mariamma aufsteht, um »Anwesend, Sir« zu sagen, schaut Cowper zu ihr hin, ein einladender Blick, nur für sie (meint sie jedenfalls, erfährt später aber, dass alle das gemeint haben). Heimweh nach ihrem Vater durchzuckt sie.

Die überlappenden Tafeln an Flaschenzügen hinter Cowper schimmern wie Ebenholz. Der kleinere Diener mit dem lüsternen Blick (oder »da Vinci«, wie die Älteren ihn nennen) legt bunte Kreide und Wischtuch bereit; seine vormalige Trägheit ist verschwunden, ebenso seine von *paan* gewölbte Wange. Die Klasse wartet, Federhalter und Buntstifte gezückt, bereit, jede Zeichnung dieses legendären Lehrers der Embryologie wiederzugeben. Die einzigen Laute, die Mariamma hört, sind das Ächzen und Seufzen des alten Forts.

»Meine Damen und Herren«, sagt Cowper und tritt lächelnd vor, »wir haben diesen unseren Körper nur *geliehen*. Sie sind mit einem *Ein*atmen auf diese Welt gekommen. Sie werden sie mit einem *Aus*atmen verlassen. Daher sagen wir auch, dass jemand sein Leben …? ›Ausgehaucht hat‹!« Seine Schultern beben leicht von seinem Scherz, seine Augen leuchten hinter seinem Drahtgestell. »Ich weiß, was mit einem *Körper* geschieht, wenn er nicht mehr ist, nicht aber, was mit *Ihnen* geschieht, Ihrer Essenz. Ihrer Seele.« Wehmütig setzt er hinzu: »Wüsste ich es doch.«

Indem er seinen Zweifel eingestanden hat, hat er sie für sich eingenommen, dieser lächelnde, sanfte Professor.

»Immerhin weiß ich, woher Sie gekommen sind. Von dem Aufeinandertreffen zweier Zellen, jeweils eine von Ihren Eltern – so sind Sie entstanden. Im folgenden halben Jahr werden wir diesen neunmonatigen Prozess studieren. Sie könnten ein ganzes Leben damit verbringen und trotzdem nicht aufhören, über die Eleganz und Schönheit der Embryologie zu staunen. ›Dauerhaftes Glück und Frieden ist denen beschieden, die dieses Studium um seiner selbst willen wählen, ohne Erwartung von Lohn.‹«

Während er doziert, zeichnet Cowper mit *beiden* Händen an die Tafeln, und das ebenso natürlich, wie er auf zwei Beinen geht. Rasch schematisiert er die komplizierte Verbindung von Ovum und Sperma zur Bildung einer einzelnen Zelle, aus der dann die Blastozyste entsteht.

Gegen Ende der Stunde breitet Cowper das rechteckige Wischtuch auf dem Demonstrationstisch aus. Vorsichtig zupft er in der Mitte des Tuchs entlang der Längsachse eine Falte hoch und formt daraus sorgfältig einen langen Grat. »So bildet sich das Neuralrohr, der Vorläufer Ihres Rückenmarks. Und dieses knollige Ende da«, sagt er und bauscht ein Ende des Grats auf, »ist das frühe Gehirn.«

Dann folgt ein Augenblick, den niemand von ihnen vergessen wird: Er geht so weit in die Knie, dass seine Augen auf Ebene der Tischoberfläche sind, und mit seinen blassen Fingern hebt er vorsichtig – als handelte es sich um lebendes Gewebe – die langen Ecken des Wischtuchs an beiden Seiten an, sodass sie sich über dem Grat in der Mitte wölben und sich darüber auf der Mitte treffen. »Und das«, sagt er – er zeigt mit der Nase darauf und späht dann durch den hohlen Zylinder, den er gebildet hat, auf sie – »ist der primitive Darm!«

Mariamma hat vergessen, wo sie ist, vergessen, wie sie heißt. Sie *ist* das Embryo dort. Eine Zelle von Philipose und eine von Elsie. Die beiden wurden eins und teilten sich dann auf.

Professor Jamsetji Rustomji Cowper lässt das Tuch fallen. Nun ist es kein dreidimensionales Embryo mehr, sondern ein flaches Putztuch. Er wischt sich Kreide von den Handflächen. Er kommt hinter seinem breiten Tisch hervor. Er hebt die Hände wie zur Unterwerfung und sagt leise: »Wir wissen so wenig. Das Wenige, *was* wir wissen, macht mich ehrfürchtig. Bekanntlich hat Haeckel einmal gesagt: ›Die Ontogenese rekapituliert die Phylogenese.‹ Was heißt, dass die Entwicklungsstufen des menschlichen Embryos – Dottersack, Kiemen, sogar ein Schwanz – die Stadien der menschlichen Evolution widerspiegeln, von der einzelligen Amöbe über Fisch, Reptil, Affe, *Homo erectus*, Neandertaler … bis zu Ihnen.« Er hat einen verträumten Blick, die Augen voller Gefühl. Dann fasst er sich wieder und kehrt mit einem Lächeln in die Gegenwart zurück. »In Ordnung? Das genügt für Ihren ersten Tag.«

Er wendet sich zum Gehen, dann bleibt er stehen und sagt: »Oh, und seien Sie alle, jeder Einzelne, willkommen.«

64. Kapitel
DAS GINGLYMOARTHRODIALGELENK

1969, Madras

Jeden Tag sägen und schaben die sechs an »Henrietta« herum – so haben sie sie zu Ehren von Henry Gray benannt –, angefangen bei den oberen Gliedmaßen. Es ist erschreckend, wie schnell ihre anfängliche Zurückhaltung verfliegt, und schon bald steht ihr Sezierführer *Cunningham's Manual of Practical Anatomy* aufgestützt auf Henriettas Bauch, wenn sie, drei auf jeder Seite, an ihr arbeiten. Sie sehen sie als ihre Leiche – sie können sich nicht vorstellen, an einer anderen zu arbeiten. Sie ist eine Verbündete bei ihrem Tun. Als Henriettas Schulter exartikuliert ist, ritzt Mariamma ihre Gruppennummer in ein Stück unversehrte Haut, die Arme kommen zusammen in das Formalinbecken im Flur. Am nächsten Tag fischt da Vinci mit bloßen Händen ein tropfendes Glied heraus und ruft die Nummer aus. Mariamma versucht, es mit Daumen und Zeigefinger am Handgelenk zurückzutragen, merkt aber, dass sie es mit beiden Händen packen muss, wie einen Säbel; dicke Tropfen Formalin sickern ihr zwischen die Zehen in ihren Schlappen. Nach dem Sezieren zu Mittag zu essen ist unmöglich, der Formalingestank haftet an ihrer Haut. Ein kurzer Brief von Lenin in der ersten Woche ist da hochwillkommen.

Liebe Frau Doktor: Darf ich der Erste sein, der Dich so nennt? Aber nenn mich nicht achen, *weil ich gar nicht weiß, ob ich je einer werde. Übrigens hat BeeYay* Achen *neulich am Seminar gesprochen. Ich habe ihm gesagt, dass ich mir ernsthaft überlege, ob ich gehen soll. Nach all den Jahren weiß ich nur, dass mein Leben verschont wurde, damit ich Gott diene. Aber wenn Gott mich nun auf andere Weise dienen lassen will? BeeYay hat mich ermuntert, meinen Posten im ländlichen Studentendienst zu Ende zu bringen. Er fand schon auch, dass Gott andere Pläne für mich haben könnte, aber er meinte, manchmal müssten wir »mit der Frage leben« und sollten nicht auf die Antwort drängen.*

Sie waren Brieffreunde geworden, als sie am Alwaye College anfing und er schon einige Zeit am Seminar war. Seine Briefe wechseln ständig zwischen Malayalam und Englisch. Sie hätte nie erwartet, dass er so ein treuer Briefeschreiber ist. Noch mehr überrascht sie, wie bereitwillig er ihr sein Herz ausschüttet, ausgiebig seine Gefühle erforscht, als hätte er sonst niemanden, mit dem er sie teilen könnte. Bevor sie nach Madras kam, hatte er ihr geschrieben:

Ich bin hier ein Furunkel auf glatter Haut. Falls meine Mitseminaristen meine Zweifel teilen, würden sie es nie zugeben. Die tun sogar so, als wären Richter oder die Chroniken – gewiss doch die langweiligsten Bücher der Bibel – anregend. Aber wir haben ein, zwei Prachtexemplare, deren Glaube in allem lodert, was sie tun. Ich beneide sie. Warum kann ich nicht auch so empfinden?

Für die Sektion der oberen Extremität brauchen sie sechs Wochen. Nach der Prüfung über die obere Extremität schreibt sie Lenin anlässlich dieses Meilensteins. »Es bedrückt mich, wenn ich zu lang darüber nachdenke, was noch vor mir liegt. Thorax, Abdomen und Pelvis, Kopf und Hals, untere Extremität. Noch ein Jahr damit. War das Alwaye College wie aus einem Schlauch trinken, ist das Medizin-College wie aus einem reißenden Fluss trinken – und man muss sich *so* viel merken.«

Ein Jahr und zwei Monate nachdem Mariamma Henrietta kennengelernt hatte, sieht diese aus wie der Rest der Beute eines menschenfressenden Tigers. Nachts wechseln sich Mariamma und Anita als Prüferin und Prüfling ab, üben für die mündliche Prüfung, die der schriftlichen folgt. Anita steckt einen Knochen in einen leeren Kopfkissenbezug und sagt: »Greifen Sie rein, Madam.« Mariamma erwartet einen Hand- oder Fußwurzelknochen, den sie allein durch Tasten identifizieren muss.

»Einfach, Skapula, linke Seite.«

»Mal langsam, Sie Schlaumeier! Hat Ihnen jemand gesagt, dass Sie zu schnell sprechen sollen? Benennen Sie die Merkmale des Knochens.«

»Rabenschnabelfortsatz, Akromion, Wirbelsäule …«

»Nehmen Sie ihn heraus und zeigen Sie mir den Trapezius und den Teres major …«

Bald schreibt sie ihrem Vater, um ihn daran zu erinnern, die Gebühren fürs Schlussexamen zu schicken: Irgendwie ist das Jahr schon vorbei.

> *Es ist ja nett, dass Podi mich durch Dich grüßen lässt, aber frage sie doch, warum sie nicht schreiben kann. Sag ihr, dass ich ihr erst wieder schreibe, wenn ein Brief von ihr da ist. Bitte versichere Anna* Chedethi, *dass ich jeden Abend das Horlicks trinke. Es überrascht mich nicht, was Du von Lenin gehört hast. Er hat mir geschrieben, lieber würde er Leichen sezieren, als unter Seminaristen zu sitzen, die wie Leichen sind.*

Appa, nachdem ich nun ein Jahr lang den Körper studiert habe, hängt es von sechs schriftlichen Fragen ab, ob ich bestehe oder durchfalle. Falle ich durch, komme ich zur B-Gruppe und muss in einem halben Jahr wiederholen. Stell Dir vor, Hunderte Seiten habe ich auswendig gelernt, Schaubilder geübt, und das für ganze sechs Fragen, die alle so sein werden: »Beschreiben und veranschaulichen Sie die Struktur von X.« X wird der Name eines Gelenks, eines Nervs, einer Arterie, eines Organs, eines Knochens sein, und ein Thema ist Embryologie. Das ist so gemein! Sechs Fragen, die alles beurteilen sollen, was ich in über 13 000 Stunden gelernt habe. (Das hat Anita berechnet.)

Übrigens, ich habe Dir ja von Wasserspeiermurthy und Cowper erzählt. Beiden gefallen meine Sezierungen, und sie haben mich zu dem Preisexamen in Anatomie eingeladen. Das wagen nur ganz wenige Studenten. Es findet an einem gesonderten Tag statt und ist ein fortgeschrittener Aufsatz und dann eine zugewiesene Sektion, die in vier Stunden abgeschlossen sein muss.

Als sie einmal während der Semesterferien aus einem Nachmittagsschläfchen erwacht, hockt auf ihrem Schreibtisch ein schwarzgesichtiger, schrumpliger Bursche mit grauen Koteletten, der sie hektisch anblinzelt. Offenbar hat er durch die Gitterstäbe vorm Fenster gelangt und den Riegel gelöst. Als sie ihn wegscheuchen will, bleckt er die Zähne und macht einen drohenden Schritt auf sie zu. Die *kurangus* durchwühlen die Schreibtische nach Essen, und wenn sie keins finden, reißen sie, bevor sie gehen, noch aus reiner Bosheit die Wäscheleine herunter. Das Problem mit den Affen nimmt wahrhaft überhand.

Chinnah wurde einstimmig zum Präsidenten gewählt, vielleicht weil er an ihrem ersten Tag Wasserspeiermurthy gegenüber so gelassen war. Während die anderen fieberhaft lernen, beginnt Chinnah mit der Anti-Affen-Aktion. Er erzwingt die Vorschrift, dass auf den Zimmern kein Essen aufbewahrt wird; wer dagegen verstößt, wird am Schwarzen Brett in der Mensa bloßgestellt. Er bezahlt Straßenkinder, damit sie sich mit Schleudern bewaffnet auf die oberen Balkone setzen, um gegen die nachmittäglichen Streifzüge der Affen vorzugehen. Dann werden im Dekansbüro zwei Affen und einer im Büro des Rektors über Nacht eingeschlossen, wie, ist ein Rätsel. In ihren hektischen Fluchtversuchen zerstören und beschmutzen sie alles. Am nächsten Tag stutzt ein Trupp Arbeiter überhängende Äste um die Wohnheime herum und repariert Fenstergitter, auch wird nun zweimal täglich der Müll abgeholt. Das Schwarze Brett in der Mensa verkündet: KEIN AFFENTHEATER MIT CHINNAH. Seine Wiederwahl ist so gut wie sicher.

Doch Chinnah vertraut Mariamma an, dass er sich nicht auf die Prüfung vorbereitet hat. »Ich sag dir die Wahrheit. Ich studiere Medizin nur, weil mein Onkel DME war.« Der Director of Medical Education entscheidet über sämtliche Berufungen und Zulassungen der medizinischen Fakultät. »Mein Onkel hat ›ein gutes Wort‹ eingelegt, obwohl ich doch Jura machen wollte. Die Burschen in Jura arbeiten nicht so hart, das sag ich dir.«

In den hektischen Wochen vor dem Examen erhält sie einen Brief, der in Lenins Handschrift adressiert ist, aber den Poststempel von Sulthan Bathery trägt. Er sei im Bezirk Wayanad, schreibt er, und einem alten *achen* zugewiesen – einem Witwer, ein guter, gewissenhafter Mann, aber sehr vergesslich. Endlich ist das Ausgehverbot des Seminars vorbei, dafür ist er in einer Stadt, die sich nachmittags um halb fünf die Bettdecke über den Kopf zieht. Der Hausmeister der Kirche, ein Stammesangehöriger namens Kochu *paniyan*, ist der einzige Mensch, mit dem Lenin reden kann. Sie sind Freunde geworden. Lenin sagt, er lebt immer noch »die Frage«, wie BeeYay *Achen* gemeint hat. »Aber mein Glaube ist dahin«, schreibt Lenin. »Während der Eucharistie, wenn *Achen* das Sosaffa anhebt, um die Gegenwart des Heiligen Geistes anzuzeigen, dann weint er! Der arme Mann ist überwältigt. Ich dagegen empfinde nichts, Mariamma. Ich weiß nicht mehr weiter, weiß nicht, was aus mir werden soll. Ich warte auf ein Zeichen.«

An den letzten Tagen vor den Abschlussprüfungen haben alle im Wohnheim glasige Augen, stecken in einem Lerndelirium. Sie dösen bei brennendem Licht, weil man der gängigen Meinung nach dadurch weniger Schlaf braucht. Wenige Tage davor träumt Mariamma, dass ein hübscher Mann sie zu einem Himmelbett führt und ihre Konturen mit dem Finger nachzeichnet. Er küsst sie auf eine Stelle vor dem Ohr. »Das«, sagt er, »ist ein Ginglymoarthrodialgelenk.«

Beim Aufwachen sieht sie, dass sie auf einem Wadenbeinknochen eingeschlafen ist. Sein Abdruck ist auf ihrer Wange. Sie kann sich nicht erinnern, je das Wort »Ginglymoarthrodialgelenk« gehört zu haben. Sie schlägt es nach und erfährt, dass »ginglymus« Scharnier bedeutet, also wie die Gelenke zwischen den Fingerknochen, »arthrodial« dagegen Gleiten, wie die Gelenke zwischen angrenzenden Handwurzelknochen. Aber es gibt nur *ein* Ginglymoarthrodial-Gelenk, eines, das sich dreht *und* gleitet: das TMG oder Temporomandibulargelenk.

Sie erzählt Anita von ihrem Traum, die sagt: »Nur weil du das Wadenbein im Bett gelassen hast.«

Beim Frühstück in der Mensa wird Mariamma von Kussgeräuschen begrüßt; ihre Kommilitonen streichen sich über die Ohren. Anita ist nicht reuig, weil ihre Erforschungen früherer Prüfungsfragen ergeben haben, dass das TMG nur einmal aufgetaucht ist, und das ist siebzehn Jahre her. Nie in der Geschichte aller medizinischen Fakultäten haben mehr Studenten gewisse zwei Seiten im *Gray's* auswendig gelernt.

Endlich ist der große Tag da, und sie erbrechen das Siegel auf den Prüfungen. Die allererste Frage der sechs lautet: *Beschreiben und veranschaulichen Sie das Sprunggelenk.*

Sie überfliegt die weiteren Fragen. Sie muss *die Achselarterie, den Gesichtsnerv, die Nebennieren, den Humerus und die Entwicklung des Chorda dorsalis* beschreiben und veranschaulichen.

Aber das *Sprunggelenk*? Wenn ihr Traum ein Hinweis war, dann hatten alle das Naheliegende übersehen: das Wadenbein! Das war Teil des Sprunggelenks. Dass es sich ihr in die Wange gedrückt hat, war eine falsche Fährte. Sie spürt, dass ihre Kommilitonen sie mit ihren Blicken durchbohren.

Am Tag darauf gehen Mariamma und sechs weitere um das Preisexamen ins Rennen. Nach dem Schriftlichen ist die ihr zugewiesene Sektion die Offenlegung des Mittelarmnervs, wo er die Hand innerviert. Sie macht es recht ordentlich, schafft es, weder den Nerv noch seine Verzweigungen zu kappen.

Chinnah ist überzeugt davon, dass er im Schriftlichen nicht gut war; wenn er im Mündlichen in vierzehn Tagen nicht top ist, muss er in einem halben Jahr noch einmal ran. Doch er hat einen Plan: Während der folgenden zwei Wochen will er täglich ein Kilo in Massala gebratenes Fischhirn essen und sich von seiner Cousine Gundu Mani B.Sc. (gescheitert) im Schlaf ausgewählte Abschnitte aus *Gray's Anatomy* vorlesen lassen. Chinnah hofft, dass Gundus Worte sich in einer Matrix aus Fischprotein in sein Gedächtnis einprägen. Das Wohnheim der Frauen ist von dem der Männer getrennt (»so wie die Jungferninseln von der Isle of Man«, wie Chinnah sagt), doch auf ihrem Balkon hört Mariamma Gundu rezitieren wie eine Priesterin die Vedas.

Zehn Tage vor dem Mündlichen erhält sie einen dicken Brief

von Lenin. Sie zögert, ihn zu öffnen. Sollte er das Opfer eines ernsten »Missverständnisses« sein, dann möchte sie es lieber nicht wissen. Doch sie kann nicht widerstehen. Lenin schreibt, die Lage sei jetzt besser, nachdem er »Moscow« entdeckt habe, ansonsten bekannt als Baby's Tea Shop, der bis weit nach Mitternacht geöffnet habe und Tee und auch stärkere Flüssigkeiten als Tee ausschenke. Es sei ein Treffpunkt von Intellektuellen, viele davon mit einem Hang zur Partei. Lenin schreibt, er lerne so viel, besonders von Raghu, der in seinem Alter ist und Bankangestellter. »Raghu sagt, ich bin der dritte Lenin, dem er in Wayanad begegnet ist. Er ist mehr Stalins als Raghus begegnet. Mehr Marxen als Lenins. Keinen Gandhis, keinen Nehrus. Hier ist der Geburtsort des Kommunismus in Kerala.«

Mariamma versucht zu lernen, doch ihre Gedanken kehren immer wieder zu Lenins Brief zurück. Der Norden Keralas – früher Malabar – ist ganz anders als der Rest. Sie hat nie richtig verstanden (bis sie den Brief las), dass in Malabar fünfundsechzig Nambudiri-Brahmin-Grundbesitzer oder *jenmis* so riesige Ländereien besaßen, dass sie sie gar nicht überblickten. Ihre Landpächter waren die Nairs und Mappilas, die riesige Profite erwirtschafteten und den *jenmis* ihren Anteil gaben. Als die Pfefferpreise fielen, besteuerten die *jenmis* die Landpächter und sogar die Stammesleute wie Kochu *paniyan*. Deshalb, sagt Lenin, habe der Kommunismus in Kerala in Wayanad begonnen. »Im Seminar wussten wir nichts über das wahre Leid unserer Leute. Nenn es Kommunismus oder wie auch immer, aber für die Rechte der untersten Kaste einzutreten reizt mich.«

Am Tag der mündlichen Prüfung geht ihr Kommilitone Druva als Erster hinein. Er ist so aufgeregt, dass er zittert. Brijmohan (»Brijee«) Sarkar, der externe Prüfer, zeigt auf ein zylindrisches Glas Formalin, in dem ein verformtes Neugeborenes schwebt.

»Identifizieren Sie die Abnormität.« Der auf Basketballgröße angeschwollene Kopf des Babys ist typisch für den Hydrozephalus, »Wasser im Gehirn«, was Druva genau weiß. Als er ihn benannt hat, müsste das zu einer Diskussion über die Ventrikel und den Kreislauf der Rückenmarksflüssigkeit führen, die darin erzeugt wird. Bei diesem Kind ist der Ausgang der Flüssigkeit blockiert, weswegen sich die Ventrikel, normalerweise schlitzartige Hohlräume in den Tiefen beider Gehirnhälften, aufblähen und gegen das sie umgebende Gehirn drücken. In dem nicht fusionierten, biegsamen Gehirn des Kleinkinds erweitert sich der Kopf. Beim Erwachsenen dagegen, dessen Schädelknochen fusioniert sind, würde das Gehirn zwischen Schädel und geschwollenem Ventrikel eingezwängt, was zur Bewusstlosigkeit führen würde. Der vor Aufregung gelähmte Druva bringt schließlich ein Wort heraus, doch das ist »Hydrozele« und nicht »Hydrozephalus«. Sogleich weiß er, dass er sich schlimm versprochen hat. Zwischen der Flüssigkeit um die Hoden herum und der um das Gehirn besteht ein himmelweiter Unterschied.

Verblüfftes Schweigen folgt seiner Äußerung. Bevor Druva sich korrigieren kann, bricht Brijee Sarkar in Gelächter aus. Es ist ansteckend, und schon bald krümmt sich auch Dr. Pius Mathew, der interne Prüfer, vor Lachen. (Chinnah und Mariamma, die draußen warten, können nur hoffen, dass das vielversprechende Laute sind.) Tränen laufen den Prüfern übers Gesicht, und der Anblick von Druvas Miene erzeugt noch mehr Geheul. Jedes Mal wenn sie die Befragung wiederaufnehmen wollen, überfällt es sie erneut. Schließlich wedelt Brijee, indem er sich die Tränen abwischt, Druva aus dem Raum.

Druva fragt tapfer: »Sir, habe ich bestanden, Sir?« Pius lächelt weiter, Brijee hingegen wird ernst.

»Junger Mann, kann eine Hydrozele das Anschwellen des Kopfs bewirken?«, fragt er.

»Sir, nein, Sir, aber ich –«

»Da haben Sie auch Ihre Antwort.«

»Wie war's?«, fragt Chinnah, als Druva herauskommt.

»Verkackt, so war's!«

Chinnah wird hereingerufen. Nach kurzer Zeit kommt er wieder heraus. Unmittelbar darauf erscheint Dr. Pius.

»Fünf Minuten, Mariamma«, sagt Dr. Pius und lächelt traurig auf seinem Toilettengang.

Als Pius außer Hörweite ist, sagt Chinnah zu Mariamma: »Alles Mist. Nix drin für Chinnah und Druva.«

»Was hat Brijee gefragt?«

»Nichts! Er hat gesagt: ›Dein blöder Onkel, der DME, hat meine Beförderung verhindert. Und du kannst ein Leben lang Fischhirn essen, vielleicht wachsen dir ja dann Rückenflossen und Kiemen. Aber solange Dr. Brijmohan Sarkar Prüfer ist, hilft das nicht, dass Chinnaswamy Arcot Gajapathy das Mündliche besteht.‹ Dieses Schwein da Vinci muss Brijee von meinem Onkel erzählt haben. Und von dem Fischhirn.« Vor der Prüfung hatte sich Chinnah geweigert, den Dienern für Glück »ein Trinkgeld« zu geben. Das war Erpressung, aber bis auf Chinnah hatten sich alle gefügt. Er sagt zerknirscht: »Ich sag dir, wenn die Familie für einen Strippen zieht, wird nichts Gutes draus. Sondern eine Ehrenrunde.«

Noch vor Dr. Pius' Rückkehr steckt Dr. Brijee Sarkar den Kopf heraus und winkt Mariamma zu. Sie bedeutet Chinnah zu warten. Sie könnte ja nicht mehr Glück haben als er.

»Madam«, sagt Dr. Brijmohan Sarkar, während die Tür hinter ihr zugeht, »Ihre Sektion für das Preisexamen war hübsch, sehr hübsch.« Sie stehen beide noch. »Sie sind die Einzige, die es geschafft hat, einen Nervenast nicht zu durchtrennen. Im Vertrauen gesagt sind Ihre Chancen, ich sage mal …«

Er sagt es nicht, sondern hebt lächelnd die Brauen. Mariamma errötet vor Freude.

»Bereit fürs Mündliche?«

»Sir, ich glaube schon.«

»Sehr schön. Bitte stecken Sie die Hand in meine Tasche.«

Sie steht in ihrem cremefarbenen Sari und dem weißen Kurzmantel vor ihm. Hat sie ihn richtig verstanden?

Dr. Sarkar hat trotz der drückenden Hitze keinen Schweiß auf seinem gepuderten Gesicht. Er steht zwischen ihr und der Tür. Brijee Sarkar ist groß, Mitte fünfzig, und seine Wangen sind wegen des Verlusts hinterer Backenzähne hohl. Durch den vorstehenden Bauch wirken seine dünnen Gliedmaßen unharmonisch. Er wiegt sich auf den Fersen, die Nase zur Decke gereckt, die Miene nun so streng wie die Falte in seiner Leinenhose. Die seitlich verlagerte Haltung soll Mariamma leichten Zugang zu seiner rechten Hosentasche gewähren.

Sie hat hart gelernt. Sie ist vorbereitet. Aber nicht auf das.

In ihren Ohren schrillt es. Der Deckenventilator schiebt die vom Betonboden aufsteigende glühende Luft zurück. Das hydrocephalische Baby auf dem Tisch, das Druvas Verhängnis war, schaut interessiert zu. Eine offene Schale enthält die eine Hälfte eines mitten durchgesägten Kopfs ohne Mandibel. Ein Stoffbeutel zeigt die Konturen der kleinen Knochen darin.

Würde er sich nur hinsetzen. Würde doch nur Dr. Pius kommen. Würde er mich doch nur nach dem Hydrozephalus fragen oder auffordern, in den Stoffbeutel zu greifen ... Doch Brijee benutzt nicht den Stoffbeutel, sondern seine Hosentasche.

An Brijees Hals zuckt ein Puls, eine sehnige, gespaltene Welle wie eine Schlangenzunge. »Entweder Sie stecken die Hand in meine Tasche, oder Sie kommen im September wieder«, sagt er leise und schaut dabei geradeaus.

Mariamma steht erstarrt da. Warum sagt sie nicht einfach

nein? Sie schämt sich zu sehr, um sich auch nur ihre Wahl zu überlegen. Voller Scham sieht sie, wie sich ihre linke Hand ausstreckt, wie durch eigenen Willen – so wie Brijee steht, scheint es mit der linken einfacher.

Sie steckt die Hand in seine Tasche. Sie will glauben, dass sie das Stück Skelett, das Brijee Sarkar da hineingesteckt hat – Erbsen- oder Sprungbein –, identifizieren wird. So sehr will sie das glauben. Sie will nicht durchfallen.

Sie geht tiefer. Für den Bruchteil einer Sekunde ist sie unsicher, was sie fühlt. Wo schweift ihre Hand hin? Ist es ihre Schuld, dass sie seinen Penis hält? Ihre Schuld, dass kein Stoff dazwischen ist? Das Organ in ihrer Hand ist fester, weniger flexibel und knochiger, als sie es sich jemals vorgestellt hat. Soll sie dessen Teile benennen? Das Aufhängeband, die Corpora cavernosa, das Corpus spongiosum …?

Ihr Gehirn müht sich, angesichts eines Organs, mit dem sie keine direkte Erfahrung hat, angeschwollen oder sonstwie, im Prüfungsmodus zu bleiben, doch ihre Gedanken schweifen vom Reich der Anatomie und regredieren zu schmerzlichen Erinnerungen, von denen ihr die Galle in den Hals steigt: ein Bootsführer auf dem Kanal, der sie und Podi beim Schwimmen anblitzte, der Fremde im Bus, der sich an sie drückte, ein Schlangenbeschwörer mit Turban, der plötzlich gegenüber vom Frauenwohnheim auftauchte und, als er bemerkte, dass Mariamma ihn beobachtete, so tat, als wollte er das Tuch von seinem Korb nehmen, dann aber das *lungi* hochhob und von seinen Lenden eine andersartige Schlange aufsprang.

Warum setzen Männer sie und jede Frau, die sie kennt, solchen Belästigungen und Demütigungen aus? Wissen sie denn nur durch erzwungene Berührung oder wenn sie ein Publikum für ihre Zurschaustellung haben, dass dieses Organ existiert? Zu Beginn des Jahres, als der Bus des Frauenwohnheims sie von einer Sari-Ausstellung zurückbrachte, zwang ein geschlossener Straßenabschnitt den Fahrer zu einem Umweg durch eine schmale Straße hinterm Männerwohnheim. Auf einem Balkon saß ein Student splitternackt und las Zeitung. Sofort bedeckte er nicht die Leiste, sondern das Gesicht. Das war verständlich – er wollte sich die Peinlichkeit ersparen, erkannt zu werden. Nicht verstehen konnte sie dagegen seine Entscheidung, aufzustehen, das Gesicht weiterhin bedeckt, aber alles andere offen ausgestellt, während der Bus mit seinen Fahrgästen vorbeikroch.

Was Mariamma als Nächstes tut, kann sie sich und anderen später nur schwer erklären. Es ist der verzweifelte Instinkt des in die Enge getriebenen Tiers, aber auch die Entfesselung eines Urzorns. Sie durchlebt erneut den vertrauten Albtraum, in dem eine Viper die Fänge entblößt und sie anspuckt, während sie sie verzweifelt unterhalb des Kopfs packt, sich vom Gesicht fernhält, fest, während sie peitscht und schnellt und versucht, zuzubeißen … und so krallen sich ihre Finger instinktiv in wahrer Mordabsicht um Sarkars Penis. Nun stürzt sich ihre rechte Hand in die Schlacht, kommt der linken zu Hilfe, boxt von außen in Brijees Leiste, festigt ihren Griff, indem sie nach allem langt, was baumelt – Hodensack, Epididymis, Orchis, Peniswurzel … zum Teufel mit der Anatomie – und drückt aus Leibeskräften zu.

Einen kurzen Augenblick lang gestattet Brijees Eitelkeit ihm die Einbildung, sie streichle ihn. Er will etwas sagen, die Brauen fahren hoch, doch er würgt an seinen Worten und wird blass. Dann tritt er zurück, die Adern an den Schläfen schwellen an, er taumelt gegen den Tisch, die Exemplare fallen krachend zu Boden, das Glas bricht, der hydrozephalische Fetus schlittert über den formaldehydglatten Boden. Brijee zerrt Mariamma auf seinem Rückzug mit, denn was auch immer geschieht, sie wird den Kopf der Schlange nicht loslassen, darf es nicht. Während sie über den Tisch poltern, bewerkstelligt Brijee einen Schrei, auch sie kreischt, markerschütternd. Ihre Stirn trifft auf Glasscherben, doch nichts wird sie davon abbringen, die Schlange zu erwürgen, selbst wenn sie selbst der Anstrengung erliegt.

Die Zimmertür wird aufgestoßen, doch sie kann weder aufblicken noch loslassen. Brijee Sarkars Gesicht ist wenige Zentimeter von ihrem entfernt, das parfümierte *paan* in seinem Atem steigt ihr in die Nase, sein Schrei bricht ab, seine Haut wird aschfahl. Zu spät packt er ihre Unterarme, doch die Kraft ist daraus gewichen, und seine Berührung wirkt sanft, flehend. Dann sackt sein Körper nieder, die Hände lassen los, er wird schlaff, verdreht die Augen. Sie hört Chinnah flehen, sie solle loslassen, Vinci und Pius versuchen, Sarkar wegzuziehen, doch sie kann nicht loslassen, auch nicht ihr Kriegsgeschrei beenden. Der tapfere Chinnah stürzt sich auf ihre Hände und löst die Finger einen nach dem anderen.

Chinnah zerrt und trägt Mariamma schließlich weg; aus ihrer Stirn fließt Blut. Er setzt sie in einen leeren Laborraum und drückt ihr ein Taschentuch auf die Wunde. Sie drängt sich zum Waschbecken und schrubbt sich wie wild die Hände, dann übergibt sie sich, gestützt von Chinnah, der weiterhin auf die Wunde presst.

Schluchzer und Wut vermischen sich wie Blut und Wasser. Wie sie sich an Chinnah klammert, wird ihr bewusst – er ist ja auch ein Mann. Sie schlägt ihn auf die Brust, auf die Ohren, er nimmt ihre Hiebe hin, bietet sich ihr dar, will verletzt werden, hält dabei aber tapfer den Druck auf ihren Schnitt aufrecht, obwohl er sich ihr dadurch aussetzt, wartet, bis sie sich erschöpft hat.

»Es tut mir leid«, flüstert er.
»Was tut dir leid?«
»Ich schäme mich für alle Männer«, sagt er.
»Solltest du auch. Ihr seid alle Schweine.«
»Damit hast du nicht unrecht. Es tut mir sehr leid.«
»Mir auch, Chinnah.«

65. Kapitel
KÖNNTE GOTT NUR SPRECHEN

1971, Madras

Das Frauenwohnheim ist verlassen. Die meisten Studentinnen sind über die Ferien nach Hause gefahren. Ein paar Klinische sind noch geblieben. Da die Mensa geschlossen hat, müssen sie in der Krankenhauskantine essen.

Mariamma schreibt ihrem Vater, dass sie die Anatomie bestanden hat … aber ihre Rückkehr nach Parambil um rund einen Monat verschieben muss, da sie ein »noch offenes Projekt abschließen« muss. Das noch offene Projekt ist sie selbst. Nach außen hin hat sie die böse Episode mit Brijee abgeschüttelt. Ihr Inneres ist dagegen noch in Aufruhr. Sie schämt sich, ihrem Vater gegenüberzutreten. Die Narbe auf ihrer Stirn und ihre Entstehung würde ihn bestürzen; er wollte, dass der Gerechtigkeit Genüge getan wird. Sie selbst war zu ihrem Recht gekommen, indem man ihrer Geschichte glaubte – Brijee war für derlei Dinge schon bekannt. Doch dessen Herzanfall, seine Schande, seine Entlassung aus dem Staatsdienst sind ihr nicht Strafe genug. Er müsste ins Gefängnis. Doch hat sie nicht das Bedürfnis, noch mehr Aufmerksamkeit auf sich zu lenken, indem sie die Sache weiterverfolgt. Schon jetzt hat ein Medikus, ein verhinderter Poet, ihre Scham in Verse gefasst:

Doktor Brijee, der prüft' mal ein Fräulein,
doch sein Schwengel, der musste dabei sein.
Die fand das ganz schlecht,
griff ihm ans Gemächt
und raubte ihm damit sein Mannsein.

Morgens trottet sie hinter einem Oberarzt her, der auf der internistischen Station arbeitet. Sie ist aufgeregt, da sie es erstmals mit lebenden Patienten und realen Krankheiten zu tun bekommt; es erinnert sie daran, warum sie überhaupt hier ist. Nachmittags bleibt sie auf ihrem drückend heißen Zimmer und liest die Krankenakten der Patienten, die sie gesehen hat. Paradoxerweise vermisst sie die Qualen eines drohenden Examens oder eines Lehrbuchs, das sie sich einprägen muss – alles, nur um sich von dem Geschehnis abzulenken. Sie ist ohne jeden Halt.

Als sie drei Wochen später einmal vom Krankenhaus zurückkommt, sieht sie auf der Bank unter der Eiche im Innenhof des Wohnheims einen Mann im Schneidersitz sitzen. Ein teppichartiger Bart erstreckt sich von seinem Hals über die Wangenknochen und läuft in Locken auf seinem Schädel aus. Die Narbe über seiner linken Wange ist nur teilweise von dem Bart verborgen. Mit seiner *kurta* in der Farbe des Sonnenaufgangs sieht es aus, als stünde er in Flammen. Mit Papagei und Spielkarten könnte er als Wahrsager durchgehen. Nur an dem weichen, schläfrigen Blick erkennt sie Lenin. In der Hand hält er einen Teebecher des Wohnheims; die gutherzige Hausmutter Thangaraj hatte ihn offenbar ins Allerheiligste gelassen.

Dagegen erkennt er sie sofort, wenngleich die Mariamma, die sie beide kannten, vor anderthalb Jahren in dem Roten Fort verschwunden ist. Innerlich ist sie eine andere geworden.

Er stellt den Becher hin und kommt ihr entgegen. »Mariamma?« Er will sie umarmen, doch sie weicht zurück.

»Was machst du denn hier? Hat Appa dich geschickt?«

»Freut mich auch, dich zu sehen, Mariamma –«

»Das Wohnheim ist für Männer verboten.« Sie kann ihre äußerliche Feindseligkeit nicht erklären, wo sie sich doch freut, ihn zu sehen.

»Und trotzdem stehe ich hier«, sagt er herausfordernd.

»Ich bin überrascht, dass die Hausmutter dich durchs Tor gelassen hat.«

»Ich hab ihr gesagt, ich bin dein Zwillingsbruder.«

»Mit anderen Worten, du hast gelogen?«

»Es war … rein metaphorisch. Und sie hat gesagt: ›Wie nett! Dann haben Sie wohl Mariammas Schmerz gespürt und beschlossen, herzukommen!‹«

»Und? Hast du meinen Schmerz gespürt?«

Lenin macht ein Gesicht wie der Junge, der das Fahrrad, das er »geliehen« hat, kaputtgefahren hat und dessen Fluch es ist, die Wahrheit zu sagen, ungeachtet der Konsequenzen. »Nein«, sagt er. »O nein. Du hast ja nicht auf meine Briefe geantwortet. Ich habe geglaubt, du bist in Parambil. Ich bin erst vor ein paar Stunden am Bahnhof angekommen. Ich habe mich umgeschaut, und gegenüber war dann das Madras Medical College. Da hab ich's einfach auf gut Glück probiert. Ich habe nach dem Wohnheim für Frauen gefragt, und da bin ich.«

»Solltest du denn nicht bei deiner Stelle auf dem Land sein?«

»*Aah*. Ich hatte ein …«

Das ist nicht der alte Lenin. Ihm fehlt die rechtschaffene Empörung. Er kann nicht einmal das Wort sagen, das er so oft benutzt hat, um seine Sorgen wegzuerklären.

»Ich auch, Lenin. Ich hatte ein kleines ›Missverständnis‹.«

»Die Hausmutter hat's mir indirekt gesagt. Sie nahm an, ich wüsste Bescheid«, sagt er und mustert sie unsicher.

»Ja, alle wissen es. Aber sie wissen nicht, was sie sagen sollen.

›Wünsch dir gründliche, gute Genesung‹?« Ihr Lachen klingt selbst für sie seltsam. Noch seltsamer ist, dass sie sich dabei die Augen abtupft.

Wieder langt Lenin nach ihrer Hand. Er zieht sie sanft zu sich. Sie klammert sich an ihn wie eine Ertrinkende. Seine *kurta* fühlt sich auf ihrer Wange wie Schmirgelpapier an, doch kein Stoff ist ihr je willkommener gewesen. Wenn sie jetzt die Hausmutter sieht … aber er ist ja ihr Zwilling.

»Ich schäme mich, nach Parambil zurückzukehren.«

»Warum das? Ich bin stolz auf dich! Nur schade, dass du den Kerl nicht umgebracht hast.«

»Gehen wir weg von hier, Lenin«, drängt sie. »Gehen wir raus aus der Stadt. Bitte.«

Er zögert, aber nur kurz. »Ja, das machen wir.«

Vom Bus aus, der den Strand entlangfährt, ist der Ozean wie mit glitzernden Diamanten bedeckt. Mit jeder Meile spürt sie, dass sie beschmutzte Kleider abwirft, kontaminierte Haut abstreift. Der laute Diesel und der Wind durch die offenen Fenster lassen kein Gespräch zu. Lenin hat Nikotinflecken an den Fingern. Er ist schmaler geworden, und in seinen schönen Augen liegt eine Härte, die sie noch nie gesehen hat. Seine dicke Narbe ist länger, als sie gedacht hat, sie verläuft bis auf die Ohrmuschel, eine Wunde, die offensichtlich nicht genäht wurde. Sie sind beide gezeichnet.

In Mahabalipuram schneidet ihnen ein Händler frische Kokosnüsse auf, sie trinken. Lenin kauft Zigaretten, Kekse und eine Jasminkette für ihre Haare. Der Duft schwebt über ihr wie ein Heiligenschein, als sie sich den Steintempeln nähern.

Doch zu den Tempeln will Mariamma nicht, sie will vor allem zum Meer: Das Murmeln der Wellen, die Heilung durch Wasser. Sie lässt sich die Brandung über die Knöchel spülen,

Lenin hält sich dagegen zurück. Sie beide sind ganz allein. Sanderlinge stehen aufgereiht wie Gepäckträger am Bahnsteig, warten auf die nächste Welle; sie weichen clever dicht an der Wasserzunge zurück, picken nach unsichtbaren Kleintieren.

»Lenin, ich muss schwimmen. Ich bin noch nie im Meer geschwommen. Am Marina Beach ist die Brandung zu stark.« Er schaut besorgt. »Dreh dich um, schau weg. Nicht hersehen.« Sie zieht Sari, Unterrock und Bluse aus, legt sie bei ihm aufeinander. Nur in Unterhose und BH stürzt sie sich hinein. Der Boden fällt unter ihr ab. Die Strömung ist unberechenbar, doch sie genießt es, im Wasser zu sein. Lenin schaut weiterhin weg. »He!«, sagt sie. »Du kannst gucken.« Er dreht sich um und sieht nervös nach ihr. Er ruft ihr zu, sie solle vorsichtig sein. Sie versucht zu schwimmen, hat jedoch Mühe, den Rhythmus des Meeres zu erfassen. Ihr brennen die Augen, Salzwasser läuft ihr in die Nase. Doch sie grinst. Eintauchen ist Gnade und Versöhnung.

Lenin ist erleichtert, als sie herauskommt. Er dreht sich um, reicht ihr aber aus seiner Stofftasche ein *thorthu*. Sie fühlt sich kühn, verwegen. Nach allem, was sie durchgemacht hat, hat sie das Recht, verwegen zu sein, so zu sein, wie auch immer sie will. Er schirmt sie ab, als sie ihre nasse Unterwäsche auszieht und in Bluse, Rock und Sari schlüpft. Das Wasser hat eine Sperre in ihr gelöst.

Sie setzen sich auf den Sand. Sie erzählt Lenin von Brijee. Auch wenn alle ihre Geschichte kennen, weiß doch niemand so richtig, wie *sie* sich dabei fühlt. Jetzt strömt alles heraus: ihre Wut, ihre Scham, ihre Schuld – es ist noch immer da. Doch indem sie davon erzählt, erwächst ihr auch eine Art Ermächtigung. Sie hat in der Sache mit Brijee kein Verschulden. Kein anderes, als naiv und eine Frau zu sein. Während der Untersuchung hat sie die Rechtschaffenheit ausgenutzt, die ihr gebührt; sie wehrte sich noch gegen die kleinste Andeutung, sie könne im Unrecht sein. Sie hat eines gelernt: Schwäche zeigen, Tränen oder Erschütterung nützen ihr nichts. Man sollte nicht einfach nur darauf hoffen, gut behandelt zu werden: Man muss darauf bestehen.

Danach geht es ihr besser. Sie isst einen Keks. Lenin sitzt im Schneidersitz da, raucht, den Kopf gesenkt, malt Kreise in den Sand. Während sie ihre Geschichte erzählt hat, war er sichtlich berührt, hat ihr sogar die Hand gehalten. Ist sie egozentrisch, weil sie ihn nicht nach seinem Missverständnis fragt, nach seiner Narbe und warum er da ist? Oder lässt sie ihm Raum, selbst zu entscheiden? Er kann es ihr erzählen, wann er es möchte. Oder auch nicht.

Mit abnehmendem Licht wirken die brechenden Wellen lauter. Die dunklen Silhouetten der Steintempel vor dem Himmel geben ihr das Gefühl, in der Zeit zurückgegangen zu sein. Bestimmt war ihre Mutter hier, als sie in Madras studierte, hat in denselben Wellen geplanscht. Dieses Wasser verbindet die Lebenden und die Toten. Vielleicht haben die Skulpturen hier sie zu der Steinfrau angeregt. Der Seewind beruhigt und erfrischt sie. Madras scheint tausend Meilen entfernt.

»Die Minuten, in denen wir die Wellen betrachten, werden nicht von unserer Lebenszeit abgezogen«, sagt sie.

»Wirklich? Vielleicht bleibe ich dann einfach hier, sollte ich über dreißig werden.« Er lächelt, doch ihr gefällt nicht, was sie hört.

Als sie gehen, ist es stockdunkel, sie stolpern über den Sand, halten sich an den Händen. Der letzte Bus zur Stadt ist schon weg. Die alte Mariamma wäre in Panik geraten, dieser neuen ist es vollkommen egal.

Das handgeschriebene Schild an der schmalen, dreistöckigen Pension verkündet MAJESTICHOTELROYALMEELS, die Buchstaben dicht aneinandergequetscht. Eine einsame Gestalt springt von ihrem Stuhl auf, schlägt mit dem Handtuch wie mit der Peitsche, wischt Staub von den Stühlen und Esstischen. Der Mann ist überglücklich, Gäste zu haben. Er führt sie eine wacklige Treppe hinauf, während Mariamma die Kirchturmform seines Schädels bestaunt.

Sie hebt die dünne Matratze an, sucht sie nach Wanzen ab. Das schmale Bett ist die einzige Sitzgelegenheit. Eine nackte Birne an der Decke spendet Licht. Eine Tür über einer Schwelle führt in ein winziges Badezimmer mit Hocktoilette, Wasserhahn und einem Eimer, in dem ein Becher schwimmt. Kakerlaken huschen weg, als sie Licht macht. Sie füllt den Eimer und spült sich Schweiß, Sand und Salz ab. Lenin leiht ihr ein *mundu* aus seiner Tasche, sie wickelt ihn sich unter den Achselhöhlen. Dann ist er an der Reihe.

Der Junge, der das Essen bringt, ist wohl der Sohn des Kochs, denn auch sein Schädel hat eine turmartige Form. »Das nennt man Oxyzephalie«, erklärt sie Lenin. Er ist beeindruckt, aber dann weniger, als sie fortfährt, dafür gebe es keine Behandlung.

»Immerhin gibt's einen Namen dafür«, sagt er.

Unwillentlich ernüchtern sie seine Worte. So wie bei dem »Zustand« heilt ein Name nichts.

Die Bananenblattpäckchen mit dem Gemüse-Biryani übertreffen ihre Erwartungen von RoyalMeels; der Koch kocht offenbar besser, als er schreibt. Lenin, barbrüstig, isst kaum etwas. Sie hat ihn oft ohne Hemd gesehen, aber irgendwie ist es jetzt anders. Er ist verwirrt darüber, wie sie ihr Essen verschlingt und auch noch den Rest von seinem. Als sie fertig ist, stupst er sie an die Schulter.

»Na, Mariamm*aye*«, sagt er, »es ist wie immer mit dir. Sobald ich mich umdrehe, kriegst du Ärger.« Er zündet sich eine Zigarette an. Sie zupft sie ihm vom Mund. »He! Du könntest wenigstens fragen!«

Sie inhaliert und bläst den Rauch aus; die Spirale, die träge an die Decke steigt, ist wie ein Lebewesen. Sein Grinsen enthält Spuren des alten Lenin, doch es ist bemüht. »Also, mein *Zwillings*bruder. Spuck's aus. Was ist los mit dir?« Von wegen Raum zum Entscheiden.

Lange starrt er aus dem Fenster.

»Ich bin einen Weg gegangen«, sagt er.

Sie wartet, doch mehr kommt nicht. »Eine gerade Linie, ja? Kannst erst stehen bleiben, wenn's nicht anders geht?«

Er nickt. »Aber wenn ich bei dem ans Ende komme, ist es auch das Ende.«

Mehr hat er nicht zu sagen.

»Und wie geht's deinem Stammesfreund – Kochu *paniyan*, nicht? Und Raghu, dem Banker? Siehst du? Ich habe deine Briefe gelesen.«

Er sieht sie an, nun noch düsterer.

»Die sind beide tot.«

Ihr ist, als packte sie eine kalte Hand am Hals. Sie will sich die Ohren verstopfen. Sie sollte ihn kein weiteres Wort sagen lassen. Sie steht auf, ohne so recht zu wissen, warum. Die nackte Birne strahlt ihr grell in die Augen, sie macht sie aus. *So. Das hilft.* Sie läuft gemessenen Schritts im Zimmer auf und ab, versucht, nicht hektisch zu wirken. Ihre Augen gewöhnen sich an den Dämmer; schwaches Licht kommt zum Fenster herein. Eine Frauenstimme weht von unten herauf. Sie erinnert sich, wie schrecklich sie als Mädchen die Mätzchen des neu eingetroffenen Lenin fand, ihm aber trotzdem immer nachlaufen musste. Warum? Sie musste sehen, was als Nächstes passierte. Es war ein Zwang. Lenins Gesicht zeigt im Schein der Zigarette

Sorge um sie. Sie setzt sich wieder aufs Bett, im Schneidersitz, sieht ihn an. Sie kann nicht anders. Der alte Zwang geht nicht weg. Sie muss es wissen.

»Als ich nach Wayanad kam, erinnerte ich mich an ganz seltsame Dinge«, sagt Lenin. »Das habe ich, glaube ich, in meinen Briefen nicht erwähnt. Wir hatten dort gewohnt, als ich klein war, haben mir meine Eltern gesagt, aber ich hatte keine Erinnerungen daran. Erst als ich Kochu *paniyan* kennenlernte und seine Siedlung im Wald besuchte, wo seine Familie seit drei, vier Generationen lebt, kam manches davon zurück. Erinnerungen an meine schöne Mutter. Ich erinnerte mich, wie ich vor Hütten wie der von Kochu *paniyan* auf sie wartete und mir wegen der Schreie einer Frau bei der Entbindung die Ohren zuhielt. Ich sehe einen Mann genau wie Kochu *paniyan*, wie er mit einem riesigen Karpfen für meine Mutter zu uns kommt. Vielleicht als Bezahlung. Und er hat ihn für uns geputzt und ist dann mit Bratöl und vielleicht Reis wiedergekommen. Vielleicht hat er uns allein angetroffen, das Küchenfeuer aus und mein Vater weg – das wäre gut geraten. Das habe ich mir doch nicht alles eingebildet? Was für Erinnerungen sind noch in meinem Kopf vergraben?«

Stammesleute seien vorsichtig, sagt Lenin. Seien von allen, die daherkamen, ausgenutzt und missbraucht worden. Die Briten hätten die Sklaverei abgeschafft, die Stammesleute dann aber gezwungen, ihre kostbaren Bäume zu fällen, um damit Schiffe zu bauen. Hätten die Briten nicht den Tee entdeckt, dann wären die Berge jetzt kahl. Stattdessen hätten sie die Stammesleute an den Hängen, auf denen sie seit Generationen lebten, Terrassen anlegen lassen. In jüngerer Zeit seien sie dann von den Malayalis aus Cochin und Travancore ausgebeutet worden, die seien nach Norden gezogen, sagt Lenin. Schreiber, Händler, Fahrer. »Leute wie mein Vater.« Die Stammesleute benutzten kein Geld, sie tauschten das, was sie brauchten. Die Neuankömmlinge ermunterten sie, ordentliche Häuser zu bauen und sich bei Hacken, Schubkarren, Schaufeln, Flaschenzügen, Zement, Kleidern zu bedienen – ganz ohne Geld, nur mit einem Daumenabdruck. Wenn sie nicht zahlen konnten, verloren sie Land. Die Stammesleute lernten schmerzliche Lektionen. »Wird man beraubt, entwickelt man schnell ein politisches Bewusstsein. Man hat dann nur noch seine Ketten zu verlieren. Das ist übrigens nicht von mir, sondern von Marx.«

»Gut, dass du Marx zitieren kannst«, sagt Mariamma.

Lenin hält inne. »Ich kann auch aufhören, wenn du nicht mehr hören willst.«

Sie antwortet nicht.

In Baby's Tea Shop – »Moscow« – saß Lenin gern mit Raghu zusammen. Gelegentlich sah Lenin ihn mit einem älteren Mann, Mitte vierzig, Arikkad, der nie lange blieb. Raghu sagte, wenn Lenin die Klassenspannungen in Wayanad wirklich verstehen wolle, dann sei Arikkad sein Lehrer. Arikkad stammte aus einer christlichen Familie der Mittelschicht. Er hatte im Gefängnis gesessen, weil er am Streik der Kokosarbeiter teilgenommen hatte. Raghu sagte, es gebe keine bessere Ausbildung, als hinter Gittern zu sein. *Das Kapital* und Stalins *Geschichte der Kommunistischen Partei der Sowjetunion* zirkulierten unter den Häftlingen aus dem einfachen Grund, weil nur die beiden ins Malayalam übersetzt seien. Einer ging wegen Trunkenheit in der Öffentlichkeit rein und kam als nüchterner Kommunist wieder heraus. Arikkad engagierte sich stark in der Partei, er lebte bei den Stammesleuten, trat für sie ein. So etwas tat einer von der Kongresspartei nie.

Lenin sagt: »Als ich Arikkad vorgestellt wurde, fand ich ihn bescheiden. Anregend. Mehr als meinen alten *achen*. Das war einer, der richtiggehend etwas *tat*, um das Leben der Stammesleute zu verbessern. Er interessierte sich viel mehr für *mich*, für meine Berufung zum Priester.«

»*Aah!* Dafür hattest du eine gute Geschichte, nicht wahr?«, sagt Mariamma trocken. Es ist ihr ohne weiteres Nachdenken herausgerutscht. »Entschuldige. Ignorier das. Red weiter.«

»Nein, du hast recht. Ich habe wirklich eine gute Geschichte. Das ist das Dumme. Ich habe sie selbst geglaubt. Jetzt aber nicht mehr. Ich wurde nicht verschont, um Gott zu dienen. Ich wurde verschont, um Leuten wie den *pulayi* zu helfen, die mich gerettet haben. Aber das tat ich nicht, nicht als Seminarist. Jedenfalls vertraute ich meine Zweifel Arikkad an. Er sagte: ›Dann hast du es also satt, Opium zu verteilen?‹ Das kapierte ich erst, als er es erklärte. Anscheinend hat Marx gesagt, Religion ist Opium für die Massen. Sie hält die Unterdrückten davon ab, sich zu beschweren oder zu versuchen, die Dinge zu verändern. Arikkad sagte auch, dass die Kirche nicht so sein muss, wie sie hier ist. Er sagte, in Kolumbien und Brasilien gibt es Jesuiten, die mit Stammesleuten leben und arbeiten, ganz so, wie Christus es gelehrt hat. Als die Bauern sich gegen die Regierung erhoben, die sie unterdrückte, konnten diese Priester nicht anders, sie mussten sich solidarisch mit ihnen erklären. Sie schlossen sich den Rebellen an. Sie verweigerten ihrer Kirche den Gehorsam. Einer der Jesuiten hatte über sein Anliegen geschrieben. Er nannte es ›Befreiungstheologie‹. Das war für mich eine Offenbarung. Ich fragte mich, ob meine Seminarbibliothek diese Texte hatte. Wahrscheinlich nicht.«

Für Lenin änderte sich alles, als Kochu *paniyan* eines Tages nicht zur Arbeit erschien. Am nächsten Morgen kam er dann, klopfte an Lenins Tür, wirkte ängstlich, verzweifelt. Er sagte, sein jüngerer Bruder habe sich bei einem Geschäftsmann namens C.T. Geld geliehen, dann noch mehr, und das Land der Familie verpfändet. Die Darlehen waren fällig. Statt es der Familie zu sagen – und er musste etliche Warnungen erhalten haben –, verschwand der Bruder. Kochu *paniyan* erfuhr erst davon, als C.T. mit einer gerichtlichen Verfügung kam, der zufolge die Familie für den Auszug zweiundsiebzig Stunden hatte. Kochu *paniyan* wollte, dass Lenin mitkam, um den *achen* zu bitten, mit C.T. zu sprechen, da dieser Gemeindemitglied war und auch im Kirchenvorstand. »Leute wie C.T. sind das Gegenteil von Arikkad. Sie hassen den Kommunismus, weil sie einzig durch die Ausbeutung der Stammesleute reich und mächtig geworden sind.« *achen* suchte widerstrebend C.T. auf und kam gleich wieder erschüttert zurück. Der Mann hatte ihn beschimpft, weil er sich eingemischt hatte. *achen* sagte, er wolle beten. »Ich sage dir, Mariamma, nie haben Gebete wertloser gewirkt.«

Kochu *paniyan* war schon bei Arikkad gewesen, der versuchte, vor Gericht eine Bleibeanordnung zu erwirken. »Das ist gut!«, sagte Lenin. Kochu *paniyan* hatte Lenin mitleidvoll angesehen und gesagt: »Gut? Seit wann ist ein Gericht gut für unsere Leute? Das Gericht besteht nur aus *deren* Leuten.« Am Tag der Vertreibung war Lenin in Kochu *paniyans* Siedlung gegangen. Viele Stammesfamilien waren zusammen mit Arikkad, Raghu und anderen Aktivisten zur Unterstützung gekommen. Obwohl Arikkad ein Bleiberecht beantragt hatte, war der Richter »einer von denen«. Bald kamen drei Jeeps voller brutal wirkender Männer mit Fahrradketten und Bambusstöcken. Dann kam auch noch ein Polizeijeep und parkte ein Stück weit dahinter. C.T. rief, in fünf Minuten müsse die Familie draußen sein. Auf Arikkads Anweisung hin setzten sich die Versammelten alle friedlich auf die Erde.

»Als die fünf Minuten um waren, gingen C.T.s *goondas* auf uns los. Die Polizei sah zu. Ich habe gesehen und gehört, wie ein Stock Kochu *paniyan* den Kiefer brach. Arikkad erhielt den zweiten Hieb. Eine Frau wollte ihren Kopf schützen, und ich hörte, wie die Kette ihr den Unterarm brach. Ich war wie in Trance. Ich traute meinen Augen nicht. Plötzlich spürte ich einen furchtbaren Schmerz an der Schulter. Ich drehte mich um, packte die Kette und schlug meinen Angreifer – so viel zu Gandhi'scher Gewaltlosigkeit. Doch sie ließen Schläge auf mich niederprasseln. Mariamma, die haben mich gnadenlos verprügelt. Dann schütteten die Schläger Benzin aufs Strohdach und steckten das Haus in Brand. Ich musste wegkriechen, so stark war die Hitze.

»Kochu *paniyan* war mit gebrochenem Bein und Kiefer im Krankenhaus. Auch Arikkad und Raghu waren übel zugerichtet. Einige andere wurden in der Notaufnahme behandelt. Jemand fuhr mich mit dem Rad nach Hause, weil mein Knie so groß wie ein Fußball war. *achen* erkannte mich kaum wieder; mein Gesicht war wie eine aufgedunsene Maske. Der arme *achen*: Er weinte, während er mich pflegte. Schluchzend blickte er zum Himmel hinauf. Er fiel auf die Knie, flehte Gott an, das Unrecht zu Recht zu machen. Ach, Mariamma … hätte Gott doch nur *achen* geantwortet, der ein so treuer Diener war, wie ein Gott ihn nur haben wollte … Hätte Gott doch nur geantwortet … mein Leben hätte vielleicht eine andere Richtung genommen. Hätte Gott nur geantwortet … Ich pinkelte Blut. Ich konnte nicht gehen. Ich habe nur auf dem Bett gelegen, gegrübelt und meine Wunden geleckt.

Einige Bekannte vom Moscow kamen mich besuchen. Sie sagten, Kochu *paniyan* sei nicht mehr im Krankenhaus. ›Selbstentlassung entgegen ärztlichen Rat‹, behauptete das Krankenhaus. Mit gebrochenem Bein und Kiefer, wie kann man sich da ›selbst entlassen‹? In Wahrheit war es so, dass die Polizei oder Paramilitärs Kochu *paniyan* abholten und ihm durch Folter Informationen abpressen wollten. Aber der arme Mann wusste ja nichts! Seine Familie hat ihn nicht gesehen. Wahrscheinlich haben sie die Leiche in den Wald gekippt, wo die wilden Tiere dafür sorgen, dass nichts von ihm übrigbleibt. Ich habe erfahren, dass das nicht das erste Mal war. Seitdem weiß niemand etwas über den Verbleib von Arikkad und Raghu. Die Polizei hat sie gejagt. Sie waren in den Untergrund gegangen. Es ging das Gerücht, dass es Naxaliten waren.«

Naxaliten.

Mariamma läuft es kalt den Rücken hinunter. Im Zimmer ist es plötzlich eisig. Allein es auszusprechen – »Naxalit« – scheint gefährlich. Es reicht, um ihren Puls zu beschleunigen. »Halt, Lenin«, sagt sie und steht auf. Er ist nicht überrascht. »Ich muss mal.«

Sie versucht sich zu erinnern, was sie überhaupt über die Naxalitenbewegung weiß. Sie weiß, dass der Name von einem kleinen Dorf kommt, Naxalbari in Westbengalen. Die dortigen Bauern erhielten, nachdem sie für die Herren geschuftet hatten, so wenig von ihrer Ernte zurück, dass sie hungerten. In ihrer Verzweiflung holten sie sich die Ernte von dem Land, das sie seit Generationen bestellt hatten. Bewaffnete Polizei, die im Dienst der Grundbesitzer stand, kam und feuerte auf die Bauern, die sich zu einem Dialog versammelt hatten, und über ein Dutzend, darunter Frauen und Kinder, wurden getötet. So weit erinnert sie sich. Es beherrschte die Nachrichten. Die Empörung über das Massaker von Naxalbari breitete sich wie die Cholera in ganz Indien aus, und so wurde die »Naxaliten«-Bewegung geboren. Das war um die Zeit, als Mariamma nach Alwaye ging. In vielen Gegenden griffen Bauern die feudalen Grundbesitzer und die korrupten Beamten an und töteten sie sogar. Die Polizei antwortete mit gleicher Gewalt. Die Angst war greifbar, dass das Land an der Schwelle zur Revolution stand. Wenn sich die Bauerngruppen in ganz Indien zusammenschlossen, konnten sie die Macht ergreifen. Die Regierung antwortete damit, dass sie geheime paramilitärische Kräfte gegen die Naxaliten aussandte, alles ohne Kontrolle, ohne ihrer Macht Grenzen zu setzen. Sie hatten zwei unschuldige Jungen aus ihrem College geholt, seitdem hatte man nichts mehr von ihnen gesehen. Besonders stark waren die Naxaliten in Kerala. Sie hatte Angst gehabt, dass ihr Vater zur Zielscheibe wurde, doch er beruhigte sie damit, dass ihr Besitz, verglichen mit dem der Grundbesitzer weiter nördlich, die Tausende Hektar besaßen, minimal sei, auch hätten sie nie Pachtbauern gehabt.

Mariamma kehrt aufs Bett zurück, legt sich das Laken um die Schultern, da sie zittert. Lenin fragt, ob er aufhören soll. »Dafür ist es jetzt zu spät«, sagt sie. »Red weiter.«

»Ich hatte Schmerzen. Es dauerte lange, bis alles verheilt war«, sagt Lenin. »Aber ich hatte noch einen anderen Schmerz. Den der Ungerechtigkeit und Grausamkeit, die ich mit angesehen hatte. Ich musste immerzu an Acca denken, die *pulayi*, die mich während der Pocken gerettet hatte. Was war ihr Lohn? Man hat sie wie einen streunenden Hund verjagt. Der hungernde kleine Junge – ich – hatte ihr versprochen: ›Ich vergesse dich nie.‹ Ich habe sie auch nicht vergessen – so weit stimmte es. Aber was hatte ich für sie getan? Was würde ich als Priester je für sie tun? Ich hatte lange ›mit der Frage gelebt‹. Im Bett dann, als ich meine Wunden leckte, gelangte ich zu der Antwort. Ich hatte keine Wahl.

Ich sagte einem Stammgast im Moscow, ich wolle mit Arikkad Kontakt aufnehmen. Oder mit Raghu. Er war bestürzt. Er behauptete, nichts zu wissen, und ging. Zwei Tage später wurde mir ein Zettel unter der Tür durchgeschoben, auf dem stand, ich solle um Mitternacht an einer Bushaltestelle sein. Ein Motorrad kam. Mir wurden die Augen verbunden, dann fuhren wir los. Als man mir die Binde abnahm, war ich auf einer Lichtung. Drei Männer kamen, mit Gewehren. Einer war Raghu. Er versuchte, mich davon abzubringen. Er sagte, ich könne auch andere Dinge mit meinem Leben anfangen, wenn schon nicht das Seminar. ›Was denn, Raghu?‹, sagte ich. ›Als Banker?‹ Es gab kein Zurück mehr.«

Lenins Stimme kommt von weit her, so scheint es Mariamma. Sie ist in einem Zimmer mit einem Naxaliten, nicht mit dem Jungen, mit dem sie aufwuchs. Sie spürt eine schreckliche Trauer, Verzweiflung. Körper und Geist sind taub, unter Schock. Sie hört weiter zu.

»Ich traf Arikkad und die anderen in der Zelle, der ich angehören sollte. Wir brauchten unbedingt mehr Waffen. Wir hatten nur fünf Gewehre, zwei Revolver und ein paar selbstgebastelte Bomben für ein Dutzend Leute. Ohne Waffen kannst du keinen bewaffneten Kampf führen. Wir planten zwei Überfälle. Einen auf eine Polizeiwache mit einem Waffenlager, um uns zu bewaffnen. Der andere war pure Rache. Unser Ziel war C.T., der Mann, der Kochu *paniyan* sein Land weggenommen hatte. C.T. hatte ein Büro in der Stadt und einen Bungalow auf seinem Besitz. Der Bungalow stand isoliert und konnte jede Zufahrt von unten ungehindert einsehen. Aber wir näherten uns von der Seite, durch dichten Dschungel. C.T. war wahrscheinlich bewaffnet. Wir aber auch, und wir waren mehr.

Arikkad sollte die Polizeiwache genau zur selben Zeit überfallen, wie unsere Gruppe C.T. angriff. Gerade als unsere Gruppe den Stacheldraht durchschnitt und sein Grundstück betrat, hörten wir einen Motor aufheulen, dann sahen wir C.T.s Wagen davonrasen und den Berg hinab verschwinden. Die Haustür war angelehnt. Auf dem Tisch stand das Abendessen, nur halb gegessen. Es war klar, dass man ihn gewarnt hatte. Hinter Paneelen entdeckten wir sein Schwarzgeld, aber nur, weil er die Klappe nicht richtig plan zur Wand zugemacht hatte. Es war unversteuertes Geld, das er niemals zur Bank hätte bringen können. Bei seiner Flucht muss er genommen haben, was er eben zu fassen bekam. Wir nahmen zwei Gewehre, dann setzten wir den Bungalow in Brand. Wir gingen wie geplant zur Hütte eines Sympathisanten, versteckten dort die Waffen und das Geld und warteten. Bald hörten wir von dem anderen Überfall. Die Polizei hatte schon gewartet, sie griff Arikkads Gruppe an, als sie sich dem Waffenlager näherte. Der arme Raghu starb gleich dort. Sie zogen sich zurück, die Polizei hinter ihnen her. Arikkad warf eine selbstgebaute Bombe nach dem Jeep, der sie verfolgte, womit er einen Polizisten verwundete und das Fahrzeug beschädigte. Sie teilten sich auf und verschwanden. Das tat auch unsere Gruppe. Wir verzogen uns ohne Waffen, sodass wir in den Städten nicht auffielen. Wir waren auf ganzer Linie gescheitert.

In einer Nacht schlief ich im Freien. Am nächsten Tag erreichte ich gegen Mittag den Treffpunkt auf einem Pfad weit oben in den Bergen. Ich hatte Hunger, Angst und war wütend. Ich wusste, dass der Treffpunkt gefährdet war. Niemand war da. Gerade als ich dachte, es sei besser zu gehen, erschien Arikkad, schrecklich müde. Er fragte, ob ich was zu essen hätte. Aber ich hatte nur Wasser. Seine Haut war voller Stiche, schlimmer als meine. Er sagte, die Polizei sei womöglich nicht weit, aber nachts würden sie die Hauptstraße nicht verlassen. Trotzdem könnten wir dort nicht bleiben. Wir mussten essen, auch schlafen. Er sagte, er wisse von einem Haus ein paar Meilen weiter oben, am Rand einer genossenschaftlichen Pflanzung. Sivaraman sei ein Freund aus der ›alten Zeit‹ – vermutlich seiner Zeit im Gefängnis.

Nachts um eins kamen wir dann an den Rand einer Lichtung. Als ich Sivaramans Haus sah, hatte ich ein ungutes Gefühl. Ich sah plötzlich die ›Managervilla‹ vor mir, darin die Leichen meiner Eltern und meiner Schwester. Ich konnte den Tod riechen. Ich versuchte, Arikkad zurückzuhalten, aber er sagte, wenn er jetzt nicht Essen oder Schlaf bekäme, wäre er erledigt. Er sagte, er wolle vorausgehen und mir dann ein Zeichen geben, wenn es sicher sei, aber ich sagte, er solle es nicht tun. Dass ich draußen auf einem Baum bleiben wolle und er nicht sagen solle, dass ich da bin. Ich beobachtete, wie Sivaraman Arikkad die Tür öffnete. Sivaraman zögerte, ließ Arikkad dann aber ein. Ich kletterte auf den Baum am Rand der Lichtung. Dazu brauchte ich meine ganze Kraft. Ich saß drei Meter über der Erde, in eine Astgabel gezwängt. Mit meinem *mundu* band ich mich an den Stamm, damit ich nicht runterfiel. Irgendwie bin ich dann trotz der Kälte und der Moskitos, die sich an meinen nackten Beinen gütlich taten, eingeschlafen.

Ein, zwei Stunden später wachte ich auf und war plötzlich hellwach. Direkt unter mir kauerte ein Polizist mit einem Gewehr! Er bemerkte mich nicht. Er schnalzte mit der Zunge – davon war ich wach geworden. Zwei weitere Polizisten erschienen. Dann sah ich Sivaraman vor dem Haus stehen und sie herwinken.

Sie zerrten Arikkad heraus und schlugen ihn nieder, und Sivaraman schaute einfach zu. Sie fesselten ihm die Hände so fest, dass er schrie. Ich zitterte vor Wut und Angst. Sie führten ihn in meine Richtung. Ich war mir sicher, dass mich meine klappernden Zähne verraten würden. Sie gingen direkt unter mir vorbei. Arikkad hielt den Blick gesenkt. Da zerbrach etwas in mir.

Mir waren die Beine eingeschlafen. Es dauerte ewig, bis ich unten war. Ich ging zum Haus und drückte den Mund an die Tür. Ich rief: ›Sivaraman, du hast einen guten Mann verraten. Deine Belohnung wirst du nicht mehr ausgeben können. Wenn du rauskommst, warten wir schon.‹ Ich hörte ihn wimmern.

Ich hoffte, er würde vor Angst sterben. Dann lief ich auf Gummibeinen hinter den Polizisten her, hielt mich aber immer so weit zurück, dass sie mich nicht hörten. Sie liefen in Richtung Ghatstraße, die sie dann nach einer Stunde, am Himmel wurde es schon heller, erreichten und erschöpft niederfielen. Sie gaben Arikkad eine Banane. Ich ging so nahe hin, wie ich es wagte, versteckte mich hinter einem Neembaum, der über einen großen Stein wuchs. Hätte ich geniest, hätten sie mich gehört. Ich überlegte mir verschiedene Szenarien, wie ich Arikkad befreien könnte. Aber das waren alles Selbstmordphantasien, Mariamma. Ich hatte keine Waffen. Ich war so schwach.

Bald nach Tagesanbruch kamen zwei Jeeps. Ein DSP – ein großer Bursche – stieg aus. Er war ganz aufgeregt und beglückwünschte die Polizisten. Er trat zu Arikkad und schlug ihn übel. Arikkad grinste und sagte etwas. Der DSP beschimpfte und trat ihn. Er befahl seinen Leuten, seine Beine zu fesseln und ihm einen Sack über den Kopf zu ziehen. Dann hörte ich sie bei dem Jeep streiten. Der DSP schubste den Polizisten, den, der unter meinem Baum gewesen war, und zog seinen Revolver. Wollte er etwa seinen eigenen Mann erschießen? Ich kapierte es nicht. Aber Arikkad schon, sogar unter dem Sack. ›*Edo*, DSP?‹, brüllte Arikkad. ›Sei ein Mann. Nimm mir erst den Sack ab. Bist du so feige? Kannst du mir nicht vorher in die Augen schauen?‹

Der DSP lief den Hang hinauf zu Arikkad, ganz gemächlich. Mariamma, es war so, als wüsste er, dass das keine Lichtung im Dschungel war, sondern eine Weltbühne. Arikkad rappelte sich hoch und stellte sich aufrecht hin, obwohl seine Arme ja auf dem Rücken gefesselt waren. Der DSP riss ihm den Sack vom Kopf und spuckte Arikkad Worte ins Ohr. Arikkad lachte.

Dann trippelte Arikkad mit seinen gefesselten Knöcheln herum, sodass er zu der Stelle blickte, wo ich versteckt saß! Er wusste, dass ich dort war. Er wollte, dass ich Zeuge war. ›Sag's meinen Genossen, sag's der ganzen Welt‹, das wollte er mir mitteilen. Der DSP trat drei Schritte zurück in Schussposition, der rechte Arm hing gerade an der Seite, der Revolver zeigte zur Erde. Ich konnte Arikkads Gesicht so deutlich sehen, wie er den DSP anlächelte. Dieses Grinsen war mächtiger als jede Waffe. Der DSP stellte die Beine fest auf den Boden. Arikkad schrie: ›ANDERE WERDEN DEN KAMPF FORTFÜHREN!‹ Der DSP hob den Arm. ›LANG LEBE DIE REVOLUTION –‹«

Mariamma kann kaum atmen, sie fixiert Lenins Gesicht in dem gespenstischen Schein des Fensters.

»Der Schuss war so laut. Er hallte von den Felsen hinter mir wider. Ich schrie auf. Ungläubig. Wütend. Zornig. Ich war mir sicher, dass sie mich gehört hatten. Mir schrillten die Ohren. Ihre bestimmt auch. Ich sah zu, wie sie Arikkads Leiche den Hang runterschleiften. Keiner der Polizisten war froh. Es war kaltblütiger Mord. Sie luden seine Leiche hinten in einen Jeep. Noch nachdem sie fort waren, schrillten meine Ohren immer weiter.

Ich entdeckte die Banane, sie steckte unter dem Stein, auf dem Arikkad gesessen hatte. Bestimmt hatte er sie für mich hingelegt. Ich habe hemmungslos geweint, kann ich dir sagen. Irgendwie schleppte ich zwei ungefähr gleich große Steine dahin, wo die Erde von Arikkads Blut getränkt war. Ich fand einen flachen, langen Stein und legte ihn auf die beiden anderen. Dann stand ich noch lange vor diesem Mahnmal, diesem Laststein für meinen Waffenbruder. *Es ist immer dieselbe Antwort*, dachte ich, als ich mich schließlich von der Stelle wegriss. *Geh den geraden Weg bis zum Ende*.«

66. Kapitel
DIE TRENNLINIE

1971, Mahabalipuram

Lenin schläft bald ein, als hätte er sich, indem er sich diese schrecklichen Geschehnisse von der Seele redete, eine Ruhepause verschafft. Mariamma kann das aber nicht.

Sie schaut hinaus und sieht Sterne. Wie viele Lichtjahre sind diese Nadelstiche am dunklen Firmament unterwegs gewesen, bis sie auf ihre Netzhaut trafen? Früher wusste Lenin solche Dinge. Der Ozean ist nicht zu sehen, doch sie hört seine Brandung, die über diesen Abschnitt der Koromandelküste schäumt. Die Bucht von Bengalen erstreckt sich von hier Hunderte Meilen, bis sie die Andamanen umschließt und schließlich an der Küste Burmas endet. Könnte doch nur die Unermesslichkeit dieser Elemente – Himmel, Sterne und Meer – die Ungeheuerlichkeit dessen, was Lenin ihr erzählt hat, ausradieren. Er hat ihr ein Wissen aufgebürdet, das schwer auf ihr lastet.

Lenin scheint mit sich im Frieden. Big Ammachi hatte immer gestaunt, wie ein Junge, der wach ein solcher Teufel war, im Schlaf so unschuldig wirken konnte. So ist er noch immer. Bei seiner Schilderung, wie die Soldaten Arikkad aus dem Haus führten und unter dem Baum vorbeiliefen, auf dem er sich versteckt hielt, hatte Mariamma unbeherrschbar gezittert. Nach Raghus Tod, den gescheiterten Überfällen, sagte Lenin, habe er sich gefragt, was man mit einem bewaffneten Kampf erreichen könne, wenn sich die unterdrückten Dorfbewohner Indiens nicht ebenfalls massenhaft erhoben. Kaum hatte er sich den Naxaliten angeschlossen, hatte er auch schon Bedenken. Doch nachdem er Arikkads Hinrichtung mit angesehen hatte, wusste er, dass er weiterkämpfen musste, egal, was passierte. Für den bewaffneten Kampf brauche es Waffen, bessere Ausbildung, damit er wirkungsvoll sei, sagte er. Davor hatte er angedeutet, dass sein nächstes Ziel Vizag sei. Sie vermutet, dass Lenin vorhat, ebendiese Defizite zu beheben.

Sie ist erschöpft. Sie geht vom Fenster weg und legt sich neben ihn. Die Nacht wird kühl. Sie zieht das dünne Laken über sie. Sein Körper ist warm. Er atmet direkt neben ihr, doch ihr kommt es vor, als trauere sie schon jetzt um ihn. Lenin kann nie wieder nach Parambil, nie zu einer Hochzeit, ihr nie einen Brief schreiben. Selbst sein jetziger Spontanbesuch ist für sie beide riskant. Dennoch ist sie froh, dass er gekommen ist. Sollte sie ihn nie mehr wiedersehen, hat sie doch immerhin eine gewisse Vorstellung, was er macht. Das ist besser, als gar nichts von ihm zu erfahren. Noch jagt ihn die Polizei nicht, was er jedenfalls glaubt. Von nun an aber wird er auf der Flucht sein. Wahrscheinlich wird er sterben oder gefangen genommen, solange er noch jung ist.

Lenin dreht sich im Schlaf um, legt den Arm über sie. Das genügt für frische Tränen. Sie weint sich in den Schlaf.

Lange vorm Morgengrauen wacht sie auf. Sie betrachtet seine Brust, wie sie sich hebt und senkt, wie sich sein Bauch wölbt, indem ihrer sich zurückzieht. Ihre Gedanken sind frisch, wie ein kühler Windstoß nach einem jähen Regenguss. Sie weiß, dass sie Lenin liebt. Vielleicht hat sie ihn schon immer geliebt. Als Kinder haben sie gezankt und einander gehänselt … und das war Liebe. Unlängst legten ihre manierierten Briefe ihre Seelen bloß – auch das war Liebe. »Liebe« ist kein Wort, das sie sich zu denken gestattet hatte, schon gar nicht auszusprechen, da sie ja Cousine und Cousin vierten oder fünften Grades sind. Der Zustand bedurfte keiner festeren Basis. Doch die Genetik erscheint ihr nun wie eine Religion, an die sie nicht mehr glauben kann.

Lenin schlägt die Augen auf. Eine Sekunde lang ist die Welt unter Kontrolle, lebt das Wort »Naxalit« in anderen Räumen mit anderen Leuten. Es gibt nur sie beide. Er lächelt. Dann dringt die Wirklichkeit ein.

Er hat sie immer geneckt, ihre Augen seien verschlagen, wie die einer Katze. Und dass ihre scheckige Strähne Beweis ihrer katzenartigen Herkunft sei. Vielleicht offenbaren ihre Augen an dem Morgen die Gefühle, die auszusprechen sie zu schüchtern ist. Die Hand, die auf ihr gelegen hat, streichelt nun ihre Wangen. Sie fährt ihm über den Bart, berührt die Narbe. Er rückt näher an sie. Warum sich zurückhalten, wo sie ihn doch nie mehr wiedersieht? Sie küsst zum allerersten Mal, küsst den Mann, den sie liebt. Nach dem Schock darüber weichen sie zurück. Die Freude, die Überraschung auf seinem Gesicht spiegeln ihre Gefühle. Falls sie Zweifel hatte, sind sie nun ausgeräumt. Er liebt sie ebenfalls. Nun gibt es kein Halten mehr.

Sie schlafen umschlungen ein, die Beine verschränkt, ihre Körper schweißbedeckt. Sie tauchen erst wieder auf, als die Sonnenstrahlen die Schatten aus dem Zimmer jagen und es heiß wird. Die Außenwelt dringt ein. Doch sie regen sich nicht.

»Ich will nicht, dass dir was passiert«, sagt sie. »Warum kann es nicht für immer so sein?« Ihre Brüste drücken gegen seine Rippen. Sie packt eine Handvoll seiner Brusthaare (*welchem anderen biologischen Zweck dient es, wenn nicht zum Festhalten?*)

und reißt daran, bis er das Gesicht verzieht. »Was soll ich denn jetzt machen, Lenin? Wie lebe ich in einer Welt ohne dich? In der ich dich nicht ansehen kann. Mich frage, ob das je wieder passiert. Ob du noch lebst. Nicht einmal schreiben kann ich dir!« Sie kämpft mit den Tränen.

»Ach, Mariamma«, sagt er. Sein mitleidvoller Ton ärgert sie; sie hat nicht um Mitleid gebeten. Sie hat um ihn getrauert. Sie beißt sich auf die Zunge. Er merkt es nicht. Er fährt fort: »Mariamma. Heirate mich! Geh mit mir weg. Wie sollen wir denn sonst zusammen sein? Wenn du dich der Bewegung anschließt, können wir ein gemeinsames Leben haben. Mann und Frau sein.«

Sie überlegt kurz. Dann stößt sie ihn weg, ihre Hände greifen nach dem Laken. Sie fühlt sich sehr nackt. »Hör dir nur mal selber zu!«, zischt sie. »Hörst du dich denn reden? Deine Arroganz? Du willst, dass ich *mein* Leben aufgebe? Dir in eine Höhle folge? Weißt du, warum ich gezittert habe, als ich deine Geschichte hörte? Gezittert habe, als die Polizisten unter dem Baum vorbei sind? Ich hatte eine Riesenangst, dass du als Nächstes sagst, du hast Sivaraman getötet, weil du es gerechtfertigt fandest. Wenn du eine Waffe gehabt hättest, hättest du's getan, stimmt's?«

»Mariamma –«

»Halt! Kein Wort weiter. Ich habe alles gegeben – meine Kraft, meinen Schlaf, jede wache Minute –, um den Körper zu studieren. Um ihn zu heilen, nicht, um ihm zu schaden, Lenin, verstehst du? Vielleicht eines Tages sogar, um den Zustand zu kurieren. Dafür hat Big Ammachi jeden einzelnen Tag gebetet. Um *dich* in Ordnung zu bringen, du Idiot! Weißt du, warum ich dir gerade meinen Körper gegeben habe? Weil ich weiß, dass ich dich nie mehr wiedersehen werde. Aber mein Gott, wenn du wirklich geglaubt hast, ich würde mit dir diesen Weg des Blutvergießens gehen, diesen … diesen *dummen* Weg, den du eingeschlagen hast, der überhaupt nicht gerade ist. Wenn du das denkst, dann kennst du mich nicht.«

Ernüchtert dreht er sich auf den Rücken.

Sie ist noch nicht fertig. Sie rüttelt ihn an der Schulter. »Wie kommt's, dass ich von dir nicht gehört habe, du würdest deinen Kampf aufgeben und mit mir ein normales Leben führen, deine Träume für mich opfern? Um der Liebe willen, die wir haben …«

Er starrt sie an, sein Gesicht eine Maske des Schmerzes. »Dafür ist es zu spät«, sagt er endlich. »Hätte ich gewusst, was du für mich empfindest, dann wäre ich diesen Weg wahrscheinlich gar nicht gegangen.«

»Du bist ein *macku*, dass du das nicht gewusst hast. Und das sage ich dir, das, was du tust, hat nichts Heldenhaftes. Du willst den Geknechteten helfen? Dann werde Sozialarbeiter! Oder geh in die Politik. Tritt in deine blöde Partei ein und bewirb dich um ein Amt. Nein, du stehst immer noch auf Dächern und wartest darauf, dass der Blitz einschlägt, spielst Mandra, der Zauberer. Werd endlich erwachsen! Du bist nicht besser als dein Vater.« Das ist gemein, und sie weiß es auch. Sie ist zu weit gegangen.

Von draußen ertönt Gelächter, die hohe Stimme einer Frau, ein Junge antwortet ihr. Das Geräusch eines Traktors oder Diesellasters. Was Mariamma nicht alles für *gewöhnlich* gäbe! Gewöhnlich wäre kostbar. Mit Lenin wäre gewöhnlich außergewöhnlich. Wer sie beide ablehnte, konnte sich seine Ablehnung sonstwo hinstecken.

Sie wischt sich Tränen weg. »Verzeih mir«, sagt sie.

»Hast ja recht. Es war dumm von mir zu sagen, du könntest dein Leben für etwas riskieren, was nicht deine Sache ist. Und der Lohn ist … Es gibt keinen Lohn.«

»Mein Lohn wärst du gewesen, Lenin. Aber kein Lenin, der sich versteckt. Oder im Gefängnis sitzt.«

»Verzeih mir«, sagt er leise.

Sie nickt. Sie muss es. Sie hat es. Verzeihen ist hohl, aber mehr kann sie dem Mann, den sie liebt, nicht bieten.

67. Kapitel
LIEBER DRAUSSEN ALS DRIN

1971, Madras

Sie macht sich keine Hoffnungen, Lenin noch einmal wiederzusehen, es sei denn im Gefängnis oder in der Leichenhalle, und dennoch wachsen ihre Gefühle für ihn. Sie muss sie verbergen, sie einlegen wie das Eingemachte unterm *ara.* Doch an solchen Orten wimmelt es von Geistern, und was eingemacht ist, kann auch ausbrechen.

In der zweiten Woche ihrer Stellung auf der W&E – Wehen und Entbindung – erwacht sie mit einem Übelkeitsgefühl. Es kommt an den nächsten Tagen wieder. Mit Mühe badet sie, zieht sich an und steigt in Gopals Rikscha. Der mustert sie besorgt. Er nimmt alles wahr, ist aber diskret und spricht erst, wenn sie das Schweigen bricht. Sie hat ihn für den Monat engagiert, sie zum Krankenhaus Gosha zu bringen und jeden Abend wieder zurück.

Das Gosha liegt zwei Meilen vom Wohnheim entfernt, gleich beim Marina Beach. Die einzigen Morgengeräusche sind das Quietschen der Pedale, das Kreischen der Möwen und das Murmeln der Wellen. Um diese Stunde ist es kühl. Bald wird die Sonne eine flammendweiße Scheibe sein, die vom Wasser her strahlt, und die Schotterstraße wird heiß genug sein, um ein Ei darauf zu braten. Am Madras Ice House biegt Gopal ab. Einst wurden riesige Eisstangen von den Großen Seen, mit Sägemehl umhüllt, von amerikanischen Schiffen gebracht und hier gelagert, um den Briten Erleichterung von der Hitze zu bieten. Die Salzluft führt den Geruch getrockneten Fischs mit. Ein Test für ihren Magen. In der Ferne kehren Fischer heim, sie waren noch im Dunkeln hinausgefahren. Ihre wippenden Streichholzköpfe und das synchrone Aufblitzen von Holzrudern erinnern sie an ein Insekt, das auf dem Rücken im Wasser strampelt.

Am Strand eines fernen Landes sind Wellen, so stellt sie es sich vor, in genau demselben Rhythmus, mit genau demselben Rascheln und Rauschen, wenn sie zurückweichen. An einem Ort, einem Spiegelbild des hiesigen, lebt eine andere Mariamma, aber frei von dieser schrecklichen Furcht. Diese andere Mariamma ist mit einem Lenin verheiratet, der kein Naxalit ist; dieser Lenin, der sie abgöttisch liebt, wird den Tee bereithaben, wenn Mariamma vom W&E zurückkommt. In ihrem Zimmer im Wohnheim hat sie noch immer Lenins *Führer zum Himmel*, den er in Parambil vergessen hat. Jetzt steht er da neben dem kostbaren *Gray's Anatomy* aus den zwanziger Jahren, der ihrer Mutter gehörte, einer Ausgabe, die nicht fürs Lernen ist, sondern fürs Bewahren. Diese Bücher sind ihre Talismane, ihre Glücksbringer. Aber wenn schon *das* Glück ist, dann möchte sie nur ungern Pech erleben.

Beim Anblick der Bougainvillea, die über den Kalkmauern von Gosha lodern, beschleunigt sich ihr Puls. Die Blüten sind plazentarot. Kein Mensch gießt diese Pflanzen; sie glaubt, ihre Wurzeln nährten sich von einem Destillat aus den Abwässern von W&E, einem Aquae vitae, reichhaltiger als Wasser und Kuhmist. Der lächelnde Gurkha am Tor salutiert – nie hat sie ihn mit finsterem Blick gesehen. Auf der verblassten Tafel steht THE ROYAL VICTORIA HOSPITAL FOR CASTE AND GOSHA WOMEN 1885. Doch seit jeher ist es für alle das »Gosha Hospital«, wobei *»gosha«* ein Synonym für *»burqa«* oder *»purdah«* ist. Die Briten hatten es für Hindu-Frauen aus den hohen Kasten (die kein Krankenhaus mit Unberührbaren betreten hätten) sowie für die Musliminnen aus dem benachbarten Triplicane errichtet, die im Haus gehalten werden und, wenn sie denn herauskommen, von Kopf bis Fuß verhüllt sind. Sie hat Geschichten von Musliminnen mit Geburtshindernissen gehört, die sich in ihrem Zimmer verbarrikadierten, damit ihre Männer sie nicht in ein Krankenhaus brachten, wo ein weißer Geburtshelfer sie berühren könnte. Lieber starben sie. Die Zeiten haben sich geändert. Die Geburtshilfe ist in Indien keine rein männliche Angelegenheit mehr. Mariammas Kommilitonen, die durchs W&E rotieren, beschweren sich, dass sie sich wie Parias fühlen, weil dort die Frauen dominieren. Das Glück wollte es, dass Mariamma eine Stelle im Gosha statt in der Geburtsklinik in Egmore bekam, ein Segen, weil nur das Gosha die geprüfte Schwester Akila aufweisen kann.

Vor der W&E läuft eine blasse Schwangere auf und ab, gestützt von ihrer Mutter und ihrem Mann. Ihr angeschwollener Bauch übersteigert dabei ihre Lendenlordose. Ihre Wehen kommen nicht häufig genug, also hat man ihr gesagt, sie soll laufen. Dieser Anblick bietet sich Mariamma jeden Morgen, und manchmal stellt sie sich vor, dass es immer dieselbe stöhnende Frau im selben groben weißen Krankenhaus-Sari und derselben absurden langärmligen Bluse ist. Diese britisch-viktorianische Abwandlung von Jacke und Mieder ist für die drückende Hitze ungeeignet. Wo die Kolonisten nun schon so lange weg sind, warum weiterhin diese Uniform? Die Frau sieht durch Mariamma hindurch; sie hat nur einen Gedanken: dass das Baby rauskommt. »Lieber draußen als drin« ist die Faustformel, die Schwester Akila predigt. Die Fünf-F-Regel: »Flatus, Flüssigkeit, Faeces, Fremder Körper und Fetus sind alle besser draußen als drin.«

Herr, werde ich das in acht Monaten sein? Meine Symptome sind unübersehbar. Sie kann sich niemandem anvertrauen, nicht einmal ihrer Zimmergenossin Anita.

Wenn sie durch die Schwingtüren der W&E geht, betritt sie einen Hochofen; der reife, süßliche Geruch schlägt ihr wie ein dampfender nasser Lappen ins Gesicht. An dem Morgen überlagern die Schreie und Flüche einer Frau alle anderen Geräusche; ihrem Mann bleiben ihre Verwünschungen erspart, denn er sitzt mit anderen Angehörigen des Männerstamms im Innenhof im Schatten des Regenbaums. Die Tirade der Frau bricht durch einen Schlag gleich einem Gewehrschuss ab, gefolgt von der schrillen Stimme einer Schwester: »Schluss jetzt, Sie! Vor neun Monaten hätten Sie ihn verfluchen sollen. Warum jetzt noch? *Mukku, mukku*!« *Pressen, pressen!* »*Mukku*« ist das Zauberwort, das »Sesam öffne dich« auf der W&E, der Singsang des Personals Tag und Nacht. *Mukku!*

Die tägliche Kinderflut verschafft den Medizinstudenten reichlich Erfahrung – Mariamma hatte die erforderlichen zwanzig normalen Entbindungen schon nach vier Tagen erreicht. Für die »PG«, die Postgraduate-Praktikantinnen, sind »normale« Wehen uninteressant; sie drücken sich in ihren bunten Saris um den abgestoßenen Holztisch herum und überwinden ihre Trägheit erst, wenn einmal etwas *nicht* normal ist.

An dem weißen Pult ist Oberschwester Akila, eine kleine, dunkle, adrette Frau mit kantigen Zügen, die Ruhe selbst, das Gesicht von Puder glatt, notiert sie die Bestellung der Medikamente. Ihre Flügelhaube thront über ihren schwarz glänzenden Haaren. Über ihrer weißen Uniform trägt sie eine blaugrünliche, gebügelte Schürze, die so steif gestärkt ist, dass Kugeln davon abprallen würden. Ihre Zunge zischt alle an, deren Arbeit sie für schludrig hält, dabei ist sie eine liebevolle, hegende Seele. Für Mariamma ist sie eine Art Big Ammachi, wenngleich sie unterschiedlicher nicht sein könnten. Die Gebete an Parvati, Allah und Jesus; die Schreie, die von den gefliesten Wänden widerhallen und Milchglasfenster erzittern lassen, das Miasma aus Blut, Urin und Fruchtwasser, das von klebrigen Böden aufsteigt und Nase, Sari, Haare und Hirn durchdringt, die Wehenpritschen an allen Wänden, die limonengrünen Vorhänge, die stets zurückgebunden sind und das privateste Erleben zu einem gemeinschaftlichen machen – was wohl ihre Großmutter dazu sagen würde? Big Ammachi war stark und wäre damit fertig geworden. Und Mariamma, die findet es schlicht großartig!

Die Schreibtafel in der W&E ähnelt der Tafel im Hauptbahnhof, doch zeigt sie Vermerke wie »G3P2 VMR« (dritte Gravida bzw. Schwangerschaft, zweite Para bzw. Lebendgeburt und vorzeitige Membranruptur). Mariamma tritt von hinten an Akila heran, doch die hat auch Augen im Hinterkopf. »Aufgepasst, die Damen!«, schreit Akila. »*Doktor* Mariamma ist da! Jetzt keine Zurückhaltung mehr, ja? *MUKKU-MUKKU!*« Akila johlt über ihren eigenen Witz. Niemand schenkt dem Beachtung, nur Mariamma, die über den »Doktor« vor ihrem Namen begeistert ist.

»Hallo, Akila«, sagt Mariamma und legt eine Jasminkette auf das Pult. Mariamma kauft diese immer bei einer alten Frau nahe dem Wohnheim, die ihre Tage damit verbringt, Blüten auf eine Schnur zu fädeln, und dabei blitzartig Zeigefingerknoten macht, die jeden Chirurgen beschämen würden. Ihre Haut auf Gesicht und Körper ist mit entstellenden Hubbeln unter der Haut überzogen, manche groß wie Murmeln, andere wie Pflaumen. Dieses Leiden nennt sich Neurofibromatose oder Morbus Recklinghausen; diese gutartigen fibrösen Tumoren wachsen aus kutanen Nerven unterhalb der Haut. Der berühmte Elefantenmensch Joseph Merrick hatte angeblich eine Variante der Neurofibromatose.

»*Aya!* Wer hat denn hier Zeit für Jasmin?«, sagt Akila und hält sich die Kette an die Nase. Doch sie grinst. »Schaun Sie mal nach der Drei. Da ist eine Zange, die ich speziell für Sie aufhebe.« Dann brüllt sie: »ALLE MAL HERHÖREN! HEUTE HABEN WIR VIEL ZU TUN: DAS SPÜRE ICH SCHON IN DEN KNOCHEN.« Es gab noch keinen Tag, an dem es nicht viel zu tun gab, was Akila nicht auch in den Knochen gespürt hat.

Die Malayali-Frau auf Pritsche drei hat ein orangefarbenes Gummituch unterm Po, es hängt über die Kante. Das Tuch hat von den zahllosen Frauen, die vor ihr darauf gelegen haben, einen bleibenden enzianblauen Fleck. Als Mariamma die behandschuhten Zeige- und Mittelfinger im Geburtskanal zu einem V spreizt, berühren diese kaum die Innenseite der Cervix: Die Frau ist voll erweitert. Laut Tafel liegt sie seit sieben Stunden in den Wehen, und dennoch hat sich der Kopf des Kindes nicht über den Beckenboden hinaus bewegt. Mariamma setzt das trichterförmige Stethoskop – das Fetoskop – auf den geblähten Bauch. Selbst bei absoluter Stille ist der Fetus kaum zu hören. Akila sagt, sie muss »das Herz des Kindes *imaginieren*«, um es getrennt von dem der Mutter zu hören. *Imaginieren!* Auf einmal hört sie es, es klingt wie ein Specht mit einem stumpfen Schnabel. Unter achtzig ist Grund zur Sorge – das Kind kommt auf sechzig. Jetzt rast Mariammas Herz.

»Akila!«, schreit sie, doch die hat schon den Wagen hergeschickt. Von der Geburtszange, frisch aus dem Sterilisator, steigt Dampf auf. Die Bänder der Plastikschürze, die Mariamma sich schnappt, sind noch von der Vorbenutzerin nass. Sie betäubt die Vulvahaut an einer Seite der Mittellinie mit Novokain und schneidet. Winzige, pulsierende Blutstöße folgen dem Weg der gekrümmten Episiotomieschere. Die Geburtszange hat sie erst einmal benutzt. Die paarige Zange gleicht zwei geschwungenen Servierlöffeln mit langen, schmalen Griffen; wenn die Löffel (oder »Blätter«) korrekt angesetzt sind, also den Kopf des Kindes umfassen, können die Griffe zusammengeführt und verriegelt werden. Doch wenn man eine Geburtszange braucht, ist der Kopf des Kindes schon glitschig und angeschwollen, und es ist schwierig, Ansatzpunkte zu finden. Mit Zeige- und Mittelfinger als Führer schiebt sie das linke Blatt hinein und über den Kopf des Kindes, dann macht sie dasselbe mit dem rechten. Sie betet, dass sie den Schädel umfassen und nicht das Gesicht zerdrücken. Doch sie kann machen, was sie will, sie bekommt die beiden Griffe nicht zusammen. Es zu erzwingen, könnte den Schädel zerdrücken. Sie will schon verzweifeln, als die Hand von Göttin Akila über ihrer Schulter erscheint, das eine Blatt leicht justiert, worauf sich die Griffe verbinden und verschließen. Akila tritt zurück.

Doch der Traktionsstab, den Mariamma am Griff ansetzen will, passt nicht! Das hätte sie vorher prüfen sollen. Und wieder greift Göttin Akilas Hand über Mariammas Schulter und fügt zusammen, was eigentlich nicht passt. Mariamma pflanzt die Beine fest auf den Boden, bereit zu ziehen. Akila stellt die Lernschwester hinter sie, falls Mariamma nach hinten fällt, wenn der Kopf erscheint. Bei der nächsten Wehe zieht sie. »*Ayo*, das nennen Sie ziehen, Frau Doktor?«, schreit Akila auf der anderen Seite des Raums, ohne hinzusehen. »Wenn das nicht besser geht, zieht das Kind Sie nach drinnen mitsamt den Schlappen und allem.« Mariamma spannt sich an und zieht, so fest sie kann. Der Kopf steckt am Promontorium ossis sacri fest. »Akila!«, schreit sie durch zusammengebissene Zähne. »Das wird schon, *ma*«, brüllt diese vom Pult her, dann schreit sie eine andere an:

»Frau Doktor, bis Sie nur die Episiotomie vernäht haben, kann das Kind laufen!«

Und es *wird*, denn plötzlich zeigt sich der Kopf. Aber ohne die Lernschwester als Prellbock lägen Mariamma und das Kind jetzt auf dem nassen Boden. Das schlaffe blaue Wesen hat dank der Geburtszange die Schmach eines eiförmigen Kopfs erlitten. Hektisch steckt sie ihm die Knolle des Schleimsaugers in den Mund, doch es ist zwecklos. Sie bläst ihm sanft aufs Gesicht. Nichts. Die Mutter schaut voller Entsetzen zu. Eine der zehn Hände der Göttin Akila langt hin und schlägt dem Kind auf den Po, worauf es ruckartig einen schrillen Schrei ausstößt. »Besser, *ma*?«, sagt Akila und grinst verschmitzt, impliziert das Besser-draußen-als-drin, ohne es auszusprechen. Mariamma ist so glücklich, sie möchte am liebsten heulen. Die winzigen Fäustchen recken sich in die Luft ... plötzlich denkt sie an Lenin, und da drohen Tränen. »Hallo Mariamma Madam!«, schreit Akila, die nun am Autoklav hantiert. »Wenn Sie schon nicht die Nabelschnur durchschneiden wollen, seien Sie doch so nett und geben Sie die Schere dem Kind. Schluss mit der Tagträumerei!« Akila sieht nicht nur alles, sie kann auch Gedanken lesen. Mariamma schneidet die Nabelschnur durch und macht sich daran, die Episiotomie zu reparieren. *Sobald ich heute fertig bin, gestehe ich es Akila. Dann sage ich ihr alles. Allein schaffe ich das nicht.*

Stunden später, am Ende ihrer Schicht, fragt sie Akila, ob sie mit ihr mal vor die Tür geht. Zögernd lüftet sie das Geheimnis. Akila lacht laut auf.

»*Ma*, jede Medizinstudentin, die auf die W&E kommt, glaubt, sie ist schwanger. Sogar ein paar dumme Jungen! Man nennt es Pseudogravidität. Dann sage ich zu ihnen, wie kannst du Jungfrau und schwanger sein?« Erneut lacht Akila los.

»Akila …? Ich bin keine Jungfrau mehr«, sagt Mariamma leise.

Akila betrachtet sie mit neuerlichem Interesse. Sie fasst Mariamma am Kinn und dreht ihr Gesicht in eine Richtung, dann in die andere. »*Ma*, ich arbeite schon auf W&E, bevor Sie auf der Welt waren. Ich weiß, wann eine schwanger ist. Das weiß ich noch vor Gott, vor der Mutter. Ehemänner sind Idioten, die wissen gar nichts, also vergessen Sie die Männer. Aber ich lieg nie falsch. Der Körper sagt's mir. Wangen, Farbe, *ithu-athu*. Ich verspreche Ihnen, Sie sind nicht schwanger. Glauben Sie mir? Natürlich nicht! Also machen wir den Test, aber nur, damit Sie sich keine Sorgen machen, ja?«

In der Blutbank zieht Akila selbst die Probe. »Die geb ich unter anderem Namen ins Labor. Wird aber normal sein, *ma*. Die Schwangerschaft ist im Kopf, nicht im Uterus.« Sie macht zur Unterstreichung eine Pause. »*Diesmal*. Das nächste Mal könnt's der Uterus sein. Also nächstes Mal den Kopf benutzen.«

68. Kapitel
DER HUND DES HIMMELS

1973, Madras

Nach dem negativen Schwangerschaftstest verschwindet ihre »Morgenübelkeit«. Mariamma fühlt sich wie eine verurteilte Gefangene, die begnadigt worden ist. Sie war gelähmt von der Aussicht, die unverheiratete Mutter eines Kindes zu sein, dessen Vater ein Naxalit ist und den sie nie wieder lebend sehen würde.

Sie schämt sich zu sehr, um Akila ein zweites Geständnis zu machen: dass sie enttäuscht ist. Warum ist sie *nicht* schwanger geworden? Stimmt etwas mit ihr nicht? Hat ihre Nacht mit Lenin das Universum doch nicht beeindruckt? Eine Liebe wie die ihre, eine erste Intimität muss doch Spuren hinterlassen haben. Es ist unvernünftig, das weiß sie, doch der Gedanke hält sich, noch als sie für die Weihnachtsferien packt. Endlich wird sie nach Hause fahren, ein längst überfälliger Besuch.

Bei ihrem ersten Blick auf Parambil ist sie verblüfft, wie heiter es wirkt, so fern von dem Chaos ihrer beiden Jahre in der Ferne. Rauch schlängelt sich aus dem Schornstein, von einem Herdfeuer, das nie ausgeht. Und da steht auch ihr Vater zwischen den Verandasäulen, neben ihm Anna *Chedethi*, als hätten sie seit dem Tag ihrer Abreise dort gestanden und gewacht. Er umarmt sie so fest, dass sie kaum Luft bekommt.

»*Molay*, ohne dich war ein Teil von mir fort«, flüstert er. In seiner Umarmung liegt so viel Sicherheit wie damals, als sie noch ein kleines Mädchen war. Dann ist Anna *Chedethi* an der Reihe, sie zu drücken. Beide bemerken die Narbe auf ihrem Gesicht, auch wenn sie schon verblasst. Sie behauptet, auf dem rutschigen Laborboden ausgerutscht zu sein und sich an Glassplittern geschnitten zu haben. Das ist auch gar nicht so falsch, wenngleich der Kontext fehlt.

Die Geister ihrer Großmutter und Baby Mols sind nah, sie sind eine weitere Erinnerung an ihr Ziel, daran, weswegen sie fortgegangen ist. Alles, was sie ist, alles, was sie erstrebt, hat in diesem Haus mit seinen liebevollen Bewohnern begonnen. Nachdem sie vom Alwaye College zur Beerdigung gekommen war, war sie nur noch einmal da gewesen, kurz vor Beginn ihres Medizinstudiums. Bei diesen Besuchen war das Haus noch von den Toden erschüttert. Nun aber spürt sie, dass ihr Vater und Anna *Chedethi* gelernt haben, mit dem Verlust zu leben; sie haben sich in einer neuen Routine eingerichtet. Für Mariamma macht dies das Fehlen dieser beiden geliebten Säulen dieses Hauses nur noch offenkundiger – wie der Riss in einem Stoff, den sonst niemand sieht.

Anna *Chedethi* hat ihr Lieblingsgericht gemacht, *meen vevichathu*, dessen karmesinrote Soße so dick ist, dass ein Bleistift aufrecht darin stehen könnte. »Gestern war die Fischhändlerin da. Die alte Dame persönlich – nicht ihre Schwiegertochter. Das Einzige in ihrem Korb war dieser *avoli*. Sie hat gesagt: ›Sag Mariamma, ich habe diesen Burschen nur für sie gebracht. Sag ihr, ich habe schreckliche Schmerzen im Nacken und in den Armen. Die Pillen des *vaidyan* sind nutzlos. Wenn ich sie in den Fluss werfe, ist es besser für mich, aber schlechter für die Fische.‹« Mariamma stellt sich die alte Frau vor, die Unterarme trocken und voller Hubbel, wie aufgepfropft von den Fischschuppen, die von ihrem Kopfkorb regnen. Jetzt liegt ihr Geschenk in Big

Ammachis Tontopf, in ein rot gefärbtes Filet verwandelt, das weiße Fleisch schmilzt auf der Zunge, und das Curry färbt den Reis, ihre Finger und den Porzellanteller feuerrot.

Ihr Vater will ihr dringend eine Neuigkeit mitteilen, die ihr gar nicht neu ist. Sie spürt, wie die Nachricht über dem Tisch schwebt, übergroß von seinem Bemühen, so zu tun, als wäre sie nicht da. Er wartet, bis sie zu Ende gegessen hat.

»*Molay*, ich muss dir etwas sagen, was dich beunruhigen wird. Weiß Gott, wir reden über nichts anderes.« Anna *Chedethi*, die gerade den Tisch abräumen will, setzt sich wieder hin. »Lenin ist verschwunden«, sagt er. »Hast du das gewusst?«

»Ich habe mir Sorgen gemacht. Er hat länger nicht geschrieben.« Noch so eine Halbwahrheit.

»Na … ob du's glaubst oder nicht, er ist zu den Naxaliten gegangen«, sagt ihr Vater.

Der Preis der Täuschung ist, dass sie sich wie eine Kakerlake fühlt. Sie hört ihm zu, wie er von den Zeitungsberichten über die Überfälle erzählt, von Arikkads Tod, als er fliehen wollte. »Das mit den Naxaliten, das war so weit weg von uns, bis jetzt«, sagt er. »In Malabar oder Bengalen, ja. Und plötzlich ist es mitten unter uns.«

Ihr Vater war immer ein gutaussehender Mann. Jetzt aber fällt ihr zum ersten Mal die dauerhafte dunkle Pigmentierung unter seinen Augen auf, die Sorgenfalten auf der Stirn, wie seine Wangen hängen und die glänzende Kopfhaut durch die dünner werdenden Haare. Er ist fünfzig, wird ihr bewusst. Ein halbes Jahrhundert Leben. Und dennoch, hat sich die Zeit in Parambil seit ihrem Weggang beschleunigt?

Wenn eine Tochter sich verliebt, mag die Distanzierung von ihrem Vater unausweichlich sein; der erste Mann, der ihr Herz hatte, muss nun mit einem anderen konkurrieren. In Mariammas Fall schafft die Distanz jedoch auch Geheimnisse. Anna

Chedethi mustert sie besorgt, sie fürchtet, diese Enthüllung könnte sie sehr mitnehmen.

»Wie schrecklich«, sagt Mariamma, weil sie etwas sagen muss. »Wenn er zu den Naxaliten gegangen ist, dann ist er dümmer, als ich dachte. Wenn er den Armen helfen will, warum geht er dann nicht in die Partei und bewirbt sich um ein Amt?« Genau das hat sie Lenin vorgeschlagen. »Warum das? Er ist ein Idiot. Wirft einfach so sein Leben weg!« Die Vehemenz ihrer Worte macht sie betroffen. Hat sie es übertrieben?

»Also«, sagt ihr Vater nach einer Weile, »eines muss ich Lenin zugutehalten, vom ersten Tag an, als er hier war, hat er seine Absicht klargemacht. Er hat immer großen Anteil an den *pulayar* genommen. Das Joch in ihrem Nacken hat auch auf seinem gelastet. Wir sitzen hier und halten uns für aufgeklärt, für fair. In Wahrheit aber können wir für die Ungerechtigkeit blind sein. Das war er nie.«

Könnte Lenin nur hören, wie ihr Vater ihn verteidigt.

Als Anna *Chedethi* ihr Bad nehmen geht, sitzt Mariamma allein in der dunklen Küche, die so angefüllt ist von Gerüchen und Erinnerungen. Ihr fällt ein, wie Damodaran einmal sein altes Auge ans Fenster hielt und Big Ammachi sich empört gab und ihn schalt. In der Woche, als ihre Großmutter starb, verschwand Damo im Dschungel beim Holzfällerlager. Das erfuhr sie erst später von Unni, der wochenlang vergeblich in seiner Waldhütte gewartet hatte. Bestimmt ging Damo, um Big Ammachi Gesellschaft zu leisten. Unni war am Boden zerstört. Mariamma findet die Streichholzschachtel und zündet eine der handtellergroßen Öllampen Big Ammachis an, die sie liebte und mitnahm, wenn sie zu Bett ging. Bei der Vorstellung des freundlichen Gesichts im milden Schein der Lampe weint Mariamma hemmungslos. Doch ihre Großmutter ist ja immer bei ihr; ihre Tränen gelten der Vergangenheit, unschuldigen Zeiten, als sie dort saß und von jener liebevollen Hand gefüttert wurde, mit Geschichten unterhalten und wusste, dass sie geliebt wurde.

Sie reißt sich zusammen, bevor sie zu ihrem Vater in dessen Arbeitszimmer geht. Wie sehr hat sie das Aroma alter Zeitungen und Zeitschriften, von selbstgemachter Tinte vermisst, auch seinen vertrauten Geruch nach Sandelholzseife und Neem-Zahnpasta, vermisst die heilige Zeit am Ende jedes Tages, wenn er ihr Geschichten vorlas. Warum musste man etwas erst verlassen oder weggenommen bekommen, um es richtig wertzuschätzen? Heute Abend aber ist sie diejenige, die Geschichten erzählt, denn er ist begierig danach, von ihrer medizinischen Welt in allen Einzelheiten zu erfahren, lässt seine Neugier wie einen Falter zu allem fliegen, was von neuem Wissen leuchtet. Ganz detailliert will er es hören. Sie macht es gern, beschreibt ihm alles … alles außer Brijee.

Bevor sie zu Bett gehen, sagt er: »Es muss so schwer sein, jeden Tag solches Leid zu sehen.« Ihn schaudert. »Ich könnte das nicht. Nur Glück und die Gnade Gottes bewahren uns vor solchen Gebrechen. Wir sind so gesegnet, nicht wahr?«

Sie ist verwundert, dass ein Mann, der so viel gelitten hat, es so betrachten kann. »Appa, zu meiner Schande muss ich sagen, dass ich es oft für gegeben nehme. Ich hatte vor den Kranken immer Angst. Jetzt sind wir alle so sehr auf die Krankheiten fixiert, dass wir die leidende Person selbst kaum wahrnehmen. Wenn ich von der W&E oder dem OP-Bereich nach Hause komme, denke ich nur ans Abendessen oder bin neugierig, ob ein Brief auf mich wartet. Ich glaube, alle Ärzte haben die Illusion, dass wir eine Art Abmachung mit Gott haben. Wir kümmern uns um die Kranken und werden im Gegenzug verschont.«

»Da fällt mir ein«, sagt ihr Vater und reicht ihr ein Papier. »Beim Lesen ist mir das in die Finger gekommen, der Eid des Paracelsus. Da habe ich gesagt, das muss ich für Mariamma abschreiben.« Normalerweise ist die Handschrift ihres Vaters unleserlich, hier aber hat er sich sehr bemüht. »Ich dachte, so eine Ärztin soll meine Mariamma sein.« Sie liest: »Liebe die Kranken, jeden Einzelnen, als wären sie dein Eigen.«

In jener Nacht schläft sie in Anna *Chedethis* Bett in dem alten Schlafzimmer nahe dem *ara* und findet Trost darin, sich an die Frau zu schmiegen, die sie einmal gestillt hat, die für sie ebenso eine Mutter war wie für Hannah. Anna *Chedethi* vertraut ihr an, dass Joppan eine schwere Zeit hinter sich hat. Iqbal habe sich aus dem Schiffsgeschäft zurückziehen wollen. Joppan habe es ihm abgekauft, wofür er einen Bankkredit aufgenommen habe, für dessen Abzahlung er aber doppelt so hart habe arbeiten müssen und so viele Aufträge annehmen, wie er konnte. Anna *Chedethi* sagt, er bezahle seine Arbeiter großzügig – schließlich sei er ja einer von ihnen. Doch er nehme sie auch hart ran. Vor dem Onam-Fest, als am meisten los war, seien seine Bootsleute und Belader in Streik getreten. Sie wollten eine Beteiligung an der Firma. Joppan habe versucht, mit ihnen zu reden. Ob sie sich dann auch an seinen Schulden beteiligen wollten? Das hätten sie nicht hören wollen. Er fühle sich betrogen. »Erinnerst du dich noch an diesen Kerl von der Partei, für den er geworben und dem er bei seiner Wahl für den Bezirk geholfen hat?«, sagt Anna *Chedethi*. »Also, der und die Partei haben sich auf die Seite der Arbeiter geschlagen. Besser, Joppans Stimme zu opfern, als die aller Arbeiter zu verlieren. Joppan hat seine Arbeiter ausgesperrt und versucht, andere einzustellen. Seine Arbeiter haben einen Kahn versenkt und versucht, sein Lagerhaus anzuzünden. Statt ihren Forderungen nachzugeben, hat Joppan den Laden dichtgemacht. Er hat ihn der Bank übergeben. Ich weiß nicht, wie viel Geld er ansparen konnte, aber ich mache mir Sorgen.« Mariamma denkt, allermindestens werden sie nicht verhungern; Ammini hat Einkünfte aus dem Verkauf ihrer Strohpaneele. Und sie haben ihren Besitz. Und vielleicht kann auch Podi helfen, da sie ja zu ihrem Mann nach Sharjah ist. Aber so hatte sich Joppan sein Leben nicht vorgestellt. Sie ist überrascht, dass ihr Vater das nicht erwähnt hat. Vielleicht wollte er seinen Freund schützen.

Am Morgen schnappt sie sich ein *thorthu* und geht los. Sie will sehen, wie der Bau des Krankenhauses vorangeht, aber erst schaut sie nach dem Nest. Sie saugt den trockenen Holzgeruch ein. Goldtrompeten winden sich über die Sonnenseite. Hatte ihre Mutter das so gewollt? Dass die Natur das Nest jedes Jahr und in jeder Jahreszeit erneuert und verändert? Die beiden kleinen Hocker sind noch da, sie setzt sich auf einen, die Knie stoßen ans Kinn, und sie denkt an Podi, stellt sich vor, wie sie ihr gegenübersitzt. Sie spielen Dame oder sagen sich abwechselnd Kann-ich-dir-was-sagen, Geheimnisse, welche die Erwachsenen um sie herum sie nicht wissen lassen wollten. Manchmal ging sie auch allein hin und tat so, als säße ihre Mutter auf dem anderen. Dann tranken sie gemeinsam Tee und redeten über das Leben.

Die Steinfrau ist unterwegs zum Kanal. Sie und Podi hatten sie durch puren Zufall entdeckt, als sie klein waren, fast ganz verborgen unter Pfefferreben und Giersch. Mariamma war sogleich von ihrer Kraft beeindruckt gewesen, ihrer gesichtslosen Präsenz. Neben ihr waren sie ganz klein. So ist es noch immer. Ihr Vater sagte, diese Skulptur habe ihre Mutter aufgegeben. Sie und Podi befreiten sie, rodeten die Erde um sie herum und pflanzten Ringelblumen. Sie hielt die Steinfrau immer für eine weitere Inkarnation ihrer Mutter, anders als diejenige, die sie auf dem Foto in Mariammas Zimmer anlächelte. Als Kind hatte sie sich auf den Rücken der Steinfrau gelegt und sich vorgestellt, wie die Kraft ihrer Mutter in ihr Fleisch sickerte wie Saft, der in einem Baum aufsteigt. Jetzt streicht sie nur mit den Händen über sie, ein stummer Gruß.

Auf der anderen Seite des Kanals ist der Beton für das Fundament des Krankenhauses gegossen. Schon deutet das Gerüst aus zusammengebundenen Bambusstangen an, dass der Bau viel größer als in ihrer Vorstellung wird. Sie versucht, sich auszumalen, wie das fertige Gebäude aussieht. Sie freut sich darüber, dass der goldene Armreif, den sie auf der Maramon Convention abgestreift hat, in irgendeiner Form darin eingebettet, ein Teil des Krankenhauses sein wird.

Der Kanal ist jetzt bis zu seiner Mündung in den Fluss neu verbreitert und vertieft. Die Wasseroberfläche ist ein Kaleidoskop aus Grün und Braun; Blätter treiben schneller als in ihrer Erinnerung. Sie findet eine abgeschiedene Stelle und zieht sich bis auf die Unterwäsche aus. Dann stakst sie den Steinhang hinab, ihre Sohlen rutschen und schlittern übers Moos, sie stößt sich ab und taucht kopfüber ein. Das Gefühl des abrupten Übergangs ist belebend, vertraut, nostalgisch … und traurig. Sie hatte gehofft, mit dem Eintauchen in der Zeit zurückzugehen. Doch es gibt kein Zurück, Zeit und Wasser ziehen unerbittlich weiter. Sie kommt viel weiter stromabwärts hoch, als sie erwartet hat. Der Zusammenfluss der Gewässer kündigt sich weiter vorn geräuschvoll an, und die Strömung ist verblüffend stark. Sie schwimmt ans Ufer, findet Halt und klettert heraus. Nein, es ist nicht mehr derselbe Kanal, und sie ist nicht mehr dieselbe Mariamma.

Am Ende ihres kurzen Aufenthalts spendiert ihr Vater ein Touristentaxi, das sie nicht nur zum Busbahnhof bringt, sondern bis nach Punalur zum Bahnhof, eine zweieinhalb Stunden lange Fahrt. Sie sitzen hinten wie ein Königspaar. Ihr Vater vertraut ihr an, dass ihn die Aufgabe, Parambil zu führen, zermürbt hat. »Ich habe das nie gut gemacht. Hätte ich die Leidenschaft Shamuels oder meines Vaters, dann würden wir viel mehr Dinge anbauen und hätten auch mehr Einnahmen.« Er schaut sie verzagt an. »Die Wahrheit ist, dein Vater zieht dem Pflug die Feder vor.«

Mariamma findet, dass er bescheiden ist. Seine Unfiktionen haben ihn weithin bekannt gemacht. Ein-, zweimal im Jahr schreibt er lange Investigativartikel, die in der Wochenendbeilage der *Manorama* erscheinen.

»Also habe ich Joppan gefragt, ob er nicht das ganze Parambil für uns führen möchte. Ich habe ihm ein Angebot gemacht. Ich bin voller Hoffnung. Er steigt aus dem Schiffsgeschäft aus. Zu viele Kopfschmerzen. Vor Jahren, nach Shamuels Tod, haben wir ihm schon mal ein gutes Angebot gemacht. Das hat er selbst gesagt. Dann hätte er sein eigenes Land gehabt, mehr als jeder unserer Verwandten hier, und einen Anteil an der Ernte für seine Arbeit als unser Manager. Doch er hatte Träume, die Welt zu erobern. Oder wenigstens die Wasserwege. Er hat abgelehnt. Auch wollte er nicht, dass man ihn als ›Joppan *pulayan*‹ sieht, der Shamuels Platz einnimmt.«

»Dann hast du ihm jetzt was anderes angeboten?«

»Das *solltest* du fragen. Nach meiner Zeit wird es dir gehören, also ist es gut, wenn du Bescheid weißt. Ich habe ihm vier Hektar angeboten, die dann ganz ihm gehören. Dafür führt er unser Land zehn Jahre lang und erhält zehn Prozent von allen Erträgen. Wenn er dann sein Land entwickelt und Geld damit verdient, kann er mir, wenn er will, noch mehr Land abkaufen.«

»Das ist großzügig«, sagt Mariamma.

Ihr Vater scheint erfreut. »Das denkt er hoffentlich auch. Das

Angebot von damals war viel besser, aber es hat sich auch so viel geändert. Er tut mir leid.« Eine Weile blickt er stumm hinaus. »*Molay*, Joppan war unser Held, unser Sankt Georg, als wir Kinder waren, wusstest du das? Die Vorsehung ist schon was Komisches. Sieh mich an. Ich habe die Schule abgeschlossen, hatte Ambitionen, aufs College zu gehen, die Welt zu sehen. Stattdessen bin ich hier, wo ich angefangen habe, während Joppan weit gereist ist. In Parambil fühle ich mich vollkommen. Joppan könnte durchaus feststellen, dass gerade das, wovor er geflüchtet ist, ihn rettet und glücklich macht. Man wehrt sich gegen das Schicksal, aber der Hund findet einen trotzdem. *Siehe, alles flieht dich, denn du fliehst mich!*«

Die Trennung von ihm auf dem Bahnsteig ist schmerzhaft. Sie hat jähe Schuldgefühle wegen all dem, was sie ihrem Vater vorenthalten hat. Ihre Geheimnisse. Geheimnisse, die vernichtend sind. Sie kann sich nicht vorstellen, dass ihr Vater Geheimnisse hat, aber vielleicht hat sogar er welche.

Ihre lange Umarmung ist anders als frühere. Sie haben die Rollen getauscht. Jetzt ist sie diejenige, die ihr Kind verlässt, das nun für sich selbst sorgen muss, doch das Kind klammert sich an sie. Als der Zug anfährt, steht ihr Vater da, winkend, tapfer lächelnd, eine einsame, verlorene Gestalt.

69. Kapitel
DAS VORGESTELLTE SEHEN

1974, Madras

Gegen Ende von Mariammas Rotation in die Innere Medizin holt sie ein Tagelöhner in Khaki zu Dr. Uma Ramasamy in die Pathologie. Mariammas erste Reaktion ist die Angst, etwas falsch gemacht zu haben. Aber ihr Pathologie-Kurs ist schon lange vorbei. Ihre nächste ist Aufregung. Uma Ramasamy ist etwas über dreißig, geschieden, eine sensationelle Lehrerin. Mariammas Kommilitonen sind alle in die Professorin verknallt. Chinnah sagt: »Die hat *Fach*, ein Wort, das im universitären Medizinerjargon Beherrschung eines Fachgebiets bezeichnet.« »Chinnah, bist du sicher, dass dich ›Fach‹ an ihr reizt und nicht was anderes?« »Was denn, *ma*? Meinst du etwa Madams Premier Padmini?«, sagt er unschuldig. »*Chaa*! Überhaupt nicht!«

Ein Fiat Premier Padmini passt zu Dr. Ramasamy besser als der lahme Ambassador oder der kakerlakengleiche Standard Herald. Diese drei umgestalteten ausländischen Modelle sind die einzigen Autos, die im sozialistischen Indien in Lizenz gebaut werden; bei jedem anderen muss man bereit sein, 150 Prozent Einfuhrsteuer zu bezahlen. Umas Fiat hat eine Sonderlackierung: Ebenholzschwarz mit rotem Dach. Er hat einen Extrasatz Scheinwerfer, getönte Scheiben und eine kehlige Auspuffanlage. Und was ungewöhnlich ist: Sie fährt ihn selbst.

Als Dr. Ramasamy ihnen in dem ein Jahrhundert alten

Donovan-Auditorium ihre erste Vorlesung gab, verstummten selbst die murmelnden Hinterbänkler, als die hochgewachsene, selbstbewusste Frau in ihrem kurzärmligen Laborkittel hereinschwebte. Sie hatte gleich mit Entzündungen begonnen, der ersten Reaktion des Körpers auf eine Bedrohung, dem gemeinsamen Nenner aller Krankheiten. Binnen Minuten hatte sie sie mitten ins Schlachtgetümmel geführt: Die Invasoren (Typhusbakterien) werden von den Wachposten auf den Bergen (Makrophagen) erspäht, die Signale an die Burg senden (Knochenmark und Lymphknoten). Die wenigen alternden Veteranen früherer Schlachten gegen Typhus (Gedächtnis-T-Lymphozyten) werden aus dem Bett geholt, damit sie schnellstens unerprobten Wehrpflichtigen die nötigen spezifischen typhusbekämpfenden Fertigkeiten beibringen und sie mit maßgefertigten Lanzen ausstatten, die eigens dafür gebaut sind, um sich an den Typhusschild zu heften und ihn zu durchstoßen – kurz gesagt, die Veteranen klonen ihr jüngeres Ich. Dieselben Veteranen aus früheren Typhus-Feldzügen stellen auch eine Truppe für die biologische Kriegführung zusammen (B-Lymphozyten), die in aller Eile ein spezifisches kochendes Öl (Antikörper) herstellen. Dieses wird über die Burgmauer gekippt und schmilzt die Schilde der Typhuseindringlinge, ohne andere zu schädigen. Derweil stehen schon die aberranten Söldner (Neutrophilen) bereit, die, bis an die Zähne bewaffnet, den Ruf zur Schlacht vernommen haben. Beim ersten Geruch von vergossenem Blut – *jedem* Blut, von Freund wie Feind – geraten diese Söldner in einen Mordrausch … Vor der Tafel auf und ab schreitend, stieß Dr. Ramasamy forsch den fuchsienroten und goldenen Saum ihres roten Saris vor sich her. Mariamma fühlte sich an die Frauen im Zeichenbuch ihrer Mutter erinnert; die geschmeidigen Kohlestriche zeigten nicht nur den Fall des Saris, sondern ließen auch die Figur der Frau darin erkennen.

Eine Messingtafel vor ihrem Büro verkündet lediglich HANSEN RESEARCH CENTER. Anders als andere findet Dr. Ramasamy es offenbar nicht nötig, ihren Namen draufzusetzen. Die klimatisierte Kühle drinnen erinnert Mariamma an die Sarigeschäfte in dem Reichenvorort T. Nagar, wo die auf erhabenen Podien sitzenden Verkäufer lässig einen herrlichen Sari nach dem anderen von den Stapeln ziehen, vor den Kundinnen entfalten und durch die Luft schleudern. Hier jedoch stehen anstelle von Palisaden aus Seide und Baumwolle verchromte Kühlschränke, Wasserbäder, Inkubatoren, schimmernde Labortische und Zentrifugen. Mariammas Blick fällt auf das schnittige Stereomikroskop. Ihr läuft das Wasser im Mund zusammen. Sogar ein zweiter Stereoansatz ist dran – ein Lehrkopf –, sodass Student und Lehrer denselben, unten von einer Glühbirne erhellten Objektträger betrachten können. Verglichen mit dieser Schönheit ist Mariammas einäugiges Mikroskop, das nur an einem hellen Fenster und mit viel Geruckel am Reflektor zu gebrauchen ist, ein Ochsenkarren.

»Schön, nicht?« Dr. Ramasamy steckt in einem meerblauen Sari. Sie trägt schlichte Goldstecker in den Ohren. Sie zeigt auf die Hochstühle vor dem Mikroskop. Nach einem einleitenden Geplauder sagt sie: »Also … ich habe Sie hergebeten, weil Sie vielleicht mit mir an einem Projekt über –«

»Ja-sehr-gern, Madam!«, sagt sie, ihre Worte fließen ineinander.

Dr. Ramasamy lacht. »Möchten Sie nicht erst hören, worum es geht? Oder sagen Sie zu allem Ja?«

»Nein-vielmehr-doch, Madam.« Mariamma kann den Kopf nicht stillhalten. Bestimmt wirkt sie wie ein sehr törichtes Mädchen. Sie muss langsamer sprechen, was auch Anita ihr oft sagt.

»Sie würden mir bei meinen Forschungen über das periphere Nervensystem assistieren. Über die Hansen-Krankheit.«

Warum sagst du nicht einfach Lepra?, fragt sich Mariamma.

»Die Aufgabe besteht darin, die oberen Gliedmaßen, die wir von Patienten mit Hansen konserviert haben, sorgfältig zu sezieren und Medianusnerv und Ellennerv vollkommen freizulegen. Dann fotografieren wir die groben Exemplare, führen mehrfache Sektionen durch und untersuchen sie dann unterm Mikroskop. Einige dieser Sektionen schicken wir zur Immunhistochemie-Färbung und Untersuchung nach Oslo.«

Mariamma stellt sich die Leprakranken in der Maramon Convention vor oder diejenigen, die den Weg nach Parambil heraufkamen, wie sie aussahen wie aus einer anderen Galaxie und auf Grußdistanz stehen blieben und mit ihren Tassen klapperten. Innerlich erschauert sie bei dem Gedanken, eine ihrer Gliedmaßen zu sezieren. Vielleicht ist »Hansen« ja doch der bessere Name.

»Ich fühle mich geehrt«, sagt sie.

Dr. Ramasamy legt den Kopf schief, ihr Lächeln wird breiter. »Aber …?«

»Kein Aber … Ich habe nur überlegt, Madam, warum ich?«

»Gute Frage. Dr. Cowper hat Sie empfohlen. Ich habe Ihre Handsektion aus dem Preisexamen gesehen. Erstaunlich, dass Sie das in zwei Stunden geschafft haben. Genau das brauche ich. Aber meine Exemplare werden kniffliger.«

»Danke, Madam. Ich bin nur froh, dass Sie mich nicht wegen …«

»Wegen Brijees zerquetschter Eier?«, sagt sie trocken. Mariamma lacht schockiert auf.

»*Ayo*, Madam!«

»Ehrlich gesagt, war das eine zusätzliche Empfehlung. Es ist noch nicht lange her, da habe auch ich hier studiert. Auch wir hatten unsere Brijees, wenn auch nicht ganz so giftig. Leider sind noch immer welche da.«

Am nächsten Tag fängt Mariamma an. Sie holt sich ein Exemplar aus einem Formalinbecken, in dem offenbar eine ganze Ladung Unterarme liegen, noch mit Händen daran. Sie seziert am Fenster, wo das Licht am besten ist. Auf einem Ständer hat sie, falls nötig, eine Lupe. Sie muss die Stränge des Medianus- und des Ellennervs finden und deren Äste zu den Fingern herauslösen, vielmehr zu den Stümpfen, da diesem Exemplar die Finger fehlen. Dummerweise ist die Haut dick wie ein Elefantenhaut, noch dicker als beim üblichen, in Formalin konservierten Leichenpräparat. Fett und subkutanes Gewebe sind steinhart und kleben an der Haut, dabei muss sie äußerst sorgfältig vorgehen, um den Nerv nicht zu schädigen. In seiner Nähe darf sie nichts Scharfes wie ein Skalpell oder eine Schere benutzen. Und so gräbt, stößt und schabt sie stundenlang mit dem Finger in Gaze oder mit dem Griff des Skalpells – »stumpfe Sektion« heißt das in der Chirurgie. Sie ist wie eine Jägerin auf Spurensuche. Die Zeichen sind kaum zu erkennen, sie sind wie der schwache, dunklere Grat Erde, den ein Regenwurm aufgeworfen hat. Sie sitzt über das Exemplar gebeugt, genauso wie sie als Kind mit Hannah ihre Stickereien gemacht hat. Ob Nonnen im Kloster solche Hobbys haben dürfen?

Nach einer Woche, mit schmerzenden Handgelenken und einem steifen Nacken hat sie die erste Sektion fertig.

»Hervorragend!«, sagt Uma, als sie es sich ansieht. »Ich habe Sie geholt, weil ich selbst dafür keine Zeit habe. Aber ich gestehe, ich hab's versucht. Und es versaut! Was ist Ihr Geheimnis?«

Mariamma zögert. »Das liegt zum Teil an meinen Augen. Als ich sehr klein war, habe ich gelernt, Nadelspitze zu fertigen. Ich merkte, dass ich ganz winzige Dinge machen konnte, die Hannah – das Mädchen, das es mir beigebracht hat – nicht konnte, obwohl sie normal gut sah. Ich habe nicht einmal Ihre Lupe benutzt, weil mir davon schwindlig wird. Außerdem, Madam –« Sie zögert. Als sie es Anita, ihrer Zimmergenossin, erklären wollte, hielt die sie für verrückt. »Ich will damit nicht prahlen ... oder verrückt erscheinen. Aber beim Sezieren in der Anatomie habe ich gemerkt, dass ich *anders* sehe. Das heißt, wir schauten alle auf ein flaches, matschiges Durcheinander von Gewebe in Formalin. Ich aber konnte es in drei Dimensionen sehen, ich konnte es im Kopf drehen. Das ist mehr, als zu wissen, was ich sehen *sollte* – dafür hatten wir ja das Sektionshandbuch vor uns. Ich konnte sehen, wie sich das Gewebe vor mir von der Abbildung unterschied. Ich konnte es mir ganz *vorstellen*, fast durch es hindurchsehen. Danach besteht die Herausforderung darin, es herauszubringen. Dafür setze ich alle meine Sinne ein. Ich achte auf den Widerstand des Gewebes, daran, wie es sich anfühlt, und sogar auf die Vibration oder Reibung meiner Instrumente, wie sie sich auf der Oberfläche bewegen.«

Uma denkt darüber nach. »Keine Angst – ich halte Sie nicht für verrückt. Sie haben eine Gabe, Mariamma. Es geht gar nicht anders, als so zu sezieren. Unser Gehirn hat außerordentliche Fähigkeiten. In unserem simplen Verständnis stecken wir jede Funktion in ihre Schublade – das Broca-Zentrum für die Sprache, das Wernicke-Zentrum für die Interpretation dessen, was wir hören. Doch diese Schubladen sind künstlich. Zu simpel. Die Sinne schlingen sich ineinander und fließen von einem Areal ins andere. Denken Sie nur an das Phantomglied. Das Bein ist amputiert, dennoch nimmt das Gehirn in dem, was nicht mehr da ist, Schmerz wahr. Ich kann mir also denken, dass Ihr Gehirn mit dem visuellen Signal etwas Besonderes anstellt.«

Mariamma denkt über den Zustand nach. Mit dem Wissen in Anatomie und Physiologie, über das sie schon verfügt, glaubt sie, dass der Zustand wohl Teile des Gehirns betrifft, die mit Gehör und Gleichgewichtssinn zusammenhängen. Vielleicht bewirkt ein Eintauchen in Wasser bei den von dem Zustand Betroffenen, dass die Signale auf Teile des Gehirns übergreifen, die tabu sein sollten – das Gegenteil einer Begabung. Das muss sie Uma fragen, doch bevor sie dazu kommt, sagt diese:

»Ich habe mir einige Ihrer Zeichnungen angesehen. Sie zeichnen gut.«

»Eigentlich nicht. Ich wünschte, ich hätte das künstlerische Talent meiner Mutter.«

»Was für eine Kunst macht sie?«

»Na ja, keine mehr. Aber früher mal … ich habe meine Mutter gar nicht gekannt. Sie ist kurz nach meiner Geburt ertrunken.«

»Ach, Mariamma!«

Das Mitgefühl in Umas Stimme löst in Mariamma einen Trauerschub aus. Er kommt eigentlich nicht wegen ihrer Mutter. Wie kann sie um jemanden trauern, den sie gar nicht gekannt hat? Und ihren Kummer um Big Ammachi, die für sie Mutter, Großmutter und Namensvetterin war, alles in einem, wird sie nie überwinden. Aber die Nähe zu Uma Ramasamy, verschafft ihr durch ihr Alter und ihr dynamisches, lebendiges Wesen ein Gefühl davon, wie es gewesen sein könnte, mit ihrer Mutter zu sprechen. Wenn sie nicht ertrunken wäre.

Uma steht auf, drückt Mariamma die Schulter und geht in ihr Büro zurück.

Ihr Unterricht, die Klinik, die Sektionen und Bücher halten sie auf Trab. Hin und wieder spürt sie den absurden Drang, Lenin zu schreiben, aber der ist natürlich unerreichbar. Die einzigen Briefe, die sie jetzt erhält, kommen von ihrem Vater, und sie sind voller Neuigkeiten von zu Hause. Joppan hat sich bereiterklärt, als Manager von Parambil zu arbeiten, und vom ersten Tag an ist es, als hätte er es schon immer gemacht. Ihr Vater sagt, zum ersten Mal kann er durchatmen. Und es gibt ein Drama um Aufschwungmeister und den Krankenhausfonds, schreibt er. Podi hatte für ihn gearbeitet, ihm bei der Buchhaltung geholfen. Als sie ging, stellte Meister eine neue junge Frau ein, die dann anscheinend Geld veruntreut hat. Gerade wird das Chaos gesichtet, aber inzwischen ist der arme Aufschwungmeister suspendiert, obwohl er vollkommen unschuldig ist. Das hat den Bau aber nicht beeinträchtigt:

> *Die Außenwände stehen nun fast alle. Ich stehe davor und glaube, ich träume, ein solch modernes Gebäude in unserem Parambil zu sehen. Könnte es nur auch Big Ammachi sehen. Es ist doch ihre Vision. Vielleicht sieht sie es ja. Immerhin wusste sie, dass wir auf dem Weg dahin sind. Anna* Chedethi *lässt grüßen. Wir sind so stolz auf Dich.*
> *Dein Dich liebender Appa*

Am Samstag, als Mariamma ihre Sektionen nachholt, schaut Uma herein, und gemeinsam betrachten sie unter dem zweiköpfigen Mikroskop einige der ersten Nervensektionen. Uma sagt: »Ich denke oft an Armauer Hansen. So viele Wissenschaftler vor ihm haben lepröses Gewebe unterm Mikroskop betrachtet, trotzdem haben sie den Leprabazillus nicht gesehen. Dabei ist er gar nicht schwer zu erkennen! Es liegt daran, dass sie sich so etwas gar nicht vorstellen konnten. Manchmal müssen wir uns eben *vorstellen*, was da ist, um es zu finden. Das habe ich übrigens von Ihnen gelernt!«

Das schmeichelt Mariamma und spornt sie zu noch härterer Arbeit an. Sie fühlt sich zu Uma hingezogen. Als Kind träumte sie manchmal tagsüber, ihre Mutter komme nach Hause, voller Schmuck, immer in einer Kutsche, mit wehenden Haaren, endlich befreit vom Bann eines Zauberers, der sie jahrelang im Schlaf gehalten hat. Solche Phantasien hatte sie meistens, wenn sie bei der Steinfrau war oder im Nest, denn in diesen Schöpfungen lebte ihre Mutter, lebte in ihren unvollendeten Skizzen und Gemälden – eine Künstlerin, die unterbrochen wurde, aber jederzeit wiederkommen könnte. Doch die Jahre vergingen, und die schlafende Schönheit kam nicht wieder, die Gemälde blieben unvollendet. Uma, ihre lebende, atmende, strahlende Mentorin, eine Frau, die, wie sie herausfindet, Rallyes fährt und eigenhändig einen Motor zusammenbaut, ist realer als jede Zeichnung, realer als ein gesichtsloses Steinrelikt in Parambil.

Sie bestellt ein Ticket, um während ihres Kurzurlaubs für eine Woche nach Hause zu fahren. Zwei Tage vor der Abreise ist sie noch im Labor und bereitet ihre Sektion fürs Fotografieren vor.

Sie spürt jemanden hinter ihr. Sie dreht sich um. Uma steht in der Tür, halb in ihrem Zimmer, einen ganz eigenartigen Ausdruck im Gesicht, die Augen feucht. Mariammas erster Gedanke ist, dass Uma etwas aus dem Formalinbecken gefischt hat und die Dämpfe in die Augen bekommen hat.

Uma bewegt sich in Zeitlupe, wie eine Schlafwandlerin, auf sie zu und umfasst sanft ihre Schultern.

»Mariamma«, sagt sie, »es hat einen Unfall gegeben.«

70. Kapitel
DEN SPRUNG WAGEN

1974, Cochin

Philipose verbringt, was selten vorkommt, dank seiner Zeitung eine Nacht fern von Parambil in Cochins berühmtem Malabar-Hotel. Er hatte einen Artikel zu einem anderen Aspekt von Robert Bristow vorgeschlagen, dem Mann, der in dieser Hafenstadt als Heiliger gilt. Sein Redakteur fand die Idee gut.

Bristow, ein Marineingenieur, kam 1920 nach Cochin und erkannte, dass Cochin trotz seines blühenden Gewürzhandels wegen einer felsigen Sandbank und eines riesigen Meeresrückens, der nur kleine Boote durchließ, ein unbedeutender Hafen bleiben würde. Schiffe mussten draußen auf See ankern, Waren und Passagiere an Land gerudert werden. Bristow schaffte eine Ingenieurleistung, die ebenso gewaltig war wie der Bau des Suezkanals: Er beseitigte die Hindernisse und erhielt dabei genügend Schlick und Steine, um damit die Willingdon Island anzulegen. Jetzt haben die Schiffe einen Tiefwasserhafen zwischen Willingdon Island und dem Festland; auf der Willingdon liegen der Flughafen von Cochin, Regierungsgebäude, Firmen, Geschäfte und das prachtvolle Malabar-Hotel.

Philipose speist auf dessen Terrasse, er blickt auf den breiten Seekanal zwischen Vypin Island und Fort Cochin und weiter hinaus aufs Arabische Meer. Es amüsiert ihn – angesichts seiner Fehde mit dem Wasser –, auf festem Land zu sitzen, das einst Wasser war. Er ist hier, weil ein grämlicher Biologe dem Einfachen Mann in den Ohren gelegen hat, er solle recherchieren, was Bristows Ingenieurleistung mit der Ökologie des Vembanadsees gemacht hat, der sich an dieser Stelle zum Meer hin öffnet. Die Kanäle und Nebengewässer, die die Lebensader Keralas bilden und sich in den See ergießen, sind nun Salzwasser ausgesetzt. »Den benthischen, nektonischen und planktonischen Gemeinschaften wurde unermesslicher Schaden zugefügt«, schreibt der Mann in seinem Brief. »Und da das ganze Jahr über ausgebaggert wird, geht die Schädigung immer weiter. Die kostbare Felsenauster *Crassostrea gigas* ist essenziell für eine Nahrungskette, die von Fischlarven über ausgewachsene Fische bis zu kleinen Kindern mit wachsendem Gehirn reicht!« Philipose hat Verständnis dafür: Er hat schon ähnliche Probleme gesehen, beim Dammbau, beim Abholzen von Teakwäldern oder beim Abbau von Erzen – das hat unbeabsichtigte Folgen. Die armen Dorfbewohner, deren Existenz davon beeinträchtigt werden könnte, haben nur selten eine Stimme, um sich schon im Voraus gegen solche Projekte zu wehren. Ist der Schaden erst angerichtet, zählen ihre Einwände nichts mehr.

Er sitzt noch lange da bei seinem Brandy, den ihm der Koch spendiert hat, ein, wie sich zeigt, Bewunderer des Einfachen Mannes. Die Brise ist zart, wie Frauenfinger, die ihm durch die Haare streichen. Wie sehr er sich wünscht, dass Mariamma hier bei ihm in diesem prächtigen Hotel sein könnte.

Ich bin am Rande meiner Welt, denkt er. *Weiter als bis hier werde ich nie kommen.*

Er riecht in dieser Brise Geschichte. Die Holländer, die Portugiesen, die Engländer … Alle haben sie ihre Spuren hinterlassen. Und alle sind nun fort. Schatten. Ihre Friedhöfe mit Unkraut überwuchert, die Namen nicht mehr leserlich, vom

Wind verwittert. Welche Spur wird *er* hinterlassen? Was wird sein Meisterwerk sein? Er kennt die Antwort: Mariamma. Sie ist sein Meisterwerk.

Nach dem Essen geht er auf sein Zimmer, setzt sorgfältig die Schritte; er ist Brandy nicht gewohnt. Die Touristen, die vorher noch an einem langen Tisch saßen, haben auf einem Stuhl ein Buch zurückgelassen. Nein, kein Buch, es ist ein kleiner, schön gedruckter Katalog aus jenem schweren Papier, das zum Anfassen einlädt. Er nimmt es. Auf dem Umschlag ist eine Schwarzweißfotografie von einer großen Steinskulptur, die im Freien steht.

Auf einen Schlag ist er nüchtern. Der Ozean ist glatt, die Brise erstarrt, die Sterne funkeln nicht mehr.

Schultern und Arme sind überentwickelt – eine Frau, aber eine übermenschliche. Sie ähnelt einer primitiven Tonfigur mit vollen, hängenden Brüsten. Die Schulterblätter sind wie an den Körper angelegte Flügel. Ihre Haut ist bewusst rau gelassen. Sie ist auf allen vieren, streckt aber einen Arm aus. Das Gesicht der Frau ist nicht freigelegt, es steckt noch im Stein.

Ihm dreht sich der Magen um, er zittert wie ein Pferd, Haarfollikel stülpen sich aus: Die übergroßen Proportionen, die Stellung, die Haltung – das alles ist Elsie.

Er wankt auf sein Zimmer und überfliegt im Schein der Tischlampe wie rasend den Katalog. Im Register ist diese Gestalt als »#26, Künstler unbekannt« aufgeführt. Der Katalog enthält die Gegenstände einer Haushaltsauflösung eines offenbar reichen Engländers und »Orientalisten« in Adyar, der eine Sammlung indischer Gemälde, Volkskunst und Skulpturen angehäuft hat. Die Auktion findet bei Messrs. Wintrobe & Sons in Madras statt. Er studiert jede Seite, betrachtet eingehend die anderen Gegenstände. Weiter entdeckt er nichts von Elsie. Eventuell könnte diese Statue ein Werk Elsies aus der Zeit vor ihrer Heirat sein. Oder nach Ninans Tod, nachdem sie gegangen war. Aber sein Bauchgefühl sagt ihm, dass es nicht so ist.

Er kehrt zum Umschlag zurück. Der Stein, in dem das Gesicht noch begraben liegt, ist bewusst so grob, so unberührt belassen. Ihm bricht der Schweiß aus, am liebsten würde er das Papier zerkratzen, den Stein aufbrechen, um das Gesicht hervorzuholen.

Er kann nicht stillsitzen, läuft auf und ab, will begreifen, was doch unbegreiflich ist.

Wir haben keine Leiche gefunden. Also haben wir gemutmaßt.

Er war praktisch nicht anwesend, als Elsie ertrank, war in Opiumphantasien von Wiedergeburt verloren, dann in Schuldzuweisungen versunken. Als er aus dem Wald zurückkam, nachdem Shamuel, Joppan, Unni und Damo ihn fortgetragen hatten, war er klarsichtig und nüchtern. Er hatte sich Elsies Kleider ans Gesicht gehalten, diejenigen, die sie am Ufer zurückgelassen hatte. Hatte ihren Duft eingesogen, den neuen, nachdem sie nach so langer Zeit zurückgekehrt war. Der Duft des Leidens. Er hatte nie akzeptieren wollen, dass sie sich willentlich dem Fluss hingab, sich das Leben nahm, denn wenn es so gewesen wäre, dann hätte er sie ja, das wusste er, dazu getrieben. Nein, es war ein Unfall. In seinen Albträumen stieß er auf ihre verweste Leiche irgendwo fern von Parambil, zerrissen von Krokodilen und wilden Hunden.

Doch in all den Jahren erwog er niemals eine *andere* Möglichkeit als die, dass sie ertrunken war; nie malte er sich ein Szenario aus, in dem ihr lebendes, atmendes Ich weiterhin im selben Universum existierte wie er, in dem sie weiterhin ihre Kunst ausübte. Sie hatte Gründe, von ihm wegzulaufen. Aber von ihrem Kind? Nein, sicher nicht.

Ach Elsie. Mit was für einem Scheusal warst du nur verheiratet, wenn du dich dem, was dir wichtig war, nur widmen konntest, indem du Mariamma opfertest?

Die Auktion soll am übernächsten Tag stattfinden. Mochte in dem Katalog auch »Künstler unbekannt« stehen. Doch zwei Jahrzehnte Zeitungsarbeit haben ihn gelehrt, dass das Unbekannte oft nur das Unentdeckte ist.

Er musste nach Madras. All die Jahre war die Stadt ein Synonym für sein Scheitern. Nicht einmal, dass seine Tochter dort ist, konnte ihn in einen Zug locken. Allein bei dem Gedanken hatte er Atemnot und einen Schweißausbruch.

Aber er wird hinfahren. Er *muss* es. Nicht nur, um Antworten zu finden. Auch, um etwas wiedergutzumachen.

Am nächsten Morgen macht die Cochiner Redaktion der *Manorama* das Unmögliche möglich. Wenige Stunden später holt er am Reservierungsschalter sein Ticket ab. Er ist wacklig, die Hände sind schweißnass. Er sagt zu seinem Körper: *Wir steigen bald in einen Zug, Punktum.* Wieder im Malabar-Hotel, schreibt er Mariamma einen Brief.

Meine liebste Tochter, bald steige ich in einen Zug nach Madras. Morgen früh bin ich dort. Wahrscheinlich noch bevor dieser Brief abgegeben ist. Aber Du hast gesagt, sollte ich nach all den Jahren ohne Vorankündigung auftauchen, würdest Du vor Schock sterben. Daher sollen Dir diese Worte sagen, dass ich unterwegs bin. Ich habe Dir viel zu sagen. Die Entdeckungsreise geht nicht um neue Länder, sondern darum, neue Augen zu bekommen.
Dein Dich liebender Appa

Als es am Nachmittag Zeit zum Einsteigen wird, sieht er seinen Namen auf der getippten Liste, die am Wagen klebt; sie erinnert ihn daran, wie er auf demselben Bahnsteig mit Aufschwungmeister stand. Es ist, als müsste sich sein ganzes Leben noch entfalten; noch muss er dem abenteuerlustigen Mädchen mit der getönten Katzenaugenbrille begegnen, das seine Frau werden wird; Big Ammachi, Baby Mol und Shamuel leben noch, Ninan und Mariamma sind noch nicht geboren, warten auf die Aufforderung …

Er steigt ein wie ein erfahrener Reisender, hat nur die weiche Aktentasche mit Notizbuch, Rasierzeug und Sachen zum Wechseln dabei. »Sehr gern«, hört er sich großherzig sagen, als er einer Frau hilft, ihren großen Koffer unter seine Bank zu schieben. Der Zug ruckt an. Er lacht mit den anderen, als eine *kochamma* vom Bahnsteig schreit: »Und vergiss nicht, wasch deine Unterwäsche selber, *kehto*! Gib sie nicht dem *dhobi*, hörst du?« Die College-Jungs im Nachbarabteil schreien: »Na und, *ammachi*? Lass ihn doch! Wenn's vom *dhobi* juckt, kratzt man einfach, weiter nichts!«

Die Reise beginnt sehr ausgelassen. Seine neuen Abteilfreunde erörtern, ob es besser sei, das Abendessen in Palakkad zu bestellen oder bis Coimbatore zu warten, als hinge das Leben von so kleinen Entscheidungen ab. Verblüfft hört er, wie auch er seinen Senf dazugibt, als hätte er darin Erfahrung. *Du Feigling!*, denkt er. *Was für ein Theater hast du nur jahrelang wegen einer Fahrt nach Madras gemacht! Aber erst musste ja Elsie von den Toten wiederauferstehen.*

Gegen Abend lassen die üppigen Hänge Malabars in den Westghats die Fahrgäste zur Ruhe kommen, dämpfen ihre Gespräche. Verloren starrt er aus dem Fenster. *Wenn du dich verändert hast, Elsie, habe ich es auch. Ich habe gelernt, standhaft zu sein. Ich habe meine Tochter jeden einzelnen Tag zur Schule gebracht, bis sie es mir verbot. Ich habe ihr jeden Abend Geschichten vorgelesen. Gott sei Dank liest sie, und sie mag nichts lieber, als sich in ein Buch zu vergraben. Mittwochs habe ich immer den karnatischen Musikabend auf All India Radio verfügt, sie aber mochte lieber Oper auf BBC – so schreckliche Laute. Ach Elsie, wie viel vom Leben unserer Tochter du doch verpasst hast! Ich habe in meinem Leben nicht sehr viel erreicht, da bin ich der Erste, der das sagt. Doch welche Leistung könnte größer sein als unsere Tochter? Du brauchst mir nichts zu sagen. Du schuldest mir nichts. Elsie, ich komme, um zu sagen, dass es mir leidtut. Um zu sagen, ich wünschte, ich könnte unseren Lebensfaden wieder aufwickeln. Damals war ich ein anderer. Jetzt bin ich ich.*

Als sie in den ersten Tunnel einfahren, tauchen die schwachen Abteillichter den Waggon in einen gespenstischen Schimmer, und das Hämmern des Zuges auf den Gleisen verstärkt sich zu einem Dröhnen.

Ich habe nie aufgehört, an dich zu denken. Wie du bei unserer ersten Begegnung aussahst und bei unserer nächsten, und unser erster Kuss … Jeden Abend spreche ich mit deinem Bild.

Aber Elsie, Elsie – welche Bedeutung hat diese Statue? Könnte sie aus dem Jahr sein, als du weg warst? Wenn nicht, heißt es, dass du noch lebst? Vielleicht habe ich vorgezogen, dich für tot zu halten, damit ich nicht damit konfrontiert werde, wie grässlich ich war. Aber Elsiamma, wenn du lebst und dich versteckst, dann versteck dich nicht mehr. Lass mich dich ansehen, zeig mir dein Gesicht. Es gibt so viel zu sagen …

Bald wird der Zug einen Fluss auf einer langen Trestle-Brücke überqueren, die er noch von damals in Erinnerung hat, mit Schaudern an sie denkt, weil sie ihn erschüttert hat. Er hatte aus dem Fenster geschaut, weil das rhythmische Geratter der Räder zu einem hohen Sirren geworden war, und als er hinausblickte, schienen sie über Wasser zu segeln, als hielte nichts den Zug. So jung er war, er wäre fast in Ohnmacht gefallen. Am besten schläft er dann.

Er steigt zu seiner Liege hinauf, es ist die oberste, und streckt sich aus. In dem beengten Raum erinnert ihn die nur wenige Zentimeter von seiner Nase entfernte Decke an einen Sarg. Er schließt die Augen und stellt sich Mariammas Gesicht vor. Sie hat ihn für seine vereitelte Ambition, seine Einsamkeit, die Unvollkommenheit seines früheren Ichs entschädigt. *Wir haben Kinder nicht, damit sie unsere Träume erfüllen. Kinder gestatten uns, die Träume loszulassen, die wir nie verwirklichen sollten.*

Er nickt gerade ein, als er von einem scharfen Knall aus einem anderen Wagen geweckt wird, gefolgt von einem Ruck, der durch den seinen fährt. Er fühlt sich von seiner Liege gehoben. *Das ist ja komisch!* Das Abteil dreht sich um ihn. Er bemerkt ein Kind, das in der Luft schwebt, ein Erwachsener saust an ihm vorbei. Im Abteil plötzlich Schreie und quietschendes Metall. Er wird an die Decke geschleudert, nur dass die Decke jetzt der Boden ist.

Die Lichter gehen aus. Er fällt im Dunkeln, immer weiter und weiter, sein Magen liegt ihm im Mund, genau wie bei der tollkühnen Fahrt mit dem Bootsführer und seinem sterbenden Kind, ein ganzes Leben ist das her.

Ein lautes Krachen folgt, das Abteil zerbricht beim Aufprall wie ein Ei. Wasser rauscht herein. Reflexhaft holt er tief Luft, bläht die Brust nur wenige Augenblicke, bevor kaltes Wasser sie alle umhüllt. Er wird aus dem zerbrochenen Wagen wie ein Dotter aus dem Ei gespült. Ihm ist das alles so vertraut. *Augen auf!*, hört er Shamuels Stimme befehlen.

Er sieht direkt unter sich einen schwachen dunklen Schatten gleich einem Wal – sein Waggon sinkt in die Tiefe. Die

Luft in seiner Brust trägt ihn nach oben. Er bricht durch die Oberfläche und saugt frische Luft ein, die Welt dreht sich um ihn, er greift nach einem harten Gegenstand neben ihm, um seinen Schwindel zu lindern, doch dessen scharfe Kante schneidet ihn in die Hand. Verzweifelt greift er nach einem anderen. Er bleibt oben. Mit offenen Augen wird die Benommenheit schwächer.

Es ist totenstill. Er blickt über eine weite Wasserfläche, auf der ein gespenstisches Licht liegt und die mit Gepäckstücken, Kleidern, Schuhen und wippenden Köpfen gesprenkelt ist. Ein Ende eines Waggons kommt an die Oberfläche, reckt sich anklagend gen Himmel und sinkt wieder hinab.

Zu beiden Seiten drängen die schrundigen Wände einer Schlucht heran, rahmen ein Sternenband ein. Er sieht die herabhängenden Stummel der Trestle-Brücke, von der der Zug herabgestürzt ist. Das Wasser ist kalt. Er spürt keinen Schmerz, doch sein rechtes Bein reagiert nicht. Hinter ihm ein Licht! Langsam dreht er sich um, doch es ist nur ein Dreiviertelmond, dem das Gesehene gleichgültig ist. Nun hört er einen anschwellenden Chor, die Schreie von Überlebenden. »Shiva, Shiva!«, schreit eine Frau, eine andere aus der entgegengesetzten Richtung »Gott! Mein Gott!«, doch der Gott der Katastrophen ist ungerührt, und beide Stimmen vergurgeln grauenvoll ins Schweigen.

Eine reglose Gestalt treibt an ihm vorbei, das Gesicht im Wasser, ein Gewirr aus Kleidern und langen Haaren, der Körper zu einer unmöglichen Form verdreht. Philipose erschauert.

Dann kann Philipose den Arm doch über etwas legen, es ist ein durchweichtes Polster mit einem etwas steiferen Grat darin. Es trägt ihn kaum. Er paddelt mit der freien Hand und ist überrascht, dass er vorankommt. Es gibt keine Strömung, gegen die er ankämpfen muss, nur Tod und Trümmer treiben in der Stille.

Er stößt mit den Beinen, und da schießt ihm ein schmerzhafter Stromstoß ins rechte Bein.

»*Appa! Ap–!*«

Der Ruf des Kindes kommt von irgendwo hinter ihm. Ein kleines Mädchen, oder ist es ein Junge? Oder halluziniert er?

Er rudert mit dem freien Arm, um sich und sein massiges Floß zu drehen. Auf der spiegelnden Fläche erblickt er Haarsträhnen über zwei panischen Augen, die groß wie Monde sind und schon den Fokus verlieren, die kleine Nase und die Lippen tauchen blubbernd unter und kommen kurz hoch, um einen Schrei zu versuchen, während kleine Hände verzweifelt eine Leiter hinaufsteigen wollen, die es nicht gibt. Der Kampf des Kindes um Atemluft erschüttert ihn. Es ist ganz wie das Kind des Bootsführers. Der kleine Kopf versinkt. Er hört, wie es hinten in seiner Kehle brüllt, als er zu ihm hinpaddelt, doch ach, wie langsam er vorankommt und der Schmerz sein Bein versengt. *Appa!* Es ist der Schrei seines Kindes, aller Kinder. Jetzt, zur ungünstigsten Zeit, begreift er, dass dasjenige Gesicht, das er so verzweifelt sehen wollte, das der Steinfrau, gar nicht gesehen werden sollte. Was machte das schon? Wir sterben, indem wir leben, wir sind alt, noch während wir jung sind, wir klammern uns ans Leben, noch während wir uns damit abfinden, es zu verlassen.

Doch in dem versinkenden Kind, zu dem er hinpaddelt, hat er, ein einfacher Mann, die Chance, etwas wahrhaft Bedeutungsvolles zu tun. *Liebe die Kranken, jeden einzelnen, als wären sie dein Eigen.* Diese Worte von Paracelsus hat er für seine Tochter aufgeschrieben. Hier, knapp unerreichbar, ist ein Kind, nicht seines, und dennoch liebt er sie alle, als wären sie seine eigenen. Das Kind mag unrettbar verloren sein, ebenso er, doch das macht nichts und zugleich schrecklich viel, er tritt und paddelt wie wild, der einbeinige, einarmige Mann, der nicht schwimmen kann, hin zu einem Kind, das knapp unerreichbar ist. Seine rudernde Hand streift winzige Finger, doch sie sinken schon unter ihm weg.

Er holt tief Luft, saugt den Himmel, die Sterne und die Sterne hinter jenen Sternen in die Lunge, und *Herr, Herr, mein Gott, wo bist du? Herr, ich atme dich ein, Herr, atme auf mich, atme auf mich, Atem Gottes* … Zum ersten Mal in seinem Leben frei von Unentschlossenheit, frei von Zweifeln, ist er sich vollkommen sicher, was er zu tun hat.

71. Kapitel

DIE TOTEN SOLLEN UNBESTECHLICH AUFERSTEHEN

1974, Madras

Sie hält einen ungeöffneten Brief ihres Vaters in der Hand. Ihre Tränen fallen auf die Adresse in seiner unmöglichen Handschrift, die der Postbote trotzdem immer entziffert.

In dem Brief ist ihr Vater am Leben.

Am Morgen im Leichenschauhaus nicht mehr.

Davor, am Vormittag, hatte eine wütende Menge Verwandter nach Auskunft geschrien. In ihren verzerrten, tränennassen, verständnislosen Gesichtern hatte Mariamma gesehen, wie ihres wohl ausgesehen haben musste. Sie alle hatte dieselbe Klaue wie ein Grasbüschel gepackt, dieselbe Sichel hatte sie an den Knien abgeschnitten, indem sie ihnen ihre Liebsten genommen hatte. Die Wachleute gestatteten einer weinenden Mariamma in ihrem weißen Kittel, sich durch die metallenen Falttore zu zwängen, die anderen Trauernden hielten sie dagegen zurück. »Warum darf sie die Leiche sehen und wir nicht?«

Die Leiche. Das Wort war wie ein Knüppelhieb.

Sie sollte sich mit Uma im Leichenschauhaus treffen, doch da sie sie nicht sah, lief sie in dem gruftartigen Raum herum; niemand hielt sie in dem Durcheinander an, wo Leichen auf Metalltragen und auf dem nackten Fußboden lagen. Dann sah sie eine Hand, die ihr so vertraut war wie die eigene, unter einer Gummiplane hervorlugen. Sie ging hin, nahm die kalte Hand, zog die Plane vom Gesicht. Ihr Vater wirkte friedlich, als ruhte er. Unsinnigerweise wollte sie für ihn statt der Gummiplane eine Decke und ein Kissen, damit sein Kopf nicht auf kaltem, hartem Metall liegen müsse. Er war ja gar nicht tot. Es war ein Irrtum. Nein, er musste nur schlafen, mehr nicht, und wenn er sich dann ausgeruht hätte, würde er sich aufsetzen und mit ihr diese laute Leichenhalle verlassen ... Ihre Beine gaben nach, der Raum wurde matt, die Geräusche leise. In einem Schutzreflex hockte sie sich neben seiner Liege auf den Boden, den Kopf zwischen den Knien, hielt weiter seine Hand und schluchzte hemmungslos. Die Welt war an ihrem Ende angelangt.

Langsam kehrten die Geräusche des Raums zurück. Niemand beachtete sie. Das Chaos war zu groß, das Geheul anderer, das Gebrüll eines Mannes, der die Ordnung wiederherstellen wollte. Nach einer langen Weile richtete sie sich auf. Durch Tränen hindurch fragte sie ihren Vater, weswegen er in einen Zug stieg. Warum in *diesen*? Er wusste doch, dass sie auf dem Heimweg war, warum also kommen?

Uma Ramasamy, mit Schürze, trat zu ihr, als sie mit ihrem Vater sprach. Uma und jeder verfügbare Pathologe halfen dem bedrängten Coroner, mit den Leichen fertig zu werden, es waren mehr, als eine Leichenhalle aufnehmen sollte. Uma hielt sie im Arm, weinte mit ihr. Auf Mariammas Frage hin sagte Uma, die Gummiplane verberge ein zerschmettertes Knie und eine tiefe Risswunde in der linken Seite. Sie hatte nicht das Bedürfnis, es sich selbst anzusehen.

Ihr war klar, dass Uma wegmusste, nicht den ganzen Tag bei ihr bleiben konnte. »Uma, ich wollte Ihnen schon länger etwas sagen. Ich habe es mir nicht vorgestellt, Ihnen das so und hier zu sagen, aber es muss jetzt sein. Es ist wichtig. Es hat mit meinem Vater zu tun, mit meiner Familie. Bitte, ein paar Minuten?«

Uma hatte ruhig, aufmerksam zugehört, die Brauen überrascht gehoben.

»Das mache ich«, sagte Uma. »Persönlich. Sie müssen aber ein paar Papiere unterschreiben.«

In ihrem Wohnheimzimmer öffnet sie im Beisein Anitas mit zitternden Händen den Brief ihres Vaters.

Meine liebste Tochter.

Sie liest ihn einmal, zweimal. Er schreibt, er sei unterwegs, um sie zu besuchen. Aber nicht, warum. *»Die Entdeckungsreise geht nicht um neue Länder, sondern darum, neue Augen zu bekommen«*?

Die Worte ergeben keinen Sinn. Sie drückt den Brief an die Lippen, hofft, es zu verstehen. Sie riecht seine selbstgemachte Tinte: den unverwechselbaren Duft von zu Hause, von dem roten Lateritboden, den er so liebte.

Als Mariamma zwei Tage später mit dem Leichnam ihres Vaters in Parambil eingetroffen ist, klammern sie und Anna *Chedethi* sich aneinander wie zwei ertrinkende Seelen. Anna *Chedethi* ist mehr als Blut: Sie ist jetzt das letzte lebende Mitglied ihrer Familie.

Joppan steht direkt hinter Anna *Chedethi*, das Gesicht versteinert, als er Mariammas Hände ergreift, die Augen dunkle Dochte, als plante er Rache gegen einen Gott, der ihm den besten Freund genommen hat. Weder Anna *Chedethi* noch er haben die geringste Ahnung, warum ihr Vater in den Zug gestiegen ist.

Sie erkennt kaum das Klappergestell, das da kommt, um sie

zu trösten: Es ist Aufschwungmeister. Nach dem Skandal um die Gelder, die seine Angestellte unterschlagen haben soll, war er der Einzige, der zu ihm gehalten hat, wobei sich allerdings herausstellte, dass am meisten die Bank gelitten hatte und der Krankenhausfonds weitgehend intakt war. Meister hatte sich härter verurteilt als sonst jemand. Dennoch ist er der passende Mann für solche Augenblicke: Die Bedürfnisse anderer, die Notwendigkeit, das Begräbnis zu organisieren und durchzuführen, geben ihm eine Aufgabe. »Mein Herz ist gebrochen, *molay*«, sagt er. Er geht zu dem Fahrer des Transporters mit dem Sarg darin, um sich mit ihm zu besprechen.

In der Kirche am nächsten Tag sind so viele Gesichter, die sie nicht erkennt, Bewunderer des Einfachen Mannes, die ihre Anteilnahme bekunden wollen. Eine Frau, die ihrer Erscheinung nach eine Schwester Big Ammachis sein könnte, nur gebeugt und am Stock, sagt: »*Molay*, wir haben mit Ihrem Vater ein Vierteljahrhundert lang gelacht und geweint. Uns bricht für Sie das Herz.« Sie drückt Mariamma an den Busen.

Mariamma birgt ein Geheimnis, das keiner der Trauergäste kennen kann: Dem Leichnam ihres Vaters im Sarg sind alle Eingeweide entfernt worden; Bauch und Thorax sind lediglich hohle Schalen. Zudem hat Uma auch die ganze Wirbelsäule am Stück entfernt und in die so entstandene Furche einen Besenstiel gesteckt. Diejenigen, die noch an dem offenen Sarg vorbeigeschritten waren, sahen auch nicht den langen Schnitt am Hinterkopf, der dicht unterm Haaransatz von einem Ohr zum anderen verläuft. Die Kopfhaut wurde nach vorn gestülpt und die Schädeldecke geöffnet, um das Gehirn zu entnehmen. Schädel und Kopfhaut wurden zurückgelegt. Eine Gehirnautopsie wäre nach einer Katastrophe mit so vielen Opfern normalerweise nicht erfolgt, zumal wenn die Lungen zeigten, dass er ertrunken war. Dennoch wird Uma in diesem Fall persönlich eine durchführen. Doch keine Autopsie wird klären können, warum ihr Vater diesen Zug bestiegen hat.

Er soll neben seinem Vater, Big Ammachi, Baby Mol, JoJo und seinem geliebten Sohn, ihrem Bruder, in der roten Erde begraben werden, die sie nährte und die sie liebten. Sollten die Überreste ihrer Mutter je gefunden werden, wird auch sie dort liegen. So wie später einmal Mariamma.

Sie fragt sich, was Big Ammachi wohl dazu sagen würde, dass der Leichnam ihres Sohnes nicht vollständig ist. *Denn es wird die Posaune schallen, und die Toten werden auferstehen unverweslich*. Ob ihre Großmutter das wörtlich nahm? Vielleicht. Wenn Gott die Verwesten auferstehen lassen kann, dann kann er bestimmt auch ihren Vater wiederaufbauen, selbst wenn dessen sterbliche Überreste getrennt und an entgegengesetzten Küsten sind.

Der Sarg wird abgesenkt. Erde prasselt mit solcher Endgültigkeit auf den Deckel, dass sie ein neues Tränenreservoir entdeckt. Später versammelt sich im Haus die erweiterte Familie Parambils: alle Erwachsenen, die sie als Kind kannte, viele von ihnen nun recht alt. Die Zwillinge sind alte Männer, in ihrer gebeugten Haltung, mit gleichen Stöcken und weichendem Haaransatz einander noch ähnlicher als in ihrer Jugend. Anstand *Kochamma* ist nicht da; sie ist mit ihren Ende achtzig bettlägerig, kann nicht mehr durch die Gegend laufen und Gift verspritzen. Dolly *Kochamma* ist genauso alt wie ihre Schwägerin, sie hat etliche Runzeln, sieht aber irgendwie aus wie eine rüstige Fünfzigjährige und saust auch entsprechend geschäftig hin und her, um für Anna *Chedethi* das Essen herauszutragen. Mariamma sieht die Gesichter der Kinder, mit denen sie aufgewachsen ist, in den Erwachsenen, die kaum als solche erkennbar sind. Zwei fehlen, die ihr vielleicht Trost gespendet hätten: Lenin und Podi. Traditionell gibt es bei den Thomaschristen keine Grabrede, jetzt aber, im Anschluss an die Bestattung, schauen die Versammelten erwartungsvoll auf Mariamma, bevor der *Achen* ein Gebet spricht. Die Hände gefaltet, stellt sie sich ihnen tapfer. Ihr fällt ein, dass man erst, wenn beide, Vater und Mutter, tot sind, kein Kind, keine Tochter mehr ist. Gerade ist sie nun eine Erwachsene geworden.

»Wenn Appa euch nun sehen könnte, er wäre von Dankbarkeit überwältigt. Für eure Liebe zu ihm und dafür, wie ihr mich in meiner Trauer gestützt habt. Mein Vater hatte so viel Liebe für Ninan, so viel für meine Mutter. Doch er hatte nicht die Gelegenheit, sie so lange zu lieben, wie er wollte. Diese Liebe hat er nun in mich gegossen, mehr Liebe, als die meisten Töchter in vielen Lebenszeiten erfahren. Ich war gesegnet. Ich danke euch allen, jedem Einzelnen, dass ihr da seid und mir Kraft gebt. Ich werde versuchen, weiterzumachen. Wir alle müssen weitermachen. Denn das hätte er gewollt.«

Am Morgen des Begräbnisses erscheint in der geliebten Zeitung ihres Vaters zum letzten Mal seine Kolumne. Unter seinem Foto stehen nur die Worte: *Der Einfache Mann, 1923 bis 1974*. Die Kolumne darunter ist weiß, nur ein dicker schwarzer Rahmen umfasst die Leere.

72. Kapitel
DIE KRANKHEIT VON RECKLINGHAUSENS

1974, Madras

Mariamma schreibt Uma Ramasamy das Datum ihrer Rückkehr. Uma antwortet telegraphisch: *Erwähnten Stammbaum mitbringen. Muss Ihnen etwas zeigen*.

Zwei Wochen nach dem Begräbnis steigt Mariamma in Punalur in den Nachtzug – es ist nicht die Route, die ihr Vater fuhr. Sie findet auf ihrer Liege keinen Schlaf. Die Spannung ist unerträglich. Warum hat Uma nicht einfach gesagt, was sie herausgefunden hat?

Sie kommt morgens in Madras an und macht sich im Wohnheim frisch. Gegen elf Uhr ist sie in der Pathologie in dem düsteren, zermürbenden Raum mit den Präparaten und wartet auf Uma. Die Präparate, die zu Hunderten auf den Regalen stehen und von den Prüfern genutzt werden, um die Studenten in der mündlichen Prüfung für Anatomie, Pathologie und alle anderen klinischen Spezialgebiete abzufragen, starren sie an.

Dann kommt Uma, umarmt Mariamma und hält sie auf Armeslänge von sich, um sie zu mustern, sicherzugehen, dass sie noch an einem Stück ist, wobei sie um die richtigen Worte ringt. Sie gibt auf und nimmt Mariamma einfach noch einmal in die Arme. »Ist es das?«, sagt Uma schließlich, wischt sich die Augen und blickt auf den postergroßen Bogen, der aufgerollt in einer Röhre steckt.

»Das ist eine Kopie. Das Original zerfällt schon. Außerdem ist es auf Malayalam. Ich habe alles übersetzt, soweit ich es noch entziffern konnte.«

Wie Glaubenshüterinnen studieren sie die vielen Leben von Parambil. Mariamma fasst zusammen, was sie weiß: Das Kruzifix über Wellenlinien steht für die Ertrunkenen, Wellenlinien ohne Kruzifix bedeuten eine Wasseraversion. Die Anmerkungen zeigen an, dass diejenigen mit dem Zustand im fünften oder sechsten Lebensjahrzehnt torkelten oder Schwindelgefühle hatten. Es finden sich mehrere Hinweise auf Taubheit. Und dreimal wird Schwäche einer Gesichtshälfte erwähnt, so auch bei ihrem Großvater.

Uma sagt: »Ich kann kein einfaches Mendel'sches Vererbungsmuster erkennen. Auffallend, dass es mehr Männer als Frauen betrifft.«

»Hm … vielleicht auch nicht. Da die Frauen heiraten und wegziehen, gibt es danach kaum noch etwas über sie. Ab da gehören sie zu einer anderen Familie. Als würden sie durch die Heirat verschwinden.« *Wie meine Mutter*, denkt sie.

»Danke, dass Sie es mitgebracht haben. Ungeheuer hilfreich.« Uma lehnt sich zurück. »Also … Mariamma, die allgemeine Autopsie hat keine Verletzungen ergeben, die als Ursache für den Tod Ihres Vaters ausgereicht hätten … Er ist ertrunken.« Sie gibt ihr Zeit, um es zu verarbeiten. Ohne den Zustand hätte ihr Vater vielleicht an Land schwimmen können.

Nach einer Weile bedeutet Mariamma Uma, fortzufahren. »Bevor ich die Gehirnautopsie durchgeführt habe, habe ich mit Dr. Das von der Neurologie gesprochen, ihm gesagt, was ich weiß. Er war dabei, als ich das Gehirn entfernt habe. Wir haben etwas gesehen. Um die Wahrheit zu sagen, ich hätte den entscheidenden Fund fast übersehen. Es war haarfein, und es war hilfreich, Ihre Geschichte zu kennen und Das dabeizuhaben. Gehen wir zu den Gehirnen, dann zeig ich's Ihnen«, sagt sie und steht auf.

Im Flur sagt Uma: »Das Gehirn braucht mindestens zwei Wochen, um in Formalin auszuhärten, möglichst länger. Ich habe es gerade, bevor ich kam, rausgeholt. Man kann es gut halten, aber fürs Sezieren reicht's noch nicht.« Das Sezieren ist das pathologische Ritual, es wird mit einem Brotmesser auf einem Brett durchgeführt, das Gehirn ganz wie ein Brotlaib in Scheiben geschnitten. »Übrigens kommt auch Dr. Das in den Gehirnraum. Sind Sie bereit?«

Der Gehirnraum gleicht einem tiefen, rechteckigen Lagerraum mit Regalen an den beiden Längsseiten, am hinteren Ende mit einem Fenster, das vom Boden bis zur Decke reicht. Die Regale stehen voller Plastikeimer, wie Farbe im Baumarkt, nur dass in den Eimern Gehirne darauf warten, auszuhärten. Nimmt man ein frisches Gehirn heraus, ist es weich und passt sich dem jeweiligen Gefäß an. Damit es beim Härten seine Form behält, wird ein Faden durch die Blutgefäße an der Unterseite gezogen und das umgedrehte Gehirn in Formalin gehängt, indem der Faden an einen Stab gebunden wird, der quer auf dem Eimer liegt.

Dr. Das ist schon da, ein gebeugter, unauffälliger Mann, er wartet geduldig. Auf einem Tablett auf dem Tisch am Fenster, mit einem grünen Tuch bedeckt wie Teig, der gehen soll, steht das Gehirn ihres Vaters.

Nachdem Uma Mariamma und Dr. Das einander vorgestellt hat, entfernt sie mit einem Blick auf Mariamma das Tuch. Das Gehirn ihres Vaters ist etwas größer als eine geschälte Kokosnuss. An der Unterseite ist, ähnlich dem Stiel unterhalb der Röschen eines Blumenkohls, der Hirnstamm. Daran hängen wie lose Schnürsenkel die Kranialnerven, die Uma abgetrennt hat, um das Gehirn aus dem Schädel zu heben. Diese Nerven leiteten einmal Signale von den Augen, Ohren, von der Nase und vom Hals, wodurch er sehen, riechen, tasten, schlucken und hören konnte. Über dem vergleichsweise kleinen Hirnstamm liegen pilzgleich die beiden Großhirnhälften. Das Gehirn ihres Vaters sieht aus wie jedes andere auch. Aber es ist nicht wie jedes andere. Es enthielt seine einzigartigen Erinnerungen, jede Geschichte, die er schrieb, und diejenigen, die er vielleicht noch geschrieben hätte; es enthielt die Liebe, die er für sie hatte. Und es enthält das Rätsel, warum er nach Madras wollte.

Uma sagt: »Wie gesagt, anfangs habe ich nichts Anormales entdeckt, aber dann …« Sie reicht Mariamma ein Vergrößerungsglas und zeigt mit einer Sonde. »Sehen Sie da, wo Gesichtsnerv und Hörnerv in den Hirnstamm eintreten. Sehen Sie den kleinen gelben Hubbel auf dem Hörnerv? Bei jedem anderen Gehirn und ohne Dr. Das hätte ich mir dabei wohl nichts Besonderes gedacht, zumal ich das Gleiche auch auf der anderen Seite gesehen habe. Aber bei Ihrer Familiengeschichte schien das bedeutsam. Bevor ich das Gehirn in Formalin legte, entnahm ich einem Hubbel eine winzige Probe. Ich habe einen Gefrierschnitt gemacht und gestern die Probe dauerhafter eingefärbt. Ich habe Spindelzellen gesehen, die in Palisaden aufgeschichtet waren. Es ist ein akustisches Neurom.«

»Das erklärt seine Schwerhörigkeit«, sagt Mariamma.

Dr. Das räuspert sich und sagt: »Ja.« Der Körper des Neurologen mit der leisen Stimme schwebt in seinem kurzärmeligen weißen Kittel. »Akustische Neurome sind nicht im üblichen Sinn bösartig. Sie streuen nicht. Sie wachsen nur sehr, sehr langsam. Aber in dem engen Spalt zwischen der Innenseite des Schädels und der Außenseite des Hirnstamms ist etwas von der

Größe einer Erdnuss wie ein Elefant, den man in einen Schrank gezwängt hat, nicht wahr? Der Tumor beginnt in jenen akustischen Nervenfasern, die Gleichgewichtssignale vom Innenohr erhalten, vom Labyrinth. Doch indem er wächst, drückt er auf die Fasern, die das Hören betreffen, wie Sie bemerkt haben. Wenn er noch größer wird, drückt er auf den Gesichtsnerv, der gleich daneben sitzt, und führt zur Schwäche einer Gesichtshälfte …« Er hält inne, um sich zu überzeugen, dass Mariamma ihm folgt.

»Die meisten lebenden Patienten, bei denen ich ein akustisches Neurom diagnostiziere, haben es nur auf einer Seite. Ihr Vater aber hatte es auf *beiden* Seiten, und im Hinblick auf Ihre Familiengeschichte hatte er wahrscheinlich eine *Variante* der Neurofibromatose oder Morbus Recklinghausen. Kennen Sie die?«

Sie kennt sie. Die alte Frau, die vor Mariammas Wohnheim Jasmin verkaufte, hatte sie. Die vielen Hubbel unter ihrer Haut hatten ihren Ursprung in den Hautnerven. Die sichtbaren Körperteile der Frau waren vollständig von pilzartigen Wucherungen überzogen, die sie aber offenbar nicht störten.

»Aber mein Vater hatte keine Beulen, nichts.«

»Ja, ich weiß«, sagt Dr. Das. »Aber wissen Sie, es gibt eine Variante der Neurofibromatose, die wenige oder gar keine Läsionen aufweist, und die bewirkt akustische Neurome auf *beiden* Seiten. Manchmal gibt es die typischen gutartigen Tumoren auch anderswo. Eigentlich glaube ich, dass es eine ganz separate Krankheit als Morbus Recklinghausen sein könnte, aber bislang werden sie in einen Topf geworfen. Es gibt nicht sehr viele Berichte, dass sie in der Familie auftreten. Ihre Familie ist einzigartig.«

Eine halbe Stunde später sind die Doktoren Ramasamy und Das weg. Mariamma hatte darum gebeten, ein wenig allein in dem Gehirnraum zu sein.

Die Eimer auf den Regalen blicken wie Zuschauer auf sie herab. Sie schließt die Augen. Die Füße fest auf dem Boden, wankt sie nicht. Das hätte ihr Vater nicht gekonnt, er wäre wahrscheinlich umgefallen. Doch dank der Labyrinthe, der Gleichgewichtsorgane, die tief in ihrem knochigen Schädel stecken – eins auf jeder Seite –, kann sie stehen. In jedem Labyrinth registrieren drei mit Flüssigkeit gefüllte ringförmige Kanäle gleich schräg miteinander verbundenen Ringen die Bewegung der Flüssigkeit darin und damit auch ihre Stellung im Raum; diese Information senden sie über den Hörnerv zum Gehirn. Bei ihrem Vater wurden diese Signale von den Tumoren unterbrochen.

Das bezeichnete die Labyrinthe als »Beweis Gottes«. Wenn Mariamma als Kind wie ein Derwisch herumwirbelte, war ihr schwindlig, wenn sie stehen blieb. Das kam daher, dass die Flüssigkeit im Labyrinth, in jenen ringförmigen Kanälen weiterwirbelte und ihrem Gehirn sagte, dass sie sich drehte, obwohl ihre Augen sagten, dass sie stand. Die widersprüchlichen Signale ließen sie wie betrunken torkeln und lösten sogar einen Brechreiz aus. Wie ein Derwisch herumwirbeln war ein Spiel, zu dem sich weder Lenin noch ihr Vater je überreden ließen. Sie lebten ohnehin schon mit widersprüchlichen Signalen.

Da ihr Vater von seinen Labyrinthen unzuverlässige oder *keine* Signale erhielt, muss er diesen Ausfall ganz unbewusst dadurch kompensiert haben, dass er sich stark auf seine Augen verließ, um den Boden zu sehen und den Horizont zu finden. Auch verließ er sich auf das, was die Füße ertasteten und was ihm dann sagte, dass seine Füße auf dem Boden standen. Im Dunkeln, wenn er nicht gut sah, nicht den Horizont, oder auch, wenn seine Füße in Wasser waren und gegen nichts stoßen konnten, war er verloren.

Dr. Das sagte, ein neuer Fortschritt, noch nicht Routine – die axiale Computertomographie oder CAT-Scan –, gestatte unglaubliche Bilder vom Querschnitt des Gehirns. Damit könnten selbst so kleine akustische Neurome wie bei ihrem Vater schon frühzeitig diagnostiziert werden. Aber, sagte er, selbst wenn der Tumor bei ihrem Vater letztes Jahr diagnostiziert worden wäre, hätte niemand eine Operation erwogen, es sei denn, es hätte ihm durch einen erhöhten Druck aufs Gehirn schwerere Symptome wie Gesichtslähmung, Kopfschmerzen oder Erbrechen bereitet. Diese Operation sei eben aufwändig und riskant und daher nur bei größeren Tumoren angezeigt. Bei denen würde ein Neurochirurg am Hinterkopf dicht überm Haaransatz eine Öffnung von der Größe eines Briefumschlags machen und das Kleinhirn wegschieben, um an den Tumor heranzukommen, der in einem Minenfeld kritischer Strukturen liege – große venöse Sinusse, wichtige Hirnarterien – und von anderen Hirnnerven überlagert sei, außerdem liege der Hirnstamm dicht daneben.

Sie spürt Big Ammachi nah bei ihr, wie sie herabschaut und schockiert ist vom Anblick des Gehirns ihres Sohnes auf dem Tisch. Kann ihre Großmutter über die schreckliche Entweihung seines Körpers hinwegsehen und sich an diesem neuen Verständnis freuen? Der Zustand hat jetzt einen medizinischen Namen und eine anatomische Lage, was die merkwürdigen Symptome erklärt: Taubheit, eine Abneigung gegen Wasser und Ertrinken. Sie haben den Feind entdeckt, doch der Sieg wirkt schal. Und wenn sie schon einen Namen dafür haben? Was nützt es, wenn Wissenschaft und Chirurgie nicht so weit vorankommen, dass ein Kind mit dieser Störung ein normales

Leben führen kann, eines, ohne das Risiko zu ertrinken, schwerhörig zu werden oder schlimmere Symptome zu bekommen, wenn es älter wird?

Drei Generationen von uns sind hier im Gehirnraum, denkt Mariamma. Als Big Ammachi in der Nacht, als ihre Namensvetterin geboren wurde, den siebenstufigen Leuchter anzündete, sagte sie zum *kaniyan*: »Eine wie meine Mariamma wird es nie mehr geben, und Sie können sich nicht im Traum vorstellen, was sie tun wird.« Jedes Mal wenn ihre Großmutter ihr als Kind diese Geschichte erzählte, sagte sie immer, sie hätten die Lampe angezündet, damit sie Mariamma den Weg für das weise, was immer sie in ihrem Leben machen werde. »Was mache ich nun, Big Ammachi?«, fragt Mariamma jetzt laut wie schon einmal vor langer Zeit, und ihre Stimme hallt durch den Gehirnraum. Sie hört ihre Großmutter antworten: »Was immer du dir vorstellst.«

Ammachi, ich stelle mir vor, den Feind zu bekämpfen, der meinen Vater ertränkt hat, wo schon das Zugunglück ihn nicht töten konnte. Ich stelle mir vor, dieses beengte Gebiet am Gehirnansatz zu erobern, es zu meinem Schlachtfeld zu machen und mir ein besseres Verständnis dieser Tumoren zu verschaffen. Dafür wird es jahrelange Ausbildung brauchen, aber das stelle ich mir vor, Ammachi, und nie war ich mir sicherer – ich werde Wissenschaftlerin und Neurochirurgin.

Nach der Graduierung verbringt Mariamma weitere zwei Jahre in Madras, das erste ist ihr Pflichtpraktikum, bei dem sie alle Spezialbereiche durchläuft. Im zweiten Jahr ist sie »leitende Hauschirurgin« – eine bessere Assistenzärztin –, aber lediglich im allgemeinen Chirurgiedienst. Erst nach den zwei Jahren ist sie für eine Ausbildungsstelle in Neurochirurgie qualifiziert.

Die Entscheidung, Neurochirurgin zu werden, ist viel einfacher, als einen Platz in einem der wenigen neurochirurgischen Ausbildungsprogramme im Land zu bekommen. Sie hat hervorragende Noten, eine Siegermedaille in Anatomie, starke Empfehlungsschreiben, und mittlerweile hat sie auch mit Uma zwei Aufsätze veröffentlicht (einen über Lepra, der andere ein Fallbericht über das akustische Neurom ihres Vaters und dessen Vorhandensein in einer Familie über Generationen hinweg). Doch auch wenn es niemand ausspricht, findet man in vielen Zentren, dass Frauen in der Neurochirurgie nichts verloren haben.

In letzter Minute wird sie im ältesten und bekanntesten Neurochirurgieprogramm des Landes angenommen: im Christian Medical College in Vellore, nur zweieinhalb Zugstunden westlich von Madras. Gegründet von Ida Scudder, einer amerikanischen Missionarsärztin, war es erst eine Frauenklinik und dann ein Medizincollege für Frauen, bis es schließlich gemischt wurde. Es ist ein herausragendes Referenzzentrum geworden, und die Ärzte dort sind mit Leib und Seele bei der Sache. Kirchenmissionen jeglicher Konfession unterstützen das College mit Studienstipendien.

Mariammas Zulassung hat einen Vorbehalt. Da sie sich auf einen von ihrer Diözese in Kerala »gesponsorten« Ausbildungsplatz beworben hat, muss sie erst einen zweijährigen Dienst in einem Missionskrankenhaus absolvieren, *bevor* sie mit ihrer Ausbildung beginnen kann. Wenn sie dann eine voll ausgebildete Neurochirurgin ist, muss sie zwei *weitere* Jahre in einem Missionskrankenhaus ableisten, um ihre Verpflichtung zu erfüllen.

Sieben Jahre nachdem sie das Rote Fort zum ersten Mal betreten hat, verlässt sie Madras nach einem tränenreichen Abschied von Anita, Chinnah, Uma und so vielen anderen. Sie wird ihre Zweijahresverpflichtung in einem nagelneuen, aber noch unmöblierten vierstöckigen Krankenhaus antreten, das die bestmögliche Ausstattung erhalten soll. Sie wird seine erste und vorerst einzige Ärztin sein.

Dieses Missionskrankenhaus steht einen Steinwurf entfernt von der Stelle, wo ihre Großmutter die Lampe anlässlich ihrer Geburt entzündet hat: im Bezirksdorf Parambil.

IX. TEIL

73. Kapitel
DREI REGELN FÜR DIE KÜNFTIGE BRAUT

1976, Parambil

Unter Joppans Ägide wird Parambil ein üppiger Garten Eden, ein Musterhof, die Kochbananen- und Mangobäume beugen sich unter der Last ihrer Früchte, junge Palmen zeigen dicke gelbe Halskrausen aus Kokosnüssen. Die florierende Molkerei liefert Milch an ein Kühlunternehmen, was für zusätzliche Einkünfte sorgt. Joppans zwei junge Cousins arbeiten als seine ständigen Assistenten. Während der vergangenen zwei Jahre, in denen Mariamma in Madras war, schrieb Joppan ihr erst monatlich einen Brief, worin er Ausgaben und Einnahmen aufführte. Doch schon nach einem halben Jahr stellten sie auf sein Drängen hin einen Buchhalter in Teilzeit ein. Parambil läuft gut.

Allerdings zeigt das Haus sein Alter in dem Spinnennetz der Risse in den roten Oxidböden, die matten Teakwände verlangen nach einem Anstrich. Mariamma fährt mit Anna *Chedethi* nach Kottayam, um eine neue Farbpalette fürs ganze Haus auszuwählen und um Deckenventilatoren, neue Waschbecken und Armaturen, einen Gasherd mit zwei Flammen sowie ein Notstromaggregat zu kaufen. Das Grinsen auf Anna *Chedethis* Gesicht gefriert erst, als ein Kühlschrank angeliefert wird. »*Ayo, molay*! Was fange ich denn damit an? Wie soll der denn auf mich hören? Kann der Malayalam?« Als Mariamma ihr dann das erste Glas süßen Limettensaft bringt, außen geeist und drinnen mit klirrenden Eiswürfeln, ist Anna *Chedethi* überzeugt. Jetzt halten sich Fleisch, Fisch, Gemüse und Milch viele Tage.

Das Mar Thoma Medical Mission Hospital ist meilenweit das höchste Gebäude. Das weitläufige Krankenhausgelände ist von einer weiß getünchten Mauer umgeben; die schablonierten PLAKATIEREN VERBOTEN-Hinweise auf der Mauer sind von Plakaten der Congress- und der kommunistischen Partei überklebt. Gegenüber dem Haupteingang sind eine Bushaltestelle und Cherians Teeladen. In einem neuen langen, rechteckigen Gebäude ein Stück weiter sind Kunjumons Kühlhaus, London Tailors und Brilliant Tutorials untergebracht. Mariamma erinnert sich nur mit Mühe an die Zeit, als das alles noch ungerodetes Land mit Bäumen war, auf die sie und Podi kletterten.

Raghvan, der arme Wachmann, ist schon ganz heiser davon, empörten Patienten zu erklären, ja, das Krankenhaus sieht fertig aus, nein, es ist noch nicht in Betrieb. Wenn sie ihn der Lüge bezichtigen, zeigt er ihnen die noch unmöblierten Räume, die Kisten mit Ausrüstung, die sich noch überall stapeln, manche davon Spenden ausländischer Missionen. Eines Nachts weckt Raghvan Mariamma um zwei Uhr morgens – ein Kind mit schwerem Asthma, das er in Lebensgefahr wähnt. Er hat recht. Ohne das Adrenalin in Mariammas Arzttasche hätte das Kind nicht überlebt.

Dies bringt Mariamma bei der wöchentlichen Vorstandssitzung zur Sprache; der Bischof, der den Vorsitz einnimmt, hat dafür gesorgt, dass dieser eine Raum aufwändig möbliert ist. Die Mitglieder hören sich ihre Ausführungen über die Dringlichkeit einer Notaufnahme mit einer Grundausstattung höflich an, wenden sich dann aber kommentarlos der noch dringlicheren Aufgabe zu, darüber zu entscheiden, wie groß die Einweihungsplakette sein und welche Namen sie enthalten soll.

Schäumend verlässt sie die Sitzung und trifft draußen zu ihrer Überraschung auf Joppan, der eine Beedi raucht. Er begleitet sie im Dunkeln nach Hause und hört sich ihre Enttäuschung an. »Das ist doch absurd! In dem Tempo macht das Krankenhaus nie auf.« Sie überqueren die bewachte private Fußgängerbrücke, die über den Kanal nach Parambil führt. Als sie das Haus erreichen, sagt er: »*Molay*, da passiert nichts, weil Aufschwungmeister nicht da ist. Der wüsste, wie man mit denen umgeht. Ich schicke ihm eine Nachricht.« Erst als er weg ist, sagt Anna *Chedethi* ihr, dass Joppan nur deshalb im Krankenhaus war, um sie im Dunkeln nach Hause zu begleiten. Das nämlich hätte ihr Vater getan.

Das Gerücht, dass sich Meister nur zur Geisterstunde herauswagt und die Gesellschaft von Gespenstern der von Menschen vorzieht, stimmt offenbar, denn Anna *Chedethi* schläft schon, als Meister kommt. Mariamma erzählt ihm von ihrer Enttäuschung. Sie hat den Eindruck, dass er sich über die mangelhafte Krankenhausverwaltung fast schon freut. Sie bittet ihn, mit dem Vorstand zu sprechen.

»Niemals! Darum müssen die mich schon selbst bitten. Die geben mir noch immer die Schuld daran, dass diese Frau versucht hat, den Krankenhausfonds zu veruntreuen.« Mariamma versichert ihm, dass niemand ihn beschuldigt. »*Aah*, das heißt es aber doch. Wenn ich auf einen Tee vorbeischaue, zählen sie hinterher die Reiskörner in ihrem *ara*. So sind unsere Leute eben.«

Sie fleht ihn an, auch im Namen ihrer Großmutter und ihres Vaters, doch er bleibt standhaft.

»Ich bin und bleibe dein stummer Ratgeber, sonst nichts. Du machst Folgendes, Mariamma. Erstens, verschwende deine

Zeit nicht damit, den Vorstand um etwas zu bitten. *Aadariyumo angaadi vaanibham?«* *Versteht die Ziege etwas vom Fleischerhandwerk?* »Mach einfach eine Liste der Medikamente und Mittel, die du brauchst. Dann schicke ich den Auftrag in deinem Namen an TNT Wholesale Medical in Kottayam samt der Anweisung, die Rechnung auf den Bischof auszustellen. Zweitens, dein Wachmann Raghvan ist ein guter Kerl. Ich habe ihm die Stelle ja besorgt. Gib ihm einen Packen leeres Papier. Er soll jeden, den er am Tor wieder wegschickt, bitten, etwas darauf zu schreiben, und wenn's nur ein paar Zeilen sind, und darunter Name und Adresse zu setzen. Falls sie nicht schreiben können, sollen sie einfach ihr Zeichen machen. Die Briefe schicken wir dann an den Metropoliten. Schon zehn oder zwanzig werden dem Bischof weh tun. Und dann bin ich froh, dass du mir von der Plakette erzählt hast. Ich weiß, wo sie sie bestellen werden, und ich finde raus, wie viel sie ungefähr kostet. Dann rufe ich die Sekretärin des Bischofs an und gebe mich als Journalist aus. Ich werde fragen: ›Stimmt es, dass ein Kind fast an Asthma gestorben wäre, weil Sie nicht Medikamente für zehn Rupien kaufen konnten, aber zwanzigtausend für eine Plakette ausgeben?‹«

»Meister, in einer Minute leistest du mehr, als ich es in einem Monat könnte«, sagt Mariamma. »Wir brauchen dich.«

»Nicht der Rede wert«, sagt er, trotzdem freut er sich. »Weißt du, dass *ich* den Namen ›Mar Thoma Medical Mission Hospital‹ geprägt habe? Der fließt doch wie Honig von der Zunge, nicht? Aber noch bevor das Fundament gegossen war, haben es die Leute zu ›Yem-Yem-Yem Hospital‹ verkürzt.« Das findet Mariamma verständlich: »M« kennt das Malayali nur als »Yem«. Und die Malayalis lieben Akronyme. »Dann sagten sie irgendwann ›*Triple* Yem Hospital‹! Ist das zu fassen? So vulgär, *Triple Yem*! Wie eine Hämorrhoidensalbe!« Sie gesteht ihm nicht, dass sich Triple Yem durchgesetzt hat – daran ist sie ebenso schuldig wie alle anderen.

Beim Gehen sagt er: »Übrigens, wenn dich der Bischof nach der TNT-Rechnung fragt, sagst du einfach, wo er schon Haaröl, Cuticura-Puder und Vitamine für sich kauft und sie als ›wichtige Materialien‹ aufführt, dachtest du, es würde ihm sicher nichts ausmachen, wenn du noch ein paar andere wichtige Dinge draufsetzt, um Leben zu retten.«

Mit Aufschwungmeister als treibender Kraft hinter den Kulissen nimmt der Teil des Triple Yem, der betriebsbereit sein muss, Form an: Elektriker schließen die Geräte an, das Erdgeschoss wird möbliert. Ein Raum beim Eingang wird zur Notaufnahme. Ein großer Raum hinten wird die Ambulanz, davor entsteht ein Wartebereich. Sie haben vier Klinikbetten, die in einer »Station« nur für Notfälle aufgestellt werden. Der Operationsraum ist vollständig, die hochmoderne OP-Lampe hat so viele Birnen, dass sie aussieht wie ein Insektenauge. Doch die Auswahl der chirurgischen Instrumente – allesamt gespendet – ist bizarr: alles, was für eine Kataraktoperation und für Zahnarbeiten gebraucht wird, aber nur gerade so das Minimum für eine Bauchoperation. Mariamma hat eine Nachtschwester, eine Tagesschwester und eine, die die Medikamente mischt und über die kleine klinikeigene Apotheke herrscht.

Das Einzige, was von Anfang an reichlich vorhanden ist, sind Patienten.

Als die Ambulanz eröffnet wird, unternehmen ganze Familien im Sonntagsstaat Ausflüge zum Triple Yem, so als wollten sie zur Maramon Convention. Eines Morgens sitzt eine *kochamma* stumm lächelnd vor Mariamma auf dem Hocker, nachdem sie eine Stunde lang angestanden hat. Auf die Frage, warum sie gekommen ist, macht sie eine Drehbewegung mit dem Handgelenk: »Oh, *chuma*!« *Einfach so!* »Sohn und Frau sind gekommen, da hab ich gedacht: *Was gibt's da? Da geh ich doch mit! Aah*. Aber wo ich schon da bin, kann ich nicht auch so eine orange Spritze bekommen?«

Mariamma ist gezwungen, das OP-Zimmer einzuweihen, bevor sie dazu bereit ist; sie muss mitten in der Nacht einen Not-Kaiserschnitt durchführen. Kaum hat die Nachtschwester den OP betreten, bekommt sie weiche Knie und muss sich in eine Ecke setzen. Mariamma ruft Joppan herein (der da ist, weil er Raghvan angewiesen hat, ihn jedes Mal zu holen, wenn er die Ärztin nach Einbruch der Dunkelheit ruft, oder seinen Zorn riskiert). Nach minimaler Einweisung träufelt Joppan ruhig und kompetent Äther auf die Gazemaske. Mariamma operiert allein. Erst als sie das Kind herausgeholt hat und es schreien hört, vergeht ihre Anspannung. Immerhin ist die Nachtschwester fähig, das Kind auf den Schoß zu nehmen. Mariamma schließt den Uterus, dann Muskeln und Haut. Nachdem die letzte Naht gesetzt ist, wechselt Joppans beeindruckte Miene zu einem albernen Grinsen. »Wenn du noch mehr Äther einatmest«, sagt sie mit gespielter Strenge, »denkt Ammini noch, du warst im Toddyladen.« Noch als er sie nach Hause begleitet, ist er euphorisch. »*Molay*, was du gerade gemacht hast … da fehlen mir die Worte. Stell dir nur vor, wenn Podi in der Schule geblieben wäre. Oder ich. Wir waren schlau, aber nicht schlau genug, um zu kapieren, wie wichtig es war, zu studieren, nicht?«

»Sag das nicht. Durch dich blüht Parambil auf. Du stellst unsere Verwandten in den Schatten. Und Podi und ihr Mann verdienen gutes Geld –«

Er schüttelt den Kopf. »Ist nicht dasselbe. Jedenfalls bin ich richtig stolz auf dich, *molay*.«

Sie strahlt noch von seinen Worten, als ihr Kopf aufs Kissen fällt.

Aber jeder Aufenthalt im OP zerrt an den Nerven; es gibt keinen älteren Chirurgen, an den sie sich wenden, auch keinen, der assistieren könnte. In einer Nacht befördert sie Raghvan bei einem Patienten mit einer Stichwunde im Bauch zum Dienst an der Äthermaske, Joppan wird ihre OP-Schwester. Vom Zusehen hat Joppan schon das Wichtigste hinsichtlich Sterilität aufgeschnappt. Jetzt zeigt sie ihm, wie er die Hände waschen, dann Handschuhe und Kittel anziehen und sich ihr gegenüber aufstellen muss. Der Anblick des offenen Bauchs macht ihm nichts. Auf Aufforderung reicht er ihr Gefäßklemme, Pinzette, Schere und Ligatur und zieht für sie den Wundhaken. Schon bald antizipiert er, was sie braucht. Als sie fertig sind, ist er begeistert. »*Molay*, wann immer du meine Hilfe brauchst, ruf mich bitte an. Auch tagsüber. Meine Assistenten Yakov und Ousep kommen ein paar Stunden auch ohne mich aus.«

Viel lieber lässt sie sich von Joppan helfen als von jemandem sonst. Er begreift schnell ihre Erklärungen zur betreffenden Physiologie und wie eine Krankheit sie verändert hat. Sie hat gesehen, wie er in ihrem Chirurgiehandbuch gelesen hat, während er auf sie wartet, die Lippen beim Entziffern der englischen Wörter bewegt.

Nach einem halben Jahr ermüdet sie die Routine in der Ambulanz mit ihrer Monotonie. Die meisten Beschwerden sind trivial – Bauchweh, sonstige Schmerzen, Husten, Erkältungen – oder eben chronisch wie Asthma oder tropische Beingeschwüre, die täglich versorgt werden müssen. Die Ödnis wird gelegentlich von einem medizinischen oder chirurgischen Notfall durchbrochen. Mariamma will geplante Operationen erst dann machen, wenn sie einen Anästhesisten und mehr Schwestern hat. Der Traum von einem kompletten Krankenhaus mit Spezialisten ist noch in weiter Ferne, doch mit Aufschwungmeister, der hinter den Kulissen arbeitet, und Mariamma als seiner Amanuensis läuft es schon viel besser. Seine genialen Einfälle sind schwer zu verbergen. Als der Bischof (unter Druck des Metropoliten) zusammenbricht und Aufschwungmeister um Vermittlung bei der Freigabe von Materialien bittet, die im Zoll feststecken, ist Meister offiziell wieder mit von der Partie.

Nach ihren Jahren in Madras mit seinen vielen Zerstreuungen könnten Mariammas Abende und Wochenenden in Parambil trostlos scheinen, doch sie hat ein Projekt, das sie auf Trab hält: Sie sieht sich jeden Knoten und Zweig des Wasserbaums genau an. Insbesondere will sie mehr über die Frauen erfahren, die heirateten und fortzogen und deren Schicksal nie aufgezeichnet wurde. Ihre Verwandten – sogar die süße Dolly *Kochamma* – sprechen nur widerstrebend über den Zustand oder geben gar zu, dass es ihn gibt. Dann kommt von unerwarteter Seite der Durchbruch.

Jeden Nachmittag schickt Cherian für »Doctor Madam« einen »speziellen« Tee in die Ambulanz. Eine Bezahlung dafür lehnt er ab. Jeden Morgen sieht sie zu, wie er das Strohdach mit Stangen aufstellt, die Holzbarriere aufsperrt und seinen Stand systematisch für Kundschaft bereit macht. Sie geht zu ihm, um sich zu bedanken. Cherian besteht darauf, ihr einen Kaffee zu machen. Die dampfende Flüssigkeit fliegt in hohem Bogen zwischen seinen beiden Mixgefäßen hin und her, um sodann mit Schwung im Glas zu landen, das er ihr dann reicht. Ihr »Danke« macht ihn ungeheuer schüchtern. Sie schlürft ihren Kaffee, während sie verlegen nebeneinanderstehen, die Blicke aufs Triple Yem gerichtet, als wäre es gerade gelandet und gleich stiegen Marsmenschen heraus. Einmal sagte Big Ammachi zu Mariamma: »Ruhigen Leuten kannst du vertrauen. Die machen für deine Gedanken Platz.« *Aber Ammachi, wenn sie kein Wort herausbringen, wie fängt man dann an?*

Sie will gerade gehen, als Cherian sagt: »Meine Schwester ist ertrunken.« Sie bleibt stehen und starrt ihn an. Hat er das gesagt oder hat sie halluziniert?

»Auch der Bruder meines Großvaters. Ertrunken. Die Töchter meines Bruders hassen beide Wasser.« Was hat Cherian veranlasst, das zu sagen? Ist es allgemein bekannt, dass die Familie von Parambil den Zustand hat? »Meine arme Schwester musste in den überfluteten Reisfeldern arbeiten, sie hatte keine Wahl. Als ein Damm brach, hat es sie von den Beinen gerissen, und sie ist im flachen Wasser ertrunken.«

»Cherian, offenbar wissen Sie, dass unsere Familie denselben … Zustand hat. Glauben Sie, wir sind verwandt?«

»Nein. Meine Familie ist nicht von hier. Ich war Kraftfahrer, aber dann hatte ich einen Unfall. Ich bin durch ganz Kerala gefahren. In der Zeit habe ich von einigen anderen Familien wie unserer gehört. Alles Christen. Da gibt's bestimmt noch andere.«

Den ganzen Tag geht ihr Cherians außerordentliches Geständnis durch den Kopf. Cherian hat unrecht: Sie sind eben *doch* verwandt. Die Gemeinschaft der Thomaschristen ist jetzt recht groß, dennoch haben sie alle dieselben Vorfahren in den Familien, die der Ungläubige Thomas damals zum Christentum bekehrte. Ihr fällt das Bild eines Fahrradrads ein. Würde sie jede Familie mit diesem Zustand an einer Radspeiche entlang aufreihen, dann wäre Cherians Familie eine Speiche und der Parambil-Clan eine andere. Die anderen betroffenen Familien, die Cherian erwähnt hat, haben ihre eigenen Speichen. Die Speichen zur Mitte hin zu verfolgen, wird sie zu dem Ahnen mit dem veränderten Gen führen, mit dem alles angefangen hat. Sie ist aufgeregt. Es ist ihre Aufgabe, noch viel mehr Speichen zu finden, mehr Familien mit dem Zustand. Sie kennt einen Mann, der ihr helfen kann.

Vermittler *Aniyans* dichte graue Haare sind mittig gescheitelt und an den Schläfen zurückgekämmt; seinen intelligenten Augen entgeht nichts, als er zum Haus heranradelt. Er steigt elegant ab, schwingt ein Bein nach vorn über die Stange, die einzige Möglichkeit, wenn man ein *mundu* trägt. In einer Gegend, wo ein Schnurrbart die Regel ist, wirkt er mit seinem glatt rasierten Gesicht jünger als seine siebzig Jahre.

»*Molay*, ich weiß es noch, als wäre es gestern gewesen, da habe ich eine Verbindung für Elsie von Thetanatt mit Philipose von Parambil vorgeschlagen.«

»Ich dachte, die haben sich im Zug kennengelernt!«

Er lächelt nachsichtig. »*Aah*, im Zug Kennenlernen mag's gegeben haben, auch Lieben und Sehnen, aber ohne einen Vermittler, wie können da Familien einander vorgestellt werden, die Mitgift besprochen, Horoskope angepasst werden?«

Anna *Chedethi* hat Tee und Jackfrucht-*Halwa* gemacht, Big Ammachis Spezialität.

»Was passiert, wenn die Horoskope nicht passen, das Paar aber trotzdem will?«, fragt Mariamma.

Aniyan presst die Augen zu und öffnet sie wieder, eine Geste, die Außenstehende als schmerzverzerrt deuten könnten, die in Kerala jedoch bedeutet: »Kein Problem. Das *regeln* wir! Weiter nichts. Die meisten Hindernisse sind geringfügig, und geringfügige Hindernisse sind keine. Wissen Sie, Eltern haben häufig ein fehlerhaftes Gedächtnis bezüglich der genauen Geburtszeit«, sagt er mit der Geduld eines Priesters, der regelmäßig die Glaubensartikel aufzählen muss. Er kostet die *halwa* und billigt sie. »Meine Damen, bevor wir heute beginnen, darf ich Ihnen drei Lektionen mitteilen, die ich in diesem Geschäft in Jahrzehnten gelernt habe?«

Bevor Mariamma etwas einwerfen kann, sagt Anna *Chedethi*: »Ja! Tun Sie das!«

»Erste Lektion – und verstehen Sie das nicht falsch, *molay* –, aber Ihre Generation versucht häufig, den Ochsenkarren rückwärtszufahren. Ja, je höher die Bildung, desto eher wird jemand diesen Fehler begehen«, sagt er und beäugt sie bedeutungsvoll. »Die erste Priorität ist, die *richtige* Person zu finden, nicht wahr? Man muss *diesen* Antrag betrachten, dann *jenen* Antrag, dann die Plus- und Minuspunkte auflisten, korrekt?«

Sie nicken. Er trinkt einen Schluck Tee, lächelt. »Falsch! Das ist *nicht* die erste Priorität.« Er lehnt sich zurück und wartet. Mariamma fragt nach, sonst sitzen sie noch den ganzen Tag hier.

»Die erste Priorität ist: *Das Datum festsetzen!* Einfach. Und wissen Sie auch, warum?«

Sie wissen es nicht.

»Denn wenn man ein Datum setzt, hat man sich festgelegt! Sagen Sie mir, *molay*, wenn Sie eine Praxis eröffnen wollen, warten Sie erst, bis Sie einen Patienten vorbeilaufen sehen, und mieten Sie *dann* das Haus und hängen ein Schild daran? Natürlich nicht! Sie legen sich fest! Sie mieten Praxisräume, unterschreiben den Vertrag für ein bestimmtes Datum. Sie besorgen sich Möbel, nicht wahr? *Aah, aah*. Mein lieber Gott, wenn Sie nur wüssten, wie viel Zeit ich mit diesem Doktoranden aus Berkeley in den Vereinigten Staaten von Kalifornien vertan habe. Er kommt auf zwei Wochen Urlaub. Ich stelle Mutter und ihm acht erstklassige, eins a passende Mädchen vor ... und er fährt zurück, ohne sich zu entscheiden! Kein Datum! Die erste Lektion ist also, sich auf ein Datum festzulegen.«

»Und die zweite?«

»*Aah, aah*, zweite Lektion habe ich schon als Erstes genannt.« Er grinst ungezogen. »Vielleicht haben Sie da nicht aufgepasst. Ich sagte, die meisten Hindernisse sind ...?«

»*Geringfügige* Hindernisse«, sagen die beiden Frauen unisono.

»*Aah*. Und geringfügige Hindernisse sind ...?«

»*Keine* Hindernisse!« Mariamma kommt sich vor wie in der Grundschule.

»Genau. Da wird geregelt.« Er blickt erfreut.

Anna *Chedethi* kann sich nicht bremsen. »Gibt's noch eine dritte?«

»Gewiss! Es gibt zehn. Aber diese drei teile ich mit, weil das meine Arbeit leichter macht. Die übrigen nehme ich mit ins Grab. Mein Sohn sieht in dieser Branche wegen der Heiratsannoncen in den Zeitungen keine Zukunft. Gott helfe denen, die das versuchen.«

Anna *Chedethi* räuspert sich.

»*Aah*, ja. Dritte Regel ist Folgende. *Das Aussehen verändert sich, der Charakter aber nicht*. Also, konzentrieren Sie sich auf den Charakter, *nicht* aufs Aussehen. Und um den Charakter eines Mädchens kennenzulernen, müssen Sie wen betrachten?«

»Die Mutter?«, sagen beide.

»*Aah*, korrekt.« Er nickt, erfreut über seine Schülerinnen. »Und wegen des Charakters eines Jungen betrachten Sie wen?«

»Den Vater!«, sagen sie zuversichtlich.

»Falsch!«, sagt er, erfreut darüber, sie in die Falle gelockt zu haben. Er zündet sich eine Zigarette an und schiebt das abgebrannte Streichholz zurück in die Schachtel. Mariamma fragt sich, warum alle Raucher das machen. Ist das eine Parallelsucht, die mit dem Nikotin einhergeht? Oder soll diese Pingeligkeit ausgleichen, dass sie die Welt als Aschenbecher benutzen? Plötzlich schmeckt sie wieder die Zigarette, die sie von Lenin in der Pension übernommen hat. »Falsch, meine Damen. Wegen des Charakters des Jungen müssen Sie sich *ebenfalls* die Mutter ansehen! Schließlich ist das Einzige, worin wir alle uns sicher sein können, wer unsere Mutter ist. Ist es nicht so?«

Anna *Chedethi* braucht einen Moment, um das zu begreifen, dann lacht sie laut auf. Mariamma sieht, dass Anna *Chedethi* viel zu aufgeregt wird. Sie hat ihr gar nicht gesagt, warum sie Vermittler *Aniyan* eingeladen hat.

»*Achayan*, sind Sie mit unserer Familie verwandt?«, fragt Mariamma.

»Gewiss! Auf der Parambil'schen Seite bin ich der Bruder des Mannes der Enkelin des Cousins zweiten Grades Ihres Urgroßvaters.« Er schaut an die Decke. »Auf der Thetanatt-Seite –«

»Halt«, sagt Mariamma. »Der Enkelin des Cousins zweiten Grades des Urgroßvaters … Das liegt so weit zurück … So gesehen können Sie ja behaupten, mit jeder Familie, die Sie besuchen, verwandt zu sein.«

»Nein! Kann man die Verwandtschaft nicht zurückverfolgen, kann man gar nichts behaupten!«, sagt er mit einiger Empörung. »Ich schon. Deshalb bin ich verwandt.«

»*Achine*«, sagt sie; sie benutzt die respektvolle Form für »Älterer«. »Ich verspreche Ihnen, wenn ich bereit zur Heirat bin, komme ich zu Ihnen. Keine Zeitungsehe. Ich hoffe, Sie verzeihen mir, aber ich habe Sie nicht hergebeten, um mir beim Heiraten zu helfen. Ich brauche Ihre Hilfe wegen eines ernsten medizinischen Leidens, eines, das meinen Vater das Leben gekostet hat. Wie auch andere in unserer Familie – nun, das wissen Sie ja besser als jeder andere. Ich kenne Ihre Bezeichnung dafür nicht, aber Big Ammachi hat es den Zustand genannt.«

Sie setzt sich neben ihn und breitet eine erweiterte und aktualisierte Abschrift des Stammbaums aus, diesmal in Malayalam. »Das habe ich von dem Original abgeschrieben, das unsere Familie seit Generationen führt.«

Aniyans gewiefte Augen huschen auf dem Blatt umher, ein nikotinfleckiger Fingernagel zieht die Generationen nach. »Das da ist eine krasse Lüge – der hat nie geheiratet«, murmelt er. »Hmm, da nicht drei, sondern *vier* Schwestern – Zwillinge –, aber eine ist als Kind gestorben, die andere war Ponnamma …«

Binnen Minuten hat er mit einem Federhalter drei vorige Generationen aufgeschrieben, angefangen bei ihrem Großvater. Es ist mehr, als sie in Wochen erarbeitet hat. Den noch lebenden Generationen wendet er sich ostentativ nicht zu.

»*Achayan*, ich versuche, dieses Schaubild zu vervollständigen.« Sie erzählt ihm von Cherian. *Aniyan* versteht ihre »Radspeichen«-Analogie sofort. »Wenn ich alle Speichen im Rad vervollständigen kann, verstehen wir, wie die Krankheit vererbt wird.«

Er überlegt. »*Molay*, können Sie denn etwas *tun*, wenn Sie andere mit diesem Zustand gefunden haben?«

Er hat den schwächsten Punkt ihrer These getroffen. »Nein … Noch nicht. Vorerst können wir eine Operation nur bei schweren Symptomen rechtfertigen, weil es eine gefährliche Sache ist. Aber bald werden wir eine sicherere durch ein winziges Loch überm Ohr durchführen können. Indem wir den Tumor früher entfernen, könnten wir die daran leidenden Kinder davor bewahren, taub zu werden oder gar zu ertrinken. Und wenn wir verstehen, wie er vererbt wird, könnten wir beispielsweise sicherstellen, dass ein Junge und ein Mädchen, die beide, ohne es zu wissen, diesen Zustand in sich tragen, nicht heiraten. Zu viele haben daran gelitten und sind daran gestorben. Deswegen will ich mich auf Neurochirurgie spezialisieren. Um es zu verhindern oder um es früher zu behandeln. Das ist die Mission meines Lebens.«

Er mustert sie misstrauisch. Dann überrascht er sie. »Warum nicht? Ich gedenke, mich zum Ende des Jahres zurückzuziehen, warum also nicht? Es ist ein lohnendes Ziel. Aber erst dann.« Er nimmt seine Streichhölzer und Zigaretten. »Zwei Dinge will ich Ihnen noch sagen, bevor ich gehe. Erstens, meine Aufgabe ist es, Allianzen zu schmieden, Hindernisse zu reduzieren. Ich weiß *immer* mehr über beide Parteien, als ich preisgeben möchte. Missverstehen Sie das nicht. Ich schlage *niemals* eine Verbindung vor, die nachteilig ist. Wahnsinn, geistige Zurückgebliebenheit oder Epilepsie verheimliche ich nicht. Aber *molay*, bedenken Sie dies – noch eine Regel, wenn Sie so wollen, wenngleich ich Ihnen nur sage: *Jede Familie hat Geheimnisse, aber nicht alle Geheimnisse sollen täuschen*. Eine Familie definiert sich nicht übers Blut, *molay*, sondern über ihre gemeinsamen Geheimnisse. Ihre Aufgabe wird also nicht einfach sein.«

Er hat schon den Fuß auf dem Pedal, als Mariamma sagt: »Halt, Sie sagten *zwei* Dinge. Was ist das zweite?«

»Legen Sie ein Datum fest, Mariamma«, sagt er und lächelt. »Selbst wenn es noch fünf Jahre hin ist, legen Sie ein Datum fest.«

Am folgenden Abend geht Mariamma nach einem außergewöhnlich langen Tag im Triple Yem nach Hause. Das Wasser unter der Fußgängerbrücke fließt träge. Hibiskus und Oleander stehen in Flammen. Zwei Wasserbüffel, vom Pflug abgespannt, zeichnen sich vor dem Horizont ab, einander gegenüber wie Bücherstützen. Die Grillen werden lauter, klingen wie im Delirium, und schon bald wecken sie den Froschchor. Diese alltäglichen, wenig bemerkenswerten Geräusche ihrer Jugend sind jetzt, mit dem Tod ihrer geliebten Nächsten, eine Ode an die Erinnerung, indem sie die Vergangenheit in die Gegenwart tragen. Es ist die Stunde der guten Geister.

Ihr Weg führt sie an der Steinfrau vorbei, und wie jedes Mal würdigt sie die Künstlerin. Elsie hat in den Zustand eingeheiratet, doch sie hatte ihn nicht; welch grausame Ironie, dass *sie* ertrunken ist. Mariamma passiert die Scheune, auf deren Dach Lenin versuchte, die Blitze zu kanalisieren. Legen Sie ein Datum fest. *Könnte ich's doch nur*.

Nachdem sie gebadet hat, essen sie und Anna *Chedethi* in der Küche, verzichten auf den neuen Esstisch und die dazugehörigen Stühle zugunsten der geschwärzten, nach Zimt duftenden Wände mit ihrer lebendigen Erinnerung an Big Ammachi. Joppan kommt vorbei, um die Zeichnungen und Kosten für ein neues Gebäude mit angrenzender Räucherei für ihre Gummibäume zu besprechen. Dort wird das Latex in Schalen gegossen werden und mit Säure vermischt, bis es aushärtet. Dann wird eine neue Handpresse das ausgehärtete Latex zu dünnen Gummiplanen formen, die danach in der Räucherei zum Trocknen aufgehängt werden, wonach sie gestapelt und verkauft werden. Anna *Chedethi* überhört Joppans Proteste, er habe schon gegessen, und stellt ihm etwas hin. Und so sitzen sie wie an vielen anderen Abenden alle auf den zehn Zentimeter hohen Hockern, über ihre Teller gebeugt, die auf dem Boden stehen. Shamuel wäre entrüstet gewesen, dass sein Sohn *im* Haus ist und ein Gericht isst, das nicht ausschließlich für ihn vorgesehen war. Parambil hat sich verändert. Die drei sind eine Familie und alle eine Kaste.

74. Kapitel
EIN BETRACHTETER GEIST

1976, Parambil

Der ehemalige Redakteur des Einfachen Mannes ist einer der vielen Honorationen bei der Einweihung des neuen Krankenhauses, bei der natürlich auch ein Band durchschnitten wird. Zu Mariammas Überraschung kommt er nach dem Festakt noch zum Haus. Abgesehen von einer Begrüßung beim Begräbnis ihres Vaters ist es ihr erstes Gespräch mit ihm. Er ist ein stattlicher, eleganter Mann, älter als ihr Vater. Er erzählt mit offensichtlicher Zuneigung von seinem ehemaligen Kolumnisten. Aber auch er hat keine Ahnung, was ihren Vater veranlasst haben könnte, so abrupt nach Madras zu fahren. »Er war in Cochin, wo er an einer Geschichte über die Versalzung unserer Binnengewässer schreiben wollte. Aber kaum dort angekommen, hat er unser Büro in Cochin um ein Ticket nach Madras gebeten. Dass er dorthin unterwegs war, habe ich erst nach dem Unglück erfahren.

Eine ganze Weile schon wollte ich, dass Ihr Vater nach Dubai oder Katar fährt und etwas über unsere vielen Leute dort schreibt. Als nämlich in den fünfziger Jahren am Golf Öl entdeckt wurde, fuhren viele wagemutige junge Männer mit *kalla kappal* hin – illegalen Kanalbooten, die am Fluss zusammengeklopft wurden – oder mit Dhaus, die da immer noch hin- und herpendeln. Die hatten keine Papiere, nichts. Und dann?

Die Leute fahren noch genauso hin, weil sie sich kein No Objection Certificate und auch kein Flugticket leisten können. Die werden vor der Küste abgesetzt und müssen dann an den Strand waten oder schwimmen. Werden sie gefasst, kommen sie ins Gefängnis. Ich wollte, dass Ihr Vater in einem Dhau mitfährt – legal natürlich – und über die Reise schreibt. Dann sagte ich ihm, ich würde ihn eine Woche lang in ein schickes Hotel stecken, da könne er über unsere Leute schreiben, die in der Sonnenhitze schuften und wie die Sardinen schlafen, um jeden Paisa zu sparen und nach Hause zu schicken. Ich habe ihm sogar einen Rückflug erster Klasse versprochen. Es war für den Einfachen Mann das perfekte Thema. Er hat sich immer geweigert, warum, habe ich nie verstanden.«

»Sie meinen, Sie wussten nichts von der Fehde meines Vaters mit Wasser?« Er weiß nichts davon. Als Mariamma ihm den Zustand beschreibt und den Stammbaum zeigt, ist er sprachlos. Als er die Details der Gehirnautopsie ihres Vaters hört, wird ihm mulmig. »Im Tod hat mein Vater das Rätsel gelöst.«

Er ist fassungslos. »Meine Güte«, sagt er. »Ich hatte ja keine Ahnung! Also, unsere Leser – seine Fans – hätten diese Geschichte zu gern gelesen. Natürlich schweige ich wie ein Grab. Seien Sie versichert, ich sage oder schreibe keinen Ton darüber.«

»Eigentlich wäre ich sehr froh, wenn Sie darüber schrieben. Die Heimlichtuerei um den Zustand über Generationen hinweg war nicht hilfreich. Geheimnisse sind tödlich. Wie bekämpfen wir diese Krankheit, wenn wir nicht wissen, wie viele davon betroffen sind oder wie sie vererbt wird? Meine Verwandten mögen es vielleicht nicht gern hören, aber ich erzähle Ihnen sehr gern alles über die Geschichte meines Vaters, alles, was ich weiß. Der Zustand ist meine Mission. Deswegen gehe ich auch nach Vellore, um mich als Neurochirurgin ausbilden zu lassen.«

Liebe Uma,
seit der Redakteur meines Vaters den großen Artikel über den Zustand schrieb und wie er zum Tod des Einfachen Mannes führte, sind meine Verwandten plötzlich bereit, mit mir darüber zu sprechen. Ich lege den Zeitungsausschnitt bei. Ich weiß, Sie können Malayalam nicht lesen, aber Sie können sich die Fotos ansehen. Der Artikel liest sich wie ein Kriminalroman, in dem mein Vater eines der Opfer ist. Und der Detektiv, der den Mörder jagt, ist seine eigene Tochter! »Der Einfache Mann löst das Rätsel seines eigenen Todes durch den Zustand« lautet der Titel. Ich bin froh, dass er es »den Zustand« genannt hat. Ich finde, »eine Variante von Morbus Recklinghausen« ist nicht nur umständlich, vielmehr könnte es, wie Dr. Das sagte, mit Recklinghausen gar nichts zu tun haben. Ich werde darin dahingehend zitiert, dass ich die Leser auffordere, mir zu schreiben, wenn sie von Familienmitgliedern mit einer Abneigung gegen Wasser wissen. Ich finde übrigens, dass das die beste Testfrage ist. Dank meiner Verwandten habe ich nun auch die Geschichten vieler derjenigen Bräute, die nach der Heirat weggezogen sind – das fehlende Element im »Wasserbaum«.

Es ist faszinierend, wie die Frauen mit dem Zustand als »exzentrisch« erinnert werden. Das stach ebenso hervor wie ihre Abneigung gegen Wasser. Uns Mädchen wird von frühester Jugend an »adakkavum« und »othukkavum« beigebracht, also Bescheidenheit und Unsichtbarkeit. Diese Mädchen aber waren alles andere als demütig und zurückhaltend. Eine war so unverblümt, dass potenzielle Bräutigame sich von ihr fernhielten. (Bei einem Mann würde man dieselben Eigenschaften Selbstbewusstsein nennen.) Als sie dann doch heiratete, baute sie sich auf dem Grundstück ihres Mannes ein Baumhaus. Sie fürchtete sich vor Fluten, aber nicht vor Höhen. Wenn der Fluss über die Ufer trat, wohnte sie in dem Baumhaus. Ein anderes Mädchen war als Kind von Schlangen fasziniert und auch ganz furchtlos. Im Dorf ihres

Mannes wurde sie gerufen, wenn man hinter den Kochtöpfen eine Schlange entdeckte. Sie packte sie am Schwanz und hielt sie auf Armeslänge von sich weg. Anscheinend kann eine Schlange dann nicht hochschnellen und beißen – sie braucht eine Fläche, von der sie sich abdrücken kann. Aber wer will das schon riskieren? Ich fand heraus, dass beide Frauen an Symptomen wie denen meines Großvaters starben: Benommenheit, Kopfschmerzen, Fazialislähmung. Ein drittes Mädchen war entschlossen, Priesterin zu werden, eine Häresie. Sie kleidete sich wie ein Priester und versuchte, in der Kirche zu predigen. Dafür wurde sie verprügelt. Also stellte sie sich vor der Kirche auf und predigte, bis man sie verjagte. Ihre Familie brachte sie mit Gewalt in ein Nonnenkloster, von wo sie jedoch floh und in einem rein männlichen Seminar auftauchte, mit kurzen Haaren, und sich als Mann ausgab. Danach sperrte man sie in eine Anstalt, wo sie starb.

Aber ich muss schon sagen, hinsichtlich Exzentrik würden mein Großvater, mein Vater, Ninan, JoJo und mein Cousin Lenin alle als exzentrisch gelten, jeder auf seine Weise. Sie hatten eine Neigung, die sich von der anderer unterschied. Entweder mussten sie immer auf Bäume klettern, liefen zwanghaft immer in gerader Linie oder über Entfernungen, die für andere undenkbar waren. Ich glaube, Sie stimmen mir zu, dass sich diese »Exzentriken« nicht mit einem Tumor am Hörnerv erklären lassen. Hier also meine Hypothese: Was wäre, wenn diese Akustikusneurinome eine Entsprechung im Geist hätten, eine Anomalie, die Teil des Zustands ist und sich als »Exzentrik« offenbart? Wenn sie also einen »Tumor des Denkens« hätten (als das ich es sehe), etwas, was wir mit bloßem Auge oder unseren üblichen Werkzeugen nicht sehen können?

Möglicherweise hätte ich allerdings eines, um die Gedanken meines Vaters zu studieren. Er hatte die obsessive Angewohnheit, ein Tagebuch zu führen (weitere Exzentrik! Er schrieb täglich viele Einträge). Alle diese Gedanken sind hier in nahezu zweihundert Notizbüchern festgehalten. Das ist mein nächstes Projekt: Diese Tagebücher systematisch nach diesem »Tumor des Denkens« zu durchsuchen.

Eine große Hürde muss sie bei dem Projekt überwinden: die unlesbare Handschrift ihres Vaters. Als neugieriges Kind hatte sie in seine Tagebücher gespickt, nach pikanten Geheimnissen geschaut, war aber sogleich an der winzigen Schrift gescheitert, die Ränder ebenso wie weiße Flächen verabscheute. Er schrieb, als wäre Papier kostbarer als Gold, wo doch die Tinte gratis war. Indem er auf Englisch schrieb, wahrte er eine gewisse Privatsphäre, doch seine keilförmigen Buchstaben gleichen alten sumerischen Schriftzeichen. Seine Texte zu entziffern war wie das Erlernen einer Fremdsprache. Zudem konnten die wertvollsten Gedanken ihres Vaters in einem Meer aus trivialen Alltagsbeobachtungen über Mehltau, über Eidechsen, die von Dachsparren fielen, und dergleichen begraben sein. Als Mariamma kurz die Titel der Notizbücher überfliegt, sieht sie GERÜCHE, GERÜCHTE, HAARE (GESICHT UND KÖRPER), FÜSSE und POLTERGEISTER. Trotzdem schweifen seine Einträge schon nach wenigen Seiten zu etwas vollkommen anderem ab und kehren nicht mehr zurück. Es gab kein Register, keine Querverweise auf seine Einträge. Es ist ausgeschlossen, dass Mariamma die Seiten nur überfliegen kann. Die Aufgabe ist entmutigend. Sie könnte auch unmöglich sein.

Jeden Abend vor dem Einschlafen denkt sie an Lenin. Könnte sie doch nur mit ihm sprechen, ihm von ihrem Tag erzählen. Dann würde sie ihm von ihrer Freude berichten, zu Hause zu sein, wobei die einzige Kehrseite ist, dass sie hier jeder anderen Identität als der, Ärztin zu sein, beraubt ist. Sie sehnt sich danach, fertig zu sein und endlich die neurochirurgische Ausbildung zu beginnen. *Und wie war dein Tag, Lenin?* Bei der Vorstellung schaudert es sie. Ist er überhaupt noch am Leben? Falls er stirbt, würde sie es erfahren?

Uma ist von der »Tumor des Denkens«-Idee begeistert und spornt sie an. Und so liest Mariamma Abend für Abend und legt dabei auch gleich ein Register an. Die Arbeit ist erschöpfend, und ihre Finger werden von der Tinte schon kupferrot. Ganz allmählich steigert sie ihr Lesetempo. Das Register wächst. Bislang ist ihre einzige Erkenntnis über den Geist ihres Vaters seine Fähigkeit, von einem Thema zum anderen zu springen wie eine Motte in einem Zimmer voller Kerzen. Ist das der Tumor des Denkens? Hin und wieder verschlägt ihr eine Passage den Atem:

> *Gestern Abend, Elsie zeichnete im Bett, betrachtete ich das Profil meiner Braut, es ist reizvoller als jedes, worauf mein Blick fallen könnte. Auf einmal hatte ich eine Vision, als hätte sich in der Zeit ein Tor geöffnet. Ich sah die Laufbahn Elsies, der Künstlerin, so klar, als sähe ich einen Pfeil durch den Raum fliegen. Wie nie zuvor verstand ich, dass sie noch auf Generationen ihre Spuren hinterlassen wird. Verglichen damit bin ich nichts, gesegnet, in Gegenwart von solcher Größe zu sein. Ich war bewegt, den Tränen nah. Sie sah meine merkwürdige Miene. Sie fragte nichts. Vielleicht las sie meine Gedanken und verstand es, vielleicht glaubte sie es auch nur. Sie legte ihre Zeichnung weg und zog mich zu sich aufs Bett. Sie nahm mich wie eine Königin, die einen ihrer Edelmänner benutzt, doch zum Glück bin ich der einzige Edelmann, den sie liebt. Mein einzig wahrer Anspruch auf dauerhaften Ruhm wird sein: Elsie hat mich gewählt. Sie hat mich gewählt, und darum bin ich würdig. Mehr Ambitionen als diese brauche ich nicht: dieser besonderen Frau würdig zu bleiben.*

An einem anderen Abend stolpert Mariamma über eine völlig andere Phase in der Ehe ihrer Eltern, eine, die sich wie ein Knüppelschlag anfühlt: Nach Ninans grässlichem Tod gehen ihre Eltern aufeinander los. Es fröstelt sie, die Worte ihres Vaters zu lesen, so ungemildert auf dem Papier: der schreckliche Schmerz seiner gebrochenen Knöchel, sein Selbsthass, weil er den Baum nicht gefällt hat, seine übermäßige Wut auf Elsie, weil sie aus Parambil geflüchtet ist – zum Zeitpunkt des Eintrags war sie schon ein halbes Jahr weg. Mariamma hat gar nicht gewusst, dass sie getrennt gewesen waren! Die Worte ihres Vaters sind weitschweifig und sprunghaft, eine Ode ans Opium. Statt einen »Tumor des Denkens« vor sich zu haben, blickt sie in den Sumpf des wirren Denkens eines Süchtigen. Ja, ihre Suche ist wissenschaftlich, aber das Objekt unterm Mikroskop ist ihr Vater. Seine Gedanken können sie zerschmettern.

Sie klappt das Tagebuch zu, verlässt das Zimmer, ist versucht, das Projekt aufzugeben. *Bitte, Gott, indem ich den Gedanken meines Vaters folge, lass nicht zu, dass ich den Mann, den ich verehre und liebe, am Ende hasse. Nimm mir nicht das.*

Ihre Füße tragen sie zu der Steinfrau, die noch immer auf der Lichtung strahlt, sogar noch in der Dämmerung. In Stein verkörpert, ist diese Manifestation ihrer Mutter so dauerhaft wie nichts anderes in Mariammas Leben; in ihrer reglosen Haltung drückt sie die Geduld der Natur aus, der in Jahrhunderten statt Minuten und Stunden gemessenen Zeit. Mariamma sitzt lange dort.

»Der Zustand … er ist nur Leben, nicht wahr, Amma?«, sagt sie, an die Steinfrau gewandt. »Vielleicht ist es ja gar nicht meine Absicht, das Rätsel des Zustands oder das, warum ich auf der Welt bin, zu lösen. Das Wesen des Lebens *ist* doch ein Rätsel. Der Zustand bin *ich*. Vielleicht bin ich gar nicht hinter den Mechanismen von Appas Geist her, den Hinweisen auf eine Erbkrankheit. Ich glaube, Amma, im Grunde suche ich nämlich dich.«

75. Kapitel
BEWUSSTSEINSZUSTÄNDE

1977, Parambil

Für Mariamma ist die leere Bank vor ihrer Klinik zu schön, um wahr zu sein. Sie hat einen neuen Kollegen, Dr. T.T. Kesavan, LMP. »T.T.« untersucht die ambulanten Patienten und schickt ihr nur die schweren Fälle. Bald wird sich ihre leere Bank füllen, aber immerhin ist sie nicht mehr hoffnungslos im Hintertreffen, bevor sie überhaupt erst angefangen hat.

In ihrem Sprechzimmer trifft sie zu ihrer Verwunderung auf einen sehr dunklen, barfüßigen Mann in Khaki-Shorts und Hemd, er sitzt auf dem Hocker neben ihrem Schreibtisch und grinst sie an. Trotz seiner dunklen Färbung zeigen seine Züge etwas leicht Nepalesisches, auch sein Gesicht weist eine ähnliche Alterslosigkeit auf; nur die grauen Brauen und sein grauer Haarschopf deuten an, dass er weit über sechzig ist.

»Guten Morgen, Frau Doktor«, sagt er auf Englisch und springt auf. »Doktor hat Cromwell gebeten, Ihnen geben!« Sie faltet das Papier auseinander, versucht dabei, das Gehörte zu entwirren. »Ich bin Cromwell«, setzt er hinzu.

»Welcher Doktor?«

Er zeigt auf ein Fahrzeug vor dem Haupteingang, eine Kreuzung aus Jeep und Pick-up. An der Tür steht in verblassten Lettern SAINT BRIDGET'S LEPROSARIUM. Drin sitzt ein Weißer, er wartet. Sie liest das Papier.

Liebe Mariamma: Ich bin Arzt und kannte Ihren Großvater, Chandy. Ich bitte Sie um Amtshilfe für einen Mann, der schrecklich krank ist. Sie kennen ihn. Zu Ihrer und meiner Sicherheit erlauben Sie mir bitte, Ihnen alles Weitere im Wagen zu erklären. Bis dahin sprechen Sie bitte mit niemandem. Darf ich Sie auch bitten, diskret einen Trepan mitzubringen sowie jedwede Werkzeuge, die Sie für die Öffnung des Schädels und der Dura benötigen könnten?

Bevor Digby sie erblickt, spürt er eine Delle in der Atmosphäre. Die schwebende Haltung der Frau ist trotz der schweren *sanji*, die sie trägt, die einer Tänzerin. Sie ist groß und schön, und ihr korallenblauer Sari unterstreicht ihre helle Haut. Der leuchtend helle Streifen in der Mitte ihrer Haare verleiht ihr eine Reife über ihr Alter hinaus. Seine Befangenheit, als sie herantritt, lässt ihn erröten.

Sie gleitet auf den Sitz neben ihm, schüttelt die Sarifalten aus, sodass der Stoff bis auf den Boden fließt. Er reicht ihr die Hand; ihre ist warm und weich, während seine sich doch rau und steif anfühlen muss und keine Höhlung bilden kann, die der ihren entspricht.

»Digby Kilgour«, stammelt er und lässt ihre Hand nur widerstrebend los. »Ich habe Ihren Großvater Chandy gut gekannt. Und Ihrer Mutter bin ich begegnet, als sie noch ein Mädchen war –«

Mariamma betrachtet ihn, diesen Mann mit blauen Augen gleich Saphiren, die in seinem ausgelaugten, verwitterten Gesicht funkeln. Seine Handrücken sind ein Flickenteppich aus rostfarbener und albinoweißer Haut. Eine lockere Baumwollkurta macht seinen dünnen Hals noch dürrer. Er ist Ende sechzig oder Anfang siebzig, schlank und fit, aber nicht so robust wie sein dunkelhäutiger Fahrer.

»Boss, wir fahren. Zu viel Leute«, sagt Cromwell und lässt den Motor an.

»Ja«, sagen Mariamma und Digby gleichzeitig.

Als sie außer Sichtweite vom Triple Yem sind, dreht sich Mariamma zu ihm hin. »Wie geht's ihm?«

Sie fragt nicht, um wen es geht, wie Digby registriert. »Nicht gut. Kaum wach zu kriegen, wird stündlich schlimmer.«

Sie lässt es sacken. Sie schlüpft aus ihren Sandalen, legt die Knie quer über den Sitz wie eine Meerjungfrau und setzt sich auf die nackten Füße.

»Er ist in Gwendolyn Gardens aufgetaucht. Das ist mein ehemaliges Gut im Norden, bei Trichur ...« Digby hat wegen der durchscheinenden Augen, die ihn betrachten, Mühe, nicht den Faden zu verlieren. »Vor Jahren, als Lenins Mutter schwanger war, kam sie mit einer Stichwunde auf mein Gut und –« Mariamma nickt ungeduldig. Die Geschichte kennt sie. »Also, Lenin wusste offenbar von seiner Mutter schon immer von Gwendolyn Gardens. Und von mir. Gestern Abend kam er, aber ich lebe dort ja schon seit fünfundzwanzig Jahren nicht mehr. Ich leite hier in Travancore eine Lepraklinik. Das Gut gehört Cromwell. Auf Lenin ist eine Belohnung ausgesetzt, wissen Sie. Ihn auf dem Gut zu lassen, wäre gefährlich gewesen, für die Arbeiter eine zu große Versuchung. Also hat Cromwell Lenin die ganze Nacht durch zu mir hergefahren.«

Jetzt sieht sie überhaupt nicht wie eine Ärztin aus; sie ist eine junge Frau, die mit einem Geist aus ihrer Vergangenheit konfrontiert wird. »Dr. Kilgour, was sollen wir tun?«

»Sagen Sie bitte Digby. Ja, das ist die Frage. Was tun? Seine Anwesenheit ist für uns riskant. Ich wusste nicht, wie ich ihm helfen kann. Ich bin Lepraarzt, Handchirurg. Als er kam, war er stuporös. Ich wollte Sie da nicht reinziehen. Mariamma, ich bin hier, weil er nach Ihnen gefragt hat.«

Sie wird ganz still. Nach einer Weile sagt sie leise: »Gibt er sich auf?«

Digby schüttelt den Kopf. »Nein. Hören Sie. Ich habe für die Naxaliten nicht viel übrig. Aber die Polizei ist auch nicht besser. Medizinisch würden die gar nichts für ihn tun. Wahrscheinlich würden sie ihn auf der Stelle umbringen. Er erbricht sich und klagt über starke Kopfschmerzen. Er hat immerzu gesagt, Sie wüssten, was er hat. Ich glaube, ich weiß es auch. Ich habe über Ihre Familie und diese Erbkrankheit gelesen.«

Sie nickt. »Er hat fast sicher Akustikusneurinome, genau wie mein Vater. Auf beiden Seiten. Das heißt aber nicht, dass ich ihn heilen kann.«

Sie krampft die Hände im Schoß zusammen; sie blickt ins Leere, gedankenverloren. Im Profil, denkt er, sind ihre Gesichtszüge – Augen, Stirn, die lange, schmale Nase – genau wie die von Chandys Tochter Elsie.

»Hören Sie, Sie müssen sich da nicht reinziehen lassen, Mariamma. Es könnte ohnehin schon zu spät sein –« Der Blick, der nun auf ihrem Gesicht erscheint, macht ihm klar, dass er etwas Falsches gesagt hat. Cromwell wirft Digby im Rückspiegel einen Blick zu, als wollte er sagen: *Das hast du vermasselt.* »Entschuldigen Sie! Wie kann man nur so was sagen.«

Ihre Stimme ist brüchig, und sie spricht eher mit sich als mit ihnen, als sie sagt: »Dann ist er also plötzlich aufgetaucht und hat nach mir gefragt? Nach all den Jahren. Was soll ich denn …?«

Sie spricht nicht zu Ende. Ihre Augen werden feucht. Digby kramt nach seinem Taschentuch, das zum Glück sauber ist. Sie drückt es sich auf die Augen. Dann lehnt sie zu Digbys Überraschung die Stirn an seine Schulter. Er legt die Hand um sie und lässt sie sanft auf ihrem Schulterblatt ruhen, hält sie mit höchster Sorgfalt, um ihre Last nicht noch zu vergrößern.

76. Kapitel
ERWACHEN

1977, Saint Bridget's

Digby betrachtet Mariamma, wie sie das Gelände von Saint Bridget's überblickt, als sie durchs Eingangstor fahren. Was hält sie wohl von dem, was seit einem Vierteljahrhundert sein Zuhause ist, von dieser stillen Oase, deren hohe Mauern nicht einmal Geräusche von der Außenwelt an ihre Ohren dringen lassen? Suja, eine von Digbys »Schwestern«, führt die linke Handfläche an den Stumpf ihrer rechten Hand. Mariamma antwortet automatisch, bemerkt kaum, dass Sujas »namaste« gedanklich vervollständigt werden muss.

Das Zimmer, in dem sie Lenin untergebracht haben, ist privat und vom übrigen Leprosarium abgetrennt. Mariamma zögert auf der Schwelle, folgt Digby dann, wie eine Schlafwandlerin. *Gott sei Dank, er atmet noch*, denkt Digby. Er sieht, wie ihre Finger zittern, als sie sich zu Lenins Wange hin bewegen. Die bewusstlose Gestalt auf dem Bett hat dunkle Stoppeln im Gesicht und auf der Kopfhaut wie ein Pilger, der von Tirupati oder Rameswaram zurückgekehrt ist. Die sehnigen Venen heben sich wegen des vollkommenen Fehlens von subkutanem Fett von seinen dünnen Armen ab. Der ausgekehlte Bauch und der vorgewölbte Brustkorb geben ihm das Aussehen eines Mannes kurz vorm Verhungern, nicht das eines Guerillakämpfers.

Digby legt ruhig die Blutdruckmanschette um Lenins schlaffen Arm, was Mariamma aus ihrer Trance holt. Ihre Finger tasten nach Lenins Puls. »Hundertsiebzig zu siebzig«, sagt Digby und nimmt die Manschette ab. »Ungefähr wie vorher.«

»Puls ist sechsundvierzig«, sagt sie. »Der Cushing-Reflex.«

Wann hat Digby dieses Wort das letzte Mal gehört? Vor einem halben Jahrhundert in einem OP-Saal in Glasgow? Er hatte nur wenig Gelegenheit, sich an die Trias dieses Pioniers der Neurochirurgie zu erinnern. Cushing beobachtete, wenn eine Blutung oder ein Tumor den Druck innerhalb der engen Grenzen des Schädels steigern, führt dies zu einer Erhöhung des systolischen Blutdrucks, einer Verlangsamung des Pulses und unregelmäßiger Atmung.

»Wir sollten ihn aufsetzen«, sagt Mariamma. »Davon sinkt der intrakranielle Druck.« Es ist keine Ermahnung, dennoch weiß Digby, er hätte daran denken müssen. Mit Cromwells Hilfe und mittels einer gefalteten Matratze von dem anderen, leeren Bett im Zimmer stützen sie Lenin auf; sein Kopf hängt wie der einer Stoffpuppe nach vorn.

»Darf ich ihn untersuchen?«, fragt sie.

»Bitte sehr!«

Sie schaut Digby seltsam an. Dann schüttelt sie Lenin an den Schultern. »LENIN!« Vorher hatte Lenin versucht, die Augen zu öffnen, als Digby seinen Namen rief. Sogar gesprochen hatte er. Jetzt sind seine Augen glasig. Ein Patient, der nicht zusammenzuckt, wenn unterm Bett ein Knallfrosch explodiert, ist schlimmer dran als einer, der es tut. Mariamma drückt mit den Knöcheln in Lenins Brustbein – für einen Patienten bei Bewusstsein ein schmerzhafter Stimulus. Lenin regt sich, sein Gesicht furcht sich leicht.

»Sehen Sie?«, sagt sie. »Nur die rechte Gesichtshälfte hat sich bewegt.« Das hat Digby nicht gesehen. Sie wiederholt es, und da sieht er es. »Eine Lähmung des linken Gesichtsnervs«, sagt sie. »Das Problem ist der Tumor auf seinem linken Hörnerv. Er muss so groß sein, dass er den Gesichtsnerv beeinträchtigt.«

Digby sieht ihr zu, sieht alles, was er vielleicht auch getan hätte. Der Körper vor ihr ist der Text. Bald wird sie wie eine Bibelgelehrte ihre Exegese durchführen. Dabei wird er sich seines Alters bewusst – sie ist zwei Generationen jünger. Doch Digbys Expertise sind nun Nerven, die sich nicht mehr erholen können. Alles Bücherwissen, das er nicht mehr anwendet, ist dahin. Auf dem Gebiet des Sehnentransfers ist er Experte, hat ein paar Aufsätze über seine Neuerungen publiziert, aufbauend auf Runes Arbeit. Dieser Patient jedoch führt ihn auf unvertrautes Gelände.

Mariamma legt stirnrunzelnd ihre Geräte weg.

Digby sagt: »Ich dachte, vielleicht müssen wir in seinem Schädel ein Trepanationsloch machen. Deshalb habe ich Sie gebeten, den Trepan mitzubringen. Das könnte den Druck abschwächen –«

Sie schüttelt den Kopf. »Das würde nichts bringen. Lenins Tumor sitzt unten beim Hirnstamm. Er blockiert den Fluss der Cerebrospinalflüssigkeit. Er hat einen Hydrozephalus. Deshalb ist er bewusstlos. Eine Trepanation ist gut, wenn sich Blut unterm Schädel sammelt, aber bei Lenin würde davon nur das Gehirn vorfallen.«

Digby bedenkt, was Mariamma gerade gesagt hat. Er stellt sich die schlitzartigen Höhlungen vor – die Ventrikel –, die tief in Lenins rechter und linker Hirnhälfte sitzen. Die Cerebrospinalflüssigkeit entsteht normalerweise in den beiden Ventrikeln und fließt dann durch einen Mittelkanal, der wie eine Dachrinne durch den Hirnstamm verläuft und sich an der Hirnbasis entleert, wo dann die Außenseite des Gehirns und das Rückenmark gebadet und gepolstert werden. Wenn aber die Rinne von dem Tumor blockiert ist, staut sich die Flüssigkeit in den

Ventrikeln und verwandelt sie von Schlitzen in gespannte Bälle. Bei Kleinkindern würde sich der noch nicht verwachsene Schädel mit der Vergrößerung der Ventrikel einfach ausdehnen. Bei Lenin aber drücken die sich vergrößernden Ventrikel langsam das sie umgebende Hirngewebe gegen den festen Schädel, wodurch er erst schläfrig und dann komatös wird.

»Was wir aber machen *können*«, sagt Mariamma, »wir könnten eines der Ventrikel anzapfen. Wir würden eine Nadel durchs Gehirn stoßen, bis wir auf eines der angeschwollenen Ventrikel treffen, und dann die Cerebrospinalflüssigkeit ablassen. Dafür müssten wir da ein winziges Loch in den Schädel machen.« Sie zeigt auf eine Stelle auf Lenins Schädel, etwas abseits der Mitte. »Keine regelrechte Trepanation, nur so groß, dass die Nadel durchpasst.«

»Sie meinen, Sie machen das blind?«

»Man folgt anatomischen Landmarken. Aber ja, blind. Doch seine Ventrikel sind so stark erweitert, dass die Nadel gute Chancen hat, einen zu treffen.« Sie wartet, als hoffte sie, dass Digby es ihr ausredet. »Ich habe mal dabei zugesehen. Es ist keine Heilung. Aber es könnte uns Zeit verschaffen. Zeit ist Hirn, sagen sie in der Neurochirurgie. Falls es ihm dann besser geht, falls wir ihn nach Vellore ins Christian Medical College bringen können, das heißt, falls er damit einverstanden ist …« Die vielen »falls« lassen sie verstummen.

»Das ist der beste Plan«, sagt Digby fest.

Sie setzen Lenin in Digbys kleinem OP aufrecht hin und binden seinen Kopf in einen gepolsterten orthopädischen Rahmen, der sich in den Operationstisch einfügt. Mit einem Hautmarker zieht Mariamma eine vertikale Linie von Lenins Nasenwurzel hinauf zur Schädelmitte. Mit einem Bandmaß bezeichnet sie darauf bei elf Zentimetern einen Punkt. Von dort aus zieht sie eine zweite Linie, rechtwinklig zur ersten, zu Lenins rechtem Ohr. Drei Zentimeter weit auf dieser zweiten Linie macht sie ein X.

»Lässt man Flüssigkeit aus einem Ventrikel ab, leeren sich beide, da sie ja verbunden sind. Ich habe den rechten genommen, um dem Sprachzentrum in der linken Hälfte aus dem Weg zu gehen. Falls Sie sich das gefragt haben.«

»Das hätte ich tun sollen«, sagt Digby.

Der Trepan, den Mariamma mitgebracht hat, würde ein zu großes Loch machen. Nach einer Besprechung holt Digby den Spiralbohrer, den er bei langen Knochen benutzt. Sie injiziert bei dem X ein örtliches Anästhetikum in die Haut und weiter in den Schädel. Mit einem Skalpell macht sie einen kleinen, aber tiefen Schnitt in den Knochen. Da Digby mit dem Spiralbohrer vertraut ist, bedient er ihn. Als er spürt, wie die äußere Schicht des Schädels durchstoßen wird, übernimmt Mariamma mit einer Knochenzange, um den Knochen abzutragen, bis sie die glänzende Membran sehen können, die das Gehirn umhüllt. Sogar durch dieses kleine Loch wölbt sich die Membran heraus, das Gehirn sucht Entlastung von dem Druck. Digby sieht, wie Mariamma zuckt: Dieses Gehirn gehört jemandem, der ihr lieb ist.

Sie nimmt die Spinalkanüle. Sie ist lang und hohl und hat einen entfernbaren inneren Führungsstab. Vorher hat sie den Schaft sieben Zentimeter von der Nadelspitze entfernt markiert. Sie befestigt eine Gefäßklemme am Nadelansatz und reicht die Klemme Digby. »Stellen Sie sich direkt vor ihn, Digby, und halten Sie die Klemme fest. Ich stelle mich an die Seite. Sie müssen mich auf die Innenseite des Auges von Ihnen aus gesehen ausrichten. Ich ziele dann nach dem Tragus seines Ohrs von mir aus gesehen. Selbst wenn ich die Nadel auf der Ebene vorn-hinten kippe, dürfen Sie mich nicht in die seitliche Ebene abweichen lassen, ich muss auf den inneren Augenwinkel zielen.«

Gott hilf uns, das ist grob, denkt er. Sie drückt die Nadel sachte ins Gehirn. Nach fünf Zentimetern hält sie inne und zieht den Innenstift heraus. Aus der Kanüle kommt nichts. Sie führt ihn wieder ein, drückt mit der Nadel einen weiteren Zentimeter hinein und zieht den Innenstift erneut heraus.

Eine Flüssigkeit wallt herein, klar wie Quellwasser.

»Oha!«, ruft Digby aus. Theorien sind schön und gut, aber der Beweis ist die Flüssigkeit, die nun stetig auf die Tücher tropft.

»Ich kann sehen, wie die Hirnoberfläche zurückgeht!«, sagt Mariamma aufgeregt.

Als schließlich nichts mehr fließt, schiebt sie den Stift in die Kanüle zurück, zieht die Nadel heraus und verschließt den Knochen mit sterilem Knochenwachs. Gerade als sie den einen Faden verknotet, mit dem sie den Schnitt in der Kopfhaut zugenäht hat, spüren sie, wie der Tisch wackelt. Eine Hand ohne Handschuh zeigt sich. »Moment!«, schreit Digby und reißt die Tücher weg.

Ein benommener Lenin starrt aus den Tüchern um seine Stirn herum wie ein Maulwurf aus seinem Bau, der ins Licht blinzelt.

»Nehmen Sie die Maske ab«, sagt Digby leise zu Mariamma und nimmt seine ab.

Lenin kann den Kopf nicht drehen, doch seine Augen wechseln von Digby zu Mariamma. Sie bleiben auf ihr haften. Digby weiß nicht, welcher der beiden – Mariamma oder Lenin – erstaunter ist. Der Raum wird vollkommen still, als die beiden einander anschauen. Auch draußen ersterben alle Geräusche.

»Mariamma«, sagt der eben noch komatöse Patient, die Stimme schwach und heiser. »Ich bin so froh, dich zu sehen.«

77. Kapitel

REVOLUTIONÄRE WEGE

1977, Saint Bridget's

Der wiederbelebte Lenin fixiert sie. Sie ist starr, sieht zu, wie Digby die Bänder durchschneidet, die Lenins Kopf festgehalten haben, und wie er so ruhig, als hätten sie sich gerade in einem Club kennengelernt, zu ihm sagt: »Ich bin Digby Kilgour. Ich habe Sie heute Morgen gesehen, aber daran werden Sie sich wohl nicht erinnern.«

Einen Augenblick lang stellt sich Mariamma vor, dass sie sich gleich wie Stanley und Livingstone die Hand schütteln. Das wäre nur angemessen. Ihre letzte Begegnung war der Stoff für Legenden: Lenin reckte die Faust nach ihm, Dr. Kilgour vertrieb sie mit dem glimmenden Ende eines Stumpens.

»Sie sind nicht auf dem Gut, sondern im Saint Bridget's Leprosarium.« Lenin macht ein besorgtes Gesicht. »Sie sind hier vollkommen sicher. Wir mussten Sie von Gwendolyn Gardens herschmuggeln. Zu gefährlich dort.«

Lenin will sich an den Schädel fassen. »Halt!«, sagt Digby. »Da ist eine Naht.« Digby schaut Mariamma an, als wollte er sagen: *Machen Sie jetzt weiter!*

»Wie geht's deinem Kopf?«, sagt sie. *O Gott. Sind das wirklich meine ersten Worte an meinen einzigen Geliebten nach fünf Jahren Trennung? Wie geht's deinem Kopf – nachdem ich dir den Schädel aufgebohrt und eine Nadel ins Gehirn gesteckt habe?* Blut schießt ihr ins Gesicht. Schon als sie ein Kind war, brachte niemand sie so zum Erröten wie Lenin.

»Meinem Kopf geht's gut«, sagt er. »Ich weiß noch …«

Sie warten, dass er weiterspricht. Draußen piepst ein Rotstirn-Schneidervogel, *Na-los-na-los-na-los*. Mariamma hält den Atem an.

»Ich weiß noch … ich hatte so lange Kopfschmerzen.« Er presst die Worte auf Englisch hervor, aber er ist nicht mehr in Übung. »Wenn ich huste oder niese, platzt mir … der Kopf. Dann wird mir das Leben rausgedrückt.« Er spricht jetzt flüssiger. »Ich hatte Anfälle. Viele. Täglich. Wir hatten Zyankalikapseln. Ich war schon so weit, meine zu nehmen, dann dachte ich …« Wieder die Pause, wie ein Radio mit einem losen Kabel.

»Wo ist sie?«, fragt Digby.

Lenin kramt im Ende seines *mundu*. Digby hilft ihm, zieht Rupienscheine in einem Gummiband und eine schmutzige, in Plastik eingewickelte Kugel hervor.

Lenin betrachtet Digby. »Herr Doktor, ich weiß von meiner Mutter, dass Sie ihr geholfen haben, als sie Sie am dringendsten brauchte. Sie haben meinen Eintritt in die Welt verhindert. Jetzt stoppen Sie meinen Abgang!«

Digby lacht. »Beide Male vorzeitig. Aber glauben Sie mir, hätte ich nicht Mariamma aufgespürt, dann hätten Sie das Zyankali gar nicht gebraucht.«

Bei diesen Worten platzt etwas in Mariamma. Ein paar Stunden später, und sie hätte eine Leiche vor sich gehabt, nicht dieses wache, vertraute Wesen, diesen Mann, den sie trotz allem liebt. Sie sackt gegen den Tisch. Ein bestürzter Digby zieht einen Stuhl für sie heran.

Lenin streckt die Hand nach ihr aus.

Sein Lächeln ist durch die Gesichtslähmung schief. Doch die Wärme, die Zuneigung und Sorge um sie sind in seinen Augen – das ist real, ganz der Lenin. Sie will nicht mehr die Ärztin sein. Doch sie sind noch nicht fertig. Sie fragt sich, warum er nicht fragt, wie sie die Kopfschmerzen wegbekommen haben.

»Lenin?« Er sieht so verletzlich aus, seine Stirn von ihrem Stift zweigeteilt und eine genähte Wunde am Kopf. »Du hast einen Tumor, ein akustisches Neurom. Das hat den Druck auf –«

»Das mit deinem Vater tut mir leid, Mariamma«, unterbricht er sie. »Ich hab's in der Zeitung gelesen. Der Zustand. Bin so stolz auf dich. Hast du meinen Tumor rausgenommen?«

Es tut ihr weh, wie die Hoffnung in seinen Augen erlischt, als sie den Kopf schüttelt. Sie malt ihm mit dem Marker auf einem Blatt Papier auf, was los ist. »... und als wir mit der Nadel reingegangen sind, ist Flüssigkeit rausgequollen. Aber das hat uns nur ein wenig Zeit gebracht.«

Ein schelmisches Licht erscheint in seinen Augen. Dann lacht er, was die Unbeweglichkeit der einen Gesichtshälfte noch verstärkt, sodass es wie ein Knurren aussieht. Sie darf nur seine rechte Gesichtshälfte ansehen.

»Mariamm*aye*«, sagt er liebevoll. »Meine Ärztin. Weißt du noch, als wir Kinder waren und du gesagt hast, dass in meinem Kopf was locker ist? Und du es eines Tages reparierst?«

Sie waren in der Kirche gewesen. Lenin hatte zu ihr hergeblickt, sie hatte auf der Frauenseite gestanden. Dann ließ er, ohne eine Miene zu verziehen, einen Speichelfaden von der Lippe ab. Sie konnte ein Lächeln nicht unterdrücken. Big Ammachi kniff sie ins Ohr.

»Ich habe gesagt, eines Tages brech ich dir den Schädel auf und zieh den Teufel raus.«

»Und du hast es getan!«

Digby holt sie in die Wirklichkeit zurück. »Lenin, Sie verstehen, dass der Tumor noch da ist. Wir haben nur vorübergehend den Druck darauf vermindert.« Er schaut Mariamma hilfesuchend an. »Der Druck wird wieder ansteigen.«

Lenin sagt: »Eine Nadel in meinem Kopf? Aber ich spüre gar nichts.«

Digby sagt: »Das ist paradox, nicht? Sticht man das Gehirn direkt an, entsteht kein Schmerz. Tritt man dagegen auf einen Nagel, zeigt das Gehirn die genaue Stelle an. Außer Sie sind einer der Patienten hier, die nichts empfinden und sich daher verletzen.«

Mariamma sagt: »Lenin, dein Tumor muss dringend raus. Aber hier können wir das nicht machen.« Sie legt ihm die Hand auf die Brust. »Wir müssen dich nach Vellore bringen. Dort haben sie Erfahrung mit solchen Operationen.« Er schreckt zurück. Der Flüchtige schätzt seine Fluchtwege ab.

»Warum nicht hier? Ich vertraue dir –«

»Ich wünschte, ich könnte es. Aber dazu bin ich nicht kompetent. Noch nicht.«

»Vellore? Dann dauert es nicht lang, bis sie wissen, wer ich bin.«

»Aber wenn der Tumor raus ist, lebst du. *Lebst ein volles Leben!*« Sie hält den Atem an.

Er reagiert nicht. Er zieht sich weiter zurück. Sie glaubt, er bereitet sich auf den Tod vor.

Digby sagt sanft: »Lenin? Was meinen Sie?«

Er meidet Digbys Blick. Plötzlich wirkt er müde. »Ich ... ich hab solchen Hunger, dass ich kaum denken kann.«

»Lieber Himmel!«, sagt Digby. »Was sind wir nur für Ärzte! Sie sind bestimmt am Verhungern. Und auch die junge Dame da braucht eine Tasse Tee.«

Mariamma ist plötzlich niedergedrückt, als wäre gerade die Decke auf ihre Schultern herabgesunken. Sie muss an die frische Luft.

Vor dem OP hockt Cromwell. Bei Mariammas Anblick lächelt er ... dann verschwindet das Lächeln, er springt auf und rennt zu ihr hin. *Was jetzt?*, denkt sie. *Und warum kippt auf einmal der Boden so komisch weg?*

Sie sitzt auf einem Sessel, die Beine auf einem Sitzkissen. Ein Seidenschal ist über sie gebreitet. Neben ihr sind Tee, Kekse und Wasser. Sie erinnert sich vage, dass Cromwell sie getragen hat. Als sie dann flach lag, kam sie zu sich, ein besorgter Digby umschwebte sie und bestand darauf, dass sie sich ausruhte. Sie sagte, sie wolle mal fünf Minuten die Augen schließen. Sie muss geschlafen haben. Wie lange, weiß sie nicht.

Sie trinkt und isst gierig. Ihr Zufluchtsort ist ein kühles, mit Teppichen ausgelegtes, niedriges Arbeitszimmer, in die Wände sind Bücherregale eingebaut, die bis zur Decke und über Tür- und Fensterrahmen reichen. Es wirkt intim und einladend. Schwere Vorhänge umrahmen Verandatüren, die auf ein kleines Rasenrechteck gehen, umsäumt von bunten Rosenbüschen; um den Garten verläuft ein Palisadenzaun, in dessen hinteres Ende eine Tür eingelassen ist. Sie stellt sich diesen Rasen als Digbys Refugium vor, wo er sich in die Sonne setzen und ein Buch lesen kann. Sie ist fasziniert von den schnurgeraden Rasenkanten, den wunderschön beschnittenen Rosenbüschen. Es ist wie eine Postkarte von Gärtchen vor englischen Reihenhäusern, die sie einmal gesehen hat, die eingehegten Fleckchen Erde viel zu klein für die gärtnerischen Ambitionen der Besitzer und dennoch warm und behaglich.

In Nischen zwischen den Regalen sind Fotografien aufgestellt. Ein eleganter Silberrahmen zieht sie an, darin ist ein Schwarzweißfoto von einem kleinen weißen Jungen in Kniestrümpfen, Shorts, Krawatte und einem Pullover mit V-Ausschnitt. Auf der Stirn, in den Augen sieht sie unverwechselbare Spuren des erwachsenen Digby. Das schüchterne Lächeln des Jungen in die Kamera verbirgt nicht eine gewisse Anspannung. Vielleicht sein erster Schultag? Neben ihm kauert eine schöne Frau in einem Rock, sie lacht, die Knie zusammen, die Hand auf seiner Schulter. Das ist bestimmt Digbys Mutter. Ihr Gesicht ist jugendlich, aber müde, die dunklen Haare haben schon einen Graustich. Doch für den Moment, in dem der Auslöser klickt, zeigt sie sich von ihrer besten Seite, bedient sich ihrer Erfahrung wie eine altgediente Schauspielerin, wenn sich der Vorhang hebt, und das Ergebnis ist schlicht umwerfend. Sie ist schön wie ein Filmstar und hat die entsprechende Präsenz.

Ein ungerahmtes Foto in einem anderen Alkoven zeigt einen mächtigen, bärtigen Weißen, neben ihm Leprakranke, seine Arme liegen auf ihren Schultern, wie ein Trainer mit seiner Mannschaft. Dieses Gesicht hat sie schon auf dem Ölporträt gesehen, das innen am Portikus von Saint Bridget's hängt. Das muss Rune Orqvist sein. Diesen Namen hat sie so oft auf dem Vorsatzblatt der alten *Gray's Anatomy* ihrer Mutter gesehen. Es war sein Buch, auch wenn die Widmung drinnen von Digby war, und bestimmt das ideale Geschenk für eine junge, aufstrebende Künstlerin. Mariamma war so sehr auf Lenin konzentriert, dass sie und Digby nie über diese Verbindung gesprochen haben. Lenin! Eilig leert sie ihren Tee, sie darf jetzt nicht trödeln.

Während sie sich wäscht, staunt sie über die Verbindungen in ihrer Welt, unsichtbar oder vergessen und dennoch da gleich einem Fluss, der die Leute weiter aufwärts mit denen flussabwärts verbindet, ob sie es wissen oder nicht. Thetanatt war irgendwo in der Nähe – nun aber weg, da ihr Onkel es schon vor langer Zeit verkauft hat. Rune war Elsies Pate. Auch Philipose war dort gewesen, als Schuljunge.

Als sie aus dem Zimmer tritt, sieht sie Digby den Gang entlangkommen: Ja, der Anflug von Unruhe, von Ernst wie bei dem Schuljungen, und sogar dessen Lächeln haben sich im

Gesicht des älteren Mannes bewahrt. Seine Sorge um sie ist herzerwärmend.

»Der Tee und die Kekse haben Wunder bewirkt«, versichert sie ihm. »Mir geht's wieder gut.« Er wirkt erleichtert. »Digby, das Foto in Ihrem Arbeitszimmer – das ist doch Rune, nicht? Wie auch das im Foyer?« Digby nickt. »Sein Name steht in dem *Gray's Anatomy* meiner Mutter. Und Sie haben die Widmung reingeschrieben. Das Buch hatte ich in all den Jahren immer bei mir. Es ist mein Glücksbringer!«

Digby scheint gerührt, fast überwältigt. Er will offenbar etwas sagen, lässt es aber sein. Stattdessen hebt er einen Ellbogen, eine Geste, die ihr so fremd ist, dass sie lachen will. Sie hakt sich bei ihm ein. Es ist für sie das Natürlichste auf der Welt.

Schweigend gehen sie zu Lenin, gelangen dabei durch einen kühlen, schattigen Kreuzgang, dessen Backsteinbögen an ein mittelalterliches Kloster erinnern. Die Pflastersteine unter ihnen sind konturiert von Moos, das in den Lücken wächst. Im Schatten des Kreuzgangs steht eine Leprakranke in Weiß an einer Säule. Sie ist so reglos, dass Mariamma sie kurz für eine Statue hält ...bis der *pallu* ihres Sari, den sie über den Kopf gelegt hat, im Wind flattert. Die Kranke horcht auf das Geräusch ihrer Schritte, als wäre sie blind. Unwillkürlich erschauert Mariamma, nicht wegen der grotesken Züge der Frau, sondern weil das Ding, das sie für unbelebt hielt, plötzlich zum Leben erwacht ist.

Wenn dieser Albtraum mit Lenin vorbei ist, wird sie Uma Ramasamy über das Leprosarium und seine lebenden Patienten schreiben, die einen solchen Gegensatz zu den in Formalin konservierten menschlichen Überresten bilden, an denen sie gearbeitet hat. Sie ist versucht, Digby von Uma und ihrem gemeinsamen Interesse an dieser Krankheit zu erzählen, der er sich lebenslang verschrieben hat. Ihre Arbeit bei Uma, die sie durch glückliche Fügung bekommen hat, führte sie zu der Ursache des Zustands und auch zu Lenin. Doch solche Gedanken sind ein Luxus. Es gibt Dringenderes zu besprechen.

»Digby, ich glaube, der Zustand erzeugt mehr als nur Akustikusneurinome. Meiner Theorie nach beeinträchtigt er auch die Persönlichkeit, macht die Betroffenen exzentrisch. Sie ist die Ursache von Lenins … Leichtsinn, dem dummen Weg, den er eingeschlagen hat. Und für seinen jetzigen Starrsinn.«

»Na ja, vor einem Richter wäre das ein gutes Argument, falls er sich ergibt«, sagt Digby. »Könnte ihm seine Zeit im Knast verkürzen.«

»Ich habe gehört, diese Naxalitin, die lebenslänglich bekommen hat …«, sagt Mariamma, »Nach sieben Jahren haben sie sie freigelassen.«

Sie staunt, wohin ihre Gedanken sie führen. Nachdem sie gedacht hatte, sie würde Lenin nie mehr wiedersehen, plant sie jetzt schon eine Zukunft. *Du denkst viel zu weit voraus.*

»Digby«, sagt sie, »und wenn Lenin sich nun nicht stellen oder nach Vellore will, was wird dann –«

»Überzeugen Sie ihn. Unbedingt.« Er wendet sich zum Gehen. »Ich lasse Sie beide jetzt allein.«

Lenin ist wieder in dem Zimmer, in dem sie ihn zuerst gesehen hat, er ist aufgestützt und scheint zu schlafen. Sie setzt sich auf einen Stuhl am Bett. Er schlägt die Augen auf.

»Mariamma?« Er lächelt sie an. Er nimmt einen Keks aus der Schachtel neben ihm und bricht ihn mitten durch. »Wenn wir zugleich abbeißen, bekommen wir übernatürliche Kräfte. Wie Mandra, der Zauberer. Weißt du noch? Ein Bissen, und irgendwo in der Galaxie, wenn wir beide gleichzeitig …?« Mit dem halben Keks macht er das Kreuzzeichen über ihr wie ein Priester, doch sie packt seine Hand.

Sie muss unwillkürlich lachen. »Das war in Phantom Comics, *macku*. Nicht bei Mandra.« Sie hat ihn von den Toten zurückgeholt, um ihn als Idiot zu beschimpfen. »Lenin, uns bleibt nicht viel Zeit. Du *wirst* wieder bewusstlos werden, verstehst du das? Bitte lass uns dich nach Vellore bringen.«

Das einseitige Lächeln schwindet. Er schaut weg. Er sagt: »So eine Verschwendung, *ma*. Die letzten fünf Jahre. Die sind wie vierzig. Nichts hat sich geändert für die *adivasis*, die *pulayar*. Und für dich und mich? Ich war ja so dumm, so blind.«

Trauer um ihn – um sie beide – überwältigt sie. Ein schmaler Lichtstrahl dringt durch das Laub, streift das Bett. Der Gott, der bei Ertrinkenden oder Zugunglücken nie eingreift, möchte in solchen Momenten der Bestandsaufnahme einen Blick auf das menschliche Experiment werfen, die Szene mit ein wenig Himmelslicht berühren. Sie wartet ungeduldig auf Lenins Antwort.

»Mariamma, wenn alles vorbei ist, wenn das Leben fast zu Ende ist, woran willst du dich erinnern?«

Sie denkt an ihre einzige gemeinsame Nacht in Mahabalipuram. Sie fand ihn, als sie ihn schon an eine aussichtslose Sache verloren hatte. Und nun wiederholt es sich. Sie hat ihn gefunden, nur um ihn erneut zu verlieren. Sie antwortet nicht. Hält nur seine Hand.

»Woran willst *du* dich erinnern, Lenin?«, sagt sie leise.

Er zögert nicht. »Das. Hier. Jetzt. Die Sonne auf deinem Gesicht. Deine Augen, die heute eher blau als grau sind. Ich will mich an dieses Zimmer erinnern, den Keksrest in meinem Mund. Wozu darauf warten, dass die Welt mir noch was Besseres zeigt?« Es ist, als wollte er sich verabschieden.

Eine dunkle Wolke schiebt sich über sein Gesicht – ein Eindringling. Sein Atem geht schneller, Schweißperlen schimmern auf seiner Stirn.

»Lenin, ich bitte dich. Lass dich nach Vellore bringen. Wenn der Tumor weg ist, soll geschehen, was will. Stell dich und nimm, was kommt. Aber *lebe*! Lebe um meinetwillen. Bitte mich nicht, dir beim Sterben zuzusehen.«

»Mariamma, es ist doch sinnlos. Ich werde in jedem Fall sterben. Die Polizei wird mich töten, Tumor hin oder her.« Seine Worte stolpern übereinander. Sein Blick schweift, es kostet ihn Mühe, sie anzusehen. Sie sieht den Schleier langsam fallen. Seine Stimme ist schwach. »Ich bin froh, dass du die Nadel da reingesteckt hast. So konnte ich dich noch mal sehen, dich berühren, dich hören. Mariamma, das weißt du doch, nicht? Du weißt doch, was ich für dich empfinde …?«

Sein Körper erstarrt; seine Augen drehen sich weg.

Sie schreit nach Digby, er erscheint rechtzeitig, um Lenins Anfall mitzuerleben; es schüttelt ihn so sehr, dass das Bett rappelt. Allmählich lässt es nach.

Digby sagt: »Hat er gesagt, was er will?«

Sie übergeht die Frage, weil sie nicht lügen will. »Wir bringen ihn nach Vellore.«

In Zeiten des Betrugs ist es eine revolutionäre Tat, die Wahrheit zu sagen. Das aber ist ihre Wahrheit, ihre revolutionäre Tat für Lenin wie für sich. Lang lebe die Revolution.

Der zerbeulte Wagen saust scheppernd quer über die spitz zulaufende Taille Indiens von einer Küste zur anderen, nach Vellore, Cromwell am Steuer. Digby konnte nicht mitkommen, worüber er traurig war. Sie wollte ihn bei sich haben, stellte seine Gründe jedoch nicht in Frage. Sie sitzt schräg, schaut häufig nach Lenin, doch der liegt nach seinem Anfall in einem Stupor – entweder das oder die Flüssigkeit hat sich wieder angesammelt. Sie fahren nach Norden Richtung Trichur, wenden sich dann nach Osten zum Anstieg auf die Palghat Gap in den Westghats, dann weiter in die Ebene nach Coimbatore. Nachdem sie sich drei Stunden lang immerzu nach ihm umgedreht hat, ist ihr Nacken steif. Sie döst ein, und als sie aufwacht, schaut Lenin sie zu ihrer Verblüffung an, als wäre *er* der Begleiter und sie die Patientin, die zur Gehirnoperation gefahren wird.

Sie hat sich nicht groß überlegt, was sie ihm sagen würde, dass sie ihn gegen seinen Wunsch nach Vellore bringt. Sie war überzeugt gewesen, dass dieser Moment noch lange hin war, vielleicht lange nach der Operation … das heißt, falls er die Fahrt überlebte, von der Operation ganz zu schweigen. Was soll sie jetzt sagen? *Ich wollte, dass du lebst, egal, wie du es findest*? Lenin sieht amüsiert zu, wie sie sich windet.

»Ach, na los, sag's schon«, platzt sie hervor. »Sag, dass ich dich gegen deinen Willen nach Vellore bringe.«

»Schon gut, Mariamma. Nicht nötig. Cromwell hat's mir schon erklärt.«

»Keine Ursache«, sagt Cromwell mit einem Blick in den Rückspiegel. »Noch zwei Stunden«, setzt er hinzu. »Vielleicht weniger.«

Sie schaut aus dem Fenster. Der Mond scheint durch Wolken, sein gespenstisches Licht fällt auf eine trockene, pockennarbige Landschaft – fast scheint es, als wären sie auf einem Mondkrater gelandet. Die Welt und die beiden Männer im Wagen sind im Frieden. Aufgewühlt ist nur sie. Am liebsten würde sie beide erwürgen.

Lenin greift nach ihrer Hand. »Cromwell sagt, wir hätten erst heute Morgen gesprochen, aber für mich ist es wie Monate her. Und die ganze Zeit habe ich über unser Gespräch nachgedacht. Deine letzten Worte. Als hätte ich wochenlang darüber nachgedacht.« Unbewusst greift er sich an die Stirn, nach dem Verband. »Bevor ich hier im Wagen aufgewacht bin, hatte ich schon eine Entscheidung gefällt. Wenn ich bereit war, für etwas zu sterben, woran ich nicht glaube, dann muss ich für die eine Sache, an die ich *wirklich* glaube, doch sicher leben wollen.«

Sie wagt nicht zu atmen. »Und die wäre?«

Er lächelt. »Inzwischen musst du das doch wissen.«

Ein paar streunende Hunde laufen auf den Straßen der kleinen Provinzstadt, Vellore, herum. Das Morgengrauen ist noch Stunden entfernt, als sie durch das Tor des Christian Medical College Hospital fahren. Sie werden erwartet, und während Pfleger und Schwestern Lenin umschwärmen, kommt der Neurochirurg und spricht lange mit Mariamma. Er weist eine Belastungsdosis eines krampflösenden Mittels an und verbietet Lenin, etwas durch den Mund zu sich zu nehmen. Bei Tagesanbruch wird Lenin zu Tests gefahren.

Sie geht zu Cromwell, der im Wagen geschlafen hat. Sie sagt, er solle doch zurückfahren, es sei sinnlos zu bleiben. Widerstrebend tut er es. Sie ruft Digby an. Er ist erleichtert, dass sie sicher angekommen sind. »Hören Sie«, sagt er, »ich fände es gut, wenn Sie den Herausgeber des *Manorama* anriefen. Und ihm sagen, was da läuft. Wenn sie Lenin mit Ihrer Familie in Verbindung bringen, mit Ihrem Vater, dem Zustand, dann könnte das der Polizei übermittelt werden, damit sie ihm nichts antun. Übrigens wissen sie in Vellore, wer er ist. Ich hab da angerufen. Sie werden es der Polizei in Madras sagen müssen. Die werden dann irgendwann ihren Kollegen in Kerala Bescheid sagen.« Nachdem sie bei Digby aufgelegt hat, ruft sie die *Manorama* an.

Nach den Tests kommt Lenin mit kahl rasiertem Schädel zurück. Er schläft gleich ein. Sie ebenfalls, auf dem Stuhl an seinem Bett. Gegen Mittag kommt das ganze Neurochirurgie-Team, diesmal mit dem Chef, einem kompakten, ruhigen Mann mit freundlichen, intelligenten Augen hinter der randlosen

Brille. Er ist noch in OP-Kluft. Er nickt Mariamma höflich zu, als der Oberarzt ihm mit leiser Stimme Lenins Fall vorstellt und ihm die Testergebnisse mitteilt. Mariamma bekommt vor ihrem künftigen Chef kein Wort heraus. Dieser untersucht Lenin rasch, aber gründlich.

»Sie sind gerade rechtzeitig gekommen«, sagt er zu ihnen beiden. »Wir haben Ihren Fall auch mit unseren Neurologen besprochen. Wir mussten eine größere Operation verschieben. Wir operieren daher gleich; weiteres Warten ist sinnlos. Beten wir um ein gutes Ende.«

Die Pfleger holen Lenin ab. Alles geht schneller, als Mariamma zu träumen gewagt hat. Sie darf ihn nur noch auf die Wange küssen. Lenin sagt: »Das wird schon, Mariamma, mach dir keine Sorgen.«

Es gibt nichts Leereres als ein Krankenhausbett, in das ein geliebter Mensch nicht mehr zurückkehren könnte. Sie ist überwältigt, sackt auf ihren Stuhl, vergräbt das Gesicht in den Händen. Die Frau, die ihren Sohn im Nachbarbett umsorgt, kommt zu ihr, um sie zu trösten. Zu Mariammas Überraschung kommt auch noch eine Schwester, setzt sich zu ihr und betet laut. In dieser Einrichtung ist der Glaube nicht abstrakt, sondern real. Nach dem Tod ihres Vaters hat sie sich von der Religion abgewandt, hat den Glauben verloren. Doch als die Schwester betet, schließt sie die Augen … Lenin braucht jede Hilfe, die er kriegen kann.

Jetzt muss sie warten. Drei Stunden, dann vier. Das Warten ist quälend. Sie kann nur hilflos auf ihre Uhr starren und aufblicken, wenn jemand in die Station kommt. Dann holt sie ein Pfleger ab – der Chef will sie sprechen, mehr weiß er nicht.

Sie gehen durch Flure, Treppen hinauf … ihre Gedanken gehen durcheinander. Sie wird in einen großen Saal vor den Operationssälen geführt, dort sitzt der Chef auf einer Bank und wartet ruhig auf sie. Seine Maske baumelt an einem Ohr. Er klopft neben sich auf die Bank.

»Er macht sich gut. Das meiste konnten wir entfernen. Eine Kapsel musste ich drin lassen, weil sie gefährlich festsaß. Sein Gesichtsnerv könnte sich erholen oder auch nicht, aber ich hoffe doch.« Sein Lächeln beruhigt sie noch mehr als seine Worte.

Erleichterung überschwemmt sie, Tränen quellen hervor. Er wartet geduldig. »Danke! Entschuldigen Sie«, bringt sie schließlich heraus, tupft sich die Augen ab. »Ich bin nur so überwältigt. Ich muss immerzu an meinen Vater denken. Und an seinen Vater. Und an so viele Verwandte, die nicht wussten, was sie hatten. Es ist das erste Mal, dass überhaupt jemand aus meiner Familie mit dieser Krankheit behandelt wird.«

Er hört ihr zu, nickt, wartet. Als er sicher ist, dass nichts mehr von ihr kommt, sagt er ruhig: »Ich habe die Unterlagen gelesen, die Sie uns mit Ihrer Bewerbung geschickt haben. Da habe ich mich gefragt, ob einige unserer Patienten mit dem akustischen Neurom in all den Jahren nicht aus Familien wie der Ihren stammten. Jetzt achten wir genauer auf die Vorgeschichte der Familien. Gute Arbeit.«

»Danke. Es ist mir eine Ehre, hierherzukommen«, sagt sie. »Was Sie gemacht haben … einen solchen Tumor in so kurzer Zeit entfernt zu haben … unmöglich. Ein Wunder.«

Er lächelt. »Na, wir glauben nicht, dass wir das alles allein machen.« Er nickt zu einem großen Wandgemälde gegenüber hin. Es zeigt Chirurgen in Kittel und Maske, die sich im Schein einer OP-Lampe über einen Patienten beugen. Im Halbschatten schauen Gestalten zu. Einer davon ist Jesus, und seine Hand ruht auf der Schulter eines Chirurgen. Mariamma betrachtet es. Sie neidet dem Chef seinen Glauben.

»Wir hier halten uns zugute, dass wir praktisch alles, was die Top-Zentren der Welt machen, ebenfalls können, nur zu einem Bruchteil der Kosten. Aber die Operation, die wir gerade durchgeführt haben, ein rechteckiges Stück Schädel dicht oberhalb des Haaransatzes zu entfernen, das Kleinhirn beiseitezuschieben … also ganz ehrlich, verglichen mit einer anderen Operation eines akustischen Neuroms, die momentan nur zwei, drei Zentren auf der Welt machen, ist das grob. Ein HNO-Chirurg ist darauf gekommen, William House, der war Zahnarzt, bevor er Chirurg wurde. Er ist zuerst mit einem Zahnbohrer zum Innenohr vorgedrungen, diesem Knochenlabyrinth, und da hat er gemerkt, dass er, wenn er den Tunnel erweiterte, an ein akustisches Neurom rankam. Eine brillante Erfindung, aber unglaublich schwierig, wenn man nicht weiß, was man tut.«

Mariamma hat von dieser Operation gelesen, aber sie unterbricht den Chef nicht, um nicht als Besserwisserin dazustehen.

»*Das* müssen wir auch hier anbieten. Es erfordert ein OP-Mikroskop, den Zahnbohrer, eine Irrigation und andere Werkzeuge, die er eingesetzt hat. Vor allem aber bedarf es einer besonderen Ausbildung, viele Stunden Sezieren des Schläfenbeins an Leichen, bis man es kann. Momentan machen diese Operation nur House und ein paar Chirurgen, die er ausgebildet hat. Irgendwann möchte ich gern jemanden zur Ausbildung zu ihm schicken.« Lächelnd steht er auf. »Wer weiß, vielleicht ist das Gottes Plan für Sie, Mariamma. Mal sehen. Beten wir darum.«

Big Ammachi hätte diesen Mann geliebt, seine Worte genossen. Gott hatte das Gebet ihrer Großmutter erhört: Heile den Zustand oder schicke jemand, der es kann.

Der Chef sagt: »Übrigens hat der stellvertretende Polizeichef hier mit mir gesprochen. Ich habe ihm versichert, dass Lenin sich von hier nicht wegbewegt. Ich weiß, Sie werden mir helfen, mein Versprechen zu halten.«

78. Kapitel
SIEH HER

1977, Vellore

Im Aufwachraum. Lenins Gesicht ist aufgedunsen und geschwollen. Seine Lider flattern, er würgt von der Narkose. Er ist unruhig. Sie streicht ihm Vaseline auf die ausgetrockneten Lippen und fragt sich: Hat sich die Zeit wieder für ihn ausgedehnt, so wie nach seinen Anfällen? Waren die vier Stunden Operation für ihn wie vier Jahre? Ohne den Tumor, der sein ganzes Leben definiert hat, wird er da noch der alte vertraute Lenin sein oder ein anderer? Sie löffelt ihm Eisbröckchen in den Mund, murmelt beruhigende Worte. Er erwacht, der Blick noch vage. »Mariamma!« Er ist kaum zu hören. Sie spürt, wie sich in ihrer Brust eine Faust öffnet – sie hat dort gesessen, seit Digby im Triple Yem aufgetaucht ist, ein ganzes Leben ist das her.

Am nächsten Tag liegt Lenin auf der normalen Station. Er ist schwach, aber alle Gliedmaßen funktionieren, Sprache und Gedächtnis sind intakt – beschädigt wurde nur der Tumor, soweit sie sehen können. Mariamma füttert ihn, hält ihm die Urinflasche, wäscht ihn, verschont die sehr beschäftigten Schwestern, wo sie nur kann. Den Novizinnen hat sie abgeschaut, wie schmutzige Laken unter einem bettlägerigen Patienten gewechselt werden, wie man ihn dreht und ordentlich im Bett wäscht. Es lehrt einen Demut. Sollte das nicht jeder Arzt lernen? Ist das nicht Sinn und Zweck der Medizin?

Am Tag nach Lenins Operation bringt die *Manorama* den »Naxalitenpriester«. Ein frömmlerischer Ministrant wurde von einem langsam wachsenden Hirntumor heimgesucht, der ihn dann auch zu den Naxaliten trieb, jetzt aber, nach einer heldenmütigen Hirnoperation, ist er wieder er selbst und reuig – diese Geschichte fabuliert der Reporter. Wer weiß, sie könnte sogar wahr sein. Digby hatte gehofft, eine derartige Berichterstattung werde die Polizei von Kerala davon abhalten, Lenin etwas anzutun, wenn sie ihn in Gewahrsam genommen haben. Es könnte sogar funktionieren.

Zehn Tage nach Lenins Operation verbringt Mariamma einen ganzen Tag damit, auf Einladung des Chefs bei Operationen zuzuschauen. Als sie nachmittags um fünf auf die Station kommt, sieht sie zu ihrer Verblüffung einen glattrasierten jungen Mann in weitem Hemd und Schlackerhose auf *ihrem* Stuhl an Lenins leerem Bett sitzen. Alle Augen sind auf Mariamma gerichtet. Die Schwestern grinsen schelmisch.

Der Fremde steht selbständig auf, wendet sich langsam zu ihr. Seit Mariamma Lenin zum ersten Mal im Saint Bridget's erblickt hat, hat sie ihn nicht aufrecht gesehen. Er ist größer als in ihrer Erinnerung. Lenin taumelt in ihre Arme. Er ist nur Haut und Knochen an ihrem Körper, lauter spitze Kanten. Alle wachen Patienten samt ihren Verwandten schauen her; Oberin und Schwestern sind tief gerührt … Mariamma merkt, wie ihr das Blut ins Gesicht schießt. *Lieber Gott, bitte mach, dass sie jetzt nicht klatschen!*

Auf Lenins Drängen und mit dem Segen der Oberin gehen sie in den schattigen Hof hinter der Station und setzen sich auf eine Bank. Das Laub der mächtigen Eiche vor ihnen raschelt trocken, wie Reis, der in einem Korb gereinigt wird. Lenins Blicke verfolgen die Äste bis an ihre Spitzen. Er sucht den Himmel ab. »Könnte ich hier nur schlafen«, sagt er.

An seinen Gedanken ist nichts Langsames. Sie springen von einem Punkt zum anderen wie eine Ziege, als dränge etwas Angestautes heraus. Er sagt, während der letzten zwei Jahre seien er und seine wenigen verbliebenen Genossen von den Dorfbewohnern nicht gewollt gewesen, auch hätten sie ihnen nicht getraut – ausgerechnet denjenigen, für die sie eintraten. »Die Belohnung war zu verlockend. Die Leute, für die ich bereitwillig gestorben wäre, konnten mich ins Grab schicken.« Die Gruppe lebte immer länger im Dschungel und wurde immer desillusionierter. »Wusstest du, dass ein bestimmter Brandpilz, der Exobasidium vexans, mehr für den Klassenkampf geleistet hat als alle Naxaliten zusammen? Er hat ganze Teeplantagen ausgelöscht. Die Besitzer überließen das Land den Stämmen. Es war ohnehin ihr Land gewesen.« Lenin sagte, die Unermesslichkeit des Dschungels habe ihn und seine Genossen stumm gemacht; sie hätten kaum noch miteinander geredet.

»Ein alter Stammesangehöriger in Wayanad hat mir beigebracht, wie man einen Stein mit einer dünnen Führungsschnur über den untersten Ast des höchsten Baums schleudert. Wenn ich dann ein Seil an die Schnur band, konnte ich es über den Ast ziehen und eine Schlinge für meinen Körper knüpfen. Er zeigte mir einen speziellen Knoten, einen Geheimknoten, mit dem ich mich Stück um Stück hinaufziehen konnte – der Knoten hält, sodass man nicht runterrutscht. Dieser Reibungsknoten, der ganz schwer zu lernen ist, wird in den Stämmen von einer Generation zur nächsten weitergegeben. Man stellt sich ein Erbe ja als Land oder Geld vor. Der alte Mann hat mir sein Erbe geschenkt.«

Der flüchtige Lenin hievte sich zu den Sternen hoch. Er lebte tagelang im Baumdach mit Pilzen, Baumkäfern, Ratten, Singvögeln, Papageien und gelegentlich einer Zibetkatze als Gesellschaft. »Jeder Baum hat seine eigene Persönlichkeit. Ihr

Zeitgefühl ist anders. Wir meinen, sie sind stumm, aber es dauert eben Tage, bis sie ein Wort zu Ende herausgebracht haben. Weißt du, Mariamma, im Dschungel habe ich mein Scheitern, meine menschlichen Grenzen begriffen. Nämlich, von einer fixen Idee verzehrt zu werden. Dann von einer anderen. Und noch einer. Wie der, den geraden Weg zu gehen. Priester sein zu wollen. Dann Naxalit. Aber in der Natur ist eine fixe Idee unnatürlich. Vielmehr, die eine Idee, die *einzige* Idee ist das Leben selbst. Einfach *sein*. Leben.«

Mariamma hört ihm zu, amüsiert von seinen Gedanken und sogar ein bisschen bestürzt.

Die Oberin schickt ihnen ihr Essen herunter, dazu einen besonderen Nachtisch extra für sie – Eis.

»Mariamma, weißt du, was das Beste ist, das ich je gegessen habe? Ich habe oft daran gedacht. Es war im RoyalMeels. Mahabalipuram? Eines Tages gehe ich mit dir da wieder hin. In denselben Raum.«

»Versprochen?«

Er nickt. Er nimmt ihre Hand und setzt einen Kuss darauf, schaut sie an, als müsste er sich ihr Gesicht einprägen. Er seufzt. »Ich wollte uns den Abend nicht verderben. Aber vorhin, als du nicht auf der Station warst und bei den Chirurgen zugesehen hast, haben wir erfahren, dass ich morgen der Polizei von Kerala übergeben werde. Die bringen mich dann nach Trivandrum ins Gefängnis.«

Was sie nun packt, ist nicht Trauer, sondern primitive Angst. Angst um sein Leben – wie zuvor, als er unters Messer kam. Lenin betrachtet sie bang. »Mariamma? Was empfindest du?«

»Ich bin traurig, und ich habe Angst – was erwartest du? Und ich bin wütend auf dich. Ja, ich weiß, dafür ist es jetzt zu spät. Aber wenn du nicht unbedingt … Lenin hättest sein wollen, dann hätten wir vielleicht ein Leben gehabt.« Der alte Lenin hätte protestiert, alles auf ein Missverständnis geschoben. Dieser nun wirkt reuig, was ihr wiederum ein schlechtes Gewissen macht. Sie streicht ihm über die Wange. »Andererseits, wärst du ein braver Junge gewesen und Priester geworden, hätte ich dich womöglich ganz langweilig gefunden.«

»Und jetzt, als Gesetzloser, bin ich unwiderstehlich?«

Diesen Lenin mag sie. Nein. Sie liebt ihn. So sehr sie sich beide verändert haben, wird das Wesen eines Menschen doch im Alter von zehn Jahren geformt – ihrer Theorie zufolge. Der »exzentrische« Teil lässt sich nicht entfernen. Vielleicht kann man lernen, damit umzugehen.

»Mariamma, ich weiß, wir haben uns in Madras auf immer verabschiedet. Trotzdem habe ich imaginäre Gespräche mit dir geführt. Ich habe Dinge in einem geistigen Koffer aufbewahrt, um sie dir eines Tages zu sagen … Was ich sagen will, ich habe dich nie losgelassen. Das konnte ich nicht. Und da bin ich nun – und lebe. *Und* ich werde dich sehen können. Weil du wissen wirst, wo du mich findest –«

»Aber im Gefängnis!«, bricht es bitter aus ihr hervor. Sie kann die Tränen nicht mehr zurückhalten.

»Mariamma, du weißt, dass du nicht auf mich warten *musst?*« Eine Spur Besorgnis in der Stimme kann er nicht verbergen.

»Ach hör auf, ja? Ich weine, weil es hart wird. Aber nicht so hart wie für dich. Müssten wir doch nicht warten. Aber jetzt, wo ich dich gefunden habe, glaub ja nicht, dass ich dich wieder gehen lasse!«

Sie verbringt eine letzte Nacht bei ihm auf ihrem Stuhl, ihr Kopf liegt auf Lenins Bett, sie hält seine Hand. Bei Sonnenaufgang schreckt sie hoch, ein Nervenbündel. Lenin ist unnatürlich ruhig. Alle auf der Station wissen, was bald kommt.

Um zehn Uhr morgens erscheint DSP Mathew von der Kerala Police Special Task Force mit zwei Beamten, ihre Stiefel knallen wie Hämmer auf dem gefliesten Boden. Der DSP ist ein großer Mann, ernst, mit einem wilden Schnurrbart. Seine ganze Erscheinung von der Mütze über die polierten braunen Schuhe bis zu den Haarbüscheln, die ihm aus den Ohren und selbst auf den Knöcheln wuchern, ist bedrohlich. Mariamma erhebt sich zitternd.

Lenin steht langsam auf und tritt zwischen die Betten vor den DSP, die Schultern tapfer gerade, dennoch wirkt er, als könnte ihn ein Windhauch umstoßen. Der Blick, den die beiden Männer wechseln, lässt Mariamma das Blut gefrieren: Zwei ehemalige Feinde bauen sich voreinander auf, Männer, deren einziger Wunsch es ist, dem anderen das Herz herauszureißen, die Rache nehmen wollen für das, was einer dem anderen angetan hat. Aber Lenin gibt sich geschlagen, womit auch die flüchtige Missachtung in seinem Blick verschwindet, als hätte es sie gar nicht gegeben. Das facht den Hass im Blick des DSP nur noch mehr an, seine Hände ballen sich zu Fäusten. Gäbe es keine Zeugen, er würde Lenin, bevor er ihn abführt, blutig prügeln, da ist sich Mariamma sicher.

Lenin protestiert nicht, als einer der Beamten ihm Handschellen anlegt. Als der DSP Fußfesseln befiehlt, macht Mariamma schon den Mund auf, doch die Oberin kommt ihr zuvor. »DSP!«, sagt sie mit einer Stimme, von der Assistenzärzte weiche Knie bekommen und Novizinnen sich einnässen. »Sie verstören meine Patienten! Ihr Gefangener hat gerade eine Gehirnoperation hinter sich, verstehen Sie? Sollte er wegrennen, meinen Sie nicht, dass Sie ihn wieder fangen können?« Der DSP zögert unter ihrem sengenden Blick. Die Fußfesseln verschwinden. »Ich übergebe ihn Ihnen in gutem Zustand«, sagt die Oberin. »Bitte lassen Sie ihn so.«

Ein Transporter wartet. Mariamma darf neben Lenin hergehen. Die Hecktüren öffnen sich, zeigen zwei einander gegenüberstehende Seitenbänke. Die Oberin wirft, ohne um Erlaubnis zu bitten, ein Kissen und Decken hinein, dazu eine große Flasche Wasser, danach betet sie über Lenin und segnet ihn. Bevor die Gendarmen ihm hineinhelfen, umarmt Mariamma ihn noch, spürt das kalte Metall der Handschellen. Lenin küsst sie auf die Stirn. Er flüstert: »RoyalMeels, das Majestic Hotel *ma*! Nicht vergessen. Bring diesmal einen Badeanzug mit. Ich hol dich ab. Halte dich bereit.«

79. Kapitel

GOTTES PLAN

1977, Parambil

Die Gefangenen dürfen einen Monat lang keinen Besuch empfangen. Für Mariamma ist dieses lange Warten Folter. Schlimmer noch, offenbar weiß jeder Triple-Yem-Patient Bescheid. Es vergeht kein Tag, ohne dass jemand sagt: »Wenigstens gibt's im Gefängnis täglich eine gute Mahlzeit. So schlecht kann das doch nicht sein.« Ein Toddyzapfer mit einer tiefen Risswunde auf der Stirn stellt unter einem OP-Tuch fest: »Wäre ich nur ins Gefängnis gegangen, dann würde ich jetzt nicht auf Bäume klettern. Da lernt man nützliche Sachen wie Schneidern.« Ihre Geduld ist am Ende, und sie lässt ihren Nadelhalter fallen. »Stimmt. Wären Sie im Gefängnis, dann würde ich jetzt nicht einen Mann zusammenflicken, der eine Ziege mit seiner Frau verwechselt und geküsst hat.« Sie stürmt hinaus, und Joppan übernimmt das Nähen, was er hervorragend kann.

Jeden Morgen umsorgt Anna *Chedethi* sie, ordnet den Fall von Mariammas Sari, bevor sie sie zum Triple Yem gehen lässt. »Du hast abgenommen«, schilt Anna *Chedethi*. »Und du isst nicht, was ich dir bringen lasse.«

Sie und Aufschwungmeister reisen nach Trivandrum, um einen Anwalt zu verpflichten. Der Mann ist kompetent und erfahren. Bis Lenin formell angeklagt ist, kann man wenig tun, sagt er. Er führt Naxaliten auf, die zu sieben bis zehn Jahren verurteilt worden sind, sogar zu lebenslänglich, bei den meisten wurde das Urteil aber auf drei oder vier Jahre reduziert. Bei Lenins medizinischem Befund und da er mit keinen Todesfällen direkt in Verbindung gebracht wurde, könnte er nur »ein paar Jahre« bekommen.

Das sind gute Neuigkeiten. Sollten es jedenfalls sein. Doch als Mariamma wieder zu Hause ist, verlässt sie der Mut angesichts der Wirklichkeit dessen, was »ein paar Jahre« für ihr Leben bedeuten. Bald wird sie ihre neurochirurgische Ausbildung in Vellore antreten. Statt einer dreistündigen Busfahrt wird es dann eine Reise mit dem Nachtzug sein, um Lenin zu besuchen. Und jeden Tag wird sie sich um sein Wohlergehen im Gefängnis sorgen. Sie ist emotional erschöpft.

Anna *Chedethi* wirft einen Blick auf ihr Gesicht, als sie hereinkommt, und setzt sie wortlos hin. Sie schlägt gekühlten Joghurt und Wasser in einer kleinen Schüssel, gibt grünen Chili, gehackten Ingwer, Curryblätter und Salz dazu und stellt es ihr in einem hohen Glas hin. Sie zieht ihr die Haare hinter die Ohren wie schon dem Kind, wenn es von der Schule nach Hause kam. Mariamma leert das Glas. Es ist eine bessere Erfindung als Penizillin. Sie badet, isst ein wenig *kanji* mit Pickles und legt sich früh schlafen.

Kurz nach Mitternacht ist sie hellwach. Sinnlos, dagegen anzukämpfen. Sie geht ins Arbeitszimmer ihres Vaters, will in seinen Tagebüchern seine Stimme hören. Sie hat jene für sie kostbaren Einträge markiert, in denen er seine Liebe für seine Tochter bekundet. Jedes Mal treiben ihr diese Passagen die Tränen in die Augen. Sie staunt über die Anzahl dieser Oden an sie zu einer Zeit, als sie noch unter seinem Dach wohnte; als sie dann am College war, sehnte er sich desto mehr nach ihr. Käme sie doch nur öfter nach Hause.

Sie streicht über den Einband des Notizbuchs. Mehr hat sie nicht von ihm – nur seine Gedanken. Das einzig fehlende Notizbuch liegt auf dem Grund eines Sees, ein Artefakt unter vielen in einer schrecklichen Tragödie. Wahrscheinlich wird sie nie erfahren, *warum* er in den Zug nach Madras gestiegen ist. Bis dahin hat sich der »Tumor des Denkens« nicht gezeigt, es sei denn, die bloße Existenz dieser schweifenden Notizen, deren schierer Umfang, dieser zwanghafte, unaufhörliche Kommentar zum Leben *ist* der »Tumor«. Diese Eigenart teilt er jedoch nicht mit anderen mit dem Zustand. Nur er besaß sie.

Selbst wenn sie genau wüsste, dass ihre Hypothese falsch ist und es gar keinen »Tumor des Denkens« gibt, würde sie jedes einzelne Notizbuch durchlesen. In diesen Seiten ist ihr Vater, der Einfache Mann, sehr lebendig; sie fürchtet schon den Tag, an dem sie beim letzten Eintrag angelangt ist.

Sie rückt die Lampe zurecht, nimmt ihren Füller und setzt das Entziffern, das Registrieren an der Stelle fort, wo sie aufgehört hat, unten auf einer Seite. Sie blättert um – und etwas wirkt falsch. Ihre Augen sind irritiert vom Anblick weißer Stellen, neuer Absätze und einer Reihe von Großbuchstaben – Dinge, die ihr Vater wie Todsünden mied. Diese Seite ist wie eine Verletzung seines strengen Schemas.

> *Heute ist meine Mariamma sieben geworden und wollte einen Kuchen. In Parambil hat noch niemand einen Kuchen gebacken. Diese Idee hat sie von Alice im Wunderland. Sie und Ammachi rührten den Teig in einem Topf, taten den Deckel drauf und legten heiße Kohlen darüber und darunter. Ich versicherte ihr, ich hätte den TRINK-MICH-Trank, nur für den Fall, dass es, wie in Alice, ein ISS-MICH-Kuchen sei, der sie auf einmal groß machen würde. Köstlich! Vanille und Zimt. Dann gab ich ihr ihr Geburts-*

tagsgeschenk: ihren ersten Füller, einen Parker 51, goldene Feder und blaues Gehäuse. Ein schönes Instrument. Das hatte ich ihr immer versprochen, sobald sie ein großes Mädchen ist. Sie war ganz aufgeregt. »Heißt das, dass ich jetzt endlich ein großes Mädchen bin?« Ich bejahte es. Und das ist sie auch!

Mariamma sieht ihr kindliches Gekrakel auf Englisch auf dem Blatt mit dem neuen Füller.

MEIN NAME IST MARIAMMA, ICH BIN SIEBEN.

Nach einer weiteren Leerzeile fährt ihr Vater fort.

Erst im Nachsinnen über Ninans Tod, indem ich ihn seit zwölf Jahren jede Nacht aufs Neue erleide, habe ich das Geschenk, das Wunder meiner kostbaren Mariamma wirklich erfasst. Ich habe es nicht gleich gesehen. Es brauchte Zeit. Ich musste die höchste Palme erklimmen, so wie mein Vater, um zu sehen, was mir auf dem Boden entgangen ist, um zu sehen, was ich nicht sehen wollte, was ich nie in diese Notizen aufgenommen habe, denn täte ich es, dann würde ich anerkennen, was ich schon tief drinnen wusste, aber nie anerkennen wollte. Gedanken können weggeschoben werden. Worte auf Papier sind so dauerhaft wie in Stein geritzte Figuren.

Heute Abend muss ich mich, da meine Tochter ja nun das große Mädchen wurde, das sie sein wollte, ihrer würdig erweisen, indem ich ehrlich zu mir selbst und zu diesen Tagebüchern bin. Diese Worte konnte ich

ERST JETZT NIEDERSCHREIBEN.

Mariamma ist von den Großbuchstaben verstört. Ihr Vater hat sich eindeutig nicht lange mit ihnen aufgehalten, hat herumgemalt, um ein Wortmonument zu errichten, wollte dem Augenblick ein Denkmal setzen. Oder zögerte er, hatte er Zweifel bei dem, was immer er da nicht hinschreiben wollte? Die drei Wörter nehmen den Rest der Seite ein.

Sie blättert um:

Nach Ninans Tod ist meine Elsie gegangen. Sie war etwas über ein Jahr lang weg. Als sie zurückkam, war sie schon schwanger.

Dass ich »schon schwanger« schreibe, beweist, dass meine Augen offen sind. Vielleicht hat Big Ammachi es schon die ganze Zeit gesehen. Vielleicht hat sie das gemeint, als sie bei Mariammas Geburt zu mir sagte: »Gott hat uns ein Wunder in Gestalt dieses Kindes geschickt, das voll ausgeformt und nur rein als es selbst gekommen ist.« Das Kind war nicht der wiedergeborene Ninan, sondern etwas unendlich Kostbareres: meine Mariamma! Doch ich war ein Narr in den Klauen des Opiums und unfähig, das unschätzbare Geschenk meines Babys, das heute ein »großes Mädchen« ist, zu empfangen oder zu erkennen.

Vom Opium befreit, begann meine wahre Heilung erst, als ich das kleine Mädchen aus ganzem Herzen lieben lernte. Ich bin ihr Vater – ja, wahrhaftig – aus freien Stücken. Wäre sie meines Blutes, dann wäre sie ein anderes Kind, nicht meine Mariamma, und bei dieser Vorstellung schaudert mich. Ich weigere mich. Ich wollte meine Mariamma nie verlieren. Mein liebevoller Gott hat mir meinen Sohn nicht wiedergegeben. Nein, er hat mir etwas viel Besseres gegeben. Er hat mir meine Mariamma gegeben. Und sie mir das Leben.

Wieder und wieder liest sie die Worte ihres Vaters, versteht zunächst nicht, weigert sich dann zu verstehen, selbst als die Worte ihr wie ein einstürzendes Dach auf den Kopf prasseln.

schon schwanger

Als sie es dann versteht, schnürt ihr dies schreckliche Wissen den Hals zu. Sie taumelt vom Schreibtisch weg, alles dreht sich, ihr Körper droht, ihr mageres Abendessen zurückzuweisen.

Dieses Zimmer, das Zimmer ihres Vaters, ist ihr auf einmal fremd. Oder ist es sie selbst – die Beobachterin –, die sie nicht mehr kennt? Sie weiß noch, wie sie, nachdem sie ihren Geburtstagskuchen gegessen hatten, mit ihm in dieses Zimmer kam. Sie setzte sich ihm auf den Schoß, in der Hand ihren neuen Parker 51, und füllte ihn mit Parambil-Purple-Tinte. Und schrieb die Wörter hin, die jetzt auf dem Papier verewigt sind. Was sie fertigmacht, sind die Worte ihres Vaters darunter.

»Appa, was sagst du da? Mein geliebter Vater – der mir sagt, er ist nicht mein Vater –, was sagst du da?«

Sie wird verrückt. Wen könnte sie fragen? Big Ammachi wusste es, dachte jedenfalls ihr Vater. Doch sie kann Mariamma nicht mehr fragen. Sie läuft im Zimmer auf und ab, betäubt vor Ungläubigkeit. Wo war ihre Mutter in jenem Jahr ihrer Abwesenheit? Wer hat ihren Kummer gelindert? Hat sie ein neues Leben angefangen? Wenn ja, warum ist sie dann wieder nach Hause gekommen? Um zu gebären?

Sie ist halb durch die Tagebücher ihres Vaters durch, die Einträge sind über die Zeit verstreut. Das ist aber seine einzige Erwähnung davon. Das Wissen hatte er schon immer gehabt, doch waren die Worte zu schmerzhaft, um sie hinzuschreiben. Jeden seiner unausgesprochenen Gedanken hat er aufgeschrieben, nur diesen nicht. Er konnte es nicht … bis er's dann doch tat. Vielleicht hat er es nie mehr erwähnt, nachdem er, was in ihm gärte, tilgte und Frieden fand.

»O Appa, du hast deinen Frieden gefunden, aber mich hast du auf den Kopf gestellt. Du hast die Wurzeln durchtrennt, die mich mit diesem Haus verbinden, mit meiner Großmutter, mit dir …« Sie überlegt, ob sie Anna *Chedethi* wecken soll, sich in ihre Arme flüchten. Ob Anna *Chedethi* es wusste? Nein, sie kam ja erst nach Parambil, als Elsie kurz vor der Entbindung stand. Es hat den Anschein, als hätte ihr Vater seinen Verdacht niemandem gegenüber erwähnt, sein sicheres Wissen nie mit Big Ammachi besprochen. Und Big Ammachi hat mit ihrem Sohn nicht darüber geredet. Was sie wusste, hat sie mit ins Grab genommen. So wie ihr Sohn ... bis auf diese Notiz.

Sie erblickt sich in dem Spiegel, vor dem sich ihr Vater immer rasiert hat, der Spiegel steht noch in einem Alkoven, als wartete er darauf, von ihr auf die Veranda gebracht zu werden. Sie schreckt zurück, denn eine verängstigte, verrückte Frau starrt sie mit irrem Blick daraus an.

»Wer bin ich?«, sagt sie zu der Erscheinung in dem Spiegel. Sie hat immer gemeint, sie habe die Brauen ihres Vaters, seine Art, beim Zuhören den Kopf zu neigen, eindeutig seine Nase, seine Oberlippe – wie kann das denn *nicht* wahr sein? Selbst die Haare waren sich so ähnlich, dicht, an den Schläfen leicht zurückweichend, wenngleich er nicht ihren gescheckten Streifen hatte.

Ihren gescheckten Streifen ... Das ist ihr Anhaltspunkt. Er trägt sie die Palme ganz hinauf wie ihren Vater, und nun ist ihre Sicht unversperrt.

Ich sehe.

Ich erinnere mich. Ich verstehe.

Jetzt habe ich es, das schreckliche Wissen, das ich mir nie gewünscht habe.

X. TEIL

80. Kapitel
SIE BLINZELT NICHT

1977, Saint Bridget's

Der geschrumpfte, alte Fahrer von Mariammas Touristentaxi wird durch das riesige Lenkrad des Ambassador noch kleiner, dennoch dirigiert er den Hebel der Lenkradschaltung mit knappen Stößen des Handtellers versiert durch die Gänge. Wie viele seines Gewerbes sitzt er seitlich dicht an der Fahrertür, da er es gewohnt ist, dass wenigstens drei Mitglieder einer Familie neben ihm auf die Vorderbank gequetscht sind, zusätzlich zu den Frauen, Kindern und Säuglingen hinten, auf dem Weg zu Hochzeiten oder Bestattungen.

Von ihrer Rückbank aus betrachtet Mariamma die Welt mit neuen Augen. Parambil ist die Heimat, die sie stets als die ihre beansprucht hat, doch wie so vieles, was sie bis dahin über sich geglaubt hat, ist auch das eine Lüge. »Das Einzige, dessen man sich auf dieser Welt sicher sein kann, ist die Frau, die einen geboren hat«, hat Vermittler *Aniyan* gesagt. Mariamma hat ihre Mutter nicht gekannt, und nun zeigt sich, dass sie auch ihren Vater nicht gekannt hat.

Als sie das letzte Mal hier war, in Digbys Wagen, in dem sie zu Lenin rasten, dachte sie nicht an das Thetanatt-Haus. Ihr Fahrer ist überall gewesen, wie ein Heiratsvermittler weiß er genau, wo das Haus war, bevor Elsies Bruder es vor seinem Tod verkauft hat. Auf dem Grundstück stehen jetzt sechs »Golf-Villen« – errichtet von Malayalis, die, von Dubai, Oman oder anderen fernen Arbeitsmärkten zurückgekehrt, ihre Traumhäuser bauten. Das Einzige, was Mariamma von der Vergangenheit ihrer Mutter sehen kann, ist der gemächliche Fluss am Rand ihres ehemaligen Grundstücks. Sie fahren weiter.

»Hier, Madam?«, sagt der Fahrer zögernd ein ganzes Stück vor dem offenen Tor zum Saint Bridget's Leprosarium. Sie bezweifelt, ob er bei seinen Fahrten überhaupt je einen Fahrgast hierhergebracht hat. Vielleicht hofft er, dass sie einfach aussteigt und hineinläuft.

»Fahren Sie zu dem Gebäude hinter dem Lotusteich. Ich lasse Ihnen einen Tee bringen.«

»*Ayo*, danke, Madam, nicht nötig!«, sagt er panisch. Sie gibt ihm zehn Rupien und bittet ihn, sie nach dem Mittagessen abzuholen. Vielleicht bildet sie es sich nur ein, aber sie meint, dass er den Schein mit spitzen Fingern anfasst.

Sie fragt nach Digby. Suja, die Frau in Schwesterntracht, die sie schon beim letzten Mal gesehen hat, geht voraus. Sujas bandagierter rechter Fuß und die Sandalen aus Stücken alter Autoreifen verleihen ihr einen steifen, schiefen Gang. Sie gelangen durch den schattigen Kreuzgang, dann durch den Flur, der zum Operationssaal führt; die seifigen Aromen von Desinfektionsmitteln weichen dem Treibhausdampf des Autoklavs.

Digby Kilgour operiert gerade, doch Suja meint, sie solle nur hineingehen. Mariamma schnappt sich Maske und Haube, streift Schuhschoner über und tritt ein. Digbys Assistentin fehlen ein paar Finger, die leeren Hüllen ihres Handschuhs sind weggeklebt. Digby blickt auf. Er lächelt über seine Maske hinweg. »Mariamma!«, ruft er freudig aus.

Beim Anblick ihrer Miene wird er ernst. »Lenin …?«

»Ihm geht's gut.«

Die blassen Augen mustern sie, versuchen zu ergründen, was

ihre sagen wollen. Er nickt langsam. »Ich fange gerade erst an. Sie können sich gern einen Kittel …?« Sie schüttelt den Kopf. »Dürfte nicht lange dauern.« Die Operation überlagert alles. Ihr fällt ihr Professor in Madras ein, zweimal geschieden, der sagte, im OP verschwänden die widrigen Teile seines Lebens – die Enttäuschungen, die Schulden. Eine Zeitlang.

Ihre Gedanken sind nicht mehr ganz die ihren. Sie müht sich um Konzentration. Digby macht auf der von den grünen OP-Tüchern eingerahmten Hand drei separate Schnitte. Sie ist versucht, ihm auf die Knöchel zu schlagen. *Bist du denn ein Schreiner mit einem Hammer? Halt das Skalpell wie einen Geigenbogen, zwischen Daumen und Mittelfinger. Zeigefinger obendrauf!*

Die blassen Linien, die sich hinter der Klinge auftun, dann das verspätete Erblühen von Blut, alles so, wie sie es gewohnt ist. Seine Bewegungen sind langsam, überlegt.

»Meine Arbeit ist kein hübscher Anblick«, sagt er. Er stellt sich wegen einer Blutung an, die sie einfach ignorieren würde. Nachdem er eine Sehne freigelegt hat, trennt er sie von ihrem Ansatz und bugsiert sie an eine andere Stelle. »Ich habe auf die harte Tour gelernt«, sagt er, »dass freie Enden eines exzidierten Sehnensegments … nicht funktionieren.«

Sie beißt sich auf die Zunge. Chirurgen denken gern laut. Assistenten brauchen eine ruhige Hand und noch ruhigere Stimmbänder. So auch Zuschauerinnen.

»Rune hat bei freien Sehnenenden Pionierarbeit geleistet. Aber ich bin zu der Ansicht gelangt, dass eine Sehne an ihrem ursprünglichen Muskel bleiben muss, wegen Blutzufuhr und Funktion. Der wahre Feind ist Narbengewebe. Ich mache nur kleinste Schnitte, und ich lasse sie blutlos.«

Widerwillig ist sie beeindruckt davon, was er mit seinen steifen Fingern bewerkstelligt – den Großteil macht die linke Hand.

Würde sie in diesem Tempo arbeiten, dann würde Schwester Akila sagen: »Frau Doktor, Ihre Wunde da heilt schon an den Rändern.«

Digby sagt: »Sie brauchen die Geduld eines Wurms, der sich durch Steine zwängt … um Wurzeln rumkriecht, um an sein Ziel zu kommen. Selbst die starrsten Strukturen im Handgelenk haben eine fast unsichtbare Schicht glitschigen Gewebes, glaube ich jedenfalls. Das steht in keinem Lehrbuch. Man muss es glauben. Glauben ohne Beweis. Ich versuche, diese Schicht nicht zu verletzen. Das klingt bestimmt wie Hexerei.«

Sie traut ihrer Stimme nicht. Alle Chirurgen haben ihre Glaubenssätze, aber auch ein wenig vom ungläubigen Thomas. Sie brauchen Beweise. Und wegen Beweisen ist sie hier. *Reiche deinen Finger her und siehe meine Hände, und reiche deine Hand her und lege sie in meine Seite, und sei nicht ungläubig, sondern gläubig!*

Digby vernäht die Sehne mit ihrer neuen Stelle an der Basis eines Fingers. Er fummelt viel. »Diese winzigen fransigen Fasern am Schnittende einer Sehne sind wie Reben, aber hart wie Stahlkabel. Eine lose Ranke kann sich an etwas klammern, wo sie nicht sein soll, und alles ruinieren.«

Er ist fertig. Aus Gewohnheit blickt er auf die OP-Uhr. Es hat nicht so lange gedauert, wie es sich angefühlt hat.

»Aderpresse weg?« Das ist Mariamma entfahren, ebenso aus Gewohnheit.

»Davon halte ich nichts. Die beste Aderpresse ist eine, die an der Wand hängt.« Er verbindet die Wunde und legt die Hand in einem Gips ruhig. Er zieht Handschuhe und Kittel aus.

Er bittet seine Assistentin, ihm Tee auf sein Zimmer bringen zu lassen. »Hätten Sie was dagegen, wenn wir unterwegs noch bei einer Patientin reinschauen? Es ist ihr großer Tag, und sie wartet schon den ganzen Vormittag.«

Allerdings hätte ich was dagegen! Ich warte ja nur schon mein ganzes Leben.

Sie folgt ihm.

In dem kleinen Zimmer sitzt eine junge Frau aufrecht im Bett. Eine Instrumentenschale liegt bereit. Digby legt der Patientin eine Hand auf die Schulter.

»Das ist Karuppamma. Sie ist Mitte fünfzig. Sie sieht aus wie zwanzig, nicht? Da haben Sie eine lepromatöse Lepra. Sie drückt die Runzeln weg. Anders als die tuberkulöse Form.«

Karuppamma ist schüchtern. Ihre freie Handklaue fährt zum Mund, um ihn zu bedecken.

»Vor einer Woche habe ich bei Karuppamma dasselbe wie gerade eben gemacht. Ich habe die Sehne des Flexor digitorum superficialis, die zum Ringfinger geht, durchtrennt. Das ging, weil sie als Absicherung noch die des Profundus hat. Ich habe die Sehne dann hier drangemacht.« Er zeigt auf seine Daumenwurzel. »Sie müsste jetzt wieder die Greiffunktion haben, die sie verloren hat. Allerdings ist es so, dass sie sich, um den Daumen zu bewegen, *vorstellen* muss, den Ringfinger zu bewegen. Das Gehirn hält das für unmöglich. Es muss überzeugt werden, dass die Dinge nicht so sind, wie sie scheinen.«

Sprechen Sie da von mir? Mariamma ist äußerlich ruhiger als bei ihrer Ankunft, vom Warten und Zusehen bei seiner Arbeit in diesen Zustand gelullt. Im Innern jedoch tosen Zorn, Bitterkeit und Verwirrung. Sie muss die Wahrheit wissen. *Ich bin nicht wegen chirurgischer Kenntnisse hergekommen.* Doch vor einer Patientin will sie nicht grob werden.

Digby sagt auf Malayalam: »Führen Sie den Daumen an den kleinen Finger.« Er verschludert die Sprache, das verschluckte *»errah«* fehlt. Karuppamma versteht es trotzdem. Sie verzieht vor Anstrengung das Gesicht. Nichts passiert.

»Halt. Jetzt … bewegen Sie den Ringfinger.«

Stattdessen bewegt sich der Daumen. Nach einer Pause lacht Karuppamma laut auf. Digby grinst dazu. Eine kleine Gruppe hat sich um sie geschart, teilt Karuppammas Triumph. Unwillkürlich ist Mariamma gerührt. Doch als Digby sich zu Mariamma umwendet, ist sein Gesicht tieftraurig.

»Diese Krankheit nimmt nur weg. Jahr um Jahr verliert man etwas. Nicht durch die aktive Lepra, sondern von der Schädigung der Nerven, die sie verursacht. Das hier ist einer der seltenen Momente, in denen wir etwas zurückgeben.«

Er sagt Karuppamma, sie werde ihn jeden Tag mehr bewegen können, bis er seine volle Kraft erreicht hat, heute jedoch darf sie es nicht übertreiben. Er weist Suja an, Hand und Handgelenk mit einer hinteren Gipsplatte zu versteifen.

Digby sagt: »Bald wird sie den Daumen automatisch bewegen können. Es ist schon erstaunlich. Wie Valéry sagt: ›Am Ende des Geistes der Körper. Aber am Ende des Körpers der Geist.‹«

Mariamma folgt ihm nach draußen. Er sagt: »Paul Brand in Vellore und Rune hier waren die Ersten, die wirklich begriffen haben, dass diese Finger von wiederholten Traumata geschädigt werden. *Nicht* von der Lepra, die sie wegfrisst, sondern weil sie kein Schmerzempfinden mehr haben …«

Ihre Gedanken schweifen. Sie denkt an den Schuljungen Philipose und seine halsbrecherische Bootsfahrt hierher und wie er Digby als Hände diente, weil Digby noch nicht von der Operation genesen war.

»… Paul Brand hat gesehen, wie eine Patientin über einem offenen Feuer kochte und es nicht schaffte, ein *chapati* mit der Zange umzudrehen. Frustriert hat sie es einfach mit der bloßen Hand umgedreht. Sie und ich würden dabei schreien vor

Schmerz, sie aber hat nichts gespürt. Da hat Brand es begriffen. Ohne die ›Gabe des Schmerzes‹, wie er das nennt, haben wir keinen Schutz.« Digby spricht mit sich selbst. »Mich erstaunt, wie wenige das verstehen. Das ist das Wesen der klinischen Lepra. Nicht viele Ärzte wollen das studieren. Noch weniger Chirurgen es behandeln.« Digby schaut sie forschend an.

Mariamma ist schockiert über sein Gesicht, vom Alter gefurcht, von Brandnarben gesprenkelt, weil es dasjenige anspricht, das sie sieht, wenn sie in den Spiegel schaut. Sieht Digby die Ähnlichkeit?

Sie betreten sein Zimmer, in dem sie wie in einem früheren Leben einmal ein Nickerchen gemacht hat. Es ist ein herrlicher Vormittag. Es zieht sie zu der Verandatür, um erneut dieses Schmuckstück von einem Garten davor zu betrachten. Gelbe, rote, lila Rosen säumen den Rasen, andere Farben, als sie vom letzten Mal in Erinnerung hat. Das Tor am jenseitigen Ende im Lattenzaun ist angelehnt. Auf dem Rasen sitzt eine Patientin in einem weißen Sari in der Sonne und sortiert geröstete Hirse in den hohlen Händen, dann schaufelt sie sich ungelenk die kleinen Perlen in den Mund. Ihre Hände sind wie Bäume mit abgehackten Ästen, von denen nur noch Stümpfe geblieben sind. Zum Sortieren nimmt sie das Rudiment eines Daumens. Ihr Kopf ist mit dem *pallu* ihres Saris bedeckt. Mariamma sieht ihr flaches Profil, die Nase ist platt, als stünde jemand hinter ihr und zöge an ihren Ohren. Es bedarf eines besonderen Mutes, um sich die Lepra zur Berufung zu machen. Das muss sie Digby lassen.

»Sind die Gesichtsnerven betroffen, nimmt es ihnen ihr natürliches Mienenspiel«, sagt Digby, der hinter ihr am Fenster steht. »Man meint, sie blecken vor Zorn die Zähne, wo sie doch eher lachen. Das verstärkt die Isolation durch Lepra.« Noch immer doziert er. Sie möchte, dass er den Mund hält. »Ich habe gelernt, mehr zuzuhören als zuzusehen«, sagt er.

Sie hört die Trauer in seiner Stimme. Es wäre so viel einfacher, auf ihn wütend zu sein, wäre er ein heruntergekommener, versoffener Pflanzer statt ein Mann, der sein Leben denen weiht, deren Gebrechen sie zu Parias macht.

Begreift Digby denn nicht, warum sie hier ist? Er muss doch wenigstens wissen, dass er ihr Vater sein *könnte*, selbst wenn er Elsie nie mehr wiedergesehen hat und nicht wusste, dass er ein Kind hat. Und falls er es doch weiß, ist er ein Teil der Täuschung, die ihr die Wahrheit vorenthalten hat.

Sie will sich schon zu ihm umdrehen und etwas sagen, als er flüstert: »Sehen Sie mal, wie oft sie blinzelt.« Die Frau merkt nicht, dass sie beobachtet wird. »Zählen Sie, wie oft Sie blinzeln, wenn sie nur einmal blinzelt.«

Sie versucht, nicht zu blinzeln. Ihr jucken die Augen, dann brennen sie. Sie gibt dem Drang nach. Die Patientin hat noch immer nicht geblinzelt. Die Frau reckt den Hals nach einem bellenden Hund, wie Blinde versuchen, ein Geräusch zu orten. Ein Auge ist eingesunken, milchig weiß, sieht nichts. Die Hornhaut des anderen ist trüb.

»Sie blinzeln nicht, dann trocknet die Hornhaut aus, und sie werden blind. Die meisten Bewohner hier sind nicht blind gekommen. Wenn es passiert, ist es ein trauriger Moment.«

Der Tee wird gebracht. Mariamma setzt sich auf den Stuhl, auf dem sie einmal eingenickt war. Ohne zu überlegen, nimmt sie den Schal ab, der um ihren Rücken lag, und legt ihn sich auf den Schoß. Digby schenkt ein.

Im Bücherregal sieht sie das Foto im Silberrahmen von Digby als kleinem Jungen mit seiner Mutter. *Deine unglaublich phantastische Mutter, Digby. Die aussieht wie ein Filmstar. Mit dem gescheckten Streifen in den Haaren. Meine Großmutter.* Als Mariamma bei ihrem letzten Besuch das ausgebleichte Schwarzweißfoto erstmals betrachtete, meinte sie, Digbys Mutter werde schon grau. Doch die Frau war ja jung. Der Schlüssel war direkt vor ihren Augen gewesen … und sie hatte ihn nicht bemerkt. Und hätte es nie, wenn sie nicht das Tagebuch ihres Vaters gelesen hätte.

Digby setzt sich ihr gegenüber, beugt sich zum Trinken über seine Tasse. Der Tee ist eindeutig zu heiß, denn er stellt die Tasse gleich wieder hin, wobei er mit der Untertasse an den Pfeifenständer gerät, was ein Geräusch wie ein Gong macht.

Sie nimmt ihren ganzen Mut zusammen. »Dr. Kilgour –«

»Digby, bitte.«

Dann eben Digby. Was ich dich nicht nenne, ist »Vater«. Ich hatte schon einen Vater, der mich mehr geliebt hat als sein Leben.

»Digby …«, sagt sie, doch sie mag den Namen nicht mehr. Er ist wie ein schartiger Zahn, der ihre Zunge kratzt. »Möchten Sie denn nicht wissen, warum ich heute hergekommen bin?«

Er lehnt sich auf seinem Stuhl zurück und schweigt lange. »Ich frage mich nun schon so viele Jahre, ob Sie wohl kommen, Mariamma. Und ob Sie mich fragen würden, was Sie mich fragen wollten.« Ihre Blicke treffen sich. »Sie sind Ihrer Mutter wie aus dem Gesicht geschnitten«, setzt er hinzu.

Sie holt tief Luft. Wo soll sie anfangen? »D–« Sie kann seinen Namen nicht sagen. Sie beginnt noch einmal. »Woher kannten Sie meine Mutter?«

Digby Kilgour steht seufzend auf. Einen Augenblick lang hat sie die absurde Vorstellung, dass er gleich die Tür aufmacht und weggeht, weil sie die Frage gestellt hat, die er hat kommen sehen. Doch nein, er steht einfach da. Der Blick, der sie nun trifft, ist ernst, zerknirscht und voller Mitgefühl. »Ich wusste, dass Sie eines Tages auf der Suche nach ihr kommen würden.«

Sie versteht nicht, was er da sagt. Er tritt an die Terrassentür und bleibt dort stehen wie einer, der sich einem Erschießungskommando stellt; seine Nase berührt fast die Scheibe. Sie steht ebenfalls auf, die Tasse noch in der Hand, und tritt neben ihn.

Der Ausblick ist unverändert. Der Rasen draußen ist weiterhin herrlich, wie verschüttete grüne Farbe. In der Mitte sitzt weiterhin, in reines Weiß gekleidet, die Frau, die nicht blinzelt und ihre Hirse sortiert.

»Mariamma, die Frau da in der Sonne … Sie ist wahrscheinlich die größte lebende Künstlerin Indiens. Sie ist die Liebe meines Lebens, der Grund dafür, dass ich fünfundzwanzig Jahre in Saint Bridget's verbracht habe. Mariamma, das ist Elsie. Ihre Mutter.«

81. Kapitel
VERGANGENHEIT TRIFFT AUF ZUKUNFT

1950, Gwendolyn Gardens

Als Digby an jenem Nachmittag im September vor seinem Club anhielt, sah es aus wie am Bahnhof Victoria. Autos säumten die Zufahrt, Koffer wurden unter dem Portikus gestapelt. Es war der Beginn der Pflanzerwoche 50, und in dem Jahr hatte Digbys Club – Tradewinds – die Ehre, sie auszurichten.

Noch 1937, als er und Cromwell Müller's Madness übernahmen, war allein schon eine halbwegs befahrbare Ghatstraße ambitioniert. Die Straße wurde gerade rechtzeitig fertig, als die Preise für Tee und Gummi in die Höhe schnellten, weswegen das Konsortium mit Franz und den anderen Partnern seine Investitionen rasch wieder hereinbekam, indem es Teile seiner 750 Hektar großen Erwerbung verkaufte. Schon bald entstanden um Gwendolyn Gardens herum weitere Güter. 1941 errichteten Digby und die anderen Gutsbesitzer dann gemeinsam Tradewinds und stellten einen erfahrenen Club-Sekretär ein, der vom ersten Tag an bei der UPASI, der United Planters' Association of Southern India, dafür warb, dass der Club das alljährliche, einwöchige Treffen ausrichtete. Diese Ehre ging aber immer wieder an die alteingesessenen Clubs in Yercaud, Oooty, Munnar, Peerumedu … Bis zu diesem Jahr.

Als Gründungsmitglied des Clubs fand Digby, dass er sich zeigen müsse. Er platzierte sich auf ein Sofa im großen Salon und schaute zu den Panoramafenstern mit dem prächtigen Blick auf die Hügel hinaus. An jedem anderen Tag wäre binnen Sekunden ein Träger aufgetaucht. Jetzt aber liefen die armen Teufel in ihrem ungewohnten, turbangeschmückten Staat herum wie aufgescheuchte Hühner.

Seit der Unabhängigkeit 1947 und dem Weggang vieler weißer Gutsbesitzer stellten bei diesem Treffen Inder die Mehrheit. Trotzdem blieb die Atmosphäre zu Digbys Erstaunen unverändert. Die Pokalwettbewerbe in Cricket, Tennis, Snooker, Polo und Rugby wurden intensiver geführt, der Schönheitswettbewerb und die Tanzveranstaltungen waren größer denn je. Der indische Nationalstolz war auf dem Höhepunkt, dennoch war bei der gebildeten und wohlhabenden Schicht und erst recht bei den ehemaligen Offizieren die englische Sprache und Kultur eng mit ihrer indischen vermischt.

Ein Windstoß ließ einen breitkrempigen Strohhut mit blauem Band über den manikürten Rasen rollen. Digby schaute ihm nach. Eine Gestalt erschien, um ihn einzufangen. Er erwartete eine sonnenscheue Pflanzersgattin, nicht jedoch diese flotte, hochgewachsene Inderin in weißem Sari. Ihr dickes Haarseil, das vor ihrer rechten Schulter hing, schimmerte vor ihrer braunen Haut. Sie war hinreißend, ohne jede Spur von Lippenstift, Gesichtspuder oder einem *pottu*, die Arme schlaksig und nackt. Während sie den Hut aufhob, blickte sie direkt zu Digby hin. Er prallte zurück, als hätte sie die Hand durch die Scheibe gestoßen. Ihre eindringlichen Augen, wie die eines Sehers, senkten sich auf eine schmale Nase herab; Digby war, als fiele er in ihre Leere hinein. Dann verschwand sie.

Als er wieder zu Atem kam, merkte er, wie ihn zunehmend

die Aromen von Parfüm und Zigarettenrauch sowie eine Kakophonie von Stimmen umfingen.

»High Range hat sich ja den ganzen Tag im Gymkhana getummelt. Die Kerle wollen unbedingt den Pokal. Die –«

»Ich habe meinen Frack vergessen. Wie dumm von mir. Bestimmt hat Ritherden noch einen übrig –«

Digby stolperte hinaus, als hätte er ein Gespenst gesehen. Hatte er sie sich eingebildet? Er hörte, wie sein Name gerufen wurde. War auch das Einbildung?

Als er sich umdrehte, sah er Franz Mylin, in den großen Händen zwei Gläser, von der Bar kommen, an der dicht an dicht braune und weiße Leiber standen. »Hab ich dich erschreckt, Digby? Wir haben deine Sachen an deinem Bungalow ausgeladen und uns dann hier auf die Suche nach dir gemacht.«

»Franz! Ich habe dich erst viel später erwartet.«

»Lena ist bei den Tennisplätzen. Na, Digs, ich hoffe, du hast nichts dagegen, aber wir haben einen Gast mitgebracht. Was trinkst du? Hier, halt das mal«, sagte er, ohne eine Antwort abzuwarten.

»Das ist immerhin mein Club, weißt du. Ich sollte –«, doch da tauchte Franz schon in die Menge an der Bar. Digby stand da, in jeder Hand einen Gimlet. Erstaunlicherweise war Franz fast umgehend wieder mit zwei weiteren Drinks zurück, ein schalkhaftes Grinsen im Gesicht. »Die gehörten wohl den jungen Schnöseln da, aber die waren gerade abgelenkt.«

Draußen konnte Franz dann leiser sprechen. »Digby, ist dir eigentlich schon mal Chandys Tochter begegnet? Elsie?«

Es war also keine Erscheinung gewesen. »Ja!«

»Lena versucht, das arme Ding auf andere Gedanken zu bringen – weißt ja, wie Lena ist.« Auf Digbys fragenden Blick hin sagt er: »Du hast doch sicher davon gehört?«

»Dass Chandy gestorben ist?«

»Nein, nein … Trink erst mal einen Schluck. Wirst du brauchen.« Digby, die eiskalten Gläser in der Hand, merkte, wie sein ganzer Körper kalt wurde, als Franz ihm den grauenhaften Tod von Elsies Kind im Jahr davor erzählte. Elsies unergründlicher Blick auf dem Rasen hatte sich in sein Gehirn eingebrannt. »… und so ist sie abgehauen, hat ihren Mann verlassen.«

Digby flüsterte: »Die arme Frau! Und trotzdem glauben Leute weiter an Gott?«

»Schreckliche Sache, das«, sagte Franz. »Chandy ist ja derjenige, der Rune zu uns in die Berge gebracht hat. Wir kannten Elsie schon als kleines Mädchen. Waren auf ihrer Hochzeit. Ihr geht's beschissen, Digs. Sie wird keine Lust auf den ganzen Rummel der Pflanzerwoche haben, aber Lena meinte, es täte ihr gut, mal rauszukommen.«

Digby folgte Franz. Chandys Tochter mit ihrem Pferdeschwanz hatte er nie vergessen; schon damals war sie eine ernsthafte Künstlerin. Nie hatte er vergessen, mit welchem Ernst sie seine »Maltherapie«, wie Rune das nannte, aufgegriffen hatte. Die hatte ihm Hirn und Hand entsperrt, ihn zurück in die Welt der Lebenden geschleudert.

Er hatte oft an sie gedacht. Er war sich sicher, dass sie *Gray's Anatomy*, das Geschenk, das er ihr vor vierzehn Jahren bei seinem Abschied von Saint Bridget's überreichte, gut eingesetzt hatte. Er hatte Großes von ihr erwartet, war aber dennoch freudig überrascht, als er von ihrer Auszeichnung bei einer Kunstausstellung in Madras hörte. Jetzt war *sie* die Verletzte. Was sagte man angesichts eines solchen Verlusts?

Als Lena Digby sah, stand sie auf und breitete die Arme aus. Er umarmte sie, wollte sie gar nicht mehr loslassen. Es gab zwei Frauen in seinem Leben, die ihn am Boden gesehen hatten: Lena und Honorine. Beide hatten ihn auf ihre Weise gerettet.

Elsie stand höflich auf, den Blick auf beiden. Weiß ist nicht allein die Farbe des Sommers, dachte er. Es ist die Farbe der Trauer.

»Digs, erinnerst du dich noch an Elsie?«, sagte Lena. Elsies Augen verzauberten ihn aufs Neue. Er nahm Elsies lange, schmale Hand in seine beiden, in Erinnerung an das Mädchen, das ihm einen Kohlestift zwischen die Finger gesteckt und ihre Hand mit einem Haarband an seine gebunden hatte. Wie mühelos sie über das Papier geglitten waren, die Fesseln durchbrachen, die ihn eingesperrt hatten! Jetzt löste sich die Zeit auf, die dazwischenliegenden Jahre zerfielen. Sie hatte zu ihm aufgeschlossen. Eine erwachsene Frau. Er sollte etwas sagen, ihre Hand loslassen, doch er schaffte beides nicht. In seinem stummen Griff lag alles, was er ihr zu verdanken hatte, und nun auch die Qualen, die sie ihm bereitete.

Die leeren, unergründlichen Augen hatten sich nun fokussiert, sie wieder in die Gegenwart geführt, und ihre Mundwinkel hoben sich zu einem Lächeln. Er war überwältigt von einer Vorahnung der Gefahr für sie, als stünde sie im Begriff, über den Rand der Welt zu fallen.

Sie setzten sich. Verlegenes Schweigen. Franz sagte: »Na dann, prost, Digby. Auf alte Freundschaften und auf neue –«

»Erneuerte«, sagte Lena.

Ein Paar kam, um die Mylins zu begrüßen, die dafür aufstanden. Elsie schaute auf Digbys Hände. Er hielt ihr die rechte hin, krümmte die Finger, sie lächelte verschämt, ertappt. Sie betrachtete sie sorgsam, brachte sie mit der erinnerten in Einklang. Sie nickte beifällig und schaute ihn dann fest an. Er konnte nicht wegschauen, musste es auch nicht. Er war siebzehn Jahre älter als Elsie, doch in dem Augenblick empfand er sie als Gleiche. Er war Experte für gewaltsame, tragische Verluste; nun war auch sie eine. Er kannte eine simple Wahrheit:

Was man auch sagte, es konnte nicht heilen. Man konnte nur sein. Die besten Freunde in solchen Zeiten waren diejenigen, die keine andere Agenda hatten, als da zu sein, sich anzubieten, wie Franz und Lena es für ihn getan hatten. Digby hielt sich schweigend bereit.

Nach einer Weile sagte er: »Vor einigen Jahren habe ich auf der Kunstausstellung in Madras Ihre Gemälde gesehen. Ich hätte Ihnen schreiben sollen, wie großartig sie sind.« Zufällig war er in Madras gewesen, als die Bilder noch hingen. Elsies Arbeiten waren alle verkauft, doch am Tag seines Besuchs hatte er erfahren, dass ein Käufer sich zurückgezogen hatte, und so hatte Digby das Bild erworben. Es war das Porträt einer übergewichtigen Frau Mitte fünfzig oder sechzig, die wie eine Kaiserin auf einem Stuhl sitzt; sie trägt ein christliches Malayali-Gewand aus weißem *chatta* und *mundu*, das große goldene Kruzifix an einer Kette über ihrem feinen *kavani*. Ihre Haare sind so straff zu einem Dutt zusammengerafft, dass es aussieht, als würde die Nase davon angehoben. Der Betrachter sah in ihrer Pose etwas Disharmonisches, Prätentiöses, in ihrem Lächeln und ihren Augen etwas Unaufrichtiges. Die Kraft des Gemäldes steckte darin, dass dem Modell nicht bewusst war, dass die Leinwand es verriet.

»Gerade eben bin ich meinem Bild wieder in Ihrem Wohnzimmer begegnet«, sagte Elsie lächelnd. Er wartete, aber mehr kam nicht.

»Wie ist es, wenn man seine Arbeit, lange nachdem man sie losgelassen hat, wiedersieht?«

Eine flüchtige Spur Freude huschte ihr übers Gesicht, ein Gefühl, das eine ganze Weile lang keinen Halt darauf gefunden hatte. Sie erwog ihre Antwort. »Es war, als … würde ich mir in der Wildnis über den Weg laufen.« Sie lachte, ein hohles Geräusch. »Leuchtet das irgendwie ein?« Er nickte. Sie redeten leise. »Nachdem die Überraschung abgeklungen war, habe ich mich darüber gefreut. Meistens will ich die Dinge festmachen. Aber ich war zufrieden ... Auch wusste ich, dass die Künstlerin nicht mehr dieselbe Person ist. Würde ich es noch einmal machen, wäre es wahrscheinlich ganz anders.«

Sie blickte auf ihre Hände, die ganz still in ihrem Schoß ruhten.

Digby sagte: »Die Kunst ist nie abgeschlossen. Nur aufgegeben.« Sie schaut überrascht. »Das hat Leonardo da Vinci gesagt«, setzte er hinzu. »Vielleicht auch Michelangelo. Vielleicht habe ich es auch selbst erfunden.«

Ihr Lachen war herrlich zu hören, wie das eines ernsten Kindes, das man verleitet hat, seine verspielte Seite zu offenbaren. Auch Digby lachte. Lebte man allein, blieb selbst das lauteste Lachen ungehört und war daher nicht besser als Schweigen.

Elsie war, dachte er, äußerlich ohne Beeinträchtigungen. Makellos. Ihre Narben, ihre Verbrennungen und Kontrakturen waren alle innen, unsichtbar ... außer man schaute ihr in die Augen. Dann war es, als blickte man in einen ruhigen See und erkennte nach und nach am Grund das versunkene Auto mit den Insassen darin. *Du bist nicht allein*, wollte er sagen. Elsie begegnete seinem Blick und wandte ihn nicht ab.

82. Kapitel
DAS KUNSTWERK

1950, Gwendolyn Gardens

In jener Nacht war Leben in seinem Bungalow, zu viert bevölkerten sie ihn, sämtliche Zimmer hell erleuchtet, das rote Jaipur-Tischtuch im Blockdruck gleich einem lodernden Lagerfeuer, um das herum sie versammelt saßen. Als der Tisch abgeräumt war, wurde noch ausgiebig geredet, gelacht und getrunken. Lediglich Elsie blieb stumm, schien aber von ihren Stimmen beruhigt.

Am nächsten Morgen erschien sie nicht zum Frühstück. Lena und Franz gingen zur Eröffnungssitzung. Digby blieb noch. Als sie gegen elf erschien, trank sie Tee, lehnte aber Eier und Würstchen ab. »Sie haben sich viel Mühe gemacht«, sagte sie entschuldigend. Sie hatte sich die Haare gewaschen und zu einem losen Zopf geflochten, und sie trug einen hellgrünen Sari. Die Schatten unter ihren Augen ließen ahnen, dass sie eine schwierige Nacht hinter sich hatte. Vielleicht waren alle ihre Nächte so.

»Überhaupt nicht.« Er sah, dass sie die grob geformten Fladen in der Pfanne betrachtete. »Das ist Bannockbrot. Franz hat so viel gegessen, dass man ein Dach damit decken könnte, aber er hat Ihnen ein paar übriggelassen. Es ist ein altes schottisches Rezept, nur Mehl, Wasser und Butter. Davon haben Cromwell und ich gelebt, als wir hier in der Nähe kampierten und das alte Müller'sche Haus abrissen. Da waren zu viele Geister drin. Ich habe die Bannocks in einer Pfanne überm Lagerfeuer gebraten. Hier, versuchen Sie doch ein Stückchen«, sagte er, indem er es mit Butter und Marmelade bestrich. Sie schob es in den Mund und nickte beifällig.

»Ich mag die großen Fenster hier«, sagte sie. »Schönes Licht.« Er freute sich ungemein über ihre Anerkennung. Sie nahm ein weiteres Stück und bestrich es mit Honig. Er wollte sagen, dass der Honig von seinem Gut war, wollte aber den Bann nicht brechen. »Müssen Sie denn nicht zu der Versammlung?«, sagte sie leise in ihrer charakteristisch tiefen Stimme.

»Die werden mich nicht vermissen. Anders als Franz und Lena bin ich in keinem Komitee.«

»Gwendolyn Gardens?«, fragte sie kauend. »Der Name Ihres Guts –«

»Meine Mutter«, sagte er einfach. Einen Augenblick lang war seine Mutter im Zimmer und betrachtete ihn anerkennend. Elsie nickte. Digby dachte an das Porträt, das sie gemeinsam gezeichnet hatten. Seine Ma. Ein andermal würde er es ihr vielleicht erzählen.

»Elsie, ich dachte …« Er hatte überhaupt nicht gedacht, er dachte es sich nur aus, ein Chirurg mit einer Mullbinde auf dem Finger, der nach einer Gewebeschicht tastet. »Vielleicht möchten Sie gern einen Spaziergang mit mir machen?«

Er führte sie auf das Westgut durch einen Korridor aus hohem Gras, wo nach Regen immer zwei Schmetterlingsarten zu Besuch kamen, der Malabar-Rabe und der Malabar-Rose – jedoch nie zusammen. Er betrachtete sie als die seinen, seine Schöpfung. Wie zur Antwort auf seine stumme Bitte flog ein Malabar-Rose vor ihnen her, das lebhafte Rot seines schlanken Körpers betonte die kohlschwarzen Flügel. Digby blieb abrupt stehen, sodass Elsie gegen ihn prallte, ihre Weichheit an seinen knochigen Rücken. Der Malabar-Rose war elegant, stromlinienförmig, und die dunklen Fortsätze an den Flügeln waren für Digby wie die Motorhauben eines Flugzeugs. Sie betrachtete ihn aufmerksam.

Eine Reihe Teepflückerinnen kam ihnen schwatzend entgegen, der Schmetterling flog davon. Die Frauen verstummten verlegen. Digby fand, dass von ihnen, als sie sich vorbeischlängelten, eine erdige, vitale Lebenskraft aufstieg, wie Dampf. Elsie schien sie aufzusaugen. Sie verbargen ihr Lächeln mit ihren locker wehenden Kopftüchern, aus Höflichkeit schlugen sie die Augen nieder. Digby legte die Hände zusammen und murmelte »*Vanakkam*«, da die Arbeiterinnen Tamilen von jenseits der Staatsgrenze waren. Auch Elsie hob die Hände. Die Frauen antworteten eifrig mit ihren hellen Stimmen, Tücher fielen ab und enthüllten ein scheues Lächeln, während sie vorbeihuschten und verstohlen Digbys schönen Gast musterten. Elsie sah ihnen nach, wie sie in der Sonne verschwanden.

»Das Licht hier oben … das ist so besonders«, sagte sie. »Als Kind dachte ich, das kommt daher, dass wir näher am Himmel sind. Ich habe es Engelslicht genannt.«

Sie gingen weiter bergan, folgten einem alten Elefantenpfad. Der Bungalow lag auf einer Höhe von fünftausend Fuß, und sie waren weitere fünfhundert angestiegen. Er wurde kurzatmig. Hätte er Elsie warnen sollen? Er drehte sich nicht nach ihr um, um zu sehen, wie es ihr ging. Er ließ sie in Ruhe. Das war Cromwells Mittel für Digby gewesen, als er mit seinen Verbrennungen im Gästehaus der Mylins in AllSuch gelandet war. Schweigend führen. Das Reden der Natur überlassen.

Keuchend erreichten sie endlich die weiße Felsnase, sie ragte aus dem braunen Geröll hervor wie eine Hand, die dem Tal darunter ihren Segen gibt. Die Stammesleute nannten sie den

Stuhl der Göttin. Obendrauf hatten Bittsteller Kokosnüsse aufgeschlagen, Blumen hingelegt und Sandelholzpaste verschmiert. Digby reichte Elsie die Feldflasche, aus der sie gierig trank, das Gesicht von der Anstrengung glänzend; sie konnte sich von dem atemberaubenden Blick nicht losreißen.

Jedes Mal wenn Digby dort war, stellte er sich vor, dass er auf dem Bauch der Göttin stand und an ihren Schenkeln entlang in das grüne Tal zwischen ihren Knien schaute, das sich an ihren fernen Knöcheln zu einer staubigen Ebene weitete. Er hoffte, dass sich der Aufstieg für Elsie gelohnt hatte.

Bevor er sie warnen konnte (aber müsste nicht nur ein Kind gewarnt werden?), schritt sie an den Rand der Nase, blieb dort wie eine Kunstspringerin auf dem Zehnmeterbrett stehen. *Tritt zurück!* Er verkniff sich den Ausruf aus Angst, sie zu erschrecken. In all den Jahren, in denen er dort war, wäre es ihm nie eingefallen, so nahe an die Kante zu treten.

Behutsam näherte er sich Elsies linker Seite, damit sie ihn bemerkte. Er zwang sich zu äußerlicher Ruhe und bekämpfte gleichzeitig den Adrenalinschub, die innere Furcht. Bestimmt hörte sie seinen Atem, denn er hörte ja ihren, sah, wie ihre Schultern, ihre Schulterblätter sich mit jedem Atemzug hoben und senkten. Ganz langsam beugte sie sich vor und schaute über ihre Zehen hinaus, im Bann der Einladung, die unter ihnen lag. Er hielt den Atem an. Eine Brise hob den *pallu* ihres Saris, sodass er ihr von den Schultern strömte, eine grüne Fahne.

Sie wandte das Gesicht zum Himmel, der es in Engelslicht tauchte, sie strahlte, die Augen silbrig funkelnd. Er folgte ihrem Blick und sah einen Greifvogel in der Thermik steigen.

Elsie hatte die Hände einige Zentimeter von den Seiten angehoben, die Handflächen aufwärts, wie um einen Segen zu empfangen oder als imitierte sie den Vogel. Digbys Atmung setzte aus. Er glaubte, sein Herz würde stehen bleiben. Er stand einen Schritt hinter ihr. Wollte er nach ihr greifen und verfehlte sie, dann würde er sie hinabstoßen. Würde sie sich wehren, dann würden sie beide in den Tod stürzen. Er rief die Göttin des Stuhls an, jedwede Gottheit, die gerade zuhörte, bat sie, die Ungläubigkeit des Flehenden, seine Verachtung für alle Götter außer Acht zu lassen, und das Leben dieser trauernden Mutter zu erhalten. Stumm flehte er Elsie an. *Bitte, Elsie. Ich habe dich doch eben erst gefunden. Ich kann dich nicht verlieren.*

Nach einer Ewigkeit langte ihre linke Hand zögernd nach ihm, seine rechte schoss ihr entgegen, als wüssten Hände, was Köpfe nicht wussten. Ihre Finger umschlossen sich. Er führte sie von der tückischen Kante weg. Ein Schritt, dann noch einer. Er drehte sie zu sich her, ihr Atem und der des Tals nun eins. Ihre Beine bewegten sich mit seinen wie in einem Tango, dem Rand des Sterbens entrissen. Sie zitterte am ganzen Körper.

Er war überzeugt, dass sie sich vorgestellt hatte, wie sie den Schritt hinaus tat in der Absicht, Gott zu beschämen, den schamlosen Scharlatan zu beschämen, dessen Hände untätig blieben, wenn Kinder aus Bäumen fielen, wenn Seidensaris Feuer fingen, dass sie sich vorgestellt hatte, wie der Greifvogel mit ausgebreiteten Flügeln hinauszusegeln, immer schneller, hin zu jenem Ort, wo der Schmerz endet. Auf einmal war er wütend auf sie, bebte vor Zorn. *Woher willst du wissen, dass es dort besser ist*, dachte er. *Wenn dort das Grauen, das dich verfolgt, sich Minute für Minute wiederholt?*

Elsie starrte ihn an, las seine Gedanken, Tränen liefen ihr lautlos über die Wangen. Er wischte sie mit dem Daumen ab, verstrich sie auf ihren Wangenknochen. Er stieg als Erster von der Platte. Als sie sich ihm dann zuneigte, ihm die Hände auf die Schultern legte, hob er sie an der Taille hoch, als wäre sie nicht schwerer als eine Feder … und dann hielt er sie fest, drückte sie an sich, aus Zorn, vor Erleichterung, aus Liebe. *Ich lasse dich nicht fallen, lasse dich nicht los, so lange ich lebe*. Sie vergrub sich in Digbys Brust, ihre Schultern bebten, und er drückte sie an sich, erstickte ihr schreckliches, herzzerreißendes Schluchzen.

Auf dem Rückweg waren sie unbelastet. *Elsie, wenn du vom Tod zurückweichst, heißt das, dass du das Leben gewählt hast.* Falls es einen Malabar-Raben zu sehen gab, schaute er nicht hin. Die Natur hatte für den Tag genug gesprochen. Nun war die Reihe an Digby Kilgour, und er fand kein Ende.

Er erzählte ihr von seiner Schulkrawatte, die seiner Mutter den Hals abschnürte. Als er von seiner Liebe zur Chirurgie erzählte, tat er es in der Sprache eines Mannes, der den Tod seines Ein und Alles betrauert. Und dann beschrieb er einen anderen Tod, den seiner Geliebten, Celeste, einen qualvollen Feuertod. Als Junge hatte er es verwirrend gefunden, dass das Wort *»confessor«* sowohl den Beichtvater wie auch den Bekenner seiner Sünden bezeichnet. Nun ergab das einen Sinn, denn sie beide waren wirklich eins, hielten einander an den Händen, waren auch ohne Haarbänder oder Kohlestifte verbunden. Selbst wenn der Pfad sie zwang, hintereinander zu gehen, konnten sie einander nicht loslassen, konnte er nicht seine Geschichte unterbrechen. Er beschrieb seine Monate der Verzweiflung, wie oft die Verzweiflung zurückkehrte, und seinen Wunsch, ihr ein Ende zu machen so wie sie der ihren. »Was hat Sie aufgehalten?«, fragte sie, ihre ersten Worte.

»Mich hält nichts auf. Ich biege um eine Ecke, und da ist sie wieder, die Wahl, weiterzumachen oder nicht. Aber ich habe nicht die Zuversicht, dass mit dem Ende meines Lebens auch der Schmerz enden würde. Und Stolz hindert mich daran, zu gehen, wie es meine Mutter getan hat. Sie hatte Menschen, die sie liebten, sie brauchten. Mich. *Ich* habe sie gebraucht!« Diese letzten Worte waren wie eine Explosion.

Ein paar Schritte lang schwieg er. Dann blieb er stehen. Er drehte sich zu ihr um. Er hatte oft an Elsie gedacht, hatte gewusst, dass sie erwachsen geworden war, geheiratet hatte, und dennoch hatte er so viele Jahre lang das Bild des zehnjährigen Schulmädchens im Kopf, das ihm die Hand entsperrt hatte, ein Schulmädchen, dessen künstlerisches Talent, dessen Genie so offensichtlich war. Die erwachsene Frau vor ihm, jetzt Mitte zwanzig, verwaist, so grausam ihres Kindes beraubt, erscheint ihm als eine ganz andere. Wenn das Elsie ist, dann hat sie die siebzehn Jahre, die sie trennen, ausradiert. Vielleicht rührt es von dem gemeinsamen Leid. »Elsie, das Porträt, das wir in Runes Bungalow gezeichnet haben, mit unseren zusammengebundenen Händen? Diese schöne Frau war sie. Es war das Gesicht meiner Mutter, wie ich es in Erinnerung behalten musste. Der Anblick des Bildes, das wir gemeinsam auf dem Papier machten, befreite mich von der grotesken Totenmaske, die ich so lange im Kopf mit mir herumgetragen habe, dem letzten Bild, das ich von ihr hatte. Elsie, damit will ich sagen, dass Sie mich wiederhergestellt haben. Ich werde immer in Ihrer Schuld stehen.«

Sie umfasste seine beiden Hände, die versehrten, ungleichen und doch weiterhin gebrauchsfähigen Pfoten, die alles taten, was sie nur irgend konnten. Sie strich über den Grat der erhabenen Narbe auf dem linken Handteller, das Zeichen Zorros, drückte darauf. Sie bewegte jeden Finger wie eine Klinikärztin, testete die Grenzen seiner Beweglichkeit – eine klinische Prüfung, aber von einer Künstlerin. Dann hob sie seine Hände, erst die eine, dann die andere, und drückte sie sich an den Mund.

Am nächsten Tag schlief sie lange, wirkte aber erholt, als sie erschien. Verlegen zeigte sie ihm eine Blase am Fußballen.

»Was habe ich mir nur gedacht! Ich hätte Sie nicht so weit in Sandalen laufen lassen sollen.«

Er öffnete sie mit einer Irisschere, streute dann ein Sulfonamid darauf. Interessiert schaute sie zu. »Tut es weh?«, fragte er. Sie schüttelte den Kopf. Er legte einen Druckverband auf das feuerrote Oval.

»Digby, müssen Sie denn nicht zu dem Treffen?«

Er überlegte seine Antwort. »Ich möchte lieber bei Ihnen sein«, sagte er schließlich, ohne aufzublicken. Es war die Wahrheit. Sie fragte nicht nach. Sie hatten eine neue Form des Zusammenseins.

Statt mit ihr eine Wanderung zu unternehmen, führte er Elsie zu seinem Luxusort: drei geschwungene Terrassen, ähnlich einem Freiluft-Amphitheater in den steilen Hang gegraben, unmittelbar vor dem Bungalow. Ein süßes Parfum traf auf ihre Nasen. Auf jeder Terrasse waren gleich einem bunten Publikum im besten Theaterstaat Digbys geliebte Rosenbüsche gepflanzt, mit Blick ins Tal. Er geleitete sie wie an einer Ehrenwache vorbei, stellte sie der Palette der jeweiligen Düfte vor, angefangen bei der florentinischen Schwertlilie, ihm die liebste, die nach Veilchen roch, weiter zu einer Rose mit Nelkenduft, dann zu einer, die nach Kapuzinerkresse duftete. »Ich züchte weniger nach Farbe als nach Duft.«

Sie setzten sich hin. Elsie zeigte auf einen Steinobelisken am Ende einer Terrassenreihe. »Was ist das?«

»Ah, der Platzanweiser. Er sollte eigentlich ein Tänzer sein. Aber der Stein ist gesprungen.« Dass sie da neben ihm saß, belebte Digby, machte die unbedeutenden Artefakte seines Lebens bedeutungsvoll. »Michelangelo hat gesagt, in jedem Stein ist eine Figur eingesperrt. Das«, sagte er, tätschelte die Bank, auf der sie nun saßen, und schaute auf die Rosen, »dieser Stein war, dachte ich, ein Elefant. Aber das war falsch. Seine Bestimmung war eine Bank.«

Sie lachte und stand auf, um sie zu betrachten.

»Digby«, sagte sie, und er hörte die Dringlichkeit in ihrer Stimme. »Wo haben Sie die gemacht?«

Sein Atelier, einst ein Räucherschuppen, war angefüllt mit gestapelten Leinwänden und altem Schweißgerät, es gab einen feuerfesten Vorhang, aber kein Azetylen; in einer lotterigen Ecke war der Boden gefurcht und voller Betontropfen.

In seinem dritten Jahr in Gwendolyn Gardens, die Ghatstraße war endlich fertig, hatte ihn während des großen Regens eine tiefe Melancholie befallen, sodass er kaum das Bett verlassen wollte. Cromwell ließ das nicht gelten. Er scheuchte ihn aus dem Bett, steckte ihn in Regenzeug und ließ ihn in dem steten Guss zu den Feldern auf der anderen Seite des Gutes stapfen, wo Wasser, das vom Hang herabströmte, den Bewässerungskanal zu überspülen drohte. Sie gruben Ablaufgräben. Später brachte Cromwell ihn zu dem Schuppen. »Ich musste Holz hacken. ›Mach dich nützlich‹, sagte er. Ich hackte genug für drei Monsune. Mir fiel auf, dass ein Stamm die Form eines Spielzeugsoldaten annahm. Ich versuchte, ihn zu verfeinern. Am Ende hatte ich Zahnstocher. Aber das war mir egal. Wichtig war, dass ich etwas mit den Händen machte. Rune zitierte immer die Bibel: ›Alles, was dir vor Handen kommt zu tun, das tue frisch; denn bei den Toten, dahin du fährst, ist weder Werk, Kunst, Vernunft noch Weisheit.‹ Cromwell kennt die Bibel nicht, aber er hat dasselbe Prinzip entdeckt. Vom Holz bin ich dann zu Kalkstein übergegangen. Aber dazu fehlte mir die Geduld, also bin ich wieder zurück zu Aquarellen.«

»Digby«, sagte Elsie, »seit Ninans Tod drängt es mich zu großen Werkzeugen. Wie einem Vorschlaghammer, einem Bulldozer … oder Dynamit.«

»Reden wir noch über Kunst?«

»Ich will mit den Händen große Sachen machen. So groß wie dieser Blick. Größer noch.«

Er ließ sie im Atelier. Als er an der Tür zurückblickte, freute er sich über ihre Verwandlung. Angetan mit Leinenschürze, Kopftuch und Schutzbrille, stand sie vor einem dicken Kalkstein und schwang den Hammer, mit der Linken führte sie den Meißel. Ihre Schläge waren rasch entschlossen geworden, sie öffneten eine Fuge, ließen einen beträchtlichen Brocken fallen, ohne dass sie ihn weiter beachtete. Schon zeigte sich oben an dem Klotz ein grober Zylinder. Sie stürzte sich darauf mit einer Lebendigkeit, einer kontrollierten Wut, die er nicht erwartet hätte.

Als er spätnachmittags von der UPASI zurückkehrte, hörte er die Hammerschläge. Zunächst bemerkte sie ihn gar nicht. Feiner Staub überzog ihre Haare und jeden Zoll entblößter Haut. Als sie Schürze, Schutzbrille und Kopftuch ablegte, war ihr Gesicht verändert, hatte seine schreckliche Mattheit abgelegt. Zusammen gingen sie zum Haus.

Sie schaute auf ihre Hände. »Digby, jetzt haben Sie Ihre Schuld bei mir aber abgetragen«, sagte sie.

An den nächsten Tagen zeigte er sich bei der restlichen Pflanzerwoche, ließ jedoch den gesellschaftlichen Teil am Abend aus.

Am Vorabend der Abreise seiner Gäste klopfte Digby bei Franz und Lena an die Tür. Lena rief ihn herein. Das Paar war schon im Abendkostüm und im Begriff, wieder in den Club zu gehen. Franz stand, Lena saß auf der Bettkante und steckte Dinge in eine kleine Handtasche. Sie schauten ihn erwartungsvoll an. Bei seinem Anblick wurden sie ganz still.

Digby spürte, wie ihm das Blut in den Hals strömte. »Lena? Franz …? Falls … falls Elsie nun noch bleiben möchte«, stammelte er, »bringe ich sie gern zurück, wenn sie so weit ist. Zu euch. Oder wohin auch immer.« Bestimmt war er jetzt rot geworden. »Es ist nämlich so … Ihr seht ja, wie sie sich verändert hat. Ich meine, durch das Atelier.«

»Es könnte mehr als Bildhauern sein, Digs«, sagte Lena.

Frau und Ehemann gaben einander stumme Zeichen. Franz ging hinaus, klopfte Digby dabei auf die Schulter.

Lena sagte: »Digby, hast du Elsie gefragt, was sie will?« Er schüttelte den Kopf. Sorgfältig wählte sie ihre nächsten Worte. »Digs? Ich weiß nicht, was das Beste für sie ist. Und ja, ich sehe es durchaus. Es ist ein Wunder. Sie hat einen Grund zum Weiterleben gefunden.«

»Ja, Lena! Es ist nämlich so –«

»Der Grund könntest du sein, Digs.«

Digby setzte sich schwer neben sie aufs Bett, die Ellbogen auf den Knien, den Kopf in den Händen. Lena legte den Arm um ihn.

»Digby, hast du dich in sie verliebt?«

Die Frage war ein Schock. Seine Zunge bewegte sich, um es sogleich zu bestreiten. Doch das war Lena, seine »Blutsschwester«, wie sie immer gern sagte. Er starrte auf seine Hände, als läge die Antwort dort. Langsam richtete er sich gerade. Er blickte sie an.

»O Gott, Digs. Also, gut möglich, dass sie sich auch in dich verliebt hat. Aber sie ist ja so zerbrechlich. Und verletzlich. Und vergiss nicht, sie ist schon –«

»Lena«, fiel er ihr ins Wort, denn er wollte das Wort, das sie gleich sagen würde, nicht hören. »Selbst wenn es so wäre, selbst wenn ich … Selbst wenn ich sie liebe, was macht das schon? Ich will nicht … ich erwarte nicht, dass das zu etwas führt. Ich bin zweiundvierzig, Lena, ein eingefleischter Junggeselle. Ich bin siebzehn Jahre älter als sie. Aber wenn ihr der Aufenthalt in Gwendolyn Gardens hilft, ihre Wunden zu heilen, kann ich ihr wenigstens das bieten. Sie entdeckt sich durch die Arbeit neu. Es könnte ihre Rettung sein.« Lena blickte ihn nur an, schien ihm gar nicht zuzuhören. »Lena. Falls du Zweifel hast, ich könnte kein Gentleman sein, dann verspreche ich dir –«

»Ach, Digby, hör bitte auf.« Ihre Augen waren feucht. Sie streichelte ihm die Wange und gab ihm einen sanften Kuss. Leise sagte sie: »Versprich nichts. Sei einfach du selbst. Sei gut. Sei aufrichtig. Und sei kein Gentleman.«

Den ganzen nächsten Tag arbeitete Elsie im Studio. Er ging ihr aus dem Weg. Nichts hatte sich geändert. Alles hatte sich geändert. Sie waren allein.

Er zögerte es so lange hinaus, wie er konnte, sie zum Abendessen zu holen. Als er sich dem Schuppen näherte, hörte er kein Hämmern. In Panik rannte er die letzten Meter. Sie saß draußen auf der Bank und sah zu, wie der Himmel rosa wurde.

Er setzte sich neben sie, außer Atem, was er zu verbergen suchte. Sie lächelte ihn an, wirkte dabei aber unglaublich traurig. *Wie dumm von mir. Hatte ich erwartet, dass eine Skulptur ihre Erinnerung auslöscht?* Sie lehnte den Kopf an seine Schulter.

Nach einem stillen Abendessen, bei dem beide auf ihrem Teller herumstocherten, sagte er: »Bevor Sie schlafen gehen, möchte ich Ihnen gern eins meiner Lieblingsbilder zeigen.«

Er führte sie zum Speicher überm zweiten Stock, dann weiter die Leiter hoch aufs Dach, wo er zwei Korbsessel hingestellt hatte. Er legte einen Schal um sie, da es schon kühl wurde. Die Köchin hatte eine Thermosflasche mit heißem Tee dagelassen, versetzt mit Kardamom und Whisky. Als ihre Augen sich allmählich an das Dunkel gewöhnt hatten, enthüllte ihnen der pechschwarze Mantel der Nacht seine in den Stoff gestickten Edelsteine. Dann, nach etwas längerer Zeit, erschienen die kleineren Sterne, wie schüchterne Kinder lugten sie hinter den Kleidern ihrer Eltern hervor. Über ihnen spannte Orion seinen Bogen. Lange schwiegen sie. Er sah, wie sie einen Finger über den Himmel zog, als flösse die aufsteigende Feder der Milchstraße von ihrer Fingerspitze. Sie wirkte verzückt, starrte sprachlos hinauf.

Er reichte ihr eine Tasse und schenkte ein.

»Als Kind bin ich in Glasgow«, sagte Digby, »wenn der Himmel klar war, aufs Dach gestiegen – was ja nicht oft der Fall war. Ich konnte den Polarstern erkennen. Das hat mich getröstet. Mein Fixpunkt. Nach dem Tod meiner Mutter konnte ich nicht mehr an Gott glauben. Aber die Sterne? Immer noch da. An derselben Stelle. Die haben die Vorstellung von Gott irrelevant gemacht. Im Sommer komme ich in klaren Nächten immer hierher. Stundenlang schaue ich hinauf. Manchmal frage ich mich, ob unser Leben da nicht ein Traum ist. Vielleicht bin ich ja gar nicht richtig hier.«

»Wenn Sie nicht hier sind, dann bin ich in ihrem Traum«, sagte Elsie. Leise sagte sie: »Danke, Digby. Für alles.«

Am nächsten Morgen saß sie in seiner Bibliothek im Schneidersitz auf dem Teppich, die Sonne fiel durch die hohen Fenster und durch ihre Haare. Vor ihr lag aufgeschlagen einer seiner Foliokunstbände.

»Digby!«, sagte sie aufblickend. Die Freude in ihrer Stimme verschlug ihm die Sprache. Er setzte sich neben sie. Gemeinsam betrachteten sie das Foto von Berninis *Verzückung der heiligen Theresa*. »Sehen Sie nur, der Engel und die heilige Theresa. Nebeneinander, aber getrennt. Aber alles aus *einem* Stein. Sehen Sie da, der fließende Stoff, die Bewegung? Wie? Wie schaute er auf den Stein, als er anfing … und sich das vorstellte?« Ihre Stimme war ganz leise geworden. »Er hat es für diesen Raum in der Kirche gemacht, auf den die Sonne aus einem Fenster in der Kuppel fiel. Das ist reine Magie. Ach, Digby. Könnte ich morgen nach Rom, ich ginge hin.«

»Das können Sie ja, Elsie.« *Gehen wir*. Sie starrte ihn an. Dann lachte sie. Aber sie sah, dass er nicht lächelte. Langsam quollen ihr Tränen in die Augen.

Er stand auf und kam mit zwei Tassen Kaffee wieder. Elsie sagte: »Gestern habe ich versucht, etwas zu korrigieren, was ich hätte lassen sollen. Eine Seite des Steins ist abgebrochen.«

»Ach, das tut mir leid.«

Sie lächelt, von seinem Ausdruck amüsiert. »Ist schon gut so. Welche Heilige auch in dem Stein gesteckt hat, sie war sowieso anders als die, die ich im Sinn hatte. Wir müssen ihn wegschaffen. Es tut *mir* leid, dass ich einen guten Stein verschwendet habe.«

»Nichts da. Ich behalte ihn. Wenn Sie dann noch berühmter sind, wird jeder Ihre erste Skulptur sehen wollen. Aber die verkaufe ich nicht. Und im Übrigen steht Gwendolyn Gardens auf einem ganzen Kalksteinberg. Ich zeige Ihnen den Steinbruch. Sie können sich aussuchen, was Sie wollen.«

Elsie nahm ihre Arbeit wieder auf, nun mit einem größeren, rechteckigen Stein. Digby sah sie nur beim Frühstück und beim Abendessen. Die Köchin brachte ihr das Mittagessen, doch sie rührte es kaum an.

Nach dem Essen stiegen sie wie jetzt immer aufs Dach und blieben dort, bis die Kühle sie hineintrieb. Wie lange noch würden die Nächte klar sein? Digby bestand immer darauf, die Leiter als Erster hinabzusteigen und ihr dann von der letzten Sprosse herabzuhelfen, wonach er ihre Hand hielt, bis sie vor ihrer Schlafzimmertür standen, wo er ihr dann eine gute Nacht wünschte. Jeden Abend, wenn er dann auf sein Zimmer ging, sagte er zu sich: *Sei vorbereitet, Digby. Sie könnte so plötzlich davonschweben, wie sie gekommen ist. Sei vorbereitet.*

In einer Nacht verschleierten ihnen Wolkenfetzen den Blick, gefolgt von größeren, die dann die Sterne verbargen. Störrisch blieben sie, bis dicke Regentropfen sie vertrieben. Die Leiter war glitschig. Vor ihrem Zimmer wünschte er ihr gute Nacht, doch sie hielt seine Hand fest. Rückwärts gehend führte sie ihn in ihr Zimmer und schloss die Tür hinter ihnen. *Sei vorbereitet, Digby.*

83. Kapitel
DIE KRANKE LIEBEN

1950, Gwendolyn Gardens

Doch sie zu verlieren, darauf war er nicht vorbereitet. Nicht nach jener Nacht. Nicht, als der Brief kam, weitergeleitet vom Thetanatt-Haus zum Gut der Mylins und von dort zu seinem. Digby lief es kalt über den Rücken, als er den Umschlag sah. Ihm war die gesegnetste Zeit seines Lebens gewährt worden. *Nenne niemanden glücklich, bevor er gestorben ist.*

Als Elsie den Brief weglegte, war ihr Gesicht aschfahl. »Es ist Baby Mol. Sie ist krank. Sie könnte sterben.«

»Woran?«

»An gebrochenem Herzen, wie es klingt. Zusätzlich zu dem, was ihre Lungen angreift. Sie hat mein Baby sterben sehen, und danach bin ich weg … Der Brief ist von meiner Schwiegermutter. Ammachi sagt, sie verweigert ihr Essen. Sie fragt nur nach mir.«

Mehr sagte Elsie nicht über den Brief, und er fragte nicht. Doch es war, als wäre in das klare Reservoir, in dem sie schwammen, indische Tinte getropft. Sie färbte ihre Stimmung. Jeden Abend stieg Nebel auf, und es war kalt geworden, Windböen rappelten nachts bedrohlich an den Fenstern. Das Dach kam nicht mehr Frage.

Als sie nun das Bett teilten, spürte er in mancher Nacht, wie ihr Körper neben seinem lautlos zitterte. Dann zog er sie an sich und hielt sie fest. Einmal hatte sie gesagt, nachdem sich ihr Schluchzen gelegt hatte: »Nur indem ich hier bin, Digby, hat sich mein Zorn ein wenig verringert. Sogar mein Hass. Aber weg ist er nicht. Die Trauer wird nie vergehen. Ich weiß, er hat unser Kind geliebt. Er leidet ebenso wie ich. Er fühlt sich noch schuldiger als ich, falls das möglich ist. Ich weiß, es ist sinnlos, ihm die Schuld zu geben, oder dass er sie mir gibt. Und trotzdem hört es nicht auf.« Später fragte er sich rückblickend, ob sie ihn damit auf ihren Abschied vorbereitet hatte. Und er konnte nichts tun.

An dem Abend, als der Brief kam, als sie am Kamin saßen, wusste er, dass sie zu einer Entscheidung gelangt war. »Ich kann nicht zulassen, dass Baby Mol meinetwegen stirbt. Nicht, wenn ich weiterleben soll.« Er sagte nichts, wartete. »Digs, wir haben nicht über die Zukunft gesprochen. Wir haben einfach von Tag zu Tag gelebt. Ich kann wieder atmen, leben und leben wollen, Liebe empfinden, wo ich dachte, ich könnte es nie wieder. Ich weiß, in Parambil kann ich nicht bleiben. Zu viele Erinnerungen, zu viel Wut und Vorwürfe. Ich habe Angst, hinzufahren. Schon vor Ninans Tod, auch wenn Philipose in guter Absicht handelte, verkehrte es sich aus irgendwelchen Gründen immer ins Gegenteil, wenn er mir etwas Gutes tun wollte.« Sie seufzt. »Digby, was ich sagen will, ich fahre nur auf Besuch hin. Wenn du mich willst, komme ich zurück. Sonst gibt es nichts und niemanden, wo ich lieber sein wollte.«

Solche Worte hatte er sich gewünscht. Er hatte Mühe, ihr zu glauben, denn mit Enttäuschungen kannte er sich aus. Der einzige Schutz dagegen war, sie vorauszusehen. Der Versuch, sich an Menschen zu klammern, die man liebte, war das Rezept für Enttäuschung. Wütend auf sie zu sein war ebenso vergeblich.

Er versuchte nicht, seine Gedanken zu verbrämen, sondern antwortete so offen, wie er ihr gegenüber immer gewesen war:

»Bei dem, was du tust, habe ich nichts zu sagen, Elsie. Solltest du es anders sehen, wenn du dort bist, und du bleibst, muss ich es akzeptieren. Daher sollen dich die Gefühle, die ich jetzt ausdrücke, nicht einengen. Ich … also, ich liebe dich. So, ich hab's gesagt. Ich sage das nicht, um dich zu belasten, sondern nur, damit du es weißt. Ja, ich will, dass du nach Gwendolyn Gardens zurückkommst. Ich will Rom und Florenz mit dir sehen. Ich will mein restliches Leben mit dir verbringen.«

Sie schlug die Hände vors Gesicht. Der Schein des Feuers spielte auf den Rücken ihrer Finger und wurde von ihren Haaren zurückgeworfen. War es falsch, das zu sagen? Als sie die Hände langsam sinken ließ, sah er, dass genau das Gegenteil der Fall war.

»Digs, ich muss morgen los, bevor ich's mir anders überlege. Und sobald es Baby Mol besser geht, bin ich wieder da … wenn du dir sicher bist.«

»Wenn du zurückkommst, könnte ich sogar glauben, dass es einen Gott gibt.«

»Es gibt keinen, Digs. Sterne gibt es. Die Milchstraße. Aber keinen Gott. Trotzdem komme ich wieder. Daran kannst du glauben.«

Digby fuhr sie die Ghatstraße hinunter, so schnell, dass es ihnen auf die Ohren drückte. Dann weiter Richtung Süden durch das Tal, vorbei an Trichur, durch Cochin und durch Dorf um Dorf, Mehrmals hielten sie an, um zu essen und sich zu strecken, bis sie sieben Stunden später an Saint Bridget's vorbeifuhren. Bei einer anderen Gelegenheit hätte er dort vielleicht hineingeschaut, nachdem er Elsie nach Hause gebracht hätte. Doch es war zu viele Jahre her. Die Herde mochte jetzt eine andere sein … und ihm war das Herz zu schwer.

»Lass mich einfach vor dem Tor raus«, sagte sie, als sie sich

Thetanatt näherten; von dort würde sie ihr Fahrer nach Parambil bringen.

Sie schob die Finger über die Sitzbank zu seinen hin, drückte sie diskret, da sie ja beobachtet werden konnten. Ihm war, als fiele er, stürzte in eine Finsternis, konnte die Vorahnung, dass sie nicht mehr wiederkam, nicht abschütteln, trotz ihres Versprechens.

In der ersten Woche und der zweiten, dann durch den größten Teil des endlosen Monsuns hielt er die Hoffnung aufrecht. Die Telegrafenleitungen lagen danieder, Teile der Ghatstraße waren von Erdrutschen weggerissen worden. Selbst wenn sie ihn zu sich gebeten hätte, er hätte es gar nicht gekonnt. Dennoch spürte er, dass sie versuchte, ihn zu erreichen. Sie nachts nach ihm rief. Die Zerstörungen in ganz Travancore, Cochin und Malabar erreichten biblische Ausmaße. Doch das bliebe nicht ewig so. Und blieb es auch nicht. Eines Tages schien die Sonne, und die Leitungen wurden wiederhergestellt. Sie umfuhren die Erdrutsche. Und endlich trudelte langsam auch die Post ein. Der Monsun war vorbei. Wochen, dann Monate vergingen. *Sie kommt nicht zurück. Habe ich ihr nicht genau dafür meinen Segen gegeben?* Dennoch fiel er in ein schwarzes Loch, verfiel in eine tiefe Trauer. Er lebte, doch das Leben schien vorbei. Er sagte sich, dass diese Berge ihn schon einmal gerettet hatten. Äußerlich war er er selbst, ging sogar hin und wieder in den Club. Doch neue Narben schnürten ihm das Herz ein. Das Wesen des Glücks, das von der Liebe rührte, bestand in seiner Flüchtigkeit, seiner Vergänglichkeit. Einzig das Land überdauerte – die Erde –, überdauerte sie alle.

Acht Monate und drei Tage nach Elsies Weggang kam Cromwell auf seinem Pferd angetrabt, suchte Digby auf den Kaffeefeldern, einen Brief in der Hand. Cromwell, der nicht Englisch lesen konnte, wusste dennoch irgendwie, dass dieser Brief, anders als die anderen in dem Stapel, der lang erwartete war, selbst wenn Digby gar nicht mehr wartete. Inzwischen war sich Digby sicher, er werde nie wieder von ihr hören. Er war ihr sogar dankbar für ein Ende ohne Erklärungen oder eine belastete Korrespondenz, die die Folter nur noch verlängern würde. Er wurde wütend, als er ihre Handschrift sah. Warum zerstörte sie das Gleichgewicht, das er so schmerzhaft gefunden hatte? Ein besserer Mann hätte den Brief wohl weggeworfen, da dieser Zug schon lange abgefahren war. Doch das konnte er nicht.

Lieber Digs,
es tut mir leid, dass ich nicht geschrieben habe. Warum nicht, wird Dir klar werden, wenn wir uns sehen. Falls wir uns sehen. Ich schreibe in Eile. Bisher konnte ich es nicht, weil wir, wie Du weißt, durch Überschwemmungen abgeschnitten waren. Digby, der Grund, weswegen ich noch bis nach dem Monsun geblieben bin, ist derselbe, warum ich nun fortmuss. Ich habe gerade ein Kind bekommen, Digby, und mehr als alles auf der Welt will ich meine Tochter füttern, halten, großziehen und lieben. Um ihretwillen muss ich nun fort. Das alles erzähle ich Dir persönlich. Wenn ich bliebe, wäre sie in Gefahr. Bei ihrer Großmutter und denen hier, die sie lieben werden, wird sie es besser haben, obwohl ich sie mehr als alle dort liebe.

Digby musste sich an Cromwell festhalten, der vor ihm stand. *Das ist mein Kind, unsere Tochter! Anders kann es nicht sein*. Doch inwiefern war das Kind in Gefahr, wenn Elsie blieb? Das hieß doch, dass Elsie selbst in Gefahr war. Er wollte sich auf der Stelle ins Auto setzen und zu ihr rasen. Er las weiter, noch an Cromwell gelehnt, der säulengleich dastand, geduldig.

Versuch nicht, herzukommen oder mir zurückzuschreiben. Bitte vertrau mir. Werde alles erklären, wenn wir uns sehen. Ich habe vor, das Haus am 8. März, 19.00 Uhr, in der Dämmerung zu verlassen. Ich gehe in den Fluss und lasse mich stromabwärts bis zur Kreuzung Chalakura gleich außerhalb der Stadt treiben. Sie ist auf der Landkarte. Sie liegt rund drei Meilen vom Haus entfernt. Von dieser Kreuzung führt eine Brücke. Warte an deren Nordseite. Es gibt dort keine Geschäfte und auch keine Häuser und müsste nachts menschenleer sein. Spätestens um 20.00 werde ich über diese Brücke gehen. Ich kann nur hoffen, dass ich dann deinen Wagen sehe. Bitte bring trockene Sachen mit. Falls du kommst, erkläre ich Dir alles. Falls nicht, verstehe ich es. Du schuldest mir nichts.

In Liebe,
Elsie

Der 8. März war der nächste Tag. Binnen einer Stunde fuhr er los, allein, ungeachtet Cromwells energischer Einwände. Er hatte Cromwell alles erzählt.

Ein Kind. *Sein* Kind. Als sie das erste Mal miteinander schliefen, waren sie zu entrückt, um an eine Schwangerschaft zu denken. Danach hatten sie versucht, vorsichtig zu sein. Doch wiegten sie sich auch in einer Selbstzufriedenheit, so als könnte in der Zauberkapsel ihres Zusammenseins in Gwendolyn Gardens nichts geschehen, was sie nicht auch wollten.

Doch warum war Elsie nicht gekommen, sobald die Straßen wieder passierbar waren? Eine Verzögerung von zwei, auch drei Monaten war verständlich, aber warum acht? Wurde sie gefangen gehalten? Warum nahm sie das Kind nicht mit? Warum so eine riskante Flucht? Diese Fragen schwirrten ihm unablässig durch den Kopf. Bestimmt mussten sie das Kind doch irgendwann holen. *Bitte vertrau mir.* Er musste es.

Er erreichte die Brücke noch in der Nacht, hielt an, orientierte sich rasch. Dann nahm er sich in einem staatlichen Rasthaus fünf Meilen entfernt ein Zimmer und versuchte zu schlafen. Am folgenden Tag fuhr er in der Dämmerung zu der Brücke. Die Stadt Chalakura auf der einen Seite der Brücke war schon wie ausgestorben, alle Lichter gelöscht, genau wie in der Nacht davor. Die andere Seite der Brücke war unbeleuchtet, verlassen. Der Fluss führte noch Hochwasser, floss träge, majestätisch dahin, ein korpulenter Gott. Er lenkte den Wagen so dicht ans Gebüsch und Schilf, wie er konnte. Ein Arbeiter kam die Straße entlang, den Kopf gesenkt, mühsam eine überladene Karre ziehend und so darauf konzentriert, dass er den schwarzen Wagen oder Digby im Schatten des Pfeilers gar nicht sah.

Digby hatte keine Vorstellung, wo genau in Parambil sie in den Fluss stieg. Er konnte sich nicht vorstellen, im Dunkeln darin zu sein. Nachdem er eine Viertelstunde gestanden hatte, die Augen aufs Wasser geheftet, erblickte er mitten im Fluss eine treibende Gestalt, eine auferstandene Ophelia, dann blitzte ein Arm auf, als sie Richtung Ufer schwamm. Dann nichts. Minuten vergingen. Endlich löste sich auf der anderen Seite eine Silhouette aus der drohenden Masse der Brücke. Der Kontur nach schien es eine Bäuerin in Bluse und Rock zu sein. Als sie näher kam, sah er, dass sie triefte und die Kleider an ihr klebten. Er rannte hin, schlug ein großes Handtuch um sie und geleitete sie zur Beifahrertür seines Wagens. Sie war weiß vor Kälte, die Zähne klapperten, sie zitterte am ganzen Körper, die Haare waren wirr, der Geruch des Flusses haftete noch an ihr. An den Wagen gelehnt, streifte sie ihr nasses Zeug von sich und trocknete sich hastig ab, zog dann das Hemd und das *mundu* über, die er ihr mitgebracht hatte. Er setzte sie auf den Vordersitz und breitete eine Decke über sie, schockiert von ihrem Aussehen im Schein der Innenbeleuchtung: ein fahles Gespenst, umrahmt von schwarzen Sitzbezügen. Ihr Gesicht war unglaublich abgespannt, als wären nicht acht Monate, sondern acht Jahre vergangen. »Danke, dass du gekommen bist, Digs. Fahr los, bitte. Schnell.«

Er ließ den Wagen an, sah niemanden im Rückspiegel. Elsie trank gierig aus der Wasserflasche. Er reichte ihr eine Thermosflasche mit dem heißen Whisky-Chai, den sie immer auf dem Bungalowdach getrunken hatten. Ihre Füße bluteten vom Ufer, wo sie aus dem Fluss gestiegen war.

»Suchen sie dich?«, sagte er.

Sie schüttelte den Kopf, biss sich auf die Unterlippe. »Noch nicht. Ich habe Pantoffeln und Handtuch am Fluss gelassen.« Sie blickte ihn an. »Die finden sie irgendwann. Dann suchen sie. Aber eine Leiche kann meilenweit getragen werden.« Ihre Worte fröstelten ihn. Er stellte sich die andere Realität vor, in der sie tatsächlich ertrunken war und nicht hier saß, weil ihre Leiche auf dem Weg zum Meer war.

»Und das Kind?«

Sie schloss die Augen, drückte sich in den Sitz wie ein Kätzchen, das sich in eine Decke wühlt, ein Abbild von Erschöpfung, Trauer und Verlust. »Bitte … Ich flehe dich an, Digby, lass mich dir alles erzählen, wenn wir zu Hause sind.« Er griff unter die Decke nach ihrer Hand; ihre Finger waren steif und rau vor Kälte, aufgeschwemmt von der langen Zeit im Wasser. Er drückte sie, doch sie erwiderte den Druck nicht. Er hörte ein gedämpftes »Digby«, als hätte er ihr wehgetan und sie warnte ihn. Schon bald lag sie in einem tiefen Schlummer, als hätte sie tagelang nicht geschlafen.

Um drei Uhr morgens hatte er nur noch das letzte Stück vor sich, die gruselige Fahrt im Dunkeln die Ghatstraße hinauf – wegen der echten Gefahr durch wilde Elefanten hatte er das noch nie gemacht. Erst als er vor seinem Bungalow in Gwendolyn Gardens anhielt, spürte er den schrillen Schmerz in seinen Schultern und den steifen Hals und wie sich seine Finger wie Kletten um das Lenkrad krampften. Er stellte den Motor ab; die tiefe Stille weckte sie nicht.

Eine Gestalt löste sich aus dem Schatten des Hauses. Cromwell. Er hatte, in eine Decke gehüllt, davorgesessen. Er half dem steifen Digby aus dem Wagen, richtete ihn gerade, rüttelte an seinen Schultern, stieß ihn gegen den Wagen, als wollte er eine Schlägerei anfangen. »Viel Sorge, Boss. Zu viel.« Seine Augen waren rot, die Lider schwer vom Schlaf.

Digby legte ihm die Hände auf die Unterarme. »Ich weiß. Es tut mir leid.«

Cromwell betrachtete die schlafende Gestalt Elsies, verbarg seinen Schock über ihr Aussehen. »Missy in Ordnung.« Das war eine Frage wie auch eine ehrgeizige Aussage.

»Ich weiß nicht. Sie ist durch die Hölle gegangen.« Eine Hölle, die er nicht ganz verstand.

Elsie erwachte, als er ihre Tür aufzog. Als sie sah, wo sie waren, wandte sie sich Digby mit einem Ausdruck von so tiefer Erleichterung zu, dass er zum ersten Mal das ganze Ausmaß des Grauens spürte, das sie durchlitten hatte. »Ach Digby, die Luft hier oben ist so dünn«, sagte sie, atmete tief ein und erschauerte.

Mehr als Cromwell müde anzulächeln, bewerkstelligte sie nicht; als sie zu gehen versuchte, strauchelte sie, also hob Digby sie auf die Arme. Sie umklammerte seinen Hals, als er sie hineintrug. Digby sagte zu Cromwell: »Danke, mein Freund, dass du gewartet hast. Geh jetzt bitte nach Hause. Deine Familie wird's mir nicht verzeihen, dass du meinetwegen hier draußen geblieben bist.«

Er brachte ihr eine Thermosflasche heißen Tee und Hühnersandwiches, von der Köchin vorbereitet. Während sie aß, ließ er die Badewanne mit dampfendem Wasser ein. Er half ihr beim Ausziehen und in die Wanne. Ihre Arme waren ganz fleckig, vielfach ausgebleicht wie eine alte Landkarte. Er registrierte ihren eingefallenen, runzligen Bauch, ein Kontrast zu den angeschwollenen Brüsten, deren Warzenhöfe sich zu dunklen Untertassen weiteten. Er setzte sich neben sie auf einen Hocker. Sie legte die Knöchel auf den Wannenrand und ließ ihren Körper tiefer einsinken, bis auf die Füße vollständig im Wasser verschwinden. Digby sah vom Ansatz ihres rechten großen Zehs Blut sickern; er besah es sich näher. Ihre Füße waren voller Blasen. Sie tauchte auf. Er streichelte ihre Hand, sie fühlte sich knotig und ledrig an. Er betrachtete ihre Finger, die ganz rissig waren, als hätte sie mit Stacheldraht gearbeitet. Sie zog die Hand weg.

Ihm sank das Herz.

Ihre Hände, ihre blasigen Füße, die fahlen Stellen auf den Armen – er wusste Bescheid. Er war zu lange mit Rune in Saint Bridget's gewesen, um es nicht zu wissen. Er wollte schreien, Glas zerschlagen, gegen die Ungerechtigkeit des Lebens aufbegehren, das mit der einen Hand gab, nur um mit der anderen in größerem Maß wieder zu nehmen.

Sie sah ihm mit großen Augen zu, sah, wie er allmählich verstand, sah, wie er den Wannenrand packte, schwankte. Sie wagte nicht zu sprechen. Nach und nach fasste er sich wieder. Erneut griff er ins Wasser nach ihrer Hand, führte ihre Finger an den Mund.

»Nicht!«, rief sie und wollte sie wegziehen, doch er hielt sie fest.

»Dafür ist es zu spät«, sagte er mit erstickter Stimme und presste sich ihre Hand an die Wange, denn die Liebe, die er empfand, war abgetrennt von dem schrecklichen Wissen, das er nun besaß.

»Ich verbiete es dir«, sagte sie und zog die Füße ins Wasser, das dabei über den Rand spritzte.

»Ich verbiete dir, es mir zu verbieten«, sagte er, ging auf die Knie und griff mit den Armen ins Wasser, um ihren Körper zu umschlingen, um sie an sich zu ziehen, die Frau, ohne die er keinen Grund mehr hatte, weiterzuleben. »Du kannst machen, was du willst, du verlierst mich nicht«, schluchzte er und presste ihren nassen Körper an sich. Er jagte ihren Mund, den sie ihm entziehen wollte, fand ihn dann endlich, schmeckte ihre Lippen und ihrer beider Tränen, als sie schluchzend kapitulierte, seine Küsse zuließ, sie erwiderte. An seinen nassen, bekleideten Körper gedrückt, weinte sie, ließ heraus, was sie so lange unterdrückt hatte, teilte endlich die furchtbare Last, die sie allein getragen hatte.

Er hielt sie fest. Über welche Instrumente verfügt der Mensch in solchen Augenblicken? Nichts als jämmerliches Stöhnen, Tränen, Schluchzen, was nichts bewirkt, nichts ändert. Wasser schwappte über die Fliesen: kostbares Wasser, reichliches Wasser, Wasser, das Blasenflüssigkeit und Blut wegspülen konnte, Tränen wegspülen, auch Sünden, falls man gläubig war, niemals jedoch die Stigmen der Lepra, nicht in ihrem Leben, weil sie keinen Elisa hatten, der sagte: »Gehe hin und wasche dich siebenmal im Jordan, so wird dir dein Fleisch wieder erstattet und rein werden.«

Elsies Brief ergab nun einen Sinn. Er begriff, warum sie ihre Tochter verlassen hatte. Der Grund starrte ihn aus ihren gekrümmten Fingern an, dem Beginn einer Klaue. Er wusste allzu gut, dass eine Schwangerschaft die Abwehrkräfte des Körpers schwächte, zuließ, dass ein paar wenige Krankheiten, die schon im Körper waren, wie Lepra oder Tuberkulose, explodierten. Auch Elsie wusste es, da sie ja mit Rune als Nachbar und Freund aufgewachsen war; sie wusste, was Laien nicht wussten: Ein Neugeborenes war in großer Gefahr, sich bei seiner Mutter mit Lepra anzustecken.

»Du verstehst?« Er nickte. Tränen liefen ihnen übers Gesicht. »Ich hätte nie Kinder bekommen dürfen, Digby.«

»Sag das nicht.«

»Ich *wollte* dieses Baby, Digs! Als ich wusste, dass ich schwanger war, wollte ich sofort zu dir. Aber ich habe dort festgesessen. Ich konnte dir keinen Brief zukommen lassen. Und während dieses schrecklichen, endlosen Regens wurden meine Hände und Füße … Es ging so schnell. Ich wusste nicht, was es war. Aber dann konnte ich keinen Füller mehr halten. Da wusste ich es.« Sie starrte auf ihre rissigen Fingerspitzen. »Ich wäre bei der Geburt fast gestorben, Digby. Vielleicht wäre das besser gewesen. Ich hatte einen Krampfanfall, und was danach war, weiß ich Gott sei Dank nicht. Das Kind lag verkehrt herum. Ich hatte eine starke Blutung, aber irgendwie haben wir beide überlebt. Mariamma. So heißt sie, nach meiner Schwiegermutter. Ein schönes Kind. Es dauerte Tage, bis ich auch nur den Kopf heben und unsere Tochter ansehen konnte. Ich wollte sie im Arm halten, konnte es aber nicht. Rune hatte mir gesagt, warum sie im Saint Bridget's niemals Babys zuließen. Ich wusste Bescheid.«

Digby versuchte, sich sein Kind vorzustellen, ihr Kind, ihrer beider Tochter. Mariamma. Er sehnte sich nach ihr. »Ich kann sie hier großziehen, Elsie. Um dich kümmere ich mich getrennt. Und …«

»Nein, Digby, das können wir nicht. Du kannst das nicht. Ohne Mutter ist sie besser dran, als die Tochter einer Leprakranken zu sein.« Es war das erste Mal, dass dieses Wort ausgesprochen wurde, seit Digby sie abgeholt hatte. Das Wort hing in der Luft, wollte nicht vergehen. Sie beobachtete Digbys Gesicht. »Ja, eine *Leprakranke*, Digby. Das bin ich. Niemand lässt eine Leprakranke bei sich im Haus. Das kann niemand geheim halten.« Sie beugte sich vor. »Glaub mir, sie könnte nirgendwo besser aufwachsen als bei meiner Schwiegermutter. Big Ammachi ist die Liebe selbst. Und dann hat sie auch noch Baby Mol und Anna *Chedethi*.«

»Und dein Mann?«

Sie schüttelte den Kopf. »Dem geht's ganz schlecht. Er hat wegen seiner gebrochenen Knöchel Opium genommen, konnte dann aber nicht mehr aufhören. Jetzt ist es seine ganze Welt.« Sie holte tief Luft und schaute Digby tief in die Augen. »Er glaubt, es ist sein Kind, Digby. Und nicht ohne Grund. Nur ein Grund, einmal. Er war randvoll mit Opium. Ich habe mich nicht gewehrt. Ich hätte es gekonnt, tat es aber nicht. Als er dann wusste, dass ich schwanger bin, hat er sich eingeredet, dass Ninan wiedergeboren wird. Dass Gott so um Verzeihung bittet. Als es dann ein Mädchen war, versank er noch tiefer im Opium.«

Das einzige Geräusch war der tropfende Hahn.

Elsie sagte: »Mein einziger Ausweg war, dass sie mich für tot hielten. Warum sie mit dem Wissen um diese Krankheit belasten? Hätte ich es Big Ammachi gesagt, dann hätte sie darauf bestanden, dass ich bleibe. Sie hätte mich angenommen, egal was. Genau wie du. Aber dort hätte ich die ganze Familie mit in den Abgrund gezogen. Ihren Namen ruiniert. Das Leben meiner Tochter ruiniert. Es hat mir das Herz gebrochen, dass ich Big Ammachi nicht die Wahrheit sagen konnte. Besser, sie denkt, ich bin ertrunken.«

»Aber wenn meine Mariamma hier bei uns wohnt, nur getrennt –«

»Nein, Digby!«, sagte sie scharf und setzte sich auf. »Hör mir doch zu! Weißt du, wie viele Nächte ich durchwacht und mir

Gedanken gemacht habe? Letzte Nacht bin ich *gestorben*, damit meine Tochter ein normales Leben führen kann. Verstehst du? Das bedeutet, dass ich irgendwohin muss, wo man mich nicht findet. *Niemals*! Ich muss irgendwo sein, wo niemand mich vermutet, niemand mir über den Weg läuft, niemand Gerüchte über mich hört. Meine Tochter darf *nie* von meiner Existenz erfahren. Elsie ist ertrunken. Verstehst du? Und Gwendolyn Gardens ist nicht dieser Ort.« Ihre Erregtheit und ihr entschlossenes Gesicht brachten ihn zum Schweigen. »Als einzige andere Wahl bleibt mir nur, von diesem Stuhl der Göttin zu springen. Aber dafür bin ich nicht bereit. Nicht, solange ich noch arbeiten kann. Ich will Dinge schaffen, bis es nicht mehr geht. Das kann ich in Saint Bridget's.«

Er half ihr heraus, trocknete sie ab. Sie faltete ein Handtuch längs, legte es sich zwischen die Schenkel und band sich ein *mundu* herum, um das Handtuch festzuhalten. Als sie im Bett lag, holte er seine Arzttasche, um ihre Blasen abzutragen und zu verbinden. Sie wollte die Füße wegziehen.

Er erinnerte sich an die Blase nach ihrem ersten Spaziergang. da hatte sie keine Schmerzen gehabt. War das ein erstes Zeichen, das er übersehen hatte? Auch an den Händen hatte sie Blasen gehabt, als sie mit Hammer und Meißel arbeitete, aber das war normal – allerdings hatte sie sie kaum bemerkt. Jetzt konnte sie auf einen Teppich oder einen Nagel treten, und beides wäre für sie dasselbe.

»Fass sie doch bitte nicht an«, sagte sie, als er sich daran zu schaffen machte.

»So kriegt man sie nicht.«

Sie lachte bitter. »Das hat Rune auch immer gesagt. Aber Digs, *ich* hab sie gekriegt. Nur wie? Weil ich neben dem Leprosarium aufgewachsen bin? Weil ich Rune besucht habe? Wie?«

»Wir alle sind ihr ausgesetzt, irgendwann einmal. Manche sind dafür empfänglich.«

»Und wenn auch du empfänglich bist?«, sagte sie.

Er gab keine Antwort, sondern verband sie weiter. »Elsie, was hättest du gemacht, wenn ich deinen Brief nicht gekriegt hätte? Wenn ich nicht gekommen wäre?«

»Dann wäre ich zum Saint Bridget's gelaufen«, sagte sie, ohne zu zögern. »Falls du kamst, wollte ich dich bitten, mich direkt zum Saint Bridget's zu fahren. Aber ich war so unfassbar müde. Und ich wusste, wir bräuchten Zeit zu reden. Ich musste es erklären. Das war ich dir schuldig.«

Er schälte seine Kleidung ab, wusch sich und ging zu ihr; seine Müdigkeit holte ihn jetzt ein. Als er sich ins Bett legen wollte, wollte sie ihn wegstoßen. »Du kannst nicht mit mir schlafen. Warum tust du das, Digby?«

Er antwortete nicht, sondern zog das Laken über seinen nackten Körper und ihren, schmiegte sich daran. Ihre Lider waren schwer von den Tränen, von ihrer Tortur, von der freilich nur vorübergehenden Erleichterung. Er hörte ein gemurmeltes »Das verbiete ich dir«. Dann war sie weg. Er betrachtete ihre schlafende Gestalt, das Gesicht weiß wie der Kopfkissenbezug. So müde er war, rasten seine Gedanken doch weiter, und er fand keinen Schlaf.

Eine Stunde später war er noch immer wach, sein Arm unter dem Gewicht ihres Kopfs taub. Es war ihm gleich, ob er abfiel. Er konnte sich nicht mehr von ihrem Leid abtrennen. Die Krankheit, die sie befallen hatte, war nun auch seine. Er konnte nicht auf einem Gut bleiben, das ihn nicht brauchte, dazu noch in dem Wissen, dass die große Liebe seines Lebens woanders war. Für die Welt war Elsie um *ihrer beider* Kinder willen gestorben. Dieses Opfer konnte sie nicht allein bringen. Ihm war nun klar, was er zu tun hatte. *Das ist das Ende eines Lebens. Und der Beginn eines anderen, das ich mir nie hätte vorstellen können. Ich habe keine Wahl, was die beste Wahl überhaupt ist.*

Sie erwachte, als Licht durchs Fenster strömte, verwirrt, unsicher, wo sie war. Dann merkte sie, dass sie in seinen Armen lag. Digby hatte die Augen offen, betrachtete sie zärtlich. Von draußen drang das Geplapper vorbeigehender Arbeiter herein, ein Vorarbeiter brüllte Anweisungen. Die Geräusche von Gwendolyn Gardens. Ein Tag wie jeder andere. Sie hob den Kopf und blickte um sich. Digby zog den Arm unter ihr weg. Sie musterte ihn. Er wirkte friedlich. Dann kamen die Tränen, verschlierten wieder ihre Augen.

»Digby. Ich kann nicht bleiben. Nicht mal eine weitere Nacht.«

»Ich weiß.«

»Warum lächelst du?«

»Wenn Saint Bridget's derjenige Ort ist, wo niemand dich findet, dann ist mein Schicksal entschieden. *Wo du auch hingehst, was dir auch geschieht, es geschieht auch mir.* Nein, keine Widerrede, Elsie. Es ist mir klar. Es könnte einfacher nicht sein. Ich werde immer, immer bei dir sein. Bis ans Ende.«

84. Kapitel
DIE BEKANNTE WELT

1977, Saint Bridget's

Mariamma spürt etwas Brennendes an den Fingern. Ihr Tee. Sie lässt die Tasse fallen. Sie prallt von ihrem Körper ab und fällt auf den Fußboden, heil. Heiße Flüssigkeit sickert auf ihre Schenkel durch und verbrüht sie.

Schmerz hat weder Vergangenheit noch Zukunft, nur das Jetzt. Sie springt vom Fenster zurück und zupft Sari und Rock von ihrer Haut.

»Großer Gott!«, sagt Digby. »Alles in Ordnung?«

Es ist alles andere als in Ordnung. Jenseits der Terrassentür sitzt die Frau – die Mutter, die sie in ihren sechsundzwanzig Lebensjahren nicht gekannt hat – auf dem schönen Rasen, ohne etwas wahrzunehmen, und sortiert auf dem Handteller Hirse. Etwas sagt Mariamma, dass sie noch nicht geblinzelt hat. Ein ganzes Leben vergeht, bis sie ihre Stimme wiedergefunden hat.

»Wie lange ist sie schon …?«

»Sie ist fast so lange hier, wie Sie am Leben sind«, sagt Digby.

Die widerstreitenden Signale in ihrem Gehirn prallen aufeinander. In Parambil gibt es eine Fotografie der Mutter, die sie immer im Kopf hat: Die grauen Augen folgten ihr, als sie heranwuchs, jeden Tag durchs Zimmer – sie hatten sogar ihrer Tochter dabei zugesehen, sogar noch jetzt am Morgen, als sie sich anzog und für die Begegnung mit dem Mann, der sie gezeugt hatte, wappnete. *Diese* Mutter blieb jugendlich, gleichmütig, schön und elegant, die geschlossenen Lippen unterdrückten ein Lachen – vielleicht über etwas, was der Fotograf gesagt hatte. Es war das Gesicht einer Mutter, der sich eine Tochter anvertrauen konnte. Wie soll sie jene schon lange tote Mutter mit dieser lebenden Erscheinung auf dem Rasen versöhnen?

»Ich brauche Luft«, sagt sie, wendet sich vom Fenster ab und stürzt aus dem Zimmer.

Sie läuft auf einem Backsteinweg, der von den Hauptgebäuden wegführt, läuft vorbei an einem Obstgarten, vorbei an einer Gärtnerei und gelangt schließlich an die hintere Mauer des Anwesens, die sie aufhält, bis sie ein kleines Tor sieht. Sie reißt es auf, stürzt eine bemooste Steintreppe hinab … und bleibt stehen. Vor ihr liegt ein heiterer, träge fließender Kanal, der sich zu einem Fluss hinschlängelt, den sie zwar hört, aber nicht sehen kann. Ihre Füße stehen im Wasser auf der letzten Stufe. Alles in ihr, jede Zelle, will hineinspringen, sich so weit es nur geht von dort wegtragen lassen.

Sie steht an dieser Vereinigung von Land und Wasser, hört ihr Herz rasen, atemlos, und dennoch kann sie erst jetzt atmen. Auf der grünen, leicht bewegten Wasserfläche sieht sie ihr gewelltes, fragmentiertes Spiegelbild. Gebrochen ist sie hergekommen, um den Mann zu befragen, der sie gezeugt hat, aber nicht ihr Vater war. Stattdessen hat sie ihre tote Mutter gefunden, die dennoch irgendwie lebt. Die *immer* gelebt hat. All die Jahre gelebt, in denen sich Mariamma nach ihr gesehnt, darum gebetet hat, sie möge von den Toten wiederkehren.

Der Kanal fließt vorbei, tränkt den Saum ihres Saris, unbeirrt von ihrer Not, ihrem neuen Wissen. Dieses Wasser, es ist ungerührt, das Wasser, das alle Kanäle verbindet, das in dem Fluss weiter vorn ist und in den Nebengewässern, in den Meeren und Ozeanen – ein einziger Wasserkörper. Dasselbe Wasser floss am Thetanatt-Haus vorbei, wo ihre Mutter schwimmen lernte, es brachte Rune her, um ein verlassenes Lazarett wiederaufzubauen, und Philipose, um ein sterbendes Baby zu retten, die Hände mit Digbys verkoppelt; dasselbe Wasser trug Elsie zum Sterben fort und trug sie als Wiedergeborene in die Arme des Mannes, der sie mehr als das Leben liebte – und der Elsies einzige Tochter zeugte, Mariamma.

Und nun ist diese Tochter hier, sie steht in dem Wasser, das sie alle in Zeit und Raum verbindet und immer verbunden hat. Das Wasser, in das sie Minuten zuvor getreten ist, ist schon lange fort und trotzdem da, Vergangenheit, Gegenwart und Zukunft unerbittlich vereinigt, wie die fleischgewordene Zeit. Dies ist der Wasserbund: dass sie alle unausweichlich verbunden sind durch ihr Tun und Nichttun, und niemand ist allein. Sie steht da und lauscht dem gurgelnden Mantra, dem Gesang, der niemals aufhört, der seine Botschaft wiederholt, dass *alles eins ist*. Was sie für ihr Leben gehalten hat, ist alles *maya*, alles Illusion, doch eine gemeinsame Illusion. Was bleibt ihr da anderes, als weiterzumachen.

Sie sammelt sich. Langsam geht sie zurück. Sie stellt sich Elsie vor, wie sie ganz in der Nähe aufwuchs, mutterlos – das jedenfalls hatten sie gemein. Was immer sich die junge Elsie vorgestellt hat, es war gewiss nicht, dass sie einmal *hier* enden würde. Ihre Mutter hat es sich nicht *ausgesucht*, leprakrank zu sein. Bei allem, was Elsie der Welt zu geben hatte, wie grausam, dass *das* ihr Schicksal ist: abgeschieden zu sein in einem Leprosarium, einem derart von der Welt losgelösten Ort, dass er ein anderer Planet sein könnte. Und in dieser ganzen Zeit hat ihr ein altes, langsam sich teilendes Bakterium jede Empfindung genommen, das Augenlicht, sie nach und nach der Fähigkeit beraubt, dasjenige zu tun, wozu sie geboren war. Mariamma erschauert von einer anderen entsetzlichen Erkenntnis: Während dieser ganzen Zeit muss der Geist ihrer Mutter intakt gewesen, die Künstlerin gezwungen gewesen sein, die schleichende Zerstörung ihres einst so schönen Körpers mit anzusehen, die fortschreitende Minderung ihrer Fähigkeit, Kunst zu machen. Ein solches Leiden kann Mariamma nicht einmal annähernd ermessen.

Digby hat sich nicht vom Fenster wegbewegt, schaut weiterhin auf die Gestalt auf dem Rasen, seine ungeschützte Miene zeigt Kummer und Liebe, die beiden ineinander verschmolzenen Gefühle, für ihn wie eine zweite Haut. Dieser versehrte Mann ist all die Jahre bei ihrer Mutter geblieben, war Zeuge ihres Leidens und hat im Angesicht ihres Niedergangs doch selbst gelitten.

Der Wechsel von Digbys Ausdruck, als er Mariamma sieht, sein Übergang zurück in die Gegenwart, erinnert sie an ihren Vater: Oft hatte sie, wenn sie zu ihm ging, den Eindruck, dass sie ihn von einem unergründlichen Ort zurückgeholt hatte. Das hatten beide Männer gemein: Sie liebten ihre Mutter. Mariamma tritt neben Digby, sie blicken durch die Scheibe hinaus.

Er spricht, als wäre sie nie aus dem Zimmer geflüchtet. »Deine Mutter sonnt sich hier jeden Morgen um diese Zeit.« Seine Stimme ist weich, wehmütig. »Sie kommt durch das Tor im Zaun, geht fünf Schritte zur Mitte des Rasens. Die Rosen da habe ich nur für sie gepflanzt. Gott sei Dank ist ihr Geruchssinn intakt. Sie kann dreißig Arten allein an ihrem Duft erkennen.« Er ist wie ein Vater, der mit einer neuen Fertigkeit seines Kindes prahlt. »Wenn sie von der Sonne genug hat, geht sie sieben Schritte zu dem Fenster hier, legt beide Hände auf die Scheibe und bleibt so fast eine Minute lang, ob ich da bin oder nicht.« Er lächelt verlegen. »Das ist ein kleines Ritual von ihr. Oder von uns. Sie hat es mir nie erklärt. Ich glaube, es ist wie ein Segen, ein Gebet, das sie mir mitten am Tag schickt, um mir zu sagen, dass sie mich liebt, dass sie mir dankbar ist.« Er lächelt träumerisch. »Wenn ich da bin, lege ich auch die Hände auf die Scheibe, an ihre. Ich glaube, sie weiß, wenn ich es mache. Dann geht sie wieder, ob ich da bin oder nicht.«

»Weiß sie, dass ich hier bin?«

»Nein!«, sagt er rasch. »Nein. Als du Lenin besuchen kamst, habe ich es ihr auch nicht gesagt. Es ist das einzige Mal in den fünfundzwanzig Jahren, dass ich ihr etwas verheimlicht habe.«

»Warum?«

Seufzend schließt er die Augen. Es dauert einige Zeit, bis er antwortet. »Weil ihr ganzes Leben sich darum gedreht hat, dieses Geheimnis zu wahren. Versetz dich mal in ihre Lage, Mariamma. Stell sie dir unmittelbar nach Ninans schrecklichem Tod vor. Philipose … dein Vater … gibt ihr die Schuld und umgekehrt. Nach der Beerdigung flüchtet sie von Parambil. Bald danach stirbt Chandy. Freunde von ihr bringen sie, besorgt um ihren Geisteszustand, hinauf in die Berge, um sie abzulenken. Sie ist voller Wut und Kummer, erwägt sogar, sich das Leben zu nehmen. Durch puren Zufall entdeckt sie meine Versuche als Bildhauer, meine Werkzeuge. Sie lässt ihre Wut mit Hammer und Meißel heraus, was sie gerettet haben dürfte. Ihre Freunde gehen wieder, aber sie bleibt bei mir. Wir kommen uns näher … wir verlieben uns. Sie erhält die Nachricht, dass Baby Mol schwer krank ist, und allein aus dem Grund besucht sie Parambil für ein paar Tage. Dort wird sie von einem historischen Monsun überrascht. In dieser Zeit erkennt sie zweierlei: Sie ist schwanger. Und die Lepra macht sich ihr bemerkbar, wird explosiv – du weißt, dass die Krankheit das während einer

Schwangerschaft kann. Zu der Zeit war dein Vater … nicht in bester Verfassung. Opium. Sie sieht keinen Ausweg, keinen guten. Ob sie nun zu mir zurückkommt oder dort bleibt, sie darf nicht in deiner Nähe sein – das weiß sie, weil sie nahe beim Saint Bridget's aufgewachsen ist, weil sie Umgang mit Rune hatte. Das würde dich in Gefahr bringen. Sie und dein Vater bleiben auf Abstand. Aber eines Abends sieht er sie in ihrer schrecklichen Not, er tröstet sie, was dazu führt, dass er intim mit ihr sein will. Sie hält ihn nicht zurück. Als ihre Schwangerschaft offensichtlich wird, glaubt er in seinem veränderten Zustand, dass es sein Kind ist. Sie fasst einen Entschluss: Sobald sie dich geboren hat, muss sie fort. Muss sie sterben. Ihr alle müsst sie für tot halten, soll sie dich und alle in Parambil nicht auf immer verseuchen. Ihr einziger Trost ist das Wissen, dass sie dich in keiner besseren Obhut als der Big Ammachis in Parambil zurücklassen kann.«

»Aber wenn mein Vater oder Big Ammachi es gewusst hätten, dann hätten sie sich um sie gekümmert, dann –«

Er schüttelt den Kopf. »Wie lange hätte es gedauert, bis die Fischfrau nicht mehr mit ihrem Korb gekommen wäre und deine Verwandten das Haus gemieden hätten? Was diese Krankheit mit dem Fleisch macht, ist schon schlimm genug, aber die Furcht vor Ansteckung reißt Familien auseinander. Jede Woche nehmen wir Mütter auf, die von ihren Männern verjagt wurden. Väter, von ihren Söhnen vertrieben und gesteinigt. Nur hier finden sie alle ein Zuhause.«

Mariamma will Einwände vorbringen, protestieren. Doch die Wahrheit ist, wäre sie nicht Ärztin, wäre sie dann überhaupt innerhalb dieser Mauern? Sie *ist* ja Ärztin, eine Schülerin Hansens, sie hat schon lepröses Gewebe seziert, sie kennt den Feind … und *trotzdem* war beim Anblick ihrer Mutter ihre erste Reaktion Entsetzen und Widerwille. Digby sagte: »Versetz dich mal in ihre Lage«, aber es ist ihr unmöglich, sich den Albtraum vorzustellen, den ihre Mutter hat erdulden müssen und weiterhin erduldet. Als ihre Mutter ihr blindes Gesicht in die Sonne dreht, erschauert Mariamma.

Digby fährt fort: »Diese Krankheit ächtet unschuldige Kinder, und sie wollte nicht, dass du mit demselben Brandmal wie sie aufwächst. Besser, du hältst deine Mutter für tot, als sie so zu sehen. Hier sein ist so gut wie tot sein«, sagt er bitter. »Deine Angehörigen werden dich nie mehr wiedersehen. Das werden sie auch nicht wollen. Hier kommen nie Verwandte zu Besuch. Nie. Du könntest die erste sein. Sie hat ihr Ertrinken inszeniert und sich von mir flussabwärts abholen lassen. Ich wollte, dass sie auf meinem Gut bleibt, aber das hat sie abgelehnt. Ihr schreckliches Geheimnis konnte sie nur hier wahren, nur hier war sie sicher. Mir blieb keine Wahl. Ich wollte sie nicht schon wieder verlieren.«

»Wer weiß es sonst noch?«

»Nur Cromwell. Und jetzt du. Cromwell ist mir wie ein Bruder. Er hat uns das Leben hier ermöglicht. Er hat das Gut schon verwaltet, und jetzt gehört es ausschließlich ihm. Meine Freunde von den Gütern glauben, ich hätte zu Jesus gefunden und sei deshalb hier. Wie sich gezeigt hat, wurde ich im Saint Bridget's tatsächlich gebraucht. Die schwedische Mission hatte Mühe, Ärzte oder Schwestern zu finden, die lange hier arbeiten wollten. Das Vorurteil ist zu groß. Ich kannte Saint Bridget's ja schon. Nach Runes Tod ging's hier bergab. Es gab viel zu tun.

Der schwerste Schlag war, als deine Mutter nicht mehr sehen konnte. Jetzt lese ich ihr jeden Abend vor. Als wir vom Tod deines Vaters erfuhren, brach ihr das Herz. Sie arbeitete nicht mehr. Trauerte tagelang, weinte um ihn. Um dich. Sie lebt und atmet tagtäglich ihre Schuld, doch als du verwaist warst, erreichte das neue Höhen. Inzwischen ist der einzige

Schmerz, den deine Mutter noch empfinden kann, der der Seele. Die Qual, von der Erde zu verschwinden, um diejenigen zu schützen, die sie liebt. Ihre ganze Kunst dreht sich um dich, Mariamma, um den Schmerz, dich aufzugeben. Deine arme Mutter konnte ihre Liebe nur ausdrücken, indem sie sich selbst auslöschte, indem sie gesichtslos wurde, anonym, ihrem Kind unbekannt. Das sehe ich in ihren Skulpturen, in der Art, wie sie den Schmerz ausdrücken, ihr Gesicht verbergen zu müssen, es nie zeigen zu können, tot zu sein, damit du leben kannst.«

Bei diesen Worten weint sie. Alle Mutterliebe, alle Küsse, die sie sich gewünscht haben könnte, hat sie von Big Ammachi bekommen, von ihrem Vater, von Anna *Chedethi* und von Baby Mol. Sie waren ganz vernarrt in sie. Sie weint, weil sie ihre *echte* Mutter vermisst hat, die die ganze Zeit hier war. Ja, sie vermisst die Frau dort auf dem Rasen, vermisst die Mutter, die Elsie hätte sein können, wäre die Lepra nicht gewesen. *In meinem Leben ist ein Abgrund all dieser Jahre dazwischen, der unseres getrennten Lebens.*

Digby reicht ihr ein frisches Taschentuch. Mariamma nimmt es dankbar. Sie fasst sich, so gut sie kann, mustert diesen Mann, der sie gezeugt hat, der hierhergekommen ist, um bei der Frau zu sein, die er liebt.

»Auch du musstest die Welt aufgeben, Digby.«

»Die Welt? Ha!« Sein bitteres Lachen passt nicht zu ihm. Er schaut sie an. »Nein, nein. Ich habe etwas viel Größeres aufgegeben, Mariamma. Ich habe *dich* aufgegeben. Die Gelegenheit, mein einziges Kind zu kennen. Ich habe mich danach *gesehnt*, dich zu kennen. Das ist nicht nur ihre Wunde. Es ist auch meine.«

Mariamma ist von der Stärke seiner Gefühle erschüttert, von dem Zorn und Schmerz in seiner Stimme. Sie hält seinem Blick nicht stand.

»Der Schmerz, dich nicht bei uns zu haben, wurde nur dadurch gelindert, dass wir einander hatten. Ich war wieder eine Art Chirurg – ich zahlte damit auch Rune zurück, was er für mich getan hat –, und Elsie hat nie aufgehört, Künstlerin zu sein. Deine Mutter und ich, wir hatten ein Vierteljahrhundert gemeinsam! Es war und ist schwer. Als wir herkamen, war sie noch eine schöne Frau. Und so stark! Die Kraft ihres Geistes, die Qualität ihrer Arbeit … Ich wünschte, du hättest sie in ihrer Blüte sehen können. Bei jedem Rückschlag bricht mir das Herz. Sieh nur, was die Zeit und Hansens gemeine Krankheit bei ihr angerichtet haben«, sagt er bitter. »Aber nachts, wenn wir umarmt liegen, versuchen wir zu vergessen. Das nehme ich in Anspruch, Mariamma.«

Sie weiß nicht, was sie zu dieser Form von Liebe sagen soll. Sie ist neidisch.

»Als die Kolumnen deines Vaters dann wieder erschienen, voller Weisheit und Humor – und Schmerz –, wusste sie, dass er die Sucht überwunden hatte. Sie wird wohl die eifrigste Leserin des Einfachen Mannes gewesen sein. Sie hat sie mir übersetzt. Also, bevor sie blind wurde. Dann mussten andere ihr die Kolumnen vorlesen.«

»Weiß sie denn etwas über mein Leben?«

»O Gott, ja!« Er lächelt. »So viel, wie wir in Erfahrung bringen konnten. Als der Redakteur deines Vaters den Artikel brachte, in dem er das Rätsel des Zustands erklärte, die Autopsie … da musste sie unablässig drüber nachdenken. Es machte sie traurig, dass dieses Wissen zu spät für ihn kam, zu spät für Ninan. Sie fand, dass sie ihm zu Unrecht die Schuld an Ninans Tod gegeben hatte – in ihrem Kummer hatten sie sich gegeneinander gewandt. Als er sich dann aus dem Griff des Opiums befreit hatte, war die Elsie von Parambil längst tot. Sie ist nicht mehr dazu gekommen, ihm zu sagen, wie leid es ihr tut.«

Digbys Züge werden von dem hereinströmenden Licht konturiert; Mariamma sieht tiefe Trauer darin, gesteigert noch von der Narbe auf seinem Gesicht. Sie erkennt sogar etwas von sich in dem Mann, der nun beinahe siebzig Jahre alt ist. Sie lehnt sich an seine Schulter. Zögernd legt er den Arm um sie, dieser andere Vater, umarmt seine Tochter, und so schauen sie zusammen hinaus auf ihre Mutter.

Liebet die Kranken, jeden Einzelnen, als wären sie euer Eigen. Dieses Zitat hatte ihr Vater ihr herausgeschrieben; sie hat es noch immer, hat es ans Titelblatt des *Gray's Anatomy* ihrer Mutter geheftet.

Appa, soll ich die Frau lieben, die es abgelehnt hat, sich an meinem Leben zu beteiligen? Eine Frau, die ihren Tod inszeniert hat, damit ich nie auch nur daran denke, sie zu suchen? Ich könnte es verstehen, aber kann ich auch vergeben? Kann es je einen hinreichenden Grund geben, das eigene Kind zu verlassen?

Abrupt wird ihr Körper steif. Sie stößt sich von Digby weg.

»Digby, ich kenne sie! Ja, Leprakranke sehen alle gleich aus. Aber ich *kenne* sie! Sie ist die Bettlerin, die nach Parambil gekommen ist. Immer vor der Maramon Convention. Sie ist hergekommen und hat dagestanden, ganz reglos. Digby, ich habe ihr Münzen in den Becher getan!«

Seine schuldbewusste Miene bestätigt es.

»Sie hat danach gelechzt, dich zu sehen, Mariamma. Wir beide. Ich konnte es nicht, weil ich als Weißer auffalle. Aber jedes Jahr habe ich sie so nahe hingefahren, wie ich es gewagt habe. Sie hat sich als Bettlerin verkleidet und stundenlang gewartet, bis sie dich gesehen hat, dann ist sie zum Haus gegangen. Auch ich hatte große Sehnsucht, dich zu sehen. Jedes Mal wenn sie dich sah, habe ich sie beneidet. Wenn nicht, war sie verzweifelt. Mit jedem Jahr wurde es schwieriger. Als sie dann blind wurde, war alles vorbei. In einem Jahr hat Anna ihr was in den Becher getan. Elsie war am Boden zerstört, als sie zum Wagen zurückkam. Dann sind wir spontan am Haus vorbeigefahren. Da habe ich dich dann zum ersten Mal gesehen … wie du auf der Straße herankamst, klar wie der lichte Tag. Dieses Bild trage ich noch immer bei mir. Ich wollte dich so gern kennenlernen … aber du hattest ja einen Vater. Er war der Bessere, ein besserer Vater, als ich wohl jemals –«

»Ja, das war er«, sagt sie scharf. Ihr liegt auf der Zunge, noch zu sagen: *Und vergiss das nie!* Aber das bringt sie nicht übers Herz. Sie haben alle genug gelitten.

»Digby, bei allem, was du über Lepra wusstest, konntest du ihr nicht das Augenlicht retten? Oder ihre Hände?«

Er starrt sie ungläubig an. »Glaubst du denn, ich hätte es nicht versucht?«, zischt er. »Sie ist mein schlimmster Patient! Ihre aktive Lepra ist dank Dapson und anderen Behandlungen weg, aber die Nerven – sind die erst tot, dann bleiben sie's auch! Sie war der Gabe des Schmerzes beraubt. Hätte ich sie vor wiederholten Traumata bewahren können, dann sähe sie jetzt nicht so aus!« Sie ist verblüfft über seine Empörung, den Zorn in seiner Stimme und die geröteten Wangen. Zum ersten Mal ist auch sein Akzent hörbar geworden. »Aber wichtig war ihr bloß ihre blöde Kunst. Jeden Morgen hab ich ihr die Hände verbunden, aber wenn der Verband sie gestört hat, hat sie ihn einfach abgenommen. Sie könnte noch immer sehen, aber als der Gesichtsnerv betroffen war und die Hornhaut ausgetrocknet, hab ich ihr ein Pflaster auf die Augen geklebt, damit die Hornhaut heilen kann, und sie hat's weggerissen! Richtig gestritten haben wir uns deswegen. Wir streiten uns noch *immer*. Sie sagt, genauso gut könnte ich ihr sagen, sie soll nicht mehr atmen! Sie sagt, wenn sie nicht mehr arbeitet, hat sie auch kein Leben … Das trifft mich tief. Wahrscheinlich will ich von ihr hören, dass *ich* ihr Leben bin. Weil ich für sie lebe.«

Digby schaut auf seine Hände, als läge sein Scheitern darin. Sie fragt sich, ob ihr Wunsch, Ärztin zu sein, Chirurgin, die Welt zu heilen, von diesem Mann kam, von seinen Genen.

Milder sagt er: »Ach, na ja … ich hab immer gewusst, dass ich in Gegenwart eines Genies bin. Ein Talent wie das deiner Mutter kommt nur alle Jubeljahre. Ihre Kunst ist größer als ich, sie oder diese elende Krankheit! Ihr Drang ist für uns schwer zu begreifen. Ob du's glaubst oder nicht, sie macht noch immer Kunst. Als es mit den Augen schlimmer wurde, wollte sie wie eine Rasende ihre unvollendeten Projekte fertigstellen, und dabei hat sie ihre Hände noch mehr ruiniert. Manchmal musste ich ihr einen Kohlestift in die Faust binden und dann meine Hand auf ihre, und dann haben wir gezeichnet.« Er lacht kläglich. »Da hat sich der Kreis geschlossen!« Mariamma hat keine Ahnung, was er meint. »Im Dunkeln in unserem Bungalow arbeitet sie mit weichem Ton. Sie hat bloß ihre Handflächen. Sie hält den Ton an die Wangen oder gar an die Lippen, um die Form zu fühlen. Ohne zu sehen, hat sie Hunderte einzigartiger Tonfiguren geschaffen, genug, um eine Miniwelt zu bevölkern. Ihr Selbstvertrauen ist erstaunlich. Sie kennt den Wert dessen, was sie schafft. Den hat sie immer gekannt.«

»Wer darf das sehen?«

»Nur ich. Sonst niemand. Sie wollte, dass man ihre Werke sieht, aber *nicht*, dass enthüllt wird, wer sie war. *Ich* wollte, dass man sie sieht. Vor Jahren haben wir es vorsichtig probiert. Ich habe mehrere Stücke zu einem Händler in Madras gebracht, einem Bekannten von mir, er war mal mein Patient. Ich habe ihm gesagt, es sei das Werk eines Künstlers, der nicht genannt werden will. Sie waren sofort verkauft, vier der sieben Stücke ins Ausland. Dann kam in einer deutschen Zeitschrift ein Artikel über diesen anonymen Künstler. Die Leute waren ungeheuer neugierig. Die Möglichkeit, entdeckt zu werden, machte ihr schreckliche Angst. Wir haben es nie mehr probiert. Ich habe hier zwei Schuppen voll mit ihren Werken. Wer weiß, ob die Welt die *jemals* sehen wird. Es gibt nur eine Sache, die ihr wichtiger ist als ihre Kunst, nämlich dass alle Welt glaubt, dass sie ertrunken ist, dass niemand rausfindet, dass sie hier als Leprakranke lebt. Sie will, dass ihr Geheimnis mit ihr stirbt, selbst wenn es bedeutet, dass damit auch ihre Kunst stirbt.«

Mariamma denkt an ihren armen Vater, der mit seinem Geheimnis gestorben ist, ohne zu wissen, dass seine Frau lebt. Oder wusste er es doch? Ist er deshalb so plötzlich nach Madras gefahren? Hat er etwas in Erfahrung gebracht?

Mariamma bricht das Schweigen. »Digby … Wo ich es jetzt weiß und das Geheimnis gelüftet ist, glaubst du, sie würde mit mir sprechen wollen?«

Er seufzt. »Ich weiß es nicht. Der Zweck ihres Verschwindens war doch, dass du glauben solltest, sie ist tot. Sie hat – wir haben – ein Leben drangegeben, um das sicherzustellen. Sie glaubt, es ist ihr gelungen. Auch *ich* habe es geglaubt – bis du heute in den OP-Saal gekommen bist. Also … würde sie mit dir sprechen wollen? Zerstören wir ihre Illusion, die sie mit so großen Mühen geschaffen hat? Ich weiß es nicht.«

Mariamma denkt an ihre eigenen zerstörten Illusionen. Soll sie dem Zustand und Lenin dankbar sein, dass sie sie hierhergeführt haben? Der Zustand nimmt, gibt aber auch Gaben, die man vielleicht gar nicht wollte. Auf einmal sehnt sie sich nach Lenin.

Sie betrachtet die Frau, die dort auf dem Rasen sitzt – Elsie. Ihre Mutter. Sie wirkt in diesem entstellten, gebrochenen Körper seltsam gelassen – oder ist es nur Wunschdenken der Tochter? Von allem, was ihre Mutter einst ausgemacht hat, ist nur noch das *Denken* da … das und der Rest eines Körpers, der sich kaum noch bewegen kann, aber dennoch versucht, Kunst zu machen. Und sie hat den Mann, der sie liebt, selbst wenn immer weniger von ihr bleibt.

»Mariamma«, sagt Digby leise, »möchtest *du* denn mit ihr sprechen?«

Von der Frage rast ihr das Herz, wird ihre Kehle trocken. *Nein!*, sagt eine Stimme in ihr, ohne zu zögern. *Ich bin nicht bereit.* Doch eine andere Stimme, die eines kleinen Mädchens, einer Tochter, ist anderer Meinung, sie sagt zu ihrer Mutter: *Ja, weil es so viel gibt, was du über mich wissen sollst. Und über meinen Vater – du hast den Mann, der er wurde, gar nicht gekannt, hast nicht gewusst, wie sehr er dich noch geliebt hat. Er war der beste Vater, den man als Mädchen nur haben konnte.*

Die Stimme, die schließlich herauskommt, sagt: »Digby … ich kann es dir noch nicht sagen.«

Sie erinnert sich an Vermittler *Aniyans* Worte. *Jede Familie hat Geheimnisse, aber nicht alle sollen täuschen.* Das Geheimnis der Familie von Parambil, das ja kaum eines war, war der Zustand. Ihr Vater hatte noch ein weiteres: dass seine geliebte Tochter nicht von ihm war. Falls Big Ammachi es wusste, hat auch sie es gewahrt. Elsie und Digby teilten das Geheimnis, dass sie am Leben und nicht ertrunken war, sondern mit Lepra lebte. Diese von den Erwachsenen in Mariammas Leben gepflegten geheimen Bünde sollten sie schützen. Vermittler *Aniyan* sagte auch: *Eine Familie definiert sich nicht durch Blut, sondern durch ihre gemeinsamen Geheimnisse*. Geheimnisse, die sie, wenn sie enthüllt werden, aneinanderbinden oder in die Knie zwingen können. Und nun weiß sie, Mariamma, die in keins der Geheimnisse eingeweiht war, alles; sie sind eine große, blutige, glückliche Familie.

Elsie erhebt sich langsam. Steht breitbeinig da, den Kopf schräg nach oben wie eine Visionärin, und beschreibt winzige Bögen, wie die Blinden es gern tun. Mit kleinen, steifen Schritten wie ein Kind, das Laufen lernt, dreht sie sich, bis sie zum Terrassenfenster hersieht. Mit dem Handteller und den verbliebenen Fingerstümpfen richtet sie sorgfältig den *pallu* des weißen Saris über ihrer linken Schulter und geht den ersten Schritt, wobei sie zählt.

Mariamma spürt, wie ihr kurzes Erdenleben zu diesem einen Moment komprimiert ist, diesem *einen* Moment, der schwerer wiegt als die Summe aller, die vorher da waren. Ihr Herz hämmert.

Ihre Mutter hebt die Hände vor sich auf Schulterhöhe, hält jene seltsamen, reduzierten Werkzeuge vor sich hin wie Gaben. Sie nähert sich mit abgewinkelten Handgelenken, die Handflächen nach vorn, eine herzzerreißende, kindliche Haltung in den ausgestreckten Armen, in Erwartung der Terrassenfenster. Ihr tapferes, tragisches Schreiten verwandelt Digbys Züge; indem er ihr zusieht, bricht ein liebevolles nachsichtiges Lächeln auf seinem Gesicht aus. Ihre Mutter kommt näher, noch näher, bis schließlich beide Handflächen die klare Fensterscheibe berühren und sie stehen bleibt. Dort liegen sie nun. Digby will schon die Hände innen auf die Scheibe legen, an die ihren … doch er hält inne und schaut auf seine Tochter, die Brauen fragend hebend.

Ohne zu überlegen, ohne überlegen zu müssen, fühlt Mariamma sich hingezogen. Sie legt beide Hände auf die Scheibe, drückt gegen die ihrer Mutter, sodass in dem Moment alles eins ist und nichts ihre beiden Welten trennt.

DANK

1998 fragte meine kleine Nichte Deia Mariam Verghese ihre Großmutter: »Ammachi, wie war es, als du ein Mädchen warst?« Jede mündliche Antwort hätte zu kurz gegriffen, also schrieb meine Mutter – Mariam Verghese – auf 157 Seiten eines Spiralhefts in souveräner, eleganter Schreibschrift ihre Kindheitserinnerungen auf. Mom war eine gute Malerin, daher streute sie schnell hingeworfene Zeichnungen in ihren Text. Die märchenartigen Anekdoten, die sie aufschrieb, waren ihren drei Söhnen wohlbekannt, wenngleich die Einzelheiten sich bei jeder Erzählung änderten.

Mom verstarb 2016 im Alter von dreiundneunzig Jahren, doch noch in ihren letzten Monaten, da schrieb ich schon an dem Buch, rief sie mich wegen einer Sache an, die ihr gerade eingefallen war – wie etwa ihr Cousin, der in der Grundschule immerzu in derselben Klasse blieb und schließlich nur versetzt wurde, weil das Pult, an dem er saß, unter seinem Gewicht zusammenbrach, was ihn in die nächste Stufe seiner Einklassenschule beförderte. Einige von Moms Anekdoten habe ich in *Die Träumenden von Madras* eingearbeitet, aber wertvoller waren für mich die Stimmung und ihre Stimme, die in ihren Worten aufschien. Ich ergänzte sie durch eigene Erinnerungen an Sommerferien mit meinen Großeltern in Kerala sowie späteren Besuchen während meines Medizinstudiums. Mein Cousin Thomas Verghese ist ein talentierter Maler (und Ingenieur) und Moms Liebling. Ich bin stolz und dankbar, dass seine Zeichnungen im Roman dessen Atmosphäre so gut eingefangen haben – Mom hätte sich gefreut.

Für diese Geschichte, die sich über drei Generationen, zwei Kontinente und mehrere geographische Orte erstreckt, habe ich vielerlei Verwandte, Freunde, Experten und Quellen zu Rate gezogen. Sollte jemand unerwähnt geblieben sein, so geschah dies ohne jede Absicht.

Kerala: Großen Dank schulde ich der Autorin Lathika George (*The Kerala Kitchen*, Hippocrene Books, 2023), die mir Cochin zeigte, mir so großzügig unschätzbare Geschichten aus ihrer Kindheit erzählte und bei allem, was mit Essen zu tun hatte, außerordentlich hilfreich war. Mary Gangulis lange, aufschlussreiche E-Mails beweisen ihre zweite Berufung (nach der Psychiatrie) als Autorin und waren eine Fundgrube von Köstlichkeiten aus Kerala, medizinischen Anekdoten und psychologischen Einsichten. Meine Cousine Susan Duraisamy erinnerte sich an verblüffende Details aus dem Haus meiner Großmutter väterlicherseits sowie von den Leuten im weiteren Umkreis. Meine Seelenfreundin Eliamma Rao brachte mich in Kontakt mit den tollen Gründern des *Soukya*, Isaac und Suja Mathai, die mir einen neuen Begriff von Heilen vermittelten; Eliam nahm mich auch mit zu Sanjay und Anjali Cherian in Calicut und ihrem Besitz in Wayanad, wo Sanjay mir freundlicherweise die Abläufe auf einem Gut nahebrachte. Jacob Mathew, mein Kommilitone am Madras Christian College, ist der Verleger der *Malayala Manorama*; er und Ammu nahmen mich freundlich auf und stellten mir sämtliche Mittel zur Verfügung. Ich hoffe, er wird mir verzeihen, dass ich mir erlaubt habe, den »Einfachen Mann« für die *Manorama* schreiben zu lassen, aber er wird wohl meine Bewunderung für seine legendäre Zeitung erkennen. Susan Visvanathans Bücher und weitere Schriften (besonders *The Christians of Kerala: History, Belief and Ritual among the Yakoba*, Oxford University Press, 1993) leisteten mir unschätzbare Dienste. Mein Dank geht auch an das Taj Malabar Resort & Spa, das mir meinen Aufenthalt in Cochin so denkwürdig machte. Ich danke Premi und Roy John, meinem Freund vom College Cherian K. George, Arun und Poornima Kumar, C. Balagopal und Vinita sowie dem begabten Architekten Tony Joseph. Catherine Thankamma, eine bekannte Übersetzerin aus dem Malayalam ins Englische, vertiefte sich in mein Manuskript und gab mir viele Anregungen. Von den zahlreichen Verwandten, die mich großzügig unterstützten, danke ich Jacob (Rajan) und Laila Mathew, Meenu Jacob und George (Figie) Jacob, Thomas Kailath und Anuradha Maitra und ganz besonders meinen Pateneltern Pan und Anna Varghese. Mein Vater, George Verghese, der mit seinen fünfundneunzig Jahren zweimal täglich aufs Laufband steigt, beantwortete meine vielen Fragen und bemühte gern sein Gedächtnis. Alle Irrtümer bezüglich Kerala liegen gänzlich in meiner Verantwortung.

Medizinstudium: Unter meinen Kommilitonen vom Madras Medical College, die mir großzügig Hilfe gewährten, möchte ich C.V. Kannaki Utharaj hervorheben, ein erfahrener Gynäkologe, dessen lange, amüsante und aufschlussreiche E-Mails über Wehen und Entbindung wie kostbare geschliffene Juwelen waren – ich verdanke dir so viel, CVK; Anand und Madhu Karnad erzählten mir ihre Erinnerungen an Wohnheime, Hörsäle, Kliniken sowie die Stadt Madras und beantworteten zahllose Textnachrichten – als meine ältesten und liebsten Freunde haben sie mich viele Male beherbergt, beköstigt und gehegt. Mein Dank geht auch an die Absolventen des Christian Medical College in Vellore, Nissi und Ajit Varki, Samson und Anita Jesudass, Arjun und Renu Mohandas, Bobby Cherayil und meinem Kollegen von Stanford, Rishi Raj. David Yohannan (Johny) und seine Frau Betty haben mir ihre Gastfreundschaft gewährt, und Johny hat mir vieles aus Calicut und seiner Praxis in Kerala erzählt und auch meine späteren Fragen immer prompt beantwortet.

Chirurgisches: Ich danke Moshe Schein, John Thanakumar, Robert Jackler, Yasser El-Sayed, Jayant Menon, Richard Holt, Serena Hu, Rick Hodes und Amy Ladd. Sehr hilfreich waren Sunil Pandyas großzügige neurochirurgische Informationen. James Chang, mein namhafter Kollege in Stanford, ein außergewöhnlicher Handchirurg, hat mir viel von seiner Zeit geschenkt, viele Fassungen gelesen und mir die Feinheiten der Handchirurgie nahegebracht.

Glasgow und Schottland: Meine guten Freunde Andrew und Ann Elder haben mich nach Kräften in die schottische Geschichte und den schottischen Dialekt eingewiesen, sind mit mir nach Glasgow gefahren und haben mehrmals das Manuskript gelesen. Ein Dank geht auch an Stephen McEwen. Auch hier sind alle Irrtümer meine.

Manuskript: Zu den Freunden und Kollegen, die mir bei der Recherche oder bei Einzelheiten am Manuskript halfen oder mir Zeit zum Schreiben verschafften, gehören Sheila Lehajani, Mia Bruch, Olivia Santiago, Shubha Raghvendra, Katie Allan, Kelly Anderson, Pornprang Plangsrisakul, Jody Jospeh, Talia Ochoa, Erika Brady, Donna Obeid und Nancy D'Amico. Stuart Levitz, Eric Steel und John Burnham Schwartz lasen das vollständige Manuskript und gaben wertvolle Kommentare. John ist der literarische Leiter der Sun Valley Writer's Conference, für mich die alljährliche Veranstaltung, die mir immer wieder den Glauben an die Freude und Kraft des geschriebenen Wortes erneuert. Peggy Goldwyn las frühe Fassungen und gab kluge Ratschläge; die Autorin und Verlegerin Kate Jerome las unzählige Fassungen und schenkte mir (und meinen Söhnen) in schlechten Zeiten ihre Zuneigung und Unterstützung. Kate, dir gilt meine ewige Liebe und mein tiefer Dank. Zwei Kollegen aus meiner Zeit beim Iowa Writer's Workshop sind mir als engste Freunde und Vertraute geblieben: Irene Connelly hat jedes meiner Bücher bearbeitet, durchgesehen und Korrektur gelesen, das vorliegende mehr als alle anderen, und war immer für mich da; Tom Grimes hat mit der Endfassung der *Träumenden* zahllose Stunden verbracht – euch beiden ganz herzlichen Dank.

Ohne einen Lektor ist ein Autor nichts, alles steht und fällt mit dem richtigen. Ich hatte das außerordentliche Glück, Peter Blackstock als Lektor zu haben. Er hat das Buch in wesentlichen Teilen geprägt, und das mit Zuversicht, Scharfsinn, Humor und Demut. Meine Agentin Mary Evans hat mich 1990 in Iowa entdeckt und vertritt mich seither. Über meine gesamte Schriftstellerlaufbahn verdanke ich ihr so viel, besonders aber, dass sie für das vorliegende Buch bei Peter und seinem unglaublichen Team von Grove Atlantic eine Heimat gefunden hat. Wertvolle editorische Unterstützung bei früheren Versionen gewährte mir Courtney Hodell mit ungewöhnlicher Geduld, Klugheit und Einsicht; ihr und Nathan Rostron, der das Buch las und hilfreiche Ratschläge gab, danke ich von Herzen.

Schreiben ist eine einsame Angelegenheit, aber zumindest für diesen Autor ist sie ohne die Liebe, Nachsicht, Unterstützung und Versöhnlichkeit von Freunden und Familie unmöglich. Von meinen drei lieben Söhnen – Steven, Jacob und Tristan – war während der Jahre, in denen ich an diesem Buch schrieb, nur mein jüngster, Tristan, bei mir; wir waren die einzigen Bewohner des Hauses. Seine Geduld und gelassene Unterstützung trugen mich durch alle Höhen und Tiefen. Mein jüngerer Bruder Philip hat die handschriftlichen

Aufzeichnungen unserer Mutter wunderbar transkribiert und für die Mitglieder unserer Familie binden lassen. Mein älterer Bruder George ist mein Fels in der Brandung, mein Kompass; er ist nicht nur ein beliebter MIT-Professor, sondern auch ein hervorragender Fahnenleser und einfühlsamer Leser. Seit zwei Jahrzehnten treffe ich mich jeden Mittwochvormittag persönlich oder virtuell mit meinen »Brüdern« aus San Antonio: Jack Willome, Drew Cauthorn, Randy Townsend, Guy Bodine, Olivier Nadal und Baker Duncan, der leider verstorben ist. Diese Gruppe hatte sich gebildet, um einander zu unterstützen und Verantwortung zu übernehmen; die bedingungslose Liebe dieser Brüder ist ein unschätzbares Geschenk; Randy und Janice haben mir während einer Zeit des Schreibprozesses ihr Landhaus auf Big Island zur Verfügung gestellt.

Seit 2007 ist mir die Universität Stanford eine wunderbare Heimat. Großen Dank schulde ich Bob Harrington, meinem Freund und dem Chef des Fachbereichs Medizin von Stanford, für seinen unerschütterlichen Einsatz für seinen unkonventionellen Vize. Ich danke Ralph Horwitz, dass er mich nach Stanford geholt hat. Lloyd Minor, der Dekan des Medizinischen Instituts von Stanford, hat meine Arbeit gefördert; er und Priya Singh haben das Zentrum, das ich leite, katalysiert: *PRESENCE: The Art and Science of Human Connection*. Sonoo Thadaney ist die Magierin und Dirigentin hinter *PRESENCE*, BedMed und allen meinen weiteren Unternehmungen in Stanford. Sie wie auch Errol Ozdalga, John Kugler, Jeff Chi, Donna Zulman und alle von BedMed und *PRESENCE* betrachte ich als meine Großfamilie. Durch viele andere Kolleginnen und Kollegen, zu zahlreich, um sie alle aufzuführen, lerne und wachse ich – Dank euch allen. Die Linda-R.-Meier- und Joan-F.-Lane-Professur gestattet mir die Freiheit, Interessen quer durch alle Campus-Institute zu verfolgen. Pflege der Kranken und Lehre der Medizin am Bett bleiben meine größte Leidenschaft, und ich danke den Patienten, Medizinstudenten, allen Angestellten und Oberärzten in Stanford wie auch all den anderen Einrichtungen, in denen ich gedient habe, durch die ich demütig geblieben bin und meine Berufung so frisch wie am ersten Tag empfinde.

Schlussendlich kann ich mir dieses Buch wie auch mein Leben nicht ohne Cari Constanzo vorstellen. In meinen ganzen Höhen und Tiefen hat sie nie den Glauben an mich verloren; sie ist jede Zeile dieses Buchs viele Male durchgegangen und hat auch für mein leibliches Wohl und mein Seelenheil gesorgt, wobei sie noch eine vielbeschäftigte Akademikerin in Stanford und eine wunderbare Mutter von Kai und Alekos ist. Ihren älteren Sohn Alekos kennenzulernen war für mich in den letzten Jahren ein ganz besonderes Geschenk. Auch wenn dieses Buch meiner Mutter gewidmet ist, verdankt es seine Existenz doch dir, Cari. *Omnia vincit amor: et nos cedamos amori.*

ANMERKUNGEN

Die Handlung dieses Buchs ist vollkommen fiktiv, ebenso die Haupt- und Nebenfiguren, dennoch habe ich versucht, mich an die realen Ereignisse jener Zeit zu halten. Die Bombardierung von Madras durch Japan hat stattgefunden; die Personen des Vizekönigs, seines Ministerpräsidenten und des Gouverneurs von Bombay sind alle fiktiv und haben keine Ähnlichkeit mit den realen Personen, die diese Ämter bekleidet haben. Das Longmere Hospital ist fiktiv. Ich bin stolz, am Madras Medical College studiert und das Christian Medical College mehrmals besucht zu haben, dagegen sind die Ereignisse und Figuren, die im Bezug zu diesen Einrichtungen stehen, rein fiktiv. Die Maramon Convention ist legendär, ich hoffe, sie einmal zu besuchen; die Szene mit Aufschwungmeister auf der Convention ist fiktiv. Das Triple Yem existiert nicht und ähnelt auch keinem mir bekannten Krankenhaus. Die Priester, die ich in meiner Kindheit kannte, ebenso der eine Bischof – Mar Paulos Gregorios (geboren als Paul Varghese), ein Freund der Familie – sind anregende und wunderbare Menschen. Die Beschreibungen der Kirche und ihrer Mitarbeiter sind rein fiktiv.

Der Satz »Der Atem ihres Vaters war nur noch Luft« geht auf »Caelica 83« von Baron Brooke Fulke Greville zurück. Das Material über Gewürze und Vasco da Gama verdankt sich in weiten Teilen Nigel Cliffs wunderbarem Buch *Holy War* (Harper, 2011) und dessen Quellen. Big Ammachi und Koshy *Saars*

Gedanken über Geschichten gehen auf Aussagen von Dorothy Allison und Maximen in Robert McKees hervorragendem Buch *Story* (ReganBooks, 1997) zurück. Die meisten Bibelzitate stehen kursiv und sind der Lutherbibel entnommen; die förmlichen Gebete entstammen dem St. Thomas Christian's Evening Prayer Book oder Online-Versionen der Liturgie der Thomaschristen. Die Gedanken der Oberschwester über Privatschulen wurden angeregt durch die BBC-Serie *Empire*. »Das Lebensnotwendige aufgeben, aber nicht den Luxus« paraphrasiert ein ähnliches Zitat, das entweder von Frank Lloyd Wright oder Oscar Wilde stammt. Celestes Beschreibung von London paraphrasiert M.M. Kayes Schilderung in *The Sun in the Morning* (Viking, 1990) und auch die in *Empire Families* (Oxford University Press, 2004) von Elizabeth Buettner. Honorines Ausspruch, dass Rosen nur Unkraut wären, wenn sie nie welkten und stürben, ist eine Idee von Wallace Stevens: »Der Tod ist die Mutter der Schönheit. Nur was verderblich ist, kann schön sein.« Die Zeilen von Veritas an die *Mail* über die Jungen von La Martinière sind eine Paraphrase aus *Paper Boats in the Monsoon* (Trafford, 2007) von Owen Thorpe. Die Kommentare des Briefschreibers über das Scheitern Brahmins, als er in den höchsten Rang aufsteigt, stammt aus Brian Stoddarts *A People's Collector in the British Raj: Arthur Galletti* (Readworthy Publications, 2011). »Das Geheimnis der Pflege des Patienten liegt in der Sorge um den Patienten« ist Francis Peabodys berühmtes Zitat, das allen Ärzten geläufig ist (JAMA, 1927, 88:877). Celestes Bemerkung über die äußerliche Höflichkeit ihres Mannes trotz seiner wahren inneren Empfindungen wurde angeregt von George Smiley, der Figur John le Carrés, die sagt: »Der privat unterrichtete Engländer ist der größte Heuchler der Welt«, in *Der heimliche Gefährte* (Kiepenheuer und Witsch, 1991). Als Rune Big Ammachi schlechte Nachrichten überbringt, dankt sie ihm, »die Gewohnheit ist so stark«: diese Worte stammen aus dem Gedicht »What the Doctor Said« von Raymond Carver in *New Path to the Waterfall* (Atlantic Monthly Press, 1990). Runes Bemerkungen über den Daumen werden Isaac Newton in Charles Dickens' *All the Year Round* (1864, Band 10, S. 346) zugeschrieben und finden sich später in A.R. Craigs *The Book of the Hand* (Sampson Low, Son & Marston, 1867): »Mangels anderer Beweise würde mich der Daumen von der Existenz eines Gottes überzeugen.« Koshy *Saars* Zitat stammt aus Tennysons Gedicht »The Charge of the Light Brigade« von 1854. Digbys Widmung in Elsies *Gray's Anatomy* stammt aus Robert Burns' »Death and Doctor Hornbook« (1785). Die Familie mit der blauen Tönung im Weiß der Augen und den brüchigen Knochen hat Osteogenesis imperfecta. Die Frau in der HNO-Klinik mit der exophytischen Wucherung an der Nase hat Rhinosporidiose. Bis 1985 herrschte große Verwirrung um die beiden Formen der Neurofibromatose. Viele Patienten mit der heute so genannten Neurofibromatose Typ 2 bzw. NF2 – im Roman »der Zustand« – wurden mit der Neurofibromatose Typ 1 bzw. NF1 vermengt, der »klassischen« Morbus Recklinghausen, deren Merkmale Knötchen auf und unter der Haut sind. Heute ist klar, dass es sich dabei um getrennte Erbkrankheiten mit unterschiedlichen klinischen Befunden handelt, die auch unterschiedliche Chromosomen betreffen (Chromosom 17 bei NF1 und Chromosom 22 bei NF2). »Der Zustand« basiert lose auf der Beschreibung einer großen Verwandtschaft in Pennsylvania (JAMA, 1970, 214 (2):347–353). Das Material über die Hungersnot stammt aus öffentlich zugänglichen Quellen. Die Zitate aus dem Hörspiel, das Philipose hört, sind aus dem 5. Akt von *Hamlet*. Philipose' Worte: »*Ein Glück, dass du dich in diesem Wasser selbst beurteilen kannst*«, und dann: »*Ein Glück, dass du immer wieder gereinigt werden kannst*«, stammen aus dem Gedicht

»Lucky Life« (1977) von dem verstorbenen Dichter (und meinem Lehrer und Freund aus Iowa) Gerald Stern. Der Grad »MRVR« nach dem Namen des Warzendoktors gründet auf einer Anekdote in *Evolution of Modern Medicine in Kerala* von K. Rajasekharan Nair (TBS Publishers' Distribution, 2001). Die Sünde des katastrophalen Übersetzers, der vor Aufschwungmeister auftrat, ist von Jorge Luis Borges' Wort »das Original entspricht nicht der Übersetzung« in seinem Essay »On William Beckford's ›Vathek‹« in *Selected Non-Fictions* (Viking, 1999) angeregt. Cowpers Satz: »Bleibendes Glück und Frieden haben jene, welche diese Studie um ihrer selbst willen wählen, ohne Erwartung eines Lohns«, ist ein Satz aus der zoroastrischen Lehre. »Die Frage leben« ist aus Rilkes *Briefe an einen jungen Dichter* (Insel, 2019) und ein Rat, den ich häufig meinen Schützlingen gebe. Lenins und Arikkads Flucht nach den gescheiterten Überfällen in Wayanad ist fiktiv, aber die Naxaliten waren (und sind) real, ebenso die Hinrichtung von Arikkad »Naxal« Varghese (1938-1970), der für die Adivasis in Wayanad ackerte. 1998 gab der Constable P. Ramachandran Nair zu, Varghese auf Befehl von K. Lakshmana, DSP, erschossen zu haben. 2010 wurde Lakshmana in einem Prozess für schuldig befunden, Nair gezwungen zu haben zu schießen, und zu lebenslänglich Zuchthaus und einer Geldstrafe von zehntausend Rupien verurteilt. Die Schmähung der Pillen des *vaidyan* durch die Fischhändlerin wurde angeregt von Oliver Wendell Holmes' Rede vor der Massachusetts Medical Society am 30. Mai 1860: »... würde die gesamte heute benutzte *materia medica* auf den Grund des Meeres versenkt, wäre es viel besser für die Menschheit – und viel schlechter für die Fische«. In dem Kapitel »Der Hund des Himmels« nimmt Philipose Bezug auf das gleichnamige Gedicht (1890) von Francis Thompson. Philipose' Brief, in dem er schreibt, die wahre Entdeckungsreise bestehe nicht in der Suche nach neuen Landschaften, sondern in neuen Augen, paraphrasiert einen ähnlichen Gedanken in Prousts *À la recherche du temps perdu* (Gallimard, 1919-1927, Band 5). Vermittler *Aniyans* Aufforderung »Legen Sie ein Datum fest!« verdanke ich meinem Kollegen von der Stanford Graduate School of Business, Baba Shiv, der diese denkwürdige Anekdote in seinen brillanten Vorlesungen über Entscheidungsfindung erwähnte. Danke, Baba! Vermittler *Aniyans* Erklärung über Geheimnisse ist ein Zitat von Sissela Bok in *Secrets: On the Ethics of Concealment and Revelation* (Vintage Reissue, 1989). Digbys Bemerkungen, während er eine Sehne transferiert, basieren auf den Worten des wegweisenden Chirurgen Paul Brand: »Der Chirurg braucht die Geduld eines Regenwurms, der sich zwischen Wurzeln und Steinen hindurchwindet, er darf keinen Weg durch starre Strukturen erzwingen, sonst wird der Tunnel nicht mit nachgiebigem Material überzogen sein«, in *The Journal of Bone and Joint Surgery, British Volume*, 43-B, No. 3, 1961. »Nenne niemanden glücklich, bevor er gestorben ist« sind Solons Worte an Krösus in Herodot, *Historien* (Kroener, 2017). »Wohin du auch gehst, was dir auch geschieht, es geschieht auch mir« ist eine Zeile aus e.e. cummings, »i carry your heart with me« (*Complete Poems*, Liveright, 1991).